JN200657

一茶俳句集成

下

矢羽勝幸

信濃毎日新聞社

一茶俳句集成

下

一茶俳句集成　下巻　目次

秋の部 …… 1
冬の部 …… 321
雑の部 …… 571
季語索引　584
初句索引　601
あとがき

column

一茶の平等意識　110
一茶の俳号　349
一茶の二人目の妻　412
「ちう位」の意味　583
九日袷　599
浅黄空の成立　600

一茶俳句集成　上巻　目次

序文

本書の特長

新年の部 ……………………… 1

春の部 ……………………… 61

夏の部 ……………………… 403

column

一茶の学識 18

一茶と猿廻し 22

種蒔どきの山入り 76

一茶と真桑瓜 466

題字・扉

川村龍洲

この本の使い方

口切

本句	読み下し	年次	出典	備考
手前茶の口切にさへゆふべ哉	てまえちゃのくちきりにさえゆうべかな	化3	文化句帖	
口切の天窓員也毛なし山	くちきりのあたまかずなりけなしやま	化11	七番日記	
よい雨や茶壷の口を切日迚	よいさめやちゃつぼのくちをきるひとて	化11	七番日記	
口切やはやして通る天つ雁	くちきりやはやしてとおるあまつかり	化12	七番日記	異『書簡』中七「はやりて通る」
時雨せよ茶壷の口を今切ぞ	しぐれせよちゃつぼのくちをいまきるぞ	化12	七番日記	
西山の口切巡りしたりけり	にしやまのくちきりめぐりしたりけり	化12	七番日記	
口切の日に点かけて廻しけり	くちきりのひにてんかけてまわしけり	政4	八番日記	参『梅塵八番』下五「過しけり」

冬構え

本句	読み下し	年次	出典	備考
碩鼠　鼠ない里と見へけり冬構	ねずみないさととみえけりふゆがまえ	享3	享和句帖	
冬構蔦一筋も栄耀也	ふゆがまえつたひとすじもえようなり	化1	文化句帖	
道灌〔に〕蓑かし申せ冬構	どうかんにみのかしもうせふゆがまえ	化10	七番日記	

炉開き

本句	読み下し	年次	出典	備考
江戸中に炉を明〔るの〕もひとり哉	えどじゅうにろをあけるのもひとりかな	化2	文化句帖	
化もせで開き通せしいろり哉	ばけもせでひらきとおせしいろりかな	化2	文化句帖	
炉を明てきたなく見ゆる垣根哉	ろをあけてきたなくみゆるかきねかな	化2	文化句帖	
炉開て先はかざゝん紅葉哉	ろひらいてまずはかざさんもみじかな	化3	文化句帖	
油桶ソワカと開らくいろり哉	あぶらおけそわかとひらくいろりかな	化10	七番日記	
炉開やあつらへ通り夜の雨	ろびらきやあつらえどおりよるのあめ	化10	七番日記	同『志多良』『句稿消息』

人事

- 口切 — 季語
- 手前茶の口切にさへゆふべ哉 — 本句
- てまえちゃのくちきりにさえゆうべかな — 本句の読み下し
- 化3 — 本句の制作年次
- 文化句帖 — 本句の出典
- 異 — 本句の異形句。異なる箇所と出典を掲載
- 参 — 風間新蔵筆写の『八番日記』と表記が異なる山岸梅塵筆写の同日記（本書では『梅塵八番』）。異なる箇所を掲載
- 碩鼠 — 前書
- 〔るの〕 — 脱字を補う文字・語句
- 同 — 本句の同形句（音が同じ）。出典と前書（本句と異なる場合）を掲載
- 人事 — 区分（時候・天文・地理・人事・動物・植物）

秋

七月

七月の大ベラ坊に暑かな　しちがつのおおべらぼうにあつさかな　化12　七番日記

八月（葉月）

八月や雨待宵の信濃山　はちがつやあめまつよいのしなのやま　政3　八番日記

二度目には月ともいはぬ葉月哉　にどめにはつきともいわぬはづきかな　政7　文政句帖

菊月（九月　長月）

菊月や山里〳〵も供（共）日酒　きくづきややまざとさともともひざけ　寛5　寛政句帖

小蕣大蕣も九月哉　こあさがおおあさがおもくがつかな　化2　文化句帖

ひやう〳〵と瓢の風も九月哉　ひょうひょうとひさごのかぜもくがつかな　化2　文化句帖

長月の空色袷きたりけり　ながつきのそらいろあわせきたりけり　化3　文化句帖

長月や廿九日のきくの花　ながつきやにじゅうくにちのきくのはな　化5　化五句記

長月の廿九日のかゞし哉　ながつきのにじゅうくにちのかがしかな　化7　七番日記

長月も廿九日にのべのてふ　ながつきもにじゅうくにちにのべのちょう　化10　七番日記

菊月や外山は雪の上日和　きくづきやとやまはゆきのじょうびより　政5　文政句帖

三越路や九月九日の雪の花　みこしじやくがつここのかのゆきのはな　政7　文政句帖

秋立つ（秋来る）

薮越や御書《フミ》の声も秋来ぬと　やぶごしやおふみのこえもあききぬと　寛8　樗堂俳諧集　同「遺稿」

唐崎や寝顔より秋の立　からさきやねがおよりあきのたつ　寛10　与州播州□雑詠

山おろし秋のやうすの夜明哉　やまおろしあきのようすのよあけかな　寛10　黄華集

寝心や秋立雨の風さわぐ　ねごころやあきたつあめのかぜさわぐ　寛中　西紀書込

秋立や身はならはしのよ所〔の〕窓　あきたつやみはならわしのよそのまど　化1　文化句帖

丘の家秋〔の〕きぬらし笛を吹　おかのいえあきのきぬらしふえをふく　化1　文化句帖

立秋や旅止まくと思ふ間に　たつあきやたびやめまくとおもうまに　化1　文化句帖

夜水さへかゝらぬ町や秋立と　よみずさえかからぬまちやあきたつと　化2　文化句帖

秋立や木づたふ雨の首筋に　あきたつやきづたうあめのくびすじに　化3　文化句帖

秋立や峰の小雀の門なるゝ　あきたつやみねのこがらのかどなるる　化3　文化句帖

秋立や雨ふり花のけろ〳〵と　あきたつやあめふりばなのけろけろと　化5　化五六句記

秋立や風より先に雪の事　あきたつやかぜよりさきにゆきのこと　化5　化五六句記

秋立や寝れば目につく雪の山　あきたつやねればめにつくゆきのやま　化5　化五六句記

秋立や町の中なる一里塚　あきたつやまちのなかなるいちりづか　化6　句稿消息写

秋立やあるが中での小松しま　あきたつやあるがなかでのこまつしま　化9　七番日記

秋立や隅の小すみの小松島　あきたつやすみのこすみのこまつしま　化9　株番　同『文政版』『嘉永版』

息才（災）に秋と成たる草葉哉　そくさいにあきとなりたるくさばかな　化11　七番日記

そこらから秋が立たよ雲の峰　そこらからあきがたったよくものみね　化11　七番日記

立秋もしらぬ童が仏哉　たつあきもしらぬわらべがほとけかな　化11　七番日記

夕やけや人の中より秋が立　ゆうやけやひとのなかよりあきがたつ　化11　七番日記

秋立やあつたら口へ風の吹　あきたつやあったらくちへかぜのふく　化12　七番日記　同『同日記』に重出

あはう草うか〳〵伸な秋が立　あほうぐさうかうかのびなあきがたつ　化14　七番日記

秋立といふばかりでも寒かな　あきたつというばかりでもさむさかな　政5　文政句帖

秋立や朝飯の板木の間より　あきたつやあさめしのいたこのまより　政5　文政句帖

秋立やおめしの進む風が吹　あきたつやおめしのすすむかぜがふく　政5　文政句帖

立秋は風のとがでもなかりけり　たつあきはかぜのとがでもなかりけり　政5　文政句帖

六月十九日より八月六日迄照つゞく

小山田や日(干)われながらに秋の立　おやまだやひわれながらにあきのたつ　政6　だん袋

堺丁やしんかんとして秋の立　さかいまちやしんかんとしてあきのたつ　政6　文政句帖

三越路や秋立てより村時雨　みこしじやあきたってよりむらしぐれ　政7　文政句帖

秋立や今から足の軽くなる　あきたつやいまからあしのかるくなる　政8　政八句帖草

秋立といふばかりでも足かろし　あきたつというばかりでもあしかろし　政8　文政句帖

秋立は立ても十九土用哉　あきたつはたってもじゅうくどようかな　政8　文政句帖

足玉(下)の軽く覚えて秋の立　あしもとのかるくおぼえてあきのたつ　政8　文政句帖

来ぬ秋とけんを見せけり冷た雨　きぬあきとけんをみせたりつめたあめ　政8　文政句帖

寝心や秋立雨の竹を吹　ねごころやあきたつあめのたけをふく　不詳　遺稿

秋立やおこりの落たやうな空　あきたつやおこりのおちたようなそら　不詳　希杖本

狗子有仏生(性)

秋来ぬとしらぬ狗が仏かな　あききぬとしらぬえのこがほとけかな　不詳　文政版　同『嘉永版』

初秋（今朝の秋）

雨だれや三粒おちてもけさの秋　あまだれやみつぶおちてもけさのあき　化1　文化句帖

門畠のはれ〴〵しさよけさの秋　かどはたのはればれしさよけさのあき　化1　文化句帖

今朝の秋山の雪より来る風か
けさのあきやまのゆきよりくるかぜか　化5　化五六句記

雪うりのさめ〴〵立りけさの秋
ゆきうりのさめざめたてりけさのあき　化5　化五六句記

けさ秋ぞ秋ぞと大の男哉
けさあきぞあきぞとだいのおとこかな　化7　七番日記

なん〔の〕そのしらでもすむをけさの秋
なんのそのしらでもすむをけさのあき　化8　七番日記

初秋や人のなしたる門の露
はつあきやひとのなしたるかどのつゆ　化10　七番日記

けさ秋と云ばかりでも小淋しき
けさあきというばかりでもこさびしき　化11　七番日記

けさ秋と合点でとぶかの《(な)》べの蝶
けさあきとがてんでとぶかのべのちょう　化11　七番日記

けさ秋や瘧の落ちたやうに空
けさあきやおこりのおちたようなそら　政2　八番日記

有二狗子仏性一
けさ秋としらぬ狗が仏哉
けさあきとしらぬえのこがほとけかな　政3　「書簡」　同『八番日記』

けさ秋と云許りでも老にけり
けさあきというばかりでもおいにけり　政3　八番日記

小盥の魚どものいふけさの秋
こだらいのうおどものいうけさのあき　政4　八番日記

木兎のあ〔き〕らめ顔やけさの秋
みみずくのあきらめがおやけさのあき　政4　八番日記

科もない風な憎みそけさの秋
とがもないかぜなにくみそけさのあき　政5　文政句帖

二百十日

呑手共二百十日の何のかのと
のみてどもにひゃくとおかのなんのかのと　政5　文政句帖

二百十日の何のかのと呑手共
にひゃくとおかのなんのかのとのみてども　政6　だん袋　異『発句鈔追加』中七「何のかのとて」

残暑（秋暑し）

萩芒秋の暑もけふ翌か　はぎすすきあきのあつさもきょうあすか　化7　七番日記

よい程に夜が暑いぞ萩すゝき　よいほどによるがあついぞはぎすすき　化7　七番日記

薄月に残る暑をたのみ哉　うすづきにのこるあつさをたのみかな　化8　我春集

荻の葉にひら〳〵残る暑哉　おぎのはにひらひらのこるあつさかな　化8　我春集

三ケ月に残る暑がたのもしき　みかづきにのこるあつさがたのもしき　化8　七番日記　異『我春集』中七「残る暑ぞ」

茶屋の灯のげそりと暑へりにけり　ちゃやのひのげそりとあつさへりにけり　化11　七番日記

三ケ月の暑もよはり給ふ哉　みかづきのあつさもよわりたもうかな　化14　七番日記

遊ぶ夜や門のあつさも今少　あそぶよやかどのあつさもいますこし　政3　だん袋　同『発句鈔追加』

老の身は暑のへるも苦労哉　おいのみはあつさのへるもくろうかな　政3　だん袋　同『発句鈔追加』

たのもしや暑のとれぬ三ケの月　たのもしやあつさのとれぬみかのつき　政3　発句題叢　同『希杖本』

人立も暑もへるや門の月　ひとたつもあつさもへるやかどのつき　政3　だん袋　同『梅塵八番』『発句鈔追加』

遊夜の暑たしなく成にけり　あそぶよのあつさたしなくなりにけり　政4　八番日記

門の月暑がつ（へ）れば友もへる　かどのつきあつさがへればともももへる　政4　八番日記

友もへり暑もへるや門の月　とももへりあつさもへるやかどのつき　政4　八番日記

夜参りよ門の暑も今少　よまいりよかどのあつさもいますこし　政4　八番日記　参『梅塵八番』上五「寝余るよ」

門の夜や大事の暑へりかゝる　かどのよやだいじのあつさへりかかる　政6　文政句帖

残暑

夜〳〵は長月迄もあつかれよ　よるよるはながつきまでもあつかれよ　政6　書簡　異『文政句帖』下五「あつかれな」

門の月暑がへれば人もへる　かどのつきあつさがへればひともへる　不詳　嘉永版

たのもしやまだ薄暑き三日の月　たのもしやまだうすあつきみかのつき　不詳　嘉永版　同『発句鈔追加』

秋寒

木曽にて
秋寒き河を聞こと今いく夜　あきさむきかわをきくこといまいくよ　寛10　真蹟

扇波百ケ日
うつる日やあはれ此世は秋寒き　うつるひやあわれこのよはあきさむき　享3　享和句帖

ほうろくのかたづく家や秋寒　ほうろくのかたづくいえやあきさむき　化2　文化句帖

寒く成る秋をシン〳〵シイン哉　さむくなるあきをしんしんしいんかな　化12　七番日記

秋寒し鳥も粘《糊》つけほゝん哉　あきさむしとりものりつけほほんかな　化13　七番日記

くらがりやこぞり立ても寒い秋　くらがりやこぞりたってもさむいあき　不詳　発句鈔追加

やや寒（うそ寒　そぞろ寒）

いつくしま
御烏もうそ〳〵寒き芽ざしかな　おからすもうそうそさむきめざしかな　寛6　発句鈔追加

洲崎詣
漸《ヤヽ》寒き後に遠しつくば山　ややさむきうしろにとおしつくばやま　享3　享和句帖

うそ寒〳〵とて出る夜哉　うそざむいうそざむいとてでるよかな　化5　化五句記

うそ寒き風やぼけのみ木瓜花　うそさむきかぜやぼけのみぼけのはな　化5　化五句記

うそ寒く売れて参る小馬哉　うそさむくうられてまいるこうまかな　化5　化五句記

草家からうそ〳〵寒くなる夜哉　くさやからうそうそさむくなるよかな　化5　化五句記

うそ寒も小猿合点か小うなづき　うそさむもこざるがてんかこうなずき　化10　志多良

周流諸国五十年

うそ寒や親といふ字を知てから
うそさむやおやといふじをしってから
化10 句稿消息 同『嘉永版』、『七番日記』前書「信解品 周流諸国五十年」

うそ〔寒や〕我両罔（罔両）の殊勝さよ
うそさむやわがかげぼしのしゅしょうさよ
化10 七番日記

うそ寒し〳〵と作るかきね哉
うそさむしさむしとつくるかきねかな
化11 七番日記

うそ寒や只居る罰が今あたる
うそさむやただいるばちがいまあたる
化11 七番日記

うそ寒や如意輪さまもつくねんと
うそさむやにょいりんさまもつくねんと
化11 七番日記

売もせぬ窓のわらじやうそ寒
うれもせぬまどのわらじやうそさむき
化11 七番日記

寝むしろや虱わすれてうそ寒
ねむしろやしらみわすれてうそさむき
化11 七番日記

うそ野（寒）や蚯蚓の歌も一夜ヅヽ
うそさむやみみずのうたもいちやずつ
政2 八番日記 同『嘉永版』 参『梅塵八番』上五「うそ寒や」

うそ寒や蚯蚓の声も一夜ヅヽ
うそさむやみみずのこえもいちやずつ
政2 八番日記

狼の糞さい（へ）そゞろ寒かな
おおかみのくそさえそぞろさむかな
政2 八番日記

寝むしろや虱忘てやゝ寒き
ねむしろやしらみわすれてややさむき
政3 発句題叢 同『嘉永版』 異『発句鈔追加』中七「虱がわすれて」、『希杖本』下五「やゝ寒し」

うそ寒や仙（仏）の留わり（主の）善光寺
うそさむやほとけのるすのぜんこうじ
政3 八番日記 異「書簡」中七「如来の留主の」 参『梅塵日記』中七「仏の留守の」

うそ寒も真事寒いも年とれば
うそさむもまことさむいもとしとれば
政4 八番日記 参『梅塵八番』中七「誠さむなり」

肌寒

はだ寒き国にふみ込むゆふべ哉　はだざむきくににふみこむゆうべかな　享3　享和句帖　異『名家帖』中七「園にふみ込む」

けぶり見へ戸隠見へて肌寒き　けぶりみえとがくしみえてはだざむき　化4　化三―八写

今から江戸は
柴の戸の眠かげんや肌寒き　しばのとのねむりかげんやはだざむき　化13　七番日記

肌寒やむさしの国は六十里　はだざむやむさしのくにはろくじゅうり　化13　七番日記

朝寒

朝寒にとんじやくもなき稲葉哉　あささむにとんじゃくもなきいなばかな　享3　享和句帖

誰謂二河広一
川西の古郷も見へて朝寒み　かわにしのこきょうもみえてあささむみ　享3　享和句帖

関の灯〔の〕とれかねる也朝寒み　せきのひのとれかねるなりあささむみ　享3　享和句帖

念入て竹を見る人朝寒き　ねんいれてたけをみるひとあささむき　享3　享和句帖

朝寒や松は去年の松なれど　あささむやまつはきょねんのまつなれど　化1　文化句帖

あさぢふや茶好になりて朝寒き　あさじうやちゃずきになりてあささむき　化1　文化句帖

深川の家尻も見へて朝寒き　ふかがわのやじりもみえてあささむき　化1　文化句帖

朝寒き浅ら井見へて御ふく鍋　あささむきあさらいみえておふくなべ　化2　文化句帖

朝寒し〳〵と菜うり箕うり哉　あささむしさむしとなうりみうりかな　化2　文化句帖

朝寒や梅干桶も旅のさま　あささむやうめぼしおけもたびのさま　化2　文化句帖

朝寒や蟾も眼を皿にして　あささむやひきもまなこをさらにして　化2　文化句帖

朝寒を狙も合点か小うなづき
あささむをさるもがてんかこうなづき
化10　七番日記

わらじ売窓に朝寒始りぬ
わらじうるまどにあささむはじまりぬ
化13　七番日記

朝寒や垣の茶筅の影法師
あささむやかきのちゃざるのかげぼうし
政3　発句題叢　同『嘉永版』『発句鈔追加』『希杖本』

朝寒や菊も少々素湯土瓶
あささむやきくもしょうしょうさゆどびん
政3　八番日記

朝寒や隙人達のねまる程
あささむやひまじんたちのねまるほど
政3　八番日記　参『梅塵八番』中七「隙人連の」

朝寒に拭ふや石の天窓迄
あささむにぬぐうやいしのあたままで
政4　八番日記

朝寒や雑巾あてる門の石
あささむやぞうきんあてるかどのいし
政4　八番日記

朝寒や茶腹で巡る七大寺
あささむやちゃばらでめぐるしちだいじ
政4　八番日記　参『梅塵八番』中七「茶漬で巡る」

朝寒のうちに参るや善光寺
あささむのうちにまいるやぜんこうじ
政5　文政句帖　同「真蹟」

夜寒

酒呑まぬ吾身一ツの夜寒哉
さけのまぬわがみひとつのよさむかな
寛5　寛政句帖

咬牙する人に目覚て夜寒哉
はがみするひとにめざめてよさむかな
寛5　寛政句帖

やゝ寝よき夜となれば夜の寒哉
ややねよきよとなればよのさむさかな
寛6　寛政句帖

湖に鳥鳴初て夜寒かな
みずうみにとりなきそめてよさむかな
寛8　松風会

言伝《ツテ》も哉夜寒のいまだあり〈ママ〉と
つてもがなよさむのいまだありと
寛中　西紀書込

活過し門の夜寒や竹の月
いきすぎしかどのよさむやたけのつき
享3　享和句帖

殻俵たゝいて見たる夜寒哉
からだわらたたいてみたるよさむかな
享3　享和句帖

灯ちら〳〵どの顔つきも夜寒哉
ひちらちらどのかおつきもよさむかな
享3　享和句帖　異「真蹟」下五「夜寒也」

見る程の木さへ山さへ夜寒哉　みるほどのきさえやまさえよさむかな　享3　享和句帖

青梧の見れば見る程夜寒哉　あおぎりのみればみるほどよさむかな　化1　文化句帖　同『同句帖』に重出

朝見れば夜寒げもなし次の宿　あさみればよさむげもなしつぎのやど　化1　文化句帖

兄分の門とむきあふ夜寒哉　あにぶんのかどとむきあうよさむかな　化1　文化句帖

さる程に五両の松も夜寒哉　さるほどにごりょうのまつもよさむかな　化1　文化句帖

貧交

すりこ木もけしきに並ぶ夜寒哉　すりこぎもけしきにならぶよさむかな　化1　文化句帖　同『同句帖』に重出、『発句鈔追加』「真蹟」

先住がめでし榎も夜寒哉　せんじゅうがめでしえのきもよさむかな　化1　文化句帖

野ヽ《(の)》けぶり袖にぞ這る夜寒哉　ののけぶりそでにぞはいるよさむかな　化1　文化句帖

蒔捨の菜のうつくしき夜寒哉　まきすてのなのうつくしきよさむかな　化1　文化句帖

向ひでも片ヒザ立る夜寒哉　むかいでもかたひざたてるよさむかな　化1　文化句帖

やけ石や夜寒く見へし人の顔　やけいしやよさむくみえしひとのかお　化1　文化句帖

山見るも片ヒザ立て夜寒哉　やまみるもかたひざたててよさむかな　化1　文化句帖

悪い程松うつくしき夜寒哉　わるいほどまつうつくしきよさむかな　化1　文化句帖

青柳の門にはら／＼夜寒哉　あおやぎのかどにはらはらよさむかな　化2　文化句帖

さる人のおもしろがりし夜寒哉　さるひとのおもしろがりしよさむかな　化2　文化句帖

二度生の瓜も花咲く夜寒哉　にどばえのうりもはなさくよさむかな　化2　文化句帖

なでしこの気を引立る夜寒哉　なでしこのきをひきたてるよさむかな　化3　文化句帖

なでしこの一花ほこる夜寒哉　なでしこのひとはなほこるよさむかな　化3　文化句帖

鶏の小首を曲る夜寒哉　にわとりのこくびをまげるよさむかな　化3　文化句帖

人声森に夜寒はなかりけり　ひとのこえもりによさむはなかりけり　化3　文化句帖

山里や夜寒宵の歩き好　やまざとやよさむのよいのあるきずき　化3　文化句帖

夜寒さへ川さへ住ば住れけり　よさむさえかわさえすめばすまれけり　化3　文化句帖

いなゝくや馬も夜寒は同じ事　いななくやうまもよさむはおなじこと　化5　化五句記

かくべつの松と成たる夜寒哉　かくべつのまつとなりたるよさむかな　化5　化五句記

門の木に階子かゝりし夜寒哉　かどのきにはしごかかりしよさむかな　化5　化五句記　同『鴫の井』　異『随斎筆紀』『発句類題集』中七「階子かゝりて」

げっそりと夜寒くなりし小家哉　げっそりとよさむくなりしこいえかな　化5　化五句記

こと〴〵く仏の顔も夜寒哉　ことごとくほとけのかおもよさむかな　化5　化五句記

月出て夜寒ならざる家もなし　つきいでてよさむならざるいえもなし　化5　化五句記

何の夜寒関のうらてや人の立　なんのよさむせきのうらてやひとのたつ　化5　化五句記

ふら〳〵と瓢のやうに夜寒哉　ふらふらとひさごのようによさむかな　化5　化五句記

わた売はちり（ママ）〴〵と夜寒哉　わたうりはちりぢりとよさむかな　化5　化五句記

芦に舟いかにも〳〵夜寒也　あしにふねいかにもいかにもよさむなり　化7　七番日記

小柱や己が夜寒の福の神　こばしらやおのがよさむのふくのかみ　化7　七番日記

古郷や是も夜寒の如来様　ふるさとやこれもよさむのにょらいさま　化7　七番日記

うしろから大寒小寒夜寒哉　うしろからおおさむこさむよさむかな　化8　七番日記　同『我春集』

サボテンのサメハダ見れば夜寒哉　さぼてんのさめはだみればよさむかな　化8　七番日記　同『同日記』に重出

まじ〳〵と梁上君の夜寒哉　まじまじとりょうじょうくんのよさむかな　化8　七番日記

芦の家の見ればみる程夜寒哉　あしのやのみればみるほどよさむかな　化10　七番日記

あばら骨なでじとすれど夜寒哉　あばらぼねなでじとすれどよさむかな　化10　七番日記　同『志多良』『句稿消息』『文政版』『嘉永版』

一夜〳〵虫喰ふ虫も寒い声　いちやいちやむしくうむしもさむいこえ　化10　七番日記

今見ても石の枕の夜寒哉　いまみてもいしのまくらのよさむかな　化10　七番日記　同『句稿消息』

芋などが裾にからまる夜寒哉　いもなどがすそにからまるよさむかな　化10　七番日記

をぢ甥の家のごちや〳〵夜寒哉　おじおいのいえのごちゃごちゃよさむかな　化10　句稿消息　同『志多良』

折〳〵は蚤もしく〳〵夜寒哉　おりおりはのみもしくしくよさむかな　化10　七番日記

救世観世音かゝる夜寒を介給へ　ぐぜかんぜおんかかるよさむをたすけたまえ　化10　七番日記

早速に身程あたりの夜寒哉　さっそくにみほどあたりのよさむかな　化10　七番日記

死こぢれ〳〵つゝ夜寒かな　しにこじれしにこじれつつよさむかな　化10　志多良　同『真蹟』前書「病後」

寝ぐらしに丁どよい程夜寒哉　ねぐらしにちょうどよいほどよさむかな　化10　七番日記　同『志多良』『句稿消息』

粘《（糊）》つけよと〔て〕鳥の鳴く夜寒哉　のりつけよとてとりのなくよさむかな　化10　七番日記

鳩部屋に鳩が顔出す夜寒哉　はとべやにはとがかおだすよさむかな　化10　七番日記

火ともして生おもしろき夜寒哉　ひともしてなまおもしろきよさむかな　化10　七番日記

手下《（下手）》鼓脇の夜寒をしらぬげな　へたつづみわきのよさむをしらぬげな　化10　七番日記

窓の竹うごくや夜寒始ると　まどのたけうごくやよさむはじまると　化10　七番日記

木兎が杭にちよんぼり夜寒哉　みみずくがくいにちょんぼりよさむかな　化10　七番日記

木兎が株にちよんぼり夜寒哉　みみずくがかぶにちょんぼりよさむかな　化10　志多良　同『句稿消息』

むつまじき家のごちや〳〵夜寒哉　むつまじきいえのごちゃごちゃよさむかな　化10　七番日記

茶店の万灯きのふと成りぬ
両国の両方一度に夜寒哉
りょうごくのりょうほういちどによさむかな
化10 句稿消息 同『発句題叢』『希杖本』

茶店の万灯日ましにへりぬ
両国の両方ともに夜寒哉
りょうごくのりょうほうともによさむかな
化10 七番日記 同『志多良』『文政版』『嘉永版』

石梨のから〳〵と夜寒哉
いしなしのからりからりとよさむかな
化11 七番日記

熊坂が松のみ残る夜寒哉
くまさかがまつのみのこるよさむかな
化11 七番日記

はつとして丸屋〳〵の夜寒哉
はっとしてまろやまろやのよさむかな
化11 七番日記

母猿に狙がおぶさる夜寒哉
ははざるにさるがおぶさるよさむかな
化11 七番日記

腹上で字を書習ふ夜寒哉
ふくじょうでじをかきならうよさむかな
化11 七番日記

身をつんで人の夜寒をしられけり
みをつんでひとのよさむをしられけり
化11 七番日記

六十に二つふみ込む夜寒哉
ろくじゅうにふたつふみこむよさむかな
化11 七番日記 同『文政版』『嘉永版』

石橋を足で尋る夜寒哉
いしばしをあしでたずねるよさむかな
化12 七番日記

犬にけつまづいたる夜寒哉
いぬころにけつまずいたるよさむかな
化12 七番日記

うき世〔とて〕空も夜寒や雲急
うきよとてそらもよさむやくもいそぐ
化12 七番日記

狼どのより漏どのが夜寒哉
おおかみどのよりもりどのがよさむかな
化12 七番日記

かゝる時姥捨つらん夜寒哉
かかるときうばすてつらんよさむかな
化12 七番日記

せつかれてむりに笛吹夜寒哉
せつかれてむりにふえふくよさむかな
化12 七番日記 同『同日記』に重出

次の間の灯で飯を喰ふ夜寒哉
つぎのまのひでめしをくうよさむかな
化12 七番日記 同『同日記』前書「独旅」、『同日記』に重出

ならはしや木曽の夜寒の膝頭
ならわしやきそのよさむのひざがしら
化12 七番日記

ぬつぽりと立や夜寒の大入道　ぬっぽりとたつやよさむのおおにゅうどう　化12　七番日記　同『同日記』に重出

膝がしら木曽の夜寒に古びけり　ひざがしらきそのよさむにふるびけり　化12　栗本雑記五　同『句草紙初篇』『嘉永版』『発句鈔追加』

膝頭山の夜寒に古びけり　ひざがしらやまのよさむにふるびけり　化12　七番日記

笛吹や已に夜寒が始ると　ふえふくやすでによさむがはじまると　化12　七番日記

豆煎を足で尋る夜寒哉　まめいりをあしでたずねるよさむかな　化12　七番日記

椋鳥といふ人さはぐ夜寒哉　むくどりというひとさわぐよさむかな　化12　七番日記　同『同日記』に重出

むだ人の遊かげんの夜寒哉　むだびとのあそびかげんのよさむかな　化12　七番日記

餅腹をこなして歩く夜寒哉　もちばらをこなしてあるくよさむかな　化12　七番日記

藪と見へ人と見へつゝ夜寒哉　やぶとみえひととみえつつよさむかな　化12　七番日記

我庵は尻から先へ夜寒哉　わがいおはしりからさきへよさむかな　化12　七番日記

庵ノ夜寒（ママ）成りなりにけり　いおのよるさむなりなりにけり　化13　七番日記

大声に夜寒かたるや垣越に　おおごえによさむかたるやかきごしに　化13　七番日記

おもしろう豆の転る夜寒哉　おもしろうまめのころがるよさむかな　化13　七番日記

垣外へ屁を捨に出る夜寒哉　かきそとへへをすてにでるよさむかな　化13　七番日記

店賃の二百を叱る夜寒哉　たなちんのにひゃくをしかるよさむかな　化13　七番日記

ぼつ／＼と猫迄帰る夜寒哉　ぼつぼつとねこまでかえるよさむかな　化13　七番日記

見上皺見下シ皺の夜寒哉　みあげじわみくだしじわのよさむかな　化13　七番日記

卅日銭がらつく笊の夜寒哉　みそかぜにがらつくざるのよさむかな　化13　七番日記

身一つ〔に〕是は朝寒夜寒哉　みひとつにこれはあささむよさむかな　化13　七番日記

夜寒迚鳥も糊つけほゝん哉　よさむとてとりものりつけほほんかな　化13　七番日記　同『希杖本』

いろりから茶子堀《（掘）》出す夜寒哉　いろりからちゃのこほりだすよさむかな　化14　七番日記　同『希杖本』

草の穂のつんと立たる夜寒哉　くさのほのつんとたちたるよさむかな　化14　七番日記

蛼の大声上る夜寒哉　こおろぎのおおごえあげるよさむかな　化14　七番日記

立臼の蓑きせておく夜寒哉　たちうすのみのきせておくよさむかな　化14　七番日記

たばこ盆足で尋る夜寒哉　たばこぼんあしでたずねるよさむかな　化14　七番日記　同『同日記』に重出

掌に藍染込で夜寒哉　てのひらにあいしみこんでよさむかな　化14　七番日記

ばか咄嗅出したる夜寒哉　ばかばなしかぎいだしたるよさむかな　化14　七番日記

咄スル一方は寝て夜寒哉　はなしするいっぽうはねてよさむかな　化14　七番日記

行灯を引たく〔ら〕れて夜寒哉　あんどんをひったくられてよさむかな　政1　七番日記

独旅

一人と書留らるゝ夜寒哉　いちにんとかきとめらるるよさむかな　政1　七番日記

一人と帳に付たる夜寒哉　いちにんとちょうにつけたるよさむかな　政1　七番日記　異『真蹟』『文政版』『嘉永版』『希杖本』前書「旅」中七「帳面につく」、『ひうち袋』中七「帳面につく」

かくれ家や夜寒〔を〕しく《（しのぐ）》のあつめ垣　かくれがやよさむをしのぐあつめがき　政1　七番日記

木のはしの法師に馴るゝ夜寒哉　きのはしのほうしになるるよさむかな　政1　七番日記

盆の灰いろはを習ふ夜〔寒〕哉　ぼんのはいいろはをならうよさむかな　政1　七番日記

窓月とれてそうして夜寒哉　まどのつきとれてそうしてよさむかな　政1　七番日記

真丸に小便したる寒夜哉　まんまるにしょうべんしたるかんやかな　政1　七番日記

宮守を鼬のなぶる夜寒哉　みやもりをいたちのなぶるよさむかな　政1　七番日記

藪陰をてうちん通る夜寒哉　やぶかげをちょうちんとおるよさむかな　政1　七番日記

赤馬の苦労をなでる夜寒哉　あかうまのくろうをなでるよさむかな　政2　八番日記

庵の夜の遊びかげんの夜寒哉　いおのよのあそびかげんのよさむかな　政2　だん袋　同『発句鈔追加』　異『同追加』上五「庵の夜は」

親の(と)いふ字を知てから夜寒哉　おやというじをしってからよさむかな　政2　八番日記

若僧の扇面に
影法師に恥よ夜寒のむだ歩き　かげぼしにはじよよさむのむだあるき　政2　おらが春　同『文政版』『嘉永版』「書簡」、「書簡」前書「若僧に対して」

から樽を又ふつて見る夜寒哉　からだるをまたふってみるよさむかな　政2　八番日記

老楽
子どもらを心でおがむ夜寒哉　こどもらをこころでおがむよさむかな　政2　おらが春　同『発句鈔追加』

戸迷ひせし折からに
小便所爰と馬よぶ夜寒哉　しょうべんじょこことうまよぶよさむかな　政2　おらが春　同『八番日記』、『発句鈔追加』前書「戸迷せし折から」

のらくらが遊びかげんの夜寒哉　のらくらがあそびかげんのよさむかな　政2　おらが春　同『八番日記』　異『発句鈔追加』上五「のらくらの」

古郷を心でおがむ夜寒哉　ふるさとをこころでおがむよさむかな　政2　八番日記

盆の灰いろはかく子の夜寒哉　ぼんのはいいろはかくこのよさむかな　政2　八番日記　参『梅塵八番』上五「盆の灰に」

若い衆のつき合に寝る夜寒哉
わかいしゅのつきあいにねるよさむかな
政2　八番日記

留主居
老が身は鼠も引ぬ夜寒哉
おいがみはねずみもひかぬよさむかな
政3　八番日記　異『発句鈔追加』上五「老の身は」

山鳥の尾のしだりをの夜寒哉
やまどりのおのしだりおのよさむかな
政3　だん袋　同『発句鈔追加』

頭(行)灯のしん〳〵として夜寒哉
あんどんのしんしんとしてよさむかな
政4　八番日記

蚊の責をいまだのがれぬ夜寒哉
かのせめをいまだのがれぬよさむかな
政4　八番日記

さいかちのからり〳〵と夜寒哉
さいかちのからりからりとよさむかな
政4　八番日記

菜畠の元気を得たる夜寒哉
なばたけのげんきをえたるよさむかな
政4　八番日記

弱蚊の伽に鳴たる夜寒哉
よわりかのとぎになきたるよさむかな
政4　八番日記　参『梅塵八番』上五「一ツ蚊の」

青空のきれい過たる夜寒哉
あおぞらのきれいすぎたるよさむかな
政5　だん袋　同『発句鈔追加』

足で追ふ鼠が笑ふ夜さむ哉
あしでおうねずみがわらうよさむかな
政5　文政句帖

草の家は秋も昼寒夜寒哉
くさのやはあきもひるさむよさむかな
政5　文政句帖

さをしかのきげんの直ル夜寒哉
さおしかのきげんのなおるよさむかな
政5　文政句帖

寒いのはまだ夜のみぞうらの山
さむいのはまだよるのみぞうらのやま
政5　文政句帖　異『同句帖』上五「寒いのも」、『だん袋』上五「寒いのも」中七「まだ夜ばかりぞ」、『発句鈔追加』中七「まだ夜ばかりぞ」

大寒の寄れば過たる夜寒哉
だいかんのよればすぎたるよさむかな
政5　文政句帖

旅
荷の間から空を見る夜寒哉
にのあいだからそらをみるよさむかな
政5　文政句帖

寝ぐらしの空塩梅なる夜寒哉　ねぐらしのそらあんばいなるよさむかな　政5　文政句帖　異「真蹟」前書「隣人寝」

寝て暮らす衆が祝ふ夜寒哉　ねてくらすしゅうがいわうよさむかな　政5　文政句帖　同「遺稿」

寝莚に夜寒（ママ）のきげん哉　ねむしろによさむのきげんかな　政5　文政句帖

窓際や虫も夜寒の小寄合　まどぎわやむしもよさむのこよりあい　政5　文政句帖

薮村に豆腐屋できる夜寒哉　やぶむらにとうふやできるよさむかな　政5　文政句帖

我としの直（値）ぶみされたる夜寒哉　わがとしのねぶみされたるよさむかな　政5　文政句帖

初夢を拵へて売る夜寒哉　はつゆめをこしらえてうるよさむかな　政7　文政句帖

うしろ壁見い〳〵咄す夜寒哉　うしろかべみいみいはなすよさむかな　政8　文政句帖

親の〔状〕小壁をおがむ夜寒哉　おやのじょうこかべをおがむよさむかな　政8　文政句帖

親の状三度いたゞく夜寒哉　おやのじょうさんどいただくよさむかな　政8　文政句帖

汁のみのほちや〳〵ほけて夜寒哉　しるのみのほちゃほちゃほけてよさむかな　政8　文政句帖　同『梅塵抄録本』

雨雲が山をかくして夜寒かな　あまぐもがやまをかくしてよさむかな　政10　政九十句写　同『希杖本』

入もせぬ山見覚へる夜寒かな　いりもせぬやまみおぼえるよさむかな　政10　政九十句写　同『希杖本』

裸組裸かげんの夜寒かな　はだかぐみはだかかげんのよさむかな　政10　政九十句写　同『希杖本』

寒いのはまだ夜ふかしぞ山の家　さむいのはまだよふかしぞやまのいえ　不詳　真蹟

旅

次の間の行燈で寝る夜寒哉　つぎのまのあんどんでねるよさむかな　不詳　真蹟　同「希杖本」前書「おなじ心を」

隣人〔の〕寝塩梅なる夜寒哉　りんじんのねあんばいなるよさむかな　不詳　真蹟

草花のつんと立たる夜寒哉　くさばなのつんとたちたるよさむかな　不詳　希杖本

我庵は夜寒所か昼も又　わがいおはよさむどころかひるもまた　不詳　希杖本

我庵や夜寒昼寒さて是は　わがいおやよさむひるさむさてこれは　不詳　希杖本

ずんずんとぼんの凹から夜寒哉　ずんずんとぼんのくぼからよさむかな　不詳　稲長句帖

汁の実の見事にほける夜寒哉　しるのみのみごとにほけるよさむかな　不詳　発句鈔追加

冷やか　（冷ゆる　下冷え　つめたし）

下冷もさいごと公(郊)居に涙哉　したびえもさいごとこうきょになみだかな　寛中　西紀書込

掻レ首踟躕ス

よりかゝる度に冷つく柱哉　よりかかるたびにひやつくはしらかな　享3　享和句帖

背中から冷かゝりけり日枝雲　せなかからひえかかりけりひえのくも　化3　文化句帖

冷〲と日の出給ふうしろ哉　ひえびえとひのいでたもううしろかな　化3　文化句帖

越後山背筋あたりを冷つきぬ　えちごやませすじあたりをひやつきぬ　化4　化三―八写

背筋から冷つきにけり越後山　せすじからひやつきにけりえちごやま　化4　連句稿裏書

冷つくや背すじあたりの斑山　ひやつくやせすじあたりのまだらやま　化4　連句稿裏書

へら鷺や水が冷たい歩き様　へらさぎやみずがつめたいあるきよう　化11　七番日記

下冷の蓑をかぶ〔つ〕てごろり哉　したびえのみのをかぶってごろりかな　化14　七番日記

下冷や臼の中にてきり〲す　したびえやうすのなかにてきりぎりす　化14　七番日記

下冷よ又上冷よ庵の夜は　したびえよまたうわびえよいおのよは　化14　七番日記

風冷りひゝやり秋や辰のとし　かぜひやりひひやりあきやたつのとし　政6　文政句帖

風ひやり〱からだのメリ哉　かぜひやりひやりからだのしまりかな　政7　文政句帖　同『発句鈔追加』、『たねおろし』
前書「夕風寒く山を下る」

闇がりやこぞり立ても冷い秋　くらがりやこぞりたってもひやいあき　政7　文政句帖

十万億土よい連なれど少用あり迹(後)から
先へ行て下冷ぬ場を必よ　さきへいってしたびえぬばをかならずよ　政7　文政句帖　[同]「書簡」前書「送皐鳥仏　十万億土よい道連なれどちと用あれば迹から」、「摺物」前書「送皐鳥仏　十万億土よい噺つれなれど少用ある　あとから」

下冷の子と寝替りて添乳哉　したびえのことねがわりてそえぢかな　政7　文政句帖

寝転ばなを下冷る夜舟哉　ねころべばなおしたびゆるよぶねかな　政7　文政句帖

有明

有明に躍りし時の榎哉　ありあけにおどりしときのえのきかな　享2　享和二句記

有明やさらしな山も通りがけ　ありあけやさらしなやまもとおりがけ　化1　文化句帖

有明や空うつくしき蚊の行衛(方)　ありあけやそらうつくしきかのゆくえ　化6　化六句記

有明や窓からおがむぜん光寺　ありあけやまどからおがむぜんこうじ　化13　七番日記

秋の寝覚

秋の寝覚翌陰らん戸穴哉　あきのねざめあすくもるらんとあなかな　寛中　西紀書込

柴戸の空見る秋の寝覚哉　しばのとのそらみるあきのねざめかな　寛中　西紀書込

秋の日

秋の日やかへらぬ水をなく烏　あきのひやかえらぬみずをなくからす　化1　文化句帖

秋の日や山は狐の娵入り雨　あきのひややまはきつねのよめいりあめ　政6　文政句帖

秋の夕

御旅宿の秋の夕を忘れたり
おはたごのあきのゆうべをわすれたり
寛9　西紀書込

山見ても海見て〔も〕秋の夕哉
やまみてもうみみてもあきのゆうべかな
寛中　西紀書込

植足しの松さへ秋の夕哉
うえたしのまつさえあきのゆうべかな
化1　文化句帖

見ぬ世から秋のゆふべの榎哉
みぬよからあきのゆうべのえのきかな
化1　文化句帖

鶴亀の上にも秋の夕哉
つるかめのうえにもあきのゆうべかな
化2　文化句帖

秋の夕親里らしくなかりけり
あきのゆうおやざとらしくなかりけり
化4　連句稿裏書

たまに来た古郷は秋の夕哉
たまにきたふるさとはあきのゆうべかな
化4　連句稿裏書

小児玉《(霊)》迎
赤紐の草履も見ゆる秋の夕
あかひものぞうりもみゆるあきのゆう
化7　七番日記　異『化三―八写』前書「小児新盆」下五「秋の暮」

赤玉は何のつぼみぞ秋の夕
あかだまはなんのつぼみぞあきのゆう
化9　七番日記

さぼてんやのつぺらばうの秋の夕
さぼてんやのっぺらぼうのあきのゆう
化11　七番日記

野歌〔舞〕伎や秋の夕の真中に
のかぶきやあきのゆうべのまんなかに
化11　七番日記

棒きりのづんづと秋の夕哉
ぼうきりのずんずとあきのゆうべかな
化11　七番日記

なくなるや見倦し秋の夕さへ
なくなるやみあきしあきのゆうべさえ
政5　文政句帖

翁の讃
立給へ秋の夕をいざさらば
たちたまえあきのゆうべをいざさらば
政9　政九十句写　同『希杖本』

芦の穂を蟹がはさんで秋の夕
あしのほをかにがはさんであきのゆう
不詳　発句鈔追加　同『嘉永版』『つき夜さうし』

秋の暮

象潟や朝日ながらの秋のくれ　きさかたやあさひながらのあきのくれ　寛1　蚶満寺旅客集

秋の暮大木の下も人たゆる　あきのくれおおきのしたもひとたゆる　享3　享和句帖

植捨の松も老けり秋の暮　うえすてのまつもおいけりあきのくれ　享3　享和句帖

采蘋

釜かけて空見る人や秋の暮　かまかけてそらみるひとやあきのくれ　享3　享和句帖

鴇羽

烏さへおやをやしなふ秋の暮　からすさえおやをやしなうあきのくれ　享3　享和句帖

たのみなき大木の下や秋の暮　たのみなきおおきのしたやあきのくれ　享3　享和句帖

手招きは人の父也秋の暮　てまねきはひとのちちなりあきのくれ　享3　享和句帖

候人

一つ鵜の水見てゐるや秋の暮　ひとつうのみずみているやあきのくれ　享3　享和句帖

一つなくは親なし鳥よ秋の暮　ひとつなくはおやなしどりよあきのくれ　享3　享和句帖

窓引によりのけられつ秋の暮　まどひきによりのけられつあきのくれ　享3　享和句帖

御仏の外の石さへ秋の暮　みほとけのそとのいしさえあきのくれ　享3　享和句帖

我植し松も老けり秋の暮　わがうえしまつもおいけりあきのくれ　享3　享和句帖　[同]『文化句帖』　[異]『享和句帖』
下五「蓮の暮」

下ノ関

どの蟹も平家めく也秋の暮　どのかにもへいけめくなりあきのくれ　化3　文化句帖

又人にかけ抜れけり秋の暮　またひとにかけぬかれけりあきのくれ　化3　化三—八写

石川の胸にこたゆる秋の暮
いしかわのむねにこたゆるあきのくれ
化4　連句稿裏書

薄靄の足にからまる秋の暮
うすもやのあしにからまるあきのくれ
化5　文化句帖

苦の婆娑《(娑婆)》と草さへ伏か秋の暮
くのしゃばとくささえふすかあきのくれ
化5　化五六句記

括嚢順会所以無咎
梟の一人きげんや秋の暮
ふくろうのひとりきげんやあきのくれ
化6　化五六句記

智者達のさたしおかれし秋の暮
ちしゃたちのさたしおかれしあきのくれ
化7　七番日記

象かたやそでない松も秋の暮
きさかたやそでないまつもあきのくれ
化8　七番日記　同『我春集』『方言雑集』『希杖本』

象潟や田中の島も秋の暮
きさかたやたなかのしまもあきのくれ
化8　我春集

さをしかや片ひざ立て秋の暮
さおしかやかたひざたててあきのくれ
化8　七番日記

嶋〲や思〲の秋の暮
しまじまやおもいおもいのあきのくれ
化8　七番日記

題松島
島々や一こぶしづゝ秋の暮
しまじまやひとこぶしずつあきのくれ
化8　我春集

なか〲に人と生れて秋の暮
なかなかにひととうまれてあきのくれ
化8　我春集　同『発句題叢』『文政版』『嘉永版』『希杖本』『深大寺』『世美塚』　異『俳家奇人談』中七「人もむまれて」

梟と見しはひが目か秋の暮
ふくろうとみしはひがめかあきのくれ
化8　七番日記

松嶋
松嶋や一こぶしづつ秋の暮
まつしまやひとこぶしずつあきのくれ
化8　七番日記　異『柏原雅集』上五「松島も」

吉原やさはさりながら秋の暮
よしわらやさはさりながらあきのくれ
化8 七番日記

秋の暮かはゆき鳥の通りけり
あきのくれかわゆきとりのとおりけり
化9 七番日記

生徳や見る物とては秋の暮
いきどくやみるものとてはあきのくれ
化9 七番日記

うか／＼と人に生れて秋のくれ
うかうかとひとにうまれてあきのくれ
化9 名なし草紙 異『希杖本』中七「人と生れて」

姥の寝たやうな石也秋の暮
うばのねたようないしなりあきのくれ
化9 七番日記

出直せば出直す方や秋の暮
でなおせばでなおすかたやあきのくれ
化9 七番日記

活て又逢ふや秋風秋の暮
いきてまたあうやあきかぜあきのくれ
化10 七番日記 同『句稿消息』

今に成て念入て見る秋の暮
いまになりてねんいれてみるあきのくれ
化10 七番日記 同『化十句文集』

エイヤツと活た所が秋の暮
えいやっといきたところがあきのくれ
化10 七番日記 同『句稿消息』『文政版』『嘉永版』『志多良』『反故さがし』前書「病後」

親といふ字を知てから秋の暮
おやというじをしってからあきのくれ
化10 七番日記 同『句稿消息』

五百仏
親に似た御顔見出して秋の暮
おやににたおかおみだしてあきのくれ
化10 七番日記 同『発句鈔追加』前書「五百羅漢」

死神により残されて秋の暮
しにがみによりのこされてあきのくれ
化10 七番日記

柴ちよぼ／＼遠山作る秋の暮
しばちょぼちょぼとおやまつくるあきのくれ
化10 志多良 同『句稿消息』

薪ちよぼ／＼遠山作秋の暮
まきちょぼちょぼとおやまつくるあきのくれ
化10 七番日記 異『同日記』中七「遠山作る」

松井身まかりぬ〔と〕聞て
正夢や終にはかゝる秋の暮
まさゆめやついにはかかるあきのくれ
化10 七番日記 同『発句鈔追加』

又活て見るぞよ〳〵秋の暮
またいきてみるぞよみるぞよあきのくれ
化10　七番日記　異『句稿消息』上五「活て又」

祭り草臥もぬけぬに秋の暮
まつりくたびれもぬけぬにあきのくれ
化10　七番日記

我拵へし野けぶりも秋の暮
わがこしらえしのけぶりもあきのくれ
化10　七番日記　同『志多良』『句稿消息』

青空に指で字をかく秋の暮
あおぞらにゆびでじをかくあきのくれ
化11　七番日記

蕣の生れ替りや秋の暮
あさがおのうまれかわりやあきのくれ
化11　七番日記

芦の葉を蟹がはさみて秋のくれ
あしのはをかにがはさみてあきのくれ
化11　画餅集　異『句稿消息』中七「蟹がはさんで」、『的申集』『嘉永版』上五「芦の穂を」中七「蟹がはさんで」

あはう鶴のたり〳〵と秋の暮
あほうづるのたりのたりとあきのくれ
化11　七番日記

うしろから耳つとうする秋の暮
うしろからみみっとおするあきのくれ
化11　七番日記

江戸〳〵とエドへ出れば秋の暮
えどえどとえどへいずればあきのくれ
化11　七番日記

白狼
狼も穴から見るや秋の暮
おおかみもあなからみるやあきのくれ
化11　七番日記

きつかりと浅黄の山や秋の暮
きっかりとあさぎのやまやあきのくれ
化11　書簡

ぎつくりと浅黄の山や秋の暮
ぎっくりとあさぎのやまやあきのくれ
化11　七番日記

草からも乳は出るぞよ秋の暮
くさからもちちはでるぞよあきのくれ
化11　七番日記　同『同日記』に重出

乞食が団十郎する秋の暮
こつじきがだんじゅうろうするあきのくれ
化11　七番日記

杉で葺く小便桶や秋の暮
すぎでふくしょうべんおけやあきのくれ
化11　七番日記

三巡
化されに稲むら歩行秋の暮
ばかされにいなむらあるくあきのくれ
化11　七番日記

身一つは貧乏鬮ぞ秋の暮　みひとつはびんぼうくじぞあきのくれ　化11　七番日記

むさしのへ投出ス足や秋の暮　むさしのへなげだすあしやあきのくれ　化11　七番日記

むら雨やおばゞが槙も秋の暮　むらさめやおばばがまきもあきのくれ　化11　七番日記

やよ狐みやげやらふぞ秋の暮　やよきつねみやげやろうぞあきのくれ　化11　七番日記

小猿めがキセル加（咥）へて秋の暮　こざるめがきせるくわえてあきのくれ　化12　七番日記

馬の子も旅に立也秋の暮　うまのこもたびにたつなりあきのくれ　化13　七番日記

なむ克兄仏

おがまるゝ草とは成ぬ秋の暮　おがまるるくさとはなりぬあきのくれ　化13　七番日記

親なしや身に添かげも秋の暮　おやなしやみにそうかげもあきのくれ　化13　七番日記

又ことし死損じけり秋の暮　まてことししにそんじけりあきのくれ　化13　七番日記

瘦脛にゆるせ秋風秋の暮　やせずねにゆるせあきかぜあきのくれ　化13　七番日記

赤雲や蝶が上にも秋の暮　あかぐもやちょうがうえにもあきのくれ　化14　七番日記

立な雁いづくもおなじ秋の暮　たつなかりいずくもおなじあきのくれ　化中　真蹟

野祭や日ぐらし笛も秋の暮　のまつりやひぐらしぶえもあきのくれ　化中　真蹟

秋の暮けふ此ごろの古迹（跡）さへ　あきのくれきょうこのごろのこせきさえ　政1　七番日記

暑いのがまだたのみ也秋の暮　あついのがまだたのみなりあきのくれ　政1　七番日記

追分の一里手前の秋の暮　おいわけのいちりてまえのあきのくれ　政1　七番日記　同『同日記』に重出

追分は一里手前ぞ秋の暮　おいわけはいちりてまえぞあきのくれ　政1　七番日記

戸隠山

鬼の寝た穴よ朝から秋の暮　おにのねたあなよあさからあきのくれ　政1　七番日記

米缺《（炊）》ぐ水とく〳〵や秋の暮
こめかしぐみずとくとくやあきのくれ
政1　七番日記

床の間の杖よわらじよ秋の暮
とこのまのつえよわらじよあきのくれ
政1　七番日記

一二三四と薪よむ声や秋の暮
ひふみよとまきよむこえやあきのくれ
政1　七番日記

我家も一里そこらぞ秋の暮
わがいえもいちりそこらぞあきのくれ
政1　七番日記

馬の子も旅さす〔る〕かよ秋の暮
うまのこもたびさするかよあきのくれ
政2　八番日記

馬のせの土をはくなり秋の暮
うまのせのつちをはくなりあきのくれ
政2　八番日記

膝抱て寝《（羅）》漢顔して秋の暮
ひざだいてらかんがおしてあきのくれ
政2　八番日記　同『だん袋』『発句鈔追加』

連にはぐれて
一人通ると壁に書く秋の暮
ひとりとおるとかべにかくあきのくれ
政2　おらが春　同『だん袋』前書「連にはぐれたる夕暮に」、『発句鈔追加』『八番日記』

行な雁住ばどつちも秋の暮
ゆくなかりすめばどっちもあきのくれ
政2　おらが春　異『嘉永版』上五「立な雁」中七「住ばどつこも」、『八番日記』中七「住ばどつこも」

おれのみ〔は〕舟を出す也秋の暮
おれのみはふねをだすなりあきのくれ
政3　八番日記

隠家や呑手を雇ふ秋の暮
かくれがやのみてをやとうあきのくれ
政3　八番日記

桟や盲もわたる秋のくれ
かけはしやめくらもわたるあきのくれ
政3　八番日記

此人やエゾガ島迄秋の暮
このひとやえぞがしままであきのくれ
政3　八番日記

さどが島
それがしも宿なしに候秋の暮
それがしもやどなしにそろあきのくれ
政3　八番日記

留舟や古人ケ様か《（に）》秋の暮
とめぶねやこじんかようにあきのくれ
政3　八番日記

松の木も老の中（仲）間ぞ秋の暮
まつのきもおいのなかまぞあきのくれ
政3　八番日記

三日月や江ドの苫やも秋の暮
みかづきやえどのとまやもあきのくれ
政3　八番日記

我松も腰がかゞみ（ぬ）の秋の暮
わがまつもこしがかがみぬあきのくれ
政3　八番日記

御地蔵も人をばかすぞ秋の暮
おじぞうもひとをばかすぞあきのくれ
政4　八番日記

さをしかに書物負せて秋の暮
さおしかにしょもつおわせてあきのくれ
政4　梅塵八番

立馬は何を笑ぞ秋の暮
たつうまはなにをわらうぞあきのくれ
政4　八番日記

株の鷺苦労性かよ秋の暮
かぶのさぎくろうしょうかよあきのくれ
政5　文政句帖

気を〔入れて〕見れば見る程秋の暮
きをいれてみればみるほどあきのくれ
政5　文政句帖

善光寺の柱に長崎の旧友昨二日通るとありけるに
知た名のらく書見へて秋の暮
しったなのらくがきみえてあきのくれ
政5　文政句帖　同『だん袋』前書「善光寺に詣けるに長崎の旧友きのふ通るとありければ」　異『文政版』『嘉永版』上五「近づきの」

墨染の蝶の出立や秋の暮
すみぞめのちょうのでたちやあきのくれ
政5　文政句帖

銭金をしらぬ島さへ秋の暮
ぜにかねをしらぬしまさえあきのくれ
政5　文政句帖

秋風や五あみだ迚て日の暮る
あきかぜやいつあみだとてひのくるる
政6　一茶園月並裏書

母ニおくれたる二ツ子の這ひならふに
おさな子や笑ふにつけて秋の暮
おさなごやわらうにつけてあきのくれ
政6　だん袋　同『八番日記』『文政句帖』『終焉記』、『文政版』『嘉永版』前書「母のなき子の這ひならふに」

小言いふ相手のごとし秋の暮　こごというあいてのごとしあきのくれ　政6　文政句帖

小言いふ相手のほしや秋の暮　こごというあいてのほしやあきのくれ　政6　文政句帖

小言いふ相手は壁ぞ秋の暮　こごというあいてはかべぞあきのくれ　政6　文政句帖

古郷は雲の先也秋の暮　ふるさとはくものさきなりあきのくれ　政10　政九十句写　同『希杖本』

姥に似た石の寝やうな秋の暮　うばにたいしのねようなあきのくれ　不詳　柏原雅集　異『発句鈔追加』前書「更級山」中七「石の寝やうや」下五「秋の夕」

姨に似た石の寝やうな秋の暮　おばにたいしのねようなあきのくれ　不詳　柏原雅集　異『希杖本』『発句題叢』「真蹟」中七「石の寝やうや」

爺どのよ何の此世を秋の暮　じじどのよなんのこのよをあきのくれ　不詳　希杖本

きつかりと山は浅黄に秋のくれ　きっかりとやまはあさぎにあきのくれ　不詳　発句鈔追加

さぼてんやのつぺらぼうの秋のくれ　さぼてんやのっぺらぼうのあきのくれ　不詳　発句鈔追加

五百羅漢

母に似た顔見へてより秋の暮　ははにたかおみえてよりあきのくれ　不詳　続篇

秋の夜

秋の夜や旅の男の針仕事　あきのよやたびのおとこのはりしごと　寛5　寛政句帖

有レ狐綏々タリ

秋の夜の独身長屋むつまじき　あきのよのどくしんながやむつまじき　享3　享和句帖

秋の夜や一木立でも松の風　あきのよやひとこだちでもまつのかぜ　享3　享和句帖　同『面目棒』『五明句控』

秋の夜の袖に古びし柱哉　あきのよのそでにふるびしはしらかな　化1　文化句帖

秋の夜や隣を始しらぬ人　あきのよやとなりをはじめしらぬひと　化1　文化句帖

秋の夜や人にすれたる天乙女　あきのよやひとにすれたるあまおとめ　化1　文化句帖

秋の夜やよ所から来ても馬の嘶　あきのよやよそからきてもうまのなく　化1　文化句帖

秋の夜のひよろ／＼長き立木哉　あきのよのひょろひょろながきたちきかな　化7　七番日記

秋の夜やせうじの穴が笛を吹　あきのよやしょうじのあながふえをふく　化8　我春集　異『文政版』『嘉永版』中七「障子の穴の」

秋の夜や窓の小穴が笛を吹　あきのよやまどのこあながふえをふく　化8　七番日記

秋の夜やうらの番屋も祭客　あきのよやうらのばんやもまつりきゃく　政1　七番日記

枕石山
秋の夜や祖師もか様に石枕　あきのよやそしもかようにいしまくら　政3　八番日記　同『同日記』前書「板敷山の麓に伏して」　異『発句鈔追加』前書「板敷山の麓に伏して」中七「祖師もかやうな」、『書簡』前書「枕石山の麓にやどりて」中七「祖師もケ様な」

南都
秋の夜や本丁筋の鹿の恋　あきのよやほんちょうすじのしかのこい　政3　八番日記

秋の夜や木を割にさい（へ）小夜ぎぬた　あきのよやきをわるにさえさよぎぬた　政4　八番日記

秋の夜や乞食村へも祭り客　あきのよやこじきむらへもまつりきゃく　政4　八番日記

秋も又蚊のさわぐ夜はたのみ哉　あきもまたかのさわぐよはたのみかな　政4　八番日記

秋もまだ蚊のさわぐ夜はたのみ哉　あきもまだかのさわぐよはたのみかな　政4　八番日記　参『梅塵八番』中七「蚊の騒ぐ夜が」下五「たのみ也」

秋の夜ののらつく程は長くなる
あきのよののらつくほどはながくなる
不詳　希杖本

夜長

素湯釜を二人し聞は夜永哉
さゆがまをふたりしきくはよながかな
享3　享和句帖

ばか長き夜と申したる夜永哉
ばかながきよともうしたるよながかな
享3　享和句帖

耳際に松風の吹く夜永哉
みみぎわにまつかぜのふくよながかな
享3　享和句帖

うら門のさまはいかにも夜永哉
うらもんのさまはいかにもよながかな
化1　文化句帖

スリコ木もけしきにならぶ夜永哉
すりこぎもけしきにならぶよながかな
化1　文化句帖

出る度に馬の嘶く夜永哉
でるたびにうまのいななくよながかな
化1　文化句帖

人過て夜は明かねて亦打山
ひとすぎてよはあけかねてまつちやま
化1　文化句帖

争や夜永のすみの角田川
あらそいやよながのすみのすみだがわ
化7　七番日記　同『同日記』に重出

おもしろき夜永の門の四隅哉
おもしろきよながのかどのよすみかな
化8　七番日記

あいつらも夜永なるべしそゝり唄
あいつらもよながなるべしそそりうた
化10　七番日記

あばら骨あばらに長き夜也けり
あばらぼねあばらにながきよなりけり
化10　七番日記

庵の夜も小長く成るや遊ぶ程
いおのよもこながくなるやあそぶほど
化10　七番日記　同「書簡」　異『志多良』中七「小長く成りぬ」、『句稿消息』前書「返九月十四日出　十二月八日とゞく」中七「小長く成りぬ」

庵の夜や寝あまる罪は何〆《（貫）》目
いおのよやねあまるつみはなんかんめ
化10　七番日記　同『句稿消息』『文政版』『嘉永版』「遺稿」

一町の惣名代の夜永哉
いっちょうのそうみょうだいのよながかな
化10　七番日記

寝あまる夜といふとしにいつか成ぬ　いねあまるよというとしにいつかなりぬ　化10　七番日記　同『志多良』『句稿消息』

おそろしや寝あまり（る）夜の罪の程　おそろしやねあまるよるのつみのほど　化10　七番日記　同『志多良』『句稿消息』

おそろしや夜が寝あまりし罪の程　おそろしやよがねあまりしつみのほど　化10　書簡

草の戸や夜永の人の又這入る　くさのとやよながのひとのまたはいる　化10　七番日記

下駄からり〳〵夜永のやつら哉　げたからりからりよながのやつらかな　化10　七番日記　同『志多良』『句稿消息』『発句鈔追加』『希杖本』前書「病中」、『柏原雅集』前書「権堂」

小莚や庵に寝あまる祭り客　さむしろやいおにねあまるまつりきゃく　化10　七番日記

善光寺の閨を思ふ

虱ども夜永かろうぞ淋しかろ　しらみどもよながかろうぞさびしかろ　化10　書簡写

其はづ〔ぞ〕夜永の芒八九尺　そのはずぞよながのすすきはっくしゃく　化10　七番日記

十ばかり屁を棄に出る夜永哉　とおばかりへをすてにでるよながかな　化10　七番日記

「昼よりも夜は誰をかともし火の咲ちる花もひとり詠て」と契仲（沖）あざりの病中此通りの淋しさなるべし

長いぞよ夜が長いぞよなむあみだ　ながいぞよよがながいぞよなむあみだ　化10　七番日記　同『発句鈔追加』

永き夜に旅寝のけいこいたしけり　ながきよにたびねのけいこいたしけり　化10　七番日記

永き夜の梁をにらむを仕事哉　ながきよのはりをにらむをしごとかな　化10　七番日記

長き〔夜〕や心の鬼が身を責る　ながきよやこころのおにがみをせめる　化10　七番日記

ナムアミダあむミダ仏夜永哉　なむあみだあむみだほとけよながかな　化10　七番日記　異『発句鈔追加』中七「南無あみだ仏」

蚤どもがさぞ夜永だろ淋しかろ
のみどもがさぞよながだろさびしかろ
化10　七番日記　異『志多良』中七「夜永だらうぞ」、『句稿消息』前書「久しく臥たる善光寺の閭を放れて長沼にやどる夜」中七「夜永だらうぞ」

のら猫が夜永仕事かひたと鳴
のらねこがよながしごとかひたとなく
化10　七番日記

腹の上に字を書ならふ夜永哉
はらのうえにじをかきならうよながかな
化10　七番日記

ばら〳〵と夜永の蚤のきげん哉
ばらばらとよながののみのきげんかな
化10　七番日記

細長い夜のはづれ〔の〕灯かな
ほそながいよるのはずれのともしかな
化10　七番日記　同『発句鈔追加』

耳底のなる程〳〵夜永哉
みみぞこのなるほどなるほどよながかな
化10　七番日記

よん所なく菊に立夜永哉
よんどころなくきくにたつよながかな
化10　志多良　同『句稿消息』

よん所なく菊を見る夜永哉
よんどころなくきくをみるよながかな
化10　七番日記

若僧に対して
影法師に恥よ夜永のむだ歩き
かげぼしにはじよよながのむだあるき
政2　八番日記　同『同日記』に重出

永き夜を赤子〔の〕知て鳴《(泣)》にけり
ながきよをあかごのしってなきにけり
政5　文政句帖

長の夜にまじりともせぬ山家哉
ながのよにまじりともせぬやまがかな
政5　文政句帖

行灯の戻る間の永夜かな
あんどんのもどるあいだのながよかな
政7　文政句帖

かくれ家や一かたまりの夜永衆
かくれがやひとかたまりのよながしゅう
政7　文政句帖

月入て後もたつぷり一夜哉
つきいりてあともたっぷりひとよかな
政7　文政句帖　同「真蹟写」前書「夜永」

念仏の外は毒なり夜が長い
ねんぶつのそとはどくなりよがながい
政7　文政句帖

夜が長長とさする身骨かな
よがながいながいとさするみぼねかな
政7　文政句帖

田中

一の湯へ灯貰ひに行く夜永哉　いちのゆへひもらいにいくよながかな　政8　文政句帖

草の戸や入替立替り夜永好　くさのとやいれかわりたちかわりよながずき　政8　文政句帖

草庵や入替り立替り夜永好　そうあんやいれかわりたちかわりよながずき　政8　文政句帖

草庵

挑(提)灯の灯貰ひに出る夜永哉　ちょうちんのひもらいにでるよながかな　政8　文政句帖

夜は長し徳りはむなし放(離)れ家　よはながしとくりはむなしはなれいえ　不詳　希杖本

暮の秋（行く秋　秋の名残　翌なき秋　九月尽）

天広く地ひろく秋もゆく秋ぞ　てんひろくちひろくあきもゆくあきぞ　寛7　たびしうゐ

利根川の秋もなごりの月よ哉　とねがわのあきもなごりのつきよかな　化1　文化句帖

大川や暮行秋のかさい酒　おおかわやくれゆくあきのかさいざけ　化2　文化句帖

そば花の秋もなくなりかゝる哉　そばはなのあきもなくなりかかるかな　化2　文化句帖

鳥をりて秋の暮るぞ小梅筋　とりおりてあきのくるるぞこうめすじ　化2　文化句帖

行秋にヒヨクと立る田ヒエ哉　ゆくあきにひょくとたてるたひえかな　化2　文化句帖

子供等が翌なき秋をさはぐ也　こどもらがあすなきあきをさわぐなり　化3　文化句帖

行雲やかへらぬ秋を蝉の鳴　ゆくくもやかえらぬあきをせみのなく　化4　化三―八写

行秋や妹がお花のそら招き　ゆくあきやいもがおばなのそらまねき　化6　化三―八写

〔行〕秋や一文不通の尼入道　ゆくあきやいちもんふつうのあまにゅうどう　化7　七番日記

サガ御帰

行秋や已に御釈迦は京の空　ゆくあきやすでにおしゃかはきょうのそら　化7　七番日記

行秋をぶらりと大の男哉
ゆくあきをぶらりとだいのおとこかな
化7　七番日記

秋行や沢庵番のうしろから
あきゆくやたくあんばんのうしろから
化8　七番日記

から／＼と貝殻庇秋過ぬ
からからとかいがらびさしあきすぎぬ
化8　七番日記

行秋やどれもへの字の夜の山
ゆくあきやどれもへのじのよるのやま
化8　七番日記

兵庫つき嶋
行秋や入道どのゝにらみ汐
ゆくあきやにゅうどうどののにらみじお
化9　七番日記　同『株番』、「真蹟」前書「都を引き日をまねきたるも今はつき島のみぞ」

翌からは冬の空ぞよ蝶蜻蛉
あすからはふゆのそらぞよちょうとんぼ
化10　七番日記

草も寝よ秋が行ぞよ今行ぞ
くさもねよあきがゆくぞよいまゆくぞ
化10　七番日記

行秋を尾花もさらば／＼哉
ゆくあきをおばなもさらばさらばかな
化10　七番日記　同『発句鈔追加』　異『句稿消息』『発句題叢』『嘉永版』『希杖本』中七「尾花がさらば」

どん亀の秋も暮るぞ／＼よ
どんがめのあきもくるるぞくるるぞよ
化11　七番日記

行秋や馬の苦労をなでる人
ゆくあきやうまのくろうをなでるひと
政2　八番日記

行秋に御礼申か神の鳩
ゆくあきにおれいもうすかかみのはと
政4　八番日記

行秋やいかい御苦労かけました
ゆくあきやいかいごくろうかけました
政4　八番日記

行秋や糸瓜の皮のだん袋
ゆくあきやへちまのかわのだんぶくろ
政4　八番日記

行秋や日（曲）り形りなる菜大根
ゆくあきやまがりなりなるなだいこん
政4　八番日記　参『梅塵八番』中七「曲り形なる」

行秋を大（太）鼓〔で〕送る祭り哉
ゆくあきをたいこでおくるまつりかな
政4　八番日記

秋もはや西へ行く也角田川　あきもはやにしへゆくなりすみだがわ　政5　文政句帖

行秋を送るめで〔た〕いたいこ哉　ゆくあきをおくるめでたいたいこかな　政5　文政句帖

冬が来る〳〵とせうじのはそん哉　ふゆがくるくるとしょうじのはそんかな　政7　文政句帖

行秋〔や〕無かぶ（濁マヽ）酒屋の又ふへる　ゆくあきやむかぶさかやのまたふえる　政7　文政句帖

夕蝉の翌ない秋をひたと啼　ゆうぜみのあすないあきをひたとなく　不詳　発句鈔追加

秋惜しむ

松原の秋をおしむか鶴の首　まつばらのあきをおしむかつるのくび　化2　文化句帖

山川眺望不塞楼に招るる夜は九月六日也
秋おしめ〳〵とか昔松　あきおしめあきおしめとかむかしまつ　化9　木槿集　同『茶翁連句集』　異『発句鈔追加』中七「秋おしめとて」

行秋やつく〴〵おしと蝉の鳴　ゆくあきやつくづくおしとせみのなく　政5　文政句帖

行秋をつく〴〵おしと鳴せみか　ゆくあきをつくづくおしとなくせみか　政5　文政句帖

秋さび

ばせを翁仏器を拝ミて
木魚うつ我も秋さびのひとつ哉　もくぎょうつわれもあきさびのひとつかな　寛中　真蹟

天の川

ひとりなは我星ならん天川
ひとりなはわがほしならんあまのがわ
享2　享和二句記

天川都のうつけ泣やらん
あまのがわみやこのうつけなくやらん
享3　享和句帖

雲形に寝て見たりけり天川
くもがたにねてみたりけりあまのがわ
享3　享和句帖

汁なべもながめられけり天川
しるなべもながめられけりあまのがわ
享3　享和句帖

深さうな所もありけり天の河
ふかそうなところもありけりあまのがわ
享3　享和句帖

我星はどこに旅寝や天の川
わがほしはどこにたびねやあまのがわ
享3　享和句帖

破なべも夜はおもしろ天川
われなべもよるはおもしろあまのがわ
享3　享和句帖

木に鳴はやもめ烏か天川
きになくはやもめがらすかあまのがわ
化1　文化句帖

我星はどこ〔に〕どうして天の川
わがほしはどこにどうしてあまのがわ
化9　七番日記　同『株番』

うつくしやせうじの穴の天川
うつくしやしょうじのあなのあまのがわ
化10　七番日記　同『句稿消息』前書「病」『希杖本』、『志多良』前書「七夕」、『文政版』『嘉永版』前書「病中」

庵門に流れ入けり天の川
いおかどにながれいりけりあまのがわ
化11　七番日記

我星は年寄組や天の川
わがほしはとしよりぐみやあまのがわ
化11　七番日記

寝むしろやたばこ吹かける天の川
ねむしろやたばこふきかけるあまのがわ
化12　七番日記　同「書簡」前書「秋」、「真蹟」

もちつとで手がとゞく也天の川
もちっとでてがとどくなりあまのがわ
化12　七番日記

木曽山に流入けり天の川
きそやまにながれいりけりあまのがわ
政1　七番日記　異『文政版』『嘉永版』上五「木曽山へ」中七「流込けり」

小坊主が子におしへけり天の川
こぼうずがこにおしえけりあまのがわ
政1　七番日記

さむしろや鍋にすじかふ天の川　さむしろやなべにすじかうあまのがわ　政1　七番日記

冷水にすゝり込だる天の川　ひやみずにすすりこんだるあまのがわ　政3　八番日記　異『梅塵八番』中七「すゝり込だり」

古郷に流入けり天の川　ふるさとにながれいりけりあまのがわ　政3　八番日記

ぼんの凹から冷しけり天の川　ぼんのくぼからひやしけりあまのがわ　政3　八番日記

穴の明程見たりけり天の川　あなのあくほどみたりけりあまのがわ　政4　八番日記

おのが田へ夜水を引て天の川　おのがたへよみずをひきてあまのがわ　政4　八番日記

かしましき寝ぼけ烏や天の川　かしましきねぼけがらすやあまのがわ　政4　八番日記

ボン凹令(冷)つかせけり天の川　ぼんのくぼひやつかせけりあまのがわ　政4　八番日記

水喧嘩水と成時天の川　みずげんかみずとなるときあまのがわ　政4　八番日記

我星は今は旅寝や天の川　わがほしはいまはたびねやあまのがわ　政4　八番日記

山陰も寄て祭るや天の川　やまかげもよりてまつるやあまのがわ　政5　文政句帖

我星はひとりかも寝ん天の川　わがほしはひとりかもねんあまのがわ　政5　文政句帖

盃に呑んで仕廻ふや天の川　さかずきにのんでしまうやあまのがわ　政9　政九十句写　同『希杖本』

船中

霜おくやふとんの上の天の川　しもおくやふとんのうえのあまのがわ　不詳　自筆本

ゆかしさよ田舎の竹も天の川　ゆかしさよいなかのたけもあまのがわ　不詳　希杖本

さむしろや汁の中迄天の川　さむしろやしるのなかまであまのがわ　不詳　稲長句帖

月（秋の月　夕月　月夜）

船頭よ小便無用浪の月　せんどうよしょうべんむようなみのつき　寛4　寛政句帖

其感(威)勢卅日の月も招くべし

寄月恋

晦日に月出ば君を忘んか

松島や三ツ四ツほめて月を又

あるハ又坂の月見る夜あし哉

より添んとあるいほりにて

明月はどの柱にて見給ふぞ

月と吾中に古郷の海と山

月や昔蟹と成ても何代目

出る月のかたは古郷の入江哉

二

戸をさして月にもそぶく住居哉

投られし角力も交る月よ哉

水山蹇

西向て小便もせぬ月よ哉

としよりの仲間に入らん月よ哉

やぶ陰も月さへさせば我家哉

御月様いくつ昔の神の松

かつしかや月さす家は下水端

かばかりの藪も毎ばん月よ哉

そのいせいみそかのつきもまねくべし　寛4　寛政句帖

つごもりにつきでればきみをわすれんか　寛4　寛政句帖

まつしまやみつよつほめてつきをまた　寛4　寛政句帖

あるはまたさかのつきみるよあしかな　寛6　遺稿

めいげつはどのはしらにてみたもうぞ　寛10推　真蹟

つきとわれなかにこきょうのうみとやま　寛中　西紀書込

つきやむかしかにとなりてもなんだいめ　寛中　西紀書込

でるつきのかたはこきょうのいりえかな　寛中　西紀書込

とをさしてつきにもそぶくすまいかな　享3　享和句帖

なげられしすもうもまじるつきよかな　享3　享和句帖

にしむいてしょうべんもせぬつきよかな　享3　享和句帖

としよりのなかまにいらんつきよかな　化1　文化句帖

やぶかげもつきさえさせばわがやかな　化1　文化句帖

おつきさまいくつむかしのかみのまつ　化2　文化句帖

かつしかやつきさすいえはげすいばた　化2　文化句帖

かばかりのやぶもまいばんつきよかな　化2　文化句帖

里の火の古めかしたる月夜哉　さとのひのふるめかしたるつきよかな　化2　文化句帖
汁の実を取に出ても月よ哉　しるのみをとりにいでてもつきよかな　化2　文化句帖
段〳〵に寒うなるみの月よ哉　だんだんにさむうなるみのつきよかな　化2　文化句帖
月影の皆さゝずとも角田川　つきかげのみなささずともすみだがわ　化2　文化句帖
月かげや須磨の座頭の窓に入　つきかげやすまのざとうのまどにいる　化2　文化句帖
常不断通る榎も月よ哉　つねふだんとおるえのきもつきよかな　化2　文化句帖
鶴の首あるべかゝりの月よ哉　つるのくびあるべかかりのつきよかな　化2　文化句帖
むさしのに住居合せて秋の月　むさしのにすまいあわせてあきのつき　化2　文化句帖
むさしのや犬のこふ家も月さして　むさしのやいぬのこうかもつきさして　化2　文化句帖
山の月親〔は〕綱引子はおがむ　やまのつきおやはつなひきこはおがむ　化2　文化句帖
気に入らぬ家も三とせの月よ哉　きにいらぬいえもみとせのつきよかな　化3　文化句帖
是程の月にかまはぬ小家哉　これほどのつきにかまわぬこいえかな　化3　文化句帖
煤くさき畳も月の夜也けり　すすくさきたたみもつきのよなりけり　化3　文化句帖
思ひなくて古郷の月を見度哉　おもいなくてこきょうのつきをみたきかな　化4　連句稿裏書
たま〳〵の古郷の月も涙哉　たまたまのこきょうのつきもなみだかな　化4　連句稿裏書
たまに来し古郷も月のなかりけり　たまにきしこきょうもつきのなかりけり　化4　連句稿裏書
たまに来た古郷の月は曇りけり　たまにきたこきょうのつきはくもりけり　化4　連句稿裏書
月さしてちいさき薮も祭り也　つきさしてちいさきやぶもまつりなり　化4　連句稿裏書
入月に退くやうな小山哉　いるつきにしりぞくようなこやまかな　化5　化五句記
こと〴〵く月はさゝぬぞらかん達　ことごとくつきはささぬぞらかんたち　化5　化五句記

さらしなは迹（後）の祭の月よ哉
さらしなはあとのまつりのつきよかな
化5　化五句記

しなのぢやいく夜なれても軒月
しなのじやいくよなれてものきのつき
化5　化五句記

夕月やいかさま庵は姥が雨
ゆうづきやいかさまいおはうばがあめ
化5　化五句記

湯けぶりにふすぼりもせぬ月の顔
ゆけぶりにふすぼりもせぬつきのかお
化5　草津道の記

あばら家の十ば〔か〕り七ツ月よ哉
あばらやのとおばかりななつつきよかな
化6　化五六句記

事はりや更しな山の月の邪魔
ことわりやさらしなやまのつきのじゃま
化6　化五六句記

さらしなにあひ奉る月よ哉
さらしなにあいたてまつるつきよかな
化6　化五六句記

さらしなや月のおもはくはづかしき
さらしなやつきのおもわくはずかしき
化6　化三―八写

夕月や萩の上行おとし水
ゆうづきやはぎのうえゆくおとしみず
化6　化五六句記

湯のやうな〔お〕茶もさしけり我月よ
ゆのようなおちゃもさしけりわがつきよ
化6　化五六句記

大方の月をもめでし仏かな
おおかたのつきをもめでしほとけかな
化7　七番日記

赤い月是は誰のじや子ども達
あかいつきこれはだれのじゃこどもたち
化8　七番日記　同『我春集』　異『嘉永版』中七「是は誰かのじや」

さらしなの月を〆出す庵哉
さらしなのつきをしめだすいおりかな
化8　七番日記　異『同日記』下五「小家哉」

婆〻どのが酒呑に行く月よ哉
ばばどのがさけのみにゆくつきよかな
化8　七番日記

明く口へ月がさす也角田川
あくくちへつきがさすなりすみだがわ
化9　七番日記　同『株番』『文政版』『嘉永版』　異『希杖本』中七「月もさすなり」

そば時や月のしなの丶善光寺
そばどきやつきのしなののぜんこうじ
化9　七番日記

月も月抑〳〵大の月よ哉　つきもつきそもそもだいのつきよかな　化9　七番日記　同『株番』『発句題叢』『嘉永版』『発句鈔追加』『希杖本』『反古句集』

あの月をとつてくれろと泣子哉　あのつきをとってくれろとなくこかな　化10　七番日記　同『志多良』「書簡」「真蹟」

御目にかゝるも不思儀（議）也秋の月　おめにかかるもふしぎなりあきのつき　化10　七番日記

君が代もおから（らが）が世をも月よ哉　きみがよもおらがよをもつきよかな　化11　七番日記

のら〳〵〔と〕べら棒桐の月よ哉　のらのらとべらぼうきりのつきよかな　化11　七番日記

さしあたり当もなけれど月よ哉　さしあたりあてもなけれどつきよかな　化12　七番日記

憐江戸隠士

掃溜を山と見なして秋の月　はきだめをやまとみなしてあきのつき　化12　七番日記　同『発句鈔追加』

むだ人を叱なさるや秋の月　むだびとをしかりなさるやあきのつき　化12　七番日記

もちつとで乗れさう也月の雲　もちっとでのられそうなりつきのくも　化12　七番日記

先以御安全ぞよ秋の月　まずもってごあんぜんぞよあきのつき　化12推　薮鶯

蜻蛉の保養に歩行月よ哉　とんぼうのほようにあるくつきよかな　化13　七番日記　異『同日記』下五「日よ哉」

夜〳〵やのゝ様いくつ〔と〕云し月　よるよるやののさまいくつといいしつき　化13　七番日記

姥捨た奴も一つの月夜哉　うばすてたやつもひとつのつきよかな　化14　七番日記

貝殻の山からも出る秋の月　かいがらのやまからもでるあきのつき　化14　七番日記

鳴くな雁どこも旅寝の秋の月　なくなかりどこもたびねのあきのつき　化14　七番日記

山の月理屈の抜し御顔哉　やまのつきりくつのぬけしおかおかな　化14　七番日記

姨捨ぬ前はどこから秋の月　おばすてぬまえはどこからあきのつき　政1　七番日記

さらしなや姨の打たる小田の月　さらしなやおばのうちたるおだのつき　政1　七番日記　異『続篇』中七「姨が打たる」

スッポント月と並ぶや角田川
すっぽんとつきとならぶやすみだがわ　政1　七番日記

許々多久の罪も消《ゆ》へべし秋の月
ここだくのつみもきゆべしあきのつき　政3　八番日記

深川や蠣がら山の秋の月
ふかがわやかきがらやまのあきのつき　政4　梅塵八番　同『文政句帖』『文政版』『嘉永版』『梅塵抄録本』

みちのくや角銭山の秋の月
みちのくやかくせんやまのあきのつき　政4　梅塵八番　同『文政句帖』

木《生》娘が遠歩きする月夜哉
きむすめがとおあるきするつきよかな　政5　文政句帖

気をもむな爰をさりても山の月
きをもむなここをさりてもやまのつき　政5　文政句帖

の丶さまと指た月出たりけり
ののさまとゆびさしたつきでたりけり　政5　文政句帖

川留やむかふは月の古る名所
かわどめやむこうはつきのふるめいしょ　政6　文政句帖

天上のたのしみもさることながら
玉兎むしろ下界〔が〕らくならん
たまうさぎむしろげかいがらくならん　政6　文政句帖

手づくねの山の上より秋の月
てづくねのやまのうえよりあきのつき　政6　文政句帖

義経の尻迹《跡》はどこ松の月
よしつねのしりあとはどこまつのつき　政6　文政句帖

義径《経》は松の月さへひいき哉
よしつねはまつのつきさえひいきかな　政6　文政句帖

我らにも腰かけられし松の月
われらにもこしかけられしまつのつき　政6　文政句帖

山のはや心で月を出して見る
やまのはやこころでつきをだしてみる　政7　文政句帖

名所や壁の穴より秋の月
などころやかべのあなよりあきのつき　政8　文政句帖

古壁の穴や名所の秋の月
ふるかべのあなやめいしょのあきのつき　政8　文政句帖

反古窓も沢山月の明哉
ほごまどもたくさんつきのあかりかな　政8　文政句帖

山寺や月も一間に一ツヅ丶
やまでらやつきもひとまにひとつずつ　政8　文政句帖

月はしらん住吉の松いつはいた　つきはしらんすみよしのまついつはえた　政9　政九十句写

古壁やどの穴からも秋の月　ふるかべやどのあなからもあきのつき　政9　政九十句写　同『希杖本』「書簡」

出る月よことに男松のいさみ声　でるつきよことにおまつのいさみごえ　不詳　真蹟

客ぶりや月に居並ぶ仏達　きゃくぶりやつきにいならぶほとけたち　不詳　希杖本

春耕孫祝

門の月ことに男松のいさみ声　かどのつきことにおまつのいさみごえ　不詳　文政版　同『嘉永版』

盆の月

盆の月木綿裾（袷）のうれしいか　ぼんのつきもめんあわせのうれしいか　化1　文化句帖

子をもたば盆〳〵〳〵の月よ哉　こをもたばぼんぼんぼんのつきよかな　化9　七番日記

蚯諷ひ蚊が餅をつく盆の月　みみずうたいかがもちをつくぼんのつき　化9　七番日記

小柱もせんたくしたり盆の月　こばしらもせんたくしたりぼんのつき　政1　七番日記

立臼に子を安置して盆の月　たちうすにこをあんぢしてぼんのつき　政1　七番日記

笛吹てはせ山越る盆の月　ふえふいてはせやまこゆるぼんのつき　政1　七番日記

浴して我〔身〕となりぬ盆の月　ゆあみしてわがみとなりぬぼんのつき　政3　八番日記

片里は盆の月夜の日延かな　かたざとはぼんのつきよのひのべかな　政4　八番日記

戸せうじの洗濯したり盆の月　としょうじのせんたくしたりぼんのつき　政4　八番日記

盆の月今夜切とや人通り　ぼんのつきこんやきりとやひとどおり　政4　八番日記

盆の月猫も御墓を持にけり　ぼんのつきねこもおはかをもちにけり　政4　一茶園月並裏書

峯越る越後同（道）者や盆の月　みねこゆるえちごどうじゃやぼんのつき　政4　八番日記

もろこしをあぶり焦すや盆の月　もろこしをあぶりこがすやぼんのつき　政4　八番日記

ま《(も)》ろけ《(こ)》しを堤であぶるや盆の月
もろこしをどてであぶるやぼんのつき
政4　八番日記

うら山もくり〳〵掃て盆の月
うらやまもくりくりはいてぼんのつき
政5　文政句帖

盆の月参る墓さへなかりけり
ぼんのつきまいるはかさえなかりけり
政5　文政句帖

うら盆の月願ひしは昔なる
うらぼんのつきねがいしはむかしなる
政6　文政句帖

けふ翌の盆さへ欠る月夜哉
きょうあすのぼんさえかけるつきよかな
政6　文政句帖

湯も浴て月夜の盆をしたりけり
ゆもあびてつきよのぼんをしたりけり
政6　文政句帖

三日月

我もいつあのけぶりぞよ三ケの月
われもいつあのけぶりぞよみかのつき
化1　文化句帖

三ケ月の朧作りてはや入ぬ
みかづきのおぼろつくりてはやいりぬ
化6　化六句記

翦鞠の松にかゝりて三ケの月
それまりのまつにかかりてみかのつき
化10　七番日記

三ケの月かすまんとして入にけり
みかのつきかすまんとしていりにいけり
化10　七番日記

むだ草も穂に穂が咲ぞ三ケの月
むだくさもほにほがさくぞみかのつき
化11　七番日記　同「真蹟」前書「ことしや世がよいぞ〳〵」　異『文政版』『嘉永版』中七「穂に穂が咲て」　参『梅塵八番』前書「豊秋」中七「穂にほが咲て」

三ケ月をにらみ付たる蝉の殻
みかづきをにらみつけたるせみのから
政3　八番日記　参『梅塵八番』中七「白眼つめたり」

窓ぶたのつゝ張りとれて三ケの月
まどぶたのつっぱりとれてみかのつき
政6　文政句帖

待宵

名月は翌と成けり夜の雨
めいげつはあすとなりけりよるのあめ
享3　享和句帖

松かげや月待よひの夢ざうり　まつかげやつきまつよいのゆめぞうり　化2　甲子発句集

待宵の松葉焚さへさが野哉　まつよいのまつばたくさえさがのかな　化2　文化句帖

待宵や芒刈かや寝草伏　まつよいやすすきかるかやねぐさふし　化6　化五六句記

待宵や寝て草伏し花すゝき　まつよいやねてくさふせしはなすすき　化6　化五六句記

待宵やき《(ま)》たぬ雨ふるしなのやま　まつよいやまたぬあめふるしなのやま　政3　八番日記　同「真蹟」前書「十四夜雨」

待宵やまたぬ大雨ざぶ／＼と　まつよいやまたぬおおあめざぶざぶと　政3　八番日記

翌の夜の月を請合ふ爺かな　あすのよのつきをうけあうじいかな　政4　だん袋　同『八番日記』『文政版』『嘉永版』

里人はかぶき芝居を宵待や　さとびとはかぶきしばいをよいまつや　政6　文政句帖

子ども衆は餅待宵の月見哉　こどもしゅはもちまつよいのつきみかな　政9　政九十句写　同『希杖本』

江戸川や月待宵の芒船　えどがわやつきまつよいのすすきぶね　不詳　文政版　同『嘉永版』

必や雨待宵のしなの山　かならずやあめまつよいのしなのやま　不詳　希杖本

名月（今日の月　芋名月　十五夜　月今宵　月一夜　閏名月　雨名月　月見）

名月をかさねつこけつ波の間　めいげつをかさねつこけつなみのあい　天8　百名月

樹下石上を栖となすは雲水斗薮の常ならなくに今よひ諸風士と共に蝸牛庵に会す

人並に畳のうえの月見哉　ひとなみにたたみのうえのつきみかな　寛8　遺稿　同『月の会』「真蹟」

名月のこゝろになれば夜の明る　めいげつのこころになればよのあける　寛10　なにはの月

海《(ママ)》のなきおもひやる月見哉　うみのなきおもいやるつきみかな　寛中　西紀書込

此あたり我顔海に月見哉　このあたりわがかおうみにつきみかな　寛中　西紀書込

さぞ今よひ古郷の川も月見哉　さぞこよいこきょうのかわもつきみかな　寛中　西紀書込

月今よひ古郷に似ざる山もなし　つきこよいこきょうににざるやまもなし　寛中　西紀書込

月今よひ古郷に似たる山はいくつ　つきこよいこきょうににたるやまはいくつ　寛中　西紀書込

月今よひ山は古郷に似たる哉　つきこよいやまはこきょうににたるかな　寛中　西紀書込

月やこよひ舟連ねしを平家蟹　つきやこよいふねつらねしをへいけがに　寛中　西紀書込

古郷に似たる山をかぞへて月見哉　ふるさとににたるやまをかぞえてつきみかな　寛中　西紀書込

名月や与市が的もかゝる夜は　めいげつやよいちがまともかかるよは　寛中　西紀書込

よ所からは嘸此島を月見哉　よそからはさぞこのしまをつきみかな　寛中　西紀書込

大あれのけもなき月の御山哉　おおあれのけもなきつきのおやまかな　享2　享和二句記

思ひ入月ははたしてけふの月　おもいいるつきははたしてきょうのつき　享2　粟蒔集

姥捨の山のうらみる今宵哉　うばすてのやまのうらみるこよいかな　享3　享和句帖

草の雨松の月よや十五日　くさのあめまつのつきよやじゅうごにち　享3　享和句帖

さらしなはきのふとなりて月夜哉　さらしなはきのうとなりてつきよかな　享3　享和句帖

〔さらしなを〕うしろになせ〔ば月夜哉〕　さらしなをうしろになせばつきよかな　享3　享和句帖

〔さらしなを〕うしろに見ゝ《（れ）》〔ば月夜哉〕　さらしなをうしろにみればつきよかな　享3　享和句帖

さらしなを放《（離）》れし其夜月夜哉　さらしなをはなれしそのよつきよかな　享3　享和句帖

十五夜や無疵の月はいつのまゝ　じゅうごややむきずのつきはいつのまま　享3　享和句帖

揚之水
白石のしろき心の月見哉　しろいしのしろきこころのつきみかな　享3　享和句帖

名月もそなたの空ぞ毛唐人　めいげつもそなたのそらぞけとうじん　享3　享和句帖
名月や役(後)にして行あさぢ原　めいげつやあとにしてゆくあさじはら　化1　文化句帖
名月や雨なく見ゆるよ所の空　めいげつやあめなくみゆるよそのそら　化1　文化句帖
名月や石のあはひの人の顔　めいげつやいしのあわいのひとのかお　化1　文化句帖
名月や誰〳〵ばかり去年の顔　めいげつやたれたればかりこぞのかお　化1　文化句帖
名月や都に居てもとしのよる　めいげつやみやこにいてもとしのよる　化1　文化句帖
雨降らぬ空も見へけり月一夜　あめふらぬそらもみえけりつきひとよ　化2　文化句帖
雨降も角田河原や月一夜　あめふるもすみだがわらやつきひとよ　化2　文化句帖
雨ふるや名月も二度角田川　あめふるやめいげつもにどすみだがわ　化2　文化句帖
家借てから名月も二度目哉　いえかりてからめいげつもにどめかな　化2　文化句帖
家かりて先名月も二度目哉　いえかりてまずめいげつもにどめかな　化2　文化句帖
大雨や月見の舟も見へてふる　おおあめやつきみのふねもみえてふる　化2　文化句帖
けふの月我もむさしに住合　きょうのつきわれもむさしにすみあわす　化2　文化句帖
十五夜にふれと祈シ雨ナルカ　じゅうごやにふれといのりしあめなるか　化2　文化句帖
十五夜に持込雨の柳哉　じゅうごやにもちこむあめのやなぎかな　化2　文化句帖
十五夜の月霞家も我世哉　じゅうごやのつきかすむやもわがよかな　化2　文化句帖
十五夜の二度目も雨か角田川　じゅうごやのにどめもあめかすみだがわ　化2　文化句帖
十五夜の二度目も雨の角田川　じゅうごやのにどめもあめのすみだがわ　化2　文化句帖
十五夜や田を三巡の神の雨　じゅうごやたをみめぐりのかみのあめ　化2　文化句帖
店かりて名月も二度逢る哉　たなかりてめいげつもにどあえるかな　化2　文化句帖

月見荒それさへもないことし哉　つきみあれそれさえもないことしかな　化2　文化句帖

年よりや月を見るにもナムアミダ　としよりやつきをみるにもなむあみだ　化2　文化句帖

武蔵野ゝ名月も二度逢ふ夜哉　むさしののめいげつもにどあうよかな　化2　文化句帖

名月の二度迄ありと伏家哉　めいげつのにどまでありとふせやかな　化2　文化句帖

名月の二度目も軒の雫哉　めいげつのにどめものきのしずくかな　化2　文化句帖

名月をさしてかまはぬ草家哉　めいげつをさしてかまわぬくさやかな　化2　文化句帖

持こたへこたへし雨や月一夜　もちこたえこたえしあめやつきひとよ　化2　文化句帖

名月や頓て嫌ひな風の吹　めいげつややがてきらいなかぜのふく　化3　文化句帖

名月にかまはぬ家も祭り哉　めいげつにかまわぬいえもまつりかな　化4　連句稿裏書

臀に石あたゝまる月よ哉　いさらいにいしあたたまるつきよかな　化5　化五句記

石とならば此名月ぞ其女　いしとならばこのめいげつぞそのおんな　化5　化五句記

名月にすつくり立し榎哉　めいげつにすっくりたちしえのきかな　化5　化五句記

名月の御覧の通り屑家也　めいげつのごらんのとおりくずやなり　化5　化五句記　同「真蹟」　異『随斎筆紀』『文政版』『嘉永版』『発句類題集』『繋橋』『草原庵百人句集』『万家人名録』『月百句』「真蹟」下五「屑家哉」

名月も脇へつんむく小家哉　めいげつもわきへつんむくこいえかな　化5　化五句記

芥藪そも名月の夜也けり　あくたやぶそもめいげつのよなりけり　化6　化五六句記

姥捨山

けふといふ今日名月の御側哉　きょうというきょうめいげつのおそばかな　化6　化三—八写　同『菫草』『発句題叢』『文政版』『嘉永版』『希杖本』『発句鈔追加』

けふといふ今日名月の御山哉
きょうというきょうめいげつのおやまかな　化6　化五六句記

一夜〔さ〕は我さらしなよさらしなよ
ひとよさはわがさらしなよさらしなよ　化6　句稿消息写　同『発句鈔追加』前書「姨捨月」

名月のさしかゝりけり貰餅
めいげつのさしかかりけりもらいもち　化6　句稿断片

名月や下戸が植たる松の木に
めいげつやげこがうえたるまつのきに　化6　化五六句記

名月やそも／＼寒きしなの山
めいげつやそもそもさむきしなのやま　化6　化五六句記

名月やどこに居ても人の邪魔
めいげつやどこにおってもひとのじゃま　化6　化五六句記

名月〔や〕深草焼のカグヤ姫
めいげつやふかくさやきのかぐやひめ　化6　化五六句記

名月の御顔あてかな茶のけぶり
めいげつのおかおあてかなちゃのけぶり　化7　七番日記

名月やけふはあなたもいそがしき
めいげつやきょうはあなたもいそがしき　化7　七番日記

名月やけふはあなたも御急ぎ
めいげつやきょうはあなたもおんいそぎ　化7　七番日記

名月や旅根生（性）の萩すゝき
めいげつやたびこんじょうのはぎすすき　化7　七番日記

返書出ス
名月をにぎ／＼したる赤子哉
めいげつをにぎにぎしたるあかごかな　化7　七番日記　異『発句鈔追加』下五「わらは哉」

名月や女だてらの居酒呑
めいげつやおんなだてらのいざけのみ　化8　七番日記

名月や女だてらの頬かぶり
めいげつやおんなだてらのほおかぶり　化8　我春集

名月〔や〕門から直にしなの山
めいげつやかどからすぐにしなのやま　化8　七番日記

去廿日花川戸六兵衛喜兵衛妻ちよ親孝行銀五枚公ヨリ賜ル
名月や暮ぬ先から角田川　めいげつやくれぬさきからすみだがわ　化8　七番日記

名月や高観音の御ひざ元　めいげつやこうかんのんのおひざもと　化8　七番日記　同『我春集』

名月や藪蚊だらけの角田川　めいげつややぶかだらけのすみだがわ　化8　七番日記　同『我春集』『発句題叢』『希杖本』『仙都紀行』

名月やおれが八まん大菩薩　めいげつやおれがはちまんだいぼさつ　化9　七番日記

明がたに本ンの名月と成り〔に〕けり　あけがたにほんのめいげつとなりにけり　化10　七番日記

丸一夜名月にてはなかりけり　まるひとよめいげつにてはなかりけり　化10　七番日記

名月や明て気のつく芒疵　めいげつやあけてきのつくすすききず　化10　七番日記

名月や家より出て家に入　めいげつやいえよりいでていえにいる　化10　七番日記

名月や上坐（座）して鳴きり〳〵す　めいげつやかみざしてなくきりぎりす　化10　七番日記　同『句稿消息』

名月やきのふと成りし大荒日　めいげつやきのうとなりしおおあれび　化10　七番日記

名月や草の下坐（座）はどこの衆　めいげつやくさのしもざはどこのしゅう　化10　七番日記

名月〔や〕とばかり立いむつかしき　めいげつやとばかりたちいむつかしき　化10　七番日記　同『志多良』『文政版』『嘉永版』

名月や寝ながらおがむ体たらく　めいげつやねながらおがむていたらく　前書「病中」　化10　七番日記　同『志多良』『句稿消息』

山里は汁の中迄名月ぞ　やまざとはしるのなかまでめいげつぞ　化10　七番日記　同『同日記』に重出、『句稿消息』

仇藪も貧乏かくしぞけふの月　あだやぶもびんぼかくしぞきょうのつき　化11　七番日記

名月や焼飯程のしなの山　めいげつややきめしほどのしなのやま　化11　七番日記

木母寺は吐反（反吐）だらけ也けふの月　もくぼじはへどだらけなりきょうのつき　化11　七番日記

薮原やばくちの銭も名月ぞ　やぶはらやばくちのぜにもめいげつぞ　化11　七番日記

壁穴に我名月の御出哉　かべあなにわがめいげつのおいでかな　化12　七番日記

名月やあなたも先〔は〕御安全　めいげつやあなたもまずはごあんぜん　化12　七番日記　異『文政版』『嘉永版』「書簡」中七「先はあなたも」

名月や西に向へばぜん光寺　めいげつやにしにむかえばぜんこうじ　化12　七番日記　同『発句鈔追加』前書「長沼にて」

松嶋
名月や松ない嶋も天窓数　めいげつやまつないしまもあたまかず　化12　七番日記

破壁や我が名月の今御座る　やれかべやわがめいげつのいまござる　化12　栗本雑記五

あがくなよ二度目もこんな名月ぞ　あがくなよにどめもこんなめいげつぞ　化13　七番日記　同『同日記』に重出

君が代は二度も仝じ名月ぞ　きみがよはにどもおんなじめいげつぞ　化13　七番日記　同『希杖本』前書「閏十五夜」

二階月見
梁の横にさしても名月ぞ　うつばりのよこにさしてもめいげつぞ　化13　七番日記

姥捨山
人声やおくれ月見も所がら　ひとごえやおくれつきみもところがら　化13　七番日記　同『希杖本』前書「閏十五夜姥捨山」、『同日記』前書「閏良夜」

漂泊四十年
ふしぎ也生た家でけふの月　ふしぎなりうまれたいえできょうのつき　化13　七番日記

ぼんやりとしてもさすがは名月ぞ
ぼんやりとしてもさすがはめいげつぞ
化13　七番日記　異『同日記』前書「十五夜雨」中七「してもさすがに」

雨
名月とお〔つ〕つか〔つ〕つや通り雨
めいげつとおっつかっつやとおりあめ
化13　七番日記

名月にけろりと立しかゞし哉
めいげつにけろりとたちしかがしかな
化13　七番日記

名月に引ついて出る薮蚊哉
めいげつにひっついてでるやぶかかな
化13　七番日記

名月も二度逢にけりさりながら
めいげつもにどあいにけりさりながら
化13　七番日記

壬（閏）十五夜
名月も二度迄御目〔に〕かゝりけり
めいげつもにどまでおめにかかりけり
化13　七番日記

名月や石の上なる茶わん酒
めいげつやいしのうえなるちゃわんざけ
化13　七番日記

名月や芒の陰の居酒呑
めいげつやすすきのかげのいざけのみ
化13　七番日記　同「真蹟」、『希杖本』前書「さらしな山」　異『同日記』中七「芒に坐とる」、『発句鈔追加』前書「姥捨」中七「芒に坐とる」

名月や箕ではかり込御さい銭
めいげつやみではかりこむおさいせん
化13　七番日記　同『同日記』に重出、『発句鈔追加』『希杖本』前書「男山」

名月や山のかゞしの袂から
めいげつややまのかがしのたもとから
化13　七番日記

土でつくねた西行も月見哉
つちでつくねたさいぎょうもつきみかな
化14　七番日記

名月や芒へ投る御さい銭
めいげつやすすきへほうるおさいせん
化14　七番日記

ついに見ぬ月のやう也十五日
ついにみぬつきのようなりじゅうごにち
化中　書簡

名月や世に捨てられし薮のさま
めいげつやよにすてられしやぶのさま
化中　書簡

我なりや名月何とのたまはく　わがなりやめいげつなんとのたまわく　化中　書簡

珠数《（数珠）》かけて名月拝む山家哉　じゅずかけてめいげつおがむやまがかな　化中　梅塵抄録本　同『発句鈔追加』

究竟の雨といふ也けふの月　くっきょうのあめというなりきょうのつき　政1　七番日記

十五夜や祈ばなしの山の雨　じゅうごややいのりばなしのやまのあめ　政1　七番日記

良夜

十五夜や丁どもち込祈り雨　じゅうごややちょうどもちこむいのりあめ　政1　七番日記　同「真蹟」前書「長／＼の雨乞是迄しるしなかりけるに」、「書簡」前書「六月より片てり所々雨乞もしるしなかりければ」

十五夜や村もつて来て祈り雨　じゅうごややむらもってきていのりあめ　政1　七番日記

名月の小すみ〔に〕立る芦家哉　めいげつのこすみにたてるあしやかな　政1　七番日記

名月やおんヒラ／＼の流し樽　めいげつやおんひらひらのながしだる　政1　七番日記

名月や大道中へおとし水　めいげつやだいどうなかへおとしみず　政1　七番日記

庵のかぎ松にあづけて月見哉　いおのかぎまつにあずけてつきみかな　政2　八番日記

姥捨た罪も亡んけふの月　うばすてたつみもほろびんきょうのつき　政2　八番日記

金上戸と金聾と見月《（月見）》哉　かなじょうごとかなつんぼとつきみかな　政2　八番日記

御祝義《（儀）》〔に〕月見て閉《（締）》る庵かな　ごしゅうぎにつきみてしめるいおりかな　政2　八番日記

是程の月や我家に寝て見たら　これほどのつきやわがやにねてみたら　政2　八番日記

酒尽てしんの座につく月見哉　さけつきてしんのざにつくつきみかな　政2　おらが春　同『八番日記』『発句鈔追加』

十五夜の月や我家に寝たならば　じゅうごやのつきやわがやにねたならば　政2　八番日記

おのが味噌のみそ嗅をしらず
蕎麦国のたんを切つゝ月見哉
そばぐにのたんをきりつつつきみかな
政2　おらが春　異『八番日記』上五「そば所の」、『発句鈔追加』前書「おのが味噌の味噌くさきをしらず」上五「蕎麦の花」

十五夜は高井野梨本氏にありて
古郷の留主居も一人月見哉
ふるさとのるすいもひとりつきみかな
政2　おらが春　同『八番日記』

名月の御名代かや白うさぎ
めいげつのごみょうだいかやしろうさぎ
政2　八番日記　参『梅塵八番』中七「御名代かよ」

名月やあたりにせまる壁の穴
めいげつやあたりにせまるかべのあな
政2　八番日記　異『嘉永版』中七「あてにもせざる」　参『梅塵八番』中七「当にはせざる」

名月や下戸はしん〱しんの坐（座）に
めいげつやげこはしんしんしんのざに
政2　八番日記

名月や五十七年旅の秋
めいげつやごじゅうしちねんたびのあき
政2　八番日記　異『句稿断片』中七「四十七年」下五「後し秋」

祝
名月やことに男松のいさみ声
めいげつやことにおまつのいさみごえ
政2　八番日記

名月や膳に這よる子があらば
めいげつやぜんにはいよるこがあらば
政2　八番日記

名月や膝〔を〕枕の子があらば
めいげつやひざをまくらのこがあらば
政2　八番日記　参『梅塵八番』中七「膝を枕に」

名月や松に預ける庵の鍵
めいげつやまつにあずけるいおのかぎ
政2　八番日記

名月を取てくれろとなく子哉
めいげつをとってくれろとなくこかな
政2　おらが春　同『文政版』『嘉永版』

籾蔵の陰の小家も月見哉
もみぐらのかげのこいえもつきみかな
政2　八番日記

此秋は正（精）じん酒の月見哉
このあきはしょうじんざけのつきみかな
政3　八番日記　参『梅塵八番』上五「秋風は」

名月や（に）乗じてかつぐ鉄炮（砲）哉
めいげつにじょうじてかつぐてっぽかな
政3　八番日記　参『梅塵八番』上五「名月に」

名月に任せて置や家の尻
めいげつにまかせておくやいえのしり
政3　八番日記

日増に眼力
名月や去々年迄は針の穴
めいげつやおとどしまではりのあな
政3　真蹟　異『続篇』前書「日々に眼力うとく」中七「去々年までも」

名月やおれが外にも立地蔵
めいげつやおれがほかにもたちじぞう
政3　八番日記　同「書簡」前書「独遊」、「真蹟」前書「独行」

名月やせうじん酒は常なれど
めいげつやしょうじんざけはつねなれど
政3　八番日記

名月や目につかはれて夜も終
めいげつやめにつかわれてよもすがら
政3　八番日記

名月や山の奥には山の月
めいげつややまのおくにはやまのつき
政3　発句類題集

目の役に拙者もならぶ月見哉
めのやくにせっしゃもならぶつきみかな
政3　八番日記

山里は小鍋の中も名月ぞ
やまざとはこなべのなかもめいげつぞ
政3　八番日記

虻もとらぬ蜂〔を〕もとらぬ月見哉
あぶもとらぬはちをもとらぬつきみかな
政4　八番日記

仏ので子にはあらねど
有合の臼の上にて月見哉
ありあいのうすのうえにてつきみかな
政4　八番日記　同『発句鈔追加』前書「仏の真似にはあらねども」

姥捨など丶草臥るも全（詮）なければ
有合の山ですますやけふの月
ありあいのやまですますやきょうのつき
政4　八番日記　同『終焉記』『飛濃紀佳散』「真蹟」「画賛」、『文政版』『嘉永版』前書「姨捨など丶

は老足むつかしく」 参『梅塵八番』前書「姨捨
など〻は老足むつかしくて」

御の月《字》の月〔に〕成たよ成こそたよ《つたぞよ》
おんのじのつきになったよなったぞよ
政4　八番日記　参『梅塵八番』上五「御の字の」
下五「なったぞよ」

十五夜の祝義《儀》に出たり三足ほど
じゅうごやのしゅうぎにでたりみあしほど
政4　八番日記

十五夜の月やあなたに《も》御安全
じゅうごやのつきやあなたもごあんぜん
政4　八番日記　参『梅塵八番』中七「月やあ
なたも」

出ぬ《ず》入らぬ坐《座》につらなりて月見哉
でずいらぬざにつらなりてつきみかな
政4　八番日記　参『梅塵八番』上五「出ず入ら
ぬ」

手拭をつむりに乗せて月見哉
てぬぐいをつむりにのせてつきみかな
政4　八番日記

二番小便から直に月見哉
にばんしょうべんからすぐにつきみかな
政4　八番日記

大円子《寺》
松が枝の上に坐《座》どりて月見哉
まつがえのうえにざどりてつきみかな
政4　八番日記　同『発句鈔追加』

松の木のてつぺんにざす月見哉
まつのきのてっぺんにざすつきみかな
政4　八番日記

名月のさつさと急ぎ給ふ哉
めいげつのさっさといそぎたもうかな
政4　八番日記　同『文政句帖』『文政版』『嘉
永版』『茶翁聯句集』

名月や梅もさくらも帰《返》り花
めいげつやうめもさくらもかえりばな
政4　八番日記

赤馬《間》関
名月や蟹も平を名乗り出
めいげつやかにもたいらをなのりいで
政4　真蹟　同『政九十句写』『文政版』『嘉永版』

名月や出家士諸商人
めいげつやしゅっけざむらいしょあきんど
政4　八番日記

名月や住でも見たき小松島　めいげつやすんでもみたきこまつしま　政4　八番日記

名月や茶碗に入れる酒の銭　めいげつやちゃわんにいれるさけのぜに　政4　八番日記

名月や八文酒を売あるく　めいげつやはちもんざけをうりあるく　政4　八番日記

名月や横に寝る人おがむ人　めいげつやよこにねるひとおがむひと　政4　八番日記　同「真蹟」

雨どしや十五夜とても只の山　あめどしやじゅうごやとてもただのやま　政5　文政句帖

大雨や此十五夜も只の山　おおあめやこのじゅうごやもただのやま　政5　文政句帖

大井〔戸〕も小井戸〔も〕かへて月見哉　おおいどもこいどもかえてつきみかな　政5　文政句帖

御の字の月と成りけり草の雨　おんのじのつきとなりけりくさのあめ　政5　文政句帖　同「遺稿」

おなじく夜半清光
御の字の月夜也けり草の雨　おんのじのつきよなりけりくさのあめ　政5　だん袋　同『稲長句帖』前書「夜半時」　異『発句鈔追加』前書「良夜半清光」下五「草の花」

十五夜とさへ申さぬや二度目には　じゅうごやとさえもうさぬやにどめには　政5　文政句帖

十五夜の萩に芒に雨見哉　じゅうごやのはぎにすすきにあまみかな　政5　文政句帖　異『稲長句帖』中七「萩も芒も」

良夜雨
十五夜や雨見の芒女郎花　じゅうごややあまみのすすきおみなえし　政5　だん袋　異『発句鈔追加』上五「十五夜の」中七「雨見や芒」

十五夜や月にもまさる山の雨　じゅうごややつきにもまさるやまのあめ　政5　文政句帖

十五夜や月のかはりに雨がもる　じゅうごややつきのかわりにあめがもる　政5　文政句帖

名月に来て名月を鼾かな　めいげつにきてめいげつをいびきかな　政5　文政句帖

名月や生たまゝの庭の松
めいげつやうまれたままのにわのまつ
政5　文政句帖

名月や隅の小すみの小松島
めいげつやすみのこすみのこまつしま
政5　文政句帖

名月や山有川有寝ながらに
めいげつややまありかわありねながらに
政5　文政句帖　同「遺稿」

翌はなき月の名所を夜の雨
あすはなきつきのめいしょをよるのあめ
政6　文政句帖

小言いふ相手もあらばけふの月
こごというあいてもあらばきょうのつき
政6　文政句帖　同『文政版』『嘉永版』前書「やかましかりし老妻ことしなく」

芝居迄降つぶしたりけふの月
しばいまでふりつぶしたりきょうのつき
政6　文政句帖

十五夜のよい御しめりよよい月夜
じゅうごやのよいおしめりよよいつきよ
政6　文政句帖　異『だん袋』『発句鈔追加』前書「雨晴」上五「十五夜は」

名月やつい指先の名所山
めいげつやついゆびさきのめいしょやま
政6　文政句帖　同『文政版』『嘉永版』前書「筑摩川舟留」

名月や八重山吹のかへり花
めいげつややえやまぶきのかえりばな
政6　文政句帖

夕立やしかも八月十五日
ゆうだちやしかもはちがつじゅうごにち
政6　文政句帖

渡られぬ川や名月くはん〱と
わたられぬかわやめいげつかんかんと
政6　文政句帖

思遠国旅人
えいやつと来て姨捨の雨見哉
えいやっときておばすてのあまみかな
政7　書簡

姨捨や二度目の月も捨かねる
おばすてやにどめのつきもすてかねる
政7　文政句帖

十五夜に姨捨山の雨見哉
じゅうごやにおばすてやまのあまみかな
政7　文政句帖

良夜姨捨雨
十五夜もただの山也秋の雨
じゅうごやもただのやまなりあきのあめ
政7　真蹟

逗留して姨捨山の雨見哉
とうりゅうしておばすてやまのあまみかな
政7　文政句帖

百里来て姨捨山の雨見哉
ひゃくりきておばすてやまのあまみかな
政7　文政句帖

屁くらべや芋名月の草の庵
へくらべやいもめいげつのくさのいお
政7　文政句帖

壁穴で名月〔を〕する寝楽哉
かべあなでめいげつをするねらくかな
政8　文政句帖

壁穴の御名月を寝坊哉
かべあなのおんめいげつをねぼうかな
政8　文政句帖

十五夜や窓一ぱいの雨明り
じゅうごややまどいっぱいのあめあかり
政8　文政句帖

なむ〳〵と名月おがむ子ども哉
なむなむとめいげつおがむこどもかな
政8　文政句帖

名月を一ツうけとる小部屋哉
めいげつをひとつうけとるこべやかな
政8　文政句帖

隠れ家は気のむいた夜が月見哉
かくれがはきのむいたよがつきみかな
政9　政九十句写　同『希杖本』「書簡」

名月に尻つんむける草家哉
めいげつにしりつんむけるくさやかな
政9　政九十句写　同『希杖本』

名月や抔とは上べ稲見かな
めいげつやなどとはうわべいなみかな
政9　政九十句写　同『希杖本』

世直しの大十五夜の月見かな
よなおしのおおじゅうごやのつきみかな
政9　政九十句写　同『希杖本』『其秋句控』下五「月夜哉」

けふの月あなたもさ程いそがしき
きょうのつきあなたもさほどいそがしき
不詳　真蹟

石上
名月や仏のやうに膝をくみ
めいげつやほとけのようにひざをくみ
不詳　真蹟　同『一茶園月並裏書』

八幡の御手洗川
名月や流れに投る嗽銭
めいげつやながれにほうるくしゃみぜに
不詳　希杖本

名月とおつゝかつゝの御船かな
めいげつとおっつかっつのおふねかな
不詳　発句鈔追加

名月やとはいふものゝ稲見かな
めいげつやとはいうもののいなみかな
不詳　発句鈔追加　同『梅塵抄録本』

名月や羽織でかくす欲と尿　めいげつやはおりでかくすよくとしと　不詳　発句鈔追加

月蝕（蝕名月　闇十五夜）

蝕

半分も又名月ぞ〳〵　はんぶんもまためいげつぞめいげつぞ　化11　七番日記

石世《（山）》や蝕名月の目利役　いしやまやしょくめいげつのめききやく　政2　八番日記

欠際のいさぎよいのも名月ぞ　かけぎわのいさぎよいのもめいげつぞ　政2　八番日記　異『同日記』中七「立派もさすが」

欠様の立派もさすが名月ぞ　かけようのりっぱもさすがめいげつぞ　政2　八番日記

かけるなら期《（ママ）》してかけとやけふの月　かけるならきしてかけとやきょうのつき　政2　八番日記

金下戸や蝕名月の目利役　かなげこやしょくめいげつのめききやく　政2　八番日記

是〔夜〕に又は逢れじ闇今宵　このよるにまたはあわれじやみこよい　政2　八番日記

十五夜や又有年の闇迄は　じゅうごややまたあるとしのやみまでは　政2　八番日記

十五夜や闇に成のも待遠き　じゅうごややみになるのもまちどおき　政2　八番日記

生がいに二度見ぬ山やかたた《（け）》月　しょうがいにどみぬやまやかけたつき　政2　八番日記

生がいに見ぬ月も月《（日）》もかけにけり　しょうがいにみぬつきもひもかけにけり　政2　八番日記

世話好が蝕名月の目利哉　せわずきがしょくめいげつのめききかな　政2　八番日記

潜《（僭）》上に月の欠るを目利かな　せんじょうにつきのかけるをめききかな　政2　おらが春

忽に無病な月と成にけり　たちまちにむびょうなつきとなりにけり　政2　八番日記

誰か有闇十五夜の又あらば　たれかあるやみじゅうごやのまたあらば　政2　八番日記

出直して大名月ぞ名月ぞ　でなおしてだいめいげつぞめいげつぞ　政2　八番日記

二度と見ぬ山の名月欠けにけり　にどとみぬやまのめいげつかけにけり　政2　八番日記

月蝕皆既□亥七刻右方ヨリ欠　子六刻甚ク丑ノ刻左終

人数は月より先へ欠にけり　ひとかずはつきよりさきへかけにけり　政2　おらが春　同『だん袋』　異『八番日記』『文政版』『嘉永版』前書「月蝕」上五「人顔は」

人の声闇でもさすが十五夜ぞ　ひとのこえやみでもさすがじゅうごやぞ　政2　八番日記　参『梅塵八番』下五「名月ぞ」

人の世は月もなやませ給ひけり　ひとのよはつきもなやませたまいけり　政2　おらが春　同『八番日記』『だん袋』『発句鈔追加』前書「名月の月欠」、『希杖本』前書「蝕十五夜」

人の世へ月〔も〕出直し給ひけり　ひとのよへつきもでなおしたまいけり　政2　八番日記

名月も出直し給ふ浮世哉　めいげつもでなおしたもうきよかな　政2　八番日記

名月や欠けしまふたか山の雨　めいげつやかけしもうたかやまのあめ　政2　八番日記　参『梅塵八番』中七「欠仕舞頃」

名月や人（出）をそろへばかけはじめ　めいげつやひとでそろえばかけはじめ　政2　八番日記

もとの名月と成にけり明にけり　もとのめいげつとなりにけりあけにけり　政2　八番日記

世は斯うと月も煩ひ給ひけり　よはこうとつきもわずらいたまいけり　政2　八番日記

欠るなら斯う欠よとや秋の月　かけるならこうかけよとやあきのつき　政8　文政句帖

下戸役や蝕名月の目利哉　げこやくやしょくめいげつのめききかな　不詳　稲長句帖

十六夜

十六夜や吹草伏（臥）し萩すゝき　いざよいやふきくたびれしはぎすすき　化6　化三—八写　異『発句鈔追加』下五「花芒」

立待月

さらぬだに月に立待惣稼哉　さらぬだにつきにたちまつそうかかな　寛5　寛政句帖

月見よと立草臥し仏哉　つきみよとたちくたびれしほとけかな　化5　化五句記

寝待月

又ことし松と寝待の月出ぬ　またことしまつとねまちのつきいでぬ　化11　七番日記

後の月（栗名月　名残月　十三夜）

十三夜

荒日〳〵荒しまへば月もなごり哉　あれびあれびあれしまえばつきもなごりかな　寛5　寛政句帖　同『仮名口訣』

十三夜

月を名残る人心哉世の中の　つきをなごるひとごころかなよのなかの　寛5　寛政句帖

雨がちに十三夜とは成にけり　あめがちにじゅうさんやとはなりにけり　化2　文化句帖

そば花は山にかくれて後の月　そばはなはやまにかくれてのちのつき　化2　文化句帖

後の月片山かげのくひ祭　のちのつきかたやまかげのくいまつり　化2　文化句帖

ころび寝や庵は茶の子ノ十三夜　ころびねやいおはちゃのこのじゅうさんや　化14　七番日記　異「真蹟」前書「文化十四年九月十三夜」上五「ころり寝や」

二度目には月とも云ずシナノ山　にどめにはつきともいわずしなのやま　化14　七番日記　同『希杖本』前書「十三夜」

みたらしやすみ捨てある後の月　みたらしやすみすててあるのちのつき　政1　七番日記

雁どもの腹もふくれて十三夜　かりどものはらもふくれてじゅうさんや　政2　八番日記　異『発句鈔追加』中七「腹のふくれて」

二番目の大名月〔よ〕一きわに　にばんめのだいめいげつよひときわに　政2　八番日記

苔《（若い）》しぞよ月の御年の十三夜
わかいぞよつきのおとしのじゅうさんや
政2　八番日記　参『梅塵八番』上五「若いぞよ」中七「月も御年の」

姨捨やおばとも云ず十三夜
おばすてやおばともいわずじゅうさんや
政3　八番日記

積薪の一ツ二ツや後の月
つむまきのひとつふたつやのちのつき
政3　梅塵八番

盗とかい《（めとの）》ふ庇のもちや十三夜
ぬすめとのひさしのもちやじゅうさんや
政3　八番日記　同『だん袋』『発句鈔追加』
参『梅塵八番』上五「盗めとの」

蕣の再咲や後の月
あさがおのふたたびざきやのちのつき
政4　八番日記

あてにした餅ははづれて十三夜
あてにしたもちははずれてじゅうさんや
政4　八番日記

月の顔としは十三そこら哉
つきのかおとしはじゅうさんそこらかな
政4　八番日記　同『文政版』『嘉永版』前書「後の月」、「遺稿」「真蹟」

萩の垣など旨《（趣）》向して後の月
はぎのかきなどしゅこうしてのちのつき
政4　八番日記

むし立の栗名月の坐《（座）》敷哉
むしたてのくりめいげつのざしきかな
政7　文政句帖

薮の家や鍋つき餅の十三夜
やぶのややなべつきもちのじゅうさんや
政7　文政句帖

わせ餅も芒の雨や十三夜
わせもちもすすきのあめやじゅうさんや
政7　文政句帖

うそけかちすんで而後の月
うそけかちすんでしかしてのちのつき
政8　文政句帖

けかちでも餅〔に〕なる也十三夜
けかちでももちになるなりじゅうさんや
政8　文政句帖

けかちとは月の空うそさはぎ哉
けかちとはつきのそらうそさわぎかな
政8　文政句帖

門川やすみ捨てある後の月
かどかわやすみすててあるのちのつき
政9　政九十句写　同『発句鈔追加』『希杖本』『梅塵抄録本』

門川や澄捨果る後の月
かどかわやすみすててはてるのちのつき
不詳　発句鈔追加

秋の空（秋の天）

両国茶店にて
橋見へて暮かゝる也秋の空　はしみえてくれかかるなりあきのそら　化1　文化句帖

やけ石に腰打かけて秋の空　やけいしにこしうちかけてあきのそら　化1　文化句帖

秋の天小鳥一つのひろがりぬ　あきのそらことりひとつのひろがりぬ　化6　化五六句記

何にしろ云ぶんの有秋の空　なんにしろいいぶんのありあきのそら　化12　七番日記

はづかしやおれが心と秋の空　はずかしやおれがこころとあきのそら　化13　七番日記

二百十日
秋の空願へば荒もなかりけり　あきのそらねがえばあれもなかりけり　化14　七番日記

秋の雲

夕暮や鬼の出さうな秋の雲　ゆうぐれやおにのでそうなあきのくも　化7　七番日記

飛鳥をこえて行なり秋の雲　とぶとりをこえてゆくなりあきのくも　不詳　璧玉集

秋日和

下泉
刈株のうしろの水や秋日和　かりかぶのうしろのみずやあきびより　享3　享和句帖

菱沼氏の老母身まかりけるに
行先も明るかるべし秋日和　ゆくさきもあかるかるべしあきびより　享3　享和句帖

秋日和負ふて越るや箱根山　あきびよりおうてこゆるやはこねやま　政1　七番日記

秋日和とも思はない凡夫かな　あきびよりともおもわないぼんぶかな　政1　七番日記　同『文政版』『嘉永版』

順礼が馬にのりけり秋日和　じゅんれいがうまにのりけりあきびより　政1　七番日記

なぐさみのはつち〳〵や秋日和　なぐさみのはっちはっちやあきびより　政1　七番日記　同『梅塵八番』『文政版』『嘉永版』、「書簡」前書「小僧達錦(綿)勧進」

箕の中の箸よ御礼(札)よ秋日和　みのなかのはしよおふだよあきびより　政2　八番日記

仏さへ御留主し〔に〕けり秋日和　ほとけさえおるすしにけりあきびより　政3　八番日記　参『梅塵八番』中七「御留主なりけり」

夜る〳〵寒く成り行くまゝに虫はつゞれさせとすゝめて鳥は
秋日和糊つけほゝん〳〵哉　あきびよりのりつけほほんほほんかな　政10推　稲長句帖

秋の雨

秋雨やともしびうつる膝頭　あきさめやともしびうつるひざがしら　享3　享和句帖

秋の雨つい夜に入し榎哉　あきのあめついよにいりしえのきかな　享3　享和句帖

馬の子の故郷はなるゝ秋の雨　うまのこのこきょうはなるるあきのあめ　享3　享和句帖

片袖の風冷つくや秋の雨　かたそでのかぜひやつくやあきのあめ　享3　享和句帖

喰捨の瓜のわか葉や秋の雨　くいすてのうりのわかばやあきのあめ　享3　享和句帖

口明て親待鳥や秋の雨　くちあけておやまつとりやあきのあめ　享3　享和句帖

田の雁の古郷いかに秋の雨　たのかりのふるさといかにあきのあめ　享3　享和句帖

野あらしの縛られし木や秋雨　のあらしのしばられしきやあきのあめ　享3　享和句帖

膝節に灯のちらめくや秋雨　ひざぶしにひのちらめくやあきのあめ　享3　享和句帖

ひよろ長草四五〔本〕に秋の雨　ひょろながきくさしごほんにあきのあめ　享3　享和句帖

平安はうしろになりぬ秋の雨　へいあんはうしろになりぬあきのあめ　享3　享和句帖

松の木も在所めきけり秋の雨　まつのきもざいしょめきけりあきのあめ　享3　享和句帖

秋雨やいたゞく桶もなれぬ顔　あきさめやいただくおけもなれぬかお　化1　文化句帖

秋雨や餉かしがば宇治の山　あきさめやかれいかしがばうじのやま　化1　文化句帖

秋雨やさのみさし出ぬ山の家　あきさめやさのみさしでぬやまのいえ　化1　文化句帖

秋雨や人げも見へぬうらの門　あきさめやひとげもみえぬうらのかど　化1　文化句帖

秋雨や我にひとしきかたつぶり　あきさめやわれにひとしきかたつぶり　化1　文化句帖

秋の雨乳ばなれ馬の関こゆる　あきのあめちばなれうまのせきこゆる　化1　文化句帖

秋の雨松一本に日の暮るゝ　あきのあめまついっぽんにひのくるる　化1　文化句帖

売馬の親かへり見る秋の雨　うりうまのおやかえりみるあきのあめ　化1　文化句帖

越後節蔵に聞へて秋の雨　えちごぶしくらにきこえてあきのあめ　化1　文化句帖

かつしかや遠く降ても秋の雨　かつしかやとおくふりてもあきのあめ　化1　文化句帖

御秘蔵の蔦三筋程秋の雨　ごひぞうのつたみすじほどあきのあめ　化1　文化句帖

手の皺の一夜に見ゆる秋の雨　てのしわのひとよにみゆるあきのあめ　化1　文化句帖

ばさ〳〵と木曽茶をはかる秋雨　ばさばさときそちゃをはかるあきのあめ　化1　文化句帖

山里や秋の雨夜の遠歩き　やまざとやあきのあまよのとおあるき　化1　文化句帖

我のみか山もふりゆく秋の雨　われのみかやまもふりゆくあきのあめ　化1　文化句帖

秋雨のこぼれ安さよ片山家　あきさめのこぼれやすさよかたやまが　化2　文化句帖　異『発句鈔追加』『梅塵抄録本』上五「秋の雨」

翌の茶の松葉かくらん秋雨　あすのちゃのまつばかくらんあきのあめ　化2　文化句帖

御仏洪(供)の摺木古(子木)かよ秋の雨　おぶっくのすりこぎかよあきのあめ　化2　文化句帖

殻桶に鹿の立添ふ秋の雨　からおけにしかのたちそうあきのあめ　化2　文化句帖

けふも〳〵秋雨す也片山家　きょうもきょうもあきさめすなりかたやまが　化2　文化句帖
草切の足にひつゝく秋の雨　くさぎれのあしにひっつくあきのあめ　化2　文化句帖
鹿の椀こつけありくや秋雨　しかのわんこっけありくやあきのあめ　化2　文化句帖
花持は四五丁暮て秋の雨　はなもちはしごちょうくれてあきのあめ　化2　文化句帖
ほろ〳〵とむかご落けり秋雨　ほろほろとむかごおちけりあきのあめ　化2　文化句帖
山畠や鳩が鳴ても秋の雨　やまはたやはとがないてもあきのあめ　化2　文化句帖
蝸牛何をかせぐぞ秋の雨　かたつぶりなにをかせぐぞあきのあめ　化5　化五六句記
秋雨や乳放〔馬〕の市に行　あきさめやちばなれうまのいちにゆく　化6　化五六句記
薬呑馬もありけり秋の雨　くすりのむうまもありけりあきのあめ　化6　化五六句記
さらしなもそろ〳〵秋の雨よ哉　さらしなもそろそろあきのあまよかな　化6　化五六句記
祭小屋皆も払はず秋の雨　まつりごやみなもはらわずあきのあめ　化6　化五六句記
餅草のほた〳〵ほり《（け）》て秋の雨　もちぐさのほたほたほけてあきのあめ　化6　化三―八写
秋の雨小き角力通りけり　あきのあめちいさきすもうとおりけり　化7　七番日記
牛の子が旅に立也秋の雨　うしのこがたびにたつなりあきのあめ　化8　七番日記
秋雨や人を身にする山烏　あきさめやひとをみにするやまがらす　化10　七番日記
秋の雨いやがる蚤をとばせけり　あきのあめいやがるのみをとばせけり　化10　七番日記
放たる蚤の又来る秋の雨　はなしたるのみのまたくるあきのあめ　化10　七番日記
又ものうも雨よあらしよ秋の雨　またものうもあめよあらしよあきのあめ　化12　七番日記
薮垣もチリに成したり秋の雨　やぶがきもちりになしたりあきのあめ　化12　七番日記
小屁《（庇）》や砂利打やうな秋雨　こびさしやじゃりうつようなあきのあめ　化13　七番日記

又ものうも我山里の秋の雨
またものうもわがやまざとのあきのあめ
化13　七番日記

秋雨や乳放れ馬の旅に立
あきさめやちばなれうまのたびにたつ
化14　七番日記

笛の家や猫も杓子も秋の雨
ふえのややねこもしゃくしもあきのあめ
化14　七番日記

もちの蝿生て流て秋の雨
もちのはえいきてながれてあきのあめ
化14　七番日記　同『希杖本』

薬呑む馬のしろ〴〵秋の雨
くすりのむうまのしろじろあきのあめ
化中　書簡

雷に焼かれし山よ秋の雨
かみなりにやかれしやまよあきのあめ
政1　七番日記

夕暮や其上に又秋の雨
ゆうぐれやそのうえにまたあきのあめ
政1　七番日記

堂守としゆき（木）に寝たり秋の雨
どうもりとしゅもくにねたりあきのあめ
政2　八番日記

二軒やは二軒餅つく秋の雨
にけんやはにけんもちつくあきのあめ
政3　八番日記　異『文政版』『嘉永版』前書「豊秋」上五「二軒家や」

秋雨や稲の葉分の付木札
あきさめやいねのはわけのつけぎふだ
政4　八番日記

電は夏のとふりぞざん（濁ママ）ざ雨
いなづまはなつのとおりぞざんざあめ
政4　八番日記　参『梅塵八番』上五「雷は」中七「爰の通りぞ」

口重の烏飛也秋の雨
くちおものからすとぶなりあきのあめ
政4　八番日記

つり針のりふじ（れうぢ）所や秋の雨
つりばりのりょうじどころやあきのあめ
政4　八番日記

もち草のお（ほ）ちや〴〵ほけて秋の雨
もちぐさのほちゃほちゃほけてあきのあめ
政4　八番日記　参『梅塵八番』中七「ほちゃ〴〵ほけて」

夕がほの十ばかり咲く秋の雨
ゆうがおのとおばかりさくあきのあめ
政中　茶翁聯句集　同『発句鈔追加』

笹の家や猫も仏も秋の雨
ささのややねこもほとけもあきのあめ
不詳　希杖本

どさ〴〵と木曽茶煎けり秋の雨
どさどさときそちゃいりけりあきのあめ
不詳　発句鈔追加

二度生の瓜の花咲秋の雨　にどばえのうりのはなさくあきのあめ　不詳　発句鈔追加

秋時雨

鉄網の窓も秋也時しぐれ　かなあみのまどもあきなりときしぐれ　化2　文化句帖

秋風

秋風や水かさ定る大井川　あきかぜやみかささだまるおおいがわ　寛5　寛政句帖

一所不住桑門けふは善竜精舎にあそべど

あすはどこの入相聞に秋の風　あすはどこのいりあいききにあきのかぜ　寛6　遺稿

青空や夜さりばかりの秋の風　あおぞらやよさりばかりのあきのかぜ　寛9　書簡

うち水のかわかぬ内を秋の風　うちみずのかわかぬうちをあきのかぜ　寛中　西紀書込

住吉の灯また消ル秋の風　すみよしのともしまたきゆるあきのかぜ　寛中　西紀書込

常に見る煙ながらも秋の風　つねにみるけぶりながらもあきのかぜ　寛中　西紀書込

野山ぢやけふうけ初秋の風　のやまじやきょううけそむるあきのかぜ　寛中　西紀書込

日あたりや草の秋風身にあたる　ひあたりやくさのあきかぜみにあたる　寛中　与州播州□雑詠

秋風の灰にむかふて念仏哉　あきかぜのはいにむこうてねぶつかな　寛中　与州播州□雑詠

洪水

古への水もみし人秋の風　いにしえのみずもみしひとあきのかぜ　享2　享和二句記

洪水の尺とる門よ秋の風　こうずいのしゃくとるかどよあきのかぜ　享2　享和二句記

陟岵

秋の風親なき《に》我を吹そぶり　あきのかぜおやなきわれをふくそぶり　享3　享和句帖

秋風二夜過しつゝ去行　あきのかぜにやすごしつつさりてゆく　享3　享和句帖

大根の二葉うれし〔や〕秋の風　だいこんのふたばうれしやあきのかぜ　享3　享和句帖

大根の二葉にしれや秋の風　だいこんのふたばにしれやあきのかぜ　享3　享和句帖

一人づゝ皆去にけり秋の風　ひとりずつみなさりにけりあきのかぜ　享3　享和句帖

日の暮や人の顔より秋の風　ひのくれやひとのかおよりあきのかぜ　享3　享和句帖

月出

夕月のけば〳〵しさを秋の風　ゆうづきのけばけばしさをあきのかぜ　享3　享和句帖　同『同句帖』前書「うしろに」

秋風や手染手をりの小ふり袖　あきかぜやてぞめておりのこふりそで　化1　文化句帖

秋の風芸ナシ狙も夜の明る　あきのかぜげいなしざるもよのあける　化1　文化句帖

秋の風乞食は我を見くらぶる　あきのかぜこじきはわれをみくらぶる　化1　文化句帖

留別

秋の風蝉もぶつ〳〵おしと鳴　あきのかぜせみもぶつぶつおしとなく　化1　文化句帖

大乗寺地獄画

秋の風劔の山を来る風か　あきのかぜつるぎのやまをくるかぜか　化1　文化句帖

秋の風我《(が)》は参るはどの地獄　あきのかぜわれがまいるはどのじごく　化1　文化句帖

あや竹の袂の下を秋の風　あやだけのたもとのしたをあきのかぜ　化1　文化句帖

姥捨し国に入けり秋の風　うばすてしくににいりけりあきのかぜ　化1　文化句帖

松苗のけば〳〵しさよ秋の風　まつなえのけばけばしさよあきのかぜ　化1　文化句帖

浴せぬ腕を見れば秋風　ゆあみせぬかいなをみればあきのかぜ　化1　文化句帖

秋風にあなた任の小蝶哉　あきかぜにあなたまかせのこちょうかな　化2　文化句帖

秋風の吹けとは植ぬ小松哉　あきかぜのふけとはうえぬこまつかな　化2　文化句帖　同『発句題叢』『文政版』『嘉

永版」『希杖本』『都鄙日記』

秋風の吹夜〳〵や窓明り　あきかぜのふくよふくよやまどあかり　化2　文化句帖　同「真蹟」

秋風は命冥加の藪蚊哉　あきかぜはいのちみょうがのやぶかかな　化2　文化句帖

秋風や家さへ持たぬ大男　あきかぜやいえさえもたぬおおおとこ　化2　文化句帖

秋風や草より先に人の顔　あきかぜやくさよりさきにひとのかお　化2　文化句帖

穴底の仏の顔も秋の風　あなぞこのほとけのかおもあきのかぜ　化2　文化句帖

うら口は小ばやく暮て秋風　うらぐちはこばやくくれてあきのかぜ　化2　文化句帖

水打し石なら木なら秋の風　みずうちしいしならきならあきのかぜ　化2　文化句帖

見る度に秋風吹や江〔戸〕の空　みるたびにあきかぜふくやえどのそら　化2　文化句帖

秋風に蝉さす人も通りけり　あきかぜにせみさすひともとおりけり　化3　文化句帖

秋風に吹なれ顔の山家哉　あきかぜにふきなれがおのやまがかな　化3　文化句帖

秋風の朝から吹くややけ瓦　あきかぜのあさからふくややけがわら　化3　文化句帖

秋風の葎にかけん水五石　あきかぜのむぐらにかけんみずごこく　化3　文化句帖

秋風や脇はけぶりもかゝらぬに　あきかぜやわきはけぶりもかからぬに　化3　文化句帖

うしろから秋風吹やもどり足　うしろからあきかぜふくやもどりあし　化3　文化句帖

天道遍　輪扁

桶の輪ゆるがぬはなし秋の風　おけのたがゆるがぬはなしあきのかぜ　化3　文化句帖

笠紐にはや秋風の立日哉　かさひもにはやあきかぜのたつひかな　化3　文化句帖

どの星の下が我家ぞ秋の風　どのほしのしたがわがやぞあきのかぜ　化3　文化句帖

古垣や朔日しまの秋の風　ふるがきやついたちしまのあきのかぜ　化3　文化句帖
水かけて草を見て居る秋の風　みずかけてくさをみているあきのかぜ　化3　文化句帖
焼杭をとく吹さませ秋の風　やけぐいをとくふきさませあきのかぜ　化3　文化句帖
焼杭を伸して見たり秋の風　やけぐいをのばしてみたりあきのかぜ　化3　文化句帖
焼杭を見とめて見れば秋の風　やけぐいをみとめてみればあきのかぜ　化3　文化句帖
焼柱転げたなりに秋の風　やけばしらころげたなりにあきのかぜ　化3　文化句帖
欲捨よ〳〵〔と〕吹か秋の風　よくすてよすてよとふくかあきのかぜ　化3　文化句帖
秋風に御任せ申浮藻哉　あきかぜにおまかせもうすうきもかな　化5　化五六句記
秋風にことし生たる紅葉哉　あきかぜにことしはえたるもみじかな　化5　化六句記
秋風や軒さへあればみその玉　あきかぜやのきさえあればみそのたま　化5　化六句記
秋風や仏に近き年の程　あきかぜやほとけにちかきとしのほど　化5　化五六句記
秋風の吹夜〳〵やあばら骨　あきかぜのふくよふくよやあばらぼね　化5前後　句稿消息
ナケナシの歯を秋風の吹にけり　なけなしのはをあきかぜのふきにけり　化6　化五六句記
なけなしの歯をゆるがしぬ秋風　なけなしのはをゆるがしぬあきのかぜ　化6　化五六句記　異『句稿消息断片』中七「歯に吹あたる」

秋風や剃損ひし五十髪　あきかぜやそりそこないしいそじがみ　化6　化五六句記
秋風や山のはづれの灯ろより　あきかぜややまのはずれのとうろより　化6　化五六句記
わらでゆふ髪もめでたし秋の風　わらでゆうかみもめでたしあきのかぜ　化6　化五六句記
秋風の吹行多太《（田）》の薬師哉　あきかぜのふきゆくただのやくしかな　化7　七番日記
秋風の薮から例のけぶり哉　あきかぜのやぶかられいのけぶりかな　化7　七番日記

秋風やあれも昔の美少年　あきかぜやあれもむかしのびしょうねん　化7　七番日記

秋風や腹の上なるきり〴〵す　あきかぜやはらのうえなるきりぎりす　化7　七番日記

御従衆の游ぐ中より秋風　おともしゅのおよぐなかよりあきのかぜ　化7　七番日記

草原やとうふの殻に秋の風　くさはらやとうふのからにあきのかぜ　化7　七番日記

誰どの丶星やら落る秋の風　だれどののほしやらおちるあきのかぜ　化7　七番日記　同『化三―八写』

秋風に何して暮す嶋の友　あきかぜになにしてくらすしまのとも　化8　七番日記

秋風や門田鷺も夕顔　あきかぜやかどたのさぎもゆうべがお　化8　七番日記

秋風や壁のヘマムシヨ入道　あきかぜやかべのへまむしょにゅうどう　化8　七番日記　同『我春集』『嘉永版』

秋風や皮を剝れしカンバの木　あきかぜやかわをはがれしかんばのき　化8　七番日記

秋風や松苗うへて人の顔　あきかぜやまつなえうえてひとのかお　化8　七番日記

秋の風一茶心に思ふやう　あきのかぜいっさこころにおもうよう　化8　七番日記　同『我春集』

牛の子の旅に立也秋の風　うしのこのたびにたつなりあきのかぜ　化8　我春集

さぼてんの鮫はだみれば秋の風　さぼてんのさめはだみればあきのかぜ　化8　我春集

秋風やつれても行かぬ貧〔乏〕神　あきかぜやつれてもゆかぬびんぼがみ　化9　七番日記

秋風やのらくら者のうしろ吹　あきかぜやのらくらもののうしろふく　化9　七番日記

秋風やヨコに車の小役人　あきかぜやよこにくるまのこやくにん　化9　七番日記

小児
泣く者をつれて行とや秋の風　なくものをつれてゆくとやあきのかぜ　化9　七番日記　異『株番』前書「小児をすかして」中七「連ていぬとや」

秋風に歩行て逃る蛍哉　あきかぜにあるいてにげるほたるかな　化10　七番日記　同『おらが春』『八番日記』『志

多良』『嘉永版』

秋風に長逗留の此世哉　あきかぜにながとうりゅうのこのよかな　化10　七番日記

秋風やソトバ踏へてなく烏　あきかぜやそとばふまえてなくからす　化10　七番日記

立秋　病中

秋風やまだか〳〵と枕吹　あきかぜやまだかまだかとまくらふく　化10　志多良

秋風俄にぞつとしたりけり　あきのかぜにわかにぞっとしたりけり　化10　七番日記

御子達や都の空も秋の風　おこたちやみやこのそらもあきのかぜ　化10　七番日記

門並や臼の秋風草の月　かどなみやうすのあきかぜくさのつき　化10　七番日記

鉄釘のやうな手足を秋の風　かなくぎのようなてあしをあきのかぜ　化10　句稿消息　同『志多良』『終焉記』、『文政版』『嘉永版』前書「病後」　異『希杖本』下五「秋の暮」

熊坂が大長刀を秋の風　くまさかがおおなぎなたをあきのかぜ　化10　七番日記

飯汁のあらめづらしや秋の風　めしじるのあらめずらしやあきのかぜ　化10　七番日記

行先も只秋風ぞ小順礼　ゆくさきもただあきかぜぞこじゅんれい　化10　七番日記

秋風に烏も畠祭りかよ　あきかぜにからすもはたけまつりかよ　化11　七番日記

秋風や馬も出さうな大瓢　あきかぜやうまもでそうなおおふくべ　化11　七番日記

秋風や櫛の歯を引(挽)おく道者　あきかぜやくしのはをひくおくどうじゃ　化11　七番日記　同『同日記』に重出

秋風やのらくら者のとぼけ顔　あきかぜやのらくらもののとぼけがお　化11　七番日記

秋風やヒヨロ〳〵山の影法師　あきかぜやひょろひょろやまのかげぼうし　化11　七番日記

秋風や曲〳〵て門に入　あきかぜやまがりまがりてかどにいる　化11　七番日記

嘘つきの何の此世を秋の風　うそつきのなんのこのよをあきのかぜ　化11　七番日記

江戸立の身がまへしたり秋の風　えどだちのみがまえしたりあきのかぜ　化11　七番日記

膝節の古びも行か秋の風　ひざぶしのふるびもゆくかあきのかぜ　化11　七番日記

秋風が吹くにものらりくらり哉　あきかぜがふくにものらりくらりかな　化12　七番日記

秋風の一もくさんに来る家哉　あきかぜのいちもくさんにくるやかな　化12　七番日記

秋風や我うしろにもうそり山　あきかぜやわがうしろにもうそりやま　化12　七番日記

尻居れば吹侍りぬ秋風　しりすえればふきはんべりぬあきのかぜ　化12　七番日記

流さるゝ蚕の蝶を秋の風　ながさるるかいこのちょうをあきのかぜ　化12　七番日記

むだ人や花の都も秋の風　むだびとやはなのみやこもあきのかぜ　化12　七番日記

秋風の袂にすがる小てふ哉　あきかぜのたもとにすがるこちょうかな　化13　七番日記

秋風や御宿なしの小あみ笠　あきかぜやおんやどなしのこあみがさ　化13　七番日記

秋風や鶏なく家のてつぺんに　あきかぜやとりなくいえのてっぺんに　化13　七番日記

のらくらや花の都も秋の風　のらくらやはなのみやこもあきのかぜ　化13　七番日記

老人に云

ばかいふな何の此世を秋の風　ばかいうなんのこのよをあきのかぜ　化13　七番日記

青嗅きたばこ吹かける秋の風　あおくさきたばこふきかけるあきのかぜ　化14　七番日記

秋風や翌捨らるゝ姨が顔　あきかぜやあすすてらるるおばがかお　化14　七番日記　同『希杖本』、「書簡」前書「さらしな旧懐」

秋風や壁をきて寝る坊主宿　あきかぜやかべをきてねるぼうずやど　化14　七番日記

秋風や戸を明残すうら坐（座）敷　あきかぜやとをあけのこすうらざしき　化14　七番日記

秋の風宿なし烏吹かれけり　あきのかぜやどなしがらすふかれけり　化14　七番日記

秋風や裸にされしかんばの木
あきかぜやはだかにされしかんばのき
化14　七番日記

片暮た人の門より秋の風
かたくれたひとのかどよりあきのかぜ
化14　七番日記

空ツ坊な徳本堂や秋の風
からっぽうなとくほんどうやあきのかぜ
化14　七番日記

秋風や小さい声の新乞食
あきかぜやちいさいこえのしんこじき
政1　七番日記

松宇婦(夫)人没
秋風やつみ残されし桑の葉に
あきかぜやつみのこされしくわのはに
政1　七番日記　同「真蹟」前書「蚕のころも見るやうに」

高井野の高みに上りて
秋風や磁石にあてる古郷山
あきかぜやじしゃくにあてるこきょうやま
政2　おらが春　同『文政版』『嘉永版』、『八番日記』前書「旅」、「真蹟」前書「たか井野の山神のかたはらにやすらひて」

さと女卅五日　墓
秋風やむしりたがりし赤い花
あきかぜやむしりたがりしあかいはな
政2　おらが春

さと女三十五日
秋風やむしり残りの赤い花
あきかぜやむしりのこりのあかいはな
政2　文政版　同『嘉永版』

秋風の吹ぬく四条通り哉
あきかぜのふきぬくしじょうどおりかな
政3　八番日記

秋風や如来の留主の善光寺
あきかぜやにょらいのるすのぜんこうじ
政3　八番日記

秋風や蓮生坊が馬の尻
あきかぜやれんしょうぼうがうまのしり
政3　八番日記

開帳の降つぶされて秋の風
かいちょうのふりつぶされてあきのかぜ
政3　八番日記

乳(離)放れの馬の顔より秋の風
ちばなれのうまのかおよりあきのかぜ
政3　八番日記

秋風〔に〕ふいとむせたる峠かな
あきかぜにふいとむせたるとうげかな
政4　八番日記　参『梅塵八番』中七「ふつと

むせたる」

秋風や谷向ふ行影法師　あきかぜやたにむこうゆくかげぼうし　政4　八番日記

秋風やどの焼打の火打石　あきかぜやどのやきうちのひうちいし　政4　八番日記

秋風や虫〔に〕なりても孫太郎　あきかぜやむしになりてもまごたろう　政4　八番日記　同『発句鈔追加』

長沼の渡場

角力取が立て呉けり秋の風　すもとりがたってくれけりあきのかぜ　政4　梅塵八番

葬礼の見物人や秋の風　とむらいのけんぶつにんやあきのかぜ　政4　八番日記

秋風によはみを見せぬ藪蚊哉　あきかぜによわみをみせぬやぶかかな　政5　文政句帖

秋風の吹かためたる子ども哉　あきかぜのふきかためたるこどもかな　政5　文政句帖

秋風やさつさと進む田舎飯　あきかぜやさっさとすすむいなかめし　政5　文政句帖

秋風や小さい声のあなかしこ　あきかぜやちいさいこえのあなかしこ　政5　文政句帖　同『文政版』『嘉永版』前書「正見寺の上人十人ばかりなる後住を残して遷化ありし哀さに」

秋風ややでも応でも人に吹　あきかぜややでもおうでもひとにふく　政5　文政句帖

あながちに吹となけれど秋の風　あながちにふくとなけれどあきのかぜ　政5　文政句帖

相《(逢)》坂や行もかへるも秋の風　おうさかやゆくもかえるもあきのかぜ　政5　文政句帖

草の葉の釘のとがるや秋の風　くさのはのくぎのとがるやあきのかぜ　政5　文政句帖

アダチ

草の葉も人をさす也秋の風　くさのはもひとをさすなりあきのかぜ　政5　文政句帖

西方と気づく空より秋の風　さいほうときづくそらよりあきのかぜ　政5　文政句帖

西方をさした指より秋の風　さいほうをさしたゆびよりあきのかぜ　政5　文政句帖

墨染の蝶と成りけり秋の風
すみぞめのちょうとなりけりあきのかぜ
政5　文政句帖

墨染の蝶もとぶ也秋の風
すみぞめのちょうもとぶなりあきのかぜ
政5　文政句帖　同『政九十句写』　異『文政版』『嘉永版』『発句鈔追加』『希杖本』中七「蝶が飛なり」

で丶虫の捨家いくつ秋の風
ででむしのすていえいくつあきのかぜ
政5　文政句帖

秋風や団扇〔も〕よはる手もよはる
あきかぜやうちわもよわるてもよわる
政6　文政句帖

秋風や角力の果の道心坊
あきかぜやすもうのはてのどうしんぼう
政6　文政句帖

唐紙の引手の穴を秋の風
からかみのひきてのあなをあきのかぜ
政6　文政句帖

秋風や西方極楽浄土より
あきかぜやさいほうごくらくじょうどより
政8　文政句帖　異『同句帖』下五「世界より」

旅立
親里は見えなくなりて秋の風
おやざとはみえなくなりてあきのかぜ
政8　文政句帖　同『同句帖』に重出

淋しさに飯をくふ也秋の風
さびしさにめしをくうなりあきのかぜ
政8　文政句帖　同『発句鈔追加』『梅塵抄録本』　異『同句帖』中七「味を喰ふ也」

常に打鈴なりながら秋の風
つねにうつりんなりながらあきのかぜ
政8　文政句帖

秋風やせどやうらやのくり〳〵子
あきかぜやせどやうらやのくりくりこ
政10　政九十句写　同『希杖本』

神前に子供角力や秋の風
しんぜんにこどもずもうやあきのかぜ
政10　政九十句写　同『希杖本』

吹たばこたばこの味へ秋の風
ふくたばこたばこのあじへあきのかぜ
政10　政九十句写　異『希杖本』中七「たばこの味は」

秋風の吹やひは〳〵日割戸に
あきかぜのふくやひわひわひわれどに
不詳　希杖本

神前
秋風や草も角力とる男山
あきかぜやくさもすもとるおとこやま
不詳　文政版　同『嘉永版』

秋風の小早くつげる庵かな　あきかぜのこばやくつげるいおりかな　不詳　発句鈔追加

戸隠山九頭竜権現は女人嫌はせたまへるをむかし何某の比丘尼しひて行んとせし時直に石となりけるとぞ

秋風のふきもへらさず比丘尼石　あきかぜのふきもへらさずびくにいし　不詳　発句鈔追加

秋風や藻に鳴虫のいくそばく　あきかぜやもになくむしのいくそばく　不詳　発句鈔追加

鳥飛や人は藻に鳴秋のかぜ　とりとぶやひとはもになくあきのかぜ　不詳　発句鈔追加

初嵐

五六度やばか念入て初嵐　ごろくどやばかねんいれてはつあらし　政1　七番日記

野分（嵐）

東西南北吹交ぜ〳〵野分哉　とうざいなんぼくふきまぜふきまぜのわきかな　寛4　寛政句帖

マヤの雲捐やふやふ野分哉　まやのくもすててようようのわきかな　寛8　西紀書込

黒雲や野分横切るむら燕メ　くろくもやのわきよこぎるむらつばめ　寛9　一茶連句帖

芦の穂〔の〕波に屯ス野分哉　あしのほのなみにたむろすのわきかな　寛中　西紀書込

一門の昔もかたらん野分哉　いちもんのむかしもかたらんのわきかな　寛中　西紀書込

一門をおもひ出ス舟の野分哉　いちもんをおもいだすふねののわきかな　寛中　西紀書込

内に居ばおどり盛りのの分哉　うちにおればおどりざかりののわきかな　寛中　西紀書込

蟹と成て八島を守野分哉　かにとなりてやしまをまもるのわきかな　寛中　西紀書込

ざぶ〳〵と暖き雨ふる野分哉　ざぶざぶとぬくきあめふるのわきかな　寛中　西紀書込

ぬくき雨のざぶり〳〵と野分哉　ぬくきあめのざぶりざぶりとのわきかな　寛中　西紀書込

野分して又したゝかのわか葉哉　のわきしてまたしたたかのわかばかな　寛中　西紀書込

山は虹いまだに湖水は野分哉　やまはにじいまだにこすいはのわきかな　寛中　西紀書込

赤椀は種はかるらん野分吹　あかわんはたねはかるらんのわきふく　化1　文化句帖

垣際の足洗盥野分哉　かきぎわのあしあらいだらいのわきかな　化1　文化句帖

是切の野分とばしな思れな　これきりののわきとばしなおもわれな　化1　文化句帖

爪先の冷たしといふ野分哉　つまさきのつめたしというのわきかな　化1　文化句帖

刀禰川の下り口作る野分哉　とねがわのおりぐちつくるのわきかな　化1　文化句帖

ぽつ／＼と馬の爪切る野分哉　ぽつぽつとうまのつめきるのわきかな　化1　文化句帖

豆殻のぱちり／＼と野分哉　まめがらのぱちりぱちりとのわきかな　化1　文化句帖

山本の祭の釜に野分哉　やまもとのまつりのかまにのわきかな　化1　文化句帖

蕣のぞく／＼生て野分吹　あさがおのぞくぞくはえてのわきふく　化3　文化句帖

汁なべの夕暮かゝる野分哉　しるなべのゆうぐれかかるのわきかな　化3　文化句帖

せい出して山湯のけぶる野分哉　せいだしてやまゆのけぶるのわきかな　化3　文化句帖　同『化三―八写』前書「即興」、『発句題叢』『希杖本』　異『発句鈔追加』前書「草津にて」上五「情出して」

寝むしろや野分に吹かす足のうら　ねむしろやのわきにふかすあしのうら　化5前後　句稿消息　同『発句題叢』『発句鈔追加』『希杖本』　異『嘉永版』中七「野分を吹かす」

壁土も笠をかぶりて野分哉　かべつちもかさをかぶりてのわきかな　化8　七番日記

小簾や蝿よけ草の野分吹　こすだれやはえよけぐさののわきふく　化8　七番日記

月ちら／＼野分の月の暑哉　つきちらちらのわきのつきのあつさかな　化8　七番日記

生あつい月がちら〳〵野分哉　なまあつい月がちらちらのわきかな　化8　七番日記　異『我春集』上五「なまあつき」中七「月のちら〳〵」

蚤の迹（跡）二人吹るゝ野分哉　のみのあとふたりふかるるのわきかな　化8　七番日記

粟ひへが家より高き野分哉　あわひえがいえよりたかきのわきかな　化10　七番日記

膳先は葎雫や野分吹　ぜんさきはむぐらしずくやのわきふく　化10　七番日記

裸児と烏とさはぐ野分哉　はだかごとからすとさわぐのわきかな　化10　七番日記

赤椀のだぶ〳〵酒を野分哉　あかわんのだぶだぶさけをのわきかな　化11　七番日記

幣振て赤飯下る野分哉　ぬさふってせきはんさげるのわきかな　化11　七番日記

世中や祈らぬ野分きつと吹　よのなかやいのらぬのわききっとふく　化11　七番日記

吹あらしどこが萩の間桔梗の間　ふくあらしどこがはぎのまききょうのま　政3　八番日記

こやし塚そよ〳〵けむる野分哉　こやしづかそよそよけむるのわきかな　政4　八番日記　参『梅塵八番』中七「そよ〳〵けぶる」

こやし塚かま〔は〕ずけぶる野分哉　こやしづかかまわずけぶるのわきかな　政4　だん袋　同『発句鈔追加』

我ものは手足ばかりも野分哉　わがものはてあしばかりものわきかな　不詳　発句鈔追加

露けし

焼山の山やけ

露けさや石の下より草の花　つゆけさやいしのしたよりくさのはな　享3　享和句帖

露けしや草一本も秋の体　つゆけしやくさいっぽんもあきのてい　享3　享和句帖

露（白露　初露　秋の露　朝露　夜露　露時雨）

露の間や二十四年のみやこあと　つゆのまやにじゅうよねんのみやこあと　寛4　寛政句帖

露の野にかた袖寒き朝日哉　つゆののにかたそでさむきあさひかな　寛6　寛政句帖

萩の露茶に焚くほどはあらん哉　はぎのつゆちゃにたくほどはあらんかな　寛6　寛政句帖

さなきだに露の命を自害哉　さなきだにつゆのいのちをじがいかな　寛7　摺物

笠の露眠むらんとすれば犬の声　かさのつゆねむらんとすればいぬのこえ　寛7　西国紀行

白露のかた袖に入朝日哉　しらつゆのかたそでにいるあさひかな　寛11　しぐれ会集

仇野

夕露やいつもの所に火の見ゆる　ゆうづゆやいつものとこにひのみゆる　寛12　塵窪　同『希杖本』『発句題叢』　異『文政版』上五「しら露や」

いつぞやがいとま〔ご〕ひ哉墓の露　いつぞやがいとまごいかなはかのつゆ　寛中　西紀書込

白露に片袖寒き朝日哉　しらつゆにかたそでさむきあさひかな　寛中　与州播州□雑詠

灰露いかな火消も念仏哉　はいのつゆいかなひけしもねぶつかな　寛中　与州播州□雑詠

灰の露いかなる人も念仏哉　はいのつゆいかなるひともねぶつかな　寛中　与州播州□雑詠

灰ふむも恐れおほさよ石の露　はいふむもおそれおおさよいしのつゆ　寛中　与州播州□雑詠

生残る我にかゝるや草の露　いきのこるわれにかかるやくさのつゆ　享1　終焉日記

草の露風にはらりとあの通り　くさのつゆかぜにはらりとあのとおり　享1　終焉日記

朝露の袖からけぶり初めけり　あさつゆのそでからけぶりはじめけり　享3　享和句帖

活過し脛をたゝくや草の露　いきすぎしすねをたたくやくさのつゆ　享3　享和句帖

川と見え露と見たり夜明（不寝）番に　かわとみえつゆとみえたりねずばんに　享3　享和句帖

大名の笠にもかゝる夜露哉　だいみょうのかさにもかかるよつゆかな　享3　享和句帖

おく露になつかしがらす榎哉　おくつゆになつかしがらすえのきかな　化1　文化句帖

おく露やことしの盆は上総山　おくつゆやことしのぼんはかずさやま　化1　文化句帖

信
土器のほどこし栗(粟)や草の露　かわらけのほどこしあわやくさのつゆ　化1　文化句帖

国の父に申分(訳)なき夜露哉　くにのちちにもうしわけなきよつゆかな　化1　文化句帖

ちゝ母は夜〔露〕うけよとなでやせめ　ちちははよつゆうけよとなでやせめ　化1　文化句帖

長松も手挫(拱)くや草の露　ちょうまつもてをこまねくやくさのつゆ　化1　文化句帖

人は旅日は朝朗けさの露　ひとはたびひはあさぼらけけさのつゆ　化1　文化句帖

人は旅見度なうても草の露　ひとはたびみとうのうてもくさのつゆ　化1　文化句帖

人は旅見なれし草や秋の露　ひとはたびみなれしくさやあきのつゆ　化1　文化句帖

秋はたゞ三足出ても夜露哉　あきはただみあしいでてもよつゆかな　化2　文化句帖

うそ〳〵と人も頼まぬ夜露哉　うそうそとひともたのまぬよつゆかな　化2　文化句帖

赤子からうけならはすや夜の露　あかごからうけならわすやよるのつゆ　化3　化三―八写

翌は我はけぶりとしらで草の露　あすはわれはけぶりとしらでくさのつゆ　化3　文化句帖

九月廿四日夜酉の下刻ばかりおのれ住める相生町五丁目にて（略）
今に見よ人とる人も草の露　いまにみよひととるひともくさのつゆ　化3　文化句帖

おく露や丘は必けぶり立　おくつゆやおかはかならずけぶりたつ　化3　文化句帖

おく露や武張た門の草の花　おくつゆやぶばったかどのくさのはな　化3　文化句帖

垣越の小言に露のかゝりけり　かきごしのこごとにつゆのかかりけり　化3　文化句帖

門の露雀の声もさへにけり　かどのつゆすずめのこえもさえにけり　化3　文化句帖

草の露先うれしさよ涼しさよ
くさのつゆまずうれしさよすずしさよ
化3　文化句帖

白露としらで笛吹隣哉
しらつゆとしらでふえふくとなりかな
化3　文化句帖

白露に気の付年と成にけり
しらつゆにきのつくとしとなりにけり
化3　文化句帖

露時雨草も心の有げ也
つゆしぐれくさもこころのありげなり
化3　文化句帖

露時雨仏頂面へかゝりけり
つゆしぐれぶっちょうづらへかかりけり
化3　文化句帖

露の玉一ツ〳〵に古郷アリ
つゆのたまひとつひとつにこきょうあり
化3　文化句帖

樒さすこぶしを露の立にけり
しきみさすこぶしをつゆのたちにけり
化4　秋暮集

おく露に心明るき夜さり哉
おくつゆにこころあかるきよさりかな
化5　化五句記

おく露やおの〳〵翌の御用心
おくつゆやおのおのあすのごようじん
化5　化五句記　【同】『発句鈔追加』

草の露人を見かけてこぼるゝか
くさのつゆひとをみかけてこぼるるか
化5　化五句記

白露を何とおぼすぞかゞし殿
しらつゆをなんとおぼすぞかがしどの
化5　化五句記

白露にお花の種を蒔ばやな
しらつゆにおはなのたねをまかばやな
化5　花見の記　【異】『発句鈔追加』中七「尾花が穂を」

白露に仏洪(供)かしぐ人も有
しらつゆにぶっくかしぐひともあり
化5　化五句記

白露や家を持身のはづかしき
しらつゆやいえをもつみのはずかしき
化5　化五句記

白露や〳〵とて腮に杖
しらつゆやしらつゆやとてあごにつえ
化5　化五句記

露置てうれしく見ゆる蛙哉
つゆおきてうれしくみゆるかわずかな
化5　化五句記

露おけと立給ひたる庵哉
つゆおけとたちたまいたるいおりかな
化5　化五句記

毒虫もいつか一度は草の露
どくむしもいつかいちどはくさのつゆ
化5　真蹟

大藪の下から晴るゝ夜露哉
おおやぶのしたからはるるよつゆかな
化6　句稿消息写

朝露や蝶は大なゝりをして　あさつゆやちょうはおおきなりをして　化7　七番日記

草の葉〔や〕雨にまぎれぬ秋の露　くさのはやあめにまぎれぬあきのつゆ　化7　七番日記

白露にそよ〳〵例のけぶり哉　しらつゆにそよそよれいのけぶりかな　化7　七番日記　同『希杖本』

白露〔に〕何やら祈る隣哉　しらつゆになにやらいのるとなりかな　化7　七番日記

白露に鉢をさし出す羅漢哉　しらつゆにはちをさしだすらかんかな　化7　七番日記

白露にまぎれ込だる我家哉　しらつゆにまぎれこんだるわがやかな　化7　七番日記　異『発句鈔追加』下五「庵かな」

白露〔の〕つぶ〳〵並ぶ仏哉　しらつゆのつぶつぶならぶほとけかな　化7　七番日記　異『同日記』上五「白露に」

白露は康よりどのゝ宝かな　しらつゆはやすよりどののたからかな　化7　七番日記

白露や後生大事に鳴雀　しらつゆやごしょうだいじになくすずめ　化7　化三―八写

白露をいかに是なる俗行者　しらつゆをいかにこれなるぞくぎょうじゃ　化7　七番日記

観音の震(晨)鐘手に取ばかりに聞

涼しさに忝さの夜露哉　すずしさにかたじけなさのよつゆかな　化7　七番日記　同『化三―八写』

露ちるや後生大事に鳴雀　つゆちるやごしょうだいじになくすずめ　化7　七番日記

露〳〵に流さうなる柱哉　つゆつゆにながれそうなるはしらかな　化7　七番日記

阿弥陀仏

露の世と世話やき給ふ御舟哉　つゆのよとせわやきたもうおふねかな　化7　七番日記

露の世の露の中にてけんくわ哉　つゆのよのつゆのなかにてけんかかな　化7　七番日記　同『化三―八写』

露ほろり〳〵と鳩の念仏哉　つゆほろりほろりとはとのねぶつかな　化7　七番日記

露見ても酒は呑るゝことし哉　つゆみてもさけはのまるることしかな　化7　七番日記

遠くからくゞり支度や竹の露　とおくからくぐりじたくやたけのつゆ　化7　七番日記

ヒキの顔露のけしきになりもせよ　ひきのかおつゆのけしきになりもせよ　化7　七番日記

欲ばるや夜の田露草の露　よくばるやよるのたのつゆくさのつゆ　化7　七番日記

我門の宝もの也露の玉　わがかどのたからものなりつゆのたま　化7　七番日記

おく露のハリ合もなき念仏哉　おくつゆのはりあいもなきねぶつかな　化8　七番日記

御地蔵や何かの給ふ露しぐれ　おじぞうやなにかのたもうつゆしぐれ　化8　七番日記　異『我春集』上五「御地蔵が」

かつしかや拝れ給ふ草の露　かつしかやおがまれたもうくさのつゆ　化8　青ひさご

門の露雀がなめて仕舞けり　かどのつゆすずめがなめてしまいけり　化8　七番日記

杭の鷺いかにも露を見るやうに　くいのさぎいかにもつゆをみるように　化8　七番日記

八朔〔朔〕

けさ程や目出度員に草の露　けさほどやめでたきかずにくさのつゆ　化8　七番日記

けぶりして露ふりて無我な在所哉　けぶりしてつゆふりてむがなざいしょかな　化8　七番日記　異『我春集』中七「露おりて無我の」

白露にざぶとふみ込む烏哉　しらつゆにざぶとふみこむからすかな　化8　七番日記

露見ても活て居る丶住居哉　つゆみてもいきておらるるすまいかな　化8　我春集

世中は少よす〔ぎ〕て玉の露　よのなかはすこしよすぎてたまのつゆ　化8　七番日記

赤玉は何実ならんけさの露　あかだまはなんのみならんけさのつゆ　化9　七番日記

有明や露にまぶれしちくま川　ありあけやつゆにまぶれしちくまがわ　化9　七番日記

老蛙それ／＼露がころげるぞ　おいかわずそれそれつゆがころげるぞ　化9　七番日記

口利や今に我等も草の露　くちきくやいまにわれらもくさのつゆ　化9　七番日記

くよ／＼と露の中ナル栄花哉　くよくよとつゆのなかなるえいがかな　化9　七番日記

けさ程は草家も露の化粧哉　けさほどはくさやもつゆのけしょうかな　化9　七番日記

小便の露のたし也小金原　しょうべんのつゆのたしなりこがねはら　化9　七番日記

白露のてれん偽なき世哉　しらつゆのてれんいつわりなきよかな　化9　七番日記

白露を何と見るぞよ角力取　しらつゆをなんとみるぞよすもうとり　化9　七番日記　同『株番』

涼しさは露の大玉小玉哉　すずしさはつゆのおおだまこだまかな　化9　七番日記

蓼喰ふ虫も好〳〵の夜露哉　たでくうむしもすきずきのよつゆかな　化9　七番日記　同『株番』

露おりて四条はもとの川原哉　つゆおりてしじょうはもとのかわらかな　化9　七番日記

露時雨如意りんさまも物や思ふ　つゆしぐれにょいりんさまもものやおもう　化9　七番日記

露の世や露の小脇のうかひ達　つゆのよやつゆのこわきのうかいたち　化9　七番日記

露の世や露の小脇の鵜がひ村　つゆのよやつゆのこわきのうがいむら　化9　句稿消息

露の世や露〔の〕なでしこ小なでしこ　つゆのよやつゆのなでしここなでしこ　化9　七番日記　同『同日記』に重出、『句稿消息』

露はらり〳〵大事のうき世哉　つゆはらりはらりだいじのうきよかな　化9　七番日記　同『茶翁聯句集』『株番』『発句鈔追加』『流行七部集』　異『文政版』前書「五十過ては」、『嘉永版』前書「五十足ては」

露はらり〳〵世中よかりけり　つゆはらりはらりよのなかよかりけり　化9　七番日記

露三粒上野〻（の）蝉の鳴出しぬ　つゆみつぶうえののせみのなきだしぬ　化9　七番日記

蜂どもや密（蜜）盗れて露けぶり　はちどもやみつぬすまれてつゆけぶり　化9　七番日記

笛吹て白露いはふ在所哉　ふえふいてしらつゆいわうざいしょかな　化9　七番日記

ふんどしと小赤い花と夜露哉　ふんどしとこあかいはなとよつゆかな　化9　七番日記

下の露末の雫やにぎはしき
もとのつゆすえのしずくやにぎわしき
化9　七番日記　異『株番』上五「末の露」中七「もとの雫や」

朝露に浄土参りのけいこ哉
あさつゆにじょうどまいりのけいこかな
化10　七番日記　同「書簡」　異『句稿消息』「真蹟」『志多良』『文政版』『嘉永版』『希杖本』上五「白露に」

芋の葉や親椀程の露の玉
いものはやおやわんほどのつゆのたま
化10　七番日記

後からぞつとするぞよ露時雨
うしろからぞっとするぞよつゆしぐれ
化10　句稿消息

越後馬夜露払て通りけり
えちごうまよつゆはらってとおりけり
化10　七番日記

おがまる丶露にならんとしたりけり
おがまるるつゆにならんとしたりけり
化10　七番日記

置露に蝶のきげんの直りけり
おくつゆにちょうのきげんのなおりけり
化10　七番日記

しづかさは露の大玉小玉哉
しずかさはつゆのおおだまこだまかな
化10　七番日記

白露と仲《間》よく見ゆる影ぼふし
しらつゆとなかよくみゆるかげぼうし
化10　七番日記

玉(魂)祭
露ちるや己(已)におのれもあの通
つゆちるやすでにおのれもあのとおり
化10　七番日記

露ちるやむさい此世に用なしと
つゆちるやむさいこのよにようなしと
化10　七番日記　同『志多良』、『句稿消息』前書「秋」、『文政版』『嘉永版』

露の玉いくつ入たる土瓶哉
つゆのたまいくついれたるどびんかな
化10　七番日記

露を吸ふたぐひ也けり草の庵
つゆをすうたぐいなりけりくさのいお
化10　七番日記

二文菜にかさいの露のまだひぬぞ
にもんなにかさいのつゆのまだひぬぞ
化10　七番日記

火ともして生おもしろや草の露　ひともしてなまおもしろやくさのつゆ　化10　句稿消息　同『文政版』『嘉永版』　異『志多良』中七「生おもしろき」

古壁の草もたのみや露の玉　ふるかべのくさもたのみやつゆのたま　化10　七番日記

二百十日　青天

世中はよすぎにけらし草の露　よのなかはよすぎにけらしくさのつゆ　化10　志多良　同『文政版』『嘉永版』前書「二百十日」

世中〔は〕よ過にけらしけさの露　よのなかはよすぎにけらしけさのつゆ　化10　七番日記　同『句稿消息』『希杖本』

朝顔の花に何盃けさの露　あさがおのはなになんばいけさのつゆ　化11　七番日記

夕朝（朝夕）の露で持たる世界哉　あさゆうのつゆでもちたるせかいかな　化11　七番日記

いざゝらば露よ答（と）よ合点か　いざさらばつゆとこたえよがってんか　化11　七番日記

大なは乙にやらふぞ露の玉　おおきなはおとにやろうぞつゆのたま　化11　七番日記

くよ〳〵とさはぐな翌は翌の露　くよくよとさわぐなあすはあすのつゆ　化11　七番日記

白露の丸いながらもいそがしや　しらつゆのまるいながらもいそがしや　化11　栗本雑記四

白露の丸く成るにもいそがしや　しらつゆのまるくなるにもいそがしや　化11　七番日記

白露や乞食村の祭り客　しらつゆやこつじきむらのまつりきゃく　化11　七番日記　異『希杖本』中七「乞食の村も」

白露や茶腹で越るうつの山　しらつゆやちゃばらでこゆるうつのやま　化11　七番日記

式（或）云花

只頼め〳〵と露のこぼれけり　ただたのめたのめとつゆのこぼれけり　化11　七番日記

露ざぶ〳〵ことしも楽に寝と（ママ）哉　つゆざぶざぶことしもらくにねよとかな　化11　七番日記

露ざぶ〳〵愛度御代の印かや　つゆざぶざぶめでたきみよのしるしかや　化11　七番日記

露ちるな弥陀が御苦労あそばさる　つゆちるなみだがごくろうあそばさる　化11　七番日記

露ちるや地獄の種をけふもまく　つゆちるやじごくのたねをきょうもまく　化11　七番日記　同『文政版』『嘉永版』

露の玉どう転げても目出度ぞ　つゆのたまどうころげてもめでたいぞ　化11　七番日記

露ほろり気の短さよ〳〵　つゆほろりきのみじかさよみじかさよ　化11　七番日記

盗人も身につまさるゝ夜露哉　ぬすびともみにつまさるるよつゆかな　化11　七番日記

呑メ喰へと露がざぶ〳〵ざぶり哉　のめくえとつゆがざぶざぶざぶりかな　化11　七番日記　同『希杖本』

蕗葉や立臼程のけさの露　ふきのはやたちうすほどのけさのつゆ　化11　七番日記　同『希杖本』

細けぶり立ばや翌は翌の露　ほそけぶりたてばやあすはあすのつゆ　化11　七番日記　異『希杖本』上五「畠けぶり」

身の上の露とは更にしらぬ哉　みのうえのつゆとはさらにしらぬかな　化11　七番日記

痩畠もそれ相応に秋の露　やせはたもそれそうおうにあきのつゆ　化11　七番日記　異『希杖本』中七「それ相応の」

よい世じやと露がざんぶり〳〵哉　よいよじゃとつゆがざんぶりざんぶりかな　化11　七番日記

世中へおちて見せけり草の露　よのなかへおちてみせけりくさのつゆ　化11　七番日記

蓬生や露の中なる粉引唄　よもぎうやつゆのなかなるこひきうた　化11　七番日記

楽〳〵と喰ふて寝る世や秋の露　らくらくとくうてねるよやあきのつゆ　化11　七番日記

いびつでも露の白玉〳〵ぞ　いびつでもつゆのしらたましらたまぞ　化12　七番日記

おく露や草葉の陰の七在所　おくつゆやくさばのかげのななざいしょ　化12　七番日記　同『栗本雑記五』

おく露や猫なで声の山烏　おくつゆやねこなでごえのやまがらす　化12　七番日記

白露のどつちへ人をよぶ烏　しらつゆのどっちへひとをよぶからす　化12　七番日記　同『十六夜集』

捨てられたおばが日じややら露しぐれ　すてられたおばがひじゃやらつゆしぐれ　化12　栗本雑記五　異「真蹟」下五「むら時雨」

玉になれ大玉になれけさの露　たまになれおおだまになれけさのつゆ　化12　七番日記

丸い露何の苦もなく居直りぬ　まるいつゆなんのくもなくいなおりぬ　化12　七番日記　同『栗本雑記五』

朝〳〵や庵の茶おけの草の露　あさあさやいおのちゃおけのくさのつゆ　化13　七番日記

あばら家やむだ骨折て露のおく　あばらややむだぼねおりてつゆのおく　化13　七番日記

けふからは見るもおがむも草の露　きょうからはみるもおがむもくさのつゆ　化13　七番日記

白露のむだぶりしたる庇哉　しらつゆのむだぶりしたるひさしかな　化13　七番日記

露の身は同じ並びぞ仏達　つゆのみはおなじならびぞほとけたち　化13　七番日記

降れつもれ金の露よ此嶋に　ふれつもれこがねのつゆよこのしまに　化13　七番日記

身の上の露ともしらでほたへけり　みのうえのつゆともしらでほたえけり　化13　七番日記

見よとてやでかい露から散じたく　みよとてやでかいつゆからちりじたく　化13　七番日記　異『同日記』中七「でかい露から」下五「先おつる」

世中よでかい露から先おつる　よのなかよでかいつゆからまずおつる　化13　七番日記

一升でいくらが物ぞ露の玉　いっしょうでいくらがものぞつゆのたま　化14　七番日記　同『同日記』に重出

うれしさはことしの露も浴みけり　うれしさはことしのつゆもゆあみけり　化14　七番日記

姨捨た奴もあれ見よ草の露　おばすてたやつもあれみよくさのつゆ　化14　七番日記

草の露何の苦もなく居直りし　くさのつゆなんのくもなくいなおりし　化14　浅香市集　同『流行七部集』

三絃のはらり〳〵や蓮の露　しゃみせんのはらりはらりやはすのつゆ　化14　七番日記

白露の上も大玉小玉かな　しらつゆのうえもおおだまこだまかな　化14　七番日記　異「書簡」中七「身にも大玉」

白露の丸く見へてもいそがしや　しらつゆのまるくみえてもいそがしや　化14　芭蕉葉ぶね　同『発句類題集』

白露やいさくさなしに丸く成る　しらつゆやいさくさなしにまるくなる　化14　七番日記

白露やどう転んでも丸く成る
しらつゆやどうころんでもまるくなる
化14　七番日記

わらぢながら墓参
息才（災）で御目にかゝるぞ草の露
そくさいでおめにかかるぞくさのつゆ
化14　七番日記　同『文政版』『嘉永版』前書「わらぢながら墓参りして」

露だぶりおくやことしも米の飯
つゆだぶりおくやことしもこめのめし
化14　七番日記　同『同日記』に重出

露だぶり世がよい上に又よいぞ
つゆだぶりよがよいうえにまたよいぞ
化14　七番日記

露の玉ざくりと分ンじ給ひけり
つゆのたまざくりとぶんじたまいけり
化14　七番日記

悼
露の世は得心ながらさりながら
つゆのよはとくしんながらさりながら
化14　七番日記

露一つ一つ集てたく茶哉
つゆひとつひとつあつめてたくちゃかな
化14　七番日記

徳本の念仏ともなれ石の露
とくほんのねぶつともなれいしのつゆ
化14　七番日記

丸露いびつな露よいそがしき
まるいつゆいびつなつゆよいそがしき
化14　七番日記

痩菜にも置てくれるや秋露
やせなにもおいてくれるやあきのつゆ
化14　七番日記

我庵は露の玉さへいびつ也
わがいおはつゆのたまさえいびつなり
化14　七番日記

我庵は露〔の〕でかいを自慢哉
わがいおはつゆのでかいをじまんかな
化14　七番日記

露一ツ赤い夕のひろがりぬ
つゆひとつあかいゆうべのひろがりぬ
化中　書簡

露ほろりほろりと赤い夕哉
つゆほろりほろりとあかいゆうべかな
化中　書簡

けふ迄は人の上ぞよ露時雨
きょうまではひとのうえぞよつゆしぐれ
政1　七番日記

白露も見やう〔に〕よりて御舎利哉
しらつゆもみようによりておしゃりかな
政1　七番日記

上人の目には御舎利か草の露
しょうにんのめにはおしゃりかくさのつゆ
政1　七番日記

七ツ目

露ちるや是から夜《（永）》き夜の段
つゆちるやこれからながきよるのだん
政1　七番日記

露ちるやすは身上の一大事
つゆちるやすわみのうえのいちだいじ
政1　七番日記

露ほろりまてもしばしもなかりけり
つゆほろりまてもしばしもなかりけり
政1　七番日記

仏法がなく〔ば〕光らじ草の露
ぶっぽうがなくばひからじくさのつゆ
政1　七番日記

万灯も貧の一灯も露時雨
まんどうもひんのいっとうもつゆしぐれ
政1　七番日記

露打や青松〔が〕枝のにはか垣
つゆうつやあおまつがえのにわかがき
政2　八番日記

露の玉遊び所や茶のけぶり
つゆのたまあそびどころやちゃのけぶり
政2　八番日記

露の玉袖の上にも転り《（げ）》けり
つゆのたまそでのうえにもころげけり
政2　八番日記　参『梅塵八番』下五「転げけり」

露の玉つまんだ時も仏哉
つゆのたまつまんだときもほとけかな
政2　八番日記

露の玉つまんだ所仏也
つゆのたまつまんだところほとけなり
政2　八番日記

露の玉つまんで見たるわらは哉
つゆのたまつまんでみたるわらわかな
政2　おらが春　同『書簡』　異『八番日記』「書簡」下五「わらべ哉」

露の身〔の〕一人通るとかくはしら
つゆのみのひとりとおるとかくはしら
政2　八番日記

露の世は露の世ながらさりながら
つゆのよはつゆのよながらさりながら
政2　おらが春　同『発句鈔追加』『終焉記』『一茶園月並裏書』　前書「さま〴〵かなしびかさなる上にかゝり娘うしなひて」、『文政版』『嘉永版』前書「愛子を失ひて」

馳走砂
露も又干ぬや小松の馳走垣　つゆもまたひぬやこまつのちそうがき　政2　八番日記

蓮の露かけて入たる茶瓶哉　はすのつゆかけていりたるちゃびんかな　政2　八番日記

蓮の露転かし込だる茶瓶哉　はすのつゆこかしこんだるちゃびんかな　政2　八番日記　参『梅塵八番』中七「転び入たる」

蓮の露一ツもあまる朝茶哉　はすのつゆひとつもあまるあさちゃかな　政2　八番日記

蓮の葉に此世の露のいびつ也　はすのはにこのよのつゆのいびつなり　政2　八番日記

蓮の葉に此世の露は曲りけり　はすのはにこのよのつゆはまがりけり　政2　おらが春

夕やけや唐紅の露しぐれ　ゆうやけやからくれないのつゆしぐれ　政2　八番日記　異『嘉永版』中七「から紅に」

朝露と一所に仕廻花屋哉　あさつゆといっしょにしまうはなやかな　政3　八番日記

味あらば喧嘩の種ぞ露の玉　あじあらばけんかのたねぞつゆのたま　政3　八番日記

甘からばさぞおらが露人の露　あまからばさぞおらがつゆひとのつゆ　政3　八番日記

姨《〈ウバ〉》捨た奴はどこらの草の露　うばすてたやつはどこらのくさのつゆ　政3　八番日記

おく露の晴天十日つゞくとて　おくつゆのせいてんとおかつづくとて　政3　八番日記

御目〔出〕度存候けさの露　おめでたくぞんじそうろうけさのつゆ　政3　八番日記　同『文政版』『嘉永版』　参『梅塵八番』下五「今朝の秋」

腕にも露がおく也御《(朝)》茶売　かいなにもつゆがおくなりあさちゃうり　政3　八番日記　参『梅塵八番』下五「朝茶売」

狩好の其身にかゝる夜露哉　かりずきのそのみにかかるよつゆかな　政3　発句題叢　同『嘉永版』『希杖本』　異『発句鈔追加』中七「此身にかゝる」

柘垣や四角に暮て露時雨　くわがきやしかくにくれてつゆしぐれ　政3　八番日記

けさの露顔洗にはありあまる　けさのつゆかおあらうにはありあまる　政3　八番日記

拵らへた露もたる也馳走垣　こしらえたつゆもたるなりちそうがき　政3　八番日記

逆さまのせうじんするや草の露　さかさまのしょうじんするやくさのつゆ　政3　八番日記　同『発句鈔追加』前書「愛子失ひて」

上出来〔の〕浅黄ぞら也秋の露　じょうできのあさぎぞらなりあきのつゆ　政3　八番日記

茶土瓶やア丶〳〵一盃《（杯）》秋の露　ちゃどびんやあああいっぱいあきのつゆ　政3　八番日記　参『梅塵八番』中七「つく〳〵一盃」

露ちるやかき集たる米と砂　つゆちるやかきあつめたるこめとすな　政3　八番日記　参『梅塵八番』下五「米と銭」

露ちるや五十以上の旅人衆　つゆちるやごじゅういじょうのたびとしゅ　政3　八番日記

露ちるや我せうじんはやがて誰　つゆちるやわがしょうじんはやがてだれ　政3　八番日記

露に蜉蝣いつ迄小田の手にかゝる　つゆにかげろういつまでおだのてにかかる　政3　八番日記

露の玉袖に受ても転けり　つゆのたまそでにうけてもころげけり　政3　八番日記

露の世の露の並ぶやばくち小屋　つゆのよのつゆのならぶやばくちごや　政3　八番日記

〔釣〕鐘は草に咲せて石の露　つりがねはくさにさかせていしのつゆ　政3　八番日記

寝てくらせ此上降らば甘い露　ねてくらせこのうえふらばあまいつゆ　政3　八番日記

野の馬の天窓干也秋の露　ののうまのあたまほすなりあきのつゆ　政3　八番日記

蓮の露仏の身には甘からん　はすのつゆほとけのみにはあまからん　政3　八番日記

花うりのかざりにちるや今朝の露　はなうりのかざりにちるやけさのつゆ　政3　八番日記

行秋や畠の稲も秋の露　ゆくあきやはたけのいねもあきのつゆ　政3　八番日記　参『梅塵八番』上五「行雲や」中七「鼻先の稲も」

若へ（い）衆のむりに受たる夜露哉
わかいしゅのむりにうけたるよつゆかな
政3　八番日記

朝露や虫〔に〕貰ふて面あらふ
あさつゆやむしにもろうてつらあらう
政4　八番日記

朝やけに染るでもなし露の玉
あさやけにそまるでもなしつゆのたま
政4　八番日記

芋の露こぼして跡（後）を丸めけり
いものつゆこぼしてあとをまるめけり
政4　八番日記　同「真蹟」

芋の葉や我作りたる露の玉
いものはやわがつくりたるつゆのたま
政4　八番日記

植た菊せわでも頼む露よ露
うえたきくせわでもたのむつゆよつゆ
政4　八番日記　参『梅塵八番』下五「露とつゆ」

大鐘にびく共せぬや蓮の露
おおがねにびくともせぬやはすのつゆ
政4　八番日記

おく露のいかい御世わぞ日陰草
おくつゆのいかいおせわぞひかげぐさ
政4　八番日記

瓦屋に古び付るや露時雨
かわらやにふるびつけるやつゆしぐれ
政4　八番日記

草となる小草も露の御世（話）に哉
くさとなるおぐさもつゆのおせわかな
政4　八番日記

品玉に取らんとしたり草の露
しなだまにとらんとしたりくさのつゆ
政4　八番日記

白露もちんぷんかんのころり哉
しらつゆもちんぷんかんのころりかな
政4　八番日記　参『梅塵八番』上五「白露の」

朝露の流れ出けり山の町
あさつゆのながれいでけりやまのまち
政4　だん袋　同『発句鈔追加』

白露やどふ（つ）と流るゝ山の丁
しらつゆやどっとながるるやまのまち
政4　八番日記　参『梅塵八番』下五「山の下」

世（忙）話しなの夜や上ル露下ル露
せわしなのよやのぼるつゆくだるつゆ
政4　八番日記　同『だん袋』

玉とれや豆と徳りと草の露
たまとれやまめととくりとくさのつゆ
政4　八番日記

一日や野原の宮の露手水
ついたちやのはらのみやのつゆちょうず
政4　八番日記

露置てげにも我等が垣根哉
つゆおいてげにもわれらがかきねかな
政4　まつかぜ集　同『露陀羅尼』

露の玉十と揃へ（ひ）はせざりけり
つゆのたまとおとそろいはせざりけり
政4　八番日記　参『梅塵八番』中七「十と揃ひは」

露の身はなぐさみぞり〔の〕坊主哉　つゆのみはなぐさみぞりのぼうずかな　政4　八番日記

露の身を質にとられし談義哉　つゆのみをしちにとられしだんぎかな　政4　八番日記

露の世とお〔つ〕しやる口より喧嘩哉　つゆのよとおっしゃるくちよりけんかかな　政4　八番日記

通り雨露のにせ玉作る也　とおりあめつゆのにせだまつくるなり　政4　八番日記

ばか蔓に露もかもふな〳〵よ　ばかづるにつゆもかまうなかまうなよ　政4　八番日記　同『同日記』に重出

葉から葉に転(び)へうつるや秋の露　はからはにころびうつるやあきのつゆ　政4　八番日記　参『梅塵日記』上五「葉から葉へ」中七「転げ移るや」

人鬼の天窓くだしや露時雨　ひとおにのあたまくだしやつゆしぐれ　政4　八番日記

人心子の丶たまわく草の露　ひとごころしののたまわくくさのつゆ　政4　八番日記

一丸メいくらが物ぞ蓮の露　ひとまるめいくらがものぞはすのつゆ　政4　八番日記

一丸メ一升ヅ丶や蓮の露　ひとまるめいっしょうずつやはすのつゆ　政4　八番日記

福の神ゑめため露と玉になる　ふくのかみえめためつゆとたまになる　政4　だん袋　同『発句鈔追加』　異「真蹟」下五「玉になる」

福の神見たまい(へ)露が玉になる　ふくのかみみたまえつゆがたまになる　政4　八番日記

丸いみがつぶ〳〵露と並びけり　まるいみがつぶつぶつゆとならびけり　政4　八番日記

むだ草は露もむだ置したりけり　むだくさはつゆもむだおきしたりけり　政4　八番日記

山の町とつと丶露の流れけり　やまのまちとっととつゆのながれけり　政4　八番日記

世の中は糸瓜の皮ぞみんな露　よのなかはへちまのかわぞみんなつゆ　政4　八番日記

梁上の君子も見やれ草の露　りょうじょうのくんしもみやれくさのつゆ　政4　八番日記

粒々皆心（辛）苦
あらましは汗の玉かよ稲の露
あらましはあせのたまかよいねのつゆ
政5　だん袋　同『発句鈔追加』前書「粒々皆苦心」

いざ拾へ露の曲玉長い玉
いざひろえつゆのまがたまながいたま
政5　文政句帖

芋の露一ツもあまる茶びん哉
いものつゆひとつもあまるちゃびんかな
政5　文政句帖

うつくしや目でたさやでも露の玉
うつくしやめでたさやでもつゆのたま
政5　文政句帖

うら窓に露の玉ちるひゞき哉
うらまどにつゆのたまちるひびきかな
政5　文政句帖

門の露玉など〔と〕なる智恵もなし
かどのつゆたまなどとなるちえもなし
政5　文政句帖

門の露玉にはならで仕廻けり
かどのつゆたまにはならでしまいけり
政5　文政句帖

通ひぢや夜露うけるも好〳〵に
かよいじやよつゆうけるもすきずきに
政5　文政句帖

米菩薩誰こぼしたぞ草の露
こめぼさつたがこぼしたぞくさのつゆ
政5　文政句帖

しだり尾の長き涼の夜露哉
しだりおのながきすずみのよつゆかな
政5　文政句帖

忍び路や人の上にも露のおく
しのびじやひとのうえにもつゆのおく
政5　文政句帖

しら露としらぬ子どもが仏かな
しらつゆとしらぬこどもがほとけかな
政5　文政句帖

田かせぎや人の上にも露のおく
たかせぎやひとのうえにもつゆのおく
政5　文政句帖

玉となる欲はある也草の露
たまとなるよくはあるなりくさのつゆ
政5　文政句帖　異『政八句帖草』下五「門の露」、「真蹟」上五「玉になる」下五「門の露」

玉になるちゑは露さへ有馬山
たまになるちえはつゆさえありまやま
政5　文政句帖

露玉でき損ひはせざりけり
つゆのたまできそこないはせざりけり
政5　文政句帖　異『発句鈔追加』下五「なかりけり」

露の身のおき所也草の庵　つゆのみのおきどころなりくさのいお　政5　文政句帖

露の身のころり／＼とあがく哉　つゆのみのころりころりとあがくかな　政5　文政句帖

隣へも欠（掛）てやりけり芋の露　となりへもかけてやりけりいものつゆ　政5　文政句帖

猫の子のざれ損ひや芋の露　ねこのこのざれそこないやいものつゆ　政5　文政句帖　異『いとかり』中七「ざれそこなふや」

花売〔の〕花におくや（也）露の玉　はなうりのはなにおくなりつゆのたま　政5　文政句帖

我庵が玉にきずかよ草の露　わがいおがたまにきずかよくさのつゆ　政5　文政句帖

なでしこの首持上けり今朝の露　なでしこのくびもたげけりけさのつゆ　政6　小升屋通帳裏書

玉となる欲は露さへありにけり　たまとなるよくはつゆさえありにけり　政7　いなばやま　同『定境集』

姥捨のをばが日ぢややら露しぐれ　うばすてのおばがひじゃやらつゆしぐれ　政7　雁の使

赤玉の木の実も降や露時雨　あかだまのこのみもふるやつゆしぐれ　政8　文政句帖

おく露やがさりと〔も〕せぬ今の御代　おくつゆやがさりともせぬいまのみよ　政8　文政句帖　異『句稿消息』上五「白露や」

壁もりやどつさりどさり露時雨　かべもりやどっさりどさりつゆしぐれ　政8　文政句帖

草刈や火を打こぼす露の原　くさかりやひをうちこぼすつゆのはら　政8　文政句帖

けかちとは見へぬ野づらや秋の露　けかちとはみえぬのづらやあきのつゆ　政8　文政句帖

柴の戸〔や〕手足洗ふも草の露　しばのとやてあしあらうもくさのつゆ　政8　文政句帖

野仏に線香けぶるやけさの露　のぼとけにせんこうけぶるやけさのつゆ　政8　文政句帖

草庵

客人の草履におくや門の露　まろうどのぞうりにおくやかどのつゆ　政8　文政句帖

置露や我は草木にいつならん
おくつゆやわれはくさきにいつならん
政9　政九十句写

中の西町山岸栄仙（永僊）老棟上ゲ
むねあげや神の下さる露時雨
むねあげやかみのくださるつゆしぐれ
政9　政九十句写　同『希杖本』前書「賀棟上」

いもの露そつくりこかす茶瓶哉
いものつゆそっくりこかすちゃびんかな
政9　杉亭書簡

古道具好める柯尺子必油断することなかれ
むら雨が露のにせ玉作るぞよ
むらさめがつゆのにせだまつくるぞよ
不詳　真蹟　同『政九十句写』前書「古道具をする希杖油断する事なかれ」　異『八番日記』下五「作りけり」、『文政句帖』上五「村雨も」、『発句鈔追加』前書「古道具好める人にしめす」上五「今の世は」中七「露も似せ玉」、『同追加』下五「つくりける」、「真蹟」下五「拵る」　参『梅塵八番』前書「道具好める人にしめす」

世にあれば露も大玉小だまかな
よにあればつゆもおおだまこだまかな
不詳　真蹟

しら露や手を拱くは何法師
しらつゆやてをこまねくはなにほうし
不詳　遺稿

御仏も縛れ給ふ露しぐれ
みほとけもしばられたもうつゆしぐれ
不詳　柏原雅集

白露や地獄の種を今日も蒔
しらつゆやじごくのたねをきょうもまく
不詳　希杖本

身の上の露ともしらでさはぎけり
みのうえのつゆともしらでさわぎけり
不詳　希杖本

露置や茶腹で越るうつの山
つゆおくやちゃばらでこゆるうつのやま
不詳　文政版　同『嘉永版』

男女私にちぎりて夜ひそかに逃行を教訓して
人問ば露と答へよ合点か
ひととわばつゆとこたえよがってんか
不詳　文政版　同『嘉永版』

白露も御僧の目には御舎利哉　しらつゆもごそうのめにはおしゃりかな　不詳　稲長句帖
蓮の露ころ〳〵分じ給ひけり　はすのつゆころころぶんじたまいけり　不詳　稲長句帖
しら露やあらゆる罪のきゆる程　しらつゆやあらゆるつみのきゆるほど　不詳　発句鈔追加
世話《（忙）》しなの世や下る露上る露　せわしなのよやくだるつゆのぼるつゆ　不詳　発句鈔追加
露〳〵に先は螽の嬉嫌哉　つゆつゆにまずはいなごのきげんかな　不詳　発句鈔追加

呂芳上人の一子に対して
露の玉丸く成るにもいそがしや　つゆのたままるくなるにもいそがしや　不詳　発句鈔追加

露霜

露じもや丘の雀もちゝとよぶ　つゆじもやおかのすずめもちちとよぶ　享3　享和句帖
露霜をゑひしてなめる御馬哉　つゆじもをえいしてなめるおうまかな　政2　八番日記

稲妻（稲光）

いなづまにもりつなどのゝ抜身哉　いなづまにもりつなどののぬきみかな　寛中　西紀書込
稲妻や貫か男をこし刀　いなづまやぬくかおとこをこしがたな　寛中　西紀書込

震為レ雷
軒だれのはやかはきけり電り　のきだれのはやかわきけりいなびかり　享3　享和句帖
稲妻〔や〕罪なく見ゆる蟾の顔　いなづまやつみなくみゆるひきのかお　化2　文化句帖
稲妻や人住ぬ野も秋の風　いなづまやひとすまぬのもあきのかぜ　化2　文化句帖
水打ていなづま待や門畠　みずうっていなづままつやかどばたけ　化2　文化句帖
稲妻やむら雨いはふ草の原　いなづまやむらさめいわうくさのはら　化3　文化句帖
稲妻や芒がくれの五十顔　いなづまやすすきがくれのごじゅうがお　化5前後　句稿消息

稲妻や人にかくれぬ五十顔
いなづまやひとにかくれぬごじゅうがお
化5前後　句稿消息

手枕や稲妻かゝるふり茄子
てまくらやいなづまかかるふりなすび
化5前後　句稿消息

稲妻のおつるところや五十貌
いなづまのおつるところやごじゅうがお
化6　真蹟

稲妻や蚊にあてがひし足ながら
いなづまやかにあてがいしあしながら
化9　株番

稲妻や蚊にあてがひし片足へ
いなづまやかにあてがいしかたあしへ
化9　七番日記

稲妻をとらまへたがる子ども哉
いなづまをとらまえたがるこどもかな
化9　七番日記　同『希杖本』「書簡」

稲妻にけら／＼笑ひ仏哉
いなづまにけらけらわらいぼとけかな
化11　七番日記

稲妻の入ら〔ぬ〕おせはよ三井の鐘
いなづまのいらぬおせわよみいのかね
化11　七番日記

稲妻の打力なき草家哉
いなづまのうつちからなきくさやかな
化11　七番日記

稲妻やうつかりひよんとした顔へ
いなづまやうっかりひょんとしたかおへ
化11　七番日記　同『文政版』『嘉永版』『希杖本』「真蹟」

稲妻やまだとしよらぬ野なでしこ
いなづまやまだとしよらぬのなでしこ
化11　七番日記

稲妻を浴せかけるや死ぎらひ
いなづまをあびせかけるやしにぎらい
化11　七番日記

稲妻やあつけとられし犬の顔
いなづまやあっけとられしいぬのかお
化12　七番日記

稲妻や一もくさんに善光寺
いなづまやいちもくさんにぜんこうじ
化12　七番日記

稲妻や三人一度に顔と顔
いなづまやさんにんいちどにかおとかお
政1　七番日記

稲妻や屁とも思ぬヒキが顔
いなづまやへともおもわぬひきがかお
政1　七番日記

石川はくはらり稲妻さらり哉
いしかわはからりいなづまさらりかな
政2　おらが春　異『八番日記』中七「桑原稲妻」下五「さかり哉」　参『梅塵八番』中七「ぐはらり稲妻」

稲妻にへな／＼橋を渡りけり　いなづまにへなへなはしをわたりけり　政2　八番日記

稲妻や門に寝並ぶ目出度顔　いなづまやかどにねならぶめでたがお　政2　八番日記

稲妻や一切づゝに世が直る　いなづまやひときれずつによがなおる　政2　おらが春　異『八番日記』下五「世がなほり」

稲妻に並ぶやどれも五十顔　いなづまにならぶやどれもごじゅうがお　政3　八番日記

稲妻に実を孕む也葎迄　いなづまにみをはらむなりむぐらまで　政3　八番日記

稲妻や狗ばかり無欲顔　いなづまやえのころばかりむよくがお　政3　八番日記

豊年の大稲妻よいなづまよ　ほうねんのおおいなづまよいなづまよ　政3　八番日記　同『文政句帖』

稲妻のちよいとあしろふ綱火哉　いなづまのちょいとあしらうつなびかな　政4　八番日記

稲妻やかくれかね〔た〕る人の皺　いなづまやかくれかねたるひとのしわ　政5　文政句帖

稲妻や畠の中の風呂の人　いなづまやはたけのなかのふろのひと　政5　文政句帖

稲妻や浦のおとこの供養塚　いなづまやうらのおとこのくようづか　政6　文政句帖

稲妻やぞろり寝ころぶ六十顔　いなづまやぞろりねころぶろくじゅうがお　政8　文政句帖

稲妻や田になれそばになれ／＼と　いなづまやたになれそばになれなれと　政8　文政句帖

稲妻や茶を淡（の泡）のちるすゝき原　いなづまやちゃのあわのちるすすきばら　政8　文政句帖　異『句稿消息』中七「茶の淡こぼす」

稲妻やちら／＼例の鳥辺山　いなづまやちらちられいのとりべやま　政8　文政句帖

稲妻やよい御しめりじやしめりじやと　いなづまやよいおしめりじゃしめりじゃと　政8　文政句帖

両国
川縁の夜茶〔屋〕は引て小稲妻　かわべりのよぢゃやはひけてこいなづま　政8　文政句帖

笹の葉に稲妻さらり〳〵哉　ささのはにいなづまさらりさらりかな　政8　文政句帖

稲妻に泣もありけり門すゞみ　いなづまになくもありけりかどすずみ　不詳　発句鈔追加

霧（霧雨　夜霧　霧時雨）

雨を分て夕霧のぼる外山哉　あめをわけてゆうぎりのぼるとやまかな　寛4　寛政句帖

朝霧にあはたゞし木の雫哉　あさぎりにあわただしきのしずくかな　寛中　西紀書込

霧しぐれ一日山の目にかゝる　きりしぐれいちにちやまのめにかかる　寛中　真蹟

どちらか〔ら〕の霧ものがさぬ榎哉　どちらからのきりものがさぬえのきかな　享3　享和句帖

わらすぐる人や夕霧吹かゝる　わらすぐるひとやゆうぎりふきかかる　享3　享和句帖

朝霧の皆迄はれな小菜畠　あさぎりのみなまではれなおなばたけ　化1　文化句帖

秋霧やあさぢを過る水戸肴　あきぎりやあさじをすぐるみとざかな　化1　文化句帖

秋霧や河原なでしこ見ゆる迄　あきぎりやかわらなでしこみゆるまで　化1　文化句帖　同『発句題叢』『発句鈔追加』『嘉永版』

筏士の又も下れよ深山霧　いかだしのまたもくだれよみやまぎり　化1　文化句帖

仰山に霧のはれけり附木突　ぎょうさんにきりのはれけりつけぎづき　化1　文化句帖

樒桶手からも霧は立にけり　しきみおけてからもきりはたちにけり　化1　文化句帖

樒さす手からも霧は立にけり　しきみさすてからもきりはたちにけり　化1　文化句帖

何祭か祭霧の遠里小野哉　なにまつりかまつりきりのとおざとおのかな　化1　文化句帖

山霧と一ツゆふべの都哉　やまぎりとひとつゆうべのみやこかな　化1　文化句帖　同『一茶園月並』

山霧のかゝる家さへ祭哉　やまぎりのかかるいえさえまつりかな　化1　文化句帖

朝霧の引からまりし柳哉　あさぎりのひっからまりしやなぎかな　化2　文化句帖

朝霧の又改てかゝる也　あさぎりのまたあらためてかかるなり　化2　文化句帖

川添や蝶も見へつゝ霧かゝる　かわぞえやちょうもみえつつきりかかる　化2　文化句帖

霧晴て胡麻殻からり〱哉　きりはれてごまがらからりからりかな　化2　文化句帖

草の家や霧がふは〱蟹がはふ　くさのややきりがふわふわかにがはう　化2　文化句帖

草原やわらさへあれば霧かゝる　くさはらやわらさえあればきりかかる　化2　文化句帖

そなた衆も何ぞ侍れウヂの霧　そなたしゅもなんぞはんべれうじのきり　化2　文化句帖

なかんづく夜露のかゝる芦火哉　なかんずくよつゆのかかるあしびかな　化2　文化句帖

一薮は別の夕霧かゝる也　ひとやぶはべつのゆうぎりかかるなり　化2　文化句帖

霧雨に低くもならぬ葎哉　きりさめにひくくもならぬむぐらかな　化3　文化句帖

秋霧や河原なでしこりんとして　あきぎりやかわらなでしこりんとして　化4　連句稿裏書

草原や〔わが〕袂より霧の立　くさはらやわがたもとよりきりのたつ　化4　連句稿裏書

又しても晴そこなふや山の霧　またしてもはれそこなうややまのきり　化4　連句稿裏書

山霧や声うつくしき馬糞かき　やまぎりやこえうつくしきまぐそかき　化4　化三―八写　同『連句稿裏書』

霧雨や草木もとしのよるやうに　きりさめやくさきもとしのよるように　化5　化五句記

山寺や霧にまびれし鉋屑　やまでらやきりにまびれしかんなくず　化6　化五六句記

夕暮や今売槙に霧の立　ゆうぐれやいまうるまきにきりのたつ　化7　七番日記　同『化三―八写』前書「清水槙市」

うす霧の引からまりし垣ね哉　うすぎりのひっからまりしかきねかな　化8　七番日記

馬のせの桔校(梗)かるかや霧はれぬ　うまのせのききょうかるかやきりはれぬ　化8　七番日記

有明や浅間の霧が膳をはふ　ありあけやあさまのきりがぜんをはう　化9　七番日記　同「書簡」『文政版』『嘉永版』、『株番』前書「軽井沢」、『一茶園月並裏書』前書「追分泊」

朝〳〵や菜(茶)がむまく成る霧おりる　あさあさやちゃがうまくなるきりおりる　化10　七番日記　同『志多良』

袖からも霧立のぼる山路哉　そでからもきりたちのぼるやまじかな　化10　七番日記

山霧に穴の狐もむせやせん　やまぎりにあなのきつねもむせやせん　化10　七番日記

山霧のさつさと抜る坐(座)敷哉　やまぎりのさっさとぬけるざしきかな　化10　七番日記　異『志多良』『句稿消息』中七「さつさと通る」

朝ぎりのろくには晴ぬ草家哉　あさぎりのろくにははれぬくさやかな　化11　七番日記

大仏の鼻から出たりけさの霧　だいぶつのはなからでたりけさのきり　化11　七番日記

つりがねの中から霧の出たりけり　つりがねのなかからきりのでたりけり　化11　七番日記

山霧や瓦の鬼が明く口へ　やまぎりやかわらのおにがあくくちへ　化11　七番日記

夕暮やおばゝが松も霧が立　ゆうぐれやおばばがまつもきりがたつ　化11　七番日記

牛モウ〳〵〳〵と霧から出たりけり　うしもうもうもうときりからでたりけり　化13　七番日記

大仏や鼻の穴から霧が出る　だいぶつやはなのあなからきりがでる　化13　七番日記

〔大仏や鼻〕より霧はふは〳〵と　だいぶつやはなよりきりはふわふわと　化13　七番日記

古郷をとく降りかくせ霧時雨　ふるさとをとくふりかくせきりしぐれ　化13　七番日記

山霧の足にからまる日暮哉　やまぎりのあしにからまるひぐれかな　化13　七番日記

山寺

山霧の通り抜たり大坐（座）敷　やまぎりのとおりぬけたりおおざしき　化13　七番日記

礒（磯）寺や坐（座）敷の霧も絶〳〵に　いそでらやざしきのきりもたえだえに　政1　七番日記

夕されば袖から霧の立田山　ゆうさればそでからきりのたつたやま　政1　七番日記

霧雨や夜霧昼霧我庵は　きりさめやよぎりひるぎりわがいおは　政2　八番日記

さむしろや一文橋も霧の立　さむしろやいちもんばしもきりのたつ　政2　八番日記

夕霧や馬の覚へし橋の穴　ゆうぎりやうまのおぼえしはしのあな　政2　おらが春　同『八番日記』

翌も〳〵〳〵天気ぞ浅間霧　あすもあすもあすもてんきぞあさまぎり　政4　八番日記

霧晴て足の際なる仏かな　きりはれてあしのきわなるほとけかな　政5　文政句帖

雲霧がいで半身の我ならん　くもぎりがいではんしんのわれならん　政5　文政句帖

雲霧が袂の下を通りけり　くもぎりがたもとのしたをとおりけり　政5　文政句帖　同「遺稿」

人の吹く霧もかすむやゑぞが島　ひとのふくきりもかすむやえぞがしま　政5　文政句帖

人の吹く霧も寒いぞヱゾが島　ひとのふくきりもさむいぞえぞがしま　政5　文政句帖

吹かける霧にむせけり馬の上　ふきかけるきりにむせけりうまのうえ　政5　文政句帖

山霧のまくしかけたる目口哉　やまぎりのまくしかけたるめくちかな　政5　文政句帖　異「遺稿」中七「まくしかけくる」

山寺や仏の膝に霧の立　やまでらやほとけのひざにきりのたつ　政5　文政句帖　同「遺稿」

さ莚や三文槙も霧の立　さむしろやさんもんまきもきりのたつ　政6　文政句帖

山犬や鳴口からも霧の立　やまいぬやなくくちからもきりのたつ　政6　文政句帖

山寺や破風口からも霧の立　やまでらやはふぐちからもきりのたつ　政6　文政句帖

みちのくや霧をふみ〳〵坂越る

みちのくやきりをふみふみさかこゆる

政8　文政句帖

霧下中山八宿

我宿は朝霧昼霧夜霧哉

わがやどはあさぎりひるぎりよぎりかな

政8　文政句帖

秋霧や川原なでしこぱつと咲

あききりやかわらなでしこぱっとさく

不詳　希杖本

Column

一茶の平等意識

おれがやうに赤いべゝきた蜻蛉哉

この句によって、柏原帰住後の一茶が赤い衣服を纏っていたことが知られる。歴史的（『一遍上人絵伝』『参考源平盛衰記』等）にみると、中世において赤い衣は非人やハンセン病患者の着る衣服であった。文政元年（1818）、一茶が長野県上田市の向源寺に俳句の指導に赴いた折、そこに参加した宮下弁覚の手控『毛余《もよ》』にも「（一茶は）柿色ノ木綿ノ厚ク綿入タルヲ一重キテ」と記されている。

一茶はなぜ赤い衣を着たのであろうか。中山英一氏の論考「被差別民衆を詠んだ俳人一茶」によると、一茶は幕府の階級制度を拒否し、当時最下層の民とされていた被差別部落の人々と親しくしていた。赤い衣は「差別できるならしてみよ」という反発の証であったのか。ここにもまた、近代に近い一茶像を見出すことができる。

地理

秋の山

秋の山活て居迚うつ鉦か　あきのやまいきているとてうつかねか　化2　文化句帖

秋の山狩野桶持の暮そむる　あきのやまかのおけもちのくれそむる　化2　文化句帖

秋の山人顕れて寒げ也　あきのやまひとあらわれてさむげなり　化2　文化句帖

秋の山一ツ〳〵に夕哉　あきのやまひとつひとつにゆうべかな　化2　文化句帖

足元に日落て秋の山辺哉　あしもとにひおちてあきのやまべかな　化2　文化句帖

御仏供とく手つきも見て秋山　おぶっくとくてつきもみえてあきのやま　化2　文化句帖

雲行も一かたならず秋の山　くもゆきもひとかたならずあきのやま　化2　文化句帖

鳥鳴て又鐘がなる秋の山　とりなきてまたかねがなるあきのやま　化2　文化句帖

冷〴〵と袖に入る日や秋の山　ひえびえとそでにいるひやあきのやま　化2　文化句帖

人顔も同じ夕や秋の山　ひとがおもおなじゆうべやあきのやま　化2　文化句帖

おく露は馬の涙か秋の山　おくつゆはうまのなみだかあきのやま　化3　文化句帖

木曽烏つゝき足らぬか秋の山　きそがらすつつきたらぬかあきのやま　化11　七番日記

明神の猿遊ぶや秋の山　みょうじんのましらあそぶやあきのやま　化11　七番日記

夜に入れば入程秋の山辺哉　よにいればいるほどあきのやまべかな　化11　七番日記

夜〳〵や枕程でも秋の山　よるよるやまくらほどでもあきのやま　化11　七番日記

夫以みれば秋風秋の山　それおもんみればあきかぜあきのやま　化12　七番日記　同『ほまち畑』前書「芦の月」

雨〳〵にウンジ果たる秋の山　あめあめにうんじはてたるあきのやま　化13　七番日記

夕晴や浅黄に並ぶ秋の山　ゆうばれやあさぎにならぶあきのやま　化13　七番日記

神風や飯を堀（掘）〔出〕す秋の山　かみかぜやめしをほりだすあきのやま　政1　七番日記

秋山や雨のない日はあらし吹　あきやまやあめのないひはあらしふく　政5　文政句帖

秋の水

蛇と臑おしするや秋の水　くちなわとすねおしするやあきのみず　政5　文政句帖

どの蛇も穴なくしたか秋の水　どのへびもあななくしたかあきのみず　政5　文政句帖

冷水に蛇は《狂》死ものぐるひかな　ひやみずにへびはしにものぐるいかな　政5　文政句帖

落し水

落水魚も古郷へもどる哉　おとしみずうおもこきょうへもどるかな　寛5　寛政句帖

小田の水おとした人も淋しいか　おだのみずおとしたひともさびしいか　化3　文化句帖

小田守も落した水を見たりけり　おだもりもおとしたみずをみたりけり　化3　文化句帖

落水おとした人も見たりけり　おとしみずおとしたひともみたりけり　化3　文化句帖

田の水も小ばやく落すひとり哉　たのみずもこばやくおとすひとりかな　化3　文化句帖

蛼の声も添へけりおとし水　こおろぎのこえもそえけりおとしみず　化6　化五六句記

日ぐらしやあかるい方のおとし水　ひぐらしやあかるいかたのおとしみず　化6　化五六句記

ほまち田の水もおとして夕木魚　ほまちだのみずもおとしてゆうもくぎょ　化6　化五六句記

水落て田はこと〴〵く夕哉　みずおちてたはことごとくゆうべかな　化6　化五六句記

おとし水おさらば〳〵〳〵哉　おとしみずおさらばさらばさらばかな　政1　七番日記

おとし水さそひ合て松嶋へ　おとしみずさそいあわせてまつしまへ　政1　七番日記

落シ水鯲も滝を上る也　おとしみずどじょうもたきをのぼるなり　政1　七番日記

田の水やさらば〳〵と井にもどる　たのみずやさらばさらばといにもどる　政4　八番日記

藪原を楽に流れよおとし水　やぶはらをらくにながれよおとしみず　政4　八番日記

秋の野（花野）

今迄は踏れて居たに花野かな　いままではふまれていたにはなのかな　寛2　秋顔子

花の原誰かさ敷る迹（跡）に哉　はなのはらたがかさしけるあとにかな　寛5　寛政句帖

尻ぺたの迹（跡）を見かける花野哉　しりぺたのあとをみかけるはなのかな　寛6　遺稿

一夜（晩）に秋のゝらなるかりん哉　ひとばんにあきののらなるかりんかな　寛中　与州播州□雑詠

妹が家は跡になりけり花の原　いもがやはあとになりけりはなのはら　化1　文化句帖

身上としらぬけぶりや秋原　みのうえとしらぬけぶりやあきのはら　化1　文化句帖

鎌ケ谷原

先の人も何も諷はぬ秋の原　さきのひともなにもうたわぬあきのはら　化2　文化句帖

戸口迄秋の野らなる雨日哉　とぐちまであきののらなるあめびかな　化2　文化句帖

狼も子につかはるゝ花の哉　おおかみもこにつかわるるはなのかな　化11　七番日記

朝夕の膳の際から花の哉　あさゆうのぜんのきわからはなのかな　化12　七番日記

わか犬が蜻蛉返りの花の哉　わかいぬがとんぼがえりのはなのかな　化12　七番日記

山里は小便所も花の哉　やまざとはしょうべんどこもはなのかな　化13　七番日記

秋の原知たらなんぞうたふべき　あきのはらしったらなんぞうたうべき　不詳　文政版　同『嘉永版』

刈田

大猫の口かせぎする刈田哉　おおねこのくちかせぎするかりたかな　化14　七番日記

待かねて雁の下る刈田かや（な）　まちかねてかりのおりたるかりたかな　政2　八番日記　参『梅塵八番』下五「刈田哉」

盂蘭盆

庵草盆の役にもたゝぬ也
いおのくさぼんのやくにもたたぬなり
化3　文化句帖

田楽
盆前のけしきも見へぬ法師哉
ぼんまえのけしきもみえぬほうしかな
化3　文化句帖

入らば今ぞ草葉陰も花に花
いらばいまぞくさばのかげもはなにはな
化10　七番日記　同『志多良』『終焉記』、『句稿消息』前書「未辞世」

小丸山を思ふ
うら盆〔の〕御墓の方を枕哉
うらぼんのおはかのかたをまくらかな
化10　七番日記　同『志多良』前書「小丸山の塚も思ふばかり也」

盆が来てそよ〱草もうれしかろ
ぼんがきてそよそよくさもうれしかろ
化10　句稿消息

盆が来てそよ〱草もうれしやら
ぼんがきてそよそよくさもうれしやら
化10　七番日記　同『句稿消息』　異『志多良』下五「うれしさう」

山里やあゝのこをのと日延盆
やまざとやああのこうのとひのべぼん
政7　文政句帖　同『文政版』『嘉永版』『希杖本』「書簡」

善光寺や月の出るのが表盆
ぜんこうじやつきのでるのがおもてぼん
政8　政八句帖草

焼後田中に盆して
御仏はさびしき盆とおぼすらん
みほとけはさびしきぼんとおぼすらん
政10　政九十句写　同『希杖本』前書「越後田中に盆して」、『柏原雅集』前書「田中入湯して」

魂祭（魂棚　棚経　迎え鐘　魂迎え　魂送り　瓜の馬　茄子の馬）

淡路
魂迎見ぬ世の人を松穂（待帆）がた
たまむかえみぬよのひとをまつほがた
寛4　寛政句帖

魂棚や則吾もかりの宿　たまだなやすなわちわれもかりのやど　寛5　寛政句帖

揚之水

さし汐や茄子の馬の流れよる　さししおやなすびのうまのながれよる　享3　享和句帖

赤紙のちさい草履を玉迎　あかがみのちさいぞうりをたまむかえ　化1　文化句帖

とかくして松のことといふ玉迎　とかくしてまつのこといったまむかえ　化1　文化句帖

二足迄赤い草履を玉迎　にそくまであかいぞうりをたまむかえ　化1　文化句帖

迎ひ《(へ)》鐘ならさぬ前のゆふべ哉　むかえがねならさぬまえのゆうべかな　化1　文化句帖

迎鐘ならぬ前から露のちる　むかえがねならぬまえからつゆのちる　化1　文化句帖

飯過や涼みがてらの玉迎　めしすぎやすずみがてらのたまむかえ　化1　文化句帖

里の子のおもしろがるか迎ひ《(へ)》鐘　さとのこのおもしろがるかむかえがね　化4　連句稿裏書

玉棚に必風の吹といふ　たまだなにかならずかぜのふくという　化4　連句稿裏書

聖霊の御立をはやす川原哉　しょうりょうのおたちをはやすかわらかな　化7　七番日記　同『化三―八写』

迎ひ《(へ)》鐘落る露にも鳴にけり　むかえがねおちるつゆにもなりにけり　化7　七番日記　異『同日記』中七「露がおちても」

盆

我仏けふもいづくの草枕　わがほとけきょうもいずくのくさまくら　化7　七番日記　同『化三―八写』前書「魂祭」　異『一茶園月並裏書』中七「けふはいづくに」

浅ぢふや聖〔霊〕棚に蝉がなく　あさじうやしょうりょうだなにせみがなく　化9　七番日記

蚊柱の先立にけり生《(聖)》霊棚　かばしらのまずたちにけりしょうりょうだな　化9　七番日記

聖霊〔に〕とられてしまふ寝所哉　しょうりょうにとられてしまうねどこかな　化9　七番日記　同『株番』

玉（魂）棚にしてもくねるや女良花　たまだなにしてもくねるやおみなえし　化9　七番日記

玉（魂）棚やはた〳〵虫も茶をたてる　たまだなやはたはたむしもちゃをたてる　化9　七番日記

玉（魂）祭る草さへもたぬ住居哉　たままつるくささえもたぬすまいかな　化9　七番日記

連のない生（聖）霊あらんしなの山　つれのないしょうりょうあらんしなのやま　化9　七番日記

場ふさげに我も来る也生（聖）霊棚　ばふさげにわれもくるなりしょうりょうだな　化9　七番日記

貧乏をさあ御覧ぜよ仏達　びんぼうをさあごらんぜよほとけたち　化9　七番日記

御迎の鐘を聞〳〵やく蚊哉　おむかえのかねをききききやくかかな　化10　七番日記　同『化三―八写』『発句鈔追加』

あの月は太郎がのだぞ迎鐘　あのつきはたろうがのだぞむかえがね　化11　七番日記　同『発句題叢』『嘉永版』『希杖本』　異『発句鈔追加』中七「太郎がものぞ」

おれが坐（座）もどこぞにたのむ仏達　おれがざもどこぞにたのむほとけたち　化11　七番日記

草も木も寝入ばな也迎鐘　くさもきもねいりばななりむかえがね　化11　七番日記

玉（魂）棚にかけ奉るたすき哉　たまだなにかけたてまつるたすきかな　化11　七番日記

玉（魂）棚に孫の笑ひを馳走哉　たまだなにまごのわらいをちそうかな　化11　七番日記

玉（魂）棚や上坐（座）して鳴きり〴〵す　たまだなやかみざしてなくきりぎりす　化11　七番日記　同『発句題叢』『文政版』『嘉永版』『希杖本』『発句類題集』

月さへよあの世の親が今ござる　つきさえよあのよのおやがいまござる　化11　七番日記

なでしこは咲放し也むかひ（へ）鐘　なでしこはさきはなしなりむかえがね　化11　七番日記

瓜の馬くれろ〳〵と泣く子哉　うりのうまくれろくれろとなくこかな　化12　七番日記

負た子が手でとゞく也返（迎）鐘　おうたこがてでとどくなりむかえがね　化12　七番日記

けさははやつ〔つ〕ゝき流す生（聖）霊棚　けさははやつっつきながすしょうりょうだな　化12　七番日記

蜱のふいと乗けり茄子馬
こおろぎのふいとのりけりなすびうま
化12　七番日記

（聖）生霊の立ふる廻の月よ哉
しょうりょうのたちふるまいのつきよかな
化12　七番日記　同『文政版』『嘉永版』『藪鶯』、『梅塵八番』『ぬかづか集』前書「ことし七月既望　爰のぬか塚山に上る　勝景はさておき苹の村〱　魂送り火焚てなごりをおしみ天も隈なく晴れて仏の帰路をてらし給ふ　さながら別世界也けらし」

棚経をあてがつておく我家哉
たなぎょうをあてがっておくわがやかな
化12　七番日記

棚経を手前でよんで置にけり
たなぎょうをてまえでよんでおきにけり
化12　七番日記

としとへば片手広げる棚経哉
としとえばかたてひろげるたなぎょうかな
化12　七番日記

なぐさみに打としりつゝ迎鐘
なぐさみにうつとしりつつむかえがね
化12　七番日記

瓜の馬御仏並におがまるゝ
うりのうまみほとけなみにおがまるる
政6　文政句帖

亡妻新盆
かたみ子や母が来るとて手をたゝく
かたみごやははがくるとててをたたく
政6　文政版　同『嘉永版』　異『政八句帖草』上五「孤や」

すね茄子馬役を相つとめけり
すねなすびうまやくをあいつとめけり
政6　文政句帖　同『発句鈔追加』前書「魂祭」、『だん袋』前書「玉祭」

迎鐘おろ〱露〔を〕ならす也
むかえがねおろおろつゆをならすなり
政8　政八句帖草

（聖）いとし子や母が来るとて這ひ笑ふ
いとしごやははがくるとてはいわらう
政8　文政句帖

生霊の御覧に入る門田哉
しょうりょうのごらんにいれるかどたかな
政8　文政句帖

抱た子や母が来るとて鉦た丶く　だいたこやははがくるとてかねたたく　政8　文政句帖

旅人のならして行や迎ひ鉦　たびびとのならしてゆくやむかえがね　政8　文政句帖　異『政八句帖草』上五「旅人が」

玉棚にどさりとねたりどろぼ猫　たまだなにどさりとねたりどろぼねこ　政8　文政句帖

ふがいない家とおぼしそ盆仏　ふがいないいえとおぼしそぼんぼとけ　政8　文政句帖

青菰の上に並ぶや盆仏　あおごものうえにならぶやぼんぼとけ　政10　政九十句写　同『希杖本』『柏原雅集』

棚経を逃尻でよむ法師かな　たなぎょうをにげじりでよむほうしかな　政10　政九十句写　同『希杖本』

まづしくも家ある人やむかひ（へ）鐘　まずしくもいえあるひとやむかえがね　不詳　遺稿

聖霊と上座して啼きり〴〵す　しょうりょうとかみざしてなくきりぎりす　不詳　希杖本

魂送

おれが場もとくたのむぞよ仏達　おれがばもとくたのむぞよほとけたち　不詳　文政版　同『嘉永版』

すね茄子馬の役なん相勤　すねなすびうまのやくなんあいつとむ　不詳　稲長句帖

月てらせあの世の親が今ござる　つきてらせあのよのおやがいまござる　不詳　発句鈔追加

生身魂（蓮の飯）

雀らもせうばんしたり蓮の飯　すずめらもしょうばんしたりはすのめし　化12　七番日記

〔灯籠に〕我身を我が生身魂　とうろうにわがみをわれがいきみたま　化12　七番日記

蓮の葉に盛れば淋しきお飯哉　はすのはにもればさびしきおめしかな　化12　七番日記

翌は玉棚になるとも祭り哉　あすはたまだなになるともまつりかな　政6　文政句帖

呑喰や我もけふ《は》迄生身魂　のみくいやわれもきょうまでいきみたま　政6　文政句帖

貧乏は貧乏にして生身玉（魂）　びんぼうはびんぼうにしていきみたま　政6　文政句帖

夕酒や我身をわれが生身魂
ゆうざけやわがみをわれがいきみたま
政6　文政句帖

生身玉（魂）やがて我等も菰の上
いきみたまやがてわれらもこものうえ
政10　政九十句写　同『希杖本』

迎え火

あぢきなや魂迎ひ（へ）火を火とり虫
あじきなやたまむかえびをひとりむし
寛6　寛政句帖

迎火を記念の子〔に〕も焚す哉
むかえびをかたみのこにもたかすかな
寛6　寛政句帖

迎ひ（へ）火と見かけて降か山の雨
むかえびとみかけてふるかやまのあめ
化4　連句稿裏書

迎ひ（へ）火にゆかしがらする榎哉
むかえびにゆかしがらするえのきかな
化4　連句稿裏書

迎ひ（へ）火は草のはづれのはづれ哉
むかえびはくさのはずれのはずれかな
化6　化五六句記　同『嘉永版』『発句鈔追加』「真蹟」前書「八月十日参」　異『発句題叢』上五「迎火が」、『希杖本』上五「送り火は」

迎火をおもしろがりし子供哉
むかえびをおもしろがりしこどもかな
化7　七番日記

迎火やどちへも向かぬ平家蟹
むかえびやどちへもむかぬへいけがに
化9　七番日記

迎火をお〔の〕がこと丶や虫がよる
むかえびをおのがこととやむしがよる
政8　政八句帖草

迎火をおのがこと丶や虫すだく
むかえびをおのがこととやむしすだく
政8　文政句帖

送り火

送り火やはたりと消てなつかしき
おくりびやはたりときえてなつかしき
化8　七番日記

おくり火や焚真似しても秋露
おくりびやたくまねしてもあきのつゆ
化9　七番日記

送り火の明り先也角田川
おくりびのあかりさきなりすみだがわ
化12　七番日記

送り火や今に我等もあの通り
おくりびやいまにわれらもあのとおり
政10　政九十句写　同『発句鈔追加』『希杖本』

送り火ややがて我等もあの通
おくりびややがてわれらもあのとおり
政10　柏原雅集

墓参り

末の子や御墓参の箒持　すえのこやおはかまいりのほうきもち　化5前後　句稿消息　同『文政版』『嘉永版』

真直に人のさしたる樒かな　まっすぐにひとのさしたるしきみかな　化8　我春集

夕月や涼がてらの墓参　ゆうづきやすずみがてらのはかまいり　化12　七番日記

墓持たぬ人が箔きて参りけり　はかもたぬひとがはくきてまいりけり　化中　書簡

あまり花人の墓へも参りけり　あまりばなひとのはかへもまいりけり　政4　八番日記

月かげにうかれ序や墓参り　つきかげにうかれついでやはかまいり　政5　文政句帖　同『同句帖』に重出

旅

盆参人の墓にて済しけり　ぼんまいりひとのはかにてすましけり　政5　文政句帖

わらんじのまゝで御意得る御墓哉　わらんじのままでぎょいえるおはかかな　政5　文政句帖

稲葉見て罪つくりけり墓参　いなばみてつみつくりけりはかまいり　政6　文政句帖

古犬が先に立也はか参り　ふるいぬがさきにたつなりはかまいり　政6　文政句帖

江戸の子やわらぢもとかで墓参　えどのこやわらじもとかではかまいり　政8　政八句帖草

満月やうかれがてらの墓詣　まんげつやうかれがてらのはかもうで　政8　文政句帖　異『政八句帖草』下五「墓参」

灯籠（盆灯籠　切り籠　高灯籠）

同じ年の顔の皺見ゆる灯籠哉　おなじとしのかおのしわみゆるとうろかな　享3　享和句帖

片顔の雨だれ嬉し盆灯籠　かたがおのあまだれうれしぼんどうろう　享3　享和句帖

灯籠やきのふの瓦けふ葎　とうろうやきのうのかわらきょうむぐら　享3　享和句帖

盆灯籠三ツ二ツ見て止めにけり　ぼんどうろうみっつふたつみてやめにけり　享3　享和句帖

つか〳〵と盆も過たる灯ろ哉　つかつかとぼんもすぎたるとうろかな　化1　文化句帖

灯籠や消る事のみ先に立
とうろうやきゆることのみさきにたつ　化1　文化句帖

夕風や木のない門の高灯籠
ゆうかぜやきのないかどのたかとうろう　化1　文化句帖

よ所事と思へ〳〵ど灯ろ哉
よそごととおもえおもえどとうろかな　化1　文化句帖

あばら家も夜は涼しき灯籠哉
あばらやもよるはすずしきとうろかな　化2　文化句帖

寒い程草葉ぬらして灯籠哉
さむいほどくさばぬらしてとうろかな　化2　文化句帖

松風も念入て吹く灯籠哉
まつかぜもねんいれてふくとうろかな　化2　文化句帖

とつぷりと草をぬらして切籠哉
とっぷりとくさをぬらしてきりこかな　化4　連句稿裏書

乙鳥のつく〴〵見たる切籠哉
つばくらのつくづくみたるきりこかな　化5　化五六句記

灯籠や親におとらぬ辰之助
とうろうやおやにおとらぬたつのすけ　化5前後　句稿消息

大日枝の灯ろ〔う〕かくせ迹（後）の雲
おおひえのとうろうかくせあとのくも　化6　化五六句記

灯ろ〔う〕や木がかぶさりて又見ゆる
とうろうやきがかぶさりてまたみゆる　化6　化五六句記

なまなかに消きりもせぬ灯ろ哉
なまなかにきえきりもせぬとうろかな　化6　化五六句記

草原にそよ〳〵赤い灯ろ哉
くさはらにそよそよあかいとうろかな　化7　七番日記　同『化三―八写』

門口や灯ろのつぎ（濁ママ）の昼見へず
かどぐちやとうろのつぎのひるみえず　化8　七番日記

おり〳〵〔や〕灯ろのつぎ（濁ママ）の先見ゆる
おりおりやとうろのつぎのまずみゆる　化9　七番日記

鵲令（鶺鴒）を作たやう〔な〕灯ろ哉
せきれいをつくったようなとうろかな　化10　七番日記

灯篭（籠）〔に〕うざ（濁ママ）うむざ（濁ママ）うの咄かな
とうろうにうぞうむぞうのはなしかな　化12　七番日記

我宿は灯篭（籠）釣さぬあたり哉
わがやどはとうろつるさぬあたりかな　化12　七番日記

大み代や灯ろ〔う〕を張る大納言
おおみよやとうろうをはるだいなごん
政4 八番日記

灯ろ見の朝からさはぐ都哉
とうろみのあさからさわぐみやこかな
政4 八番日記

ある時は履見せる灯籠かな
あるときははきものみせるとうろかな
政5 文政句帖

うら住の二軒もやひの灯ろ哉
うらずみのにけんもやいのとうろかな
政5 文政句帖

親の目や引《（曳）》灯籠の行く方へ
おやのめやひきどうろうのゆくかたへ
政5 文政句帖

かき立て履物見せる灯籠哉
かきたてはきものみせるとうろかな
政5 だん袋 同『発句鈔追加』

来て見れば在家也けり高灯籠
きてみればざいけなりけりたかとうろう
政5 文政句帖

草蔓もわざとさらざる灯ろ哉
くさづるもわざとさらざるとうろかな
政5 文政句帖

灯籠の火で夜なべ〔す〕る都かな
とうろうのひでよなべするみやこかな
政5 文政句帖

灯籠は親乗せて引《（曳）》くけいこ哉
とうろうはおやのせてひくけいこかな
政5 文政句帖

灯籠や親の馳走に引《（曳）》歩く
とうろうやおやのちそうにひきあるく
政5 文政句帖 同『だん袋』『発句鈔追加』前書「長沼にて」

寝所から引出したる灯ろ哉
ねどこからひきいだしたるとうろかな
政5 だん袋 同『発句鈔追加』

履の用心がてら灯籠かな
はきもののようじんがてらとうろかな
政5 文政句帖

孤や手を引れつゝ灯ろ持
みなしごやてをひかれつつとうろもつ
政8 政八句帖草

ほしがつた赤灯ろ〔う〕を児が塚
ほしがったあかどうろうをちごがつか
政8 政八句帖草

雨ぽちり／＼とふける灯ろ哉
あめぽちりぽちりとふけるとうろかな
政8 文政句帖

孤や手を引れツゝ墓灯ろ
みなしごやてをひかれつつはかどうろ
政8 文政句帖

灯籠の火で飯をくふ裸かな
とうろうのひでめしをくうはだかかな
政9 政九十句写 同『希杖本』

有明や晦日に近き軒灯籠
ありあけやみそかにちかきのきどうろう
政10 政九十句写 同『希杖本』

花火見は山の外なり高灯籠　はなびみはやまのそとなりたかとうろう　政10　政九十句写　同『希杖本』『柏原雅集』

一つきへ二つきへツヽ灯籠〔哉〕　ひとつきえふたつきえつつとうろかな　政10　政九十句写　同『希杖本』

引あけて見れば風吹灯籠哉　ひきあけてみればかぜふくとうろかな　不詳　遺稿

摂待（門茶）

摂待のあいそに笑ひ仏かな　せったいのあいそにわらいぼとけかな　政6　文政句帖

摂待の茶にさへ笑ひむすめ哉　せったいのちゃにさえわらいむすめかな　政6　文政句帖

摂待やけふも八十八どころ　せったいやきょうもはちじゅうはちどころ　政6　文政句帖

摂待や自慢じやないと夕木陰　せったいやじまんじゃないとゆうこかげ　政6　だん袋　同『発句鈔追加』

摂待や猫がうけとる茶釜番　せったいやねこがうけとるちゃがまばん　政6　文政句帖　同『政八句帖草』『だん袋』『発句鈔追加』

摂待や評判たのむ庭の松　せったいやひょうばんたのむにわのまつ　政6　文政句帖

たゞくれる茶にさへ小屋の掃除哉　ただくれるちゃにさえこやのそうじかな　政6　だん袋　同『発句鈔追加』

施しの茶にさへ小屋の掃除哉　ほどこしのちゃにさえこやのそうじかな　政6　文政句帖

摂待や自慢じやないが夕木陰　せったいやじまんじゃないがゆうこかげ　政8　政八句帖草

道ばたや涼がてらの施し茶　みちばたやすずみがてらのほどこしちゃ　政8　政八句帖草

たゞくれ《（る）》は茶にさへ場〔所〕のゐらみ哉　ただくれるちゃにさえばしょのえらみかな　政8　政八句帖草

〔施しの〕茶さへ場請と不場所哉　ほどこしのちゃさえばうけとふばしょかな　政8　政八句帖草

摂待や涼みがてらの木下陰　せったいやすずみがてらのこしたかげ　政8　文政句帖　同『同句帖』に重出

作りながらわらぢ施す木陰哉　つくりながらわらじほどこすこかげかな　政8　文政句帖

ほどこしに逢ふも行也草枕
ほどこしにあうもぎょうなりくさまくら　政8　文政句帖　同『政八句帖草』

ほどこしの茶さへ愛教(敬)娘哉
ほどこしのちゃさえあいきょうむすめかな　政8　文政句帖　異『政八句帖草』中七「〔茶〕にも愛教」

ほどこしの茶〔も〕拍子つく町場哉
ほどこしのちゃもひょうしつくまちばかな　政8　文政句帖　異『政八句帖草』上五「ほどこしが」

施餓鬼

せがき棚と知て来にけん鳩雀
せがきだなとしってきにけんはとすずめ　政6　文政句帖

施がき棚の食も木陰ははやる也
せがきだなのじきもこかげははやるなり　政6　文政句帖

施がき棚の茶を汲かへ〔る〕娘哉
せがきだなのちゃをくみかえるむすめかな　政6　文政句帖

大文字の火（大文字）

大文字のがつくりぎへや東山
だいもんじのがっくりぎえやひがしやま　政8　文政句帖

大の字の明りかりてや跡(後)仏
だいのじのあかりかりてやあとぼとけ　政10　政九十句写　異『希杖本』『柏原雅集』下五「行く仏」

妙法の火

いざいそげ火も妙法を拵る
いざいそげひもみょうほうをこしらえる　化11　七番日記

妙法の火に点をうつ烏哉
みょうほうのひにてんをうつからすかな　化11　七番日記

草市

市草や必我に風の吹
いちくさやかならずわれにかぜのふく　化3　文化句帖

草市と申せば風の吹にけり
くさいちともうせばかぜのふきにけり　化3　文化句帖

後の薮入り

薮入が柿の渋さをかくしけり　やぶいりがかきのしぶさをかくしけり　化5　化五六句記

後の出代り

萩芒出代雨のふりにけり　はぎすすきでがわりあめのふりにけり　化6　化六句記　同『化三―八写』

三井寺女詣

能なしや女見に行三井寺へ　のうなしやおんなみにゆくみいでらへ　化12　七番日記

三井寺や先湖を見るおば丶達　みいでらやまずうみをみるおばばたち　化12　七番日記

娘来いとけふはな鳴りそ三井の鐘　むすめこいときょうはなりそみいのかね　化12　七番日記

踊（盆踊　念仏踊　踊下駄）

手叩て親の教るをどり哉　てたたいておやのおしゆるおどりかな　寛5　寛政句帖

それでこそ奉公忘れめ盆おどり　それでこそほうこうわすれめぼんおどり　寛6　寛政句帖

有狐

松陰におどらぬ人の白さ哉　まつかげにおどらぬひとのしろさかな　享3　享和句帖　同『発句鈔追加』

仇し野丶火の片脇におどり哉　あだしののひのかたわきにおどりかな　化1　文化句帖

うら町の曲りなりなるおどり哉　うらまちのまがりなりなるおどりかな　化1　文化句帖

おどる夜や浅間の砂も廿（二）年　おどるよやあさまのすなもにじゅうねん　化1　文化句帖

おどる夜や大坂陳（陣）の後の松　おどるよやおおざかじんのあとのまつ　化1　文化句帖

おどる夜や水にのがれし門榎　おどるよやみずにのがれしかどえのき　化1　文化句帖

去年迄は踊し下駄よ門の月　こぞまではおどりしげたよかどのつき　化1　文化句帖

寝て聞くも今はうるさき踊哉　ねてきくもいまはうるさきおどりかな　化1　文化句帖

二人とは行れぬ町におどり哉　ふたりとはゆかれぬまちにおどりかな　化1　文化句帖

山かげの一軒家さへおどり哉　やまかげのいっけんやさえおどりかな　化1　文化句帖

旅

山里やおどりもしらで年のよる　やまざとやおどりもしらでとしのよる　化1　文化句帖

日も暮ぬ大路に一人踊哉　ひもくれぬおおじにひとりおどりかな　化2　文化句帖

踊る夜にかくれし松も老にけり　おどるよにかくれしまつもおいにけり　化3　文化句帖

鑓やらんいざ〳〵踊れ里わらは　やりやらんいざいざおどれさとわらわ　化3　文化句帖

うれしげに水の流れ《(ママ)》踊よ　うれしげにみずのながれおどりよ　化4　連句稿裏書

おどる夜の小川〔は〕古き流哉　おどるよのおがわはふるきながれかな　化4　連句稿裏書

おどる夜は別して古き流哉　おどるよはべっしてふるきながれかな　化4　連句稿裏書

寝所からならして出たり踊下駄　ねどこからならしてでたりおどりげた　化6　真蹟　同『発句鈔追加』

赤紐や手を引れつゝおどり笠　あかひもやてをひかれつつおどりがさ　化9　七番日記

ことしきり〳〵とておどる哉　ことしきりことしきりとておどるかな　化9　七番日記　同「書簡」

踊らばや世に住かひの山おくに　おどらばやよにすむかいのやまおくに　化11　七番日記

念仏を踊つぶして走りけり　ねんぶつをおどりつぶしてはしりけり　化11　七番日記

おどる夜も盆もけふ翌ばかり哉　おどるよもぼんもきょうあすばかりかな　化12　七番日記

君がため不性《(承)》〴〵におどりけり　きみがためふしょうぶしょうにおどりけり　化12　七番日記

盆踊一夜〳〵に小粒也　ぼんおどりひとよひとよにこつぶなり　化12　七番日記

夕顔の明り先なるおどり哉　ゆうがおのあかりさきなるおどりかな　化13　七番日記

親なしがあれ踊ぞよ諷ふぞよ　おやなしがあれおどるぞようたうぞよ　化14　七番日記　同『希杖本』

此月は踊はきのふかぎり也　このつきはおどりはきのうかぎりなり　化14　七番日記

世がよいとはした踊も月のさす　よがよいとはしたおどりもつきのさす　化14　七番日記　異『希杖本』上五「世がよいぞ」中七「はした踊りに」下五「月がさす」

御仏も笠きて立や辻踊　みほとけもかさきてたつやつじおどり　政1　七番日記

夕月に二はな三〔は〕な踊哉　ゆうづきにふたはなみはなおどるかな　政1　七番日記

稲の葉にそよぎ出さるゝおどり哉　いねのはにそよぎださるるおどりかな　政3　八番日記

御留主でもこんな踊や善光寺　おるすでもこんなおどりやぜんこうじ　政3　梅塵八番

穂芒にあをり出さるゝ踊哉　ほすすきにあおりださるるおどりかな　政3　八番日記

御仏の留主事に大踊哉　みほとけのるすごとにおおおどりかな　政3　八番日記　同『同日記』に重出　参『梅塵八番』前書「仏都」

いざおどれ我よりましの門雀　いざおどれわれよりましのかどすずめ　政4　八番日記

石太郎此世にあらば盆踊　いしたろうこのよにあらばぼんおどり　政4　梅塵八番

踊から直に朝草かりにけり　おどりからすぐにあさくさかりにけり　政4　八番日記

露の夜（世）は踊て暮せ門の月　つゆのよはおどってくらせかどのつき　政4　八番日記　同『発句鈔追加』　参『梅塵八番』上五「露の世は」

二親の心もしらで踊りけり　ふたおやのこころもしらでおどりけり　政4　八番日記　参『梅塵八番』中七「心もしらぬ」下五「をどりかな」

踊から直に草刈るさはぎ哉　おどりからすぐにくさかるさわぎかな　政5　文政句帖

おどり子と見しは大かた白髪哉　おどりことみしはおおかたしらがかな　政5　文政句帖

踊る夜やさそひ出されし庵の笠
おどるよやさそいだされしいおのかさ
政5　文政句帖　同「書簡」　異「真蹟」「書簡」中七「さそひ出さるゝ」

泣虫が母〔と〕おどるや門の月
なきむしがははとおどるやかどのつき
政5　文政句帖

身の程や踊て見せる親あらば
みのほどやおどってみせるおやあらば
政5　文政句帖

六十年踊る夜もなく過しけり
ろくじゅうねんおどるよもなくすごしけり
政5　文政句帖

かくれ家や寝ても聞ゆ〔る〕踊り声
かくれがやねてもきこゆるおどりごえ
政6　だん袋

見物に地蔵も並ぶおどり哉
けんぶつにじぞうもならぶおどりかな
政6　文政句帖　同「書簡」

木がくれや寝ても聞ゆる踊り声
こがくれやねてもきこゆるおどりごえ
政6　文政句帖

太鼓だけ少下卑たり盆踊
たいこだけすこしげびたりぼんおどり
政6　だん袋　異『発句鈔追加』中七「少し下卑なり」

家台だけ少げびけり盆踊
やたいだけすこしげびけりぼんおどり
政6　文政句帖

老踊アハウ〳〵とや夕烏
おいおどりあほうあほうとやゆうがらす
政7　文政句帖

なくなとて母が踊や門の月
なくなとてははがおどるやかどのつき
政7　文政句帖

盆踊の手くせは見(月)に月(目に)見ゆる
ぼんおどりのてくせはつきにめにみゆる
政7　文政句帖

踊声母そつくりぞそつくりぞ
おどるこえははそっくりぞそっくりぞ
政8　政八句帖草　異『文政句帖』中七「母そつくり」

客人がいねば踊るやわに娘
まろうどがいねばおどるやわにむすめ
政8　政八句帖草

おどけて〔も〕踊になるや門の月
おどけてもおどりになるやかどのつき
政8　文政句帖

踊日もなく過けり六十年
おどるひもなくすごしけりろくじゅうねん
政8　文政句帖　異『政八句帖草』中七「なく過〔し〕」

一踊ほむるカサイニわに娘　ひとおどりほむるかさいにわにむすめ　政8　文政句帖

一踊ほむればいなやわに娘　ひとおどりほむればいなやわにむすめ　政8　文政句帖

客人〔の〕去ぬとしるや一踊　まろうどのさりぬとしるやひとおどり　政8　文政句帖

七夕（星今宵　星待ち　星迎　七夕竹　願の糸）

助舟に親子を《(お)》ちあふて星むかひ《(へ)》　すけぶねにおやこおちおうてほしむかえ　享2　享和二句記

川辺なれば

かぢのをとは耳を離れず星今よい　かじのおとはみみをはなれずほしこよい　享3　享和句帖

かはがりの煙もとゞけ星今よひ　かわがりのけぶりもとどけほしこよい　享3　享和句帖

七夕の相伴に出る川辺哉　たなばたのしょうばんにでるかわべかな　享3　享和句帖

七夕や親ありげなる人の舟　たなばたやおやありげなるひとのふね　享3　享和句帖

七夕や流の方を枕して　たなばたやながれのかたをまくらして　享3　享和句帖

七夕や大和は男三分一　たなばたややまとはおとこさんぶいち　享3　享和句帖

寝聳てふんぞりかへつて星迎　ねそべってふんぞりかえってほしむかえ　享3　享和句帖

星に手向し衣か人に見せるのか　ほしにたむけしころもかひとにみせるのか　享3　享和句帖

星迎大淀かつらどこよけん　ほしむかえおおよどかつらどこよけん　享3　享和句帖

七夕や都もおなじ秋の山　たなばたやみやこもおなじあきのやま　化1　文化句帖

人の世や山の小すみもほし迎　ひとのよややまのこすみもほしむかえ　化1　文化句帖

我星は上総の空をうろつくか　わがほしはかずさのそらをうろつくか　化1　文化句帖

隠家も星待顔の夜也けり　かくれがもほしまちがおのよなりけり　化2　文化句帖

人事

星待や亀も涼しいうしろつき　ほしまつやかめもすずしいうしろつき　化2　文化句帖　同『発句鈔追加』『嘉永版』、『発句題叢』『希杖本』前書「不忍池」

藪なりと門にほしさや星今宵　やぶなりとかどにほしさやほしこよい　化2　文化句帖

涼しさは七夕雲とゆふべ哉　すずしさはたなばたぐもとゆうべかな　化3　文化句帖

七夕に一本茄子立りけり　たなばたにいっぽんなすびたてりけり　化3　文化句帖

荒法師七夕雨のかゝりけり　あらほうしたなばたあめのかかりけり　化5　化五六句記

二布して夕顔棚の星むかひ（へ）　ふたのしてゆうがおだなのほしむかえ　化5　化五六句記

我〳〵が袖も七夕曇哉　われわれがそでもたなばたぐもりかな　化5　化五六句記

蛬星待人に取られけり　きりぎりすほしまつひとにとられけり　化6　化五六句記

七夕にとゞきもすべきかやり哉　たなばたにとどきもすべきかやりかな　化6　化五六句記

七夕に我奉る蚊やりかな　たなばたにわれたてまつるかやりかな　化6　化五六句記　同『発句鈔追加』「真蹟」

七夕の牛に参らせん初お花　たなばたのうしにまいらせんはつおばな　化6　化五六句記

七夕の閨にとゞけとかやりかな　たなばたのねやにとどけとかやりかな　化6　化五六句記

星待や茶殻をホカス千曲川　ほしまつやちゃがらをほかすちくまがわ　化6　化五六句記

星様のさゝやき給ふけしき哉　ほしさまのささやきたもうけしきかな　化4—6　句稿消息　同『柏原雅集』『文政版』『嘉永版』「真蹟」

誰どの〔の〕若松さまや星迎　だれどののわかまつさまやほしむかえ　化7　七番日記　同『化三—八写』

御目出度のわか松さまよ星迎　おめでたのわかまつさまよほしむかえ　化9　七番日記

風そよぐ赤でうちんや星迎　かぜそよぐあかぢょうちんやほしむかえ　化9　七番日記　同『株番』

泣虫も七夕さまよ七夕よ　なきむしもたなばたさまよたなばたよ　化9　七番日記

星迎庵はなでしこさくのみぞ　ほしむかえいおはなでしこさくのみぞ　化9　七番日記

夜されば花の田舎よ星迎　よるさればはなのいなかよほしむかえ　化9　七番日記

七夕もむさしとや見ん此枕　たなばたもむさしとやみんこのまくら　化10　七番日記

御祝義（儀）に稗もそよぐか星今よひ　ごしゅうぎにひえもそよぐかほしこよい　化11　七番日記

七夕にかくれてさくや女良花　たなばたにかくれてさくやおみなえし　化11　七番日記

七夕や天よりつゞく女郎花　たなばたやてんよりつづくおみなえし　化11　七番日記

ふんどしに笛つゝさして星迎　ふんどしにふえつっさしてほしむかえ　化11　七番日記　同『発句題叢』『嘉永版』『発句鈔追加』『希杖本』

星待や人は若くも思ふかと　ほしまつやひとはわかくもおもうかと　化12推　発句鈔追加　同「書簡」

髪のない天窓並べて星迎　かみのないあたまならべてほしむかえ　政1　七番日記

しやん／＼と虫もはたおりて星迎　しゃんしゃんとむしもはたおりてほしむかえ　政1　七番日記

スリばちに草花さして星迎　すりばちにくさばなさしてほしむかえ　政1　七番日記

七夕や人のなでしこそよ／＼と　たなばたやひとのなでしこそよそよと　政1　七番日記

浅へ（ら）井や夜〔も〕あふれて星迎　あさらいやよるもあふれてほしむかえ　政4　八番日記　参『梅塵八番』上五「浅ら井や」中七「夜もあぶれて」

笹葉舟池に浮め（し）てほし迎　ささはぶねいけにうかしてほしむかえ　政4　八番日記

菖蒲へも夜〔露〕あふれて星迎　しょうぶへもよつゆあふれてほしむかえ　政4　八番日記

萩の葉や木子並てほし迎　はぎのはやきのこならべてほしむかえ　政4　八番日記　参『梅塵八番』中七「李並て」

柘藪を四角になしてほし迎　くわやぶをしかくになしてほしむかえ　政5　文政句帖

涼しさは七夕竹の夜露かな　すずしさはたなばただけのよつゆかな　政5　文政句帖

七夕や涼しい風を鹿島山
たなばたやすずしいかぜをかしまやま　政5　文政句帖

七夕や野〔に〕もねがひの糸すゝき
たなばたやのにもねがいのいとすすき　政5　文政句帖　同『だん袋』『発句鈔追加』

七夕や野も女郎花男へし
たなばたやのもおみなえしおとこえし　政5　文政句帖

七夕に明渡す也留主の庵
たなばたにあけわたすなりるすのいお　政6　文政句帖

七夕や乞食村でも迎ひ《（へ）》舟
たなばたやこじきむらでもむかえぶね　政6　文政句帖

七夕やこちも目出度稲の花
たなばたやこちもめでたきいねのはな　政6　文政句帖　異『だん袋』『発句鈔追加』中七「地にも目出度」

七夕や些少ながらの祝儀樽
たなばたやさしょうながらのしゅうぎだる　政6　文政句帖

新潟や翌待宵の星迎
にいがたやあすまつよいのほしむかえ　政6　文政句帖

七夕もより合竹の長屋哉
たなばたもよりあいだけのながやかな　政7　文政句帖

かくれ家や星に願ひの糸芒
かくれがやほしにねがいのいとすすき　政8　文政句帖

七夕やよい子持《（た）》てる乞食村
たなばたやよいこもったるこじきむら　政9　政九十句写　同『希杖本』「書簡」

女郎花もつとくねれよ星迎ひ《（へ）》
おみなえしもっとくねれよほしむかえ　政10　政九十句写　同『希杖本』

七夕に野原も子もち芒かな
たなばたにのはらもこもちすすきかな　政10　政九十句写　同『希杖本』

田中
七夕や涼しき上に湯につかる
たなばたやすずしきうえにゆにつかる　政10　政九十句写　同『発句鈔追加』前書「田中入湯の頃」、『希杖本』『梅塵抄録本』

七夕ややけないとてもかし小袖
たなばたややけないとてもかしこそで　政10　政九十句写　同『希杖本』

さむしろや女は二布して星迎
さむしろやおんなはふたのしてほしむかえ　不詳　希杖本

吾いつ大井河越さん星こよひ
われいつおおいがわこさんほしこよい　不詳　遺稿

梶の葉（星の歌）

梶の葉や又〔の〕一葉は金の事
かじのはやまたのひとははかねのこと
化5前後　句稿消息

梶の葉に心有虫の喰やうや
かじのはにこころあるむしのくいようや
化11　七番日記

子宝が蚯蚓のたるぞ梶の葉に
こだからがみみずのたるぞかじのはに
化11　七番日記　同『文政版』『希杖本』　異『嘉永版』下五「梶の花に」

梶の葉の歌をしやぶりて這子哉
かじのはのうたをしゃぶりてはうこかな
政1　七番日記

紙でした梶の葉にさへ祭哉
かみでしたかじのはにさえまつりかな
政1　七番日記　異『文政句帖』中七「梶の葉さへも」

山梶の葉さへ歌書けふと成ぬ
やまかじのはさえうたかくきょうとなりぬ
政1　七番日記

歌書や梶のかはりに糸瓜の葉
うたかくやかじのかわりにへちまのは
政2　八番日記　同『嘉永版』

星の歌腕に書てはなめる也
ほしのうたうでにかいてはなめるなり
政5　文政句帖

あこが手に書て貰ふや星の歌
あこがてにかいてもらうやほしのうた
政6　文政句帖

青紙の梶の葉形を手向哉
あおがみのかじのはがたをたむけかな
政7　文政句帖

好（幼子）の手に書せけり星の歌
おさなごのてにかかせけりほしのうた
政7　文政句帖

星の歌手に書て貰ふわらは哉
ほしのうたてにかいてもらうわらわかな
政7　文政句帖

星の歌よむつらつきの蛙哉
ほしのうたよむつらつきのかわずかな
政9　書簡　同『政九十句写』『希杖本』前書「七夕」

七月六日
梶の葉は歌書るゝを葎かな
かじのはうたかかるるをむぐらかな
不詳　希杖本

梶の葉の露をしやぶりて這ふ子哉
かじのはのつゆをしゃぶりてはうこかな
不詳　稲長句帖

山梶の御歌書く日に逢にけり　やまかじのおうたかくひにあいにけり　不詳　稲長句帖

星合（鵲の橋　二つ星　星の閨　星の別れ）

彦星のにこ〳〵見ゆる木間哉　ひこぼしのにこにこみゆるこのまかな　化3　文化句帖

しやんとした松と並や男星　しゃんとしたまつとならぶやおとこぼし　化11　七番日記

久かたの花聟星よ〳〵　ひさかたのはなむこぼしよむこぼしよ　化11　七番日記

聟星も見よ山盛の稲の花　むこぼしもみよやまもりのいねのはな　化11　七番日記

聟星やはら〳〵竹に水祝　むこぼしやはらはらたけにみずいわい　化11　七番日記

娵星の行義《(儀)》笑へやけふの雨　よめぼしのぎょうぎわらえやきょうのあめ　化11　七番日記

鵲や人もはら〳〵さらば垣　かささぎやひともはらはらさらばがき　化12　七番日記

聟星にいで披露せん稲の花　むこぼしにいでひろうせんいねのはな　化12　七番日記　同『文政版』『嘉永版』

娵星の御顔をかくす榎哉　よめぼしのおかおをかくすえのきかな　化12　七番日記　同『文政版』『嘉永版』

星合の閨に奉る蚊やり哉　ほしあいのねやにたてまつるかやりかな　政1　七番日記

七日の夜たゞの星さい《(へ)》見ゝ《(ら)》れけり　なのかのよただのほしさえみられけり　政2　八番日記　同『嘉永版』　参『梅塵八番』中七「只の星さへ」下五「見られけり」

おわかいぞやれお若ぞ夫婦星　おわかいぞやれおわかいぞめおとぼし　政4　八番日記

神国〔や〕天てる星も夫婦連　かみぐにやあまてるほしもめおとづれ　政4　八番日記

草枕星は《(も)》一夜も《(は)》ありにけり　くさまくらほしもひとよはありにけり　政4　八番日記　参『梅塵八番』中七「星も一夜は」

にこは《(に)》こと御若へ《(い)》顔や夫婦星　にこにことおわかいかおやめおとぼし　政4　八番日記　参『梅塵八番』上五「にこにこと」下五「おわかい顔ぞ」

二ツ星替（変）らぬ顔をみやげ哉　ふたつぼしかわらぬかおをみやげかな　政4　八番日記

川中に涼み給ふや夫婦星　かわなかにすずみたもうやめおとぼし　政5　文政句帖

御馳走に涼風吹や星の閨　ごちそうにすずかぜふくやほしのねや　政5　文政句帖

てもさても御わかい顔や夫婦星　てもさてもおわかいかおやめおとぼし　政5　文政句帖

鳴な虫あかぬ別れは星にさへ　なくなむしあかぬわかれはほしにさえ　政5　文政句帖

鳴な虫別るゝ恋はほしにさへ　なくなむしわかるるこいはほしにさえ　政5　文政句帖　同『だん袋』『発句鈔追加』

目に見へぬ星も涼しき夫婦哉　めにみえぬほしもすずしきめおとかな　政5　文政句帖

七夕

涼しさはどれが彦星まごぼしよ　すずしさはどれがひこぼしまごぼしよ　政6　書簡

老らくや星なればこそ妻迎　おいらくやほしなればこそつまむかえ　政6　文政句帖

星にさへアイベツリクはありにけり　ほしにさえあいべつりくはありにけり　政6　文政句帖

星の御身にさへ別れ〳〵哉　ほしのおんみにさえわかれわかれかな　政6　文政句帖

目出度さは〔どれが〕彦星孫ぼしか　めでたさはどれがひこぼしまごぼしか　政6　文政句帖

世中やあかぬ別は星にさへ　よのなかやあかぬわかれはほしにさえ　政6　文政句帖

わか〳〵し星はことしも妻迎　わかわかしほしはことしもつまむかえ　政6　文政句帖

逢ふ夜迚〔星は〕にこ〳〵きげん哉　あうよとてほしはにこにこきげんかな　政8　政八句帖草

とし〴〵の花嫁星よむこぼしよ　としどしのはなよめぼしよむこぼしよ　政8　政八句帖草

涼しさよどれが彦星やしやご星　すずしさよどれがひこぼしやしゃごぼし　政8　文政句帖

につこにこ上きげ〔ん〕也二ツ星　にっこにこじょうきげんなりふたつぼし　政8　文政句帖　異『政八句帖草』上五「にこ

〳〵と」、『同草稿』中七「〔上きげん〕顔」

昔から花嫁星よむこぼしよ　むかしからはなよめぼしよむこぼしよ　政8　文政句帖

片脇にわにておはすやちさい星　かたわきにわにておわすやちさいほし　政10　政九十句写　同『希杖本』

六日の夜たゞの星さへ見られけり　むいかのよただのほしさえみられけり　不詳　希杖本　異『希杖本別本』上五「七日の夜」

御揃や孫星彦星やしやご星　おそろいやまごぼしひこぼしやしゃごぼし　不詳　発句鈔追加　同『梅塵抄録本』

夜這星

をり姫に推参したり夜這星　おりひめにすいさんしたりよばいぼし　寛4　寛政句帖

湖や鴛の側ゆく夜這星　みずうみやおしのそばゆくよばいぼし　寛5　寛政句帖

蚊帳の別れ

蚊屋仕舞夜とはなりけり峯の雲　かやしまうよとはなりけりみねのくも　不詳　発句鈔追加

御射山祭（穂屋　芒箸）

御射山や一日に出来し神の里　みさやまやひとひにできしかみのさと　寛4　寛政句帖

陰小藪

萩の陰小藪の下や喰祭　はぎのかげこやぶのもとやくいまつり　化4　連句稿裏書

萩の末芒のもとの喰祭り　はぎのすえすすきのもとのくいまつり　化5　大俣神社撰句額　異『発句題叢』『発句鈔追加』『希杖本』『嘉永版』中七「芒の下や」

下手祭妹が芒は荒にけり　へたまつりいもがすすきはあれにけり　化7　七番日記

国中は残らず諏訪の尾花哉　くにじゅうはのこらずすわのおばなかな　化9　七番日記

スハ山の風のなぐれか尾花吹　すわやまのかぜのなぐれかおばなふく　化10　七番日記

軒葺も芒御はしもすゝき哉　のきふくもすすきおはしもすすきかな　化10　七番日記

青芒箸に成ても露〳〵し　あおすすきはしになってもつゆつゆし　化12　七番日記
青ばしのちぐはぐなるも祭り哉　あおばしのちぐはぐなるもまつりかな　化12　七番日記
一日の名所也けりお花小屋　いちにちのめいしょなりけりおばなごや　化12　七番日記
猪も一夜は寝かせほや作　いのししもひとよはねかせほやづくり　化12　七番日記
お花から出現したかふじの山　おばなからしゅつげんしたかふじのやま　化12　七番日記
蛬ほや〔を〕葺れて鳴にけり　きりぎりすほやをふかれてなきにけり　化12　七番日記
四角のは今様らしやほや作　しかくのはいまようらしやほやづくり　化12　七番日記
じくねるかほ屋にはづれし女郎花　じくねるかほやにはずれしおみなえし　化12　七番日記
しなの中皆すは山の夜露哉　しなのじゅうみなすわやまのよつゆかな　化12　七番日記
芒箸見たばかりでも涼しいぞ　すすきばしみたばかりでもすずしいぞ　化12　七番日記　同「書簡」前書「当賀」
スハ風にとんぢやくもなき芒哉　すわかぜにとんじゃくもなきすすきかな　化12　七番日記
すは風やすはやとなびく女良花　すわかぜやすわやとなびくおみなえし　化12　七番日記
すは山やすべた芒も祭らるゝ　すわやまやすべたすすきもまつらるる　化12　七番日記

「青箸としとり」といふもけふなりけり

ちぐはぐの芒の箸も祝哉　ちぐはぐのすすきのはしもいわいかな　化12　七番日記
ちつぽけなほ屋から先にそよぐ也　ちっぽけなほやからさきにそよぐなり　化12　七番日記

御射山

野庵も穂屋の御役に立にけり　のいおりもほやのおやくにたちにけり　化12　七番日記
はつお花招き出したよ不〔二〕の山　はつおばなまねきだしたよふじのやま　化12　七番日記
花芒ほやと成ても招く也　はなすすきほやとなってもまねくなり　化12　七番日記

ほやつゞきことさら不二のきげん哉
ほやつづきことさらふじのきげんかな　化12　七番日記

祭礼の間に合にけり縞芒
さいれいのまにあいにけりしますすき　政2　八番日記

世を捨ぬ人の庇の芒かな
よをすてぬひとのひさしのすすきかな　政2　八番日記　同『発句鈔追加』『だん袋』

氏子繁昌とふりまはす尾花哉
うじこはんじょうとふりまわすおばなかな　政4　八番日記

小盥や我みさ山のスハノ海
こだらいやわがみさやまのすわのうみ　政4　八番日記

みさ山

へし折し芒のはしも祭り哉
へしおりしすすきのはしもまつりかな　政4　八番日記　同『発句鈔追加』

ほ芒の下ざながらも女郎花
ほすすきのしもざながらもおみなえし　政4　八番日記

ほすゝきもそよ〳〵神もきげん哉
ほすすきもそよそよかみもきげんかな　政4　八番日記　参『梅塵八番』上五「穂芒の」

ほ芒やけふ一日のはれ位山
ほすすきやきょういちにちのはれいやま　政4　八番日記

ほすゝきや小すみの村も小みさ山
ほすすきやこすみのむらもこみさやま　政4　八番日記

みさ山の馬にも祝ふすゝき哉
みさやまのうまにもいわうすすきかな　政4　八番日記

みさ山の芒序や風祭り
みさやまのすすきついでやかざまつり　政4　八番日記

御謝(射)山の晴にくねるか女郎花
みさやまのはれにくねるかおみなえし　政4　梅塵八番

御謝(射)山やけふ一日のはなすゝき
みさやまやきょういちにちのはなすすき　政4　梅塵八番

みさ山やこんな在所も女郎花
みさやまやこんなざいしょもおみなえし　政4　八番日記

みさ山やほ屋もてなし(の)て女郎花
みさやまやほやもてなしのおみなえし　政4　八番日記　参『梅塵八番』中七「穂屋もてなしの」

みさ山や見ても涼しきすゝき箸
みさやまやみてもすずしきすすきばし　政4　八番日記　同『発句鈔追加』

人事

涼しさは神代のさまよ芒箸
すずしさはかみよのさまよすすきばし
政5 文政句帖

月かげや山の芒も祭らるゝ
つきかげややまのすすきもまつらるる
政5 文政句帖

古き神古き芒〔の〕名所哉
ふるきかみふるきすすきのめいしょかな
政5 文政句帖

穂芒に諏方（訪）の湖から来る風か
ほすすきにすわのうみからくるかぜか
政5 文政句帖 異「真蹟」前書「みさ山」上五「御芒に」、『政八句帖草』上五「御芒に」

御祭りやビラウドの牛銀すゝき
おまつりやびろうどのうしぎんすすき
政7 文政句帖

みさ山はけふ一日の名所哉
みさやまはきょういちにちのめいしょかな
政7 文政句帖

花芒吹草臥て寝たりけり
はなすすきふきくたびれてねたりけり
不詳 希杖本

寝祭りや我御射山の初尾花
ねまつりやわがみさやまのはつおばな
不詳 発句鈔追加

駒引（駒迎え）

荒駒の木曽を放（離）るゝ尾をふりぬ
あらこまのきそをはなるるおをふりぬ
化6 句稿断片

今や引アクタレ駒も不便さよ
いまやひくあくたれこまもふびんさよ
化13 七番日記

逢坂や手馴し駒にいとまごひ
おうさかやてなれしこまにいとまごい
化13 七番日記 同『八番日記』『発句鈔追加』

おごそかに迎へられけりしなの駒
おごそかにむかえられけりしなのこま
化13 七番日記

駒鳴やけふ望月のはなれ際
こまなくやきょうもちづきのはなれぎわ
化13 七番日記

駒引やかまくら風を笠にきて
こまひきやかまくらかぜをかさにきて
化13 七番日記

朝夕に手馴し駒を今や引
あさゆうにてなれしこまをいまやひく
政3 八番日記

京入の声を上けりしなのごま
きょういりのこえをあげけりしなのごま
政3 八番日記 同『発句鈔追加』

草くれてさらば〳〵よ駒の主
くさくれてさらばさらばよこまのぬし
政3 八番日記 参『梅塵八番』中七「さらば〳〵や」

人事

駒引や駒の威をかる咳ばらひ　こまひきやこまのいをかるせきばらい　政3　八番日記　同『発句鈔追加』

駒引よそばの世並はどの位　こまひきよそばのよなみはどのくらい　政3　八番日記

餞別に草花添て馬むかい（へ）　せんべつにくさばなそえてうまむかえ　政3　八番日記　参『梅塵八番』下五「駒むかへ」

一袋そばも添けり駒迎　ひとふくろそばもそえけりこまむかえ　政3　八番日記　同『同日記』に重出

相（逢）坂やそば粉〔を〕添てしなのもの（駒）　おうさかやそばこをそえてしなのこま　政4　八番日記

御難餅

かまくらや犬にも一つ御なん餅　かまくらやいぬにもひとつごなんもち　化12　七番日記

一口に喰ふべからず御なん餅　ひとくちにくらうべからずごなんもち　化12　七番日記

身の上のやうにいふ也御なん餅　みのうえのようにいうなりごなんもち　化12　七番日記　同『自筆本』

八朔

八朔や犬の椀にも赤の飯　はっさくやいぬのわんにもあかのめし　政3　だん袋　同『発句鈔追加』

八朔や犬の椀にも小豆飯　はっさくやいぬのわんにもあずきめし　政3　八番日記

八朔や盆に乗たる福俵　はっさくやぼんにのせたるふくだわら　政3　八番日記

八朔の荒も祝ふやてり年は　はっさくのあれもいわうやてりどしは　政4　八番日記　参『梅塵八番』下五「照年に」

八朔や徳リの口の草の花　はっさくやとくりのくちのくさのはな　政4　八番日記

八朔や秤にかける粟一穂　はっさくやはかりにかけるあわひとほ　政4　八番日記　同『だん袋』『発句鈔追加』

鳴滝祭

九月廿日

神国は五器を洗ふも祭り哉　かみぐにはごきをあらうもまつりかな　政6　文政句帖

菩薩祭

打鐘もちんぷんかんや菩薩祭
うつかねもちんぷんかんやぼさまつり
政5　文政句帖

重陽（菊の日　菊の酒）

よもぎふや袖かたしきて菊の酒
よもぎうやそでかたしきてきくのさけ
化1　文化句帖

菊の酒葎の露もた《（あ）》れかしな
きくのさけむぐらのつゆもあれかしな
化3　文化句帖

むつかしや今時何に菊の酒
むつかしやいまどきなんにきくのさけ
化14　七番日記

小座〔し〕きや袖で《（に）》かけたる菊の酒
こざしきやそでにかけたるきくのさけ
政2　八番日記　参『梅塵八番』中七「袖で拭ひし」

かくれやゝ《（や）》呑てを雇ふ菊の酒
かくれややのみてをやとうきくのさけ
政3　八番日記

菊の日や呑手を雇ふ貰酒
きくのひやのみてをやとうもらいざけ
政3　八番日記

呑帳は第二番なり菊の酒
どんちょうはだいにばんなりきくのさけ
政4　八番日記

呑帳は二番におちぬ菊の酒
どんちょうはにばんにおちぬきくのさけ
政4　八番日記

菊の日や山は山とて雪の花
きくのひややまはやまとてゆきのはな
政5　文政句帖

やかましかりし老妻ことしなく
小言いふ相手もあらば菊の酒
こごというあいてもあらばきくのさけ
政6　だん袋

九日袷

山陰も九日袷をきたりけり
やまかげもくにちあわせをきたりけり
化2　文化句帖

後の雛

秋の夕何とおぼすぞ雛達
あきのゆうなんとおぼすぞひいなたち
化6　化五六句記

豊年の雨御覧ぜよ雛達
ほうねんのあめごらんぜよひいなたち
化11　七番日記

花火（線香花火）

高山や水の花火をほむる声　たかやまやみずのはなびをほむるこえ　寛6　寛政句帖

山うらも人の声ある花火哉　やまうらもひとのこえあるはなびかな　寛6　遺稿

川上にしばし里ある花火哉　かわかみにしばしさとあるはなびかな　寛中　西紀書込

しずかさや外山の花火水をとぶ　しずかさやとやまのはなびみずをとぶ　寛中　西紀書込

しばらく〔は〕湖も一ぱいの玉火哉　しばらくはうみもいっぱいのたまびかな　寛中　西紀書込

しばらくは闇のともしを花火哉　しばらくはやみのともしをはなびかな　寛中　西紀書込

玉一つ湖水にあまる花火哉　たまひとつこすいにあまるはなびかな　寛中　西紀書込

東西の人顔ぽつと花火哉　とうざいのひとがおぽっとはなびかな　寛中　西紀書込

花火見の走りながらに花火哉　はなびみのはしりながらにはなびかな　寛中　西紀書込

湖にしばし外山の花火哉　みずうみにしばしとやまのはなびかな　寛中　西紀書込

湖や小一里よ所の花火とぶ　みずうみやこいちりよそのはなびとぶ　寛中　西紀書込

湖をよぎる外山の〔花〕火哉　みずうみをよぎるとやまのはなびかな　寛中　西紀書込

大花火角田河原はあの当（辺）り　おおはなびすみだがわらはあのあたり　享3　享和句帖

べそ〳〵〔と〕花火過けり角田河　べそべそとはなびすぎけりすみだがわ　享3　享和句帖

無縁寺の鐘も聞へ〔て〕大花火　むえんじのかねもきこえておおはなび　化1　文化句帖

大それた花火の音も祭哉　だいそれたはなびのおともまつりかな　化11　七番日記

一しめり花火のきげんよかりけり　ひとしめりはなびのきげんよかりけり　化11　七番日記

世につれて花火の玉も大きいぞ　よにつれてはなびのたまもおおきいぞ　化11　七番日記　同「真蹟」前書「豊秋」

そよ風の稲葉見よ迚花火哉　そよかぜのいなばみよとてはなびかな　化14　七番日記

よい雨や二文花火も夜の体　よいさめやにもんはなびもよるのてい　化14　七番日記

名月のあるが上にも玉火哉　めいげつのあるがうえにもたまびかな　政2　八番日記

あさて《（ぢ）》ふが《（の）》素人花火に勝れけり　あさじうのしろうとはなびにかたれけり　政4　八番日記　参『梅塵八番』上五「あさじふの」

川舟や花火の夜も花火売　かわぶねやはなびのよるもはなびうり　政4　八番日記

小花火やされど崩るゝ橋の人　こはなびやされどくずるるはしのひと　政4　梅塵八番

其次も〳〵しくぢ《（濁ママ）》り花火かな　そのつぎもつぎもしくじりはなびかな　政4　八番日記

大名の花火そしるや江戸の口　だいみょうのはなびそしるやえどのくち　政4　八番日記

手枕に花火のどうん〳〵哉　てまくらにはなびのどうんどうんかな　政4　八番日記

どをんどんどんとしくじり花火哉　どうんどんどんとしくじりはなびかな　政4　八番日記

膝の子や線香花火に手をたゝく　ひざのこやせんこうはなびにてをたたく　政4　八番日記

舟々や花火の夜にも花火売　ふねぶねやはなびのよにもはなびうり　政4　八番日記

又してもしてもしくぢ《（濁ママ）》り花火哉　またしてもまたしてもしくじりはなびかな　政4　八番日記

むつどのゝ花火はきずも有にけり　むつどののはなびはきずもありにけり　政4　八番日記　参『梅塵八番』中七「花火も疵は」

後〳〵は星〔を〕うとみて花火哉　あとあとはほしをうとみてはなびかな　政8　文政句帖

一文の花火も玉や〳〵哉　いちもんのはなびもたまやたまやかな　政8　文政句帖

大雨の御礼花火や除地川原　おおあめのおれいはなびやじょちかわら　政8　文政句帖

莚のはしをかりて

それがしも千両花火の人数哉　それがしもせんりょうはなびのにんずかな　政8　文政句帖　同『同句帖』に重出

人事

縁ばなや二文花火も夜の体　えんばなやにもんはなびもよるのてい　不詳　文政版　異『嘉永版』下五「夜の鉢」

角力（角力取　辻角力　宮角力）

負角力其子の親も見て居るか　まけずもうそのこのおやもみているか　寛4　寛政句帖　同『与州播州□雑詠』　異「遺稿」中七「あの子の親も」

けふぎりの入日さしけり勝角力　きょうぎりのいりひさしけりかちずもう　享3　享和句帖

正面は親の顔也まけ角力　しょうめんはおやのかおなりまけずもう　享3　享和句帖

投られし土俵〔の〕見ゆるゆふべ哉　なげられしどひょうのみゆるゆうべかな　享3　享和句帖

秋角力初る日から山の雲（雪）　あきずもうはじまるひからやまのゆき　化1　文化句帖

けふも〳〵鳥の番也角力好　きょうもきょうもとりのばんなりすもうずき　化1　文化句帖

咲かゝる草の辺りに角力哉　さきかかるくさのあたりにすもうかな　化1　文化句帖

女郎花もつとくねれよ勝角力　おみなえしもっとくねれよかちずもう　化3　文化句帖

風そよぐ小萩が辻の角力哉　かぜそよぐこはぎがつじのすもうかな　化3　文化句帖

勝角力其有明も昔也　かちずもうそのありあけもむかしなり　化3　文化句帖

松ならば負まじといふ角力哉　まつならばまけまじというすもうかな　化3　文化句帖

昔〳〵角力にかちし伏家哉　むかしむかしすもうにかちしふせやかな　化3　文化句帖

夕暮は風が吹ても角力哉　ゆうぐれはかぜがふいてもすもうかな　化3　文化句帖

夕さりや人げも見へぬ辻角力　ゆうさりやひとげもみえぬつじずもう　化3　文化句帖

夜角力の小寒くしたる榎哉　よずもうのこさむくしたるえのきかな　化3　文化句帖

間〳〵に松風の吹角力哉　あいあいにまつかぜのふくすもうかな　化4　連句稿裏書

草花をよけて居るや勝角力　くさばなをよけてすわるやかちずもう　化4　化三―八写

角力とり松も年よる世也けり　すもうとりまつもとしよるよなりけり　化4　連句稿裏書

ためつけて松を見にけり負角力　ためつけてまつをみにけりまけずもう　化4　連句稿裏書

秋風の吹とはしらぬ角力哉　あきかぜのふくとはしらぬすもうかな　化6　化五六句記

七日題角力

蕣を一垣咲す角力哉　あさがおをひとかきさかすすもうかな　化7　七番日記

角力とりや是は汝が女良花　すもとりやこれはなんじがおみなえし　化7　七番日記　同『同日記』に重出　異『同日記』中七「是はそなたの」

行秋に角力もとらぬ男哉　ゆくあきにすもうもとらぬおとこかな　化7　七番日記

親ありて大木戸越る角力哉　おやありておおきどこえるすもうかな　化8　七番日記

木の股の人は罪なし辻角力　きのまたのひとはつみなしつじずもう　化8　七番日記

角力場やけさはいつもの細念仏　すもうばやけさはいつものほそねぶつ　化8　七番日記　同『我春集』

角力とりや親の日といふ草の花　すもとりやおやのひというくさのはな　化8　七番日記　同『我春集』

梟はやはり眠るぞ大角力　ふくろうはやはりねむるぞおおずもう　化8　七番日記

宮角力一夜〳〵になくなりぬ　みやずもうひとよひとよになくなりぬ　化8　七番日記

痩馬〔に〕ふんまたがりし角力哉　やせうまにふんまたがりしすもうかな　化8　七番日記

勝角力や腮にてなぶる草の花　かちずもうやあごにてなぶるくさのはな　化9　七番日記

草花を腮でなぶるや勝角力　くさばなをあごでなぶるやかちずもう　化9　株番　同『文政版』『嘉永版』

妹が子はいつの間にかは角力取　いもがこはいつのまにかはすもうとり　化10　七番日記

うす闇き角力大（太）鼓や角田川　うすぐらきすもうだいこやすみだがわ　化10　七番日記

勝たぬふりして南山を見る角力哉　かたぬふりしてなんざんをみるすもうかな　化10　志多良　異『句稿消息』『発句鈔追加』中七

人事

「山を見る」

勝たふりして南山を見る角力哉　かったふりしてなんざんをみるすもうかな　化10　七番日記

角力とりやかざしにしたる草の花　すもうとりやかざしにしたるくさのはな　化10　七番日記

小粒でも東下りの角力哉　こつぶでもあずまくだりのすもうかな　化11　七番日記

角力とりやはる〴〵来ぬる親の塚　すもうとりやはるばるきぬるおやのつか　化11　七番日記　異『希杖本』上五「角力とり」

墓の木の陰(影)法師ふまぬ角力哉　はかのきのかげぼしふまぬすもうかな　化11　七番日記

梟が笑ふ目つきや辻角力　ふくろうがわらうめつきやつじずもう　化11　七番日記

べつたりと人のなる木や宮角力　べったりとひとのなるきやみやずもう　化14　七番日記　同『文政版』『嘉永版』『希杖本』

辻角力一日増に小粒也　つじずもういちにちましにこつぶなり　政1　七番日記

フイに寄ても角力也門の月　ふいによってもすもうなりかどのつき　政1　七番日記

朝寒の祝ひに坊主角力哉　あささむのいわいにぼうずすもうかな　政4　八番日記

勝たきでしやん〳〵力むわらは哉　かったきでしゃんしゃんりきむわらわかな　政4　八番日記

小男やけしかけられて又角力　こおとこやけしかけられてまたすもう　政4　八番日記

乞食の角力にさい(へ)も贔屓かな　こつじきのすもうにさえもひいきかな　政4　八番日記

角力取や手引て暮る門の橋　すもうとりやてびいてくれるかどのはし　政4　八番日記　同『だん袋』『発句鈔追加』

月かげや素人角力もい(ひ)いきもつ　つきかげやしろうとずもうもひいきもつ　政4　八番日記　参『梅塵八番』下五「贔屓もの」

つ〔ら〕にくや負て見たいといふ角力　つらにくやまけてみたいというすもう　政4　八番日記

投られ〔て〕起てげら〳〵角力哉　なげられておきてげらげらすもうかな　政4　八番日記　参『梅塵八番』下五「笑ひ哉」

二度三度箸をいたゞく角力哉　にどさんどはしをいただくすもうかな　政4　八番日記

女房も見て居りにけり負角力
にょうぼうもみておりにけりまけずもう
政4　八番日記

板行にして売れけり負角力
はんこうにしてうられけりまけずもう
政4　八番日記　同『だん袋』『文政版』『嘉永版』　参『梅塵八番』上五「負相撲」中七「板行にして」下五「売れけり」

負角力むりにげた〳〵笑けり
まけずもうむりにげたげたわらいけり
政4　八番日記　参『梅塵八番』下五「笑ひ哉」

松の木に馬を縛つて角力哉
まつのきにうまをしばってすもうかな
政4　八番日記

わざと寝たなど丶口では角力哉
わざとねたなどとくちではすもうかな
政4　だん袋　同『発句鈔追加』

わざと負たなど丶口には角力哉
わざとまけたなどとくちにはすもうかな
政4　八番日記

笑ふては居れは《（ま）》いぞや負角力
わろうてはおられまいぞやまけずもう
政4　八番日記

勝角力虫も踏ずにもどりけり
かちずもうむしもふまずにもどりけり
政6　文政句帖　同『だん袋』『発句鈔追加』

口利くや小粒なれども江戸角力
くちきくやこつぶなれどもえどずもう
政6　文政句帖

恋人も見てやおるらんまけ角力
こうひともみてやおるらんまけずもう
政6　文政句帖

つれ〴〵〔に〕塵ひね〔り〕つゝ角力哉
つれづれにちりひねりつつすもうかな
政6　文政句帖

古角力勝たるふりはせざりけり
ふるずもうかったるふりはせざりけり
政6　文政句帖　同「書簡」

負仲間寄てたんきる角力哉
まけなかまよってたんきるすもうかな
政6　文政句帖　同『だん袋』『発句鈔追加』

松の木に蛙も《かへるも》見るや宮角力
まつのきにかえるもみるやみやずもう
政6　文政句帖

見ずしらぬ角力にさへもひいき哉
みずしらぬすもうにさえもひいきかな
政6　文政句帖　同「真蹟」

旅の通りにふと立どまりて
見ずしらぬ辻角力さへひいき哉
みずしらぬつじずもうさえひいきかな
政6　だん袋　同『発句鈔追加』前書「旅の通

りに足をとどめて」

宮角力蛙も木から声上る
みやずもうかわずもきからこえあげる
政6　文政句帖　異『だん袋』『発句鈔追加』中七「木から蛙も」

居ながらやヱドの角力のせうぶ付
いながらやえどのすもうのしょうぶづけ
政7　文政句帖

妹が顔見ぬふりしたりまけ角力
いもがかおみぬふりしたりまけずもう
政7　文政句帖

内へ来て取直しけりまけ角力
うちへきてとりなおしけりまけずもう
政7　文政句帖

老角力勝ばかつとてにくまるゝ
おいずもうかてばかつとてにくまるる
政7　文政句帖　異『同句帖』上五「古角力」

住(待)舟

風除に立てくれるや角力取
かざよけにたってくれるやすもうとり
政7　文政句帖

せうぶ附見てらち明る角力哉
しょうぶづけみてらちあけるすもうかな
政7　文政句帖

角力〔に〕なると祝ふ親のこゝろ哉
すもうになるといわうおやのこころかな
政7　文政句帖

角力取に手をすらせたる女哉
すもとりにてをすらせたるおんなかな
政7　文政句帖

関取が負たを本ンと思ふ子や
せきとりがまけたをほんとおもうこや
政7　文政句帖

大名にかはゆがらるゝ角力哉
だいみょうにかわゆがらるるすもうかな
政7　文政句帖

とがもない草つみ切るや負角力
とがもないくさつみきるやまけずもう
政7　文政句帖

年寄をよけて通すや角力取
としよりをよけてとおすやすもうとり
政7　文政句帖

ふんどしに御酒を上けり角力取
ふんどしにみきをあげけりすもうとり
政7　文政句帖

脇向て不二を見る也勝角力
わきむいてふじをみるなりかちずもう
政7　文政句帖

荒〔土〕のとがにしてけりまけ角力
あらつちのとがにしてけりまけずもう
政8　文政句帖　注　上五に「ワガミヘ」と書込あり

おの〔が〕家にこゞん〔で〕這入る角力哉　おのがやにこごんではいるすもうかな　政8　文政句帖

斯うしたらまけじと角力の手まね哉　こうしたらまけじとすもうのてまねかな　政8　文政句帖

斯うならばまけじと一人角力哉　こうならばまけじとひとりずもうかな　政8　文政句帖

是から〔は〕まけぬと独角力哉　これからはまけぬとひとりずもうかな　政8　文政句帖

角力取が侘(詫)して逃す雀かな　すもうとりがわびしてにがすすずめかな　政8　文政句帖

そりや〳〵と追るゝ〔旅の〕角力哉　そりゃそりゃとおわるるたびのすもうかな　政8　文政句帖

投たのをさすつてやるや旅角力　なげたのをさすってやるやたびずもう　政8　文政句帖

まけ角力直に千里を走る也　まけずもうすぐにせんりをはしるなり　政8　文政句帖

わか角力も少せいの高からば　わかずもうもすこしせいのたかからば　政8　文政句帖

夜〳〵にほしべり立ぬ辻角力　よるよるにほしべりたちぬつじずもう　不詳　希杖本

負相撲親も定めて見てゐべき　まけずもうおやもさだめてみていべき　不詳　発句鈔追加

無常　十ばかりなる男子をふとうしなひし人に

きのふ迄角力に勝て力みしが　きのうまですもうにかってりきみしが　不詳　一茶園月並裏書

案山子

鎌倉や今はかゞしの屋敷守　かまくらやいまはかがしのやしきもり　寛4　寛政句帖

すくも火や案山子の果も夕煙り　すくもびやかがしのはてもゆうけぶり　寛6　寛政句帖

楠に汝も仕へしかゞし哉　くすのきになれもつかえしかがしかな　寛中　西紀書込

ぬつぽりと月見顔なるかゞし哉　ぬっぽりとつきみがおなるかがしかな　寛中　西紀書込

案山子にもうしろ向かれし栖哉　かがしにもうしろむかれしすみかかな　享3　享和句帖

今立しかゞしなれども須磨の秋　いまたてしかがしなれどもすまのあき　化1　文化句帖

かゞしさへ千代のためしや姫小松　かがしさへちよのためしやひめこまつ　化1　文化句帖

門先やけさはかゞしもあちらむく　かどさきやけさはかがしもあちらむく　化1　文化句帖

淋しさを鶴に及すかゞし哉　さびしさをつるにおよぼすかがしかな　化1　文化句帖

はつ〳〵に親里見ゆるかゞし哉　はつはつにおやさとみゆるかがしかな　化1　文化句帖

最う古いかゞしはないか角田川　もうふるいかがしはないかすみだがわ　化1　文化句帖

うばすては姥捨てるなとかゞし哉　うばすてはうばすてるなとかがしかな　化2　文化句帖

とう〳〵と紅葉吹つけるかゞし哉　とうとうともみじふきつけるかがしかな　化2　文化句帖

入相も君が〔御〕代なるかゞし哉　いりあいもきみがみよなるかがしかな　化3　文化句帖

かゞし立て餅なき家はなかりけり　かがしたてもちなきいえはなかりけり　化3　文化句帖

松苗のうつくしくなるかゞし哉　まつなえのうつくしくなるかがしかな　化3　文化句帖

我方へ向てしぐるゝかゞし哉　わがかたへむいてしぐるるかがしかな　化3　文化句帖

南都良弁杉

古き代のけぶりも立てかゞし哉　ふるきよのけぶりもたててかがしかな　化4　連句稿裏書

朝鱠小田のかゞしに添ぬべし　あさなますおだのかがしにそえぬべし　化5　化五句記

あながちに夜の明きらぬかゞし哉　あながちによのあけきらぬかがしかな　化5　化五句記

かゞし暮〳〵けり人の顔　かがしくれかがしくれけりひとのかお　化5　化五句記

大切に仕廻て置しかゞし哉　たいせつにしまっておきしかがしかな　化5　化五句記

人に人かゞしにかゞし日の暮　ひとにひとかがしにかがしひのくるる　化5　化五句記

夕けぶりとゞかぬ山のかゞし哉　ゆうけぶりとどかぬやまのかがしかな　化5　化五句記

立かゞし抑御代の月夜也　たつかがしそもそもみよのつきよなり　化7　七番日記

どちらから寒くなるぞよかゞし殿　どちらからさむくなるぞよかがしどの　化7　七番日記

笛吹て山〔の〕かゞしの御礼哉　ふえふいてやまのかがしのおれいかな　化7　七番日記

笛吹てかゞしの御礼参哉　ふえふいてかがしのおれいまいりかな　化7　化三―八写

かゞしから暮始けり角田川　かがしからくれはじめけりすみだがわ　化8　七番日記

古かゞし三つ四つそれも角田川　ふるかがしみつよつそれもすみだがわ　化8　我春集

夕暮をそら合点のかゞし哉　ゆうぐれをそらがってんのかがしかな　化8　七番日記　異『我春集』中七「空得心の」

蕣のちよい(と)の咲たるかゞし哉　あさがおのちょいとさきたるかがしかな　化10　七番日記　同『志多良』『句稿消息』『文政句帖』

庵の畠かゞし納もなかりけり　いおのはたかがしおさめもなかりけり　化10　七番日記

入相に古びを付しかゞし哉　いりあいにふるびをつけしかがしかな　化10　七番日記

むら雨に涕(洟)たるゝかゞし哉　むらさめにみずばなたるるかがしかな　化10　七番日記

有明に立すくんだるかゞし哉　ありあけにたちすくんだるかがしかな　化11　七番日記　同『希杖本』

うかと来て我をかゞしの替哉　うかときてわれをかがしのかわりかな　化11　七番日記

大水のくわらりと落てかゞし哉　おおみずのからりとおちてかがしかな　化11　七番日記

大それた祭りにもあふかゞし哉　だいそれたまつりにもあうかがしかな　化11　七番日記

立かゞし三四五つ六つかしや　たつかがしみつよついつつむつかしや　化11　七番日記

立(竜)かゞし御幸待やら小倉山　たつかがしみゆきまつやらおぐらやま　化11　七番日記

立田山紅葉御覧のかゞし哉　たつたやまもみじごらんのかがしかな　化11　七番日記

どこも〳〵若いかゞしはなかりけり
どこもどこもわかいかがしはなかりけり
化11 七番日記

とぶ蝶を憐み給へ立かゞし
とぶちょうをあわれみたまへたつかがし
化11 七番日記

夕鐘に野べ賑しくかゞし哉
ゆうがねにのべにぎわしくかがしかな
化11 七番日記

かゞしだけ少古びぬちくま川
かがしだけすこしふるびぬちくまがわ
化12 七番日記

捨かゞしてきぱき転もせざりけり
すてかがしてきぱきこけもせざりけり
化12 七番日記

いざ名のれさらしな山の山かゞし
いざなのれさらしなやまのやまかがし
化13 七番日記

風よけの足に立たるかゞし哉
かぜよけのたしにたちたるかがしかな
化13 七番日記

天下泰平と立たるかゞし哉
てんかたいへいとたちたるかがしかな
化13 七番日記

蜻蛉の寝所したるかゞし哉
とんぼうのねどころしたるかがしかな
化13 七番日記

昼飯をぶらさげて居るかゞし哉
ひるめしをぶらさげているかがしかな
化13 七番日記 同『同日記』に重出、『希杖本』

姨捨に今捨られしかゞし哉
おばすてにいますてられしかがしかな
化14 七番日記

出来立や山のかゞしもめづらしき
できたてややまのかがしもめずらしき
化14 七番日記

姨捨はあれに候とかゞし哉
おばすてはあれにそうろとかがしかな
政1 七番日記 同『発句題叢』『文政版』『嘉永版』『希杖本』「遺稿」「書簡」

蜻蛉の休み所のかゞし哉
とんぼうのやすみどころのかがしかな
政1 七番日記

ふいと立おれをかゞしのかはり哉
ふいとたつおれをかがしのかわりかな
政1 七番日記

夕ぐら《(れ)》《し》やかゞしと我と只二人
ゆうぐれやかがしとわれとただふたり
政1 七番日記

二番休
乳吞子の風よけに立かゞし哉
ちのみごのかぜよけにたつかがしかな
政2 おらが春 同「書簡」『八番日記』『嘉永版』

参『梅塵八番』中七「風除にする」

芥火にかゞしもつひのけぶり哉
あくたびにかがしもついのけぶりかな
政4　八番日記　同『発句鈔追加』

石部氏金吉どのゝかゞし哉
いしべうじきんきちどののかがしかな
政4　八番日記

かく申者はかゞしの子分哉
かくもうすものはかがしのこぶんかな
政4　八番日記

風形⦅し⦆に杖を月夜のかゞし哉
かざなりにつえをつくよのかがしかな
政4　八番日記

かまくらは肩で風切るかゞし哉
かまくらはかたでかぜきるかがしかな
政4　八番日記

去年から立通しなるかゞし哉
きょねんからたちどおしなるかがしかな
政4　八番日記

国土安穏とのん気にかゞし哉
こくどあんのんとのんきにかがしかな
政4　八番日記　異『発句鈔追加』中七「立たる」
参『梅塵八番』中七「立たる」

爰元（許）も目出たし／＼かゞし哉
ここもともめでたしめでたしかがしかな
政4　八番日記　参『梅塵八番』上五「爰もとも」中七「目出度かしく」

子供らが仕わざながらもかゞし哉
こどもらがしわざながらもかがしかな
政4　八番日記

子供らに開眼されしかゞし哉
こどもらにかいげんされしかがしかな
政4　八番日記　参『梅塵八番』中七「開帳されし」

里犬のさつととがめるかゞし哉
さといぬのさっととがめるかがしかな
政4　八番日記　参『梅塵八番』中七「さつととがむる」

爺おやや仕舞かゞしに礼を云
じじおややしまいかがしにれいをいう
政4　八番日記

尻もちをついて尻にもかゞし哉
しりもちをついてしりにもかがしかな
政4　八番日記

田〔子〕の浦にうち出て不二見かゞし哉
たごのうらにうちでてふじみかがしかな
政4　八番日記　同『同日記』に重出

名所の月見てくらすかゞし哉
などころのつきみてくらすかがしかな
政4　八番日記

降らる〔ゝ〕と云そ《（つ）》ら付のかゞし哉
ふらるるというつらつきのかがしかな
政4　八番日記　参『梅塵八番』上五「雨降と」中七「いふ顔つきの」

紋所に蝶々つゞ《（のつ）》くかゞし哉
もんどころにちょうちょうのつくかがしかな
政4　八番日記　参『梅塵八番』中七「蝶々のつく」

礼云て引に《（こ）》抜たるかゞし哉
れいいってひっこぬきたるかがしかな
政4　八番日記　参『梅塵八番』中七「引こ抜たる」

我よりは若しかゞしの影法師
われよりはわかしかがしのかげぼうし
政4　八番日記　同『発句鈔追加』異『同日記』上五「我よりも」

入月に立やかゞしのあみだ笠
いるつきにたつやかがしのあみだがさ
政5　文政句帖

四海波しづか苫《（苫屋）》のかゞし哉
しかいなみしずかとまやのかがしかな
政5　文政句帖

てる月をかこち顔なるかゞし哉
てるつきをかこちがおなるかがしかな
政5　文政句帖

一しめりよい〔と〕や申かゞし哉
ひとしめりよいとやもうすかがしかな
政5　文政句帖

昼顔のもやうにからむかゞし哉
ひるがおのもようにからむかがしかな
政5　文政句帖　異『だん袋』上五「昼顔は」

よいしめりなど〔ゝ〕いふべのかゞし哉
よいしめりなどというべのかがしかな
政5　文政句帖

姨捨はあれに候と夕かゞし
おばすてはあれにそうろとゆうかがし
政6　文政句帖

かゞし寝て野らは目出度仕廻哉
かがしねてのらはめでたくしまいかな
政8　文政句帖

小休の小だ〔て〕にとりしかゞし哉
こやすみのこだてにとりしかがしかな
政8　文政句帖

つぐら子の風除に立かゞし哉
つぐらこのかぜよけにたつかがしかな
政8　文政句帖

寺山やかゞし立ても犬ほゆる　てらやまやかがしたてもいぬほゆる　政8　文政句帖
道問ひにはる〴〵来ればかゞし哉　みちといにはるばるくればかがしかな　政8　文政句帖
老の身やかゞしの前も恥しき　おいのみやかがしのまえもはずかしき　不詳　真蹟
人はいさ直なかゞしもなかりけり　ひとはいさすぐなかがしもなかりけり　不詳　真蹟　同「遺稿」『文政版』『嘉永版』『国名尽』

添水

おば捨のくらきかたより添水かな　おばすてのくらきかたよりそうずかな　寛11　花月集　異『十家類題集』中七「くらき中より」下五「清水かな」
漸にして又ひとつ添水かな　ようやくにしてまたひとつそうずかな　不詳　発句鈔追加

鳴子（引板）

引板音や渓より出て谷に入　ひたおとやたにによりいでてたににいる　寛6　遺稿
雨の日の低う聞へしなるこ哉　あめのひのひくうきこえしなるこかな　享1　終焉日記
柿一つ咄の種のなるこ哉　かきひとつはなしのたねのなるこかな　享1　終焉日記
川音や鳴子の音や明近き　かわおとやなるこのおとやあけちかき　享3　享和句帖
あさがほのすがるゝ迄に鳴子哉　あさがおのすがるるまでになるこかな　化1　文化句帖
鳴子から先へ（に）ぬれけり窓雨　なるこからさきにぬれけりまどのあめ　化1　文化句帖
うつくしきあさぢが原や捨鳴子　うつくしきあさじがはらやすてなるこ　化2　文化句帖
四海波しづかにかゝる鳴子哉　しかいなみしずかにかかるなるこかな　化2　文化句帖
兀山に見覚もせぬ鳴子引　はげやまにみおぼえもせぬなるこひき　化2　文化句帖
初時雨来れ〳〵と鳴子哉　はつしぐれきたれきたれとなるこかな　化2　文化句帖

一ツ宛寒い風吹鳴子哉　ひとつづつさむいかぜふくなるこかな　化2　文化句帖
若松も一ツ諷へや鳴子引　わかまつもひとつうたえやなるこひき　化2　文化句帖
夕鳴子一ツなつても寒き也　ゆうなるこひとつなってもさむきなり　化3　文化句帖
古び行窓の鳴子や命綱　ふるびゆくまどのなるこやいのちづな　化6　化三―八写　同『発句鈔追加』「遺稿」
我なして我つまづくや鳴子縄　われなしてわれつまづくやなるこなわ　化12　七番日記
一等（統）〔に〕秋も目出度く鳴子哉　いっとうにあきもめでたくなるこかな　政5　文政句帖
一方は茶をのめといふ鳴子哉　いっぽうはちゃをのめというなるこかな　政5　文政句帖
狗の通るたんびに鳴子かな　えのころのとおるたんびになるこかな　政5　文政句帖
隅〲の秋も目出度鳴子哉　すみずみのあきもめでたくなるこかな　政5　文政句帖
追従に鳴子引く也物もらひ　ついしょうになるこひくなりものもらい　政5　文政句帖
鳴〔子〕など引てくらさん窓の雨　なるこなどひきてくらさんまどのあめ　政5　文政句帖
寝咄の足でおり〲鳴子哉　ねばなしのあしでおりおりなるこかな　政5　文政句帖
山里や水に引かせておく鳴子　やまざとやみずにひかせておくなるこ　政5　文政句帖
打捨ておいてもひとり鳴子哉　うちすてておいてもひとりなるこかな　政6　文政句帖
今の世〔や〕役なし川も鳴子哉　いまのよややくなしかわもなるこかな　政7　文政句帖

田守（田番小屋）

陶と首つ引して田守かな　すえものとくびっぴきしてたもりかな　政5　文政句帖
時より〔が〕やどり給や田番小屋　ときよりがやどりたもうやたばんごや　政5　文政句帖
橋守の火を力也山田守　はしもりのひをちからなりやまだもり　政5　文政句帖
人居ると見せる草履や田番小屋　ひといるとみせるぞうりやたばんごや　政5　文政句帖　異『文政版』『嘉永版』上五「人

ありと」

宿かりの夜這崩や田番小屋　やどかりのよばいくずれやたばんごや　政5　文政句帖

出来秋

出来秋や縄引ぱりし寺の門　できあきやなわひっぱりしてらのもん　政2　八番日記

毛見肴

紅葉より一段赤し毛見肴　もみじよりいちだんあかしけみざかな　政4　八番日記

下り梁（崩れ梁）

紅葉から先かゝりけり下り梁　もみじからまずかかりけりくだりやな　化13　七番日記

川添や雨か《（の）》崩家くづれ築《（簗）》　かわぞえやあめのくずれやくずれやな　政4　八番日記　参『梅塵八番』上五「雨の崩れ家」中七「崩れ簗」

くづれ築《（簗）》に引つゞく也崩れ家　くずれやなにひきつづくなりくずれいえ　政4　八番日記　参『梅塵八番』上五「崩れ簗に」

罪の築《（簗）》崩れ仕廻もせざりけり　つみのやなくずれじまいもせざりけり　政4　八番日記

古椀が先かゝりけり下り簗　ふるわんがまずかかりけりくだりやな　不詳　自筆本

鳩吹

夕けぶり鳩吹人にかゝりけり　ゆうけぶりはとふくひとにかかりけり　化6　化三―八写　同『発句鈔追加』「遺稿」

翌ありと歯なしも吹くや鳩の真似　あすありとはなしもふくやはとのまね　政5　文政句帖

鳩吹の極下手でさへ深山かな　はとふきのごくべたでさえみやまかな　政5　文政句帖

歯〔を〕もたぬ鳩吹いつち上手也　はをもたぬはとふきいっちじょうずなり　政5　文政句帖

砧（衣打つ　遠砧　小夜砧）

山本やきぬたに交る紙砧　やまもとやきぬたにまじるかみぎぬた　寛4　寛政句帖

夫をば寝せて夫のきぬた哉　おっとをばねせておっとのきぬたかな　寛6　寛政句帖
にくき人の衣うつ夜もあらん哉　にくきひとのころもうつよもあらんかな　寛6　寛政句帖　同「真蹟」
姨捨しあたりをとへばきぬた哉　おばすてしあたりをとえばきぬたかな　寛中　西紀書込
城内と夜は思はれぬ碪哉　じょうないとよはおもわれぬきぬたかな　寛中　西紀書込
遠のけば又一入のきぬた哉　とおのけばまたひとしおのきぬたかな　寛中　西紀書込
むら竹に夜の更過し砧哉　むらたけによのふけすぎしきぬたかな　享2　享和二句記
赤兀の山の贔屓や遠ぎぬた　あかはげのやまのひいきやとおぎぬた　享3　享和句帖
妹山や砧なくともなつかしき　いもやまやきぬたなくともなつかしき　享3　享和句帖
片耳は尾上の鐘や小夜砧　かたみみはおのえのかねやさよぎぬた　享3　享和句帖
〔砧〕打夜より雨ふる榎哉　きぬたうつよよりあめふるえのきかな　享3　享和句帖
砧打ば雨けづきたる榎哉　きぬたうてばあまけづきたるえのきかな　享3　享和句帖

三

口も手も人並でなし小夜碪　くちもてもひとなみでなしさよぎぬた　享3　享和句帖
洪水は去年のけふ也小夜砧　こうずいはこぞのきょうなりさよぎぬた　享3　享和句帖
更しなの蕎麦の主や小夜砧　さらしなのそばのあるじやさよぎぬた　享3　享和句帖
更しなや闇き方には小夜砧　さらしなやくらきかたにはさよぎぬた　享3　享和句帖
日中にどたりばたりと砧哉　にっちゅうにどたりばたりときぬたかな　享3　享和句帖
昼中の須磨の秋也遠砧　ひるなかのすまのあきなりとおぎぬた　享3　享和句帖
昼行し薮の辺ぞ遠碪　ひるゆきしやぶのあたりぞとおぎぬた　享3　享和句帖
ほうきりを後になして小夜砧　ほうきりをうしろになしてさよぎぬた　享3　享和句帖

松風も昔のさまよ小夜ぎぬた	まつかぜもむかしのさまよさよぎぬた	享3　享和句帖
穢多町も夜はうつくしき砧哉	えたまちもよはうつくしききぬたかな	化1　文化句帖
笠はきれ（ママ）ば我さへゆかし遠砧	かさはきればわれさえゆかしとおぎぬた	化1　文化句帖
小夜砧菰きて蘇鉄立にけり	さよぎぬたこもきてそてつたちにけり	化1　文化句帖
常体の山とは見へぬ砧哉	じょうたいのやまとはみえぬきぬたかな	化1　文化句帖
近い比別れ（し）や家や小夜砧	ちかいころわかれしいえやさよぎぬた	化1　文化句帖
ちり塚も夜はうつくしき砧哉	ちりづかもよはうつくしききぬたかな	化1　文化句帖
手比なる竹ねぢふみて遠砧	てごろなるたけねじふみてとおぎぬた	化1　文化句帖
遠砧榎を始夜の秋（体）	とおぎぬたえのきをはじめよるのてい	化1　文化句帖
兀山も見棄られぬぞ小夜砧	はげやまもみすてられぬぞさよぎぬた	化1　文化句帖
身祝の榊もうへて砧哉	みいわいのさかきもうえてきぬたかな	化1　文化句帖
麻衣打程づゝの雨夜哉	あさごろもうつほどずつのあまよかな	化2　文化句帖
浅山や砧の後もなつかしき	あさやまやきぬたのあともなつかしき	化2　文化句帖
新しい家も三ツ四きぬた哉	あたらしいいえもみつよつきぬたかな	化2　文化句帖
けぶり立松立そして砧哉	けぶりたちまつたちそしてきぬたかな	化2　文化句帖
梟も役にして来る砧哉	ふくろうもやくにしてくるきぬたかな	化2　文化句帖
みちのくの鬼の栖も砧哉	みちのくのおにのすみかもきぬたかな	化2　文化句帖
みよしのゝ古き夜さりを砧哉	みよしののふるきよさりをきぬたかな	化3　文化句帖
松竹は昔〳〵のきぬた哉	まつたけはむかしむかしのきぬたかな	化6　化五六句記
唐の吉野もかくや小夜ぎぬた	もろこしのよしのもかくやさよぎぬた	化6　化五六句記

君が代や牛かひが笛小夜砧　きみがよやうしかいがふえさよぎぬた　化7　七番日記

恋猫の片顔見ゆる小夜砧　こいねこのかたがおみゆるさよぎぬた　化7　七番日記

此月に始てしまへ下手ぎぬた　このつきにはじめてしまえへたぎぬた　化7　七番日記

小夜砧とばかり寝ももつたいな　さよぎぬたとばかりねるももったいな　化7　七番日記

直そこのわか松颯ふきぬた哉　すぐそこのわかまつうたうきぬたかな　化7　七番日記

流山

なでしこの一花咲ぬ小夜ぎぬた　なでしこのひとはなさきぬさよぎぬた　化7　七番日記

古郷や寺の砧も夜の雨　ふるさとやてらのきぬたもよるのあめ　化7　七番日記

古郷や母の砧のよわり様　ふるさとやははのきぬたのよわりよう　化7　七番日記

折松も衣うつ夜のたそく哉　おりまつもきぬうつよるのたそくかな　化8　七番日記

梟が高みで笑ふ砧かな　ふくろうがたかみでわらうきぬたかな　化8　七番日記

我庵や二所ながら下手砧　わがいおやふたとこながらへたぎぬた　化9　七番日記

遠山のやうな榎よ小夜砧　とおやまのようなえのきよさよぎぬた　化10　七番日記

隣とは合点しても小夜砧　となりとはがってんしてもさよぎぬた　化10　七番日記

梟の口真似したる砧哉　ふくろうのくちまねしたるきぬたかな　化10　七番日記

雨降や苔衣を打夜とて　あめふるやこけのころもをうつよとて　化11　七番日記

蕷蔓がうしろでそよぐ砧哉　いもづるがうしろでそよぐきぬたかな　化11　七番日記

うぢ山や木魚の外も小夜砧　うじやまやもくぎょのほかもさよぎぬた　化11　七番日記

門の木もやもめ烏よさよ砧　かどのきもやもめがらすよさよぎぬた　化11　七番日記

坂はてる鈴鹿は雨の小夜砧　さかはてるすずかはあめのさよぎぬた　化11　七番日記

玉川〔や〕涼がてらの小夜ぎぬた　たまがわやすずみがてらのさよぎぬた　化11　七番日記

鳩だまれ苔の衣を今打ぞ　はとだまれこけのころもをいまうつぞ　化11　七番日記

狗もうかれ出たるきぬた哉　えのころもうかれいでたるきぬたかな　化12　七番日記

草の戸も衣打石は持にけり　くさのともきぬうついしはもちにけり　化12　七番日記　異『同日記』下五「ありにけり」

苔衣わざと敲て仕廻けり　こけごろもわざとたたいてしまいけり　化12　七番日記

小夜砧妹が茶の子の大きさよ　さよぎぬたいもがちゃのこのおおきさよ　化12　七番日記

どたばたは婆ゝが砧としられたり　どたばたはばばがきぬたとしられたり　化12　七番日記

山住や僧都が打もさよ砧　やまずみやそうずがうつもさよぎぬた　化12　七番日記

蛼に唄諷た〔は〕せて小夜砧　こおろぎにうたうたわせてさよぎぬた　化13　七番日記

小夜砧見かねて猫のうかれけり　さよぎぬたみかねてねこのうかれけり　化13　七番日記　異『同日記』中七「見かねて猫も」

ちと計おれに打たせよ小夜砧　ちとばかりおれにうたせよさよぎぬた　化13　七番日記

古郷は寝ながらもうつ砧哉　ふるさとはねながらもうつきぬたかな　化13　七番日記

ぼた餅は棚でおどるぞ小夜砧　ぼたもちはたなでおどるぞさよぎぬた　化13　七番日記

午〔牛〕かひや笛に合する小夜砧　うしかいやふえにあわするさよぎぬた　化14　七番日記

としよりと見て始る近砧　としよりとみてはじまるちかぎぬた　化14　七番日記

年寄は遠い所より近砧　としよりはとおいところよりちかぎぬた　化14　七番日記

どた〳〵は婆ゝが砧よいとしさよ　どたどたはばばがきぬたよいとしさよ　化14　七番日記

不拍子はたしか我家ぞ小夜砧　ふびょうしはたしかわがやぞさよぎぬた　化14　七番日記　同『希杖本』

小夜砧うつや隣の其隣　さよぎぬたうつやとなりのそのとなり　政1　七番日記　同『同日記』に重出

我家〔は〕一里そこらぞ夕砧
わがいえはいちりそこらぞゆうぎぬた
政1　七番日記

我庵の一里手前の砧哉
わがいおのいちりてまえのきぬたかな
政1　七番日記

雨の夜やつい隣なる小夜ぎぬた
あめのよやついとなりなるさよぎぬた
政2　八番日記　同『嘉永版』

行燈を畑に居《（据）》へて砧かな
あんどんをはたけにすえてきぬたかな
政2　梅塵八番　異『嘉永版』中七「畑に置て」

行灯を松に釣して小夜砧
あんどんをまつにつるしてさよぎぬた
政2　おらが春　同『文政句帖』『八番日記』『発句鈔追加』　異『だん袋』『発句鈔追加』下五「砧かな」

木の下に茶の湧《（沸）》にけり小夜砧
きのしたにちゃのわきにけりさよぎぬた
政2　八番日記

恋衣打るゝ夜あり庵の石
こいごろもうたるるよありいおのいし
政2　八番日記

御祝儀に打真似したるあさ衣
ごしゅうぎにうつまねしたるあさごろも
政2　八番日記　参『梅塵八番』中七「うつ真似したり」

衣打槌の下ヨリ吉の川
ころもうつつちのしたよりよしのがわ
政2　八番日記

尻べたで真似をする也小〔夜〕ぎゆ《（ぬ）》た
しりべたでまねをするなりさよぎぬた
政2　八番日記　参『梅塵八番』下五「小夜砧」

鳴しかも母や恋しき小夜ぎぬた
なくしかもははやこいしきさよぎぬた
政2　八番日記

はた／＼ははゝが砧としられけり
はたはたはははがきぬたとしられけり
政2　八番日記

はゝ木々《（き木）》の入の入り也小夜ぎぬた
ははきぎのいりのいりなりさよぎぬた
政2　八番日記

母の日や壁おがみつゝ小夜ぎぬた
ははのひやかべおがみつつさよぎぬた
政2　八番日記　参『梅塵八番』上五「母の日の」中七「壁を拝めば」

梟が拍子とる也小夜ぎぬた
ふくろうがひょうしとるなりさよぎぬた
政2　八番日記　同『嘉永版』

山風や衣うたれて夜鳴（泣）石
やまかぜやころもうたれてよなきいし
政2　八番日記　参『梅塵八番』下五「夜鳴犬」

庵の夜やどちい（へ）向ても下手砧
いおのよやどちへむいてもへたぎぬた
政3　八番日記　参『梅塵八番』中七「どちへ向ても」

草薮も君が代を吹小夜砧
くさやぶもきみがよをふくさよぎぬた
政3　発句題叢　同『文政版』『嘉永版』『希杖本』　異『版本題叢』上五「草薮や」

子宝の多は（い）在所や夕ぎぬた
こだからのおおいざいしょやゆうぎぬた
政3　八番日記　参『梅塵八番』中七「声は在所や」

子宝の寝顔見へ（い）／＼砧哉
こだからのねがおみいみいきぬたかな
政3　八番日記

二番寝や心でおがむ小夜ぎぬた
にばんねやこころでおがむさよぎぬた
政3　八番日記

よは声は母の砧と知れけり
よわごえはははのきぬたとしられけり
政3　八番日記　同「書簡」

いろりには茶の子並んで小夜ぎぬた
いろりにはちゃのこならんでさよぎぬた
政4　八番日記　参『梅塵八番』中七「茶の子並べて」

京人やわら扣さい（へ）小夜ぎぬた
きょうびとやわらたたくさえさよぎぬた
政4　八番日記

青天〔の〕真昼中のきぬた哉
せいてんのまっぴるなかのきぬたかな
政4　八番日記

其家やら其隣やら小夜砧
そのややらそのとなりやらさよぎぬた
政4　八番日記

つり棚に茶の子のおどるきぬた哉
つりだなにちゃのこのおどるきぬたかな
政4　八番日記

長く寝た足のぶる也小夜ぎぬた
ながくねたあしのぶるなりさよぎぬた
政4　八番日記　参『梅塵八番』中七「足の際なり」

ねんねこ（ぶっ）を申ながらにきぬた哉
ねんぶつをもうしながらにきぬたかな
政4　八番日記

松の根〔に〕腰つた（つ）かけて砧哉
まつのねにこしつっかけてきぬたかな
政4　八番日記　参『梅塵八番』中七「腰つゝかけて」

我家や前もうしろも下手ぎぬた
わがいえやまえもうしろもへたぎぬた
政4　八番日記

椎三本小楯にとりて小夜ぎぬた
しいさんぼんこだてにとりてさよぎぬた
政5　文政句帖

御袋〔が〕茶立役也小夜ぎぬた
おふくろがちゃたてやくなりさよぎぬた
政7　文政句帖

降雨やつい隣でも小夜ぎぬた
ふるあめやついとなりでもさよぎぬた
政7　文政句帖

打やめて聞や上手の小夜砧
うちやめてきくやじょうずのさよぎぬた
政8　文政句帖

つぐら子は砧に馴て寝たりけり
つぐらごはきぬたになれてねたりけり
政8　文政句帖

にくき人の衣うつ夜も有ぬべし
にくきひとのきぬうつよるもありぬべし
不詳　遺稿　同『発句鈔追加』

近砧遠砧さて雨夜かな
ちかぎぬたとおぎぬたさてあまよかな
不詳　希杖本

飯けむり賑ひにけり夕ぎぬた
めしけむりにぎわいにけりゆうぎぬた
不詳　嘉永版

ごぼう引く

毛牛房（蒡）も何ぞ〔の〕連に掘れけり
けごぼうもなんぞのつれにほられけり
政4　八番日記　参『梅塵八番』上五「生牛房」中七「何ぞ直々」

しめじの丶しの字〔に〕引し牛房（蒡）哉
しめじののしのじにひきしごぼうかな
政4　八番日記

豆引く

菜も青し庵の味噌豆今や引
なもあおしいおのみそまめいまやひく
化6　化三―八写　同『発句鈔追加』

柚味噌（柚味噌釜）

鶯もひよいと来て鳴く柚みそ哉
うぐいすもひょいときてなくゆみそかな
化3　文化句帖

松風の聞時といふ柚みそ哉
まつかぜのききどきというゆみそかな
化3　文化句帖

鳩どもやけ起して見る柚みそ殻
はとどもやけおこしてみるゆみそがら
化10　七番日記　異『志多良』上五「鳩どもが」中七「起して見たり」、『句稿消息』上五「鳩どもが」中七「起して見る」

土焼の利休の前へ柚みそ哉
つちやきのりきゅうのまえへゆみそかな
化11　七番日記

も一つは隣の分ぞゆみそ釜
もひとつはとなりのぶんぞゆみそがま
化13　七番日記

焼米

庄野
焼米の俵や袖に旅の杖
やきごめのたわらやそでにたびのつえ
天8　五十三駅

焼米や子のない家も御一日
やきごめやこのないいえもおついたち
化2　文化句帖

老楽
焼米を粉にしてすゝる果報哉
やきごめをこにしてすするかほうかな
政1　七番日記　同「真蹟」、『八番日記』前書「老ノ始末」

新米（今年米）

ことし米親と云字を拝みけり
ことしまいおやというじをおがみけり
政2　八番日記　同『嘉永版』

ことし米我等が小菜も青みけり
ことしまいわれらがおなもあおみけり
政3　発句題叢　同『嘉永版』『発句鈔追加』『希杖本』『発句類題集』

新米の相伴したり無縁塚
しんまいのしょうばんしたりむえんづか
政3　八番日記

むだな身も此（今）年の米をへらしけり
むだなみもことしのこめをへらしけり
政3　八番日記

かくれ家や貰ひ集のことし米
かくれがやもらいあつめのことしまい
政4　八番日記

ことし米飯に迄して貰ひけり　ことしまいめしにまでしてもらいけり　政4　八番日記

新米の膳に居るや先祖並　しんまいのぜんにすわるやせんぞなみ　政4　八番日記

新米やスツタモヂつたいふうちに　しんまいやすったもじったいううちに　政4　八番日記

役なしの身や人先にことし米　やくなしのみやひとさきにことしまい　政4　八番日記　参『梅塵八番』中七「身や人さきへ」

新米やあてにして来る墓雀　しんまいやあてにしてくるはかすずめ　政7　文政句帖

新米やこびれにぬかる御蔵前　しんまいやこびれにぬかるおくらまえ　政7　文政句帖

袂から出すやことしの手本米　たもとからだすやことしのてほんまい　政7　文政句帖

新酒（今年酒）

神前の草にこぼして新酒哉　しんぜんのくさにこぼしてしんしゅかな　寛中　西紀書込

松苗も風の吹く夜のしん酒哉　まつなえもかぜのふくよのしんしゅかな　化1　文化句帖

投やりの菊も新酒のゆふべ哉　なげやりのきくもしんしゅのゆうべかな　化2　文化句帖

松の木は子日めきたる新酒哉　まつのきはねのひめきたるしんしゅかな　化2　文化句帖

ことし酒先は葎のつゝがなき　ことしざけまずはむぐらのつつがなき　化6　化五六句記

そば咲て菊もはら〳〵新酒哉　そばさいてきくもはらはらしんしゅかな　化6　化五六句記

はや空しことし作のカサイ酒　はやむなしことしづくりのかさいざけ　化6　化五六句記

生砂（産土）の砂にも呑す新酒哉　うぶすなのすなにものますしんしゅかな　政4　八番日記　参『梅塵八番』中七「砂へも呑す」

かく〔れ〕家の手前作りも新酒哉　かくれがのてまえづくりもしんしゅかな　政4　八番日記

極楽に行かぬ果報やことし酒　ごくらくにいかぬかほうやことしざけ　政5　文政句帖

八兵衛がは顔ビ笑やことし酒　はちべえがはがんびしょうやことしざけ　政5　文政句帖　[同]『同句帖』に重出
家並とて捨配する新酒哉　やなみとてすてくばりするしんしゅかな　政5　文政句帖
有てこまる家〔は〕いくつもしん酒樽　ありてこまるいえはいくつもしんしゅだる　政7　文政句帖

ことし酒無かぶの呑人ふへる也　ことしざけむかぶののみてふえるなり　政7　文政句帖
杉の葉を添へて配りししん酒哉　すぎのはをそえてくばりししんしゅかな　政7　文政句帖
造り人もうり人も一人しん酒哉　つくりてもうりてもひとりしんしゅかな　政7　文政句帖
釣棚に安置しておくしん酒哉　つりだなにあんぢしておくしんしゅかな　政7　文政句帖
三度(処)から一度に来たるしん酒哉　みとこからいちどにきたるしんしゅかな　政7　文政句帖
もろみにて一吹したるしん酒哉　もろみにてひとふきしたるしんしゅかな　政7　文政句帖
山おく〔の〕庵は手作のしん酒哉　やまおくのいおはてづくりのしんしゅかな　政7　文政句帖
行秋を輿でおくるや新酒屋　ゆくあきをこしでおくるやあらざけや　政7　文政句帖
神並におれが家へも新酒哉　かみなみにおれがいえへもしんしゅかな　政8　文政句帖
小言いひ〳〵底たゝく新酒哉　こごといいいいそこたたくしんしゅかな　政8　文政句帖
杉の葉のぴんとそよぐや新酒樽　すぎのはのぴんとそよぐやしんしゅだる　政8　文政句帖
神前の草にも少新酒哉　しんぜんのくさにもすこししんしゅかな　政8　文政句帖

濁り酒

神がきや濁酒にさはぐ人の声　かみがきやだくしゅにさわぐひとのこえ　寛5　寛政句帖
杉の葉を釣して売るや濁り酒　すぎのはをつるしてうるやにごりざけ　政5　文政句帖
鍋ごてら田におろす也濁り酒　なべごてらたにおろすなりにごりざけ　政5　文政句帖

山里や杉の葉釣りてにごり酒　やまざとやすぎのはつりてにごりざけ　政5　文政句帖

秋雑

只一つ見る俵かよ秋の家　ただひとつみるたわらかよあきのいえ　享3　享和句帖

人のなしたやうに思へけり旅秋　ひとのなしたようにおもえけりたびのあき　化1　文化句帖

さらしなの秋は物(惣)別雨夜哉　さらしなのあきはそうべつあまよかな　化2　文化句帖

杭に来て鷺秋と思ふ哉　くいにきてさぎあきとおもうかな　化3　文化句帖

古松や我身の秋が目に見ゆる　ふるまつやわがみのあきがめにみゆる　化7　化三―八写

古松や我身の秋もあの通り　ふるまつやわがみのあきもあのとおり　化7　七番日記

山の木や来ん(今度)どなるなら小豆餅　やまのきやこんどなるならあずきもち　化7　七番日記

老らくや生残りても同じ秋　おいらくやいきのこりてもおなじあき　化13　七番日記

もたいなやからだにこまる里の秋　もたいなやからだにこまるさとのあき　政5　文政句帖

身の秋や月は無キズの月ながら　みのあきやつきはむきずのつきながら　政6　文政句帖　同『だん袋』『発句鈔追加』前書「ことしは酒の相手の老妻なく」

草刈や秋ともしらで笛を吹　くさかりやあきともしらでふえをふく　政9　政九十句写　同『希杖本』『霞供養』『あみだがさ』

だゝ広い夜明となりぬ秋の宿　だだっぴろいよあけとなりぬあきのやど　不詳　遺稿

動物

鹿（小男鹿　鹿の恋　鹿の角切り　鹿笛　鹿聞）

人去て万灯きへて鹿の声　ひとさりてまんどうきえてしかのこえ　寛4　寛政句帖

鹿の声わか孀等になげゝとや　しかのこえわかごけなどになげけとや　寛5　寛政句帖

鹿追ふや夜は里ある小屋つゞき　しかおうやよるはさとあるこやつづき　寛6　しら露

鹿の声こだま湖水をかける哉　しかのこえこだまこすいをかけるかな　寛6　寛政句帖

夜あらしの鹿の隣に旅寝哉　よあらしのしかのとなりにたびねかな　寛中　真蹟　同『松風会』

うかれ舟や山には鹿の妻をよぶ　うかれぶねややまにはしかのつまをよぶ　寛中　西紀書込

大壮九三と云

小男鹿の角引かけし葎哉　さおしかのつのひっかけしむぐらかな　享3　享和句帖

一の湯は錠の下りけり鹿の鳴　いちのゆはじょうのおりけりしかのなく　化1　文化句帖

今鳴は逢ひし鹿かよ立田山　いまなくはあいししかかよたつたやま　化1　文化句帖

うらの山しぶとい鹿も交るべし　うらのやましぶといしかもまじるべし　化1　文化句帖

丘の辺や人にたよりて鹿の鳴　おかのべやひとにたよりてしかのなく　化1　文化句帖

さをしかの鳴ても暮るゝ山家哉　さおしかのないてもくるるやまがかな　化1　文化句帖

さをしかや恋初てより山の雨　さおしかやこいそめてよりやまのあめ　化1　文化句帖

鹿聞のぬけ〳〵九人もどりけり　しかきのぬけぬけくにんもどりけり　化1　文化句帖

鹿鳴かぬ山さへ古き大和哉　しかなかぬやまさえふるきやまとかな　化1　文化句帖

鹿鳴や旦の森のひとり禰宜　しかなくやあしたのもりのひとりねぎ　化1　文化句帖

鹿鳴や雨だれさへも秋の体　しかなくやあまだれさえもあきのてい　化1　文化句帖

鹿鳴くや日は暮きらぬ山の家　しかなくやひはくれきらぬやまのいえ　化1　文化句帖
鹿鳴や竈しらぬ北山家　しかなくやへっついしらぬきたやまが　化1　文化句帖
鹿の音に木辻も只の在所哉　しかのねにきつじもただのざいしょかな　化1　文化句帖
死所もかなりに葺て鹿の鳴　しにどこもかなりにふいてしかのなく　化1　文化句帖
撫られに来りし鹿か丘に鳴　なでられにきたりししかおかになく　化1　文化句帖
なら坂やしぶとい鹿も夜の雨　ならさかやしぶといしかもよるのあめ　化1　文化句帖
晴れぬ間〔に〕又も聞せよ今の鹿　はれぬまにまたもきかせよいまのしか　化1　文化句帖
紅葉ゝもそしらぬふりや男鹿　もみじばもそしらぬふりやおとこじか　化1　文化句帖
大汐にざぶり〳〵と男鹿哉　おおしおにざぶりざぶりとおじかかな　化2　文化句帖
さをしかの片ヒザ立て雲や思ふ　さおしかのかたひざたててくもやおもう　化2　文化句帖
さをしかの萩にかくれしつもり哉　さおしかのはぎにかくれしつもりかな　化2　文化句帖
むら萩に隠た気かよ鹿の顔　むらはぎにかくれたきかよしかのかお　化2　文化句帖
山の雨鹿の涙も交るべし　やまのあめしかのなみだもまじるべし　化2　文化句帖
見定て淋しくなりぬ山の鹿　みさだめてさびしくなりぬやまのしか　化3　文化句帖
夕暮を鹿も片足立にけり　ゆうぐれをしかもかたあしたてにけり　化3　文化句帖
鹿鳴や山湯も利かぬ人の顔　しかなくややまゆもきかぬひとのかお　化4　連句稿裏書
鳴鹿にまくしかゝるや湯のけぶり　なくしかにまくしかかるやゆのけぶり　化4　連句稿裏書
鳴鹿の咽迄行か湯のけぶり　なくしかののどまでゆくかゆのけぶり　化4　連句稿裏書
まどゐして紅葉〔を〕祭る山の鹿　まどいしてもみじをまつるやまのしか　化4　連句稿裏書
さをしかの鳴も尤山の雨　さおしかのなくももっともやまのあめ　化5　化五句記

さをしかの夜通し鳴も道理也
さおしかのよどおしなくもどうりなり　化5　化五句記

小男鹿や後の一声細長き
さおしかやあとのひとこえほそながき　化5　化五句記

鹿の声仏は何とのたまはく
しかのこえほとけはなんとのたまわく　化5　化五句記

鹿の身に成て鹿聞ひとり哉
しかのみになりてしかきくひとりかな　化5　化五句記

山の鹿小萩の露に顔洗へ
やまのしかこはぎのつゆにかおあらえ　化5　化五句記

よい月に顔もたげたり不性（精）鹿
よいつきにかおもたげたりぶしょうじか　化5　化五句記

かい曲り蝉が鳴けり鹿の角
かいまがりせみがなきけりしかのつの　化8　七番日記

を（さ）をしかや角に又候蝉の鳴
さおしかやつのにまたぞろせみのなく　化8　七番日記

萩の葉も二の足ふむや迷鹿
はぎのはもにのあしふむやまよいじか　化8　我春集

我庵も二の足ふむや迷ひ鹿
わがいおもにのあしふむやまよいじか　化8　七番日記

どこをおせばそんな音が出る山の鹿
どこをおせばそんなねがでるやまのしか　化9　七番日記

折〳〵や鹿にからるゝ草の庵
おりおりやしかにからるるくさのいお　化10　七番日記

此所姥棄なとや鹿の鳴
このところうばすてなとやしかのなく　化10　七番日記　同『句稿消息』『志多良』

さをしかは萩に糞して別れけり
さおしかははぎにくそしてわかれけり　化10　七番日記

鹿なくや焼飯程の夜の山
しかなくややきめしほどのよるのやま　化10　七番日記

鳴蝉に角をかしたる男鹿哉
なくせみにつのをかしたるおじかかな　化10　七番日記

足枕手枕鹿のむつまじや
あしまくらてまくらしかのむつまじや　化11　七番日記　同『発句題叢』『文政版』『嘉永版』『希杖本』

おれが方へ尻つんむけて鹿の鳴
おれがほうへしりつんむけてしかのなく　化11　七番日記

さをしかの朝起す也春日山　さおしかのあさおこすなりかすがやま　化11　七番日記
妻乞や秘若い鹿でなし　つまごいやひそかにわかいしかでなし　化11　七番日記
人ならば五十位ぞ鹿の恋　ひとならばごじゅうぐらいぞしかのこい　化11　七番日記
大股の角ふり立て鹿の恋　おおまたのつのふりたててしかのこい　化12　七番日記
鹿鳴てちいさい草もいそがしや　しかないてちいさいくさもいそがしや　化中　書簡
蜻蛉に片角かして寝じか哉　とんぼうにかたづのかしてねじかかな　政1　七番日記

鹿笛

山小屋や笛としりつゝ鹿の声　やまごややふえとしりつつしかのこえ　政1　七番日記
やめよ／＼としより鹿のしやがれ声　やめよやめよとしよりじかのしゃがれごえ　政1　七番日記
わか鹿や二つ並んで対の声　わかじかやふたつならんでついのこえ　政1　七番日記
春日野や駄菓〔子〕に交る鹿の屎　かすがのやだがしにまじるしかのくそ　政2　八番日記
さをしかの〔しの〕字に寝たり長／＼と　さおしかのしのじにねたりながながと　政2　八番日記　参『梅塵八番』中七「しの字に寝たり」
さをしかの角にかけたり手行灯　さおしかのつのにかけたりてあんどん　政2　八番日記
さをしかやことし生れも秋の声　さおしかやことしうまれもあきのこえ　政2　八番日記
椎の葉に誰盛にけん鹿の屎　しいのはにたがもりにけんしかのくそ　政2　八番日記
鹿笛や〔下〕手が吹ても夜の声　しかぶえやへたがふいてもよるのこえ　政2　八番日記
爺鹿が寝所見付て呼りけり　じじしかがねどこみつけてよばりけり　政2　八番日記　参『梅塵八番』下五「呼るなり」

爺《〳〵》鹿の瀬ぶみ致スや俄川
じじしかのせぶみいたすやにわかがわ
政2　八番日記

神前に鳴さをしかも子やほしき
しんぜんになくさおしかもこやほしき
政2　八番日記

息才《（災）》に紅葉を見るよ夫婦鹿
そくさいにもみじをみるよめおとじか
政2　八番日記　参『梅塵八番』中七「紅葉ゝ見るや」

高縁を睨でよぶや男鹿
たかえんをにらんでよぶやおとこじか
政2　八番日記　参『梅塵八番』中七「睨てよぶや」

角ありと夜は思はず〔しか〕の声《ヤ》
つのありとよるはおもわずしかのこえ
政2　八番日記

ヒル《（どこ）》を風吹かと寝る《か》や老女鹿
どこをかぜふくかとねるやおいめじか
政2　八番日記

鳴ふすか柳が蛇になる程に
なきふすかやなぎがへびになるほどに
政2　八番日記　参『梅塵八番』上五「鳴な鹿」

鳴鹿の片顔かくす鳥居哉
なくしかのかたがおかくすとりいかな
政2　八番日記

鳴鹿や今二三丁遠からば
なくしかやいまにさんちょうとおからば
政2　八番日記　同『嘉永版』

寝た鹿をふんまたさゝ《（ぎた）》る法師哉
ねたしかをふんまたぎたるほうしかな
政2　八番日記　参『梅塵八番』中七「ふんまたぎたる」

はいかいの集を負せん庵の鹿
はいかいのしゅうをおわせんいおのしか
政2　八番日記

不性《（精）》しか鳴放した《（に）》て寝たりけり
ぶしょうじかなきはなしにてねたりけり
政2　八番日記

不性《（精）》鹿寝て居てひゝと答へけり
ぶしょうじかねていてひひとこたえけり
政2　八番日記　参『梅塵八番』中七「寝て居てひいと」

下手笛によつくきけとやしか〔の〕声
へたぶえによっくきけとやしかのこえ
政2　おらが春　異『八番日記』下五「鹿のなく」

山寺や椽の上なる鹿の声　やまでらやえんのうえなるしかのこえ　政2　おらが春　同『八番日記』『嘉永版』

夕暮や鹿に立添ふ羅かん顔　ゆうぐれやしかにたちそうらかんがお　政2　八番日記

有明や鹿十ばかり対に鳴　ありあけやしかとおばかりついになく　政3　八番日記

うら窓や鹿のきどりに犬の声　うらまどやしかのきどりにいぬのこえ　政3　八番日記　参『梅塵八番』下五「犬の寝る」

さをしかも親子三人ぐらし哉　さおしかもおやこさんにんぐらしかな　政3　八番日記

さをしかや片膝立て山の月　さおしかやかたひざたててやまのつき　政3　八番日記

さをしかや芒の陰のいく夫婦　さおしかやすすきのかげのいくめおと　政3　八番日記

鹿鳴や犬なき里の大月夜　しかなくやいぬなきさとのおおづきよ　政3　八番日記

鹿鳴や虫も寝まりはし（せ）ざりけり　しかなくやむしもねまりはせざりけり　政3　八番日記　参『梅塵八番』下五「せざりける」

吼る鹿おれをうさん〔と〕思ふかよ　ほえるしかおれをうさんとおもうかよ　政3　八番日記　同『発句鈔追加』　異『発句鈔追加』中七「我をうろんと」下五「思ふかや」

又鳴や鹿の必定あわぬ恋　またなくやしかのひつじょうあわぬこい　政3　八番日記

水入らぬ親子ぐらしや山の鹿　みずいらぬおやこぐらしややまのしか　政3　八番日記

むつまじやしかの手枕足枕　むつまじやしかのてまくらあしまくら　政3　版本題叢

薮並やとし寄鹿のぎりに鳴　やぶなみやとしよりじかのぎりになく　政3　八番日記

夜あらしや窓に吹込鹿の声　よあらしやまどにふきこむしかのこえ　政3　八番日記　同『発句鈔追加』

我形をうさんと見てや鹿の鳴　わがなりをうさんとみてやしかのなく　政3　八番日記　参『梅塵八番』下五「鹿の呼」

あきらめて子のな〔い〕鹿は鳴ぬなり　あきらめてこのないしかはなかぬなり　政4　八番日記　異『同日記』中七「子のない

鹿の」下五「鳴ぬげな」 参『梅塵八番』中七「子のない鹿の」下五「鳴ぬ哉」

恋風や山の太《（深）》山の鹿に迄
こいかぜややまのみやまのしかにまで
政4 八番日記

子をもたの《（ぬ）》鹿も寝かねて鳴夜哉
こをもたぬしかもねかねてなくよかな
政4 八番日記 参『梅塵八番』上五「子を持ぬ」下五「鳴にけり」

こんな小草も花じやもの鹿の恋
こんなこぐさもはなじゃものしかのこい
政4 八番日記

さをしかの角にも吹くや恋風は
さおしかのつのにもふくやこいかぜは
政4 真蹟 同『八番日記』

さをしかはおれをうさんと思ふ哉
さおしかはおれをうさんとおもうかな
政4 八番日記

さおしかは角顕すぞ人の恋
さおしかはつのあらわすぞひとのこい
政4 八番日記 同『だん袋』『発句鈔追加』 参『梅塵八番』上五「さをしかの」

さをしかやそれ程逃ずともよいに
さおしかやそれほどにげずともよいに
政4 八番日記

しほらしやおく山鹿も色好み
しおらしやおくやまじかもいろごのみ
政4 八番日記 異『だん袋』中七「深山の鹿も」下五「色好む」 参『梅塵八番』中七「おく山の鹿」下五「色好む」

ぞつとした鹿から逃てくれにけり
ぞっとしたしかからにげてくれにけり
政4 八番日記

ぞつとして逃れば鹿も追にけり
ぞっとしてにげればしかもおいにけり
政4 八番日記 参『梅塵八番』中七「逃れば鹿に」下五「逢にけり」、『同書』下五「逃にけり」

人心なを角あらん鹿の恋
ひとごころなおつのあらんしかのこい
政4 八番日記

日の本や深山の鹿も色好む
ひのもとやみやまのしかもいろこのむ
政4 八番日記 異『文政版』『嘉永版』上五「しぎ鳴や」 参『梅塵八番』前書「春日山」

山の又太《（深）》山の鹿も恋風《か》よ　やまのまたみやまのしかもこいかぜよ　政4　八番日記

歌《（欲）》の世や深山の鹿も色好　よくのよやみやまのしかもいろこのむ　政4　八番日記　参『梅塵八番』上五「欲の世や」

恋すてふ角切られけり奈らの鹿　こいすちょうつのきられけりならのしか　政5　文政句帖

さをしかの角に結びし手紙哉　さおしかのつのにむすびしてがみかな　政5　文政句帖

鹿鳴や川をへだてゝ忍恋　しかなくやかわをへだててしのぶこい　政5　文政句帖　異『同句帖』上五「鳴鹿や」

ほだへるや犬なき里の鹿の声　ほだえるやいぬなきさとのしかのこえ　政5　文政句帖　同『発句鈔追加』前書「いつくしま」

おく山の鹿も恋路に迷ふ哉　おくやまのしかもこいじにまようかな　政6　文政句帖

春日野《カミ》や神もゆるしの鹿の恋　かすがのやかみもゆるしのしかのこい　政6　文政句帖　異『だん袋』『発句鈔追加』上五「春日野は」中七「神もゆるしや」

もち前の角つき合や鹿の恋　もちまえのつのつきあうやしかのこい　政6　文政句帖

やさしさや恋路に迷ふ太《（深）》山じか　やさしさやこいじにまようみやまじか　政6　文政句帖　同『だん袋』　異『同句帖』下五「山の鹿」

神鹿《南都》じつとして人になでらるゝ　かみのしかじっとしてひとになでらるる　政8　文政句帖

さをしかの外も茶がゆの名所哉　さおしかのほかもちゃがゆのめいしょかな　政8　文政句帖

さをしか〔や〕片膝立て月見哉　さおしかやかたひざたててつきみかな　政8　文政句帖

鹿鳴や百八灯のふつ消る　しかなくやひゃくはっとうのふっきえる　政8　文政句帖

又鳴は親も子もない鹿ぢややら　またなくはおやもこもないしかぢゃやら　政8　文政句帖

呼かはす鹿はこのもかかのも哉　よびかわすしかはこのもかかのもかな　不詳　遺稿

小草さへ花になるとや鹿の恋　こぐささえはなになるとやしかのこい　不詳　一茶園月並裏書

おれがふく笛と合すや鹿の声　おれがふくふえとあわすやしかのこえ　不詳　希杖本

やさしさや鹿も恋路に迷ふ山　やさしさやしかもこいじにまようやま　不詳　文政版　異『嘉永版』中七「鹿も恋路を」

鹿もかふはづよ小草に花の咲　しかもこうはずよこぐさにはなのさく　不詳　稲長句帖

啄木鳥

木つゝきやきのふ我見し朶を又　きつつきやきのうわれみしえだをまた　寛中　西紀書込

木つゝきの飛んでから入る庵哉　きつつきのとんでからいるいおりかな　化2　文化句帖

木つゝきの松に来る迄老にけり　きつつきのまつにくるまでおいにけり　化2　文化句帖

木つゝきや一ッ所に日の暮るゝ　きつつきやひとつところにひのくるる　化2　文化句帖

木つゝきや人より跡に日の暮るゝ　きつつきやひとよりあとにひのくるる　化2　文化句帖

木つゝきの死ねとて敲く柱哉　きつつきのしねとてたたくはしらかな　化2　文化句帖

木つゝきが目利して居る庵哉　きつつきがめききしているいおりかな　政2　おらが春　異『八番日記』上五「木啄の」中七「目利して見る」

木啄のけいこに扣《(叩)》く柱哉　きつつきのけいこにたたくはしらかな　政2　八番日記

木啄の仕合イヤ《(カ)》に夕の月　きつつきのしあわせいかにゆうのつき　政2　八番日記　参『梅塵八番』中七「仕合いかに」下五「暮の月」

木啄のやめて聞かよ夕木魚　きつつきのやめてきくかよゆうもくぎょ　政2　おらが春　同『発句鈔追加』　異『八番日記』上五「木啄も」

木つゝきや一つ所を小一時　きつつきやひとつところをこいっとき　不詳　遺稿

木つゝきもくれ行秋のそぶり哉　きつつきもくれゆくあきのそぶりかな　不詳　発句鈔追加

啄木鳥や日のかたぶくを見ては又　きつつきやひのかたぶくをみてはまた　不詳　発句鈔追加

鵙（鵙の草茎　鵙の早贄）

草茎のまだうごくぞよ鵙の顔　くさぐきのまだうごくぞよもずのかお　化6　句稿断片

草茎を預けばなしで又どこへ　くさぐきをあずけばなしでまたどこへ　化11　七番日記

草茎をたんと加《（咥）》へよ此後は　くさぐきをたんとくわえよこのあとは　化11　七番日記

御用山けんにかけてや鵙の声　ごようやまけんにかけてやもずのこえ　化11　七番日記

関守が声を真似るや枝の鵙　せきもりがこえをまねるやえだのもず　化11　七番日記

鵙鳴やおのれが庵はつぶれ也　もずなくやおのれがいおはつぶれなり　化11　七番日記

鵙の声かんにん袋破れたか　もずのこえかんにんぶくろやぶれたか　化11　七番日記

鵙の声松を生して返せとや　もずのこえまつをいかしてかえせとや　化11　七番日記

鵙よ鵙ピンチ《（シ）》ヤンするなかゝる代に　もずよもずぴんしゃんするなかかるよに　化11　七番日記

大道盗

鵙鳴や七日の説法屁一つ　もずなくやなのかのせっぽうへひとつ　政1　七番日記

鵙の声かんにん袋きれたりな　もずのこえかんにんぶくろきれたりな　政2　おらが春　[同]「書簡」「八番日記」

鵙の声かんにん袋どふきぬ《（っ）》た　もずのこえかんにんぶくろどうきった　政2　八番日記　[参]『梅塵八番』下五「遠ぎぬた」

頬げたを切さげられな鵙の声　ほおげたをきりさげられなもずのこえ　政3　八番日記

贄さして鵙も生砂《（産土）》祭り哉　にえさしてもずもうぶすなまつりかな　政4　八番日記

人鬼に鵙のは［や］贄とられけり　ひとおににもずのはやにえとられけり　政4　八番日記　[参]『梅塵八番』中七「鵙のは

や賛」

鵙鳴て柿盗人をおどす也　もずないてかきぬすっとをおどすなり　政5　文政句帖

鵙鳴やあつもり返せ〳〵とて　もずなくやあつもりかえせかえせとて　政5　文政句帖

鵙鳴や是より殺生禁断と　もずなくやこれよりせっしょうきんだんと　政5　文政句帖

義経の腰かけ松や鵙の声　よしつねのこしかけまつやもずのこえ　政6　文政句帖

鵙なくやむら雨かはくうしろ道　もずなくやむらさめかわくうしろみち　不詳　遺稿

御用山権にかけてや鵙の啼　ごようやまけんにかけてやもずのなく　不詳　発句鈔追加

淋しさに鵙がそら鳴したりけり　さびしさにもずがそらなきしたりけり　不詳　発句鈔追加

鵙の声堪忍袋きれにけり　もずのこえかんにんぶくろきれにけり　不詳　発句鈔追加

薮先の鵙がわるさの蛙哉　やぶさきのもずがわるさのかわずかな　不詳　発句鈔追加

鶉

うづらなくや小草小薮のかの煙り　うずらなくやこぐさこやぶのかのけぶり　寛中　西紀書込

なけ鶉邪魔なら庵もたゝむべき　なけうずらじゃまならいおもたたむべき　化1　文化句帖

深草の鶉鳴けりばゝが糊　ふかくさのうずらなきけりばばがのり　化6　化五六句記

小庇やけむい〳〵となく鶉　こびさしやけむいけむいとなくうずら　化8　七番日記

福も来ぬ門や鶉の朝笑　ふくもこぬかどやうずらのあさわらい　政1　七番日記

穀留の関所を越る鶉かな　こくどめのせきしょをこゆるうずらかな　政3　八番日記

百鳥の先を越したる鶉かな　ひゃくちょうのさきをこしたるうずらかな　政5　文政句帖

鴫（鴫の看経　鴫の羽掻　鴫突）

つく〴〵と鴫我を見る夕べ哉　つくづくとしぎわれをみるゆうべかな　寛中　西紀書込　同『璧玉集』「真蹟」

里あれば人間ありて鴫の立　さとあればにんげんありてしぎのたつ　享2　享和二句記
鴫ども丶立尽したり木なし山　しぎどももたちつくしたりきなしやま　享2　享和二句記
鴫のゆふべ寧祭のあればこそ　しぎのゆうべむしろまつりのあればこそ　享2　享和二句記
立鴫の今にはじめぬゆふべ哉　たつしぎのいまにはじめぬゆうべかな　享2　享和二句記　同『文政版』『嘉永版』「真蹟」『節の友』、『身滌集』前書「大礒にて」

今しがた逢し人ぞよ鴫をつく　いましがたあいしひとぞよしぎをつく　化1　文化句帖
鴫立やいつの御幸の筏ぞも　しぎたつやいつのみゆきのいかだぞも　化1　文化句帖
鴫鳴や鶴はいつもの松の丘　しぎなくやつるはいつものまつのおか　化1　文化句帖
人は年とるべきものぞ鴫の立　ひとはとしとるべきものぞしぎのたつ　化1　文化句帖
姫松のけば〱しさを鴫の立　ひめまつのけばけばしさをしぎのたつ　化1　文化句帖
浅沢や鴫が鳴ねば草の雨　あさざわやしぎがなかねばくさのあめ　化2　文化句帖
馬と見へ鑓とかくれて鴫の立　うまとみえやりとかくれてしぎのたつ　化2　文化句帖
鴫立〔て〕畠の馬のあくび哉　しぎたちてはたけのうまのあくびかな　化2　文化句帖
大名や鴫立跡に引つゞく　だいみょうやしぎたつあとにひきつづく　化2　文化句帖
片丘や住初る日を鴫の鳴　かたおかやすみそむるひをしぎのなく　化3　文化句帖
かまくらや袂の下も鴫の立　かまくらやたもとのしたもしぎのたつ　化3　文化句帖
鴫なくや汁のけぶりの止まぬうち　しぎなくやしるのけぶりのやまぬうち　化3　文化句帖
浅沢や又顕れて鴫のなく　あさざわやまたあらわれてしぎのなく　化6　化五六句記
鴫の立程は残して暮にけり　しぎのたつほどはのこしてくれにけり　化6　化五六句記
立鴫に罪なき牛の寝やう哉　たつしぎにつみなきうしのねようかな　化6　化五六句記

立鴫の顕れ渡る草葉哉　たつしぎのあらわれわたるくさばかな　化6　化五六句記

立鴫の片足上てしあん哉　たつしぎのかたあしあげてしあんかな　化6　化五六句記

大沼や返らぬ鴫を鴫の鳴　おおぬまやかえらぬしぎをしぎのなく　化8　七番日記

小けぶりやさて又鴫の陰（影）法師　こけぶりやさてまたしぎのかげぼうし　化8　七番日記　同『我春集』

鴫がた〔ち〕人が立ても夕哉　しぎがたちひとがたちてもゆうべかな　化8　七番日記

鴫立や人のうしろの人の顔　しぎたつやひとのうしろのひとのかお　化8　七番日記

立鴫とさし向たる仏哉　たつしぎとさしむかいたるほとけかな　化8　七番日記

立鴫もさら〳〵しらぬ夕哉　たつしぎもさらさらしらぬゆうべかな　化8　七番日記

かまくらや早夕飯の鴫が立　かまくらやはやゆうめしのしぎがたつ　化10　七番日記　異『句稿消息』下五「鴫の立」

鴫立や門の家鴨も貰ひ鳴　しぎたつやかどのあひるももらいなき　化10　句稿消息　同『志多良』

鴫立や鴨の影ぼしばからしと　しぎたつやかものかげぼしばからしと　化10　七番日記

鴫立や死の字ぎらひがうしろから　しぎたつやしのじぎらいがうしろから　化10　七番日記

鴫立やしの字嫌ひがぼんの凹　しぎたつやしのじぎらいがぼんのくぼ　化10　七番日記

薮村や馬盥からも鴫の立　やぶむらやまだらいからもしぎのたつ　化10　七番日記　異『句稿消息』中七「馬盥から」

妙光山崩

山抜やしらぬ顔して鴫の立　やまぬけやしらぬかおしてしぎのたつ　化11　七番日記

鴫立や草葉〳〵の汐じめり　しぎたつやくさばくさばのしおじめり　化13　真蹟

一ツ着にはら〳〵鴫の雫哉　ひとつぎにはらはらしぎのしずくかな　化13　真蹟

ほと鴫のうか〳〵立を仕事哉　ほとしぎのうかうかたつをしごとかな　化13　真蹟

我門の餅恋鴫の鳴にけり　わがかどのもちこうしぎのなきにけり　化13　句稿消息

けぶり立鴫立人も立にけり　けぶりたちしぎたちひともたちにけり　化14　七番日記　異「真蹟」下五「立りけり」

鴫立てずんと昔の夕かな　しぎたってずんとむかしのゆうべかな　化14　七番日記

鴫立や夕三絃の片脇に　しぎたつやゆうしゃみせんのかたわきに　化14　七番日記

鳴鴫に四五尺低い在所かな　なくしぎにしごしゃくひくいざいしょかな　化中　書簡

鴫突のしや面になぐる嵐哉　しぎつきのしゃつらになぐるあらしかな　政1　七番日記

立鴫のしほにちよぼ／＼けぶり哉　たつしぎのしおにちょぼちょぼけぶりかな　政1　七番日記

立鴫や我うしろにもうつけ人　たつしぎやわがうしろにもうつけびと　政3　発句題叢　同『希杖本』　異『発句鈔追加』上五「鴫立や」

三味絃（線）で鴫を立たする潮来哉　しゃみせんでしぎをたたするいたこかな　政4　八番日記　同『文政句帖』

鴫をつく奴が若くもなかりけり　しぎをつくやつがわかくもなかりけり　政4　八番日記

鴫よりも鴫つく奴が夕哉　しぎよりもしぎつくやつがゆうべかな　政4　八番日記

大磯や早朝飯で鴫の立　おおいそやはやあさめしでしぎのたつ　政8　文政句帖

鐘はつき仕まへど鴫の羽がき哉　かねはつきしまえどしぎのはがきかな　政8　文政句帖

鴫の羽どれ程かいてたんのする　しぎのはねどれほどかいてたんのする　政8　文政句帖

茶けぶりや鴫恋鴫のひたと鳴　ちゃけぶりやしぎこうしぎのひたとなく　政8　文政句帖

おちつきにちつと寝て見る小鴫哉　おちつきにちっとねてみるこしぎかな　不詳　遺稿

松の風鴫と我との中を吹　まつのかぜしぎとわれとのなかをふく　不詳　遺稿

雁（雁金　初雁　天津雁　雁の竿）

雁をりて畠も名所のひとつ哉　かりおりてはたもめいしょのひとつかな　寛中　西紀書込

次雁は最う秋のやうす夜明哉　つぐかりはもうあきのようすよあけかな　寛中　与州播州□雑詠

魚網之設　鴻則離之　燕婉之求　得此戚施

鴉めが推参したる堅田哉　からすめがすいさんしたるかただかな　享3　享和句帖

杕杜

小烏にアナドラレタリ小田の雁　こがらすにあなどられたりおだのかり　享3　享和句帖

殺されにことしも来たよ小田の雁　ころされにことしもきたよおだのかり　享3　享和句帖

殺されに南へ行か天つ雁　ころされにみなみへゆくかあまつかり　享3　享和句帖

一群は今来た顔や小田雁　ひとむれはいまきたかおやおだのかり　享3　享和句帖

待もせぬ烏がおりしかたゞ哉　まちもせぬからすがおりしかただかな　享3　享和句帖

夕暮は烏がおりてもかたゞ哉　ゆうぐれはからすがおりてもかただかな　享3　享和句帖

あながちにかくれもせぬ〔や〕小田雁　あながちにかくれもせぬやおだのかり　化1　文化句帖

小田雁畠の月夜や庵ほしき　おだのかりはたのつきよやいおほしき　化1　文化句帖

雁鴨にゆるりとかさん畠も哉　かりかもにゆるりとかさんはたもがな　化1　文化句帖

雁鴨も武ばり顔也カサイ筋　かりかももぶばりがおなりかさいすじ　化1　文化句帖

雁鳴や一夜もほしき田一枚　かりなくやひとよもほしきたいちまい　化1　文化句帖

雁なくや平家時分の浜の家　かりなくやへいけじぶんのはまのいえ　化1　文化句帖

畠持たばよ所〔に〕はやらじ雁鴎　はたもたばよそにはやらじかりかもめ　化1　文化句帖

不揃な家を目がけて来る雁か　ふぞろいないえをめがけてくるかりか　化1　文化句帖

待人もどこぞにあるか雁いそぐ　まちびともどこぞにあるかかりいそぐ　化1　文化句帖

我とても仮の宿りぞ小田雁　われとてもかりのやどりぞおだのかり　化1　文化句帖
雁鴨の命待間を鳴にけり　かりかものいのちまつまをなきにけり　化2　文化句帖
雁鳴や旅寝の空の目にうかぶ　かりなくやたびねのそらのめにうかぶ　化2　文化句帖
けふ翌の秋となりけり小田の鶴　きょうあすのあきとなりけりおだのつる　化2　文化句帖　同『同句帖』に重出
あさぢふや人はくつさめ雁は鳴　あさじうやひとはくっさめかりはなく　化3　文化句帖
小田雁年寄声はなかりけり　おだのかりとしよりごえはなかりけり　化3　文化句帖
おちつくと直に鳴けり小田雁　おちつくとすぐになきけりおだのかり　化3　文化句帖　同『文政版』『嘉永版』
風吹てそれから雁の鳴にけり　かぜふいてそれからかりのなきにけり　化3　化三―八写
雁下りてついと夜に入る小家哉　かりおりてついとよにいるこいえかな　化3　化三―八写
雁鳴て直に夜に入る小家哉　かりないてすぐによにいるこいえかな　化3　文化句帖
退けばはや雁の鳴く片田哉　しりぞけばはやかりのなくかただかな　化3　文化句帖
夕風やふり向度に雁の鳴　ゆうかぜやふりむくたびにかりのなく　化3　文化句帖
雁鳴やうしろ冷つく斑山　かりなくやうしろひやつくまだらやま　化4　連句稿裏書
雁鳴や窓の蓋する片山家　かりなくやまどのふたするかたやまが　化4　連句稿裏書

作らずして喰ひ織らずして着る身程の行先おそろしく

鍬の罰思ひつく夜や雁の鳴　くわのばつおもいつくよやかりのなく　化4　化三―八写
窓の蓋おろしすまして雁の鳴　まどのふたおろしすましてかりのなく　化4　連句稿裏書
雁ないてかせぐ気になる夜也けり　かりないてかせぐきになるよなりけり　化5　化五句記
雁なけと云ぬばかりの門田哉　かりなけといわぬばかりのかどたかな　化5　化五句記
雁よりも先へ場とりし烏哉　かりよりもさきへばとりしからすかな　化5　化五句記

はつ雁にから臼引や彼禅師　はつかりにからうすひくやかのぜんじ　化5　化五句記

はつ雁や貧乏村を一番に　はつかりやびんぼうむらをいちばんに　化5　化五句記

人いふや雁追ふ声のよはりぬと　ひというやかりおうこえのよわりぬと　化5　化五句記

雁鳴や崩れかゝりし利介船　かりなくやくずれかかりしりすけぶね　化6　化五六句記

雁なくや爰にも舟の欠有　かりなくやここにもふねのかけらあり　化6　化六句記

うら口や芒三本雁夫婦　うらぐちやすすきさんぼんかりめおと　化7　化三—八写

大橋や鑓もちどの丶迹(後)の鴈　おおはしややりもちどののあとのかり　化7　七番日記

かまくらや実朝どの丶天つ雁　かまくらやさねともどののあまつかり　化7　七番日記　同『発句題叢』『希杖本』

雁も寝よ我家か様〔に〕淋しけれ　かりもねよわがやかようにさびしけれ　化7　七番日記

暮行や雁とけぶりと膝がしら　くれゆくやかりとけぶりとひざがしら　化7　七番日記

出る月に門田の雁の行義(儀)哉　でるつきにかどたのかりのぎょうぎかな　化7　七番日記

古き代の芦が三本小田の鴈　ふるきよのあしがさんぼんおだのかり　化7　七番日記

行あたりばつたり雁の寝所哉　ゆきあたりばったりかりのねどこかな　化7　七番日記

御地蔵をなぜ縛るとや雁の鳴　おじぞうをなぜしばるとやかりのなく　化8　七番日記

門の雁いくら鳴ても米はなき　かどのかりいくらないてもこめはなき　化8　七番日記

雁とぶよそれ〳〵そこが鬼の家　かりとぶよそれそれそこがおにのいえ　化8　我春集

雁ども丶楽に寝よやれ臼と萩　かりどももらくにねよやれうすとはぎ　化8　七番日記

雁鳴や村の人数はけふもへる　かりなくやむらのにんずはきょうもへる　化8　我春集

雁の首長くして見る門口哉　かりのくびながくしてみるとぐちかな　化8　七番日記

すぢかひに雁の鳴込庵哉　すじかいにかりのなきこむいおりかな　化8　我春集

筋違に雁のなき込在所哉
すじかいにかりのなきこむざいしょかな
化8 七番日記

田の雁や里の人数はけふもへる
たのかりやさとのにんずはきょうもへる
化8 七番日記 同『発句題叢』『文政版』、『嘉永版』前書「信濃雪ふり」 異『希杖本』中七「村の人数は」

とぶ雁よそれ〳〵そこは鬼の家
とぶかりよそれそれそこはおにのいえ
化8 七番日記

はつ雁が人にはこして通りけり
はつかりがひとにはこしてとおりけり
化8 七番日記

はつ雁やあてにして来る庵の畠
はつかりやあてにしてくるいおのはた
化8 七番日記 同『我春集』『嘉永版』

はつ雁や芒はまねく人は追ふ
はつかりやすすきはまねくひとはおう
化8 七番日記 同『我春集』『嘉永版』『希杖本』

髭どのがおじやるぞだまれ小田雁
ひげどのがおじゃるぞだまれおだのかり
化8 七番日記

福原や御代〔を〕見よ〔と〕や雁と芦
ふくはらやみよをみよとやかりとあし
化8 七番日記

二親にどこで別れし小田の雁
ふたおやにどこでわかれしおだのかり
化8 七番日記

枕より迹（後）より雁の世界哉
まくらよりあとよりかりのせかいかな
化8 七番日記

我門や雁なれ〔ば〕こそ夜もとへ
わがかどやかりなればこそよるもとへ
化8 七番日記

迹（後）の雁やれ〳〵足がいたむやら
あとのかりやれやれあしがいたむやら
化9 株番

庵の夜や竹には雀芦に雁
いおのよやたけにはすずめあしにかり
化9 七番日記

うしろから雁の夕と成にけり
うしろからかりのゆうべとなりにけり
化9 七番日記

小田の雁我通てもねめつける
おだのかりわれとおってもねめつける
化9 七番日記

小梅筋
かしましや将軍さまの雁じや迚
かしましやしょうぐんさまのかりじゃとて
化9 七番日記 同『株番』前書「小梅筋を通りて」

雁鳴や霧の浅間へ火を焚と
かりなくやきりのあさまへひをたけと
化9　七番日記

雁ごや〱おれが噂を致す哉
かりごやごやおれがうわさをいたすかな
化9　七番日記　同『株番』

けふからは日本の雁ぞ楽に寝よ
きょうからはにほんのかりぞらくにねよ
化9　七番日記　同『発句題叢』『あとまつり』『栗本雑記二』『発句類題集』『流行七部集』『故馬都比記』『そだすま集』、『株番』「真蹟」『文政版』『嘉永版』前書「外ケ浜」　異『希杖本』前書「外ヶ浜」上五「これからは」

死迄もだまり返て小田の雁
しぬまでもだまりかえっておだのかり
化9　七番日記

とぼ〱と足よは雁の一つ哉
とぼとぼとあしよわかりのひとつかな
化9　七番日記

初雁に旅の寝やうをおそはらん
はつかりにたびのねようをおそわらん
化9　七番日記　同『株番』

はつ雁よ汝に旅をおそはらん
はつかりよなんじにたびをおそわらん
化9　七番日記

古もやう芦が四五本雁がなく
ふるもようあしがしごほんかりがなく
化9　七番日記

湖へおりぬは雁の趣向哉
みずうみへおりぬはかりのしゅこうかな
化9　七番日記　同『株番』

御仏の河中嶋ぞおりよ雁
みほとけのかわなかじまぞおりよかり
化9　七番日記

夕陰や下手におりても須磨の雁
ゆうかげやへたにおりてもすまのかり
化9　七番日記　同『株番』

夕月に尻つんむけて小田の雁
ゆうづきにしりつんむけておだのかり
化9　七番日記

我やうや十間ばかり迹(後)の雁
わがようやじゅっけんばかりあとのかり
化9　七番日記　同『株番』前書「独旅夕暮」、「書簡」前書「独旅暮」

小田〔に〕寝し其連ならんおくれ雁
おだにねしそのつれならんおくれかり
化10　七番日記

門に寝し其連ならん一ツ雁
かどにねしそのつれならんひとつかり
化10　句稿消息

今井退役思
雁とぶや門の家鴨も貰ひ鳴　かりとぶやかどのあひるももらいなき　化10　七番日記　同『句稿消息』

雁鳴て田のない庵もなかりけり　かりないてたのないいおもなかりけり　化10　七番日記

鳴な雁どつこも同じうき世ぞや　なくなかりどっこもおなじうきよぞや　化10　七番日記

おりる雁山田の縁のへの字哉　おりるかりやまだのへりのへのじかな　化11　七番日記

雁鷗網の目からも吹かれけり　かりかもめあみのめからもふかれけり　化11　七番日記

雁鳴て山は蒔《(萌)》黄の盛り哉　かりないてやまはもえぎのさかりかな　化11　七番日記

雁鳴や浅黄に暮るちゝぶ山　かりなくやあさぎにくるるちちぶやま　化11　七番日記

白川や曲直して天つ雁　しらかわやまがりなおしてあまつかり　化11　七番日記　同『文政版』『嘉永版』「書簡」

何喰はぬ顔して雁の立りけり　なにくわぬかおしてかりのたてりけり　化11　七番日記

古家《(屋)》根の芒雁金鳴にけり　ふるやねのすすきかりがねなきにけり　化11　七番日記

斯して〔は〕居られぬ世也雁がきた　こうしてはいられぬよなりかりがきた　化12　七番日記

連のない雁よ来よ〱宿かさん　つれのないかりよこよこよやどかさん　化12　七番日記

はつ雁や畠の稲も五六尺　はつかりやはたけのいねもごろくしゃく　化12　七番日記

我が門に来て痩雁と成にけり　わがかどにきてやせかりとなりにけり　化12　栗本雑記五

起番は親にて候か小田の雁　おきばんはおやにてそろかおだのかり　化13　七番日記

起番よ寝《(よ)》番ぞ雁のむつまじき　おきばんよねばんよかりのむつまじき　化13　七番日記

皈庵
門の雁なぜ戻たと思ふげな　かどのかりなぜもどったとおもうげな　化13　七番日記　同『同日記』前書「留守庵」

門の雁何の逃ずとよい物を　かどのかりなんのにげずとよいものを　化13　七番日記

雁ども丶来〱そこは脇の田ぞ　かりどもこよこよそこはわきのたぞ　化13　七番日記

旅はうい〱とや雁の鳴ならん　たびはういういとやかりのなくならん　化13　七番日記

なくな雁けふから我も旅人ぞ　なくなかりきょうからわれもたびびとぞ　化13　七番日記

はつ雁に多だの薬師の帰帆哉　はつかりにただのやくしのきはんかな　化13　七番日記

雁鳴や相かはらずに来ましたと　かりなくやあいかわらずにきましたと　化14　七番日記

来た雁や片足上て一思案　きたかりやかたあしあげてひとしあん　化14　七番日記

渡ル雁我とそなたは同国ぞ　わたるかりわれとそなたはどうこくぞ　化14　七番日記

五百崎や鍋の中迄雁おりる　いおざきやなべのなかまでかりおりる　政1　七番日記

おとなしく雁よ寝よ〱どこも旅　おとなしくかりよねよねよどこもたび　政1　七番日記

下る雁どこの世並がよかんべい　おりるかりどこのよなみがよかんべい　政1　七番日記

どちの田もしてん二天ぞなくな鴈　どちのたもしてんにてんぞなくなかり　政1　七番日記

はつ雁や翌の御成は小梅筋　はつかりやあすのおなりはこうめすじ　政1　七番日記

はつ雁や同行五人善光寺　はつかりやどうぎょうごにんぜんこうじ　政1　七番日記

得手もの丶片足立や小田の雁　えてもののかたあしだちやおだのかり　政2　おらが春　同『八番日記』　参『梅塵八番』
中七「片足立よ」

大組を呼おろしけり小田の雁　おおぐみをよびおろしけりおだのかり　政2　八番日記

おりよ雁一もくさんに我前へ　おりよかりいちもくさんにわがまえへ　政2　八番日記

片足立して見せる也杭の雁　かたあしだちしてみせるなりくいのかり　政2　八番日記

門の雁片足立で思案哉　かどのかりかたあしだちでしあんかな　政2　八番日記

雁急ゲ追分陰坂木てる
かりいそげおいわけくもるさかきてる
政2　八番日記　参『梅塵八番』中七「追分くもる」

雁鴨や御成りもしらで安堵顔
かりかもやおなりもしらであんどがお
政2　八番日記

雁どもゝ夜を日に次で渡りけり
かりどももよをひについでわたりけり
政2　八番日記　異『発句鈔追加』上五「雁どもが」中七「夜を日を次で」　参『梅塵八番』上五「雁どもが」

雁鳴《な》に馬でも呑ぞ八兵衛は
かりなくなうまでものむぞはちべえは
政2　八番日記　参『梅塵八番』上五「雁鳴な」

雁鳴やなんなく碓井越たりと
かりなくやなんなくうすいこえたりと
政2　八番日記

爰退て雁を下さんあさぢ原
ここのいてかりをおろさんあさじはら
政2　八番日記

はつ雁も泊るや恋の軽井沢
はつかりもとまるやこいのかるいざわ
政2　八番日記　同『嘉永版』

初雁の三羽も竿と成にけり
はつかりのさんわもさおとなりにけり
政2　八番日記　同『嘉永版』

一ツ雁夜〳〵ばかり渡りけり
ひとつかりよるよるばかりわたりけり
政2　八番日記

ほそけぶりあなどりもせで来る雁よ
ほそけぶりあなどりもせでくるかりよ
政2　八番日記

見よ〳〵と片足立や小田の雁
みよみよとかたあしだちやおだのかり
政2　八番日記　参『梅塵八番』中七「片足立るや」

木母寺の古き夕や芦に雁
もくぼじのふるきゆうべやあしにかり
政2　八番日記　参『梅塵八番』下五「芦に鶴」

あれ月が〳〵《が》と雁のさわぎ哉
あれつきがつきがとかりのさわぎかな
政3　八番日記

小田の雁人よけさせてさわぐ也
おだのかりひとよけさせてさわぐなり
政3　八番日記

御成風吹かせて雁の立りけり
おなりかぜふかせてかりのたてりけり
政3　八番日記

御成場や人よけさせて雁の声
おなりばやひとよけさせてかりのこえ
政3　八番日記　参『梅塵八番』下五「雁の鳴」

開帳の迹《（跡）》をかりてや雁の鳴
かいちょうのあとをかりてやかりのなく
政3　八番日記　参『梅塵八番』中七「跡を借りけり」

雁鴨や人よけさせてしたり顔
かりかもやひとよけさせてしたりがお
政3　八番日記　同「真蹟」前書「御成場」

雁どもや御用を笠にきてさわぐ
かりどもやごようをかさにきてさわぐ
政3　八番日記　同『だん袋』前書「御成場」　異『発句鈔追加』上五「雁鴨や」

いきせきとして欠《（駆）》付や迹《（後）》の雁
いきせきとしてかけつけやあとのかり
政4　八番日記　同『発句鈔追加』

連合は道でどうした一ツ雁
つれあいはみちでどうしたひとつかり
政4　八番日記

渡雁腹をいためな吐月峰
わたるかりはらをいためなとげっぽう
政4　八番日記

大組の空見おくるや小田の雁
おおぐみのそらみおくるやおだのかり
政5　文政句帖

門の雁しんがらかくも上手也
かどのかりしんがらかくもじょうずなり
政5　文政句帖　異『同句帖』前書「方言」中七「しんがらかくが」

それ程に人用心や小田の雁
それほどにひとようじんやおだのかり
政5　文政句帖　同『同句帖』に重出　異『同句帖』中七「人用心か」

初雁のありつき顔や庵の畠
はつかりのありつきがおやいおのはた
政5　文政句帖

目出度け《（か）》り雁も一所にわたる也
めでたかりかりもいっしょにわたるなり
政5　文政句帖

用心は雁〔も〕おき番寝ばん哉
ようじんはかりもおきばんねばんかな
政5　文政句帖

夜通しに雁も泊りにはぐれたか
よどおしにかりもとまりにはぐれたか
政5　文政句帖

もどかしや雁〔は〕自由に友よばる
もどかしやかりはじゆうにともよばる
政7　文政句帖　同「真蹟」

迹《（後）》連をおつぱづしてや雁急ぐ
あとづれをおっぱずしてやかりいそぐ
政8　文政句帖

門の雁我帰つてもねめつける　かどのかりわれかえってもねめつける　政8　文政句帖
雁が来た国の布子はなぜ遅い　かりがきたくにのぬのこはなぜおそい　政8　文政句帖
雁がねの気どりに並ぶ烏かな　かりがねのきどりにならぶからすかな　政8　文政句帖
雁鴨や御用をけんにきてさはぐ　かりかもやごようをけんにきてさわぐ　政8　文政句帖
雁鴨や鳴立られて馬逃る　かりかもやなきたてられてうまにげる　政8　文政句帖
雁寝よ〳〵旅草臥の直る迄　かりねよねよたびくたびれのなおるまで　政8　文政句帖
くつろいで寝たり起たり門の雁　くつろいでねたりおきたりかどのかり　政8　文政句帖　同『同句帖』に重出
田の雁や鳴立られて馬逃る　たのかりやなきたてられてうまにげる　政8　文政句帖
月の出に算ヲ乱すや小田の雁　つきのでにさんをみだすやおだのかり　政8　文政句帖
一つ雁ぐづつく〳〵と急ぐ哉　ひとつかりぐずつくつくといそぐかな　政8　文政句帖
雁が菜ものけて置たぞ其畑　かりがなものけておいたぞそのはたけ　政9　政九十句写　同『同写』に重出、『発句鈔追加』『希杖本』『梅塵抄録本』「書簡」「真蹟」

門の雁袖引雨がけふも降　かどのかりそでひくあめがきょうもふる　政末　浅黄空　同『自筆本』
初雁や幸舟にのりあはせ　はつかりやさいわいふねにのりあわせ　不詳　遺稿
雁鴨の住どなりけり小梅筋　かりがものすみどなりけりこうめすじ　不詳　自筆本
今一ツ名残を啼けよ門の雁　いまひとつなごりをなけよかどのかり　不詳　希杖本
雁おりよ昔の芦の名所也　かりおりよむかしのあしのめいしょなり　不詳　希杖本
雁鳴や旅はういもの〳〵と　かりなくやたびはういものういものと　不詳　希杖本
初雁や里の人数はけふも減る　はつかりやさとのにんずはきょうもへる　不詳　希杖本
天津雁おれが松にはおりぬ也　あまつかりおれがまつにはおりぬなり　不詳　文政版　同『嘉永版』

旅にありて

雁鳴やあはれ今年も片月見　かりなくやあわれことしもかたつきみ　不詳　文政版　同『嘉永版』

小組（ママ）を呼おろしけり小田の雁　こぐみをよびおろしけりおだのかり　不詳　嘉永版

どの雁も素通りす也庵の前　どのかりもすどおりすなりいおのまえ　不詳　稲長句帖

雁くるや人は芦間になきおはる　かりくるやひとはあしまになきおわる　不詳　発句鈔追加

雁鳴や人も雨夜の藻にすだく　かりなくやひともあまよのもにすだく　不詳　発句鈔追加

燕帰る

又来たら我家忘れな行燕　またきたらわがやわすれなゆくつばめ　享3　享和句帖

乙鳥とぶや二度とふたゝび来ぬふりに　つばめとぶやにどとふたたびこぬふりに　化13　七番日記　同『句稿消息』『自筆本』

乙鳥は妻子揃ふて帰るなり　つばくらはさいしそろうてかえるなり　政6　文政句帖

渡り鳥

我前が騒ぐによいか渡り鳥　わがまえがさわぐによいかわたりどり　化6　化五六句記

渡鳥いく組我を追ぬくか　わたりどりいくくみわれをおいぬくか　化6　化五六句記

渡鳥日本の我を見しらぬか　わたりどりにほんのわれをみしらぬか　化6　化五六句記

うつくしい鳥はだまつて渡りけり　うつくしいとりはだまってわたりけり　化13　七番日記

来るも〳〵同じつら也渡鳥　くるもくるもおなじつらなりわたりどり　化13　七番日記

御代じや迚得しれぬ鳥も渡りけり　みよじゃとてえしれぬとりもわたりけり　化13　七番日記　同『同日記』に重出、『希杖本』

むさい家もすぐ通りせず渡鳥　むさいいえもすぐどおりせずわたりどり　化13　七番日記

追れても人住里や渡り鳥　おわれてもひとすむさとやわたりどり　政2　八番日記　異『希杖本』中七「人住里よ」

追はれてもても人足(里)を渡り鳥　おわれてもてもひとざとをわたりどり　政2　八番日記

かい由(曲)り里を便りや渡り鳥　かいまがりさとをたよりやわたりどり　政2　八番日記

喧嘩すなあひみたがひの渡り鳥　けんかすなあいみたがいのわたりどり　政2　おらが春　同『希杖本』「書簡」　異「八番日記」中七「あひみたがひに」、『発句鈔追加』中七「あゆみたがひの」

どう追れても人里を渡り鳥　どうおわれてもひとざとをわたりどり　政2　おらが春　同『八番日記』「書簡」

人里や人をたそくに渡り鳥　ひとざとやひとをたそくにわたりどり　政3　八番日記

叱らる丶ことも馴てや渡り鳥　しかられることもなれてやわたりどり　政5　文政句帖　異「真蹟」中七「事にも馴れて」

雀らも真似してとぶや渡り鳥　すずめらもまねしてとぶやわたりどり　政5　文政句帖

只一人だまりこくつて渡り鳥　ただひとりだまりこくってわたりどり　政5　文政句帖　同「真蹟」

何用に迹(後)へもどるぞ渡り鳥　なにようにあとへもどるぞわたりどり　政5　文政句帖

渡鳥の真似が下手ぞむら雀　わたりどりのまねがへたぞむらすずめ　政5　文政句帖

左右へぱつと散るや数万の渡り鳥　さうへぱっとちるやすまんのわたりどり　政6　文政句帖

渡り鳥一芸なきはなかりけり　わたりどりいちげいなきはなかりけり　政7　文政句帖

むさい家も素通りせぬや渡鳥　むさいいえもすどおりせぬやわたりどり　不詳　希杖本

山雀

山雀も左右へ別る丶八島哉　やまがらもさうへわかるるやしまかな　寛中　西紀書込

山雀の輪抜しながらわたりけり　やまがらのわぬけしながらわたりけり　政2　おらが春　同『八番日記』『希杖本』「真蹟」

山雀は芸をしながらわたりけり　やまがらはげいをしながらわたりけり　政5　文政句帖

小雀

吹折て一町ば〔か〕り小雀哉
ふきおりていっちょうばかりこがらかな
寛中　西紀書込

朝夕や峯の小雀の門なる丶
あさゆうやみねのこがらのかどなるる
化3　文化句帖　[同]『発句題叢』『文政版』『嘉永版』『発句類題集』　[異]『希杖本』中七「峰の小雀も」

五六十小雀かくる丶草の花
ごろくじゅうこがらかくるるくさのはな
化5　化五句記

薮ゑるや小雀山雀四十雀
やぶえるやこがらやまがらしじゅうから
化6　化五六句記

小雀等が騒ながらに渡りけり
こがらがさわぎながらにわたりけり
化13　七番日記　[異]『希杖本』上五「小雀等は」中七「さはぎがてらに」

一本の木に鈴なりの小雀哉
いっぽんのきにすずなりのこがらかな
政1　七番日記

小雀《ら》めやさわぎがてらにわたりけり
こがらめやさわぎがてらにわたりけり
政3　八番日記

小雀山雀組分をして場どりけり
こがらやまがらくみわけをしてばどりけり
政7　文政句帖

生役やあんな小雀も里かせぎ
いきやくやあんなこがらもさとかせぎ
政9　書簡

生役やあんな小雀も旅かせぎ
いきやくやあんなこがらもたびかせぎ
政9　政九十句写　[同]『希杖本』

四十雀（五十雀）

四十雀左右へ分る丶八島哉
しじゅうからさうへわかるるやしまかな
寛中　西紀書込

きわ〴〵し女組やら五十雀
きわぎわしおんなぐみやらごじゅうから
政3　八番日記　[参]『梅塵八番』上五「きは〴〵と」

むづかしやどれが四十雀五十雀
むずかしやどれがしじゅうからごじゅうから
政3　八番日記

鶺鴒

鶺鴒のなぶり出しけり山の雨　せきれいのなぶりだしけりやまのあめ　化10　七番日記

鶺鴒やゆるがしてみろふじの山　せきれいやゆるがしてみろふじのやま　化10　七番日記

鶺鴒やいかにも古き池の形　せきれいやいかにもふるきいけのなり　化末　茶翁聯句集　同『発句鈔追加』

雀大水に入りて蛤となる

よる浪を見つめる秋の雀哉　よるなみをみつめるあきのすずめかな　寛・享　真蹟句帖

蛤にとくなれかしましい雀　はまぐりにとくなれかしましいすずめ　政4　八番日記

蛤に成〔て〕もまけな江戸すゞめ　はまぐりになってもまけなえどすずめ　政4　八番日記　参『梅塵八番』中七「なってもまけな」

蛤になる苦も見へぬ雀哉　はまぐりになるくもみえぬすずめかな　政4　八番日記　異『発句鈔追加』上五「蛤と」

人は塚に雀蛤と成り〔に〕けり　ひとはつかにすずめはまぐりとなりにけり　政4　八番日記　参『梅塵八番』下五「成にけり」

人は塚に成りけり蛤は雀は（雀は蛤に）　ひとはつかになりけりすずめははまぐりに　政4　八番日記

蛇穴に入る（穴まどい）

穴口の雨より薮や蛇が入　あなぐちのあめよりやぶやへびがいる　政3　八番日記

今穴に入也蛇も夫婦づれ　いまあなにいるなりへびもめおとづれ　政3　八番日記

大蛇も首尾よく穴へ入にけり　おおへびもしゅびよくあなへいりにけり　政3　八番日記　参『梅塵八番』中七「首尾よく穴に」

蛇の穴安（阿）房鼠が入にけり　へびのあなあほうねずみがいりにけり　政3　八番日記

蛇も入穴はもつ也どん太郎　へびもいるあなはもつなりどんたろう　政3　八番日記　異『文政版』『嘉永版』中七「穴はもつぞよ」

見とゞけて鼠は出たり蛇の穴
みとどけてねずみはでたりへびのあな
政3　八番日記

悪蛇も無〔事〕に〔て〕穴に入にけり
あくへびもぶじにてあなにいりにけり
政4　八番日記　参『梅塵八番』中七「無事にて穴に」

穴撰みしていつまでか蛇の霜
あなえらみしていつまでかへびのしも
政4　梅塵八番

穴撰みしてやのろ〳〵野らの蛇
あなえらみしてやのろのろのらのへび
政4　八番日記　参『梅塵八番』中七「してやのら〳〵」

穴に入蛇も三人ぐらし哉
あなにいるへびもさんにんぐらしかな
政4　八番日記

穴に迄入てとらるゝ反鼻哉
あなにまでいりてとらるるまむしかな
政4　八番日記

入たよな尻も結ばで蛇の穴
いれたよなしりもむすばでへびのあな
政4　八番日記　参『梅塵八番』中七「尻も結ばず」

親蛇か穴から穴へ這入のは
おやへびかあなからあなへはいるのは
政4　八番日記　参『梅塵八番』上五「親蛇の」

親蛇や穴にも入らで何くぜく
おやへびやあなにもいらでなにくぜく
政4　八番日記　参『梅塵八番』下五「何かせぐ」

親蛇や烏さらばと穴に入
おやへびやからすさらばとあなにいる
政4　八番日記

御蛇や穴のはたい（へ）も綿初穂
おんへびやあなのはたへもわたはつほ
政4　八番日記　参『梅塵八番』中七「穴の端へも」

嫌れし蛇やついには穴に入
きらわれしへびやついにはあなにいる
政4　八番日記

此世こそ蛇なれ西の穴に入
このよこそへびなれにしのあなにいる
政4　八番日記

白蛇の穴入おがむ祭り哉
しろへびのあないりおがむまつりかな
政4　八番日記

それ也になる（成）仏いたせ穴の蛇
それなりにじょうぶついたせあなのへび
政4　八番日記

徳本の御杖の穴や蛇も入
とくほんのおつえのあなやへびもいる
政4　八番日記

動物

野らの蛇何用有て入《（穴）》にいらぬ
のらのへびなにようあってあなにいらぬ
政4　八番日記　参『梅塵八番』下五「穴に入らぬ」

のら蛇の入るや鼠の明穴へ
のらへびのいるやねずみのあきあなへ
政4　八番日記　参『梅塵八番』上五「のらの蛇」

人除の守りも所持か穴の蛇
ひとよけのまもりもしょじかあなのへび
政4　八番日記

那知《（智）》山
ふだ〔ら〕くや蛇も御法の穴に入
ふだらくやへびもみのりのあなにいる
政4　一茶園月並裏書　同『八番日記』『文政版』『嘉永版』

古蛇やはや西方の穴に入
ふるへびやはやさいほうのあなにいる
政4　八番日記

蛇入なそこは邪見の人の穴
へびいるなそこはじゃけんのひとのあな
政4　八番日記

蛇寝たか塞いでやるぞ穴の口
へびねたかふさいでやるぞあなのくち
政4　八番日記

蛇はゝや穴々《（から）》見るや欲の娑婆
へびははやあなからみるやよくのしゃば
政4　八番日記　参『梅塵八番』中七「穴から見るや」

蛇は又人嫌ふてや穴に入
へびはまたひときろうてやあなにいる
政4　八番日記

蛇も入るや上人様の杖の穴
へびもいるやしょうにんさまのつえのあな
政4　八番日記

又の世は蛇になるなと法《り》の山
またのよはへびになるなとのりのやま
政4　八番日記　参『梅塵八番』中七「蛇になるなよ」

反鼻など堀《（ママ）》折角穴に入
まむしなどほってせっかくあなにいる
政4　八番日記

みだ頼め蛇もそろ〳〵穴に入
みだたのめへびもそろそろあなにいる
政4　八番日記　参『梅塵八番』中七「蛇もそれ〴〵」

ゆくり寝よ塞いでやるぞ蛇の穴
ゆくりねよふさいでやるぞへびのあな
政4　八番日記

来年は蝶にでもなれ穴の蛇　らいねんはちょうにでもなれあなのへび　政4　八番日記

穴にこそ入らぬ我らも蛇つかひ　あなにこそいらぬわれらもへびつかい　政5　文政句帖

今迄に穴にも入らで流れ蛇　いままでにあなにもいらでながれへび　政5　文政句帖

どの穴を気〔に〕喰かようかれ蛇　どのあなをきにくうかようかれへび　政5　文政句帖

流れ蛇あはれいづくの穴に入　ながれへびあわれいづくのあなにいる　政5　文政句帖

流れ蛇折角穴に入たゞろ　ながれへびせっかくあなにいっただろ　政5　文政句帖

老

杖の穴蛇もきらふかいらぬ也　つえのあなへびもきらうかいらぬなり　政7　文政句帖

蛇どもや生れ故郷の穴に入　へびどもやうまれこきょうのあなにいる　政7　文政句帖

蛙穴に入る

蛙穴に入て弥勒の御代を頼む哉　かわずあなにいりてみろくのみよをたのむかな　化10　七番日記

虫（虫籠　虫聞）

きさかたや浪の上ゆく虫の声　きさかたやなみのうえゆくむしのこえ　寛4　寛政句帖

吹降や家陰たよりて虫の声　ふきぶりややかげたよりてむしのこえ　寛4　寛政句帖

岩間やあらしの下の虫の声　いわあいやあらしのしたのむしのこえ　寛5　寛政句帖

市中閑居

虫鳴くや表町は夜も人通り　むしなくやおもてまちはよもひとどおり　寛5　寛政句帖

おくてはと立て笑へり虫選び　おくてはとたちてわらえりむしえらび　寛6　しら露

満汐や月頭には虫の声　みちしおやつきがしらにはむしのこえ　寛中　西紀書込

虫の声しばし障子を離れざる　むしのこえしばししょうじをはなれざる　寛中　西紀書込
我窓や虫もろくなはおらぬ也　わがまどやむしもろくなはおらぬなり　享2　享和二句記
我窓や虫もろくなはなかぬ也　わがまどやむしもろくなはなかぬなり　享2　享和二句記
虫なくやきのふは見へぬ壁の穴　むしなくやきのうはみえぬかべのあな　化2　文化句帖
夕暮や箒木投ても虫の鳴　ゆうぐれやははきなげてもむしのなく　化2　文化句帖
行灯に来馴し虫の鳴にけり　あんどんにきなれしむしのなきにけり　化5　化五句記
籠の虫けぶり〳〵に鳴馴るゝ　かごのむしけぶりけぶりになきなるる　化5　化五六句記
かわらべや釣捨られし虫の鳴　かわらべやつりすてられしむしのなく　化5　化五六句記
五六本稲もそよぎて虫の籠　ごろっぽんいねもそよぎてむしのかご　化5　化五六句記
なく虫に茶簣(筅)忘し草葉哉　なくむしにちゃせんわすれしくさばかな　化5　化五句記
鳴虫の小さくしたる社哉　なくむしのちいさくしたるやしろかな　化5　化五句記
ふら〳〵と盆も過行虫籠哉　ふらふらとぼんもすぎゆくむしごかな　化5　化五六句記
御仏も杓子も虫に鳴かれけり　みほとけもしゃくしもむしになかれけり　化5　化五六句記
むさしのゝ野中の宿の虫籠哉　むさしののなかのやどのむしごかな　化5　化五句記
虫籠の何をかね(濁ママ)ぶる野べの蝶　むしかごのなにをかねぶるのべのちょう　化5　化五六句記
虫聞の御顔の色も夕哉　むしききのおかおのいろもゆうべかな　化5　化五句記
虫どもの小意地張たる夜さり哉　むしどものこいじはったるよさりかな　化5　化五句記
虫の声翌なき垣とよめりけり　むしのこえあすなきかきとよめりけり　化5　化五六句記
夜涼みのかぎりを鳴やかごの虫　よすずみのかぎりをなくやかごのむし　化5　化五六句記
篭の虫人のなしたる露ぞとも　かごのむしひとのなしたるつゆぞとも　化10　七番日記

小莚や青菜のやうな虫が鳴　さむしろやあおなのようなむしがなく　化10　七番日記

又泊(止)れ行灯にとまれ青い虫　またとまれあんどにとまれあおいむし　化10　七番日記　同『志多良』『句稿消息』

青い虫茶色な虫の鳴にけり　あおいむしちゃいろなむしのなきにけり　化11　七番日記

青虫よ黒よどつちが鳴まける　あおむしよくろよどっちがなきまける　化11　七番日記

鳴よ虫腹の足しにもなるならば　なけよむしはらのたしにもなるならば　化11　七番日記

黒組よ青よ茶色よ虫の鳴　くろぐみよあおよちゃいろよむしのなく　化12　七番日記

虫鳴くやとぶやてん〳〵我〳〵に　むしなくやとぶやてんでんわれわれに　化12　七番日記　同『同日記』に重出

其くせにとぶも下手也鳴ぬ虫　そのくせにとぶもへたなりなかぬむし　化13　七番日記

手枕や虫も夜なべを鳴中に　てまくらやむしもよなべをなくなかに　化13　七番日記

青い虫茶色な虫よ庵の夜は　あおいむしちゃいろなむしよいおのよは　化14　七番日記

行灯にちよつと鳴けり青い虫　あんどんにちょっとなきけりあおいむし　化14　七番日記

虫どもにとしより声はなかりけり　むしどもにとしよりごえはなかりけり　化14　七番日記

虫なくなそこは諸人の這入口　むしなくなそこはしょにんのはいりぐち　化14　七番日記

虫鳴や道陸神のおつむりに　むしなくやどうろくじんのおつむりに　化14　七番日記

篭の虫妻恋しとも鳴ならん　かごのむしつまこいしともなくならん　政1　七番日記

一しめりざつくり浴し虫の声　ひとしめりざっくりあびしむしのこえ　政1　七番日記

虫どもは身をしる雨としらざるや　むしどもはみをしるあめとしらざるや　政1　七番日記

虫鳴や蟻はだ(干)まつて尻べたへ　むしなくやありはだまってしりべたへ　政1　七番日記

虫鳴や庭の日破の埋る程　むしなくやにわのひわれのうまるほど　政1　七番日記

鳴虫や五分の魂ほしいとて　なくむしやごぶのたましいほしいとて　政2　八番日記　参『梅塵八番』上五「虫鳴や」

動物

虫ども丶豆ではねるかもどつたぞ
むしどももまめではねるかもどったぞ
政2　八番日記

鳴虫も節を付たり世の中は
なくむしもふしをつけたりよのなかは
政3　八番日記　異「書簡」中七「節を付けり」

世の中や鳴虫にさい《へ》上ヅ下手
よのなかやなくむしにさえじょうずへた
政3　八番日記　同『発句鈔追加』

虫どもが泣事《言》云ぞともすれば
むしどもがなきごというぞともすれば
政3　八番日記

二百十日

虫ども丶泣事《言》いふなこんな秋
むしどももなきごというなこんなあき
政3　八番日記

虫どもが《は》泣事《言》いふが手がら哉
むしどもはなきごというがてがらかな
政3　八番日記

虫鳴やわしらも口を持たとて
むしなくやわしらもくちをもったとて
政3　八番日記　参『梅塵八番』中七「草鞋も口を」

ワヤ〳〵《ヤ》と虫の上にも夜なべ哉
わやわやとむしのうえにもよなべかな
政3　八番日記

あの虫や猫にねらはれながら鳴
あのむしやねこにねらわれながらなく
政4　八番日記

有たけの声して気張る小虫かな
ありたけのこえしてきばるこむしかな
政4　真蹟

一方は猫の喧嘩やむしの声
いっぽうはねこのけんかやむしのこえ
政4　八番日記

声もたの《ぬ》とてしも虫の仲間哉
こえもたぬとてしもむしのなかまかな
政4　八番日記

寒い《虫》とて虫が鳴事《泣言》始るぞ
さむいとてむしがなきごとはじまるぞ
政4　八番日記

じれ虫が身をよ《ゆ》すぶつて鳴にけり
じれむしがみをゆすぶってなきにけり
政4　八番日記　参『梅塵八番』上五「じれ虫の」
中七「身をゆすぶつて」

じれ虫や身をよ《ゆ》すぶつてひたと鳴
じれむしやみをゆすぶってひたとなく
政4　八番日記

鳴けよ虫秋が鳴ずに居らりふ《れう》か
なけよむしあきがなかずにおらりょうか
政4　八番日記

形り〔に〕似〔た〕意地張虫やあの声〔が〕
なりににたいじはりむしやあのこえが
政4　八番日記　参『梅塵八番』上五「形に似た」下五「あの声が」

虫聞や二番小便から直に
むしきくやにばんしょうべんからすぐに
政4　八番日記

虫どもや見やり聞とり声上る
むしどもやみやりききとりこえあげる
政4　八番日記　参『梅塵八番』中七「見とり聞とり」

世〔が〕なをる〳〵〔と〕虫〔も〕おどり哉
よがなおるなおるとむしもおどりかな
政4　八番日記

夜鳴虫汝母あり父ありや
よなきむしなんじははありちちありや
政4　八番日記

声〴〵に虫も夜なべのさはぎ哉
こえごえにむしもよなべのさわぎかな
政5　文政句帖

泰平の世にそばへてや虫の鳴く
たいへいのよにそばえてやむしのなく
政5　文政句帖

洪水
鳴ながら虫の乗行浮木かな
なきながらむしののりゆくうききかな
政5　文政句帖　異『発句鈔追加』「書簡」中七「虫の流るゝ」

鳴な虫だまつて居ても一期也
なくなむしだまっていてもいちごなり
政5　文政句帖　同『だん袋』『発句鈔追加』「遺稿」

鳴虫は何くらからぬくらし哉
なくむしはなにくらからぬくらしかな
政5　文政句帖

鳴よ虫鳴ても腹が居るならば
なけよむしないてもはらがいるならば
政5　文政句帖

虫吸や虫同前の草の庵
むしすうやむしどうぜんのくさのいお
政5　文政句帖

虫鳴や片足半のわら草履
むしなくやかたあしはんのわらぞうり
政5　文政句帖　異「真蹟」前書「草庵」

虫の外にも泣事（言）や藪の家
むしのほかにもなきごとややぶのいえ
政5　文政句帖　同『だん袋』　異『発句鈔追加』中七「にもなくことや」

行灯に鳴くつもりかよ青い虫
あんどんになくつもりかよあおいむし
政6　文政句帖

しやべるぞよ野づらの虫に至る迄
しゃべるぞよのづらのむしにいたるまで
政7　文政句帖

行灯に鳴気で来たか青い虫
あんどんになくきできたかあおいむし
政8　文政句帖

鬼虫も妻を乞ふやら夜の声
おにむしもつまをこうやらよるのこえ
政8　文政句帖

草原や提灯行に虫すだく
くさはらやちょうちんゆくにむしすだく
政8　文政句帖

なか／＼に捨られにけりだまり虫
なかなかにすてられにけりだまりむし
政8　文政句帖

泣事（言）や虫の外には藪の家
なきごとやむしのほかにはやぶのいえ
政8　文政句帖

鳴な虫直る時には世が直る
なくなむしなおるときにはよがなおる
政8　文政句帖

寝た人をさゝぬふ〔り〕して虫の鳴
ねたひとをささぬふりしてむしのなく
政8　文政句帖

よは虫もばかにはならずあんな声
よわむしもばかにはならずあんなこえ
政8　文政句帖

幸いに捨られにけりだまり虫
さいわいにすてられにけりだまりむし
政8・9　雲里句控

鳴虫の千曲の夜水かぶりけり
なくむしのちくまのよみずかぶりけり
不詳　発句鈔追加

放屁虫

屁ひり虫爺がかきねとしられけり
へひりむしじじがかきねとしられけり
化11　七番日記　同『発句題叢』『嘉永版』『希杖本』　異『版本題叢』上五「屁へり虫」下五「しられける」

屁ヒリ虫人になすつた面つきぞ
へひりむしひとになすったつらつきぞ
化12　七番日記

夕されば鳴かはりかよ屁ヒリ虫
ゆうさればなくかわりかよへひりむし
化12　七番日記

十二ケ瀬

逃尻や甲州方の屁ひり虫
にげじりやこうしゅうがたのへひりむし
政1 七番日記

だんごめせ虫も屁をこく爺が哉（家）
だんごめせむしもへをこくじじがいえ
政2 八番日記

経堂

虫の屁を指して笑ひ仏哉
むしのへをゆびさしてわらいぼとけかな
政2 おらが春 同『文政版』『嘉永版』『八番日記』

おれよりははるか上手ぞ屁ひり虫
おれよりははるかじょうずぞへひりむし
政3 八番日記 同『発句鈔追加』下五「放屁虫」

枯た木に花を咲せよ屁ひり虫
かれたきにはなをさかせよへひりむし
政3 八番日記

ぶん〳〵と虫も屁をひる山家哉
ぶんぶんとむしもへをひるやまがかな
政3 八番日記

屁をひつてしやア〳〵として草の虫
へをひってしゃあしゃあとしてくさのむし
政3 八番日記

窓に来て鳴かはりかや屁ひり虫
まどにきてなくかわりかやへひりむし
政3 八番日記 参『梅塵八番』中七「鳴かはりかよ」

御仏の鼻の先にて屁ひり虫
みほとけのはなのさきにてへひりむし
政3 八番日記

蝶とんぼ吹とばされつ屁へ（ひ）り虫
ちょうとんぼふきとばされつへひりむし
政4 八番日記 参『梅塵八番』中七「吹飛さるゝ」下五「屁ひり虫」

秋の蝶

あのやうに我〔も〕老しか秋のてふ
あのようにわれもおいしかあきのちょう
化1 文化句帖

ほうろく《日》の音にもまるや秋のてふ　ほうろくのおとにもまるやあきのちょう　化2　文化句帖
まふ蝶の其身の秋は見えぬ哉　まうちょうのそのみのあきはみえぬかな　化5　化五六句記
秋のてふかゞしの袖にすがりけり　あきのちょうかがしのそでにすがりけり　化10　七番日記　同『発句鈔追加』
かい曲人にたよるや秋の蝶　かいまがりひとにたよるやあきのちょう　化14　七番日記
辻風やぼた餅程な秋の蝶　つじかぜやぼたもちほどなあきのちょう　化14　七番日記
野ゝ花もほしべり立て秋の蝶　ののはなもほしべりたってあきのちょう　化14　七番日記
のらくらもよい程にせよ秋の蝶　のらくらもよいほどにせよあきのちょう　化14　七番日記
秋の蝶放《(離)》れ〳〵のかせぎ哉　あきのちょうはなればなれのかせぎかな　化中　書簡

蓑虫

みの虫や鳴ながら朶にぶら下る　みのむしやなきながらえだにぶらさがる　寛中　西紀書込
ちゝ〳〵と鬼子もなく雨夜哉　ちちちちとおにのこもなくあまよかな　寛中　西紀書込
蓑虫は蝶にもならぬ覚《(悟)》期哉　みのむしはちょうにもならぬかくごかな　化6　化三―八写
蓑虫や梅に下るはかれが役　みのむしやうめにさがるはかれがやく　化6　化三―八写
蓑虫や花に下るは己が役　みのむしやはなにさがるはおのがやく　化6　化六句記
父恋しとてや蓑きて虫かせぐ　ちちこいしとてやみのきてむしかせぐ　政4　八番日記
寝ぐらしや虫も蓑着かせぐ世に　ねぐらしやむしもみのきてかせぐよに　政4　八番日記
もたいなや虫も蓑きてかせぐ世に　もたいなやむしもみのきてかせぐよに　政4　八番日記
蓑虫が餅恋しいと鳴にけり　みのむしがもちこいしいとなきにけり　不詳　発句鈔追加

秋の蚊（残る蚊）

秋の蚊の壁に抱付不便さよ　あきのかのかべにだきつくふびんさよ　政4　八番日記　参『梅塵八番』中七「壁にだまつて」

物を書く手の邪魔したる〔秋〕蚊哉　ものをかくてのじゃましたるあきかかな　政4　八番日記

よはる蚊や夜は来れども昼見へず　よわるかやよはきたれどもひるみえず　政4　八番日記

閨の蚊の残り〳〵て焼れけり　ねやのかののこりのこりてやかれけり　政5　文政句帖

蚤も蚊〔も〕まだ気強いぞばゝが庵　のみもかもまだきづよいぞばばがいお　政5　文政句帖

秋の蟬

秋の蟬しはがれ色（声）はなかりけり　あきのせみしわがれごえはなかりけり　化10　七番日記

秋の蟬ころびおちては又鳴ぬ　あきのせみころびおちてはまたなきぬ　化11　七番日記　同『発句鈔追加』

仰のけに寝て鳴にけり秋の蟬　あおのけにねてなきにけりあきのせみ　化13　七番日記　同『同日記』に重出

有たけの力出してや秋の蟬　ありたけのちからだしてやあきのせみ　化11　七番日記

鳴蟬の三ツ四ツそれも露時雨　なくせみのみつよつそれもつゆしぐれ　化中　書簡

仰のけに落て鳴けり秋のセミ　あおのけにおちてなきけりあきのせみ　政3　八番日記

日ぐらし

日ぐらしや我影法師のあみだ笠　ひぐらしやわがかげぼしのあみだがさ　寛中　西紀書込

日ぐらしの爰〔を〕瀬にせん一ツ島　ひぐらしのここをせにせんひとつしま　化6　化五六句記

日ぐらしや急に明き湖の方　ひぐらしやきゅうにあかるきうみのかた　化6　化五六句記

ひぐらしや露鳴へらし〳〵　ひぐらしやつゆなきへらしなきへらし　化6　化五六句記

蜩やつい〳〵星の出やうに　ひぐらしやついついほしのでるように　化12　七番日記

日ぐらしのけん〳〵時や法花（華）村　ひぐらしのけんけんどきやほっけむら　化14　七番日記
日ぐらしに小藪一ツの分限哉　ひぐらしにこやぶひとつのぶげんかな　化中　真蹟
日ぐらしに三ツ四ツ二ツけぶり哉　ひぐらしにみつよつふたつけぶりかな　化中　真蹟
日ぐらしやおまんが布の二三反　ひぐらしやおまんがぬののにさんたん　化中　真蹟
日ぐらしの朝からさはぐ山家哉　ひぐらしのあさからさわぐやまがかな　政1　七番日記
日ぐらしのけん〳〵鳴〔て〕やけ木哉　ひぐらしのけんけんないてやけぎかな　政3　八番日記
けふも〳〵あゝ蜩に鳴れけり　きょうもきょうもああひぐらしになかれけり　政4　八番日記　同「真蹟」
日ぐらしの涼しくしたる家陰哉　ひぐらしのすずしくしたるやかげかな　政5　文政句帖

つくづくほうし

今尽る秋をつく〴〵ほうし哉　いまつきるあきをつくづくほうしかな　化3　文化句帖
苦のサバをつく〴〵法師〳〵哉　くのしゃばをつくづくほうしほうしかな　化5　七番日記
ぼた餅を蝉もつく〔〴〵〕ほしき哉　ぼたもちをせみもつくづくほしきかな　化7　化五六句記
秋蝉つく〴〵寒し〳〵とな　あきのせみつくづくさむしさむしとな　化10　七番日記
夕立のつく〴〵ほしと蝉のなく哉　ゆうだちのつくづくほしとせみのなくかな　政1　七番日記

とんぼ（赤とんぼ）

夕日影町一ぱいのとんぼ哉　ゆうひかげまちいっぱいのとんぼかな　寛中　西紀書込
うろたへな寒くなるとて赤蜻蛉　うろたえなさむくなるとてあかとんぼ　化1　文化句帖
蜻蛉や二尺飛では又二尺　とんぼうやにしゃくとんではまたにしゃく　化1　文化句帖
日短かは蜻蛉の身にも有にけり　ひみじかはとんぼのみにもありにけり　化3　化三―八写

草原のその長き赤（ママ）とんぼ　くさはらのそのながきあかとんぼ　化4　連句稿裏書
暮いそげ〳〵とや赤蜻蛉　くれいそげくれいそげとやあかとんぼ　化4　連句稿裏書
そば所と人はいふ也赤蜻蛉　そばどことひとはいうなりあかとんぼ　化4　連句稿裏書
とんぼうの赤きは人に追れけり　とんぼうのあかきはひとにおわれけり　化4　連句稿裏書
〔とんばう〕の糸も日〳〵古びけり　とんぼうのいともひにひにふるびけり　化4　連句稿裏書
朝寒もはや合点のとんぼ哉　あささむもはやがってんのとんぼかな　化5　化五句記
赤蜻蛉かれも夕が好じややら　あかとんぼかれもゆうべがすきじゃやら　化7　七番日記
トンボウが焼ど（濁ママ）の薬ほしげ也　とんぼうがやけどのくすりほしげなり　化7　七番日記
夕汐や草葉の末の赤蜻蛉　ゆうしおやくさばのすえのあかとんぼ　化7　七番日記
蜻蛉ににらまれ給ふ仏かな　とんぼうににらまれたもうほとけかな　化10　七番日記
蜻蛉の尻でなぶるや角田川　とんぼうのしりでなぶるやすみだがわ　化10　七番日記
蜻蛉の尻でなぶるや秋の草　とんぼうのしりでなぶるやあきのくさ　化10　七番日記
なまけるな蜻蛉赤く成る程に　なまけるなとんぼうあかくなるほどに　化10　七番日記
ぞろ（濁ママ）〳〵と寒さまけせぬ蜻蛉哉　ぞろぞろとさむさまけせぬとんぼかな　化11　七番日記
どう欲に露がおくぞよ飛蜻蛉　どうよくにつゆがおくぞよとぶとんぼ　化11　七番日記
町形に櫛の歯を引蜻蛉哉　まちなりにくしのはをひくとんぼかな　化11　七番日記
大犬の天窓張たる蜻令（蛉）哉　おおいぬのあたまはりたるとんぼかな　化12　七番日記
赤いのは乙が蜻蛉ぞいざだまれ　あかいのはおとがとんぼぞいざだまれ　化13　七番日記
つい〳〵とから身でさはぐ蜻蛉哉　ついついとからみでさわぐとんぼかな　化13　七番日記
蜻蛉の夜かせぎしたり門の月　とんぼうのよかせぎしたりかどのつき　化13　七番日記

なまけるな蜻蛉も赤く成程に　なまけるなとんぼもあかくなるほどに　化13　七番日記

ばん石にかぢり付たるとんぼ哉　ばんじゃくにかじりつきたるとんぼかな　化13　七番日記

我門〔に〕煤びた色のとんぼ哉　わがかどにすすびたいろのとんぼかな　化13　七番日記

御祭の赤い出立の蜻蛉哉　おまつりのあかいでたちのとんぼかな　化14　七番日記　異『文政版』『嘉永版』上五「御祭りに」

おれがやうに赤いべゝきた蜻蛉哉　おれがようにあかいべべきたとんぼかな　化14　七番日記

づぶ濡にぬれてまじ〳〵蜻蛉哉　ずぶぬれにぬれてまじまじとんぼかな　化14　七番日記

葛西風俗
蜻令（蛉）の赤いべゝきたあれ見さい　とんぼうのあかいべべきたあれみさい　化14　七番日記

本田善光
御仏の代におぶさる蜻蛉哉　みほとけのかわりにおぶさるとんぼかな　政1　七番日記　同『同日記』に重出

朝露に食傷したる蜻蛉哉　あさつゆにしょくしょうしたるとんぼかな　政3　八番日記

うそ寒をはや合点のとんぼ哉　うそさむをはやがってんのとんぼかな　政3　発句題叢　同『希杖本』『嘉永版』『発句鈔追加』『近世発句類題集』

大組の赤蜻蛉や神ぢ山　おおぐみのあかとんぼうやかみじやま　政3　八番日記

けふも〳〵糸引ずつてとんぼ哉　きょうもきょうもいとひきずってとんぼかな　政3　八番日記　異『同日記』中七「糸を引ずる」

遠山が目玉にうつるとんぼ哉　とおやまがめだまにうつるとんぼかな　政3　八番日記

とんばふの上よりお（出）たる天窓哉　とんぼうのうえよりでたるあたまかな　政3　八番日記　参『梅塵八番』中七「辷り落たる」

蜻蛉も行列したり地走（馳）垣　とんぼうもぎょうれつしたりちそうがき　政3　八番日記　参『梅塵八番』中七「行なれし」

たり」下五「馳走垣」

蜻蛉も人もきよろ〳〵〳〵目哉
とんぼうもひともきょろきょろきょろきょろめかな
政3　八番日記　参『梅塵八番』下五「目つき哉」

蜻蛉も紅葉の真ねや立田川
とんぼうももみじのまねやたつたがわ
政3　八番日記

はたをへる箸と同じく蜻蛉哉
はたをへるはしとおなじくとんぼかな
政3　八番日記

百尺の竿の頭にとんぼ哉
ひゃくしゃくのさおのあたまにとんぼかな
政3　八番日記

三ケ月をにらみつめたるとんぼ哉
みかづきをにらみつめたるとんぼかな
政3　八番日記

痩足やためつすがめつ見る蜻蛉
やせあしやためつすがめつみるとんぼ
政3　八番日記　参『梅塵八番』上五「痩足を」下五「蜻蛉哉」

大蜻蛉魚にとられんとしたりけり
おおとんぼうおにとられんとしたりけり
政4　八番日記

御祭りに蜻蛉も赤い出立かな
おまつりにとんぼもあかいでたちかな
政4　八番日記

連達（立）て御盆〳〵や赤とんぼ
つれだっておぼんおぼんやあかとんぼ
政4　八番日記　同『発句鈔追加』前書「江戸風俗」異『だん袋』前書「江戸風俗」中七「をん盆〳〵や」

蜻蛉が鹿のあたまに昼寝哉
とんぼうがしかのあたまにひるねかな
政4　八番日記

蜻蛉の尻でなぶる〔や〕大井川
とんぼうのしりでなぶるやおおいがわ
政4　八番日記　同『同日記』に重出、『文政句帖』『句稿消息』『随斎筆紀』参『梅塵八番』中七「尻でなぶるや」下五「天の川」

蜻蛉や犬の天窓を打てとぶ
とんぼうやいぬのあたまをうってとぶ
政4　八番日記　同『だん袋』『発句鈔追加』

蜻蛉や犬をてん〳〵打て飛ぶ
とんぼうやいぬをてんてんうってとぶ
政4　梅塵八番

軒下〔に〕蜻蛉とるやひとり宿
のきしたにとんぼうとるやひとりやど
政4　八番日記

一人り宿こばやくとりしとんぼ哉　ひとりやどこばやくとりしとんぼかな　政4　八番日記

虫の屁に吹飛さるゝとんぼ哉　むしのへにふきとばさるるとんぼかな　政4　八番日記

馬の耳ちよこ／＼なぶる蜻蛉哉　うまのみみちょこちょこなぶるとんぼかな　政5　文政句帖　同『同句帖』に重出

立馬の鼻であしろふとんぼかな　たちうまのはなであしろうとんぼかな　政5　文政句帖

とん法（蛉）や人と同じくはたをへる　とんぼうやひととおなじくはたをへる　政5　文政句帖

町中や列を正して赤蜻蛉　まちなかやれつをただしてあかとんぼ　政5　文政句帖　同『同句帖』に重出

罪人を済度に入るか赤とんぼ　つみびとをさいどにいれるかあかとんぼ　政6　文政句帖

目のさやをずつとはづして蜻蛉哉　めのさやをずっとはずしてとんぼかな　政7　文政句帖

目のさやをはづしてさはぐとんぼ哉　めのさやをはずしてさわぐとんぼかな　政7　文政句帖

黒塀にかくれた気かよ黒蜻蛉　くろべいにかくれたきかよくろとんぼ　政8　政八句帖草

黒塀にかくれ〔た〕ふりの蜻蛉哉　くろべいにかくれたふりのとんぼかな　政8　文政句帖

蜻蛉の目もつかぬ也枳こく垣　とんぼうのめもつかぬなりきこくがき　政8　文政句帖　同『政八句帖草』　異『政八句帖草』上五「〔蜻蛉の〕」中七「〔目つかぬ〕トコ也」

蜻蛉やはつたとにらむふじの山　とんぼうやはったとにらむふじのやま　政8　文政句帖　異『政八句帖草』上五「〔蜻蛉〕が」中七「きっとにらむ」下五「不士のねに」

蜻蛉の百度参やあたご山　とんぼうのひゃくどまいりやあたごやま　不詳　遺稿

蜻蛉の社壇かりきる小春哉　とんぼうのしゃだんかりきるこはるかな　不詳　稲長句帖

茶立虫

有明や虫も寝あきて茶を立る　ありあけやむしもねあきてちゃをたてる　政3　八番日記　同『同日記』に重出、『発句鈔追加』

蟀（つづれさせ）

蟀や江戸の人にも住馴る丶　こおろぎやえどのひとにもすみなるる　化2　文化句帖

かふろぎに燃（ママ）か丶る夕哉　こおろぎにもえかかるゆうべかな　化5　化五句記

蟀のうち懐になく夜哉　こおろぎのうちふところになくよかな　化5　化五句記

蟀の巣〔に〕はいつなる我白髪　こおろぎのすにはいつなるわがしらが　化5　化五句記

蟀のなくやころ〳〵若い同士　こおろぎのなくやころころわかいどし　化7　七番日記　異『化三―八写』中七「ころ〳〵鳴や」

蟀がうごかして行柱哉　こおろぎがうごかしてゆくはしらかな　化8　七番日記

蟀が顔こそぐつて通りけり　こおろぎがかおこそぐってとおりけり　化8　七番日記　同『我春集』

蟀にふみつぶされし庇哉　こおろぎにふみつぶされしひさしかな　化8　我春集

蟀が髭をかつぎて鳴にけり　こおろぎがひげをかつぎてなきにけり　化9　七番日記

蟀の炉（廬）山《の》にまさる雨夜哉　こおろぎのろざんにまさるあまよかな　化9　句稿消息

蟀や小鹿の角のてんぺんに　こおろぎやこじかのつののてんぺんに　化9　七番日記

蟀を叱て寝たる草家哉　こおろぎをしかってねたるくさやかな　化10　七番日記

蟀の大声上る卅日哉　こおろぎのおおごえあげるみそかかな　化10　七番日記　同『志多良』『句稿消息』

灯のかげや虫もはたおるつゞれさす　ひのかげやむしもはたおるつづれさす　化10　七番日記

宵寝すな虫もはたをりつゞれさす　よいねすなむしもはたおりつづれさす　化10　志多良

蟀のころ〳〵髭を自慢哉　こおろぎのころころひげをじまんかな　化11　七番日記

蛼の寝所〔に〕したる馬ふん哉　こおろぎのねどこにしたるばふんかな　化12　七番日記

あれ見よや虫が鈴ふりつゞれさす　あれみよやむしがすずふりつづれさす　政1　七番日記

蛼のとぶや唐箕のほこり先　こおろぎのとぶやとうみのほこりさき　政2　おらが春　同『八番日記』

蛼のうけ泊（止）て鳴竈かな　こおろぎのうけとめてなくかまどかな　政3　八番日記　参『梅塵八番』中七「受取て啼」

蛼のころ〳〵一人り笑ひ哉　こおろぎのころころひとりわらいかな　政3　八番日記　同『発句鈔追加』

蛼の髪（髭）染ておる画の具哉　こおろぎのひげそめておるえのぐかな　政4　八番日記

蛼や牛ニモ馬にも踏れずに　こおろぎやうしにもうまにもふまれずに　政7　文政句帖

おてんばよ虫も〔よ〕なべにつゞれ〔さ〕す　おてんばよむしもよなべにつづれさす　政8　文政句帖

つゞれさせ入らざるせわをやくざ虫　つづれさせいらざるせわをやくざむし　政8　文政句帖

宵寝娘

つゞれさせさせとて虫が叱る也　つづれさせさせとてむしがしかるなり　政8　文政句帖

つゞれさせさせとて虫もかまけるよ　つづれさせさせとてむしもかまけるよ　政8　文政句帖

松虫

松虫や素湯もちん〳〵ちろりんと　まつむしやさゆもちんちんちろりんと　政8　文政句帖　異『同句帖』下五「ころりんと」

鈴虫

鈴から〳〵虫も願ひのあればこそ　すずからからむしもねがいのあればこそ　化9　七番日記

よい世とや虫が鈴ふり鳶がまふ　よいよとやむしがすずふりとびがまう　政1　七番日記

虫も鈴ふるや住吉大明神
むしもすずふるやすみよしだいみょうじん
政3　八番日記　同『だん袋』『発句鈔追加』

月さすや虫も鈴ふるいなり山
つきさすやむしもすずふるいなりやま
政6　文政句帖

虫も鈴ふる也家内安全と
むしもすずふるなりかないあんぜんと
政7　文政句帖

いとど

あや竹に鳴合せたるいとゞ哉
あやだけになきあわせたるいとどかな
化1　文化句帖

五六間押流されしいとゞ哉
ごろっけんおしながされしいとどかな
化2　文化句帖

蚊いぶしの中に鳴出すいとゞ哉
かいぶしのなかになきだすいとどかな
化10　七番日記

吹かけるたばこにこりるいとゞ哉
ふきかけるたばこにこりるいとどかな
政4　八番日記　参『梅塵八番』中七「煙草に散ぬ」

夜念仏の口まねをするいとゞ哉
よねぶつのくちまねをするいとどかな
政4　八番日記

いなご

苅かぶにならんで居たるいなご哉
かりかぶにならんでいたるいなごかな
享1　終焉日記

草やぶを我ものにしていなご哉
くさやぶをわがものにしていなごかな
享1　終焉日記

鞍壷に三ツ四〔ツ〕六ツいなご哉
くらつぼにみつよつむっついなごかな
寛5　寛政句帖

ぬぎ捨し笠に一ぱいいなご哉
ぬぎすてしかさにいっぱいいなごかな
寛中　西紀書込

ばら〳〵と臑に飛つく螽哉
ばらばらとすねにとびつくいなごかな
寛中　西紀書込

みに帯しあたり（ママ）のいなご哉
みにおびしあたりのいなごかな
寛中　西紀書込

冬（螽）斯
人の世も我もよし也とぶ螽
ひとのよもわれもよしなりとぶいなご
享3　享和句帖

世中のよし〳〵といふいなご哉
よのなかのよしよしといういなごかな
化5　化五句記

動物

代官の扇の上のいなご哉
だいかんのおおぎのうえのいなごかな
化6　化五六句記

とぶいなご柳もとしのよりにけり
とぶいなごやなぎもとしのよりにけり
化6　化五六句記

八朔の鱠に逢しいなご哉
はっさくのなますにあいしいなごかな
化6　化五六句記

鼻唄にどつといなごのきげん哉
はなうたにどっといなごのきげんかな
化6　化五六句記

一日づゝ螽が朝もなくなりぬ
ひとひずついなごがあさもなくなりぬ
化6　化五六句記　異『発句鈔追加』「遺稿」中七「螽の朝も」

枯〳〵の野辺に恋する螽哉
かれがれののべにこいするいなごかな
化7　七番日記　異『化三—八写』中七「中に恋する」

あれ程のいなごも一二つ哉
あれほどのいなごもひとつふたつかな
化14　七番日記　同『文政句帖』『政八句帖草』　前書「九月尽」

なぐさみに螽のおよぐ湖水哉
なぐさみにいなごのおよぐこすいかな
化14　七番日記　同『八番日記』

湖をちよつと游しいなご哉
みずうみをちょっとおよぎしいなごかな
化14　七番日記

みぞ川をおぶさつてとぶいなご哉
みぞがわをおぶさってとぶいなごかな
化14　七番日記　同『希杖本』

大沼やからり日破(干)てとぶ螽
おおぬまやからりひわれてとぶいなご
政1　七番日記

門畠や莚敷かせてとぶいなご
かどはたやむしろしかせてとぶいなご
政1　七番日記

鎌の刃をくゞり功者の螽哉
かまのはをくぐりこうしゃのいなごかな
政1　七番日記

螽々がとぶぞ世がよい〳〵と
いなごらがとぶぞよがよいよがよいと
政3　八番日記　参『梅塵八番』上五「螽等が」

御祝義(儀)に螽とぶ也地走(馳)砂
ごしゅうぎにいなごとぶなりちそうずな
政3　八番日記

したゝかに人をけりとぶ螽哉
したたかにひとをけりとぶいなごかな
政4　八番日記　異『文政句帖』中七「人をけてとぶ」　参『梅塵八番』中七「人を蹴てとぶ」

朝《(霜)》かれしいなごか秋も賑はしや　しもかれしいなごかあきもにぎわしや　政7　文政句帖

悪太郎が頭も裾〔も〕いなご哉　あくたろうがあたまもすそもいなごかな　政8　文政句帖　同『政八句帖草』上五「悪太郎」中七「頭も裾も」

石川をりつぱにおよぐいなご哉　いしかわをりっぱにおよぐいなごかな　政8　文政句帖

大ぜいがけがなく育ついなご哉　おおぜいがけがなくそだついなごかな　政8　文政句帖

大水に命冥加のいなご哉　おおみずにいのちみょうがのいなごかな　政8　文政句帖　異『政八句帖草』上五「洪水に」

洪水に運の強さよとぶいなご　こうずいにうんのつよさよとぶいなご　政8　文政句帖

洪水にのがれしいなご寒げ也　こうずいにのがれしいなごさむげなり　政8　文政句帖

草庵の家《(屋)》根の峰迄いなご哉　そうあんのやねのみねまでいなごかな　政8　文政句帖

猫のとり残しや人のくふ螽　ねこのとりのこしやひとのくういなご　政8　文政句帖

はゝ弓の袋の中をいな子哉　ははゆみのふくろのなかをいなごかな　政8　文政句帖

水鉢にちよつと遊《(泳)》ぎしいなごかな　みずばちにちょっとおよぎしいなごかな　不詳　希杖本

はたおり

今鳴かはたをり虫の影ぼふし　いまなくかはたおりむしのかげぼうし　化9　七番日記

親ありや子ありや虫もはたを《(お)》ゝる　おやありやこありやむしもはたをおる　化11　七番日記

おるはたの下手〔は〕虫にもありにけり　おるはたのへたはむしにもありにけり　化11　七番日記

苦の娑婆や虫〔も〕鈴ふるはたを《(お)》ゝる　くのしゃばやむしもすずふるはたをおる　化11　七番日記

下手虫〔の〕ちよん〳〵機をおりにけり
へたむしのちょんちょんはたをおりにけり　化11　七番日記

世がよしや虫も鈴ふりはたを〻《（お）》る
よがよしやむしもすずふりはたをおる　化11　七番日記

我門の下手はたおりよ虫に迄
わがかどのへたはたおりよむしにまで　化11　七番日記

喰役や虫もはたおるちよ〔ん〕〳〵と
くいやくやむしもはたおるちょんちょんと　化13　七番日記

妻におくれし太筇叟の聞こと見る事むづかしからんと

其窓にそれ〳〵虫もはたおるな
そのまどにそれそれむしもはたおるな　政1　七番日記

はたをるや此世は虫に至る迄
はたおるやこのよはむしにいたるまで　政3　八番日記

のらくら女に申送る

喰役に虫もはたおる世なりけり
くいやくにむしもはたおるよなりけり　不詳　希杖本

きりぎりす（ぎす）

閑居夜

きり〴〵すしばし蒲円《（団）》のうへに哉
きりぎりすしばしふとんのうえにかな　寛5　寛政句帖

きり〴〵す一ツの音は尿瓶哉
きりぎりすひとつのおとはしびんかな　寛6　遺稿

きり〴〵す翌はふさがん戸穴哉
きりぎりすあすはふさがんとあなかな　寛9　連句発句

きり〴〵すなくも一ツ聞もひとり哉
きりぎりすなくもひとつきくもひとりかな　寛中　西紀書込

きり〴〵す野〻《（の）》牛も聞風情哉
きりぎりすののうしもきくふぜいかな　寛中　西紀書込

きり〴〵〔す〕人したひよる火影哉
きりぎりすひとしたいよるほかげかな　寛中　西紀書込

小便の身ぶるひ笑へきり〴〵す
しょうべんのみぶるいわらえきりぎりす
寛中　西紀書込

我死なば墓守となれきり〴〵す
われしなばはかもりとなれきりぎりす
寛中　西紀書込

きり〴〵すおよぎつきけり介舟
きりぎりすおよぎつきけりたすけぶね
享2　享和二句記

捨られし夜より雨ふるきり〴〵す
すてられしよよりあめふるきりぎりす
享3　享和句帖

きり〴〵す隣に居ても聞へけり
きりぎりすとなりにいてもきこえけり
化1　文化句帖

その草はむしり残すぞ蛬
そのくさはむしりのこすぞきりぎりす
化1　文化句帖

祇兵のとなり屋敷に虫のおほく
焼原やはやくも鳴〔や〕きり〴〵す
やけはらやはやくもなくやきりぎりす
化1　文化句帖

夕月や流残りのきり〴〵す
ゆうづきやながれのこりのきりぎりす
化1　文化句帖

蛬きり〳〵死もせざりけり
きりぎりすきりきりしにもせざりけり
化2　文化句帖

蛬鳴する藪もなかりけり
きりぎりすなかするやぶもなかりけり
化2　文化句帖

蛬なけとてもやす芦火哉
きりぎりすなけとてもやすあしびかな
化2　文化句帖

蛬人より先へ這に入
きりぎりすひとよりさきへはいにいる
化2　文化句帖

蛬夜は武門と見へぬ也
きりぎりすよるはぶもんとみえぬなり
化2　文化句帖

すりこ木も秋は来にけり蛬
すりこぎもあきはきにけりきりぎりす
化2　文化句帖

私は住つかざるをきり〴〵す
わたくしはすみつかざるをきりぎりす
化2　文化句帖

蕣を鳴なくしたり蛬
あさがおをなきなくしたりきりぎりす
化3　文化句帖

蛬いづれの露に鳴終る
きりぎりすいずれのつゆになきおわる
化5　化五六句記

蛬犬もふまずに通りけり
きりぎりすいぬもふまずにとおりけり
化5　化五句記

吹風に何ぞ喰たかきり〴〵す
ふくかぜになんぞくうたかきりぎりす
化5　化五句記

蛬今引臼に鳴そむる　きりぎりすいまひくうすになきそむる　化6　化五六句記

庵の夜や棚捜しする蛬　いおのよやたなさがしするきりぎりす　化7　七番日記

蛬さがし歩くや庵の棚　きりぎりすさがしあるくやいおのたな　化7　七番日記　同『化三―八写』

蛬ひざの米つぶ《（濁ママ）》くらふ也　きりぎりすひざのこめつぶくらうなり　化7　七番日記

大切のぼたもちふむなきり〴〵す　たいせつのぼたもちふむなきりぎりす　化7　化三―八写

ぼた餅を踏へて鳴やきり〴〵す　ぼたもちをふまえてなくやきりぎりす　化7　七番日記　同『化三―八写』

夕汐や塵にすがりてきり〴〵す　ゆうしおやちりにすがりてきりぎりす　化7　七番日記

宵〳〵や只八文のきり〴〵す　よいよいやただはちもんのきりぎりす　化7　七番日記　同『化三―八写』

がり〳〵と竹かぢりけりきり〴〵す　がりがりとたけかじりけりきりぎりす　化8　七番日記　同『我春集』

象かたを鳴なくしけり蛬　きさかたをなきなくしけりきりぎりす　化8　七番日記

蛬けむたい顔はせざりけり　きりぎりすけむたいかおはせざりけり　化8　七番日記

きり〴〵すふと鳴出しぬ鹿の角　きりぎりすふとなきだしぬしかのつの　化8　我春集

出て行ぞ仲よく遊べきり〴〵す　でてゆくぞなかよくあそべきりぎりす　化8　七番日記

なつかしや籠カミ破るきり〴〵す　なつかしやかごかみやぶるきりぎりす　化8　七番日記

蛬帯〔の〕あたりに鳴出しぬ　きりぎりすおびのあたりになきだしぬ　化9　七番日記

蛬せんきの虫も鳴にけり　きりぎりすせんきのむしもなきにけり　化9　七番日記　同『八番日記』

きりぎりす月よ〳〵がいやじややら　きりぎりすつきよつきよがいやじゃやら　化9　七番日記

蛬汝も露の玉やうらむ　きりぎりすなんじもつゆのたまやうらむ　化9　七番日記

けふも〱鳴づれのないきり〲す
きょうもきょうもなきづれのないきりぎりす
化9　七番日記

鳴行くやちんば引〱きり〲す
なきゆくやちんばひきひききりぎりす
化9　七番日記

猫の飯打くらひけりきり〲す
ねこのめしうちくらいけりきりぎりす
化9　七番日記　同『文政句帖』

頬ぺたに飯粒つけて蛬
ほっぺたにめしつぶつけてきりぎりす
化9　七番日記

又も来よ膝をかさうぞきり〲す
またもこよひざをかそうぞきりぎりす
化9　七番日記

若為大水所漂称其名号即得浅所
芦原や泥おし分てきり〲す
あしはらやどろおしわけてきりぎりす
化10　句稿消息

今掃し箒の中のきり〲す
いまはきしほうきのなかのきりぎりす
化10　七番日記

おとなしく留主をしていろ蛬
おとなしくるすをしていろきりぎりす
化10　七番日記　同『句稿消息』前書「旅立」、『志多良』前書「柏原の草庵の荒なんことを思やりて」　異『発句鈔追加』中七「留守をして居よ」

蛬叱た裾に鳴にけり
きりぎりすしかったすそになきにけり
化10　七番日記

けふ迄はまめで鳴たよきり〲す
きょうまではまめでないたよきりぎりす
化10　七番日記　同『句稿消息』『志多良』『文政版』『嘉永版』「遺稿」前書「九月尽」　異『一茶点帖奥書』前書「九月尽」中七「まめで鳴たぞ」

けむからんそこのけ〱きり〲す
けむからんそこのけそこのけきりぎりす
化10　七番日記

粉引(挽)〔に〕叱られてなくきり〲す
こなひきにしかられてなくきりぎりす
化10　七番日記

妻やなきしはがれ声のきり〲す
つまやなきしわがれごえのきりぎりす
化10　七番日記

逃しな〔に〕足ばし折なきり〲す　にげしなにあしばしおるなきりぎりす　化10　七番日記

若為大水所漂称其名号即得浅処
橋杭や泥にまぶれしきり〲す　はしぐいやどろにまぶれしきりぎりす　化10　志多良　同『七番日記』

も一ツの連はどうしたきり〲す　もひとつのつれはどうしたきりぎりす　化10　七番日記

よい声の連はどうしたきり〲す　よいこえのつれはどうしたきりぎりす　化10　句稿消息

夜〱〔や〕蚤まけもせぬきり〲す　よるよるやのみまけもせぬきりぎりす　化10　七番日記

我天窓草と思ふかきり〲す　わがあたまくさとおもうかきりぎりす　化10　七番日記

あてがつておくぞ其藪蛬　あてがっておくぞそのやぶきりぎりす　化11　七番日記

蛬つぶれた門としらざるや　きりぎりすつぶれたかどとしらざるや　化11　七番日記

蛬髭をかつぎて鳴にけり　きりぎりすひげをかつぎてなきにけり　化11　七番日記

とぶ気やら髭をかつぎて蛬　とぶきやらひげをかつぎてきりぎりす　化11　七番日記

逃しなや瓜喰欠てきり〲す　にげしなやうりくいかいてきりぎりす　化11　七番日記　同「書簡」

野ばくちや銭の中なるきり〲す　のばくちやぜにのなかなるきりぎりす　化11　七番日記

ぼて腹へ茨がそれ〱蛬　ぼてばらへばらがそれそれきりぎりす　化11　七番日記

我足を草と思ふかきり〲す　わがあしをくさとおもうかきりぎりす　化11　七番日記

我袖を草と思ふかきり〲す　わがそでをくさとおもうかきりぎりす　化11　七番日記

蛬スハトモいはゞ逃んとす　きりぎりすすわともいわばにげんとす　化12　七番日記

蛬まんまと籠を出たりけり　きりぎりすまんまとかごをでたりけり　化12　七番日記

此雨にしんぼ強さよきり〲す　このあめにしんぼづよさよきりぎりす　化12　七番日記

小むしろ〔や〕粟の〔あ〕ひよりきり〴〵す
さむしろやあわのあいよりきりぎりす
化12　七番日記

小むしろや粟の山よりきり〴〵す
さむしろやあわのやまよりきりぎりす
化12　七番日記

柴の戸や渋茶色なるきり〴〵す
しばのとやしぶちゃいろなるきりぎりす
化12　七番日記

逃しなもひたと鳴也蛬
にげしなもひたとなくなりきりぎりす
化12　七番日記

おゝさうじや逃るがゝちぞ蛬
おおそうじゃにげるがかちぞきりぎりす
化13　七番日記　同『句稿消息』

蛬庵の柱をかぢりけり
きりぎりすいおのはしらをかじりけり
化13　七番日記

蛬尿瓶のおともほそる夜ぞ
きりぎりすしびんのおともほそるよぞ
化13　七番日記

蛬咄の邪魔はせざりけり
きりぎりすはなしのじゃまはせざりけり
化13　七番日記

米箱に住かはりけりきり〴〵す
こめばこにすみかわりけりきりぎりす
化13　七番日記

小むしろや粉にまぶれし蛬
さむしろやこなにまぶれしきりぎりす
化13　七番日記

白露の玉ふみかき（く）なきり〴〵す
しらつゆのたまふみかくなきりぎりす
化13　七番日記　異『八番日記』『嘉永版』中七「玉ふんがくな」

其髭に袋かぶせよきり〴〵す
そのひげにふくろかぶせよきりぎりす
化13　七番日記

つまる日を虫もギイツチヨ〳〵哉
つまるひをむしもぎいっちょぎいっちょかな
化13　七番日記　異『同日記』上五「つまる日に」

鳴たい程鳴たらば寝よきり〴〵す
なきたいほどないたらばねよきりぎりす
化13　七番日記　同『希杖本』

寝返りをするぞそこのけ蛬
ねがえりをするぞそこのけきりぎりす
化13　七番日記　異『文政版』『嘉永版』中七「するぞ脇よれ」

山犬の穴の中よりきり〴〵す
やまいぬのあなのなかよりきりぎりす
化13　七番日記

一方は尿瓶の音ぞきり〴〵す
いっぽうはしびんのおとぞきりぎりす
化14　七番日記

小莚や米の山よりきり〴〵す　さむしろやこめのやまよりきりぎりす　化14　七番日記

ながらふやちんば引〳〵蛬　ながらうやちんばひきひききりぎりす　化14　七番日記

行灯にちよいと鳴けり蛬　あんどんにちょいとなきけりきりぎりす　政1　七番日記

籠の虫出で丶の上也きり〴〵す　かごのむしいでてのうえなりきりぎりす　政1　七番日記

蛬紙袋にて鳴にけり　きりぎりすかみぶくろにてなきにけり　政1　七番日記

蛬逃た気どりや窓に鳴　きりぎりすにげたきどりやまどになく　政1　七番日記

一しめり人は祈るぞきり〴〵す　ひとしめりひとはいのるぞきりぎりす　政1　七番日記

蛬かゞしの腹で鳴にけり　きりぎりすかがしのはらでなきにけり　政2　八番日記

蛬三疋よれば喧嘩哉　きりぎりすさんびきよればけんかかな　政3　八番日記

蛬なぜ綴もなき庵に　きりぎりすなぜつづれもなきいおに　政3　八番日記

蛬身を売〔れ〕ても鳴にけり　きりぎりすみをうられてもなきにけり　政3　八番日記　参『梅塵八番』中七「身を売れてぞ」

米櫃の中や鈴虫きり〴〵す　こめびつのなかやすずむしきりぎりす　政3　八番日記

銭箱の穴より出たりきり〴〵す　ぜにばこのあなよりでたりきりぎりす　政3　八番日記

歯ぎしみ（り）の拍子とる也きり〴〵す　はぎしりのひょうしとるなりきりぎりす　政3　八番日記

ホツケよむ天窓の上やきり〴〵す　ほっけよむあたまのうえやきりぎりす　政3　八番日記

蛬売られ行手で鳴にけり　きりぎりすうられゆくてでなきにけり　政4　八番日記　参『梅塵八番』中七「売れ行しな」

蛬夜昼小言ばかりかな　きりぎりすよるひるこごとばかりかな　政4　八番日記

小便をするぞ退け〳〵蟋蟀　しょうべんをするぞのけのけきりぎりす　政4　梅塵八番　異『梅和讃』上五「小便に」

蛬茶碗けとばす所存哉
きりぎりすちゃわんけとばすしょぞんかな　政5　文政句帖
中七「行よそこのけ」

何事がいま〱しいかぎすの声
なにごとがいまいましいかぎすのこえ　政5　文政句帖

蛬鳴やつゞいて赤子なく
きりぎりすなくやつづいてあかごなく　政6　文政句帖

大茶の子喰ツ欠にけりきり〴〵す
おおちゃのこくいっかきにけりきりぎりす　政7　文政句帖

柴戸〔や〕蝿取に来るきり〴〵す
しばのとやはえとりにくるきりぎりす　政7　文政句帖

ミダ堂の土になれ〱きり〴〵す
みだどうのつちになれなれきりぎりす　政7　文政句帖

放ちやる手をかぢりけりきり〴〵す
はなちやるてをかじりけりきりぎりす　政8　文政句帖

人したひけり蛬一夜ヅヽ
ひとしたいけりきりぎりすいちやずつ　政8　文政句帖

藪村や灯ろうの中にきり〴〵す
やぶむらやとうろうのなかにきりぎりす　政9　書簡　同『嘉永版』

きり〴〵す声が若いぞ〱よ
きりぎりすこえがわかいぞわかいぞよ　不詳　文政版　同『嘉永版』

弥陀堂の土になる気かきり〴〵す
みだどうのつちになるきかきりぎりす　不詳　文政版　同『嘉永版』

赤へ（い）花頬ばつて鳴きり〴〵す
あかいはなほおばってなくきりぎりす　不詳　発句鈔追加

蛬声をかく（ら）すな翌日も秋
きりぎりすこえをからすなあすもあき　不詳　発句鈔追加

ばつた

肩先に泊（止）てきつちきつち哉
かたさきにとまってきっちきっちかな　化12　七番日記

むく〱とだまつてばたりばつた哉
むくむくとだまってばたりばったかな　化12　七番日記

世中をさうしてばたりばつた哉
よのなかをそうしてばたりばったかな
化13　七番日記

ばつた虫ばたり〳〵が一芸か
ばったむしばたりばたりがいちげいか
政4　八番日記

大きなる形でばつたがばつた哉
おおきなるなりでばったがばったかな
政5　文政句帖

ばたり〳〵が一芸か大の虫
ばたりばたりがいちげいかだいのむし
政5　文政句帖

勘当
行当りばつたとともに草まくら
ゆきあたりばったとともにくさまくら
不詳　発句鈔追加

藻に住む虫の音に鳴く
月明藻に住虫は誰を鳴
つきあかりもにすむむしはたれをなく
化4　文化句帖

蟷螂
ささぐし（も）の蟷郎（郷）にくむあらし哉
ささぐものかまきりにくむあらしかな
寛中　西紀書込

蟷螂が不二の麓にかゝる哉
かまきりがふじのふもとにかかるかな
化6　化六句記　注『浅草不二にてのこと也』と付記

蟷郎（郷）が片手かけたりつり鐘に
かまきりがかたてかけたりつりがねに
化12　七番日記

蟷郎（郷）が立往生〔を〕したりけり
かまきりがたちおうじょうをしたりけり
化13　七番日記

蟷郎（郷）がわざ〳〵罷出候
かまきりがわざわざまかりいでそうろう
化13　七番日記

蟷螂はむか腹立が仕事哉
かまきりはむかばらだちがしごとかな
政1　七番日記　異「真蹟」中七「むか腹立を」

かまきりやかんにん袋どふ切た
かまきりやかんにんぶくろどうきった
政2　八番日記

蟷螂や五分の魂見よ〳〵と
かまきりやごぶのたましいみよみよと
政2　八番日記

蟷螂よ五分の魄（魂）兒（持）たとて
かまきりよごぶのたましいもったとて
政2　八番日記　同『発句鈔追加』　異『同日記』上五「鎌ふりや」下五「もたつ虫」

蟷螂や五分の魂是見よと
かまきりやごぶのたましいこれみよと
政2　おらが春　同『発句鈔追加』「書簡」

とふろふも下山にかゝるあたご哉
とうろうもげざんにかかるあたごかな
政3　八番日記

しんぼしてちつとも鳴ぬ蟷螂哉
しんぼしてちっともなかぬとうろかな
政4　八番日記

其分にならぬ／＼と蟷郎（螂）哉
そのぶんにならぬならぬととうろかな
政4　八番日記　同『だん袋』『文政版』『嘉永版』

みみず鳴く

夜／＼〔や〕涼しい連に鳴蚯蚓
よるよるやすずしいつれになくみみず
政2　八番日記

のさ／＼と憎れ蛇よ〔蚯蚓〕鳴
のさのさとにくまれへびよみみずなく
政8　政八句帖草

蟾どのや蚯蚓の唄〔に〕かんじ顔
ひきどのやみみずのうたにかんじがお
政8　政八句帖草

里の子や蚯蚓の唄に笛を吹
さとのこやみみずのうたにふえをふく
政8　文政句帖

其声のさつても若い蚯蚓哉
そのこえのさってもわかいみみずかな
政8　文政句帖　異『政八句帖草』上五「唄声の」

細る也蚯蚓の唄も一夜づゝ
ほそるなりみみずのうたもいちやずつ
政8　文政句帖

夜な／＼に蚯蚓の唄もきばり行く
よなよなにみみずのうたもきばりゆく
政10　梅塵抄録本　同『発句鈔追加』

古犬や蚯蚓の唄にかんじ顔
ふるいぬやみみずのうたにかんじがお
不詳　文政版　同『嘉永版』

さび鮎

吉野鮎渋ればさびをはやさるゝ
よしのあゆさびればさびをはやさるる
政4　八番日記

鵜の觜〔を〕のがれ／＼て鮎さびる
うのはしをのがれのがれてあゆさびる
政7　文政句帖

さくら葉もちらり／＼や鮎さびる
さくらばもちらりちらりやあゆさびる
政7　文政句帖

渋鮎も盛をもつや吉野川
さびあゆもさかりをもつやよしのがわ
政7　文政句帖

人ならば四十盛ぞ鮎さびる　ひとならばしじゅうざかりぞあゆさびる　政7　文政句帖

いくばくの鮎渋るらん草の雨　いくばくのあゆさびるらんくさのあめ　不詳　発句鈔追加

山里は人目もかれぬ鮎渋る　やまざとはひとめもかれぬあゆさびる　不詳　発句鈔追加

鰯

越後女の哀さを

鰯めせ〳〵とや泣子負ながら　いわしめせめせとやなくこおいながら　政2　八番日記　異『発句鈔追加』前書「越後女の旅かけて商する哀さは」中七「めせとて泣子」

海中や鰯貰ひに犬も来る　うみなかやいわしもらいにいぬもくる　政8　文政句帖

初鮭

一番にはつ鮭来り馳走砂　いちばんにはつざけきたりちそうすな　政4　八番日記

鰍

石取て見れば水なり鳴石斑魚　いしとりてみればみずなりなくかじか　不詳　発句鈔追加

秋の草

秋の草鶴見る人も年のよる　あきのくさつるみるひともとしのよる　化2　文化句帖

葎の花

いそがしや葎蕣の咲いそぎ　いそがしやむぐらむくげのさきいそぎ　不詳　句稿消息写

草の花

けふも死に近き〔に〕入りて草の花　きょうもしにちかきにいりてくさのはな　享3　享和句帖

草花をかこつけにして里居哉　くさばなをかこつけにしてさといかな　享3　享和句帖

敝筍

洪水をこととせぬや草の花　こうずいをこととせぬやくさのはな　享3　享和句帖

昔／＼妻ごもりしよ草の花　むかしむかしつまごもりしよくさのはな　享3　享和句帖

雨落に生へ合せたり草花　あまおちにはえあわせたりくさのはな　化1　文化句帖

草花や行よい門のいく所　くさばなやゆきよいかどのいくところ　化1　文化句帖

五六日居過す門や草の花　ごろくにちいすごすかどやくさのはな　化1　文化句帖

やけ石のこけ重りて草の花　やけいしのこけかさなりてくさのはな　享3　享和句帖

草の花人から先へ夕べ也　くさのはなひとからさきへゆうべなり　化2　文化句帖

草花にけぶりも添へて見度哉　くさばなにけぶりもそえてみたきかな　化2　文化句帖

草花や追付誰も夕けぶり　くさばなやおっつけだれもゆうけぶり　化2　文化句帖

蔵陰も草さへあれば秋の花　くらかげもくささえあればあきのはな　化2　文化句帖

げに誠（実）浦の苦屋の草の花　げにまことうらのとまやのくさのはな　化2　文化句帖

四十から露でくらせ草の花　しじゅうからつゆでくらせくさのはな　化2　文化句帖

吹出され〱けり草の花　ふきだされふきだされけりくさのはな　化2　文化句帖

草花に汁鍋けぶる祭哉　くさばなにしるなべけぶるまつりかな　化3　化三―八写

冬枯にどれが先立草の花　ふゆがれにどれがさきだつくさのはな　化3　化三―八写

焼柱ははや秋風よ草の花　やけばしらははやあきかぜよくさのはな　化3　文化句帖

寝にくても生在所の草の花　ねにくてもうまれざいしょのくさのはな　化4　連句稿裏書

入相にたじろぎもせず草の花　いりあいにたじろぎもせずくさのはな　化5　化五句記

狼の毛ずれの草の咲にけり　おおかみのけずれのくさのさきにけり　化5　化五句記

草の花人の上には鐘がなる　くさのはなひとのうえにはかねがなる　化5　化五句記

草の花よんどころなく咲にけり　くさのはなよんどころなくさきにけり　化5　化五句記

草花や鳥さへ立ば鴫らしき　くさばなやとりさえたてばしぎらしき　化5　化五句記

草花や夕立の夜の墓の番　くさばなやゆうだちのよのはかのばん　化5　化五句記

草花や漸さけば又も水　くさばなやようやくさけばまたもみず　化5　化五句記

咲ば水〱也草の花　さかばみずさかばみずなりくさのはな　化5　化五句記

どら猫のけふもくらしつ草の花　どらねこのきょうもくらしつくさのはな　化5　化五句記

鳥鳴て貧乏草も咲にけり　とりないてびんぼうぐさもさきにけり　化5　化五句記

夕暮を恨がごとし草の花　ゆうぐれをうらむがごとしくさのはな　化5　化五句記

草の花地蔵の身にも果報哉　くさのはなじぞうのみにもかほうかな　化6　句稿断片

草花や蛍〱に荒る哉　くさばなやほたるほたるにあれるかな　化6　日記断簡

とかくして蛍に荒る草の花　とかくしてほたるにあれるくさのはな　化6　化六句記　同「真蹟」

十三日　百ケ日花嬌仏

草花やいふもかたるも秋の風
くさばなやいうもかたるもあきのかぜ
化7　七番日記

梟よ鳴ばいくらの草の花
ふくろうよなかばいくらのくさのはな
化7　七番日記

行先やどれが先だつ草の花
ゆくさきやどれがさきだつくさのはな
化7　物の名

石仏誰が持たせし草の花
いしぼとけだれがもたせしくさのはな
化8　七番日記

七月廿日素丸遠忌

かつしかやなむ廿日月草の花
かつしかやなむはつかづきくさのはな
化8　我春集

来よやかゝる小草も花じやもの
きたれよやかかるこぐさもはなじゃもの
化8　七番日記

草の花妹がさゝげは老にけり
くさのはないもがささげはおいにけり
化9　七番日記

草花に蝿も恋するさはぎ哉
くさばなにはえもこいするさわぎかな
化9　七番日記

一祭りさつと過けり草の花
ひとまつりさっとすぎけりくさのはな
化9　七番日記

灰汁桶のもやうに成や草の花
あくおけのもようになるやくさのはな
化10　七番日記

親の日と思ばかりぞ草の花
おやのひとおもうばかりぞくさのはな
化10　七番日記

草花やけふも芥を引かぶる
くさばなやきょうもあくたをひっかぶる
化10　七番日記

草花や立臼程の尻の迹（跡）
くさばなやたちうすほどのしりのあと
化10　志多良

痩草のよろ／＼花と成にけり
やせぐさのよろよろはなとなりにけり
化10　七番日記　同『志多良』　異『句稿消息』上五「痩草も」

草花で児まねいたる日暮哉
くさばなでちごまねいたるひぐれかな
化11　七番日記

雀等がはたらきぶりや草の花
すずめらがはたらきぶりやくさのはな
化11　七番日記

まけぬ気やあんな小草も花が咲
まけぬきやあんなこぐさもはながさく
化11　七番日記

群蝿のふんし所や草の花
むればえのふんしどころやくさのはな
化11　七番日記

あはう草花も苦はなかりけり
あほうぐさはなもにがみはなかりけり
化12　七番日記

馬の子や横に加（咥）へし草の花
うまのこやよこにくわえしくさのはな
化12　七番日記

門口や折角咲た草の花
かどぐちやせっかくさいたくさのはな
化12　七番日記

蚊のさ〔わ〕ぐ替りにさくや草の花
かのさわぐかわりにさくやくさのはな
化13　七番日記

なゝし草キ京（桔梗）が原に咲込ぬ
ななしぐさききょうがはらにさきこみぬ
化13　七番日記

一寸の草にも五分の花さきぬ
いっすんのくさにもごぶのはなさきぬ
政2　八番日記

入相の聞処なり草の華
いりあいのききどころなりくさのはな
政3　発句類題集　同『文政版』『嘉永版』『古今百奇談』

先ぐりに人はけぶりて草の花
せんぐりにひとはけぶりてくさのはな
政3　八番日記

人の世や先操（繰）にちる草の花
ひとのよやせんぐりにちるくさのはな
政3　八番日記

花らしき物が皃（白）ぞ小草原
はならしきものがしろいぞこぐさはら
政4　八番日記　参『梅塵八番』中七「ものが白いぞ」

庇から引つゞく也草の花
ひさしからひきつづくなりくさのはな
政4　八番日記

朝〱の目覚し草よ花に花
あさあさのめざましぐさよはなにはな
政5　文政句帖

門畠や今むしらるゝ草の花
かどはたやいまむしらるるくさのはな
政5　文政句帖

草の花菌のゆへに踏れけり
くさのはなきのこのゆえにふまれけり
政5　文政句帖

草花や露の底なる鐘の声
くさばなやつゆのそこなるかねのこえ
政5　文政句帖

亜然
八丈へ向いて流する草の花
はちじょうへむいてながするくさのはな
政5　文政句帖

耳にずずかけて折也草の花　みみにじゅずかけておるなりくさのはな　政6　文政句帖　同『文政版』『嘉永版』

家むねや鳥が蒔たる草の花　いえむねやとりがまいたるくさのはな　政7　文政句帖

御地蔵や握てござる草の花　おじぞうやにぎってござるくさのはな　政8　文政句帖

草の実（草の穂）

風吹て草の穂にさへ祭哉　かぜふいてくさのほにさえまつりかな　化4　化三―八写

草穂も物思ふさまの夕哉　くさのほもものおもうさまのゆうべかな　化5　化五六句記

十四夜
草の穂は雨待宵のきげん哉　くさのほはあめまつよいのきげんかな　政1　七番日記

赤ひ実に根のない草のげんき哉　あかいみにねのないくさのげんきかな　政4　八番日記

見事也根のない蔓のごて／＼実　みごとなりねのないつるのごてごてみ　政4　八番日記

アダチ
草の実も人にとびつく夜道哉　くさのみもひとにとびつくよみちかな　政5　文政句帖

野ゝ秋や人にとりつく草の種　ののあきやひとにとりつくくさのたね　不詳　遺稿

草紅葉

魚汁のとばしる草も紅葉哉　うおじるのとばしるくさももみじかな　化1　文化句帖

山畠は鼠の穴も紅葉哉　やまはたはねずみのあなももみじかな　化2　文化句帖

神世にもさたせぬ草の紅葉哉　かみよにもさたせぬくさのもみじかな　政5　文政句帖

末枯

末枯や木辻も古き山つゞき　うらがれやきつじもふるきやまつづき　化1　文化句帖

末枯やむごひ直（値）踏の柱員　うらがれやむごいねぶみのはしらかず　化1　文化句帖

末枯も一番はやき庵哉　うらがれもいちばんはやきいおりかな　化2　文化句帖

末枯におくれ祭のけぶり哉　うらがれにおくれまつりのけぶりかな　化3　文化句帖

末枯や新吉原の小行灯　うらがれやしんよしわらのこあんどん　化10　七番日記

吉原も末枯時の明りかな　よしわらもうらがれどきのあかりかな　化10　七番日記

当村旱魃にて

末枯や諸勧化出さぬ小制札　うらがれやしょかんげださぬこせいさつ　政1　七番日記

人ならば四十白髪ぞ末枯るゝ　ひとならばしじゅうしらがぞうらがるる　政1　七番日記

末枯や木の間を下る天狗面　うらがれやこのまをくだるてんぐめん　政4　八番日記　参『梅塵八番』上五「末枯の」　下五「天狗哉」

末枯や垣に縄張る這入口　うらがれやかきになわはるはいりぐち　政5　文政句帖

人足〔の〕末がれにけり王子道　ひとあしのうらがれにけりおうじみち　政5　文政句帖

末枯て明り過たる御寺哉　うらがれてあかりすぎたるおてらかな　政7　文政句帖

菊（白菊　赤菊　菊の着綿　九日の菊　菊合せ）

しら菊に秘蔵の猫のたまく哉　しらぎくにひぞうのねこのたまくかな　寛中　西紀書込

菊合

まけぎくをひとり見直す夕べ哉　まけぎくをひとりみなおすゆうべかな　寛中　真蹟　同『文政版』『嘉永版』『三見文庫』「遺稿」　異『千秋楽後篇』上五「まけし菊を」

七月

染総《フサ》のつゝぱりとれて菊の花　そめふさのつっぱりとれてきくのはな　享3　享和句帖

魚どもの遊びありくや菊の花　うおどものあそびありくやきくのはな　化1　文化句帖

菊園につゝと出たる葎哉　きくぞのにつつといでたるむぐらかな　化1　文化句帖

銭車もて糸とるまなびするうなひも田舎ぶりてめづらしく

菊の寝たなりに日〔の〕さす首哉　きくのねたなりにひのさすこうべかな　化1　文化句帖

菊の花咲せる迄の板屋哉　きくのはなさかせるまでのいたやかな　化1　文化句帖

菊畠やさら《(う)》し画に見し上わらは　きくばたやそうしえにみしじょうわらわ　化1　文化句帖

着残した袷を泣か菊の花　きのこしたあわせをなくかきくのはな　化1　文化句帖

九日にもさし構なし菊の花　くにちにもさしがまえなしきくのはな　化1　文化句帖

サガ山の這入口より菊の花　さがやまのはいりぐちよりきくのはな　化1　文化句帖　異『文政句帖』上五「さが山や」、『発句鈔追加』上五「嵯峨山や」中七「這入口から」

柴門の薮の中迄小菊哉　しばのとのやぶのなかまでこぎくかな　化1　文化句帖

白菊に揺き手水かゝる也　しらぎくにつたなきちょうずかかるなり　化1　文化句帖

たやすくも菊の咲けり川の縁　たやすくもきくのさきけりかわのふち　化1　文化句帖

手序に松をもいぢる菊花　てついでにまつをもいじるきくのはな　化1　文化句帖

なよ竹も植交ゆべし菊花　なよたけもうえまじゆべしきくのはな　化1　文化句帖

なまじいに植だてしたり菊の花　なまじいにうえだてしたりきくのはな　化1　文化句帖

半日も見ておはさぬぞ菊花　はんにちもみておわさぬぞきくのはな　化1　文化句帖

痩土にぽつ〳〵菊の咲にけり　やせつちにぽつぽつきくのさきにけり　化1　文化句帖

我時は《(に)》ふさはぬ家や菊の花　わがときにふさわぬいえやきくのはな　化1　文化句帖

糸屑も手一尺也菊の花　いとくずもていっしゃくなりきくのはな　化2　文化句帖

植物

糸屑を捨てゝも菊は咲にけり　いとくずをすててもきくはさきにけり　化2　文化句帖

菊咲て朝梅干の風味哉　きくさいてあさうめぼしのふうみかな　化2　文化句帖

菊咲や赤袖口も日のさして　きくさくやあかそでぐちもひのさして　化2　文化句帖

菊の花茄子序にぬかれけり　きくのはななすびついでにぬかれけり　化2　文化句帖

薄菜汁菊も追〱咲にけり　うすなじるきくもおいおいさきにけり　化3　文化句帖

たやすくも菊の咲たる川辺哉　たやすくもきくのさきたるかわべかな　化3　化三―八写　同『発句鈔追加』

作り人は見ぬふりしたり菊の花　つくりてはみぬふりしたりきくのはな　化3　文化句帖

はづかしの庇葺けり菊の花　はずかしのひさしふきけりきくのはな　化3　文化句帖

籾殻の藪下ぎくも咲にけり　もみがらのやぶしたぎくもさきにけり　化3　文化句帖

わらの火や夕越来れば菊の花　わらのひやゆうごえくればきくのはな　化3　文化句帖

咲過し〱けり名なし菊　さきすごしさきすごしけりななしぎく　化4　化三―八写

咲直し〱けり祭り菊　さきなおしさきなおしけりまつりぎく　化4　連句稿裏書

里犬の尿をかけけり菊の花　さといぬのばりをかけけりきくのはな　化4　連句稿裏書

菊咲や臼井を越るしなの花　きくさくやうすいをこゆるしなのばな　化5　化五句記

福の神逃給ふなよ菊の花　ふくのかみにげたもうなよきくのはな　化5　化五句記

菊の花都の鬼が是を喰ふ　きくのはなみやこのおにがこれをくう　化6　化三―八写

けふの日は役なし菊も咲にけり　きょうのひはやくなしぎくもさきにけり　化6　化五六句記

浮鳥に流とゞまる菊花　うきどりにながれとどまるきくのはな　化7　七番日記

菊の香を引くるんだるふとん哉　きくのかをひっくるんだるふとんかな　化7　七番日記

大菊の生夕暮よ〱《よ》　おおぎくのなまゆうぐれよゆうぐれよ　化8　七番日記

おほけなや大僧正の菊の花　おおけなやだいそうじょうのきくのはな　化8　七番日記
かつかし《（しか）》やカヤの中から菊の花　かつしかやかやのなかからきくのはな　化8　七番日記
閑居して薬看板菊の花　かんきょしてくすりかんばんきくのはな　化8　七番日記
菊さくや我に等しき似せ隠者　きくさくやわれにひとしきにせいんじゃ　化8　七番日記
とく本のはこしてい〔る〕や菊の花　とくほんのはこしているやきくのはな　化8　七番日記
はる〳〵とまかり出たるかさい菊　はるばるとまかりいでたるかさいぎく　化8　七番日記
古郷や菜に引そへる菊の花　ふるさとやなにひきそえるきくのはな　化8　七番日記
貧が油せうじや菊の花　まずしきがあぶらしょうじやきくのはな　化8　七番日記
髻に筆つゝさして菊の花　もとどりにふでつっさしてきくのはな　化8　七番日記
夕暮にむしろちれ〳〵菊の花　ゆうぐれにむしろちれちれきくのはな　化8　七番日記
夕飯やせうゆかけても菊の花　ゆうめしやしょうゆかけてもきくのはな　化8　七番日記
行暮の行留り也菊の花　ゆくくれのゆきどまりなりきくのはな　化8　七番日記
夜あらしや菊と云れぬ迄も花　よあらしやきくといわれぬまでもはな　化9　七番日記
馬蝿の遊び所也きくの花　うまばえのあそびどこなりきくのはな　化10　七番日記
門口や赤い小菊も一むしろ　かどぐちやあかいこぎくもひとむしろ　化10　七番日記
菊さくや馬糞山も一けしき　きくさくやまぐそのやまもひとけしき　化10　七番日記
けふ迚もたゞ一人也菊の花　きょうとてもただひとりなりきくのはな　化10　七番日記
栗のいがに押付られて菊の花　くりのいがにおしつけられてきくのはな　化10　七番日記
汁鍋にむしり込だり菊の花　しるなべにむしりこんだりきくのはな　化10　七番日記　異『句稿消息』上五「汁鍋へ」
どう寝よとまゝの皮也菊花　どうねよとままのかわなりきくのはな　化10　七番日記

飯過や菊から先へ寝ころびぬ　めしすぎやきくからさきへねころびぬ　化10　七番日記

者どもや足ぬぐふたか菊の花　ものどもやあしぬぐうたかきくのはな　化10　七番日記

夕暮や馬糞の手をも菊でふく　ゆうぐれやまぐそのてをもきくでふく　化10　七番日記

大菊や負るそぶりはなかりしが　おおぎくやまけるそぶりはなかりしが　化11　七番日記

片隅や去年勝たる菊の花　かたすみやきょねんかちたるきくのはな　化11　七番日記

勝菊にほろりと爺が涙哉　かちぎくにほろりとじじがなみだかな　化11　七番日記

勝菊に餅を備(供)て置にけり　かちぎくにもちをそなえておきにけり　化11　七番日記

勝菊やそよりともせずおとなしき　かちぎくやそよりともせずおとなしき　化11　七番日記

勝菊や力み返て持奴　かちぎくやりきみかえってもつやっこ　化11　七番日記

勝菊を白眼んでもつや供奴　かちぎくをにらんでもつやともやっこ　化11　七番日記

菊合

勝声や花咲爺が菊の花　かちごえやはなさかじじがきくのはな　化11　七番日記

門口を犬に預けて菊の花　かどぐちをいぬにあずけてきくのはな　化11　七番日記

金蔵を日除にしたり菊の花　かねぐらをひよけにしたりきくのはな　化11　七番日記

菊垣にちよいとさしたり小脇着(差)　きくがきにちょいとさしたりこわきざし　化11　七番日記

菊咲や茂介仏も願がきく　きくさくやもすけぼとけもがんがきく　化11　七番日記

けふの日や信濃育も菊の花　きょうのひやしなのそだちもきくのはな　化11　七番日記

生涯に二度とはなき負たきく　しょうがいにどとはなきまけたきく　化11　七番日記

小便の香も通ひけり菊の花　しょうべんのかもかよいけりきくのはな　化11　七番日記

何某の院とも見ゆる菊の花　なにがしのいんともみゆるきくのはな　化11　七番日記

門番が菊も油せうじ哉　もんばんがきくもあぶらしょうじかな　化11　七番日記

役目迚咲も咲たりかぢけ菊　やくめとてさきもさいたりかじけぎく　化11　七番日記

菊の花責からされもせざりけり　きくのはなせめからされもせざりけり　化12　七番日記　同『自筆本』

菊畠さらに四角でなかりけり　きくばたけさらにしかくでなかりけり　化12　七番日記

巣鴨花園

何とかにさいなまるゝぞ菊の花　なにとかにさいなまるるぞきくのはな　化12　七番日記

入道〔に〕してやられけり菊の花　にゅうどうにしてやられけりきくのはな　化12　七番日記　同『発句鈔追加』

まけ〔じ〕とや御神酒並べる菊の花　まけじとやおみきならべるきくのはな　化12　七番日記

我菊や形にもふりにもかまはずに　わがきくやなりにもふりにもかまわずに　化12　七番日記

むつかしや菊も売るゝ評判記　むつかしやきくもうらるるひょうばんき　化13　七番日記

藪菊や押合へし合露の世と　やぶぎくやおしあいへしあいつゆのよと　化13　七番日記

賀

アヤカラン七百余歳の菊の水　あやからんななひゃくよさいのきくのみず　化14　七番日記

うるさしや菊の上にも負かちは　うるさしやきくのうえにもまけかちは　化14　七番日記

狼よたのみ申ぞ菊の花　おおかみよたのみもうすぞきくのはな　化14　七番日記

菊さくや山の天窓も白くなる　きくさくややまのあたまもしろくなる　化14　七番日記

下戸庵がキズゾ白菊赤い菊　げこあんがきずぞしらぎくあかいきく　化14　七番日記

下戸庵と見ケナサレテモきくの花　げこあんとみけなされてもきくのはな　化14　七番日記

こりやどうだエド紫の菊の花　こりゃどうだえどむらさきのきくのはな　化14　七番日記

根性のやうに曲た菊の花　こんじょうのようにまがったきくのはな　化14　七番日記

さま〳〵に責られてさく菊の花
さまざまにせめられてさくきくのはな
化14　七番日記　異『同日記』上五「折々に」中七「なぶられてさく」

遊九日不性（精）庵

白菊やキセルの脂が十すじ程
しらぎくやきせるのやにがとすじほど
化14　七番日記

大名を味方にもつやきくの花
だいみょうをみかたにもつやきくのはな
化14　七番日記

鳥どもに邪魔にさるゝな菊の花
とりどもにじゃまにさるるなきくのはな
化14　七番日記

長生の真似して汲や菊の水
ながいきのまねしてくむやきくのみず
化14　七番日記

菜畠や気楽に見ゆる菊の花
なばたけやきらくにみゆるきくのはな
化14　七番日記

人間がなくば曲らじ菊の花
にんげんがなくばまがらじきくのはな
化14　七番日記　同『同日記』に重出、『希杖本』、「真蹟」前書「文化十四年九月十三夜」

猫蔵が鼻あぶる也菊の花
ねこぞうがはなあぶるなりきくのはな
化14　七番日記

筆持た童子いくつぞ菊の花
ふでもったどうじいくつぞきくのはな
化14　七番日記

負てから大名の菊としられけり
まけてからだいみょうのきくとしられけり
化14　七番日記

負馴て平気也けりきくの花
まけなれてへいきなりけりきくのはな
化14　七番日記

御仏と天窓くらべや菊の花
みほとけとあたまくらべやきくのはな
化14　七番日記

群蝿よ糞すべからず菊花
むればえよくそすべからずきくのはな
化14　七番日記

菊植

山菊に成とも花を忘るゝな
やまぎくになるともはなをわするるな
化14　七番日記

庵

楽〳〵と寝聳てさく菊の花
らくらくとねそべってさくきくのはな
化14　七番日記

我菊や向タイ方へつんむいて　わがきくやむきたいほうへつんむいて　化14　七番日記　同『希杖本』

いざなめん胴忘にも菊の露　いざなめんどうわすれにもきくのつゆ　政1　七番日記

田舎菊無《（不）》調法にもなかりけり　いなかぎくぶちょうほうにもなかりけり　政1　七番日記

うら町〔や〕咲捨てある菊の花　うらまちやさきすてあるきくのはな　政1　七番日記

大菊は大ギクだけの夜雨哉　おおぎくはおおぎくだけのよさめかな　政1　七番日記

勝菊の馳走に向ル手燭哉　かちぎくのちそうにむけるてしょくかな　政1　七番日記

勝菊は大名小路もどりけり　かちぎくはだいみょうこうじもどりけり　政1　七番日記　同『だん袋』　異『文政版』『嘉永版』『遺稿』上五「勝た菊」下五「通りけり」、『八番日記』上五「勝菊の」下五「帰りけり」　参『梅塵八番』下五「通りけり」

菊ぞのや女ばかりが一床几　きくぞのやおんなばかりがひとしょうぎ　政1　七番日記

酒臭し小便タ《（ク）》サシ菊の花　さけくさししょうべんくさしきくのはな　政1　七番日記

女人禁制にはあらず菊の花　にょにんきんせいにはあらずきくのはな　政1　七番日記

人声の江戸にも馴れて菊の花　ひとごえのえどにもなれてきくのはな　政1　七番日記

人に人人にもまれてきくの花　ひとにひとひとにもまれてきくのはな　政1　七番日記

負菊〔の〕叱られて居る小隅哉　まけぎくのしかられているこすみかな　政1　七番日記

やくざ菊ふんばたがつて乱れけり　やくざぎくふんばたがってみだれけり　政1　七番日記

山寺や茶ノ子ノあんも菊の花　やまでらやちゃのこのあんもきくのはな　政1　七番日記

好菊〔と〕云れて菊を喰ひけり　よいきくといわれてきくをくらいけり　政1　七番日記

赤菊の天窓〔の〕ねきや隠居道　あかぎくのあたまのねきやいんきょみち　政2　八番日記　参『梅塵八番』中七「天窓の」

ねきや」

大菊は縄目を恥と思わずや
おおぎくはなわめをはじとおもわずや
政2　八番日記　参『梅塵八番』中七「縄目の恥と」下五「おもはぬや」

大菊や責らは（るゝ）のもけふ迄ぞ
おおぎくやせめらるるのもきょうまでぞ
政2　八番日記　参『梅塵八番』中七「責らるゝのも」下五「けふ計」

大菊や人の拾ひし栗のいが
おおぎくやひとのひろいしくりのいが
政2　梅塵八番

開山は芭蕉さま也菊の花
かいさんはばしょうさまなりきくのはな
政2　八番日記

菊園や歩きながらの小盃
きくぞのやあるきながらのこさかずき
政2　おらが春　同『八番日記』

菊作きくより白きつむり哉
きくづくりきくよりしろきつむりかな
政2　八番日記　参『梅塵八番』下五「つぶり哉」

九月九日正風院に入れば
鍬さげて神農顔やきくの花
くわさげてしんのうがおやきくのはな
政2　扶桑百菊譜　同『おらが春』前書「九月十六日正風院菊会」『発句鈔追加』前書「九月十六日正風院魚淵菊会」、『八番日記』

鍬の柄に小僧の名有菊の花
くわのえにこぞうのなありきくのはな
政2　八番日記　同『嘉永版』参『梅塵八番』中七「小僧が名あり」

鍬を杖につく〴〵菊の主哉
くわをつえにつくづくきくのあるじかな
政2　八番日記　参『梅塵八番』中七「突〳〵菊の」

下戸庵が疵也こんな菊の花
げこあんがきずなりこんなきくのはな
政2　おらが春　同『八番日記』参『梅塵八番』下五「蘭の花」

小隠居や菊の中なる茶呑道
こいんきょやきくのなかなるちゃのみみち
政2　八番日記

小菊なら縄目の恥はなかるべし
こぎくならなわめのはじはなかるべし
政2　おらが春　同『八番日記』

小ぶりなは小僧がくわや菊の花　こぶりなはこぞうがくわやきくのはな　政2　八番日記

幸にらく〳〵咲や屋草菊　さいわいにらくらくさくややくざぎく　政2　八番日記　参『梅塵八番』中七「遅〳〵さくや」下五「やたら菊」

酒臭き紙屑籠やきくの花　さけくさきかみくずかごやきくのはな　政2　八番日記

猿の脈も見る顔付やきくの花　さるのみゃくもみるかおつきやきくのはな　政2　八番日記

杖先で画解する也きくの花　つえさきでえときするなりきくのはな　政2　おらが春　同『八番日記』

殿よりも少上坐（座）や菊の花　とのよりもすこしかみざやきくのはな　政2　八番日記

入道の大鉢巻できくの花　にゅうどうのおおはちまきできくのはな　政2　おらが春　同『八番日記』　参『梅塵八番』中七「大鉢巻や」

寝る連に瓢もごろり菊の花　ねるつれにふくべもごろりきくのはな　政2　八番日記

隙村や菊の中なる朝茶道　ひまむらやきくのなかなるあさちゃみち　政2　八番日記

向たい方へつん向て菊の花　むきたいほうへつんむいてきくのはな　政2　八番日記

薮菊のこつそり独盛りけり　やぶぎくのこっそりひとりさかりけり　政2　八番日記　参『梅塵八番』下五「さかりかな」

薮菊や畠の縁り〔の〕茶呑道　やぶぎくやはたけのへりのちゃのみみち　政2　八番日記　参『梅塵八番』中七「畠の縁りの」

山寺や糧の内なる菊の花　やまでらやかてのうちなるきくのはな　政2　八番日記

らく〳〵と寝て咲にけり名無菊　らくらくとねてさきにけりななしぎく　政2　八番日記

ろく〳〵に露も呑さぬ菊の花　ろくろくにつゆものまさぬきくのはな　政2　八番日記　参『梅塵八番』中七「露も呑さず」

我やうにどつさり寝たよ菊の花　わがようにどっさりねたよきくのはな　政2　おらが春

ヱドの末又其末の菊の庵　えどのすえまたそのすえのきくのいお　政3　八番日記

縁の猫勿体顔や菊の花　えんのねこもったいがおやきくのはな　政3　八番日記

大きさよ去年は勝た菊ながら　おおきさよきょねんはかったきくながら　政3　八番日記　参『梅塵八番』上五「大菊よ」

菊月七日外山白く見ゆれば

菊咲くや山は本間の雪の花　きくさくややまはほんまのゆきのはな　政3　だん袋　同『発句鈔追加』前書「菊月八日外山白く見ゆれば」

菊園やしかうして後でかい月　きくぞのやしこうしてのちでかいつき　政3　八番日記

去年勝た〳〵と菊を披露哉　きょねんかったかったときくをひろうかな　政3　梅塵八番

小人閑居シテ成不善

茶代取とてならぶ也菊の花　ちゃだいとるとてならぶなりきくのはな　政3　八番日記

はづかしや勝きのぬけた菊の庵　はずかしやかつきのぬけたきくのいお　政3　八番日記　参『梅塵八番』中七「勝気のぬけぬ」

負たとてしたゝか菊をしかりけり　まけたとてしたたかきくをしかりけり　政3　八番日記

京都〔で〕は菊もかむるや綿い《(ゑ)》ぼし　みやこではきくもかむるやわたえぼし　政3　八番日記　参『梅塵八番』中七「菊もかぶるや」下五「綿帽子」

山菊の生れ〔た〕まゝや真直に　やまぎくのうまれたままやまっすぐに　政3　八番日記　参『梅塵八番』中七「生けたまゝなり」

山菊の直なりけらしおのづから　やまぎくのすぐなりけらしおのずから　政3　八番日記　参『梅塵八番』上五「此きくの」

山の菊曲るなんどはしらぬ也　やまのきくまがるなんどはしらぬなり　政3　八番日記

横槌に尻つゝかけて菊の花
よこづちにしりつっかけてきくのはな
政3　八番日記

綿きせて十程若し菊の花
わたきせてとおほどわかしきくのはな
政3　八番日記　同『だん袋』前書「着せ綿」、『発句鈔追加』　異『一茶園月並裏書』下五「菊の皃」

今の世や菊も売らるゝ評判記
いまのよやきくもうらるるひょうばんき
政4　八番日記

大菊や今度長崎よりなどゝ
おおぎくやこんどながさきよりなどと
政4　八番日記　同『政九十句写』『文政版』『希杖本』『遺稿』　異『嘉永版』下五「から抔と」

片隠《（陰）》に日向ぼこりや隠居菊
かたかげにひなたぼこりやいんきょぎく
政4　八番日記

菊茶屋のてんこ《（で）》に云や一番と
きくぢゃやのてんでにいうやいちばんと
政4　八番日記

菊主や触状廻して見て貰う
きくぬしやふれじょうまわしてみてもらう
政4　八番日記　参『梅塵八番』中七「触状出して」

菊の日は過て揃ふた菊の花
きくのひはすぎてそろうたきくのはな
政4　八番日記　参『梅塵八番』中七「過て揃ふや」

客帳にことしも付や菊の花
きゃくちょうにことしもつくやきくのはな
政4　八番日記

草の庵は菊迄杖を力哉
くさのいおはきくまでつえをちからかな
政4　八番日記　参『梅塵八番』上五「草庵は」

若月山のあなたハさら也
こなたにも安置して有きくの花
こなたにもあんちしてありきくのはな
政4　真蹟

酒買て見て貰へ《（ひ）》けり菊の花
さけこうてみてもらいけりきくのはな
政4　八番日記　異『同日記』中七「見てもらふ也」

汀《（汁）》のみの足に咲けり菊の花
しるのみのたしにさきけりきくのはな
政4　八番日記　参『梅塵八番』上五「汁の実の」

捨た世も何菊か菊むづかしや
すてたよもなにぎくかぎくむづかしや
政4　八番日記

念入て尺とる虫や菊の花
ねんいれてしゃくとるむしやきくのはな　政4　八番日記

人の為にのみ作りしよ菊の花
ひとのためにのみつくりしよきくのはな　政4　八番日記　参『梅塵八番』中七「のみ作りしや」

〔古〕巣へと志候きくあんぎや
ふるすへとこころざしそろきくあんぎゃ　政4　八番日記

見てくれる人に馳走や菊の花
みてくれるひとにちそうやきくのはな　政4　八番日記

六あみだの代や巣鴨の菊巡り
ろくあみだのかわりやすがものきくめぐり　政4　八番日記

あちこちと贔負のつくや菊の花
あちこちとひいきのつくやきくのはな　政5　文政句帖

いざ斯うと菊の立けり這入口
いざこうときくのたちけりはいりぐち　政5　文政句帖

入口に見せ菊立り正風院
いりぐちにみせぎくたてりしょうふういん　政5　文政句帖

上家（屋）から先へ見込やきくの花
うわやからさきへみこむやきくのはな　政5　文政句帖　同『同句帖』に重出

大菊や杖の陰にて花もさく
おおぎくやつえのかげにてはなもさく　政5　文政句帖　同『同句帖』に重出

かくれ家の糧にもなる〔や〕きくの花
かくれがのかてにもなるやきくのはな　政5　文政句帖

門の菊立やこちらへ〳〵と
かどのきくたつやこちらへこちらへと　政5　文政句帖

爰〔に〕正風院此おくに百花有
門に立菊や下戸なら通さじと
かどにたつきくやげこならとおさじと　政5　扶桑百菊譜　同『文政版』『嘉永版』「遺稿」　前書「爰に正風院此奥に百花あり」

看板も菊也おくの菊の花
かんばんもきくなりおくのきくのはな　政5　文政句帖

菊咲や二夜泊りし下〻の客
きくさくやふたよとまりしげげのきゃく　政5　文政句帖　同「遺稿」

菊園や下向は左へ〳〵と
きくぞのやげこうはひだりへひだりへと　政5　文政句帖

けふの日も相つとむるやきくの花　きょうのひもあいつとむるやきくのはな　政5　文政句帖
元気也上家（屋）をもたぬ菊の花　げんきなりうわやをもたぬきくのはな　政5　文政句帖
斯う〳〵と菊の立けりはいり口　こうこうときくのたちけりはいりぐち　政5　文政句帖
斯来よと菊の立けり這入口　こうこよときくのたちけりはいりぐち　政5　文政句帖
斯う通れ〳〵とや門の菊　こうとおれこうとおれとやかどのきく　政5　文政句帖
斯う通れとや門に立菊の花　こうとおれとやかどにたつきくのはな　政5　文政句帖
こぞのけふ勝たりしをき〔く〕の花　こぞのきょうかちたりしをきくのはな　政5　文政句帖
小作な菊にまんまと勝れたり　こづくりなきくにまんまとかたれたり　政5　文政句帖
此おくへ斯う通れとや門の菊　このおくへこうとおれとやかどのきく　政5　文政句帖
酒呑まぬ者入〔べか〕らず菊の門　さけのまぬものいるべからずきくのかど　政5　文政句帖
侍にてうし持たせて菊の花　さむらいにちょうしもたせてきくのはな　政5　文政句帖
三番とおちぬなど丶や作り菊　さんばんとおちぬなどとやつくりぎく　政5　文政句帖
白妙の山も候きくの花　しろたえのやまもそうろうきくのはな　政5　文政句帖
捨菊におく白露もひいき哉　すてぎくにおくしらつゆもひいきかな　政5　文政句帖
素通りをさせぬ印や門の菊　すどおりをさせぬしるしやかどのきく　政5　文政句帖
其門に〔天〕《アタマ》窓うつなよ菊畠　そのかどにあたまうつなよきくばたけ　政5　文政句帖
どこそこと菊も贔負〳〵哉　どこそこときくもひいきひいきかな　政5　文政句帖
贔負菊ころ〔り〕とまけて仕廻けり　ひいきぎくころりとまけてしまいけり　政5　文政句帖
贔負分の露多さよ日陰菊　ひいきぶんのつゆのおおさよひかげぎく　政5　文政句帖
一畠喰て仕廻けりきくの花　ひとはたけくってしまいけりきくのはな　政5　文政句帖

負菊をじつと見直す独かな
まけぎくをじっとみなおすひとりかな　政5　文政句帖　[異]『発句題叢』『希杖本』中七「佗と見直す」

最う一度どこぞで勝よきくの花
もういちどどこぞでかてよきくのはな　政5　文政句帖

藪菊や庵の三九日相つとむ
やぶぎくやいおのみくにちあいつとむ　政5　文政句帖

山里は小便所さへき〔くの〕花
やまざとはしょうべんじょさえきくのはな　政5　文政句帖

山は雪のはつ花咲けり菊の花
やまはゆきのはつはなさけりきくのはな　政5　文政句帖

らく／＼と寝かしもせぬきくの花
らくらくとねかしもせぬきくのはな　政5　文政句帖

綿きせて又引立やきくの花
わたきせてまたひきたつやきくのはな　政6　文政句帖

今の世や菊一本も小ばん金
いまのよやきくいっぽんもこばんがね　政6　文政句帖

大菊の天窓がぶらりしやらり哉
おおぎくのあたまがぶらりしゃらりかな　政6　文政句帖

大菊のてつぺんに寝る毛虫哉
おおぎくのてっぺんにねるけむしかな　政6　文政句帖

大菊や花と成る迄小判金
おおぎくやはなとなるまでこばんがね　政6　文政句帖　[同]『同句帖』に重出

菊薗や下向は左へおのづから
きくぞのやげこうはひだりへおのずから　政6　文政句帖

九日も寝て仕れきくの花
ここのかもねてつかまつれきくのはな　政6　文政句帖

草庵に金をかす也菊の花
そうあんにかねをかすなりきくのはな　政6　文政句帖

大名と肩並べけりきくの花
だいみょうとかたならべけりきくのはな　政6　文政句帖

藪菊や親にならふてべたり寝る
やぶぎくやおやにならうてべたりねる　政6　文政句帖

山菊の生たまゝや直ニ咲
やまぎくのうまれたままやすぐにさく　政6　だん袋

おとなしく負ていろ／＼菊の花
おとなしくまけていろいろきくのはな　政7　文政句帖

捨菊迄まけ気〔の〕ぬけぬ親爺哉
すてぎくまでまけきのぬけぬおやじかな　政7　文政句帖

捨菊やおしあひへし合花となる　すてぎくやおしあいへしあいはなとなる　政7　文政句帖

菜畠やひよい〳〵〳〵や菊の花　なばたけやひょいひょいひょいやきくのはな　政7　文政句帖

見よふ見まねに藪菊と成にけり　みようみまねにやぶぎくとなりにけり　政7　文政句帖

山おくも育がら也菊の花　やまおくもそだちがらなりきくのはな　政7　文政句帖

捨られた形に咲けりきくの花　すてられたなりにさきけりきくのはな　政8　文政句帖

菜畠〔の〕もやうにひよい〳〵菊の花　なばたけのもようにひょいひょいきくのはな　政8　文政句帖

真直や人のかまはぬ菊の花　まっすぐやひとのかまわぬきくのはな　政8　文政句帖

九日雨十日同十一日晴
客好や節句仕直す菊の花　きゃくずきやせっくしなおすきくのはな　政9　政九十句写　同『希杖本』「書簡」

蛤や細工過たる菊の花　はまぐりやさいくすぎたるきくのはな　不詳　自筆本

垣並や楽〳〵と咲屋草菊　かきなみやらくらくとさくやくざぎく　不詳　希杖本

瘦菊もよろ〳〵花となりにけり　やせぎくもよろよろはなとなりにけり　不詳　希杖本

町うらや菊の中なる朝茶道　まちうらやきくのなかなるあさちゃみち　不詳　希杖本

菊園や歩行ながらの小酒盛　きくぞのやあるきながらのこさかもり　不詳　嘉永版

酒臭き黄昏ごろや菊の花　さけくさきたそがれごろやきくのはな　不詳　嘉永版

大菊の秋もずんずとくれにけり　おおぎくのあきもずんずとくれにけり　不詳　発句鈔追加

呂芳隠士の庭前即興
片隅に日向ぼこして隠居菊　かたすみにひなたぼこしていんきょぎく　不詳　発句鈔追加

所〳〵菊につたなき木札かな　ところどころきくにつたなききふだかな　不詳　発句鈔追加

猫の鈴夜永の菊の咲にけり
ねこのすずよながのきくのさきにけり　不詳　発句鈔追加

山の菊うまれた郷や直にさく
やまのきくうまれたさとやすぐにさく　不詳　発句鈔追加

野菊

足元に日のおちかゝる野菊哉
あしもとにひのおちかかるのぎくかな　化1　文化句帖

雨風にしすましげなるのぎく哉
あめかぜにしすましげなるのぎくかな　化1　文化句帖

僧も立鶴も立たる野菊哉
そうもたちつるもたちたるのぎくかな　化1　文化句帖

鶴下りて一倍寒きのぎく哉
つるおりていちばいさむきのぎくかな　化1　文化句帖

鳥のねも我国でなし野菊咲
とりのねもわがくにでなしのぎくさく　化1　文化句帖

はなやかに旭のかゝる野菊哉
はなやかにあさひのかかるのぎくかな　化1　文化句帖

松苗にわざとならざるの菊哉
まつなえにわざとならざるのぎくかな　化1　文化句帖

人里に植れば曲る野菊哉
ひとざとにうえればまがるのぎくかな　政3　八番日記

紫苑

栖より四五寸高きしをに（ん）哉
すみかよりしごすんたかきしおんかな　寛中　西紀書込

夕月につんと立たるしをん哉
ゆうづきにつんとたちたるしおんかな　化5　化五句記

桔梗

きり／＼しやんとしてさく桔梗哉
きりきりしゃんとしてさくききょうかな　化9　七番日記　同『版本題叢』『文政版』『嘉永版』　異『発句題叢』中七「しゃんで咲く」

朝鐘に封のはなれし桔校（梗）哉
あさがねにふうのはなれしききょうかな　政7　文政句帖

朝顔

朝顔にとゞく旅店の灯影哉
あさがおにとどくはたごのほかげかな　寛6　寛政句帖

朝顔や横たふはたが影法師　あさがおやよこたうはたがかげぼうし　寛12　題葉集

朝顔に賎しきけぶりかゝる也　あさがおにいやしきけぶりかかるなり　享2　享和二句記　同『同句記』に重出

朝顔の二軒前咲く浦か《（わ）》哉　あさがおのにけんまえさくうらわかな　享2　享和二句記

二軒して花朝顔を見たりけり　にけんしてはなあさがおをみたりけり　享2　享和二句記

二軒前花朝顔〔の〕吹れけり　にけんまえはなあさがおのふかれけり　享2　享和二句記

寄合に朝顔うへし浦半哉　よりあいにあさがおうえしうらわかな　享2　亭和二句記

朝顔の大所の濃かりけり　あさがおのおおどころのこかりけり　享3　享和句帖

朝顔のこく咲にけりよ所の家　あさがおのこくさきにけりよそのいえ　享3　享和句帖

朝顔や大吹降もあがり口　あさがおやおおふきぶりもあがりぐち　享3　享和句帖

有女同車

朝顔や女車の毛唐人　あさがおやおんなぐるまのけとうびと　享3　享和句帖

朝顔やしたゝかぬれし通り雨　あさがおやしたたかぬれしとおりあめ　享3　享和句帖

朝顔や花見るうちもいく度立　あさがおやはなみるうちもいくどたつ　享3　享和句帖

行て来て朝顔見るやゆる〱と　いってきてあさがおみるやゆるゆると　享3　享和句帖

蕣の葉がくれ木間がくれ哉　あさがおのはがくれこのまがくれかな　化1　文化句帖

蕣やたぢろぎもせず刀禰の水　あさがおやたじろぎもせずとねのみず　化1　文化句帖

朝顔や藪蚊の中にりんとして　あさがおややぶかのなかにりんとして　化1　文化句帖

帰庵

蕣に入口もないしだら哉　あさがおにいりぐちもないしだらかな　化2　文化句帖

蕣におつつぶされし庇哉　あさがおにおっつぶされしひさしかな　化2　文化句帖

蕣に片肌入れし羅漢哉　あさがおにかたはだいれしらかんかな　化2　文化句帖

蕣に子供の多き在所哉　あさがおにこどものおおきざいしょかな　化2　文化句帖

あさがほに咲なくさるゝ小家哉　あさがおにさきなくさるるこいえかな　化2　文化句帖

蕣に雫拵へて居りけり　あさがおにしずくこしらえてすわりけり　化2　文化句帖

蕣に背中の冷り〳〵哉　あさがおにせなかのひやりひやりかな　化2　文化句帖　同『同句帖』に重出

朝顔にほか〳〵として寒哉　あさがおにほかほかとしてさむさかな　化2　文化句帖

蕣に又〔一〕際の柳哉　あさがおにまたひときわのやなぎかな　化2　文化句帖

蕣に水だらけなる木立哉　あさがおにみずだらけなるこだちかな　化2　文化句帖

蕣に名利張たる住居哉　あさがおにみょうりはったるすまいかな　化2　文化句帖　同『同句帖』に重出

蕣のうられて行や風の吹　あさがおのうられてゆくやかぜのふく　化2　文化句帖

蕣のかゝさず咲や市の門　あさがおのかかさずさくやいちのかど　化2　文化句帖

蕣のかぞへる程に成にけり　あさがおのかぞえるほどになりにけり　化2　文化句帖

蕣の花となる日も榎哉　あさがおのはなとなるひもえのきかな　化2　文化句帖

蕣の花なき家もサガ野哉　あさがおのはななきいえもさがのかな　化2　文化句帖

蕣の花をまたぐや這入口　あさがおのはなをまたぐやはいりぐち　化2　文化句帖

朝顔の花をもせつく翁哉　あさがおのはなをもせつくおきなかな　化2　文化句帖

朝がほのヒザへ〔も〕咲て来べき也　あさがおのひざへもさいてくべきなり　化2　文化句帖

蕣の水〳〵しさを売れけり　あさがおのみずみずしさをうられけり　化2　文化句帖

蕣のわか〳〵しさよ長の留主　あさがおのわかわかしさよながのるす　化2　文化句帖

蕣は一番がけに濡るゝ哉　あさがおはいちばんがけにぬるるかな　化2　文化句帖

蕣もあひそに咲す酒屋哉　あさがおもあいそにさかすさかやかな　化2　文化句帖

朝顔や下水の泥もあさのさま　あさがおやげすいのどろもあさのさま　化2　文化句帖

あさがほや仕舞に成て小(子)沢山　あさがおやしまいになりてこだくさん　化2　文化句帖

蕣や花一ぱいの人の皺　あさがおやはないっぱいのひとのしわ　化2　文化句帖

蕣や再生もおくれじと　あさがおやふたたびばえもおくれじと　化2　文化句帖

朝顔や我おこたりの目に見ゆる　あさがおやわがおこたりのめにみゆる　化2　文化句帖

蕣を見ても居らるゝ齢哉　あさがおをみてもいらるるよわいかな　化2　文化句帖

朝露の蕣売るやあら男　あさつゆのあさがおうるやあらおとこ　化2　文化句帖

外聞に蕣咲す町家哉　がいぶんにあさがおさかすまちやかな　化2　文化句帖

かいはいの蕣持の庵哉　かいわいのあさがおもちのいおりかな　化2　文化句帖

鐘の声蕣先へそよぐ也　かねのこえあさがおさきへそよぐなり　化2　文化句帖

気に入ぬ蕣過分咲にけり　きにいらぬあさがおかぶんさきにけり　化2　文化句帖

気に入ぬのり出て蕣〔咲〕にけり　きにいらぬのりでてあさがおさきにけり　化2　文化句帖

是程の蕣も見ぬ隣哉　これほどのあさがおもみぬとなりかな　化2　文化句帖

取込みの門も蕣咲にけり　とりこみのかどもあさがおさきにけり　化2　文化句帖

人しらぬ蕣も朝な〳〵哉　ひとしらぬあさがおもあさなあさなかな　化2　文化句帖

留主のうちに大蕣は過にけり　るすのうちにおおあさがおはすぎにけり　化2　文化句帖

我宿の悪蕣も夜明哉　わがやどのわるあさがおもよあけかな　化2　文化句帖

朝〳〵の蕣好やけふも咲　あさあさのあさがおずきやきょうもさく　化3　文化句帖

蕣のうら見る宿にとまりけり　あさがおのうらみるやどにとまりけり　化3　文化句帖

植物

蕣のうるさがられて咲にけり　あさがおのうるさがられてさきにけり　化3　文化句帖

朝顔の咲くたびれもせざりけり　あさがおのさきくたびれもせざりけり　化3　文化句帖

蕣の下谷せましと咲にけり　あさがおのしたやせましとさきにけり　化3　文化句帖

蕣のつや〳〵しさよ家の迹（跡）　あさがおのつやつやしさよいえのあと　化3　文化句帖

朝顔の花色衣きたりけり　あさがおのはないろごろもきたりけり　化3　文化句帖

朝顔やかくれかねたる焼柱　あさがおやかくれかねたるやけばしら　化3　文化句帖

蕣やけさも隣にむしらるゝ　あさがおやけさもとなりにむしらるる　化3　文化句帖

蕣や引切捨し所に咲　あさがおやひききりすてしとこにさく　化3　文化句帖

蕣や日よけの足に引ぱりて　あさがおやひよけのたしにひっぱりて　化3　文化句帖

朝顔や再生と秋を咲　あさがおやふたたびばえとあきをさく　化3　文化句帖

蕣やまだ片づかぬやけ瓦　あさがおやまだかたづかぬやけがわら　化3　文化句帖

下谷

咲たりなどの蕣も家の迹（跡）　さいたりなどのあさがおもいえのあと　化3　文化句帖

ほちや〳〵と薮蕣の咲にけり　ほちゃほちゃとやぶあさがおのさきにけり　化3　文化句帖

蕣に下国に見へぬ垣ね哉　あさがおにげこくにみえぬかきねかな　化4　連句稿裏書

蕣に我は露けもなかりけり　あさがおにわれはつゆけもなかりけり　化4　連句稿裏書

蕣や露けのがれし人の顔　あさがおやつゆけのがれしひとのかお　化4　連句稿裏書

蕣や人から先に秋の雨　あさがおやひとからさきにあきのあめ　化4　連句稿裏書

朝顔やひとつ咲ても風が吹　あさがおやひとつさいてもかぜがふく　化4　鹿島集

雪国の大蕣の咲にけり　ゆきぐにのおおあさがおのさきにけり　化4　連句稿裏書

植物

朝顔の花やざは〱せはしなよ	あさがおのはなやざわざわせわしなよ	化6　句稿消息写
いそがしや薄蕣の咲いそぎ	いそがしやうすあさがおのさきいそぎ	化6　句稿消息写
蝶とぶやそれ蕣の花の時	ちょうとぶやそれあさがおのはなのとき	化6　化三―八写
蕣の花もきのふのきのふ哉	あさがおのはなもきのうのきのうかな	化7　七番日記
蕣のはら〱星〔の〕きをひ哉	あさがおのはらはらほしのきおいかな	化7　七番日記
蕣や朝な〱のあばれ咲	あさがおやあさなあさなのあばれざき	化7　七番日記　同『化三―八写』
蕣やサイ鳥さしが竿の先	あさがおやさいとりさしがさおのさき	化7　七番日記　同『化三―八写』
両国　咲たて〔の〕朝顔直(値)ぎり給ふ哉	さきたてのあさがおねぎりたもうかな	化7　七番日記
蕣やあかるゝころは昼も咲	あさがおやあかるるころはひるもさく	化8　七番日記
蕣やうつとしければ昼も咲	あさがおやうっとしければひるもさく	化8　我春集
我庵は蕣の花の長者哉	わがいおはあさがおのはなのちょうじゃかな	化8　七番日記
蕣の花で鼻かむ女哉	あさがおのはなではなかむおんなかな	化9　七番日記　同『希杖本』
蕣の花で葺たる庵哉	あさがおのはなでふきたるいおりかな	化9　七番日記　同『信濃札』
朝顔やだまつて居たら天窓へも	あさがおやだまっていたらあたまへも	化9　株番
狗の朝顔さきぬ門先に	えのころのあさがおさきぬかどさきに	化9　七番日記
狗の蕣さきぬ店の先	えのころのあさがおさきぬみせのさき	化9　株番
蕣や朝〱蚤の逃所	あさがおやあさあさのみのにげどころ	化10　七番日記
角力取の花蕣よ〱	すもとりのはなあさがおよあさがおよ	化10　七番日記
蕣の隠居小路よやよかにも	あさがおのいんきょこうじよやよかにも	化11　七番日記

朝顔の花の大福長者哉　あさがおのはなのだいふくちょうじゃかな　化11　七番日記

蕣の一からげぞよ家と家　あさがおのひとからげぞよいえといえ　化11　七番日記

朝顔も銭だけひらくうき世哉　あさがおもぜにだけひらくうきよかな　化11　七番日記

蕣に出し抜れたぞけふも又　あさがおにだしぬかれたぞきょうもまた　化12　七番日記

朝顔の先から銭のうき世哉　あさがおのさきからぜにのうきよかな　化12　七番日記

朝顔の花ともしらで暮す世ぞ　あさがおのはなともしらでくらすよぞ　化12　七番日記

朝顔の花に顔出す鼠かな　あさがおのはなにかおだすねずみかな　化12　七番日記

廿二（日）晴　ケノ庭蕣

雷（擂）鉢の音に朝顔咲にけり　すりばちのおとにあさがおさきにけり　化12　七番日記

欲面の朝顔たんと咲にけり　よくづらのあさがおたんとさきにけり　化12　七番日記

咲たりな我蕣のかぢけ花　さいたりなわがあさがおのかじけばな　化13　七番日記

朝顔にをしつぶされし扉かな　あさがおにおしつぶされしとびらかな　化14　長櫃　異『蓑虫庵小集』中七「おしつぶされし」

蕣の上にもは（あ）れやはやり花　あさがおのうえにもあれやはやりばな　政1　七番日記　同「真蹟」前書「今の世にことなる色〳〵ときめけば」、「真蹟」前書「こと様なるくさ〴〵ときめきけるを」（三種あり）

蕣の黒く咲けり我髪は　あさがおのくろくさきけりわがかみは　政1　七番日記

蕣の花にけかちはなかりけり　あさがおのはなにけかちはなかりけり　政1　七番日記

蕣の花や一寸先は闇　あさがおのはなやいっすんさきはやみ　政1　七番日記

蕣もはやり花かよ世にあれば　あさがおもはやりばなかよよにあれば　政1　七番日記

朝顔やナムアヽ〳〵と一時に
あさがおやなむああああといちどきに
政1　七番日記

朝顔や世〔に〕つながれてはやり花
あさがおやよにつながれてはやりばな
政1　七番日記

蕣をざぶとぬらして枕哉
あさがおをざぶとぬらしてまくらかな
政1　七番日記

木がくれや白蕣のすまし顔
こがくれやしろあさがおのすましがお
政1　七番日記

白赤のあらそひも只蕣ぞ
しろあかのあらそいもただあさがおぞ
政1　七番日記

種〳〵の花はやりければ
ながらへば黒い朝顔なんのかのと
ながらえばくろいあさがおなんのかのと
政1　柏原雅集

ながらへば絞蕣何のかのと
ながらえばしぼりあさがおなんのかのと
政1　七番日記

人の世や新蕣のほたへ咲
ひとのよやしんあさがおのほたえざき
政1　七番日記　同『花鳥文庫』

我顔は朝顔の花の長者かな
わがかおはあさがおのはなのちょうじゃかな
政1　七番日記

蕣にかして咲する庇かな
あさがおにかしてさかするひさしかな
政2　八番日記　参『梅塵八番』中七「かして咲せる」

朝顔や一霜過てぱつと咲
あさがおやひとしもすぎてぱっとさく
政2　八番日記

槿や花一倍の人の皺
あさがおやはないちばいのひとのしわ
政3　発句題叢　同『発句鈔追加』『希杖本』

朝顔や〔まだ〕精進の十五日
あさがおやまだしょうじんのじゅうごにち
政3　八番日記　参『梅塵八番』中七「まだ精進の」

赤くてもあゝ朝顔はあさ顔ぞ
あかくてもあああさがおはあさがおぞ
政4　八番日記

朝顔といほ相待（持）の小家哉
あさがおといおあいもちのこいえかな
政4　八番日記

朝顔の上から取や金（径）山寺
あさがおのうえからとるやきんざんじ
政4　八番日記　同『文政版』『嘉永版』、異『だん袋』前書「江戸」中七「上から買ふや」

蕣の大花小花さは〳〵し　あさがおのおおばなこばなさわさわし　政4　八番日記　同『だん袋』　異『発句鈔追加』　上五「あさがほや」

朝顔の外からよぶや経（径）山寺　あさがおのそとからよぶやきんざんじ　政4　八番日記

朝顔の花やさら〳〵さあらさら　あさがおのはなやさらさらさあらさら　政4　八番日記

朝顔で（も）蕣色は咲ぬ世ぞ　あさがおもあさがおいろはさかぬよぞ　政4　八番日記　参『梅塵八番』　上五「蕣も」

朝顔もぶじで咲也我も又　あさがおもぶじでさくなりわれもまた　政4　八番日記

あさがほやいつをいつ迄すがれ花　あさがおやいつをいつまですがればな　政4　八番日記

朝顔や瘧のおちし花の顔　あさがおやおこりのおちしはなのかお　政4　八番日記　同『だん袋』『発句鈔追加』

朝顔やそろり〳〵と世を送り　あさがおやそろりそろりとよをおくり　政4　八番日記　参『梅塵八番』　中七「さらり〳〵と」　下五「世を送る」

朝顔や這入口まであはれ咲　あさがおやはいりぐちまであはれざき　政4　八番日記　参『梅塵八番』　下五「あばれ咲」

朝顔や吹倒されたなりでさく　あさがおやふきたおされたなりでさく　政4　八番日記　参『梅塵八番』　下五「なりに咲」

蕣を一ぱい浮す茶椀哉　あさがおをいっぱいうかすちゃわんかな　政4　八番日記

八月一日

蕣をふはりと浮す茶椀哉　あさがおをふわりとうかすちゃわんかな　政4　だん袋　同『発句鈔追加』

おとなしや白朝顔のつんと咲　おとなしやしろあさがおのつんとさく　政4　八番日記

金時が色を咲ても朝顔ぞ　きんときがいろをさいてもあさがおぞ　政4　八番日記

しめやかに浅黄朝顔おとなしや　しめやかにあさぎあさがおおとなしや　政4　八番日記

花並におくせもせぬや小朝顔　はななみにおくせもせぬやこあさがお　政4　八番日記

むだ花はけがにもない〔ぞ〕朝顔は　むだばなはけがにもないぞあさがおは　政4　八番日記　異『だん袋』『発句鈔追加』　下五

「朝顔に」

うす垣やうす朝顔が大ざかり　うすがきやうすあさがおがおおざかり　政4　八番日記　参『梅塵八番』中七「薄朝顔も」

留主垣や大朝顔の大盛　るすがきやおおあさがおのおおざかり　政4　八番日記

朝顔の善尽し美を尽しけり　あさがおのぜんつくしびをつくしけり　政5　文政句帖

朝顔に水切町と見へぬ也　あさがおにみずぎれまちとみえぬなり　政6　文政句帖

朝顔の花〔に〕皺顔並べけり　あさがおのはなにしわがおならべけり　政6　文政句帖

朝顔やつぶりにけぶるは湯手拭ひ　あさがおやつぶりにけぶるはゆてぬぐい　政6　文政句帖

朝顔や人の顔にはそつがある　あさがおやひとのかおにはそつがある　政6　文政句帖　同『文政版』『嘉永版』

朝顔や湯けぶりのはふぬれ肱　あさがおやゆけぶりのはうぬれかいな　政6　文政句帖

朝顔に涼しくくふやひとり飯　あさがおにすずしくくうやひとりめし　政7　文政句帖

〔蕣〕に露おき添る湯霧哉　あさがおにつゆおきそえるゆぎりかな　政8　政八句帖草

〔蕣の〕水〳〵しさよ花盛り　あさがおのみずみずしさよはなざかり　政8　政八句帖草

善光寺

朝顔とおつゝかつゝや開帳がね　あさがおとおっつかっつやかいちょうがね　政8　文政句帖

草ツ

朝顔にまくしかけたる湯霧哉　あさがおにまくしかけたるゆぎりかな　政8　文政句帖　同『同句帖』に重出

〔朝顔〕のかせぎて咲やいかな日も　あさがおのかせぎてさくやいかなひも　政8　文政句帖

〔朝顔〕のかせぎて咲やも少と　あさがおのかせぎてさくやもすこしと　政8　文政句帖

朝顔のさも水〳〵しすが〳〵し　あさがおのさもみずみずしすがすがし　政8　文政句帖

〔朝顔〕もおあいそおくや店の先　あさがおもおあいそおくやみせのさき　政8　文政句帖

植物

朝顔やうしろは市のやんさ声
あさがおやうしろはいちのやんさごえ
政8　文政句帖

朝顔や貧乏蔓も連に這ふ
あさがおやびんぼうづるもつれにはう
政8　文政句帖　異『政八句帖草』上五「〔蕣〕の」

古間白飛の聞書

朝顔に湯けぶりの這ふ濡からだ
あさがおにゆけぶりのはうぬれからだ
政9　政九十句写　同『希杖本』

朝顔や浅黄絞りの何のかのと
あさがおやあさぎしぼりのなんのかのと
政9　政九十句写　同『希杖本』「書簡」

蕣を花に迄して売や人
あさがおをはなにまでしてうるやひと
政9　政九十句写　同『希杖本』　異「書簡」下五「売る人よ」

両国

八文の大蕣よ〳〵
はちもんのおおあさがおよあさがおよ
政9　政九十句写　同『希杖本』「書簡」

朝顔は座敷にさくも垣根哉
あさがおはざしきにさくもかきねかな
政10　政九十句写　同『希杖本』

蕣やぞくり〳〵と二番生へ
あさがおやぞくりぞくりとにばんばえ
政10　政九十句写　同『希杖本』

鈴がらりがらり朝顔くぢり咲
すずがらりがらりあさがおくぢりさく
政10　石渡・八幡神社俳額

あさがほや花に恥たる膝がしら
あさがおやはなにはじたるひざがしら
不詳　真蹟

拍子木で朝顔咲や上屋敷
ひょうしぎであさがおさくやかみやしき
不詳　希杖本

蕣や一霜添てぱつと咲
あさがおやひとしもそえてぱっとさく
不詳　嘉永版　参『梅塵八番』中七「一霜そつて」

神前

鈴がらり〳〵蕣ひとつさく
すずがらりがらりあさがおひとつさく
不詳　発句鈔追加

朝がほに咲つぶされし庵かな
あさがおにさきつぶされしいおりかな
不詳　応響雑記

女郎花

あけぼのや吹古されし女郎花
あけぼのやふきふるされしおみなえし
化1　文化句帖

女郎花さしでがましく咲にけり　おみなえしさしでがましくさきにけり　化1　文化句帖

女郎花けぶりの形にくねりけり　おみなえしけぶりのなりにくねりけり　化3　文化句帖

女郎花仁和このかた野に咲か　おみなえしにんなこのかたのにさくか　化1　文化句帖

女郎花仁和の御代も野に咲か　おみなえしにんなのみよものにさくか　化1　文化句帖

山鳥に寝ようをならへ女郎花　やまどりにねようをならえおみなえし　化3　文化句帖

鉄砲の先に立たり女郎花　てっぽうのさきにたちたりおみなえし　化5　化五句記

山の夜や木実かやのみ女郎花　やまのよやこのみかやのみおみなえし　化5　化五句記

山箸は桔棱《(梗)》かるかや女郎花　やまばしはききょうかるかやおみなえし　化5　化五句記

女郎花きらはゞ嫌へ月を友　おみなえしきらわばきらえつきをとも　化6　句稿断片

じやらつくや誰待宵の女郎花　じゃらつくやたれまつよいのおみなえし　化6　化三―八写

十四夜

しらつゆやたれ待宵の女郎花　しらつゆやたれまつよいのおみなえし　化6　化五六句記

女良花そよぎ盛ははや過ぬ　おみなえしそよぎざかりははやすぎぬ　化7　七番日記

雷の焦し給ひぬ女郎花　かみなりのこがしたまいぬおみなえし　化7　七番日記

雷の側に立けり女郎花　かみなりのそばにたちけりおみなえし　化7　七番日記

よろ／＼は我もまけぬぞ女良花　よろよろはわれもまけぬぞおみなえし　化7　七番日記

一日も卅日もないか女良花　ついたちもみそかもないかおみなえし　化8　七番日記

何事のかぶり／＼ぞ女良花　なにごとのかぶりかぶりぞおみなえし　化8　七番日記　同『我春集』『発句題叢』『嘉永版』『発句鈔追加』『希杖本』

墓原や一人くねりの女良花　はかはらやひとりくねりのおみなえし　化8　七番日記

大原やせり（れ）ふの里の女郎花　おおはらやせりょうのさとのおみなえし　化9　七番日記

御地蔵と蓼すりこぎと女良花　おじぞうとたですりこぎとおみなえし　化9　七番日記

九月尽の心を
じやらつくもけふ翌ばかり女良花　じゃらつくもきょうあすばかりおみなえし　化9　七番日記

なけなしの露を棄るや女良花　なけなしのつゆをすつるやおみなえし　化9　七番日記

世中はくねり法度ぞ女良花　よのなかはくねりはっとぞおみなえし　化9　七番日記

入大火火不能焼由是菩薩威神力故
雷も焦しはせじな女郎花　かみなりもこがしはせじなおみなえし　化10　七番日記　同『句稿消息』

雲雷鼓掣電　降雹澍大雨　念彼観音力　応時得消散
雷もそつとおちしか女郎花　かみなりもそっとおちしかおみなえし　化10　志多良

雷もそつとおちにき女郎花　かみなりもそっとおちにきおみなえし　化10　七番日記　同『句稿消息』

奴賛
じやらつくなどつこいそこな女郎花　じゃらつくなどっこいそこなおみなえし　化10　志多良

七転び八起の花よ女良花　ななころびやおきのはなよおみなえし　化11　七番日記　同『発句鈔追加』

我塚にたんとさけよ女良花　わがつかにたんとさけよおみなえし　化11　七番日記

うら門や花とも云ぬ女郎花　うらもんやはなともいえぬおみなえし　化12　七番日記

神山や末の末迄女良花　かみやまやすえのすえまでおみなえし　化12　七番日記

寝むしろやたばこ吹かける女良花　ねむしろやたばこふきかけるおみなえし　化12　七番日記

古郷や貧乏馴し女良花　ふるさとやびんぼうなれしおみなえし　化12　七番日記

女良花あつけらこんと立りけり
おみなえしあっけらこんとたてりけり
化13　七番日記　同『同日記』に重出、『文政版』『希杖本』「真蹟」　異『嘉永版』中七「あつけらかんと」

女郎花からみ付けり皺足に
おみなえしからみつけりしわあしに
化13　七番日記

我家をくねり倒な女良花
わがいえをくねりたおすなおみなえし
化13　七番日記

飯綱山
粟飯は爰に有りとや女良花
あわめしはここにありとやおみなえし
政1　七番日記

片隅につんと立けり女良花
かたすみにつんとたちけりおみなえし
政1　七番日記

鬼茨に添ふて咲けり女郎花
おにばらにそうてさきけりおみなえし
政4　八番日記

女郎花なぶるな虫がいぼをつる
おみなえしなぶるなむしがいぼをつる
政5　文政句帖

松の木に少かくれて女郎花
まつのきにすこしかくれておみなえし
政5　文政句帖

大雨をくねり返すや女郎花
おおあめをくねりかえすやおみなえし
政6　文政句帖

女郎花角力草もともそよぎ
おみなえしすもとりぐさもともそよぎ
政6　文政句帖

かくれ家は風より寒し女郎花
かくれがはかぜよりさむしおみなえし
政8　政八句帖草

忽に盛り着ける女郎花
たちまちにさかりつきけるおみなえし
政8　政八句帖草

明がた〔や〕吹くたびれし女郎花
あけがたやふきくたびれしおみなえし
政8　文政句帖

女郎花一夜の風におとろふる
おみなえしひとよのかぜにおとろうる
政8　文政句帖　同『嘉永版』「遺稿」　異『政八句帖草』下五「おとろへる」

女郎花けふの日和はどちら向く
おみなえしきょうのひよりはどちらむく
不詳　応響雑記

夕立をくねり返すや女良花
ゆうだちをくねりかえすやおみなえし
不詳　小升屋通帳裏書　同「真蹟」

蔦（蔦紅葉）

今時の人とは見へず窓の蔦　いまどきのひととはみえずまどのつた　享3　享和句帖

蔦紅葉も一つ家をほしげ也　つたもみじもひとついえをほしげなり　享3　享和句帖

松の蔦紅葉してから伐られけり　まつのつたもみじしてからきられけり　享3　享和句帖

蔦紅葉朝から暮るゝそぶり也　つたもみじあさからくるるそぶりなり　化1　文化句帖

蔦紅葉口《（紅）》今つけし庇也　つたもみじくちべにつけしひさしなり　化1　文化句帖

豆蔦もまけぬ気になる紅葉哉　まめつたもまけぬきになるもみじかな　化1　文化句帖

手一合むかごくれけり蔦の家　ていちごうむかごくれけりつたのいえ　化2　文化句帖

はら／＼と朝茶崩や蔦の窓　はらはらとあさちゃくずれやつたのまど　化2　文化句帖

わが宿の貧乏蔦も紅葉哉　わがやどのびんぼうつたももみじかな　化2　文化句帖

山川や赤い蔦程いそがしき　やまかわやあかいつたほどいそがしき　化6　化五六句記

山主にしたしき蔦も紅葉哉　やまぬしにしたしきつたももみじかな　化6　化五六句記

我が秋蔦は紅葉の時も有　われがあきつたはもみじのときもあり　化6　化五六句記

門の蔦サガ念仏のしなん哉　かどのつたさがねんぶつのしなんかな　政2　八番日記

サガ流の大念仏や蔦紅葉　さがりゅうのだいねんぶつやつたもみじ　政2　八番日記

念仏の南指《（指南）》所や庵の蔦　ねんぶつのしなんどころやいおのつた　政2　八番日記　参『梅塵八番』中七「指南所や」

くふ飯に蔦ぶら下る山家哉　くうめしにつたぶらさがるやまがかな　政5　文政句帖

塩入れ〔し〕貧乏樽や蔦の家　しおいれしびんぼうだるやつたのいえ　政5　文政句帖

関東の嵯峨とも申つたもみぢ　かんとうのさがともうすつたもみじ　不詳　発句鈔追加

萩（木萩）

奥州の百里ほど庭の木萩哉　おうしゅうのひゃくりほどにわのきはぎかな　寛中　西紀書込

ざぶ〳〵と萩起直る夜半哉　ざぶざぶとはぎおきなおるやはんかな　寛中　真蹟　同『題葉集』

一かぶに道をふさげり萩の花　ひとかぶにみちをふさげりはぎのはな　寛中　西紀書込

夕あらしあたかも萩の小一支（枝）　ゆうあらしあたかもはぎのこひとえだ　寛中　西紀書込

人よび鳥

雨の萩風の真秋とゆふべ哉　あめのはぎかぜのまあきとゆうべかな　享3　享和句帖

御馬の屁ながれけり萩の花　おんうまのへながれけりはぎのはな　享3　享和句帖

鵲巣

萩寒むや行先〴〵は人の家　はぎざむやゆくさきざきはひとのいえ　享3　享和句帖

萩ちりぬ祭も過ぬ立仏　はぎちりぬまつりもすぎぬたちぼとけ　享3　享和句帖　異『同句帖』上五「萩もちり」

乱れ萩門の葎におとらじと　みだれはぎかどのむぐらにおとらじと　享3　享和句帖

痩はぎに雫見せけり萩花　やせはぎにしずくみせけりはぎのはな　享3　享和句帖

痩萩や松の陰から咲そむる　やせはぎやまつのかげからさきそむる　享3　享和句帖

雨好の灯のとぼりけり萩の花　あめずきのひのとぼりけりはぎのはな　化1　文化句帖

小笠きて東坡めく也萩の花　こがさきてとうばめくなりはぎのはな　化1　文化句帖

寺嗅き夕べではなし萩の花　てらくさきゆうべではなしはぎのはな　化1　文化句帖

むら萩や古井がなくも小淋しき　むらはぎやふるいがなくもこさびしき　化1　文化句帖

雨降やアサツテの月翌萩　あめふるやあさってのつきあすのはぎ　化2　文化句帖

萩の原鹿の盒子もかくれぬぞ　はぎのはらしかのはちこもかくれぬぞ　化2　文化句帖

一本の萩に荒行住居哉　いっぽんのはぎにあれゆくすまいかな　化3　文化句帖

させる夜もなくてふりゆく萩花　させるよもなくてふりゆくはぎのはな　化3　文化句帖　異『発句鈔追加』『茶翁聯句集』中七「なくて更行く」

柴焚や仏の顔も萩の雨　しばたくやほとけのかおもはぎのあめ　化3　文化句帖

萩咲〔や〕赤ふんどしの盆も過　はぎさくやあかふんどしのぼんもすぐ　化3　文化句帖

萩の葉に吹古されし柱哉　はぎのはにふきふるされしはしらかな　化3　文化句帖

門なり〔に〕咲癖〔付〕て萩の花　かどなりにさきぐせついてはぎのはな　化4　連句稿裏書

きたないといふまゝ萩の咲にけり　きたないというままはぎのさきにけり　化4　連句稿裏書

咲日から足にからまる萩の花　さくひからあしにからまるはぎのはな　化4　化三―八写

玉川や臼の下にも萩の花　たまがわやうすのしたにもはぎのはな　化4　連句稿裏書

寝所

玉川や杵にからまる萩の花　たまがわやきねにからまるはぎのはな　化4　連句稿裏書

調布の引ずり萩の咲にけり　つきぬののひきずりはぎのさきにけり　化4　連句稿裏書

目出度さはさ萩も立けぶり哉　めでたさはさはぎもたてるけぶりかな　化4　連句稿裏書

痩萩やぶくり〳〵と散にけり　やせはぎやぶくりぶくりとちりにけり　化4　連句稿裏書

夕暮や萩一本を窓のふた　ゆうぐれやはぎいっぽんをまどのふた　化4　連句稿裏書

狗のかざしにしたり萩の花　えのころのかざしにしたりはぎのはな　化5　化五句記

子供等が鹿と遊ぶや萩の花　こどもらがしかとあそぶやはぎのはな　化5　化五句記

せい出して散とも見へず萩の花　せいだしてちるともみえずはぎのはな　化5　化五句記

萩の花大な犬の寝たりけり　はぎのはなおおきないぬのねたりけり　化5　化五句記

宮ぎのや一ツ咲ても萩の花　みやぎのやひとつさいてもはぎのはな　化5　化五句記
宵〳〵に古くもならず萩の花　よいよいにふるくもならずはぎのはな　化5　化五句記
糸染よ〳〵かし萩の花　いとそめよいとそめよかしはぎのはな　化6　化五六句記
萩咲や常〔盤〕御前が尻の迹（跡）　はぎさくやときわごぜんがしりのあと　化6　化五六句記
萩の末キ丶ヤウの下になく蚊哉　はぎのすえききょうのしたになくかかな　化6　化五六句記
萩の花ふんどし染て吹せけり　はぎのはなふんどしそめてふかせけり　化6　化五六句記
道ばたへ乱ぐせつく萩の花　みちばたへみだれぐせつくはぎのはな　化6　化五六句記
さほしかの黙礼したり萩の花　さおしかのもくれいしたりはぎのはな　化8　七番日記
のら猫も宿と定る萩の花　のらねこもやどとさだむるはぎのはな　化8　七番日記
山里や昔かたぎの猫と萩　やまざとやむかしかたぎのねことはぎ　化8　七番日記
一本に門をふさげる木萩哉　いっぽんにかどをふさげるきはぎかな　化10　七番日記
こぼれ萩はらばふ鹿のもやう哉　こぼれはぎはらばうしかのもようかな　化10　七番日記
咲やいな縄目に及ぶ木萩哉　さくやいななわめにおよぶきはぎかな　化10　七番日記
我宿は萩一本の野と成ぬ　わがやどははぎいっぽんののとなりぬ　化10　七番日記　同『志多良』『句稿消息』
此所またげと萩の咲にけり　このところまたげとはぎのさきにけり　化11　七番日記
さをしかにかりて寝にけり萩の花　さおしかにかりてねにけりはぎのはな　化11　七番日記
露の世を押合へし合萩の花　つゆのよをおしあいへしあいはぎのはな　化11　七番日記
猫の子のかくれんぼする萩の花　ねこのこのかくれんぼするはぎのはな　化11　七番日記
ぶち猫も一夜寝にけり萩の花　ぶちねこもひとよねにけりはぎのはな　化11　七番日記
萩咲や子にかくれたる鹿の顔　はぎさくやこにかくれたるしかのかお　化12　七番日記

鹿の子はとつていくつぞ萩花　しかのこはとっていくつぞはぎのはな　化13　七番日記

山の井を花で埋る小萩哉　やまのいをはなでうづむるこはぎかな　化13　七番日記

小玉川是にさあさけ萩の花　こたまがわここにさあさけはぎのはな　化14　七番日記

ば《(濁ママ)》か犬が夜の気どりぞ萩花　ばかいぬがよるのきどりぞはぎのはな　化14　七番日記

我庵や竹には烏萩に猫　わがいおやたけにはからすはぎにねこ　化14　七番日記　異『同日記』上五「我家や」

我どもはいつ捨てらるる萩すすき　われどもはいつすてらるるはぎすすき　化中　書簡

さをしかの喰こぼしけり萩の花　さおしかのくいこぼしけりはぎのはな　政2　おらが春　同『八番日記』「書簡」

我萩や鹿のかわりに犬が寝る　わがはぎやしかのかわりにいぬがねる　政3　八番日記　参『梅塵八番』下五「犬の寝る」

萩寺や鹿のきどりに犬が寝る　はぎでらやしかのきどりにいぬがねる　政3　八番日記

萩萩《(秋)》や一斗こぼれ〔て〕一斗咲　あきはぎやいっとこぼれていっとさく　政4　八番日記

秋萩やきのふこぼれた程は咲　あきはぎやきのうこぼれたほどはさく　政4　八番日記

秋はぎやこぼしたよりはたんと咲　あきはぎやこぼしたよりはたんとさく　政4　八番日記　参『梅塵八番』中七「こぼれたよりは」

荒縄で引くゝつても萩の花　あらなわでひっくくってもはぎのはな　政4　八番日記

爰に一箕あれ〔に〕一箕や乱れ萩　ここにひとみあれにひとみやみだれはぎ　政4　八番日記

こぼれ萩凡壱斗ばかり哉　こぼれはぎおおよそいっとばかりかな　政4　八番日記

芥取の箕に寝る犬や乱れ萩　ごみとりのみにねるいぬやみだれはぎ　政4　八番日記

速に萩のはね泥かゝる也　すみやかにはぎのはねどろかかるなり　政4　八番日記

玉川を鼻にかけてや乱れ萩　たまがわをはなにかけてやみだれはぎ　政4　八番日記

玉川や臼にしかるゝ萩の花
たまがわやうすにしかるるはぎのはな
政4 八番日記 異『連句稿裏書』中七「臼の下にも」

猫の子〔に〕萩とら〔れ〕てはとら〔れ〕て《こ》は
ねこのこにはぎとられてはとられては
政4 八番日記

猫の子や萩を追たりおわれたり
ねこのこやはぎをおうたりおわれたり
政4 八番日記

萩の花爰をまたげと乱れけり
はぎのはなここをまたげとみだれけり
政4 梅塵八番 異『発句題叢』『希杖本』下五「咲にけり」

呼猫の萩のうら〔から〕にやん〳〵哉
よぶねこのはぎのうらからにゃんにゃんかな
政4 八番日記

萩寺
編笠の窓から見るや萩の花
あみがさのまどからみるやはぎのはな
政6 文政句帖

雁がねも筓を乱すや乱れ萩
かりがねもさんをみだすやみだれはぎ
政8 政八句帖草

〔存の外〕銭とる茶屋や〔萩の花〕
ぞんのほかぜにとるちゃやはぎのはな
政8 政八句帖草

毒川は人にこそ〔あれ〕萩の花
どくかわはひとにこそあれはぎのはな
政8 政八句帖草

あやにくに通り道也乱れ萩
あやにくにとおりみちなりみだれはぎ
政8 文政句帖 異『政八句帖草』上五「あやにくの」

存の外俗な茶屋有萩の花
ぞんのほかぞくなちゃやありはぎのはな
政8 文政句帖 同『文政版』『政八句帖草』前書「萩寺」 異『嘉永版』前書「萩寺」下五「萩の寺」

見かけより古風な門や萩の花
みかけよりこふうなかどやはぎのはな
政8 文政句帖

乱萩でも歌よみに縛らるゝ
みだれはぎでもうたよみにしばらるる
政8 文政句帖 異『政八句帖草』下五「搏ら

るゝ」

木兎は行儀崩ず乱萩
みみずくはぎょうぎくずさずみだれはぎ
政8　文政句帖　同『政八句帖草』

どこでやら猫の返事や乱れ萩
どこでやらねこのへんじやみだれはぎ
不詳　真蹟

鹿垣にむすび込るゝ萩の花
ししがきにむすびこまるるはぎのはな
不詳　遺稿

露萩に独ものいふあした哉
つゆはぎにひとりものいうあしたかな
不詳　遺稿

乱萩鹿のつもりに寝た猫よ
みだれはぎしかのつもりにねたねこよ
不詳　希杖本

ざぶ〳〵と萩のきこゆる夜半哉
ざぶざぶとはぎのきこゆるやはんかな
不詳　発句鈔追加

草萩

草萩の咲ふさげけり這入口
くさはぎのさきふさげけりはいりぐち
化6　化五六句記

葛（葛の花　葛紅葉）

葛の花水に引するあらし哉
くずのはなみずにひかするあらしかな
寛12　題葉集

葛の花水に引する夜明かな
くずのはなみずにひかするよあけかな
寛中　与州播州□雑詠

膳先へのさばり出たり葛紅葉
ぜんさきへのさばりでたりくずもみじ
享3　享和句帖

水上も秋になしたり葛藟
みなかみもあきになしたりくずかづら
享3　享和句帖

葛蔓の手にしてまとふ柱かな
くずつるのてにしてまとうはしらかな
政2　八番日記

世の中の人には葛も掘れけり
よのなかのひとにはくずもほられけり
政4　八番日記

我垣やうき世の葛の花盛り
わがかきやうきよのくずのはなざかり
政5　文政句帖　同「遺稿」

みそはぎ

みそ萩や水につければ風の吹
みそはぎやみずにつければかぜのふく
化1　文化句帖　異『発句題叢』中七「水に浸せば」、『版本題叢』『発句鈔追加』『青ひさご』下五「風が吹」

みそ萩がかぶりしてさく門田哉　みそはぎがかぶりしてさくかどたかな　化13　七番日記　異『希杖本』中七「かぶにして咲」

みそ萩や縁もゆかりもない塚へ　みそはぎやえんもゆかりもないつかへ　政6　文政句帖

鼠尾花の手にとるからに秋の立　みそはぎのてにとるからにあきのたつ　不詳　真蹟

鼠尾花や手にとるからに秋は立　みそはぎやてにとるからにあきはたつ　不詳　発句鈔追加　異「真蹟」下五「秋の立」

吾亦紅

五（吾）木香さし出て花のつもり哉　われもこうさしでてはなのつもりかな　化9　七番日記

白粉の花

白粉の花ぬつて見る娘哉　おしろいのはなぬってみるむすめかな　政4　八番日記

祭りとて白粉も花咲にけり　まつりとておしろいもはなさきにけり　政4　八番日記

鶏頭

鶏頭に向ひあふたる野守哉　けいとうにむかいおうたるのもりかな　寛中　西紀書込

一本の鶏頭ぶつゝり折にけり　いっぽんのけいとうぶっつりおれにけり　享3　享和句帖

ぽつ〳〵と痩ケイタウも月夜也　ぽつぽつとやせけいとうもつきよなり　化1　文化句帖

墓原や赤鶏頭のひとり咲　はかはらやあかけいとうのひとりざき　化6　句稿断片　同『発句鈔追加』

四五寸の鶏頭づらり赤らみぬ　しごすんのけいとうずらりあからみぬ　化10　七番日記

ぞく〳〵と自然生たる鶏頭哉　ぞくぞくとじねんはえたるけいとうかな　化10　七番日記

古垣の足に並ぶ［や］小鶏頭　ふるがきのたしにならぶやこげいとう　化10　七番日記　同『句稿消息』

一本で秋引受る鶏頭哉
いっぽんであきひきうけるけいとかな
政4　八番日記

野畠や大鶏頭の自然花
のばたけやおおけいとうのじねんばな
政4　八番日記

そばの花

しなのぢはそば咲けりと小幅綿
しなのじはそばさきけりとこはばわた
化1　文化句帖

そばの花咲くや仏と二人前
そばのはなさくやほとけとににんまえ
化1　文化句帖

そばの花二軒前程咲にけり
そばのはなにけんまえほどさきにけり
化1　文化句帖

近い比しれし出湯やそばの花
ちかいころしれしいでゆやそばのはな
化1　文化句帖

痩山にぱつと咲けりそばの花
やせやまにぱっとさきけりそばのはな
化1　文化句帖

かくれ家や一人前のそばの花
かくれがやいちにんまえのそばのはな
化13　七番日記

しなのぢやそばの白さもぞつとする
しなのじやそばのしろさもぞっとする
化14　七番日記

そば咲やその白さゝへぞつとする
そばさくやそのしろささえぞっとする
化14　七番日記

徳本の腹をこやせよ蕎麦花
とくほんのはらをこやせよそばのはな
化14　七番日記

はや山が白く成ぞよそばでさへ
はややまがしろくなるぞよそばでさえ
化14　七番日記

草庵
塞張らん外山のそばが白くなる
ふさぎはらんとやまのそばがしろくなる
化14　七番日記

国がらや田にも咲するそばの花
くにがらやたにもさかするそばのはな
政4　八番日記　参『梅塵八番』中七「田にも咲かせる」

山畠やそばの白さもぞつとする
やまはたやそばのしろさもぞっとする
政7　文政句帖　同『文政版』『嘉永版』前書「老の身は今から寒さも苦になりて」、「遺稿」

日の入のはやき辺りを蕎麦の花
ひのいりのはやきあたりをそばのはな　不詳　発句鈔追加

蓼の花

新し（い）へ流灌（潅）頂や蓼の花
あたらしいながれかんじょうやたでのはな　政2　八番日記　参『梅塵八番』上五「新らしい」

蘭の花

いづゝから日本風ぞ蘭の花
いづつからにっぽんふうぞらんのはな　政4　八番日記　参『梅塵八番』下五「菊の花」

日本の蘭の（と）なりつゝいく世ふる
にっぽんのらんとなりつついくよふる　政4　八番日記

蘭のかに上国めきし月夜哉
らんのかにじょうこくめきしつきよかな　政4　八番日記

蘭のかや異国のやうに三ケの月
らんのかやいこくのようにみかのつき　政4　八番日記　参『梅塵八番』中七「異国のやうな」

蘭の葉や花はそちのけ〳〵と
らんのはやはなはそちのけそちのけと　政4　八番日記

芭蕉

同伊賀ヤにて蕉翁の手紙之極
さけかたもまごふ方なき芭蕉哉
さけかたもまごうかたなきばしょうかな　政6推　稲長句帖

寺烏やどり習ひしばせを哉
てらがらすやどりならいしばしょうかな　政7　文政句帖

の烏の上手にとまるばせを哉
のがらすのじょうずにとまるばしょうかな　政7　文政句帖

曼珠沙華

なむだ仏ナムアミダ仏マンジユサ花
なむだぶつなむあみだぶつまんじゅしゃげ　化6　化五六句記

零余子（ぬかご）

蜘の巣の中へ這かゝるぬかご哉　くものすのなかへはいかかるぬかごかな　寛中　西紀書込

仕合せは薮にこけ込むむか子哉　しあわせはやぶにこけこむむかごかな　政5　文政句帖

重箱をあてゝゆさぶる零余子哉　じゅうばこをあててゆさぶるむかごかな　政5　文政句帖

汁鍋にゆさぶり落すぬか子哉　しるなべにゆさぶりおとすぬかごかな　政9　政九十句写　同『希杖本』

芋（親芋　子芋）

あさぢふに選のけられし芋の親　あさじうにえりのけられしいものおや　化2　文化句帖

しは虫と人なとがめそ芋畠　しわむしとひとなとがめそいもばたけ　化8　七番日記

芋の安売ぞ嚏んも八九升　いものやすうりぞはなひんもはちくしょう　政2　八番日記

小便も玉と成りけり芋畠　しょうべんもたまとなりけりいもばたけ　政6　文政句帖

親芋や縁かね《(ら)》〔落〕てこを〔ろ〕ころ　おやいもやえんからおちてこおろころ　政8　文政句帖

門川や栄ように洗ふきゝん芋　かどかわやえようにあらうききんいも　政8　文政句帖

貰人がくさる程ある小芋哉　もらいてがくさるほどあるこいもかな　政8　文政句帖

秋茄子

美しい中に茄子も九日哉　うつくしいなかになすびもくにちかな　寛2　霞の碑

月さすや娵にくはさぬ大茄子　つきさすやよめにくわさぬおおなすび　化12　七番日記

稲（早稲　陸稲　稲の花　稲の穂　田を刈る　刈り穂　落ち穂　稲掛ける　稲扱く　籾　稲雀）

象潟や島がくれ行刈穂船　きさかたやしまがくれゆくかりほぶね　寛1　蚶満寺旅客集

神風のはや吹給ふ稲葉哉　かみかぜのはやふきたもういなばかな　寛3　寛政三紀行

鳥数万舞ゆくや千町田がり人　とりすまんまいゆくやちまちたがりびと　寛5　寛政句帖

旱魃

水かくや稲の花迄いまいく夜　みずかくやいねのはなまでいまいくよ　寛9　書簡

稲こきの戸板四五枚の夕日哉　いねこきのといたしごまいのゆうひかな　寛中　西紀書込

稲の香のすき腹に入む日影哉　いねのかのすきばらにいらむひかげかな　寛中　与州播州□雑詠

いけの内姓の以良津雄国守にさもらへ奉らるゝを賀

御出世のしめさすいなほすへいづこ　ごしゅっせのしめさすいなほすえいずこ　寛中　真蹟

只居よふより〔は〕ぼく〳〵落ぼ哉　ただいようよりはぼくぼくおちぼかな　寛中　西紀書込

通るほど橋をのこしてかりほ哉　とおるほどはしをのこしてかりほかな　寛中　西紀書込

甫田

きのふ入し田とは見へざる莠《ハタケ》哉　きのういりしたとはみえざるはたけかな　享3　享和句帖

稲かけし夜より小薮は月よ哉　いねかけしよよりこやぶはつきよかな　化1　文化句帖

稲こきの相手がましき家鴨哉　いねこきのあいてがましきあひるかな　化1　文化句帖

稲の穂に犬蓼迄〔の〕夜明哉　いねのほにいぬたでまでのよあけかな　化2　文化句帖

稲の穂のかゝる目出度榎哉　いねのほのかかるめでたきえのきかな　化2　文化句帖

稲の穂や窓へとび入須磨の鶴　いねのほやまどへとびいるすまのつる　化2　文化句帖　異『同句帖』上五「穂の稲や」

ヌレ色の天に風吹刈穂哉　ぬれいろのてんにかぜふくかりほかな　化2　文化句帖

籾殻の秋のさま也草の雨　もみがらのあきのさまなりくさのあめ　化2　文化句帖

おく露は馬の涙か稲の花　おくつゆはうまのなみだかいねのはな　化3　文化句帖

小鳥も嬉し鳴する稲ほ哉　こがらすもうれしなきするいなほかな　化4　連句稿裏書

昼比やはしと鴨と稲の花　ひるごろやはしとかもといねのはな　化5　化五句記

我植た稲を見知てしたりけり　わがうえたいねをみしりてしたりけり　化6　化六句記

我門は稲四五本の夕哉　わがかどはいねしごほんのゆうべかな　化6　化六句記

有明や親もつ人の稲の花　ありあけやおやもつひとのいねのはな　化7　七番日記　同『化三―八写』

二合半領定雅といふ人を尋に留主
稲の香やカサイ平のばか一里　いねのかやかさいだいらのばかいちり　化7　七番日記

天水桶
四五本の稲もそよ〳〵穂に出ぬ　しごほんのいねもそよそよほにいでぬ　化7　七番日記

茶けぶりや丘穂の露をたゞ頼む　ちゃけぶりやおかぼのつゆをただたのむ　化7　七番日記

夕月の大事として稲の花　ゆうづきのおおごととしていねのはな　化7　七番日記

夕月や大〳〵として稲の花　ゆうづきやだいだいとしていねのはな　化7　化三―八写

われひとり月夜がましやみなし稲　われひとりつきよがましやみなしいね　化7　春秋篇

青稲や薙倒されて花の咲　あおいねやなぎたおされてはなのさく　化8　我春集

かくれ家やあなた任せの稲の花　かくれがやあなたまかせのいねのはな　化10　七番日記

かたみ也ナム稲の花稲の露　かたみなりなむいねのはないねのつゆ　化10　七番日記

古藪や小すみの稲も五六尺　ふるやぶやこすみのいねもごろくしゃく　化10　七番日記

稲妻のせはがひもなきおか穂哉　いなづまのせわがいもなきおかぼかな　化11　七番日記

犬に迄いたゞかせたる刈穂哉　いぬにまでいただかせたるかりほかな　化11　七番日記　異『随斎筆紀』下五「稲穂かな」

尻敷の刈穂もあるぞ鳰の海　しりしきのかりほもあるぞにほのうみ　化11　七番日記

ちさい子がキセル加へて刈穂哉　ちさいこがきせるくわえてかりほかな　化11　七番日記

天皇の袖に一房稲穂哉　てんのうのそでにひとふさいなほかな　化11　七番日記

仏神のいかい御世話ぞ稲花　ぶっしんのいかいおせわぞいねのはな　化12　七番日記

庵の田やどうやら斯うやら穂に出ル　いおのたやどうやらこうやらほにいずる　化13　七番日記

それ〳〵に花の咲けり日やけ稲　それぞれにはなのさきけりひやけいね　化14　七番日記

日やけ田も花で候迚そよぐぞよ　ひやけだもはなでそろとてそよぐぞよ　化14　七番日記　同『希杖本』前書「干魃」

刈迹（跡）や一穂〔も〕とらばナムアミダ　かりあとやひとほもとらばなむあみだ　政1　七番日記

鶺鴒がふんで流るゝおち穂哉　せきれいがふんでながるるおちぼかな　政1　七番日記

代官の扇を（に）のせるおち穂哉　だいかんのおうぎにのせるおちぼかな　政1　七番日記

日本の外ケ浜迄おち穂哉　にっぽんのそとがはままでおちぼかな　政1　七番日記　同「真蹟」、『文政版』『嘉永版』
前書「米穀下直にて下々なんぎなるべしとはこと国の人うらやましからん」

拾へとて鳥がおとしたおち穂哉　ひろえとてとりがおとしたおちぼかな　政1　七番日記

馬のくび曲らぬ程の稲穂哉　うまのくびまがらぬほどのいなほかな　政2　八番日記

かりる田や三遍舞て雁おりる　かりるたやさんべんまってかりおりる　政2　八番日記

首出して稲付馬の通りけり　くびだしていねつけうまのとおりけり　政2　八番日記

蜻蛉もおがむ手つきや稲の花　とんぼうもおがむてつきやいねのはな　政2　八番日記

まけぬきに畠もそよぐ稲穂哉　まけぬきにはたけもそよぐいなほかな　政2　八番日記

夕月や刈穂の上の神酒徳り　ゆうづきやかりほのうえのみきどくり　政2　八番日記

いくばくの人の油よ稲の花
いくばくのひとのあぶらよいねのはな　政3　八番日記　同『発句鈔追加』

稲の花大の男のかくれけり
いねのはなだいのおとこのかくれけり　政3　八番日記

狗も腹鼓うて稲の花
えのころもはらつづみうていねのはな　政3　八番日記　参『梅塵八番』中七「腹つゞみうつ」

常留主の堂の小溝に稲穂哉
じょうるすのどうのこみぞにいなほかな　政3　八番日記　参『梅塵八番』中七「堂を小楯に」

十筋程犬に背《（負）》せる稲穂哉
とすじほどいぬにおわせるいなほかな　政3　八番日記

刀祢川や稲から出て稲に入
とねがわやいねからいでていねにいる　政3　八番日記　同『同日記』に重出

二三本涼しき足や稲の花
にさんぼんすずしきあしやいねのはな　政3　八番日記

寝聟《（聳）》て門田の稲の花見哉
ねそべってかどたのいねのはなみかな　政3　八番日記

畔行〔や〕四点《（天）》二点《（天）》ぞ《（の）》稲の花
あぜゆくやしてんにてんのいねのはな　政4　八番日記　参『梅塵八番』上五「畔行や」中七「四天二天の」

あながち〔に〕たてをもつかぬ岡穂哉
あながちにたてをもつかぬおかぼかな　政4　八番日記

一才《（斉）》にそよぐ畠の稲穂哉
いっせいにそよぐはたけのいなほかな　政4　八番日記

御祝義《（儀）》を《（と）》犬にも負す刈穂哉
ごしゅうぎといぬにもおわすかりほかな　政4　八番日記　参『梅塵八番』上五「御祝儀と」

藪原やてく〳〵とした稲一穂
やぶはらやてくてくとしたいねひとほ　政4　八番日記

日《（夕）》やけと背〔中〕合の岡穂かな
ゆうやけとせなかあわせのおかぼかな　政4　八番日記

生役にわざと拾んをち穂哉
いきやくにわざとひろわんおちぼかな　政5　文政句帖

草花と握り添へたるいな穂哉
くさばなとにぎりそえたるいなほかな　政5　文政句帖

子どもらが犬に負せる稲穂哉　こどもらがいぬにおわせるいなほかな　政5　文政句帖

旅人の薮にはさみし稲穂哉　たびびとのやぶにはさみしいなほかな　政5　文政句帖　異『だん袋』上五「旅人が」

半分は汗の玉かよ稲の露　はんぶんはあせのたまかよいねのつゆ　政5　文政句帖

わせのかや東上総のばか一里　わせのかやひがしかずさのばかいちり　政5　文政句帖　同『同句帖』に重出

早稲の香や夜さりも見ゆる雲の峰　わせのかやよさりもみゆるくものみね　政5　文政句帖

神風や畠の稲穂そよぐ也　かみかぜやはたけのいなほそよぐなり　政6　文政句帖

神風や畠の稲〔の〕五六尺　かみかぜやはたけのいねのごろくしゃく　政6　文政句帖

実なし穂や虫よけの札所〳〵に立　みなしほやむしよけのふだしょしょにたつ　政6　文政句帖

虫よけの札迄かけて秕かな　むしよけのふだまでかけてしいなかな　政6　文政句帖　異「真蹟」中七「札まで立て」

稲のほや天地(智)天王(皇)袖の上　いねのほやてんちてんのうそでのうえ　政7　文政句帖

御駕より御声のかゝるおち穂哉　おかごよりおこえのかかるおちぼかな　政7　文政句帖

草原にでく〳〵一ツいな穂哉　くさはらにでくでくひとついなほかな　政7　文政句帖

三ケ月や刈穂の上の神酒徳利　みかづきやかりほのうえのみきどくり　政7　文政句帖

里ありや渓から谷へちる稲雀　さとありやたにからたにへちるいなすずめ　化後―政　真蹟写

旅人が垣根にはさむおち穂哉　たびびとがかきねにはさむおちぼかな　不詳　真蹟　異『文政版』『嘉永版』上五「旅人の」

半分は人の油か稲の露　はんぶんはひとのあぶらかいねのつゆ　不詳　真蹟

旅人が薮にはさみし落穂哉　たびびとがやぶにはさみしおちぼかな　不詳　稲長句帖

汗の玉なども交らん稲の露　あせのたまなどもまじらんいねのつゆ　不詳　応響雑記

新わら（早稲わら）

わせわらや猫から先へ安堵顔　わせわらやねこからさきへあんどがお　化5　化五六句記

新わらにふはり〳〵と寝楽哉
しんわらにふわりふわりとねらくかな
政1 七番日記

穭（穭田）

ひつぢ田や青みにうつる薄氷
ひつじだやあおみにうつるうすごおり
寛4 寛政句帖

何をあてに山田のひつぢ穂にいづる
なにをあてにやまだのひつじほにいずる
政7 文政句帖

ひつぢ穂〔の〕そよ〳〵五尺ゆたかかな
ひつじほのそよそよごしゃくゆたかかな
政7 文政句帖

黍

いやな風穂のない黍の〔ニ〕ヨキ〳〵と
いやなかぜほのないきびのにょきにょきと
化14 七番日記

煙草（今年煙草　若煙草）

群竜無首

二番のむつくり見ゆるたばこ哉
ふたばんのむっくりみゆるたばこかな
享3 享和句帖

老と（ら）くもことしたばこのけぶり哉
おいらくもことしたばこのけぶりかな
政4 八番日記 参『梅塵八番』上五「赤くても」

けぶりともならでことしのたばこ哉
けぶりともならでことしのたばこかな
政4 八番日記

小けぶりも若ひ匂ひのたばこ哉
こけぶりもわかいにおいのたばこかな
政4 八番日記 異『発句鈔追加』中七「若へにほひの」 参『梅塵八番』上五「小けぶりの」

江戸へ出る迄はまだ〳〵わかたばこ
えどへでるまではまだまだわかたばこ
政7 文政句帖

けぶりともならでことしのたばこ吹
けぶりともならでことしのたばこふく　政7　文政句帖

若たばこ入らざるけぶりくらべ哉
わかたばこいらざるけぶりくらべかな　政7　文政句帖

わかたばこくさきけぶりを自まん哉
わかたばこくさきけぶりをじまんかな　政7　文政句帖

ほおずき

弟子尼の鬼灯植ておきにけり
でしあまのほおずきうえておきにけり　政3　八番日記

鬼灯を取てつぶすやせなかの子
ほおずきをとってつぶすやせなかのこ　政3　八番日記

鬼灯の口つきを姉が指南哉
ほおずきのくちつきをあねがしなんかな　政3　八番日記　参『梅塵八番』中七「口つきを妹が」

鬼灯や七ツ位の小順礼
ほおずきやななつくらいのこじゅんれい　政3　梅塵八番

鬼灯を膝（指南）の小猫にとられけり
ほおずきをひざのこねこにとられけり　政3　八番日記　同『文政版』『嘉永版』

鬼灯の南指をするや隣の子
ほおずきのしなんをするやとなりのこ　政4　八番日記　参『梅塵八番』中七「指南をするや」

髻に鬼灯さしてもどりけり
もとどりにほおずきさしてもどりけり　政4　八番日記

唐辛子

酒好の薮とてことにとうがらし
さけずきのやぶとてことにとうがらし　寛中　西紀書込

寒いぞよ軒の蜩唐がらし
さむいぞよのきのひぐらしとうがらし　化中　句稿消息　同『文政版』『嘉永版』

居酒〔屋〕やあへ（い）そを（に）植し番（蕃）椒
いざかややあいそにうえしとうがらし　政3　八番日記　参『梅塵八番』上五「居酒屋や」中七「愛想に植し」

小粒でも武〔士〕也けり唐がらし
こつぶでもぶしなりけりとうがらし
政3　八番日記　参『梅塵八番』中七「武士なりけり」

人は武士有《（也）》小つう《（ぶ）》でもたうがらし
ひとはぶしなりこつぶでもとうがらし
政3　八番日記

な畑のあいそに立や唐がらし
なばたけのあいそにたつやとうがらし
政4　梅塵八番

番《（蕃）》椒や悪魔はらふと云山家
ばんしょうやあくまはらうというやまが
政4　八番日記　参『梅塵八番』上五「唐がらしで」

番《（蕃）》椒もあくまを払《（祓）》ふ山家哉
ばんしょうもあくまをはらうやまがかな
政4　八番日記

草畠にけしきつけゝり唐がらし
くさばたにけしきつけけりとうがらし
政6　文政句帖

小粒でもりきんで立や唐がらし
こつぶでもりきんでたつやとうがらし
政6　文政句帖

唐辛子終に青くて仕廻けり
とうがらしついにあおくてしまいけり
政6　文政句帖

山陰や山伏むらの唐がらし
やまかげややまぶしむらのとうがらし
政6　文政句帖

居酒屋や人クイカケのたうがらし
いざかややひとくいかけのとうがらし
政7　文政句帖

おく山や子〔ど〕も〔ゝ〕かぢるたうがらし
おくやまやこどももかじるとうがらし
政7　文政句帖

男といはれて涙ほろ／＼たうがらし
おとこといわれてなみだほろほろとうがらし
政7　文政句帖

小粒でも見よ／＼ヱドのたうがらし
こつぶでもみよみよえどのとうがらし
政7　文政句帖

膳のもやうや鉢植〔の〕たうがらし
ぜんのもようやはちうえのとうがらし
政7　文政句帖

強い気で膳におく也たうがらし
つよいきでぜんにおくなりとうがらし
政7　文政句帖

鉢植にうるや都のたうがらし　はちうえにうるやみやこのとうがらし　政7　文政句帖

ひよどり上戸

酒神の垣やヒヨ鳥上戸とて　さけがみのかきやひよどりじょうごとて　政4　八番日記

人はさら〔に〕草もヒヨ鳥上戸哉　ひとはさらにくさもひよどりじょうごかな　政4　八番日記

ひよ鳥の先へ上戸となる草よ　ひよどりのさきへじょうごとなるくさよ　政4　八番日記　参『梅塵八番』下五「成にけり」

ヒヨ鳥を上戸にしたり草の蔓　ひよどりをじょうごにしたりくさのつる　政4　八番日記　異『文政句帖』中七「上戸にするや」

よい世中(也)草もヒヨ鳥上戸哉　よいよなりくさもひよどりじょうごかな　政4　八番日記

赤い実がひよを上戸にしたりけり　あかいみがひよをじょうごにしたりけり　政5　文政句帖

雀らがかするひよ鳥上戸哉　すずめらがかするひよどりじょうごかな　政5　文政句帖

待うけたやうなひよ鳥上戸かな　まちうけたようなひよどりじょうごかな　政5　文政句帖

芒（花芒　穂芒　尾花）

蛤の汁かけ薄穂に出ぬ　はまぐりのしるかけすすきほにいでぬ　化3　文化句帖

闇よ月よ芒きたなく成にけり　やみよつきよすすききたなくなりにけり　化3　文化句帖

片袂芒の風に荒れにけり　かたたもとすすきのかぜにあれにけり　化5　真蹟

さりながら月をば待ぬ芒哉　さりながらつきをばまたぬすすきかな　化5　化五句記

角田川

穂芒やひらと附木の釣法度　ほすすきやひらとつけぎのつりはっと　化7　七番日記

人並や芒もさはぐは丶き星　ひとなみやすすきもさわぐははきぼし　化8　七番日記　同『我春集』前書「七月廿六日ごろより北方七星の辺りに稲つかねたらんやう

なる星顕るゝ　老人豊秋のしるしといふ」

豊年を招き出したる芒哉
ほうねんをまねきだしたるすすきかな
化8　我春集

ほ芒やおれが小びんも共そよぎ
ほすすきやおれがこびんもともそよぎ
化8　我春集　同『発句題叢』『嘉永版』『希杖本』

穂芒やおれがつぶりもともそよぎ
ほすすきやおれがつぶりもともそよぎ
化8　七番日記

我庵は江戸のたつみぞむら尾花
わがいおはえどのたつみぞむらおばな
化8　七番日記

誰ぞ来よ〳〵とてさはぐ芒哉
たれぞこよこよとてさわぐすすきかな
化9　七番日記

芒疵荊萱きずや痩臑に
すすききずかるかやきずややせずねに
化10　七番日記

釣人の小だてにとりし芒哉
つりびとのこだてにとりしすすきかな
化10　七番日記　同『発句鈔追加』

のらくらに寒をしゆる芒哉
のらくらにさむさおしゆるすすきかな
化10　七番日記

油断すな〳〵とやすゝき吹
ゆだんすなゆだんすなとやすすきふく
化10　七番日記

餅つくや芒の中のいく在所
もちつくやすすきのなかのいくざいしょ
化10　七番日記

我庵の太刀より切る芒かな
わがいおのたちよりきれるすすきかな
化10　七番日記

入相をふはりとうける芒哉
いりあいをふわりとうけるすすきかな
化11　七番日記

雷をまねき落した芒哉
かみなりをまねきおとしたすすきかな
化11　七番日記　同『希杖本』

鶴の間も亀も皆〳〵芒哉
つるのまもかめもみなみなすすきかな
化11　七番日記

山児や芒のキズもまめの数
やまのこやすすきのきずもまめのかず
化11　七番日記

一雨を招当たる芒哉
ひとあめをまねきあてたるすすきかな
化12　七番日記

今の世は芒も縞を吹れけり
いまのよはすすきもしまをふかれけり
化13　七番日記　同『同日記』に重出

縞もしま大名じまの芒哉
しまもしまだいみょうじまのすすきかな
化13　七番日記

はやる迚芒も縞を吹かれけり
はやるとてすすきもしまをふかれけり
化13　七番日記

あだち原芒も人を切にけり
あだちはらすすきもひとをきりにけり
化14　七番日記

草庵
此上に貧乏まねくな花芒
このうえにびんぼまねくなはなすすき
化14　七番日記

幽居
此上の貧乏まねくな花芒
このうえのびんぼまねくなはなすすき
化14　書簡　同『希杖本』前書「庵」、『ほまち畑』　異『座間柞枝発句書留帖』下五「むら芒」

芒からによつと出たる坊主哉
すすきからにょっといでたるぼうずかな
化14　七番日記

穂芒に《赤》昔赤鬼出たとさ
ほすすきにむかしあかおにいでたとさ
化14　七番日記

七月七日墓詣
一念仏申だけしく芒哉
ひとねぶつもうすだけしくすすきかな
政2　おらが春　同『発句鈔追加』　異『八番日記』中七「申程しく」、『発句鈔追加』前書「七月七日山家の墓詣」上五「念仏を」

花なくばなを引立ん縞芒
はななくばなおひきたたんしますすき
政2　八番日記

むかふずねざぶりと薙ぐる芒哉
むこうずねざぶりとなぐるすすきかな
政2　書簡

むら芒庵の柱をすりきるな
むらすすきいおのはしらをすりきるな
政2　八番日記

ゆう〳〵と大名縞の芒かな
ゆうゆうとだいみょうじまのすすきかな
政2　八番日記

ゆら〳〵と大名縞のすゝき哉
ゆらゆらとだいみょうじまのすすきかな
政2　だん袋　同『発句鈔追加』

子どもらが狐のまねも《（を）》芒哉
こどもらがきつねのまねもすすきかな
政3　八番日記　同『同日記』に重出

古郷や近よる人と切る芒
ふるさとやちかよるひとをきるすすき
政3　八番日記　参『梅塵八番』中七「近よる人を」

穂すゝきに下手念仏のかくれけり
ほすすきにへたねんぶつのかくれけり
政3　八番日記

向ふずねざぶと切たる芒かな
むこうずねざぶときったるすすきかな
政3　八番日記

むかふずねざぶとなぐりし芒哉
むこうずねざぶとなぐりしすすきかな
政3　書簡

幽霊と人は見るらんすゝき原
ゆうれいとひとはみるらんすすきはら
政3　八番日記　参『梅塵八番』中七「人の見るらむ」

草の戸やおどり替りに吹芒
くさのとやおどりがわりにふくすすき
政4　八番日記

猫の子のまゝ事を〔する〕すゝき哉
ねこのこのままごとをするすすきかな
政4　八番日記　参『梅塵八番』中七「まゝ事をする」下五「李かな」

穂芒にまねき出さるゝ法師哉
ほすすきにまねきださるるほうしかな
政4　書簡

庵をふくたしに一株すゝき哉
いおをふくたしにひとかぶすすきかな
政5　文政句帖

うら窓に雨打つけるすゝき哉
うらまどにあめうちつけるすすきかな
政5　文政句帖

むさしのは芒も人を切にけり
むさしのはすすきもひとをきりにけり
政5　文政句帖

山道は芒も人を切にけり
やまみちはすすきもひとをきりにけり
政6　文政句帖

今様の大立縞のすゝき哉
いまようのおおたてじまのすすきかな
政7　文政句帖

しよげ〔る〕なよつめば芒も血が出る
しょげるなよつめばすすきもちがいずる
政7　文政句帖

法の世やつめば芒も血が出る
のりのよやつめばすすきもちがいずる
政7　文政句帖

山にさへ今のはやりのしま芒
やまにさえいまのはやりのしますすき
政7　文政句帖

一株の芒をたのむ庵哉
ひとかぶのすすきをたのむいおりかな
不詳　真蹟

穂芒や細き心のさはがしき
ほすすきやほそきこころのさわがしき
不詳　遺稿　同『文政版』『嘉永版』『発句鈔追加』

今様をそよぎ出しけり縞芒　いまようをそよぎだしけりしますすき　不詳　希杖本
むら芒門の柱をすり切るな　むらすすきかどのはしらをすりきるな　不詳　希杖本
穂芒やおれが白髪もとも戦ぎ　ほすすきやおれがしらがもともそよぎ　不詳　発句鈔追加

芦の花（芦の穂）

芦の穂を小楯にとつて平家蟹　あしのほをこだてにとってへいけがに　寛中　西紀書込
月頭昔ながらの芦の花　つきがしらむかしながらのあしのはな　寛中　西紀書込

騶虞
大豕の顔出しけり芦の花　おおぶたのかおいだしけりあしのはな　享3　享和句帖
鶴を待起（趣）なれやあしの花　つるをまつおもむきなれやあしのはな　化1　文化句帖
芦の穂やあん〔な〕所にあんな家　あしのほやあんなところにあんないえ　化11　七番日記
芦の穂や五尺程なるなにはがた　あしのほやごしゃくほどなるなにわがた　化11　七番日記
芦吹や天つ乙女も斯うまへと　あしふくやあまつおとめもこうまえと　化11　七番日記
式（或）人の着られし芦のほ綿哉　あるひとのきられしあしのほわたかな　化11　七番日記
日の暮や芦の花にて子をまねく　ひのくれやあしのはなにてこをまねく　化11　七番日記
釣人は這入べからず芦の花　つりびとははいるべからずあしのはな　政4　八番日記

狗子草

よい秋や犬ころ草もころ〳〵と　よいあきやえのころぐさもころころと　政4　八番日記

角力取草

男山草も角力をとりにけり　おとこやまくさもすもうをとりにけり　政1　七番日記
門先や角力草のひとり立　かどさきやすもとりぐさのひとりだち　政6　文政句帖

神風や草も角力取る男山
かみかぜやくさもすもとるおとこやま　政6　文政句帖

六川天神宮奉灯二句
いかめしや草も角力取ル男山
いかめしやくさもすもとるおとこやま　政10　政九十句写　同『希杖本』前書「奉燈二句」
異『文政版』『嘉永版』前書「神前」上五「秋風や」

荵草

しのぶ草庇にうへよふわの関
しのぶぐさひさしにうえよふわのせき　寛中　西紀書込

葛覃
今様に染ずもあらなん葛荵
いまようにそめずもあらなんくずしのぶ　享3　享和句帖

けふといふけふ久しくねがひける本間の家を訪ひてばせを翁の書のかず〳〵に目を覚しけるが其外に又手にふれ給ひし一品有
したはしやむかししのぶの翁椀
したわしやむかししのぶのおきなわん　化14　真蹟

紅葉（初紅葉　薄紅葉）

山紅葉入日を空へ返す哉
やまもみじいりひをそらへかえすかな　寛4　寛政句帖

夕紅葉谷残虹の消へかゝる
ゆうもみじたにざんこうのきえかかる　寛中　西紀書込

川下は知職《（識）》の門よ夕紅葉
かわしもはちしきのかどよゆうもみじ　享3　享和句帖

来る〳〵も待人でなし夕紅葉
くるくるもまつひとでなしゆうもみじ　享3　享和句帖

日の暮の背中淋しき紅葉哉
ひのくれのせなかさびしきもみじかな　享3　享和句帖

病中
ふまぬ地をふむ心也夕紅葉
ふまぬちをふむこころなりゆうもみじ　享3　享和句帖

うぢ〳〵と出れば日暮紅葉哉
うじうじとでればひぐるるもみじかな　化1　文化句帖

木啄《（啄木）》も日の暮かゝる紅葉哉
きつつきもひのくれかかるもみじかな　化1　文化句帖

しひて来る鳥とも見へぬ紅葉哉
しいてくるとりともみえぬもみじかな
化1 文化句帖

それ切にしてもよいぞよ薄紅葉
それきりにしてもよいぞようすもみじ
化1 文化句帖

なまじいに鳥来ぬ前の紅葉哉
なまじいにとりこぬまえのもみじかな
化1 文化句帖

おく山茶店にて
初紅葉どれも榎のうしろ也
はつもみじどれもえのきのうしろなり
化1 文化句帖

松切に鳥も去けり夕紅葉
まつきりにとりもさりけりゆうもみじ
化1 文化句帖

箕をかつぐ人と連立紅葉哉
みをかつぐひととつれだつもみじかな
化1 文化句帖

紅葉ゝ（葉）にま一度かゝれ今の雨
もみじばにまいちどかかれいまのあめ
化1 文化句帖

片枝は真さかさまに紅葉哉
かたえだはまっさかさまにもみじかな
化2 文化句帖

紅葉して百姓禰宜の出立哉
もみじしてひゃくしょうねぎのでたちかな
化2 文化句帖

狗の寝所迄も紅葉哉
えのころのねどころまでももみじかな
化3 文化句帖

小男鹿の枕にしたる紅葉哉
さおしかのまくらにしたるもみじかな
化3 文化句帖

袖寒き川も聞へて夕紅葉
そでさむきかわもきこえてゆうもみじ
化3 文化句帖

紅葉して朝茶の道を作りけり
もみじしてあさちゃのみちをつくりけり
化3 文化句帖

朝〳〵の塩茶すゝりが紅葉哉
あさあさのしおちゃすすりがもみじかな
化4 化三―八写 同『連句稿裏書』

小男鹿の水鼻ぬぐふ紅葉哉
さおしかのみずばなぬぐうもみじかな
化4 化三―八写 同『連句稿裏書』『版本題叢』『文政版』『嘉永版』『希杖本』 異『発句題叢』上五「さをしかゞ」

近づけば魚（急）に淋しき紅葉哉
ちかづけばきゅうにさびしきもみじかな
化4 化三―八写 異『発句鈔追加』中七「急にさびしき」

植物

盗み月我の寝所も紅葉哉　ぬすみづきわれのねどこももみじかな　化4　連句稿裏書

見定て急に淋しき紅葉哉　みさだめてきゅうにさびしきもみじかな　化4　連句稿裏書

紅葉ゝ《(葉)》や近付程に小淋しき　もみじばやちかづくほどにこさびしき　化4　連句稿裏書

紅葉ゝ《(葉)》やふぐりもめでた〔朝寝坊〕　もみじばやふぐりもめでたあさねぼう　化6　化五六句記

鴬がさく〱歩く紅葉哉　うぐいすがさくさくあるくもみじかな　化6　化五六句記

栗塚《(ママ)》しちらする紅葉哉　くりのつかしちらするもみじかな　化6　化五六句記

立田姫尿かけたまふ紅葉哉　たつたひめしとかけたもうもみじかな　化6　化五六句記

宮鳴の見て居る紅葉拾ひけり　みやしぎのみているもみじひろいけり　化6　化五六句記

大寺や片〱戸ざす夕紅葉　おおてらやかたかたとざすゆうもみじ　化8　七番日記　異『文政版』『嘉永版』「遺稿」上五「大寺の」中七「片戸さしけり」

紅葉たく人をじろ〱仏哉　もみじたくひとをじろじろほとけかな　化8　七番日記

紅葉ゝや爺はへし折子はひろふ　もみじばやじじはへしおりこはひろう　化8　我春集　同『有中追善集』　異『薮の前』中七「てゝはへし折」

夕紅葉芋田楽の冷たさよ　ゆうもみじいもでんがくのつめたさよ　化8　七番日記

ビンヅルは撫なくさるゝ紅葉哉　びんづるはなでなくさるるもみじかな　化9　七番日記

夕陰〔や〕イダ天さまの大紅葉　ゆうかげやいだてんさまのおおもみじ　化9　七番日記

紅葉

門の森渋紙色で果るげな　かどのもりしぶかみいろではてるげな　化10　七番日記　同『志多良』『句稿消息』

黄ばむ真似したばかり也榎哉　きばむまねしたばかりなりえのきかな　化10　七番日記

紅葉ゝ《(葉)》にまだけぶる也たばこ殻　もみじばにまだけぶるなりたばこがら　化11　七番日記

植物

馬番から投り出したる紅葉哉
うまばんからほうりだしたるもみじかな
化12　七番日記

さをしかの尻にべつたり紅葉哉
さおしかのしりにべったりもみじかな
化12　七番日記

ちよぼ〳〵と茶子焼る丶紅葉哉
ちょぼちょぼとちゃのこやかるるもみじかな
化12　七番日記

とつ付に先紅葉丶や竜田村
とっつきにまずもみじばやたつたむら
化12　七番日記

京人紅葉にかぶれ給ひけり
みやこびともみじにかぶれたまいけり
化12　七番日記　同『同日記』に重出

焼みそをちよぼ〳〵乗せる紅葉哉
やきみそをちょぼちょぼのせるもみじかな
化12　七番日記

夕飯〔の〕中からはさむ紅葉哉
ゆうめしのなかからはさむもみじかな
化12　七番日記

鰐口にちよいと加《咥》へし紅葉哉
わにぐちにちょいとくわえしもみじかな
化14　七番日記

うらの戸に風が張りたる紅葉哉
うらのとにかぜがはりたるもみじかな
化中　書簡

一寸の木もそれ〴〵に紅葉哉
いっすんのきもそれぞれにもみじかな
政1　七番日記

としよれぬ《ば》かぶれもやらぬ紅葉哉
としよればかぶれもやらぬもみじかな
政1　七番日記

紅葉丶のかはらぬうちに誰ぞ来よ
もみじばのかわらぬうちにたれぞこよ
政1　七番日記

門紅葉茶色であち《ら》を明にけり
かどもみじちゃいろでらちをあけにけり
政2　八番日記　参『梅塵八番』上五「門楓」中七「茶色でらちを」

百連の豆ふり下る紅葉哉
ひゃくれんのまめふりさがるもみじかな
政2　八番日記　参『梅塵八番』中七「豆ぶらさげる」

紅葉して千蘭《干菜》四五連なる木哉
もみじしてほしなしごれんなるきかな
政2　八番日記　参『梅塵八番』中七「干菜四五連」

一時雨持《待》かね山の紅葉哉
ひとしぐれまちかねやまのもみじかな
政3　八番日記　参『梅塵八番』中七「待かね山の」

折〳〵に小滝をなぶる紅葉哉　おりおりにこたきをなぶるもみじかな　政5　文政句帖

紅葉浮水

欠椀も同じ流れや立田川　かけわんもおなじながれやたつたがわ　政5　文政句帖　同『同句帖』に重出、「遺稿」「真蹟」、『文政版』『嘉永版』前書「名所紅葉」

谷川の背に冷つくや夕紅葉　たにがわのせにひやつくやゆうもみじ　政5　文政句帖

掃溜も又一入の紅葉かな　はきだめもまたひとしおのもみじかな　政5　文政句帖

さをしかにせ負する紅葉俵哉　さおしかにせおわするもみじだわらかな　政8　文政句帖

海安（晏）寺お茶屋

竈の下へはき込む紅葉哉　へっついのしたへはきこむもみじかな　政8　文政句帖

紅葉火のべら〳〵過る月日哉　もみじびのべらべらすぎるつきひかな　政8　文政句帖

山寺のみな堂下へ紅葉哉　やまでらのみなどうしたへもみじかな　政8　文政句帖

刈豆をぶらさげながら紅葉哉　かりまめをぶらさげながらもみじかな　不詳　真蹟

小一升紅葉明たり水車　こいっしょうもみじあけたりみずぐるま　不詳　書込　注　一茶所持の『日本輿地新増行程記大全』に自身が書き込んだ句

もどる時人の少き紅葉哉　もどるときひとのすくなきもみじかな　不詳　遺稿

五六俵紅葉つみけり太（深）山寺　ごろっぴょうもみじつみけりみやまでら　不詳　稲長句帖

宮の鳩見て居る紅葉拾ひけり　みやのはとみているもみじひろいけり　不詳　句稿断片

柿紅葉

砂よけのきのふは見へず柿紅葉　すなよけのきのうはみえずかきもみじ　享3　享和句帖

二軒して作る葱〈ネブカ〉や柿紅葉　にけんしてつくるねぶかやかきもみじ　享3　享和句帖

乙松〔も〕朝茶仲間や柿紅葉　おとまつもあさちゃなかまやかきもみじ　化4　連句稿裏書

渋柿も紅葉しにけり朝寝坊　しぶがきももみじしにけりあさねぼう　化4　連句稿裏書

仲のよい煙三四柿紅葉　なかのよいけぶりみつよつかきもみじ　化6　化五六句記　同『句稿断片』

柿の葉《(木)》〔に〕小判色なる木葉哉　かきのきにこばんいろなるこのはかな　化10　七番日記

柿の葉や真赤に成て直にちる　かきのはやまっかになってすぐにちる　化10　七番日記

柿の葉や仏の色に成るとちる　かきのはやほとけのいろになるとちる　化12　七番日記

立臼よ寝臼よさては柿紅葉　たちうすよねうすよさてはかきもみじ　化12　七番日記

茶仲間のぶつきり棒や柿紅葉　ちゃなかまのぶっきりぼうやかきもみじ　化12　七番日記

馬の子や《(が)》口さん出すや柿紅葉　うまのこがくちさんだすやかきもみじ　政1　七番日記

綿の穂 （綿吹く　綿取る　新綿　綿買う）

綿殻もきて寝る程は吹にけり　わたがらもきてねるほどはふきにけり　化2　文化句帖

我国や薮の仏も綿初尾《(穂)》　わがくにややぶのほとけもわたはつほ　化9　七番日記

野ゝ宮や吹ちりもせぬ綿初穂　ののみややふきちりもせぬわたはつほ　化11　七番日記

新綿や子の分のけてみんな売　しんわたやこのぶんのけてみんなうる　政4　八番日記

野社に吹もちらぬや綿初穂　のやしろにふきもちらぬやわたはつほ　政4　八番日記

畠からつまんでやるや綿勤《(勧)》化　はたけからつまんでやるやわたかんげ　政4　八番日記　参『梅塵八番』下五「綿勧化」

ほけ畠《(綿)》や人の畠でも福々し　ほけわたやひとのはたでもふくぶくし　政4　八番日記　参『梅塵八番』上五「ほけ綿や」　同『発句鈔追加』

畠からつかんでやるや綿勧化　はたけからつかんでやるやわたかんげ　不詳　発句鈔追加

植物

柳散る

雲低き夕〱や柳ちる　くもひくきゆうべゆうべややなぎちる　化2　文化句帖

身持よき夕や柳ちりそむる　みもちよきゆうべややなぎちりそむる　化2　文化句帖

桐一葉（一葉）

あらかんと二人寝て見る一葉哉　あらかんとふたりねてみるひとはかな　享3　享和句帖

活過し脛を打けば一葉哉　いきすぎしすねをたたけばひとはかな　享3　享和句帖

起〱に片ひざ抱ば一葉哉　おきおきにかたひざだけばひとはかな　享3　享和句帖

白露のおき所也梧一葉　しらつゆのおきどころなりきりひとは　享3　享和句帖

月影のさゝぬ方より一葉哉　つきかげのささぬかたよりひとはかな　享3　享和句帖

人去て行灯きえて桐一葉　ひとさってあんどんきえてきりひとは　享3　享和句帖

ふは〱としていく日立一葉哉　ふわふわとしていくひたつひとはかな　享3　享和句帖

瘦臑を抱合せけり桐一葉　やせずねをだきあわせけりきりひとは　享3　享和句帖

夕暮やひざをいだけば又一葉　ゆうぐれやひざをいだけばまたひとは　享3　享和句帖

秋蝉の終の敷寝の一葉哉　あきせみのついのしきねのひとはかな　化5　化五六句記

朝クセのはらはら雨や桐一葉　あさくせのはらはらあめやきりひとは　化5　化五六句記

狗のどさりとねまる一葉かな　えのころのどさりとねまるひとはかな　化5　書簡

桐一葉終の敷寝によ《（こ）》れよけん　きりひとはついのしきねにこれよけん　化5　化五六句記

ちる一葉葎は瘦もせざりけり　ちるひとはむぐらはやせもせざりけり　化5　化五六句記

一日の人の中より一葉哉　ついたちのひとのなかよりひとはかな　化5　化五六句記

むづかしや桐の一葉の吹れやう　むずかしやきりのひとはのふかれよう　化5　化五六句記　同『発句鈔追加』

涼しさのたらぬ所へ一葉哉　すずしさのたらぬところへひとはかな　化5前後　句稿消息　同『発句鈔追加』「真蹟」

懐の猫も見て居る一葉哉　ふところのねこもみているひとはかな　化6　化五六句記　異『発句鈔追加』中七「猫が見てゐる」

三ケ月の御若い顔や桐一葉　みかづきのおわかいかおやきりひとは　化7　化三―八写

天の川流留りの一葉哉　あまのがわながれどまりのひとはかな　化9　七番日記

あらましに涼しく候と一葉哉　あらましにすずしくそろとひとはかな　化9　七番日記

きり一葉とてもの事に西方へ　きりひとはとてものことにさいほうへ　化9　七番日記

きり一葉二は三は四はせはしなや　きりひとはふたはみはよはせわしなや　化9　七番日記

けさ程やこそりとおちてある一葉　けさほどやこそりとおちてあるひとは　化9　七番日記

御隠居に何ぞ書けとの一葉哉　ごいんきょになんぞかけとのひとはかな　化9　七番日記

さをしかの角にかけたり(る)一葉哉　さおしかのつのにかけたるひとはかな　化9　七番日記

念仏に拍子のつきし一葉哉　ねんぶつにひょうしのつきしひとはかな　化9　七番日記

三ケ月の細き際より一葉哉　みかづきのほそききわよりひとはかな　化9　七番日記

大閤にやみを添たる一葉哉　おおやみにやみをそえたるひとはかな　化11　七番日記

唐鳥の渡らぬ先へ一葉哉　からとりのわたらぬさきへひとはかな　化11　七番日記

桐の木やてきぱき散てつんと立　きりのきやてきぱきちってつんとたつ　化11　七番日記

只一葉あたり八間目覚しぬ　ただひとはあたりはちけんめざましぬ　化11　七番日記

寝た犬にふはとかぶさる一葉哉　ねたいぬにふわとかぶさるひとはかな　化11　七番日記

妹が子の引かづきたる一葉哉　いもがこのひっかづきたるひとはかな　化14　七番日記

鳴蝉も連てふはりと一葉哉　なくせみもつれてふわりとひとはかな　化14　七番日記

桐一葉月宮殿の夜もやらん　きりひとはげっきゅうでんのよもやらん　化中　真蹟

涼しさのもやうにおつる一葉哉　すずしさのもようにおつるひとはかな　化中　真蹟

晴天の朔日札を一葉哉　せいてんのついたちふだをひとはかな　化中　真蹟

如意輪の顔上給ふ一葉哉　にょいりんのかおあげたもうひとはかな　化中　真蹟

夕暮の九間に及ぶ一葉哉　ゆうぐれのくけんにおよぶひとはかな　化中　真蹟

そつくりと蛙〔の〕乗し一葉哉　そっくりとかわずののりしひとはかな　政1　七番日記

一葉づゝ終にクリ〳〵坊主哉　ひとはずつついにくりくりぼうずかな　政1　七番日記　同『同日記』に重出、異『希杖本』中七「終のくり〳〵」

箕〔に〕一葉臼に二葉やいそがしき　みにひとはうすにふたはやいそがしき　政1　七番日記

狗が敷てねまりし一葉哉　えのころがしいてねまりしひとはかな　政5　文政句帖

桐の木や散らぬ一葉は虫の穴　きりのきやちらぬひとははむしのあな　政5　文政句帖

きり一葉珠数《数珠》の置所と成り〔に〕けり　きりひとはじゅずのおきどことなりにけり　政5　文政句帖

幸に珠数《数珠》のせておく一葉かな　さいわいにじゅずのせておくひとはかな　政5　文政句帖

虫の穴ないのからちる一葉かな　むしのあなないのからちるひとはかな　政5　文政句帖

桐の木や一葉所かクハアラクハアラ　きりのきやひとはどころかかあらから　政8　文政句帖　異『同句帖』下五「がら〳〵ぐあら〳〵」

梧一葉後はくわら〳〵クハアラ〳〵　きりひとはあとはからからかあらから　政8　文政句帖

きり一葉蝿よけにして寝たりけり　きりひとはえよけにしてねたりけり　政8　文政句帖　同『同句帖』に重出

手廻しや一度に桐のクハアラ〳〵　てまわしやいちどにきりのかあらから　政8　文政句帖

手廻しや一度に桐の百葉程　てまわしやいちどにきりのひゃくばほど　政8　文政句帖

ひいやりと一葉の上の安坐哉　ひいやりとひとはのうえのあぐらかな　政8　文政句帖

引がへる一葉の上に安置哉　ひきがえるひとはのうえにあんちかな　政8　文政句帖

冷〳〵と一葉の上の安坐哉　ひやひやとひとはのうえのあぐらかな　政8　文政句帖

老僧が団扇〔に〕つかふ一葉哉　ろうそうがうちわにつかうひとはかな　政8　文政句帖　異『同句帖』中七「団〔扇〕にしたる」

狗がかぶつて歩く一葉かな　えのころがかぶってあるくひとはかな　政9　政九十句写　同『希杖本』

白兎亭にて
幸にやきもちくるむ一葉かな　さいわいにやきもちくるむひとはかな　政10　梅塵抄録本　同『発句鈔追加』

柿（豆柿　渋柿　御所柿　熟柿）

柿を見て柿を蒔けり人の親　かきをみてかきをまきけりひとのおや　化7　七番日記

胡麻柿や丸でかぢりし時も有　ごまがきやまるでかじりしときもあり　化7　七番日記

渋い柿灸をすへて流しけり　しぶいかきやいとをすえてながしけり　化12　七番日記

浅ましや熟柿をしやぶる体たらく　あさましやじゅくしをしゃぶるていたらく　化13　七番日記

老懐
くやしくも熟柿仲間の坐（座）につきぬ　くやしくもじゅくしなかまのざにつきぬ　化13　七番日記　同『同日記』に重出、『希杖本』

御所柿の渋い顔せぬ罪深　ごしょがきのしぶいかおせぬつみふかし　化13　七番日記

渋柿をはむは烏のまゝ子哉　しぶがきをはむはからすのままこかな　化13　七番日記

植物

高枝や渋柿一つなつかしき
たかえだやしぶがきひとつなつかしき
化13　七番日記

生たりな柿のほぞ落する迄に
なったりなかきのほぞおちするまでに
化13　七番日記

庵の柿なりどしもつもおかしさよ
いおのかきなりどしもつもおかしさよ
化14　七番日記

夢にさと女を見て
頬べたにあてなどするや赤い柿
ほおべたにあてなどするやあかいかき
政2　八番日記　異『希杖本』前書「さと女夢に見へけるに」中七「あてなどしたり」、『発句鈔追加』前書「さと女笑顔して夢に見へけるまゝを」中七「あてなどしたり」　参『梅塵八番』中七「あてなどす也」

甘へ《(い)》ぞよ豆粒程も柿の役
あまいぞよまめつぶほどもかきのやく
政3　八番日記　参『梅塵八番』上五「甘いぞよ」中七「豆粒程でも」

柿の木であえ《(い)》〔と〕こたい《(へ)》る小僧哉
かきのきであいとこたえるこぞうかな
政3　八番日記　同『文政版』『嘉永版』　参『梅塵八番』中七「あいと答へる」

京の児柿の渋さをかくしけり
きょうのちごかきのしぶさをかくしけり
政3　八番日記

狙丸が薬礼ならん柿ふとふ《(たつ)》
さるまるがやくれいならんかきふたつ
政3　八番日記

師の坊は山へ童子は柿の木へ
しのぼうはやまへどうじはかきのきへ
政3　八番日記

渋ゐ所母が喰けり山の柿
しぶいとこははがくいけりやまのかき
政3　八番日記

渋柿と烏も知て通りけり
しぶがきとからすもしってとおりけり
政3　八番日記

渋柿をこらへてくうや京の児
しぶがきをこらえてくうやきょうのちご
政3　八番日記　参『梅塵八番』上五「渋い柿」

山柿も仏の目には甘からん
やまがきもほとけのめにはあまからん
政3　八番日記

大柿のつぶれる迄も渋さ哉　おおがきのつぶれるまでもしぶさかな　政4　八番日記　参『梅塵八番』中七「つぶるゝ迄も」

大〳〵（ママ）渋と柿盗人の笑哉　おおしぶとかきぬすっとのわらいかな　政4　八番日記

柿の木の番しがてらの隠居哉　かきのきのばんしがてらのいんきょかな　政4　八番日記　参『梅塵八番』中七「番しながらの」

柿の木の弓矢けおとす烏哉　かきのきのゆみやけおとすからすかな　政4　八番日記

客ぶりや青柿渋くない〳〵と　きゃくぶりやあおがきしぶくないないと　政4　八番日記

渋柿もあれば苦になる夜さり哉　しぶがきもあればくになるよさりかな　政4　八番日記　参『梅塵八番』上五「渋柿は」

医家

栗柿は猿の薬礼でありしよな　くりがきはさるのやくれいでありしよな　政5　文政句帖

さか（ママ）柿烏の分ンは残しけり　さかがきからすのぶんはのこしけり　政5　文政句帖

つぶれ柿犬もかゞずに通りけり　つぶれがきいぬもかがずにとおりけり　政5　文政句帖

紅の柿が一山五文かな　くれないのかきがひとやまごもんかな　政6　文政句帖

湯上りの拍子にすゝむ熟柿哉　ゆあがりのひょうしにすすむじゅくしかな　政6　文政句帖

柿葡萄猿の薬礼とも見ゆる　かきぶどうさるのやくれいともみゆる　不詳　真蹟

柿の実や幾日ころげて麓迄　かきのみやいくひころげてふもとまで　不詳　嘉永版

ざくろ

さあ来いと大口明しざくろ哉　さあこいとおおぐちあけしざくろかな　化11　七番日記

我味〔に〕かはらぬ柘榴あてがふぞ　わがあじにかわらぬざくろあてがうぞ　政3　八番日記　参『梅塵八番』上五「我味に」

虱のにくさに捻りつぶさんもいたわしく又草に捨て断食させんも見るに忍ざる折から鬼の母に仏のあこ《（て）》がひ給ふこと思ひけるまゝに

我味の柘榴に這す虱かな

わがあじのざくろにはわすしらみかな

政3　八番日記　異『政九十句写』前書「しらみをひねり潰さんことの痛しや又門に捨て断喰させんもいと哀也　御仏の鬼の母に与へ給ふものをふと思ひつけて」上五「人味の」、『同日記』上五「人味の」中七「柘榴へ這す」、『文政版』『嘉永版』『一茶随筆選集』前書「虱を捻りつぶさんことのいたはしく又門に捨てゝ断食さするも見るに忍ばざる折から御仏の鬼の母にあてがひ給ふものをふと思ひ出して」中七「柘榴へ這す」、『一茶随筆選集』下五「虱よな」参『梅塵八番』前書「捻りつぶさんもいとほしく又留主にして断食させんも不便さに」

い《（ゑ）》んま大王と口あくざ《（濁ママ）》くろ哉

えんまだいおうとくちあくざくろかな

政4　八番日記　参『梅塵八番』上五「焔魔大王と」中七「口を明く」

鬼の子〔と〕云虫もなしざくろ哉

おにのこといふむしもなしざくろかな

政4　八番日記　参『梅塵八番』上五「鬼の子と」中七「いふ虫もなく」

紅の舌をまいたるざ《（濁ママ）》くろ哉

くれないのしたをまいたるざくろかな

政4　八番日記

妙法の声〔に〕口あくざくろ哉

みょうほうのこえにくちあくざくろかな

政4　八番日記　参『梅塵八番』中七「声に口明く」

木槿（花木槿）

小一時日のけば〳〵し花木槿　こいっときひのけばけばしはなむくげ　寛1　西紀書込

朝霞中も違ひに花むくげ　あさがすみなかもたがいにはなむくげ　寛中　西紀書込

朝ばかり日のとゞく溪のむくげ哉　あさばかりひのとどくたにのむくげかな　寛中　西紀書込

あつぱれに咲揃ふ昼のむくげ哉　あっぱれにさきそろうひるのむくげかな　寛中　西紀書込

あつぱれの山家と見ゆる木槿哉　あっぱれのやまがとみゆるむくげかな　寛中　西紀書込

小一丁家不相応の木槿哉　こいっちょういえふそうおうのむくげかな　寛中　西紀書込

小一丁梵論練返スむくげ哉　こいっちょうぼろねりかえすむくげかな　寛中　西紀書込

三四丁家不相応の木槿哉　さんしちょういえふそうおうのむくげかな　寛中　西紀書込

てふ〳〵のいまだにあかぬ木槿哉　ちょうちょうのいまだにあかぬむくげかな　寛中　西紀書込

虹折て一丁ばかりむくげ哉　にじおれていっちょうばかりむくげかな　寛中　西紀書込

花木槿家不相応の垣ね哉　はなむくげいえふそうおうのかきねかな　寛中　西紀書込

花木槿里留主がち〔に〕見ゆる哉　はなむくげさとるすがちにみゆるかな　寛中　西紀書込

木槿しばし家不相応のさかり哉　むくげしばしいえふそうおうのさかりかな　寛中　西紀書込

うか〳〵と出水に逢し木槿哉　うかうかとでみずにあいしむくげかな　化1　文化句帖　同『発句題叢』『嘉永版』『希杖本』『発句鈔追加』

寝る外に分別はなし花木槿　ねるほかにふんべつはなしはなむくげ　化1　文化句帖

不平な垣もむくげは咲にけり　ふだいらなかきもむくげはさきにけり　化1　文化句帖

秋霜に又咲ほこるむくげ哉　あきしもにまたさきほこるむくげかな　化2　文化句帖

浦向に咲かたまりし〔木〕槿哉　うらむきにさきかたまりしむくげかな　化2　文化句帖

遅咲の木槿四五本なく蚊哉　おそざきのむくげしごほんなくかかな　化2　文化句帖

酒冷すちよろ〳〵川の〔木〕槿哉　さけひやすちょろちょろかわのむくげかな　化2　文化句帖

木槿さへすがれになるをなく蚊哉　むくげさえすがれになるをなくかかな　化2　文化句帖

木槿咲凸ミ凹ミや金谷泣(迄)　むくげさくたかみくぼみやかなやまで　化2　文化句帖

柳迄淋しくしたる〔木〕槿哉　やなぎまでさびしくしたるむくげかな　化2　文化句帖

夜〳〵はよい風の吹く〔木〕槿哉　よるよるはよいかぜのふくむくげかな　化2　文化句帖

あふみのやけなり祭りも木槿時　おうみのやけなりまつりもむくげどき　化3　文化句帖

けぶりして寒い蝉なく木槿哉　けぶりしてさむいせみなくむくげかな　化3　文化句帖

天運

蔓草におしつけられし〔木〕槿哉　つるくさにおしつけられしむくげかな　化3　文化句帖

花木槿烏叱りてながらふる　はなむくげからすしかりてながらふる　化3　文化句帖

ぼろ〳〵が妻もうかれし木槿咲　ぼろぼろがつまもうかれしむくげさく　化3　文化句帖

赤木槿咲くや一人涼む程　あかむくげさくやいちにんすずむほど　化6　句稿断片

孤が朝時の木槿咲にけり　みなしごがあさどきのむくげさきにけり　化6　句稿断片

咲仕廻忘れて居るか花木槿　さきじまいわすれているかはなむくげ　化8　七番日記

七尺の粟おし分て木槿哉　ななしゃくのあわおしわけてむくげかな　化9　七番日記

貧〔乏〕神宿参らせん花木槿　びんぼがみやどまいらせんはなむくげ　化9　七番日記

木槿さくや親代々の細けぶり　むくげさくやおやだいだいのほそけぶり　化9　七番日記

朝寒をことしもせぬや花木槿　あささむをことしもせぬやはなむくげ　化14　七番日記

朝寒を引くり返す木槿哉　あささむをひっくりかえすむくげかな　化14　七番日記

諸勧進這入べからず木槿垣
しょかんじんはいるべからずむくげがき　化14　七番日記

代〳〵の貧乏垣の木槿哉
だいだいのびんぼうがきのむくげかな　化14　七番日記

火のふけぬ家〔を〕とりまく木槿哉
ひのふけぬいえをとりまくむくげかな　化14　七番日記

それがしも其日暮しぞ花木槿
それがしもそのひぐらしぞはなむくげ　政4　八番日記　参『梅塵八番』中七「其日ぐらしの」

洪水になくなりもせぬ花木槿
こうずいになくなりもせぬはなむくげ　政5　文政句帖

洪水の泥に一花木槿かな
こうずいのどろにひとはなむくげかな　政5　文政句帖

さたなしに咲て居る也木槿哉
さたなしにさいているなりむくげかな　政7　文政句帖

長咲の恥もかゝぬぞ花木槿
ながざきのはじもかかぬぞはなむくげ　政7　文政句帖

初花も盛ももたぬ木槿哉
はつはなもさかりももたぬむくげかな　政7　文政句帖

花ごてら鋏(挟)れにけり花木槿
はなごてらはさまれにけりはなむくげ　政7　文政句帖

からたちの不足な所へ木槿哉
からたちのふそくなとこへむくげかな　政8　文政句帖　異『同句帖』下五「花木槿」

からめては木槿でかたむ関所哉
からめてはむくげでかたむせきしょかな　政8　文政句帖　異『同句帖』『狭蓑集』下五「関屋哉」

崩れ家の花〴〵しさや花木槿
くずれやのはなばなしさやはなむくげ　政8　文政句帖

こちやはさむあちやうらむ也木槿垣
こちゃはさむあちゃうらむなりむくげがき　政8　文政句帖

隣から花〔を〕にくむや木槿垣
となりからはなをにくむやむくげがき　政8　文政句帖

ぶどう（山ぶどう）

甲州

一番の不二見所や葡萄棚　いちばんのふじみどころやぶどうだな　政7　文政句帖

色黒いのが幸ひぞ山葡萄　いろくろいのがさいわいぞやまぶどう　政7　文政句帖

色白は江戸へ売らるゝ葡萄哉　いろじろはえどへうらるるぶどうかな　政7　文政句帖

黒葡萄天の甘露〔を〕うらやまず　くろぶどうてんのかんろをうらやまず　政7　文政句帖

のら葡萄里近づけば小つぶ也　のらぶどうさとちかづけばこつぶなり　政7　文政句帖

梅もどき

梅の木に見せびらかすや梅もど木《き》　うめのきにみせびらかすやうめもどき　政4　八番日記

梅もどき御花の名代つとめけり　うめもどきおはなのみょうだいつとめけり　政4　八番日記

御花の御名代也梅もどき　おんはなのごみょうだいなりうめもどき　政4　八番日記

釣されてから赤らむや梅もどき　つるされてからあからむやうめもどき　政4　八番日記

みかん

大みかん天から〳〵と降にけり　おおみかんてんからからとふりにけり　政6　文政句帖

上々のみかん一山五文かな　じょうじょうのみかんひとやまごもんかな　政6　文政句帖

金柑

金かんや南天もきる紙袋　きんかんやなんてんもきるかみぶくろ　化11　七番日記

梨

それが木も家尻に見へて梨を売る　それがきもやじりにみえてなしをうる　化1　文化句帖

戸隠山
初梨の天から降た社だん哉　はつなしのてんからふったしゃだんかな　政8　文政句帖　同『文政版』『嘉永版』「遺稿」
百里来た梨のころげる社哉　ひゃくりきたなしのころげるやしろかな　政8　文政句帖

青瓢

大雨の上り口也青瓢　おおあめのあがりぐちなりあおひさご　化1　文化句帖
笛吹て立人おはせ青瓢　ふえふいてたつひとおわせあおひさご　化1　文化句帖
心してけぶりもか丶れ青瓢　こころしてけぶりもかかれあおひさご　化9　七番日記

瓢（種瓢　千生瓢箪）

影法師の畳にうごくふくべ哉　かげぼしのたたみにうごくふくべかな　寛中　西紀書込
雨三粒おちてもぬれし瓢哉　あめみつぶおちてもぬれしひさごかな　化1　文化句帖
うき／＼と草の咲そふ瓢哉　うきうきとくさのさきそうひさごかな　化1　文化句帖
かはる／″＼草花過し瓢哉　かわるがわるくさばなすぎしひさごかな　化1　文化句帖
見覚して鳥の立らん大瓢　みおぼえしてとりのたつらんおおひさご　化1　文化句帖
闇夜に段／＼なるぞ種瓢　やみのよにだんだんなるぞたねひさご　化1　文化句帖
家葺ん瓢は黄ばむ鳥は鳴　いえふかんひさごはきばむとりはなく　化2　文化句帖
小瓢も二ツはなりもせざりけり　こひさごもふたつはなりもせざりけり　化2　文化句帖
どの方〔が〕瓢の表なりけらし　どのかたがひさごのおもてなりけらし　化2　文化句帖
瓢にもなりはぐれたる垣根哉　ひさごにもなりはぐれたるかきねかな　化2　文化句帖
曲り目に月の出たる瓢哉　まがりめにつきのいでたるひさごかな　化2　文化句帖
山／＼も年よるさまや種瓢　やまやまもとしよるさまやたねひさご　化2　文化句帖

大瓢拝んでもどるさが野哉
おおひさごおがんでもどるさがのかな
化5　化五句記

老たりな瓢と我が影法師
おいたりなひさごとわれがかげぼうし
化9　七番日記

馬なりと出なばとく〳〵種瓢
うまなりといでなばとくとくたねひさご
化11　七番日記

蓑〔を〕着てうそ〳〵寒き瓢哉
みのをきてうそうそさむきふくべかな
化11　七番日記

老が世に桃太郎も出よ捨瓢
おいがよにももたろうもでよすてふくべ
化13　七番日記

馬の沓尻にあてごふふくべ哉
うまのくつしりにあてごうふくべかな
政4　八番日記

正面に尻へ〔つ〕ん向し瓢哉
しょうめんにしりつんむけしふくべかな
政4　八番日記　参『梅塵八番』中七「尻つんむけし」

貰人の丸書てある瓢哉
もらいてのまるかいてあるひさごかな
政4　八番日記

やくそくや千なり瓢千人に
やくそくやせんなりひさごせんにんに
政4　八番日記

朔日はあとになり行瓢かな
ついたちはあとになりゆくひさごかな
不詳　発句鈔追加

糸瓜

今の世は糸瓜の皮もうれにけり
いまのよはへちまのかわもうれにけり
化12　七番日記

さぼてんにどうだと下る糸瓜哉
さぼてんにどうだとさがるへちまかな
化12　七番日記

惣領の甚太良どのゝ糸瓜哉
そうりょうのじんたろどののへちまかな
化12　七番日記

踏込で糸瓜の皮のだん袋
ふみこんでへちまのかわのだんぶくろ
政2　八番日記　参『梅塵八番』上五「踏込や」

老の身や糸瓜は糸瓜の役に立
おいのみやへちまはへちまのやくにたつ
政4　八番日記

二本目の桶はおさんが糸瓜哉
にほんめのおけはおさんがへちまかな
政4　八番日記　参『梅塵八番』前書「十五夜水取」

美人等に水しぼらるゝ糸瓜哉
びじんらにみずしぼらるるへちまかな
政4　八番日記

世の中は何〔の〕糸瓜とのたるかよ　よのなかはなんのへちまとのたるかよ　政4　八番日記　参『梅塵八番』中七「何の糸瓜と」

はづかしや糸瓜は糸瓜の役に立　はずかしやへちまはへちまのやくにたつ　政6　文政句帖

花ながら水しぼらるゝ糸瓜かな　はなながらみずしぼらるるへちまかな　政7　文政句帖

離別

へちまづる切て支舞ば他人哉　へちまづるきってしまえばたにんかな　不詳　発句鈔追加

西瓜

正直《(値)》段ぶ〔つ〕つけ書の西瓜哉　しょうねだんぶっつけがきのすいかかな　政8　文政句帖　異『政八句帖草』中七「打つけ書の」

南瓜

割かけて半月あまり南瓜哉　われかけてはんつきあまりかぼちゃかな　寛中　西記書込

鶺鴒がたゝいて見たる南瓜哉　せきれいがたたいてみたるかぼちゃかな　政2　八番日記

烏瓜

古きて《そ》屁《(庇)》はよけ行烏瓜　ふるめきてひさしはよけゆくからすうり　享3　享和句帖

秋風の吹ともなしや烏瓜　あきかぜのふくともなしやからすうり　化6　化五六句記

溝川や水に引るゝ烏瓜　みぞがわやみずにひかるるからすうり　政9　政九十句写　同『希杖本』

山椒の実

山椒をつかみ込んだる小なべ哉　さんしょうをつかみこんだるこなべかな　享3　享和句帖

君が世は山椒も子を持にけり　きみがよはさんしょうもこをもちにけり　政3　八番日記

南天の実

日当りや南天の実のかん袋　ひあたりやなんてんのみのかんぶくろ　政4　八番日記

あけび

愛相（想）にぱかり口明く木通哉　あいそうにぱかりくちあくあけびかな　政8　文政句帖

釣棚にぱつかり口を木通哉　つりだなにぱっかりくちをあけびかな　政8　文政句帖

一夜〔さ〕に棚で口あく木通哉　ひとよさにたなでくちあくあけびかな　政8　文政句帖

棚へ来てぱくり口明木通哉　たなへきてぱくりくちあくあけびかな　政9　政九十句写　異『希杖本』中七「ぱかり口明く」

木の実

門口の木実に見るや木曽の雨　かどぐちのこのみにみるやきそのあめ　化1　文化句帖

くやしくも過し山辺や木実散　くやしくもすぎしやまべやこのみちる　化1　文化句帖

ちる木実赤ふんどしがうれしいか　ちるこのみあかふんどしがうれしいか　化1　文化句帖

爪先にいく日馴たる木実哉　つまさきにいくひなれたるこのみかな　化1　文化句帖

山姫の袖より落る木実哉　やまひめのそでよりおちるこのみかな　化7　七番日記

ボンボリにはつしとあたる木実哉　ぼんぼりにはっしとあたるこのみかな　化10　七番日記

尼君の畠を塞木のみ哉　あまぎみのはたけをふさぐこのみかな　化11　七番日記

金が咲け〳〵迚埋る木実哉　きんがさけさけとてうめるこのみかな　化11　七番日記

なつかしと吉野ゝ木実いる夜哉　なつかしとよしののこのみいるよかな　化11　七番日記

升とりの升にころりと木の実哉　ますとりのますにころりとこのみかな　化14　七番日記

猫又の頭こつきり木の実哉　ねこまたのあたまこっきりこのみかな　政4　八番日記

夕暮や木の実が笠をうつの山　ゆうぐれやこのみがかさをうつのやま　政5　文政句帖

夕やみや木の実も人をうつの山　ゆうやみやこのみもひとをうつのやま　政5　文政句帖

赤い実は鳥も目につくかきね哉　あかいみはとりもめにつくかきねかな　政8　文政句帖

栃の実（栃餅　栃団子）

栃だん子うたがふらくは是仙家　とちだんごうたごうらくはこれせんか　寛12　題葉集

杼（橡）の子やいく日転げて麓迄　とちのこやいくひころげてふもとまで　化11　七番日記　同『発句題叢』『希杖本』　異『発句鈔追加』『版本題叢』上五「栃の実や」

栃の実や人もとち〳〵とび歩く　とちのみやひともとちとちとびあるく　政4　八番日記

栃餅や天狗の子供など並　とちもちやてんぐのこどもなどならぶ　政4　八番日記　参『梅塵八番』中七「天狗の子分」

橡餅や天狗の子供とて並ぶ　とちもちやてんぐのこどもとてならぶ　不詳　一茶園月並裏書

椎の実

落椎のあくまでぬれし旭哉　おちしいのあくまでぬれしあさひかな　化1　文化句帖

団栗

団栗や而後露時雨　どんぐりやしこうしてのちつゆしぐれ　化6　化五六句記

団栗がむげんの鐘をたゝく也　どんぐりがむげんのかねをたたくなり　政2　八番日記

団栗の寝ん〳〵ころり〳〵哉　どんぐりのねんねんころりころりかな　政2　八番日記

とるとしや〔団〕栗にまでおつころぶ　とるとしやどんぐりにまでおっころぶ　政4　八番日記

団栗とはねつくらする小猫哉　どんぐりとはねっくらするこねこかな　政4　八番日記

団栗やころり子共（供）の云なりに　どんぐりやころりこどものいうなりに　政4　八番日記

団栗や流れ任せの身の行衛(方)　どんぐりやながれまかせのみのゆくえ　政4　八番日記

団栗と転げくらする小猫哉　どんぐりところげくらするこねこかな　政7　文政句帖

団栗や三べん巡って池に入　どんぐりやさんべんまわっていけにいる　政7　文政句帖

栗（柴栗　杓子栗　三度栗　丹波栗　いが栗　実なし栗　干し栗　焼き栗　ゆで栗）

栗おちて一ツ〳〵に夜の更る　くりおちてひとつひとつによのふける　化3　文化句帖

樒桶落ぬ日はなし峯の栗　しきみおけおちぬひはなしみねのくり　化3　文化句帖

柴栗〔の〕いく度人に踏れけり　しばぐりのいくたびひとにふまれけり　化3　文化句帖

柴栗や馬のばりしてうつくしき　しばぐりやうまのばりしてうつくしき　化3　文化句帖

くり〳〵と栗をふみ行流哉　くりくりとくりをふみゆくながれかな　化6　化五六句記

柴栗のヱムといふ日もなかりけり　しばぐりのえむというひもなかりけり　化6　化五六句記

おち栗やきのふ〔は〕見へぬ茶呑橋　おちぐりやきのうはみえぬちゃのみばし　化7　七番日記

大栗や漸とれば虫の穴　おおぐりやようやくとればむしのあな　化10　七番日記

からめては栗で埋りし御堀哉　からめてはくりでうまりしおほりかな　化10　七番日記

草原や子にひろはする一つ栗　くさはらやこにひろわするひとつぐり　化10　七番日記

栗埋てはつ雪を待用意哉　くりうめてはつゆきをまつよういかな　化10　七番日記

栗の峰(峰の栗)ひたとおち込坐(座)敷哉　みねのくりひたとおちこむざしきかな　化10　七番日記

小布施

拾れぬ栗の見事よ大きさよ　ひろわれぬくりのみごとよおおきさよ　化10　七番日記　同『文政版』『嘉永版』「遺稿」

虫喰が一番栗ぞ一ばんぞ　むしくいがいちばんぐりぞいちばんぞ　化10　七番日記

焼栗や吉次や三太むさし坊　やきぐりやきちじやさんたむさしぼう　化10　七番日記

山陰に心安げよ実なし栗　やまかげにこころやすげよみなしぐり　化10　七番日記

立田姫坐（座）とり給へや杓子栗　たつたひめざとりたまえやしゃくしぐり　化12　七番日記

我門の猫打栗よ〳〵よ　わがかどのねこうちくりようちくりよ　化12　七番日記　異『同日記』上五「我宿の」中七「猫打栗」

翌ありと思ふや栗も一莚　あすありとおもうやくりもひとむしろ　化13　七番日記

いけ栗や我塚も今あの通り　いけぐりやわがつかもいまあのとおり　化13　七番日記

大栗や旅人衆へ拾はるゝ　おおぐりやたびびとしゅうへひろわるる　化13　七番日記

け起ばみんな殻也栗のいが　けおこせばみんなからなりくりのいが　化13　七番日記

茹栗と一所（緒）に終るはなし哉　ゆでぐりといっしょにおわるはなしかな　化13　七番日記

茹栗や胡坐功者なちいさい子　ゆでぐりやあぐらこうしゃなちいさいこ　化13　七番日記

大栗や刺（莿）の中にも虫の住　おおぐりやいがのなかにもむしのすむ　化14　七番日記

拾はれぬ栗がざつくりざくり哉　ひろわれぬくりがざっくりざくりかな　化14　七番日記

二子栗仲よく別ろと計に　ふたごぐりなかよくわけろとばかりに　化14　七番日記

いが栗のイガ出ぬうちは見事也　いがぐりのいがでぬうちはみごとなり　政1　七番日記

妹が子にそれゆづるぞよ杓子栗　いもがこにそれゆずるぞよしゃくしぐり　政1　七番日記

落栗や先へ烏に拾はるゝ　おちぐりやさきへからすにひろわるる　政1　七番日記　異『同日記』中七「烏に先へ」

栗の虫どこ〔へ〕たのみに行畳　くりのむしどこへたのみにゆくたたみ　政1　七番日記

三度栗おがむ握しへ落にけり　さんどぐりおがむこぶしへおちにけり　政1　七番日記

山栗の飯祝るゝ都かな　やまぐりのめしいわるるみやこかな　政1　七番日記

山寺や畳の上の栗拾ひ　やまでらやたたみのうえのくりひろい　政1　七番日記　同『希杖本』

迹《後》の人三ツ栗三ツひろひけり
あとのひとみつぐりみっつひろいけり
政2　八番日記

剰二子なりけりすがれ栗
あまつさえふたごなりけりすがれぐり
政2　八番日記　参『梅塵八番』上五「剰へ」中七「三ツ子なりけり」

大きさや人の拾ひし栗のいが
おおきさやひとのひろいしくりのいが
政2　八番日記

大栗は猿《薬(医)師》の薬礼と見へにけり
おおぐりはさるのやくれいとみえにけり
政2　八番日記

落る葉もちら〔り〕ほふ《ら》〔り〕やすがれ栗
おちるはもちらりほらりやすがれぐり
政2　八番日記　参『梅塵八番』中七「ちらりほらりや」

流るゝに苦はなかりけり栗ならば
ながるるにくはなかりけりくりならば
政2　八番日記　参『梅塵八番』下五「実なし栗」

人ちゝ《ら》り木の葉もちゝ《ら》りすがれ栗
ひとちらりこのはもちらりすがれぐり
政2　八番日記　参『梅塵八番』上五「人ちらり」中七「木の葉もちらり」

三ツ栗〔を〕三ツ拾ふや迹《後》の人
みつぐりをみっつひろうやあとのひと
政2　八番日記

焼栗やへろ〳〵神の向方に
やきぐりやへろへろがみのむくほうに
政2　八番日記

娘《嫁》事をせよとは《わ》たすや杓子栗
よめごとをせよとわたすやしゃくしぐり
政2　八番日記

いが栗も花の都へ出たりな
いがぐりもはなのみやこへいでたりな
政3　八番日記　同『だん袋』『発句鈔追加』　異『発句鈔追加』下五「出たりけり」　参『梅塵八番』下五「出たりけり」

いが栗や嫌ろ《ら》ふ門田に小山程
いがぐりやきらうかどたにこやまほど
政3　八番日記　参『梅塵八番』中七「嫌ふ門田へ」

柴の栗一人はぢけて居たりけり
しばのくりひとりはじけていたりけり
政3　八番日記　参『梅塵八番』上五「柴栗の」

鼠等も娘《嫁》事するか杓子栗
ねずみらもよめごとするかしゃくしぐり
政3　八番日記　同『だん袋』　異『発句鈔追加』中七「嫁どりするか」　参『梅塵八番』中七「娘取するか」

はづかしやとられぬ栗の目にかゝる
はずかしやとられぬくりのめにかかる
政3　八番日記

いがぐりやどさりと犬の枕元
いがぐりやどさりといぬのまくらもと
政4　八番日記

今が《の》世に爺打栗と呼れけり
いまがよにじいうちぐりとよばれけり
政4　八番日記　参『梅塵八番』上五「今の世に」

枝のいが〔両〕手を張るやなし〳〵と
えだのいがりょうてをはるやなしなしと
政4　八番日記

大味の何かはへるや丹波栗
おおあじのいつかはへるやたんばぐり
政4　八番日記　参『梅塵八番』中七「何のとへるや」

大味のなど丶大栗攅《撰》れけり
おおあじのなどとおおぐりえられけり
政4　八番日記　参『梅塵八番』中七「なんのと大栗」

大栗や我が仲間ぞ《も》いが天窓
おおぐりやわれがなかまもいがあたま
政4　八番日記　参『梅塵八番』中七「我が仲間も」

おち栗や仏も笠をめして立
おちぐりやほとけもかさをめしてたつ
政4　八番日記

笠のおち栗とられけり迹《後》の人
かさのおちくりとられけりあとのひと
政4　八番日記

栗壱ツとるに挑灯《提灯》さわぎ哉
くりひとつとるにちょうちんさわぎかな
政4　八番日記

爺打た栗と末代言れけり
じいうったくりとまつだいいわれけり
政4　八番日記　参『梅塵八番』中七「栗と三代」

杓子栗もつも自然ぞ女の子
しゃくしぐりもつもじねんぞおんなのこ　政4　八番日記

誰にやるくりや地蔵の手の平に
だれにやるくりやじぞうのてのひらに　政4　八番日記　同『発句鈔追加』

ばか猫や逃たいが栗見にもどる
ばかねこやにげたいがくりみにもどる　政4　八番日記　同『文政句帖』『政七句帖草』

ばち／＼は栗としらるゝ雨夜哉
ばちばちはくりとしらるるあまよかな　政4　八番日記　参『梅塵八番』上五「ばら／＼は」

都でも引はとらぬや丹波栗
みやこでもひけはとらぬやたんばぐり　政4　八番日記

もちよふも女の子ぞよ杓子栗
もちようもおんなのこぞよしゃくしぐり　政4　八番日記

やきぐりを噛んでくれろと出す子哉
やきぐりをかんでくれろとだすこかな　政4　八番日記

山出しのまゝや御前へ丹波栗
やまだしのままやごぜんへたんばぐり　政4　八番日記

今の世や山の栗にも夜番小屋
いまのよややまのくりにもやばんごや　政5　文政句帖

うら壁に打つける也峰の栗
うらかべにうちつけるなりみねのくり　政5　文政句帖

栗拾ひねん／＼ころり云ながら
くりひろいねんねんころりいいながら　政5　文政句帖

まけ〔ぬ〕きに栗の皮むく入歯哉
まけぬきにくりのかわむくいればかな　政5　文政句帖

焼栗に必隣る茶の子哉
やきぐりにかならずとなるちゃのこかな　政5　文政句帖

やき栗の成る木もあらん御寺哉
やきぐりのなるきもあらんおてらかな　政5　文政句帖

焼栗もにくい方へはとばぬ也
やきぐりもにくいほうへはとばぬなり　政5　文政句帖

ゆで栗や入り坐（座）敷より寝ぼけ客
ゆでぐりやいりざしきよりねぼけきゃく　政5　文政句帖

ゆで栗や夜番の小屋の俄客
ゆでぐりややばんのこやのにわかきゃく　政5　文政句帖

竈の栗者どもも来よとはねる也
かまのくりものどもこよとはねるなり　政6　文政句帖

あくせくと起せば殻よ栗のいが　あくせくとおこせばからよくりのいが　政7　文政句帖

大栗や流れとゞまるばゝの前　おおぐりやながれとどまるばばのまえ　政7　文政句帖

おち捨の栗にてぬかる木そ路哉　おちすてのくりにてぬかるきそじかな　政7　文政句帖

栗とんで惣鶏のさはぎ哉　くりとんでそうにわとりのさわぎかな　政7　文政句帖

さく〳〵と栗でぬかるや木曽の山　さくさくとくりでぬかるやきそのやま　政7　文政句帖

そと置て子に捨（拾）ろはすや栗庭（庭の栗）　そとおいてこにひろわすやにわのくり　政7　文政句帖

夜咄の下へゆで栗小粒也　よばなしのもとへゆでぐりこつぶなり　政7　文政句帖

栗番や只休むさへひつ叱る　くりばんやただやすむさえひっしかる　政8　政八句帖草

おち栗や足で尋る夜のみは　おちぐりやあしでたずねるよるのみは　政8　文政句帖

栗番や只休〔の〕を大の声　くりばんやただやすむのをだいのこえ　政8　文政句帖

栗一二にタイ松さはぎ哉　くりひとつふたつにたいまつさわぎかな　政8　文政句帖

栗虫のくりを出歩行栄よう哉　くりむしのくりをであるくえようかな　政8　文政句帖

子どもらや烏も交る栗拾ひ　こどもらやからすもまじるくりひろい　政8　文政句帖

外堀におち栗ぽかん〳〵哉　そとぼりにおちぐりぽかんぽかんかな　政8　文政句帖

大木や子ら〔が〕踏んでも栗落る　たいぼくやこらがふんでもくりおちる　政8　文政句帖　異『政八句帖草』中七「子どもが踏んでも」

生栗をがり〳〵子ども盛哉　なまぐりをがりがりこどもざかりかな　政8　文政句帖

いがごてら都へ出たり丹波栗　いがごてらみやこへでたりたんばぐり　政10　政九十句写　同『希杖本』

馬の子の踏潰しけり野良の栗　うまのこのふみつぶしけりのらのくり　政10　政九十句写　同『希杖本』

大栗や大味などと先帰る　おおぐりやおおあじなどとまずかえる　政10　政九十句写　同『希杖本』

せま庭の横打栗やどろぼ猫　せまにわのよこうつくりやどろぼねこ　政10　政九十句写　同『希杖本』

大栗のおちとゞまるや高家《（屋）》根に　おおぐりのおちとどまるやたかやねに　不詳　真蹟

訪医家
栗ふたつ猿の薬礼とも見ゆる　くりふたつさるのやくれいともみゆる　不詳　一茶園月並裏書

落栗や又旅人に拾はるゝ　おちぐりやまたたびびとにひろわるる　不詳　希杖本

ほし栗のほしべり立やげつそりと　ほしぐりのほしべりたつやげっそりと　不詳　希杖本

色変えぬ松

神世より色替ぬ哉松と浪　かみよよりいろかえぬかなまつとなみ　寛6　寛政句帖

松笠

松笠を升にてはかる都哉　まつかさをますにてはかるみやこかな　政8　政八句帖草　異『文政句帖』下五「うき世哉」

きのこ（初茸　松茸　鼠茸　天狗茸　馬糞茸　笑い茸　茸狩）

雨上り柱見事にきのこ哉　あめあがりはしらみごとにきのこかな　寛中　西紀書込

扇にてしばし教るきのこ哉　おうぎにてしばしおしえるきのこかな　寛中　西紀書込

御身《（御）》足の下にい〔く〕つも茸哉　おみあしのしたにいくつもきのこかな　寛中　西紀書込

こぼれ種草〔に〕によき／＼茸哉　こぼれだねくさににょきにょききのこかな　寛中　西紀書込

松原に作つたやうにきの子哉　まつばらにつくったようにきのこかな　寛中　西紀書込

川曲《（クマ）》へつゝつき落す茸哉　かわくまへつっつきおとすきのこかな　享3　享和句帖

手の前に蝶の息づく茸哉　てのまえにちょうのいきづくきのこかな　享3　享和句帖

松茸にむされて立か山兎　まつたけにむされてたつかやまうさぎ　享3　享和句帖

ぞく／＼と人のかまはぬ茸哉
ぞくぞくとひとのかまわぬきのこかな　化5　化五句記

念仏のころりと出たる茸哉
ねんぶつのころりとでたるきのこかな　化5　化五句記

松茸にかぶれ給ひし和尚哉
まつたけにかぶれたまいしおしょうかな　化5　化五句記

山の神木子盗人おがむ也
やまのかみきのこぬすっとおがむなり　化5　化五句記

あ〔さ〕ぢふ〔や〕門の口からきのこがり
あさじうやかどのくちからきのこがり　化6　化五六句記

虻よぶや必きのこある通り
あぶよぶやかならずきのこあるとおり　化6　化五六句記

此方に茸《(茸)》ありとや虻のとぶ
このかたにきのこありとやあぶのとぶ　化6　化五六句記

ぞく／＼と鼠の穴もきのこ哉
ぞくぞくとねずみのあなもきのこかな　化6　化五六句記

うつくしやあら美しや毒きのこ
うつくしやあらうつくしやどくきのこ　化10　七番日記

うつくしや人とる木の子とは見えぬ
うつくしやひととるきのことはみえぬ　化10　七番日記

御子達よ赤い木子に化されな
おこたちよあかいきのこにばかされな　化10　七番日記

御稚児達赤いきのこに化さうな
おちごたちあかいきのこにばけそうな　化10　書簡写

折／＼〔や〕庵の柱の茸狩
おりおりやいおのはしらのきのこがり　化10　七番日記

青芒さゝれたうちがはつ茸ぞ
あおすすきさされたうちがはつたけぞ　化13　七番日記　異『希杖本』上五「穂芒に」

茸狩子どもに先ンを取られけり
きのこがりこどもにせんをとられけり　化14　七番日記

尻餅をついた手でとる茸哉
しりもちをついたてでとるきのこかな　化14　七番日記　異『文政句帖』中七「搗ながらとる」

背〔中〕から児が声かける茸哉
せなかからこがこえかけるきのこかな　化14　七番日記

一人前柱にもあるきのこ哉
ひとりまえはしらにもあるきのこかな
化14　七番日記

茸とり刀で分る芒かな
きのことりかたなでわけるすすきかな
政2　八番日記

木末から猿がをしへる茸哉
こずえからさるがおしえるきのこかな
政2　八番日記

小坊主に高名されし茸哉
こぼうずにこうみょうされしきのこかな
政2　八番日記

五六人只一ツ也きの子がり
ごろくにんただひとつなりきのこがり
政2　八番日記　参『梅塵八番』中七「只ひとつきり」

猿の子に酒くれる也茸狩
さるのこにさけくれるなりきのこがり
政2　八番日記　参『梅塵八番』上五「旅の子に」

茸狩のから手でもどる騒かな
たけがりのからてでもどるさわぎかな
政2　おらが春　同『八番日記』『文政版』『嘉永版』「遺稿」「書簡」

宿おりが笠にさげたる茸哉
やどおりがかさにさげたるきのこかな
政2　八番日記

よ所並につら並べけり馬糞茸
よそなみにつらならべけりまぐそたけ
政2　八番日記

馬屎茸

大茸馬ふんも時を得たりけり
おおきのこまぐそもときをえたりけり
政3　発句題叢　同『嘉永版』『発句鈔追加』『希杖本』

毒茸

人をとる茸はたして美しき
ひとをとるきのこはたしてうつくしき
政3　発句題叢　同『文政版』『嘉永版』『希杖本』「遺稿」

大江戸に交りて赤き木のこ哉
おおえどにまじりてあかききのこかな
政4　梅塵八番　注『八番日記』中七「まぢりて赤き」下五「李哉」（夏の部「李」の項参照）

猿(狼)の穴の中より鼠茸
おおかみのあなのなかよりねずみだけ
政4　八番日記

買茸とつたふりしてもどりけり　かいきのことったふりしてもどりけり　政4　八番日記

茸をば付たりにしてさわぎ行　きのこをばつけたりにしてさわぎゆく　政4　八番日記　参『梅塵八番』下五「騒ぎ哉」

くらま山茸にさい(へ)も天狗哉　くらまやまきのこにさえもてんぐかな　政4　八番日記　参『梅塵八番』中七「茸にさへも」

ころんでも摑で起る木の子哉　ころんでもつかんでおきるきのこかな　政4　八番日記

茸がりの下手や一抱草の花　たけがりのへたやひとだきくさのはな　政4　八番日記　参『梅塵八番』中七「下手や一把の」

天狗茸立けり魔所の入口に　てんぐだけたちけりましょのいりぐちに　政4　八番日記　異『文政句帖』下五「這入口」

化されな茸も紅を付〔て〕出た　ばかされなきのこもべにをつけてでた　政4　八番日記　参『梅塵八番』下五「つけて出ル」

初茸の無きづに出るや袂から　はつたけのむきずにでるやたもとから　政4　八番日記

初茸や根こそげ取た迹(跡)が(に)又　はつたけやねこそげとったあとにまた　政4　八番日記　参『梅塵八番』中七「根こそぎ取た」下五「跡に又」

初茸や一ッは和(吾)子が持遊び　はつたけやひとつはあこがもちあそび　政4　八番日記

初茸や二人見付て粉みぢん　はつたけやふたりみつけてこなみじん　政4　八番日記

初茸や二人見付てまあ／＼と　はつたけやふたりみつけてまあまあと　政4　八番日記

初茸や踏つぶしたをつぎて見る　はつたけやふみつぶしたをつぎてみる　政4　八番日記

初茸や見付た者をつき倒し　はつたけやみつけたものをつきたおし　政4　八番日記

初茸や持遊び箱に壱ツ哉　はつたけやもちあそびばこにひとつかな　政4　八番日記　参『梅塵八番』上五「初茸の」

初茸を摑(握)りつぶして笑ふ子よ　はつたけをにぎりつぶしてわらうこよ　政4　八番日記　参『梅塵八番』中七「摑みつ

ぶして」

松茸や犬のだくなもか《つ》ぎ歩く
まつたけやいぬのだくなもかぎあるく
政4　八番日記　同『同日記』に重出、『たねおろし』『発句鈔追加』『茶翁聯句集』前書「遊寺林」、「真蹟」前書「しなのこと葉」

もまれてや江戸のきのこは赤くなる
もまれてやえどのきのこはあかくなる
政4　梅塵八番　注『八番日記』中七「江戸の李は」（夏の部「李」の項参照）

海見る芝に坐（座）とるや焼菌
うみみゆるしばにざとるややききのこ
政5　文政句帖

エンマ王笑ひ菌をちと進れ
えんまおうわらいきのこをちとまいれ
政5　文政句帖

茸狩女に勝をとられけり
きのこがりおんなにかちをとられけり
政5　文政句帖

茸さへ蝿をとるのに白髪哉
きのこさえはえをとるのにしらがかな
政5　文政句帖

辷りても只は起ぬや木の子がり
すべりてもただはおきぬやきのこがり
政5　文政句帖

先達の手首尾わるさや茸山
せんだつのてしゅびわるさやきのこやま
政5　文政句帖

茸狩やお〔の〕がおちたるおとし穴
たけがりやおのがおちたるおとしあな
政5　文政句帖

鶏のかき出したる茸かな
にわとりのかきいだしたるきのこかな
政5　文政句帖

此おくは魔所とや立る天狗茸
このおくはましょとやたてるてんぐだけ
政7　文政句帖

山おく〔は〕茸も蝿を殺す也
やまおくはきのこもはえをころすなり
政8　政八句帖草　同『文政句帖』

身を知て犬もかゞぬや捨茸
みをしっていぬもかがぬやすてきのこ
政8　文政句帖

初茸を手に植て見る小僧哉
はつたけをてにうえてみるこぞうかな
不詳　希杖本

冬

十月（神無月）

首途
安蘇一見急ぎ候やがて神無月
あそいっけんいそぎそうろうやがてかんなづき　寛5　寛政句帖

十月の中の十日の霰哉
じゅうがつのなかのとおかのあられかな　化7　七番日記

八日水道町にて
十月やほの〳〵かすむ御綿売
じゅうがつやほのぼのかすむおわたうり　化7　七番日記

十月の中の十日を茶湯哉
じゅうがつのなかのとおかをちゃのゆかな　化11　七番日記　同『発句類題集』

御地蔵よ我も是〔か〕らかみな月
おじぞうよわれもこれからかみなづき　化12　七番日記

十月の中の十日の寝坊哉
じゅうがつのなかのとおかのねぼうかな　化12　七番日記　同『栗本雑記五』『美佐古鮓』

十月やうらからおがむ浅草寺
じゅうがつやうらからおがむせんそうじ　化12　七番日記

十月の春辺をほこる菜畠哉
じゅうがつのはるべをほこるなばたかな　化13　七番日記

十月の春辺をほこる野菜哉
じゅうがつのはるべをほこるのなかな　化13　七番日記

十月を春辺にしたる菜畠哉
じゅうがつをはるべにしたるなばたかな　化13　七番日記

師走（十二月　極月）

吹降やされど師走の人通り
ふきぶりやされどしわすのひとどおり　寛5　寛政句帖

旄丘
京の師走高みに咲ふ仏哉
きょうのしわすたかみにわらうほとけかな　享3　享和句帖

けろ〳〵と師走月よの榎哉
けろけろとしわすづきよのえのきかな　享3　享和句帖

旅鴉師走も廿九日哉
たびがらすしわすもにじゅうくにちかな　享3　享和句帖

何彼穠（襛）〔矣〕
旅の空師走も廿九日哉　たびのそらしわすもにじゅうくにちかな　享3　享和句帖

蕉翁忌　点了
玉霰椎にもらばや十二月　たまあられしいにもらばやじゅうにがつ　寛—享　真蹟句帖

選当し庵に寝ても師走哉　えりあてしいおりにねてもしわすかな　化1　文化句帖

とび抜て師走日向の小村哉　とびぬけてしわすひなたのこむらかな　化10　七番日記

松のおく又其おくも師走哉　まつのおくまたそのおくもしわすかな　化10　七番日記

世につれて師走ぶりする草家哉　よにつれてしわすぶりするくさやかな　化10　七番日記

十二月二十九日の茶の湯哉　じゅうにがつにじゅうくにちのちゃのゆかな　化11　七番日記

二本棒たらして歩く師走哉　にほんぼうたらしてあるくしわすかな　化11　七番日記

十二月廿九日も入相ぞ　じゅうにがつにじゅうくにちもいりあいぞ　政1　七番日記

十二月も九日卅日となりにけり　じゅうにがつもくにちみそかとなりにけり　政4　八番日記

十二月廿九日の楽寝哉　じゅうにがつにじゅうくにちのらくねかな　政5　文政句帖

極月や廿九〔日〕の猫の恋　ごくげつやにじゅうくにちのねこのこい　政6　文政句帖

山本や師走日なたのこぼれ村　やまもとやしわすひなたのこぼれむら　政7　文政句帖　異『政七句帖草』上五「山際の」

短日

日短やかせぐに追つく貧乏神　ひみじかやかせぐにおいつくびんぼがみ　政8　文政句帖　異『政八句帖草』上五「短日や」

冬の夜

冬の夜やきのふ貰ひしはりまなべ　ふゆのよやきのうもらいしはりまなべ　化2　文化句帖

冬の夜や庭の小山も影見へて　ふゆのよやにわのこやまもかげみえて　化2　文化句帖

冬のよや火ばしとりてもおもしろき　ふゆのよやひばしとりてもおもしろき　化12　七番日記

冬の夜を真丸に寝る小隅哉　ふゆのよをまんまるにねるこすみかな　化12　七番日記

冬夜や柱の穴に茶〔を〕上る　ふゆのよやはしらのあなにちゃをあげる　政7　政七句帖草

〔冬の夜や〕茶を奉る柱穴　ふゆのよやちゃをたてまつるはしらあな　政7　政七句帖草

冬至

さぼてんを上坐《（座）》に直ス冬至哉　さぼてんをかみざになおすとうじかな　化11　七番日記

鈴ふりがからり〱も冬至哉　すずふりがからりからりもとうじかな　化11　七番日記

日本の冬至も梅の咲にけり　にっぽんのとうじもうめのさきにけり　化11　七番日記　異『自筆本』中七「冬至も梅は」

野狐がいな村祭る冬至哉　のぎつねがいなむらまつるとうじかな　化11　七番日記

我梅はなんのけもなき冬至哉　わがうめはなんのけもなきとうじかな　化11　七番日記

雪ちゝ《（ら）》り〱冬至の祝義《（儀）》哉　ゆきちらりちらりとうじのしゅうぎかな　政2　八番日記　参『梅塵八番』上五「雪ちらり」

粥くふも物しりらしき冬至哉　かゆくうもものしりらしきとうじかな　政5　文政句帖

冬至節

上白の一陽来たり梅の花　じょうはくのいちようきたりうめのはな　政9　書簡

寒（寒の入り　大寒　寒肥）

今時分の寒の入らん夜念仏　いまじぶんのかんのいるらんよねんぶつ　享3　享和句帖

降雨の中にも寒の入にけり　ふるあめのなかにもかんのいりにけり　享3　享和句帖

むつかしや今月が入寒が入　むつかしやいまつきがいるかんがいる　化7　七番日記

大寒の大い／＼とした月よ哉　だいかんのだいだいとしたつきよかな　化12　七番日記　［同］『自筆本』

有明や壁の穴から寒が入　ありあけやかべのあなからかんがいる　化13　七番日記

おとろへやぼん〔の〕凹から寒が入　おとろえやぼんのくぼからかんがいる　化13　書簡

さす月〔や〕ボンの凹から寒が入　さすつきやぼんのくぼからかんがいる　化13　七番日記

ウス壁にづんづと寒が入にけり　うすかべにずんずとかんがいりにけり　化14　七番日記　［異］『自筆本』下五「入りけり」

下馬先や奴が尻に寒が入　げばさきややっこがしりにかんがいる　化14　七番日記

うしろから寒が入也壁の間《（穴）》　うしろからかんがいるなりかべのあな　政3　八番日記　［参］『梅塵八番』下五「壁の穴」

かご脇の高股立や寒の入　かごわきのたかももだちやかんのいる　政3　八番日記

大寒や八月ほしき松の月　だいかんやはちがつほしきまつのつき　政3　発句題叢　［同］『嘉永版』『発句鈔追加』

放《（離）》家やずん／＼別の寒が入　はなれやずんずんべつのかんがいる　政3　八番日記

棒突や石垣たゝく寒の入　ぼうつきやいしがきたたくかんのいる　政4　八番日記　［同］『文政句帖』

赤坂や奴が尻に寒が入　あかさかややっこがしりにかんがいる　政5　文政句帖

灯のしん／＼今や寒が入　ともしびのしんしんいまやかんがいる　政5　文政句帖

あばら家〔や〕寒ある上〔に〕寒が入　あばらややかんあるうえにかんがいる　政7　文政句帖

薄壁や月もろともに寒が入　うすかべやつきもろともにかんがいる　政7　文政句帖

薄壁や鼠穴より寒が入　うすかべやねずみあなよりかんがいる　政7　文政句帖

かぢけ坊に寒が二度迄入にけり　かじけぼうにかんがにどまでいりにけり　政7　文政句帖

大寒の入るもきびしき武門哉　だいかんのいるもきびしきぶもんかな　政7　文政句帖

はき庭や入るも手強い江戸の寒　はきにわやいるもてごわいえどのかん　政7　文政句帖

和らかな寒が入る也京の町　やわらかなかんがいるなりきょうのまち　政7　文政句帖

宵過や柱みり〳〵寒が入　よいすぎやはしらみりみりかんがいる　政7　文政句帖

垢離
節穴や月もさし入寒も入　ふしあなやつきもさしいるかんもいる　不詳　自筆本

寒し（寒き日　寒き夜　冴る夜）

犬吼て親呼ぶ乞食寒からん　いぬほえておやよぶこじきさむからん　寛4　寛政句帖

巨（炬）燵出て一文けるも寒哉　こたつでていちもんけるもさむさかな　寛4　寛政句帖

貧家
寒き夜や我身をわれが不寝番　さむきよやわがみをわれがねずのばん　寛4　寛政句帖

関処より吹戻さるゝ寒さ哉　せきしょよりふきもどさるるさむさかな　寛4　寛政句帖

我好で我する旅の寒哉　われすきでわれするたびのさむさかな　寛中　西紀書込

井戸にさへ錠のかゝりし寒哉　いどにさえじょうのかかりしさむさかな　享3　享和句帖

掌に酒飯けぶる寒哉　てのひらにさかめしけぶるさむさかな　享3　享和句帖

鳥の羽のひさしにさはる寒哉　とりのはのひさしにさわるさむさかな　享3　享和句帖

銭車都は寒しいそがしき　ぜにぐるまみやこはさむしいそがしき　化6　真蹟

身に添や前の主の寒迄　みにそうやまえのあるじのさむさまで　化6　文政版　同『嘉永版』

あら寒し〳〵といふも栄よう哉　あらさむしさむしというもえようかな　化8　七番日記　同『我春集』

生残り〳〵たる寒かな　いきのこりいきのこりたるさむさかな　化8　我春集

合点して居ても寒いぞ貧しいぞ　がてんしていてもさむいぞまずしいぞ　化8　我春集

かけ金の真赤に錆て寒哉　かけがねのまっかにさびてさむさかな　化9　七番日記

寒き日や井戸の間の女良花　さむきひやいどのあいだのおみなえし　化9　七番日記

寒き日や鎌ゆひ付し竿の先　さむきひやかまゆいつけしさおのさき　化9　七番日記

臼井峠
しなのぢの山が荷になる寒哉　しなのじのやまがにになるさむさかな　化9　七番日記

臼井峠
しなのぢの雲（雪）が荷になる寒哉　しなのじのゆきがにになるさむさかな　化9　句稿消息

二三赤い木葉のあら寒き　ふたつみつあかいこのはのあらさむき　化9　七番日記　異『自筆本』下五「あら寒し」

夕過の臼の谺の寒哉　ゆうすぎのうすのこだまのさむさかな　化9　七番日記

赤い葉におつ広がりし寒哉　あかいはにおっぴろがりしさむさかな　化10　七番日記

君が代を寒いといふは勿体ない　きみがよをさむいというはもったいない　化10　虎杖葊日々稿

悼
けふばかり別の寒ぞ越後山　きょうばかりべつのさむさぞえちごやま　化10　七番日記　同『化十句文集』　異『自筆本』　中七「別の寒や」

冴る夜や梅に〔も〕一つ捨念仏　さゆるよやうめにもひとつすてねぶつ　化10　七番日記

死こぢれ〱つゝ寒かな　しにこじれしにこじれつつさむさかな　化10　七番日記　同『句稿消息』『志多良』

草庵は夢に見てさへ寒哉　そうあんはゆめにみてさえさむさかな　化10　七番日記

一祭り過てげつくり寒哉　ひとまつりすぎてげっくりさむさかな　化10　七番日記

かしは原の旧巣をおもふ
我庵は夢に見てさへ寒さかな　わがいおはゆめにみてさえさむさかな　化10　書簡

あら寒や大蕣のとぼけ咲　あらさむやおおあさがおのとぼけざき　化11　七番日記

下町や寒が上に犬の糞　したまちやさむいがうえにいぬのくそ　化11　七番日記

本町の木戸りんとして寒哉
ほんちょうのきどりんとしてさむさかな
化11 七番日記

両国がはき庭に成る寒哉
りょうごくがはきにわになるさむさかな
化11 七番日記 異『自筆本』前書「御成日」上五「両国の」

我程は寒さまけせぬ菜畠哉
われほどはさむさまけせぬなばたかな
化11 七番日記

あばら骨あばらに寒キ夜也けり
あばらぼねあばらにさむきよなりけり
化12 七番日記

もた〔い〕なと思へど大寒小寒哉
もたいなとおもえどおおさむこさむかな
化12 七番日記

山雀や寒し〱とふれ歩く
やまがらやさむしさむしとふれあるく
化12 七番日記

ナン妙法蓮花(華)寺ときくも寒哉
なんみょうほうれんげじときくもさむさかな
化13 七番日記

古盆の灰で手習ふ寒哉
ふるぼんのはいでてならうさむさかな
化13 七番日記

庵の夜はシンソコ寒ししん〱と
いおのよはしんそこさむししんしんと
化14 七番日記 同『自筆本』

御祓も木に縛らるゝ寒哉
おはらいもきにしばらるるさむさかな
化14 七番日記

しん〱と心底寒し新坊主
しんしんとしんそこさむししんぼうず
化14 七番日記

茨垣の塞(寒)もいこぢわろき哉
ばらがきのさむさもいこじわろきかな
化14 七番日記

古郷は寒もいこぢわろき哉
ふるさとはさむさもいこじわろきかな
化14 七番日記

賛
うしろから見ても寒げな天窓也
うしろからみてもさむげなあたまなり
政1 七番日記

狼の糞を見てより草寒し
おおかみのくそをみてよりくささむし
政1 七番日記

ずん〱とボン〔の〕凹から寒哉
ずんずんとぼんのくぼからさむさかな
政1 七番日記

自像
ひいき目に見てさへ寒き天窓哉
ひいきめにみてさえさむきあたまかな
政1 七番日記 異『嘉永版』前書「おのが姿

にいふ」下五「そぶり哉」

ひいき目に見てさへ寒し影法師

ひいきめにみてさえさむしかげぼうし

政1　七番日記

一文に一ッ鉦うつ寒哉

いちもんにひとつかねうつさむさかな

政2　八番日記　同『嘉永版』

狼は糞ばかりでも寒かな

おおかみはくそばかりでもさむさかな

政2　おらが春　異『自筆本』中七「糞を見てさへ」

古札の藪にひら〳〵寒哉

ふるふだのやぶにひらひらさむさかな

政2　八番日記

東に下らんとして中途迄出たるに

椋鳥と人に呼るゝ寒かな

むくどりとひとによばるるさむさかな

政2　おらが春　同「書簡」、『だん袋』前書「中山道」、『自筆本』前書「大連にて臼井越る」、『一茶園月並裏書』前書「大連ニて臼井を越る」、「書簡」前書「東に行んとして中途迄出たるに」、『八番日記』前書「江戸道中」、『発句鈔追加』前書「東に下らんとして途中迄出たるに中山道にて」

おのれがすがたにいふ

ひいき目に見てさへ寒きそぶりかな

ひいきめにみてさえさむきそぶりかな

政3　書簡　同『文政版』、『嘉永版』前書「おのが姿にいふ」

極楽が近くなる身の寒哉

ごくらくがちかくなるみのさむさかな

政4　八番日記　同『発句鈔追加』前書「老」
参『梅塵八番』前書「老」

寒き日やにせ徳本の念仏石

さむきひやにせとくほんのねぶついし

政4　八番日記　参『梅塵八番』中七「二里徳

本の」下五「念仏鉦」

寒にも馴て歩くやしなの道
さむさにもなれてあるくやしなのみち
政4　八番日記　異『嘉永版』下五「信濃山」
参『梅塵八番』下五「鹿の道」

水風呂の口で裾ぬふ寒哉
すいふろのくちですそぬうさむさかな
政4　八番日記

年かさをうらやまれたる寒さ哉
としかさをうらやまれたるさむさかな
政4　八番日記　同『自筆本』『文政版』『嘉永版』『発句鈔追加』「遺稿」「書簡」「真蹟」

とつときの皮切一ツおふ寒し
とっときのかわきりひとつおおさむし
政4　八番日記　参『梅塵八番』上五「初雪の」

蛬きり〳〵仕廻へ寒い雨
きりぎりすきりきりしまえさむいあめ
政5　文政句帖

極楽の道が近よる寒かな
ごくらくのみちがちかよるさむさかな
政5　文政句帖　同『自筆本』

しん〳〵としんそこ寒し小行灯
しんしんとしんそこさむしこあんどん
政5　文政句帖

猫の穴から物をかふ寒哉
ねこのあなからものをかうさむさかな
政5　文政句帖

木の七五三のひら〳〵残る寒かな
きのしめのひらひらのこるさむさかな
政6　文政句帖

寒き日や家にしあらば初時雨
さむきひやいえにしあらばはつしぐれ
政6　文政句帖

田の人や畳の上も寒いのに
たのひとやたたみのうえもさむいのに
政6　文政句帖

我がまと《(づ)》しさホ句にして得さ〔せ〕よといふ〔に〕
あばら家や親の寒さが子にむくふ
あばらややおやのさむさがこにむくう
政7　政七句帖草　同『自筆本』前書「貧なる人身の上を句にして望みけるに」

庵の夜や寒し破るゝはどの柱
いおのよやさむしわるるはどのはしら
政7　文政句帖

一人と帳面につく寒かな
いちにんとちょうめんにつくさむさかな
政7　さびすなご

去年より一倍寒し来年は
きょねんよりいちばいさむしらいねんは
政7　文政句帖

草の家や親の寒が子にむくふ　くさのややおやのさむさがこにむくう　政7　文政句帖

皐鳥老人追善嘶しもつひに筆の露
寒しこゆし虱むつむつむつかしや　さむしこゆししらみむつむつむつかしや　政7　稲長句帖

塩入の貧乏樽の寒さ哉　しおいりのびんぼうだるのさむさかな　政7　文政句帖

きればきる程寒也上見《見》れば　きればきるほどさむいなりうえみれば　政8　文政句帖

土一升金一升の寒哉　つちいっしょうかねいっしょうのさむさかな　政8　文政句帖

身にしむや元の主の寒サまで　みにしむやもとのあるじのさむさまで　政10　政九十句写　異『終焉記』中七「前のあるじの」

いけ午房しなの、寒さ目に見ゆる　いけごぼうしなののさむさめにみゆる　不詳　真蹟

寒き夜や風呂の明りで何かぬふ　さむきよやふろのあかりでなにかぬう　不詳　自筆本

一人旅
次の間の灯〔で〕膳につく寒哉　つぎのまのひでぜんにつくさむさかな　不詳　自筆本　同『文政版』『嘉永版』「遺稿」

帰庵
角大師へげきりもせぬ寒哉　つのだいしへげきりもせぬさむさかな　不詳　自筆本

凍る

凍とけぬうちに参や善光寺　いてとけぬうちにまいるやぜんこうじ　化14　七番日記

うらの戸〔や〕腹へヒヾキテ凍割る　うらのとやはらへひびきてしみわるる　化14　七番日記

朝凍のうちに参るや善光寺　あさいてのうちにまいるやぜんこうじ　政6　文政句帖

門川や腹にひゞきて凍破る、　かどかわやはらへひびきてしみわれる　不詳　自筆本

鐘冴ゆ

今夜から世がや（直）やら鐘さへる
こんやからよがなおるやらかねさえる
化10　七番日記　同『志多良』『句稿消息』

初氷

うら口や曲げ（濁ママ）小便もはつ氷
うらぐちやまげしょうべんもはつごおり
化12　七番日記　異『同日記』上五「門口や」

拵へたやうな紅葉やはつ氷
こしらえたようなもみじやはつごおり
化12　七番日記

福鼠渡り返せやはつ氷
ふくねずみわたりかえせやはつごおり
化12　七番日記

大晴〔の〕旦や浅黄のはつ氷
おおばれのあさやあさぎのはつごおり
政2　八番日記　参『梅塵八番』上五「大晴の」

夕やけや唐紅の初氷
ゆうやけやからくれないのはつごおり
政2　八番日記

染汁やから紅のはつ氷
そめじるやからくれないのはつごおり
政3　八番日記

をさな子や文庫に仕廻ふはつ氷
おさなごやぶんこにしまうはつごおり
政7　文政句帖　同「真蹟」　異『同句帖』中七「文庫へ仕廻ふ」

氷（氷る　薄氷　厚氷）

萍と見し間に池の氷かな
うきくさとみしまにいけのこおりかな
寛4　寛政句帖

せゝなぎや氷を走る炊ぎ水
せせなぎやこおりをはしるかしぎみず
寛6　寛政句帖

人先に鷺の音する氷哉
ひとさきにさぎのおとするこおりかな
化4　文化句帖

家ともに氷ついたよ角田川
いえともにこおりついたよすみだがわ
化8　七番日記　異『同日記』中七「氷ついたぞ」

闇がりの畳の上も氷り哉
くらがりのたたみのうえもこおりかな
化8　七番日記

子ども達江戸の氷は甘いげな
こどもたちえどのこおりはあまいげな
化8　七番日記

有明や月より丸き棄《す》氷
ありあけやつきよりまるきすてごおり
化10　七番日記　同『志多良』『句稿消息』

さい銭〔が〕追かけ廻る氷哉
さいせんがおいかけまわすこおりかな
化12　七番日記

浅漬に一味付し氷哉
あさづけにひとあじつけしこおりかな
化14　七番日記

〔諏〕訪湖
米負て小唄で渡る氷哉
こめおうてこうたでわたるこおりかな
化14　七番日記　同『自筆本』

さく〳〵と氷カミツル茶漬哉
さくさくとこおりかみつるちゃづけかな
化14　七番日記

タバコ殻けぶり歩くやうす氷
たばこがらけぶりあるくやうすごおり
化14　七番日記

葭垣や立かけておく丸氷
よしがきやたてかけておくまるごおり
化14　七番日記　同『希杖本』

我家〔の〕一つ手拭氷りけり
わがいえのひとつてぬぐいこおりけり
化14　七番日記　異『自筆本』上五「我宿の」

な《(おも)》しろふ氷をかけちる若子哉
おもしろうこおりをかけちるわかごかな
政2　八番日記

縄付て子に引せけり丸氷
なわつけてこにひかせけりまるごおり
政2　八番日記

馬人の渡り馴たる氷哉
うまびとのわたりなれたるこおりかな
政3　八番日記

売もの丶並に致すや丸氷
うりもののなみにいたすやまるごおり
政3　梅塵八番

氷ぞと気が付ばなる湖水哉
こおりぞときがつけばなるこすいかな
政3　八番日記

氷ともしらで渡し湖水哉
こおりともしらでわたりしこすいかな
政3　八番日記　異『自筆本』上五「氷とは」

すい〳〵と渡れ〔ば〕渡る氷哉
すいすいとわたればわたるこおりかな
政3　八番日記　参『梅塵八番』前書「諏訪の海」
中七「渡ればわたる」

わらんぢの並につるすや丸氷
わらんじのなみにつるすやまるごおり
政3　八番日記　同『発句鈔追加』「書簡」

渡りたる《スハ》迹《(跡)》で気が付氷哉
わたりたるあとできがつくこおりかな
政4　八番日記　参『梅塵八番』前書「諏訪湖」中
七「跡で気のつく」

云訳に出すや硯の厚氷
いいわけにだすやすずりのあつごおり
政5　文政句帖

云訳の手がたに〔氷る〕硯かな　いいわけのてがたにこおるすずりかな　政5　文政句帖

うつくしく油の氷る灯かな　うつくしくあぶらのこおるともしかな　政5　文政句帖

松影も氷りついたり壁の月　まつかげもこおりついたりかべのつき　政5　文政句帖

はらんべは目がねにしたる氷かな　わらんべはめがねにしたるこおりかな　政5　文政句帖

手拭のねぢつたまゝの氷哉　てぬぐいのねじったままのこおりかな　政6　文政句帖

油皿くつ返ても氷哉　あぶらざらくつがえしてもこおりかな　政7　文政句帖

おさな子の文庫〔に〕仕廻ふ氷かな　おさなごのぶんこにしまうこおりかな　政7　書簡

氷までみやげのうちや袂から　こおりまでみやげのうちやたもとから　政7　文政句帖　同「真蹟」

氷る夜はどんすの上の尿瓶哉　こおるよはどんすのうえのしびんかな　政7　文政句帖　異「真蹟」上五「氷る夜や」

猫の目や氷の下に狂ふ魚　ねこのめやこおりのしたにくるううお　政7　文政句帖

本馬のしやん／＼渡る氷哉　ほんうまのしゃんしゃんわたるこおりかな　政7　文政句帖

本堂や手本のおしの欠氷　ほんどうやてほんのおしのかけごおり　政7　文政句帖

夜廻りの太鼓氷や明屋敷　よまわりのたいここおるやあきやしき　政7　文政句帖

人ともに氷ついたよ橋の月　ひとともにこおりついたよはしのつき　政8　文政句帖

門垣にほしておく也丸氷　かどがきにほしておくなりまるごおり　不詳　自筆本

スハ湖
物買て小唄で渡る氷哉　ものかいてこうたでわたるこおりかな　不詳　希杖本

鐘氷る

かね氷る山白妙に月夜哉　かねこおるやましろたえにつきよかな　寛6　寛政句帖

鐘氷る山をうしろに寝たりけり　かねこおるやまをうしろにねたりけり　化3　文化句帖

門口へ来て氷也三井の鐘
かどぐちへきてこおるなりみいのかね
化8 七番日記 同『嘉永版』 異『我春集』『文政版』「遺稿」上五「門口に」

下町に曲らんとして鐘氷る
したまちにまがらんとしてかねこおる
化10 七番日記

下町や曲らんとして鐘氷る
したまちやまがらんとしてかねこおる
化10 志多良 同『句稿消息』

明鐘の見事に氷る湖水哉
あけのかねのみごとにこおるこすいかな
政5 文政句帖

横丁へ曲らんとして鐘氷る
よこちょうへまがらんとしてかねこおる
不詳 自筆本

氷柱（垂氷）

夕風や社の氷柱灯のうつる
ゆうかぜやしろのつららひのうつる
寛4 寛政句帖

おそろしき柳となりて垂氷哉
おそろしきやなぎとなりてたるひかな
寛6 寛政句帖 同『題葉集』

小鼠の足代になる氷柱哉
こねずみのあししろになるつららかな
化11 七番日記

御仏の御鼻の先へつらゝ哉
みほとけのおはなのさきへつららかな
化11 七番日記

折氷柱狗どもはじやらしけり
おれつららえのころどもはじゃらしけり
化13 七番日記

僧正の天窓で折し氷柱哉
そうじょうのあたまでおりしつららかな
化13 七番日記

我家は煤竹色の氷柱哉
わがいえはすすだけいろのつららかな
化13 七番日記

野仏の御鼻の先の氷柱哉
のぼとけのおはなのさきのつららかな
化14 七番日記 異『八番日記』『自筆本』中七「鼻の先より」

我家や初氷柱さへ煤じみる
わがいえやはつつららさえすすじみる
化14 七番日記 異「真蹟」上五「我やどや」

古家(の)氷竹(柱)
ほんほりと煤竹染の氷柱哉
ほんのりとすすだけぞめのつららかな
政2 八番日記 同『発句鈔追加』前書「古家」 参『梅塵八番』前書「古家氷柱」上五「ほんのりと」

世渡りの氷橋（柱）下ルや天窓から

一方は氷柱でもちし草家哉

入口の氷柱をはらふつらゝかな

面白くすゝのしみたる氷柱哉

かくれ家に氷柱廻りて這入けり

かた〳〵は氷柱をたのむ屑家哉

山柴〔の〕氷柱四五本よくもゆる

山寺は鋸引の氷柱かな

はんぱくが袂より出る氷柱哉

入口の氷柱をはらふ頭かな

柴先に見事にもゆる氷柱哉

我やどや初つらゝさへ煤じみる

入道の頭ではらふ氷柱哉

小春（小六月）

ふる雨も小春也けり智（知）恩院

麦ぬれて小春月夜の御寺哉

口すぎの念仏通る小春哉

鶯の軒廻りする小春哉

けふも〳〵〳〵小春の雉子哉

よわたりのつららさがるやあたまから　政2　八番日記　参『梅塵八番』前書「両国橋」中七「氷柱下るや」

いっぽうはつららでもちしくさやかな　政5　文政句帖

いりぐちのつららをはらうつららかな　政5　文政句帖

おもしろくすすのしみたるつららかな　政5　文政句帖

かくれがにつららまわりてはいりけり　政5　文政句帖

かたかたはつららをたのむくずやかな　政5　文政句帖

やましばのつららしごほんよくもゆる　政5　文政句帖

やまでらはのこぎりびきのつららかな　政5　文政句帖

わんぱくがたもとよりでるつららかな　政5　文政句帖

いりぐちのつららをはらうあたまかな　政7　文政句帖

しばさきにみごとにもゆるつららかな　政7　文政句帖

わがやどやはつつららさえすすじみる　不詳　真蹟

にゅうどうのあたまではらうつららかな　不詳　自筆本

ふるあめもこはるなりけりちおんいん　化1　文化句帖　同『嘉永版』『千題集』

むぎぬれてこはるづきよのおてらかな　化1　文化句帖

くちすぎのねんぶつとおるこはるかな　化7　化三—八写

うぐいすののきまわりするこはるかな　化10　七番日記

きょうもきょうもきょうもこはるのきぎすかな　化10　七番日記　同『化十句文集』

椋鳥が唄ふて走る小春哉　むくどりがうとうてはしるこはるかな　化10　七番日記

米俵手玉にとるや小六月　こめだわらてだまにとるやころくがつ　化11　七番日記

石橋の奉加幟の小春哉　いしばしのほうがのぼりのこはるかな　化12　七番日記

くり／＼と笹湯の笹も小春哉　くりくりとささゆのささもこはるかな　政2　八番日記

穀留のつく棒さす又《（股）》小春哉　こくどめのつくぼうさすまたこはるかな　政2　八番日記

さをしかのしの字に寝たる小春哉　さおしかのしのじにねたるこはるかな　政2　八番日記

さをしかのしもくに寝たる小春哉　さおしかのしゅもくにねたるこはるかな　政2　八番日記

棒先の紙のひら／＼小春哉　ぼうさきのかみのひらひらこはるかな　政2　八番日記　異『嘉永版』中七「紙もひら／＼」

縁先は昼飯過の小春哉　えんさきはひるめしすぎのこはるかな　政7　文政句帖

かつらぎや小春つぶしの天狗風　かつらぎやこはるつぶしのてんぐかぜ　政7　文政句帖

神の猿蚤見てくれる小春哉　かみのさるのみみてくれるこはるかな　政7　文政句帖

小坐《（座）》敷の丁ど半分小春哉　こざしきのちょうどはんぶんこはるかな　政7　文政句帖　異『発句鈔追加』上五「小座敷は」中七「半分通り」

小春とて出歩く〔に〕蝿連〔に〕けり　こはるとであるくにはえつれにけり　政7　文政句帖

芝原や小春仕事〔に〕塗ル鳥井《（居）》　しばはらやこはるしごとにぬるとりい　政7　文政句帖

杖ぽく／＼拾ひ日和の小春哉　つえぽくぽくひろいびよりのこはるかな　政7　文政句帖

十日程おいて一日小春哉　とおかほどおいていちにちこはるかな　政7　文政句帖

針事や縁の小春を追歩き　はりごとやえんのこはるをおいあるき　政7　文政句帖

膝ぶしは小春後はあらし山　ひざぶしはこはるうしろはあらしやま　政7　文政句帖

独居るだけの小春や窓の前
ひとりいるだけのこはるやまどのまえ
政7　文政句帖

小坐（座）敷をきつかり半分小春かな
こざしきをきっかりはんぶんこはるかな
不詳　真蹟

縁側は昼飯迄の小春哉
えんがわはひるめしまでのこはるかな
不詳　稲長句帖

年内立春

年の中に春は来にけり猫の恋
としのうちにはるはきにけりねこのこい
化9　七番日記

年の内に春は来にけりいらぬ世話
としのうちにはるはきにけりいらぬせわ
化13　七番日記

年内立春
柊にちよつと春立月夜哉
ひいらぎにちょっとはるたつつきよかな
化13　七番日記　同「書簡」

年内立春
柊にちよつ〔と〕春立ばかり哉
ひいらぎにちょっとはるたつばかりかな
化13　七番日記

かすみ立春立ながら師走哉
かすみたちはるたちながらしわすかな
政5　文政句帖

行く年（年の暮）

年の暮人に物遣る蔵もがな
としのくれひとにものやるくらもがな
寛3　我泉歳旦

年の暮隠れ里にも人通り
としのくれかくれざとにもひとどおり
寛4　寛政句帖

行年の行先〳〵は市日哉
ゆくとしのゆくさきざきはいちびかな
寛4　寛政句帖

叱らるゝ人うらやまし年の暮
しからるるひとうらやましとしのくれ
寛10　其日庵歳旦　同『自筆本』『文政版』『嘉永版』「遺稿」

伐柯
斧の柄の白きを見ればとしの暮
おののえのしろきをみればとしのくれ
享3　享和句帖

䷾ 既済

年已に暮んとす也旅の空　としすでにくれんとすなりたびのそら　享3 享和句帖

流れ木のあちこちとしてとし暮ぬ　ながれきのあちこちとしてとしくれぬ　享3 享和句帖

伐檀

見る俵一つ残してとしの暮　みるたわらひとつのこしてとしのくれ　享3 享和句帖

鶴好の人さへ年は暮る也　つるずきのひとさえとしはくるるなり　化1 文化句帖

役《(厄)》どしと申間に暮にけり　やくどしともうすあいだにくれにけり　化1 文化句帖

行年もかまはぬ顔や小田の鶴　ゆくとしもかまわぬかおやおだのつる　化1 文化句帖

椌木の空しく暮る丶ことし哉　うつろぎのむなしくくるることしかな　化2 文化句帖

耕さぬ罪もいくばく年の暮　たがやさぬつみもいくばくとしのくれ　化2 文化句帖

餅の出る槌がほしさよ年の暮　もちのでるつちがほしさよとしのくれ　化2 文化句帖

行年やかへらぬ水を鳴烏　ゆくとしやかえらぬみずをなくからす　化2 文化句帖

我と松あはれことしも今暮る丶　われとまつあわれことしもいまくるる　化2 文化句帖

雁鷗暮行としを鳴止よ　かりかもめくれゆくとしをなきとめよ　化4 文化句帖

来い〳〵と鐘も鳴らんとしの暮　こいこいとかねもなるらんとしのくれ　化4 文化句帖

としの暮池の心もさはぐらん　としのくれいけのこころもさわぐらん　化4 文化句帖

とし〔の〕暮入山のはもなかりけり　としのくれいるやまのはもなかりけり　化4 文化句帖

両国橋

とし〔の〕暮亀はいつ迄釣さる丶　としのくれかめはいつまでつるさるる　化4 文化句帖 同『発句題叢』前書「両国橋上」、『発句鈔追加』前書「両国」

けふに成て家取れけりとしの暮　きょうになりていえとられけりとしのくれ　化5　化五六句記

行年を元の家なしと成り〔に〕けり　ゆくとしをもとのやなしとなりにけり　化5　化五六句記

傾城や秤にかゝるとしの暮　けいせいやはかりにかかるとしのくれ　化7　七番日記

茶けぶりや暮行としの〔福の神〕　ちゃけぶりやくれゆくとしのふくのかみ　化7　七番日記

とし暮て薪一把も栄耀哉　としくれてたきぎいちわもえようかな　化7　七番日記

とら鰒の何をふくるゝとしの暮　とらふぐのなにをふくるるとしのくれ　化7　七番日記

藪先や暮行としの烏瓜　やぶさきやくれゆくとしのからすうり　化7　七番日記

行としや馬にもふまれぬ野大根　ゆくとしやうまにもふまれぬのだいこん　化7　七番日記

行としや気違舟の遊山幕　ゆくとしやきちがいぶねのゆさんまく　化7　七番日記

去十二月廿三日

行としや空の青さに守谷迄　ゆくとしやそらのあおさにもりやまで　化7　我春集

廿三日　西林寺に入

行としや空の名残を守谷迄　ゆくとしやそらのなごりをもりやまで　化7　七番日記　同『発句鈔追加』

廿七日

行としや寝てもござらぬ福の神　ゆくとしやねてもござらぬふくのかみ　化7　七番日記

行としや身はならはしの古草履　ゆくとしやみはならわしのふるぞうり　化7　七番日記

わらの火のめら〳〵暮ることし哉　わらのひのめらめらくるることしかな　化7　七番日記

行としやたのむ小藪もかれの原　ゆくとしやたのむこやぶもかれのはら　化8　我春集

行としもそしらぬ富士のけぶり哉　ゆくとしもそしらぬふじのけぶりかな　化9　七番日記

行としやかぶ〔つ〕て寝たき峰の雲　ゆくとしやかぶってねたきみねのくも　化9　七番日記　同『句稿消息』

行としや本丁すじの金の山　ゆくとしやほんちょうすじのかねのやま　化9　七番日記

悪どしや暮ての後も小一月　あくどしやくれてののちもこいちがつ　化10　七番日記　同『自筆本』

市姫の一人きげんやとしの暮　いちひめのひとりきげんやとしのくれ　化10　七番日記

大まぐろ臼井を越て行としぞ　おおまぐろうすいをこえてゆくとしぞ　化10　七番日記

おもしろう暮かとしが壁の穴　おもしろうくるるかとしがかべのあな　化10　七番日記

杭の鷺汝がとしはどう暮る　くいのさぎなんじがとしはどうくるる　化10　七番日記

さはぐ雁年はそこから暮るかよ　さわぐかりとしはそこからくるるかよ　化10　七番日記

大黒の鼠ならなけとしの暮　だいこくのねずみならなけとしのくれ　化10　七番日記

とく暮よことしのやうな悪どしは　とくくれよことしのようなあくどしは　化10　七番日記　同『化十句文集』

梟よのほゝん所かとしの暮　ふくろうよのほほんどこかとしのくれ　化10　七番日記　同『発句題叢』『自筆本』『文政版』『嘉永版』　異『希杖本』上五「ふくろふや」

古家の曲りなりにもとし暮ぬ　ふるいえのまがりなりにもとしくれぬ　化10　七番日記

実なし穂や立はだかつて年の暮　みなしほやたちはだかってとしのくれ　化10　七番日記　同『自筆本』

木兎は何の小言ぞとしの暮　みみずくはなんのこごとぞとしのくれ　化10　七番日記

行年に手をかざしたる鼬かな　ゆくとしにてをかざしたるいたちかな　化10　七番日記

行としや何をいぢむぢ夕千鳥　ゆくとしやなにをいじむぢゆうちどり　化10　七番日記　同『句稿消息』『自筆本』『発句鈔追加』

へら／＼と三百五十九日哉　へらへらとさんびゃくごじゅうくにちかな　化11　七番日記

物参りなきにしもあらずとしの暮　ものまいりなきにしもあらずとしのくれ　化11　七番日記

寝た所が花の信濃ぞとしの暮　ねたとこがはなのしなのぞとしのくれ　化12　七番日記

行年や覚一つと書附木
ゆくとしやおぼえひとつとかくつけぎ
化12　七番日記　同『自筆本』

角大師カンでおじやるとしの暮
つのだいしかんでおじゃるとしのくれ
化13　七番日記

羽生へて銭がとぶ也としの暮
はねはえてぜにがとぶなりとしのくれ
化13　七番日記　同「書簡」

行としや屁(庇)の上におく薪
ゆくとしやひさしのうえにおくたきぎ
化14　七番日記

とし暮ぬ仕様事なしにおもし〔ろ〕き
としくれぬしょうことなしにおもしろき
政1　七番日記

年もけふ暮けりひらにおもしろき
としもきょうくれけりひらにおもしろき
政1　七番日記

貧楽ぞ年〔が〕暮よと暮まいと
ひんらくぞとしがくれよとくれまいと
政1　七番日記

ムチヤクチヤ〔や〕あはれことしも暮の鐘
むちゃくちゃやあわれことしもくれのかね
政1　七番日記

めそ〳〵と年は暮けり貧乏樽
めそめそととしはくれけりびんぼだる
政1　七番日記

行としや午に付たる娵が下駄
ゆくとしやうまにつけたるよめがげた
政1　七番日記

影法師も祝へたゞ今とし暮る
かげぼしもいわえただいまとしくるる
政2　八番日記　異『希杖本』前書「独座」中七「祝へよ今」

年行や肱で尺とる布の先
としゆくやひじでしゃくとるぬののさき
政2　八番日記　異『希杖本』中七「腹で尺取る」

ともかくもあなた任せのとしの暮
ともかくもあなたまかせのとしのくれ
政2　おらが春　同『文政版』『発句鈔追加』『嘉永版』「遺稿」

湯に入て我身となるや年の暮
ゆにいりてわがみとなるやとしのくれ
政2　八番日記

けふの日も棒にふりけり年のくれ
きょうのひもぼうにふりけりとしのくれ
政4　八番日記

下戸の立(建)たる蔵もなし年の暮
げこのたてたるくらもなしとしのくれ
政4　八番日記　同『自筆本』　異「真蹟」上五

「下戸のたつ」

屁もへ（ひ）らず沈香もたかず年の暮
へもひらずじんこうもたかずとしのくれ
政4　八番日記

行年や湯水につこ（か）ふ金壱分
ゆくとしやゆみずにつかうきんいちぶ
政4　八番日記　参『梅塵八番』中七「湯水に遣ふ」

としも行けさゝら三八宿に有
としもゆけささらさんぱちやどにあり
政5　文政句帖

念仏のはかをやる也としの暮
ねんぶつのはかをやるなりとしのくれ
政5　文政句帖

沈香もたかず屁もひらずあたら月日〔を〕ついやしければ
風鈴やちんぷんかんのとしの暮
ふうりんやちんぷんかんのとしのくれ
政6　文政句帖　異『自筆本』前書「沈香も焚かず屁もひらず日を費すこそ目出度けれ」上五「風鈴の」

おくららは今や帰らん
待つものはさらになけれどとしの暮
まつものはさらになけれどとしのくれ
政6　文政句帖

おもしろや今としが行壁の穴
おもしろやいまとしがゆくかべのあな
政7　文政句帖　異『政七句帖草』中七「年今〔が〕行」

前書ノ事
証文がもの云出やとしの暮
しょうもんがものいいだすやとしのくれ
政7　文政句帖

証文が物をいふぞよとしの暮
しょうもんがものをいうぞよとしのくれ
政7　文政句帖

寝酒いざとし〔が〕行うと行まいと
ねざけいざとしがゆこうとゆくまいと
政7　文政句帖　異『政七句帖草』中七「年が暮よと」下五「暮まいと」

のらくらもあればあるぞよとしの暮
のらくらもあればあるぞよとしのくれ
政7　文政句帖　同「書簡」　異『政七句帖草』上五「のらくらの」

仏土にも獄入有りけりとしの暮
ぶつどにもごくいりありけりとしのくれ
政7　文政句帖

行としはどこで爺を置去に
ゆくとしはどこでじじいをおきざりに
政7　文政句帖

酒酌やとしがくれ〔よ〕とくれまいと
さけくむやとしがくれよとくれまいと
政8　政八句帖草

ア丶ま丶〔よ〕年〔が〕暮よとくれまいと
ああままよとしがくれよとくれまいと
政8　文政句帖　同『発句鈔追加』

うつくしや年暮きりし夜の空
うつくしやとしくれきりしよるのそら
政8　文政句帖　異『発句鈔追加』中七「年暮きつた」

酒後
手枕や年が暮よとくれまいと
てまくらやとしがくれよとくれまいと
政8　文政句帖

行としやかせぐに追つく貧乏神
ゆくとしやかせぐにおいつくびんぼがみ
政8　文政句帖

行としや降ろともま丶の皮（革）頭巾
ゆくとしやふろともままのかわずきん
政8　文政句帖

さはぐ雁そこらもとしが暮るかよ
さわぐかりそこらもとしがくるるかよ
不詳　自筆本

ひとつ雁居所ないやら年くる丶
ひとつかりいどこないやらとしくるる
不詳　発句鈔追加

春待つ（春近し）

人並に正月を待つ灯影かな
ひとなみにしょうがつをまつほかげかな
寛12　庚申春遊

正月の待遠しさも昔哉
しょうがつのまちどおしさもむかしかな
化1　文化句帖

正月を待し窓哉枕哉　しょうがつをまちしまどかなまくらかな　化1　文化句帖

竹植し欠すりばちや春待と　たけうえしかけすりばちやはるまつと　化1　文化句帖

春を待つもりで居かあみだ坊　はるをまつつもりでいるかあみだぼう　化1　文化句帖

前の人も春を待しか古畳　まえのひともはるをまちしかふるだたみ　化1　文化句帖

口明て春を待らん犬はりこ　くちあけてはるをまつらんいぬはりこ　化2　文化句帖

春待し昔／＼や山の鐘　はるまちしむかしむかしやまのかね　化2　文化句帖

春待や雀も竹を宿として　はるまつやすずめもたけをやどとして　化2　文化句帖

来る春も聞つもりかよ山の鐘　くるはるもきくつもりかよやまのかね　化3　文化句帖

春を待見識もなき葎哉　はるをまつけんしきもなきむぐらかな　化5　化五六句記

うす壁やどちの穴から春が来る　うすかべやどちのあなからはるがくる　化8　我春集　【同】『自筆本』

草の戸やどちの穴から来る春か　くさのとやどちのあなからくるはるか　化8　七番日記

草の戸やどちの穴から春が来る　くさのとやどちのあなからはるがくる　化8　七番日記

春よ来いとしより来いと鳴鳩よ　はるよこいとしよりこいとなくはとよ　化11　七番日記

来年も又聞事か山の鐘　らいねんもまたきくことかやまのかね　政1　七番日記

古壁〔や〕どちの穴から春が来る　ふるかべやどちのあなからはるがくる　政末　浅黄空

草の戸やどの穴からも春の来る　くさのとやどのあなからもはるのくる　不詳　続篇

年惜しむ

年おしむ人と等しき枕哉　としおしむひととひとしきまくらかな　化1　文化句帖

日本の年がおしいかおろしや人　にっぽんのとしがおしいかおろしゃびと　化1　文化句帖

雁鴨よなけ／＼としが留るなら　かりかもよなけなけとしがとまるなら　化9　七番日記　【同】『自筆本』　【異】『我春集』上

五「雁鳴《鴨》よ」

梟がとしおしむやら竿の先　ふくろうがとしおしむやらさおのさき　化10　七番日記

雁かもめなけ／＼としがとまるなら　かりかもめなけなけとしがとまるなら　政1　七番日記

大年（年の終り　年の一夜　年の坂　大卅日）

除夜の戸や寝覚／＼の人通　じょやのとやねざめねざめのひとどおり　寛11　己未元除遍覧

大卅日梅見て居てもおしまるゝ　おおみそかうめみていてもおしまるる　享1　画兄弟

北門

大卅日梅見て居をそしらるゝ　おおみそかうめみているをそしらるる　享3　享和句帖

此人も別れとなりぬ〔年に月〕　このひともわかれとなりぬとしにつき　享3　享和句帖

大年のよい夢見るかぬり枕　おおとしのよいゆめみるかぬりまくら　化1　文化句帖

行水のかへらぬ年の一夜哉　ゆくみずのかえらぬとしのいちやかな　化1　文化句帖

大年や我死所の鐘もなる　おおとしやわがしにどこのかねもなる　化2　文化句帖

大年や我はいつ行寺の鐘　おおとしやわれはいつゆくてらのかね　化2　文化句帖

むら竹や大晦日も夜の雨　むらたけやおおつごもりもよるのあめ　化2　文化句帖

大年にかぎつて雪の降にけり　おおとしにかぎってゆきのふりにけり　化3　文化句帖

あ〔さ〕ぢふ〔や〕大卅日の夕木魚　あさじうやおおつごもりのゆうもくぎょ　化5　化五六句記

大年の日向に立る榎哉　おおとしのひなたにたてるえのきかな　化5　化五六句記

大年や雀が薮の大日和　おおとしやすずめがやぶのおおびより　化5　化五六句記

おもしろや翌は我等も卅九　おもしろやあすはわれらもさんじゅうく　化8　七番日記

卅日やそれ梅もさく餅もつく
つごもりやそれうめもさくもちもつく
化9　七番日記

悪どしも一夜と成ぬ夜と成りぬ
あくどしもいちやとなりぬよとなりぬ
化10　七番日記

かすむぞや大卅日の寛永寺
かすむぞやおおつごもりのかんえいじ
化10　七番日記　同『句稿消息』

喰て寝てことしも今よひ一夜哉
くってねてことしもこよいいちやかな
化10　七番日記　同『発句鈔追加』　異『自筆本』
中七「ことしも今夜」下五「かぎり哉」

正月にするとて星のとぶ夜哉
しょうがつにするとてほしのとぶよかな
化10　七番日記

どこを風が吹かと寝たり大卅日
どこをかぜがふくかとねたりおおみそか
化10　七番日記

年神が今行かしやるぞ御時宜（辞儀）せよ
としがみがいまゆかしゃるぞおじぎせよ
化10　七番日記

年もはや穴かしこ也如来様
としもはやあなかしこなりにょらいさま
化10　七番日記

梟よのほゝん所か大卅日
ふくろうよのほほんどこかおおみそか
化10　句稿消息

夜も夜大卅日のたびら雪
よるもよるおおつごもりのだびらゆき
化10　七番日記

六十の坂を越るぞやつこらさ
ろくじゅうのさかをこえるぞやっこらさ
化10　七番日記　異『句稿消息』上五「五十二の」

一日に煎つめたり（る）ことし哉
いちにちにせんじつめたることしかな
化11　七番日記　同『自筆本』

節分

五十二の坂を越す夜ぞやつこらさ
ごじゅうにのさかをこすよぞやっこらさ
化11　句稿消息　異『発句鈔追加』『句稿消息』上五「六十の」

入相の鐘も仕廻の卅日哉
いりあいのかねもしまいのみそかかな
政1　七番日記

かくれ家や大卅日も夜の雪
かくれがやおおつごもりもよるのゆき
政1　七番日記

ごろり寝や先はことしも仕廻酒
ごろりねやまずはことしもしまいざけ
政1　七番日記

年六十といへどことし迄ちくら流してすましければ

せめてもの足六十よとしの坂
せめてものたしろくじゅうよとしのさか
政1　七番日記　異『八番日記』前書「年六十といへども五十九年ちくら流にてまぎらかしたれば」中七「足六十や」、『自筆本』「足六十や」

〔大〕卅日とんじやくもなし浮寝鳥
おおみそかとんじゃくもなしうきねどり
政2　八番日記

大年や二番寝過の人通り
おおとしやにばんねすぎのひとどおり
政3　八番日記　同『自筆本』

うら縁は梅見衆也大卅日
うらえんはうめみしゅうなりおおみそか
政5　文政句帖　同『自筆本』

大卅日大のらくらが通りけり
おおみそかおおのらくらがとおりけり
政5　文政句帖　同『自筆本』

のらこきもあればある也大卅日
のらこきもあればあるなりおおみそか
政5　文政句帖

先よしと大卅日の寝酒哉
まずよしとおおつごもりのねざけかな
政5　文政句帖

うら町や大卅日の猫の恋
うらまちやおおつごもりのねこのこい
政6　文政句帖

隠れば大卅日の日永哉
かくれればおおつごもりのひながかな
政6　文政句帖

手ばらひに三百八（六）十四日哉
てばらいにさんびゃくろくじゅうよっかかな
政7　政七句帖草

入りの間や年の終りの錀の声
いりのまやとしのおわりのりんのこえ
政7　文政句帖　異『政七句帖草』中七「年も終の」

このなさや三百八（六）十四日ン日
このなさやさんびゃくろくじゅうよっかんち
政7　文政句帖　同「書簡」前書「年尾」

錀打や年〔も〕仕廻の穴かしこ
りんうつやとしもしまいのあなかしこ
政7　文政句帖　異『政七句帖草』中七「年も目出度」

かくれ家は大卅日の日永哉
かくれがはおおつごもりのひながかな
不詳　自筆本

ごろり寝やことしも無事に仕廻酒
ごろりねやことしもぶじにしまいざけ
不詳　自筆本

七十の坂を越るぞやつとこな
しちじゅうのさかをこえるぞやっとこな
不詳　自筆本

日脚伸ぶ

有がたや能なし窓の日も伸る
ありがたやのうなしまどのひものびる
化13　七番日記　同『句稿消息』「書簡」　異『発句鈔追加』中七「のふなし窓も」下五「日の伸る」

蔓草や一尺ばかり日が延る
つるくさやいっしゃくばかりひがのびる
化13　七番日記　異『続篇』下五「日の延る」

むだ草やあはうに伸る日の伸る
むだくさやあほうにのびるひののびる
化13　句稿消息

むだ草や汝も伸る日の伸る
むだくさやなんじものびるひののびる
化13　七番日記

Column

一茶の俳号

「一茶」号はどのような意味を持ち、いかなる経緯によって名乗られたものであろうか。

一茶の『寛政三年紀行』には「たつ淡のきえやすき物から名を一茶といふ」と記されている。「淡」は茶の「泡」である。夏目成美は『三韓人』の序で、「森羅万象を一盌の茶に放下し、みづから一茶と名乗り」と記している。

また、一茶の師の一人である森田元夢や友人の根本一峨（元夢門）の初期の撰集をみると、号に「一」の字を持つ俳人が多いことがわかる。となれば、「一茶」号は元夢によって命名されたものではなかろうか。

一茶には、圯橋《いきょう》・亜堂・菊明等、多くの別号があるが、昨今新たな俳号が明らかになった。一茶の育った葛飾派の加藤野逸《やいつ》の刊本『其日庵歳旦』（寛政四―七年推定）に「夜をこめて年の一里の仕込哉／一茶改宇興」と記されていた。未だ無名時代の寛政半ば、一茶は宇興と名乗った事実があったのである。

冬の月

外堀の割るゝ音あり冬の月　そとぼりのわるるおとありふゆのつき　寛4　寛政句帖

遠望

冬の月いよ〳〵伊与(予)の高根哉　ふゆのつきいよいよいよのたかねかな　寛6　寛政句帖

片壁に海手の風や冬の月　かたかべにうみてのかぜやふゆのつき　享3　享和句帖

騶虞

武士ばりし寺のそぶりや冬の月　ぶしばりしてらのそぶりやふゆのつき　享3　享和句帖

冬の月さしかゝりけりうしろ窓　ふゆのつきさしかかりけりうしろまど　享3　享和句帖

八木原五右衛門賀

冬の月膝元に出る山家哉　ふゆのつきひざもとにでるやまがかな　享3　享和句帖

鴬の寝所見る冬の月　うぐいすのねどころみゆるふゆのつき　化12　七番日記

おんひら〳〵金比羅声よ冬の月　おんひらひらこんぴらごえよふゆのつき　化12　七番日記

老人の下駄も鳴りけり冬の月　ろうじんのげたもなりけりふゆのつき　化12　七番日記

石切のカチ〳〵山や冬の月　いしきりのかちかちやまやふゆのつき　化13　七番日記

下駄音や庵へ曲ル冬の月　げたおとやいおりへまがるふゆのつき　化13　七番日記

金比羅の幟ひら〳〵冬の月　こんぴらののぼりひらひらふゆのつき　化13　七番日記

四五寸の橘赤し冬の月　しごすんのたちばなあかしふゆのつき　化13　七番日記

笛ピイ〳〵杖もカチ〳〵冬の月　ふえぴいぴいつえもかちかちふゆのつき　化13　七番日記

深川をすもどりす也冬の月　ふかがわをすもどりすなりふゆのつき　化13　七番日記

行人

ふんどしに《笛》脇ざしさして冬の月　ふんどしにわきざしさしてふゆのつき　化13　七番日記

むだ人や冬の月夜をぶら〳〵と　むだびとやふゆのつきよをぶらぶらと　化13　七番日記

我はけば音せる下駄ぞ冬の月　われはけばおとせるげたぞふゆのつき　化13　七番日記

寒月

小盲や身を寒月になして行　こめくらやみをかんげつになしてゆく　化7　七番日記

寒月や喰つきさうな鬼瓦　かんげつやくいつきそうなおにがわら　化8　七番日記

寒月や雁も金比羅祈る声　かんげつやかりもこんぴらいのるこえ　化12　七番日記

息杖や石原道を寒の月　いきづえやいしはらみちをかんのつき　化13　七番日記

寒月やシヤチ〔コ〕張たる大男　かんげつやしゃちこばったるおおおとこ　化13　七番日記

寒月や石尊祈る角田川　かんげつやせきそんいのるすみだがわ　化13　七番日記

寒月やむだ呼されし坐《（座）》頭坊　かんげつやむだよびされしざとうぼう　化13　七番日記

棒突や石にカン〳〵寒の月　ぼうつきやいしにかんかんかんのつき　化13　七番日記

寒月に尻のリツパな好《（奴）》哉　かんげつにしりのりっぱなやっこかな　化14　七番日記

寒月に立や仁王〔の〕からつ臑　かんげつにたつやにおうのからっすね　政3　八番日記　同「書簡」

寒の月真正面也寒山寺　かんのつきましょうめんなりかんざんじ　政3　八番日記　参『梅塵八番』上五「寒月や」中七「真正面に」

寒月や石尊祈川の声　かんげつやせきそんいのるかわのこえ　不詳　自筆本

武家町

夜廻りや石をかん〳〵寒の月　よまわりやいしをかんかんかんのつき　不詳　自筆本

冬日和

家一つ畠七枚冬日和
いえひとつはたけななまいふゆびより
享3 享和句帖

初時雨

義仲寺へいそぎ候はつしぐれ
ぎちゅうじへいそぎそうろうはつしぐれ
寛7 しぐれ会 同『文政版』『嘉永版』「遺稿」「真蹟」

佻 俳諧の地

是しきの竹にもかゝる初時雨
これしきのたけにもかかるはつしぐれ
享3 享和句帖

茶の水の川もそこ也初しぐれ
ちゃのみずのかわもそこなりはつしぐれ
享3 享和句帖

養レ心莫レ善二於寡一レ欲

寝所はきのふ葺けり初時雨
ねどころはきのうふきけりはつしぐれ
化1 文化句帖

蓮葉〔の〕青きも見へて初時雨
はすのはのあおきもみえてはつしぐれ
化1 文化句帖

見なじまぬ竹の夕やはつ時雨
みなじまぬたけのゆうべやはつしぐれ
化1 文化句帖

山守よ是でいく度の初時雨
やまもりよこれでいくどのはつしぐれ
化2 文化句帖

梅干と皺くらべせんはつ時雨
うめぼしとしわくらべせんはつしぐれ
化3 文化句帖

蝸牛我と来て住め初時雨
かたつぶりわれときてすめはつしぐれ
化3 文化句帖

初時雨馬も御紋をきたりけり
はつしぐれうまもごもんをきたりけり
化3 文化句帖

祭り酒紅葉かざして初時雨
まつりざけもみじかざしてはつしぐれ
化3 文化句帖

今買し紅葉一本はつ時雨
いまかいしもみじいっぽんはつしぐれ
化7 七番日記

鶯が親の迹《(後)》追ふ初時雨
うぐいすがおやのあとおうはつしぐれ
化7 七番日記

必や湯屋休みてはつ時雨
かならずやゆうややすみてはつしぐれ
化7 七番日記

初時雨ちび〳〵舞のよりにけり　はつしぐれちびちびまいのよりにけり　化7　七番日記

初時雨提（堤）をもやして遊けり　はつしぐれどてをもやしてあそびけり　化7　七番日記

はつ時雨俳諧流布の世也けり　はつしぐれはいかいるふのよなりけり　化7　七番日記

ぼた餅の来べき空也初時雨　ぼたもちのくべきそらなりはつしぐれ　化7　七番日記　同『文政版』『嘉永版』『木槿集』「遺稿」

青柴や秤にかゝるはつ時雨　あおしばやはかりにかかるはつしぐれ　化8　七番日記　同『嘉永版』　異『我春集』上五「青柴の」

あれみさい松が三本初しぐれ　あれみさいまつがさんぼんはつしぐれ　化8　七番日記

御俵に筆つゝさしてはつ時雨　おたわらにふでつっさしてはつしぐれ　化8　七番日記

口笛も御意にかなふか初時雨　くちぶえもぎょいにかなうかはつしぐれ　化8　七番日記　同『我春集』前書「普化忌」

耳の底鳴やら但はつ時雨　みみのそこなるやらただしはつしぐれ　化8　七番日記

有様は寒いばかりぞはつ時雨　ありようはさむいばかりぞはつしぐれ　化9　七番日記

啌（嘘）咲の桜と思へど初時雨　うそざきのさくらともえどはつしぐれ　化9　七番日記

桃青霊神詫（託）宜（宣）に曰はつ時雨　とうせいれいしんたくせんにいわくはつしぐれ　化9　七番日記

はつ時〔雨〕酒屋の唄に実が入ぬ　はつしぐれさかやのうたにみがいりぬ　化9　七番日記

初時雨走り入けり山の家　はつしぐれはしりいりけりやまのいえ　化9　七番日記

はつものと人は申せど時雨哉　はつものとひとはもうせどしぐれかな　化9　七番日記

椋鳥の釣瓶おとしやはつ時雨　むくどりのつるべおとしやはつしぐれ　化9　七番日記

山寺の茶に焚かれけりはつ時雨　やまでらのちゃにたかれけりはつしぐれ　化9　七番日記

さをしかの何やら詠はつ時雨　さおしかのなにやらながむはつしぐれ　化10　七番日記

しぐるゝや家にしあらば初時雨
しぐるるやいえにしあらばはつしぐれ
化10　七番日記　同『志多良』『自筆本』「遺稿」、『句稿消息』『文政版』『嘉永版』前書「旅」

やあしばらく蟀だまれ初時雨
やあしばらくこおろぎだまれはつしぐれ
化10　七番日記　同『志多良』『志多良（別稿）』『句稿消息』『文政版』『嘉永版』　異「遺稿」中七「蝉だまれ」

文化十年十月廿九日俳諧之連歌
湯けぶりやそよとあしらふ初時雨
ゆけぶりやそよとあしらうはつしぐれ
化10　梅塵抄録本　異『発句鈔追加』前書「老鴬居（湯本希杖宅のこと）にて」、上五「湯けぶりが」

午（牛）嶋の午（牛）も鳴べき初時雨
うしじまのうしもなくべきはつしぐれ
化11　七番日記

狗が俵踏へてはつ時雨
えのころがたわらふまえてはつしぐれ
化11　七番日記

黒門やかざり手桶の初時雨
くろもんやかざりておけのはつしぐれ
化11　七番日記

米と銭餙分けゝり初時雨
こめとぜにふるいわけけりはつしぐれ
化11　七番日記

萩垣やかざり雪隠や初時雨
はぎがきやかざりせっちんやはつしぐれ
化11　七番日記　同『自筆本』

曲り所やざぶりと思へ初時雨
まがりとやざぶりとおもえはつしぐれ
化11　七番日記

薪の山俵の山やはつ時雨
まきのやまたわらのやまやはつしぐれ
化11　七番日記

餅のなる木も植たしや初時雨
もちのなるきもうえたしやはつしぐれ
化11　七番日記　異『同日記』中七「木も（以下脱字）」

酒飯のぽつぽとけぶるはつ時雨
さかめしのぽっぽとけぶるはつしぐれ
化12　七番日記

陶の杉の葉そよぐはつ時雨
すえもののすぎのはそよぐはつしぐれ
化12　七番日記

三つ指でつくばを押せばはつ時雨
みつゆびでつくばをおせばはつしぐれ
化12　七番日記

過分だぞ送てくれし初時雨
かぶんだぞおくってくれしはつしぐれ
化13　七番日記　同『希杖本』前書「帰庵」

義仲寺はあれに候はつ時雨
ぎちゅうじはあれにそうろうはつしぐれ
化13　七番日記

義仲寺や拙者も是にはつ時雨
ぎちゅうじやせっしゃもこれにはつしぐれ
化13　七番日記

淋しさの上ぬりしたり初時雨
さびしさのうわぬりしたりはつしぐれ
化13　七番日記

柴栗のしば〳〵ゑみて初時雨
しばぐりのしばしばえみてはつしぐれ
化13　七番日記

太義（大儀）ぞよおくつて来たる初時雨
たいぎぞよおくってきたるはつしぐれ
化13　七番日記

婆ゝがつく鐘さへみへて初時雨
ばばがつくかねさえみえてはつしぐれ
化13　七番日記

干栗の珠数（数珠）もいく連はつ時雨
ほしぐりのじゅずもいくれんはつしぐれ
化13　七番日記

干栗の数珠も四五連初時雨
ほしぐりのじゅずもしごれんはつしぐれ
化13　七番日記

夕飯の膳配りけり初《夕》時雨
ゆうめしのぜんくばりけりはつしぐれ
化14　七番日記

門雀四の五のいふなはつ時雨
かどすずめしのごのいうなはつしぐれ
政1　七番日記

旅人の悪口す也初時雨
たびびとのわるぐちすなりはつしぐれ
政1　七番日記

他（池）主の鯉〔屋〕も祝ひ（へ）はつ時雨
いけぬしのこいやもいわえはつしぐれ
政2　八番日記　参『梅塵八番』上五「池主の」中七「鯉屋も祝へ」

夕山やそば切色のはつ時雨
ゆうやまやそばきりいろのはつしぐれ
政2　八番日記

遠山に野火が付たぞ初時雨
とおやまにのびがついたぞはつしぐれ
政3　八番日記

初しぐれ松笠なんど拾うよ
はつしぐれまつかさなんどひろおうよ
政3　発句類題集

座敷から湯〔に〕飛入るや初時雨
ざしきからゆにとびいるやはつしぐれ
政4　八番日記　同『だん袋』前書「田中」　異『発句鈔追加』前書「渋和泉舎」中七「湯にとびこむや」、『自筆本』前書「田中」中七「湯に飛込や」　参『梅塵八番』前書「渋湯和泉亭にて」中七「湯に飛込や」

丈(背)たけの箕をかぶる子やはつ時雨　せいたけのみをかぶるこやはつしぐれ　政5　文政句帖

素湯を煮る伝受(授)すむ(る)也はつ時雨　さゆをにるでんじゅするなりはつしぐれ　政6　文政句帖

目ざす敵は鶏頭よはつしぐれ　めざすかたきはけいとうよはつしぐれ　不詳　遺稿

うそ咲の桜ゝ(咲)けりはつ時雨　うそざきのさくらさきけりはつしぐれ　不詳　自筆本

山寺の豆煎日也初時雨　やまでらのまめいりびなりはつしぐれ　不詳　自筆本

信濃

国がらやそば切る色のはつ時雨　くにがらやそばきるいろのはつしぐれ　不詳　希杖本

洛陽やちとも曲らぬ初時雨　らくようやちともまがらぬはつしぐれ　不詳　希杖本　同『希杖本別本』

初時雨夕飯買に出たりけり　はつしぐれゆうめしかいにでたりけり　不詳　文政版　同『嘉永版』「真蹟」「遺稿」

雀踏む程は菜もありはつ時雨　すずめふむほどはなもありはつしぐれ　不詳　嘉永版　同『発句題叢』『発句鈔追加』

時雨（小夜時雨　むら時雨）

人に見し時雨をけふはあひにけり　ひとにみししぐれをきょうはあいにけり　寛3　寛政三紀行

塚の土いたゞひてふるしぐれかな　つかのつちいただいてふるしぐれかな　寛9　しぐれ会

沢地萃

牲にもれし鹿かよ夕時雨　いけにえにもれししかかよゆうしぐれ　享3　享和句帖

一時に二ツ時雨し山家哉　いっときにふたつしぐれしやまがかな　享3　享和句帖

火地晋

北しぐれ馬も故郷へ向て嘶く　きたしぐれうまもこきょうへむいてなく　享3　享和句帖　異『同句帖』上五「夕時雨」、『文化句帖』上五「しぐるゝや」

北時雨火をたく顔のきな〔く〕さき　きたしぐれひをたくかおのきなくさき　享3　享和句帖

けぶり立隣の家を時雨哉　けぶりたつとなりのいえをしぐれかな　享3　享和句帖

兌為レ沢　引兌
しぐるゝや牛に引かれて善光寺　しぐるるやうしにひかれてぜんこうじ　享3　享和句帖

撃鼓
城きづくつくりの松に時雨哉　しろきづくつくりのまつにしぐれかな　享3　享和句帖

吹かれ／＼時雨来にけり痩男　ふかれふかれしぐれきにけりやせおとこ　享3　享和句帖

山の家たがひ違ひに時雨哉　やまのいえたがいちがいにしぐれかな　享3　享和句帖

夕時《（雨）》時馬も古郷へ向て嘶　ゆうしぐれうまもこきょうへむいてなく　享3　享和句帖

鶴鳴
夕時雨すつくり立や田鶴《（ママ）》　ゆうしぐれすっくりたつやたづ　享3　享和句帖

行人が此炉も見なん夕時雨　ゆくひとがこのろもみなんゆうしぐれ　享3　享和句帖

風雨
夜時雨の《（に）》顔を見せけり親の門　よしぐれにかおをみせけりおやのかど　享3　享和句帖

我上にふりし時雨や上総山　わがうえにふりししぐれやかずさやま　享3　享和句帖

さはつても時雨さう也ちゝぶ山　さわってもしぐれそうなりちちぶやま　化1　文化句帖

小児在二胎内一乳百八十石
しぐるゝや生れぬ先の門榎　しぐるるやうまれぬさきのかどえのき　化1　文化句帖　同「真蹟」

時雨や前見し家は先の沢　しぐるるやまえみしいえはさきのさわ　化1　文化句帖

しぐれねば夜も明ぬ也片山家
しぐれねばよもあけぬなりかたやまが
化1 文化句帖 同『発句題叢』『嘉永版』『吹寄』 異『発句鈔追加』中七「夜は明ぬなり」

君子和而不同
なよ竹や時雨ぬ前もうつくしき
なよたけやしぐれぬまえもうつくしき
化1 文化句帖

寝始る其夜を竹の時雨哉
ねはじめるそのよをたけのしぐれかな
化1 文化句帖

死べたと山や思はん夕時雨
しにべたとやまやおもわんゆうしぐれ
化2 文化句帖

御成
鶴をよぶ人から先へ時雨哉
つるをよぶひとからさきへしぐれかな
化2 文化句帖

もろ〳〵の智者達何といふ時雨
もろもろのちしゃたちなんというしぐれ
化2 文化句帖 異「真蹟」下五「ゆふ時雨」

夕暮や茶筅仕かへて待時雨
ゆうぐれやちゃざるしかえてまつしぐれ
化2 文化句帖

ろく〳〵に時雨もふらぬ垣根哉
ろくろくにしぐれもふらぬかきねかな
化2 文化句帖

梅干の種をなげても時雨哉
うめぼしのたねをなげてもしぐれかな
化3 文化句帖

切株の茸かたまる時雨哉
きりかぶのきのこかたまるしぐれかな
化3 文化句帖

むさしのや腰から下を一時雨
むさしのやこしからしたをひとしぐれ
化3 文化句帖

痩竹も夜は時雨の便り哉
やせだけもよるはしぐれのたよりかな
化3 文化句帖

夜登城におの〳〵時雨支度哉
よとじょうにおのおのしぐれじたくかな
化3 文化句帖

我と山とかはる〴〵に時雨哉
われとやまとかわるがわるにしぐれかな
化3 文化句帖

人のみか松もとしよるむら時雨
ひとのみかまつもとしよるむらしぐれ
化4 文化句帖

木兎のたはいなく寝る時雨哉
みみずくのたわいなくねるしぐれかな
化4 文化句帖

山〳〵も袖に馴たる時雨哉
やまやまもそでになれたるしぐれかな
化4 文化句帖 同『発句題叢』『発句鈔追加』

門の松淋しがらすなやよ時雨　かどのまつさびしがらすなやよしぐれ　前書「木曽」　化7　七番日記

しぐるゝや雀も口につかはるゝ　しぐるるやすずめもくちにつかわるる　化7　七番日記

しぐるゝや苦い御顔の仏達　しぐるるやにがいおかおのほとけたち　化7　七番日記

誰ためにシグレておはす仏哉　たがためにしぐれておわすほとけかな　化7　七番日記

寝莚にさつと時雨の明り哉　ねむしろにさっとしぐれのあかりかな　化7　七番日記

蕗の葉に酒飯くるむ時雨哉　ふきのはにさかめしくるむしぐれかな　化7　七番日記

又犬にけつまづき〔け〕り小夜時雨　またいぬにけつまづきけりさよしぐれ　化7　七番日記

山里は槌ならしても時雨けり　やまざとはつちならしてもしぐれけり　化7　七番日記

法莚の夕がたなれば
此時雨なぜおそいとや鳴烏　このしぐれなぜおそいとやなくからす　化8　我春集

しぐるゝや軒にはぜたる梅もどき　しぐるるやのきにはぜたるうめもどき　化8　七番日記

時雨して名札吹るゝ俵哉　しぐれしてなふだふかるるたわらかな　化8　七番日記

地蔵様あるは倒れてむら時雨　じぞうさまあるはたおれてむらしぐれ　化8　七番日記

松蒔て十三年の時雨哉　まつまきてじゅうさんねんのしぐれかな　化8　我春集

むら時雨山から小僧ないて来ぬ　むらしぐれやまからこぞうないてきぬ　化8　七番日記

女郎花結れながら時雨けり　おみなえしむすばれながらしぐれけり　化9　七番日記　異『自筆本』中七「縛れながら」

柿一つつくねんとして時雨哉　かきひとつつくねんとしてしぐれかな　化9　七番日記

雁鴨の櫛の歯を引（挽）時雨哉　かりかものくしのはをひくしぐれかな　化9　七番日記

鶏頭のつくねんとして時雨哉　けいとうのつくねんとしてしぐれかな　化9　七番日記

小けぶりに時雨じたくの小家哉
こけぶりにしぐれじたくのこいえかな
化9　七番日記

しぐるゝや菊を踏へてなく烏
しぐるるやきくをふまえてなくからす
化9　七番日記

しぐるゝや闇の図星を鴈のなく
しぐるるややみのずぼしをかりのなく
化9　七番日記　異『自筆本』下五「雁の声」

双樹仏の野おくりおがミて
鳴烏こんな時雨のあらん迚
なくからすこんなしぐれのあらんとて
化9　真蹟　同『文政版』『嘉永版』前書「悼」

はや〳〵としぐれて仕廻小家哉
はやばやとしぐれてしまうこいえかな
化9　七番日記

はり子笠時雨に出ればしぐれぬぞ
はりこがさしぐれにでればしぐれぬぞ
化9　七番日記

夕暮を下手な時雨の通りけり
ゆうぐれをへたなしぐれのとおりけり
化9　七番日記

此便聞迚ある夜一時雨
このたよりきけとてあるよひとしぐれ
化10　七番日記　同『柏原雅集』前書「桂国翁仏〔に〕なられしよし今更おどろく」

師が心行なり菊にしぐれけり
しがこころゆくなりきくにしぐれけり
化10　七番日記

時雨〔る〕や母親もちし網代守
しぐるるやははおやもちしあじろもり
化10　七番日記

しぐるゝや迎に出たる庵の猫
しぐるるやむかえにでたるいおのねこ
化10　七番日記

草庵や菊から先へしぐれたり
そうあんやきくからさきへしぐれたり
化10　七番日記

日本と砂へ書たる時雨哉
にっぽんとすなへかきたるしぐれかな
化10　七番日記　異『同日記』中七「砂に書たる」

人のためしぐれておはす仏哉
ひとのためしぐれておわすほとけかな
化10　七番日記　同『自筆本』『文政版』『嘉永版』

目ざす敵は鶏頭か横時雨
めざすかたきはけいとうかよこしぐれ
化10　句稿消息

目ざす敵は鶏頭よ横時雨
めざすかたきはけいとうよこしぐれ
化10　七番日記　同『句稿消息』『文政版』

綿玉のひそかにはぜる時雨哉
わただまのひそかにはぜるしぐれかな
化10　七番日記　同『化十句文集写』

今の間に十時雨程の山家哉
いまのまにとおしぐれほどのやまがかな
化11　七番日記

芋運ぶ僧都の猿やむら時雨　いもはこぶそうずのさるやむらしぐれ　化11　七番日記

大時雨小しぐれ寝るもむつかしや　おおしぐれこしぐれねるもむつかしや　化11　七番日記

おそろしや狼よりももる時雨　おそろしやおおかみよりももるしぐれ　化11　七番日記

菰簾ばたり〳〵としぐれかな　こもすだればたりばたりとしぐれかな　化11　七番日記

西行の形した石へ時雨哉　さいぎょうのなりしたいしへしぐれかな　化11　七番日記

西念が家の奉加や村しぐれ　さいねんがいえのほうがやむらしぐれ　化11　七番日記

坐（座）頭の坊中につゝんで時雨けり　ざとうのぼうなかにつつんでしぐれけり　化11　七番日記

時雨〔る〕や細工過たる菊の花　しぐるるやさいくすぎたるきくのはな　化11　七番日記

時雨捨〳〵たるかきね哉　しぐれすてしぐれすてたるかきねかな　化11　七番日記　同『発句鈔追加』

死ぬ山を目利しておく時雨哉　しぬやまをめききしておくしぐれかな　化11　七番日記　同『自筆本』

捨杖よ時雨〔る〕たしになりもせよ　すてづえよしぐるるたしになりもせよ　化11　七番日記

須磨時雨河内時雨に追つきぬ　すましぐれかわちしぐれにおいつきぬ　化11　七番日記

ちんば鶏たま〳〵出れば時雨けり　ちんばどりたまたまでればしぐれけり　化11　七番日記

小塚原
科札に天先時雨給ひけり　とがふだにてんまずしぐれたまいけり　化11　七番日記

桑名
蛤のつひのけぶりや夕時雨　はまぐりのついのけぶりやゆうしぐれ　化11　七番日記　同『自筆本』『文政版』『嘉永版』　異「遺稿」中七「つひのつむりや」

一つ家や馬も旅人もしぐれ込　ひとつややうまもたびともしぐれこむ　化11　七番日記

継子には何がなるやら村しぐれ　ままこにはなにがなるやらむらしぐれ　化11　七番日記

木母寺につきあたりたる時雨哉
もくぼじにつきあたりたるしぐれかな
化11　七番日記

罠ありて(と)しらでしぐるゝ雀哉
わなありとしらでしぐるるすずめかな
化11　七番日記

犬ころが土産をねだる夕時雨
いぬころがみやげをねだるゆうしぐれ
化12　七番日記

木つゝきも骨折損や夕時雨
きつつきもほねおりぞんやゆうしぐれ
化12　七番日記

御不運の薮の仏やむらしぐれ
ごふうんのやぶのほとけやむらしぐれ
化12　七番日記

しぐるゝや在鎌倉雁かもめ
しぐるるやいますかまくらかりかもめ
化12　七番日記

芭蕉塚
しぐれ込角から二軒目の庵
しぐれこめかどからにけんめのいおり
化12　七番日記　同「遺稿」『自筆本』前書「途中にて素玩逢ふ」、『文政版』『嘉永版』前書「途中にて素玩に逢ふ」

捨られし姥の日じややら村時雨
すてられしうばのひじゃやらむらしぐれ
化12　七番日記　異「真蹟」『政九十句写』上五「捨られた」中七「おばが日じややら」、『自筆本』中七「姨が日じややら」『発句鈔追加』前書「姥捨」中七「姥が日ぢややら」

大時雨小時雨世上むつかしや
おおしぐれこしぐれせじょうむつかしや
化13　七番日記　異『文政句帖』中七「小時雨世間」

おくり風おくり時雨や暮迄
おくりかぜおくりしぐれやくるるまで
化13　七番日記

しぐるゝは覚期(悟)の前かひとり坊
しぐるるはかくごのまえかひとりぼう
化13　七番日記

村
時雨〔る〕や流人入ぬ立札に
しぐるるやりゅうにんいれぬたてふだに
化13　七番日記

しぐれ鶏見て居卵とられけり
しぐれどりみていてたまごとられけり
化13　七番日記

割下水

小便の供がつくばふ時雨哉
しょうべんのともがつくばうしぐれかな
化13　七番日記

一時雨行あたりけりうしろ窓
ひとしぐれゆきあたりけりうしろまど
化13　七番日記

ひとり坊立や時雨の鼻先へ
ひとりぼうたつやしぐれのはなさきへ
化13　七番日記

古郷や時雨留りに立仏
ふるさとやしぐれどまりにたつほとけ
化13　七番日記

やもめ鳥（鶏）時雨て来たぞそれきたぞ
やもめどりしぐれてきたぞそれきたぞ
化13　七番日記　同『同日記』に重出、『希杖本』

我かけた罠にころぶやむら時雨
われかけたわなにころぶやむらしぐれ
化13　七番日記

祈られてわら人形や行時雨
いのられてわらにんぎょうやゆくしぐれ
化14　七番日記

大釜にソトバ焚也夕時雨
おおがまにそとばたくなりゆうしぐれ
化14　七番日記

惣〆只三軒（畦）のむら〔時〕雨
そうじめてたださんげんのむらしぐれ
化14　七番日記

継ツ子や指を加へて行時雨
ままっこやゆびをくわえてゆくしぐれ
化14　七番日記　同『自筆本』

夜アンマやむだ呼されて降しぐれ
よあんまやむだよびされてふるしぐれ
化14　七番日記

小盲や右も左りもむら時雨
こめくらやみぎもひだりもむらしぐれ
政1　七番日記

柴栗のくりに成らぬもしぐれけり
しばぐりのくりにならぬもしぐれけり
政1　七番日記

小便に手をつく供や横時雨
しょうべんにてをつくともやよこしぐれ
政1　七番日記

鳩ども丶泣事をいふしぐれ哉
はとどももなきごとをいうしぐれかな
政1　七番日記

福も来ぬ初棚の灯や小夜時雨
ふくもこぬはつだなのひやさよしぐれ
政1　七番日記

山鳩が泣事をいふしぐれ哉
やまばとがなきごとをいうしぐれかな
政1　書簡

おいとしや僧の迹（後）をう一時雨
おいとしやそうのあとおうひとしぐれ
政2　八番日記　参『梅塵八番』中七「僧を目ざして」下五「行時雨」

壁に耳薮も物をや夕時雨
かべにみみやぶもものをやゆうしぐれ
政2　八番日記

盗人おのが故郷に隠れて縛れしに
業〈ガウ〉の鳥罠を巡るやむら時雨
ごうのとりわなをまわるやむらしぐれ
政2　おらが春　同『政九十句写』『文政版』『嘉永版』「遺稿」

小坐（座）頭の追つめられし時雨哉
こざとうのおいつめられししぐれかな
政2　八番日記

子を負ふて川越猿や一時雨
こをおうてかわこすさるやひとしぐれ
政2　梅塵八番　同『嘉永版』　注『八番日記』上五「子を負」中七「川越す旅や」

小夜しぐれなくは子のない鹿に哉（ママ）
さよしぐれなくはこのないしかにがな
政2　おらが春　同「真蹟」

三介が敲く木魚もしぐれけり
さんすけがたたくもくぎょもしぐれけり
政2　おらが春　同『八番日記』

時雨ゝ（る）や親椀たゝく唖乞食
しぐるるやおやわんたたくおしこじき
政2　八番日記　同『嘉永版』　参『梅塵八番』上五「時雨るゝや」

しぐるゝや人を（の）身にすら野べの馬
しぐるるやひとのみにすらのべのうま
政2　八番日記　同『自筆本』中七「人を気にする」下五「野馬の馬」

七才の順礼ぶしや夕時雨
しちさいのじゅんれいぶしやゆうしぐれ
政2　八番日記

善光寺門前憐乞食
重箱の銭四五文や夕時雨
じゅうばこのぜにしごもんやゆうしぐれ
政2　おらが春　同『八番日記』前書「堂庭乞食」、『嘉永版』前書「善光寺御堂庭乞食」、『発句鈔追加』前書「善光寺堂前憐乞食」

俗のつく鐘もしぐるゝさが野哉
ぞくのつくかねもしぐるるさがのかな
政2　八番日記

仲仙道
椋鳥と我をよぶ也村時雨
むくどりとわれをよぶなりむらしぐれ
政2　八番日記　同『発句鈔追加』　参『梅塵八

番』前書「中山道」上五「椋鳥の」

椋鳥の仲間に入や夕時雨　むくどりのなかまにいるやゆうしぐれ　政2　八番日記

山寺や僧の迹（後）追一しぐれ　やまでらやそうのあとおうひとしぐれ　政2　八番日記

片かげは時雨る月の山路かな　かたかげはしぐるるつきのやまじかな　政3　群山集

栗のいがいぶるや人も時雨顔　くりのいがいぶるやひともしぐれがお　政3　書簡　同『書簡』前書「貧家」

栗のいがおふかや人も時雨顔　くりのいがおうかやひともしぐれがお　政3　八番日記

しぐるゝやたばこ法度の小金原　しぐるるやたばこはっとのこがねはら　政3　八番日記

なくな〳〵鬼がさらふぞ小夜時雨　なくななくなおにがさらうぞさよしぐれ　政3　八番日記

裸虫さし出て時雨〳〵けり　はだかむしさしでてしぐれしぐれけり　政3　八番日記

番丁やもやひ番やの小〔夜〕時雨　ばんちょうやもやいばんやのさよしぐれ　政3　八番日記　参『梅塵八番』下五「北しぐれ」

山寺の豆煎り日也むら時雨　やまでらのまめいりびなりむらしぐれ　政3　だん袋　同『発句鈔追加』

門の木に時雨損じて帰りけり　かどのきにしぐれそんじてかえりけり　政4　八番日記　参『梅塵八番』下五「通りけり」

しぐるゝやいすかの觜（嘴）の行違へ（ひ）　しぐるるやいすかのはしのゆきちがい　政4　八番日記　参『梅塵八番』下五「行違ひ」

しぐるゝや芭蕉翁の塚まはり　しぐるるやばしょうおきなのつかまわり　政4　八番日記

しぐれ捨〳〵けり辻仏　しぐれすてしぐれすてけりつじぼとけ　政4　八番日記　同『自筆本』　異『文政句帖』下五「野ゝ仏」

スロの木の裸にされてしぐれけり　しゅろのきのはだかにされてしぐれけり　政4　八番日記

度々にばか念入てしぐれ哉　たびたびにばかねんいれてしぐれかな　政4　八番日記

一日の祝にさつとしぐれ哉　ついたちのいわいにさっとしぐれかな　政4　八番日記

古郷は小意地の悪へ（い）時雨哉
ふるさとはこいじのわるいしぐれかな
政4　八番日記　[同]『だん袋』　[異]『発句鈔追加』中七「小意地のわろい」[参]『梅塵八番』上五「少づゝは」中七「小意地のわるい」

下手しぐれてきぱきふりもせざりけり
へたしぐれてきぱきふりもせざりけり
政4　八番日記　[同]『だん袋』『発句鈔追加』

身代に時雨ておわす仏哉
みがわりにしぐれておわすほとけかな
政4　八番日記

南北東西よりしぐれ哉
みなみきたひがしにしよりしぐれかな
政4　八番日記　[参]『梅塵八番』上五「北南」中七「西東より」

み仏のみに引受て時雨哉
みほとけのみにひきうけてしぐれかな
政4　八番日記　[異]『自筆本』前書「濡仏」中七「身に引請る」

時雨るゝや叺ふり〳〵馬の首
しぐるるやかますふりふりうまのくび
政5　文政句帖

ねらひくらひして降られたる時雨哉
ねらいくらいしてふられたるしぐれかな
政5　文政句帖

派（羽）のきかぬ御用挑灯（提灯）やむら〔時〕雨
はのきかぬごようぢょうちんやむらしぐれ
政5　文政句帖

奉加鉦打損ずるや夕時雨
ほうがねうちそんずるやゆうしぐれ
政5　文政句帖　[異]『同句帖』中七「うち損じたり」

いざこざを雀もいふや村しぐれ
いざこざをすずめもいうやむらしぐれ
政6　文政句帖

大時雨小時雨大名小名かな
おおしぐれこしぐれだいみょうしょうみょうかな
政6　文政句帖

き妙（命）無りやう寿如来や夕時雨
きみょうむりょうじゅにょらいやゆうしぐれ
政6　文政句帖

素湯釜が迹（後）うけとるや小夜時雨
さゆがまがあとうけとるやさよしぐれ
政6　文政句帖

神木は釘を打れ〔て〕時雨けり
しんぼくはくぎをうたれてしぐれけり
政6　文政句帖

雀らが仲間割する時雨哉　すずめらがなかまわれするしぐれかな　政6　文政句帖
せはしなや門をちび／＼しぐれ捨　せわしなやかどをちびちびしぐれすて　政6　文政句帖
一日の御祝儀としてしぐれ哉　ついたちのごしゅうぎとしてしぐれかな　政6　文政句帖
近道のむかふへ廻るしぐれ哉　ちかみちのむこうへまわるしぐれかな　政6　文政句帖
道心坊や草履ひた／＼むら時雨　どうしんぼうやぞうりひたひたむらしぐれ　政6　文政句帖
豆麩（腐）煮る伝受（授）する也小夜時雨　とうふにるでんじゅするなりさよしぐれ　政6　文政句帖
一時雨人追つめてもどりけり　ひとしぐれひとおいつめてもどりけり　政6　文政句帖
舟の家（屋）根より人出たり一時雨　ふねのやねよりひとでたりひとしぐれ　政6　文政句帖
山道やねらひすまして逢ふ時雨　やまみちやねらいすましてあうしぐれ　政6　文政句帖
娵入の謡盛りや小夜時雨　よめいりのうたいざかりやさよしぐれ　政6　文政句帖
時雨るゝやかゞしも野辺のけぶり〔哉〕　しぐるるやかがしものべのけぶりかな　政7　政七句帖草
寺参送りて帰る〘□〙時雨哉　てらまいりおくりてかえるしぐれかな　政7　政七句帖草
庵迄送りとゞけて行時雨　いおりまでおくりとどけてゆくしぐれ　政7　文政句帖
うら窓や毎日日日北しぐれ　うらまどやまいにちにちにきたしぐれ　政7　文政句帖
大草履ヒタリ／＼〔と〕村時雨　おおぞうりひたりひたりとむらしぐれ　政7　文政句帖
さい／＼に時雨直して大時雨　さいさいにしぐれなおしておおしぐれ　政7　文政句帖
寺へ人を送りとゞけて行く時雨　てらへひとをおくりとどけてゆくしぐれ　政7　文政句帖
独寝の足しにふりけり小夜時雨　ひとりねのたしにふりけりさよしぐれ　政7　文政句帖
降直しなをして曲り時雨哉　ふりなおしなおしてまがりしぐれかな　政7　文政句帖

山柴の秤にかゝる時雨哉　やましばのはかりにかかるしぐれかな　政7　文政句帖

二時雨並んで来るや畠道　ふたしぐれならんでくるやはたけみち　政8　政八句帖草　異『同草稿』下五「畠口」

二時雨並んで来る〔や〕門の原　ふたしぐれならんでくるやかどのはら　政8　文政句帖　同『発句鈔追加』『梅塵抄録本』

曲り所に出つ合せたる時雨哉　まがりどにでっくわせたるしぐれかな　政8　文政句帖

山人の火を焚立る時雨哉　やまうどのひをたきたてるしぐれかな　不詳　遺稿

かけがねの真赤〔に〕錆て時雨哉　かけがねのまっかにさびてしぐれかな　不詳　自筆本

鶏頭の立往生や村ら時雨　けいとうのたちおうじょうやむらしぐれ　不詳　自筆本

時雨ゝは覚《（悟）》期の前ぞ一人旅　しぐるるはかくごのまえぞひとりたび　不詳　自筆本

しぐるゝや逃る足さへちんば鶏　しぐるるやにげるあしさえちんばどり　不詳　自筆本

旅

逃道のむかふへ廻る時雨哉　にげみちのむこうへまわるしぐれかな　不詳　自筆本

張子笠時雨におればしぐれぬぞ　はりこがさしぐれにおればしぐれぬぞ　不詳　自筆本

夜時雨やから呼されしあんま坊　よしぐれやからよびされしあんまぼう　不詳　自筆本　同『文政版』『嘉永版』「遺稿」

ことしは世がよくて俳諧行脚のばら〳〵降る程

又来たか木末の柿の蔕時雨　またきたかこずえのかきのへたしぐれ　不詳　真蹟写

善光寺老乞食の哀さに

重箱の銭五六文時雨かな　じゅうばこのぜにごろくもんしぐれかな　不詳　稲長句帖

時雨雲

けふ一かたげたらへざりしさへかなしく思ひ侍るに古へ翁の漂泊かゝる事日〳〵なるべし

三度くふ旅もつたいな時雨雲　さんどくうたびもったいなしぐれぐも　享3　享和句帖

時雨雲かゝるにはやき木曽ぢ哉　しぐれぐもかかるにはやききそじかな　享3　享和句帖

時雨雲毎日かゝる榎哉　しぐれぐもまいにちかかるえのきかな　享3　享和句帖

而後何が出る時雨雲　しこうしてのちなにがでるしぐれぐも　化14　七番日記

なくな子が（ら）時雨雲から鬼が出　なくなこらしぐれぐもからおにがでる　政2　八番日記　[参]『梅塵八番』上五「泣な子等」

六ツかしやちよとした山も時雨雲　むつかしやちょとしたやまもしぐれぐも　政3　八番日記

冬の雨

冬の雨朝寝の薬ともなれや　ふゆのあめあさねのくすりともなれや　化13　七番日記

冬の雨火箸をもして遊びけり　ふゆのあめひばしをもしてあそびけり　化13　七番日記

寒空

洛外はまだ寒き雲のやうす哉　らくがいはまださむきくものようすかな　寛6　しら露

寒空のどこでとしよる旅乞食　さむぞらのどこでとしよるたびこじき　政7　文政句帖　[異]『政七句帖草』中七「どこでとしとる」

寒風

夕山やいつまで寒い風の吹　ゆうやまやいつまでさむいかぜのふく　寛11　花柑子　[同]「書簡」

風寒し〳〵と瓦灯哉　かぜさむしさむしとがとうかな　享3　享和句帖

風寒し不二にもそぶく小窓哉　かぜさむしふじにもそぶくこまどかな　享3　享和句帖

木がらし

木がらしやされど入江は鳥睦る　こがらしやされどいりえはとりむつる　寛4　寛政句帖

山寺や木がらしの上に寝るがごと　やまでらやこがらしのうえにねるがごと　寛4　寛政句帖

木ごらしの夜に入かゝる榎哉　こがらしのよにいりかかるえのきかな　享3　享和句帖

木がらしや鋸屑けぶる辻の家　こがらしやおがくずけぶるつじのいえ　享3　享和句帖

木がらしや門に見えたる小行灯　こがらしやかどにみえたるこあんどん　享3　享和句帖

木がらしや壁の際なる馬の桶　こがらしやかべのきわなるうまのおけ　享3　享和句帖

吉備八十八坂
木がらしやこの坂過る今の人　こがらしやこのさかすぐるいまのひと　享3　享和句帖　異『同句帖』中七「二の坂過る」、『九日』中七「この坂越る」

木がらしや隣といふは淡ぢ島　こがらしやとなりというはあわじしま　享3　享和句帖

木がらしや枕にとゞく淡ぢ島　こがらしやまくらにとどくあわじしま　享3　享和句帖

木がらしや枕元なる淡ぢ島　こがらしやまくらもとなるあわじしま　享3　享和句帖

木がらしに口淋しいとゆふべ哉　こがらしにくちさびしいとゆうべかな　化1　文化句帖

木がらしに三尺店も我夜也　こがらしにさんじゃくだなもわがよなり　化1　文化句帖

木がらしの吹留りけり鳩に人　こがらしのふきどまりけりはとにひと　化1　文化句帖

木がらしや小溝にけぶる竹火箸　こがらしやこみぞにけぶるたけひばし　化1　文化句帖

木がらしやこんにやく桶の星月夜　こがらしやこんにゃくおけのほしづきよ　化1　文化句帖

世路山川ヨリ嶮シ
木がらしや地びたに暮るゝ辻諷ひ　こがらしやじびたにくるるつじうたい　化1　文化句帖

売飯に夕木がらしのかゝりけり　うりめしにゆうこがらしのかかりけり　化3　文化句帖

木がらしの袖に吹けり酒強飯　こがらしのそでにふきけりさかこわい　化3　文化句帖

木がらしの日なたに立や真(待)乳山　こがらしのひなたにたつやまつちやま　化3　文化句帖

峠二日
牛の汁あらし木がらし吹にけり　うしのしるあらしこがらしふきにけり　化4　文化句帖

越て来た山の木がらし聞夜哉　こえてきたやまのこがらしきくよかな　化4　文化句帖

木がらしにくす〳〵豕の寝たりけり　こがらしにくすくすぶたのねたりけり　化4　文化句帖

文化六年十二月十五日賀旧家大川氏
木枯や千代に八千代の門榎　こがらしやちよにやちよのかどえのき　化6　文政版　同『嘉永版』、『自筆本』前書「大川氏賀旧家」　異『一茶園月並裏書』中七「千代に八年の」、『七番日記』下五「大榎」

鴬と婆〻の木がらし吹にけり　うぐいすとばばのこがらしふきにけり　化7　七番日記

けふも〳〵只木がらしの菜屑哉　きょうもきょうもただこがらしのなくずかな　化7　七番日記　同『発句題叢』『発句鈔追加』『嘉永版』

木〔が〕らしに大事〳〵の月よ哉　こがらしにだいじだいじのつきよかな　化7　七番日記

木がらしや雀も口につかはる〻　こがらしやすずめもくちにつかわるる　化7　化三―八写　同『文政版』『嘉永版』「遺稿」

木がらしや額にさはる東山　こがらしやひたいにさわるひがしやま　化7　七番日記

木がらしにしく〳〵腹のぐあい哉　こがらしにしくしくはらのぐあいかな　化8　七番日記　同『我春集』『自筆本』

木がらしや是は仏の二日月　こがらしやこれはほとけのふつかづき　化8　我春集

木がらしや三よしよりの御解札　こがらしやみつよしよりのおときふだ　化8　七番日記

木がらしや鎌ゆひつけし竿の先　こがらしやかまゆいつけしさおのさき　化9　七番日記　同『自筆本』

木がらしや叺着て行く筥根山　こがらしやかますきてゆくはこねやま　化10　七番日記　同『句稿消息』　異『自筆本』中

七「叺着て起す」

木がらしの吹ばふけとや角田川
こがらしのふかばふけとやすみだがわ
化11　七番日記

うつの山凩呑んで向ひけり
うつのやまこがらしのんでむかいけり
化12　七番日記

木〔が〕らしに口淋しがる雀哉
こがらしにくちさびしがるすずめかな
化12　七番日記

木〔が〕らしに問屋の犬のいびき哉
こがらしにといやのいぬのいびきかな
化12　七番日記

木〔が〕らしや鉋鉄（鉄砲）かつぎて小脇差
こがらしやてっぽかつぎてこわきざし
化12　七番日記　同『同日記』に重出、『自筆本』

土円（団）子けふも木がらし〳〵ぞ
つちだんごきょうもこがらしこがらしぞ
化12　七番日記　同「書簡」

身一つにあらし木がらしあられ哉
みひとつにあらしこがらしあられかな
化12　七番日記　異『自筆本』上五「身一つ」

やせ脛やあらし凩三ケの月
やせずねやあらしこがらしみかのつき
化12　七番日記

北壁や嵐木がらし唐がらし
きたかべやあらしこがらしとうがらし
化13　七番日記

木がらしの日なたぼこして念仏哉
こがらしのひなたぼこしてねぶつかな
化13　七番日記

木がらしや餌蒔の迹（後）をおふ烏
こがらしやえまきのあとをおうからす
化13　七番日記

木がらしに女だてらの胯火哉
こがらしにおんなだてらのまたびかな
化14　七番日記

木がらしや木葉にくるむ塩肴
こがらしやこのはにくるむしおざかな
化14　七番日記

木がらしや菰に包ンである小家
こがらしやこもにつつんであるこいえ
化14　七番日記

木がらしや軒の虫篭釣（吊）し柿
こがらしやのきのむしかごつるしがき
化14　七番日記

木がらしや物さしさした小商人
こがらしやものさしさしたこあきんど
化14　七番日記　同「書簡」　異『自筆本』中七「物さしさして」

木がらしや石の切キズアレもせず
こがらしやいしのきりきずあれもせず
政1　七番日記

前書

木がらしやぱかりと口を松の疵

こがらしやぱかりとくちをまつのきず

政1　七番日記

雁的にこがらし吹や堀田原

かりまとにこがらしふくやほったはら

政2　八番日記

つき地

木がらしやあミ笠もどる寒さ橋

こがらしやあみがさもどるさむさばし

政2　だん袋　同『発句鈔追加』

木がらしや折介帰る寒さ橋

こがらしやおりすけかえるさむさばし

政2　おらが春　同『八番日記』『発句鈔追加』「書簡」　異『自筆本』中七「折介もどる」

木がらしやから呼されし按摩坊

こがらしやからよびされしあんまぼう

政2　おらが春　同『八番日記』『発句鈔追加』　参『梅塵八番』中七「から呼さるゝ」下五「按摩笛」

こがらしや隣と云もゑちご山

こがらしやとなりというもえちごやま

政2　八番日記

木がらしや縄引ぱりし御成みち

こがらしやなわひっぱりしおなりみち

政2　八番日記

護持院原

木がらしや廿四文の遊女小屋

こがらしやにじゅうしもんのゆうじょごや

政2　おらが春　同『八番日記』『発句鈔追加』

木がらしや人なき家の角大師

こがらしやひとなきいえのつのだいし

政2　八番日記　異『自筆本』中七「人なき門の」

木がらしや埃にのりし《は》せたし（ら）馬

こがらしやほこりにのりしせたらうま

政2　八番日記

芝浦

木がらしや行抜路次の上総山

こがらしやゆきぬけろじのかずさやま

政2　八番日記　同『嘉永版』　参『梅塵八番』
中七「行ぬけ道の」

木がらしの今行当に相違なく候

こがらしのいまゆきあたりにそういなくそうろう

政3　八番日記

こがらしや凬に乗行火けし馬　こがらしやかぜにのりゆくひけしうま　政3　八番日記

木がらしを踏み（ん）ばり留よ石太郎　こがらしをふんばりとめよいしたろう　政3　八番日記　参『梅塵八番』中七「踏ばり留よ」

身一ツに嵐こがらし辷り道　みひとつにあらしこがらしすべりみち　政3　八番日記

凩にさて結構な月夜哉　こがらしにさてけっこうなつきよかな　政4　八番日記

凩の吹か（く）たびれし榎哉　こがらしのふきくたびれしえのきかな　政4　八番日記　参『梅塵八番』中七「吹草臥し」

木がらし〔や〕桟を這ふ琶琵（琵琶）法師　こがらしやかけはしをはうびわほうし　政4　八番日記　参『梅塵八番』上五「木がらしや」下五「琵琶法師」

あ（こ）がらしやしのげ（ぎ）をけずる夜の声　こがらしやしのぎをけずるよるのこえ　政4　八番日記

木がらしや隣と云も川向ふ　こがらしやとなりというもかわむこう　政4　八番日記

木がらしや菜葉並べるたばこ箱　こがらしやなっぱならべるたばこばこ　政4　八番日記　異『自筆本』中七「菜の葉並べる」

木がらしや火のけも見へぬ見付番　こがらしやひのけもみえぬみつけばん　政4　八番日記

木がらしや脇目もふらぬ見附番　こがらしやわきめもふらぬみつけばん　政4　八番日記

横にして一木〔が〕らしを通しけり　よこにしてひとこがらしをとおしけり　政4　八番日記　参『梅塵八番』中七「一こがらしを」

木がらしや一二三四五ばん原　こがらしやひいふうみいよごばんはら　政5　文政句帖

木〔が〕らしや菰にくるんで捨庵　こがらしやこもにくるんですていおり　政5　文政句帖

木がらしや夫婦六部が捨念仏　こがらしやめおとろくぶがすてねぶつ　政5　文政句帖

木がらしにはめをはづして寝番哉　こがらしにはめをはずしてねばんかな　政6　文政句帖

木がらしに吹ぬき布子一ツかな　こがらしにふきぬきぬのこひとつかな　政6　文政句帖

木がらしやいはしをくるむ柏の葉　こがらしやいわしをくるむかしわのは　政6　文政句帖

木がらしや数万の鳥のへちまくる　こがらしやすまんのとりのへちまくる　政6　文政句帖

凩に鼾盛りの屑家哉　こがらしにいびきざかりのくずやかな　政7　文政句帖

木がらしに野守が鼾盛り哉　こがらしにのもりがいびきざかりかな　政7　文政句帖

木がらしになほ住吉の御灯哉　こがらしになおすみよしのみとうかな　政7　文政句帖

木がらしの上に寝にけり大御堂　こがらしのうえにねにけりおおみどう　政7　文政句帖

凩の掃てくれけり門の芥　こがらしのはいてくれけりかどのごみ　政7　文政句帖

両国船中にて
木がらしやいつ封を切るうら二階　こがらしやいつふうをきるうらにかい　政7　文政句帖　同『自筆本』前書「両国川船中」

木がらし〔や〕門の榎の力瘤　こがらしやかどのえのきのちからこぶ　政7　文政句帖

凩や常灯明のしんかんと　こがらしやじょうとうみょうのしんかんと　政7　文政句帖

木がらしや椿は花の身づくろひ　こがらしやつばきははなのみづくろい　政7　文政句帖

宿山寺
寝た下を凩づうん／＼哉　ねたしたをこがらしずうんずうんかな　政7　文政句帖　同「書簡」　異『政九十句写』上五「寝た下へ」

木がらしやゴ持院原のあまざけ屋　こがらしやごじいんはらのあまざけや　政8　文政句帖

木がらしや一山三文さつまいも　こがらしやひとやまさんもんさつまいも　政8　文政句帖

善光寺詣
木がらしや三国一のあまざけ屋　こがらしやさんごくいちのあまざけや　不詳　真蹟

木枯や諸勧化入れぬ小制札　こがらしやしょかんげいれぬこせいさつ　不詳　遺稿　同『嘉永版』

木がらしや何を烏の親にあたふ	こがらしやなにをからすのおやにあとう	不詳	遺稿
木がらしや深戸ざして夕木魚	こがらしやふかくとざしてゆうもくぎょ	不詳	遺稿
木がらしや塒に迷ふ夕烏	こがらしやねぐらにまようゆうがらす	不詳	遺稿
木がらしや壁のうしろは越後山	こがらしやかべのうしろはえちごやま	不詳	自筆本
木がらしや天井張らぬ大御堂	こがらしやてんじょうはらぬおおみどう	不詳	自筆本
軒下やあらし木がらし唐がらし	のきしたやあらしこがらしとうがらし	不詳	自筆本

冬日向（日向ぼこ）

大家〔の〕一まき過て冬日向	おおいえのひとまきすぎてふゆひなた	享3	享和句帖
九月 乙松も索を綯るや冬日向	おとまつもなわをなえるやふゆひなた	享3	享和句帖
借はぐる松よ古井よ冬日向	かりはぐるまつよふるいよふゆひなた	享3	享和句帖
冬日向松を持たざる家の前	ふゆひなたまつをもたざるいえのまえ	享3	享和句帖
東門 前住し門も見へけり冬日向	まえすみしかどもみえけりふゆひなた	享3	享和句帖
かり家や村一番の冬日向	かりいえやむらいちばんのふゆひなた	化10	七番日記
三巡りの日向ぼこしに出たりけり	みめぐりのひなたぼこしにでたりけり	化11	七番日記
人形が薬挽く也冬日向	にんぎょうがくすりひくなりふゆひなた	政2	八番日記

初雪

初雪に昨夜の明松（松明）のほこり哉	はつゆきにきぞのたいまつのほこりかな	寛6	寛政句帖
初雪に聞おじしたる翁哉	はつゆきにききおじしたるおきなかな	享3	享和句帖

はつ雪のかゝる梢も旅の家　はつゆきのかかるこずえもたびのいえ　享3　享和句帖

無心所着
初雪のふは〳〵かゝる小鬢哉　はつゆきのふわふわかかるこびんかな　享3　享和句帖

初雪は竹にふる也痩竈　はつゆきはたけにふるなりやせかまど　享3　享和句帖

初雪や江戸見へる家におり合せ　はつゆきやえどみえるやにおりあわせ　享3　享和句帖

初雪やかゝる梢も江戸へ二里　はつゆきやかかるこずえもえどへにり　享3　享和句帖

初雪や脛を吹かれし御さぶらひ　はつゆきやすねをふかれしみさぶらい　享3　享和句帖

初雪や誰ぞ来よかしの素湯土瓶　はつゆきやたぞこよかしのさゆどびん　享3　享和句帖

はつ雪に白湯すゝりても我家哉　はつゆきにさゆすすりてもわがやかな　化1　文化句帖

はつ雪や翌のけぶりのわら一把　はつゆきやあすのけぶりのわらいちわ　化1　文化句帖

女三宮姉小野
初雪やおち葉の宮とどこをいふ　はつゆきやおちばのみやとどこをいう　化1　文化句帖

はつ雪や其角が窓も見へて降る　はつゆきやきかくがまどもみえてふる　化1　文化句帖

はつ雪や竹の夕を独寝て　はつゆきやたけのゆうべをひとりねて　化1　文化句帖

初雪や人出ぬ前の湯立釜　はつゆきやひとでぬまえのゆたてがま　化1　文化句帖

初雪や古郷見ゆる壁の穴　はつゆきやふるさとみゆるかべのあな　化1　文化句帖　同『発句題叢』『嘉永版』『発句鈔追加』

初雪や山田のかゞし老もせず　はつゆきややまだのかがしおいもせず　化1　文化句帖

初雪の降ともなしや角田川　はつゆきのふるともなしやすみだがわ　化2　文化句帖

はつ雪やあ〔さ〕ぢが原のいなり好　はつゆきやあさじがはらのいなりずき　化2　文化句帖

はつ雪や家鴨の椀も朝のさま　はつゆきやあひるのわんもあさのさま　化2　文化句帖

はつ雪やいの字も引かぬ夕枕　はつゆきやいのじもひかぬゆうまくら　化2　文化句帖

はつ雪やカサイ烏がう〔か〕れ鳴　はつゆきやかさいがらすがうかれなく　化2　文化句帖

はつ雪や角力の櫓いつほどく　はつゆきやすもうのやぐらいつほどく　化2　文化句帖

初雪や淀の水屋も来る時分　はつゆきやよどのみずやもくるじぶん　化2　文化句帖

初雪や我家で見るはいく年目　はつゆきやわがやでみるはいくねんめ　化2　文化句帖

はつ雪の素湯乞食に出たりけり　はつゆきのさゆこつじきにでたりけり　化3　文化句帖

はつ雪やけぶり立るも世間向き　はつゆきやけぶりたてるもせけんむき　化3　文化句帖

はつ雪や田の雁ねぢる今の人　はつゆきやたのかりねじるいまのひと　化3　文化句帖

はつ雪や何を願ひの蛬　はつゆきやなにをねがいのきりぎりす　化6　化三―八写　同『俳諧之連歌／桐園』

はつ雪が降とや腹の虫が鳴　はつゆきがふるとやはらのむしがなく　化7　七番日記

はつ雪のひつゝき安《(易)》い皺手哉　はつゆきのひっつきやすいしわでかな　化7　七番日記

はつ雪や犬なき里の屑拾ひ　はつゆきやいぬなきさとのくずひろい　化7　七番日記

はつ雪や朝夷スル門乞食　はつゆきやあさえびすするかどこじき　化7　七番日記

はつ雪やきのふと成し御上棟　はつゆきやきのうとなりしごじょうとう　化7　七番日記

はつ雪や荒神さまの姫小松　はつゆきやこうじんさまのひめこまつ　化7　七番日記

はつ雪や是もうき世の火吹竹　はつゆきやこれもうきよのひふきだけ　化7　七番日記

はつ雪やそれは世にある人の事　はつゆきやそれはよにあるひとのこと　化7　七番日記　異「書簡」中七「是も世にある」

はつ雪や誰も参らぬ庵の舟　はつゆきやだれもまいらぬいおのふね　化7　七番日記

初雪や鶏の朝声浅草寺　はつゆきやとりのあさごえせんそうじ　化7　七番日記

はつ雪や鳥もかまはぬ女郎花　はつゆきやとりもかまわぬおみなえし　化7　句安奇禹度　同『文政版』『嘉永版』「遺稿」「真蹟」

初雪や細いけぶりも御一日　はつゆきやほそいけぶりもおついたち　化7　七番日記

はつ雪や仏の方より湧清水　はつゆきやほとけのかたよりわくしみず　化7　七番日記

初雪やほの〴〵かすむ御式台　はつゆきやほのぼのかすむおしきだい　化7　七番日記

はつ雪や薮の鶯小うぐひす　はつゆきややぶのうぐいすこうぐいす　化7　七番日記

はつ雪や雪やといふも歯ナシ哉　はつゆきやゆきやというもはなしかな　化7　七番日記

はつ雪や椀久が世にありし時　はつゆきやわんきゅうがよにありしとき　化7　七番日記

むつかしや初雪見ゆるしなの山　むつかしやはつゆきみゆるしなのやま　化7　七番日記

はつ雪をいま〳〵しいと夕哉　はつゆきをいまいましいとゆうべかな　化7　七番日記　同『八番日記』『自筆本』「書簡」（俳諧寺記）

はつ雪やぐわら〳〵さはぐ腹の虫　はつゆきやがらがらさわぐはらのむし　化8　七番日記

はつ雪や雪隠の供の小でうちん　はつゆきやせっちんのとものこぢょうちん　化8　七番日記　同『自筆本』　異『我春集』中七「雪隠の洪の」

はつ雪に口さし出すな手とり鍋　はつゆきにくちさしだすなてとりなべ　化9　七番日記

はつ雪に餅腹こなす烏哉　はつゆきにもちばらこなすからすかな　化9　七番日記

はつ雪やきじの御山へきじ打に　はつゆきやきじのおやまへきじうちに　化9　七番日記　同『自筆本』

はつ雪や俵のうへの小行灯　はつゆきやたわらのうえのこあんどん　化9　ほしなうり　同「真蹟」『文政版』『嘉永版』「遺稿」

はつ雪が焼飯程の外山哉　はつゆきがやきめしほどのとやまかな　化10　七番日記

はつ雪や息〔を〕殺して相借家　はつゆきやいきをころしてあいじゃくや　化10　七番日記

はつ雪や一度そこらでおくならば　はつゆきやいちどそこらでおくならば　化10　七番日記

はつ雪や犬が先ふむ二文橋　はつゆきやいぬがまずふむにもんばし　化10　七番日記

はつ雪や今がた埋し栗の塚　はつゆきやいまがたうめしくりのつか　化10　七番日記

はつ雪や梅もすじかふ御尿瓶　はつゆきやうめもすじかうおんしびん　化10　七番日記

はつ雪や雪隠のキハも角田川　はつゆきやせっちんのきわもすみだがわ　化10　七番日記

はつ雪〔や〕大黒棚の姫小松　はつゆきやだいこくだなのひめこまつ　化10　七番日記

はつ雪やちりふの市の銭の山　はつゆきやちりゅうのいちのぜにのやま　化10　七番日記　異『同日記』上五「はつ雪」下五「銭叺」

はつ雪や鉄鉋(砲)打の五兵衛塚　はつゆきやてっぽううちのごへえづか　化10　七番日記

はつ雪やとある木陰の神楽笛　はつゆきやとあるこかげのかぐらぶえ　化10　七番日記　同『自筆本』

はつ雪やといへば直に三四尺　はつゆきやといえばすぐにさんししゃく　化10　七番日記

はつ雪や軒の菖蒲もふは／＼と　はつゆきやのきのしょうぶもふわふわと　化10　七番日記

はつ雪や平内堂の小豆飯　はつゆきやへいないどうのあずきめし　化10　七番日記

はつ雪や守り本尊に作る程　はつゆきやまもりほんぞんにつくるほど　化10　七番日記　異「遺稿」上五「雪ちるや」

はつ雪や吉原駕のちうをとぶ　はつゆきやよしわらかごのちゅうをとぶ　化10　七番日記

はつ雪を鬼一日(口)にくひてけり　はつゆきをおにひとくちにくいてけり　化10　七番日記

はつ雪を敵のやうにそしる哉　はつゆきをかたきのようにそしるかな　化10　七番日記

はつ雪を煮〔て〕喰けり隠居達　はつゆきをにてくらいけりいんきょたち　化10　七番日記　同『自筆本』

はつ雪を皆ふんづけし烏哉　はつゆきをみなふんづけしからすかな　化10　七番日記　同『自筆本』

大犬の糞新道もはつ雪ぞ　おおいぬのくそしんみちもはつゆきぞ　化11　七番日記

ばか烏我はつ雪と思ふかや　ばかがらすわがはつゆきとおもうかや　化11　七番日記

はつ雪の降損じたる我家哉　はつゆきのふりそんじたるわがやかな　化11　七番日記

はつ雪やどなたが這入る野雪隠　はつゆきやどなたがはいるのせっちん　化11　七番日記

はつ雪やナムキエ僧の朝の声　はつゆきやなむきえそうのあさのこえ　化11　七番日記

駕かきは尻を出スを礼トス

はつ雪を見よや奴が尻の先　はつゆきをみよややっこがしりのさき　化11　七番日記　異『発句鈔追加』中七「見よや奴の」

うら町は犬の後架もはつ雪ぞ　うらまちはいぬのこうかもはつゆきぞ　化12　七番日記

住ば又くそ新道もはつ雪ぞ　すめばまたくそしんみちもはつゆきぞ　化12　七番日記

初物ぞうすつぺらでもおれが雪　はつものぞうすっぺらでもおれがゆき　化12　七番日記

はつ雪と呼る小便序哉　はつゆきとよばわるしょうべんついでかな　化12　七番日記　同『自筆本』　異『文政句帖』下五「ながら哉」

〔はつ雪〕のむだぶりしたり堀田原　はつゆきのむだぶりしたりほったはら　化12　七番日記

はつ雪やつくばつゞきの堀田原　はつゆきやつくばつづきのほったはら　化12　七番日記

はつ雪や朝湯も果し藪の院　はつゆきやあさゆもはてしやぶのいん　化13　七番日記

はつ雪や客のせり合夜番小屋　はつゆきやきゃくのせりあうよばんごや　化13　七番日記

はつ雪や貧乏樽の寝たなりに　はつゆきやびんぼうだるのねたなりに　化13　七番日記

草履はく其うちばかり初雪ぞ　ぞうりはくそのうちばかりはつゆきぞ　化14　七番日記

初雪といふ声ことしよはりけり
はつゆきというこえことしよわりけり
化14　七番日記

はつ雪やエドもわら家のあればこそ
はつゆきやえどもわらやのあればこそ
化14　七番日記

はつ雪や折敷の上に一握り
はつゆきやおしきのうえにひとにぎり
化14　七番日記

訪不性（精）庵
はつ雪やキセルの脂の十すじ程
はつゆきやきせるのやにのとすじほど
化14　七番日記　同『自筆本』「書簡」

はつ雪や是ヨリ北は庵の領
はつゆきやこれよりきたはいおのりょう
化14　七番日記　同『自筆本』

はつ雪や机の上に一握り
はつゆきやつくえのうえにひとにぎり
化14　七番日記　同『自筆本』

は〔つ〕雪を引握んだる烏哉
はつゆきをひっつかんだるからすかな
化14　七番日記

はつ雪に打かぶせたる尿瓶哉
はつゆきにうちかぶせたるしびんかな
政1　七番日記

はつ雪や今重たる庵の薪
はつゆきやいまかさねたるいおのまき
政1　七番日記

はつ雪やイロハニホヘト習声
はつゆきやいろはにほへとならうこえ
政1　七番日記

はつ雪やことに夜明の角田川
はつゆきやことによあけのすみだがわ
政1　七番日記

はつ雪や所もところ角田川
はつゆきやところもところすみだがわ
政1　七番日記

はつ雪や松にかけたる手挑灯（提灯）
はつゆきやまつにかけたるてぢょうちん
政1　七番日記

はつ雪は御堂参りの序哉
はつゆきはみどうまいりのついでかな
政1　七番日記

闇夜のはつ雪らしやボンの凹
やみのよのはつゆきらしやぼんのくぼ
政1　七番日記

初雪のどこが二の丸三の丸
はつゆきのどこがにのまるさんのまる
政2　八番日記　参『梅塵八番』中七「飛ぶかニノ丸」

はつ雪の降り捨てある家尻哉
はつゆきのふりすててあるやじりかな
政2　おらが春

はつ雪のむだぶりしたる家尻哉　はつゆきのむだぶりしたるやじりかな　政2　八番日記

初雪や今おろしたる上草り　はつゆきやいまおろしたるうわぞうり　政2　八番日記

初雪や今に煮らるゝ豚あそぶ　はつゆきやいまににらるるぶたあそぶ　政2　八番日記

はつ雪や上野に着ばけろり上（止）　はつゆきやうえのにつけばけろりやむ　政2　八番日記

初雪や縁から落し止（上）草履　はつゆきやえんからおちしうわぞうり　政2　八番日記　同『嘉永版』　参『梅塵八番』下五「上草履」

はつ雪や坏の鳥居と（に）かゝりけり　はつゆきやおかのとりいにかかりけり　政2　八番日記

はつ雪やおしかけ客の夜番小屋　はつゆきやおしかけきゃくのよばんごや　政2　八番日記

はつ初（雪）やぐつと我家に寝たならば　はつゆきやぐっとわがやにねたならば　政2　八番日記　参『梅塵八番』上五「はつ雪や」

初雪や猫がつら出スつぐらから　はつゆきやねこがつらだすつぐらから　政2　八番日記

はつ雪や八百屋がゝし（裏）の一里づか　はつゆきやおやがうらのいちりづか　政2　八番日記　参『梅塵八番』中七「八百屋が裏の」

はつ物の内になくなれ門の雪　はつもののうちになくなれかどのゆき　政3　八番日記　同「書簡」

はつ雪や今がた生（埋）し栗塚に　はつゆきやいまがたうめしくりづかに　政3　八番日記

初雪を着て戻りける（り）秘蔵猫　はつゆきをきてもどりけりひぞうねこ　政3　八番日記　同「書簡」「真蹟」　参『梅塵八番』中七「戻りけり」

はつ雪を煮〔て〕喰けりおくの院　はつゆきをにてくらいけりおくのいん　政3　八番日記　同『発句鈔追加』前書「戸隠」、「書簡」　参『梅塵八番』中七「煮て喰ひけり」

初雪と共に降たる布子哉　はつゆきとともにふりたるぬのこかな　政4　八番日記

はつ雪やあかれぬ内にちつと止　はつゆきやあかれぬうちにちっとやむ　政4　八番日記　参『梅塵八番』下五「ちいと止」

はつ雪や出湯のけぶりも鼻の先　はつゆきやいでゆのけぶりもはなのさき　政4　八番日記

はつ雪や居仏仕（使）ふ立仏　はつゆきやいぼとけつかうたちぼとけ　政4　八番日記　同『発句鈔追加』『富貴の芽双紙』　異「書簡」上五「雪の日や」　参『梅塵八番』中七「居仏つかふ」

はつ雪や御駕へはこぶ二八そば　はつゆきやおかごへはこぶにはちそば　政4　八番日記

初雪やおれが前には布子降　はつゆきやおれがまえにはぬのこふる　政4　八番日記

はつ雪や正月物を着て居る　はつゆきやしょうがつものをきてすわる　政4　八番日記　同「真蹟」前書「夜着一ツ祈り出したるハばせを翁の旅寝にしておのれさせる法力あらざるに幸なる哉三子よりふくらかなる一衣のめぐみニ玄冬の裂風を防ぎてさながら春の心ちニなん」　異『自筆本』下五「きて居り」、『糠塚集』中七「正月もの〻」下五「着そ始」

はつ雪やづゝぷりと湯に入てから　はつゆきやずっぷりとゆにいりてから　政4　八番日記

はつ雪や雪駄ならして善光寺　はつゆきやせったならしてぜんこうじ　政4　八番日記　同『自筆本』「真蹟」

初雪や一二三四五六人　はつゆきやひいふうみいよごろくにん　政4　八番日記

はつ雪や我が古町に入てから　はつゆきやわがふるまちにいりてから　政4　梅塵八番

とく止よはつ雪〳〵といふうちに　とくやめよはつゆきゆきというちに　政5　文政句帖

はつ雪に一の宝の尿瓶かな　はつゆきにいちのたからのしびんかな　政5　文政句帖

はつ雪や一の宝の古尿瓶　はつゆきやいちのたからのふるしびん　政5　だん袋　同『発句鈔追加』

はつ雪や駕をかく人駕の人　はつゆきやかごをかくひとかごのひと　政5　文政句帖

はつ雪や門の栗塚大根づか　はつゆきやかどのくりづかだいこづか　政5　文政句帖

はつ雪や御きげんのよい御烏　はつゆきやごきげんのよいおんからす　政5　文政句帖

はつ雪やこきつかはるゝ立仏　はつゆきやこきつかわるるたちぼとけ　政5　文政句帖　同『同句帖』に重出、『文政版』『嘉永版』「遺稿」

はつ雪や酒屋幸つひとなり　はつゆきやさかやさいわいついとなり　政5　文政句帖

はつ雪やといふも家にあればこそ　はつゆきやというもいえにあればこそ　政5　文政句帖

初雪やとは云ながら寝る思案　はつゆきやとはいいながらねるしあん　政5　文政句帖　異『同句帖』中七「とはいふものゝ」下五「寝相だん」

はつ雪やなど〔ゝ〕侍る上べのみ　はつゆきやなどとはんべるうわべのみ　政5　文政句帖

はつ雪やなどゝ世にある人のいふ　はつゆきやなどとよにあるひとのいう　政5　文政句帖

はつ雪や何〔の〕因果に樽ひろひ　はつゆきやなんのいんがにたるひろい　政5　文政句帖

はつ雪や軒の菖〔蒲〕のそれながら　はつゆきやのきのしょうぶのそれながら　政5　文政句帖

はつ雪や我にとりつく不性(精)神　はつゆきやわれにとりつくぶしょうがみ　政5　文政句帖

はつ雪も横にふる也あさぢ原　はつゆきもよこにふるなりあさじはら　政6　文政句帖

初雪や手引を頼む門の橋　はつゆきやてびきをたのむかどのはし　政6　文政句帖

はつ雪や手引をたのむ橋の雪　はつゆきやてびきをたのむはしのゆき　政6　書簡

はつ雪やなど〘ゝ〙とて内に居る安(阿)房　はつゆきやなどとてうちにいるあほう　政6　文政句帖

初雪や右ぬる湯左あつ湯桁　はつゆきやみぎぬるゆひだりあつゆげた　政6　文政句帖

はつ雪を乞食呼りや馬かい道　はつゆきをこじきよばりやばかいみち　政6　文政句帖

はつ雪を降らせておくや鉢の松　はつゆきをふらせておくやはちのまつ　政6　文政句帖

湯の中へ降るやはつ雪たびら雪　ゆのなかへふるやはつゆきたびらゆき　政6　文政句帖

田中
裸湯ニ降るや初雪たびら雪　はだかゆにふるやはつゆきたびらゆき　政6　だん袋　同『発句鈔追加』前書「湯田中」、「真蹟」

赤菊やかれしと初雪ふりおとす　あかぎくやかれしとはつゆきふりおとす　政7　文政句帖

はつ雪の降りぱなしなる家尻哉　はつゆきのふりぱなしなるやじりかな　政7　文政句帖　同『同句帖』に重出、『自筆本』

はつ雪や捨る銭から先に立　はつゆきやすてるぜにからさきにたつ　政7　文政句帖

はつ雪や降るもかくれぬ犬の屎　はつゆきやふるもかくれぬいぬのくそ　政7　文政句帖

はつ雪や紅葉ぐるみに丸メ捨　はつゆきやもみじぐるみにまるめすて　政7　文政句帖

はつ雪を乞食呼り駅場哉　はつゆきをこじきよばわりたてばかな　政7　文政句帖

はつ雪を見かけて張るやせう〔じ〕穴　はつゆきをみかけてはるやしょうじあな　政7　文政句帖

うらの山雪ござつたぞはや〲と　うらのやまゆきござったぞはやばやと　政8　文政句帖

初雪やころ〱けぶるたばこ殻　はつゆきやころころけぶるたばこがら　政8　文政句帖　異『同句帖』（夏の部として）上五「たばこ殻」下五「氷哉」

はつ雪や正月もの丶着そ始　はつゆきやしょうがつもののきそはじめ　政8　ぬかづか集

初雪を鳴出しけりせんき虫　はつゆきをなきいだしけりせんきむし　政8　文政句帖

はつ雪や一度こぞりておくならば　はつゆきやいちどこぞりておくならば　不詳　自筆本　同「真蹟」

初雪やどんす〔の〕上の御尿瓶
はつゆきやどんすのうえのおんしびん　不詳　自筆本

木母寺
はつ雪や雪隠添の角田川
はつゆきやせっちんぞいのすみだがわ　不詳　自筆本　異「真蹟」中七「雪隠際の」

はつ雪や腹拵へはけろり止
はつゆきやはらごしらえはけろりやむ　不詳　自筆本

初雪や平内堂の赤の飯
はつゆきやへいないどうのあかのめし　不詳　自筆本　同「真蹟」

はつ雪にはやわらおとす雀哉
はつゆきにはやわらおとすすずめかな　不詳　希杖本

はつ雪や今行里の見へて降
はつゆきやいまゆくさとのみえてふる　不詳　文政版　同『嘉永版』「遺稿」「真蹟」

はつ雪や門は雀の十五日
はつゆきやかどはすずめのじゅうごにち　不詳　応響雑記

雪（薄雪　粉雪）

山寺や雪の底なる鐘の声
やまでらやゆきのそこなるかねのこえ　寛2　霞の碑

外は雪内は煤ふる栖かな
そとはゆきうちはすすふるすみかかな　寛4　寛政句帖

雪の山何を烏の親にあたふ
ゆきのやまなにをからすのおやにあとう　寛4　寛政句帖

黒雲や雪降る山を分登る
くろくもやゆきふるやまをわけのぼる　寛5　寛政句帖

なりはひや雪に按摩の笛の声
なりわいやゆきにあんまのふえのこえ　寛5　寛政句帖

雪の朝や先隠居家へ作り道
ゆきのあさやまずいんきょやへつくりみち　寛5　寛政句帖

追れ行人〔の〕うしろや雪明り
おわれゆくひとのうしろやゆきあかり　寛7　西国紀行

降雪に草履で旅宿出たりけり
ふるゆきにぞうりでりょしゅくでたりけり　寛8　樗堂俳諧集　同「遺稿」

雪の朝何をからすの親にあたふ
ゆきのあさなにをからすのおやにあとう　寛中　真蹟

五日月此世の雪も見倦てか
いつかづきこのよのゆきもみあいてか　享3　享和句帖

海音は塀の北也夜の雪
うみおとはへいのきたなりよるのゆき　享3　享和句帖

七りんの門も旭や草の雪
しちりんのかどもあさひやくさのゆき
享3　享和句帖

涼暖舎主人は予が往来足を休め語らひしがはや去て三とせになりぬ
杖かりし夜はおとゝしよ門の雪
つえかりしよはおととしよかどのゆき
享3　中村一馬三回忌追善集　注『享和句帖』前書の推敲例あり

隣からわろくいはれし松の雪
となりからわろくいわれしまつのゆき
享3　享和句帖

麟之趾
火嫌も親ゆづり也門の雪
ひぎらいもおやゆずりなりかどのゆき
享3　享和句帖

水風鼎
夜〳〵の雪を友也菜雑水(炊)
よるよるのゆきをともなりなぞうすい
享3　享和句帖

一人ふえ〳〵けり草の雪
ひとりふえひとりふえけりくさのゆき
享3　享和句帖

風帒やぶれかぶれの粉雪哉
かざぶくろやぶれかぶれのこゆきかな
化1　文化句帖

それがしも雪を待夜や欠土鍋
それがしもゆきをまつよやかけどなべ
化1　文化句帖

寝たなりは桜としれしけさの雪
ねたなりはさくらとしれしけさのゆき
化1　文化句帖

ふるは雪隣りも同じ手鍋也
ふるはゆきとなりもおなじてなべなり
化1　文化句帖

降雪にもつたいなくも枕哉
ふるゆきにもったいなくもまくらかな
化1　文化句帖

雪の日も蒙求しらぬ雀哉
ゆきのひももうぎゅうしらぬすずめかな
化1　文化句帖

じつとして雪をふらすや牧の駒
じっとしてゆきをふらすやまきのこま
化2　文化句帖

捨扶持を寝て見る雪の夕哉
すてぶちをねてみるゆきのゆうべかな
化2　文化句帖

只居ばおるとて雪の降にけり
ただおればおるとてゆきのふりにけり
化2　文化句帖

ナリモノヽ御停止解る夜の雪
なりもののごちょうじとけるよるのゆき
化2　文化句帖

唐の日枝迄登れ雪の笠　もろこしのひえまでのぼれゆきのかさ　化2　文化句帖

雪ちるや小窓のたしの壁土に　ゆきちるやこまどのたしのかべつちに　化2　文化句帖

雪ちるや友なし松のひねくれて　ゆきちるやともなしまつのひねくれて　化2　文化句帖

雪の夜や半人ぶちに梅さして　ゆきのよやはんにんぶちにうめさして　化2　文化句帖

雪降て人に知らる丶所哉　ゆきふりてひとにしらるるところかな　化2　文化句帖

夜の雪だまつて通る人もあり　よるのゆきだまってとおるひともあり　化2　文化句帖

雪ちるや我宿に寝るは翌あたり　ゆきちるやわがやどにねるはあすあたり　化3　文化句帖

雪の雁はやく来よ〱門かさん　ゆきのかりはやくこよこよかどかさん　化3　文化句帖

心からしなの丶雪に降られけり　こころからしなののゆきにふられけり　化4　文化句帖

椎柴や大雪国を贔屓口　しいしばやおおゆきぐにをひいきぐち　化4　文化句帖

寝ならふやしなの丶山も夜の雪　ねならうやしなののやまもよるのゆき　化4　文化句帖

雪ちるやしなの丶国の這入口　ゆきちるやしなののくにのはいりぐち　化4　文化句帖

雪の日や古郷人もぶあしらひ　ゆきのひやふるさとびともぶあしらい　化4　文化句帖

雪の山見ぬ日となれば別哉　ゆきのやまみぬひとなればわかれかな　化4　文化句帖

角田川見て居る雪を捨にけり　すみだがわみているゆきをすてにけり　化5　文化句帖

留別

古郷の袖引雪が降にけり　ふるさとのそでひくゆきがふりにけり　化5　化五六句記

雪雹うしろ追れて六十里　ゆきひさめうしろおわれてろくじゅうり　化5　化五六句記

けさの雪我小便も売られけり　けさのゆきわがしょうべんもうられけり　化7　七番日記

雪ちる〔や〕七十顔の夜そば売　ゆきちるやしちじゅうがおのよそばうり　化7　七番日記

十七日題
雪ちるや鳥もかまはぬ女良花
ゆきちるやとりもかまわぬおみなえし
化7　七番日記　同「書簡」

雪ちるや夜の戸をかく秘蔵猫
ゆきちるやよるのとをかくひぞうねこ
化7　七番日記

わらの火のへら〳〵雪はふりにけり
わらのひのへらへらゆきはふりにけり
化7　七番日記

腹の虫しかと押へてけさの雪
はらのむししかとおさえてけさのゆき
化8　七番日記

是がまあ生れ在所か雪五尺
これがまあうまれざいしょかゆきごしゃく
化9　文化十癸酉元旦帋杖莽日々稿

是がまあ死所かよ雪五尺
これがまあしにどころかよゆきごしゃく
化9　句稿消息

是がまあつひの栖か雪五尺
これがまあついのすみかかゆきごしゃく
化9　七番日記　同『句稿消息』、『自筆本』前書「柏原を家所定て」、『文政版』『嘉永版』前書「十二月廿四日古郷に入」、『終焉記』「遺稿」

掌へはら〳〵雪の降り〔に〕けり
てのひらへはらはらゆきのふりにけり
化9　七番日記

ほち〔や〕〳〵と雪にくるまる在所哉
ほちゃほちゃとゆきにくるまるざいしょかな
化9　七番日記　同『句稿消息』『文政版』『嘉永版』「遺稿」

雪ちりて隣の臼の谺哉
ゆきちりてとなりのうすのこだまかな
化9　七番日記

雪ちりて人の善光寺平哉
ゆきちりてひとのぜんこうじだいらかな
化9　七番日記　同『句稿消息』

或人を学者にしたる雪降りぬ
あるひとをがくしゃにしたるゆきふりぬ
化10　七番日記　同『同日記』に重出

むまさうな雪がふうはりふはり哉
うまそうなゆきがふうわりふわりかな
化10　七番日記　同『句稿消息』『希杖本』「真蹟」　異『随斎筆紀』『文政版』『嘉永版』『自筆本』下五

「〳〵と」

大雪の山をづか〳〵一人哉
おおゆきのやまをずかずかひとりかな
化10 七番日記

大雪やおれが真上の天の川
おおゆきやおれがまうえのあまのがわ
化10 七番日記

大雪や印の竿を鳴く烏
おおゆきやしるしのさおをなくからす
化10 七番日記

大雪や膳の際から越後山
おおゆきやぜんのきわからえちごやま
化10 七番日記

雁鷗おのが雪とてさはぐ哉
かりかもめおのがゆきとてさわぐかな
化10 七番日記

下窓の雪が明りのばくち哉
したまどのゆきがあかりのばくちかな
化10 七番日記

松原や駒が勇ば雪がちる
まつばらやこまがいさめばゆきがちる
化10 七番日記

雪ちるやきのふは見えぬ明家札
ゆきちるやきのうはみえぬあきやふだ
化10 七番日記 同『句稿消息』『志多良』、『自筆本』前書「石上の住居は」 異『同日記』「遺稿」下五「借家札」、『三韓人』『文政版』『嘉永版』前書「石の上の住居のこゝろせはしさよ」下五「借家札」

浅草市
雪ちるや銭はかり込大叺
ゆきちるやぜにはかりこむおおがます
化10 七番日記 同『句稿消息』前書「年市」

雪の夜や苔(苫)屋の際の天の川
ゆきのよやとまやのきわのあまのがわ
化10 七番日記

雪行け〳〵都のたはけ待おらん
ゆきゆけゆけみやこのたわけまちおらん
化10 七番日記

我郷の鐘や聞く也雪の底
わがさとのかねやきくなりゆきのそこ
化10 七番日記

大菊のサンダラボシやけさの雪
おおぎくのさんだらぼしやけさのゆき
化11 七番日記

おらが世は臼の谺ぞ夜の雪
おらがよはうすのこだまぞよるのゆき
化11 七番日記

一摑(握)り雪持て居る仏かな
ひとにぎりゆきもっているほとけかな
化11 七番日記

鍋鶴の秘蔵娘か雪を鳴　なべづるのひぞうむすめかゆきをなく　化11　七番日記

ビンズルの目ばかり光るけさの雪　びんづるのめばかりひかるけさのゆき　化11　七番日記

山に雪降迚耳の鳴にけり　やまにゆきふるとてみみのなりにけり　化11　七番日記

有様はいま〘い〙〳〵し〔い〕ぞ門の雪　ありようはいまいましいぞかどのゆき　化12　七番日記

大雪に犬めがよけて居たりけり　おおゆきにいぬめがよけていたりけり　化12　七番日記

吉原

三絃で雪を降らする二階哉　しゃみせんでゆきをふらするにかいかな　化12　七番日記

でも花の都で候か汚れ雪　でもはなのみやこでそろかよごれゆき　化12　七番日記

縄帯の美人迯すなけさの雪　なわおびのびじんのがすなけさのゆき　化12　七番日記

雪の日や天井張らぬ大御堂　ゆきのひやてんじょうはらぬおおみどう　化12　七番日記

下戸達のさたしおかれしけさの雪　げこたちのさたしおかれしけさのゆき　化13　七番日記

一握雪進(参)らせんぬれ仏　ひとにぎりゆきまいらせんぬれぼとけ　化13　七番日記

むさしのや雪につくばふ御士　むさしのやゆきにつくばうみさむらい　化13　七番日記

後〳〵は鬼も作らず町の雪　あとあとはおにもつくらずまちのゆき　化14　七番日記

後〳〵は雪とも云ず成にけり　あとあとはゆきともいわずなりにけり　化14　七番日記

うら壁やしがみ付たる貧乏雪　うらかべやしがみつきたるびんぼゆき　化14　七番日記　同『文政句帖』『自筆本』　異『文政句帖』上五「うら壁に」中七「しがみつきけり」

大家の夜なべ盛りや雪つもる　おおいえのよなべざかりやゆきつもる　化14　七番日記

ちよんぼりと雪の明りや後架道　ちょんぼりとゆきのあかりやこうかみち　化14　七番日記

徳利の土間に転げてけさの雪　とっくりのどまにころげてけさのゆき　化14　七番日記

ともに見るはづでありしよ松の雪　ともにみるはずでありしよまつのゆき　化14　七番日記

鍋の尻ほしておく也雪の上　なべのしりほしておくなりゆきのうえ　化14　七番日記

人の親のまだ夜ナベ也夜雪　ひとのおやのまだよなべなりよるのゆき　化14　七番日記

雪ちりてとろ〳〵御堂参哉　ゆきちりてとろとろみどうまいりかな　化14　七番日記

妙光山

雪ちるやきのふ出来たる湯烟　ゆきちるやきのうできたるゆのけぶり　化14　七番日記

雪ちるやしかもしなの丶おく信濃　ゆきちるやしかもしなののおくしなの　化14　七番日記

雪ちるや素戻したるアンマ笛　ゆきちるやすもどりしたるあんまぶえ　化14　七番日記

雪ちるや卅日の闇を鳴烏　ゆきちるやみそかのやみをなくからす　化14　七番日記

雪の日や字を書習ふ盆灰　ゆきのひやじをかきならうぼんのはい　化14　七番日記

内は煤ボタリ〳〵や夜の雪　うちはすすぼたりぼたりやよるのゆき　政1　七番日記

日〳〵や大雪小雪何のかのと　にちにちやおおゆきこゆきなんのかのと　政1　七番日記

雪ちりて犬の大門通り哉　ゆきちりていぬのおおもんどおりかな　政1　七番日記

うら壁や貧乏雪のしつかりと　うらかべやびんぼうゆきのしっかりと　政2　八番日記

曲者と人なとがめそ笠の雪　くせものとひとなとがめそかさのゆき　政2　八番日記

雪ちるやおどけもいへぬしなの空　ゆきちるやおどけもいえぬしなのぞら　政2　おらが春　[同]『八番日記』「書簡」　[参]『梅塵八番』下五「信濃山」

雪の日やこきつかはる丶おしなどの　ゆきのひやこきつかわるるおしなどの　政2　八番日記

雪の日や仏お竹が縄だすき
雪の夜や横丁曲るあんま笛
雪ふれや貧乏徳利のこけぬ内
重荷負牛や頭につもる雪
里の子や雪まちかねし株角力
しなのぢや意地にかゝつて雪の降
鼻先の掃溜塚もけさの雪
早々と来ず共よいを門の雪
真直な小便穴や門の雪
真直に雨（雪）も降しく都哉
松のおく又其おくや雪手洗
雪ちりて人の大門通り哉
雪ちるや軒のあやめのから〳〵と
雪ちるや軒の菖蒲がそり（れ）なりに
雪の日に（濁ママ）づんぐり角力さかりけり

ゆきのひやほとけおたけがなわだすき
ゆきのよやよこちょうまがるあんまぶえ
ゆきふれやびんぼどくりのこけぬうち
おもにおううしやかしらにつもるゆき
さとのこやゆきまちかねしかぶずもう
しなのじやいじにかかってゆきのふる
はなさきのはきだめづかもけさのゆき
はやばやとこずともよいをかどのゆき
まっすぐなしょうべんあなやかどのゆき
まっすぐにゆきもふりしくみやこかな
まつのおくまたそのおくやゆきちょうず
ゆきちりてひとのおおもんどおりかな
ゆきちるやのきのあやめのからからと
ゆきちるやのきのしょうぶがそれなりに
ゆきのひにずんぐりずもうさかりけり

政2　八番日記　参『梅塵八番』下五「縄すだれ」
政2　八番日記　参『梅塵八番』中七「横町廻る」
政2　八番日記
政3　八番日記　参『梅塵八番』上五「重荷背ふ」
政3　八番日記　同『発句鈔追加』「書簡」　参『梅塵八番』下五「棒角力」
政3　八番日記
政3　八番日記
政3　八番日記　参『梅塵八番』中七「来ずともよいに」
政3　八番日記
政3　八番日記　参『梅塵八番』中七「雪も降しく」
政3　八番日記
政3　八番日記　同『自筆本』　異「書簡」下五「通る哉」　参『梅塵八番』下五「通りけり」
政3　だん袋　同『発句鈔追加』
政3　八番日記　参『梅塵八番』中七「軒の菖蒲の」
政3　八番日記　同『自筆本』　参『梅塵八番』下五「盛り哉」

けん京と呼れて這ふや雪の上
けんぎょうとよばれてはうやゆきのうえ
政4　八番日記

小便所の油火にちる粉雪哉
しょうべんじょのあぶらびにちるこゆきかな
政4　八番日記　同「書簡」

雪ちら〳〵一天に雲なかりけり
ゆきちらちらいってんにくもなかりけり
政4　八番日記　異『自筆本』「書簡」中七「一天雲は」

雪ちるや御駕へはこぶ二八蕎麦
ゆきちるやおかごへはこぶにはちそば
政4　だん袋　同『自筆本』前書『道中』、『発句鈔追加』

雪降〔や〕のがれ出ても降りにけり
ゆきふるやのがれいでてもふりにけり
政4　八番日記

狗子有仏生(性)
犬どもがよけ〔て〕居る也雪の道
いぬどもがよけているなりゆきのみち
政5　文政句帖　異『自筆本』『文政版』『嘉永版』「遺稿」中七「よけてくれけり」

うら壁や雪打つける峰の松
うらかべやゆきうちつけるみねのまつ
政5　文政句帖

雷の雪を降らする山家かな
かみなりのゆきをふらするやまがかな
政5　文政句帖

子どもらが雪喰ながら湯治かな
こどもらがゆきくいながらとうじかな
政5　文政句帖　同『自筆本』前書「田中」、「真蹟」

水風呂や雪うめてから子を呼る
すいふろやゆきうめてからこをよばる
政5　文政句帖　異『自筆本』上五「居風呂や」

角力取がよけてくれけり雪の原
すもとりがよけてくれけりゆきのはら
政5　文政句帖

旅人や人に見らるゝ笠の雪
たびとやひとにみらるるかさのゆき
政5　文政句帖

橋下の乞食がいふや乞食雪
はししたのこじきがいうやこじきゆき
政5　文政句帖

長沼相の島久しく論じ損ひける川原にて
降雪のは〘か〙りあひもなし負境
ふるゆきのはりあいもなしまけざかい
政5　文政句帖　同『自筆本』　異『だん袋』『発句鈔追加』前書「長沼と相の島と久敷日を費して

論し損ひける川原を通りけるは師走の二日なりけり」中七「はりあひもなし」

山里や風呂にうめたる門の雪
やまざとやふろにうめたるかどのゆき
政5 文政句帖 異『同句帖』中七「風呂にうめるも」

雪菰や投込んで行とゞけ状
ゆきごもやなげこんでゆくとどけじょう
政5 文政句帖

田中河原
雪ちるやわき捨てある湯のけぶり
ゆきちるやわきすてあるゆのけぶり
政5 だん袋 同『発句鈔追加』前書「河原湯」、「真蹟」 異『文政句帖』上五「降雪や」

雪の原道は自然と曲りけり
ゆきのはらみちはしぜんとまがりけり
政5 文政句帖

あばら家や雪の旦の虱狩
あばらややゆきのあしたのしらみがり
政6 文政句帖

大雪やせつぱつまりし人の声
おおゆきやせっぱつまりしひとのこえ
政6 文政句帖

手のひらに雪を降らする湯桁哉
てのひらにゆきをふらするゆげたかな
政6 文政句帖

媒のなき娵や日でり雪
なかだちのなきよめとりやひでりゆき
政6 文政句帖

猫の子が手でおとす也耳の雪
ねこのこがてでおとすなりみみのゆき
政6 書簡

ばゝどのに抱つかせけり雪の道
ばばどのにだきつかせけりゆきのみち
政6 文政句帖

役馬のおもにゝ雪の小付哉
やくうまのおもににゆきのこづけかな
政6 文化句帖

湯上りや裸足でもどる雪の上
ゆあがりやはだしでもどるゆきのうえ
政6 文政句帖

雪ちらり〱見事な月夜哉
ゆきちらりちらりみごとなつきよかな
政6 文政句帖

雪ちる〔や〕内にも煤〔の〕ぼた〱と
ゆきちるやうちにもすすのぼたぼたと
政6 文政句帖

雪ちるや雪駄の音のさは《し》がしき　ゆきちるやせったのおとのさわがしき　政6　文政句帖

雪ちるやちん／＼鴨の神参　ゆきちるやちんちんかものかみまいり　政6　文政句帖

武蔵

雪ちるや吉原駕のちうを飛　ゆきちるやよしわらかごのちゅうをとぶ　政6　版本題叢　同『発句鈔追加』

雪ちるを見かけて無沙汰巡りかな　ゆきちるをみかけてぶさたまわりかな　政6　文政句帖

雪の戸や押せば開くと寝てゝいふ　ゆきのとやおせばひらくとねてていう　政6　文政句帖　同『同句帖』に重出、『発句鈔追加』「真蹟」　異『盆の月』上五「雪の夜や」中七「押ばあく戸と」

雪の日やおり／＼蝿の出てあそぶ　ゆきのひやおりおりはえのでてあそぶ　政6　文政句帖

雪払ふ事もならぬや荷つけ馬　ゆきはらうこともならぬやにつけうま　政6　文政句帖

雪払ふ拍子に都めぐり哉　ゆきはらうひょうしにみやこめぐりかな　政6　文政句帖

大雪にいかな我おらぬ烏哉　おおゆきにいかながおらぬからすかな　政7　文政句帖

風陰に雪がつむ也門畠　かざかげにゆきがつむなりかどばたけ　政7　文政句帖

来る人が道つける也門の雪　くるひとがみちつけるなりかどのゆき　政7　文政句帖　同「書簡」前書「草庵」「朝寝坊図」、『文政版』『嘉永版』「書簡」「真蹟」

来る雪〔や〕おぞけふるつて戸をメる　くるゆきやおぞけふるってとをしめる　政7　文政句帖

けさの雪万戸の畑違也　けさのゆきばんこのはたけちがえなり　政7　文政句帖

二度目には丸メもせぬや門の雪　にどめにはまるめもせぬやかどのゆき　政7　文政句帖

腹の虫なるぞよ雪は翌あたり　はらのむしなるぞよゆきはあすあたり　政7　文政句帖

雪下で草がとりしよ庭の縁
ゆきしたでくさがとりしよにわのえん
政7　文政句帖　異『政七句帖草』中七「道がとりしよ」

雪見廻《（舞）》筆〔に〕云せて寝らく哉
ゆきみまいふでにいわせてねらくかな
政7　文政句帖

大雪を鳴出しけりせんき虫
おおゆきをなりだしにけりせんきむし
政8　文政句帖

酒呑が祈り勝也貧乏雪
さけのみがいのりかつなりびんぼゆき
政8　文政句帖

大門や雪に並べる飴おこし
だいもんやゆきにならべるあめおこし
政8　文政句帖

ちいび〳〵天の雪迄きゝん哉
ちいびちいびてんのゆきまでききんかな
政8　文政句帖

隣から連小便や夜の雪
となりからつれしょうべんやよるのゆき
政8　文政句帖

雪ちるや一本草のひ〔よ〕ろ〳〵と
ゆきちるやいっぽんぐさのひょろひょろと
政8　文政句帖

雪と泥半分交の通り哉
ゆきとどろはんぶんまぜのとおりかな
政8　文政句帖

雪の日や堂にぎつしり鳩雀
ゆきのひやどうにぎっしりはとすずめ
政8　文政句帖

降る雪を払ふ気もなきかゞし哉
ふるゆきをはらうきもなきかがしかな
政10　政九十句写　異『発句鈔追加』中七「払ふともなき」

雪の夜や押ばあく戸とねてゝいふ
ゆきのよやおせばあくととねてていう
政13　盆の月

うまさうな雪がふふはり〳〵と
うまそうなゆきがふうわりふうわりと
不詳　真蹟

むこ入りの諷ひすみけりむらの雪
むこいりのうたいすみけりむらのゆき
不詳　真蹟

むらの雪くち淋しきやけぶり立
むらのゆきくちさびしきやけぶりたつ
不詳　真蹟

宵々の雪に明るき栖哉
よいよいのゆきにあかるきすみかかな
不詳　遺稿

宿山家
くら壁や雪打つける峰の松
くらかべやゆきうちつけるみねのまつ
不詳　自筆本

しなの路や駒がいさめば雪がちる
しなのじやこまがいさめばゆきがちる
不詳　自筆本

ぬく〱と雪にくるまる小家哉
ぬくぬくとゆきにくるまるこいえかな
不詳　自筆本　同「真蹟」

放ち雪走り入りたる木影ぞ哉
はなちゆきはしりいりたるこかげぞや
不詳　自筆本

深雪へ犬〔が〕よけけり通り道
ふかゆきへいぬがよけけりとおりみち
不詳　自筆本

雪ちるやおどけも云《（言）》へぬしなの山
ゆきちるやおどけもいえぬしなのやま
不詳　自筆本　同「真蹟」「書簡」『政九十句写』

雪の夜にむかふ〔の〕臼の谺哉
ゆきのよにむこうのうすのこだまかな
不詳　自筆本

雪ちるや脇から見たら栄耀駕
ゆきちるやわきからみたらえようかご
不詳　文政版　同『終焉記』「遺稿」　異『嘉永版』
中七「脇から見たり」

雪ちるや我に取付不性《（精）》神
ゆきちるやわれにとりつくぶしょうがみ
不詳　稲長句帖

むつかしやてつきり雪と見ゆる空
むつかしやてっきりゆきとみゆるそら
不詳　発句鈔追加

雪の風呂なむあミだ仏としづミけり
ゆきのふろなむあみだぶつとしずみけり
不詳　応響雑記

雪払ふ拍子に無沙汰覗きけり
ゆきはらうひょうしにぶさたのぞきけり
不詳　応響雑記

吹雪

家陰や雪吹《（吹雪）》〱の吹き溜り
いえかげやふぶきふぶきのふきだまり
寛6　寛政句帖

灯ちら〱疱瘡小家の雪吹《（吹雪）》哉
ひちらちらほうそうごやのふぶきかな
寛6　寛政句帖

横壁のケンカタバミを雪吹《（吹雪）》哉
よこかべのけんかたばみをふぶきかな
化2　文化句帖

アザリ飯
大吹雪今やアザリの御飯か
おおふぶきいまやあざりのおかえりか
化11　七番日記

一吹雪尻つんむけて通しけり
ひとふぶきしりつんむけてとおしけり
化12　七番日記

一吹雪拍子つきけり米洗
ひとふぶきひょうしつきけりこめあらい
政1　七番日記

居酒やで馬足の泊(止)る祝(吹雪)哉
いざかやでばそくのとまるふぶきかな
政3　八番日記　参『梅塵八番』下五「吹雪哉」

衽(袵)形りに吹込雪や枕元
おくみなりにふきこむゆきやまくらもと
政3　八番日記　同『文政版』『嘉永版』前書「一茶病中のていたらく」、「書簡」前書「病中俳諧寺のていたらくは」

たれ莚天窓で別る吹雪哉
たれむしろあたまでわけるふぶきかな
政3　八番日記

菱形りに雪が吹入る畳哉
ひしなりにゆきがふきいるたたみかな
政3　八番日記　参『梅塵八番』中七「雪が降入る」

菱形りに吹入る雪や鉄行灯
ひしなりにふきいるゆきやてつあんどん
政3　八番日記　参『梅塵八番』中七「降り入る雪や」

窓の穴壁の割より吹雪哉
まどのあなかべのわれよりふぶきかな
政3　八番日記

東西南北より雪吹(吹雪)哉
ひがしにしみなみきたよりふぶきかな
政4　八番日記　同『富貴の芽草紙』前書「俳諧寺冬夜」　異『自筆本』前書「野中一家泊」上五「西東北南」

たびら雪

真昼の草にふる也たびら雪
まっぴるのくさにふるなりたびらゆき
享3　享和句帖

たれ菰の福〳〵しさよたびら雪
たれごものふくぶくしさよたびらゆき
化14　七番日記

さ莚や猫がきて来〔た〕〔太〕平雪
さむしろやねこがきてきたたびらゆき
政3　八番日記　参『梅塵八番』中七「猫が着てきた」下五「たびら雪」

霰（玉霰）

遠乗や霰たばしるかさの上
とおのりやあられたばしるかさのうえ
寛4　寛政句帖

畠打がうてば唸る霰かな
はたうちがうてばうなれるあられかな
寛6　寛政句帖

衛士の火のます〳〵もゆる霰哉
えじのひのますますもゆるあられかな
享3　享和句帖

おれぬ木の下（ママ）陰や玉霰
おれぬきのしたかげやたまあられ
享3　享和句帖

玉霰降れとは植ぬ柏哉
たまあられふれとはうえぬかしわかな
享3　享和句帖

薮菊や霰ちる日に咲合
やぶぎくやあられちるひにさきあわせ
化1　文化句帖

いざ走霰ちる夜の古木履
いざはしれあられちるよのふるぼくり
化2　文化句帖

能登殿の矢先にかゝる霰哉
のとどののやさきにかかるあられかな
化3　文化句帖

膝ぶしの皺にひつゝく霰哉
ひざぶしのしわにひっつくあられかな
化3　文化句帖

玉霰深山紅葉をさそひ来ぬ
たまあられみやまもみじをさそいきぬ
化4　文化句帖

掘かけし柱の穴をあられ哉
ほりかけしはしらのあなをあられかな
化4　文化句帖

玉霰瓦の鬼も泣やうに
たまあられかわらのおにもなくように
化7　七番日記

玉霰夜タカは月に帰るめり
たまあられよたかはつきにかえるめり
化7　七番日記

散霰鳩が因果をかたる様
ちるあられはとがいんがをかたるよう
化7　七番日記

わやクヤと霰を佗る雀哉
わやくやとあられをわびるすずめかな
化7　七番日記

普化忌
去程に鈴からおつるあられかな
さるほどにすずからおつるあられかな
化8　七番日記

痩胫へざくり〳〵と丸雪哉　やせずねへざくりざくりとあられかな　化9　七番日記

霰来と諷へる口へあられ哉　あられくとうたえるくちへあられかな　化10　七番日記

霰来よと諷へる口へあられ哉　あられこよとうたえるくちへあられかな　化10　句稿消息

霰ちれくゝり枕を負ふ子ども　あられちれくくりまくらをおうこども　化10　七番日記

熊坂が大長刀をあられ哉　くまさかがおおなぎなたをあられかな　化10　七番日記　同『志多良』

鶏頭に卅棒のあられ哉　けいとうにさんじゅうぼうのあられかな　化10　七番日記

来よ〳〵とよんだる霰ふりにけり　こよことよんだるあられふりにけり　化10　七番日記

小莚の娵が盆子よちる丸雪　さむしろのよめがはちこよちるあられ　化10　七番日記

玉霰それ〳〵兄が耳房に　たまあられそれそれあにがみみたぶに　化10　七番日記　異『志多良』下五「耳たぼに」

玉霰峰の小雀も連て来ぬ　たまあられみねのこがらもつれてきぬ　化10　七番日記　同『句稿消息』『版本題叢』『吹寄』　異『自筆本』中七「島の小雀も」下五「連て降る」、『発句鈔追加』中七「峯の小雀の」、『発句題叢』下五「連て来る」、『三霜』中七「やまの小雀も」下五「連て来る」

ちりめんの狙を抱く子よ丸雪ちる　ちりめんのさるをだくこよあられちる　化10　七番日記

散丸雪張子の犬も狂ふぞよ　ちるあられはりこのいぬもくるうぞよ　化10　七番日記

念仏のはかの行也ちる丸雪　ねんぶつのはかのゆくなりちるあられ　化10　七番日記

一降は小雀交りのあられ哉　ひとふりはこがらまじりのあられかな　化10　七番日記

一莚霰もほして有りにけり　ひとむしろあられもほしてありにけり　化10　七番日記

盛任(遠)が横面たゝくあられ哉　もりとおがよこつらたたくあられかな　化10　七番日記　異『句稿消息』『文政版』『嘉永版』「遺稿」中七「しやつ面たゝく」

天文

今降ルが兒が霰ぞそれそこに　いまふるがちごがあられぞそれそこに　化11　七番日記

木啄《（啄木鳥）》も不仕合やら藪あられ　きつつきもふしあわせやらやぶあられ　化11　七番日記

玉霰茶の子のたしに飛入ぬ　たまあられちゃのこのたしにとびいりぬ　化11　七番日記　異『栗本雑記四』下五「とばしりぬ」

ちる霰立小便の見事さよ　ちるあられたちしょうべんのみごとさよ　化11　七番日記

鳥どもの打ちらかりてちる霰　とりどものうっちらかりてちるあられ　化11　七番日記

かさ守りのおせん出て見よ玉霰　かさもりのおせんでてみよたまあられ　化12　七番日記

明神にほうり出された霰哉　みょうじんにほうりだされたあられかな　化12　七番日記

堺丁を通りて
悪形の紋看板をあられ哉　あくがたのもんかんばんをあられかな　化13　七番日記

霰とぶ方へと身延道者哉　あられとぶかたへとみのぶどうじゃかな　化13　七番日記

鉄棒のがらり〳〵やちる霰　かなぼうのがらりがらりやちるあられ　化13　七番日記

指して笑ふ仏よ玉丸雪　ゆびさしてわらうほとけよたまあられ　化13　七番日記

御祓と箸と霰やあら恭　おはらいとはしとあられやあらかしこ　化14　七番日記

垣際のぱつぱとはしやぐ霰哉　かきぎわのぱっぱとはしゃぐあられかな　化14　七番日記　同『自筆本』

小莚や土間の御汁に玉霰　さむしろやどまのおしるにたまあられ　化14　七番日記

ちりめんの狙を負ふ子や玉霰　ちりめんのさるをおうこやたまあられ　化14　七番日記　異『同日記』中七「狙〔を〕負子や」下五「とぶ散」

火用心〳〵とや夕霰　ひのようじんひのようじんとやゆうあられ　化14　七番日記

村中を膳もて行や玉霰　むらじゅうをぜんもてゆくやたまあられ　化14　七番日記

わらはべや箕をかぶりつゝ玉霰
わらわべやみをかぶりつつたまあられ
化14 七番日記

霰こん〳〵〔〳〵〕触ル狐哉
あられこんこんこんふれるきつねかな
政1 七番日記

立臼よ糖《（糠）》篩よ散霰
たちうすよこぬかふるいよちるあられ
政1 七番日記

懐に袂に霰〳〵哉
ふところにたもとにあられあられかな
政1 七番日記

箕の中に子もごしや〳〵と霰哉
みのなかにこもごしゃごしゃとあられかな
政1 七番日記

霰来よへろ〳〵神のむく方に
あられこよとへろへろがみのむくかたに
政2 八番日記

霰ちれ〳〵〳〵孫が福耳に
あられちれちれまごがふくみみに
政2 八番日記

朝市の火入にたまる霰かな
あさいちのひいれにたまるあられかな
政3 だん袋 [同]『発句鈔追加』

一あば《（ら）》れかし《（ぱらり）》江戸気の霰哉
ひとあられぱらりえどきのあられかな
政3 八番日記 [同]『自筆本』 [参]『梅塵八番』上五「一あられ」中七「ぱらり江戸気の」

あながちに雲にかまわぬ霰哉
あながちにくもにかまわぬあられかな
政4 八番日記

霰ごとつかみ込だる銭叺
あられごとつかみこんだるぜにかます
政4 八番日記 [参]『梅塵八番』中七「摑み込だり」

霰来よと鉢さし出してらかん哉
あられこよとはちさしだしてらかんかな
政4 八番日記 [参]『梅塵八番』中七「鉢さし出した」

起よ〳〵転ぶも上手玉霰
おきよおきよころぶもじょうずたまあられ
政4 八番日記

三絃のばちで掃きやる霰哉
しゃみせんのばちではきやるあられかな
政4 真蹟 [異]『発句鈔追加』前書「相《（間）》の山」中七「ばちであしらふ」

たまれ霰たんまれ霰手にたまれ
たまれあられたんまれあられてにたまれ
政4 八番日記

灯盞に霰のた〔ま〕る夜店哉
ひおおいにあられのたまるよみせかな
政4 八番日記 [同]『自筆本』前書「辻」、『随斎筆紀』 [参]『梅塵八番』中七「霰のたまる」

子ど〔も〕らが呼つれ子する霰哉　こどもらがよびつれこするあられかな　政5　文政句帖
夕霰ねん／＼ころり／＼哉　ゆうあられねんねんころりころりかな　政5　文政句帖
あばら家〔に〕とんで火に入る霰哉　あばらやにとんでひにいるあられかな　政7　文政句帖
広小路に人打散る霰哉　ひろこうじにひとうちちれるあられかな　政7　文政句帖
広小路に人ちらかつて玉霰　ひろこうじにひとちらかってたまあられ　政7　文政句帖
一さんにとんで火に入る霰哉　いっさんにとんでひにいるあられかな　不詳　自筆本　同『文政版』『嘉永版』「遺稿」
来ん／＼と諷る口へ霰哉　こんこんとうたえるくちへあられかな　不詳　自筆本
念仏に拍子付たる霰哉　ねんぶつにひょうしついたるあられかな　不詳　自筆本
弁慶の横面投(殴)る霰哉　べんけいのよこつらなぐるあられかな　不詳　自筆本
箕の中の箸御祓や散霰　みのなかのはしおはらいやちるあられ　不詳　自筆本

ひさめ

つくばねの雹のかゝる焚火哉　つくばねのひさめのかかるたきびかな　化2　文化句帖

みぞれ

けしからぬ月夜となりしみぞれ哉　けしからぬつきよとなりしみぞれかな　享3　享和句帖
酒菰(薦)の戸口明りやみぞれふる　さかごものとぐちあかりやみぞれふる　享3　享和句帖
酒飯の掌にかゝるみぞれ哉　さかめしのてのひらにかかるみぞれかな　享3　享和句帖
みぞれはく小尻の先の月よ哉　みぞれはくこじりのさきのつきよかな　享3　享和句帖
夕みぞれ竹一本もむつかしき　ゆうみぞれたけいっぽんもむつかしき　享3　享和句帖
ゆで汁のけぶる垣根やみぞれふる　ゆでじるのけぶるかきねやみぞれふる　享3　享和句帖
散みぞれ臼の湯気さへ見られけり　ちるみぞれうすのゆげさえみられけり　化3　文化句帖

灯の洩る壁やみぞれの降処
ひのもれるかべやみぞれのふりどころ　化3　文化句帖

飯の湯のうれしくなるやちるみぞれ
めしのゆのうれしくなるやちるみぞれ　化3　文化句帖

大菊のサンダラボシをみぞれ哉
おおぎくのさんだらぼしをみぞれかな　化10　七番日記

門番は足で掃寄るみぞれ哉
もんばんはあしではきよするみぞれかな　化10　七番日記　異『志多良』上五「門番が」中七「足で掃よする」、『志多良別稿』中七「足ではきよす」

百日留主
鐉の戸に錆ついて夕みぞれ哉
かぎのとにさびついてゆうみぞれかな　政3　発句題叢

初霜

初霜や乞食の竈も一ながめ
はつしもやこじきのくどもひとながめ　寛4　寛政句帖

初霜や蕎麦悔る人めづる人
はつしもやそばくいるひとめづるひと　寛4　寛政句帖

初霜や殺生石も一ながめ
はつしもやせっしょうせきもひとながめ　寛5　寛政句帖

初霜や茎の歯ぎれも去年迄
はつしもやくきのはぎれもきょねんまで　化3　文化句帖

はつ霜や何を願ひの蛬
はつしもやなにをねがいのきりぎりす　化4　書簡

はつ霜やかた衣かけてさす小舟
はつしもやかたぎぬかけてさすこぶね　化8　七番日記

初霜の右は元三大師哉
はつしものみぎはがんさんだいしかな　化11　七番日記

はつ霜の草へもちよいと御酒哉
はつしものくさへもちょいとおさけかな　化12　七番日記

はつ霜や女の声のアビラウン
はつしもやおんなのこえのあびらうん　化12　七番日記

はつ霜や並ぶ花売鉦たゝき
はつしもやならぶはなうりかねたたき　化12　七番日記

初霜や笑顔見せたる茶の聖
はつしもやえがおみせたるちゃのひじり　不詳　遺稿

霜（大霜　霜の花　霜げる　霜日和　霜夜）

朝霜や肩絹（衣）かけて通る人　あさじもやかたぎぬかけてとおるひと　寛5　寛政句帖

煤わらもよし置霜の麦畠　すすわらもよしおくしものむぎばたけ　寛5　寛政句帖

朝霜に潮を散す宮居哉　あさじもにうしおをちらすみやいかな　寛6　寛政句帖

朝霜に野鍛冶が散火走る哉　あさじもにのかじがちりびはしるかな　寛6　寛政句帖　同「真蹟」

暁の霜に風呂屋が門をたゝく哉　あけのしもにふろやがかどをたたくかな　寛6　寛政句帖　異『霜の会』上五「明の霜」

霜置やこれでも江戸の一住居　しもおくやこれでもえどのひとすまい　寛11　金蘭帖

庵の霜まだ誰有てすむ事ぞ　いおのしもまだだれありてすむことぞ　寛12　しぐれの笠

山雷頤

一人前菜も青けりけさの霜　いちにんまえなもあおみけりけさのしも　享3　享和句帖

終風

起く／＼に嚔の音や草の霜　おきおきにくさめのおとやくさのしも　享3　享和句帖

羔羊

としよりの高股立や今朝の霜　としよりのたかももだちやけさのしも　享3　享和句帖

霜の夜や人待顔の素湯土瓶　しものよやひとまちがおのさゆどびん　享3　享和句帖

掌に酒飯けぶる今朝の霜　てのひらにさかめしけぶるけさのしも　享3　享和句帖

一人前水のわきけりけさの霜　ひとりまえみずのわきけりけさのしも　寛―享　真蹟

大霜の古家も人の地内也　おおしものふるやもひとのじないなり　化1　文化句帖

淋しさは得心しても窓の霜　さびしさはとくしんしてもまどのしも　化1　文化句帖

捨ぶちをいつ迄見べき夜の霜　すてぶちをいつまでみべきよるのしも　化2　文化句帖

春の夜のおもはくもあり夜の霜　はるのよのおもわくもありよるのしも　化2　文化句帖

草の霜あはれことしも蹈そむる　くさのしもあわれことしもふみそむる　化3　文化句帖

けさの霜の梅のこやしに何よけん　けさのしものうめのこやしになによけん　化3　文化句帖

酒呑まぬ家のむきあふ霜夜哉　さけのまぬいえのむきあうしもよかな　化3　文化句帖

霜風も常と成たる我身哉　しもかぜもつねとなりたるわがみかな　化3　文化句帖

念仏の好になられし霜夜哉　ねんぶつのすきになられししもよかな　化7　七番日記

おく霜や白きを見れば鼻の穴　おくしもやしろきをみればはなのあな　化8　七番日記

十三忌

来もきたり抑けふの霜の花　きもきたりそもそもきょうのしものはな　化8　七番日記

塚の霜雁も参て啼にけり　つかのしもかりもまいりてなきにけり　化8　我春集

深川や霜げたやうな玄関番　ふかがわやしもげたようなげんかんばん　化11　七番日記

富沢丁

朝霜に打ちらかすや帯小袖　あさじもにうっちらかすやおびこそで　化12　七番日記

加(咥)へぎせるかたく無用やけさの霜　くわえぎせるかたくむようやけさのしも　化12　七番日記

霜おくと呼る小便序哉　しもおくとよばわるしょうべんついでかな　化12　七番日記

ふたゝび白髪下して

おく霜のたしに捨たる髻哉　おくしものたしにすてたるたぶさかな　化13　七番日記

縄帯のメりかげんやけさの霜　なわおびのしまりかげんやけさのしも　化13　七番日記

縄帯の悴いくつぞけさの霜　なわおびのせがれいくつぞけさのしも　化13　書簡　同『自筆本』

八重葎とう〳〵霜を浴にけり
やえむぐらとうどうしもをあびにけり
化13 七番日記

霜しぐれ貧乏けぶり目出〔た〕さよ
しもしぐれびんぼうけぶりめでたさよ
化14 七番日記

霜の虫いかに鳴のが役じや迚
しものむしいかになくのがやくじゃとて
化14 七番日記

霜の夜やくら下通り火用心
しものよやくらしたどおりひのようじん
政1 七番日記

うら店かりて
霜の夜や前居た人の煤下る
しものよやまえいたひとのすすさがる
政1 七番日記

我門は無キズナ旦も小霜哉
わがかどはむきずなあさもこしもかな
政1 七番日記

朝霜や歯磨売ときゝ(ら)ず売
あさじもやはみがきうりときらずうり
政2 八番日記

小松菜の一文束やけさの霜
こまつなのいちもんたばやけさのしも
政2 八番日記 同『嘉永版』

さをしかやゑひしてなめるけさの霜
さおしかやえいしてなめるけさのしも
政2 おらが春 同『八番日記』、『文政版』『嘉永版』前書「春日山」、「書簡」「真蹟」 参『梅塵八番』前書「春日山」 上五「さをしかの」

霜の夜や我通りても馬が呼
しものよやわれとおりてもうまがよぶ
政2 八番日記

強盗はやりければ
張番に庵とられけり夜の霜
はりばんにいおとられけりよるのしも
政2 おらが春 同『八番日記』『自筆本』「書簡」

善光寺
朝霜やしかも子どものお花売
あさじもやしかもこどものおはなうり
政3 八番日記 同『だん袋』『発句鈔追加』

蛼の霜夜の声を自慢哉
こおろぎのしもよのこえをじまんかな
政3 梅塵八番 異『自筆本』『発句鈔追加』『信濃ぶり』「真蹟」「書簡」上五「蛼は」、「真蹟」上五「蛼が」

乞食子や膝の上迄けさの霜
こじきごやひざのうえまでけさのしも
政3 八番日記 同「真蹟」前書「善光寺門前」
参『梅塵八番』中七「膝の上にも」

善光寺堂前
乞食子よ膝の上迄けさの霜
こじきごよひざのうえまでけさのしも
政3 だん袋 同「真蹟」『発句鈔追加』

畠並にずいと霜げし草家哉
はたなみにずいとしもげしくさやかな
政3 八番日記

かし店を張らるゝ迄も門の霜
かしだなをはらるるまでもかどのしも
政4 八番日記 参『梅塵八番』上五「貸店に」

さぼてんは大合点か今朝の霜
さぼてんはおおがってんかけさのしも
政4 八番日記

霜足で畳歩くやじゞつ（い）鶏
しもあしでたたみあるくやじじいどり
政4 八番日記 参『梅塵八番』下五「ぢゝい鶏」

霜をくや此夜はたして子を捨る
しもおくやこのよはたしてこをすてる
政4 八番日記

霜掃て塩花蒔（撒）や這入口
しもはいてしおばなまくやはいりぐち
政4 八番日記

菜畠は一霜づゝのげんき哉
なばたけはひとしもずつのげんきかな
政4 八番日記 同『だん袋』「書簡」

夜の霜しん／＼耳は蝉の声
よるのしもしんしんみみはせみのこえ
政4 八番日記

起番の貧乏鬮や夜の霜
おきばんのびんぼうくじやよるのしも
政5 文政句帖

霜の夜や横丁曲る迷子鉦
しものよやよこちょうまがるまいごがね
政5 文政句帖

霜もふれ／＼と宵から寝番哉
しももふれふれとよいからねばんかな
政5 文政句帖

空色の山は上総か霜日和
そらいろのやまはかずさかしもびより
政5 文政句帖

市郎左衛門没
知己のけふもへりけり門の霜
ちかづきのきょうもへりけりかどのしも
政5 文政句帖

霜の夜や窓かいて鳴く勘当猫
しものよやまどかいてなくかんどうねこ
政6 文政句帖

なでしこの首もたげけりけさの霜
なでしこのくびもたげけりけさのしも
政6 文政句帖 同『小升屋通帳裏書』

宿銭におく浄るりや夜の霜　やどせんにおくじょうるりやよるのしも　政6　文政句帖

霜の夜や七貧人の小寄合　しものよやしちひんじんのこよりあい　政7　文政句帖

大霜と見せて泥也ほしわらぢ　おおしもとみせてどろなりほしわらじ　政8　文政句帖

富沢町

大霜の大道に散らす小袖哉　おおしものだいどうにちらすこそでかな　不詳　真蹟　同『稲長句帖』

霜あらし誰罪作る流れ棢　しもあらしたがつみつくるながれほた　不詳　真蹟

江戸逗留

霜の夜やもどつて寝も人家　しものよやもどってねるもひとのいえ　不詳　自筆本

霞まで生やうものか霜の鐘　かすみまでいきようものかしものかね　不詳　文政版　同『嘉永版』『遺稿』

置霜に一味つきし蕪かな　おくしもにひとあじつきしかぶらかな　不詳　発句鈔追加

菜畑も一霜づゝの元気哉　なばたけもひとしもずつのげんきかな　不詳　発句鈔追加

霜の夜や翌は〳〵と壁の穴　しものよやあすはあすはとかべのあな　不詳　稲長句帖

霜柱

吹からに鼬も鳴ぬ霜柱　ふくからにいたちもなかぬしもばしら　化2　文化句帖

縄帯の倅いくつぞ霜柱　なわおびのせがれいくつぞしもばしら　化13　七番日記　同『同日記』に重出

一方は霜柱也野雪隠　いっぽうはしもばしらなりのせっちん　政3　八番日記

霜柱風とが〳〵敷吹にけり　しもばしらかぜとがとがしくふきにけり　政3　八番日記　参『梅塵八番』中七「風どか〳〵と」

霜柱下手が踏んでも見事也　しもばしらへたがふんでもみごとなり　政3　八番日記

我転けて霜は柱と立にけり
われこけてしもははしらとたちにけり　政3　八番日記

霜どけ

霜どけやとらまる枝は茨也
しもどけやとらまるえだはいばらなり　享3　享和句帖

霜どけや馬の鼻づら行といふ
しもどけやうまのはなづらゆくという　化7　七番日記

霜どけや二番板なる朝談義
しもどけやにばんいたなるあさだんぎ　化14　七番日記

松柱いの一いのに霜とけぬ
まつばしらいのいちいのにしもとけぬ　化14　七番日記

Column

一茶の二人目の妻

一茶は夫人運が悪く、三人の妻がいた。初妻は菊、二妻は雪、三妻はヤヲといった。このうち、出自が分からないのが雪である。『文政句帖』によると文政七年（1824）五月二十二日に嫁し、八月三日に離婚。わずか三カ月の関係であった。

私は上田市の某家に伝わる一茶自筆短冊から、雪を飯山藩の馬術師範田中清条の姉か妹とまで追求した。清条の子孫宅に伝わる家系図には、一茶と思われる人物を「水内郡柏原宿医師小林玄庵」と記している。

一茶は確かに医学的知識は持っていたが、専門の医師ではない。家の体面を重んずる傾向の強かった当時の家系図では、俳人という身分的にあやふやな存在をあえて「医師」としたのではないか。ちなみに同家には、一茶に嫁したという口伝が伝わっている。なお追及したいものである。

冬の山（山眠る）

君が世や風治りて山ねむる　きみがよやかぜおさまりてやまねむる　寛4　寛政句帖
筆頭でかぞへて見たる冬の山　ひっとうでかぞえてみたるふゆのやま　化13　七番日記

枯れ野（冬の野　くだら野　枯れ原）

遠方や枯野ゝ小家の灯の見ゆる　おちかたやかれののこやのひのみゆる　寛5　寛政句帖
逃水のにげかくれてもかれの哉　にげみずのにげかくれてもかれのかな　寛中　与州播州□雑詠
かくれ家に日のほか／＼とかれの哉　かくれがにひのほかほかとかれのかな　享3　享和句帖
片袖に風吹通すかれの哉　かたそでにかぜふきとおすかれのかな　享3　享和句帖
枯野原あぢな方から夜が明る　かれのはらあじなかたからよがあける　享3　享和句帖
草染の総の下迄かれの哉　くさぞめのふさのしたまでかれのかな　享3　享和句帖

式微
子七人さはぐかれのゝ小家哉　こしちにんさわぐかれののこいえかな　享3　享和句帖
ざぶり／＼／＼雨ふるかれの哉　ざぶりざぶりざぶりあめふるかれのかな　享3　享和句帖
近道はきらひな人や枯野原　ちかみちはきらいなひとやかれのはら　享3　享和句帖
鳥をとる鳥も枯のゝけぶり哉　とりをとるとりもかれののけぶりかな　享3　享和句帖

失（矢）人豈不仁函人
虫除の札のひよろ／＼かれの哉　むしよけのふだのひょろひょろかれのかな　享3　享和句帖
枯原の雨のひゞきし枕哉　かれはらのあめのひびきしまくらかな　化1　文化句帖

小襖にかれの丶雨のか丶る也
こぶすまにかれののあめのかかるなり
化1　文化句帖

鍋ぶたものべ付にしてかれの哉
なべぶたものべつけにしてかれのかな
化1　文化句帖

野はかれて何ぞ喰たき庵哉
のはかれてなんぞくいたきいおりかな
化1　文化句帖

麦餅のいく日立ぞよかれの原
むぎもちのいくひたつぞよかれのはら
化1　文化句帖　異『発句題叢』上五「麦餅は」中七「いく日に成りぬ」、『発句鈔追加』『版本題叢』中七「幾日になりぬ」

夜〳〵は寝所の下もかれの哉
よるよるはねどこのしたもかれのかな
化1　文化句帖

あちこちに茄子も下る枯の哉
あちこちになすびもさがるかれのかな
化3　文化句帖

うぢ〳〵と枯野にか丶る跟哉
うじうじとかれのにかかるきびすかな
化3　文化句帖

鐘なりて庭も一つにかれの哉
かねなりてにわもひとつにかれのかな
化3　文化句帖

鳥追はぬ家も日暮る丶枯の哉
とりおわぬいえもひぐるるかれのかな
化3　文化句帖

がい骨の笛吹やうなかれの哉
がいこつのふえふくようなかれのかな
化7　七番日記

戸口迄づいと枯込野原哉
とぐちまでづいとかれこむのはらかな
化10　七番日記

御談義の手まねも見ゆるかれの哉
おだんぎのてまねもみゆるかれのかな
化11　七番日記

大珠数（数珠）を首にかけたるかれの哉
おおじゅずをくびにかけたるかれのかな
化12　七番日記

枯の原俵かぶ〔つ〕て走りけり
かれのはらたわらかぶってはしりけり
化12　七番日記

冬の野にあレでも恋は恋故ぞ
ふゆののにあれでもこいはこいゆえぞ
化14　七番日記

くだらぬや人を喰ふと鳴雁（烏）
くだらぬやひとをくらうとなくからす
政2　八番日記　参『梅塵八番』上五「くだら野や」下五「なく烏」

西方は極楽〔道〕よかれのはら
さいほうはごくらくみちよかれのはら
政2　八番日記　参『梅塵八番』中七「極楽道よ」

忍草忍ばぬ草も枯野哉　しのぶぐさしのばぬくさもかれのかな　政2　八番日記

五六足（疋）馬干ておく枯野哉　ごろっぴきうまほしておくかれのかな　政3　八番日記　参『梅塵八番』上五「五六疋」

大長者万灯のさたもかれの哉　おおちょうじゃまんどのさたもかれのかな　政4　八番日記

終の身も見事なりけり枯野原　ついのみもみごとなりけりかれのはら　政4　梅塵八番

なでしこの咲に付ても枯野哉　なでしこのさくにつけてもかれのかな　政4　八番日記

枯原や夫婦六部が捨念仏　かれはらやめおとろくぶがすてねぶつ　政5　文政句帖

清十良（郎）が鉄鉋（砲）かつぎて枯野哉　せいじゅうろうがてっぽうかつぎてかれのかな　政6　文政句帖　同『同句帖』に重出

暁出の人の通りもかれの哉　あけだちのひとのとおりもかれのかな　政7　文政句帖

枯原の隅に暖とい在所哉　かれはらのすみにぬくといざいしょかな　政7　文政句帖

雉立て人おどろかすかれの哉　きじたってひとおどろかすかれのかな　政7　文政句帖

吹風に声も枯の丶烏かな　ふくかぜにこえもかれののからすかな　政7　文政句帖

わら苞〔の〕豆麸（腐）かついでかれの哉　わらづとのとうふかついでかれのかな　政7　文政句帖

可惶人情反覆

山風やたのむ小薮も枯の原　やまかぜやたのむこやぶもかれのはら　不詳　希杖本

ぬくさうな門口見ゆる枯野かな　ぬくそうなかどぐちみゆるかれのかな　不詳　発句鈔追加

達磨忌

達磨忌や傘さしかける梅の花
だるまきやかささしかけるうめのはな
化11　七番日記

達磨きやチンプンかんを鳴ち鳥
だるまきやちんぷんかんをなくちどり
化11　七番日記

達磨忌や箒で書し不二の山
だるまきやほうきでかきしふじのやま
化11　七番日記　同『発句鈔追加』

達磨忌やちんぷんかんと鳴鵆
だるまきやちんぷんかんとなくちどり
不詳　発句鈔追加

御取越

蛬穴に腰かけて御とり越
きりぎりすあなにこしかけておとりこし
化12　七番日記

蟀はからさはぎ也御とり越
こおろぎはからさわぎなりおとりこし
化12　七番日記　異『自筆本』上五「蟀の」

御取越飴でもちくふ夜也けり
おとりこしあめでもちくうよなりけり
化13　七番日記　同『発句鈔追加』

手序にきせる磨くやおとり越
てついでにきせるみがくやおとりこし
政3　八番日記　同『自筆本』

とつときの江戸画屏風や御取越
とっときのえどえびょうぶやおとりこし
政6　文政句帖

いな声を真ねる子どもや御取越
いなこえをまねるこどもやおとりこし
政8　文政句帖

踏ん付た飯いたゞくや御取越
ふんづけためしいただくやおとりこし
政8　文政句帖

御取越飴で餅くふはなし哉
おとりこしあめでもちくうはなしかな
不詳　文政版　同『自筆本』『嘉永版』「遺稿」

神の旅（神送り　神の留守　神迎え）

御遅参はおく病神や大社
ごちさんはおくびょうがみやおおやしろ
化12　七番日記

旅支度神の御身もいそがしや
たびじたくかみのおんみもいそがしや
化12　七番日記　同「書簡」

旅じたく神の御身もせはしなや
たびじたくかみのおんみもせわしなや
化12　七番日記

鳶ヒヨロヒヽヨロ神の御立げ（濁ママ）な
とびひよろひひよろかみのおたちげな
化12　七番日記　同『自筆本』『嘉永版』　異『文政版』上五「鳶ひよろゝ」、『希杖本』『栗本雑記五』「書簡』中七「ひよろ神の」、『発句鈔追加』『ありのまゝ』『西歌仙』中七「ひゝよろ神も」、『発句類題集』下五「お立やら」

ともかくも寝て待ばやな福の神
ともかくもねてまたばやなふくのかみ
化12　七番日記

よい連ぞ貧乏神も立給へ
よいつれぞびんぼうがみもたちたまえ
化12　七番日記

氏神の留主事さはぐ烏哉
うじがみのるすごとさわぐからすかな
化13　七番日記

梅嫌糸に釣して神迎
うめもどきいとにつるしてかみむかえ
化14　七番日記

おゝ寒し貧乏神の御帰か
おおさむしびんぼうがみのおかえりか
化14　七番日記

丸盆に霰並て神迎
まるぼんにあられならべてかみむかえ
化14　七番日記

神送

我宿の貧乏神も御供せよ
わがやどのびんぼうがみもおともせよ
政3　発句題叢　[同]『嘉永版』『発句鈔追加』『発句類題集』

神々の御留主になんと日和哉
かみがみのおるすになんとひよりかな
政4　八番日記　[参]『梅塵八番』中七「御留主にこんな」

神々の留主ふる廻や菊の花
かみがみのるすふるまいやきくのはな
政4　八番日記　[同]『発句鈔追加』『茶翁聯句集』[参]『梅塵八番』中七「留主振舞ふや」下五「隠居菊」

小猿ども神の御留主を狂ふ哉
こざるどもかみのおるすをくるうかな
政4　八番日記　[参]『梅塵八番』下五「狂ふ也」

住吉や御留主の庭も掃除番
すみよしやおるすのにわもそうじばん
政4　梅塵八番

なら山の神の御留主に鹿の恋
ならやまのかみのおるすにしかのこい
政4　八番日記

賀梅意

けふからは薬利べし神迎　きょうからはくすりきくべしかみむかえ　政5　文政句帖

病床賀

けふからは薬降るべし神迎　きょうからはくすりふるべしかみむかえ　政5　真蹟

大黒の俵作りて神迎ひ(へ)　だいこくのたわらつくりてかみむかえ　政5　文政句帖

吉原の棚やおどけたかみ迎ひ(へ)　よしわらのたなやおどけたかみむかえ　政5　文政句帖

さをしかや神の留主事寝て遊ぶ　さおしかやかみのるすごとねてあそぶ　政6　文政句帖

神酒樽の流つきけり神迎　みきだるのながれつきけりかみむかえ　政6　文政句帖

朝笑ござるぞ〳〵福の神　あさわらいござるぞござるぞふくのかみ　政7　文政句帖

御迎ひ出すとござらん貧乏神　おんむかいだすとござらんびんぼがみ　政7　文政句帖

門違してくださるな福の神　かどちがいしてくださるなふくのかみ　政7　文政句帖

神〴〵の置みやげかよ上日和　かみがみのおきみやげかよじょうびより　政7　文政句帖

神〴〵の留主せんたくやけふも雨　かみがみのるすせんたくやきょうもあめ　政7　文政句帖

神の風仕送り給ふ木の葉哉　かみのかぜしおくりたもうこのはかな　政7　文政句帖

苦のさばや神の御立も雨嵐　くのしゃばやかみのおたちもあめあらし　政7　文政句帖

さば役に旅も長〳〵旅寝哉　さばやくにたびもながながたびねかな　政7　文政句帖

じやゝ(〳〵)雨の降に御帰り貧乏神　じゃじゃあめのふるにおかえりびんぼがみ　政7　文政句帖

貧乏神心御帰り成れたか　びんぼがみこころおかえりなられたか　政7　文政句帖

不性(精)神置みやげかよ貧乏雨　ぶしょうがみおきみやげかよびんぼあめ　政7　文政句帖

ぼた餅は棚にいざ是へ福の神　ぼたもちはたなにいざこれへふくのかみ　政7　文政句帖

牡丹餅は棚に寝てまて福の神
ぼたもちはたなにねてまてふくのかみ
政7 文政句帖

まめな妻忘れ給ふな神送
まめなつまわすれたもうなかみおくり
政7 文政句帖

水浴〔て〕並ぶ烏や神迎ひ《（へ）》
みずあびてならぶからすやかみむかえ
政7 文政句帖

割鍋にとぢぶたも神の御せわ哉
われなべにとじぶたもかみのおせわかな
政7 文政句帖

よい連ぞ貧乏神もさあ御立
よいつれぞびんぼうがみもさあおたち
不詳 自筆本

世話《（忙）》しなや神の御身も旅仕度
せわしなやかみのおんみもたびじたく
不詳 発句鈔追加

案山子揚げ（十日ん夜）

かゞしへも餅備《（供）》へけり十日ン夜
かがしへももちそなえけりとおかんや
政6 文政句帖

目出度さやかゞしもつひの夕けぶり
めでたさやかがしもついのゆうけぶり
政7 文政句帖 同『自筆本』前書「十日ン夜かゞし上」

目出度はかゞしもつひのけぶり哉
めでたさはかがしもついのけぶりかな
政8 文政句帖 異『政七句帖草』中七「かゞしの終の」

十夜（十夜蛸）

手束弓矢島の蟹も十夜哉
たつかゆみやしまのかにもじゅうやかな
享3 享和句帖

麦の雨はやして通る十夜哉
むぎのあめはやしてとおるじゅうやかな
化3 文化句帖

もろ〳〵の愚者も月見る十夜哉
もろもろのぐしゃもつきみるじゅうやかな
化3 文化句帖 異『発句題叢』『自筆本』『文政版』『嘉永版』『八番日記』中七「愚者も月夜の」

雁鴨もごや〳〵十夜もどり哉
かりかももごやごやじゅうやもどりかな
化12 七番日記

田中にづいと道つく十夜哉　たのなかにずいとみちつくじゅうやかな　化12　七番日記
古ぎせる白髪にさして十夜哉　ふるぎせるしらがにさしてじゅうやかな　化13　七番日記
御十夜は巾着切も月夜也　おじゅうやはきんちゃくきりもつきよなり　政2　八番日記　異『嘉永版』下五「月夜かな」
茶畠や横すじかひの十夜道　ちゃばたけやよこすじかいのじゅうやみち　政2　八番日記　参『梅塵八番』上五「茶畑の」中七「横筋違ひや」

辻堂の一人たゝきの十夜哉　つじどうのひとりたたきのじゅうやかな　政2　八番日記　参『梅塵八番』上五「辻堂に」
菜畠〔を〕そらにそれたる十夜哉　なばたけをそらにそれたるじゅうやかな　政2　八番日記
菜畠を通してくれる十夜哉　なばたけをとおしてくれるじゅうやかな　政2　おらが春　同『八番日記』『自筆本』『文政版』『嘉永版』

塀合《（間）》を通してくれる十夜哉　へいあいをとおしてくれるじゅうやかな　政2　八番日記　同『発句鈔追加』
藪寺〔の〕人けも見へぬ十夜哉　やぶでらのひとけもみえぬじゅうやかな　政2　八番日記　参『梅塵八番』上五「藪寺の」
かまくらや十夜くづれの明烏　かまくらやじゅうやくずれのあけがらす　政3　だん袋　同『発句鈔追加』
田から田へ真一文字や十夜道　たからたへまいちもんじやじゅうやみち　政3　だん袋　同『発句鈔追加』
もろ〳〵の愚者も月さす十夜哉　もろもろのぐしゃもつきさすじゅうやかな　政3　版本題叢
犬に迄みやげをくばる十夜哉　いぬにまでみやげをくばるじゅうやかな　政4　八番日記
大犬がみやげをねだる十夜哉　おおいぬがみやげをねだるじゅうやかな　政4　八番日記
御袋も猫なで声の十夜哉　おふくろもねこなでごえのじゅうやかな　政4　八番日記
城内の菜畠ほける十夜哉　じょうないのなばたけほけるじゅうやかな　政6　文政句帖
十夜から直〔に〕吉原参り哉　じゅうやからすぐによしわらまいりかな　政7　文政句帖
菜畠も間に合せたる十夜哉　なばたけもまにあわせたるじゅうやかな　政7　文政句帖

念仏の十夜が十夜月夜哉
ねんぶつのじゅうやがじゅうやつきよかな　政7　文政句帖

法の世は犬さへ十夜参哉
のりのよはいぬさえじゅうやまいりかな　政7　文政句帖

蓑を着てかしこまつたる十夜哉
みのをきてかしこまったるじゅうやかな　政7　文政句帖

百敷の都は蛸の十夜哉
ももしきのみやこはたこのじゅうやかな　政7　文政句帖

雨と月半分交の十夜哉
あめとつきはんぶんまぜのじゅうやかな　政8　文政句帖　同『発句鈔追加』

雨のやみのと怠るや十夜道
あめのやみのとおこたるやじゅうやみち　政8　文政句帖

庵の犬送つてくれる十夜哉
いおのいぬおくってくれるじゅうやかな　政8　文政句帖

犬ころのみやげをねだる十夜哉
いぬころのみやげをねだるじゅうやかな　政8　文政句帖

百敷の月夜に逢ふ〔や〕十夜鮹
ももしきのつきよにあうやじゅうやだこ　政8　文政句帖

もろ〱のぐ者も月見の十夜哉
もろもろのぐしゃもつきみのじゅうやかな　不詳　自筆本

菜畠を通してもらふ十夜哉
なばたけをとおしてもらうじゅうやかな　不詳　発句鈔追加

芭蕉忌（翁忌　時雨忌）

去年見し粟津のかたよ時雨空
きょねんみしあわづのかたよしぐれぞら　寛10　ばせを会

芭蕉の日

影ぼうしの翁に似たり初時雨
かげぼうしのおきなにたりはつしぐれ　享3　享和句帖

芭蕉忌に先つゝがなし菊花
ばしょうきにまずつつがなしきくのはな　化1　文化句帖

ばせを忌や丸こんにやくの名所にて
ばしょうきやまるこんにゃくのめいしょにて　化2　文化句帖

こんにやくにかゝらせ給へ初時雨
こんにゃくにかからせたまえはつしぐれ　化3　文化句帖

ばせを忌や時雨所の御コンニヤク
ばしょうきやしぐれどころのおこんにゃく
化4　文化句帖

けふの日や鳩も珠数（数珠）かけて初時雨
きょうのひやはともじゅずかけてはつしぐれ
化7　七番日記　同『化三―八写』

念入れてしぐれよ藪も翁塚
ねんいれてしぐれよやぶもおきなづか
化7　七番日記

十二日
ばらつくや是は御好の初時雨
ばらつくやこれはおすきのはつしぐれ
化7　七番日記

文化十年十月十二日於其一庵
時雨する今日とてふりし上着哉
しぐれするきょうとてふりしうわぎかな
化10　茶翁聯句集　同『発句鈔追加』前書「ばせを忌」

南無上着ナム〔ばせを〕翁初しぐれ
なむうわぎなむばしょうおうはつしぐれ
化10　七番日記

十月や時雨奉る御宝前
じゅうがつやしぐれたてまつるごほうぜん
化11　七番日記

十月十二日翁塚巡長慶寺
芭蕉忌も松も武張りて
ばしょうきもまつもぶばりて
化12　七番日記

翁忌や鴈も平話な並び様
おきなきやかりもへいわなならびよう
化13　七番日記

翁忌や何やらしやべる門雀
おきなきやなにやらしゃべるかどすずめ
化13　七番日記

法楽
御宝前にかけ奉るはつしぐれ
ごほうぜんにかけたてまつるはつしぐれ
化13　あとまつり　同『文政版』『嘉永版』前書「桃青霊社」、「遺稿」　異『自筆本』前書「桃青霊社」下五「時雨哉」

芭蕉忌
大切のお十二日ぞはつ時雨
たいせつのおじゅうにちぞはつしぐれ
化13　七番日記　同『同日記』に重出、『自筆本』

梟も一句侍れ此時雨
ふくろうもいっくはんべれこのしぐれ
化13　七番日記

初時雨お十二日を忘ぬや
はつしぐれおじゅうににちをわすれぬや
化14　七番日記

こんにやくもお十二日ぞはつ時雨
こんにゃくもおじゅうににちぞはつしぐれ
政2　八番日記

十月の御十二日ぞはつ時雨
じゅうがつのおじゅうににちぞはつしぐれ
政3　八番日記

はいかいの恩法（報恩）講やはつしぐれ
はいかいのほうおんこうやはつしぐれ
政3　八番日記　同『自然切』　参『梅塵八番』中七「法恩講や」

乙二など彼地にあれば
芭蕉忌や蝦夷にもこんな松の月
ばしょうきやえぞにもこんなまつのつき
政3　だん袋　同『発句鈔追加』前書「乙二なども彼地にあれば」、『八番日記』　参『梅塵八番』中七「江戸にもこんな」

初しぐれ伶（鈴）ふり〔に〕けり今日は
はつしぐれすずふりにけりこんにちは
政3　八番日記

ホケ経と鳥もばせうの法事哉
ほけきょうとともばしょうのほうじかな
政3　八番日記

霜花もばせう祭のもやう哉
しもばなもばしょうまつりのもようかな
政4　八番日記

芭蕉忌と申も歩きながら哉
ばしょうきともうすもあるきながらかな
政4　八番日記

ばせを忌に執筆の天窓披露哉
ばしょうきにしゅひつのあたまひろうかな
政4　だん袋

ばせを忌に坊主天窓の披露哉
ばしょうきにぼうずあたまのひろうかな
政4　梅塵八番　同『発句鈔追加』前書「一茶剃髪」、『自筆本』　異『文政版』『嘉永版』『富貴の芽草紙』中七「丸い天窓の」

芭蕉忌の主あたまの披露哉
ばしょうきのあるじあたまのひろうかな
政4　八番日記

芭蕉忌や垣に雀も一並び
ばしょうきやかきにすずめもひとならび　政4　八番日記

芭蕉忌や客に留主させて火貰に
ばしょうきやきゃくにるすさせてひもらいに　政4　八番日記

芭蕉忌や俗も懸たる頭陀袋
ばしょうきやぞくもかけたるずだぶくろ　政4　八番日記　[異]『文政句帖』中七「俗のかけし」

芭蕉忌や鳩も雀も客めかす
ばしょうきやはともすずめもきゃくめかす　政4　八番日記　[参]『梅塵八番』中七「鳰も雀も」下五「客の数」

芭蕉忌や三人三色の天窓付
ばしょうきやみたりみいろのあたまつき　政4　八番日記　[異]『自筆本』上五「ばせを忌に」下五「頭哉」　[参]『梅塵八番』中七「三人り三声の」

芭蕉忌や嵐雪いまだ俗天窓
ばしょうきやらんせついまだぞくあたま　政4　八番日記

芭蕉忌や留主をして居る袴衆
ばしょうきやるすをしているはかましゅう　政4　八番日記

芭蕉忌や我もか様に頭陀袋
ばしょうきやわれもかようにずだぶくろ　政4　八番日記　[異]『だん袋』『自筆本』『発句鈔追加』中七「我もかやうな」

ばせを翁の像と二人やはつ時雨
ばしょうおうのぞうとふたりやはつしぐれ　政6　文政句帖

ばせをきやきやとて歩きながら哉
ばしょうきやきやとてあるきながらかな　政6　文政句帖　[異]『自筆本』中七「ききとて歩き」

深川の辺を芭蕉忌廻り哉
ふかがわのあたりをばしょうきめぐりかな　政6　文政句帖　[同]『自筆本』前書「旅」

旅の皺御覧候へばせを仏
たびのしわごらんそうらえばしょうぶつ　政7　文政句帖

芭蕉〔仏〕に旅した皺を馳走哉
ばしょうぶつにたびしたしわをちそうかな　政7　文政句帖

ばせを忌と申も只一人哉
ばしょうきともうすもただひとりかな　政8　文政句帖

ばせを忌の入相に入しわらぢ哉
ばしょうきのいりあいにいりしわらじかな　政8　文政句帖

ばせを忌や十人寄れば十ケ国
ばしょうきやじゅうにんよればじゅっかこく　政8　文政句帖　同『自筆本』『発句鈔追加』

芭蕉忌や女のかけしズダ袋
ばしょうきやおんなのかけしずだぶくろ　政8　文政句帖

芭蕉忌や客が振舞ふ夜蕎麦切
ばしょうきやきゃくがふるまうよそばきり　政中　梅塵抄録本　異『発句鈔追加』上五「芭蕉忌の」

ばせを忌や昼から錠の明く庵
ばしょうきやひるからじょうのあくいおり　政8　文政句帖　同『文政版』『嘉永版』「遺稿」

深川やばせをき巡り仕る
ふかがわやばしょうきめぐりつかまつる　不詳　一茶園月並裏書

ばせを忌やことしもまめで旅虱
ばしょうきやことしもまめでたびじらみ　不詳　文政版　同『嘉永版』「遺稿」

赤柏

赤柏先神の日と申すべし
あかがしわまずかみのひともうすべし　享3　享和句帖

鴫も来てかんきんす也赤がしは
しぎもきてかんきんすなりあかがしわ　化11　七番日記

亥の子

庭燎
いのこの火治世の雨のかゝる也
いのこのひちせいのあめのかかるなり　享3　享和句帖

雨おり〱いのこのかゞり古びけり
あめおりおりいのこのかがりふるびけり　化3　文化句帖

御笧（篝）も大豊年のいのこ哉
おかがりもだいほうねんのいのこかな　化12　七番日記

外堀にリントイノコのかゞり哉
そとぼりにりんといのこのかがりかな　化12　七番日記

鳴烏いの子の笧（篝）いかゞ見た
なくからすいのこのかがりいかがみた　化12　七番日記

鳴烏亥の子の笧（篝）いかゞ見る
なくからすいのこのかがりいかがみる　不詳　自筆本

ふいご祭

閑田　上毛皿割男

里並に薮のかぢ屋も祭哉
さとなみにやぶのかじやもまつりかな
化2　文化句帖　同『発句題叢』『嘉永版』『発句鈔追加』『発句類題集』

町並に薮のかぢ屋も祭哉
まちなみにやぶのかじやもまつりかな
政3　発句題叢

大師講（智恵粥　大師粥）

小豆粥大師の雪も降にけり
あずきがゆだいしのゆきもふりにけり
化11　七番日記

けふの日やする〳〵粥もおがまるゝ
きょうのひやするするかゆもおがまるる
化11　七番日記

相伴に鳩も並ぶや大師粥
しょうばんにはともならぶやだいしがゆ
化11　七番日記

なむ大師しらぬも粥にありつきぬ
なむだいししらぬもかゆにありつきぬ
化11　七番日記

なむ大師腹から先へこしらへぬ
なむだいしはらからさきへこしらえぬ
化11　七番日記

ちゑ粥をなめ過したる雀哉
ちえがゆをなめすごしたるすずめかな
政5　文政句帖

ちゑがゆをなめて口利く雀哉
ちえがゆをなめてくちきくすずめかな
政5　文政句帖

報恩講（御霜月　御講日和）

来もきたり抑けふの御霜月
きもきたりそもそもきょうのおしもつき
化8　我春集

ヱタ村〔の〕御講幟やお霜月
えたむらのおこうのぼりやおしもつき
政3　八番日記　参『梅塵八番』上五「枝村の」

門番がたんを切也御講日和
もんばんがたんをきるなりおこうびより
政3　八番日記

門番がたんを切也御詠凪
もんばんがたんをきるなりごえいなぎ
不詳　自筆本

高井寺母公死去

南無阿弥陀おりもこそあれお霜月
なむあみだおりもこそあれおしもつき
不詳　稲長句帖

夷講（夷の飯）

梅さげし人はしばしとやえびす講
うめさげしひとはしばしとやえびすこう
化3　文化句帖

入らぬ世話よ夷の飯をなく烏
いらぬせわよえびすのめしをなくからす
化9　七番日記

夷講にこね交られし庵かな
えびすこうにこねまぜられしいおりかな
化9　七番日記

夷講ぱつぱと梅のちり出しぬ
えびすこうぱっぱとうめのちりだしぬ
化9　七番日記

朝の月夷の飯にかくれけり
あさのつきえびすのめしにかくれけり
化12　七番日記

夷講出入の鳩も並びけり
えびすこうでいりのはともならびけり
化12　七番日記

本町や夷の飯の横がすみ
ほんちょうやえびすのめしのよこがすみ
化12　七番日記

杉箸で火をはさみけり夷講
すぎばしでひをはさみけりえびすこう
化13　七番日記　同『かつをつと』『ありなし草』　異『自筆本』中七「火をはさむ也」

夜に入テからが本文《ま》の夷講
よにいりてからがほんまのえびすこう
化14　七番日記

うら町や貧乏徳りの夷講
うらまちやびんぼうどくりのえびすこう
政4　八番日記

ぼ《濁ママ》て振や歩行ながらのゑびす講
ぼてふりやあるきながらのえびすこう
政4　梅塵八番　同『文政句帖』『政九十句写』『自筆本』『発句鈔追加』

大江戸や辻の番太も夷講
おおえどやつじのばんたもえびすこう
政6　文政句帖　同『政九十句写』

大黒も連に居るや夷講
だいこくもつれにすわるやえびすこう
政6　文政句帖

独居や飯買て来て夷講
ひとりいやめしかってきてえびすこう
政6　文政句帖　同『政九十句写』

飯の陰より顔を出る《す》夷哉
めしのかげよりかおをだすえびすかな
政6　文政句帖

瓜《爪》に灯をとぼさぬ夜也エビス講
つめにひをとぼさぬよなりえびすこう
政7　政七句帖草

爪に灯をとぼし《て》おふせて夷講　つめにひをとぼしおおせてえびすこう　政7　文政句帖

子祭

寝て待ば福が来かや鼠なく　ねてまてばふくがくるかやねずみなく　化11　七番日記

子祭りや寝て待てばぼたもちが来る　ねまつりやねてまてばぼたもちがくる　政7　文政句帖

夜祭りや棚の鼠が一の客　よまつりやたなのねずみがいちのきゃく　政7　文政句帖

里神楽（夜神楽）

林間に誰呼子鳥里神楽　りんかんにたがよぶこどりさとかぐら　寛5　寛政句帖

葉うら〳〵灯影とゞかぬ里神楽　はうらうらほかげとどかぬさとかぐら　寛6　寛政句帖

としうへの人〔に〕交りて里神楽　としうえのひとにまじりてさとかぐら　享3　享和句帖

里神楽懐の子も手をたゝく　さとかぐらふところのこもてをたたく　化12　七番日記

ば（濁ママ）か蔵も一役するや里神楽　ばかぞうもひとやくするやさとかぐら　化12　七番日記　異『自筆本』中七「一役す也」

宵闇やあんな藪にも里神楽　よいやみやあんなやぶにもさとかぐら　化12　七番日記

夜神楽や焚火の中へちる紅葉　よかぐらやたきびのなかへちるもみじ　化12　七番日記

この次はど（濁ママ）この月夜の里神楽　このつぎはどこのつきよのさとかぐら　化中　茶翁聯句集

御神楽や焼を弘（拡）げる雪の上　おかぐらやおきをひろげるゆきのうえ　政1　七番日記

山本や小ね〔ぎ〕二人の里神楽　やまもとやこねぎふたりのさとかぐら　政2　八番日記　参『梅塵八番』中七「小禰宜一人の」

山本や禰宜どのなしの里神楽　やまもとやねぎどのなしのさとかぐら　政2　八番日記

翌は又どこの月夜の里神楽　あすはまたどこのつきよのさとかぐら　不詳　自筆本　同『文政版』『嘉永版』

夜神楽や懐の子も手をたゝく　よかぐらやふところのこもてをたたく　不詳　自筆本

雑魚寝

から人と雑魚寝もすらん女哉　からびととざこねもすらんおんなかな　寛5　寛政句帖

鉢たたき

京を出て聞直さうぞはち敲　きょうをでてききなおそうぞはちたたき　化1　文化句帖

しばしまて白髪くらべん鉢扣　しばしまてしらがくらべんはちたたき　化1　文化句帖

宗鑑がとふばも見たか鉢敲　そうかんがとうばもみたかはちたたき　化1　文化句帖

西山はもう鶯かはち敲　にしやまはもううぐいすかはちたたき　化1　文化句帖

鉢敲今のが山の凹み哉　はちたたきいまのがやまのくぼみかな　化1　文化句帖

我塚もやがて頼むぞ鉢敲　わがつかもやがてたのむぞはちたたき　化4　文化句帖

細長い雲のはづれや鉢たゝき　ほそながいくものはずれやはちたたき　化8　七番日記

有明や梅にも一つ鉢たゝき　ありあけやうめにもひとつはちたたき　化10　七番日記

君が代や鳥も経よむはちたゝき　きみがよやとりもきょうよむはちたたき　化10　七番日記

殊勝さや同じ瓢のたゝき様　しゅしょうさやおなじふくべのたたきよう　化10　七番日記　同『発句鈔追加』　異『句稿消息』上五「殊勝さよ」

出始をいはふてたゝく瓢哉　ではじめをいわうてたたくふくべかな　化10　七番日記　同『自筆本』『文政版』『嘉永版』

梟やこんどの世には鉢叩　ふくろうやこんどのよにははちたたき　化10　書簡

雪礫瓢でうけよ甚之丞　ゆきつぶてふくべでうけよじんのじょう　化10　七番日記

鶯に目を覚さすな鉢たゝき　うぐいすにめをさまさすなはちたたき　化11　七番日記　同『自筆本』

我家に来よ／＼下手なはち敲　わがいえにこよこよへたなはちたたき　化12　七番日記

淋しさや同じ瓢〔も〕たゝきが（濁ママ）ら　さびしさやおなじふくべもたたきがら　政1　七番日記

殊勝さや同じ瓢も叩きやう　しゅしょうさやおなじふくべもたたきよう　不詳　自筆本

茶筌売り

青茶筌かつげば直に淋しいぞ　あおちゃせんかつげばすぐにさびしいぞ　化2　文化句帖

売ふりの色に淋しき茶せん哉　うるふりのいろにさびしきちゃせんかな　化2　文化句帖

臘八

臘八

渓の梅世尊へさゝぐ花に哉　たにのうめせそんへささぐはなにがな　寛4　寛政句帖

臘八や我〔と〕同じく骨と皮　ろうはつやわれとおなじくほねとかわ　化11　七番日記

寒ごり（寒行）

寒ごりに袖すりてさへ寒哉　かんごりにそですりてさえさむさかな　化3　文化句帖

両国橋

寒垢離にせなかの竜の披露哉　かんごりにせなかのりゅうのひろうかな　政2　おらが春　同『自筆本』前書「両国川」、『発句鈔追加』『書簡』『八番日記』『続篇』　異『嘉永版』中七「背中に竜の」

寒行や講も頼まぬ御名代　かんぎょうやこうもたのまぬごみょうだい　政3　八番日記

寒ごりや首のぐるりの三日の月　かんごりやくびのぐるりのみかのつき　政9　政九十句写

寒垢離や首のあたりの水の月　かんごりやくびのあたりのみずのつき　不詳　発句鈔追加

寒習

まゝつ子や灰にイロハの寒ならい　ままっこやはいにいろはのかんならい　政5　文政句帖

寒声

鴬もマア寒声か朝つから　うぐいすもまあかんごえかあさっから　化11　七番日記
寒声や不二も丸て呑んだ顔　かんごえやふじもまるめてのんだかお　化11　七番日記
寒声と云もなムあみだ仏哉　かんごえというもなむあみだぶつかな　政2　八番日記　同『発句鈔追加』
寒声と名のりかけけり常念仏　かんごえとなのりかけけりじょうねぶつ　政2　八番日記
寒声にふし付らるゝ念仏哉　かんごえにふしつけらるるねぶつかな　政2　八番日記
木母寺や常念仏も寒の声　もくぼじやじょうねんぶつもかんのこえ　政3　八番日記
寒声につかはれ給ふ念仏かな　かんごえにつかわれたもうねぶつかな　政5　文政句帖
寒声に念仏をつかふ寝覚哉　かんごえにねぶつをつかうねざめかな　政5　文政句帖
寒声に迄つかはるゝ念仏かな　かんごえにまでつかわるるねぶつかな　政5　文政句帖
寒声やイ組ロ組の喧嘩買　かんごえやいぐみろぐみのけんかがい　政5　文政句帖
寒声や乞食小屋の娘の子　かんごえやこつじきごやのむすめのこ　政5　文政句帖
寒声に顔の売るや（か）悪太郎　かんごえにかおのうれるやあくたろう　政7　文政句帖
鴬の子の寒声や朝つぐら　うぐいすのこのかんごえやあさっから　不詳　自筆本

寒念仏

此程の梅にかまはず寒念仏　このほどのうめにかまわずかんねぶつ　化3　文化句帖
はづかしや喰て寝て聞寒念仏　はずかしやくってねてきくかんねぶつ　化3　文化句帖
妹が子も〔寒〕念仏のもやう哉　いもがこもかんねんぶつのもようかな　化5　化五六句記
梅見るもむづかしき夜を寒念仏　うめみるもむずかしきよをかんねぶつ　化5　化五六句記
かゝる夜に不二もとしよれ寒念仏　かかるよにふじもとしよれかんねぶつ　化5　化五六句記

死所はどこの桜ぞ寒念仏
しにどこはどこのさくらぞかんねぶつ
化5　化五六句記

ふつゝかな我家へもむく寒念仏
ふつつかなわがやへもむくかんねぶつ
化5　化五六句記

一夜でも寒念仏のつもり哉
いちやでもかんねんぶつのつもりかな
化10　七番日記　同『志多良』『句稿消息』『自筆本』

大門やから戻りする寒念仏
おおもんやからもどりするかんねぶつ
化10　七番日記

門の梅寒念仏に盗まれし
かどのうめかんねんぶつにぬすまれし
化10　七番日記　同『自筆本』

須磨迄はうかれがてらや寒念仏
すままではうかれがてらやかんねぶつ
化10　七番日記

若い声と云れうばかり寒念仏
わかいこえといわりょうばかりかんねぶつ
化10　七番日記　異『自筆本』中七「云れうとてや」

けふぎりやはかやつて行〔く寒〕念仏
きょうぎりやはかやってゆくかんねぶつ
化12　七番日記

はかやり《（る）》や一文だけの寒念仏
はかやるやいちもんだけのかんねぶつ
化12　七番日記

垢つかぬ内は殊勝の寒念仏
あかつかぬうちはしゅしょうのかんねぶつ
政2　八番日記　参『梅塵八番』中七「うちが殊勝の」

雨の夜やしかも女の寒念仏
あめのよやしかもおんなのかんねぶつ
政2　八番日記

一文に一ツヅゝかよ寒念仏
いちもんにひとつずつかよかんねぶつ
政2　八番日記　異『自筆本』中七「一つづゝ也」、『政七句帖草』上五「一文で」中七「一つヅゝ也」

今の世や連をつれたる寒念仏
いまのよやつれをつれたるかんねぶつ
政2　八番日記　異『希杖本』参『梅塵八番』中七「供を連たる」

門〳〵や半分で行寒念仏
かどかどやはんぶんでゆくかんねぶつ
政2　八番日記

着ぶくれ〔て〕新寒念仏通りけり　きぶくれてあらかんねぶつとおりけり　政2　八番日記

そつくりと大津の鬼や寒念仏　そっくりとおおつのおにやかんねぶつ　政2　八番日記

其迹（後）は新寒念仏と見へにけり　そのあとはあらかんねぶつとみえにけり　政2　八番日記

つき合や不性（承）〳〵に寒念仏　つきあうやふしょうぶしょうにかんねぶつ　政2　八番日記　参『梅塵八番』中七「不性〳〵も」

つら役や子持女の寒念仏　つらやくやこもちおんなのかんねぶつ　政2　八番日記　同『自筆本』

何果か腰つ（の）かゞんだ寒念仏　なんのはてかこしのかがんだかんねぶつ　政2　八番日記

一夜〔さ〕がくせに成りけり寒念仏　ひとよさがくせになりけりかんねぶつ　政2　八番日記　参『梅塵八番』中七「一夜さは」

一夜〔さ〕は出来心也寒念仏　ひとよさはできごころなりかんねぶつ　政2　八番日記　同『自筆本』『文政版』『嘉永版』「遺稿」　参『梅塵八番』上五「一夜さは」

夜に入ルや素人めかぬ寒念仏　よにいるやしろうとめかぬかんねぶつ　政2　八番日記

今日あたり剃た童や寒念仏　きょうあたりそったわらべやかんねぶつ　政3　八番日記

ヌキ額とれぬ坊主や寒念仏　ぬきびたいとれぬぼうずやかんねぶつ　政3　八番日記

都哉寒念仏も供連る　みやこかなかんねんぶつもともつれる　政3　八番日記

小野郎が寒念仏の音頭哉　こやろうがかんねんぶつのおんどかな　政4　八番日記

迹（跡）供に犬の鳴く也寒念仏　あとどもにいぬのなくなりかんねぶつ　政5　文政句帖

犬踏んでおどされにけり寒念仏　いぬふんでおどされにけりかんねぶつ　政5　文政句帖

けちむらやをろぬいて行寒念仏　けちむらやおろのいてゆくかんねぶつ　政5　文政句帖

つんぼ札首にかけツヽ寒念仏　つんぼふだくびにかけつつかんねぶつ　政5　文政句帖

夜食出す門ももたぬや寒念仏　やしょくだすかどももたぬやかんねぶつ　政5　文政句帖

狼が御供する也寒念仏
おおかみがおともするなりかんねぶつ
政7　政七句帖草　異『同草稿』中七「供をする也」

真黒な薮と見へしが寒念仏
まっくろなやぶとみえしがかんねぶつ
政10　政九十句写　同『希杖本』

寒念仏さては貴殿でありしよな
かんねぶつさてはきでんでありしよな
不詳　遺稿　同『文政版』『嘉永版』

仕過るやはかやつて行寒念仏
しすぎるやはかやってゆくかんねぶつ
不詳　自筆本

つら役や不承〳〵に寒念仏
つらやくやふしょうぶしょうにかんねぶつ
不詳　希杖本

寒の水

見てさへや惣身にひゞく寒の水
みてさえやそうみにひびくかんのみず
化3　文化句帖

裸身や上手に浴る寒の水
はだかみやじょうずにあびるかんのみず
化14　七番日記

庵
名代の寒水浴る雀哉
みょうだいのかんすいあびるすずめかな
政1　七番日記

寒水や鳶の輪うる（かかる）ゝ投手桶
かんすいやとびのわかかるなげておけ
政2　八番日記

寒の水浴よ金比羅金兵衛忌
かんのみずあびよこんぴらきんべえき
政2　八番日記

どれ程の世をへるとてか寒の水
どれほどのよをへるとてかかんのみず
政2　八番日記

朝風にあの年をして寒の水
あさかぜにあのとしをしてかんのみず
政3　八番日記　参『梅塵八番』上五「朝風の」

見るにさい（へ）ぞつとする也寒の水
みるにさえぞっとするなりかんのみず
政3　八番日記　参『梅塵八番』上五「見るにさへ」

一文がざぶ（濁ニママ）り浴るや寒の水
いちもんがざぶりあびるやかんのみず
政4　八番日記

名代の寒水浴る烏哉
みょうだいのかんすいあびるからすかな
不詳　自筆本

口切

手前茶の口切にさへゆふべ哉　てまえちゃのくちきりにさえゆうべかな　化3　文化句帖

口切の天窓員也毛なし山　くちきりのあたまかずなりけなしやま　化11　七番日記

よい雨や茶壷の口を切日迚　よいさめやちゃつぼのくちをきるひとて　化11　七番日記

口切やはやして通る天つ雁　くちきりやはやしてとおるあまつかり　化12　七番日記　異「書簡」中七「はやりて通る」

時雨せよ茶壷の口を今切ぞ　しぐれせよちゃつぼのくちをいまきるぞ　化12　七番日記

西山の口切巡りしたりけり　にしやまのくちきりめぐりしたりけり　化12　七番日記

口切の日に点かけて廻しけり　くちきりのひにてんかけてまわしけり　政4　八番日記　参『梅塵八番』下五「過しけり」

冬構え

碩鼠

鼠ない里と見へけり冬構　ねずみないさととみえけりふゆがまえ　享3　享和句帖

冬構蔦一筋も栄耀也　ふゆがまえつたひとすじもえようなり　化1　文化句帖

道灌〔に〕蓑かし申せ冬構　どうかんにみのかしもうせふゆがまえ　化10　七番日記

炉開き

江戸中に炉を明〔るの〕もひとり哉　えどじゅうにろをあけるのもひとりかな　化2　文化句帖

化もせで開き通せしいろり哉　ばけもせでひらきとおせしいろりかな　化2　文化句帖

炉を明てきたなく見ゆる垣根哉　ろをあけてきたなくみゆるかきねかな　化2　文化句帖

炉開て先はかざゝん紅葉哉　ろひらいてまずはかざさんもみじかな　化3　文化句帖

油桶ソワカと開らくいろり哉　あぶらおけそわかとひらくいろりかな　化10　七番日記

炉開やあつらへ通り夜の雨　ろびらきやあつらえどおりよるのあめ　化10　七番日記　同『志多良』『句稿消息』『文政

版』『嘉永版』「遺稿」 異『自筆本』中七「拵へ通り」

炉開や勧学院の鳩雀
ろびらきやかんがくいんのはとすずめ　化10　七番日記

炉開やケン使がましや鳶の顔
ろびらきやけんしがましやとびのかお　化10　七番日記

なむ大ひ〳〵と明るいろり哉
なむだいひだいひとあけるいろりかな　化11　七番日記

開く炉に峰の松風通ひけり
ひらくろにみねのまつかぜかよいけり　化11　七番日記

炉開や小判のはしの菊の花
ろびらきやこばんのはしのきくのはな　化11　七番日記

炉開や例え通りの初時雨
ろびらきやたとえどおりのはつしぐれ　化11　七番日記

ひとりだけほじくつておくいろり哉
ひとりだけほじくっておくいろりかな　化12　七番日記

炉を明て見てもつまらぬ独哉
ろをあけてみてもつまらぬひとりかな　化12　七番日記　同『自筆本』前書「妻におくれて」

炉を明て見てもやつぱりひとり哉
ろをあけてみてもやっぱりひとりかな　化13　七番日記

いろり

炉のはたやよべの笑ひがいとまごひ
ろのはたやよべのわらいがいとまごい　寛11　真蹟

二人してイロリの縁を枕哉
ふたりしていろりのへりをまくらかな　化10　七番日記

朝つからかぢり付たるいろり哉
あさっからかじりつきたるいろりかな　化13　七番日記　同『自筆本』

一尺の子があぐらかくいろり哉
いっしゃくのこがあぐらかくいろりかな　化13　七番日記

イロハニホヘ《イ》トヲ習ふいろり哉
いろはにほへとをならういろりかな　政5　文政句帖

掛取が土足ふみ込むいろり哉　かけとりがどそくふみこむいろりかな　政5　文政句帖

狙丸がよこ坐（座）うけとるいろり哉　さるまるがよこざうけとるいろりかな　政5　文政句帖

つぐらから猫が面出すいろり哉　つぐらからねこがつらだすいろりかな　政5　文政句帖

としよりやいろり明りに賃仕事　としよりやいろりあかりにちんしごと　政5　文政句帖

ヒダ山の入日横たふいろり哉　ひだやまのいりひよこたういろりかな　政5　文政句帖

よこざには茶の子を居るいろり哉　よこざにはちゃのこをすえるいろりかな　政5　文政句帖

顔見せ

顔見せや人の中より明烏　かおみせやひとのなかよりあけがらす　化11　七番日記

皺顔も同じ並びぞ梅の花　しわがおもおなじならびぞうめのはな　化11　七番日記

世中や皺顔見せになにはから　よのなかやしわがおみせになにわから　化11　七番日記

顔見せの顔もことしはいくつへる　かおみせのかおもことしはいくつへる　化12　七番日記

顔見せや親〔の〕かたみの苦わらひ　かおみせやおやのかたみのにがわらい　化12　七番日記

顔見せや声を合する天つ雁　かおみせやこえをあわするあまつかり　化12　七番日記

顔見せや大な人のうしろから　かおみせやおおきなひとのうしろから　政6　文政句帖

顔見せや人の天窓が邪魔になる　かおみせやひとのあたまがじゃまになる　政6　文政句帖　同『自筆本』

浅尾為十郎といふ六十のとし江戸に来たる

浅ましや皺顔見せに浪花から　あさましやしわがおみせになにわから　不詳　自筆本

煤掃（煤竹　煤竹売　煤祝）

煤掃や琴もて居る梅の蔭　すすはきやこともてすわるうめのかげ　寛9　丁巳春遊

降雪もはりあひなれや葉竹売　ふるゆきもはりあいなれやはだけうり　化1　文化句帖

思ふさま鳩も鳴おれ煤もはく　おもうさまはともなきおれすすもはく　化2　文化句帖

スヽ竹も皆は這入らぬやどり哉　すすだけもみなははいらぬやどりかな　化2　文化句帖

すゝははき何と越路のしやくし達　すすははきなんとこしじのしゃくしたち　化2　文化句帖

夕月や松の天窓の煤もはく　ゆうづきやまつのあたまのすすもはく　化2　文化句帖

かつしかや煤の捨場も角田川　かつしかやすすのすてばもすみだがわ　化3　文化句帖

竹売の竹にもしばし雀哉　たけうりのたけにもしばしすずめかな　化3　文化句帖

すゝ払藪の雀の寝所迄　すすはらいやぶのすずめのねどこまで　化4　文化句帖

梅椿咲立られてすゝやはく　うめつばきさきたてられてすすやはく　化5　化五六句記

梅の木や都のすゝの棄所　うめのきやみやこのすすのすてどころ　化5　化五六句記

すゝ竹や馬の首も其序　すすだけやうまのこうべもそのついで　化5　化五六句記

すゝ竹や先鴬の鳴ところ　すすだけやまずうぐいすのなくところ　化5　化五六句記

すゝ掃て長閑に暮る菜畠哉　すすはいてのどかにくるるなばたかな　化5　化五六句記

すゝはきやけろ〳〵門の梅花　すすはきやけろけろかどのうめのはな　化5　化五六句記

草の戸や梅にせかれて煤をはく　くさのとやうめにせかれてすすをはく　化7　七番日記

煤とりて寝て見たりけり亦打山　すすとりてねてみたりけりまつちやま　化7　七番日記

煤はきや火のけも見えぬ見世女郎　すすはきやひのけもみえぬみせじょろう　化7　七番日記

蜩のけたゝましさよ煤はらひ　ひぐらしのけたたましさよすすはらい　化7　七番日記

ほか〳〵と煤がかすむぞ又打山　ほかほかとすすがかすむぞまつちやま　化7　七番日記

都鳥それさへ煤をかぶりけり　みやこどりそれさえすすをかぶりけり　化7　小くじら

御すゝや雀のあびる程もなき　おんすすやすずめのあびるほどもなき　化9　七番日記

かくれ家や犬の天窓のすゝもはく　かくれがやいぬのあたまのすすもはく　化9　七番日記　同『句稿消息』

夕月や御煤の過し善光寺　ゆうづきやおすすのすぎしぜんこうじ　化9　七番日記　同『文政版』『嘉永版』

名月や御煤の過し善光寺　めいげつやおすすのすぎしぜんこうじ　化9　句稿消息　同「遺稿」

浴るともあなたの煤ぞ善光寺　あびるともあなたのすすぞぜんこうじ　化10　七番日記　同『句稿消息』

有明や〔ア〕ミダ如来とすゝ祝　ありあけやあみだにょらいとすすいわい　化10　七番日記

庵のすゝざつとはく真似したりけり　いおのすすざっとはくまねしたりけり　化10　七番日記

庵の煤三文程もなかりけり　いおのすすさんもんほどもなかりけり　化10　七番日記

門雀米ねだりけり煤いはひ　かどすずめこめねだりけりすすいわい　化10　七番日記

水仏(仙)も煤をかぶつて立りけり　すいせんもすすをかぶってたてりけり　化10　七番日記

煤捨んそこのき給へ御雀　すすすてんそこのきたまえおんすずめ　化10　七番日記

煤はきや池の汀の亀に迄　すすはきやいけのみぎわのかめにまで　化10　七番日記

煤はきやさて此次は爺がまひ　すすはきやさてこのつぎはじじがまい　化10　七番日記

煤はきや花の水仙梅つばき　すすはきやはなのすいせんうめつばき　化10　七番日記　同『発句鈔追加』

すゝはくや薮は水仙梅つばき　すすはくややぶはすいせんうめつばき　化10　七番日記

煤ほこり天窓下しや梅つばき　すすほこりあたまくだしやうめつばき　化10　七番日記

なよ竹の世をうぢ山もすゝ払　なよたけのよをうじやまもすすはらい　化10　七番日記

なら坂やほの〴〵煤の横がすみ　ならさかやほのぼのすすのよこがすみ　化10　七番日記

ほの〴〵と棚引すゝや江戸見坂　ほのぼのとたなびくすすやえどみざか　化10　七番日記

都鳥それにも煤をあびせけり　みやこどりそれにもすすをあびせけり　化10　松のしをり

山里や煤をかぶつて梅椿　やまざとやすすをかぶってうめつばき　化10　七番日記

我庵やすゝはき竹も其序　わがいおやすすはきだけもそのついで　化10　七番日記

隠家の犬も人数やすゝ祝　かくれがのいぬもにんずやすすいわい　化11　七番日記

煤はきにげん気付ルや庵の犬　すすはきにげんきつけるやいおのいぬ　化11　七番日記

御鳥もついと並ぶや煤祝　おからすもついとならぶやすすいわい　化13　七番日記

面で煤はいたやうなるやつら哉　つらですすはいたようなるやつらかな　化13　七番日記

我家は団〔扇〕で煤をはらひけり　わがいえはうちわですすをはらいけり　化13　七番日記

庵の煤嵐が掃てくれにけり　いおのすすあらしがはいてくれにけり　化14　七番日記

庵の煤口で吹ても仕廻けり　いおのすすくちでふいてもしまいけり　化14　七番日記　異『同日記』中七「口にて吹て」

庵の煤掃真似〔を〕して置にけり　いおのすすはくまねをしておきにけり　化14　七番日記

煤竹も舞のそぶりの社哉　すすだけもまいのそぶりのやしろかな　化14　七番日記

煤掃て垣も洗て三ケの月　すすはいてかきもあらってみかのつき　化14　七番日記

それ遊べ煤もハイタゾ門雀　それあそべすすもはいたぞかどすずめ　化14　七番日記

ほの〴〵と棚引すゝや寛永寺　ほのぼのとたなびくすすやかんえいじ　化14　七番日記　同『自筆本』、「真蹟」前書「文化十四年十一月七日」

庵の煤はく真似をして仕廻けり　いおのすすはくまねをしてしまいけり　政1　七番日記　同『発句鈔追加』前書「草庵」

煤の手でうけとりにけり小重箱　すすのてでうけとりにけりこじゅうばこ　政1　七番日記

煤掃のことはりもせぬ山家哉　すすはきのことわりもせぬやまがかな　政1　七番日記

煤はきや旭に向ふ鼻の穴　すすはきやあさひにむかうはなのあな　政1　七番日記

大仏の鼻から出たり煤払　だいぶつのはなからでたりすすはらい　政1　七番日記

ホチヤ〱と菜遣しぬ煤払
ほちゃほちゃとなつかわしぬすすはらい
政1　七番日記

ほの〴〵と明わたりけり煤の顔
ほのぼのとあけわたりけりすすのかお
政1　七番日記

若声や向両国の煤払
わかごえやむこうりょうごくのすすはらい
政1　七番日記

煤竹にころ〱猫がざれにけり
すすだけにころころねこがざれにけり
政2　梅塵八番

煤竹や薮のやしろも一社
すすだけややぶのやしろもひとやしろ
政2　梅塵八番

煤は〔い〕た形で出歩く小野郎哉
すすはいたなりででかあるくこやろかな
政2　八番日記　参『梅塵八番』上五「煤掃た」

煤払の世話がなき身の涙かな
すすはきのせわがなきみのなみだかな
政2　八番日記　参『梅塵八番』中七「世話のなき身を」

猫連て松へ隠居やすゝはらへ《ひ》
ねこつれてまつへいんきょやすすはらい
政2　八番日記　参『梅塵八番』下五「煤払」

長閑さや煤はと《いた》ゝ夜の小行燈
のどかさやすすはいたよのこあんどん
政2　八番日記

庵の煤風が払てくれにけり
いおのすすかぜがはらってくれにけり
政3　八番日記

煤竹〔の〕高砂めくや爺が舞
すすだけのたかさごめくやじじがまい
政3　八番日記

煤竹や高砂めいた爺が顔
すすだけやたかさごめいたじじがかお
政3　梅塵八番

煤はくもあく日なんどの《と》むづかしや
すすはくもあくびなんどとむずかしや
政3　八番日記　参『梅塵八番』中七「悪日になどゝ」

身一ツを邪魔にされけり煤はらへ《ひ》
みひとつをじゃまにされけりすすはらい
政3　八番日記　参『梅塵八番』下五「煤払」

山里は四五年ぶりの煤払
やまざとはしごねんぶりのすすはらい
政3　八番日記　異『自筆本』上五「山里や」　参『梅塵八番』上五「山里や」

煤はきやねらひすまして来る行脚
すすはきやねらいすましてくるあんぎゃ
政4　八番日記

煤はきや貰餅おく雪の上　すすはきやもらいもちおくゆきのうえ　政4　八番日記

煤埃一むら雪のもよふ哉　すすぼこりひとむらゆきのもようかな　政4　八番日記

隅の蜘案じな煤はとらぬぞよ　すみのくもあんじなすすはとらぬぞよ　政4　八番日記

大犬の胴づかれけりすゝはらひ　おおいぬのどうづかれけりすすはらい　政5　文政句帖

けふの日や流も煤になるみがた　きょうのひやながれもすすになるみがた　政5　文政句帖

煤竹〔や〕仏の顔も一なぐり　すすだけやほとけのかおもひとなぐり　政5　文政句帖

すゝ竹や例の爺の昔舞　すすだけやれいのじじいのむかしまい　政5　文政句帖

煤はかぬとて〔も〕都の住居哉　すすはかぬとてもみやこのすまいかな　政5　文政句帖

煤はきや我は人形につかはるゝ　すすはきやわれはにんぎょにつかわるる　政5　文政句帖

市神や呑くふのみのすゝ払　いちがみやのみくうのみのすすはらい　政6　文政句帖

御持仏や肩衣かけて煤をはく　ごじぶつやかたぎぬかけてすすをはく　政6　文政句帖

煤さはぎぱたり〔と〕過て朝御灯　すすさわぎぱたりとすぎてあさみとう　政6　文政句帖

煤過やぞろりととぼる朱蝋燭　すすすぎやぞろりととぼるしゅろうそく　政6　文政句帖

煤はきや東は赤い日の出空　すすはきやひがしはあかいひのでぞら　政6　文政句帖

掃煤のはく程黒き畳哉　はくすすのはくほどくろきたたみかな　政6　文政句帖

人並や庵も夜なべのすゝ払　ひとなみやいおもよなべのすすはらい　政6　文政句帖

煤芥も銭に成りけり片山家　すすごみもぜにになりけりかたやまが　政7　政七句帖草

煤過や僧都は居間に一人釜　すすすぎやそうずはいまにひとりがま　政7　政七句帖草

煤過や堂は朝□の朱蝋燭　すすすぎやどうはあさ□のしゅろうそく　政7　政七句帖草

煤過へ札引ぱりぬ御門哉　すすすぎへふだひっぱりぬごもんかな　政7　政七句帖草

煤取て錠おろす也旅かせぎ　すすとりてじょうおろすなりたびかせぎ　政7　政七句帖草

煤はけば猫も□爪　すすはけばねこも□つめ　政7　政七句帖草

二番寝の枕元より煤払　にばんねのまくらもとよりすすはらい　政7　政七句帖草　異『文政句帖』中七「枕より」

すゝ芥も銭になりけり小松川　すすごみもぜにになりけりこまつがわ　政7　文政句帖

煤さはぎすむや御堂の朱蝋燭　すすさわぎすむやみどうのしゅろうそく　政7　文政句帖

すゝ竹を入れぬ（る）まねして仕廻けり　すすだけをいれるまねしてしまいけり　政7　文政句帖

煤取て錠をおろして旅かせぎ　すすとりてじょうをおろしてたびかせぎ　政7　文政句帖　同「書簡」

煤はきや和尚は居間にひとり釜　すすはきやおしょうはいまにひとりがま　政7　文政句帖

煤はきや払ひ出しけり柱疵　すすはきやはらいだしけりはしらきず　政7　文政句帖

煤はきや孫かこつけに両国へ　すすはきやまごかこつけにりょうごくへ　政7　文政句帖　同『政七句帖草』

入り道縄引張て煤はらひ　はいりみちなわひっぱってすすはらい　政7　文政句帖

古郷や四五〔年〕ぶりの煤はらひ　ふるさとやしごねんぶりのすすはらい　政7　文政句帖

今掃た迹（後）から煤がぼたり哉　いまはいたあとからすすがぼたりかな　政8　文政句帖

梅椿煤をかぶつたげんき哉　うめつばきすすをかぶったげんきかな　政8　文政句帖

酒時をかいで戻るや煤払　さかどきをかいでもどるやすすはらい　政8　文政句帖

京に行後世者を送

浴るともあなたの煤ぞ本願寺　あびるともあなたのすすぞほんがんじ　不詳　自筆本

庵の煤〔嵐〕が掃て仕廻けり　いおのすすあらしがはいてしまいけり　不詳　自筆本

隠家や松の天窓の煤もはく　かくれがやまつのあたまのすすもはく　不詳　自筆本

煤竹も丸に這入らぬ庵哉　すすだけもまるにはいらぬいおりかな　不詳　自筆本

煤芥を天窓下しや梅椿
すすごみをあたまくだしやうめつばき
不詳　自筆本　同『希杖本別本』

煤はいて松も洗て三ケの月
すすはいてまつもあらいてみかのつき
不詳　自筆本

煤竹に御諚ありけり爺が舞
すすだけにごじょうありけりじじがまい
不詳　希杖本

けふも／＼人の煤なり貧乏人
きょうもきょうもひとのすすなりびんぼにん
不詳　発句鈔追加

煤竹のつゝぱりまハるいほり哉
すすだけのつっぱりまわるいおりかな
不詳　発句鈔追加

煤掃にとまり合する行脚哉
すすはきにとまりあわするあんぎゃかな
不詳　発句鈔追加

節季候

松風や小野ゝおくさへせき候と
まつかぜやおののおくさえせきぞろと
化2　文化句帖

節季候の見むきもせぬや角田川
せきぞろのみむきもせぬやすみだがわ
化3　文化句帖　同『発句鈔追加』『梅塵抄録本』『葛斎抜粋』

節季候のむなしく見るや角田川
せきぞろのむなしくみるやすみだがわ
化3　文化句帖

今しがた浅ぢを出たり季節（節季）候
いましがたあさじをでたりせっきぞろ
化9　七番日記

せき候や七尺去て小セキ候
せきぞろやななしゃくさってこせきぞろ
化9　七番日記　同『句稿消息』『発句題叢』『文政版』『嘉永版』『自筆本』「遺稿」『作枝発句書留帖』

おく小野や小藪隠れも節キ候
おくおののやこやぶがくれもせっきぞろ
化10　七番日記　異『自筆本』中七「小藪がくれの」

さが山に節季候候なり込ぬ
さがやまにせっきぞろぞろなりこみぬ
化10　七番日記

節季候にけられ給ふな迹（後）の児
せきぞろにけられたもうなあとのちご
化10　七番日記　異『志多良』中七「蹴とばさるゝな」

せき候の辷［つ］たまゝで梅の花
せきぞろのすべったままでうめのはな
化10　七番日記

せき候よ女せき候それも御代
せきぞろよおんなせきぞろそれもみよ
化10　七番日記

節季候を女もす也それも御代
せきぞろをおんなもすなりそれもみよ
化10　七番日記　[同]『志多良』前書「はやるものは」、『希杖本』

おく小野の薮もせき候節季候
おくおののやぶもせきぞろせっきぞろ
化11　句稿消息　[異]『七番日記』上五「おく小野や」下五「節季がへ」

おく小野や森さへあれば節き候
おくおののやもりさえあればせっきぞろ
化11　句稿消息

嵯峨山に節季で候なり込ぬ
さがやまにせっきでそうろうなりこみぬ
化11　句稿消息　[異]『志多良』上五「嵯峨山へ」

扨も〳〵六十顔のせ〔つ〕き候
さてもさてもろくじゅうがおのせっきぞろ
化11　七番日記　[同]『同日記』に重出

そりや梅が〳〵とやせ〔つ〕き候
そりゃうめがそりゃうめがとやせっきぞろ
化11　七番日記

なり込やしかもせき候〳〵と
なりこむやしかもせきぞろせきぞろと
化14　七番日記

ヱドの世は女もす也節き候
えどのよはおんなもすなりせっきぞろ
政1　七番日記

門口や上手に辷る節季候
かどぐちやじょうずにすべるせっきぞろ
政1　七番日記　[同]『発句鈔追加』

木隠て又やせき候〳〵と
こがくれてまたやせきぞろせきぞろと
政1　七番日記

木陰のサガもせき候〳〵哉
こがくれのさがもせきぞろせきぞろかな
政1　七番日記

せき候の尻の先也角田川
せきぞろのしりのさきなりすみだがわ
政1　七番日記

せき候や腮でかぞへる村の家
せきぞろやあごでかぞえるむらのいえ
政1　七番日記　[同]『自筆本』

セキ候よおのが妻〔に〕もして見せよ
せきぞろよおのがつまにもしてみせよ
政1　七番日記

鶺令(鴒)の尻ではやすやせ〔つ〕き候
せきれいのしりではやすやせっきぞろ
政1　七番日記

子のまねを親もする也節き候
このまねをおやもするなりせっきぞろ
政2　おらが春　[同]『八番日記』

下京や夜は素人のせつき候
しもぎょうやよはしろうとのせっきぞろ
政2　八番日記

お《（せ）》き候やお一日から立に立
せきぞろやおついたちからたちにたつ
政2　八番日記

せき候や小銭も羽が生てとぶ
せきぞろやこぜにもはねがはえてとぶ
政2　八番日記　参『梅塵八番』中七「小銭に羽根が」下五「生て舞ふ」

せき候やはか《（る）》〴〵帰る馬《（寺）》の門
せきぞろやはるばるかえるてらのもん
政2　八番日記　参『梅塵八番』中七「はる〴〵帰る」下五「寺の門」

町中をよい年をしてせつき候
まちなかをよいとしをしてせっきぞろ
政2　八番日記　同『嘉永版』

藪の家やむだにして云節季候
やぶのややむだにしていうせっきぞろ
政2　八番日記　同『希杖本』

天窓から湯けむり立て節季候
あたまからゆけむりたててせっきぞろ
政3　八番日記　参『梅塵八番』中七「湯けぶり立て」

大藪の入もせき候〳〵よ
おおやぶのいりもせきぞろせきぞろよ
政3　八番日記

せき候に負ぬや門のむら雀
せきぞろにまけぬやかどのむらすずめ
政3　八番日記

せき候も三弦にのる都哉
せきぞろもしゃみせんにのるみやこかな
政3　八番日記　同『発句鈔追加』「書簡」

せき候やさゝらでなでる梅の花
せきぞろやささらでなでるうめのはな
政3　八番日記　同「書簡」　参『梅塵八番』上五「節季候の」

せき候やよい年をして画どり顔
せきぞろやよいとしをしてえどりがお
政3　八番日記

年寄のせいにヤレ〳〵せ〔つ〕き候
としよりのせいにやれやれせっきぞろ
政3　八番日記　参『梅塵八番』中七「せいにあれ〳〵」下五「節季候」

引風のせきから直に節き候
ひきかぜのせきからすぐにせっきぞろ
政3　八番日記　参『梅塵八番』上五「引風よ」

ヤレ〳〵よい年をして節き候
やれもやれもよいとしをしてせっきぞろ
政3　八番日記

うら家をものがしはせぬぞせつき候　うらやをものがしはせぬぞせっきぞろ　政4　八番日記

から風やしかもしらふかせつき候　からかぜやしかもしらふかせっきぞろ　政4　八番日記　参『梅塵八番』中七「しかもしらふの」

三味絃でせきぞろするや今浮世　しゃみせんでせきぞろするやいまうきよ　政4　八番日記

節き候のとりおとさぬや薮の家　せきぞろのとりおとさぬややぶのいえ　政5　文政句帖

節き候が三絃に《（を）》引都哉　せきぞろがしゃみせんをひくみやこかな　政6　文政句帖

門の犬なぶりながらや子せき候　かどのいぬなぶりながらやこせきぞろ　政7　政七句帖草

コモ僧や二たて過しせ〔つ〕き候　こもそうやふたたてすぎしせっきぞろ　政7　政七句帖草

柴の戸〔や〕草臥声のき《（せ）》つき候　しばのとやくたびれごえのせっきぞろ　政7　政七句帖草

せき候は二立過しコモ僧哉　せきぞろはふたたてすぎしこもそうかな　政7　政七句帖草

せき候や今寝ばななるつぐらの子　せきぞろやいまねばななるつぐらのこ　政7　政七句帖草

立馬の屁の風下や節き候　たちうまのへのかざしもやせっきぞろ　政7　政七句帖草

立馬の屁の吹れや節き候　たちうまのへのふかれやせっきぞろ　政7　政七句帖草

連て〔来て〕妻に見せるやせつき候　つれてきてつまにみせるやせっきぞろ　政7　政七句帖草

年よりや面もかぶらずせつき候　としよりやめんもかぶらずせっきぞろ　政7　政七句帖草

飛替てせき候さすや門の犬　とびかえてせきぞろさすやかどのいぬ　政7　政七句帖草

女房に三絃引せてせつき候　にょうぼうにしゃみせんひかせてせっきぞろ　政7　政七句帖草

馬の屁の真風下やせつき候　うまのへのまっかざしもやせっきぞろ　政7　文政句帖

欠茶碗足でなぶるやせつき候　かけぢゃわんあしでなぶるやせっきぞろ　政7　文政句帖

門の犬じやらしながらや小せき候　かどのいぬじゃらしながらやこせきぞろ　政7　文政句帖

子仏や指して居るせつき候　こぼとけやゆびさしているせっきぞろ　政7　文政句帖

小薮から小薮がくれやせつき候　こやぶからこやぶがくれやせっきぞろ　政7　文政句帖

三絃は妻に引せてせつき候　しゃみせんはつまにひかせてせっきぞろ　政7　文政句帖

せき候の犬けとばしもせざりけり　せきぞろのいぬけとばしもせざりけり　政7　文政句帖

せき候や長大門の暮の月　せきぞろやながだいもんのくれのつき　政7　文政句帖

せき候や本気でもどるあさぢ原　せきぞろやほんきでもどるあさじはら　政7　文政句帖

つぐら子は寝入ばな也せつき候　つぐらこはねいりばななりせっきぞろ　政7　文政句帖

都だけに少にやけけりせつき候　みやこだけにすこしにやけけりせっきぞろ　政7　文政句帖　異『政七句帖草』上五「都だけ」

脇寄てせき候さすや門の犬　わきよってせきぞろさすやかどのいぬ　政7　文政句帖　同「書簡」

朝寝坊が寝徳したり節キ候　あさねぼうがいねどくしたりせっきぞろ　政8　文政句帖

せき候を女もす也江戸町　せきぞろをおんなもすなりえどのまち　不詳　自筆本

傾城がかはいがりけり小せき候　けいせいがかわいがりけりこせきぞろ　不詳　希杖本

札納（御祓納）

御祓の縛られ給ふ榎哉　おはらいのしばられたもうえのきかな　化10　七番日記

札納

梅の木や御祓箱を負ながら　うめのきやおはらいばこをおいながら　政2　おらが春

みよしのや桜の下に納札　みよしのやさくらのしたにおさめふだ　政2　八番日記

御祓の古きは少隠居哉　おはらいのふるきはすこしいんきょかな　政5　文政句帖

乞食の手へ納めけり古御札　こつじきのてへおさめけりふるおふだ　政5　文政句帖

守り札古きはへがれ給ひけり　まもりふだふるきはへがれたまいけり　政5　文政句帖

乞食の手へ納めたる御札かな　こつじきのてへおさめたるおふだかな　政6　文政句帖　同『自筆本』

いせ参いざと流すや古祓　いせまいりいざとながすやふるはらい　不詳　自筆本

餅つき（年取り餅　のし餅　賃餅　稗餅　粟餅　餅の札）

のし餅にや□の旭のあたる迄　のしもちにや□のあさひのあたるまで　享3　享和句帖

松ありて又松ありて餅の音　まつありてまたまつありてもちのおと　享3　享和句帖

もちつきはうしろになりぬ角田川　もちつきはうしろになりぬすみだがわ　享3　享和句帖

大原や木がくれてのみ餅をつく　おおはらやこがくれてのみもちをつく　化2　文化句帖　同『発句題叢』『自筆本』『丙寅遍覧』『二葉草寅巻』

松風も古きためしや餅の音　まつかぜもふるきためしやもちのおと　化2　文化句帖

餅搗もかすむものぞよ小松川　もちつきもかすむものぞよこまつがわ　化2　文化句帖

もちつきも夜に入るさまの角田川　もちつきもよにいるさまのすみだがわ　化2　文化句帖

もちつきや門は雀の遊処　もちつきやかどはすずめのあそびどこ　化2　文化句帖

餅つき〔や〕一足づゝに京の空　もちつきやひとあしずつにきょうのそら　化2　文化句帖

餅つき〔や〕羅羅（漢）の鴻もつゝがなく　もちつきやらかんのこうもつつがなく　化2　文化句帖

家（屋）根穴なべて餅つく夜也けり　やねのあななべてもちつくよなりけり　化2　文化句帖

夜に入れば餅の音する榎哉　よにいればもちのおとするえのきかな　化2　文化句帖

我門は常の雨夜や餅の音　わがかどはつねのあまよやもちのおと　化2　文化句帖

春来と餅つく山を見てし哉　はるくるともちつくやまをみてしかな　化4　文化句帖

木隠やアミダ如来の餅をつく　こがくれやあみだにょらいのもちをつく　化5　化五六句記

餅つきや都の鶏も皆目覚　もちつきやみやこのとりもみなめざむ　化5　化五六句記

餅つきや今それがしも古郷入　もちつきやいまそれがしもこきょういり　化9　七番日記　同『句稿消息』

あこが餅〳〵迚並べけり　あこがもちあこがもちとてならべけり　化10　七番日記　同「真蹟」『句稿消息』『おらが春』『自筆本』

迹《(後)》臼は烏のもちや西方寺　あとうすはからすのもちやさいほうじ　化10　七番日記

庵の夜は餅一枚の明り哉　いおのよはもちいちまいのあかりかな　化10　七番日記

門並や只一臼も餅さはぎ　かどなみやただひとうすももちさわぎ　化10　七番日記　同『志多良』

門並や只一臼も餅の唄　かどなみやただひとうすももちのうた　化10　句稿消息

高砂のやうな二人や餅をつく　たかさごのようなふたりやもちをつく　化10　七番日記

高砂や松を小楯にもちをつく　たかさごやまつをこだてにもちをつく　化10　七番日記

ちん餅〔や〕只四五升も歌うたふ　ちんもちやただしごしょうもうたうたう　化10　七番日記

鳴烏餅がつかれぬしだらやら　なくからすもちがつかれぬしだらやら　化10　七番日記

餅出よ〳〵とや庭たゝき　もちいでよもちいでよとやにわたたき　化10　七番日記

餅臼にそれうぐひすよ〳〵　もちうすにそれうぐいすよううぐいすよ　化10　七番日記

餅臼に例の鴬とまりけり　もちうすにれいのうぐいすとまりけり　化10　七番日記

餅つきと闇を並る榎哉　もちつきとやみをならべるえのきかな　化10　七番日記　同『句稿消息』

もち搗や軒から首を出す烏　もちつきやのきからくびをだすからす　化10　七番日記　同『自筆本』

庵の田もとう〳〵餅に成にけり　いおのたもとうとうもちになりにけり　化11　七番日記

鶏が餅踏んづけて通りけり　にわとりがもちふんづけてとおりけり　化11　七番日記

餅搗や臼にさしたる梅の花　もちつきやうすにさしたるうめのはな　化11　七番日記　同『自筆本』

餅搗や松の住吉大明神　もちつきやまつのすみよしだいみょうじん　化11　七番日記
藪陰やとしとり餅も一人つき　やぶかげやとしとりもちもひとりつき　化11　七番日記
庵の餅つくにも千代を諷ひけり　いおのもちつくにもちよをうたいけり　化13　七番日記
庵の夜は餅の明りに寝たりけり　いおのよはもちのあかりにねたりけり　化13　七番日記　同『自筆本』
犬〔の〕ぶん烏の餅も搗にけり　いぬのぶんからすのもちもつきにけり　化13　七番日記
町並やこんな庵でも餅さはぎ　まちなみやこんないおでももちさわぎ　化13　七番日記
餅とぶやぴたりと犬の大口へ　もちとぶやぴたりといぬのおおぐちへ　化13　七番日記
鶏の餅フン付ておかしさよ　にわとりのもちふんづけておかしさよ　化14　七番日記
のし餅の皺手の迹(跡)はかくれぬぞ　のしもちのしわでのあとはかくれぬぞ　化14　七番日記
のし餅のビハ湖のなりや三ケの月　のしもちのびわこのなりやみかのつき　化14　七番日記
ヒヘ餅〔は〕つく音にてもしられけり　ひえもちはつくおとにてもしられけり　化14　七番日記

餅搗のもちがとぶ也犬の口　もちつきのもちがとぶなりいぬのくち　化14　七番日記
餅つきや煻火広ル雪の上　もちつきやおきびひろげるゆきのうえ　化14　七番日記　同『同日記』に重出
世中やおれ〔が〕こねても餅になる　よのなかやおれがこねてももちになる　化14　七番日記
隠家や手の凹程も餅さはぎ　かくれがやてのくぼほどももちさわぎ　政1　七番日記
のし餅と仝並や角田川　のしもちとおなじならびやすみだがわ　政1　七番日記
のし餅や子どものつかふ大団〔扇〕　のしもちやこどものつかうおおうちわ　政1　七番日記
餅つきに女だてらの跨(胯)火哉　もちつきにおんなだてらのまたびかな　政1　七番日記
餅つきも世間はづれや藪家　もちつきもせけんはずれややぶのいえ　政1　七番日記

人事

世は安し焼野ゝ小屋も餅さわぎ
よはやすしやけののこやももちさわぎ
政1　七番日記

薮並に餅もつく也宵の月
やぶなみにもちもつくなりよいのつき
政1　七番日記

犬の餅烏が餅もつかれけり
いぬのもちからすがもちもつかれけり
政2　八番日記　参『梅塵八番』中七「烏のもちも」

母人や丸て投る手本餅
ははびとやまるめてなげるてほんもち
政2　八番日記

はね餅の十（丁）ど入けり犬の口
はねもちのちょうどいりけりいぬのくち
政2　八番日記　参『梅塵八番』中七「丁度入けり」

餅搗が隣へ来たといふ子哉
もちつきがとなりへきたというこかな
政2　おらが春　同「書簡」『八番日記』

もちつきや棚が（の）大黒《〱》にこ〱と
もちつきやたなのだいこくにこにこと
政2　八番日記　参『梅塵八番』中七「棚の大黒」下五「にこ〱と」

我所へ来のではなし餅の音
わがとこへくるのではなしもちのおと
政2　八番日記　異『希杖本』上五「我庵へ」

かくれ家や猫が三疋もちのばん
かくれがやねこがさんびきもちのばん
政3　八番日記

神の餅秤にかゝるうき世哉
かみのもちはかりにかかるうきよかな
政3　八番日記

中（草）の戸ものがしわせぬや餅の札
くさのとものがしはせぬやもちのふだ
政3　八番日記　参『梅塵八番』上五「草の戸も」

雀にも少しどふ也もち祝ひ
すずめにもすこしどうなりもちいわい
政3　八番日記

のし餅の中や一すじ猫の道
のしもちのなかやひとすじねこのみち
政3　八番日記

のし餅や雛（皺）手の迹（跡）のあり〱と
のしもちやしわでのあとのありありと
政3　八番日記　同『自筆本』　参『梅塵八番』中七「皺手の跡の」

ぶつゝけて餅にかく也何貫目
ぶっつけてもちにかくなりなんかんめ
政3　八番日記　参『梅塵八番』上五「ふんづけて」

神棚の火《（灯）》で並べけりもち莚
かみだなのひでならべけりもちむしろ　政4　八番日記　同『自筆本』

草の庵年取餅を買にけり
くさのいおとしとりもちをかいにけり　政4　八番日記　参『梅塵八番』中七「年取もちも」

さむしろや餅を定木に餅を切
さむしろやもちをじょうぎにもちをきる　政4　八番日記

三角の餅をいたゞくまゝ子哉
さんかくのもちをいただくままこかな　政4　八番日記

並べけりふき《（さ）》〳〵餅も夜の体
ならべけりふさふさもちもよるのてい　政4　八番日記　参『梅塵八番』中七「ふさ〳〵餅も」

はねもちや猫ふん付て歩く也
はねもちやねこふんづけてあるくなり　政4　八番日記　参『梅塵八番』上五「はね餅を」

春待や子のない家ももちをつく
はるまつやこのないいえももちをつく　政4　八番日記

一丸《（め）》の餅でぬくめる両手哉
ひとまるめもちでぬくめるりょうてかな　政4　八番日記

餅つきをせがむ子もなし去ながら
もちつきをせがむこもなしさりながら　政4　八番日記

餅つきや榎にかけし小でうちん
もちつきやえのきにかけしこぢょうちん　政4　八番日記

餅つきやせがむ子どもをはりあいに
もちつきやせがむこどもをはりあいに　政4　八番日記

夜遊びに出ツくわせて〔や〕餅をつく
よあそびにでっくわせてやもちをつく　政4　八番日記　同『同日記』に重出、『文政句帖』『自筆本』

我餅や只一升も唄でつく
わがもちやただいっしょうもうたでつく　政4　八番日記

木がくれやとしとりもちもひとりつく
こがくれやとしとりもちもひとりつく　政5　文政句帖

古ばゝが丸める餅の口伝哉　ふるばばがまるめるもちのくでんかな　政5　文政句帖

餅搗や灯とゞく角田川　もちつきやともしびとどくすみだがわ　政5　文政句帖

餅搗や内義(儀)の客はあられ役　もちつきやないぎのきゃくはあられやく　政5　文政句帖

餅搗や餅買ふてやるうら家の子　もちつきやもちこうてやるうらやのこ　政5　文政句帖

こちへ来る餅の始るや遠隣　こちへくるもちのはじまるやとおどなり　政7　政七句帖草

粉もちも肩を並べる莚哉　こなもちもかたをならべるむしろかな　政7　政七句帖草

餅はねて惣鶏のさはぎ哉　もちはねてそうにわとりのさわぎかな　政7　政七句帖草

餅はねと(て)や鶏惣て身もだへす　もちはねてやにわとりすべてみもだえす　政7　政七句帖草

一枚の餅の明りに寝たりけり　いちまいのもちのあかりにねたりけり　政7　文政句帖

こちへ来る餅の音ぞよ遠隣　こちへくるもちのおとぞよとおどなり　政7　文政句帖

一丸メするとて餅のさはぎ哉　ひとまるめするとてもちのさわぎかな　政7　文政句帖

一人前つくとて餅のさはぎ哉　ひとりまえつくとてもちのさわぎかな　政7　書簡

粟餅ももやうに並ぶ莚哉　あわもちももようにならぶむしろかな　政8　文政句帖　同『発句鈔追加』「書簡」

はね竹(餅)や猫踏んづけてこまり入　はねもちやねこふんづけてこまりいる　政8　文政句帖

迹(後)臼は烏の餅か西方寺　あとうすはからすのもちかさいほうじ　不詳　自筆本

餅つきの木陰〔に〕てうちあはゝ哉　もちつきのこかげにてうちあわわかな　不詳　自筆本

餅とぶやぱつくり犬の明く口へ　もちとぶやぱっくりいぬのあくくちへ　不詳　自筆本

山里や餅を定木に餅を切る　やまざとやもちをじょうぎにもちをきる　不詳　自筆本

妹が子は餅つく程に成にけり　いもがこはもちつくほどになりにけり　不詳　希杖本

餅つきや大黒さまもてツく〳〵　もちつきやだいこくさまもてっくてく　不詳　希杖本

神の灯や餅を定木に餅をきる
かみのひやもちをじょうぎにもちをきる
不詳　文政版　同『嘉永版』

のし餅に寝所とられし庵哉
のしもちにねどことられしいおりかな
不詳　稲長句帖

隠家や猫つくねんと餅の番
かくれがやねこつくねんともちのばん
不詳　発句鈔追加

配り餅

妹は《(が)》子は餅負ふ程〔に〕成にけり
いもがこはもちおうほどになりにけり
化10　七番日記　同『句稿消息』

我宿へ来さうにしたり配り餅
わがやどへきそうにしたりくばりもち
化10　七番日記　同『句稿消息』『希杖本』　異『おらが春』『文政版』『嘉永版』「遺稿」上五「我門へ」、『発句題叢』上五「我門に」、『自筆本』上五「我宿に」、『版本題叢』上五「我門に」下五「餅くばり」、『発句類題集』上五「我が門へ」下五「餅配り」

乙松や手を引れつゝ餅配
おとまつやてをひかれつつもちくばり
化13　七番日記　同『同日記』に重出

供連て餅配りけり御太郎
ともつれてもちくばりけりおんたろう
化13　七番日記

和な中や庵の配り餅
やわらかなうちゃいおりのくばりもち
化14　七番日記

鳩雀来よ〳〵おれも貰餅
はとすずめこよこよおれももらいもち
化14　七番日記　同『同日記』に重出

妹が子の背負うた形リや配餅
いもがこのせおうたなりやくばりもち
政2　おらが春　同『自筆本』　異『八番日記』上五「妹の子の」　参『梅塵八番』上五「妹が子の」

山本や狐の穴もくばり餅
やまもとやきつねのあなもくばりもち
政2　八番日記　参『梅塵八番』下五「餅くばり」

あてにした餅が二所はづれけり
あてにしたもちがふたとこはずれけり
政3　八番日記

寝て聞や貰ふもちつき二所
ねてきくやもらうもちつきふたところ
政4　八番日記　同『自筆本』、「真蹟」前書「陰《(隠)》栖」　参『梅塵八番』上五「寝てばかや」

貰ふ也天神様とちさいもち
もらうなりてんじんさまとちさいもち
政4　八番日記

柴の戸や当の違ひしもち配
しばのとやあてのちがいしもちくばり
政6　文政句帖

歩きしま口上云ふや餅配り
あるきしまこうじょういうやもちくばり
政8　文政句帖　同「真蹟」　異『発句鈔追加』上五「歩行しな」

来るはずの餅を聞〱寝る夜かな
くるはずのもちをききききねるよかな
政8　真蹟　同『希杖本』、『発句鈔追加』前書「草庵」

餅とゞくあた〱とこがけかち《屋》哉
もちとどくあたあたとこがけかちかな
政8　文政句帖

餅どたばた〱どこがけかちやら
もちどたばたどたばたどこがけかちやら
不詳　発句鈔追加

餅花

木に餅の花さく時を見てし哉
きにもちのはなさくときをみてしかな
化10　七番日記

木に餅をならせ〔て〕からが一人哉
きにもちをならせてからがひとりかな
化10　七番日記

餅花〔の〕木陰にてうちあはゝ哉
もちばなのこかげにてうちあわわかな
化10　七番日記　同『おらが春』『志多良』『句稿消息』『随斎筆紀』『発句題叢』『文政版』『嘉永版』「遺稿」

木に餅の花さく夜にも逢ひにけり
きにもちのはなさくよにもあいにけり
化11　句稿消息

木に餅の花咲世にも逢にけり
きにもちのはなさくよにもあいにけり
政1　七番日記　異『自筆本』中七「花さく御世に」

餅花

かまけるな柳の枝にもちがなる
かまけるなやなぎのえだにもちがなる
政2　おらが春　同「真蹟」「書簡」『だん袋』『発

句鈔追加』『八番日記』

もち花の盛も一夜二夜かな　もちばなのさかりもひとよふたよかな　政4　八番日記

もち花のぽたり〳〵とちる日哉　もちばなのぽたりぽたりとちるひかな　政4　八番日記

もち花やいつちるとなくちるとなく　もちばなやいつちるとなくちるとなく　政4　八番日記

餅花をば指先に咲かせけり　もちばなをばゆびさきにさかせけり　政7　政七句帖草

もち花を咲かせて見るや指の先　もちばなをさかせてみるやゆびのさき　政7　文政句帖

世のよさ〔や〕木末に餅の花がさく　よのよさやこずえにもちのはながさく　政7　文政句帖

衣配り

山雀も笠を着て出よ衣配　やまがらもかさをきてでよきぬくばり　化2　文化句帖

若松に雪も来よ〳〵衣配　わかまつにゆきもこよこよきぬくばり　化2　文化句帖

ブツ〳〵と鳩の小言や衣配　ぶつぶつとはとのこごとやきぬくばり　化4　文化句帖

藪村も正月着物配りけり　やぶむらもしょうがつきものくばりけり　化4　文化句帖

山しろや小野ゝおく迄衣配　やましろやおののおくまできぬくばり　化9　七番日記

其次に猫も並ぶや衣配　そのつぎにねこもならぶやきぬくばり　化10　七番日記

誰〔が〕子ぞ辻の仏へ衣配　たれがこぞつじのほとけへきぬくばり　化10　七番日記

衣配り天窓〔数〕にははづれけり　きぬくばりあたまかずにははずれけり　政1　七番日記　同「書簡」

いも神や始て笑ふ衣配　いもがみやはじめてわらうきぬくばり　政2　八番日記

春待や□身の志賀（ママ）へきぬ配り　はるまつや□みのしがへきぬくばり　政2　八番日記

馬迄も正月衣配りけり　うまでもしょうがつごろもくばりけり　政3　八番日記

君が代や厩の馬へも衣配　きみがよやうまやのうまへもきぬくばり　政3　八番日記

又の世は人に配らんはれ衣　またのよはひとにくばらんはれごろも　政3　八番日記

山寺の忘がたみへ衣配　やまでらのわすれがたみへきぬくばり　政3　八番日記　同『自筆本』『発句鈔追加』「書簡」参『梅塵八番』中七「忘れがたみや」

山寺や子に迷ふ親の衣配　やまでらやこにまようおやのきぬくばり　政3　八番日記

今の世や乞食むらの衣配　いまのよやこつじきむらのきぬくばり　政6　文政句帖

衣貰ひ配りはせぬや草の家　きぬもらいくばりはせぬやくさのいえ　政6　文政句帖

小隅から猫の返しや衣配　こすみからねこのかえしやきぬくばり　政6　文政句帖

ぐろにやんと猫も並ぶや衣配　ぐろにゃんとねこもならぶやきぬくばり　政6　文政句帖

江戸住や赤の他人の衣配　えどずみやあかのたにんのきぬくばり　政7　文政句帖

江戸の状〔それ〕いたゞくや衣配　えどのじょうそれいただくやきぬくばり　政7　文政句帖

かくれ家や尿瓶も添て衣配　かくれがやしびんもそえてきぬくばり　政7　文政句帖　同「書簡」

柴の戸〔や〕配りあまりの節小袖　しばのとやくばりあまりのせちこそで　政7　文政句帖

手軽さや紙拵への衣配　てがるさやかみこしらえのきぬくばり　政7　文政句帖

古鳶がとらんとしたり衣配　ふるとびがとらんとしたりきぬくばり　政7　文政句帖

やれ孫が手紙どれ〳〵衣配　やれまごがてがみどれどれきぬくばり　政7　文政句帖

江戸状や親の外へも衣配　えどじょうやおやのほかへもきぬくばり　政8　文政句帖

仏たのまば親おがめ親が此世のみだ如来

傾城や在所のみだへ衣配　けいせいやざいしょのみだへきぬくばり　政8　文政句帖

這出た⦅出た⦆も頭数也衣配　はいでたもあたまかずなりきぬくばり　政8　文政句帖

歩しま口上いふや衣配
あるきしまこうじょういうやきぬくばり
政9 書簡

「後世願はゞ親さまおがめ親は此世の弥陀如来」といふ子守うたを聞て
江戸の子の在所の親へ衣くばり
えどのこのざいしょのおやへきぬくばり
不詳 発句鈔追加

きぬ配り見せ〳〵門を通りけり
きぬくばりみせみせかどをとおりけり
不詳 発句鈔追加

年忘れ

君が世や乞食へあまる年忘
きみがよやこじきへあまるとしわすれ
寛4 寛政句帖 同『享和句帖』前書「魚麗」

年忘れ旅をわするゝ夜も哉
としわすれたびをわするるよるもがな
寛9 都雀歳旦

里並に年を忘るゝ夜也けり
さとなみにとしをわするるよなりけり
化2 文化句帖

蚤〔も〕いざ〳〵〔〳〵〕させんとし忘
のみもいざいざいざさせんとしわすれ
化11 七番日記

独身や上野歩行てとし忘
ひとりみやうえのあるいてとしわすれ
化11 七番日記 同『自筆本』『発句鈔追加』『栗本雑記五』

深川や舟も一組とし忘
ふかがわやふねもひとくみとしわすれ
化14 七番日記

わんといへさあいへ犬もとし忘
わんといえさあいえいぬもとしわすれ
化14 七番日記 同『自筆本』『文政版』『嘉永版』「遺稿」

山の手や渋茶すゝりてとし忘
やまのてやしぶちゃすすりてとしわすれ
政1 七番日記

身貧楽不楽心
家なしや今夜も人の年忘
いえなしやこんやもひとのとしわすれ
政2 八番日記 同『自筆本』参『梅塵八番』前書「身貧楽モ心不楽」

いくつやら覚へぬ上にとし忘
いくつやらおぼえぬうえにとしわすれ
政2 八番日記 異『嘉永版』下五「年はずれ」

一人の太平楽や年わすれ
いちにんのたいへいらくやとしわすれ
政2　八番日記

うら山や十所ばかり年忘
うらやまやとところばかりとしわすれ
政2　八番日記

御仲間に猫も坐《（座）》とるや年わすれ
おなかまにねこもざとるやとしわすれ
政2　八番日記

つき合や今夜も人の年忘
つきあいやこんやもひとのとしわすれ
政2　八番日記　同『希杖本』前書「旅に暮て」

年忘と申さへ一人かな
としわすれともうすさえひとりかな
政2　八番日記

人立や庵も夜さりはとし忘
ひとだちやいおもよさりはとしわすれ
政2　八番日記　参『梅塵八番』中七「庵も寒さの」

都哉橋の下にも年は《（わ）》すれ
みやこかなはしのしたにもとしわすれ
政2　八番日記　参『梅塵八番』下五「年わすれ」

両国や舟は舟とて年忘
りょうごくやふねはふねとてとしわすれ
政2　八番日記

我家やたつた一人り《（る）》も年わすれ
わがいえやたったひとりもとしわすれ
政2　八番日記

犬も行《（歩け）》ばあたりなり年忘
いぬもあるけばあたるなりとしわすれ
政4　八番日記

草の家も夜はもの〳〵し年忘
くさのやもよはものものしとしわすれ
政4　八番日記　参『梅塵八番』上五「草の戸も」

折角に忘れて居たを年忘
せっかくにわすれていたをとしわすれ
政4　八番日記

十所程壁に張也とし忘
とところほどかべにはるなりとしわすれ
政4　八番日記　異『自筆本』中七「壁に張りけり」

老松と二人で年を忘れけり
おいまつとふたりでとしをわすれけり
政5　文政句帖

年忘大の用迄忘れけり
としわすれだいのようまでわすれけり
政5　文政句帖

部屋住やきのふの残ンでとし忘
へやずみやきのうのざんでとしわすれ
政5　文政句帖

薮村や下戸とは見へぬとし忘
やぶむらやげことはみえぬとしわすれ
政5　文政句帖

かくれ家やからつ咄のとし忘
かくれがやからっぱなしのとしわすれ
政6　書簡　異『発句鈔追加』中七「からつ咄も」

かくれ家や只咄すか（る）とし忘
かくれがやただばなしするとしわすれ
政6　文政句帖

隠家や貰ひものにてとし忘
かくれがやもらいものにてとしわすれ
政6　文政句帖

何の残かの残本のとし忘
なんのざんかのざんほんのとしわすれ
政6　文政句帖

女を忘に旅するを年哉
おんなをわすれにたびするをとしかな
政7　政七句帖草

柴の戸や噺込寝がとし忘
しばのとやはなしこみねがとしわすれ
政7　政七句帖草

福寺や毎日ひ日とし忘
ふくでらやまいにちひにちとしわすれ
政7　政七句帖草

内人数にて仕直すやとし忘
うちにんずうにてしなおすやとしわすれ
政7　文政句帖　異『政七句帖草』中七「仕廻や」

かくれ家や毎日日日とし忘
かくれがやまいにちひにちとしわすれ
政7　文政句帖

柴の戸や咄して寝るがとし忘
しばのとやはなしてねるがとしわすれ
政7　文政句帖

一人居や一徳利のとし忘
ひとりいやひととっくりのとしわすれ
政7　文政句帖

夜〳〵や行先〴〵のとし忘
よるよるやゆくさきざきのとしわすれ
政7　文政句帖　異『政七句帖草』上五「マイ晩や」

よん所ない用事迄とし忘
よんどころないようじまでとしわすれ
政7　文政句帖

両国や舟も一組とし忘
りょうごくやふねもひとくみとしわすれ
不詳　自筆本

捨人や上野歩行て年忘
すてびとやうえのあるいてとしわすれ
不詳　希杖本

年用意

夜をこめて年の一里（夜）の仕込哉
よをこめてとしのひとよのしこみかな
寛4-7　其日庵歳旦

片腕に夜ハしらけたり米あらひ
かたうでによはしらけたりこめあらい
享3　癸亥元除遍覧　注　出典の題に「両節」（歳旦、歳暮）とあり

直き世や雀は竹に年用へ（意）
なおきよやすずめはたけにとしようい
政3　八番日記　参『梅塵八番』下五「年用意」

一袋猫もごまめの年用意　ひとふくろねこもごまめのとしようい　政3　八番日記

年の市

月さすや年の市日の乳待《（待乳）》山　つきさすやとしのいちびのまつちやま　化1　文化句帖

年の市何しに出たと人のいふ　としのいちなにしにでたとひとのいう　化1　文化句帖

人並に出る真似したり年の市　ひとなみにでるまねしたりとしのいち　化1　文化句帖

としの市叺かぶつて通りけり　としのいちかますかぶってとおりけり　化10　七番日記

庵前やとしとり物の市が立　いおまえやとしとりもののいちがたつ　政1　七番日記

山里や薮の中にも年の市　やまざとややぶのなかにもとしのいち　政2　八番日記

としの市馬の下はら通りけり　としのいちうまのしたはらとおりけり　政5　文政句帖

御祝義《（儀）》に行てもどりけり年の市　ごしゅうぎにいてもどりけりとしのいち　政7　政七句帖草

市《（年）》の市人の挑《（提）》灯でもどりけり　としのいちひとのちょうちんでもどりけり　政7　政七句帖草

降雪に手桶かぶるや年の市　ふるゆきにておけかぶるやとしのいち　政7　政七句帖草

大御代や小村〳〵もとしの市　おおみよやこむらこむらもとしのいち　政7　文政句帖

皮《（革）》羽折《（織）》見せに行也とし〔の〕市　かわばおりみせにゆくなりとしのいち　政7　文政句帖

行戻り人の挑《（提）》灯や年の市　ゆきもどりひとのちょうちんやとしのいち　政7　文政句帖

注連売り

山人や注連わら売に六七里　やまうどやしめわらうりにろくしちり　寛4　寛政句帖

暦配る

君が世や寺へも配る伊勢暦　きみがよやてらへもくばるいせごよみ　寛5　寛政句帖

古暦（暦の果）

板壁や親の世からの古暦　いたかべやおやのよからのふるごよみ　政7　文政句帖

数の日の無キズに仕廻ふ暦哉　かずのひのむきずにしまうこよみかな　政7　文政句帖

古札と一ツにくゝる暦哉　ふるふだとひとつにくくるこよみかな　政7　文政句帖

山人は薬といふや古ごよみ　やまうどはくすりというやふるごよみ　政7　文政句帖

善悪も末一日の暦哉　よしあしもすえいちにちのこよみかな　政7　文政句帖

わづらはぬ日をかぞへけり古暦　わずらわぬひをかぞえけりふるごよみ　政7　文政句帖

我程は煤けもせぬや古ごよみ　われほどはすすけもせぬやふるごよみ　政7　文政句帖

小十年迹（後）の暦や庵の壁　こじゅうねんあとのこよみやいおのかべ　不詳　真蹟

一とせを無きずに仕廻ふ暦哉　ひととせをむきずにしまうこよみかな　不詳　真蹟　同「真蹟」（附木句箋）

掛乞い

掛乞に水など汲で貰ひけり　かけごいにみずなどくんでもらいけり　化14　七番日記　異『自筆本』上五「掛取に」

掛乞ややたらにほめる松の雪　かけごいややたらにほめるまつのゆき　化14　七番日記

門松立つ（松営む）

門松の立初しより夜の雨　かどまつのたちそめしよりよるのあめ　化1　文化句帖

神国の松をいとなめおろしや舟　かみぐにのまつをいとなめおろしゃぶね　化1　文化句帖

門の松春待ふりもなかりけり　かどのまつはるまつふりもなかりけり　化4　文化句帖

事納

納事なくても家（屋）根の印哉　おさめごとなくてもやねのしるしかな　政7　文政句帖

歳暮

浅草の鶏にも蒔ん歳暮米
あさくさのとりにもまかんせいぼごめ
化11　七番日記

床の間へ安置しにけり歳暮酒
とこのまへあんちしにけりせいぼざけ
政4　八番日記

宵過の一村歩く歳暮哉
よいすぎのひとむらあるくせいぼかな
政4　八番日記

節分（柊挿す　鰯の頭挿す　年の豆）

高砂の松や笑はんとしの豆
たかさごのまつやわらわんとしのまめ
化4　文化句帖

根から葉から
猫の子のざれなくしけりさし柊
ねこのこのざれなくしけりさしひらぎ
化10　七番日記

大門の浪人よけやさし柊
おおもんのろうにんよけやさしひらぎ
政2　八番日記　参『梅塵八番』中七「浪人よけよ」

おさな子やたゞ三ツでも年の豆
おさなごやただみっつでもとしのまめ
政2　八番日記

鬼よけの浪人よけのさし柊
おによけのろうにんよけのさしひらぎ
政2　八番日記　参『梅塵八番』上五「鬼除よ」中七「浪人よけよ」

門にさしてをがまるゝ也赤いはし
かどにさしておがまるるなりあかいわし
政2　八番日記　参『梅塵八番』中七「祝はるゝなり」

けふからは正月分ンぞ麦の色
きょうからはしょうがつぶんぞむぎのいろ
政2　おらが春　同「書簡」前書「節分」、『八番日記』前書「セツブン」、『発句鈔追加』　参『梅塵八番』前書「年内立春」

年内立春
けふからは正月分ぞ寝よ子供
きょうからはしょうがつぶんぞねよこども
政2　梅塵八番　異『発句鈔追加』前書「二十一日節分」

今夜から正月分ぞ寝よ子供　こんやからしょうがつぶんぞねよこども　政2　稲長句帖

三ツ子さい（へ）かり丶〳〵や年の豆　みつごさえかりかりかりやとしのまめ　政2　八番日記　参『梅塵八番』上五「三ツ子さへ」

迹（後）の子はわざと転ぶやとしの豆　あとのこはわざところぶやとしのまめ　政5　文政句帖

今夜から正月分ンぞ子ども衆　こんやからしょうがつぶんぞこどもしゅう　政5　文政句帖　同『自筆本』

去年の丶次につ丶さす柊哉　さるとしののじにつっさすひらぎかな　政5　文政句帖

待て丶も来るや福豆福俵　まっててもくるやふくまめふくだわら　政8　文政句帖

鬼やらい（年の夜　豆まく　福は内）

出車

なやらふや枕の先の松の月　なやろうやまくらのさきのまつのつき　享3　享和句帖

煎豆の福がきたぞよ懐へ　いりまめのふくがきたぞよふところへ　化8　七番日記

今日福が来気で居るや破家　きょうふくがくるきでいるややぶれいえ　化8　七番日記

打豆の手ごたへもなき伏家哉　うつまめのてごたえもなきふせやかな　化10　七番日記

鬼の出た迹（後）へ先さす月夜哉　おにのでたあとへまずさすつきよかな　化10　七番日記

かくれ家や歯のない口で福は内　かくれがやはのないくちでふくはうち　化10　七番日記　同「遺稿」　異『句稿消息』『自筆本』『文政版』『嘉永版』『希杖本』『野ざらし抄』中七「歯のない声で」、『志多良』前書「四日節分」中七「歯のない福（口）で」

かくれ家や歯のない声で鬼は外　かくれがやはのないこえでおにはそと　化10　句稿消息

闇がりへ鬼追出して笑ひ哉　くらがりへおにおいだしてわらいかな　化10　七番日記

三才の迹(跡)とりどのよ鬼をゝふ
さんさいのあととりどのよおにをおう
化10 七番日記 [同]『自筆本』

高砂や鬼追出も秡(歯)ぬけ声
たかさごやおにおいだすもはぬけごえ
化10 七番日記 [同]『柏原雅集』前書「節分」

福はうち〳〵とておはり哉
ふくはうちふくはうちとておわりかな
化10 七番日記

鬼打の豆に辷て立子哉
おにうちのまめにすべってたつこかな
政1 七番日記

其迹(後)は子どもの声や鬼やらひ
そのあとはこどものこえやおにやらい
政2 おらが春 [同]『八番日記』『発句鈔追加』 [異]「書簡」上五「其次は」中七「子ども声ぞ」

一声に此世の鬼が逃るげな
ひとこえにこのよのおにがにげるげな
政2 八番日記 [同]『希杖本』 [異]『発句鈔追加』中七「此世の鬼は」下五「逃るかな」 [参]『梅塵八番』中七「此世の鬼も」、中七「此世の鬼は」下五「逃るかな」

廿一日節分
一声に此世の鬼は逃るよな
ひとこえにこのよのおにはにげるよな
政2 おらが春

我国は子供も鬼を追ひにけり
わがくにはこどももおにをおいにけり
政2 八番日記

鬼の出た迹(後)はき出してあぐら哉
おにのでたあとはきだしてあぐらかな
政5 文政句帖

豆蒔や鼠分ンも一つかみ
まめまきやねずみのぶんもひとつかみ
政5 文政句帖

としの夜や猫にかぶせる鬼の面
としのよやねこにかぶせるおにのめん
政6 文政句帖

一声〔に〕此世の鬼は逃にけり
ひとこえにこのよのおにはにげにけり
不詳 自筆本 [同]「書簡」

年とる

☱☴☰風沢中孚九々(二)
としとりに鶴も下たる畠哉
としとりにつるもおりたるはたけかな
享3 享和句帖

我宿は蝿もとしとる浦辺哉　わがやどははえもとしとるうらべかな　化1　文化句帖

浄土寺の年とり鐘や先は聞　じょうどじのとしとりがねやまずはきけ　化2　文化句帖

薪売牛と二人がとしよるか　たきぎうりうしとふたりがとしよるか　化4　文化句帖

住吉の隅にとしよる鵙哉　すみよしのすみにとしよるかもめかな　化5　文化句帖

賀

大松の迹（後）へ年とる木ぶり哉　おおまつのあとへとしとるきぶりかな　化7　七番日記

としとるや竹に雀がぬく〳〵と　としとるやたけにすずめがぬくぬくと　化8　七番日記

あなた任せ任せぞとしは犬もとり　あなたまかせまかせぞとしはいぬもとり　化10　七番日記　異『句稿消息』『自筆本』下五「犬もとる」、「真蹟写」前書「独楽」下五「犬もとる」

小うるさい年をとるのかやつこらさ　こうるさいとしをとるのかやっこらさ　化10　七番日記　異『句稿消息』上五「小うるさの」、『句稿消息』中七「年をとる夜ぞ」

としとるや犬も烏も天窓数　としとるやいぬもからすもあたまかず　化10　七番日記　同『自筆本』

とるとしや火鉢なで〔ゝ〕も遊ばるゝ　とるとしやひばちなでてもあそばるる　化12　七番日記

寝て暮らセくらセや年は犬もとる　ねてくらせくらせやとしはいぬもとる　化10　柏原雅集

かも川をわたらじとちかひし人さへあるにひと度籠りし深山を下りてしら髪つむりを吹れつゝ、名利の地に交わる

はづかしやまかり出てとる江戸のとし　はずかしやまかりでてとるえどのとし　政2　おらが春　同『八番日記』『発句鈔追加』

む（は）づかしや又も来てとる江戸の年　はずかしやまたもきてとるえどのとし　政2　八番日記　同『だん袋』前書「心ならずも太

山を出て名利の地にまじはる」、『発句鈔追加』

吹れ来て又もどりけり江戸の年
ふかれきてまたもどりけりえどのとし
政2　八番日記

烏さい（へ）年とる森は持にけり
からすさえとしとるもりはもちにけり
政3　八番日記　参『梅塵八番』上五「烏さへ」

年とりのあてもない〔ぞ〕よ旅烏
としとりのあてもないぞよたびがらす
政3　八番日記

年取はあれでもするよ旅烏
としとりはあれでもするよたびがらす
政3　梅塵八番

うき旅も巨（炬）燵でとしをとりにけり
うきたびもこたつでとしをとりにけり
政5　文政句帖

膳先の猫にも年をとらせけり
ぜんさきのねこにもとしをとらせけり
政5　文政句帖

旅でとしとるや四十雀五十雀
たびでとしとるやしじゅうからごじゅうから
政5　文政句帖

としとるは大名とても旅宿哉
としとるはだいみょうとてもりょしゅくかな
政5　文政句帖

家もちて雀もとしはとりにける
いえもちてすずめもとしはとりにける
政6　文政句帖

負て立れぬ程としを拾ふ哉
おうてたたれぬほどとしをひろうかな
政6　文政句帖

竹に雀品よく留てとしやとる
たけにすずめひんよくとまってとしやとる
政7　文政句帖

どこでとしとつてもそちはらくだ哉
どこでとしとってもそちはらくだかな
政7　文政句帖

日本にとしをとるのがらくだかな
にっぽんにとしをとるのがらくだかな
政7　文政句帖　異『自筆本』『発句鈔追加』「書簡」上五「日本の」

みだ仏のみやげに年を拾ふ哉
みだぶつのみやげにとしをひろうかな
政7　書簡　同『文政版』『嘉永版』前書「念々相続」　異『自筆本』上五「みだ仏に」

としとるもわかれ〳〵やしらぬ旅
としとるもわかれわかれやしらぬたび
不詳　真蹟

厄払い（厄落し）

必や迹《（後）》は上手の尼《（厄）》はらひ　かならずやあとはじょうずのやくはらい　化10　七番日記　同『自筆本』

君が代や尼《（厄）》をおとしに御いせ迄　きみがよややくをおとしにおいせまで　化10　七番日記　同『柏原雅集』

我家やより損したる尼《（厄）》はらひ　わがいえやよりぞんしたるやくはらい　化10　七番日記

我宿に呼び損したり厄ばらひ　わがやどによびぞんしたりやくはらい　化10　柏原雅集

おれをさへ旦那呼りや尼《（厄）》払　おれをさえだんなよばりややくはらい　化14　七番日記　同『自筆本』

一文で尼《（厄）》払けり門の月　いちもんでやくはらいけりかどのつき　政1　七番日記　同「書簡」

尼《（厄）》払などうかれしも昔哉　やくはらいなどうかれしもむかしかな　政1　七番日記　同「書簡」

下京や素人らしき尼《（厄）》はらい　しもぎょうやしろうとらしきやくはらい　政3　八番日記

誂へてやるや扇の厄おとし　あつらえてやるやおうぎのやくおとし　政4　八番日記

御庭や松迄雪の厄をとし　おんにわやまつまでゆきのやくおとし　政4　八番日記

幸に盗れにけり厄おとし　さいわいにぬすまれにけりやくおとし　政4　八番日記

浅草や一厄おとす寺参　あさくさやひとやくおとすてらまいり　政7　文政句帖　同『同句帖』に重出

有明や一厄おとす窓年貢　ありあけやひとやくおとすまどねんぐ　政7　文政句帖

代参

おとし厄馬〔に〕つけたりいせ参り　おとしやくうまにつけたりいせまいり　政7　文政句帖

人の厄引つかんだる乞食哉　ひとのやくひっつかんだるこじきかな　政7　文政句帖

村の厄馬につけけりおいど哉　むらのやくうまにつけけりおいどかな　政7　文政句帖

四辻や厄おとす人拾ふ人　よつつじややくおとすひとひろうひと　政7　文政句帖

四つ辻や落す迹(後)から厄拾ひ　よつつじやおとすあとからやくひろい　不詳　自筆本

人の世や厄をおとしにおいせ迄　ひとのよややくをおとしにおいせまで　不詳　自筆本

千葉笑い

千葉寺や隅に子ども〔ゝ〕むり笑ひ　ちばでらやすみにこどももむりわらい　政6　文政句帖

年籠り

長崎

君が世やから人も来て年ごもり　きみがよやからびともきてとしごもり　寛5　寛政句帖　同「遺稿」　異『文政版』『嘉永版』「遺稿」

とかくして又古郷が(の)年籠　とかくしてまたふるさとのとしごもり　政2　八番日記　参『梅塵八番』中七「又故郷の」

狩（鷹狩　追鳥狩）

盧(令)命

狩小屋の夜明也けり犬の鈴　かりごやのよあけなりけりいぬのすず　享3　享和句帖

鷹狩や先麦〔を〕かく御目出度　たかがりやまずむぎをかくおめでたさ　化2　文化句帖

鷹がりや麦の旭を袖にして　たかがりやむぎのあさひをそでにして　化2　文化句帖

下手鷹をよつておしうるゆふべ哉　へたたかをよっておしうるゆうべかな　化2　文化句帖

目出度さの麦よ畑よ御鷹狩　めでたさのむぎよはたけよおたかがり　化2　文化句帖

す(し)ほらしや御狩にもなく小田の鶴　しおらしやおかりにもなくおだのつる　政4　八番日記

追鳥に狐もへちをまくる也　おいどりにきつねもへちをまくるなり　政7　文政句帖

老鳥の追れぬ先に覚(悟)期哉　おいどりのおわれぬさきにかくごかな　政7　文政句帖

追鳥のはづみや罠に人かゝる　おいどりのはずみやわなにひとかかる　政7　文政句帖

追鳥の不足の所へ狐哉　おいどりのふそくのとこへきつねかな　政7　文政句帖

追鳥や狐とてしも用捨なく　おいどりやきつねとてしもようしゃなく　政7　文政句帖

追鳥や鳥より先につかれ寝る　おいどりやとりよりさきにつかれねる　政7　文政句帖

追鳥を烏笑ふや堂の屋根　おいどりをからすわらうやどうのやね　政7　文政句帖

親子鳥別れ〳〵〔に〕追れけり　おやこどりわかれわかれにおわれけり　政7　文政句帖

追れ鳥事すむ迄はかくれ居よ　おわれどりことすむまではかくれいよ　政7　文政句帖

けふでいく日咽もぬらさで鳥逃る　きょうでいくひのどもぬらさでとりにげる　政7　文政句帖

鷹がりの上坐(座)下坐(座)や芝つ原　たかがりのかみざしもざやしばっぱら　政7　文政句帖

逃込だ寺が生捕る雉子哉　にげこんだてらがいけどるきぎすかな　政7　文政句帖

逃鳥やどちへ向ても人の声　にげどりやどちへむいてもひとのこえ　政7　文政句帖

逃鳥よやれ〳〵そちはおとし罠　にげどりよやれやれそちはおとしわな　政7　文政句帖　同『自筆本』

骨折て鳥追込やきつね穴　ほねおってとりおいこむやきつねあな　政7　文政句帖

三日程追ひ殺されし雉子哉　みっかほどおいころされしきぎすかな　政7　文政句帖

追鳥のまき添に出る狐哉　おいどりのまきぞえにでるきつねかな　不詳　自筆本

親と子と別れ〳〵や追れ鳥　おやとことわかれわかれやおわれどり　不詳　自筆本

〔追〕れ鳥隠れた気だにそれがまあ　おわれどりかくれたきだにそれがまあ　不詳　自筆本

逃鳥や子をふり返り〳〵　にげどりやこをふりかえりふりかえり　不詳　自筆本

網代（網代守　網代小屋）

あじろ木にま一度かゝれ深山霧　あじろぎにまいちどかかれみやまぎり　享3　享和句帖

親のおやの打し杭也あじろ小屋　おやのおやのうちしくいなりあじろごや　享3　享和句帖

親の世に生し蔦かよあじろ小屋　おやのよにはえしつたかよあじろごや　享3　享和句帖

暁の網代守りとかたりけり　あかつきのあじろもりとかたりけり　化3　文化句帖

小ざかしき一番鶏やあじろ小屋　こざかしきいちばんどりやあじろごや　化3　文化句帖

せき声を吹なぐらるゝあじろ哉　せきごえをふきなぐらるるあじろかな　化3　文化句帖

紅葉〔葉〕もよそにはせぬや網代守　もみじばもよそにはせぬやあじろもり　化9　七番日記

網代木と同じ色なる天窓哉　あじろぎとおなじいろなるあたまかな　化10　七番日記

雁聞ん一夜は寝かせ網代守　かりきかんひとよはねかせあじろもり　化10　七番日記

徳利を蔦に釣すや網代守　とっくりをつたにつるすやあじろもり　化10　七番日記　同『句稿消息』『志多良』

三ケ月と肩を並てあじろ守　みかづきとかたをならべてあじろもり　化10　七番日記　同『句稿消息』『文政版』『嘉永版』「遺稿」

むつまじやくつとも云ぬあじろ守　むつまじやくつともいわぬあじろもり　化10　七番日記

紅葉〔葉〕の千畳敷やあじろ守　もみじばのせんじょうじきやあじろもり　化10　七番日記

網代守天窓でかぢをとりにけり　あじろもりあたまでかじをとりにけり　化12　七番日記　同『自筆本』『文政版』『嘉永版』「遺稿」

いま／＼し紅葉ぞといふ網代守　いまいましもみじぞというあじろもり　化12　七番日記

面打てあじろ木叱る爺哉　つらうってあじろぎしかるじじいかな　化12　七番日記

朝妻も一夜は寝かせ網代小屋　あさづまもひとよはねかせあじろごや　化13　七番日記

あじろ木やあはう／＼と鳴烏　あじろぎやあほうあほうとなくからす　化13　七番日記

朋友有信

網代守り爰にとゑへん／＼哉　あじろもりここにとえへんえへんかな　化13　七番日記　同『自筆本』『文政版』『希杖本』

薮越や薮とも見ゆる網代守　やぶごしややぶともみゆるあじろもり　化13　七番日記

網代守年に不足はなかりけり　あじろもりとしにふそくはなかりけり　政2　八番日記

陶と首引してあじろ守　すえものとくびっぴきしてあじろもり　政7　文政句帖

徳利を蔦に釣して網代守　とっくりをつたにつるしてあじろもり　不詳　自筆本

柴漬

庵の犬柴漬番をしたりけり　いおのいぬふしづけばんをしたりけり　化12　七番日記

権兵衛が柴漬別して哀なり　ごんべえがふしづけべっしてあわれなり　化12　七番日記

柴漬に古椀ぶ（濁マヽ）くり〳〵哉　ふしづけにふるわんぶくりぶくりかな　化12　七番日記

柴漬の札や此主三太郎　ふしづけのふだやこのぬしさんたろう　化12　七番日記

柴漬や初手はなぐさみがてら迚　ふしづけやしょてはなぐさみがてらとて　化12　七番日記

柴漬や月〔も〕尋て住給ふ　ふしづけやつきもたずねてすみたもう　化13　七番日記

柴漬の札や此主悪太郎　ふしづけのふだやこのぬしあくたろう　不詳　自筆本

綿打（綿弓　綿繰）

見てのみ《の》も福〴〵しさよほかし綿　みてのみもふくぶくしさよほかしわた　化11　七番日記

綿くりやひよろ〔り〕と猫の影法師　わたくりやひょろりとねこのかげぼうし　化11　七番日記

小鼠がかくれんぼするほかし綿　こねずみがかくれんぼするほかしわた　化12　七番日記

貧乏神巡り道せよ綿むしろ　びんぼがみまわりみちせよわたむしろ　化12　七番日記

綿弓やてん〳〵天下泰平と　わたゆみやてんてんてんかたいへいと　化12　七番日記

子どもらや菜の葉くわせる綿六ろ　こどもらやなのはくわせるわたろくろ　政4　八番日記　参『梅塵八番』中七「菜葉喰せる」

年木（年木樵）

年木樵女親あり子なき哉　としぎこるおんなおやありこなきかな　寛4　寛政句帖

三四本流れ寄たるとし木哉　さんしほんながれよせたるとしぎかな　享3　享和句帖

磯際に拾ひ〳〵てとし木哉　いそぎわにひろいひろいてとしぎかな　化4　文化句帖

けふ〳〵も人のとし木を負にけり　きょうきょうもひとのとしぎをおいにけり　化4　文化句帖

二三把のとし木も藪のかざり哉　にさんわのとしぎもやぶのかざりかな　化10　七番日記

寝てみるや元日焚の柴一把　ねてみるやがんじつだきのしばいちわ　化10　七番日記

手拭を引ぱつておくとし木哉　てぬぐいをひっぱっておくとしぎかな　化14　七番日記

直なるは隠居のぶんのとし木哉　すぐなるはいんきょのぶんのとしぎかな　政5　文政句帖

一人前拾ひ集しとし木哉　ひとりまえひろいあつめしとしぎかな　政5　文政句帖

麦蒔く

麦蒔て松の下はく御寺哉　むぎまきてまつのしたはくおてらかな　化3　文化句帖

梅の木の連に蒔たる麦菜種　うめのきのつれにまきたるむぎなたね　化10　七番日記

一摑み麦を蒔たり堂の隅　ひとつかみむぎをまきたりどうのすみ　化10　七番日記

一摑み麦を蒔ぞよ門雀　ひとつかみむぎをまくぞよかどすずめ　化10　句稿消息

フダラクや岸うつ波で麦を蒔　ふだらくやきしうつなみでむぎをまく　化12　七番日記

下手蒔の麦もよしの丶郡哉　へたまきのむぎもよしのこおりかな　化12　七番日記

麦蒔て妻有寺としられけり　むぎまいてつまあるてらとしられけり　化13　七番日記

死下手や麦もしつけて夕木魚　しにべたやむぎもしつけてゆうもくぎょ　化14　七番日記

一摑み麦を蒔ぞよ梅の連　ひとつかみむぎをまくぞようめのつれ　不詳　自筆本

そば刈る

庵のそばことしも人に刈られけり　いおのそばことしもひとにかられけり　化12　七番日記

庵のそば中から折て仕廻けり　いおのそばなかからおれてしまいけり　化12　七番日記

寒肥

松の木に寒糞かけて夜の雨　まつのきにかんごえかけてよるのあめ　化2　文化句帖

あかぎれ

皹に半分喰せる御飯哉　あかぎれにはんぶんくわせるごはんかな　政5　文政句帖

皹や江戸のむすこを云ながら　あかぎれやえどのむすこをいいながら　政5　文政句帖

皹やかまけ仲間に鳩もなく　あかぎれやかまけなかまにはともなく　政5　文政句帖

皹をかくして母の夜伽かな　あかぎれをかくしてははのよとぎかな　不詳　遺稿　同『文政版』『嘉永版』

霜やけ

霜やけの代りにふへる手皺哉　しもやけのかわりにふえるてじわかな　不詳　真蹟　同『稲長句帖』

寒灸

風の子や裸で逃る寒灸　かぜのこやはだかでにげるかんやいと　政3　八番日記　参『梅塵八番』中七「はらつて逃る」

後の更衣

道〳〵や拾た綿で更衣　みちみちやひろったわたでころもがえ　化11　七番日記

塵の身もことしの綿をきたりけり　ちりのみもことしのわたをきたりけり　化12　七番日記

むだ人やからだに倦（溢）ブレ更衣　むだびとやからだにあぶれころもがえ　政4　八番日記

綿入れ

杖なしに橋渡りけり軽小袖　つえなしにはしわたりけりかるこそで　政7　文政句帖

布子（綿子）

雲水は虱祭れよ初布子　うんすいはしらみまつれよはつぬのこ　化11　七番日記

芭蕉塚先おがむ也初布子　ばしょうづかまずおがむなりはつぬのこ　化11　七番日記

ナム芭蕉先綿子にはありつきぬ　なむばしょうまずわたこにはありつきぬ　化12　七番日記

御仏に先備（供）たる布子哉　みほとけにまずそなえたるぬのこかな　化12　七番日記

紙衣（紙衣羽織）

うつら〳〵紙衣仲間に入〔に〕けり　うつらうつらかみこなかまにいりにけり　化4　文化句帖

加茂〔川〕を二度越さず紙子哉　かもがわをふたたびこさずかみこかな　化7　七番日記

旅空に是も栄花の帋子哉　たびぞらにこれもえいがのかみこかな　化7　七番日記

宵過や抑〔御〕代の紙子連　よいすぎやそもそもみよのかみこづれ　化7　七番日記

両罔（魍魎）は親思へとの帋子哉　かげぼしはおやおもえとのかみこかな　化9　七番日記

金の〔なる〕木を植たして紙子哉　かねのなるきをうえたしてかみこかな　化9　七番日記

着始に梅引さげる帋子哉　きはじめにうめひっさげるかみこかな　化9　七番日記　同『自筆本』

焦紙衣人にかたるな女良花　こげかみこひとにかたるなおみなえし　化10　七番日記

浅草の辰巳へもどる紙子哉　あさくさのたつみへもどるかみこかな　化10　七番日記

御ばゝ四十九で信濃へと紙子哉　おんばばしじゅうくでしなのへとかみこかな　化10　七番日記

紙衣きたうしろかかりが西行ぞ　かみこきたうしろかかりがさいぎょうぞ　化10　七番日記

加茂水吉野紙子とほたへたり　かものみずよしののかみことほたえたり　化10　七番日記　同『句稿消息』『自筆本』『文政

版』『嘉永版』「遺稿」

菊かつぐうしろ見よとの紙衣哉　きくかつぐうしろみよとのかみこかな　化10　七番日記　同『志多良』『句稿消息』

黒塚の婆ゝとは見えぬ紙子哉　くろづかのばばとはみえぬかみこかな　化10　七番日記

爰らから都か紙子きる女　ここらからみやこかかみこきるおんな　化10　句稿消息

時雨来よ〳〵迚帋衣かな　しぐれこよしぐれこよとてかみこかな　化10　七番日記

其木から奈良かよ紙衣きる女　そのきからならかよかみこきるおんな　化10　七番日記　同『自筆本』

千《世》代へ《ふ》べき木実を植る紙衣哉　ちよふべきこのみをうえるかみこかな　化10　七番日記　同『句稿消息』

どこらから京の榎ぞ夕紙衣　どこらからきょうのえのきぞゆうかみこ　化10　七番日記

似合しや女坂下る帋衣達　にあわしやおんなざかくだるかみこたち　化10　七番日記

町並に紙子なんど〔と〕むつかしき　まちなみにかみこなんどとむつかしき　化10　七番日記

明神の御猿とあそぶ紙子哉　みょうじんのおさるとあそぶかみこかな　化10　七番日記　同『句稿消息』『自筆本』

唐の吉野へい〔ざ〕と帋子哉　もろこしのよしのへいざとかみこかな　化10　七番日記　同『句稿消息』『自筆本』

唐のよし野迄もと紙衣哉　もろこしのよしのまでもとかみこかな　化10　志多良

世はしまひ紙衣似合とはやさるゝ　よはしまいかみこにあいとはやさるる　化13　七番日記

紙衣似合と云れしも昔也　かみこにあうといわれしもむかしなり　政2　八番日記

古反故を継合せつゝ羽折《織》哉　ふるほごをつぎあわせつつはおりかな　政2　八番日記　参『梅塵八番』中七「縫合せつゝ」

目出度と人はいゝ《へ》ども紙衣哉　めでたいとひとはいえどもかみこかな　政2　八番日記　参『梅塵八番』中七「人はいへども」

目出たがるゝともしよは《せ》ん紙衣哉　めでたがるるともしょせんかみこかな　政2　八番日記　参『梅塵八番』中七「るゝとも

しよせん」

やけ穴の日々ふい《(え)》る紙子哉
やけあなのひにひにふえるかみこかな
政2　八番日記　同『嘉永版』　参『梅塵八番』中七「日／＼ふへる」

狼を一切提し紙衣哉
おおかみをひときれさげしかみこかな
政4　八番日記

紙張の布子羽折《(織)》も晴着哉
かみばりのぬのこばおりもはれぎかな
政4　八番日記

切付《(継)》の美をつくしたる紙子哉
きりつぎのびをつくしたるかみこかな
政4　八番日記

切次《(継)》の美を尽しても紙子哉
きりつぎのびをつくしてもかみこかな
政4　八番日記

皺足と同じ色なる紙衣哉
しわあしとおなじいろなるかみこかな
政4　八番日記

千両の垢《(嫁)》をとりもつかみこ哉
せんりょうのよめをとりもつかみこかな
政4　八番日記　同『発句鈔追加』　参『梅塵八番』中七「嫁を取もつ」

紙衣きる世にさへのぞみ好哉
かみこきるよにさえのぞみこのみかな
政5　文政句帖

粘《(糊)》つけよとて鳥が鳴く紙子哉
のりつけよとてとりがなくかみこかな
政5　文政句帖

負けぬ気も紙子似合ふと云れけり
まけぬきもかみこにあうといわれけり
政5　文政句帖

金のなる木をたんと持紙子哉
かねのなるきをたんともつかみこかな
政7　文政句帖　同『自筆本』

達者なは口ばかりなる紙衣哉
たっしゃなはくちばかりなるかみこかな
政7　文政句帖

つぎ交の美を尽したる紙衣哉
つぎまぜのびをつくしたるかみこかな
政7　文政句帖

焼穴を反故でこそぐる紙衣哉
やけあなをほごでこそぐるかみこかな
政7　文政句帖

浅草の辰巳へ帰る紙子哉
あさくさのたつみへかえるかみこかな
不詳　自筆本

紙子《(衣)》きる身にさへのぞみ好み哉
かみこきるみにさえのぞみこのみかな
不詳　自筆本

芭蕉塚先拝む也はつ紙子
ばしょうづかまずおがむなりはつかみこ
不詳　自筆本　同『文政版』『嘉永版』「遺稿」

加茂の水吉野紙子とほこりけり
かものみずよしのかみことほこりけり
不詳 発句鈔追加

綿帽子

御頭にひよいと御綿のけしき哉
おかしらにひょいとみわたのけしきかな
化7 七番日記

しよう塚の婆ゝへも誰〔か〕綿帽子
しょうづかのばばへもだれかわたぼうし
政4 八番日記 参『梅塵八番』中七「婆ゝへも誰か」

綿帽子入道どのと見へぬ也
わたぼうしにゅうどうどのとみえぬなり
政5 文政句帖

山里は子どもゝ御免帽子哉
やまざとはこどももごめんぼうしかな
政6 文政句帖

頭巾（蒲頭巾 赤頭巾 投頭巾）

京人にあらねど都したはしゝ
きょうびとにあらねどみやこしたわしし
享3 享和句帖 注 前書「炬燵頭巾」のある一連の句の一つ

こと《ママ》し頭巾きますとゆふべ哉
ことしずきんきますとゆうべかな
享3 享和句帖

諸大夫にすれ違ふたる頭巾哉
しょだいぶにすれちごうたるずきんかな
享3 享和句帖

不二颪真ともにかゝる頭巾哉
ふじおろしまともにかかるずきんかな
享3 享和句帖

梅の木に心おかるゝ頭巾哉
うめのきにこころおかるるずきんかな
化4 文化句帖

立枯の木にはづかしき頭巾哉
たちがれのきにはずかしきずきんかな
化4 文化句帖

小頭巾やとりも直さぬ貧乏神
こずきんやとりもなおさぬびんぼがみ
化7 七番日記 同『自筆本』

朝つからすた〳〵坊が頭巾哉
あさっからすたすたぼうがずきんかな
化11 七番日記

照降を松で覚へる頭巾哉
てりふりをまつでおぼえるずきんかな
化11 七番日記

投節や東海道を投頭巾
なげぶしやとうかいどうをなげずきん
化11 七番日記

八兵衛が猪首に着なす頭巾哉
はちべえがいくびにきなすずきんかな
化11 七番日記

亦打山夕越くればずきん哉　まつちやまゆうこえくればずきんかな　化11　七番日記
赤づきん垢入道の《と》呼れけり　あかずきんあかにゅうどうとよばれけり　化12　七番日記
さ《あ》つさりと浅黄頭巾の交ぞ　あっさりとあさぎずきんのまじわりぞ　化12　七番日記
かゝる世や東海道を投頭巾　かかるよやとうかいどうをなげずきん　化12　七番日記
梟が小ばかにしたるづきん哉　ふくろうがこばかにしたるずきんかな　化13　七番日記
古頭巾貧乏神と名のりけり　ふるずきんびんぼうがみとなのりけり　化13　七番日記
松の月頭巾序に見たりけり　まつのつきずきんついでにみたりけり　化13　七番日記
横吹や猪首に着なす蒲頭巾　よこぶきやいくびにきなすがまずきん　政3　八番日記
小頭巾や其身そのまゝ貧乏神　こずきんやそのみそのままびんぼがみ　政4　八番日記　同『文政句帖』
御仏前でも御めん頭巾哉　ごぶつぜんでもごめんずきんかな　政5　文政句帖
年に不足なくてもはやり頭巾哉　としにふそくなくてもはやりずきんかな　政5　文政句帖
南天に一ツかぶせる頭巾哉　なんてんにひとつかぶせるずきんかな　政5　文政句帖
頭巾きて見てもかくれぬ白髪哉　ずきんきてみてもかくれぬしらがかな　政6　文政句帖
立つ迹《後》を頭巾ではくやたばこ芥　たつあとをずきんではくやたばこごみ　政6　文政句帖
紅葉ゝをつかみ込だる頭巾哉　もみじばをつかみこんだるずきんかな　政6　文政句帖
立しまに頭巾ではくやたばこ芥　たちしまにずきんではくやたばこごみ　政8　文政句帖
堂守がはつち袋を頭巾哉　どうもりがはっちぶくろをずきんかな　政8　文政句帖
花いそぐ木にはづかしき頭巾哉　はないそぐきにはずかしきずきんかな　不詳　真蹟
何人ぞ東海道を投頭巾　なにびとぞとうかいどうをなげずきん　不詳　自筆本

足袋（白足袋　赤足袋　皮足袋）

朔日の拇出る足袋で候
ついたちのおやゆびいずるたびでそろ
化7　化三—八写

隠居家や赤足代（袋）みせに三度迄
いんきょややあかたびみせにさんどまで
化11　七番日記

はく日からはや白足袋でなかりけり
はくひからはやしろたびでなかりけり
化11　七番日記　同『文政句帖』　異『自筆本』中七「白足袋にては」

赤足袋や這せておけば直しやぶる
あかたびやはわせておけばすぐしゃぶる
政4　八番日記　同『自筆本』　参『梅塵八番』下五「猶しやぶる」

拾ひ足袋しつくり合ふが奇妙也
ひろいたびしっくりあうがきみょうなり
政4　八番日記　同『自筆本』

赤足袋を手におつぱめる子ども哉
あかたびをてにおっぱめるこどもかな
政5　文政句帖

拇の出てから足袋の長さ哉
おやゆびのでてからたびのながさかな
政5　文政句帖

はく〔と〕直〔に〕白足袋にてはなかりけり
はくとすぐにしろたびにてはなかりけり
政5　文政句帖

はく外によ所行足袋はなかりけり
はくほかによそゆきたびはなかりけり
政5　文政句帖

皮（革）足袋で位知れるや本町店
かわたびでくらいしれるやほんちょみせ
政7　文政句帖

皮（革）足袋も位ではくや本町店
かわたびもくらいではくやほんちょみせ
政7　文政句帖　異「真蹟」「書簡」上五「皮足袋を」

はづかしやはき替られし破損足袋
はずかしやはきかえられしはそんたび
政7　文政句帖

赤足袋に手〔を〕さし入て這ふ子哉
あかたびにてをさしいれてはうこかな
不詳　自筆本

ふすま（紙ぶすま　わらぶすま　厚ぶすま）

おり／＼は竹の影おく衾哉　おりおりはたけのかげおくふすまかな　化2　文化句帖
けふ／＼と衾張る日もふりにけり　きょうきょうとふすまはるひもふりにけり　化2　文化句帖
松風や衾こそぐる日はなくて　まつかぜやふすまこそぐるひはなくて　化2　文化句帖
朝／＼の衾聞知る雀哉　あさあさのふすまききしるすずめかな　化3　文化句帖
朝不二を見くせのつきし衾哉　あさふじをみくせのつきしふすまかな　化3　文化句帖
朝ゆふや我と衾と峰の松　あさゆうやわれとふすまとみねのまつ　化3　文化句帖
鳩よいで巣にやらん厚衾　はとよいですにやらんあつぶすま　化3　文化句帖
衾音聞しりて来る雀哉　ふすまおとききしりてくるすずめかな　化3　文化句帖
鴬も一夜来よやれ紙衾　うぐいすもひとよこよやれかみぶすま　化4　文化句帖
紙衾翌作うと泣にけり　かみぶすまあすつくろうとなきにけり　化4　文化句帖
我ともに買ば売うぞ反古衾　われともにかえばうろうぞほごぶすま　化4　文化句帖
どら犬をどなたぞといふ衾哉　どらいぬをどなたとぞいうふすまかな　化6　化三―八写
蛼の寒宿とする衾哉　こおろぎのかんやどとするふすまかな　化7　七番日記
蛼のわや／＼這入衾かな　こおろぎのわやわやはいるふすまかな　化7　七番日記
寝衾や岑の紅葉ゝかゝれ迚　ねぶすまやみねのもみじばかかれとて　化7　七番日記
衾張て寝て見たりけり角田川　ふすまはってねてみたりけりすみだがわ　化7　七番日記　同『化三―八写』
蛼のくひ荒したる衾哉　こおろぎのくいあらしたるふすまかな　化8　七番日記
入相に片耳ふさぐ衾哉　いりあいにかたみみふさぐふすまかな　化9　七番日記
かぶる衾そこ見しやつ／＼れ三ケ月

かぶるふすまそこみしゃっしゃれみかのつき　化9　七番日記

蛼の鳴〳〵這入る衾かな
こおろぎのなきなきはいるふすまかな　化9　七番日記

名所の鐘を聞あく衾哉
などころのかねをききあくふすまかな　化9　七番日記

梟のくす〳〵笑ふ衾哉
ふくろうのくすくすわらうふすまかな　化9　七番日記

蛼に借(貸)して鳴する衾哉
こおろぎにかしてなかするふすまかな　化10　七番日記

ぶ(濁ママ)く(つ)〳〵と衾のうちの小言哉
ぶつぶつとふすまのうちのこごとかな　化10　七番日記　同『句稿消息』　異『自筆本』上
五「ぶつ〳〵と」

衾から顔出してよぶ菜うり哉
ふすまからかおだしてよぶなうりかな　化10　七番日記　同『句稿消息』

漏ルど(濁ママ)のがおそろしといふ衾哉
もるどのがおそろしというふすまかな　化10　句稿消息　同『文政版』『嘉永版』

漏殿がおそろしとかぶる衾哉
もるどのがおそろしとかぶるふすまかな　化10　七番日記　同『志多良』『自筆本』

いつ〳〵は鹿が餌食ぞ紙衾
いついつはしかがえじきぞかみぶすま　化11　七番日記

雀等が起しにわせる衾哉
すずめらがおこしにわせるふすまかな　化11　七番日記

雀らよ小便無用古衾
すずめらよしょうべんむようふるぶすま　化11　七番日記

梟が念入て見る衾かな
ふくろうがねんいれてみるふすまかな　化11　七番日記

蛼よ巣〔を〕な思ひそ古衾
こおろぎよすをなおもいそふるぶすま　化12　七番日記

屁くらべが已に始る衾かな
へくらべがすでにはじまるふすまかな　化12　七番日記

敷初に梅が咲けりわら衾
しきぞめにうめがさきけりわらぶすま　化14　七番日記

猪と隣ずからの衾かな
いのししととなりずからのふすまかな　政1　七番日記

白〴〵と猫呼りつゝ衾かな
しらじらとねこよばりつつふすまかな　政1　七番日記

月のさす穴やスポント厚衾
つきのさすあなやすぽんとあつぶすま　政1　七番日記

夜に入れば衾張ら〔う〕と泣にけり　よにいればふすまはろうとなきにけり　政1　七番日記

一番に猫が爪とぐ食《(衾)》哉　いちばんにねこがつめとぐふすまかな　政2　八番日記　参『梅塵八番』下五「ふすま哉」

犬が来てもどなたぞといふ襖哉　いぬがきてもどなたぞというふすまかな　政3　版本題叢　同『不二煙集』　異『政九十句写』中七「どなたぞと申」、『発句鈔追加』中七「どなたと申す」、『嘉永版』上五「ほか来ても」

どなたぞといへば犬也衾から　どなたぞといえばいぬなりふすまから　政3　発句題叢

老たりな衾かぶるもどつこいな　おいたりなふすまかぶるもどっこいな　政5　文政句帖

小衾やつゞらの中に寝る僧都　おぶすまやつづらのなかにねるそうず　政5　文政句帖

とは申ながらもかぶる衾かな　とはもうしながらもかぶるふすまかな　政5　文政句帖

へマムシヨ入道はした紙ぶすま　へまむしょにゅうどうはしたかみぶすま　政5　文政句帖

病つかふてかぶる衾かな　やまいつこうてかぶるふすまかな　政5　文政句帖

留主札を戸におつ張て衾哉　るすふだをとにおっぱってふすまかな　政5　文政句帖

コラシメに留主の衾ぞ虱ども　こらしめにるすのふすまぞしらみども　政7　文政句帖

千両のかしくも見ゆる紙衾　せんりょうのかしくもみゆるかみぶすま　政7　文政句帖

古衾持仏へ近きおそれ有　ふるぶすまじぶつへちかきおそれあり　不詳　遺稿

いつ〳〵は鹿〔が〕餌食〔ぞ〕古衾　いついつはしかがえじきぞふるぶすま　不詳　自筆本

蛼の踏み荒したる衾哉　こおろぎのふみあらしたるふすまかな　不詳　自筆本

雀らが起しに来たる衾哉　すずめらがおこしにきたるふすまかな　不詳　自筆本

鼠らよ小便無用古衾　ねずみらよしょうべんむようふるぶすま　不詳　自筆本

旅

早立のかぶせてくれし衾哉　はやだちのかぶせてくれしふすまかな　不詳　自筆本

千両のかしくも見ゆるふすま哉　せんりょうのかしくもみゆるふすまかな　不詳　発句鈔追加

ふとん（わらぶとん　座ぶとん）

早立のかぶせてくれしふとん哉　はやだちのかぶせてくれしふとんかな　寛9―11　与州播州□雑詠　同『題葉集』『発句類題集』

座ぶとんに見ておはす也松の鳥　ざぶとんにみておわすなりまつのとり　享3　享和句帖

昼比にもどりてた丶むふとん哉　ひるごろにもどりてたたむふとんかな　享3　享和句帖

小星

三つ五つ星見てた丶むふとん哉　みついつつほしみてたたむふとんかな　享3　享和句帖

蛼にかして鳴かするふとん哉　こおろぎにかしてなかするふとんかな　化9　七番日記

安房猫おのがふとんは知にけり　あほうねこおのがふとんはしりにけり　化10　七番日記　同『文政句帖』『句稿消息』

今少雁を聞とてふとん哉　いますこしかりをきくとてふとんかな　化10　七番日記　同『自筆本』『文政版』『嘉永版』「遺稿」

さる人が真丸に寝るふとん哉　さるひとがまんまるにねるふとんかな　化10　七番日記

祐成がふとん引はぐ笑ひかな　すけなりがふとんひきはぐわらいかな　化10　七番日記　同『自筆本』前書「大磯」、『句稿消息』『文政版』『嘉永版』「遺稿」

ふとんきて達磨もどきに居りけり　ふとんきてだるまもどきにすわりけり　化10　七番日記　同『自筆本』『発句鈔追加』

まじ（濁ママ）〳〵と達磨もどきのふとん哉　まじまじとだるまもどきのふとんかな　化10　七番日記　同『句稿消息』

ふとんきるや翌のわらじを枕元　ふとんきるやあすのわらじをまくらもと　化10　七番日記

ふとんともにおしよせらる丶寝坊哉　ふとんともにおしよせらるるねぼうかな　化10　七番日記

舟が着て候〔と〕めくるふとん哉　ふねがついてそうろうとめくるふとんかな　化10　七番日記　異『自筆本』『文政版』『嘉永版』前書「大坂八軒家」中七「候とはぐ」、「遺稿」中七「候とはぐ」

目覚しの人形並べるふとん哉　めざましのにんぎょうならべるふとんかな　化10　七番日記

侘ぬれば猫のふとんをかりにけり　わびぬればねこのふとんをかりにけり　化10　七番日記

今しばし〳〵とかぶるふとん哉　いましばしばしとかぶるふとんかな　化11　七番日記

煎餅のやうなふとんも我家哉　せんべいのようなふとんもわがやかな　化11　七番日記　異「書簡」『自筆本』前書「帰庵」

飯粒を鳥に拾すふとん哉　めしつぶをとりにひろわすふとんかな　化11　七番日記

夜明てぐあひのわろきふとん哉　よるあけてぐあいのわろきふとんかな　化11　七番日記

わらぶとん雀が踏んでくれにけり　わらぶとんすずめがふんでくれにけり　化11　七番日記

夜あけまでぐあひのわるきふとん哉　よあけまでぐあいのわるきふとんかな　化12　鼠道行　同『新蛙合』『流行七部集』『雪のかつら』

煎餅のやうなふとんも気楽哉　せんべいのようなふとんもきらくかな　化14　七番日記

旅すれば猫のふとんも借にけり　たびすればねこのふとんもかりにけり　化14　七番日記

飯櫃の片脇かりるふとん哉　めしびつのかたわきかりるふとんかな　化14　七番日記

安き世や二晩ぎりの借ぶとん　やすきよやふたばんぎりのかりぶとん　化14　七番日記

小団蒲（蒲団）や猫にもたる丶足のうら　こぶとんやねこにもたるるあしのうら　政2　八番日記　参『梅塵八番』上五「小蒲団や」

飯櫃にきせればふとんなかりけり　めしびつにきせればふとんなかりけり　政2　八番日記　参『梅塵八番』上五「飯継に」

百敷や都は猫もふとん哉　ももしきやみやこはねこもふとんかな　政2　八番日記　参『梅塵八番』上五「百敷の」

小蒲団や暖し所に子を寝せる　こぶとんやぬくめしとこにこをねせる　政5　文政句帖

下敷もかぶるも一ツふとん哉　したしくもかぶるもひとつふとんかな　政5　文政句帖

明る迄ぐあひ直らぬ蒲団哉　あけるまでぐあいなおらぬふとんかな　不詳　自筆本

かんじき

かじき佩（履）て出ても用はなかりけり　かじきはいていでてもようはなかりけり　化4　文化句帖

橇や庵の前をふみ序　かんじきやいおりのまえをふみついで　政3　八番日記

橇や人の真似して犬およぐ　かんじきやひとのまねしていぬおよぐ　政3　八番日記

橇をなりに習てはきにけり　かんじきをなりにならいてはきにけり　政3　八番日記　参『梅塵八番』中七「子等に習て」

雪車

馬迄もよいとしとるか雪車の唄　うままでもよいとしとるかそりのうた　化3　文化句帖

君が代を雀も唄へそりの唄　きみがよをすずめもうたえそりのうた　化3　文化句帖

としよらぬ門のそぶりやそりの唄　としよらぬかどのそぶりやそりのうた　化3　文化句帖

雪車負て坂を上るや小サイ子　そりおうてさかをのぼるやちいさいこ　政1　七番日記

負ながら雪車の裏ほす丁場哉　おいながらそりのうらほすちょうばかな　政3　八番日記

一升樽乗て小僧が小ぞり引　いっしょうだるのせてこぞうがこぞりひく　政4　八番日記　参『梅塵八番』下五「小雪車かな」

狗も走りくらする小ぞり哉　えのころもはしりくらするこぞりかな　政4　八番日記

桟や凡人わざに雪車を引　かけはしやぼんじんわざにそりをひく　政4　八番日記　同『自筆本』『文政版』「遺稿」

柴雪〔車〕を迹《（後）》からもおす悴哉　しばそりをあとからもおすせがれかな　政4　八番日記

そり引や家《（屋）》根から投るとゞけ状　そりひきやねからなげるとどけじょう　政4　八番日記

北陸道

雪車引や家《（屋）》根から呼ばるとゞけ状　そりひきやねからよばるとどけじょう　政4　だん袋　同『嘉永版』『発句鈔追加』「書簡」

寺道や老母を乗てそりを引　てらみちやろうぼをのせてそりをひく　政4　八番日記

箱ぞりの大鼾にて引れけり　はこぞりのおおいびきにてひかれけり　政4　八番日記　参『梅塵八番』中七「大鼾にも」

放シ雪車下り留るせどの口　はなしぞりくだりとどまるせどのくち　政4　八番日記

ゆう／＼と犬めがそりの上荷哉　ゆうゆうといぬめがそりのうわにかな　政4　八番日記

負ひながら雪車のうらなる通り哉　おいながらそりのうらなるとおりかな　不詳　自筆本

そり引や犬が上荷〔に〕乗て行　そりひきやいぬがうわにのりてゆく　不詳　自筆本

そり引きや家《（屋）》根〔から〕おとすとゞけ状　そりひきやねからおとすとどけじょう　不詳　自筆本

一樽乗て小僧がお雪車哉　ひとたるのせてこぞうがおそりかな　不詳　自筆本

雪かき（雪丸め　雪はき）

其上に仏を直せ雪丸め　そのうえにほとけをなおせゆきまるめ　化10　七番日記　同『自筆本』

我宿はつくねた雪の麓哉　わがやどはつくねたゆきのふもとかな　化10　七番日記

紅葉ゝも丸込だり雪丸メ　もみじばもまるめこんだりゆきまるめ　化14　七番日記

窓の雪つんでこそ〳〵ばくち哉　まどのゆきつんでこそこそばくちかな　政2　八番日記　参『梅塵八番』中七「つんとこそ〳〵」

里の子や杓子〔で〕作る雪の山　さとのこやしゃくしでつくるゆきのやま　政3　八番日記　同「書簡」　参『梅塵八番』中七「杓子で作る」

里の子や手でつくねたる雪の山　さとのこやてでつくねたるゆきのやま　政3　八番日記　同『自筆本』「書簡」

雪丸となりおふ《（ほ）》すれば捨る也　ゆきまるとなりおおすればすつるなり　政3　八番日記　同『発句鈔追加』「書簡」

我宿は丸めた雪のうしろ哉　わがやどはまるめたゆきのうしろかな　政3　八番日記

門先や雪降とはき降とはき　かどさきやゆきふるとはきふるとはき　政4　八番日記　参『梅塵八番』下五「ふるとはく」

門先や童の作る雪の山　かどさきやわらべのつくるゆきのやま　政4　八番日記

せり流す雪のけぶりや門の川　せりながすゆきのけぶりやかどのかわ　政4　梅塵八番

雪掃や地蔵菩薩のつむり迄　ゆきはくやじぞうぼさつのつむりまで　政4　八番日記　同『自筆本』

男なき寺や立派に雪をはく　おとこなきてらやりっぱにゆきをはく　政7　文政句帖

ちとたらぬ僕や隣の雪もはく　ちとたらぬしもべやとなりのゆきもはく　政7　文政句帖　同『文政版』『嘉永版』

はつ雪や今捨るとて集め銭　はつゆきやいますてるとてあつめぜに　政7　文政句帖

はつ雪や降よりはやく掃捨る　はつゆきやふるよりはやくはきすてる　政7　文政句帖

野ら雪や菰にくるんで捨庵　のらゆきやこもにくるんですていおり　政8　文政句帖

我宿はつくねた雪のうしろ哉　わがやどはつくねたゆきのうしろかな　不詳　自筆本

雪仏

はつ雪やとても作らば立砂仏　はつゆきやとてもつくらばりゅうさぶつ　化8　我春集

仏にも作る気はなし庵の雪　ほとけにもつくるきはなしいおのゆき　化8　我春集　異『七番日記』上五「仏をも」

我国やつひ戯れも雪仏　わがくにやついたわむれもゆきぼとけ　化8　書簡　同『栗本雑記五』　異『発句鈔追加』前書「是心是仏」中七「つい戯にも」

有明や雪で作るも如来様　ありあけやゆきでつくるもにょらいさま　化10　七番日記

うす雪の仏を作る子ども哉　うすゆきのほとけをつくるこどもかな　化10　七番日記

狗の先つくばひぬ雪仏　えのころのまずつくばいぬゆきぼとけ　化10　七番日記

御ヒザに雀鳴也雪仏　おんひざにすずめなくなりゆきぼとけ　化10　七番日記

卅日を介給へや雪仏　つごもりをたすけたまえやゆきぼとけ　化10　七番日記

とるとしもあなた任せぞ雪仏　とるとしもあなたまかせぞゆきぼとけ　化10　七番日記

はづかしや子どもも作る雪仏　はずかしやこどももつくるゆきぼとけ　化10　七番日記

はつ雪や作(仏)にするもむづかしき　はつゆきやほとけにするもむずかしき　化10　七番日記

雪仏犬の子どもが御好げな　ゆきぼとけいぬのこどもがおすきげな　化10　七番日記

雪仙(仏)されば子供が御〔好〕やら　ゆきぼとけされればこどもがおすきやら　化10　七番日記

我門にとしとり給へ雪仏　わがかどにとしとりたまえゆきぼとけ　化10　七番日記

我門も足しにせよやれ雪仏　わがかどもたしにせよやれゆきぼとけ　化10　七番日記　異『句稿消息』中七「足したせよやれ」

わんぱくが仕業ながらも雪仏　わんぱくがしわざながらもゆきぼとけ　化10　七番日記

初雪やとの給ふやうな仏哉　はつゆきやとのたもうようなほとけかな　化11　七番日記

藪村や権兵衛が作の雪仏　やぶむらやごんべがさくのゆきぼとけ　化11　七番日記

我国や子どもも作る雪仏　わがくにやこどももつくるゆきぼとけ　化11　七番日記

はいかいを守らせ給へ雪仏　はいかいをまもらせたまえゆきぼとけ　化12　七番日記

はつ雪をお〔つ〕つくねても仏哉　はつゆきをおっつくねてもほとけかな　化12　七番日記

雪仏犬と子どもが御好かや　ゆきぼとけいぬとこどもがおすきかや　化12　七番日記

雪仏我手の迹《（跡）》もなつかしや　ゆきぼとけわがてのあともなつかしや　化12　七番日記　異「書簡」中七「我手の迹の」

寄合て雀がはやす雪仏　よりおうてすずめがはやすゆきぼとけ　化12　七番日記

出来栄を犬《（ママ）》も見るや雪仏　できばえをいぬもみるやゆきぼとけ　化13　七番日記

初ものや雪も仏につく〔ら〕る丶　はつものやゆきもほとけにつくらるる　化13　七番日記　異『随斎筆紀』『俳諧法華』下五「つくられし」

飯焚の爺が作ぞよ雪仏　めしたきのじじがさくぞよゆきぼとけ　化13　七番日記

我門は雪で作るも小仏ぞ　わがかどはゆきでつくるもこぼとけぞ　化13　七番日記

我してもおがむ気になる雪仏　われしてもおがむきになるゆきぼとけ　化13　七番日記

三介が開眼したり雪仏　さんすけがかいげんしたりゆきぼとけ　化14　七番日記

はつ雪や調市が作のミダ仏　はつゆきやちょういちがさくのみだぼとけ　化14　七番日記

我門やいつち見じめな雪仏　わがかどやいっちみじめなゆきぼとけ　化14　七番日記　同「書簡」

彼是といふも当坐ぞ雪仏　かれこれというもとうざぞゆきぼとけ　政2　おらが春　異『八番日記』上五「是かれと」中七「云も当ざの」　参『梅塵八番』上五「彼是と」

かりそめの雪み《（も）》仏となりにけり　かりそめのゆきもほとけとなりにけり　政3　八番日記　参『梅塵八番』中七「雪も仏と」

かりの世の雪も仏とあ《（な）》りにけり　かりのよのゆきもほとけとなりにけり　政3　八番日記

坐《（座）》頭坊が天窓打也雪仏　ざとうぼうがあたまうつなりゆきぼとけ　政5　文政句帖

座頭坊につ丶つかれけり雪仏　ざとうぼうにつっつかれけりゆきぼとけ　政5　文政句帖

門先や雪の仏も苦い顔
かどさきやゆきのほとけもにがいかお
政7　文政句帖

雪ちるや守り本尊に作る程
ゆきちるやまもりほんぞんにつくるほど
不詳　遺稿

はつ降りや雪も仏に作らるゝ
はつぶりやゆきもほとけにつくらるる
不詳　自筆本

はつ降りや雪も仏に成にけり
はつぶりやゆきもほとけになりにけり
不詳　自筆本

やれそれといふも当座ぞ雪仏
やれそれというもとうざぞゆきぼとけ
不詳　自筆本

雪つぶて（雪打ち）

雪礫馬が喰んとしたりけり
ゆきつぶてうまがくわんとしたりけり
化10　七番日記

雪礫投る拍子にころぶかな
ゆきつぶてなげるひょうしにころぶかな
化10　七番日記

我袖になげてくれぬや雪礫
わがそでになげてくれぬやゆきつぶて
化10　七番日記

三弦のばちでうけたり雪礫
しゃみせんのばちでうけたりゆきつぶて
化11　七番日記　同『だん袋』『発句鈔追加』前書「青楼曲」　異『自筆本』前書「青楼曲」中七「ばちで留たり」

仰のけにこけて投るや雪礫
あおのけにこけてほうるやゆきつぶて
化12　七番日記　同『自筆本』

おかしいと犬やふりむく雪礫
おかしいといぬやふりむくゆきつぶて
化12　七番日記

老力
爰迄と犬やふりむく雪礫
ここまでといぬやふりむくゆきつぶて
化12　書簡

犬の子が追ふて行也雪礫
いぬのこがおうてゆくなりゆきつぶて
化14　七番日記

犬の子も追ふて行也雪礫
いぬのこもおうてゆくなりゆきつぶて
化14　七番日記

老タル哉
榎迄ことしは行かず雪礫
えのきまでことしはゆかずゆきつぶて
化14　七番日記　同『自筆本』

親犬が尻でうけけり雪礫　おやいぬがしりでうけけりゆきつぶて　化14　七番日記　同『希杖本』
まゝつ子や雪の礫や御仏へ　ままっこやゆきのつぶてやみほとけへ　化14　七番日記　同「書簡」
頼んでもおれには下ス雪礫　たのんでもおれにはくだすゆきつぶて　政2　八番日記
身代の地蔵菩薩や雪礫　みがわりのじぞうぼさつやゆきつぶて　政5　文政句帖
御坐（座）敷や烏がおとす雪礫　おざしきやからすがおとすゆきつぶて　政6　文政句帖

青楼曲
かんざしでふはと留たり雪礫　かんざしでふわととめたりゆきつぶて　政6　文政句帖
飛のいて烏笑ふや雪礫　とびのいてからすわらうやゆきつぶて　政6　文政句帖
ふり向ば大どしま也雪礫　ふりむけばおおどしまなりゆきつぶて　政6　文政句帖
雪打や地蔵菩薩の横面へ　ゆきうちやじぞうぼさつのよこつらへ　政6　文政句帖
身拵へして待犬や雪礫　みごしらえしてまついぬやゆきつぶて　政8　文政句帖
雪礫投るはづみにつんのめる　ゆきつぶてなげるはずみにつんのめる　不詳　自筆本

雪見

御用なら蚤も候雪見衆　ごようならのみもそうろうゆきみしゅう　化11　七番日記
道観（灌）の御覧の雪や三の丸　どうかんのごらんのゆきやさんのまる　政2　八番日記
出湯から首ばか出して雪見哉　いでゆからくびばかだしてゆきみかな　政4　八番日記　参『梅塵八番』上五「ふとんから」
出湯に先ふり入て雪見哉　いでゆにまずふりいりてゆきみかな　政4　八番日記
陶の脉を見い〳〵雪見哉　すえもののみゃくをみいみいゆきみかな　政7　文政句帖
けふハ（ママ）ハ畳の上の雪見哉　きょうははたたみのうえのゆきみかな　不詳　自筆本

人事

霜よけ（雪よけ）

霜よけのたしに立たる地蔵哉　しもよけのたしにたちたるじぞうかな　化2　文化句帖

垣などつくろふとて

霜よけの足しに引ぱる小薮かな　しもよけのたしにひっぱるこやぶかな　化4　書簡

のりつけほゝんは宵の寒さをしらせ顔に啼く　夜なべ（濁ママ）虫はつゞ（濁ママ）れさせとすゝむ　秋も淋しくなりゆくまゝに彼の長嘯が
窓の心地す

雪除におしまげらるゝ桜かな　ゆきよけにおしまげらるるさくらかな　化6　茶翁聯句集　同『発句鈔追加』

霜よけのたらぬ所へかゞし哉　しもよけのたらぬところへかがしかな　化10　七番日記

むだ山も霜除に立庵哉　むだやまもしもよけにたついおりかな　化13　七番日記

橋上乞食

母親を霜よけにして寝た子哉　ははおやをしもよけにしてねたこかな　政4　八番日記　同『自筆本』『文政版』『嘉永版』

雪がこい（雪むしろ）

親犬や天窓〔で〕明る雪囲　おやいぬやあたまであけるゆきがこい　化14　七番日記

どら犬が尻で明るや雪莚　どらいぬがしりであけるやゆきむしろ　化14　七番日記

どら犬の尻で明るや雪囲　どらいぬのしりであけるやゆきがこい　化14　七番日記

どら犬や天窓でこぢる雪囲　どらいぬやあたまでこじるゆきがこい　化14　七番日記

雪囲世はうるさしやむつかしや　ゆきがこいよはうるさしやむつかしや　化14　七番日記　同『自筆本』　前書「妙光山」

大犬が尻でこぢるや雪莚　おおいぬがしりでこじるやゆきむしろ　不詳　自筆本

冬籠

冬籠鳥料利（理）にも念仏哉　ふゆごもりとりりょうりにもねぶつかな　寛5　寛政句帖

朝な〳〵焼大根哉冬ごもり　あさなあさなやきだいこかなふゆごもり　寛6　寛政句帖

御迎ひの鐘の鳴也冬籠　おむかいのかねのなるなりふゆごもり　享3　享和句帖

親も斯見られし山や冬籠　おやもこうみられしやまやふゆごもり　享3　享和句帖

清水を江戸のはづれや冬籠　きよみずをえどのはずれやふゆごもり　享3　享和句帖

雀踏む程畠あり冬籠　すずめふむほどはたけありふゆごもり　享3　享和句帖

冬ごもる其夜の膝に竹の月　ふゆごもるそのよのひざにたけのつき　享3　享和句帖

松一本つら《(る)》されし畠冬ごもり　まついっぽんつるされしはたふゆごもり　享3　享和句帖

冬籠其夜に聞くや山の雨　ふゆごもりそのよにきくややまのあめ　化1　文化句帖　同『版本題叢』『嘉永版』『発句鈔追加』

うすせばの菜の青みけり冬籠　うすせばのなのあおみけりふゆごもり　化3　文化句帖

五十にして冬籠さへならぬ也　ごじゅうにしてふゆごもりさえならぬなり　化3　文化句帖

なか〳〵に梅もほだしや冬籠　なかなかにうめもほだしやふゆごもり　化3　文化句帖

はや〴〵と誰冬ごもる細けぶり　はやばやとたれふゆごもるほそけぶり　化3　文化句帖　同『自筆本』『文政版』『嘉永版』　前書「嵯峨山」　異『希杖本』中七「誰が冬籠る」、「遺稿」下五「畑けぶり」

冬籠雁は夜迄かせぐ也　ふゆごもりかりはよるまでかせぐなり　化3　文化句帖

冬三月こもるといふも齢哉　ふゆみつきこもるというもよわいかな　化3　文化句帖

菊いろ〳〵いつ古里の冬籠　きくいろいろいつふるさとのふゆごもり　化7　七番日記

冬篭死ぬとも菊はくれぬ也　ふゆごもりしぬともきくはくれぬなり　化7　七番日記

紅葉いろ〳〵いつ古郷の冬籠　もみじいろいろいつふるさとのふゆごもり　化7　化三―八写

冬ごもり菜はほちや〳〵とほけ立ぬ　ふゆごもりなはほちゃほちゃとほけたちぬ　化8　七番日記

冬ごもる来世もあらば東山　ふゆごもるらいせもあらばひがしやま　化8　七番日記

いく畠菊を並て冬篭　いくはたけきくをならべてふゆごもり　化10　七番日記

いろはでも知りたくなりぬ冬篭　いろはでもしりたくなりぬふゆごもり　化10　七番日記　同『句稿消息』

大菊を喰仕廻迄冬篭　おおぎくをくいしまうまでふゆごもり　化10　七番日記

柿ありて又罪作る冬篭　かきありてまたつみつくるふゆごもり　化10　七番日記

柿の木に又罪作る冬籠　かきのきにまたつみつくるふゆごもり　化10　句稿消息

かつしかの菊さけはては冬篭　かつしかのきくさけはてはふゆごもり　化10　七番日記

菊喰虫と云れて冬篭り　きくくらうむしといわれてふゆごもり　化10　七番日記

君が代は女もす也冬篭り　きみがよはおんなもすなりふゆごもり　化10　七番日記

小流を我立田とや冬篭　こながれをわがたつたとやふゆごもり　化10　七番日記

指(挿)捨し柳の下を冬ごもり　さしすてしやなぎのしたをふゆごもり　化10　七番日記

さし捨し柳の陰を冬籠　さしすてしやなぎのかげをふゆごもり　化10　志多良　同『句稿消息』『自筆本』『文政版』『嘉永版』「俳諧摺物（文音）」　異『句稿消息』下五「夕籠」

猪熊と隣づからや冬篭　ししくまととなりずからやふゆごもり　化10　七番日記

鈴なりの柿が苦になる冬篭　すずなりのかきがくになるふゆごもり　化10　七番日記

どなたやら世をうぢ山の冬篭　どなたやらよをうじやまのふゆごもり　化10　七番日記　同『志多良』『発句鈔追加』

梨柿は烏任よ冬ごもり　なしかきはからすまかせよふゆごもり　化10　七番日記

西の木と聞てたのむや冬篭
にしのきときいてたのむやふゆごもり
化10 七番日記 同『志多良』『句稿消息』『自筆本』『文政版』『嘉永版』「遺稿」

眠り様鷺に習ん冬篭り
ねむりようさぎにならわんふゆごもり
化10 七番日記 同『自筆本』『文政版』『嘉永版』「遺稿」

念仏の念にもあらず冬篭り
ねんぶつのねんにもあらずふゆごもり
化10 七番日記

一畠菊喰ひけり冬篭り
ひとはたけきくくらいけりふゆごもり
化10 七番日記 同『自筆本』

冬籠鴬与二郎と呼れけり
ふゆごもりうぐいすよじろうとよばれけり
化10 七番日記

冬篭けしきに並ぶ小薮哉
ふゆごもりけしきにならぶこやぶかな
化10 七番日記

冬篭ル奴が喰ふぞよ菊の花
ふゆごもるやつがくうぞよきくのはな
化10 七番日記

犬なども《も》云事を聞冬篭
いぬなどもいうことをきくふゆごもり
化11 七番日記

カンキンは鴫に任せて冬篭
かんきんはしぎにまかせてふゆごもり
化11 七番日記

屁くらべが又始るぞ冬篭
へくらべがまたはじまるぞふゆごもり
化13 七番日記

京辺や冬篭さへいそがしき
みやこべやふゆごもりさえいそがしき
化13 七番日記

雀とる罠の番して冬篭
すずめとるわなのばんしてふゆごもり
化14 七番日記

蝿打が功者也けり冬篭
はえうちがこうしゃなりけりふゆごもり
化14 七番日記

古郷やせめて二日の冬篭り
ふるさとやせめてふつかのふゆごもり
化14 七番日記

焼筆で飯を喰つゝ冬篭
やきふでてめしをくいつつふゆごもり
化14 七番日記

一畠菊も喰つゝ冬篭
ひとはたけきくもくいつつふゆごもり
政1 七番日記

エドもエド／＼真中の冬ごもり
えどもえどえどまんなかのふゆごもり
政2 八番日記

おれにつぐのふなし猿や冬籠
おれにつぐのうなしざるやふゆごもり
政2 八番日記

辻君とならびが近(丘)や冬籠
つじぎみとならびがおかやふゆごもり
政2　八番日記　参『梅塵八番』中七「並びが丘や」

能なしは罪も又なし冬籠
のうなしはつみもまたなしふゆごもり
政2　おらが春　同『八番日記』『自筆本』「書簡」

冬籠り悪〔物〕喰が上りけり
ふゆごもりあくものぐいがあがりけり
政2　八番日記　参『梅塵八番』中七「あく物喰が」下五「上手なり」

小人閑居成不善
冬籠り悪く物喰を習けり
ふゆごもりあくものぐいをならいけり
政2　おらが春　異『八番日記』中七「いか物喰を」下五「習へけり」、「書簡」下五「習かな」

冬籠る其夜に聞くや夜の雨
ふゆごもるそのよにきくやよるのあめ
政3　発句題叢

大方の禄盗人や冬籠
おおかたのろくぬすっとやふゆごもり
政4　八番日記

とふふ屋と酒屋の間を冬籠
とうふやとさかやのあいをふゆごもり
政4　八番日記

のふなしや仕様事なしの冬籠
のうなしやしょうことなしのふゆごもり
政4　八番日記

髭どのや恥しめられて冬ごもり
ひげどのやはずかしめられてふゆごもり
政4　八番日記

冬籠あく物ぐいのつのりけり
ふゆごもりあくものぐいのつのりけり
政4　八番日記　同『自筆本』　異『文政版』『嘉永版』『ほまち畑』「遺稿」「真蹟」前書「小人閑居不善をなす」

冬籠る蛇の隣や鼠穴
ふゆごもるへびのとなりやねずみあな
政4　八番日記

煩脳(悩)の犬もつきそふ冬籠
ぼんのうのいぬもつきそうふゆごもり
政4　八番日記　同『自筆本』

雪隠とうしろ合や冬籠
せっちんとうしろあわせやふゆごもり
政5　文政句帖

雪隠と背〔中〕合せや冬ごもり
せっちんとせなかあわせやふゆごもり
政5　文政句帖

太刀きずを一ツばなしや冬籠
たちきずをひとつばなしやふゆごもり
政5　文政句帖

猫の穴から物買て冬籠　ねこのあなからものかってふゆごもり　政5　文政句帖

人誹る会が立なり冬籠　ひとそしるかいがたつなりふゆごもり　政6　文政句帖

不沙汰をば半こじつけや冬籠　ぶさたをばなかばこじつけやふゆごもり　政6　文政句帖

荒馬とうしろ合や冬籠　あらうまとうしろあわせやふゆごもり　政7　文政句帖

口出してにらまれんより冬籠　くちだしてにらまれんよりふゆごもり　政7　文政句帖

口出して又にらまるゝや冬籠　くちだしてまたにらまるるやふゆごもり　政7　文政句帖

口出すがとかく持病ぞ冬籠　くちだすがとかくじびょうぞふゆごもり　政7　文政句帖

口の出したいが持病ぞ冬籠　くちのだしたいがじびょうぞふゆごもり　政7　文政句帖

蜱もついて来にけり冬籠り　こおろぎもついてきにけりふゆごもり　政7　文政句帖

潜（僭）上に出て歩也冬籠　せんじょうにでてあるくなりふゆごもり　政7　文政句帖

竪の物横にはせぬや冬ごもり　たてのものよこにはせぬやふゆごもり　政7　文政句帖

鼻先に菜も青ませて冬籠　はなさきになもあおませてふゆごもり　政7　文政句帖

人誹る会も有也冬ごもり　ひとそしるかいもあるなりふゆごもり　政7　文政句帖

冬籠るも一日二日哉　ふゆごもるもいちにちふつかかな　政7　文政句帖

ふん伸て寝や一夜の冬籠　ふんのびてねるやいちやのふゆごもり　政7　文政句帖

道〱〔や〕駕の内にて冬籠　みちみちやかごのうちにてふゆごもり　政7　文政句帖

御仏は柱の穴や冬ごもり　みほとけははしらのあなやふゆごもり　政7　文政句帖

世話好や不性（承）〱に冬籠　せわずきやふしょうぶしょうにふゆごもり　政8　文政句帖

報謝米雀もつむや冬籠　ほうしゃごめすずめもつむやふゆごもり　政8　文政句帖

老僧の四条偶《（寓）》居
市人を深山木に見て冬籠
いちびとをみやまぎにみてふゆごもり　不詳　自筆本

帰庵
留主札もそれなりにして冬籠
るすふだもそれなりにしてふゆごもり　不詳　自筆本　同『文政版』『嘉永版』「遺稿」

満月をそつくり置て冬籠
まんげつをそっくりおいてふゆごもり　不詳　随斎筆紀

火鉢（火桶）

浅ぢふは昼も寝よげよ土火鉢
あさじうはひるもねよげよつちひばち　享3　享和句帖

式台
川風の真西吹く也大火鉢
かわかぜのまにしふくなりおおひばち　享3　享和句帖

草の門も貧乏めかぬ火鉢哉
くさのともびんぼうめかぬひばちかな　享3　享和句帖

暮る丶迄日のさしにけり土火鉢
くるるまでひのさしにけりつちひばち　享3　享和句帖

式台
外堀の真西吹く也大火鉢
そとぼりのまにしふくなりおおひばち　享3　享和句帖

町内の一番起の火鉢哉
ちょうないのいちばんおきのひばちかな　享3　享和句帖

二日程居り込んだる火鉢哉
ふつかほどすわりこんだるひばちかな　享3　享和句帖

ぼんのくぼ夕日にむけて火鉢哉
ぼんのくぼゆうひにむけてひばちかな　享3　享和句帖

松風の吹古したる火鉢哉
まつかぜのふきふるしたるひばちかな　享3　享和句帖

峯の松しばし見よとて火鉢哉
みねのまつしばしみよとてひばちかな　享3　享和句帖

越垣《（垣越）》の人に答る火桶哉
かきごしのひとにこたうるひおけかな　化1　文化句帖

寝て見よ菊も寝て咲火桶哉
いねてみよきくもねてさくひおけかな　化2　文化句帖

雀にも仲よく暮る火桶哉　すずめにもなかよくくるるひおけかな　化2　文化句帖

霜がれの菊とものいふ火桶哉　しもがれのきくとものいうひおけかな　化3　文化句帖

けふも〳〵〳〵竹見る火桶哉　きょうもきょうもきょうもたけみるひおけかな　化4　文化句帖

けふも〳〵竹に見とるゝ火桶哉　きょうもきょうもたけにみとるるひおけかな　化4　書簡

隣〳〵かゝへて歩く火桶哉　となりとなりかかえてあるくひおけかな　化7　七番日記

念仏を申込だる火桶哉　ねんぶつをもうしこんだるひおけかな　化7　七番日記

市人や火鉢またげ（ぎ）て是めせと　いちびとやひばちまたぎてこれめせと　化11　七番日記

小倉から夜が明て来る火桶哉　おぐらからよがあけてくるひおけかな　化11　七番日記　同『自筆本』

本丁の火鉢の上の夜明哉　ほんちょうのひばちのうえのよあけかな　化12　七番日記

山寺や火鉢のふちのむら雀　やまでらやひばちのふちのむらすずめ　化12　七番日記

大寺や主なし火鉢くわん〳〵と　おおてらやぬしなしひばちかんかんと　化13　七番日記　同『同日記』に重出

やよ虱そこで遊べよ張火桶　やよしらみそこであそべよはりひおけ　化13　七番日記

次の間へ戻サニヤならぬ火桶哉　つぎのまへもどさにゃならぬひおけかな　化14　七番日記

隠居家

御目覚の前や火桶に朝茶瓶　おめざめのまえやひおけにあさちゃびん　政2　八番日記　参『梅塵八番』下五「朝茶碗」

菊主や火鉢の隅の素湯土瓶　きくぬしやひばちのすみのさゆどびん　政2　八番日記

草の戸やどなたが来ても欠火桶　くさのとやどなたがきてもかけひおけ　政2　八番日記　参『梅塵八番』中七「そなたが来ても」

南天〔と〕並びが丘の火桶哉　なんてんとならびがおかのひおけかな　政2　八番日記　参『梅塵八番』上五「南天と」中七「並ぶが丘の」

貧乏らしといひし火桶を抱にけり　びんぼうらしといいしひおけをだきにけり　政2　八番日記
大火鉢またさ《ぎ》ながらや茶碗酒　おおひばちまたぎながらやちゃわんざけ　政3　八番日記　参『梅塵八番』中七「又こなからの」
酒五文つがせてまたぐ火鉢哉　さけごもんつがせてまたぐひばちかな　政3　八番日記
縁ばなや腰かけ火鉢暮る迄　えんばなやこしかけひばちくるるまで　政5　文政句帖
店先や火鉢の縁のむら雀　みせさきやひばちのふちのむらすずめ　不詳　自筆本

こたつ（置ごたつ）

思恋

思ふ人の側へ割込む巨《炬》燵哉　おもうひとのそばへわりこむこたつかな　寛5　寛政句帖
楼や不二見る方へ置巨《炬》燵　たかどのやふじみるかたへおきごたつ　寛5　寛政句帖
赤人見る槙をうへ《ゑ》て巨《炬》燵哉　あかひとみるまきをうえてこたつかな　享3　享和句帖
朝戸出や炬燵と松とつくば山　あさとでやこたつとまつとつくばやま　享3　享和句帖
おの〔が〕身になれて火のない火達《炬燵》哉　おのがみになれてひのないこたつかな　享3　享和句帖
〔川縁〕に〔炬燵〕をさますゆふべ哉　かわべりにこたつをさますゆうべかな　享3　享和句帖
川縁や巨《炬》燵の酔をさます人　かわべりやこたつのよいをさますひと　享3　享和句帖
次の間に行灯と〔ら〕れしこたつ哉　つぎのまにあんどとられしこたつかな　享3　享和句帖
南天よ巨《炬》燵やぐらよ淋しさよ　なんてんよこたつやぐらよさびしさよ　享3　享和句帖
見え透ぬ巨《炬》燵也不二見窓　みえすきぬこたつなりふじみまど　享3　享和句帖
鎌もふれ風も吹けとて巨《炬》燵哉　かまもふれかぜもふけとてこたつかな　化9　七番日記

巨《（炬）》燵より見ればぞ不二もふじの山
こたつよりみればぞふじもふじのやま
化9　七番日記

捨人や巨《（炬）》燵さましに上野迄
すてびとやこたつさましにうえのまで
化9　七番日記　同『自筆本』

吹降りや親は舟こぐ子は巨《（炬）》燵
ふきぶりやおやはふねこぐこはこたつ
化9　七番日記

唐迄も鵜呑顔して巨《（炬）》燵哉
からまでもうのみがおしてこたつかな
化10　句稿消息

渋柿のさしづ《（濁ママ）》し給ふ巨《（炬）》燵哉
しぶがきのさしずしたもうこたつかな
化10　七番日記

煤ぽた／＼さはさりながら我こたつ
すすぽたぽたさはさりながらわがこたつ
化10　帋杖葊日々稿

雀来よ巨達《（炬燵）》弁慶是に有
すずめこよこたつべんけいこれにあり
化10　七番日記

日本中鵜呑顔なる巨達《（炬燵）》哉
にほんじゅううのみがおなるこたつかな
化10　七番日記　異『自筆本』上五「日本を」中七「鵜呑顔して」

前の世によい種蒔て巨《（炬）》燵哉
まえのよによいたねまいてこたつかな
化10　七番日記　同『自筆本』

乞食を通れといふ火《（炬）》燵哉
こつじきをとおれというこたつかな
化14　七番日記

順礼に唄損サスル巨《（炬）》燵哉
じゅんれいにうたぞんさするこたつかな
化14　七番日記

大名は濡れ〔て〕通るを巨《（炬）》燵哉
だいみょうはぬれてとおるをこたつかな
化14　七番日記

へらず口のみ上りけり常巨《（炬）》燵
へらずぐちのみあがりけりじょうこたつ
化14　七番日記

むだな身のあら恥かしや常巨《（炬）》燵
むだなみのあらはずかしやじょうこたつ
化14　七番日記　同『自筆本』

うす／＼と寝るやこたつの伏見舟
うすうすとねるやこたつのふしみぶね
政1　七番日記

旅中
斯う寝るも我が巨《（炬）》燵ではなかりけり
こうねるもわがこたつではなかりけり
政1　花の跡　同『文政版』『嘉永版』前書「旅」、

『古今発句撰』　異「遺稿」上五「かく寝るも」

外〱はコタツに寝るや伏見舟
よそよそはこたつにねるやふしみぶね
政1　七番日記

はつ物が降などゝいふこたつ哉
はつものがふるなどというこたつかな
政1　七番日記

降雪の舟に仕込し巨《(炬)》燵哉
ふるゆきのふねにしこみしこたつかな
政1　七番日記

夜嵐や人〔は〕巨《(炬)》燵に伏見舟
よあらしやひとはこたつにふしみぶね
政1　七番日記

火達《(炬燵)》から大名見るや本通り
こたつからだいみょうみるやほんどおり
政3　八番日記

づぶ濡の大名を見る巨《(炬)》燵哉
ずぶぬれのだいみょうをみるこたつかな
政3　八番日記　同「書簡」前書「駅」、『一茶園月並裏書』前書「時雨に逢て程ヶ谷泊」（「程ヶ谷泊」→「金沢泊」→「戸塚ニとまる」と修正あり）

東海道
大名を眺ながらに巨《(炬)》燵哉
だいみょうをながめながらにこたつかな
政3　だん袋　異『発句鈔追加』中七「ながめながらの」

居仏や巨《(炬)》燵で叱る立仏
いぼとけやこたつでしかるたちぼとけ
政4　八番日記

同じ世やこたつ仏に立ぼとけ
おなじよやこたつぼとけにたちぼとけ
政4　梅塵八番　異『文政句帖』中七「巨燵仏と」

けさつから晦年《(悔許)》で巨《(炬)》燵哉
けさっからくやむばかりでこたつかな
政4　八番日記　参『梅塵八番』中七「悔ばかりで」

巨達《(炬燵)》弁慶と名のりてくらしけり
こたつべんけいとなのりてくらしけり
政5　文政句帖

死下手とそしらば徘《(誹)》れ夕巨《(炬)》燵
しにべたとそしらばそしれゆうごたつ
政5　文政句帖

立仏巨《(炬)》燵仏が仕ひけり
たちぼとけこたつぼとけがつかいけり
政5　文政句帖

何諷ふ炬燵の縁をたゝきつゝ
なにうたうこたつのへりをたたきつつ
政5　文政句帖

むだ人を松帆の浦の巨《炬》燵哉　むだびとをまつほのうらのこたつかな　政5　文政句帖

湯に入ると巨《炬》燵に入るが仕事哉　ゆにいるとこたつにいるがしごとかな　政5　文政句帖

酒土瓶茶どびんも出る巨《炬》燵哉　さけどびんちゃどびんもでるこたつかな　政6　文政句帖　同『自筆本』

いが頭炬燵弁慶とは我事也　いがあたまこたつべんけいとはわがことなり　政7　文政句帖　異『自筆本』上五「子ども衆」

巨《炬》燵びとはやせば門をはく子哉　こたつびとはやせばかどをはくこかな　政7　文政句帖

遠山《は》〔の〕講釈をする巨《炬》燵哉　とおやまのこうしゃくをするこたつかな　政7　文政句帖　同『自筆本』

若役に窓明に立炬燵哉　わかやくはまどあけにたつこたつかな　政7　文政句帖

金のなる木を植たして炬燵哉　かねのなるきをうえたしてこたつかな　不詳　自筆本

小坊主を人形につかふ炬燵哉　こぼうずをにんぎょにつかうこたつかな　不詳　自筆本　異『応響雑記』上五「子宝を」

たんぽ

先よしと足でおし出すたんぽ哉　まずよしとあしでおしだすたんぽかな　化14　七番日記

親達は斯抱かれたるたんぽ哉　おやたちはこうだかれたるたんぽかな　政5　文政句帖

一廻りまはりて戻るたんぽ哉　ひとまわりまわりてもどるたんぽかな　政5　文政句帖

負鬮の僧がはなさぬ湯婆哉　まけくじのそうがはなさぬたんぽかな　政5　文政句帖

我恋は夜たく《ごと》〳〵の湯婆哉　わがこいはよごとよごとのたんぽかな　政5　文政句帖

童が天窓へのせるたんぽかな　わらんべがあたまへのせるたんぽかな　政5　文政句帖

炭（枝炭　輪炭　堅炭　くぬぎ炭　白炭　粉炭）

赤い実は何の実かそもはかりずみ　あかいみはなんのみかそもはかりずみ　享3　享和句帖

赤い実も粒〳〵転る粉炭哉　あかいみもつぶつぶころがるこずみかな　享3　享和句帖

赤い実もはかり込だる粉炭哉　あかいみもはかりこんだるこずみかな　享3　享和句帖

起てから烏聞く〔也〕おこり炭　おきてからからすきくなりおこりずみ　享3　享和句帖
くわん／＼と炭のおこりし夜明哉　かんかんとすみのおこりしよあけかな　享3　享和句帖
炭くだく腕にかゝる夜雨哉　すみくだくかいなにかかるよさめかな　享3　享和句帖
炭の火のふく／″＼しさよ藪隣　すみのひのふくぶくしさよやぶどなり　享3　享和句帖
炭の火も貧乏ござれといふべ哉　すみのひもびんぼうござれというべかな　享3　享和句帖
雷盆の上手にかけておこり炭　すりばちのじょうずにかけておこりずみ　享3　享和句帖
鳴鶏のはら／＼時の炭火哉　なくとりのはらはらどきのすみびかな　享3　享和句帖
二三俵粉炭になるもはやさ哉　にさんぴょうこずみになるもはやさかな　享3　享和句帖
ぱち／＼と椿咲けり炭けぶり　ぱちぱちとつばきさきけりすみけぶり　享3　享和句帖
一人ふえ／＼けりはかり炭　ひとりふえひとりふえけりはかりずみ　享3　享和句帖
昔人の雨夜に似たりはかり炭　むかしびとのあまよににたりはかりずみ　享3　享和句帖
藪ごしに福／″＼しさよおこり炭　やぶごしにふくぶくしさよおこりずみ　享3　享和句帖
炭生ん軒の夜雨もおり／＼に　すみいけんのきのよさめもおりおりに　化2　文化句帖
炭くだく手の淋しさよかぼそさよ　すみくだくてのさびしさよかぼそさよ　化2　文化句帖
炭の火や夜は目につく古畳　すみのひやよるはめにつくふるだたみ　化2　文化句帖
ちとの間は我宿めかすおこり炭　ちとのまはわがやどめかすおこりずみ　化2　文化句帖
枝ずみのことしは折れぬこぶし哉　えだずみのことしはおれぬこぶしかな　化3　文化句帖
夜る／＼は炭火福者のひとり哉　よるよるはすみびふくじゃのひとりかな　化3　文化句帖
はかり炭同じ隣のあれかしな　はかりずみおなじとなりのあれかしな　化4　書簡
うれしさやしらぬ御山のくぬぎ炭　うれしさやしらぬおやまのくぬぎずみ　化7　七番日記

おもしろや隣もおなじはかり炭
おもしろやとなりもおなじはかりずみ
化7　七番日記

七日

誰どのや菊にかくる丶おこり炭
だれどのやきくにかくるるおこりずみ
化7　七番日記

はかり炭先子宝が笑ふ也
はかりずみまずこだからがわらうなり
化7　七番日記

お《(を)》り炭の折残たる肱哉
おりずみのおりのこしたるかいなかな
化9　七番日記

十郎も五郎も笑へはかり炭
じゅうろうもごろうもわらえはかりずみ
化9　七番日記

炭の手で物うり招く翁哉
すみのてでものうりまねくおきなかな
化9　七番日記

炭の火の上より明て小倉山
すみのひのうえよりあけておぐらやま
化9　七番日記

福〴〵といせ屋がおくの炭火哉
ふくぶくといせやがおくのすみびかな
化9　七番日記

朝晴にぱ《(半濁ママ)》ち〳〵炭のきげん哉
あさばれにぱちぱちすみのきげんかな
化10　七番日記　同『自筆本』『句稿消息』『文政版』『嘉永版』「遺稿」

一茶坊に過たるものや炭一俵
いっさぼうにすぎたるものやすみいっぴょう
化10　七番日記　同『自筆本』

おこり炭峰の松風通ひけり
おこりずみみねのまつかぜかよいけり
化10　七番日記　同『同日記』に重出

おれが炭おれが曲にはわれぬ哉
おれがすみおれがまげにはわれぬかな
化10　七番日記

かた炭やいふこときかぬ〔く〕だけ様
かたずみやいうこときかぬくだけよう
化10　七番日記　同『自筆本』

直なるも曲も同じ炭火哉
すぐなるもまがるもおなじすみびかな
化10　七番日記

炭舟や筑波おろしを天窓から
すみぶねやつくばおろしをあたまから
化10　七番日記

すりこ木も炭打程に老にけり
すりこぎもすみうつほどにおいにけり
化10　七番日記　同『自筆本』

そとすればぐわらりと炭のくだけけり
そとすればがらりとすみのくだけけり
化10　七番日記

手さぐりに摑ん〔で〕くべる粉炭哉
てさぐりにつかんでくべるこずみかな
化10　七番日記

どの炭も思ふ通りに割ぬぞや
どのすみもおもうとおりにわれぬぞや
化10　七番日記

一人にはありあまる也ひろひ炭
ひとりにはありあまるなりひろいずみ
化10　七番日記

深川や一升炭も舟さはぎ
ふかがわやいっしょうずみもふねさわぎ
化10　句稿消息　同『発句鈔追加』前書「小名木沢といふ所に住ける時」

深川〔や〕一升炭もわたし舟
ふかがわやいっしょうずみもわたしぶね
化10　七番日記　同『志多良』『句稿消息』

福の神やどらせ給へおこり炭
ふくのかみやどらせたまえおこりずみ
化10　七番日記　同『自筆本』

ふだらくや岸打波をはしり炭
ふだらくやきしうつなみをはしりずみ
化10　七番日記　同『句稿消息』

曲たも一つけしきやおこり炭
まがったもひとつけしきやおこりずみ
化10　七番日記

待時は犬も来ぬ也おこりずみ
まつときはいぬもこぬなりおこりずみ
化10　七番日記　同『自筆本』　異『句稿消息』中七「犬も来ぬぞよ」

分てやる隣もあれなおこり炭
わけてやるとなりもあれなおこりずみ
化10　七番日記　同『句稿消息』『文政版』『嘉永版』『栗本雑記四』「遺稿」

炭の手を柱で拭ふ爺哉
すみのてをはしらでぬぐうじいかな
化11　七番日記

朝夷も一つ笑へおこり炭
あさえびすもひとつわらえおこりずみ
化12　七番日記

枝炭〔の〕白粉ぬりて京に入
えだずみのおしろいぬりてきょうにいる
化12　七番日記

浅ましや炭のしみ込掌に
あさましやすみのしみこむてのひらに
化14　七番日記

いろはを〔も〕知らで此世を古海炭
いろはをもしらでこのよをふるみずみ
化14　七番日記

埋たり出したり炭火一つ哉
うずめたりだしたりすみびひとつかな
化14 七番日記 同『自筆本』

けふ〳〵とうき世の事も計り炭
きょうきょうとうきよのこともはかりずみ
化14 七番日記

たのもしや下手のウメタル炭火さへ
たのもしやへたのうめたるすみびさえ
化14 七番日記

京住や五文が炭も見(目)にかける
きょうずみやごもんがすみもめにかける
政2 八番日記 参『梅塵八番』下五「目にかける」

炭の火や朝の祝義(儀)の咳ばらひ
すみのひやあさのしゅうぎのせきばらい
政2 おらが春 同「書簡」『八番日記』『発句鈔追加』

深川や一升炭も川むかふ
ふかがわやいっしょうずみもかわむこう
政3 発句題叢

炭の火に峰の松風通し(ひ)けり
すみのひにみねのまつかぜかよいけり
政3 八番日記 同『自筆本』『文政版』『嘉永版』『発句鈔追加』「遺稿」 参『梅塵八番』下五「通ひけり」

炭の火〔や〕齢のへるもあの通り
すみのひやよわいのへるもあのとおり
政3 発句題叢 同『自筆本』『嘉永版』『発句鈔追加』

炭の火に月落烏啼にけり
すみのひにつきおちからすなきにけり
政5 文政句帖 同『自筆本』『文政版』『嘉永版』「遺稿」

炭迄も鋸引や京住居
すみまでものこぎりひくやきょうずまい
政5 文政句帖

はかり炭一升買の安気哉
はかりずみいっしょうがいのあんきかな
政5 文政句帖

むづかしやわずみ点ズミ白いすみ
むずかしやわずみたてずみしろいすみ
政5 文政句帖

老僧が炭の折たを手がら哉
ろうそうがすみのおったをてがらかな
政5 文政句帖

白い炭などゝほた〔え〕る隠者哉
しろいすみなどとほたえるいんじゃかな
政8　文政句帖　同『発句鈔追加』「書簡」「真蹟」

まけられて箱に入ぬや一升炭
まけられてはこにいれぬやいっしょずみ
政8　文政句帖

炭俵

けふ〳〵と命もへるや炭俵
きょうきょうといのちもへるやすみだわら
享3　享和句帖

げつそりとほしへり立ぬ炭俵
げっそりとほしへりたちぬすみだわら
享3　享和句帖

炭もはや俵の底ぞ三ケの月
すみもはやたわらのそこぞみかのつき
享3　享和句帖

忽に淋しくなりぬ炭俵
たちまちにさびしくなりぬすみだわら
享3　享和句帖

場ふさげと思ふ間もなし炭俵
ばふさげとおもうまもなしすみだわら
享3　享和句帖

炭俵はやぬかるみに踏れけり
すみだわらはやぬかるみにふまれけり
化1　文化句帖

宵〳〵に見べりもするか炭俵
よいよいにみべりもするかすみだわら
化2　文化句帖

鶯が先とまつたぞ炭俵
うぐいすがまずとまったぞすみだわら
化9　七番日記

あこよ其さい槌もてこすみ俵
あこよそのさいづちもてこすみだわら
化10　七番日記

魚串のさし所也炭俵
うおぐしのさしどころなりすみだわら
化10　七番日記

炭もけふ俵焚く夜と成にけり
すみもきょうたわらたくよとなりにけり
化12　七番日記

五百崎や雉の出て行炭俵
いおさきやきじのでてゆくすみだわら
政1　七番日記　同「真蹟」

ぬかるみにはや踏れけり炭俵
ぬかるみにはやふまれけりすみだわら
政1　七番日記　同『自筆本』　異『同日記』中
七「はや踏まるゝ」

炭もはや俵たく夜と成にけり
すみもはやたわらたくよとなりにけり
政5　文政句帖

おとろへや炭のしみ込掌に
おとろえやすみのしみこむてのひらに
不詳　希杖本

炭焼（炭竈）

炭竈〔に〕ぬり込られし旭哉　すみがまにぬりこめられしあさひかな　享3　享和句帖

炭竈の空の小隅もうき世哉　すみがまのからのこすみもうきよかな　化7　七番日記　同『版本題叢』『嘉永版』

炭竈の穴の小隅もうき世哉　すみがまのあなのこすみもうきよかな　化9　栗本雑記二

今行し爺が炭竈でありしよな　いまゆきしじじがすみがまでありしよな　化10　七番日記

宇治〔山〕を人にしれとや炭をやく　うじやまをひとにしれとやすみをやく　化10　七番日記

雲と見し桜は炭にやかれけり　くもとみしさくらはすみにやかれけり　化10　七番日記

炭竈の四五寸伸し日ざし哉　すみがまのしごすんのびしひざしかな　化10　七番日記

炭竈のちよぼ〳〵けぶる長閑さよ　すみがまのちょぼちょぼけぶるのどかさよ　化10　七番日記

炭竈やあれが桜の夕けぶり　すみがまやあれがさくらのゆうけぶり　化10　七番日記

炭竈や今に焼るゝ山ざくら　すみがまやいまにやかるるやまざくら　化10　七番日記

炭竈や師走の隅につんとして　すみがまやしわすのすみにつんとして　化10　七番日記　同『句稿消息』

炭竈〔や〕師走らしくもなかりけり　すみがまやしわすらしくもなかりけり　化10　七番日記

見よ子ども爺が炭竈今けぶる　みよこどもじじがすみがまいまけぶる　化10　七番日記

我なりと炭焼衣どちや増《（勝）》る　わがなりとすみやきごろもどちやまさる　化10　七番日記

炭竈やしばし里ある並様　すみがまやしばしさとあるならびよう　化11　句稿消息

炭竈のけぶりに陰るせうじ哉　すみがまのけぶりにくもるしょうじかな　化12　七番日記　同『自筆本』

炭竈も必隣有りにけり　すみがまもかならずとなりありにけり　化12　七番日記

真直ぐ〔は〕仏五兵衛がすみがまよ　まっすぐはほとけごへえがすみがまよ　化12　七番日記

炭けぶりうき世隅かへ大空に　すみけぶりうきよすみかえおおぞらに　政3　発句題叢

近付のさくらも炭に焼れけり　ちかづきのさくらもすみにやかれけり　政9　政九十句写　同『希杖本』

炭焼る空にすみ〔かへ〕うき世哉　すみやけるそらにすみかえうきよかな　不詳　自筆本

炭竈の穴の小隅の浮世かな　すみがまのあなのこすみのうきよかな　不詳　発句鈔追加

うら町や炭円《たどん》(団)手伝ふ美少年　うらまちやたどんてつだうびしょうねん　寛6　寛政句帖

赤い実の粒〳〵転るたどん哉　あかいみのつぶつぶころがるたどんかな　享3　享和句帖

榾（榾火）

翁さびうしろをあぶる榾火哉　おきなさびうしろをあぶるほたびかな　寛4　寛政句帖

榾の火や糸取窓の影ぼうし　ほたのひやいとどるまどのかげぼうし　寛4　寛政句帖

夜な〳〵は榾で活たる山家哉　よなよなはほたでいきたるやまがかな　寛4　寛政句帖

わら苞の焼飯あたゝむる榾火哉　わらづとのやきめしあたたむるほたびかな　寛4　寛政句帖

すぎはひや榾一ツ掘るに小一日　すぎわいやほたひとつほるにこいちにち　寛5　寛政句帖

小夜更てもへみもへずみ榾火哉　さよふけてもえみもえずみほたびかな　寛6　寛政句帖

雨の日や榾を踏へて夕ながめ　あめのひやほたをふまえてゆうながめ　享3　享和句帖

うれしさは暁方の榾火哉　うれしさはあかつきがたのほたびかな　享3　享和句帖

日枝おろし胫吹越る榾火哉　ひえおろしすねふきこゆるほたびかな　享3　享和句帖

榾の火や目出度御代の顔と顔　ほたのひやめでたきみよのかおとかお　化1　文化句帖　同『発句題叢』『文政版』『嘉永版』「遺稿」

雨ふるや翌から榾の当もなき　あめふるやあすからほたのあてもなき　化2　文化句帖

歌によむ浦をこなして榾火哉　うたによむうらをこなしてほたびかな　化2　文化句帖

浦の雨榾をふまへて見たりけり　うらのあめほたをふまえてみたりけり　化2　文化句帖

榾焚て皺くらべせんかゞみ山　ほたたいてしわくらべせんかがみやま　化2　文化句帖

君が代のかほつき合す榾家（火）かな　きみがよのかおつきあわすほたびかな　化4　木啄集

正月の来るもかまはぬほた火哉　しょうがつのくるもかまわぬほたびかな　化4　書簡

榾火や白髪のつやをほめらるゝ　ほたびやしらがのつやをほめらるる　化8　七番日記

榾の火や吉次吉六武さし坊　ほたのひやきちじきちろくむさしぼう　化10　七番日記

婆ゝどのや榾のいぶるもぶつくさと　ばばどのやほたのいぶるもぶつくさと　化11　七番日記

榾の火に小言八百ばかり哉　ほたのひにこごとはっぴゃくばかりかな　化11　七番日記　同『発句鈔追加』

榾の火や小言八百酒五盃　ほたのひやこごとはっぴゃくさけごはい　化11　七番日記　同『自筆本』『時雨会』

榾ポキリ／＼ナムアミダ仏哉　ほたぽきりぽきりなむあみだぶつかな　化12　七番日記

辛崎の雨をうしろに榾火哉　からさきのあめをうしろにほたびかな　化13　七番日記

榾の火に大欠するかぐや姫　ほたのひにおおあくびするかぐやひめ　化13　七番日記

榾の火や仏もずらり並びつゝ　ほたのひやほとけもずらりならびつつ　化13　七番日記

榾の火を踏へて見たり天川　ほたのひをふまえてみたりあまのがわ　化13　七番日記

かつしか庵破る時
式（或）僧の榾に焚かれよ放家　あるそうのほたにたかれよはなれいえ　化14　七番日記

僧正も榾火仲間の坐（座）とり哉　そうじょうもほたびなかまのざとりかな　化14　七番日記

膝節で榾を折さへ手柄哉　ひざぶしでほたをおるさえてがらかな　化14　七番日記　同『自筆本』『希杖本』

横槌に腰つつかけてホタ火哉　よこづちにこしつっかけてほたびかな　化14　七番日記　同『自筆本』　異『希杖本』上五

「横つらに」中七「腰打かけて」

ハ(ワ)アヽチと云しま並ぶ榾火哉　わあちといいしまならぶほたびかな　化14　七番日記　同『自筆本』

若い衆に頼んで寝たる榾火哉　わかいしゅにたのんでねたるほたびかな　政1　七番日記

源九郎義経殿を榾火哉　げんくろうよしつねどのをほたびかな　政2　八番日記

子宝がきやら／＼笑ふ榾火哉　こだからがきゃらきゃらわらうほたびかな　政2　おらが春

大名の一番立のほた火哉　だいみょうのいちばんだちのほたびかな　政2　八番日記　同『自筆本』

榾の火に安置しておく茶の子哉　ほたのひにあんちしておくちゃのこかな　政2　八番日記

榾の火にせなか向けり最明寺　ほたのひにせなかむけりさいみょうじ　政2　八番日記　異『自筆本』『文政版』『嘉永版』「遺稿」中七「うしろ向けけり」

榾の火に別れて高し門の月　ほたのひにわかれてたかしかどのつき　不詳　真蹟

榾の火や吉次喜三太武蔵坊　ほたのひやきちじきさんたむさしぼう　不詳　自筆本

向ひても口淋しいか榾煙り　むかいてもくちさびしいかほたけぶり　不詳　自筆本

わら苞の納豆烟る榾〔火〕哉　わらづとのなっとうけぶるほたびかな　不詳　自筆本

老情

おとろへや榾折かねる膝頭　おとろえやほたおりかねるひざがしら　不詳　希杖本

大名も榾火によるや大井川　だいみょうもほたびによるやおおいがわ　不詳　希杖本

旅人に榾火をゆづる夜明哉　たびびとにほたびをゆずるよあけかな　不詳　発句鈔追加

埋火

起なんとして埋火を見る夜明哉　おきなんとしてうずみびをみるよあけかな　寛6　寛政句帖

埋火に桂の鴎聞へけり　うずみびにかつらのかもめきこえけり　化2　文化句帖　同『発句題叢』、『嘉永版』前書

埋火の引ぱり足らぬ夜さり哉　うずみびのひっぱりたらぬよさりかな　「樫木原に泊りて」化2　文化句帖

埋火や山松風を枕元　うずみびややままつかぜをまくらもと　化2　杖の華　同『発句鈔追加』

埋火に作つけたる法師哉　うずみびにつくりつけたるほうしかな　化7　七番日記

埋火の芋をながむる烏哉　うずみびのいもをながむるからすかな　化7　化三―八写

埋火の餅をながむる烏哉　うずみびのもちをながむるからすかな　化7　七番日記　同『化三―八写』

埋火や貧乏神〔の〕渋うちは　うずみびやびんぼうがみのしぶうちわ　化7　七番日記

埋火の真闇がりもたのみ哉　うずみびのまっくらがりもたのみかな　化14　七番日記

煻埋メヤ／＼よ翌はアスノ事　おきうめやうめやよあすはあすのこと　化14　七番日記

埋火の天窓張りこくるきせる哉　うずみびのあたまはりこくるきせるかな　政7　文政句帖　同『自筆本』

埋火のかき捜しても一ツ哉　うずみびのかきさがしてもひとつかな　政7　文政句帖

埋火のきへた迹（跡）さへたのみ哉　うずみびのきえたあとさえたのみかな　政7　文政句帖

埋火の伝受（授）ゆるさぬ隠居哉　うずみびのでんじゅゆるさぬいんきょかな　政7　文政句帖

埋火やきせるで天窓はりこくり　うずみびやきせるであたまはりこくり　政7　文政句帖　同「書簡」　異「真蹟」下五「はりこくる」、「真蹟」下五「はりてみる」

埋火や白湯もちん／＼夜の雨　うずみびやさゆもちんちんよるのあめ　政7　文政句帖　異『ほまち畑』前書「影法師」

埋火をはねとばしけり盗み栗　うずみびをはねとばしけりぬすみぐり　政7　文政句帖　同『自筆本』

のつ切て捜埋火ひとつ哉　のっきってさがすうずみびひとつかな　政7　文政句帖

かけ菜（干し菜）

うつろへど雨吹かゝるかけ菜哉　うつろえどあめふきかかるかけなかな　享3　享和句帖

御迎の鐘待軒にかけ菜哉　おむかえのかねまつのきにかけなかな　享3　享和句帖

かけそめし日からおとろふかけ菜哉　かけそめしひからおとろうかけなかな　享3　享和句帖

二軒前干菜かけたり草の雨　にけんまえほしなかけたりくさのあめ　享3　享和句帖

二軒前干菜もかけし小家哉　にけんまえほしなもかけしこいえかな　享3　享和句帖

御仏の真向先がかけ菜哉　みほとけのまむかうさきがかけなかな　享3　享和句帖

ひよ鳥のちよこ〳〵見廻ふかけ菜哉　ひよどりのちょこちょこみまうかけなかな　政5　文政句帖

留主事や庵のぐるりも釣り干菜　るすごとやいおのぐるりもつりほしな　政5　文政句帖

干菜汁少青いがあいそ哉　ほしなじるすこしあおいがあいそかな　政7　文政句帖

茎漬（茎菜）

わんぱくや茎菜の重石たのまるゝ　わんぱくやくきなのおもしたのまるる　化12　七番日記

茎漬の氷こごりを歯切哉　くきづけのこおりこごりをはぎれかな　政7　文政句帖　同「真蹟」

薬喰

大江戸や只四五文も薬喰　おおえどやただしごもんもくすりぐい　化13　七番日記

薬喰から始るやあばれ喰　くすりぐいからはじまるやあばれぐい　化13　七番日記

薬といふより始りぬあばれ喰　くすりというよりはじまりぬあばれぐい　化13　七番日記　同「書簡」

松の葉を添て送れし薬喰　まつのはをそえておくられしくすりぐい　化13　七番日記

ばさら画の遊女も笑へ薬喰　ばさらえのゆうじょもわらえくすりぐい　化14　七番日記　同『自筆本』

あつものをものともせ《せぬ》よ薬喰　あつものをものともせぬよくすりぐい　政4　八番日記　参『梅塵八番』上五「あのもの

を」中七「ものをものせよ」

蛇の鮎（鮓）も喰かねぬ也薬なら
じゃのすしもくいかねぬなりくすりなら
政5　文政句帖

相ばんに猫も並ぶや薬喰
しょうばんにねこもならぶやくすりぐい
政5　文政句帖

人呼ば犬が来る也薬喰
ひとよべばいぬがくるなりくすりぐい
政5　文政句帖

ひとり身や薬喰にも都迄
ひとりみやくすりぐいにもみやこまで
政5　文政句帖

行人を皿でまねくや薬喰
ゆくひとをさらでまねくやくすりぐい
政5　文政句帖　同『自筆本』『文政版』『嘉永版』「遺稿」

あのもの〳〵〳〵とて薬喰
あのものあのものあのものとてくすりぐい
不詳　自筆本

薬みと号して果は〔あばれ喰〕
くすりみとごうしてはてはあばれぐい
不詳　自筆本

始りは薬なりしをあばれ喰
はじまりはくすりなりしをあばれぐい
不詳　自筆本

ひとり身や両国へ出て薬喰
ひとりみやりょうごくへでてくすりぐい
不詳　自筆本

納豆（納豆汁）

朝〳〵に半人前の納豆哉
あさあさにはんにんまえのなっとかな
化7　七番日記

有明や納豆腹を都迄
ありあけやなっとうばらをみやこまで
化7　七番日記

百両の松をけなして納豆汁
ひゃくりょうのまつをけなしてなっとじる
化7　七番日記

さが山や納豆汁とんめの花
さがやまやなっとうじるとうめのはな
化9　七番日記

納豆と同じ枕に寝る夜哉
なっとうとおなじまくらにねるよかな
化9　七番日記　同『自筆本』前書「山家泊」、『文政句帖』

納豆の糸引張て遊び（濁ママ）けり
なっとうのいとひっぱってあそびけり
化9　七番日記　同『自筆本』

納豆と同じ枕に寝たりけり
なっとうとおなじまくらにねたりけり
政4　八番日記

納豆の糸もまいるや日〳〵に
なっとうのいともまいるやにちにちに
政4　八番日記　参『梅塵八番』中七「糸もよはるや」

納豆をわらの上から貰ひけり
なっとうをわらのうえからもらいけり
政4　八番日記

わら苞にして〔も〕けぶれる納豆哉
わらづとにしてもけぶれるなっとかな
政4　八番日記

納豆や一人前にはる〴〵と
なっとうやいちにんまえにはるばると
政7　文政句帖

わら苞のみやげもけぶる納豆哉
わらづとのみやげもけぶるなっとかな
政7　文政句帖

わら苞や田舎納豆といなか菊
わらづとやいなかなっとといなかぎく
政7　文政句帖

乾鮭（塩引）

から鮭の口へさしけり梅の花
からざけのくちへさしけりうめのはな
化13　七番日記　同『自筆本』

から鮭も敲ば鳴ぞナムアミダ
からざけもたたかばなるぞなむあみだ
化13　七番日記

塩引やエゾの泥迄祝はる丶
しおびきやえぞのどろまでいわわるる
化13　七番日記

寒晒し

寒晒尻の自慢の好（奴）哉
かんざらししりのじまんのやっこかな
政1　七番日記

手足迄寒晒しなる下部哉
てあしまでかんざらしなるしもべかな
政3　八番日記

そば湯

赤椀に竜も出さふ〔な〕そば（濁ママ）湯哉
あかわんにりゅうもでそうなそばゆかな
化11　七番日記

そりや寝鐘そりやそば湯ぞよ〳〵
そりゃねがねそりゃそばゆぞよそばゆぞよ
化11　七番日記

親椀に竜も出さふなそば（濁ママ）湯哉
おやわんにりゅうもでそうなそばゆかな
不詳　自筆本

そばがき

江戸店や初そばがきに袴客
えどみせやはつそばがきにはかまきゃく
政4　八番日記

草のとや初そばがきをねだる客　くさのとやはつそばがきをねだるきゃく　政4　八番日記

寒造り

寒造りや丶仕舞ふてや臂枕　かんづくりややしもうてやひじまくら　享1　其日庵蔵旦

白水の川の出来たり寒造　しろみずのかわのできたりかんづくり　政4　八番日記

子持たずや一あま酒の寒造　こもたずやひとあまざけのかんづくり　政6　文政句帖

山寺や米壱升の寒づくり　やまでらやこめいっしょうのかんづくり　政6　文政句帖

鰒汁

夜な／＼は鰒で活たる外在哉　よなよなはふぐでいきたるげざいかな　寛5　寛政句帖

浅ましと鰒や見らん人の顔　あさましとふぐやみるらんひとのかお　享3　享和句帖　異「真蹟」中七「鰒は見らん」

親分と家向あふて鰒と汁　おやぶんといえむきおうてふくとじる　享3　享和句帖

京も京京の真中や鰒と汁　きょうもきょうきょうのまなかやふくとじる　享3　享和句帖

汝等が親分いくら鰒と汁　なんじらがおやぶんいくらふくとじる　享3　享和句帖

葱の葉に顔をつん出す鰒哉　ねぎのはにかおをつんだすふくとかな　享3　享和句帖

はら／＼と紅葉ちりけり鰒と汁　はらはらともみじちりけりふくとじる　享3　享和句帖

鰒汁や大宮人の顔をして　ふぐじるやおおみやびとのかおをして　享3　享和句帖

鰒好と窓むきあふて借家哉　ふぐずきとまどむきおうてしゃくやかな　享3　享和句帖

鰒好に住こなされし借家哉　ふぐずきにすみこなされししゃくやかな　享3　享和句帖

鰒と汁くひさ（た）くもなるつぶり哉　ふくとじるくいたくもなるつぶりかな　享3　享和句帖

京にも子分ありとや鰒と汁　みやこにもこぶんありとやふくとじる　享3　享和句帖

紅葉丶はえぼしみてさけ鰒と汁　もみじばはえぼしみてさけふくとじる　享3　享和句帖

もゝしきの大宮人や鰒と汁
ももしきのおおみやびとやふくとじる
享3　享和句帖

山紅葉吹おろしけり鰒と汁
やまもみじふきおろしけりふくとじる
享3　享和句帖

かゝる夜に椿火をふけ鰒汁
かかるよにつばきひをふけふくとじる
化1　文化句帖

久木おふ片山かげや鰒汁
ひさぎおうかたやまかげやふくとじる
化1　文化句帖

鰒くはぬ顔して日枝を見たりけり
ふぐくわぬかおしてひえをみたりけり
化2　文化句帖　同『発句題叢』『発句鈔追加』

憎がるや鰒くらひが梅の花
にくがるやふくとくらいがうめのはな
化6　真蹟

有明や紅葉吹をろす鰒汁
ありあけやもみじふきおろすふくとじる
化7　七番日記

むさしのに誰〳〵たべぬ鰒汁
むさしのにだれだれたべぬふくとじる
化8　七番日記

皆ござれ鰒煮る宿の角田川
みなござれふぐにるやどのすみだがわ
化9　七番日記

今の世や女もすゝる鰒汁
いまのよやおんなもすするふくとじる
化10　七番日記

馬一人先へ帰して鰒汁
うまひとりさきへかえしてふくとじる
化10　七番日記　異『自筆本』中七「先へもどして」

肩越に馬の覗くや鰒汁
かたごしにうまののぞくやふくとじる
化10　句稿消息

うしろから馬も覗くや鰒汁
うしろからうまものぞくやふくとじる
化10　探題句牒

爰をせに紅葉ちりけり鰒汁
ここをせにもみじちりけりふくとじる
化10　七番日記

鰒喰ぬ奴には見せな不二の山
ふぐくわぬやつにはみせなふじのやま
化10　七番日記　同『句稿消息』

鰒汁やせ中にあてる箱根山
ふぐじるやせなかにあてるはこねやま
化10　七番日記　異『自筆本』中七「背にあてゝ」

鰒汁や鍋の下より大井川
ふぐじるやなべのしたよりおおいがわ
化10　七番日記

鰒鍋やさもない時も憎らしき
ふぐなべやさもないときもにくらしき
化10　七番日記

紅葉ゝをざぶと踏へて鰒汁
もみじばをざぶとふまえてふくとじる
化10　七番日記　同『自筆本』

胡坐して猿も坐（座）と〔る〕や鰒汁
あぐらしてさるもざとるやふくとじる
化11 七番日記

浄ルリの兵どもや鰒汁
じょうるりのつわものどもやふくとじる
化11 七番日記

鰒喰が梅にうき名の立にけり
ふぐくいがうめにうきなのたちにけり
化11 七番日記

鰒汁や侍部屋の高寝言
ふぐじるやさむらいべやのたかねごと
化11 七番日記 同『自筆本』

鰒汁や柱と我とふじの山
ふぐじるやはしらとわれとふじのやま
化11 七番日記

鰒すゝるうしろは伊豆の岬哉
ふぐすするうしろはいずのみさきかな
化11 七番日記

唄でやれ箱根八重（里）〔は〕鰒汁
うたでやれはこねはちりはふくとじる
化13 七番日記

初鰒のけぶり立けり坏の家
はつふぐのけぶりたちけりおかのいえ
政2 八番日記

天命を知り給ふかしこき人の事也
五十にして鰒の味をしる夜哉
ごじゅうにしてふくとのあじをしるよかな
政3 発句題叢 同『嘉永版』「真蹟」

あのものを十ばか云て鰒汁
あのものをとおばかいうてふくとじる
政4 八番日記 同『発句鈔追加』前書「新潟禿」

鰒くはぬとてしも露の一期哉
ふぐくわぬとてしもつゆのいちごかな
政7 文政句帖

鰒汁に人呼込むや広小路
ふぐじるにひとよびこむやひろこうじ
政7 文政句帖

鰒汁や侍部屋の大鼾
ふぐじるやさむらいべやのおおいびき
政7 文政句帖

宵〳〵や眠り薬の鰒汁
よいよいやねむりぐすりのふくとじる
政7 文政句帖

夜〳〵や鰒で生たる外員部屋
よるよるやふぐでいきたるげいんべや
政7 文政句帖 異『自筆本』中七「鰒で生てる」、『発句鈔追加』中七「鰒で生てゐる」

今の世は女もすゝるふくと哉
いまのよはおんなもすするふくとかな
政8 文政句帖

ふぐ会を順につとむる長屋哉
ふぐかいをじゅんにつとむるながやかな
政8 文政句帖

ふぐ汁やもやひ世帯の惣鼾
ふぐじるやもやいしょたいのそういびき
政8 文政句帖 同『文政版』『嘉永版』「遺稿」

鰒くふてしばらく扇づかひ哉
ふぐくうてしばらくおうぎづかいかな
不詳　遺稿

東ぢや女もすゝる鰒汁
あずまじやおんなもすするふくとじる
不詳　自筆本

鰒喰がうき名は松に立にけり
ふぐくいがうきなはまつにたちにけり
不詳　自筆本

鰒汁に人吹き込や広小路
ふぐじるにひとふきこむやひろこうじ
不詳　自筆本

五十にして鰒の喰味を知夜哉
ごじゅうにしてふぐのしょくみをしるよかな
不詳　発句鈔追加

鰒汁にけはしき扇づかひかな
ふぐじるにけわしきおうぎづかいかな
不詳　発句鈔追加

猪なべ

下配の猪をにる夜や親二人
げくばりのいをにるよるやおやふたり
享3　享和句帖

皆ござれ猪煮宿の角田川
みなござれししにるやどのすみだがわ
化9　句稿消息

猪くはぬ顔で子供の師匠哉
ししくわぬかおでこどものししょうかな
政7　文政句帖　異『自筆本』下五「指南哉」

流し黐

流しもちソトバなんどもかゝる也
ながしもちそとばなんどもかかるなり
化1　文化句帖

髪置

髪置にさしたる杖の一朶かな
かみおきにさしたるつえのいちだかな
不詳　発句鈔追加

狼

車攻

親ありて狼ほどくゆうべ哉　おやありておおかみほどくゆうべかな　享3　享和句帖

猪（猪狩）

猪追ふやすゝきを走る夜の声　ししおうやすすきをはしるよるのこえ　寛6　寛政句帖

猪小家や幾夜ねざめぬ人の声　ししごややいくよねざめぬひとのこえ　寛6　寛政句帖

手追（負）猪男（尾）花の底を走る哉　ておいじしおばなのそこをはしるかな　寛6　寛政句帖

猪の今寝た迹（跡）も見ゆる也　いのししのいまねたあともみゆるなり　化3　文化句帖

風吹や猪の寝顔の欲げなき　かぜふくやししのねがおのよくげなき　化3　文化句帖

猪を追ふはづみや罠にかゝる人　ししをおうはずみやわなにかかるひと　政7　文政句帖

鷹

鷹来るや夷蝦（蝦夷）を去事一百里　たかくるやえぞをさることいっぴゃくり　寛4　寛政句帖

巽為レ風

鷹それし木のつんとして月よ哉　たかそれしきのつんとしてつきよかな　享3　享和句帖

松の鷹それぬ昔が恋しいか　まつのたかそれぬむかしがこいしいか　化2　文化句帖

暖め鳥

大津絵の鬼も見じとや暖鳥　おおつえのおにもみじとやぬくめどり　化11　七番日記

門烏一夜は鷹に雇れよ　かどからすひとよはたかにやとわれよ　化11　七番日記

暖鳥同士が何か咄すぞよ　ぬくめどりどうしがなにかはなすぞよ　化11　七番日記

二夜目は月見〔な〕がらや暖鳥　ふたよめはつきみながらやぬくめどり　化11　七番日記

人鬼の里にもどるやぬくめ鳥　ひとおにのさとにもどるやぬくめどり　政4　八番日記　異『自筆本』　参『梅塵八番』
中七「里へもどるや」

人鬼の松へもどるやぬくめ鳥　ひとおにのまつへもどるやぬくめどり　政5　書簡

ふくろう

梟や我から先へ飯買に　ふくろうやわれからさきへめしかいに　化7　七番日記

梟のむく〳〵氷る支度哉　ふくろうのむくむくこおるしたくかな　化8　七番日記

梟がのりつけおほん〳〵かな　ふくろうがのりつけおほんおほんかな　不詳　真蹟

みみずく

木兎なくや人の人とる家ありと　ずくなくやひとのひととるいえありと　化2　文化句帖

木兎はとしの暮る〔が〕おかしいか　みみずくはとしのくるるがおかしいか　化10　七番日記

木兎は笑て損や致しけん　みみずくはわらってそんやいたしけん　化11　七番日記

木兎の寝てくらしても一期哉　みみずくのねてくらしてもいちごかな　政4　八番日記

借り髪を木兎も笑ふや神ぢ山　かりがみをずくもわらうやかみじやま　政6　文政句帖

店先の木兎まじり〳〵かな　みせさきのみみずくまじりまじりかな　政7　文政句帖

木兎や上手に眠る竿の先　みみずくやじょうずにねむるさおのさき　政7　文政句帖

木兎や馳走せらるゝほうそ前　みみずくやちそうせらるるほうそまえ　政7　文政句帖

笹鳴

鶯や黄色な声で親をよぶ　うぐいすやきいろなこえでおやをよぶ　化7　七番日記　同『自筆本』『希杖本』『嘉永版』『発句類題集』『発句題叢』、『化三—八写』前書「笹鳴」

笹鳴も手持ぶさたの垣根哉　ささなきもてもちぶさたのかきねかな　化7　七番日記　同『化三―八写』

朝〳〵にうぐひすも鳴けいこ哉　あさあさにうぐいすもなくけいこかな　化10　七番日記

茶の花に鴬の子のけいこ哉　ちゃのはなにうぐいすのこのけいこかな　化12　七番日記

鴬の倅が鳴ぞあれなくぞ　うぐいすのせがれがなくぞあれなくぞ　化13　七番日記

笹鳴やズイサイセイビの世なり迚　ささなきやずいさいせいびのよなりとて　化13　七番日記

せい出してうぐひすも鳴けいこ哉　せいだしてうぐいすもなくけいこかな　化13　七番日記　異『自筆本』中七「うぐひすと鳴」

うぐひすやちいさな声で親を呼ぶ　うぐいすやちいさなこえでおやをよぶ　不詳　発句鈔追加

みそさざい

糞土より梅へ飛んだり斥鴳　ふんどよりうめへとんだりみそさざい　寛5　寛政句帖

山風を踏こたへたりみそさゞい　やまかぜをふみこたえたりみそさざい　享3　享和句帖

けふもあるゝ(〳〵)といふ日みそさゞい　きょうもあるきょうもあるというひみそさざい　化1　文化句帖

みそさゞいちつといふても日の暮る　みそさざいちっというてもひのくるる　化1　文化句帖　同『発句題叢』

夕雨を鳴出したりみそさゞい　ゆうさめをなきいだしたりみそさざい　化1　文化句帖

みそさゞい鳥には屑といはるゝか　みそさざいとりにはくずといわるるか　化3　文化句帖

草花に尋あたりぬみそさゞい　くさばなにたずねあたりぬみそさざい　化9　七番日記

十月の十日生かみそさゞい　じゅうがつのとおかうまれかみそさざい　化9　七番日記

世の中はこの九日ぞみそさゞい　よのなかはこのここのかぞみそさざい　化9　七番日記

さうとんで棒にあたるなみそさゞい　そうとんでぼうにあたるなみそさざい　化10　七番日記

みそさゞひ大卅日ぞ合点か　みそさざいおおつごもりぞがってんか　化10　柏原雅集

みそさゞいこの卅〔日〕を合点か　みそさざいこのつごもりをがってんか　化10　七番日記

みそさゞいますほの芒見に行か　みそさざいますほのすすきみにゆくか　化10　七番日記

我ひざもかぞへて行やみそさゞい　わがひざもかぞえてゆくやみそさざい　化10　七番日記

梅の木に大願あるかみそさゞい　うめのきにたいがんあるかみそさざい　化11　七番日記

大坂の人にすれたかみそさゞい　おおざかのひとにすれたかみそさざい　化11　七番日記

おつとよし皆迄鳴なみそさゞい　おっとよしみなまでなくなみそさざい　化11　七番日記

柴けぶり立るぞ遊べみそさゞい　しばけぶりたてるぞあそべみそさざい　化11　七番日記

野はこせん見ることなかれみそさゞい　のはこせんみることなかれみそさざい　化11　七番日記

みそさゞいチヨツ〳〵と何がいま〳〵し　みそさざいちょっちょっとなにがいまいまし　化11　七番日記

入相に少もさはがずみそさゞい　いりあいにすこしもさわがずみそさざい　化13　七番日記

みそさゞい大事の〳〵卅日ぞと　みそさざいだいじのだいじのみそかぞと　化13　七番日記

きよろ〳〵キヨロ〳〵何をみそさゞい　きょろきょろきょろきょろなにをみそさざい　化14　七番日記　異『同日記』上五「きょをろきょろ」中七「〳〵何を」

大切の九月卅日をみそさゞい　たいせつのくがつみそかをみそさざい　化14　七番日記

連のない旅は気まゝかみそさゞい
つれのないたびはきままかみそざざい　化14　七番日記

みそさゞい犬の通ぢくゞりけり
みそさざいいぬのかよいじくぐりけり　化14　七番日記

みそさゞいだまり返てかせぐ也
みそさざいだまりかえってかせぐなり　化14　七番日記

みそさゞい身を知る雨が降にけり
みそさざいみをしるあめがふりにけり　化14　七番日記

今しがた来たよ小しやくなみそさゞい
いましがたきたよこしゃくなみそさざい　政2　八番日記

こつそりとしてかせぐ也みそさゞい
こっそりとしてかせぐなりみそさざい　政2　八番日記　同『嘉永版』

雀等と仲間入せよみそさゞい
すずめらとなかまいりせよみそさざい　政2　八番日記

みそさゞゐき〔よ〕ろ〳〵何ぞ落したか
みそさざいきょろきょろなんぞおとしたか　政2　八番日記　参『梅塵八番』中七「きよろ〳〵何ぞ」

みそさゞいこつそり越や大井川
みそさざいこっそりこすやおおいがわ　政2　八番日記

みそさゞいこつそりとして渡りけり
みそさざいこっそりとしてわたりけり　政2　八番日記

鼠とはかせぎ中(仲)間よみそさゞい
ねずみとはかせぎなかまよみそさざい　政4　八番日記

みそさゞい西へ鼠は東へ
みそさざいにしへねずみはひんがしへ　政4　八番日記

うす壁や鼠穴よりみそさゞい
うすかべやねずみあなよりみそさざい　政5　文政句帖

雀とは米のいとこかみそさゞい
すずめとはこめのいとこかみそさざい　政6　文政句帖

みそさざゐ九月卅日も合点か
みそさざいくがつみそかもがってんか　不詳　希杖本

みそさゞいち丶といふても日が暮る　みそさざいちちというてもひがくるる　不詳　文政版　同『嘉永版』「遺稿」　同『版本題叢』

寒烏

寒烏かはいがられてとられ〔け〕り　かんがらすかわいがられてとられけり　政7　文政句帖

寒雀

脇へ行な鬼が見るぞよ寒雀　わきへゆくなおにがみるぞよかんすずめ　政3　八番日記

米蒔を本ンと思ふか寒雀　こめまきをほんとおもうかかんすずめ　政7　文政句帖

千鳥（小夜千鳥）

汐浜を反故にして飛ぶ衛かな　しおはまをほごにしてとぶちどりかな　寛2　秋顔子

一ならび千鳥高麗よりつゞく哉　ひとならびちどりこまよりつづくかな　寛4　寛政句帖

片袖は山手の風や鳴千鳥　かたそではやまてのかぜやなくちどり　享3　享和句帖

ご五（六）遍呼（ママ）巡るちどり哉　ごろっぺんよびめぐるちどりかな　享3　享和句帖

夕やけ〔の〕鍋の上より千鳥哉　ゆうやけのなべのうえよりちどりかな　享3　享和句帖

有明や雨たち（だれ）おつる千鳥なく　ありあけやあまだれおつるちどりなく　化1　文化句帖

片壁は千鳥に任す夜也けり　かたかべはちどりにまかすよなりけり　化1　文化句帖

麦の葉の夜はうつくしや千鳥鳴　むぎのはのよはうつくしやちどりなく　化1　文化句帖

麦の葉は春のさま也なく千鳥　むぎのはははるのさまなりなくちどり　化1　文化句帖

あら菅の刈人なくてなく千鳥　あらすげのかりびとなくてなくちどり　化3　文化句帖　同『発句鈔追加』

梅こぼれ小石こぼれてなく千鳥　うめこぼれこいしこぼれてなくちどり　化3　文化句帖

千鳥鳴木を持あぐむ伏家哉　ちどりなくきをもちあぐむふせやかな　化3　文化句帖

柊の古くもならずなく千鳥　ひいらぎのふるくもならずなくちどり　化3　文化句帖

松の雨ひざにこぼれてなく千鳥　まつのあめひざにこぼれてなくちどり　化3　文化句帖

我家を踏つぶす気かむら千鳥　わがいえをふみつぶすきかむらちどり　化3　文化句帖

関守に憎まれ千鳥鳴にけり　せきもりににくまれちどりなきにけり　化5　化五六句記

鳴千鳥小まんが柳老にけり　なくちどりこまんがやなぎおいにけり　化6　化三―八写

下手蒔の麦を何やら夕千鳥　へたまきのむぎをなにやらゆうちどり　化6　化三―八写

田川題

或時はことりともせぬ千鳥哉　あるときはことりともせぬちどりかな　化7　七番日記

小夜千鳥人は卅日を鳴にけり　さよちどりひとはみそかをなきにけり　化7　七番日記

諸勧化は是ならぬとやなく千鳥　しょかんげはこれならぬとやなくちどり　化7　七番日記

其ように朝きげんかよ川千鳥　そのようにあさきげんかよかわちどり　化7　七番日記

廿八日　深川

袂へも飛入ばかり千鳥哉　たもとへもとびいるばかりちどりかな　化7　七番日記

皹に飯はめ(ま)せけり鳴千鳥　あかぎれにめしはませけりなくちどり　化8　七番日記

浅ましの尿瓶とやなくむら千鳥　あさましのしびんとやなくむらちどり　化8　七番日記

芦火たく盥の中もちどり哉　あしびたくたらいのなかもちどりかな　化8　七番日記

庵崎の犬と仲よいちどり哉　いおさきのいぬとなかよいちどりかな　化8　七番日記　異『我春集』中七「犬と仲よき」

御地蔵のひざよ袂よ鳴千鳥　おじぞうのひざよたもとよなくちどり　化8　七番日記

千鳥鳴九月卅日と諷ひけり　ちどりなくくがつみそかとうたいけり　化8　七番日記　同『我春集』

鳴千鳥俵かぶつて通りけり
なくちどりたわらかぶってとおりけり
化8　七番日記

人の気もしらでさはぐや小夜千鳥
ひとのきもしらでさわぐやさよちどり
化8　七番日記

浦千鳥だまつて玉子とられけり
うらちどりだまってたまごとられけり
化9　七番日記

夜に入れば日本橋に鳴ち鳥
よにいればにほんばしになくちどり
化9　七番日記

夜〳〵は千鳥がこねる庵哉
よるよるはちどりがこねるいおりかな
化9　七番日記

赤い葉を追なくしてや鳴千鳥
あかいはをおいなくしてやなくちどり
化10　七番日記

赤い葉をざぶとかぶつて鳴千鳥
あかいはをざぶとかぶってなくちどり
化10　七番日記

芦の家や枕の上も鳴千鳥
あしのややまくらのうえもなくちどり
化10　七番日記

上置の干菜切れとや夕千鳥
うわおきのほしなきれとやゆうちどり
化10　七番日記　同『志多良』『句稿消息』

御地蔵と日向ぼこして鳴千鳥
おじぞうとひなたぼこしてなくちどり
化10　七番日記　同『志多良』『句稿消息』『自筆本』『文政版』『嘉永版』「遺稿」

鳥海山は海を埋甘(蚶)満寺は地底に入
象潟の欠をかぞへて鳴千鳥
きさかたのかけをかぞえてなくちどり
化10　七番日記　同「遺稿」「真蹟」前書「旧懐」、『あとまつり』前書「過し頃大なゐふりて鳥海山ハ崩れて海を埋め蚶満寺ハめり込で沼と変じぬさすがの名処もうらむがごとくのミ」、『自筆本』前書「覧古」

象潟の欠を摑んで鳴千鳥
きさかたのかけをつかんでなくちどり
化10　七番日記　同『随斎筆紀』、『自筆本』前書「覧古」、『文政版』『嘉永版』前書「さきのとしの大なひに鳥海山はくずれて海を埋め甘満寺はゆり

こみ沼とかはりぬ　さすがの名どころも事ごとに
うらむがごとくなりけり」「真蹟」前書「思ひき
や一夜に斯くならんとは」、「真蹟」前書「旧迹」

象潟の欠を《(に)》すがりて鳴千鳥　きさかたのかけにすがりてなくちどり　化10　七番日記

ぢゝばゝの小言聞〳〵千鳥哉　じじばばのこごときききちどりかな　化10　七番日記

関守が叱て曰くば《(濁ママ)》か千鳥　せきもりがしかっていわくばかちどり　化10　七番日記　異『句稿消息』『自筆本』前書「須磨」

雪隠も名所のうちぞ鳴千鳥　せっちんもめいしょのうちぞなくちどり　化10　七番日記

鳴千鳥岩の矢キズが直るなら　なけちどりいわのやきずがなおるなら　化10　七番日記

鳴な〳〵春が来るぞよば《(濁ママ)》か千鳥　なくななくなはるがくるぞよばかちどり　化10　七番日記

干菜切音も須磨也鳴ち鳥　ほしなきるおともすまなりなくちどり　化10　七番日記

芦の家や千鳥が降らすばらり雨　あしのややちどりがふらすばらりあめ　化11　七番日記

浦千鳥已に踏んとしたりけり　うらちどりすでにふまんとしたりけり　化11　七番日記　同『自筆本』

草庵の寝言の真似やなく千鳥　そうあんのねごとのまねやなくちどり　化11　七番日記

そとすればぐわつと千鳥の飛にけり　そとすればがっとちどりのとびにけり　化11　七番日記

鳴じやゝらしやくりするやら村千鳥　なくじゃやらしゃくりするやらむらちどり　化11　七番日記

むら千鳥犬をぢらして通りけり　むらちどりいぬをじらしてとおりけり　化11　七番日記

木母寺の雪隠からも千鳥哉　もくぼじのせっちんからもちどりかな　化11　七番日記　同『自筆本』

けぶたくも庵を放(離)れな鳴千鳥　けぶたくもいおをはなれななくちどり　化12　七番日記
声の出ル薬なめたか小夜千鳥　こえのでるくすりなめたかさよちどり　化12　七番日記
笹の家をふみつぶしたる千鳥哉　ささのやをふみつぶしたるちどりかな　化12　七番日記
さよ千鳥としより声はなかりけり　さよちどりとしよりごえはなかりけり　化12　七番日記
しやがれ声の千鳥〔よ〕仲間はづされな　しゃがれごえのちどりよなかまはずされな　化12　七番日記
とろ〳〵と尻やけ千鳥又どこへ　とろとろとしりやけちどりまたどこへ　化12　七番日記
鳴下手も須磨の千鳥〳〵ぞよ　なきべたもすまのちどりちどりぞよ　化12　七番日記
行〔く〕烏千鳥の口に勝れぬか　ゆくからすちどりのくちにかたれぬか　化12　七番日記
吉原も壁一重也さよちどり　よしわらもかべひとえなりさよちどり　化12　七番日記
あちこちに小より合する千鳥哉　あちこちにこよりあいするちどりかな　化14　七番日記
小便の百度参りやさよ千鳥　しょうべんのひゃくどまいりやさよちどり　化14　七番日記
月さして千鳥に埋る笹家哉　つきさしてちどりにうまるささやかな　化14　七番日記
何事の大より合ぞ浜千鳥　なにごとのおおよりあいぞはまちどり　化14　七番日記
降雪は声の薬か小夜千鳥　ふるゆきはこえのくすりかさよちどり　化14　七番日記
有明をなくや千鳥も首尾松　ありあけをなくやちどりもしゅびのまつ　政1　七番日記
橋守の鍋蓋ふんで鳴ち鳥　はしもりのなべぶたふんでなくちどり　政1　七番日記
峯の陰壁にかすりて夕千鳥　みねのかげかべにかすりてゆうちどり　政1　七番日記
三絃に鳴つく許り千鳥哉　しゃみせんになきつくばかりちどりかな　政2　八番日記　参『梅塵八番』上五「三弦の」
そつと申ばくつと立千鳥哉　そっともうせばくっとたつちどりかな　政2　八番日記　参『梅塵八番』中七「くはつ

と立」

むら千鳥そつと申せばはつと立　むらちどりそっともうせばはっとたつ　政2　おらが春

寒くとも見てヲイリトノハマチドリ　さむくともみておいりとのはまちどり　政3　八番日記

千鳥からつり取る声や二番鶏　ちどりからつりとるこえやにばんどり　政4　八番日記

出る月の図に乗て鳴千鳥哉　でるつきのずにのってなくちどりかな　政4　八番日記

五百崎や鍋中でも鳴千鳥　いおさきやなべのなかでもなくちどり　政7　文政句帖

犬の道明けて鳴也はま千鳥　いぬのみちあけてなくなりはまちどり　政7　文政句帖

声〳〵や子ども〔の〕交る浜千鳥　こえごえやこどものまじるはまちどり　政7　文政句帖

忍べとの印の竿や鳴千鳥　しのべとのしるしのさおやなくちどり　政7　文政句帖

遠（ママ）の千鳥と遊ぶ子ども哉　とおくのちどりとあそぶこどもかな　政7　文政句帖

浜千鳥ひねくれ松を会所哉　はまちどりひねくれまつをかいしょかな　政7　文政句帖

芦の家は千鳥寝屎だらけ哉　あしのやはちどりのねぐそだらけかな　政8　文政句帖

浦千鳥鳴立られて犬逃る　うらちどりなきたてられていぬにげる　政8　文政句帖

西浜や仲破れし北千鳥　にしはまやなかやぶれしきたちどり　政8　文政句帖

赤い葉も追ひなくしてや鳴千鳥　あかいはもおいなくしてやなくちどり　不詳　自筆本

寒くとも見ておはそとの浜千鳥　さむくともみておわそとのはまちどり　不詳　自筆本

雪隠も名所也けり須磨千鳥　せっちんもめいしょなりけりすまちどり　不詳　自筆本

浪花づや俵の山に鳴千鳥　なにわづやたわらのやまになくちどり　不詳　自筆本

村千鳥そつと申せばくわつと立　むらちどりそっともうせばかっとたち　不詳　自筆本

山影（陰）の壁にかすりて夕千鳥　やまかげのかべにかすりてゆうちどり　不詳　自筆本

此月に何をいぢむじ鳴千鳥　このつきになにをいじむじなくちどり　不詳　希杖本

ばか鳥にけとばさるゝなむら千鳥　ばかどりにけとばさるるなむらちどり　不詳　希杖本

此月も二十九日や啼千鳥　このつきもにじゅうくにちやなくちどり　不詳　発句鈔追加

鴨（小鴨　味鴨）

古利根や鴨の鳴夜の酒の味　ふるとねやかものなくよのさけのあじ　化2　文化句帖

湯どうふの名所と申せ鴨の鳴　ゆどうふのめいしょともうせかものなく　化2　文化句帖

うか〳〵と常正月や池の鴨　うかうかとじょうしょうがつやいけのかも　化7　七番日記

鴨鳴や寒新田五介村　かもなくやさむしんでんごすけむら　化7　七番日記

おちつきに一寸と寝て見る小鴨哉　おちつきにちょっとねてみるこがもかな　化10　七番日記　異『句稿消息』『自筆本』『文政版』『嘉永版』中七「ちつと寝て見る」

おちつきに先は寝て見る小鴨哉　おちつきにまずはねてみるこがもかな　化10　七番日記

けふも〳〵だまつて暮す小鴨哉　きょうもきょうもだまってくらすこがもかな　化10　七番日記

不便（憫）さよ豆に馴たる鴨鴎　ふびんさよまめになれたるかもかもめ　化10　七番日記

深（ママ）山紅葉きて寝る小鴨哉　みやまもみじきてねるこがもかな　化11　七番日記

鴨も菜もたんとな村のみじめ哉　かももなもたんとなむらのみじめかな　化12　栗本雑記五

鴨も菜もたんとな村のみじめさよ　かももなもたんとなむらのみじめさよ　化12　七番日記　同『希杖本』

鴨よかもどつこの水にさう肥た　かもよかもどっこのみずにそうこえた　化12　七番日記

夫婦鴨碇おろして遊びけり　めおとがもいかりおろしてあそびけり　化12　七番日記

我門に来て痩鴨と成にけり　わがかどにきてやせがもとなりにけり　化12　七番日記

あぢむらのあぢに曲るやヨユ《（余呉）》ノ海
あじむらのあじにまがるやよごのうみ　政4　八番日記

流木に曲眠りする小鴨かな
ながれぎにきょくねむりするこがもかな　政6　文政句帖

あぢむらのあぢに曲る〔や〕諏訪の海
あじむらのあじにまがるやすわのうみ　不詳　自筆本　異『同本』中七「あぢに廻るや」

我門の餅恋鴨の鳴にけり
わがかどのもちこいかものなきにけり　不詳　発句鈔追加

鴛鴦

俤や身投し迹《（跡）》に鴛あそぶ
おもかげやみなげしあとにおしあそぶ　寛5　寛政句帖

鴛〔鴦〕や人の短気を見〔ぬ〕ふりに
おしどりやひとのたんきをみぬふりに　化12　七番日記　同『自筆本』　異『薮鴬』下五「見ぬやうに」

けふも〳〵のらくら鴛のくらし哉
きょうもきょうものらくらおしのくらしかな　化12　七番日記

中〳〵にそれ〔も〕安堵かやもめ鴛
なかなかにそれもあんどかやもめおし　化12　七番日記

放レ鴛一すねすねて眠りけり
はなれおしひとすねすねてねむりけり　化13　七番日記

中〳〵にそれも安気かやもめおし
なかなかにそれもあんきかやもめおし　不詳　自筆本

水鳥（浮寝鳥）

君が世や舟にも馴てうき寝鳥
きみがよやふねにもなれてうきねどり　寛5　寛政句帖

鐘の声水〔鳥〕の声夜はくらき
かねのこえみずどりのこえよはくらき　享3　享和句帖

降雨に水鳥どもの元気哉
ふるあめにみずどりどものげんきかな　享3　享和句帖

水鳥のあなた任せの雨夜哉
みずどりのあなたまかせのあまよかな　享3　享和句帖

水鳥のどちへも行ず暮にけり　みずどりのどちへもゆかずくれにけり　享3　享和句帖

水鳥や芦（ママ）の葉の船（舟）に入　みずどりやあしのはのふねにいる　享3　享和句帖

水鳥や人はそれ〴〵いそがしき　みずどりやひとはそれぞれいそがしき　享3　享和句帖

日本橋

足音やつい人馴て浮寝鳥　あしおとやついひとなれてうきねどり　化10　句稿消息

うき寝鳥それも江戸気と云つべし　うきねどりそれもえどきといいつべし　化10　七番日記

江戸橋やつい人馴て浮寝鳥　えどばしやついひとなれてうきねどり　化10　七番日記

君が世のとつぱづれ也浮寝鳥　きみがよのとっぱづれなりうきねどり　化10　七番日記

〔君が世〕や国のはづれもうき寝鳥　きみがよやくにのはずれもうきねどり　化10　七番日記

酒の川せうゆの池やうきね鳥　さけのかわしょうゆのいけやうきねどり　化10　七番日記

水鳥の我折た仲間つき合ぞ　みずどりのがおれたなかまつきあいぞ　化10　七番日記

水鳥や長い月日をだ（濁）まり合　みずどりやながいつきひをだまりあい　化10　七番日記　同『句稿消息』『自筆本』

水鳥よぷい〳〵何が気に入らぬ　みずどりよぷいぷいなにがきにいらぬ　化10　七番日記

限ある身とな思そ浮ね鳥　かぎりあるみとなおもいそうきねどり　化11　七番日記　異『自筆本』中七「とあきらめそ」

水〔鳥〕の翌の分迄寝ておくか　みずどりのあすのぶんまでねておくか　化11　七番日記

水鳥の佗〔度〕起番寝ばん哉　みずどりのきっとおきばんねばんかな　化11　七番日記　異『自筆本』上五「水鳥は」

水鳥のよい風除や筑波山　みずどりのよいかぜよけやつくばやま　化11　七番日記

水鳥よ今のうき世に寝ぼけるな　みずどりよいまのうきよにねぼけるな　化11　七番日記

水鳥の住こなしたり小梅筋　みずどりのすみこなしたりこうめすじ　化12　七番日記

汝等も福を待かよ浮寝鳥　なんじらもふくをまつかよううきねどり　化13　七番日記　同『自筆本』『文政版』『嘉永版』「遺稿」

汝等も福は待かや浮寝鳥　なんじらもふくはまつかやうきねどり　化13　七番日記

木〔が〕らしも夢で暮すやウキ寝鳥　こがらしもゆめでくらすやうきねどり　化14　七番日記

水鳥の紅葉かぶつて寝たりけり　みずどりのもみじかぶってねたりけり　化14　七番日記

我家〔を〕風よけにして浮寝鳥　わがいえをかぜよけにしてうきねどり　政2　八番日記

御成場
江戸川や人よけさせて浮寝鳥　えどがわやひとよけさせてうきねどり　政3　八番日記　同『発句題叢』『自筆本』、『発句鈔追加』前書「御留場」、「真蹟」「書簡」、『応響雑記』前書「御止場」

長々の旅づかれかよ浮寝鳥　ながながのたびづかれかようきねどり　政4　八番日記

水鳥のふうふかせぎや長の旅　みずどりのふうふかせぎやながのたび　政4　八番日記

浮寝鳥さらに油断はなかりけり　うきねどりさらにゆだんはなかりけり　政5　文政句帖

江戸川やおつけい晴て浮寝鳥　えどがわやおっけいはれてうきねどり　政5　文政句帖

どれ程の旅草臥か浮寝鳥　どれほどのたびくたびれかうきねどり　政5　文政句帖

水鳥のこつそり暮す小庭哉　みずどりのこっそりくらすこにわかな　政5　文政句帖

流し薪巧者によけて浮寝鳥　ながしまきこうしゃによけてうきねどり　政6　文政句帖

水鳥や親子三人寝てくらし　みずどりやおやこさんにんねてくらし　政6　文政句帖

冬の蝿

庵蝿何をうろ／＼長らふる　いおのはえなにをうろうろながらうる　化3　文化句帖

冬の蝿逃せば猫にとられけり
ふゆのはえにがせばねこにとられけり
化8　七番日記　同『自筆本』

北国も十分の世ぞ冬の蝿
きたぐにもじゅうぶんのよぞふゆのはえ
政3　八番日記

べん／＼と何をしなの丶冬の蝿
べんべんとなにをしなののふゆのはえ
不詳　自筆本

屈たくの見へぬ門なり冬の蝿
くったくのみえぬかどなりふゆのはえ
不詳　発句鈔追加

綿虫

綿の虫書入に来る雀哉
わたのむしかきいれにくるすずめかな
政4　八番日記

綿の虫どこをたよりに這廻る
わたのむしどこをたよりにはいまわる
政4　八番日記　参『梅塵八番』中七「何処をたのみに」

綿の虫裸で道中がなるものか
わたのむしはだかでどうちゅうがなるものか
政4　八番日記

綿の虫本ン〔の〕間へ逃入ぬ
わたのむしほんのあいだへにげいりぬ
政4　八番日記

鉢の子の中も浮世ぞ綿の虫
はちのこのなかもうきよぞわたのむし
政4　八番日記　参『梅塵八番』中七「中も浮世よ」

鱈

ゑぞ鱈も御代の旭に逢にけり
えぞたらもみよのあさひにあいにけり
化12　七番日記

鰒（とら鰒）

どこを風が吹かとひとり鰒哉
どこをかぜがふくかとひとりふくとかな
享3　享和句帖

とら鰒の顔をつん出す葉かげ哉
とらふぐのかおをつんだすはかげかな
享3　享和句帖　同『発句題叢』『嘉永版』『発句鈔追加』

とら鰒の顔まじ／＼と葉陰哉
とらふぐのかおまじまじとはかげかな
享3　享和句帖

都にもま丶ありにけり鰒の顔
みやこにもままありにけりふぐのかお
享3　享和句帖

鰒提て京の真中通る也
ふぐさげてきょうのまんなかとおるなり
化1　文化句帖

江戸ずれし目ざしも見ゆる鰒哉　えどずれしめざしもみゆるふくとかな　化2　文化句帖
大鰒や不二を真向に口明て　おおふぐやふじをまむきにくちあけて　化2　文化句帖
山おろし鰒の横面たゝく也　やまおろしふぐのよこつらたたくなり　化2　文化句帖
赤〳〵と紅葉をつけよ鰒の顔　あかあかともみじをつけよふぐのかお　化3　文化句帖
梅の咲く門に入けり鰒売　うめのさくかどにいりけりふくとうり　化3　文化句帖
京入に紅葉ゝつけよ鰒の顔　きょういりにもみじばつけよふぐのかお　化3　文化句帖
鰒提てむさしの行や赤合羽　ふぐさげてむさしのゆくやあかがっぱ　化3　文化句帖
拙しと鰒は思ん人の顔　つたなしとふぐはおもわんひとのかお　化5　化五六句記
衆生あり鰒あり月は出給ふ　しゅじょうありふくありつきはいでたもう　化8　七番日記
橋下の乞食が投る鰒哉　はししたのこじきがなげるふくとかな　化8　七番日記
鰒の顔いかにも〳〵ふて〴〵し　ふぐのかおいかにもいかにもふてぶてし　化8　七番日記
むさしのへまかり出たる鰒哉　むさしのへまかりいでたるふくとかな　化8　七番日記
わら苞やそれとも見ゆる鰒の顔　わらづとやそれともみゆるふぐのかお　化8　七番日記
わら苞やもちろん鰒と梅花　わらづとやもちろんふぐとうめのはな　化8　七番日記　同『我春集』
人鬼をいきどほるかよ鰒の顔　ひとおにをいきどおるかよふぐのかお　化10　七番日記　同『自筆本』
広沢で鰒おさへよ甚之丞　ひろさわでふくとおさえよじんのじょう　化10　七番日記
賑しき夜〔や〕アハ鰒上総鰒　にぎわしきよるやあわふぐかずさふぐ　化11　七番日記
一つ家は鰒の浄土か角田川　ひとつやはふぐのじょうどかすみだがわ　化11　七番日記　同『発句鈔追加』
まかり出て鰒の顔やばからしい　まかりでてふくとのかおやばからしい　化11　七番日記
松嶋を見るさへ鰒のおかげ哉　まつしまをみるさえふぐのおかげかな　化11　七番日記

見れば見る程仏頂面の鰒哉　みればみるほどぶっちょうづらのふくとかな　化11　七番日記

紅葉きて京に出よ鰒の顔　もみじきてみやこにいでよふぐのかお　化11　七番日記

わら苞〔は〕てつきり鰒でありしよな　わらづとはてっきりふぐでありしよな　化11　七番日記　同『自筆本』

誰やらに似たるぞ鰒のふくれ顔　だれやらににたるぞふぐのふくれがお　化12　七番日記

横平(柄)にまかり罷(出)たる鰒哉　おうへいにまかりいでたるふくとかな　化13　七番日記

さる人のそぶりに似たり鰒の面　さるひとのそぶりににたりふぐのつら　化13　七番日記

さる人のそぶりに似たる鰒かな　さるひとのそぶりににたるふくとかな　化13　書簡

さる人の面にも似たり〔鰒の面〕　さるひとのつらにもにたりふぐのつら　化13　七番日記　異『自筆本』中七「面にも似たる」下五「鰒哉」

誰やらが面にも似たる鰒哉　だれやらがつらにもにたるふくとかな　化13　七番日記　異『同日記』上五「誰が」

妹がりに鰒引さげて月夜哉　いもがりにふぐひっさげてつきよかな　政8　文政句帖

京入も仏頂面のふくと哉　きょういりもぶっちょうづらのふくとかな　政8　文政句帖　同『自筆本』

なまこ

人なら〔ば〕仏性なるなまこ哉　ひとならばほとけしょうなるなまこかな　化7　七番日記

浮け海鼠仏法流布の世なるぞよ　うけなまこぶっぽうるふのよなるぞよ　化11　七番日記

鬼もいや菩薩もいやとなまこ哉　おにもいやぼさつもいやとなまこかな　化11　七番日記

ほの〴〵と明石が浦のなまこ哉　ほのぼのとあかしがうらのなまこかな　化11　七番日記　異『発句鈔追加』中七「明石の浦の」

伸するは海鼠も春のきげん哉　のびするはなまこもはるのきげんかな　不詳　真蹟

枯れ草（枯れ弁慶草　枯れ葱　枯れ思ひ草　枯れ雉かくし　枯れ鶏頭　枯れ野菊）

かれ葱かなぐり捨もせざりけり
かれしのぶかなぐりすてもせざりけり
享3　享和句帖

かれ草や茶殻けぶりもなつかしき
かれくさやちゃがらけぶりもなつかしき
化3　文化句帖

尋常に枯て仕廻ぬ野菊哉
じんじょうにかれてしまいぬのぎくかな
化7　七番日記

此便聞とて草はかれしよな
このたよりきくとてくさはかれしよな
化10　七番日記

鶏頭が立往生をしたりけり
けいとうがたちおうじょうをしたりけり
化12　七番日記　異『同日記』上五「鶏頭の」

枯草と一つ色なる小家哉
かれくさとひとついろなるこいえかな
化13　七番日記

とが〳〵し枯ても針のある草は
とがとがしかれてもはりのあるくさは
化13　七番日記

菊なども交ぜてかれけり寺の道
きくなどもまぜてかれけりてらのみち
化14　七番日記　同『自筆本』

人をさす草もへた〳〵枯にけり
ひとをさすくさもへたへたかれにけり
化14　七番日記

忍草しのばぬ草も枯にけり
しのぶぐさしのばぬくさもかれにけり
政2　八番日記　同『同日記』前書「花の鈿委レ地無二人収一」

思ひ草おもはぬ草も枯にけり
おもいぐさおもわぬくさもかれにけり
政3　梅塵八番　同『自筆本』『文政版』『嘉永版』前書「花ノ鈿委地無人収」

がむしやらの弁慶草も枯にけり
がむしゃらのべんけいそうもかれにけり
政5　文政句帖

枯てだにあれば便りや雉かくし
かれてだにあればたよりやきじかくし
政7　文政句帖

はん会（樊噲）も弁慶草も枯にけり
はんかいもべんけいそうもかれにけり
政7　文政句帖

とが〳〵し枯てもとげのとれぬ草
とがとがしかれてもとげのとれぬくさ
不詳　自筆本

寒けしや枯ても針のある草は
さむけしやかれてもはりのあるくさは
不詳　希杖本

枯葎かなぐり捨もせざりけり
かれむぐらかなぐりすてもせざりけり
不詳　発句鈔追加　同『梅塵抄録本』

枯れ菊（残菊）

赤菊の赤恥かくな又時雨
あかぎくのあかはじかくなまたしぐれ　化12　七番日記

金の出た菊〔も〕同じく枯にけり
かねのでたきくもおなじくかれにけり　化12　七番日記

蟷郎《(螂)》に死やう習へかぢけ菊
かまきりにしにようならえかじけぎく　化12　七番日記

枯菊に傍若無人の雀哉
かれぎくにぼうじゃくぶじんのすずめかな　化12　七番日記

枯菊〔や〕雁ののさばる御成筋
かれぎくやかりののさばるおなりすじ　化12　七番日記

木〲《(ご)》葉や菊のミジメに咲にけり
きぎのはやきくのみじめにさきにけり　化12　七番日記

藪原や何の因果で残る菊
やぶはらやなんのいんがでのこるきく　化12　七番日記

作らるゝ菊から先へ枯れにけり
つくらるるきくからさきへかれにけり　政1　俳諧無津の花　同『発句題叢』『嘉永版』『発句鈔追加』

ち《(た)》か〲と枯恥かくな乱れ菊
たかだかとかれはじかくなみだれぎく　政4　八番日記　参『梅塵八番』上五「たかゞゝと」

枯れ萩

かれ萩に口淋しがる二人哉
かれはぎにくちさびしがるふたりかな　享3　享和句帖

かれ萩に裾引かける日暮哉
かれはぎにすそひっかけるひぐれかな　享3　享和句帖

冬枯の萩も長閑けく売家哉
ふゆがれのはぎものどけくうりやかな　享3　享和句帖

しなしたり斯う枯よとや萩五尺
しなしたりこうかれよとやはぎごしゃく　化12　七番日記

萩桔校《(梗)》花のまゝで枯にけり
はぎききょうはなのまんまでかれにけり　化13　七番日記

枯れ女郎花

立枯のとく〱折よ女良花
たちがれのとくとくおれよおみなえし　化7　七番日記

女郎花何の因果に枯かねる
おみなえしなんのいんがにかれかねる
化13　七番日記　同『句草紙第二』　異『文政版』『嘉永版』『希杖本』「遺稿」中七「何の因果で」、『七番日記』『自筆本』『流行七部集』『希杖本』下五「枯かぬる」

まぎのめ《（れぬ）》やかれて立ても女郎花
まぎれぬやかれてたちてもおみなえし
政3　八番日記　参『梅塵八番』上五「まぎれぬや」

何が気に入らで枯たぞ女郎花
なにがきにいらでかれたぞおみなえし
政6　文政句帖

枯れ芦

枯芦や身程にそつと三ケの月
かれあしやみほどにそっとみかのつき
化12　七番日記

よしあしも一つ〔に〕枯て行末哉
よしあしもひとつにかれてゆくえかな
不詳　自筆本

枯れ荻

浜荻のあこぎに枯て仕廻けり
はまおぎのあこぎにかれてしまいけり
化12　七番日記

浜荻のあこぎに枯て立りけり
はまおぎのあこぎにかれてたてりけり
不詳　自筆本

枯れ芒（枯れ尾花）

かれ芒かさり／＼と夜明たり
かれすすきかさりかさりとよあけたり
寛12　題葉集

赤い実の毒／＼しさよかれ芒
あかいみのどくどくしさよかれすすき
享3　享和句帖

かれ芒人に売れし一つ家
かれすすきひとにうられしひとついえ
享3　享和句帖

爪先に夕雨かゝるかれを花
つまさきにゆうさめかかるかれおばな
享3　享和句帖

爪先のぬかり《（る）》み明りかれを花
つまさきのぬかるみあかりかれおばな
享3　享和句帖

灯をけして松風聞んかれ芒
ひをけしてまつかぜきかんかれすすき
享3　享和句帖

ちるすゝき夜の寒の目にミゆる
ちるすすきよるのさむさのめにみゆる
化6　真蹟　異『版本題叢』『発句鈔追加』中七「夜の寒さが」

此通はやくなれとや枯お花
このとおりはやくなれとやかれおばな
化7　七番日記

土になれ〳〵とやかれ尾花
つちになれつちになれとやかれおばな
化7　七番日記

何として忘ませうぞかれ芒
なんとしてわすれましょうぞかれすすき
化8　我春集

むらお花雉追出して枯にけり
むらおばなきじおいだしてかれにけり
化11　七番日記

恋人をかくした芒かれにけり
こいびとをかくしたすすきかれにけり
化12　七番日記

此やうに枯てもさはぐ芒哉
このようにかれてもさわぐすすきかな
化12　七番日記　同『発句鈔追加』

枯芒むかし婆ゝ鬼あつたとさ
かれすすきむかしばばおにあったとさ
化14　七番日記　同『同日記』に重出、『自筆本』『文政版』『嘉永版』「書簡」「遺稿」

散芒寒く成つ〔た〕が目に見ゆる
ちるすすきさむくなったがめにみゆる
政1　七番日記

六道の辻に立けりかれ尾花
ろくどうのつじにたちけりかれおばな
政2　八番日記

散芒寒く成のが目に見ゆる
ちるすすきさむくなるのがめにみゆる
政3　発句題叢　同『真蹟』『嘉永版』『希杖本』『さびすなご』

大根（大根引　大根干す）

鶴遊べ葛西の大根今や引
つるあそべかさいのだいこいまやひく
寛1　千題集

跡とりや大根一本負《（背）》におひ
あととりやだいこいっぽんせなにおい
享3　享和句帖

弁当
跡とりや大〔根〕かたげて先に立
あととりやだいこかたげてさきにたつ
享3　享和句帖

一本は翌の夕飯大根哉
いっぽんはあすのゆうめしだいこかな
享3　享和句帖

丘の馬の待あき顔や大根引　おかのうまのまちあきがおやだいこひき　享3　享和句帖
淋しかれと一本残す大根哉　さびしかれといっぽんのこすだいこかな　享3　享和句帖
時雨よと一本残す大根哉　しぐれよといっぽんのこすだいこかな　享3　享和句帖
大根引一本づゝに雲を見る　だいこひきいっぽんずつにくもをみる　享3　享和句帖

鵲巣

大根や一つ抜てはつくば山　だいこんやひとつぬいてはつくばやま　享3　享和句帖
法印も御ざんなれと大根哉　ほういんもござんなれとだいこかな　享3　享和句帖
むら雨にすつくり立や大根引　むらさめにすっくりたつやだいこひき　享3　享和句帖
我庵の冬は来りけり痩大根　わがいおのふゆはきたりけりやせだいこ　享3　享和句帖
雨ふれと一本残る《（す）》大根哉　あめふれといっぽんのこすだいこかな　化1　文化句帖
大日枝に牛ツナギけり大根引　おおひえにうしつなぎけりだいこひき　化2　文化句帖
風花の松はぬれけり大根引　かざばなのまつはぬれけりだいこひき　化2　文化句帖
菊をさへ只はおかぬや大根引　きくをさえただはおかぬやだいこひき　化2　文化句帖
大根を引ば来てなく田鶴哉　だいこんをひけばきてなくたづるかな　化2　文化句帖
鶴遊べ吉野ゝ大根今や引　つるあそべよしののだいこいまやひく　化2　文化句帖
一嵐紅葉吹過る大根引　ひとあらしもみじふきすぎるだいこひき　化2　文化句帖
君が代の下総大根引にけり　きみがよのしもうさだいこひきにけり　化3　文化句帖
花咲けと一本残る《（す）》大根哉　はなさけといっぽんのこすだいこかな　化3　文化句帖
草原の一ツ大根も引かれけり　くさはらのひとつだいこもひかれけり　化4　文化句帖
かつしかや鷺が番する土大根　かつしかやさぎがばんするつちだいこ　化7　七番日記

雉なんど粗鳴にけり大根引
きじなんどあらなきにけりだいこひき
化7 七番日記 異『化三―八写』『文政版』『嘉永版』上五「雉なども」

目利だてふしくれ大根引にけり
めききだてふしくれだいこひきにけり
化7 七番日記

薮原の一つ大根も引れけり
やぶはらのひとつだいこもひかれけり
化9 七番日記

蛬其大根も今引くぞ
きりぎりすそのだいこんもいまひくぞ
化10 七番日記 異「真蹟」『志多良』『句稿消息』『志多良別稿』中七「其大根を」

鳴雀其大根を今引ぞ
なくすずめそのだいこんをいまひくぞ
化10 句稿消息 異『発句題叢』『自筆本』『文政版』『嘉永版』『発句類題集』中七「其大根も」

大根引大根で道を教へけり
だいこひきだいこでみちをおしえけり
化11 七番日記 同『自筆本』『文政版』『嘉永版』「遺稿」

庵の大根客有度に引れけり
いおのだいこんきゃくあるたびにひかれけり
化13 七番日記

二三本母大根〔を〕残しけり
にさんぼんははだいこんをのこしけり
化13 七番日記

編大根雀が宿にしたり〔けり〕
あみだいこすずめがやどにしたりけり
化14 七番日記 同『自筆本』

大根で叩きあふたる子ども哉
だいこんでたたきあうたるこどもかな
化14 七番日記

大根で団十郎する子共（供）哉
だいこんでだんじゅうろうするこどもかな
化14 七番日記 異『自筆本』中七「団十郎を」下五「する子哉」

朝々に壱本ヅヽや引大根
あさあさにいっぽんずつやひくだいこ
政2 八番日記

尼達や二人かヽつて引大根
あまたちやふたりかかってひくだいこ
政2 八番日記

大根引拍子にころり小僧哉
だいこひくひょうしにころりこぞうかな
政2 おらが春 同『自筆本』『希杖本』「遺稿」 異『八番日記』中七「拍子にそろり」

薮原に引捨られし大根哉　やぶはらにひきすてられしだいこかな　政2　八番日記　参『梅塵八番』上五「薮原へ」

信濃ぶり
我門や只六本の大枯（根）蔵　わがかどやただろっぽんのだいこぐら　政3　八番日記

しなのぶり
我門や只四五本の大根蔵　わがかどやただしごほんのだいこぐら　政3　だん袋　同『自筆本』『発句鈔追加』『茶翁聯句集』「真蹟」「書簡」

誂たやうに染分大根哉　あつらえたようにそめわくだいこかな　政7　文政句帖

五四本の大根引くも人手哉　ごしほんのだいこんひくもひとでかな　政7　文政句帖

四五本の大根洗ふも人手哉　しごほんのだいこあらうもひとでかな　政7　文政句帖

大根武者縁の下から出たりけり　だいこむしゃえんのしたからでたりけり　政7　文政句帖

大根を丸ごとかぢる爺哉　だいこんをまるごとかじるじじいかな　政7　文政句帖

引時〔も〕もれぬや薮の大根迄　ひきどきももれぬややぶのだいこまで　政7　文政句帖

大根で鹿追まくる畠哉　だいこんでしかおいまくるはたけかな　政8　文政句帖

草庵
武者などに成てくれるな土大根　むしゃなどになってくれるなつちだいこ　政8　文政句帖

わんぱくも一本かつぐ大根哉　わんぱくもいっぽんかつぐだいこかな　政8　文政句帖

薮原の一本大根引れけり　やぶはらのいっぽんだいこひかれけり　不詳　自筆本

尼寺や二人りかゝつて大根引　あまでらやふたりかかってだいこひく　不詳　嘉永版

鶴遊べ葛飾大根今やひく　つるあそべかつしかだいこいまやひく　不詳　嘉永版

蕪（かぶら菜）

蕪一ツ翌の時雨ぞ門畠　かぶひとつあすのしぐれぞかどばたけ　化1　文化句帖
我門の一つ蕪も霜げけり　わがかどのひとつかぶらもしもげけり　化4　文化句帖
かれ霜の蕪一本宝かな　かれしものかぶらいっぽんたからかな　化10　七番日記
おく霜の一味付し蕪かな　おくしものひとあじつけしかぶらかな　政3　八番日記　同『自筆本』
かぶら菜や一霜ヅヽに味のつく　かぶらなやひとしもずつにあじのつく　政8　文政句帖

ねぎ

あさぢふは葱づくめの祭哉　あさじうはねぶかづくめのまつりかな　享3　享和句帖
井の煙こと〴〵しさよ葱畑　いのけぶりことごとしさよねぎばたけ　化2　文化句帖
煙して葱畠の長閑さよ　けぶりしてねぶかばたけののどかさよ　化2　文化句帖
葱の香や夜は交〴〵梅の花　ねぎのかやよるはこもごもうめのはな　化2　文化句帖
明暮に葱四五本や門の口　あけくれにねぎしごほんやかどのくち　化3　文化句帖
葱四五本朝な〳〵の詠哉　ねぎしごほんあさなあさなのながめかな　化4　文化句帖
穴蔵のそこにて育葱哉　あなぐらのそこにてそだつねぶかかな　政5　文政句帖
鉢植の葱にあてる焚火哉　はちうえのねぶかにあてるたきびかな　政5　文政句帖
雪国や土間の小すみの葱畠　ゆきぐにやどまのこすみのねぎばたけ　政5　文政句帖
雪国やいろりの隅の葱畠　ゆきぐにやいろりのすみのねぎばたけ　政6　文政句帖
明がたや葱明りの流し元　あけがたやねぶかあかりのながしもと　政7　文政句帖
北国やいろりの隅の葱畠　きたぐにやいろりのすみのねぎばたけ　政7　文政句帖
小鍋ごと坐《（座）》敷へ出る葱哉　こなべごとざしきへいづるねぶかかな　政7　文政句帖

葱屑を鬮取りにする子ども哉　ねぎくずをくじとりにするこどもかな　政7　文政句帖

葱の香の四五日保つ御居間哉　ねぎのかのしごにちたもつおいまかな　政7　文政句帖

葱法度の寺のぐるりや葱畠　ねぎはっとのてらのぐるりやねぎばたけ　政7　文政句帖

冬木

売家につんと立たる冬木哉　うりいえにつんとたちたるふゆきかな　享3　享和句帖

からめしにつんと立たる冬木哉　からめしにつんとたちたるふゆきかな　享3　享和句帖

ぬく〳〵と一人立たる冬木哉　ぬくぬくとひとりたちたるふゆきかな　政5　文政句帖

枯れ木（枯れ桜　枯れ榎　枯れ楠　枯れ梅）

世の人に見よと枯たか松片え　よのひとにみよとかれたかまつかたえ　寛7　西国紀行

尋常に小町桜もかれにけり　じんじょうにこまちざくらもかれにけり　化11　七番日記

町中に冬がれ榎立りけり　まちなかにふゆがれえのきたてりけり　化11　七番日記

豈かれじ〳〵と見しは欲目也　あにかれじかれじとみしはよくめなり　政1　七番日記

長らくの病のおこりさめもつひくら丸仏と成りぬ

今見れば皆欲目也枯た梅　いまみればみなよくめなりかれたうめ　政1　七番日記

枯てから思へば皆ンな欲目也　かれてからおもえばみんなよくめなり　政1　七番日記

風折の枯恥かくな老の松　かざおれのかれはじかくなおいのまつ　政4　八番日記　同『自筆本』

枯朶に並ぶも烏帽子かな　かれえだにならぶもえぼしかな　政4　八番日記

かるゝなら斯かれよとて立木哉　かるるならこうかれよとてたちきかな　政7　文政句帖

楠の立派に枯て立りけり　くすのきのりっぱにかれてたてりけり　政7　文政句帖

くり〳〵と立派に枯し堅木哉　くりくりとりっぱにかれしかたぎかな　政7　文政句帖

枯れ茨

売家の長閑也けりかれ茨　うりいえののどかなりけりかれいばら　享3　享和句帖

枯茨のけてくれけり先の人　かれいばらのけてくれけりさきのひと　享3　享和句帖

狼跛

引足は水田也けり枯茨　ひくあしはみずたなりけりかれいばら　享3　享和句帖

鬼茨踏んばたがつて枯にけり　おにいばらふんばたがってかれにけり　化13　七番日記

藪並や枯は枯れても鬼茨　やぶなみやかれはかれてもおにいばら　政7　文政句帖

枯れ柳

尋常に枯て立たる柳哉　じんじょうにかれてたちたるやなぎかな　化6　化五六句記

大柳なんぼ枯てもぼんやりと　おおやなぎなんぼかれてもぼんやりと　化12　七番日記

大柳蛇ともならで枯にけり　おおやなぎへびともならでかれにけり　化12　七番日記

片日なたヱドの柳もかれにけり　かたひなたえどのやなぎもかれにけり　化14　七番日記

古柳蛇ともならで枯にけり　ふるやなぎへびともならでかれにけり　不詳　自筆本

冬木立ち（枯れ木立ち）

赤い実は何のみかそもかれ木立　あかいみはなんのみかそもかれこだち　享3　享和句帖

粉こねし〔裏〕の半戸や冬木立　こなこねしうらのはんどやふゆこだち　享3　享和句帖

釈(荻)兮

二葉三葉根ばりづよさよ冬木立　ふたばみばねばりづよさよふゆこだち　享3　享和句帖

冬木立むかし(き)〳〵の音す也　ふゆこだちむかしむかしのおとすなり　化8　我春集

売家や一本よりの冬木立　うりいえやいっぽんきりのふゆこだち　化11　七番日記　同『自筆本』

さはつたら手も切やせん冬木立
さわったらてもきれやせんふゆこだち
化11　七番日記

成蹊子こぞの冬つひに不言人と成りしとなん　鶯笠のもとより此ごろ申おこせたりしを
つの国の何を申も枯木立
つのくにのなにをもうすもかれこだち
政2　おらが春　異『発句鈔追加』前書「成蹊子去年の冬終に不言人となりしとなん　鶯笠がもとより此頃申おこしたりしを」中七「何と申も」

虫籠の軒にぶらりや冬木立
むしかごののきにぶらりやふゆこだち
政5　文政句帖

山寺に豆麩（腐）引く也冬木立
やまでらにとうふひくなりふゆこだち
政5　文政句帖

そばこねしうら戸も見へて冬木立
そばこねしうらどもみえてふゆこだち
政7　政七句帖草　異『自筆本』下五「枯木立」

くら丸仏
今見れば皆欲目也枯木立
いまみればみなよくめなりかれこだち
不詳　自筆本

木の葉

揚土にくつ付初る木葉哉
あげつちにくっつきそめるこのはかな
化1　文化句帖

汁の実の見事に生てちる木葉
しるのみのみごとにはえてちるこのは
化1　文化句帖

散木葉ことにゆふべや鳩の豆
ちるこのはことにゆうべやはとのまめ
化1　文化句帖

ちらぬかと木槿にかゝる木葉哉
ちらぬかとむくげにかかるこのはかな
化1　文化句帖

楢葉の朝からちるやとうふゞね
ならのはのあさからちるやとうふぶね
化1　文化句帖　異『嘉永版』『発句鈔追加』下五「豆腐桶」

畠の菊折角咲けば木葉哉
はたのきくせっかくさけばこのはかな
化1　文化句帖

はら〳〵と木槿にかゝる木葉哉
はらはらとむくげにかかるこのはかな
化1　文化句帖

かけがねのさても錆しよちる木葉
かけがねのさてもさびしよちるこのは
化2　文化句帖　異『版本題叢』『嘉永版』『発

句鈔追加』中七「さても淋しや」

かい曲りしらぬ鳥なく木葉哉　かいまがりしらぬとりなくこのはかな　化3　文化句帖

茶けぶりも仏の陰よちる木葉　ちゃけぶりもほとけのかげよちるこのは　化3　文化句帖

ちる度に鳥のよろこぶ木葉哉　ちるたびにとりのよろこぶこのはかな　化3　文化句帖

見るも〳〵人のうしろや木葉ちる　みるもみるもひとのうしろやこのはちる　化3　文化句帖

けぶらし〔て〕《（せ）》昔めかする木葉哉　けぶらせてむかしめかするこのはかな　化4　文化句帖

淋しさの上もりしたる木葉哉　さびしさのうわもりしたるこのはかな　化4　文化句帖

地蔵さへとしよるやうに木葉哉　じぞうさえとしよるようにこのはかな　化4　文化句帖

独焚木葉をつひに夜の雨　ひとりたくこのはをついによるのあめ　化4　文化句帖

ちる木葉渡世念仏通りけり　ちるこのはとせいねんぶつとおりけり　化7　七番日記

吉原のうしろ見よとやちる木葉　よしわらのうしろみよとやちるこのは　化7　七番日記

ちる木葉則去ル夕かな　ちるこのはすなわちいぬるゆうべかな　化8　我春集

赤いのが先へもいるぞあの木葉　あかいのがさきへもいるぞあのこのは　化10　句稿消息

赤い〔の〕が先へもげたる木の葉哉　あかいのがさきへもげたるこのはかな　化10　七番日記

今来たと土にかたればちる木の葉　いまきたとつちにかたればちるこのは　化10　七番日記

夕暮や土とかたればちる木葉　ゆうぐれやつちとかたればちるこのは　化10　七番日記　異『化十句文集写』『柏原雅集』

前書「桂国仏の三七日といふ日小丸山詣る」

ちる木葉音致さぬが又寒き　ちるこのはおといたさぬがまたさむき　化10　七番日記　同『句稿消息』

ちる木葉社の錠の錆しよな　ちるこのはやしろのじょうのさびしよな　化10　七番日記

水を蒔く奴が尻へ木葉哉　みずをまくやっこがしりへこのはかな　化10　七番日記

留主札のへげなんとしてちる木葉　るすふだのへげなんとしてちるこのは　化10　七番日記

文字のある木の葉もおちよ身延山　もじのあるこのはもおちよみのぶさん　化11　七番日記

ろく〳〵に赤く〔も〕ならでちる木の葉　ろくろくにあかくもならでちるこのは　化12　七番日記

芋埋た所も見へてちる木葉　いもうめたところもみえてちるこのは　化13　七番日記

木葉かくすべをもしらでとしよりぬ　このはかくすべをもしらでとしよりぬ　化13　七番日記

木葉きた昔拝むや草枕　このはきたむかしおがむやくさまくら　化13　七番日記

金比良(羅)やおんひら〳〵とちる木葉　こんぴらやおんひらひらとちるこのは　化13　七番日記

人の世や木葉かくさへ叱らるゝ　ひとのよやこのはかくさえしからるる　化13　七番日記

継ツ子が手習〔を〕する木葉哉　ままっこがてならいをするこのはかな　化13　七番日記

入(要)程は手でかいて来る木の葉哉　いるほどはてでかいてくるこのはかな　政1　七番日記

文字のある木〔の〕葉も降らん身延山　もじのあるこのはもふらんみのぶさん　政1　七番日記

窓下へ足で寄たる木葉哉　まどしたへあしでよせたるこのはかな　政1　七番日記

門畠や猫をじらしてとぶ木の葉　かどはたやねこをじらしてとぶこのは　政2　八番日記　同『嘉永版』　参『梅塵八番』　中七「猫をじやらして」

御神馬の漆へげにしちる木は　ごしんめのうるしへげにしちるこのは　政2　八番日記

人ちゝ(ら)り木の葉もちゝ(ら)りほろり哉　ひとちらりこのはもちらりほろりかな　政2　八番日記

今打し畠のさまやちる木葉　いまうちしはたけのさまやちるこのは　政3　発句題叢

門先にちよいとうづまく木のは哉
かどさきにちょいとうずまくこのはかな
政3　八番日記

黒塗の馬の兀けりちる木の葉
くろぬりのうまのはげけりちるこのは
政3　八番日記　異「書簡」前書「古社」

猫の子のくる／＼舞やちる木のは
ねこのこのくるくるまいやちるこのは
政3　八番日記　同『だん袋』『自筆本』『発句鈔追加』

猫の子のちよつと押る木の葉哉
ねこのこのちょいとおさえるこのはかな
政3　八番日記　同「書簡」　参『梅塵八番』中七「ちよいと押へる」

いく日見る看板飯やちる木葉
いくひみるかんばんめしやちるこのは
政4　八番日記　異『富貴の芽草紙』「書簡」上五「いく日めの」

地炉口へ風の寄たる木の葉哉
じろぐちへかぜのよせたるこのはかな
政4　梅塵八番　同『だん袋』『発句鈔追加』

野仏の頭をもかく木葉哉
のぼとけのあたまをもかくこのはかな
政7　文政句帖

花娵が青涕(洟)をかむ木の葉哉
はなよめがあおばなをかむこのはかな
政7　文政句帖

着て寝るも木の葉もやすも寺の山哉
きてねるもこのはもやすもてらのやまかな
政8　文政句帖

小一俵窓から這入る木の葉哉
こいっぴょうまどからはいるこのはかな
政8　文政句帖

禅寺
役にして木の葉拾ふや寺の山
やくにしてこのはひろうやてらのやま
政8　文政句帖

上之上極上赤の木の葉かな
じょうのじょうごくじょうあかのこのはかな
政9　梅塵抄録本　異『発句鈔追加』中七「極上赤き」

訪医家
赤い実も少加味して散木葉
あかいみもすこしかみしてちるこのは
不詳　自筆本　同「真蹟」

御社の錠前錆てちる木の葉　おやしろのじょうまえさびてちるこのは　不詳　自筆本
ちる木葉神馬の□（う）るし兀かゝる　ちるこのはしんめのうるしはげかかる　不詳　自筆本
焚く程は手でかいて来る木葉哉　たくほどはてでかいてくるこのはかな　不詳　自筆本
窓下へ足でおし寄す木葉哉　まどしたへあしでおしよすこのはかな　不詳　自筆本
文字のある木の葉散らん身延山　もじのあるこのはちるらんみのぶさん　不詳　自筆本
箕の中の箸御祓やちる木の葉　みのなかのはしおはらいやちるこのは　不詳　一茶園月並裏書
泥下駄に踏んづけらるゝ木の葉哉　どろげたにふんづけらるるこのはかな　不詳　希杖本
役馬のひとり帰るやちる木の葉　やくうまのひとりかえるやちるこのは　不詳　希杖本

落葉

山川や落葉の上のいかだ守　やまかわやおちばのうえのいかだもり　寛4　寛政句帖
落葉焚く妹が黒髪つゝむ哉　おちばたくいもがくろかみつつむかな　寛6　寛政句帖
賎が家も落葉俵に富る哉　しずがやもおちばだわらにとめるかな　寛6　寛政句帖
引汐の落葉柳にかゝるかな　ひきしおのおちばやなぎにかかるかな　寛6　寛政句帖
やよけ（ママ）にも昔よ落葉焚女　やよけにもむかしよおちばたくおんな　享3　享和句帖
おち葉して三月ごろのかきねかな　おちばしてさんがつごろのかきねかな　化6　真蹟　同『文政版』『嘉永版』「遺稿」
鶯の山と成したるおち葉哉　うぐいすのやまとなしたるおちばかな　化7　七番日記　同『化三―八写』『発句題叢』『発句鈔追加』「真蹟」
おちば焚く里やいくたりかぐや姫　おちばたくさとやいくたりかぐやひめ　化7　七番日記
吉原のうしろ見らるゝおち葉哉　よしわらのうしろみらるるおちばかな　化7　化三―八写
入相や江口の君がおち葉かく　いりあいやえぐちのきみがおちばかく　化8　七番日記

おち葉して仏法流布の在所哉　おちばしてぶっぽうるふのざいしょかな　化8　七番日記　同『我春集』

三といふ題

此ごろやおち葉の下の三美人　このごろやおちばのしたのさんびじん　化8　七番日記

むらおち葉かさ森おせんいつちりし　むらおちばかさもりおせんいつちりし　化8　七番日記

大菊の天窓張たるおち葉哉　おおぎくのあたまはりたるおちばかな　化9　七番日記

おち葉して憎い烏はなかりけり　おちばしてにくいからすはなかりけり　化9　七番日記

またけふもおち葉の上の住居哉　またきょうもおちばのうえのすまいかな　化9　七番日記

おち葉してけろりと立し土蔵哉　おちばしてけろりとたちしどぞうかな　化10　七番日記

淋しさやおち葉が下の先祖達　さびしさやおちばがしたのせんぞたち　化10　七番日記

渋紙のやうなのばかりおち葉哉　しぶがみのようなのばかりおちばかな　化10　七番日記

人絶ておち葉しにけり鳩の豆　ひとたえておちばしにけりはとのまめ　化11　七番日記

風のおち葉ちよい〳〵猫〔が〕押へけり　かぜのおちばちょいちょいねこがおさえけり　化12　七番日記

かまくらの念仏でちるおち葉哉　かまくらのねんぶつでちるおちばかな　化12　七番日記

菊迄もさらひ込だるおち葉哉　きくまでもさらいこんだるおちばかな　化12　七番日記

焚ほどは風がくれたるおち葉哉　たくほどはかぜがくれたるおちばかな　化12　七番日記　同『発句鈔追加』前書「独庵」

手の皺〔の〕おち葉かくには相応ぞ　てのしわのおちばかくにはそうおうぞ　化12　七番日記

猫の子がちよいと押へるおち葉哉　ねこのこがちょいとおさえるおちばかな　化12　七番日記

やよ烏赤いおち〔葉〕を踏まいぞ　やよからすあかいおちばをふむまいぞ　化12　七番日記

寒さうな菩薩もおはすおちば哉　さむそうなぼさつもおわすおちばかな　化13　七番日記

おち葉して親考《(孝)》行の烏哉　おちばしておやこうこうのからすかな　化14　七番日記

おち葉して日なたに酔し小僧哉　おちばしてひなたによいしこぞうかな　化14　七番日記　同『自筆本』『文政版』『嘉永版』『希杖本』「遺稿」

槽をうつ向ておくおち葉哉　かいおけをうつむけておくおちばかな　化14　七番日記

恋猫の屎ほり埋るおち葉〔哉〕　こいねこのくそほりうめるおちばかな　化14　七番日記

捨る丶迄とや姨のおち葉かく　すてらるるまでとやおばのおちばかく　化14　七番日記

むつかしと赤く〔も〕成らでおち葉哉　むつかしとあかくもならでおちばかな　政1　七番日記

ヨソ並に赤くもならでおち葉哉　よそなみにあかくもならでおちばかな　政1　七番日記

去嫌ひなくおち葉せり青桃《(桃青)》社　さりきらいなくおちばせりとうせいしゃ　政4　八番日記

上下《(裃)》でおちばかく也神の山　かみしもでおちばかくなりかみのやま　政5　文政句帖

山里や畳の上におち葉かく　やまざとやたたみのうえにおちばかく　政7　文政句帖

鴬の口すぎに来るおち葉かな　うぐいすのくちすぎにくるおちばかな　政8　九日　同『嘉永版』

空樋《(桶)》を鼠のはしるおち葉哉　からおけをねずみのはしるおちばかな　不詳　遺稿

おち葉してけそりと立や裸蔵　おちばしてけそりとたつやはだかぐら　不詳　自筆本

捨る丶迄とや姨のおち葉やく　すてらるるまでとやおばのおちばやく　不詳　自筆本

高砂は今の我らぞおちばかく　たかさごはいまのわれらぞおちばかく　不詳　自筆本

我門はふむ程もなきおち葉哉　わがかどはふむほどもなきおちばかな　不詳　柏原雅集

門川や極上〳〵の赤落葉　かどかわやごくじょうじょうのあかおちば　不詳　稲長句帖

散る紅葉（散り紅葉）

こやし積夕山畠や散紅葉　こやしつむゆうやまばたやちるもみじ　享3　享和句帖

有明や窓の名残をちる紅葉　ありあけやまどのなごりをちるもみじ　化1　文化句帖

川下は誰〳〵が住ちる紅葉　かわしもはだれだれがすむちるもみじ　化1　文化句帖

志賀人の箕をきたなりや散紅葉　しがびとのみをきたなりやちるもみじ　化1　文化句帖

正統寺にて

散紅葉流ぬ水は翌のためか　ちるもみじながれぬみずはあすのためか　化1　文化句帖

ちる紅葉水ない所も月よ也　ちるもみじみずないとこもつきよなり　化1　文化句帖

鳴鹿に紅葉もほろり〳〵哉　なくしかにもみじもほろりほろりかな　化2　文化句帖

紅葉ゝのちるは足らぬ水田哉　もみじばのちるはたらぬみずたかな　化2　文化句帖

焼めしに握り交へし散紅葉　やきめしににぎりまじえしちるもみじ　化3　文化句帖

鴬に一葉かぶさる紅葉哉　うぐいすにひとはかぶさるもみじかな　化4　文化句帖

散紅葉妹が小鍋にかゝる哉　ちるもみじいもがこなべにかかるかな　化6　化三―八写　同『発句鈔追加』

逃足の人にかまふな散紅葉　にげあしのひとにかまうなちりもみじ　化8　七番日記

寛政十年十月十日ごろ二人てこな・つぎ橋あたりを見巡りしときのこと也

真間寺で斯う拾ひしよ散紅葉　ままでらでこうひろいしよちりもみじ　化8　我春集

生若い紅葉もほろり〳〵哉　なまわかいもみじもほろりほろりかな　化9　七番日記

御茶水ニて

筏士やそなたばかりの散紅葉　いかだしやそなたばかりのちりもみじ　化10　真蹟

どの草も犬の後架ぞ散紅葉　どのくさもいぬのこうかぞちるもみじ　化11　七番日記

紙屑のたしにちりたる紅葉哉
かみくずのたしにちりたるもみじかな
化12　七番日記

神祭
古き代の紅葉ちりけり湯立釜
ふるきよのもみじちりけりゆだてがま
化13　七番日記

散紅葉雀の罠にかゝる哉
ちるもみじすずめのわなにかかるかな
化14　七番日記　同『自筆本』

ぬり樽にさふ（っ）と散たる紅葉哉
ぬりだるにさっとちったるもみじかな
政2　八番日記

一つかみ樽にかけたる紅葉哉
ひとつかみたるにかけたるもみじかな
政2　八番日記　参『梅塵八番』中七「樽を拭たる」

一つかみ塗樽拭ふ紅葉哉
ひとつかみぬりだるぬぐうもみじかな
政2　おらが春

今打し畑のさまや散紅葉
いまうちしはたけのさまやちるもみじ
政3　版本題叢　同『発句鈔追加』『梅塵抄録本』　前書「十月廿七日」　異『璧玉集』中七「畑のさまなり」

柏葉も調合したり散紅葉
かしわばもちょうごうしたりちりもみじ
政4　八番日記

少ちる内は紅葉も拾はるゝ
すこしちるうちはもみじもひろわるる
政4　八番日記　参『梅塵八番』中七「うちや紅葉も」

医家
丸い実もか（少）加味してちる紅葉
まるいみもすこしかみしてちるもみじ
政4　八番日記　参『梅塵八番』中七「少し加味して」

紅葉々の少し散ばぞひろはるゝ
もみじばのすこしちればぞひろわるる
政4　八番日記

冬枯れ（枯れ枯れ）

冬枯に風除作る山家哉
ふゆがれにかぜよけつくるやまがかな
寛4　寛政句帖

栽込や冬枯るゝ夜の雨をあらみ　うえこみやふゆがるるよのあめをあらみ　寛5　寛政句帖
冬枯て窓はあかるき雨夜哉　ふゆがれてまどはあかるきあまよかな　寛5　寛政句帖
冬枯やあらしの中の御神灯　ふゆがれやあらしのなかのごしんとう　寛5　寛政句帖
冬枯や男(尾)花のうへの一ツ道　ふゆがれやおばなのうえのひとつみち　寛5　寛政句帖
冬枯や桜もわらの掛どころ　ふゆがれやさくらもわらのかけどころ　寛5　寛政句帖
冬枯や飛〳〵に菜のこぼれ種　ふゆがれやとびとびになのこぼれだね　寛5　寛政句帖
冬枯や松火とがむる人の声　ふゆがれやまつびとがむるひとのこえ　寛5　寛政句帖
浅沢や亀の扶(夫)じきも冬枯るゝ　あさざわやかめのふじきもふゆがるる　化2　文化句帖

随斎にて
下京や呑打音も冬枯るゝ　しもぎょうやかみうつおともふゆがるる　化2　文化句帖
月よ闇よ吉原行も冬枯るゝ　つきよやみよしわらゆくもふゆがるる　化2　文化句帖
人かげや地蔵の塔も冬枯るゝ　ひとかげやじぞうのとうもふゆがるる　化2　文化句帖　同『同句帖』に重出
冬枯て手持ぶさた(干)の山家哉　ふゆがれてもちぶさたのやまがかな　化2　文化句帖
冬枯に看板餅の日割哉　ふゆがれにかんばんもちのひわれかな　化2　文化句帖
冬枯にめら〳〵消るわら火哉　ふゆがれにめらめらきゆるわらびかな　化2　文化句帖
冬枯の山にひつゝく木辻哉　ふゆがれのやまにひっつくきつじかな　化2　文化句帖
冬枯もそしらぬ顔や都鳥　ふゆがれもそしらぬかおやみやこどり　化2　文化句帖

小金原
冬枯や親に放(離)れし馬の顔　ふゆがれやおやにはなれしうまのかお　化2　文化句帖
冬枯や紙打音も夜の友　ふゆがれやかみうつおともよるのとも　化2　文化句帖

冬枯や鹿の見て居る桶の豆　ふゆがれやしかのみているおけのまめ　化2　文化句帖

冬枯や槌がちつかす窓の先　ふゆがれやつちがちつかすまどのさき　化2　文化句帖　同『同句帖』に重出

冬枯やフチスル亀の寝所迄　ふゆがれやふちするかめのねどこまで　化2　文化句帖

山々や木辻の夜も冬枯るゝ　やまやまやきつじのよるもふゆがるる　化2　文化句帖

とく〳〵と枯仕廻ぬか小藪垣　とくとくとかれしまわぬかこやぶがき　化3　文化句帖

冬枯や垣にゆひ込つくば山　ふゆがれやかきにゆいこむつくばやま　化10　七番日記　同『句稿消息』

大天狗小天狗とて冬がれぬ　おおてんぐこてんぐとてふゆがれぬ　化11　七番日記

枯〴〵や俵の山になく烏　かれがれやたわらのやまになくからす　化11　七番日記

げつくりと四条川原の冬がれぬ　げっくりとしじょうがわらのふゆがれぬ　化11　七番日記

冬がれの五百がなけや山烏　ふゆがれのごひゃくがなけややまがらす　化11　七番日記

藪並におれが首も枯にけり　やぶなみにおれがこうべもかれにけり　化11　七番日記

かれ〴〵や一所（緒）に越し角田川　かれがれやいっしょにこえしすみだがわ　化13　七番日記

かれ〴〵や見人をなくした角田川　かれがれやみてをなくしたすみだがわ　化13　七番日記

冬がれて親孝行の烏哉　ふゆがれておやこうこうのからすかな　政1　七番日記

冬枯や神馬の漆はげて立　ふゆがれやしんめのうるしはげてたつ　政2　八番日記

冬枯や在所の雨が横に雨（降）　ふゆがれやざいしょのあめがよこにふる　政3　八番日記　参『梅塵八番』下五「横に降る」

冬枯のほまちざかりや菊の花　ふゆがれのほまちざかりやきくのはな　政4　八番日記

冬枯やのり出た杭をうつの山　ふゆがれやのりでたくいをうつのやま　政5　文政句帖

冬枯や柳の瘤の売わらじ　ふゆがれややなぎのこぶのうりわらじ　政7　文政句帖

冬がれやねござまくれば裸虫　ふゆがれやねござまくればはだかむし　不詳　遺稿

冬がれて碓がたり〳〵かな　ふゆがれてからうすがたりがたりかな　不詳　随斎筆紀

霜枯れ

霜がれや東海道の這入口　しもがれやとうかいどうのはいりぐち　享3　享和句帖

霜がれや歓(勧)化法度の藪の宿　しもがれやかんげはっとのやぶのしゅく　化7　七番日記

霜がれの中を元三大師哉　しもがれのなかをがんさんだいしかな　化8　七番日記

霜がれや木辻の鹿のほく〳〵と　しもがれやきつじのしかのほくほくと　化8　七番日記

霜がれや壁のうしろは越後山　しもがれやかべのうしろはえちごやま　化10　七番日記　同『志多良』

霜がれや新吉原も小藪並　しもがれやしんよしわらもこやぶなみ　化10　七番日記　同『志多良』『句稿消息』『発句題叢』『文政版』『嘉永版』「遺稿」

霜がれや庇の上の茶呑道　しもがれやひさしのうえのちゃのみみち　化10　七番日記　同『志多良』『句稿消息』　異『自筆本』前書「山家」下五「茶天道」

霜がれや路通乞食に笠かさん　しもがれやろつうこじきにかさかさん　化10　七番日記

霜がれのそれも鼻かけ地蔵哉　しもがれのそれもはなかけじぞうかな　化11　七番日記

碓のがくり〳〵も霜がれぬ　からうすのがくりがくりもしもがれぬ　化13　七番日記

霜がれて碓がたり〳〵哉　しもがれてからうすがたりがたりかな　化13　七番日記　同『自筆本』『葛の実』

霜がれにとろ〳〵セイビ参り哉　しもがれにとろとろせいびまいりかな　化13　七番日記

霜がれの笠にて候と出かけたり　しもがれのかさにてそろとでかけたり　化13　七番日記

霜がれや烟豊な三軒家　しもがれやけぶりゆたかなさんげんや　化13　七番日記

随斎旧迹
霜がれや米くれろ迚鳴雀　しもがれやこめくれろとてなくすずめ　化13　七番日記

霜がれや何〔を〕手向にセイビ仏
しもがれやなにをたむけにせいびぶつ
化13　七番日記

板(坂)木
折芦や夕三弦も霜がれる
おれあしやゆうしゃみせんもしもがれる
化14　七番日記　同『自筆本』前書「潮来」

霜がれてせうじの蝿のカハユさよ
しもがれてしょうじのはえのかわゆさよ
化14　七番日記

霜がれや庵の門へも夜番札
しもがれやいおのかどへもやばんふだ
化14　七番日記　同「真蹟」『希杖本』、『自筆本』
前書「市中住居」

蚊柱も所〱に霜がれぬ
かばしらもところどころにしもがれぬ
政1　七番日記

霜がれて蚊柱の立かきね哉
しもがれてかばしらのたつかきねかな
政1　七番日記

霜がれて新吉原のうしろ哉
しもがれてしんよしわらのうしろかな
政2　八番日記

仲仙道
霜がれ〔や〕おれを見かけて鉦たゝく
しもがれやおれをみかけてかねたたく
政2　八番日記　同『嘉永版』　参『梅塵八番』
上五「霜がれや」

霜がれ〔や〕胡粉の兀し土団子
しもがれやごふんのはげしつちだんご
政2　八番日記　異『発句鈔追加』前書「瘡守
稲荷」　参『梅塵八番』上五「霜枯や」

霜がれやどなたの顔も思案橋
しもがれやどなたのかおもしあんばし
政2　八番日記

人足も霜がれ時や王子みち
ひとあしもしもがれどきやおうじみち
政2　八番日記　同『嘉永版』

人のきも霜がるゝ也五番原
ひとのきもしもがるるなりごばんはら
政2　八番日記

かい道や人の通りも霜がるゝ
かいどうやひとのとおりもしもがるる
政3　八番日記

霜がれや無なりもせぬいろは茶や
しもがれやなくなりもせぬいろはぢゃや
政3　八番日記　同『自筆本』

とし〴〵に霜がれにけりいろは茶や　としどしにしもがれにけりいろはぢゃや　政3　八番日記

人顔も霜がるゝ也巣鴨道　ひとがおもしもがるるなりすがもみち　政3　八番日記　参『梅塵八番』中七「霜がれるなり」

霜がれて猫なで声の烏哉　しもがれてねこなでごえのからすかな　政4　八番日記

霜がれや取次虱(墨)うせ薬　しもがれやとりつぐしらみうせぐすり　政4　八番日記

霜がれや鍋の炭かく小傾城　しもがれやなべのすみかくこけいせい　政4　八番日記　同『自筆本』『文政版』『嘉永版』

霜がれや番屋に虱うせ薬　しもがれやばんやにしらみうせぐすり　政5　文政句帖　参『梅塵八番』前書「追分」

霜がれや引くり返る鹿の椀　しもがれやひっくりかえるしかのわん　政5　文政句帖

霜がれや戸に張る虱うせ薬　しもがれやとにはるしらみうせぐすり　政6　文政句帖

王子道ゆきゝの人も霜がれる　おうじみちゆききのひともしもがれる　政8　文政句帖

霜がれや貧乏村のばか長き　しもがれやびんぼうむらのばかながき　政8　文政句帖

霜枯に大繁(繁)昌の虱哉　しもがれにだいはんじょうのしらみかな　不詳　真蹟

帰り花

吉野山冬来れば冬の花見哉　よしのやまふゆくればふゆのはなみかな　寛7　たびしうゐ

あたら日のついと入けり帰り花　あたらひのついといりけりかえりばな　享3　享和句帖

北窓や人あなどれば帰花　きたまどやひとあなどればかえりばな　享3　享和句帖

畠人の思ひの外や帰花　はたびとのおもいのほかやかえりばな　享3　享和句帖

山川のうしろ冷し帰花　やまかわのうしろつめたしかえりばな　享3　享和句帖

帰り咲分別もない垣ね哉　かえりざくふんべつもないかきねかな　化3　文化句帖

焼枝もみす〳〵見てかへり花　やけえだもみすみすみえてかえりばな　化3　文化句帖

イカサマに大慈〳〵のかへり花　いかさまにだいじだいじのかえりばな　化7　七番日記

老木やのめる迄もとかへり花　ろうぼくやのめるまでもとかえりばな　化7　七番日記

けふ迄はちらぬつもりか帰花　きょうまではちらぬつもりかかえりばな　化8　我春集

炭竃や投り込だる帰り花　すみがまやほうりこんだるかえりばな　化11　七番日記

椌木やかぢけながらの帰り花　うつろぎやかじけながらのかえりばな　化12　七番日記

紙屑もたしに咲けり帰り花　かみくずもたしにさきけりかえりばな　化12　七番日記　異『自筆本』上五「紙屑に」

桜木やつんのめつても帰り花　さくらぎやつんのめってもかえりばな　化12　七番日記

木瓜つゝじ下手な春程咲にけり　ぼけつつじへたなはるほどさきにけり　化13　七番日記　同『同日記』に重出、『自筆本』前書「小春」、『流行七部集』

朽桜何の願ひに帰り花　くちざくらなんのねがいにかえりばな　政1　七番日記　異「書簡」中七「なんのねがひを」

かわいさよ川原なでしこ帰り花　かわいさよかわらなでしこかえりばな　政2　八番日記

木瓜藪や刈尽されて帰り花　ぼけやぶやかりつくされてかえりばな　政2　八番日記　参『梅塵八番』中七「切尽さるゝ」

木瓜藪や切尽されて帰り花　ぼけやぶやきりつくされてかえりばな　政2　八番日記

山木瓜や〔実〕をおり分〔て〕帰り花　やまぼけやみをおりわけてかえりばな　政2　八番日記

山木瓜や実を取まいて帰り花　やまぼけやみをとりまいてかえりばな　政2　八番日記　同『同日記』に重出

ちるひとつ咲のも一つ帰り花　ちるひとつさくのもひとつかえりばな　政4　梅双紙

三芳野や冬来れば冬の花盛　みよしのやふゆくればふゆのはなざかり　政4　魚道集

赤〳〵と得〔体〕しれぬも帰り花　あかあかとえたいしれぬもかえりばな　政7　文政句帖

生役や老木のぜい〔に〕帰り花　いきやくやおいきのぜいにかえりばな　政7　文政句帖

落にきといふ貴翁が帰り花　おちにきというきおうがかえりばな　政7　文政句帖

へしおりていよ〳〵寒し返り花　へしおりていよいよさむしかえりばな　不詳　遺稿

神崎大神宮
名ある木は下へさがつて帰り花　なあるきはしたへさがってかえりばな　不詳　自筆本

木瓜の株苅つくされて帰花　ぼけのかぶかりつくされてかえりばな　不詳　嘉永版

寒菊

寒菊にせき立られし梅の様　かんぎくにせきたてられしうめのさま　化1　文化句帖

寒菊や臼の目切がぼんのくぼ　かんぎくやうすのめきりがぼんのくぼ　化1　文化句帖

寒菊に黒こんにやくの光り哉　かんぎくにくろこんにゃくのひかりかな　化12　七番日記

寒菊に頬かぶりする小猿哉　かんぎくにほおかぶりするこざるかな　化12　七番日記

寒菊やとうふの殻のけぶり先　かんぎくやとうふのからのけぶりさき　化12　七番日記　異『自筆本』中七「とうふ声の」下五「大けぶり」

水仙

網の目に水仙の花咲にけり　あみのめにすいせんのはなさきにけり　化10　七番日記

家ありてそして水仙畠かな　いえありてそしてすいせんばたけかな　化10　七番日記

窪村は小便小屋も水仙ぞ　くぼむらはしょうべんごやもすいせんぞ　化10　七番日記

咲よいか皆水〔仙〕の凹屋敷　さきよいかみなすいせんのくぼやしき　化10　七番日記

四十雀家水仙したひ〔き〕ぬ　しじゅうからいえのすいせんしたいきぬ　化10　七番日記

水仙の笠をかりてや寝る小雀　すいせんのかさをかりてやねるこがら　化10　七番日記

水仏(仙)の咲よく見ゆる凹み哉　すいせんのさきよくみゆるくぼみかな　化10　七番日記

水仙の花の御湊誕生寺　すいせんのはなのおみなとたんじょうじ　化10　七番日記

水仙や江戸の辰巳のかぢけ坊　すいせんやえどのたつみのかじけぼう　化10　七番日記

水仙や大仕合のきり〳〵す　すいせんやおおしあわせのきりぎりす　化10　七番日記　同『句稿消息』『発句題叢』『自筆本』『文政版』『嘉永版』「遺稿」

水仙や男きれなき御庵　すいせんやおとこきれなきおんいおり　化10　七番日記

水仙や女きれなき御庵　すいせんやおんなきれなきおんいおり　化10　句稿消息

水仙や垣にゆひ込角田川　すいせんやかきにゆいこむすみだがわ　化10　七番日記　同「遺稿」

水仙やせ中にあてる上総山　すいせんやせなかにあてるかずさやま　化10　七番日記

水仙や卅日迄もさく合点　すいせんやつごもりまでもさくがてん　化10　七番日記

水仙や隙とも見へぬ古かゞし　すいせんやひまともみえぬふるかがし　化10　七番日記

水仙や降て涌たる五十雀　すいせんやふってわいたるごじゅうから　化10　七番日記

水仙や文覚どのゝ鈴の声　すいせんやもんがくどののすずのこえ　化10　七番日記

御侍御傘忘れな水仙花　みさぶらいみかさわすれなすいせんか　化10　七番日記

来年は信濃水仙と成〔ぬ〕べし　らいねんはしなのすいせんとなりぬべし　化10　七番日記

水仙の笠かりて寝る雀哉　すいせんのかさかりてねるすずめかな　不詳　自筆本

水仙や垣にゆひ込むつくば山　すいせんやかきにゆいこむつくばやま　不詳　自筆本　同『文政版』『嘉永版』

石蕗の花

鶯の忰がなくぞつはの花　うぐいすのせがれがなくぞつわのはな　化8　七番日記

御地蔵のおさむいなりや石蕗花　おじぞうのおさむいなりやつわのはな　化8　七番日記

ちま〳〵とした海もちぬ石蕗の花　ちまちまとしたうみもちぬつわのはな　化11　七番日記

つはの花石上にも三年か　つわのはないしのうえにもさんねんか　化12　七番日記

山茶花

山茶花や花の間に〳〵蝦かづら　さざんかやはなのまにまにえびかづら　寛5　寛政句帖

山茶花の垣〔に〕つゝさす杓子哉　さざんかのかきにつつさすしゃくしかな　化12　七番日記　異『薮鴬』中七「垣につきさす」下五「柄杓かな」

山茶花や抱て左甚五郎　さざんかやかかえてひだりじんごろう　化12　七番日記

山茶花や飯焚どのゝかこち顔　さざんかやめしたきどののかこちがお　化12　七番日記

山茶〔花〕のかきねにささむ杓子哉　さざんかのかきねにささんしゃくしかな　不詳　自筆本

冬椿

剰海へ向つて冬椿　あまつさえうみへむかってふゆつばき　享3　享和句帖

塊のはしやぎ抜けり冬椿　つちくれのはしゃぎぬけけりふゆつばき　享3　享和句帖

火のけなき家つんとして冬椿　ひのけなきいえつんとしてふゆつばき　享3　享和句帖

日の目見ぬ冬の椿の咲にけり　ひのめみぬふゆのつばきのさきにけり　享3　享和句帖

千引

世にあはぬ家のつんとして冬椿　よにあわぬやのつんとしてふゆつばき　享3　享和句帖

茶の花

茶の花に隠んぼする雀哉　ちゃのはなにかくれんぼするすずめかな　化10　七番日記

ほつ〳〵と花のつもりの茶の木哉　ほつほつとはなのつもりのちゃのきかな　化10　七番日記

茶の花に思ついたる屑家哉　ちゃのはなにおもいついたるくずやかな　化12　七番日記

茶の花や達广（磨）ぬる手のとも日和　ちゃのはなやだるまぬるてのともびより　化12　七番日記

茶の花や土の西行のかこち顔　ちゃのはなやつちのさいぎょうのかこちがお　化12　七番日記　同『自筆本』

冬梅（寒梅）

寒梅やいそがしき人来ぬ当（辺）り　かんばいやいそがしきひとこぬあたり　寛4　寛政句帖

冬の梅目も当られぬ月夜也　ふゆのうめめもあてられぬつきよなり　化1　文化句帖

蜱も明ぼのいはへ冬の梅　こおろぎもあけぼのいわえふゆのうめ　化2　文化句帖

かうろぎの鳴所にせよ冬の梅　こおろぎのなきどこにせよふゆのうめ　化3　文化句帖

梅の木の冬咲花に生れけり　うめのきのふゆさくはなにうまれけり　化11　七番日記

冬の梅あたり払て咲にけり　ふゆのうめあたりはらってさきにけり　化11　七番日記

降雨やヲ（オ）ソレ入谷の冬の梅　ふるあめやおそれいりやのふゆのうめ　化11　七番日記

枇杷の花

嵯峨村と名乗り顔也枇杷花　さがむらとなのりがおなりびわのはな　化10　句稿消息　同『文政版』『嘉永版』「遺稿」

嵯峨村と人には告よ枇巴（杷）の花　さがむらとひとにはつげよびわのはな　化10　七番日記

ビハ咲くや放後架も利久（休）がた　びわさくやはなれこうかもりきゅうがた　化10　七番日記

土焼の利久（休）祭りや枇杷の花　つちやきのりきゅうまつりやびわのはな　化11　七番日記

のうなくて小梅にすんで枇杷の花　のうなくてこうめにすんでびわのはな　化11　七番日記

ビハ咲や世〔を〕うぢ山へ咄し道　びわさくやよをうじやまへはなしみち　化11　七番日記　異『自筆本』中七「世をうぢ山の」

曲り形り寝所もふきぬ枇杷花　まがりなりねどこもふきぬびわのはな　化11　七番日記

窓ぶたをおろしすまして枇杷の花　まどぶたをおろしすましてびわのはな　化11　七番日記

むり隠居むりに見る也枇杷の花　むりいんきょむりにみるなりびわのはな　化11　七番日記　同『自筆本』

ビハ咲や延暦二年の三ケの月　びわさくやえんりゃくにねんのみかのつき　化12　七番日記

ビハの花おれが茶釜も毛が生へよ　びわのはなおれがちゃがまもけがはえよ　化12　七番日記

冬牡丹

かつしかや大黒爺が冬牡丹　かつしかやだいこくじじがふゆぼたん　化12　七番日記

仕合な猫と杓子よ冬牡丹　しあわせなねことしゃくしよふゆぼたん　化12　七番日記

袖軽冬ぼたんにもまけぬ也　そでかるうふゆぼたんにもまけぬなり　政7　文政句帖

冬瓜

ころ〳〵と押やり居る冬瓜哉　ころころとおしやりすえるとうがかな　寛中　西紀書込

月花

月華に草葉の陰でも親をさぞ　つきはなにくさばのかげでもおやをさぞ　寛中　西紀書込

亀井天神宮

御桜御梅の花松の月　おんさくらおんうめのはなまつのつき　化2　文化句帖　同「遺稿」

月花や抑是は俗行者　つきはなやそもそもこれはぞくぎょうじゃ　化7　七番日記

月花や四十九年のむだ歩き　つきはなやしじゅうくねんのむだあるき　化8　七番日記　同『我春集』『文政版』『嘉永版』「遺稿」

花の月のとちんぷんかんのうき世哉　はなのつきのとちんぷんかんのうきよかな　化8　七番日記　同『我春集』

月花に我らが楽は寝楽哉　つきはなにわれらがらくはねらくかな　政1　七番日記

なまけるや翌も花あり月有と　なまけるやあすもはなありつきありと　政2　八番日記　参『梅塵八番』上五「なまけるな」中七「昼も花あり」下五「月もあり」

仏(死)

便なくば一花の手向情あれや　たよりなくばいちげのたむけなさけあれや　寛7　西国紀行

死下手や鼻でおしへる善光寺　しにべたやはなでおしえるぜんこうじ　化14　七番日記

浄土

紫の雲にいつ乗るにしの海　むらさきのくもにいつのるにしのうみ　化9　七番日記

松

我と松あはれいつ迄ふり残る　われとまつあわれいつまでふりのこる　化2　文化句帖

ろうそくの心(芯)を剪さへ小松哉　ろうそくのしんをきるさえこまつかな　化4　文化句帖

浅ましや杖が何本老の松
あさましやつえがなんぼんおいのまつ
化9　七番日記

老松のついには業をさらすべき
おいまつのついにはごうをさらすべき
化9　七番日記

直な世を何因果で庭の松
すぐなよをなんのいんがでにわのまつ
化9　七番日記

盗人〔に〕腰かけられな老の松
ぬすっとにこしかけられなおいのまつ
化9　七番日記

鉢の松是も因果の一つ哉
はちのまつこれもいんがのひとつかな
化9　七番日記

百両の松も一夜のあらし哉
ひゃくりょうのまつもいちやのあらしかな
化9　七番日記

仏〔と〕もならでうか／＼老の松
ほとけともならでうかうかおいのまつ
化9　七番日記　同『株番』『文政版』『嘉永版』「遺稿」「真蹟」

松蔭に寝てくふ六十ヨ州かな
まつかげにねてくうろくじゅうよしゅうかな
化9　七番日記　異「真蹟」前書「泰平賀」、『株番』、『杖の竹』前書「国家安全」、『文政版』『嘉永版』前書「天下泰平」

千年も一日へ〔り〕ぬ姫小松
せんねんもいちにちへりぬひめこまつ
政1　七番日記

杉

神の木もうき〔め〕の針《（釘）》を打れけり
かみのきもうきめのくぎをうたれけり
化9　七番日記

五寸釘杉もほろ／＼涙哉
ごすんくぎすぎもほろほろなみだかな
化9　七番日記

竹

大竹〔の〕未練に折て居たりけり
おおたけのみれんにおれていたりけり
化9　七番日記

己さへ君子で候か薮の竹
おのれさえくんしでそうろうかやぶのたけ
化9　七番日記

是がマア竹の園生か石畠
これがまあたけのそのふかいしばたけ
化9　七番日記

竹

竹つい〳〵天にさはらぬ気どり哉　たけついついてんにさわらぬきどりかな　化9　七番日記

竹にさへイビツでないはなかりけり　たけにさえいびつでないはなかりけり　化9　七番日記

竹にさへ丸にまろきはなかりけり　たけにさえまるにまろきはなかりけり　化9　株番

竹林是も丸きはなかりけり　たけばやしこれもまるきはなかりけり　化9　七番日記

なよ竹のさゝら三八御宿哉　なよたけのささらさんぱちおやどかな　化9　七番日記

など《（よ）》竹の雀をきらふ折も有　なよたけのすずめをきらうおりもあり　化9　七番日記

牧人七十賀

きゝ給へ竹の雀もちよ〳〵と　ききたまえたけのすずめもちよちよと　化14　文政版　同『嘉永版』「遺稿」

鶴

あの世〔で〕は千年目かよ鶴婦夫《（夫婦）》　あのよではせんねんめかよつるめおと　化9　七番日記

松竹鶴亀

草の戸も子を持て聞夜の鶴　くさのともこをもってきくよるのつる　化9　七番日記

千年もけふ一日か鶴のなく　せんねんもきょういちにちかつるのなく　化9　七番日記

鶴下りてエヤミの小屋もけしき哉　つるおりてえやみのこやもけしきかな　化9　七番日記

鶴の子の千代も一日はやへりぬ　つるのこのちよもいちにちはやへりぬ　化9　七番日記　同「遺稿」、『株番』前書「題鶴亀松竹」　異『文政版』『嘉永版』下五「なくなりぬ」

鶴の菜をせうばんしたる雀哉　つるのなをしょうばんしたるすずめかな　化9　七番日記

菩薩

人なつき鶴よ御役にどれが立　ひとなつきつるよおやくにどれがたつ　政2　八番日記

御成り場所に鳥どもの餌蒔をしたふ不便さに

人昵き鶴よどちらに箭があたる　ひとなつきつるよどちらにやがあたる　政2　おらが春

掃留(溜)に鶴の下りけり和歌の浦　はきだめにつるのおりけりわかのうら　政3　八番日記　異『文政版』『嘉永版』上五「掃溜へ」　参『梅塵八番』上五「掃溜に」中七「鶴の下りたり」

掃溜も鶴だらけ也和歌の浦　はきだめもつるだらけなりわかのうら　政3　八番日記　同『自筆本』

鶴の子の千代も一日なくなりぬ　つるのこのちよもいちにちなくなりぬ　不詳　文政版

亀

飴の棒横に加(咥)へて亀があれ　あめのぼうよこにくわえてかめがあれ　化9　七番日記

大釜の湯やたぎるらん亀の夢　おおがまのゆやたぎるらんかめのゆめ　化9　七番日記

亀どの丶いくつのとしぞ不二の山　かめどののいくつのとしをふじのやま　化9　七番日記　同『株番』、『発句題叢』『文政版』『嘉永版』前書「琵琶湖」

亀に問んみろく十年辰の年　かめにとわんみろくじゅうねんたつのとし　化9　七番日記

亀(ママ)にとゞきさう也亀の首　かめにとどきそうなりかめのくび　化9　七番日記

から／＼と音して亀を引ずりぬ　からからとおとしてかめをひきずりぬ　化9　七番日記

さればとて脇へ〔も〕行ず放し亀　さればとてわきへもゆかずはなしがめ　化9　七番日記

どこへなと我〔を〕もおぶへ磯の亀　どこへなとわれをもおぶえいそのかめ　化9　七番日記　同『株番』

問ていはく不二の出来しは亀のいくつのとしぞ　とうていわくふじのできしはかめのいくつのとしぞ　不詳　真蹟

鳥

翌ありと思ふ烏の目ざし哉　あすありとおもうからすのめざしかな　化4　文化句帖

此次は我身の上かなく烏　このつぎはわがみのうえかなくからす　化4　化三—八写　同『三韓人』『発句鈔追加』

赤い花むしや〱しやぶる鴉哉　あかいはなむしゃむしゃしゃぶるからすかな　化11　七番日記

悪い夢のみ当りけり鳴く烏　わるいゆめのみあたりけりなくからす　政4　真蹟

犬

士の供を連たる御犬哉　さむらいのともをつれたるおいぬかな　化15　七番日記

猫

江戸の猫あはたゞしさよ角田川　えどのねこあわただしさよすみだがわ　化9　七番日記

斯うかけと云ぬばかりか猫に竹　こうかけといわぬばかりかねこにたけ　化9　七番日記

のら猫が仏のひざを枕哉　のらねこがほとけのひざをまくらかな　化9　七番日記

恥入てひらたくなるやどろぼ猫　はじいってひらたくなるやどろぼねこ　化9　七番日記　同『株番』

三日して忘られぬかのらの猫　みっかしてわすれられぬかのらのねこ　化9　七番日記　同『株番』

松島

松島の松に生れて小すみ哉　まつしまのまつにうまれてこすみかな　化9　七番日記

松島や生れ〔な〕がらの峰の松　まつしまやうまれながらのみねのまつ　化9　七番日記

松島や同じうき世を隅の島　まつしまやおなじうきよをすみのしま　化9　七番日記

人の住松島いやし夕けぶり　ひとのすむまつしまいやしゆうけぶり　政1　七番日記

蝦夷が島

商人やうそ〔を〕うつしに蝦夷が島　あきんどやうそをうつしにえぞがしま　政5　文政句帖

江戸風を吹かせて行や蝦夷が島　えどかぜをふかせてゆくやえぞがしま　政5　文政句帖

来て見ればこちらが鬼也蝦夷が島　きてみればこちらがおになりえぞがしま　政5　文政句帖

古里

古里や又あふことも片思　ふるさとやまたあうこともかたおもい　化4　連句稿裏書

古郷や枕の上も夜の雨　ふるさとやまくらのうえもよるのあめ　政1　七番日記

虱着て昼中もどる古郷かな　しらみきてひるなかもどるこきょうかな　政6　文政句帖

その他

あけぼのゝけぶりもヒラの風情哉　あけぼののけぶりもひらのふぜいかな　寛中　与州播州□雑詠

潮(湖)水
おもふ図に雲立ヒラの夕べ哉　おもうずにくもたつひらのゆうべかな　寛中　与州播州□雑詠

潮(湖)水
おもふ図にけぶり一ヒラの夜明哉　おもうずにけぶりひとひらのよあけかな　寛中　与州播州□雑詠

こつそりと隣を借りて小酒盛　こっそりととなりをかりてこさかもり　寛中　西紀書込

魂から返事をせつく駕迎　たましいからへんじをせつくかごむかえ　寛中　西紀書込

茶けぶりやめずらしきヒラの夕べ哉　ちゃけぶりやめずらしきひらのゆうべかな　寛中　与州播州□雑詠

廿日程給ふは何の梢哉　はつかほどたまうはなんのこずえかな　寛中　与州播州□雑詠

江有汜

朝火済てむら雨過て不二の山　あさびすみてむらさめすぎてふじのやま　享3　享和句帖

うつくしう鍋うつむけし川辺哉　うつくしうなべうつむけしかわべかな　享3　享和句帖

兎罝

七郷の杜とたのむ榎哉　しちごうのはしらとたのむえのきかな　享3　享和句帖

晴天の真昼にひとり出る哉　せいてんのまひるにひとりいずるかな　享3　享和句帖

日月

日よ月よふゆるものには白髪也　ひよつきよふゆるものにはしらがなり　享3　享和句帖

今めかぬものやアヤ竹赤草履　いまめかぬものやあやだけあかぞうり　化1　文化句帖

四海波しづかに暮るなるみ哉　しかいなみしずかにくるるなるみかな　化2　文化句帖

藪の雨貧乏神のござるげな　やぶのあめびんぼうがみのござるげな　化2　文化句帖

湯けぶりのつんとかゝ〔れ〕る庵哉　ゆけぶりのつんとかかれるいおりかな　化4　連句稿裏書

父挽歌

けふといふけふこそ本の夕哉　きょうというきょうこそほんのゆうべかな　化6　化五六句記

我出れば又出たりけり草の家　われでればまたでたりけりくさのいえ　寛1—化6　七番日記

小けぶりも小判のはしぞ江の戸（戸の）〔空〕　こけぶりもこばんのはしぞえどのそら　化9　七番日記　異『株番』下五「江戸の空」

亡母や海見る度に見る度に　なきははやうみみるたびにみるたびに　化9　七番日記

鶏に修羅もやさせて遊ぶかな　にわとりにしゅらもやさせてあそぶかな　化9　株番

修羅といふ題をとりて

腹中は誰も浅間のけぶり哉
ふくちゅうはだれもあさまのけぶりかな
化9　株番

西山や扇おとしに行月夜
にしやまやおおぎおとしにゆくつきよ
化10　七番日記　同『句稿消息』『志多良』『文政版』『嘉永版』『希杖本』

盗人を見かけて縄をなふ僧都
ぬすっとをみかけてなわをなうそうず
化10　七番日記

竈やしばし里あるけぶり様
へっついやしばしさとあるけぶりよう
化10　七番日記

丸石を転すやうな笑して
まるいしをころがすようなわらいして
化10　七番日記

山道の曲り〳〵し心かな
やまみちのまがりまがりしこころかな
化10　七番日記

起て聞け寝てきくまいぞ市兵衛記
おきてきけねてきくまいぞいちべえき
化12　七番日記

さぼてんののつぺり長くなる木哉
さぼてんののっぺりながくなるきかな
化12　七番日記

翌の夜と答へる小箱哉
あすのよとこたえるこばこかな
化13　七番日記　注　中七に脱字

井の中に屁をひるやうな咄哉
いのなかにへをひるようなはなしかな
化13　七番日記

竹ぎれで手習ひ〔を〕するまゝ子哉
たけぎれでてならいをするままこかな
化13　七番日記

イタミ

君なくて誠に多太《（田）》の木立哉
きみなくてまことにただのこだちかな
化14　七番日記

むら雨や六月村の炎天寺
むらさめやろくがつむらのえんてんじ
化14　七番日記

ひいき目にさへも不形な天窓哉
ひいきめにさえもぶなりなあたまかな
政1　七番日記

おどる魚桶とおもふやおもはぬや
おどるうおおけとおもうやおもわぬや
政2　八番日記

小悴《（倅）》は七ツ法華の盛り哉
こせがれはななつほっけのさかりかな
政2　梅塵八番

月代の中ぞり程の名所哉
さかやきのちゅうぞりほどのめいしょかな
政2　八番日記

思ふまじ見まじとすれど我家哉　おもうまじみまじとすれどわがやかな　政2　おらが春　同『発句鈔追加』

何よりも孫が《(の)》笑がみやげ哉　なによりもまごのわらいがみやげかな　政2　八番日記

夕化粧して門の柱にもたれる体なり

八兵衛や耳たぼ《(濁ママ)》におく小二朱判　はちべえやみみたぼにおくこにしゅばん　政2　梅塵八番　同『政九十句写』前書「二八佳人巧様粧／同房夜々換新郎／一双玉臂千人枕／半点朱唇万客嘗／東坡」

もふ見まじ〳〵とすれど我家哉　もうみまじみまじとすれどわがやかな　政2　八番日記

我々はとゞかずとても山家哉　われわれはとかずとてもやまがかな　政2　八番日記

岩《(巖)》にはとくなれさゞれ石太郎　いわおにはとくなれさざれいしたろう　政3　八番日記

三七日

九十六日のあひだ雪のしら〴〵しき寒ひ《(さ)》に逢ひて此世の暖さをしらず仕廻ひしことのいた〳〵しくせめて今ごろ迄も居たらんには

赤い花こゝら〳〵とさぞかしな　あかいはなここらここらとさぞかしな　政4　八番日記　同『自筆本』

草の戸や先蕎麦切をねだる客　くさのとやまずそばきりをねだるきゃく　政4　梅塵八番

上人は飯を喰さい《(へ)》手品哉　しょうにんはめしをくうさえてじなかな　政4　八番日記　参『梅塵八番』中七「飯を喰さへ」

父母師〔匠〕そら定なら虫の君　ふぼししょうそらさだめならむしのきみ　政4　八番日記

石となる楠さへ虫に喰れけり　いしとなるくすさえむしにくわれけり　政5　文政句帖

居ながらや東西南北の人　いながらやとうざいなんぼくのひと　政5　文政句帖

おの〔づ〕から頭が下る也神ぢ山　おのずからずがさがるなりかみじやま　政5　文政句帖　同『自筆本』『文政版』『嘉永版』「遺稿」

ちく生の目迄かすめる古間人哉　ちくしょうのめまでかすめるふるまびとかな　政5　文政句帖

ずず玉のべととなる木や道明寺　ずずだまのべととなるきやどうみょうじ　政6　文政句帖

末世でも珠数《（数珠）》のなる木や道明寺　まっせでもじゅずのなるきやどうみょうじ　政6　文政句帖

祝

行末は黄金花さく山産ん　ゆくすえはこがねはなさくやまうまん　政6　文政句帖

人はみな寝て仕まふのに夜なべ虫　ひとはみなねてしまうのによなべむし　政7　政七句帖草

よは足やはや初連の御役人　よわあしやはやはつづれのおやくにん　政7　政七句帖草

この足やかせげば追つく貧乏神　このあしやかせげばおいつくびんぼがみ　政7　文政句帖

鳴《（泣）》き虫〔を〕つれて行くとや大天狗　なきむしをつれてゆくとやおおてんぐ　政7　文政句帖

声ナシのもちやさかると盛ぬと　こえなしのもちやさかるとさからぬと　政8　政八句帖草

見かけより古風也門や門の茶屋　みかけよりこふうなかどやかどのちゃや　政8　政八句帖草

むさしのや溜り水にも不二の山　むさしのやたまりみずにもふじのやま　政8　政八句帖草

むさしの〔や〕水溜りのふじの山　むさしのやみずったまりのふじのやま　政8　文政句帖

石太郎一周忌

赤い花こゝつ《（ら）》〳〵と今ごろハ　あかいはなこころここらといまごろは　政末　浅黄空

送夷蝦行人

胡佐を吹く口へ投込め土団子　こさをふくくちへなげこめつちだんご　政末　浅黄空

不二山

我国はけぶりも千代のためしかな　わがくにはけぶりもちよのためしかな　不詳　真蹟　同『発句鈔追加』

又けふもわすれてもどる日影哉　またきょうもわすれてもどるひかげかな　不詳　遺稿

おもし〔ろ〕う人が暮すぞ壁の穴　おもしろうひとがくらすぞかべのあな　不詳　自筆本

同新宅之賀

新宅や雨落石（の石）のくぼむまで　しんたくやあめおちのいしくぼむまで　不詳　稲長句帖

これからが丸もうけぞよ娑婆遊び　これからがまるもうけぞよしゃばあそび　不詳　発句鈔追加

十団子玉だれ近く見れけり　とおだんごたまだれちかくみられけり　不詳　いろは別雑録

Column

「ちう位」の意味

一茶を代表する作品の一つに「目出度さもちう位也おらが春」（『おらが春』）がある。この句の解釈には従来諸説があり、一定しない。それは中七の「ちう位」の意味が不明瞭なためである。ある人は、一茶の地元の長野県や東北地方の方言「ちゅうくれい」（いいかげん）と解したり、一茶の迎えた正月のめでたさが、上中下の真ん中くらいであるとした人もいる。しかし、私にはどうもしっくりしない。この句は前文の理解なしには解釈できないであろう。

前文のあらましを簡潔に紹介すると、「早くに極楽に行きたい（早く死にたい）」と願う僧侶と「いつまでも長寿を保ちたい」と願う一般人がいる。一茶はこの二人と自分を比べ「それとはいさゝか替りて、おのれらは、俗塵に埋れて世渡る境界ながら（中略）から風の吹けばとぶ屑家は、くづ屋のあるべきやうに、門松立てず煤はかず、雪の山路の曲り形りに、今年の春もあなた（阿弥陀仏のこと）任せになんむかへける」と、自らの正月の迎え方を披歴する。

北信濃の精神風土や父の影響もあって、一茶は浄土真宗の熱心な信者であった。晩年と重なる『おらが春』の執筆時には、真宗の要諦の一つである「自然法爾《じねんほうに》」の精神を会得していた。「自然法爾」とは、自らの計らいを捨てて、阿弥陀如来の絶体他力に身をゆだね、人の手を加えず「無為」であることである。人には人の寿命があり、与えられた寿命のまま、一切を阿弥陀仏にお任せして生きる。これが晩年に至りついた一茶の心境であった。

「自然法爾」をもってこの句を解釈すると、中七「ちう位」の「位」の字は単なる当て字ではない。前段の三人の考え方は、僧侶：早く死にたい＝作為、一般人：いつまでも生きたい＝作為、一茶：あるがまま＝無為、となる。つまり、上でも下でも右でも左でもない、作為を捨ててあるがままに、という意味であろう。

一茶はこの句の8年前、文化八年（１８１１）元旦に「我春も上々吉よ梅の花」という作品を詠み、自らの迎えた正月のめでたさを「上々吉」と表現している。このように、正月の迎え方をこうした等級をもって表現するのが一茶の句法であった。

十余年前、この句の解釈を問う某大学の入試問題があったが、いかなる正解が用意されていたかいささか興味がある。

季語索引

あ

青嵐　青葉の頃に吹きわたる風。草木を揺り動かす感じをいう。　夏 455
葵　タチアオイ・ゼニアオイなどアオイ科の植物。　夏 671
葵祭　陰暦4月の酉の日に京都上賀茂、下鴨両社で行われた祭り。日本第一の大祭。　夏 467
青芒　まだ花穂の出ない夏の芒の青々したさま。　夏 698
青簾　軒や縁先にかけて夏日を防いだ竹製の簾。特に新しい簾をいう。　夏 510
青田（田青む）苗が伸びて青々と連なる田。　夏 462
青蔦　葉の青々と茂っている蔦。　夏 671
青葉（梅青葉　桜青葉　青柏　青松葉）青々とした木の葉。　夏 716
青瓢　初秋のまだ青い瓢。　秋 305
赤柏　赤飯。陰暦11月1日朝に炊いて祝う風習があった。　冬 425
あかぎれ　寒さのために手足の皮が裂けること。　冬 475
秋惜しむ　秋に別れる心の切なる感じ。　秋 37
秋風　秋風のすべて、特に秋の初めの風、晩秋の身に染むような風。平安時代から和歌に詠まれた。　秋 71
秋雑　秋に関する雑の季語。　秋 168
秋さび　晩秋のものさびしい感じ。　秋 37
秋寒　秋に入って覚える寒さ。秋も半ば過ぎの感じがある。　秋 7
秋時雨　晩秋に降るしぐれ。　秋 71
秋立つ（秋来る）秋になること。立秋。和歌の時代から詠まれた季語。　秋 2
秋茄子　秋に生るナス。美味といわれる。　秋 274
秋の雨　秋に降る冷たい雨。侘しい趣きがある。　秋 67
秋の蚊（残る蚊）秋の弱々しい蚊。　秋 207
秋の草　秋の草々。　秋 229
秋の雲　定めない秋の空は雲の変化も多い。　秋 66
秋の暮　秋の夕に同じ。淋しい夕方どきのこと。　秋 23
秋の蝉　秋になっても鳴く蝉。俳諧のみの季語。　秋 207
秋の空（秋の天）　澄みきった秋の空。　秋 66
秋の蝶　秋になって生まれた蝶。　秋 205
秋の寝覚　長い秋の夜にふと目ざめること。　秋 21
秋の野（花野）美しい秋草の咲き乱れた野。　秋 113
秋の日　短い秋の1日。また秋の太陽。　秋 21
秋の水　秋の出水。秋の清らかに澄みきった水。　秋 112
秋の山　紅葉した秋の山。　秋 111
秋の夕　秋の夕方の淋しい趣き。　秋 22
秋の夜　長い秋の夜。　秋 30
秋日和　秋の空が澄みわたって晴れた穏やかな天気。秋晴れ。　秋 66
明の春（今日の春）「初春」「新春」に同じ。　新 10
あけび　アケビ科の落葉低木。茎はつる性。　秋 307
麻　タデ科の一年草。茎の皮から繊維を取るために栽培される　夏 686
朝顔　ヒルガオ科のつる性一年草。当時、無常の花とされた。一茶の花卉句では第5位の多さ。　秋 250
浅草富士詣　台東区浅草の浅草富士権現の人造の富士塚に詣でること。陰暦6月1日が例祭。　夏 474
朝寒　秋も末、朝方寒く感じること。　秋 9
麻の葉流す　祓を行う時、穢れを除くため麻の葉で人形を作り身体をなで、名を記して川に流す。　夏 480
あざみ　キク科アザミ属の多年草。　春 292
浅蜊　マルスダレガイ科の二枚貝。食用。　春 286
芦　水辺に生えるイネ科の多年草。　夏 697
鯵　暖流に分布するスズキ目アジ科の海水魚。　夏 663
紫陽花　ユキノシタ科の落葉低木。花の色が淡青色から青紫色・淡紅色などに変わる。　夏 723
芦の花（芦の穂）芦はイネ科の宿根草。花は紫。花穂が熟れて紫褐色の実となり、白色の穂絮が風に飛び散る。　秋 287
網代（網代守　網代小屋）晩秋から冬にかけて、川の瀬の両側に打った杭に竹・柴などを編んで並べ、その一端に簀をつけて氷魚をとる仕掛け。　冬 471
汗　暑さのために肌に生ずる分泌物。殊に夏に分泌される。　夏 493
汗拭い　汗を拭くタオル、手拭いなどのこと。　夏 507
暑し（暑き日　暑き夜）夏の気温の高いこと。　夏 410
虻　アブ科の昆虫。人畜の血を吸う種もある。　春 280
雨蛙（青蛙　枝蛙）体長約4センチのアマガエル科の両生類。　夏 602
雨乞い（雨祝い）旱魃が続く時、農作物の被害を憂えて、農民が氏神や水神に降雨の祈りを捧げること。　夏 492
天の川　晴れた夜空に乳白色にあらく光って、川の流れのように見える無数の星の集まり。　秋 38
鮎　サケ目サケ科の淡水魚。食用。　夏 663
霰（玉霰）空中の水蒸気が氷結し、白い粒となって降るもの。和歌以来の伝統季語。　冬 401
有明　空に月が残りながら夜が明けること。　秋 21
袷（初袷）裏地のついた着物。その年初めて着る袷が「初袷」。　夏 500
粟蒔く　「粟」はイネ科の一年草。古くから栽培され、食用にした。　夏 556

い

藺（太藺）カヤツリグサ科の多年草。夏、茎の頂に茶色の穂をつける。　夏 698
庵の春（窓の春）自分の家で安楽に迎えた新年。　新 13
生身魂（蓮の飯）陰暦7月8～13日間の吉日、子供が父母の長命を願い、物を贈ったりご馳走をしたりする行事。生き盆。　秋 118
十六夜　陰暦8月16日の夜の月。　秋 63
石梨　ヤマナシの異名。水分が少なく硬い。夏、湿気の乏しい場所に実をつける。　夏 722
虎杖　タデ科の多年草。根は利尿などの民間薬。　春 300
いちご　バラ科の多年草。赤く熟した果実を食用　夏 728

とする。
凍解　寒気に凍りついた大地が、春に解け緩むこと。　春 129
いとど　カマドウマの異称。かつてはこおろぎと混同されたが、いとどは羽がないので鳴かない。かまどむし。　秋 215
いなご　バッタ科のうちイナゴ類。稲の害虫。　秋 215
稲妻（稲光）雷光。神霊の宿る雷が放つ光。雷光（神威）により稲穂を実らせるとされ、儚く消える無常のシンボルとも考えられた。　秋 103
犬　イヌ科の哺乳類で、最も古い家畜。猫より飼い主に忠実。　雑 576
稲（早稲　陸稲　稲の花　稲の穂　田を刈る　刈り穂　落ち穂　稲掛ける　稲扱く　籾　稲雀）イネ科の一年草。作付け地によって水稲・陸稲に分ける。　秋 274
稲積む　元日に寝ること。新春は「寝る」を嫌い、「寝」に「稲」を利かせた。　新 39
亥の子　陰暦10月の最初の亥の日。この日餅を食すると万病を除くと信じられた。　冬 425
芋（親芋　子芋）里芋のこと。　秋 274
色変えぬ松　晩秋、すべてが枯色になる中、松だけが青々と葉を茂らせていること。　秋 316
いろり　床の一部を四角に切り、灰を敷いて薪や炭を燃やすようにした場所。　冬 436
鰯　マイワシ、カタクチイワシなどの総称。　秋 228

う

鵜飼（鵜遣い　鵜匠　鵜川　鵜舟）飼いならした鵜を使って鮎などを捕る漁。岐阜の長良川がよく知られる。　夏 487
萍（萍の花）水田・池などに生えるウキクサ科の多年草。　夏 690
浮巣（鳰の巣）カイツブリなどの水鳥が水草の茂る水面に作る巣。　夏 600
鶯（初音）ウグイス科の小鳥。背は緑褐色、腹部は白色。一茶は鶯を好み、鳥類の句では　春 197
二番目に多い。
埋火　灰の中に埋めた炭火。　冬 514
羅（蝉の羽衣）細い線いで織られた軽く薄い夏の着物。「蝉の羽衣」は蝉の羽のような透けるような着物。　夏 507
鶉　キジ科の野鳥。かつては鳴き声を鑑賞するために飼育した。　秋 179
謡い初　新年初めて謡曲をうたうこと。当時は1月3日夜に行った。　新 40
打水　夏、日中の暑さを避け、涼味を呼ぶために庭や道路に撒く水。　夏 532
団扇（渋団扇　絵団扇）夏、扇いで風を送る道具。扇は外出用、団扇は家の中で寛いで用いる。　夏 524
卯月（四月）陰暦4月の異名。　夏 404
卯の花（卯木の花）ウツギの花、またウツギの別称。　夏 723
卯の花腐し　卯の花を腐らせるように降り続く霖雨。　夏 430
梅（白梅　紅梅　野梅）バラ科の落葉高木。松竹と「厳寒三友」と呼ばれ慶事の象徴。植物の句では「花」に次ぐ多さ。　春 307
梅の実（青梅　梅漬る）初夏に実をつける。梅漬にする。青梅は未熟な実。江戸時代からの季語。　夏 727
梅もどき　もちの木科の落葉灌木。晩秋その赤い実を鑑賞する。　秋 304
末枯　草木の上葉が枯れること。　秋 233
盂蘭盆　陰暦7月15日に行う仏教の行事。祖先の霊や死者の霊を祭り冥福を祈る。一茶の信仰する浄土真宗は本来の盂蘭盆は行わなかった。　秋 114
瓜（初瓜　冷し瓜）ウリ科の一年生つる草。　夏 707
瓜の花　キュウリ・シロウリなど瓜類の黄色い花。　夏 707

え

蝦夷が島　北海道の旧称。　雑 577
江戸の春　江戸で迎えた新年の意。当時、江戸は百万都市といわれ繁華をきわめた。　新 13
狗子草　イネ科の一年草。ネコジャラシ。犬ころ草。　秋 287
夷講（夷の飯）陰暦10月12日、商家で恵比須像を祭って商売繁盛を祈り、大安売りをする。　冬 427
恵方（明の方　年徳神　恵方棚　年棚　年神　恵方詣）「恵方」はその年の年神の来る方向。　新 23
炎天　照りつける真夏の日中の燃えるような空。　夏 405

お

扇（白扇　赤扇　絵扇　武者扇）夏、涼を入れるために用いる扇いで風を起こすもの。舞などで用いる扇ではない。　夏 518
狼　イヌ科の哺乳類。性質は荒く人畜を襲うこともある。　冬 523
大年（年の終り　年の一夜　年の坂　大卅日）除夜から元旦への1年の境をいう。　冬 346
送り火　盂蘭盆の終わる夜、精霊をあの世に送り返すために門前などで焚く火。　秋 119
御降り　元日か三が日に降る雨や雪のこと。豊年のしるしと考えられていた。　新 22
鴛鴦　ガンカモ科の水鳥。夫婦仲のよい鳥とされる。　冬 535
白粉の花　夏から秋にかけて赤・黄・白などの花を開くオシロイバナ科の多年草。　秋 271
落葉　散り落ちた葉。　冬 555
落し水　稲刈りの前に田の水を落とすこと。　秋 112
踊（盆踊　念仏踊　踊下駄）盂蘭盆に、寺・広場などで老若男女が集まってする踊り。　秋 125
御取越　浄土真宗の仏事。親鸞忌（11月28日）を早く取り越して行う。門徒には待ちに待った行事。　冬 416
踊り花　オドリコソウの別名。シソ科の多年草。山野、路傍の半陰地に自生、花は人が笠をかぶって踊る姿に似る。　夏 668
鬼やらい（年の夜　豆まく　福は内）大晦日、大豆をまいて鬼を払うこと。　冬 465

朧（朧月、朧夜）月がぼんやり霞んでいるさま。　春 104

女郎花　秋の七草の一つ。オミナエシ科の多年草。花卉句では10番目に多い。　秋 260

おらが春（我が春）自分が迎えた新年の意。一茶には代表作『おらが春』がある。　新 14

か

蚊（藪蚊　蚊柱）カ科の昆虫。虫類句では蝶・蛍に次いで3番目に多い。　夏 622

蚕（蚕飼　桑摘）マユから絹糸をとるために飼育されるカイコガの幼虫。　春 279

開帳（出開帳）いつもは開かない厨子の扉を開いて、中の秘仏を人々に拝ませること。　春 146

海棠　バラ科の落葉低木。春に垂れ下った枝の先に淡紅色の花をつける。　春 391

帰り花　11月頃、桜・つつじ・山吹などが時ならぬ花を咲かせること。　冬 564

帰る雁（行く雁　雁の別れ　雁の名残）秋、北方から飛来、晩春、北方へ帰る雁のこと。雁との別れを惜しみ、雁に呼びかける句が多い。　春 232

顔見せ　一座の役者が総出で顔を見せること。　冬 437

案山子　農作物の鳥獣害を避けるため、笠や古衣などを着せ田畑に立てた人形。　秋 149

案山子揚げ（十日夜）陰暦10月10日夜、案山子を田から引き揚げて庭先で祀る収穫祭。　冬 419

鏡餅（お福手　飾り餅）正月や祝いの折につくった平たい円形の餅。　新 51

柿（豆柿　渋柿　御所柿　熟柿）カキノキ科の落葉高木。またその果実。　秋 297

かきつばた　アヤメ科の多年草。白・紫の花が咲く。　夏 686

柿の花　柿はカキノキ科の落葉高木。初夏、葉腋に黄緑色の合弁花を開く。　夏 722

柿紅葉　柿の葉が晩秋、朱・黄・紅色が混じって紅葉すること。　秋 292

掛乞い　掛売りの代金をとって歩くこと。またその人。掛取り。　冬 463

かけ菜（干し菜）大根や蕪の茎葉を軒下などに吊して陰干にすること。　冬 515

陽炎　春、日差しの強い日に地表近くの空気が炎のように揺れ動いて見えること。　春 122

飾（輪飾　しめかざり）正月などにしめ縄を張って飾ること。またはその飾り。　新 32

鰍　体長5センチ、灰褐色で黒い縞のある淡水魚。鳴かないが、カエルの河鹿との混同。　秋 228

梶の葉（星の歌）七夕の風習で、梶の葉に芋の葉の露ですった墨で詩歌や願い事を書く。　秋 133

嘉定喰（嘉定銭）陰暦6月16日、災いを除く呪いとして神に供えた16個の餅（菓子）を下げて食べた。江戸時代のこの日、将軍からお目見得以上の者が菓子を1個賜った。　夏 486

霞（春霞、薄霞、霞む）春、水蒸気が立ちこめて、空や野、谷など遠くのものが霞んで見えること。　春 107

片蔭　くっきりと濃い夏の午後の日陰。　夏 455

形代　御祓で用いる紙などで作った人形。この人形で体を撫でて罪や穢れを移し、身代わりとして川に流す。　夏 479

蝸牛（でいろ　でで虫）マイマイ類の陸生の巻き貝。　夏 656

帷子（辻が花）麻などで織った布で仕立てた盛夏用の単衣。辻が花は帷子の染め模様で、白地に紅の花と青葉を一面に染める。　夏 505

蚊帳（紙帳　母衣蚊帳）蚊を防ぐために吊り下げて寝床を覆う帳。　夏 512

松魚（初松魚）春、日本の近海に来遊して北上、秋に南下するサバ科の海魚。当時、その年初めて食するカツオを「初松魚」と称して珍重した。　夏 661

門松（松飾）正月、家の門口に立てる飾りの松。　新 30

門松立つ（松営む）年末、正月の門松を玄関に立てること。　冬 463

蟹（平家蟹）堅い甲におおわれた頭胸部と一対のはさみ、四対の脚をもつ節足動物。　春 285

鐘氷る　冬の寒い夜、鐘の音が冴え冴えと響くこと。　冬 334

鐘冴ゆ　冬の寒気の中で、鐘の音が冴え冴えと聞こえること。　冬 332

蕪（かぶら菜）アブラナ科の一年草または二年草。野菜。　冬 548

南瓜　カボチャ。ウリ科のつる性一年草。とうなす。　秋 307

蒲　ガマの別称。　夏 698

蟷螂　カマキリ科の虫。イボジリ。虫類句の中では1番多い。　秋 226

髪置　10月15日、子供が初めて頭髪をたくわえる祝い。武家・民間では3歳。公家は2歳。　冬 522

紙衣（紙衣羽織）白厚紙に柿渋を塗って日に干し、足で踏み手で揉んでこしらえた衣服。老人や風流人が用いた。　冬 476

雷　雲と雲、あるいは雲と地面との間に放電する時に、音と光が生まれる気象現象。夏に多い。　夏 453

神の旅（神送り　神の留守　神迎え）陰暦10月、諸国の神々が出雲大社に旅し翌年の男女の結婚を定める。　冬 416

亀　爬虫類のカメ。古来、鶴とともに長寿の象徴、めでたい動物とされた。　雑 575

鴨（小鴨　味鴨）ガンカモ科の鳥のうち、比較的小形の水鳥。　冬 534

蚊帳釣り草　カヤツリグサ科の一年草。初夏、黄褐色の穂が出る。　夏 692

蚊帳の別れ　夏が終わり、蚊帳を取り外すこと。　秋 136

蚊遣（蚊いぶし）蚊を追い払うために、蓬や松・杉などの葉を焚いて燻すこと。　夏 528

粥杖　1月15日、男子を授かるまじないとして女の尻をうつ行事。　新 26

乾鮭（塩引）鮭の腸を取り、塩を振らずに陰干したもの。　冬 518

烏　カラス科の鳥で、雀とともに身近な鳥。古来不吉な鳥とされたり、熊野神社のように神の使い、めでたい鳥とされる。　雑 576
烏瓜　カラスウリ。ウリ科のつる性多年草。　秋 307
烏の子　6月頃、雛から育ったカラスの子。　夏 598
雁（雁金　初雁　天津雁　雁の竿）ガンの別称。秋、北方から日本に飛来する。和歌以来の季語。　秋 182
狩（鷹狩　追鳥狩）古く「狩」といえば鷹狩のこと。　冬 470
刈田　稲を刈った後の田。　秋 113
枯芦　冬に枯れた芦。　冬 543
枯茨　冬に枯れた茨。　冬 550
枯荻　冬に枯れた荻。イネ科の多年草で、秋、大きい白い穂を出す。　冬 543
枯女郎花　冬に枯れたオミナエシ。　冬 542
枯れ木（枯桜　枯榎　枯れ楠　枯れ梅）冬になって枯れた木。　冬 549
枯れ菊（残菊）冬に枯れた菊。　冬 542
枯れ草（枯れ弁慶草　枯れ葱　枯れ思ひ草　枯れ雉かくし　枯れ鶏頭　枯れ野菊）冬に枯れた草。　冬 541
枯れ芒（枯れ尾花）冬に枯れた芒。　冬 543
枯れ野（冬の野　くだら野　枯れ原）草木の枯れた冬の野。　冬 413
枯れ萩　冬に枯れた萩。　冬 542
枯れ柳　枯れ果てた柳の風姿をめでていう。　冬 550
川狩（夜川）夏、川や沼などの魚を大量に捕るため、川、沼の浅瀬を堰き止めたり、毒を流したりすること。　夏 486
蛙（初蛙）カエル目の両生類。俳句では春季。　春 244
蛙穴に入る　蛙が地中に入り冬眠すること。　秋 199
蝙蝠（蚊喰鳥）コウモリ目のネズミに似た哺乳動物。動物を詠んだ句では8番目に多い。　夏 566
寒（寒の入り　大寒　寒肥）二十四節気の一つ。立春前の約30日間をいう。　冬 324
寒鳥　厳寒の頃の鳥。　冬 528
寒菊　菊の花の枯れしおれること。　冬 566

寒月　「冬の月」に同じ。　冬 351
寒声　寒中の早朝や夜更けに声曲の稽古をすること。謡曲や読経なども行う。　冬 431
寒肥　寒中に肥料を与えること。　冬 475
閑古鳥（羯鼓鳥）カッコウ。ホトトギス科の鳥。5月半ば、南方から渡って来る。鳥類の句では9番目。　夏 587
寒ごり（寒行）寒の30日間、神社、仏閣に参って冷水を浴び、滝に打たれて身心を清める荒行。現代の歳時記だと「新年」。　冬 430
寒晒し　寒気に吹きさらされること。　冬 518
かんじき　雪の上で滑ったり、踏み込んだりしないように履物の下につける木や鉄製の道具。　冬 487
元日（元朝　日のはじめ　三つの朝）1年の最初の第1日。または元日の朝。改まっためでたい気分を詠む。　新 2
寒雀　厳寒の頃の雀。ふくら雀。　冬 528
寒造り　寒中の水で酒を醸すこと。またその酒。　冬 519
寒習　寒中の早朝、稽古ごとのおさらいをすること。　冬 430
寒念仏　寒の30日間、僧俗を問わず、念仏やお題目を唱え市中を練り歩くこと。　冬 431
寒の水　寒中の水。感冒予防、胃腸病に利くとされた。　冬 434
干瓢むく　夕顔の実を輪切りにして皮を除き、白肉の部分を薄く剥くこと。　夏 556
寒風　冬吹く寒い風。　冬 369
灌仏（仏生会　誕生仏　花御堂　甘茶　四月八日）陰暦4月8日の釈迦の誕生日、誕生仏に甘茶を注いで供養をする行事。　夏 467
寒灸　寒中に灸をすえること。効が大きいといわれる。　冬 475

き

祇園会（月鉾）毎年7月17～24日まで行われる京都八坂神社の祭礼で悪疫退散を祈願する。　夏 480

桔梗　秋の七草の一つ。キキョウ科の多年草。　秋 250
菊（白菊　赤菊　菊の着綿　九日の菊　菊合せ）秋を代表する花。中国原産でキク科の多年草。皇室の紋章。花卉句では花、梅、桜に続く4番目。　秋 234
菊月（九月　長月）九月。　秋 2
菊根分（菊植る）春、菊の株根から出た芽を根分けすること。　春 177
雉（焼野の雉）キジ科の野鳥。日本の国鳥。鳥類の句では六番目。　春 224
着衣始　正月三が日のうちに着物を着初める祝い。　新 40
啄木鳥　キツツキ科の鳥。くちばしで木をつついて中の虫を捕る。　秋 177
衣配り　年末、使用人や門人などに正月の衣装を分け与えること。　冬 457
砧（衣打つ　遠砧　小夜砧）木槌で布を打ち、柔らかくするための木の台。それを打つこと。主婦が夜なべで行った。　秋 157
きのこ（初茸　松茸　鼠茸　天狗茸　馬糞茸　笑い茸　茸狩）大形菌類。　秋 316
黍　イネ科の一年草。実は食用。　秋 280
君が春　「御代の春」に同じ。　新 11
行々子（葭切　吉原雀）夏鳥として渡来するオオヨシキリとコヨシキリ。　夏 595
曲水　陰暦3月3日、宮中で行われた行事。水流に浮かぶ杯が自分の前を過ぎないうちに詩歌を詠じた。　春 159
霧（霧雨　神霧　霧時雨）空気が冷やされてできた水蒸気が凝結して、小さな水滴となって浮遊するもの。　秋 106
きりぎりす（ぎす）「はたおり」のこと。かつて「こおろぎ」と同義で使っていたためしばしば混同される。　秋 218
桐一葉（一葉）初秋、桐の葉が一枚一枚散ること。　秋 294
金柑　ミカン科の常緑小低木。果実は食用、薬用。　秋 304

く

喰積　年賀の客に出すため、重箱に詰めた料理。　新 30
水鶏　クイナ科の渡り鳥。　夏 598
茎漬（茎菜）大根や蕪などを葉や茎と一緒に塩漬けにしたもの。　冬 516
茎立　3、4月、アブラナなどの茎が伸びてトウの立ったもの。こうなるとまずくて食用にならない。　春 300
草青む　春の野の草々が萌え立ち、青くなること。　春 291
草いきれ　夏、草むらが強い太陽に照らされて、熱気を発すること。　夏 664
草市　7月12日夜、盆の行事に用いる品々を売る市。　秋 124
草茂る（莽茂る）夏草が繁茂すること。　夏 664
草の花　秋の草花。春や夏の花よりしっとりした趣がある。俳諧のみの季語。　秋 229
草の実（草の穂）秋草の実。　秋 233
草の芽（芒の芽　荻の芽）春萌え出る諸々の草の芽。　春 287
草萩　シバハギ・ネコハギなど草木、または草木状でハギに似た植物の異名。　秋 270
草餅（餅草　蓬餅）餅草（ヨモギ）を搗き込んだ餅。　春 157
草紅葉　山野のいろいろな草が紅葉すること。　秋 233
葛（葛の花　葛紅葉）秋の七草の一つ。マメ科のつる性多年草。　秋 270
楠の花　楠は暖地に自生するクスノキ科の常緑高木。夏、花をつける。　夏 722
薬喰　かつて獣肉（特に鹿肉）を薬として食したこと。　冬 516
薬降る　陰暦5月5日午後に降る雨を、竹の節にためて医薬を作ると効があるとされた。　夏 485
下り梁（崩れ梁）下り鮎を捕えるために造った梁。　秋 157
口切　炉開の日に茶壷の封を切り初めて茶会を行うこと。茶席の諸調度をすべて新しくする　冬 435
九日袷　「九日小袖」の季語はあるが「九日袷」は寡聞。「九日小袖」は重陽の節句に地下の者が着る縹色の小袖。　秋 141
配り餅　年末についた餅を近所などに配ること。　冬 455
蜘の子（袋蜘　平蜘）「蜘（蛛）」はクモ目の節足動物。生まれた無数の子蜘蛛は四方八方に散らばる。　夏 656
雲の峰　入道雲。積乱雲のこと。歴史的には江戸時代、俳諧を作るようになってから詠まれた。　夏 447
栗（柴栗　杓子栗　三度栗　丹波栗　いが栗　実なし栗　干し栗　焼き栗　ゆで栗）ブナ科の落葉高木。またその実。　秋 310
九輪草　サクラソウ科の多年草。　春 292
暮の秋（行く秋　秋の名残　翌なき秋　九月尽）秋が終わること。　秋 35

け

鶏頭　ヒユ科の一年草。鶏のトサカのような花をつける。　秋 271
夏籠（夏の始　夏書　夏断　夏念仏）陰暦4月16日～7月15日まで90日間、僧が一か所に籠って修行すること。　夏 471
今朝の春　元日は立春でもあり、元日の朝を称した。　新 8
芥子の花（一重芥子　八重芥子）ケシ科の二年草。はかない情趣を詠むことが多い。　夏 668
月蝕（蝕名月　闇十五夜）月が地球の陰に入り、欠けて見える現象。　秋 62
夏花（夏花摘）夏安居の間に仏に供える花を摘むこと。江戸中期に季語となった。　夏 472
毛見肴　稲の刈入れ前に役人が作柄を検査し、その年の年貢高を決める「毛見」で、役人の接待料理に出される魚。　秋 157
毛虫（白髪太夫）全身に毛の生えている蛾・蝶などの幼虫。　夏 620

こ

身寄虫　ヤドカリのこと。　春 284
氷（氷る　薄氷　厚氷）寒さのために水が固体になったもの。　冬 332
氷解　春、池や田や川の氷が解けること。　春 129
凍る　寒気にあって物が凝結すること。　冬 331
蟀（つづれさせ）コオロギ科の虫。秋の夜よく鳴く。　秋 213
木陰（木下陰）木の陰。　夏 718
小雀　シジュウカラ科の小鳥。亜高山帯に多くすむ。　秋 195
木がらし　晩秋から冬の初めに吹く寒い風。　冬 369
御忌参り　1月19日～25日、京都知恩院で行う浄土宗の開祖法然の年忌法要と、それに詣でること。　新 24
苔の花　梅雨の頃、緑色を深くした苔が紫・白の粒状の子嚢をつける。これを「苔の花」と呼ぶ。　夏 698
小米花　雪柳の俗称。米柳、エクボバナともいう。　春 391
木下闇（下闇）夏木の鬱蒼と茂って昼なお暗いさま。　夏 720
胡椒　コショウ科のつる性常緑半低木。南インド原産。果実は辛味があり、調味料のほか薬にもなる。　夏 711
小正月　元日の「大の正月」に対し1月15日をいう。「女正月」という地方もある。　新 18
こたつ（置ごたつ）火鉢と並ぶ冬の暖房具。一茶はこたつの閉鎖性を嫌った。内藤丈草がよく詠んだ世界。　冬 502
東風　春、東から吹いてくる暖かい風。　春 102
事納　東日本で広く行われる陰暦12月8日（また2月8日）の年中行事。竿に目籠をつけ軒に立てる。　冬 463
今年　新年になること。　新 5
御難餅　9月12日、日蓮宗で仏前にゴマの牡丹餅を供えること。龍の口法難で、日蓮が砂まみれの握り飯をゴマの牡丹餅といった故事による。　秋 140
木の葉　木から葉の散るさま、地面に散り敷いたさま、枯れたまま木の枝に残っているさ　冬 551

ま。
木の実　秋の木の実。　秋 308
木の芽（茨の芽　たらの芽）樹木の新しい芽。　春 302
小春（小六月）陰暦10月の別称。　冬 336
辛夷　モクレン科の落葉高木。花は白色で六弁。　春 392
ごぼう引く　秋、畑からゴボウを抜き、収穫すること。　秋 164
駒引（駒迎え）8月15日（のち16日）、諸国（信濃が中心）から献上した馬を紫宸殿で天皇が見る儀式。　秋 139
暦配る　新年用の伊勢暦などを近所や知人に配ること。　冬 462
更衣　陰暦4月1日、綿入れを脱いで袷になること。爽やかなイメージがある。「後の更衣」だと冬。　夏 494

さ

斎日　1カ月のうち斎戒すべき日。8、14、15、23、29、30日の6日。　新 25
冴返る　春になって緩んだ寒さがぶり返すこと。　春 63
早乙女　田植えをする若い女性。かつては未婚の女性を指した。　夏 555
佐保姫　春をつかさどり、染色・機織を行う女神。佐保山が奈良の都の東にあり、東は春に当たるため。　春 128
桜（初桜　夜桜　山桜　八重桜　浅黄桜　姥桜　遅桜）バラ科の落葉高木とその花。春を代表する花で、一茶は「花」「梅」に次いで多く詠んだ。　春 365
桜草　サクラソウ科の多年草。観賞用に栽培され、多くの品種がある。　春 292
ざくろ　ザクロ科の落葉高木。　秋 299
雑魚寝　大勢の人が入り交じってごろ寝をすること。　冬 429
笹鳴　冬、鶯の子が藪などをくぐり、舌打ちするように鳴くこと。　冬 524
山茶花　ツバキ科の常緑小高木。　冬 568
挿木　草木の茎・枝を地中に差し込んで根を出させ、新しい株をつくること。　春 177
五月晴　入梅晴のこと。　夏 435
五月闇　梅雨時の暗さ。主に夜の暗さをいう。　夏 436
座頭の涼み　6月19日に京都高倉綾小路の清聚庵で催された法会。座頭が読経し平曲を語り、夜を徹して酒宴を行う。　夏 551
里神楽（夜神楽）神社で行う奉納の神楽。笛・太鼓ではやし、おかめ・ひょっとこの面をつけて演じる。　冬 428
早苗（捨早苗）苗代から田へ移し植える頃の稲の苗。　夏 693
さび鮎　初秋の産卵時期の鮎。黒みを帯び、腹部は褐色。　秋 227
五月雨　梅雨のこと。だらだらと降り続く雨。　夏 430
寒し（寒き日　寒き夜　冴る夜）冬の寒さ。貧しさや賤しさも現わす。　冬 326
寒空　冬の寒々とした空。　冬 369
さらし井（井戸替え）夏、井戸替えをすること。　夏 534
猿廻し　猿に芸をさせて金銭を受ける大道芸。またそれを職業とする人。　新 49
三月　陰暦で春がたけなわの時季。今の5月頃。　春 62
残暑（秋暑し）秋になってもいつまでも暑い日が続くこと。秋の暑さ。　秋 6
山椒の実　小さい丸い実が沢山並んでつき、秋に紅熟する。　秋 307

し

椎の実　小さな球状の核実で、熟すると橙色になる。　秋 309
汐干（汐干狩　汐干潟）潮（汐）の干た浜に出て貝などをとって遊ぶこと。陰暦3月3日や4月8日に行われた。　春 160
紫苑　菊科の多年草。直立した茎は2メートルほど。9月初旬、淡紫色の頭状花が群がって咲く。　秋 250
鹿（小男鹿　鹿の恋　鹿の角切り　鹿笛　鹿聞）シカ科の哺乳類。動物句では猫に次いで2番目に多い。　秋 169
鹿の子（親鹿）鹿の子供。春に生まれる。　夏 563
鹿の角落つ　2月頃、牡鹿の角は自然に落ちる。その角のこと。　春 185
鴫（鴫の看経　鴫の羽掻　鴫突）シギ科の鳥。和歌の時代からの季語。　秋 179
樝の花　木瓜に似た淡赤色の五弁花。野原の日当たりのよい所に群がって咲く。　春 394
時雨（小夜時雨　むら時雨）晩秋から初冬にかけて降る通り雨。　冬 356
時雨雲　時雨をもたらす雲。　冬 368
茂り　草木が伸びて枝・葉がたくさん出ること。　夏 719
猪（猪狩）イノシシ科の哺乳類。豚の原種。　冬 523
猪なべ　猪を煮た料理。　冬 522
獅子舞　正月の門付け芸。家々を訪れ、獅子頭をかぶって舞う神楽の一種。　新 50
蜆　シジミ科の二枚貝の総称。食用。　春 286
四十雀（五十雀）シジュウカラ科の小鳥。雀よりやや小さい。　秋 195
七月　陰暦で初秋。文月。　秋 2
荵草　ウラボシ科のシダ植物。　秋 288
紙魚　和紙・衣類などを食害する総尾目シミ科の昆虫。　夏 649
清水（苔清水　山清水　磯清水）夏の清冽な泉。　夏 457
地虫出ず　春の暖かさに誘われて虫が地面から出てくること。　春 244
注連売り　新年に飾る注連縄を売る人。　冬 462
霜（大霜　霜の花　霜げる　霜日和　霜夜）夜、気温が下がった時、空気中の水蒸気が地面や地表の物体にふれて生じる細かな氷の結晶。　冬 407
霜枯れ　草木が一霜ごとに枯れていくこと。　冬 562
霜どけ　気温が上がって霜が解けること。　冬 412
霜柱　土中の水分が氷り、多くの細い柱状となって地面にならび立ったもの。　冬 411
霜やけ　寒さのために皮膚が腫れたり、崩れただれたりすること。　冬 475
霜よけ（雪よけ）菰、わらなどで庭木や草花を霜　冬 494

（雪）害から防ぐための仕掛け。
尺取虫　シャクトリガの幼虫。前進する折、指で尺を計るのに似ていることから。　夏 619
芍薬　ボタン科の多年草。白・紅の花が咲く。　夏 672
十月（神無月）陰暦10月は初冬。　冬 322
十夜（十夜蛸）浄土宗の十日十夜の念仏法要。10月5日から10日間。夜、信徒に与える粥を十夜粥という。　冬 419
正月（寝正月）1月。1年の最初の月。三が日は特別な日で、安楽に寝たりなどした。　新 6
浄土　西方浄土。仏のいる清らかな理想の世界。　雑 572
菖蒲酒　端午の節句の折にのむ酒。邪気を払うとされる。　夏 481
菖蒲湯　端午の節句の折にたてる湯。菖蒲を入れる。　夏 482
初秋（今朝の秋）秋の初め。さわやかな趣きがある。　秋 4
白魚　シラウオ科の小魚。無色半透明で、火を通すと白くなる。　春 283
虱　シラミ目の昆虫。一茶は蚊・蠅・蚤など人に嫌われる虫類を好んで詠んだ。　夏 648
師走（十二月　極月）今の12月。　冬 322
新酒（今年酒）新米で醸した酒。　秋 166
新茶　今年摘んで製造した茶。　夏 561
新米　今年収穫した米。今年米。　秋 165
新わら（早稲わら）今年の新しい稲の干した茎。　秋 279

す

西瓜　スイカ。ウリ科のつる性一年草。　秋 307
水仙　ヒガンバナ科の多年草。　冬 566
杉　スギ科の常緑高木。　雑 573
杉菜　トクサ科の多年草。地下茎から生えるのが「ツクシ」。　春 301
頭巾（蒲頭巾　赤頭巾　投頭巾）防寒用に頭を覆う布製のもの。　冬 479
鮓（一夜鮓　精進鮓）当時、なれ鮨（魚の酢漬けの押鮓）か一夜鮓が鮨。現在の握り鮨は天保年間以降。　夏 562
芒（花芒　穂芒　尾花）イネ科の多年草。秋の七草の一つ。花卉句では7番目に多い。　秋 283
涼し（朝涼　夕涼　涼風）夏にひとしお涼気を感じること。　夏 417
煤掃（煤竹　煤竹売　煤祝）年末、正月の準備として大掃除をすること。　冬 437
涼み（夕涼み　夜涼み　門涼み　舟涼み）夏の夜などに涼を取ること。　夏 536
鈴虫　松虫の古名。コオロギ科の虫で、雄は羽をすり合わせてリインリインと鈴を振るように鳴く。　秋 214
雀大水に入りて蛤となる　晩秋、雀がいないのは海で蛤となるからという伝説。　秋 196
雀の子（親雀）晩春から夏にかけて孵化した雀の子のこと。鳥類を詠んだ句の中では四番目に多い。　春 189
巣立鳥　晩春から夏にかけて成長し、巣から飛び立った雛のこと。　春 188
辷り莧　スベリヒユ科の一年草。畑などに生える雑草。茎・葉も肉質で無毛。　夏 685
炭（枝炭　輪炭　堅炭　くぬぎ炭　白炭　粉炭）木を蒸し焼きして作った黒色の燃料。　冬 505
炭俵　炭を入れる俵。　冬 510
炭焼（炭竈）木を蒸し焼きして炭を作ること。　冬 511
菫（花菫　濃菫　薄菫）スミレ科の多年草。春、濃紫・白等の花をつける。　春 292
角力（角力取　辻角力　宮角力）秋、宮廷で行われた相撲の節会。俳諧のみの季語。　秋 144
角力取草　雄日芝のこと。はぐさの穂に出た姿もこう呼ぶ。　秋 287
李　果樹として植えられたバラ科の落葉高木とその果実。　夏 728

せ

歳暮　年末に贈答する品物。　冬 464
施餓鬼　盂蘭盆会またはその前後に、寺で無縁有縁の霊をとむらい、その供養として檀家に精進料理をふるまうこと。一茶の信仰した浄土真宗では行わない。　秋 124
石菖　サトイモ科の多年草。よく盆栽にする。7月頃、淡黄色の小花を多数つける。別名「石菖蒲」。　夏 692
節季候　門付けの一種。12月22～27、28日まで歯朶の葉を差した編み笠、顔を隠す赤い布、割れ竹を叩き「せきぞろ」と唱えながら米、銭を乞い歩く者のこと。　冬 444
鶺鴒　セキレイ科の小鳥。多く水辺にすむ。　秋 196
摂待（門茶）陰暦7月、寺参りの者、通行人などに無料で湯茶、ちり紙、わらじなどを振る舞うこと。　秋 123
節分（柊挿す　鰯の頭挿す　年の豆）立春前日、特にその年越しの夜をいう。　冬 464
蟬（蟬生る　初蟬　唖蟬　松蟬　空蟬　蟬時雨）セミ科の昆虫。古来儚いもののシンボル。虫類句では4番目に多い。　夏 650
芹　セリ科の多年草。水辺や湿地に自生する。　春 296
千日紅　千日草。ヒユ科の一年草。元禄以前に渡来し、観賞用に栽培された。初夏、紫紅色の花をつける。　夏 685

そ

添水　獣が田畑を荒らすのを威すために、水に仕掛けて音を発するようにした装置。　秋 155
雑煮（雑煮売　雑煮餅　雑煮膳）餅をさまざまな具とともに煮た椀盛り。正月の祝い膳に用いる。　新 50
その他　雑の分類にも属さない句。　雑 577
そばがき　蕎麦粉を熱湯で練ったもの。　冬 518
そば刈る　初冬蕎麦を刈ること。　冬 475
そばの花　蕎麦はタデ科の一年草。秋に白い小花をつける。　秋 272
そば湯　蕎麦をゆでた後の湯。　冬 518
雪車　犬や馬または人が雪の上を引いて荷物や人を運ぶもの。　冬 487

た

大黒舞　正月の門付け芸。大黒天を装った芸人が大黒神を讃えて舞う。吉原などで盛んに行われた。　新 50

大根（大根引　大根干す）アブラナ科の二年草。蔬菜として古くから栽培された。　冬 544

大根の花　春、畑に残した大根が白または紫色の花をつけること。　春 402

大師講（智恵粥　大師粥）陰暦11月24日、天台宗の開祖天台大師忌に行う法要。枯柴を折った箸で小豆粥を食べる。　冬 426

大文字の火（大文字）陰暦8月16日夜、京都の盂蘭盆会で山腹で焚く送り火。東山如意ヶ岳山腹には大字形が浮かぶ。　秋 124

田植（住吉御田植　田植休み）苗代で育てた稲の苗を水田に植え替えること。　夏 551

田打（田返す）稲を刈った後、そのままにしてあった田を、田植えのために鋤で打返すこと。　春 169

鷹　ワシタカ目の鳥のうち小形種。　冬 523

鷹化して鳩と成る　七十二候の一つ。仲春の月の第三候で陰暦2月11〜15日。鷹が鳩になるという古代の俗信。　春 232

簟　竹で編んだ筵。　夏 516

田草取り（二番草）田植え後20日前後から土用過ぎまで、田の雑草を抜くこと。　夏 555

竹　イネ科の常緑多年生植物。皇族を「竹の園生」というように古来、松とともにめでたい植物。　雑 573

竹植う　陰暦5月13日に竹を植えれば必ず根付くとされ、「竹酔日」と呼んだ。　夏 556

竹の子（親竹　笹の子）うろこ状の皮で包まれた竹の若芽。　夏 704

凧（切凧）竹などの骨組みに紙を張って糸をつけ、風を利用して空高くあげるもの。関西では「いか」。　新 43

立待月　陰暦8月17日の夜の月。十六夜よりも1日遅く立ったまま月の出を待てばよいの意。　秋 64

蓼（犬蓼）タデ科の植物。　夏 685

蓼喰虫　蛾の幼虫。辛くて苦い蓼を好んで食う虫のように、人の好みもさまざま。　夏 656

蓼の花　タデ科の植物。初秋に花が咲く。　秋 273

たどん　炭の粉をふのりなどで丸く固めた燃料。　冬 512

店おろし　商家で、在庫品の数量、種類などを調べること。　新 26

七夕（星今宵　星待ち　星迎　七夕竹　願の糸）陰暦7月7日に行う星祭りの行事。　秋 129

田螺　タニシ科の巻き貝。食用。　春 285

種俵（種井）稲の籾種を入れておく俵。　春 174

種蒔く（朝顔蒔く　草種蒔く）籾を苗代に蒔くこと。　春 174

煙草（今年煙草　若煙草）ナス科の一年草。南米原産。葉は喫煙に用いる。　秋 280

足袋（白足袋　赤足袋　皮足袋）足袋のうち防寒用のもの。革足袋は仕事用。　冬 481

旅の春（初旅寝）旅行中に新年を迎えること。旅を専らにした一茶には特別の感慨があった。　新 13

たびら雪　大きく軽い、ひらひらと降ってくる雪。　冬 400

玉の春　「初春」「新春」に同じ。　新 11

魂祭（魂棚　棚経　迎え鐘　魂迎え　魂送り　瓜の馬　茄子の馬）盂蘭盆のこと。　秋 114

田守（田番小屋）田の番をすること。その人。　秋 156

鱈　タラ科の海魚。北洋のやや深海に分布する。　冬 538

達磨忌　陰暦10月5日、禅寺で行う達磨大士の忌日の法会。　冬 416

端午（菖蒲葺　飾り兜）五節句の一つ。5月5日の節句。　夏 480

短日　冬の日中が短く感じられること。　冬 323

たんぽ　ゆたんぽ。湯を入れて体を温める金属、陶製の用具。　冬 505

蒲公英　キク科タンポポ属の多年草。　春 291

ち

千鳥（小夜千鳥）チドリ科の鳥。渡り鳥で水辺にすむ。　冬 528

茅の輪　神社の名越の祓で、茅などで輪形を作り、参詣者がくぐる輪。災厄を払う。　夏 478

千葉笑い　大晦日の夜、下総国の千葉寺で人々が顔や頭を包み、声を変えて、役人庄屋などのえこひいき、善悪などを発表。大いに笑い褒貶した行事。　冬 470

粽（笹粽）もち米・米粉・葛粉などを笹の葉や竹の皮でくるみ、藺草で巻き上げて蒸した食物。　夏 484

茶筅売り　歳末、京都の空也堂の僧が自製の茶筅を市内に売り歩くこと。　冬 430

茶立虫　夜、室内の障子などに止まり、サッサッと茶をたてるような音をたてる小虫。　秋 212

茶つみ（二番茶　扱茶　茶山）茶の新芽を摘むこと。4月上旬に始め八十八夜から数週間が盛り。最初の15日間が一番茶、四番茶まで摘む。　春 164

茶の花　白く小さい五弁花。　冬 569

蝶（胡蝶　初蝶　春の蝶　黄蝶　白蝶　浅黄蝶）鱗翅目のうち蛾を除く昆虫。一茶が昆虫を詠んだ作品で最も数が多い。　春 259

重陽（菊の日　菊の酒）陰暦9月9日の節句。菊の節句。　秋 141

散る紅葉　晩秋の野山や庭園などの木々が紅（黄）葉すること。　冬 558

つ

月（秋の月　夕月　月夜）特に秋に出るさやかな月をいう。　秋 39

接木（接穂）植物の芽や枝を、同種または近縁の植物に接ぐこと。　春 175

月花　四季の風物の代表である「月」（秋）と「花」（春）。ここでは風流の意。　雑 572

土筆　杉菜の地下茎から生える胞子茎。　春 301
つくづくほうし　晩秋まで聞かれる小型のセミ。昼間鳴く。　秋 208
筑摩鍋　滋賀県米原町の筑摩神社で行われる祭り。陰暦4月1日（のち8日）、未婚女性が関係した男性の数だけ土鍋をかぶって参拝した。　夏 471
蔦（蔦紅葉）　ブドウ科のつる性落葉低木。　秋 264
つつじ　ツツジ科の総称。山野に自生。花の色は紅・紫・白など。　春 303
椿（花椿　玉椿　千代椿）　早春、赤い五弁の花をつけるツバキ科の総称。常緑樹で日本では古来、神聖な木として敬われた。　春 303
乙鳥（燕、乙鳥来る）　ツバメ科の鳥。背は黒色、腹部は白色、喉と額が赤い。鳥類の句では七番目に多い。秀句も多い。　春 212
燕帰る　春、日本に来て、秋に去る。　秋 193
つみ草　春、籠などを持ってヨモギ・ツクシなど食用野草を摘み興ずる行楽。　春 163
罪始　新年初めて犯す罪。　新 40
露（白露　初露　秋の露　朝露　夜露　露時雨）　大気中の水蒸気が草木などについた水滴。露は無常の象徴。はかない情感を詠んだ句が多い。　秋 83
入梅　陰暦5月に降り続く長雨。梅雨。　夏 430
露けし　露に濡れて湿っぽいさま。　秋 83
露霜　秋の末に露が凍って薄い霜のようになったもの。　秋 103
入梅晴　梅雨が明けて空が晴れること。　夏 430
氷柱（垂氷）　軒・岩などに滴り落ちる水が凍って長くたれ下がったもの。　冬 335
釣り葱　葱を舟や井桁の形にして、軒端に吊るしたもの。　夏 685
鶴　ツル科の鳥。古来、亀とともにめでたい動物とされた。　雑 574
石蕗の花　キク科の常緑多年草。葉は薬用になる。　冬 568

て

出代り　奉公人が雇用期限を終えて入れ替わること。一茶は体験者で特別の思い入れがあった。　春 147
出来秋　豊作。特に稲のよくできた秋のこと。　秋 157
手まり（手まり唄）　正月、女の子の遊び具。美しい色糸でかがったものが多い。　新 43
田鼠化して鶉と成る　七十二候の一つ。二十四節気の「清明」第二候で陽暦4月10～14日。モグラが鶉になるという古代中国の俗信。　春 243

と

冬瓜　ウリ科のつる性一年草。果実は食用。果皮をむいてかんぴょうの代用とする。　冬 570
唐辛子　ナス科の一年草。果実は香辛料として用いられる。　秋 281
冬至　二十四節気の一つで、昼が最も短い。ゆず湯に入り、カボチャを食べる風習がある。　冬 324
灯籠（盆灯籠　切り籠　高灯籠）　盆灯籠のこと。　秋 120
通し鴨　春になっても北に帰らず、高山の湖辺に残って営巣、繁殖するマガモ。　夏 599
ところてん　海藻のテングサを煮て溶かし、型に流して冷やし固めた食物。江戸時代初期から詠まれた季語。　夏 559
年男　正月、家の祭事を務める男。若水を汲んだりした。　新 42
年惜しむ　過ぎ行く年を惜しむ意。　冬 345
年木（年木樵）　正月に焚く薪。　冬 474
年籠り　大晦日の夜、神社、仏寺に参籠して新年を迎えること。　冬 470
年立つ（新玉の年）　新しい年になること。新春。当時、新年と春はほとんど一緒だった。　新 4
年玉　正月の贈物。親しい人に贈る金銭・物品のこと。　新 36
年とる　大晦日、年齢を一つ加えること。　冬 466
年の市　正月の飾り物など年用意のために立つ市。　冬 462
年用意　新年を迎えるための用意。　冬 461
年忘れ　年末、その年の労苦を忘れること、そのための宴会。　冬 459
屠蘇（屠蘇袋）　正月に飲む祝いの酒。サンショ、キキョウなどを調合したもの。　新 52
栃の実（栃餅　栃団子）　実は光沢のある赤褐色。餅や団子にする。　秋 309
照射　夏の夜の鹿狩りの方法。夜、鹿の通る道に火串を灯し、鹿の眼に反射した火影を頼りに射止める。　夏 486
土用（土用入　土用東風　土用休　土用見舞）　立春、立夏、立秋、立冬の前の各18日間。特に立秋の前は暑さが最も厳しい。　夏 427
虎が雨　陰暦5月28日の雨。曽我十郎祐成が討たれたこの日、愛人虎御前の悲涙が雨となったと伝える。　夏 436
鶏合　陰暦3月3日、御所の白州で行われた雄鶏同士を闘わせる行事。　春 160
鳥雲に入る　晩春、北方へ帰る渡り鳥が、雲間に見えなくなること。　春 243
鳥の巣（雀の巣　鳥の巣　巣鳥　鳥の子）　春から夏にかけて営巣準備に入った鳥がつくる巣のこと。　春 186
団栗　ブナ科の植物のうち、クヌギ・カシワ・ナラなどの実。　秋 309
どんど（左義長）　1月15日、正月の飾り物を焼くこと。　新 26
とんぼ（赤とんぼ）　トンボ目の昆虫。古名は「あきつ」。虫類句では8番目に多い。　秋 208

な

苗木植う　苗床で育った苗を、畑や花壇に移し植えること。　春 175
流し黐　縄に黐をつけて、夜、海、湖沼に放流し、鴨をくっつけて捕ること。　冬 522

梨　バラ科の落葉高木。「ありの実」ともいう。　秋 304
茄子（初茄子）ナス科の一年草。実は食用。初茄子は特別なものとして食べた。　夏 710
薺つみ（薺打つ　薺爪）1月7日、野に出て薺を摘むこと。　新 58
夏菊　江戸菊・朝鮮菊など夏に咲く菊。　夏 664
夏草　夏、はびこって茂る草。　夏 664
夏氷（氷売る　氷の貢　雪の貢）氷室に蓄えておいた氷を削り、甘味などを加えて食すること。その氷。　夏 557
夏木立　夏に茂っている木々。　夏 716
夏座敷　夏、襖や障子をはずし、風通しをよくした涼しげな座敷。　夏 510
夏芝居　夏に興行する安値の演劇。　夏 536
納豆（納豆汁）大豆を発酵させた加工食品。　冬 517
夏の暁（夏の寝覚）夏の朝のこと。さわやかなイメージがある。　夏 405
夏の雨　五月雨、夕立以外の夏に降る雨。　夏 446
夏の雲　入道雲など夏空に出る雲。　夏 455
夏の蝶　アゲハチョウなど、夏に入ってから現われる蝶。　夏 649
夏の月　夏に出るさわやかな月。古く和歌の時代から詠まれてきた。　夏 453
夏の野　草木が茂る夏の野原。　夏 457
夏の山　万緑滴るような夏の山。　夏 456
夏の夜　短い夏の夜のこと。　夏 405
夏羽織（薄羽織）夏の単衣の羽織。　夏 507
夏めく　気候も自然の風物も夏らしくなってくること。　夏 404
夏痩　激しい暑さに負けて食欲不振となり、痩せること。　夏 494
なでしこ（河原なでしこ　常夏）ナデシコ科の多年草。中世から詠まれた季語。「常夏」は異名。　夏 683
七草（七草打つ）1月7日、春の七草を摘むこと。またはそれを入れて炊いた粥。　新 53
菜の花（菜種の花　辛子菜の花）アブラナの花。　春 296

菜種の花。
なまこ　ナマコ類の棘皮動物。深海・浅海などの岩陰にすむ。　冬 540
鳴子（引板）田に集まる雀を、縄を引いて騒音を発して追い払う道具。　秋 155
鳴滝祭　陰暦9月28日の京都市宇多野の福王子神社の祭。京都の祭礼の最後に当たり「御器洗い祭」とも。　秋 140
苗代田（苗代　代掻く）稲の苗を育てる仮床。　春 140
南天の実　メギ科の常緑低木。実の色は赤・白・黄。　秋 308

に

二月　「如月」ともいう。陰暦では仲春にあたる。　春 62
濁り酒　どぶろく。近世以前はみな濁り酒であった。近世は民間で広く自醸した。　秋 167
二百十日　立秋から数えて二一〇日。台風の最も多い時期。　秋 5

ぬ

暖め鳥　寒夜、鷹が捕えて掴んだ小鳥で自らの脚を温めること。翌朝殺さずに放すという。　冬 523
布子（綿子）木綿の綿入れのうち、表・裏地が綿布のものをいう。　冬 476

ね

ねぎ　ユリ科の宿根草。野菜。　冬 548
猫　ネコ科の哺乳類で、遣唐使が中国よりもたらした。ネズミの駆除用、愛玩用として古くから飼育された。　雑 576
寝蓙（花蓙　切蓙）夏、寝床に敷く蓙。　夏 516
猫の子（母猫）早春に交尾した猫が、仲春から晩春にかけて産んだ子猫。　春 184
猫の恋（恋猫　うかれ猫　こがれ猫）早春、交尾期に入った牡猫が夜昼となく雌を恋い浮かれ歩くこと。一茶は猫を好み、動物を詠んだ句の中で一番多い。　春 178

寝正月　正月三が日、安楽に寝ること。　新 53
子の日（小松引）初子の日、野外で小松を抜いて庭に植えたり、若菜を摘んだりする行事。　新 29
涅槃（寝釈迦　涅槃会　涅槃像）陰暦2月13日、釈迦が亡くなった日。寺では「涅槃像」を掲げて盛大に供養する。　春 142
寝待月　陰暦8月19日の夜の月。月の出が遅く寝て待つの意から。　秋 64
子祭　陰暦11月の初めての子の日に大黒天を祭る。ネズミのように商売の利が増すように願った。酒、二股大根、玄米、黒小豆などを供える。　冬 428
合歓の花　合歓はマメ科の落葉高木。夏、枝先に10から20個の花をつける。　夏 722
練雲雀　陰暦6月頃の毛が抜け替わったヒバリ。速く飛ぶことができない。　夏 597
年始（年始帳　年始状　年頭　御慶　礼者　門礼）年の初めに近隣・知人・縁者などに挨拶をすること。　新 33
年内立春　陰暦では、年の内に立春になることがある。　冬 338

の

野遊び　陰暦3月から4月、山野へ出て飲食をすること。陰暦3月3日や4月8日に行うところが多い。　春 163
野菊　山野に自生する菊。　秋 250
後の更衣　陰暦10月1日、袷を綿入に着替えること。　冬 475
後の月（栗名月　名残月　十三夜）陰暦9月13日の月。十五夜に対して、月に栗を供えるため「栗名月」という。　秋 64
後の出代り　陰暦8月2日に奉公人が勤めを交代すること。　秋 125
後の雛　9月9日の雛祭り。「菊の雛」ともいう。　秋 141
後の藪入り　陰暦7月16日前後に奉公人が暇をもらって実家へ帰ること。　秋 125

長閑 のどか。春の日のゆったりとのびやかなさま。　春 64
幟（初幟　紙幟）端午の節句に屋外に立てる幟。　夏 482
蚤 ノミ目の昆虫。虫類句では6番目。　夏 639
野焼（野火　焼野）春先に野を焼く。草生をよくし、害虫を駆除するためである。　春 168
海苔 食用とする紅藻類・藍藻類の総称。　春 302
野分（嵐）秋の暴風。台風。　秋 81

は

羽蟻 成虫となった飛翔する蟻。羽は4枚。雌は石の下などに隠れて子を産む。　夏 648
蝿（蝿打つ）イエバエ科と近縁科の昆虫。虫類句では7番目に多い。　夏 633
歯固め 正月三が日、大根、瓜、鏡餅などを食べて、歯をかため、長寿を祝う。　新 52
墓参り 盂蘭盆近くに祖先の墓に参って香花を手向けること。　秋 120
萩（木萩）秋の七草の一つ。マメ科ハギ属の落葉低木。花卉句の中では第6位の多さ。　秋 265
芭蕉 バショウ科の大型多年草。中国原産。　秋 273
芭蕉忌（翁忌　時雨忌）陰暦10月12日に行う俳人松尾芭蕉の忌日。俳人にとって特別な日。　冬 421
芭蕉の花（優曇華）バショウは庭などに植えるバショウ科の大形多年草。夏、葉の間から不揃いの花が群がり開く。　夏 690
蓮（蓮の花　白蓮　鬼蓮　蓮の浮葉）ハス科の多年生水草。根は食用。　夏 678
畑打（畑起す）八十八夜前後、種蒔き前に畑を打返すこと。　春 170
はたおり ギス。キリギリスの古名。イナゴに似て、チョンギースと鳴く。　秋 217
裸 暑さが激しくなると家の中で男子が裸で寛ぐこと。　夏 492
肌寒 秋深くなって冷気が肌に寒く覚えること。　秋 9
蜂（蜜蜂　山蜂　熊蜂　蜂の巣）ハチ目のうち蟻以外の昆虫。昆虫の句では九番目に多い。　春 281

八月（葉月）陰暦で仲秋。葉月。　秋 2
鉢たたき 11月13日の空也忌から大晦日まで、空也堂の僧たちが瓢箪や鉦を叩き念仏を唱えて、洛中洛外を踊り歩く行事。　冬 429
初嵐 台風に先だって吹く強い秋風。　秋 81
初午 2月の初午の日、稲荷神社で行う祭。　春 144
初鳥 新年初めて鳴く鳥の鳴き声。　新 59
初声 新年の早朝、鳴き初める諸々の鳥の声。　新 60
初氷 その年初めて張る氷。　冬 332
初暦 新年初めて暦を用いること。またはその暦。　新 38
八朔 陰暦8月1日のこと。農家が新穀を収める「田実の節句」や、徳川家康が江戸城に入城した日として祝った。　秋 140
初鮭 その年の秋初めて、産卵のために川を遡ってきた鮭。　秋 228
初時雨 初冬、その年初めて降る時雨。　冬 352
初霜 その年初めて置く霜。　冬 406
初空 元旦の空。　新 20
ばった バッタ科の虫。「はたはた」ともいう。　秋 225
麨（麦こがし）煎って焦がした米や大麦を石臼で挽いて粉にしたもの。砂糖を加え、そのまま湯に溶いて食べる。香煎。　夏 561
初鶏 新年初めて鳴く鶏。　新 59
初春 1月のこと。　新 14
初日（初日の出）元日の朝、初めて出る太陽。　新 19
初雪 その年初めて降る雪。　冬 376
初夢 新年初めて見る夢。元日、または2日の夜に見る夢をいう。　新 39
初笑い 新年初めての笑。笑初め。　新 39
鳩吹 両手を合わせて鳩の鳴くような音を出すこと。　秋 157
花（初花　花曇　花衣　落花　花見　花の山　花の雲）桜の花のこと。植物を詠んだ一茶作品では最も多い。　春 336
花菖蒲（花あやめ　菖蒲　あやめ）ショウブは湿地に群生するサトイモ科の常緑多年草。花茎の中ほどに淡黄色の小花が咲く。　夏 688

花の春 華やかな新年の意。　新 11
花火（線香花火）特に盂蘭盆に上げる花火。もとは精霊を慰めるためのもの。　秋 142
花見虱 花見時の暖気に誘われて衣類の表面に這い出るシラミ。「虱」には季感はない。　春 283
羽脱鳥（羽抜鳥）夏期に鶏の羽が抜けること。みすぼらしく滑稽である。　夏 568
羽つき 正月の遊び。江戸時代、押絵などをつけた羽子板が庶民に広がった。　新 43
蛤 マルスダレガイ科の二枚貝。食用。　春 286
茨の花 茨はバラ科の落葉低木。初夏、枝先に白い五弁花を多数つける。江戸時代から詠まれた季語。　夏 726
春惜しむ 過ぎ行く春を惜しむ心。　春 76
春風 暖かくのどかな春吹く風。　春 93
春着 新年に着る晴着。多くは若い女性の晴着をさす。正月小袖。　新 41
春来る 旧年が改まり新年（立春）になること。　新 17
春駒 正月の門付け芸。馬の首の人形を持ち、三味線、太鼓に合わせて歌い舞う。　新 50
春寒（余寒）春が立ってからの寒さ。余寒も同じ。　春 63
春雨 春、静かに降る細かい雨。　春 79
春大根（野大根　三月大根）晩秋に種を蒔き、翌年春に収穫する大根。　春 300
春立つ 新年になること。当時は元日すなわち立春であった。　新 15
春の海 暖かく、穏やかな春の海。　春 139
春の暮（春暮る）春の夕方。「暮の春」だと春の終わり。　春 73
春の霜（忘れ霜　別れ霜　霜の名残）春に降る霜で、農作物に被害を与える。　春 79
春の月 朧ろな春の月。秋の月はさやけく、冬の月は冴える。　春 103
春の露 春、草木に宿る露のこと。「露」だと秋。　春 79
春の虹（初虹）春立つ優婉な虹。「虹」だと夏。　春 106
春の野（春の原）草が萌え、花が咲き、鳥がさえ　春 139

ずって遊意を誘う春の野原。

春の日　のどかに長い春の1日。　春 65

春の水　春の川を雪解け水が豊かに流れ、湖沼などが雪解け水を満々とたたえるさま。　春 139

春の山　(山笑う　山青む) 春の山が花咲き霞たなびき、明かるく生気にあふれた姿。　春 138

春の雪　(淡雪　終初雪) 春に降る雪で、冬の雪より水気が多く消えやすい。　春 77

春の夜　春の夜は、夜気も肌にやわらかく、暮れるのも遅くなる。　春 73

春の宵　春の夕方。浪漫的な雰囲気がある。　春 72

春の雷　(初雷) 春に鳴る雷で一つ二つで止んだりする。「雷」だと夏。　春 106

春深し　春が長けて、すべての装いが春深い感じを漂わせること。　春 73

春辺　春の頃。春。　春 63

春待つ　(春近し) 冬も峠を越し、やがて来る春を待ち望む心。　冬 344

春めく　寒さが緩み、すべてのものがいきいきと春らしくなること。　春 62

榛の木の花　榛は湿地を好んで繁茂する落葉高木。花は暗紫褐色で細長い。　春 394

ひ

日脚伸ぶ　冬至を過ぎると1日1日と少しずつ日が長くなる。　冬 349

稗植る　(稗田)「稗」はイネ科の一年草。かつては稲同様に栽培、食用にした。　夏 556

日傘　夏の強い日ざしを遮るためにさす傘。　夏 508

彼岸　(彼岸団子　彼岸太郎　中日) 春分・秋分を中日に前後7日間行う仏事。　春 145

蟇穴を出ず　冬眠していた蟇が、暖かくなって穴を出ること。　春 244

ひきがえる　ヒキガエルは日本産の蛙の中で最大。夕方、蚊やミミズなどを捕食する。　夏 601

引鶴　春、北へ帰る鶴。　春 243

日ぐらし　夏から秋、早朝や夕方に鳴くセミ科の虫。鳴声に寂寥感がある。　秋 207

日盛り　夏の日中、最も暑い盛り。　夏 405

瓢　(種瓢) ひさごはヒョウタンの果実。ふくべは生活用品。　秋 305

瓢の花　ヒョウタンの花。夕顔に似た白い花。　夏 707

ひさめ　雹またはみぞれのこと。　冬 405

菱餅　雛祭の折、雛人形に供える菱形に切った餅。紅・白・緑色の三枚を重ねる。　春 157

美人草　ヒナゲシの異名。ケシ科の越年生草木。ヨーロッパ原産。虞美人草、ポッピーともいう。　夏 671

穭　(穭田)「ひつぢ」「ひづち」ともいう。刈り取った後に再生する稲。　秋 280

一つ葉　長楕円形の葉が1枚ずつ根茎から出ている。ウラボシ科の常緑シダ類。盆景などに栽培される。　夏 698

人日　(七種粥) 1月7日のこと。この日七種の草や野菜の入った粥を食べた。元は宮中行事。　新 25

一夜酒　(甘酒) 甘酒の別名。一晩で出来るところからいう。　夏 559

灯取虫　(夏の虫) 夏の夜、灯火に集まってくる虫。　夏 618

雛　(雛祭　古雛　土雛　式雛　雛市) 3月3日の雛祭に飾る雛人形。　春 152

日永　(遅日　暮遅し) 春になって昼間が長く感じられること。　春 66

火鉢　(火桶) 炭火を入れて手あぶりや湯わかしなどに使う道具。　冬 500

雲雀　(初雲雀　落雲雀　揚雲雀) ヒバリ科の鳥。体は黄褐色で黒い斑点がある。鳥類を詠んだ句では八番目に多い。　春 217

氷室　冬に切り出した天然氷を夏まで蓄えておくための野室。　夏 557

冷しうどん　ゆでて冷水で洗ったうどん。水などで冷やす。　夏 561

冷汁　冷たく冷やした汁。冷やし汁。　夏 561

百疋小判　1月10日の「十日えびす」の縁起物。笹などに小判、俵などをつけて売る。　新 26

冷水　(水売り) 清冷な水に、白糖と寒晒粉のだんごを加えたもの。　夏 558

冷やか　(冷ゆる　下冷え　つめたし) 下冷え、体の芯から冷えるように感じること。底冷え。　秋 20

ひよどり上戸　ナス科のつる性多年草。ヒヨドリが実を好んで食用とすることか。　秋 283

蛭　(山蛭) ヒル亜綱の環形動物。　夏 660

昼顔　夏の昼、淡紅色の花を咲かせるヒルガオ科の多年草。一茶は朝顔を無常ではかない花、昼顔はしたたかで強靭な花として詠む。　夏 664

昼寝　涼しい木陰などで午睡し、暑さで疲れた体を休めること。　夏 516

枇杷の花　花は芳香があり白色。　冬 569

ふ

ふいご始　ふいごを使う鍛冶職、鋳物師などの仕事始め。稲荷明神を祀る神棚に神酒など供物を備える。　新 40

ふいご祭　陰暦11月8日、ふいごを使用している鍛冶屋、鋳物師などの祭り。　冬 426

福寿草　(元日草) キンポウゲ科の多年草。早春、茎の先端に黄色い花を一つつけ、正月用の鉢植えなどにする。　新 60

福俵　正月の門付け芸人が持つ縁起物。紐のついた二十センチほどの俵を家に投げ込み、祝儀を貰うと紐をたぐって持ち帰る。　新 52

福茶　黒豆・昆布・梅干・山椒などを入れた茶。正月・節分に縁起を祝って飲む。　新 32

鰒　(とら鰒) マフグ科の海魚。肝臓・卵巣などに猛毒を持つ。　冬 538

鰒汁　トラフグなどを煮た料理。当時は下手物と見なされた。　冬 519

福鍋　元日朝に汲んだ若水を沸かして今年初めての煮炊をするのに用いる鍋。　新 52

瓢　(千生瓢箪) ひさごはヒョウタンの果実。ふくべ　秋 305

は生活用品。

ふくろう　フクロウ科の鳥。昼は眠り夜活動する。　冬 524

福わら　新年、門内や庭に敷いた清い藁。　新 33

畚下し　初寅の日、京都鞍馬寺で名産の火打石を売ること。崖の上から石の入った畚を下ろした。　新 24

藤（藤棚）マメ科のつる性落葉低木。花の色は紫・白。　春 305

柴漬　柴を束ね、川や湖沼の岸近い水中に沈め、集まってきた小魚を捕獲する仕掛け。　冬 473

富士の雪解　夏になって富士山の雪が解けること。　夏 456

富士詣　陰暦6月1～20日までの間に、信仰のために富士山に登ること。　夏 473

ふすま（紙ぶすま　わらぶすま　厚ぶすま）長方形の袷で寝る時に体の上にかける夜具。　冬 482

腐草化して蛍と成る　腐ったかのような草から、成虫の蛍がふわりと飛び立つ様子。和歌以来の竪題。　夏 618

札納（御祓納）旧年の社寺のお札を元の社寺に返納すること。旧札は浄火に掛けて焼かれる。　冬 448

二葉　双子葉植物の芽出しの二枚の葉。　春 287

二日灸　陰暦2月2日に灸をすえ、1年間無病を願う風習。8月2日の灸は「後の二日灸」。　春 151

筆始（吉書　吉書始）新年初めて毛筆で文字を書くこと。　新 38

ぶどう（山ぶどう）ブドウ科の落葉性つる植物。　秋 303

ふとん（わらぶとん　座ぶとん）布の中に綿やわらなどを入れたもの。寝具。　冬 485

吹雪　強い風に吹かれて雪が激しく乱れ飛びながら降ること。　冬 399

ぶゆ　ブユ科の昆虫。ブヨ、ブトともいう。　夏 633

冬梅（寒梅）早咲きの梅の品種で、寒中に花を開くもの。　冬 569

冬構え　冬構。冬を迎える用意をすること。　冬 435

冬枯れ（枯れ枯れ）冬に草木が枯れること。　冬 559

冬木　冬をしのいでいる木のさま。　冬 549

冬木立ち（枯れ木立ち）冬木の立ち並んだ群。　冬 550

冬籠　冬の間、寒さを避け、家・巣などの中に引き籠って過ごすこと。　冬 494

冬椿　早咲きの椿。　冬 568

冬の雨　音もなく降る冷たい冬の雨。　冬 369

冬の月　「寒月」に同じ。「月冴ゆる」ともいう。　冬 350

冬の蝿　冬になっても生きている蝿。　冬 537

冬の山（山眠る）枯々として雪などで白くなった山。　冬 413

冬の夜　冬の長い夜のこと。　冬 323

冬日向（日向ぼこ）暖かい冬の日向。日なたぼっこなどをする。　冬 376

冬日和　「冬晴」に同じ。　冬 352

冬牡丹　寒中に咲かせた牡丹。　冬 570

ふらんど　ブランコのこと。ポルトガル語が変化したもので、かつて中国の宮廷で女官が行なった。　春 163

古暦（暦の果）旧年の暦のこと。神社等に収める。　冬 463

古里（古郷）自らの生まれた土地。　雑 577

振舞水　暑い時に通行人にふるまう水。大きな商家などが水を入れた桶を外に出し、往来の人が自由に飲んだ。　夏 559

へ

糸瓜　ヘチマ。ウリ科のつる性一年草。　秋 306

蛇（蛇衣を脱ぐ　蛇の衣）蛇は年に一度、夏に脱皮する。　夏 600

蛇穴に入る（穴まどい）蛇は春の彼岸に出て、秋の彼岸に穴に入るといわれる。　秋 196

蛇穴を出ず　冬眠していた蛇が、春になって穴を出ること。　春 244

放屁虫　正しくはミイデラゴミムシ。敵に襲われると肛門からプッという爆発音をたててガスを出す。　秋 204

ぺんぺん草　ナズナの通称。さやの形が三味線のバチに似ることから。　春 296

ほ

報恩講（御霜月　御講日和）浄土真宗の開祖親鸞の忌日11月28日の前後七昼夜行われる行事。　冬 426

ぼうふり　蚊の幼虫。ボウフラ。　夏 620

蓬莱　正月、架空の蓬莱山をかたどり、松竹・鶴亀を飾った縁起物。蓬莱飾。　新 30

ほおずき　ナス科の多年草。俳諧のみの季語。　秋 281

菩薩祭　3、7、9月の23日（または8月22日、3月23日）に、長崎の崇福寺など三寺で行われる唐船の守護神媽祖をまつる祭礼。　秋 141

星合（鵲の橋　二つ星　星の閨　星の別れ）七夕の夜、年に一度彦星（男）と織女星（女）が会うこと。　秋 134

榾（榾火）焚き物にする木の切れ端か木の根株など。　冬 512

蛍（初蛍　蛍火　蛍狩　蛍籠）ホタル科の甲虫。水辺の草むらなどに棲む。古くは恋との関連で詠まれた。虫類句では蝶に次いで2番目に多い。　夏 602

牡丹　ボタン科の落葉小低木。古来花の王者として多く詠まれた。花卉類句では8番目に多い。　夏 672

仏（死）追悼または人の死を詠んだ句。　雑 572

時鳥　夏鳥として渡来するカッコウ科の鳥。かつては冥途と往来するとされた。鳥類俳句では2番目に多い。　夏 569

盆の月　陰暦7月15日の月。　秋 45

ま

真桑瓜　甘瓜。楕円形で円柱状、黄緑色い熟し、美味。アジア南部原産で中国から渡来。メロンと同種。　夏 709

松　マツ科の植物。古来長寿でめでたい木とされた。　雑 572

松笠　松の木の果実。松ぼっくり。　秋 316

松島　宮城県にある名勝。日本三景の一つで松　雑 576

島湾内外に散在する大小260余の島と湾岸一帯。

松の花（十返の花）晩春、新芽の先に紅紫色の雌花と薄緑色の雄花が群れ咲く。当時100年に一度しか咲かないと信じられていた。　春 402

松の緑　春の松の若緑色。　春 402

松葉散る　松の緑が伸び切った頃、古い葉が落ちること。　夏 721

松虫　草原で、チンチロリンと澄んだ声でせわしく鳴く。　秋 214

待宵　陰暦8月14日の夜に観る月。　秋 46

祭　もとは京都の賀茂祭を指したが、後に夏に行われる各社の祭礼を総称した。　夏 467

豆引く　秋、畑から大豆を収穫すること。　秋 164

繭作る　昆虫は完全変態する前、身を守るために口から出した繊維で繭を作る。俳句では蚕の繭のこと。　夏 618

万歳（万歳楽）正月の門付け芸。万歳大夫と鼓を打つ才蔵の二人組が家々を訪れ祝い言を述べる。　新 48

曼珠沙華　ヒガンバナの別称。　秋 273

み

三井寺女詣　大津市の三井寺（園城寺）が7月15日のみ女性参詣を許すこと。本来女人禁制。　秋 125

御影供（御影講）陰暦3月21日、真言宗の寺で弘法大師の忌を修し、その像（御影）を供養すること。　春 147

三日月　陰暦2日の細い月。特に秋の季語。　秋 46

みかん　ミカン科の常緑小高木。果実は食用。　秋 304

御射山祭（穂屋　芒箸）陰暦7月27～30日に行う諏訪大社の祭り。摂社の御射山神社（富士見町）の祭場に薄で噴いた穂屋を建て狩猟神事を行う。薄の箸で小豆飯などを食べる。一茶には御射山祭の句が多い。　秋 136

短夜（明易し）夏の夜が短く明けやすく感じられること。　夏 406

水祝　婚礼の翌年の正月、友人などが新郎に水を浴びせて祝福する行事。　新 33

みずすまし　水馬。アメンボウのこと。1.5センチほどで、6本の足を張って水面を滑走する。　夏 649

水鳥（浮寝鳥）水上または水のほとりで生活する鳥類。　冬 535

水温む　寒さが緩み、氷も解け、田や池などの水が温まること。　春 140

御祓（川社　夏祓　夕祓　荒和の祓）6月30日夕方、水辺などで行われる神事。疾病や水難、心身の汚れを除いた。　夏 475

みそさざい　ミソサザイ科の小鳥。冬、山から下り人家近くにすむ。　冬 525

みそはぎ　「千屈菜」「鼠尾草」と書く。湿地に自生する多年草。8月頃、淡紅紫色の花が長穂状に咲く。仏花として供える。　秋 270

みぞれ　空中でとけかかった雪が雨と混ざって降るもの。　冬 405

峰入　修験者が熊野、大峰、吉野の山中を巡ること。3月と7月に行われ、単に峰入といえば3月。　春 147

蓑虫　ミノガ科のガの幼虫。　秋 206

壬生菜　京都壬生村の原産。関東では「京菜」、関西では湿地を好むことから「水菜」ともいう。　春 300

みみず出ず　ミミズは貧毛類の環形動物。土中に棲み、蒸し暑い雨季、地上に這い出してくること。　夏 661

みみずく　フクロウ科の鳥。　冬 524

みみず鳴く　ミミズは鳴かないが、古来そう信じられていた。ケラの鳴き声を誤ったのであろう。　秋 227

妙法の火　「大文字」送り火の一つ。洛北松ヶ崎に「妙法」の二字が焚かれる。　秋 124

御代の春　天皇（将軍）を戴いて迎えた平和な正月。　新 11

む

迎え火　盂蘭盆の13日夕方、門前で苧殻を焚いて精霊を迎えること。　秋 119

零余子（ぬかご）自然薯、長芋などの葉脈にできる珠芽。秋に採り、汁の実、炊き込み飯などで食べる。　秋 274

麦（大麦　小麦　烏麦　穂麦　新麦　麦の秋　麦刈る　麦打つ　麦搗く　麦糠）イネ科のコムギ・オオムギなどの総称。初夏、黄色に実って収穫する。　夏 693

麦笛　麦わら笛。麦の茎で作り、笛のように鳴らす。　夏 697

麦蒔く　初冬田畑に麦を蒔くこと。　冬 474

麦飯　米に麦を加えて炊いた飯。また、麦だけを炊いた飯。　夏 562

麦わら　麦の実を取り去った後の茎。帽子など細工物の材料にする。　夏 697

木槿（花木槿）アオイ科の落葉低木。花は淡紅・淡黄・白。　秋 301

葎の花　広い範囲に単独で生い茂る草が葎。その花。　秋 229

虫（虫籠　虫聞）秋に鳴くコオロギ科・キリギリス科の虫。　秋 199

虫干（虫払い　土用干）夏の土用のころ、かびや虫の害を防ぐために衣類などを陰干しすること。　夏 535

め

名月（今日の月　芋名月　十五夜　月今宵　月一夜　閏名月　雨名月　月見）陰暦8月15日の夜の月。満月になる。「芋名月」は月に里芋を供えることから。　秋 47

も

鵙（鵙の草茎　鵙の早贄）　秋 178

長い尾と鋭いくちばしを持つモズ科の鳥。

餅つき（年取り餅　のし餅　賃餅　稗餅　粟餅　餅の札）年末25日～27、28日に餅をつくこと。　冬 449

餅花　小正月の飾り木の一つ。柳などの枝に小さな餅をつけて神棚の傍らに飾る。「繭玉」「米の穂」とも。　冬 456

藻に住む虫の音に鳴く　古来、海藻にすむ虫も秋に鳴くと言われたが、現在は否定されている。　秋 226

紅葉（初紅葉　薄紅葉）木の葉が赤や黄に変わること。　秋 288

桃の節句（桃の日　雛の日）3月3日の雛祭のこと。古くは上巳といった。　春 151

桃の花（苦桃の花）バラ科の落葉高木。花の色は白・淡紅・濃紅など。　春 390

桃の湯　桃の葉湯。夏の土用に桃の葉を入れて入浴すること。あせもに効く。　夏 482

や

焼米　稲の刈り入れに先だって、初穂を炒り、臼でついて田の神の神仏に供えること。相互に贈り合って食べることも。　秋 165

厄払い（厄落し）節分の夜、「厄払いましょう」といって町々を歩く門付。　冬 469

安良居祭　陰暦3月10日、京都紫の今宮神社で行う悪霊退散の神事。「やすらひ花」ともいう。　春 146

柳（青柳　挿し柳）ヤナギ科の落葉高木。多くは水辺に生える。　春 394

柳草　アカバナ科の多年草。高さ約1メートル。別名ヤナギラン。　春 292

柳散る　晩秋、黄色の柳の葉が散ること。　秋 294

藪入り　陰暦1月前後に奉公人が暇をもらって実家へ帰ること。一茶は体験者で実感がこもる。　新 27

藪虱　セリ科の二年草。夏、枝先に小さな白色の五弁花が群がって咲く。果実表面の剛毛で衣服につく。　夏 668

山雀　日本各地に分布するシジュウカラ科の小鳥。　秋 194

山吹（八重山吹）バラ科の落葉低木。山地に自生し、庭木にもなる。　春 392

山吹衣　襲の色目の「山吹がさね」の衣をいう。　春 159

山焼（山火）早春、新芽が芽吹く前に、山の枯れた雑草や灌木を焼き払うこと。　春 167

やや寒（うそ寒　そぞろ寒）なんとなく身の内に覚える秋の寒さ。　秋 7

ゆ

夕顔　ウリ科の一年草。花は夕方開き翌朝までにしぼむ。果実は大型で円筒形、かんぴょうの素になる。　夏 666

夕立（白雨）夏の昼過ぎから夕方にかけて急に激しく降り出す雨。　夏 437

浴衣　夏、くつろいで着る家庭着。湯帷子の略語。　夏 507

雪（薄雪　粉雪）雲の中で大きくなった氷晶のこと。大雪は豊作の吉兆とされ、北信濃に生れた一茶には特別関心の高い季語。作品も多い。　冬 387

雪かき（雪丸め　雪はき）積もった雪をかき除くこと。　冬 488

雪がこい（雪むしろ）雪の深い所で、風雪を防ぐために莚・わらなどで家を囲むこと。　冬 494

雪つぶて（雪打ち）雪合戦などで使う丸めた雪。　冬 492

雪解（雪汁　残雪　草履道）冬の間に積った雪が、春の暖かさで解け始めること。　春 129

雪仏　雪だるまのこと。　冬 489

雪見　雪の美しさを賞すること。　冬 493

行く年（年の暮）過ぎ行く年を惜しむ意。　冬 338

行く春（春の名残　翌なき春　暮の春　春尽る）まさに終わろうとする春。愛惜の心をこめていう。　春 74

柚味噌（柚味噌釜）味つけした味噌に、すりおろした柚の表皮を混ぜ合わせたもの。　秋 164

弓始　新年最初の弓の稽古の日。当時は1月7日。　新 40

百合の花　ユリ科の多年草。多くの園芸種がある。　夏 688

よ

夜寒　晩秋の夜、寒さを覚えること。　秋 10

夜長　1年で最も夜の長い冬至に近づき、秋は夜が長くなったことが感じられること。　秋 32

夜這星　流星の異名。　秋 136

呼子鳥　カッコウの異名。カッコウの意より掛詞で使われることが多い。　春 189

ら

蘭の花　蘭（あららぎ）は秋の七草の一つ、フジバカマのこと。花は芳香がある。　秋 273

ろ

老鶯（鶯音を入る）夏の高原や山で鳴いているウグイスのこと。　夏 594

臘八　釈迦が悟りを開いた12月8日に諸寺で行う法会。定道会ともいう。　冬 430

六月（水無月　青水無月）陰暦で猛暑の候。今の8月頃。　夏 404

炉開き　茶人の家で風炉を閉じて地炉を開き、茶会を催すこと。　冬 435

炉塞　陰暦3月晦日、茶室の地炉を塞いで、風炉を使い始めること。　春 162

わ

若鮎（小鮎　小鮎汲）若くて勢いのよい鮎。　春 284

若草（草若葉　葎若葉）生え出て間もない草。　春 287

若竹（今年竹）その年に生えた竹。一茶は竹を人間の若者に例えることが多い。　夏 700

若菜摘み（若菜売り　初若菜　若菜）1月7日、野に出て若菜を摘むこと。万葉集の時代は集団見合の場にもなった。　新 54

若葉（初若葉　楠若葉）生え出て間もない葉。　夏 711

若水	元日の朝、初めて飲む水。神聖な力を宿すといわれる。	新	41
若餅	正月三が日につく餅。	新	51
若湯	（湯始）新年初めて風呂をわかして入ること。初湯。	新	40
病葉	病気に侵された葉。	夏	716
綿入れ	綿を入れた冬着。	冬	476
綿打	（綿弓　綿繰）綿打弓の振動で種子や塵を除き打綿に仕上げること。	冬	473
綿抜き	陰暦4月1日、綿入の綿を抜いて、袷にすること。	夏	504
綿の穂	（綿吹く　綿取る　新綿　綿買う）「綿」はアオイ科ワタ属の植物。穂は種子を覆う黄褐色の長毛。	秋	293
綿帽子	真綿を延べ広げて作った帽子。	冬	479
綿虫	アブラムシ科のうち翅があり、体から白い蝋物質を分泌する虫。飛ぶ時に綿屑のように見える。ゆきむし。	冬	538
渡り鳥	秋、山辺の鳥や山地の鳥が群をなして北方から渡って来ること。	秋	193
蕨	コバノイシカグマ科の常緑シダ植物。新芽は食用。	春	301
吾亦紅	バラ科の多年草。卵形で濃紫色の花穂をつける。	秋	271

Column

九日袷

山陰も九日袷をきたりけり

これは、一茶の『文化句帖』文化二年条の句である。「九日袷」という季語は、いまだ広く認定されているとはいえないが、『文化句帖』では八月（現在の九月）に詠まれているから秋季である。

江戸時代、旧暦の九月九日は重陽の節句で、諸大名は江戸城に登城して将軍に羽二重または綸子を献上するのを例としたが、山中に住む名もなき民たちは、高価な羽二重などではなく、庶民的な袷（秋〜春用の裏地のある和服）を目上の人等に贈ったのである。

一茶のこの句は、実情に合わなくとも世間の慣習に倣い倣おうとした庶民の愚かさ、悲しさ（ペーソス）が見えて、皮肉家一茶らしい作品といえる。「九日袷」の句は一茶でも一句、他の同時代俳人の作品も希少である。

Column

『浅黄空』の成立時期

今日、一茶の遺墨を多く所蔵する家は、長野県山ノ内町湯田中の湯本家や同県高山村の久保田家等、かつての一茶門下の家が特に多い。同県上田市常磐城の向源寺も多くの遺墨を伝えており、『文政句帖』の文政七年草稿、文政八年五・六・七月分草稿、いろは別雑録、一茶園月並及び同裏書、知友録など特に草稿や下書が多い。その中に次のような一茶使用の包み紙がある。

（表）上田　向源寺様　　柏原　一茶
（裏）進上　　諦怗
　　二品　　文左衛門拝

この片紙は、文左衛門→向源寺→一茶→向源寺　と三度使用され、今日なお向源寺に伝えられている。ちなみに「諦怗」は同寺の一五世である。

同様の例が一茶の自筆本『浅黄空』にもみえる。同書の終わりに近い部分の裏に、次のように記されている。

俳諧寺　一茶様
　侍者君御中
　　　　上田　向源寺

つまり、これは向源寺から得た包紙を使用していることがわかる。

一茶が初めて同寺と交渉を持ったのは、文献に依る限り文化十三年（１８１６）九月で、一茶は江戸に向かう途中であった。この後再訪するのは文政八年（１８１８）十月で、上田藩医宮下弁覚等、上田城下の文人たちに俳諧の教授を依頼された縁による。この時は二十一日間、向源寺に滞在し、礼金八百疋を贈られている。

これらの包紙の再利用は、紙が貴重だった当時、向源寺のみならず各地で同様の例を見つけることができる。『浅黄空』に利用された向源寺の包紙が、いつ使用されたかは明らかではないが、これがもし文政元年とすれば『浅黄空』は文政元年以後に成立したことになる。

もっとも同書には次男石太郎を悼んだ句（文政四年）がみえるから、同書が文政四年以後に成立したことは明らかで、それは筆跡からも十分裏付けがとれるのである。そんな理由から、本書では『浅黄空』の成立を「文政期末」としている。

初句索引

あ

あああつし／ああさむよ／ああまよよ／あいあいに／あいねには／あいさぎねは／あいそうに／あいそうに／あいつらも／あいてから／あいあらし／あうよとて／あうらくし／あいむし／あいねしの／あいたの／あいしの／あいおいの／あいだるげなる（かいだるき雲の）／我家見に出る（吹やすらりと）／あおあらし／茶色な虫よ／茶色な虫の／あおいもの（蟻の思ひも）／あおうめに（手をかけて寝る）／あおうめは／あおうめも／あおうめや／あおがえるや／あおがみの／あおがるや／あおぎりの／あおくさき

下上下上上上上上　上下下　下上上上上上　下上上上下上下上下上上
11 537 133 449 445 727 727 728 244 727　54 201 201　276 465 516 455 455 455 455　135 134 62 460 32 290 308 81 144 344 145 412

あおづつの／あおづるの／あおちやせん／あおたはら／あおたなか（やうなる帷）／あおたかや（のっぺらぼうの在所哉）／あおたから（のっぺらぼうの）／あおぞらは／あおぞらと／あおぞらの（きれい過たる）／あおぞらの（指で字をかく）／あおぞらに（クモ一ッなし）／あおぞらに（きず一ッなし）／我家の旭／白衣の美人（さしたる人も）／あんな坐頭が（きたなく成て）／あおすだれ（箸に成て）／あおすすき（さ、れたうちが）／あおしばに／あおしばや／あおしばぞ／あおさぎに／あおさぎを／あおごもの（入らざる花の）／あおごもの（膝の上迄）／あおごけや（寝て青丹吉）／あおごけや／あおくさも／たばこ吹かける桜哉／たばこ吹かける秋の風

上上下上上上上上　下上下下　下上上　上上上上上上　下下　下上上上下上上　上上上下
412 671 430 462 464 637 464 464　71 652 505 18　26 11 11　507 510 510 511 511 512　137 317　353 645 285 568 118 86 700　699 545 370 77

あおやまを（始て見たる）／あおやなぎ（世を白の目と／拷へてなく）／蛍よぶ〔夜〕の（よらずさわらず）／柱の苦も（やがて蛍を）／二軒もやひの（十ッ十の／荒神松に）／雲にみより／梅若どの、（二すじ三すじ）／づ、くりみゆる（慵にみゆる／木陰を頼む）／あおやぎゆ（る）ぞや（先見ゆ／二すじ三すじ）／あおやぎも／あおやぎや／あおやぎは（門にはら〳〵）／あおやぎ（か、る小隅に／アイソウ付）／あおやぎの（金平娘）／あおやぎと（あおやぎに）／あおむしの（中のあなかの）／あおむしが／あおむしよ／あばしし（紅葉をつけよ）／あばしの（あのものおれが）／あおばして（寝て鳴にけり）／あおやぎは（寝てしやぶりけり）／あおやぎの（任せて出たる）／あおやぎの（見せずに出たる）／あおのけに（落て鳴けり／こけて投るや）

上上　上上上上上上上上上上上　上上上上上上下上上　上上上　上下上下下上上下下
508 226　398 395 400 395 395 395 395 396 447 397　236 678 394 562 394 394 489 11 396 398　242 518 399　394 201 620 137 207 306 527 492 207

あかいみは（毒粒〈しさよ）／あかく〳〵転ぶ／あかいみは／あかいみの／あかいみに／あかいみと／あかいみが／あかいはに（ざぶとかぶつて）／あかいはを（追なくしてや）／あかいはは（頬ばつて鳴）／あかいはな（咲かせておくや）／あかいはな（哂べて寝たる）／あかいのが（先へもいるぞ）／あかいのが（先へもいるぞ）／あかいぬの／あかいつき（赤恥かくな）／あかいかいぞよ（中のあかあかの）／あかいかいそ（あのものおれが）／あかいかぜ（紅葉をつけよ）／あかいぞよ／あかいかいそ／あかいかへよ／あか旭長者や（得〔体〕しれぬも／出来揃けり）／あかあかと

下下　下下　下上下下下　下上下上下下上下下上　上　下下下　上下上上上　上上上上下上
550 309　543 512　233 201 283 530 530　533 717 327 620 576 225 699 580 581 565　209 552 552　686 42 47 684 319　49 503 539 449 566 469

あかだなに／あかだこに／あかずきん／あかしめや／あかざとや／あかざから／あかざかや／あかごやか／あかごかや／あかくなよ／あかぐもや／あかくても／あかぎれや（江戸のむすこを／かまけ仲間に）／あかぎれや（飯はめせりや）／あかぎれや（半分喰せる）／あかぎれに／あかぎれや（天窓〔の〕ねぎや）／あかがれ／赤恥かくな／あかがくの／あかがみの／あかがみに／あかがしわ／あかがいを／あかがいの／あかうまや（鼻で吹けり）／あかうまや（苦労をなでる）／あかうまの（口はとぐかず）／あかうみを／あかいみを／はかり込だる（粒く〳〵転ぶ）／あかいみも（少加味も）／何の実かぞもはかりずみ

上上下上上下上下下下下下　下下　下下下　上上下上上下上上上下上　上下下下　下
262 47 480 702 524 325 516 85 27 53 257 475 475 475　529 475　386 241 542　254 72 115 352 425 309 32 190 615 17 32　201 505 505 554　505

601

あかたびに　下481
あかたびや　下481
あかたびを　下481
あかだまの　下101
あかだまは
何のつぼみぞ　下22
何実ならん　下88
あかつかぬ　下432
あかつきに　上678
あかつきの
網代守りと　下472
ムギの先より　上569
夢をはめなん　上571
別たばこや　上515
あかつきや　上569
あかづめや　上58
あかとんぼ　下209
あかねうら　上54
あかはげの　下158
あかはなを　上699
あかひげの　上176
あかひとみる　下502
あかひもの　下22
あかひもや　下126
あかべたの
鶯鳴や　上200
初鶯や　上201
あかむくげ　下302
あかもんや　上576
あかりびや　上156
あかるさは　上139
あかるさよ　上515
あかわかば　上712
あかわんに　下518
あかわんの　下83
あかわんは　下82
あきいえや　上211
あきおしめ　下37
あきかぜが　下77
あきかぜに
あなた任の　下72
歩行て逃る　下75
御任せ申　下74
烏も畠　下76
ことし生たる　下74
蝉さす人も　下73
長逗留の　下76
何して暮す　下75
ふいとむせたる　下78
吹なれ顔の　下73
よはみを見せぬ　下79
あきかぜの
朝から吹くや　下73
一もくさんに　下77
小早くつげる　下81
袂にすがる　下77
灰にむかふて　下71
吹かためたる　下79
吹ぬく四条　下78
ふきもへらさず　下81
吹行多太の　下74
吹とはしらぬ　下145
吹ともなしや　下307
吹やひは〳〵　下80
吹夜〳〵やあばら骨　下74
吹夜〳〵や窓明り　下73
吹けとは植ぬ　下72
葎にかけん　下73
藪から例の　下74
あきかぜは　下73
あきかぜや
翌捨らる、　下77
あれも昔の　下75
家さへ持たぬ　下73
五あみだ迚て　下29
団扇〔も〕よはる　下80
馬も出さうな　下76
御宿なしの　下77
門田鷺も　下75
壁のへマムシヨ　下75
壁をきて寝る　下77
皮を剥れし　下75
草も角力とる　下80
草より先に　下73
櫛の歯を引　下76
西方極楽　下80
さつさと進む　下79
磁石にあてる　下78
角力の果の　下80
せどやうらやの　下80
ソトバ踏へて　下76
剃損ひし　下74
谷向ふ行　下79
小さい声のあなかしこ　下79
小さい声の新乞食　下78
つみ残されし　下78
つれても行かぬ　下75
手染手をりの　下72
どの焼打の　下79
鶏なく家の　下77
戸を明残す　下77
如来の留主の　下78
軒さへあれば　下74
のらくら者のうしろ吹　下75
のらくら者のとぼけ顔　下76
裸にされし　下78
腹の上なる　下75
ヒヨロ〳〵山の　下76
仏に近き　下74
曲〳〵て　下76
まだか〳〵と　下76
松苗うへて　下75
水かさ定る　下71
虫〔に〕なりても　下79
むしりたがりし　下78
むしり残りの　下78
藻に鳴虫の　下81
やでも応でも　下79
山のはづれの　下74
ヨコに車の　下75
蓮生坊が　下78
我うしろにも　下77
脇はけぶりも　下73
あききぬと　下4
あきぎりや
あさぢを過る　下106
川原なでしこぱつと咲　下110
河原なでしこ見ゆる迄　下106
河原なでしこりんとして　下107
あきさむき　下7
あきさむし　下7
あきさめの　下68
あきさめや
いたゞく桶も　下68
稲の葉分の　下70
餉かしがば　下68
さのみさし出ぬ　下68
乳放〔馬〕の市に行　下69
乳放れ馬の旅に立　下70
ともしびうつる　下67
人げも見へぬ　下68
人を身にする　下69
我にひとしき　下68
あきしもに　下301
あきずもう　下144
あきせみの　下294
あきたつと
いふばかりでも足かろし　下4
いふばかりでも寒かな　下3
あきたつは　下4
あきたつや
朝飯の板　下4
あつたら口へ　下3
雨ふり花の　下3
あるが中での　下3
今から足の　下4
おこりの落た　下4
おめしの進む　下4
風より先に　下3
木づたふ雨の　下3
隅の小すみの　下3
寝れば目につく　下3
町の中なる　下3
峰の小雀の　下3
身はならはしの　下3
あきのあめ
いやがる蚤を　下69
小き角力　下69
乳ばなれ馬の　下68
つい夜に入し　下67
松一本に　下68
あきのかぜ
一茶心に　下75
親なき《に》我を　下71
芸ナシ狙も　下72
乞食は我を　下72
蝉もぶつ〳〵　下72
劔の山を　下72
二夜過しつ、　下71
俄にぞつと　下76
宿なし烏　下77
我は参るは　下72
あきのかの　下207
あきのくさ　下229
あきのくれ
大木の下も　下23
かはゆき鳥の　下25
けふ此ごろの　下27
あきのせみ
ころびおちては　下207
しはがれ色は　下207
つく〴〵寒し　下208
あきのそら
小鳥一の　下66
願へば荒も　下66
あきのちょう
かゞしの袖に　下206
放れ〴〵の　下206
あきのねざめ　下21
あきのはら　下113

あきのひや
　かへらぬ水を　下21
　山は狐の　下21
あきのやま
　活て居迚　下111
　狩野桶持の　下111
　人顕れて　下111
　一ツ〳〵に　下111
あきのゆう
　親里らしく　下22
　何とおぼすぞ　下141
あきのよの
　袖に古びし　下30
　独身長屋　下30
　のらつく程は　下32
　ひよろ〳〵長き　下31
あきのよや
　うらの番屋も　下31
　木を割にさい　下31
　乞食村へも　下31
　せうじの穴が　下31
　祖師もか様に　下31
　旅の男の　下30
　隣を始　下31
　一木立でも　下30
　人にすれたる　下31
　本丁筋の　下31
　窓の小穴が　下31
　よ所から来ても　下31
あきはぎや
　一斗こぼれ［て］　下268
　きのふこぼれた　下268
　こぼしたよりは　下268
あきはただ　下85
あきびより
　負ふて越るや　下66
　とも思はない　下66
　糊つけほゝん　下67
あきもはや　下37
あきもまた　下31
あきもまだ　下31
あきやまや　下112
あきゆくや　下36
あきらめて
　子のな［い］鹿は　下174
　涼ずに寝る　上547
　別を鳴な　上241
あきんどや　下577
あくおけの
　蝶のきげんや　上720
　もやうに成や　下231
あくがたの　下403
あくくちへ　下42
あくじるに　上719
あくじるの　上712
あくせくと　下315
あくたから　上270
あくたびに　下153
あくたやぶ　下50
あくたろうが　下217
あくだんに　上460
あくつちの　上605
あくどしも　下347
あくどしや　下341
あくびにも　上165
あくへびも　下197
あくまのけ　上331
あぐらして　下521
あけがたに
　小言いひ〳〵　上627
　本ンの名月と　下52
あけがたは　上625
あけがたや
　袷を通す　上501
　葱明りの　下548
あけくれに
　吹くたびれし　下263
　けむい顔せぬ　上215
　葱四五本や　下548
あけだちの　下415
あげつちに
　くつ付初る　下551
　しばしのうちの　上177
　何を種とて　上693
あげつちの　上65
あげつちを　上94
あけぬまに　上475
あけのかねの　下335
あけのしもに　下407
あけぼのの
　けぶりもヒラの　下577
　空色衣　上495
　春早々に　上41
あけぼのや　下260
あけむつの　上88
あけむつを　上88
あけやすき
　天窓はづれや　上408
　榎持けり　上406
　鳥の来て鳴　上406
　闇の小すみの　上407
　夜のはづれの　上407
　夜を触歩く　上408
あけるまで　下487
あこがてに　下133
あこがもち　下450
あこよあこよ　上543
あこよこよ　上543
あこよその　下510
あさあけの　上221
あさあさに
　壱本ヅゝや　下546
　うぐひすも鳴　下525
　半人前の　下517
あさあさの
　蕣好や　下253
　かすみはづれの　上463
　心におがむ　上463
　塩茶すゝりが　下289
　蚤捨松と　上642
　衾聞知る　下482
　目覚し草よ　下232
あさあさや
　庵の茶おけの　下93
　けふは何の日　上571
　菜がむまく成る　下108
　花のう月の　上573
あさあめの　上482
あさあめや
　雁も首尾よく　上242
　すでにとなりの　上657
あさあめを　上233
あさいちの
　大肌ぬぎや　上89
　火入にたまる　下404
あさいっぽん　上686
あさいての　下331
あさうえて　上538
あさえびす　下508
あさおきが　上577
あさおきの　上217
あさがおと
　いほ相待の　下257
　おつゝかつゝや　下259
あさがおに
　翌なる蔓や　上435
　賎しきけぶり　下251
　入口もない　下251
　老づら居て　上524
　をしつぶされし　下256
　おつつぶされし　下251
　かして咲する　下257
　片肌入れし　下252
　下国に見へぬ　下254
　子供の多き　下252
　咲つぶされし　下260
　咲なくさるゝ　下252
　雫拵へて　下252
　涼しくくふや　下259
　背中の冷り　下252
　出し抜れたぞ　下256
　露おき添る　下259
　とゞく旅店の　下250
　はげまされたる　上471
　ほか〳〵として　下252
　まくしかけたる　下259
　又［二］際の　下252
　水切町と　下259
　水だらけなる　下252
　名利張たる　下252
　湯けぶりの這ふ　下260
　我は露けも　下254
あさがおの
　あつらへたやうな　上701
　隠居小路よ　下255
　上から取や　下257
　上にもはれや　下256
　うしろは蚤の　上647
　生れ替りや　下26
　うら見る宿に　下253
　うられて行や　下252
　うるさがられて　下254
　運のつよさよ　上434
　大所の　下251
　大花小花　下258
　かゝさず咲や　下252
　かせぎて咲やいかな日も　下259
　かせぎて咲やも少と　下259
　かぞへる程に　下252
　からみしまゝの　上370
　黒ぐ咲けり　下256
　こく咲にけり　下251
　先から銭の　下256
　咲くたびれも　下254
　さも水〳〵し　下259
　下谷せましと　下254
　すがるゝ迄に　下155
　折角咲ぬ　上539
　善尽し美を　下259
　ぞく〳〵生て　下82

肩絹かけて　下 407
しかも子どもの　下 409
歯磨売と　下 409
あさすずに　上 418
あさすずや
瘡のおつる　上 418
汁の実を釣る　上 424
あさっから
かぢり付たる　下 436
子につかはる、　上 191
すた〳〵坊が　下 479
あさづけに　下 333
あさづけの　上 79
あさづけを　上 160
あさづまも　下 472
あさつゆと　下 96
あさつゆに
浄土参りの　下 90
食傷したる　下 210
あさつゆの
蕣売るや　下 253
袖からけぶり　下 84
流れ出けり　下 98
あさつゆや
蝶は大な　下 87
虫〔に〕貰ふて　下 98
あさとでや
足にからまる　上 196
炬燵と松と　下 502
あさとびが　上 432
あさなあさな
蚊のかくれ家の　上 624
焼大根哉　下 495
あさないと　上 657
あさなます　下 150
あさなりの
茶釜の際を　上 221
茶〔釜〕の側を　上 222
茶釜や麦は　上 223
茶釜を祝へ　上 221

あさねぼうが　下 448
あさのあめ　上 228
あさのかの　上 198
あさのつき　上 628
あさのはに　下 427
あさばかり　上 480
あさばれに　下 301
蚤のきげんの　上 642
ぱち〳〵炭の　下 507
あさびすみて　下 578
あさひたす　上 417
あさふじの　上 693
あさふじや　上 53
あさふじを　下 482
あさまから　上 441
あさましと　下 519
あさましの
尿瓶とやなく　下 529
〔我〕貰綿も　上 504
あさましや
一寸のがれに　上 135
熟柿をしゃぶる　下 297
皺顔見せに　下 437
炭のしみ込　下 508
杖が何本　下 573
我貫綿の　上 504
あさまねの　上 172
あさみどり　上 400
あさみれば　下 11
あさめしの　上 192
あさめしを　上 180
あさもやの
か、れとてしも　上 140
紛に雁の　上 237
あさやけが　上 657
あさやけに　下 98
あさやけも　上 395
あさやまや　下 159
あさゆうに
せってうされて　上 132
育おかれし　上 684
手馴し駒を　下 139
ふすぼりもせぬ　上 712
あさゆうの
膳の際から　下 113
露で持たる　下 91
あさゆうや
峯の小雀の　下 195
我と衾と　下 482
あさゆから　上 504
あさらいの　上 473
あさらいや
小魚と遊ぶ　上 560
小魚と騒ぐ　上 560
猫と杓子と　上 316
夜〔も〕あふれて　下 131
あさるきじ　上 230
あさわかな　上 57
あさわらい
いくらに買か　上 12
ござるぞ〳〵　下 418
あしあとの　上 134
あしあらう　上 680
あじあらば　下 96
あしおとや　下 536
あしがらの　上 225
あじきなや　下 119
あしぐせの　上 80
あしくびの　上 688
あじさいの　上 723
あじさいや　上 723
あしついで　上 706
あしでおう　下 18
あしにふね　下 12
あしのつる
又おりよかし　上 245
宵の朧を　上 105
あしのはに　上 257
あしのはや
片息ついて　上 616
によろり顔出す　上 698
あしのはを
蟹がはさみて　下 26
蟹がはさんで　上 432
あしのほの　下 81
あしのほや
あん〔な〕所に　下 287
五尺程なる　下 287
あしのほを
蟹がはさんで　下 22
小楯にとつて　下 287
あしのむく
村が我らが　上 23
村を我らが　上 23
あしのやの
仏に何か　上 255
見ればみる程　下 13
あしのやは
千鳥寝屎　下 533
昼の蛍の　上 618
あしのやや
明ぬうちから　上 596
暮ぬ先から　上 613
千鳥が降らす　下 531
何の来ずとも　上 606
掃ても〳〵　上 613
はらばひながら　上 616
枕の上も　下 530
あしばやの　上 441
あしはらや　下 221
あしびたく　下 529
あしふくや　下 287
あしまくら　下 171
あじむらの
あぢに曲る〔や〕諏訪の海　下 535
あぢに曲るやヨユノ海　下 535
あしもとに
鳥が立也　上 16
鳥の立也　上 138
日落て秋の　下 111
日のおちか、る　下 250
あしもとの
明るい内や　上 240
明かるい月や　上 240
軽く覚えて　下 4
月を見よ〳〵　上 252
あしもとへ　上 657
あしよわや　上 549
あしらいに　上 611
あじろぎと　下 472
あじろぎに　下 471
あじろぎや　下 472
あじろもり
天窓でかぢを　下 472
爰にとゑへん　下 472
年に不足は　下 473
あすあたり　上 539
あすあらば　上 370
あすありと
思ふ鳥の　下 576
思ふや栗も　下 311
思はぬ人の　上 175
歯なしも吹くや　下 157
あすからは
初わか菜〔と〕は　上 56
冬の空ぞよ　下 36
あずきがゆ　下 426
あすぎりの　上 74
あすしらぬ　上 542
あすのちゃの　下 68
あすのぶんに　上 366
あすのよと　下 579
あすのよの　下 47
あすのよは　上 571
あすはあすの　上 513
あすはそる　上 539
あすはたま　下 118
あすはどこの　下 71
あすはなき　下 60

あすはや　上 453
あすはまた　下 428
あすはわれは　下 85
あすふると　上 308
あずまじの　上 509
あずまじや　下 522
あすもあすも
〱天気ぞ　下 109
〱太山と　上 623
同じ夕か　上 513
あすもこよ　上 592
あせあせと　上 493
あせくさき　上 493
あせのたま
草葉におかば　上 493
砂にぼったり　上 494
なども交らん　下 279
あぜひとえ　上 245
あせふきて　上 493
あせふきふき　上 719
あぜゆくや　下 278
あそいっけん　下 322
あそこから　上 48
あそこらが　上 47
あそびびや　上 144
あそぶひや　上 143
あそぶよの　下 6
あそぶよは
あら短いぞ　上 408
てのなく成ぬ　上 408
短くてこそ　上 408
あそぶよや　下 6
あそんだる　上 496
あだしのに　上 261
あだしのの　下 125
あだしのは　上 539
あだしのや　上 262
あだちはら　下 285
あたふたに　上 259
あたまから　下 446

あたまにたが　上 662
あたまほす　上 266
あたまようじんと　上 499
あだやぶも　下 52
あたらあめの　上 339
あたらしい
家も三ツ四　下 159
流濯頂や　下 273
水湧音や　上 534
あたらしき　上 514
あたらひの　下 564
あたらひを　上 80
あたらよや　上 70
あたりはっけんが　上 585
あちこちと　下 246
あちこちに
小より合する　下 532
茄子も下る　下 414
あちこちの　上 611
あついぞよ　上 414
あついとて　上 412
あついのが　下 27
あついよへ　上 661
あつきのに　上 410
あつきひに
面は手習　上 413
何やら埋る　上 411
あつきひの
宝と申　上 411
めでたや臼〔に〕　上 411
あつきひも　上 415
あつきひや
青草見るも　上 413
沓の馬塚　上 414
終り初もの　上 414
蚕もぞろり　上 416
籠はめられし　上 410
爰にもごろりごろ〱寝　上 415
こゝにもごろり〱哉　上 416
子につかはるゝ　上 415

棚の蚕の　上 414
にらみくらする　上 414
野らの仕事の　上 415
庇をほじる　上 413
一つ並の　上 411
火の見櫓の　上 414
ひやと算盤　上 412
見るもいんきな　上 414
胸につかへる　上 415
あつきひよ　上 413
あつきよに　上 410
あつきよの
上なき　上 413
荷と荷の間に　上 413
咄の見へぬ　上 412
あつきよや
江戸の小隅の　上 410
蠟蠋かける　上 413
子に踏せたる　上 412
にらみ合たる　上 416
藪にも馴て　上 416
あつきよを
ありがたがりて　上 411
唄で参るや　上 412
かけて善光寺　上 413
とう〱善光寺　上 413
にらみ合たり　上 411
はやしに行や　上 411
あっけない　上 407
あっさりと
あさぎ頭巾の花見哉　上 359
浅黄頭巾の交ぞ　下 480
朝夕立の　上 441
春は来にけり　上 17
あっちこち　上 663
あっぱれに　下 301
あっぱれの
大わか竹ぞ　上 703
大わか竹よ　上 703
山家と見ゆる　下 301

あつものを　下 516
あつらえた　下 547
あつらえて　下 469
あつらえの　上 21
あてがって
おくぞ其藪　下 222
おけば構はず　上 639
あてにした
餅が二所　下 455
餅ははづれて　下 65
あとあとの　上 313
あとあとは
鬼も作らず　下 392
扱ちらさるゝ　上 165
爺に扱るゝ　上 165
婆々に扱るゝ　上 166
星〔を〕うとみて　下 143
雪とも云ず　下 392
あとうすは
鳥の餅か　下 454
鳥のもちや　下 450
あとからも
日光もどりや　上 577
又ござるぞよ　上 440
あとじさり
〱てや　上 131
〱て残る　上 131
あとだちは　上 233
あとつぎの　上 391
あとづれを　下 191
あとどもに　下 433
あとどもは
かすみかゝるや　上 122
かすみかスミや　上 121
かすみ引けり　上 118
あととりや
大根一本　下 544
大〔根〕かたげて　下 544
あとなるは　上 200
あとになり　上 271

あとのいえ　上 117
あとのいえも　上 117
あとのかり　下 186
あとのこは　下 465
あとのちょう　上 261
あとのひと　下 312
あないちの
あなかしましや　上 345
穴十ばかり　上 398
穴に馴けり　上 190
あなうよと　上 244
あなえらみ
していつまでか　下 197
してやのろ〱　下 197
あなかしこ　上 313
あながちに
青くなくとも　上 512
かくれもせぬ〔や〕　下 183
雲にかまわぬ　下 404
せい高からぬ　上 676
たてをもつかぬ　下 278
吹となけれど　下 79
丸くなうても　上 330
夜の明きらぬ　下 150
留主とも見へず　上 308
あなぐちの　下 196
あなぐらに　上 454
あなぐらの
そこにて育　下 548
中で物いふ　上 85
あなぞこの　下 73
あなたまかせ　下 467
あなにいる　下 197
あなにこそ　下 199
あなにまで　下 197
あなのあく　下 39
あなのおく
案内がましき　上 274
見とゞけて出る　上 274
あなばたに

あ（初句索引）

［第一段］（右→左）

あなをでて／片足かけて・あなにかれじ・あにどのに・あにぶんの・あにのかねの・あのくきたら・あのつきを・あのとしで・あのなかに・あのむなかに・あのむしや・あのものを・あのものを・あのやぶが・あのやぶに・あのように・あのよでは・あばらほね・あばらほね・あばらに長き・あばらやに（なでしてとすれど／入ると見へしよ／とんで火に入る／痩がまんせぬ）・あばらやの（其身其ミ）・十ば〔か〕り七ツ・あばらやも・年徳神の・夜は涼しき・あばらやや・親の寒さが・寒ある上〔に〕・其身其ミ〔に〕・曲た形に

上 上 下 下　下 上　下 上　上 下 上　下 下 下　下 下 上 上 下 下 上 上 下 下 上 下 上 下 上 上 上
32 10 325 330　121 23　42 10　674 405 508　13 32 328　574 205 58 178 521 517 202 619 451 503 43 116 376 338 11 143 549 244 244 548 545

［第二段］（右→左）

花も苦な／うかく伸な・あびるとも・あなたの煤ぞ善光寺・我手にか、って・あぶらと入るやもち桶へ・おのれと入るやもち火へ・叱りのゝしる・日引アキて・あばれかや・あばれのみ・あばれかかの・あばれかに・むだ骨折て／雪の旦の・あぶひとつ・あぶはいちや・あぶはいちも・あぶはいちや・あぶはえにに・あぶおうな・あぶいでよ・あぶらひとつ・あぶらざら・あぶらびに・あぶらやけ・あぶもとやや・あぶもとらぬ・昼寝起して・馬の腹にて

下 下　上 上 下 下 下 上 上　上 上 上 上 上 上 下 下　上 上 上　下 下　下 上 下 下 上 下
232 3　245 394 334 435 317 57 518 548　280 681 469 557 693 280 435 443 439　640 646 646　630 631 627　628 630 630 628 630 623　627 396 93

［第三段］（右→左）

あほうじも・あほうづる・あほうねこ・あまぐみの・あまぐもや・あまごいに・あまごいの・あまちやの・あまぐもが・あまがさの・あまだいこ・あまだれの・あまだれや・あまだれは・あまだれは・毎日たく／ぼちく朧・名ごりおしさよ・中から吹や・内外にむる、・有明月や・あまつかり・あまつさえ・海へ向て・蚊〔帳〕引ばりて・二子なりけり・反故の紙帳ぞ・あまのがわ・あまのでらや・あまつゆの・あまゆの・流留りの

下 下 上 上 下 下 下 上 下　下 上 下 上 上 下 上 上　上 下 下 上　下 上 下 上 下 下　下 上
295 547 684 513 312 517 568　192 4 232 303 105 712 98 622 232　546 596 492　492 450 19 308 605　96 508 229 690 298 637 485　26 79

［第四段］（右→左）

都のうつけ・あまのじやく・あまびらやも・あまびらやも・あまみずの・あまもりを・あまりなさ・あまりないて・あまりばな・あまりゆの・あみだいこ・あみだいこ・あみのめに・あみのめに・あみあがり・朝飯過の／柱見事に・あめいつけん／かたつぶりにて候か・かたつぶりにて候よ・あめうりもの・あめおりおり・あめかすむ・あめかぜに・あめがちに・十三夜とは・都の春も・あめつきの・あめどしや・あめとつき・あめにゆき・あめのはぎ・あめのない・あめのひの・あめのひや・狙起る、

上　下 下 上 上 下 下 下 上 下　下 上 下 上 上　上 下 下 上　下 下 下 下 下 上 上 上 上 上 上 下 下 下 上
49　155 265 21 145 421 59 265 73 64　250 107 425 147 659 658　601 111 316 394　566 546 269 69 120 693 179 154 223 528 56 373 383 347　38

［第五段］（右→左）

机の脇の／ひとりまじめに・あめのひを・あめの／のやみ・あめのみ／のよや・勘当されし／しかも女の／つい隣なる・鉢のほたんの／翌から椙の・苦衣の／名月も二度・天から土用・おちてもぬれし・はらつて過し・蛍も三ツ・あめやむぞ・あめよかぜよ・あめをわけて・あめもほうに・あめふれと・あめふろと・あめぽっちり・あめみせの・あめみつぶ・あめふるや・あめはらはら・あめふらぬ・あめふりて・あやまりに・あやだけの・あやからん・あめんぼうに・あやくにに・あやめぐさ

上　下 下 下 下 上 上 下 上 上 上 上 下　上 上 上 上 下 下 下 下 下　下 下 上 上 上 下 下 上　下 下 上 下 上 上
481 269 72 215 239 385 500 106 402 636 604 519 429 305　115 428 122 255 545 49 160 512 265　49 355 49 487 674 162 432 182　421 575 339 512 551 531

607

あやめふいて　上481
あやめふけ　上481
あやめめせ　上688
あゆどもも　上284
あゆまでも　上284
あらあつし
　〳〵と寝るを　上415
　〳〵何して　上412
　今来た山を　上413
　なごや本町　上411
あらうまと　下499
あらおけは　上42
あらがきの　上715
あらかべや　上39
あらかんと　下294
あらかんの　上221
あらこまの　下139
あらさむし　下326
あらさむや　下327
あらしふく　上683
あらすげの　下528
あらすずし　上422
あらそいや　下32
あらたまの
　とし立かへる　上4
　春早々の　上4
あらたまや　上4
あらためて
　鶴もおりるか　上55
　吹かける也　上145
　又ふむ山や　上569
あらつちの　下148
あらなわで　下268
あらにこに　上475
あらばとよ　上232
あらほうし　下130
あらましに　下295
あらましは　下100
あられくと　下402
あられごと　下404
あられこよと
　諷へる口へ　下402
　鉢さし出して　下404
　へろ〳〵神の　下404
あられこん　下404
あられちれ
　くゝり枕を　下402
　〳〵孫が　下404
あられとぶ　下403
ありあいの
　臼の上にて　下57
　鳥も初声　上60
　山ですますや　下57
ありあけに
　躍りし時の　下21
　かこち顔也　上180
　から戻りすと　上630
　涼み直すや　上541
　立すくんだる　下151
ありあけの
　行になりたや　上236
　すてつぺん也　上583
　ずんづとさして　上129
ありあけも　上559
ありあけや
　浅間の霧が　下108
　雨たちおつる　下528
　〔ア〕ミダ如来と　下439
　雨の中より　上220
　家なし猫も　上178
　石の凹みの　上88
　今ヱド入の　上573
　鶯が鳴　上210
　梅にも一つ　下429
　親もつ人の　下276
　壁の穴から　下325
　さらしな山も　下21
　鹿十ばかり　下174
　空うつくしき　下21
　月より丸き　下332
　露にまぶれし　下88
　納豆腹を　下517
　二小便より　上549
　二番尿から　上545
　念仏好の　上235
　一厄おとす　下469
　火を打まねを　上252
　不二〔へ〕〳〵と　上640
　窓からおがむ　下21
　窓の名残を　下558
　晦日に近き　下122
　虫も寝あきて　下212
　紅葉吹をろす　下520
　雪で作るも　下490
ありあけを　下532
ありがたや
　楮裂く人の　上313
　能なし窓の　下349
　用ない家も　上69
ありたけの
　蚊をふり出して　上625
　蚊をふるひ出す　上625
　声して気張る　下202
　力出してや　下207
ありづかの　上703
ありてこまる　下167
ありどもの　上469
ありどもも　上668
ありのみち
　雲の峰よりつゞきけん　上450
　雲の峰よりつゞく哉　上452
　はや付にけり　上470
ありふれの　上312
ありほどに
　人〔の〕つゞくや　上222
　人は暮れしぞ　上226
ありようは
　いま（い）〳〵し〔い〕ぞ　下392
　寒いばかりぞ　下353
　待申さぬぞ　上571
　我も花より　上347
あるきしま
　口上いふや衣配　下459
　口上云ふや餅配り　下456
あるきながらに　上582
あるきよい　上71
あるそうの　下513
あるときは
　ことりともせぬ　下529
　沢山（に）さうに　上715
　履見せる　下122
　花の都にも　上337
あるはまた　下40
あるひとの　下287
あるひとを　下390
あるもあるも　上460
あれあれと　上386
あれあんな　上527
あれうめと　上309
あれこゆき　上2
あれこれと　上296
あれつきが　下190
あれのみが　上646
あれはなが　上352
あれびあれび　下64
あれほたる　上606
あれほどの
　いなごも一　下216
　中洲跡なし　上453
あれみさい　下353
あれみよや　下214
あれもこい　上179
あわあわし　上301
あわせきて　上501
あわせきる　上501
あわのほが　上411
あわひえが　下83
あわめしは　下263
あわもちも　下454
あわゆきと　上78
あわゆきに
　まぶれてさはぐ　上78
　皆正月の　上77
あわゆきや
　小藪もいなり　上78
　連出して行く　上78
　野なら藪なら　上77
　人で埋めし　上78
　藪のいなりの赤の飯　上78
　藪のいなりの小豆飯　上77
あんげんの　上366
あんどして
　鼠も寝しよ　上92
　鼠も寝るよ　上93
あんどんで
　菜をつみにけり　上87
　畠を通る　上84
　はやしたてるや　上364
　飯くふ人や　上232
あんどんに
　おつかぶさりし　上395
　笠をかぶせて　上578
　かぶさるばかり　上463
　来馴し虫の　下200
　ちよいと鳴けり　下224
　ちよつと鳴けり　下201
　鳴気で来たか　下204
　鳴くつもりかよ　下204
あんどんの
　片つぴらより明の春　上10
　かたつぴらよりけさの春　上10
　草もそよぎて　上577
　しん〳〵として　下18
　戻る間の　下34
あんどんや　上296
あんどんを
　畑に居へて　下162
　引たく〔ら〕れて　下16
　松に釣して　下162
　虫の巡るや　上455

い

― 第一段 ―

持てかたづく
あんなこや
あんよあんよ

いえなりに
いえなみや
いえなどでも
いえなしや
　せみの羽衣
　江戸の元日
いえなしも
　此身も春に
　身に成て見る
いえなしも
　から名月も
　先名月も
いえかりて
　雪吹くの
　雀子が鳴
いえともや
　又家ありて
いえいえや
　そして水仙
いえありて
　一夕立の
いえあとや
いえあとの
いいわけの
いいわけに
　出すや硯
いいぶんの
いいわけに
いいわけに

上	上	上	下	下	上		上	上		上	下	上	上	上	下	下		下	上		上	上	上	上		上	下		上	下	上	下		上		上	上	上
139	153	659	459	507	2		12	14		547	332	43	588	193	49	49		399	190		381	20	317	718		717	566		203	334	443	333		601		508	150	538

― 第二段 ―

いえひとつ
　有梅一つ
　あれば咲けり
　蔦と成けり
畠七枚
いえふかん
いえふたつ
いえむねや
いえもちて
えぶねの
いえはや
おかどに
いおさきや
いおさきの
　御舟をがんで
　亀の子旅に
　きじの出て行炭俵
　雉の出て行
　雉を鳴かする
　鍋の中迄
　鍋中でも
　庇の上に
　庇の上迄
　古きゆふべを雉の鳴
　古きゆふべを雉の鳴
柴漬番の
　送ってくれる
いおのいぬ
いおのいも
いおのいは
いおのいも
けさ若水と
　手でかいほして
いおのうめ
　かちげ顔なる
いおのうめ
　なりどしもつも
いおのかき
いおのかに
いおのかぎ
いおのかの

上	下	下	上		上	上	上	上		上	下	下		上	上	上	上	下	下	上	下	上	上	上		下	下	上	下	下	上	下	上	下	上	上	上
624	55	298	304		319	534	42	41		534	473	421		304	82	226	255	189	533	228	510	231	252	235		529	38	108	468	233	117	44	305	352	431	309	324

― 第三段 ―

かせぎに出や暮の月
かせに出るや三日の月
初出に出るを
嵐が掃て仕廻けり
[嵐]が掃て
風が払て
口で吹ても
ざっとはく真似
掃真似[を]して置にけり
三文程と
ことしも人に
中から折て
朝のまぎれに
とうく餅に
いおのたも
いおのちょう
いおのねこ
　シャガレ声にて
玉の盃
いおのみ
かはいや我[と]
子どもに迄も
ふくら雀に
不便やいつか
いおのはえ
いおのはな
いおのはる
寝そべる程は霞けり

上		下	下	上	上	上	上	上		上	上		下	下	上	上		下	下	上		下	下	下	下	上	下	上	下		上	下	上	上	上	下	上	上	上
13		151	537	641	640	646	644	640		178	180		264	277	450	553		546	475	475		440	440	439	439	440	441	443	440		400	407	698	114	631	627	629	627	627

― 第四段 ―

寝覚る程はかすむ也
いおのひは
いおのほたる
いおのまつ
いおのむぎ
いおのもち
何を見込に
いおのゆき
　雪より先に
　つくにも千代を
　箸にからまる
　又も千れよ
　そなたばかりの
　飯にべつたり
　蛍の声や
いかだしの
　うんじ果たる
いかだしや
下[手]な消やう
いおのよは
　シンソコ寒し
寒し破る、は
いおのよめ
いおのもち
　餅一枚の
　餅の明りの
どち向ても
寝あまる罪は
いおのよる
いおのやめ
おりまで
おりまで
いをふく
おためた
炬燵弁慶とは
ふり立く
いがぐりの
いがぐりも
いがぐりや
嫌ろふ門田に
いかけしが
どさりと犬の
いかさまに
きのふの水也

下	上		下	上	下	下		下	下	上	下		下	下	上	上	下	上	下	上	下		下	下	下	上		下	上	上		上	下		上	上	上	上	下
565	448		315	723	313	312		312	311	542	505		286	367	462	15	32	163	220	186	330		32	451	450	328		17	130	130		132	451		695	669	603	618	13

― 第五段 ―

いきづくや
いきづゑの
きづゑの
きたひなの
いきせきと
脛を打けば
脛の夜寒や
門のくぐりや
いきすぎし
いきすぎし
いがみの
いかめしや
いかあじや
いかねてや
木母寺は
はや木母寺は
麦も程の
麦もや様ら
今木母寺は
臼井の青を
青葉の青
いかのぼり
いかにひとつ
いかなひもも
いかなこと
飯にべつたり
又も千れよ
箸にからまる
うんじ果たる
軒にとぼす
いかだしの
いかだしが

下	上	上	下	下	下	下		上	上	下	上	上	上	上	上	上	上	上		上	上	上	上	上	上		上	下	上	下	上		上	上	上	上		上
351	367	154	191	294	84	10		45	663	288	438	719	47	44	44	47	45	44		235	579	209	447	607	558		616	106	607	613	607		608	607	611	616		711

いきてあう　上 373
いきている
　天窓かず也　上 317
　ばかりぞ我と　上 669
　人をかぞへて　上 338
いきてまた　下 25
いきどくや　下 25
いきのこり　下 326
いきのこる　下 84
いきみたま　下 119
いきやくに　下 278
いきやくや
　あんな小雀も里かせぎ　下 195
　あんな小雀も旅かせぎ　下 195
　老木のぜい〔に〕　下 566
　一つかみでも　上 140
いくしなの　上 615
いくたりも　上 282
いくつやら　下 459
いくばくの
　鮎渋るらん　下 228
　草〔の〕ほこりや　上 688
　人の油よ　下 278
いくはたけ　下 496
いくひまで　上 428
いくひみる　下 554
いくひやら　上 189
いくまわりめだぞ　上 37
いけぐりや　下 311
いけごぼう　下 331
いけたどん　上 67
いけにえに　下 356
いけぬしの　下 355
いけのはす　上 682
いざいそげ　下 124
いざいなん　上 541
いざおどれ　下 127
いざかさん　上 659
いざかやで　下 400
いざかやや
　あへそを植し　下 281
　人クイカケの　下 282
いざこうと　下 246
いざこざを
　じつと見て居　上 215
　雀もいふや　下 366
いざさらば
　〳〵と雁の　上 235
　死ケイコせん　上 342
　露よ答よ　下 91
いざさわげ　上 284
いざなのれ
　さらしな山の　下 152
　松の御前ぞ　上 572
いざなめん　下 241
いざのぼれ　上 352
いざはしれ　下 401
いざひろえ　下 100
いさめつづみ　上 594
いざよいや　下 63
いさらいに　下 50
いさらいや　上 55
いしうすに　上 395
いしうすの　上 74
いしがきの　上 369
いしかどに
　蠟燭立て、さし木哉　上 177
　蠟燭立てつぎ穂哉　上 177
いしかわの
　尻凝とれるや　上 89
　胸にこたゆる　下 24
いしかわは　下 104
いしかわや
　有明月と　上 708
　わか水といふも　上 42
いしかわを
　ざぶ〳〵渡る　上 228
　りつぱにおよぐ　下 217
いしきりの　下 350
いしげこの　上 398
いじけなも　上 299
いしごけも　上 700
いしずえや　上 2
いしだたみ　上 291
いしたろう　下 127
いしとならば　下 50
いしとなりし　上 684
いしとなる
　楠さへ虫に　下 580
　雲のなりてや　上 436
いしとりて　下 228
いしなごに　上 199
いしなごの
　玉下通る　上 274
　玉にまつはる　上 272
　玉の手元へ　上 305
　一二三を蝶の　上 268
いしなしの　下 14
いしなしや　上 722
いしなすび　上 710
いしになる
　覚悟〔は〕見へぬ　上 715
　けぶり〔は〕見へぬ　上 715
いしのうえ　上 516
いしのうえに　上 176
いしのこけ　上 699
いしばしの　下 337
いしばしを　下 14
いしはらや
　照つけらる、　上 657
　蛍かき分て　上 615
いしべうじ　下 153
いしぼとけ
　風よけにして　上 383
　誰が持たせし　下 231
いしやまは　上 105
いしやまへ　上 580
いしやまや　下 62
いせまいり　下 449
いそいそと　上 715
いそがしや
　薄蕣の　下 255
　葎蕣の　下 229
　山の若さい　上 699
いそぎわに　下 474
いそぐかよ　上 581
いそしみず　上 457
いそでらや
　コッパの中の　上 686
　坐敷の霧も　下 109
いたいけに　上 309
いたかべや　下 463
いただいた　上 220
いたどりや　上 300
いたぶりし　上 111
いたべいに　上 539
いちがみや　下 442
いちくさや　下 124
いちすぎて
　なま一日ぞ野べの山　上 163
　なま一日ぞ四ツ目原　上 163
いちどみたき　上 232
いちにちに
　煎つめたり　下 347
　はや降あがる　上 431
いちにちの
　又もどれかし　上 511
　名所也けり　下 137
いちにちは
　蝿のきげんも　上 635
　人留のある　上 384
いちにちも　上 309
いちにでて　上 376
いちにほん　上 710
いちにんと
　書留らる、　下 16
　帳に付たる　下 16
　帳面につく　下 330
いちにんの　下 460
いちにんは
　つゝじにかゝる　上 301
　半身あつし　上 719
いちにんまえ　下 407
いちのゆは　下 169
いちのゆへ　下 35
いちばんが　上 577
いちばんに
　乙鳥のくゞる　上 478
　つばめの抜る　上 478
　猫が爪とぐ　下 484
　はつ鮭来り　下 228
いちばんの
　大箒を　上 707
　とし玉ぞ其　上 36
　不二見所や　下 304
　弥陀からぽつと　上 381
いちびとの　上 78
いちびとや　下 501
いちびとを　下 500
いちひめの
　神ゑみ給へ　上 261
　一人きげんや　下 341
いちふじの　上 710
いちまいの　下 454
いちめんに　上 15
いちもんが
　ざぶり浴るや　下 434
　水を馬にも　上 558
　水を身〔に〕打　上 533
いちもんで　下 469
いちもんに
　一ツ鉦うつ　下 329
　一ツヅ、かよ　下 432
いちもんの
　せんじうりが　上 509
　花火も玉や　下 143
　昔もかたらん　下 81
いちもんを　下 81
いちやいちや　下 13
いちやでも　下 432

いちりほど 上 462
いつあわん 上 107
鹿が餌食ぞ紙衾
いついつは 下 483
鹿〔が〕餌食〔ぞ〕古衾 下 484
いつかづき 下 387
いつかんめ 上 584
いっこうに 上 672
いっさぼうに 下 507
いっさんに 下 405
いっしゃくに 上 384
いっしゃくの
子があぐらかく 下 436
滝も音して 上 545
滝も涼しや 上 560
竹に毎晩 上 538
いっしょうだる 下 487
いっしょうで
いくらが物ぞ 下 93
種俵ぞよ 上 174
いっすんの
木もそれぐ〜に 下 291
草にも五分の 下 232
いっすんも
引かぬけぶりや 上 584
引ぬやヱドの 上 579
引なお江戸の 上 584
いっせいに 下 278
いっせんの 上 358
いつぞやが 下 84
いっちくたっちく 上 541
いっちょうに 上 503
いっちょうの 下 32
いっついに
ばゝも早乙女 上 555
ばゝも並ぶや 上 166
いづつから 下 273
いってきて 下 251
いっとうに
秋も目出度く 下 156

並ぶ茶つみの 上 166
いっときに 下 356
いつのときに 上 682
いつのまに 上 188
いっぱいに 上 40
いっぱしの 上 658
いっぽうは
尿瓶の音ぞ 下 223
霜柱也 下 411
茶をのめといふ 下 156
氷柱でもちし 下 336
猫の喧嘩や 下 202
いっぽんで 下 272
いっぽんに 下 267
いっぽんの
梅でもちたる 上 328
梅でもつたる 上 333
木に鈴なりの 下 195
草さへまねく 上 606
草も涼風 上 420
鶏頭ぶつゝり 下 271
桜持けり 上 372
茂りを今は 上 719
下闇作る 上 720
萩に荒行 下 266
いっぽんは
翌の夕飯 下 544
桜もちけり 上 372
昼寝の足しの 上 720
いっぽんも 上 539
いてとけぬ 下 331
いてどけの 上 129
いてどけや
かし下駄もある 上 129
敷居のうちの 上 129
茨ちらし置く 上 129
山の在家の 上 129
いでぶねに 上 274
いでゆから 下 493
いでゆに 下 493

いでよはえ 上 638
いどかえて 上 534
いとくずに 上 260
いとくずも
いとしからずや 上 672
手一尺也 下 235
いとくずを 下 236
いとこびな 上 154
いとしごや 下 117
いとそめよ 下 267
いどにさえ 下 326
いどぶたに 上 321
いなおるも 上 380
いなかぎく 下 241
いなかざけ 上 492
いながらや
ヱドの角力の 下 148
東西南北 下 580
いなこえを 下 416
いなごらが 下 216
いなづまに
けらぐ〜笑ひ 下 104
天窓なでけり 上 602
泣もありけり 下 106
並ぶやどれも 下 105
へなぐ〜橋を 下 105
実を孕む也 下 105
もりつなどの、 下 103
いなづまの
入ら〔ぬ〕おせはよ 下 104
打力なき 下 104
おつるところや 下 104
せはがひもなき 下 276
ちよいとあしろふ 下 105
いなづまは 下 70
いなづまや
あつけとられし 下 104
一もくさんに 下 104
うつかりひよんと 下 104
浦のおとこの 下 105

狗ばかり 下 105
かくれかね〔た〕る 下 105
門に寝並ぶ 下 105
蚊にあてがひし足ながら 下 104
蚊にあてがひし片足へ 下 104
三人一度に 下 104
芒がくれの 下 103
ぞろり寝ころぶ 下 105
田になれそばに 下 105
茶を淡のちる 下 105
ちらぐ〜例の 下 105
罪なく見ゆる 下 103
貫か男を 下 103
畠の中の 下 105
一切づゝに 下 105
人住ぬ野も 下 103
人にかくれぬ 下 104
屁とも思ぬ 下 104
まだとしよらぬ 下 104
むら雨いはふ 下 103
よい御しめりじや 下 105
いなづまを
浴せかけるや 下 104
とらまへたがる 下 104
いななくや 下 12
いなばから 上 449
いなばみて 下 120
いなばやま 上 536
いならんで
切口上の 上 216
達磨の雛の 上 156
いにしえの
水もみし人 下 71
御代はかくとや 上 317
いぬがきても 下 484
いぬころが
火入の番や 上 544
土産をねだる 下 362
いぬころに 下 14
いぬころの 下 421

いぬたでに 上 685
いぬたでの 上 685
いぬとちょう 上 267
いぬどもが
蛍まぶれに 上 608
よけ〔て〕居る也 下 395
いぬどもや 上 358
いぬなども 下 497
いぬにまで
いたゞかせたる 下 276
みやげをくばる 下 420
いぬのこえ 上 683
いぬのこが 下 492
いぬのこの
加へて寝たる 上 397
踏まへて眠る 上 397
いぬのこも 下 492
いぬのこや 上 31
いぬのぶん 下 451
いぬのみち 下 533
いぬのもち 下 452
いぬふんで 下 433
いぬほえて 下 326
いぬもあるけば 下 460
いねあまる 下 33
いねかけし 下 275
いねこきの
相手がましき 下 275
戸板四五枚の 下 275
いねてくう 上 363
いねてみよ 下 500
いねのかの 下 275
いねのかや 下 276
いねのはな 下 278
いねのはに
黍さの 上 413
そよぎ出さる、 下 127
願ひ通の 上 411
いねのほに 下 275
いねのほの 下 275

いねのほや
　天地天王　下 279
　窓へとび入　下 275
いねるちょう　上 267
いのけぶり　下 548
いのこのひ　下 425
いのししと　下 483
いのししの　下 523
いのししも　下 137
いのそこも　上 534
いのそこを　上 534
いのちなり　上 168
いのなかに　下 579
いのられて　下 363
いのりしは　上 390
いばらがき　上 726
いびつでも　下 92
いぼつって　上 255
いぼとけや　下 504
いまあけし　上 308
いまあげし　上 259
いまあなに　下 196
いまあなを　上 244
いまいちど
　婆、もかぶらば　上 471
　婆、もかぶれよ　上 471
いまいまし　下 472
いまうえし　上 603
いまうえた　上 214
いまうちし
　畠のさまやちる木葉　下 553
　畑のさまや散紅葉　下 559
いまおちた　上 186
いまかいし　下 352
いまがよに　下 313
いまからは　上 369
いまきえる　上 135
いまきたと
　顔を並べる　上 214
　土にかたれば　下 552

いまくるは　上 438
いまこしらえた　上 220
いまごろや　上 573
いまさきし　上 529
いまさらに　上 108
いましいた　上 77
いましがた
　逢し人ぞよ　下 180
　浅ぢを出たり　下 444
　来た年玉で　上 34
　来たよ小しやくな　下 527
　此世に出し　上 650
　さした柳へ　上 214
いましばし
　有明残れ　上 723
　〱とかぶる　下 486
いまじぶんの　下 324
いますこし
　雁を聞とて　下 485
　たしなくも哉　上 292
いまぞりの　上 505
いまたてし　下 150
いまつきる　下 208
いまつった　上 613
いまできた　上 580
いまどきの　下 264
いまとける　上 131
いまなくか　下 217
いまなくは　下 169
いまにいる　上 540
いまにきる　上 433
いまにしれ　上 408
いまにちる　上 367
いまになりて　下 25
いまにみよ　下 85
いまにゆく　上 542
いまのまに
　いく夕立ぞ　上 443
　一行〱子　上 596
　蚊が揃へし　上 624

　十時雨程の　下 360
　一喧嘩して　上 258
　二夕立や　上 443
いまのまや
　一剖芦鳥　上 597
　ヱド見てもどる　上 583
いまのめる　上 345
いまのよは
　馬も萠黄の　上 516
　女もすゝる　下 521
　草をつむにも　上 164
　芒も縞を　下 284
　糸瓜の皮も　下 306
いまのよも
　親孝行の　上 598
　鳥はほけ経　上 205
いまのよや
　女もすゝる　下 520
　菊一本も　下 248
　菊も売らる、　下 245
　行義に並ぶ　上 380
　乞食むらの　下 458
　入梅雪の　上 430
　連をつれたる　下 432
　どの出代の　上 150
　猫も杓子も　上 360
　畠に起す　上 173
　畠にしたる　上 172
　花見がてらの　上 355
　蛇の衣も　上 601
　見へ半分の　上 554
　役なし川も　下 156
　山の栗にも　下 314
いまはいた　下 443
いまはえた　上 191
いまはきし　下 221
いまはるが　上 18
いまはれし　上 301
いまひとつ
　団十郎せよ　上 522

　名残を啼けよ　下 192
　雛の目をせよ　上 155
いまふいた　上 481
いまふるが　下 403
いまふるは　上 438
いままいり　上 216
いままでに　下 199
いままでは
　罰もあたらず花の雨　上 353
　罰もあたらず昼寝蚊屋　上 513
　罪もあたらぬ　上 517
　踏れて居たに　下 113
いまみても　下 13
いまみれば
　つぎだらけ也　上 514
　皆欲目也枯木立　下 551
　皆欲目也枯た梅　下 549
いまめかぬ
　ものやアヤ竹　下 578
　夕べ〱の　上 294
いまやひく　下 139
いまゆきし　下 511
いまように　下 288
いまようの
　大立縞の　下 286
　凧上りけり　上 44
　凧の上りし　上 44
いまようを　下 287
いみあけの　上 79
いみがきの　上 594
いもうめた　下 553
いもがかお　下 148
いもがこに　下 311
いもがこの
　背負うた形りや　下 455
　引かづきたる　下 295
いもがこは
　いつの間にかは　下 145
　穂麦の風に　上 695
　餅負ふ程〔に〕　下 455

　餅つく程に　下 454
いもがこも　下 431
いもがこや
　笠をほしさに　上 553
　けふの汐干の　上 161
　じくねた形りで　上 608
　横にじくねて　上 608
いもがみの　上 252
いもがみや　下 457
いもがやは　下 113
いもがやも　上 152
いもがやや　上 347
いもがりに　下 540
いもぢゃやも　上 588
いもづるが　下 160
いもなどが　下 13
いものつゆ
　こぼして迹を　下 98
　そつくりこかす　下 102
　一ツもあまる　下 100
いものはの　上 660
いものはや
　親椀程の　下 90
　露の転る　上 660
　我作りたる　下 98
いものやすうりぞ　下 274
いもはこぶ　下 361
いもやまや　下 158
いやなかぜ　下 280
いらぬせわよ　下 427
いらぬはな　上 355
いらばいまぞ　下 114
いりあいに
　片耳ふさぐ団〔扇〕哉　上 525
　片耳ふさぐ衾哉　下 482
　少もさはがず　下 526
　たじろぎもせず　下 230
　古びを付し　下 151
　耳を塞で　上 519
いりあいの

（初句索引・いろは順）

第一段
読み・初句（右→左）

いろはにほ／いろはでも／いろじろは／いろどりや／いろくろい／いれたよな／いりまめの／いりのまや／いるつきや／いるつきに／いりもせぬ／いりまめの／いりぐちや　氷柱をはらふつら、かな／いりぐちや　氷柱をはらふ頭かな／いりぐちに　アヤめ葺せて／いりぐちに　柳の立し／いりぐちに　見せ菊立り／待遇しがる／ふはりとうける／合点したやら／合点してや／いりあいを／桜のさはぐ／江口の君が／いりあいや／いりあいも／尻馬にのる／開処なり／鐘も仕廻の／かねにつき出す／鐘にちらばふ／かね鐘かねて

先愛教に／柳の立し／アヤめ葺せて／あいそになびく／いそになびく

〔巻〕下 下 上 下 下 下 上 下　下 下 下 上 上　下 下 上　上 下　上 下 上 上　上 下　下 上 上 下 下 上 上 上

〔頁〕436 496 336 304 304 197 553 580 154 41　19 465 348 323 481　336 336 399　396 246　395 284 263 263　284 555　150 245 255 232 347 613 489 619

第二段（「う」）
読み・初句（右→左）

いんきょや／いんきゃうな／いをかりて／いわのかめ／いわしやく／いわくらや／いわがねや／いわいにと／いわいびや／いろをも／いろりから／いろりには／いろあいや

うえこみに／うえこみや／うえざくら／うえすての／うえたきく／うえだしの／うえつけて／うえのあさくさ／うえみなと／うえるたや／うけふるや　松さへ秋の／稗田も同じ／宇治の川霧／うおぐしの　けふばらら／うおじるの／うおどもの／うおどもは／うかうかと　常正月や／うかがりは　人に生れて／出水に逢し

〔巻〕下　上 下 下 下 上 上　上 上 上 下 上　下 上 下 上 下 上　下 上 上 上 上 上 下 上 上 下 上 下 下 下

〔頁〕534　542 235 233 510 552 552　499 72 556 22 556　552 98 23 383 560 603　481 156 549 671 66 108 228 511 60 244 580 269 498 199 163 16 508

第三段（うき・うかれ）
初句（右→左）

うきくさの／うきうきと／うきうきと／うかれぶねや／どの面さげて／もどり〔けり〕／奇妙に焦でもどり／奇妙に焦でもどり／狼谷を／天窓はりくら／いけんを聞／うかれねこ／うかれかや／うかれかや／うかるるも／うかるるも／うかときて／うかがりは

草の花ぞへ／何の花ぞも／咲てたもるや庵の川／咲てたもるや庵の前／ぞろりと並ぶ／ふはり蛙の／ついく人が／鍋の中にも／のけた所も／兀た所が／兀た所も／兀た所も／花の台の／花からのらん／花も来い／花より低き／腕を詠て／うきくさも

〔巻〕上 上 上 上 上 上 上 上 上 上 上 上 上 上　上 上　下 上 下　下 上 上 上 上 上　上 上 上 上 上 下 上 下

〔頁〕691 690 690 691 691 692 691 692 691 690 690 691 692 691　692 690　332 528 305　169 180 183 180 179 179 182　180 624 624 272 179 151 487 25 301

第四段
初句（右→左）

さらに油断は／それも江戸気と／うきよとり／うきねどり／うきたびも／うきたびも／うきしさへ／うきしまに／うきしまや／うきぐもや／うきぐもの／花咲く迄の／花咲くうへ／裸わらはが／鳥打奴が／袂の紙も／だま〔つ〕て居たら／黒い小蝶の／浮世の風の／魚すくふたる／だまつり木の／いつやどり木の／網の日〔に〕さへ／遊びからして／朝から聞き／願ひありてや／願ひ有やら／ちさい経木を／さく〳〵歩く／ちよいと隣の／なく真似をして／呑ぞ浴をして／呑んでから汲／人を何とも／ふみ落しけり／ほ、と覗くや／先とまつたぞ

うぐいすに

〔巻〕上 上 下 上 上 上　上 下 上　上 下 下　下 下 上 上 上 上 上 上 上 上 上 上 上 上 上 上　上 下 上　下 上 上 上 上 上 上 上 下 上

〔頁〕459 206 352 204 201 320 40　72 14 187　680 536 537　236 468 600 650 588 452 450 691 691 691 691 690 690 692 692 692 690 690 692 690　657 371 212　510 468 207 198 203 198 201 200 203 290 208

翌はゝめなん／あてがつておく垣ね哉／あてがつておく留守家哉／老を及す／袖すりにけり／婆、の木がらし／留主をしておれ／かさい訛は／借すぞ〔よ〕我〔も〕／かちり〳〵と茶せん／亀も鳴たい／嫌はれ給ふ／けどらるゝなと／けどらる、よな／声かけらる、／すこし夏めく／すこし夏めく／すこ打たへく／ずつぷりぬれし／袖引こする／果報過たる／風を入るや／仏の飯に／ほ、り〔り〕付たる／一葉とらする／一葉ぶさる／ねめつけられし／土用休は／だまつて居らぬ／命の親の／親の遮ほふ／あのものといふ／あの小鳥／空も夜寒も／あんな小鳥も／まけじとさ・はぐ

〔巻〕上 上 上 上 下 上 上 上 上 上 上 上 上 上 上 上 上 上　上 下 上　下 上 上 上 上 上 上 上 下 上

〔頁〕199 202 205 56 558 198 428 198 198 198 197 404 501 202 211 202 198 208 204 198 594 211 200 199　657 371 212　510 468 207 198 203 198 201 200 203 290 208

水を浴せて 上549
むだ足さする 上212
目を覚さすな 下429
かんじてきらぬ 上207
わる智恵つけな 上202

うぐいすの

腮の下より淡ぢ島 上197
腮の下より角田河 上197
朝飯だけを 上203
足を拽く也 上212
足をふく也 上199
東訛りも 上63
あてにして来る 上198
迹声遠し 上208
云合せてや 上595
幾世顔也 上212
いな鳴やうも 上9
御気に入けり 上200
親子仕へる 上316
親子づとめや梅の花 上316
おや〔こ〕づとめや御殿山 上208
かせぎて鳴や 上203
かたもつやうな 上200
気張て鳴くや 上208
兄弟連か 上205
草にかくるゝ 上411
口すぎに来る 下557
ぐな鳥影も 上13
ぐな鳥さへも 上13
苦にもせぬ也茶のけぶり 上211
苦にもせぬなり辻博奕 上212
苦にもせぬ也ばくち小屋 上200
くる影ぼしも 上13
来るも隣の 上211
けむい顔する垣根哉 上199
けむい顔する山家哉 上200
巧者に成ぬ 上694
声さへ 上208
声の薬か 上485
こそと掃溜栄やう哉 上208

こそと掃溜せゝり哉 上209
子の寒声や 下431
四月啼ても古郷哉 上594
上きげん也 上205
しらなんではいる 上203
尻目にかけし 上203
しんに鳴てる 上211
しんに鳴けり 上210
悴が鳴ぞあれなくぞ 下525
悴がなくぞつはの花 下568
せつぱつまつて 上210
袖するばかり 上202
高ぶり顔は 上208
だまつて聞や 上199
馳走に掃かぬ 上209
馳走に掃し 上205
弟子披露する 上209
泥足拭くや 上211
鳴ておりけり 上199
鳴塩梅を 上204
鳴賃ぞそれ 上212
鳴つる藪を 上199
鳴かげぼしや明り窓 上205
鳴かげぼしやひよろ長き 上205
鳴だけかりし 上210
鳴とばかりに 上175
鳴も隣の 上212
涙か曇る 上198
鳴らして行や 上199
逃おふせてや 上201
ぬからぬ顔や京の山 上202
ぬからぬ顔や東山 上202
寝所になれと 上175
寝所迄も 上528
寝所見る 下350
寝に来て垣も 上594
軒廻りする 下336
咽かはかする 上67
のにして鳴くや 上211
呑だりあびたり 上202

はかをやりけり 上209
糞の先より 上161
はねかへさるる 上212
一ツ鳴にも 上210
人より低く 上197
ひとり娘か 上200
ふい〳〵田舎 上202
ふい〳〵何が 上199
法ほけ経を 上199
骨折ちんや 上199
毎旦北野 上203
までに歩くや 上207
までに鳴けり 上211
まとに鳴也 上206
までにまはるや 上212
真似して居れば 上201
廻り廻て 上212
名代になく 上208
むだ足したり 上200
むだ足したる垣根哉 上200
むだ足したる枯木哉 上211
目利して鳴く屑屋哉 上212
目利してなく藁屋かな 上206
飯〔時〕ならん 上495
やけを越や 上206
山と成したる 下555
やれ大面も 上200
若い声なり 上209

うぐいすは

籠で聞かよ 上593
きかぬ気でなく 上63
とんぼ返りも 上209
本ン〔に〕鳴けり 上142
まだ古声の 上198

うぐいすも

隠居じたくの 上720
うかれ鳴する 上164
老をうつるなおれが家 上594
老をうつるな藪の家 上595
親子づとめや 上330

笠きて出よ 上555
ぐに返るかよ 上595
元気を直せ 上79
さんざ遊べよ 上207
上鶯ぞ 上206
上鶯の 上206
しくなんではいる 上203
素通りせぬや 上208
添て五文の 上204
代〳〵次に 上200
弟子を持たる 上209
とが〳〵しさや 上198
としのよらぬや 上594
としのよらぬ山 上595
鳴さむらひぬ 上462
鳴さふらふぞ 上458
なまりを直せ 上178
番をしてなく 上557
人ず《つ》れてなく 上207
一夜来よやれ 下482
ひよいと来て鳴く 下164
品よくとまる 上209
ほゞ風声ぞ 上207
マア寒声か 下431
水を浴せて 上212
もどりがけかよ 上197

うぐいすや

あ〔き〕らめのよい 上207
悪たれ犬も 上209
朝〳〵おがむ 上204
朝茶の二番 上212
あのものといふ 上202
雨だらけなる 上203
家半分は 上210
田舎の梅も 上202
田舎廻りが 上202
今に直らぬ 上203
うき世の隅も 上694
会釈もなしに 上202
枝に猫は 上203

栄翟にせゝる 上209
大盃の 上204
桶をかぶつて 上204
男法度の 上206
親もをしへぬ 上209
折戸半分 上23
垣踏ンで見て 上204
かさい訛りも 上202
黄色な声で 下524
米くれた規模に 上209
糞しながらも 上204
糞まで紙に 上209
くらま育の 上201
くらまを下る 上202
御前へ出ても 上209
子に鳴せては 上209
子に人中を 上210
此声にして 上203
こまり入やの 上204
子もとも〴〵に 上208
先立ものは 上204
ざぶ〳〵雨を 上208
而後 上209
尻目にかける 上211
少勿体 上208
雀はせゝる 上210
雀は竹に 上209
隅からすみへ 上211
摺小木かけも 上198
其子に芸を 上210
たばこけぶりも 上204
たま〳〵来たに 上204
ちいさな声で 下525
ちよつと来にも 上210
仕へ奉る 上199
年が寄ても 上595
とのより先へ 上201
泥足ぬぐふ 上202
鳴じたくする 上209
鳴〔ど〕も〳〵 上202

何が不足で
何のしやうも
猫は縛られ
軒去らぬ事
花なき家も
尿しながらも
はるかで下て
一声で
一鳴半で
一勿体を
品くとまる
懐にふったる
古く仕し
棒にふったる
勿体つけて
見ぬふりすれば
南は鴻の
みだの浄土の
廻り廻り
松にとまれば
うぐいすよ
江戸の氷室は
老をつるなる
風を入るな
けさは弥太良
こちむけやらん
木魚の外も
寺はドンチャン
蚊やり三四
よく来た規模に
山育でも
たばこにむせな上野山
たばこにむせな江戸の山
鳴気で来たら
何百鳴た
何百鳴て
唄がかよはば
廻り〳〵て
弥勒十年
うぐいすを

上 上 上 上 上 上 上 上 上 上 上 上 上 上　　上 上
301 204 211 204 211 203 204 201 201 197 205 208 594 557　　207 210 210 211 210 208 210 197 207 205 197 206 199 199 210 208 207 211 204 204 203 197 210 198 201

うけなまこ
音ばかりでも
見たばかりでも
うごのいしい
うごいうじと
うじがみの
枯野にかゝる
出れば日暮
うしうまの
うしうまも
風とり榎
留主事さはぐ
顔をつん出す
うしのこの
うしのこが
うしじまの
うしぐるまの
うじごはんじょうと
旅に立也
寝入ばな也
うしのしる
うしのせの
うしのせを
うしのせの
うじしもうもう
うじやまや
蚊やり三四
木魚の外も
けさは弥太良
うけみずや
冷くしたる
ふいと巧কな

下 下 下 上 下 下　　下 下 下 上 上　　下 上 下 上 下 上 下　　上 上 下 上 下 上　　上 上 上 下 下　　下
325 186 12 520 369 73　　19 511 160 221 530　　108 672 608 349 371 596 75 304　　69 354 138 457 417 73　　161 2 493 288 414　　540

ぞつとするぞよ
うすせばの
うすづきに
うすづきの
うすとたらいの
うすとなりの
うすなじる
うすはおり
うすひきが
今引く白を
うしろでに
うしろでや
うしろむいて
うしろみせ
うしろむいて
うすかべに
うすかべや
うすあかい
うすあまい
うすうたと
うすうたを
うすぎりの
うすからも
鼠穴より寒が入
どちの穴から
月もろともに
うすかびの
うすべりや
どさり居て
うすはどの
うすげらき
うすぐらき
うすぐとも
うすからの
うすずみや
夕暮過や
うすずみの

上 上 上 上 上　　上 上 上　　下 上 下 下 下 下　　下 上 上 下 下　　下 下 下 下 下 下 下 下 下 下 下 下 下
580 294 293 295 295　　21 21 226　　145 295 107 224 527 345 325　　325 108 122 259 214 503 590 653 331 578 688 520 541 497 26 328 309 368 627 377 90

うそうそと
うすせばの
うすづきに
うすづきの
うすけかちち
うすざきの
桜、けり
桜と思へど
今引く白を
つとふ慈の
ばりして逃る
うすべりや
うすびさし
うすびさし
うすさむも
小猿合点か
真事寒いも
芋をながむる
親といふ字を
蓮に吹かれて
只居る罰が
如意輪さまも
仙の留りや
桂の鴎
作つける
天窓張りこくる
かき捜してもも
真聞がりも
餅をながめる
うだくみや
うだくみも
うだくみに
うだくみや
うだくみや
鵜を遊する
見しよく芥子は
山松風
貧乏神〔の〕
白湯もちん〳〵
きせるで天窓

下 下 上 上 上　　上 上　　上 上 上　　上 上 下
179 490 24 509 515 515 515 515　　515 514　　574 681 257　　249 685　　410 525 655　　507 236 624 295 394 6 495

うそうそと
人も頼まぬ
うすけかちち
うすざきの
うすそむ
うそつきの
うたかたや
うたかくや
うたそよびと
うたかたに
うだくみも
うだくみや
うだくみや
我両罔の
蚯蚓の声も
蚯蚓の歌も
うすさむを
うそそきの
うすさむを
うすさむく
うたれても
うたでやれ
うたによむ
うたてでやれ
うだでやれ
うすみびを
うすめたり
うすもやの
うすゆきの
うずらなくや
きげんとらる、鍬の
てら〳〵鋤の
うちじゅうに

上 上　　上 下 下 上 上　　上 上 上 上 下 上 下 下 下 下 下 下　　下 下　　下 下 下 下 下　　下 上 下 下 下
19 280　　638 512 521 488 488　　487 488 487 285 133 616 76 210 8 8 8 8 8 8　　8 7　　8 7 7 7 353 356　　65 225 85 259

【う（初句索引）】

一段目

うちすてて／うちとくる／うちにおれば／うちはぐみ／うちはすす／うちはたや／うちへきて／涼み直すや／取直しけり／挑灯しらむ／這つくばひし／水切町の／かわかぬ内を／こぶしの下や石の蝶／うちみずに／うちみずや／打揚や一つ／うちやめて／うちわめて／うちわはって／うちわはりて／うちかいや／うづかいや／うつかねと／うつかねも／うつくしい／島はだまつて／中に茄子も／うつくしう／うつくしき／あさらが原や／団［扇］持けり／草のはづれの／凩上りけり／寝蓙も見へて／花の中より

上	上	上	上	上	下	下	下	上	下	下	上	上	上	上	上	下	上	上	上	上	上	上	下	下	上	下	上	上	下	下	上	下	下	上	下
623	437	46	488	524	155	578	274	167	193	141	592	488	488	524	527	527	164	533	533	533	533	533	532	71	533	148	549	172	393	289	461	81	456	156

二段目

春に成しけり／仏になるか／うつくしく／あら美しや／蚊やりはづれの／雲一ツなき／せうじの穴の／年暮きりし／苦竹の子の／人とる木の子／雲雀の鳴し／昼雲雀の／貧乏憂も／目でたさやでも／うつつなの／うつつしや／うつのやま／うつばりの／うつらうつら／うつらうつら／うつりがも／うつらとも／桜の風ぞ／花見凧ぞ／うつるひや／うつろえど／うつろぎの／うつろぎや／うてうてと／うともしの／うとましの

上	上	上	上	上	上	上	上	下	下	下	上	上	上	下	下	下	上	上	上	上	下	上	下	下	上	上	上	下	上	上
488	488	321	690	377	175	396	638	565	339	515	7	283	383	727	476	465	53	372	689	261	100	287	219	219	317	705	344	38	429	529

上	下	上	上
317	334	269	278	17

三段目

うのはしは／うのはしを／うのはなと／うのはなに／蛙葬る／活た雛見る／け上げの泥も／しめつほくなる／どつさりかな／とぶ〳〵白の／布子の膝の／［布子の］肱の／一人切の鳥井哉／一人きりの社かな／うのはなの／うのはなの／垣に名代の／垣に吹雪／垣根に犬の／垣根はわらぢの／門はわらぢの／吉日もてし／四角に暮る在所哉／花のなきさへ／窓や鬼王／目先に寒し／うのはなも／馳走にさくか／馳走にちりぬ／仏の八日／ほろり〳〵や／うのはなや

上	上	上	上	上	上	上	上	下	下	下	上	上	上	下	下	上	上	上	上	上	下	上	上	上	下	上	上	上	下	上	下
724	723	724	724	725	582	723	725	469	578	587	726	725	724	725	725	724	724	724	726	725	726	724	724	725	725	724	723	578	725	725	723

上	下	上
724	726	227	491

四段目

子供の作る／子らが蛙／葬の真似する／糊看板の／伏見へ通ふ／二人が二人／本の雪も／水の明りに／飯鐘遇も／うのはなよ／誠の雪よ／片山桜／国に入けり／うばすてた／罪も亡し／奴はどこらの／奴も一つの／うばすての／ばが日ちやちゃ／山のうらみる／うのはなや／梅よ桜と／梅のこちらの／垣にさくか／うばにたた／うぶごえに／うぶすなの／うぶねから／うまいな／うまいかは／我もはかうぞ／うまかえる／うまかがけ／うまかたもげ／うまくいし

上	上	上	上	上	上	上	下	上	下	下	上	下	下	下	下	下	下	上	上	上	上	上	上	上	上	上	上	上	上	上	上
679	333	602	170	311	328	281	488	166	470	25	30	317	150	48	101	43	96	55	72	369	489	489	724	573	578	724	723	725	724	724	726

上	上	上
723	726	725

五段目

うまくうた／うまそうな／雪がふふはり〳〵と／雪がふうはりふはり哉／うまともみえ／うまどもも／うまなりも／うまになる／人も人也／人や汗さへ／人やおか目も／うまのあぶ／うまのおに／うまのかい／うまのがも／うまのくさ／うまのくつ／うまのくび／うまのこが／うまのくち／口さん出すやきつばた／口さん出すや柿紅葉／なめたがる也／柳滑りの／うまのこの／襟する梅の／故郷はなる、／踏潰しけり／目をあぶながる／うまのこも／同じ日暮や／旅に立也／うまのこや／うまのせの／うまかたも／我もはかうぞ／幣を吹く也／蛍ばつぱ［と］

上	上	下	下	下	下	下	上	上	下	下	上	上	上	下	上	下	下	上	上	上	上	上	上	上	下	上	下	下	下
615	101	28	108	232	27	28	657	509	315	67	313	400	481	293	687	277	306	608	529	588	280	280	415	414	536	536	169	306	553

下
180	390	398	682

うまのせを　上615
うまのむ　上225
うまのへに
吹とばされし　上615
目覚て見れば　上602
うまのへの　下447
うまのみみ
一月なぶる　上268
ちよこ〲なぶる　下212
うまのりや　上358
うまはうま　上384
うまばえの　下237
うまはずず　上541
うまばんから　下291
うまひくも　上59
うまびとの　下333
うまひとり　下520
うままでも
正月衣　下457
はたご泊や　上89
萌黄の蚊屋に　上514
よいとしとるか　下487
うまもかみ　上687
うまやにも　上515
うまれたつ　上195
うまれでて　上272
うみおとは　下387
うみそうに　上254
うみとまつ　上537
うみなかや　下228
うみのつき　上519
うみのなき
おもひやる　下47
国をおもひきる　上285
うみみゆる
穴もありけり　上452
芝に坐とるや　下320
程穴ありて　上452
うみよまつ　上537
うめおちて　上727
うめおるや
天窓の丸へ　上326
えんまの帳に　上323
盗ミ〔ま〕すぞと　上332
盗みますると　上332
うめがえや　上332
うめがかに
穴のおく迄　上330
鼬もないて　上312
うかれ出けり　上178
かぶり馴たる　上313
喰あひのない　上323
四角な家は　上318
障子ひらけば　上307
ともいさみする　上313
引くるまりし　上312
引く〔る〕まりて　上313
もつと遠かれ　上323
湯の香に外に　上336
うめがかや
あつたら月が　上321
おくに一組　上324
おろしやを這す　上310
かいでくれたる　上332
狐の穴に　上333
子供の声の　上318
小藪の中も　上326
知た天窓が　上321
知た天窓の　上322
そも〲春は　上314
そも目出度は　上314
どなたが来ても　上310
生覚なる　上320
針穴すかす　上312
平親王の　上335
神酒を備へる　上331
湯の香や扱は　上336
湯の香や外に　上324
欲にや願はぬ　上332
うめがかよ　上324
うめがかを
す、り込だる　上314
はる〲尋ね　上307
都へさそふ　上312
分〔入〕る門の　上323
うめきっと　上330
うめこぼれ　下528
うめさいて
今を春辺の　上313
気ぬけのしたる　上323
常正月や　上311
虱の孫も　上323
名札をはさむ　上307
直ぶみをさる、　上315
ばくちの御代も　上323
一際人の　上314
打切棒の　上332
身のおろかさの　上314
うめさきぬ　上313
うめさくに　上310
うめさくや
アケベ、キヨと　上318
飴の鶯　上318
あはれことしも　上314
犬にまたがる金太郎　上318
犬にまたがる桃太郎　上318
うらから拝む　上320
江戸見て来る　上326
老の頭に　上328
親はなけれど　上324
鍵をくはへし　上320
かぎを加て　上320
門をならべし　上308
かねの盥の　上327
カマクラ五寺の　上314
上下衆の　上327
狐が鳥井　上328
狐の穴に　上334
木を割さへも　上310
現金酒の　上323
心覚の　上311
乞食の花も　上317
去年は越後の　上310
子供の声の　上318
ごまめちらばふ　上331
里に広る　上315
三文笛も　上311
地獄の門〔も〕　上25
地獄の釜も　上324
信濃のおくも　上328
せうじに猫の　上324
少もさはがぬ　上332
雪隠の外の　上332
ちらほらちえの　上323
一日ごろの　上316
手垢に光る　上331
天神経を　上330
唐土の鳥の　上321
泥わらじにて　上327
生覚へなる　上335
寝馴し春も　上314
羽折を着せる　上332
平親王の　上316
方〲から来る　上332
先あら玉の　上4
みちのく銭も　上315
見るかげもなき己が家　上311
見るかげもなき門に迄　上311
目にもろ〲の　上325
門迹を待つ　上330
山の小すみは　上311
行よい門の　上310
我にとりつく　上320
我等が門も　上317
うめさげし　下427
うめさけど
鶯なけど田舎哉　上334
鶯なけどひとり哉　上308
湯桁は水で　上330
うめしんとして　上328
うめちりて　上314
うめちれば　上329
うめづけの　上728
うめつばき
咲立られて　下438
煤をかぶった　下443
人の住家と　上308
うめどこか
二月の雪の　上77
はら〲雪の　上77
うめにつき　上335
うめのきず　上179
うめのきに
心おかる、　下479
じだ、んを踏　上322
大願あるか　下526
立はだかるや　上311
何か申て　上148
花と詠る　上318
見せびらかすや　下304
忘る、な迚　上148
わる口〔く〕た、く　上323
うめのきの
ある顔もせぬ　上315
アルニカヒナキ　上311
心しづかに　上716
連に残る〔や〕　上136
連に苛たる　下474
花と詠る　上318
冬咲花に　下569
うめのきは　上310
うめのきや
庵の鬼門に　上335
御祓箱を　下448
月がなくても　上317
花の明りの　上322
都のす、の　下438
欲にや願はぬ　上335
うめのきを　上246
うめのさく　下539

う（続き）

【第一段】

うめのちる／うめのつき／一枚のこす・いやみ辛は／牛の尻迄・首の月や・階子を下りて・花のおもて・花の表は／うめのはな／うめのはな／庵の鬼門に・笠にか〔ぶ〕つて・髪を盗めとす月か・髪を盗めとす月よ・雀がつんで・なくにたれと・はや見倒の・人は何程・まけにこほすや・見倒買の・無官の宮と・夜は尿桶も・我家にては／うめのよや／うめばちの／うめばちや／うめばちや／うめひとえ／うめひとえ／うめぼしと／うめぼしの／うめみても／うめみても／うめみるや／うめもどき／うめもどき／糸に釣して・御花の名代／うめもりに／うめやなぎ／うめをおる／うめをみて

上上 下下	上上 下上上 下上上上上上上上上上上上上上上上上上上	上上上上上	上
323 104 308 304 417	176 330 431 334 310 358 352 308 93 86 116 325 310 314 325 315 25 314 335 313 316 327 327 254 325	308 307 322 310 327 307	311

【第二段】

青葉一鉢／うらだなや／うらだなも／うらだなは／そりの合たる・五尺口も・三尺口の・三尺口も／うらずまは／うらずまは／うらずみや／曲げ小便も・芒三本／うらぐちや／うらぐちは／むごひ直路の・新吉原の・諸勧化出さぬ／木辻も古き／垣に縄張る／うらがれや／うらがれに／うらがれて／雪打つける・貧乏雪の／御色の馬は・旅忘れけり／うらかぜに／うらかべに／うらかどや／しがみ付たる／うらうらは／うらうらの／うらうらの／うもおやこ／梅を蒔けり・梅をつぎけり

上	上上上上上上	下上下下	下下下下下下	下下下下下下	上下上上	下上上上上
482	156 645 514 433 433 265	122 569 332 185	73 233 234 234 234 233 234	234 234 234 395 393 392	314 540 536 154	348 303 489 315 315

【第三段】

うらみちや／毎日日日・はつ鶯も・只一本の・頭痛にさはる・鹿のきどりに／うらまどや／露の玉ちる／いつも〔の〕人が・雨打つける／うらまどに／雪の解るも・もつたが病・貧乏徳り・炭円手伝ふ・炭俵である／大卅日の／うらまちや／夜水か、りぬ・犬の後架も／うらまちは／月願ひしは・腹へヒ、キテ・北より三が／うらほんの・御墓の方を／うらびとの／雪こざつたぞ・しぶい鹿も／うらがれて／うらのとや・うらのあめ・鳴立られて・だまつて玉子・巳に踏んと／うらちどり／つ、ぱり廻る

上下上上上下	上下上下	上上下下下	上下	下下下	上下下	下上	下下下下下	上
174 367 205 721 664 174	703 100 108 286	131 499 427 512 241 348	454 381	125 46 114	246 386 169	331 23	291 513 533 530 531	325

【第四段】

うれしげや／うれしいかや／うれしいかに／札を張られし・並に致すや・並に下るや／うりわらじ／うりわらし・うるさしやの・うるふりの・うるわらじ／うりめしの・うりむしに・うりひとつ・うりのかや／手をかざしたる・むし出された／うりぬのうま・御仏並に・くれろ／＼と／うりのうま／うりうまの・うりになれ・うりずみの・うりうまの・うりいしや・うりいえや・うりやまに・うりやまをも・うらやまや・うらもんや・うらむきに・うらさまいかにも・ひとりでに明く

上下上下下上	上上下上下	下上上上上	下下	上上上上下上下下下下上下下上下	下
701 126 701 460 430 239	396 377 375 656 333	370 708 708 708 709 708	117 116	218 708 530 709 68 699 550 550 549 447 648 460 46 262 67 32	301

【第五段】

え

うれしさは・晩方の・ことしの露も・うれしさや・しらぬ御山の・御祓の宵の・うれもせぬ・うろたえなや・うわおきの・うわさすれば・うわむきの・うわやから・うわくから・うんすいは・うんつくや

えいやつと・活た所が・来て姨捨の・御仏並に／東夷との・入道との、・えじこよみ・えじひの・えすだれや・えそでらの・えぞたらも・えすだれや・えだおれや・えだおきの・えだずみの／自粉ぬりて・ことしは折れぬ／えたのいが・えたのさる・えたでらの・えたまちに・ええたまちも

下上下下上下下	上上上下上下上上	上上下	上下上下上上下下上下	下下
159 482 646 313 373 506 508	173 518 535 538 687 401 35 521 520	526 526 60 25	610 476 523 246 471 538 530 208 8 475 506	93 512

えたむらの 下426
えたむらや
男日でりの 上714
山時鳥 上572
えちごうま 下90
えちごしゅが 上148
えちごしゅや
唄で出代る江戸見坂 上151
唄で出代る中仙道 上151
えちごぶし 下68
えちごやま 下20
えったらが 上682
えてものの 下189
えどありて 上684
えどいりの 上573
えどいりや 上577
えどえどと 下26
えどかぜを 下577
えどがたも 上240
えどかわず 上252
えどがわに
かわづもきくや 上254
気づよく見へぬ 上283
さし出て鳴 上254
さし出口きく 上254
えどがわへ 上257
えどがわや
おつけい晴て 下537
月待宵の 下47
人よけさせて 下537
えどぐちや
唄で出代る 上151
まめで出代る 上149
えどごえや
あたり八間 上358
花見の果の 上358
えどごみの 上56
えどざくら 上383
えどじまぬ 上495
えどしゅうに 上367
えどじゅうに 下435
えどしゅうや 上36
えどじょうや 下458
えどずえや 上662
えどずみは 上40
えどずみや
赤の他人の 下458
銭出た水を 上533
二階の窓の 上483
えどずれし 下539
えどずれた 上578
えどだこの 上47
えどだこも 上47
えどだちの 下77
えどっこに 上573
えどでみた 上547
えどのあめ 上574
えどのかの 上631
えどのこの
在所の親へ 下459
分迄のける 上478
えどのこや 下120
えどのじょう 下458
えどのすえ 下244
えどのねこ 下576
えどのみず
呑みおふせてや 上242
呑込左り 上527
呑〱馬も 上514
呑とて左り 上526
呑んだ声して 上241
えどのよは
女もす也 下445
別にみかじく 上407
えどのよも 上541
えどばしや 下536
えどへいざ 上576
えどへでて 上57
えどへでる 下280
えどまでも 上575
えどみせや 下518
えどみちへ 上587
えどめかぬ 上108
えどもえど
江戸生へぬきの 上401
〱真中の冬ごもり 下497
〱真中の柳哉 上399
えどものに
かはいがらる、茄子哉 上710
かはいがらる、蛍かな 上606
三日也けり 上661
えどをみに 上357
えにしあれや 上337
えのうまが 上64
えのきから 上673
えのきまで
ことしは行かず 下492
春めかせけり 上254
引抜れたる 上29
えのころが
かぶって歩く 下297
こかして来たり 上728
敷てねまりし 下296
俵踏へて 下354
供して参る 上373
鼠とる也春の雨 上90
鼠とる也はるの風 上99
えのころに
爰へ来よとや 上654
爰迄来いと 上248
爰迄ござれと 上248
えのころの
朝顔さきぬ門先に 下255
蕣さきぬ店の先 下255
押へて逃す 上615
かざしにしたり 下266
通るたんびに 下156
どさりとねまる 下294
寝所迄も 下289
鼻で尋る 上295
先つくばひぬ 下490
夢見て鳴か 上654
えのころも
うかれ出たる 下161
同じく出て 上609
走りくらする 下488
腹鼓うて 下278
えのころを 上163
えびすこう
出入の鳩も 下427
ぱつぱと梅の 下427
えびすこうに 下427
えぼしうお 上540
えぼしきた 上325
えぼしきて
どさり寝ころぶ 上29
ひたと寝並ぶ 上295
えまかける 上95
えりあてし 下323
えりはりと 上689
えりまでも 上553
えんがわは 下338
えんこうに 上510
えんさきは 下337
えんてんに
蓼くふ虫の 上656
てり殺されん 上405
えんてんの 上405
えんなりに 上446
えんのねこ 下244
えんのはえ 上635
えんばなの 上498
えんばなや
腰かけ火鉢 下502
上手に曲る 上659
二文花火も 下144
えんまおう 下320
えんまおうも 上379
えんまだいおうと 下300

お

おいうしも 上637
おいうめの 上727
おいおどり 下128
おいがみの 上8
おいがみは 下18
おいがよぞ 上626
おいがよに
桃太郎も出よ捨瓢 下306
桃太良も出よ桃の花 上391
おいかわず 下88
おいきをば 上361
おいけりな 上521
おいずもう 下148
おいたりな
いつかうしろへ 上525
大評判の 上384
瓢と我が 下306
衾かぶるも 下484
おいとしや 下363
おいどりに 下470
おいどりの
追れぬ先に 下470
はづみや罠に 下470
不足の所へ 下471
まき添に出る 下471
おいどりや
狐とても 下471
鳥より先に 下471
おいどりを 下471
おいながら
雪車のうらなる 下488
雪車の裏ほす 下487
おいぬれば
桜も寒い 上373
只蚊をやくを 上623
日の長へにも 上70
おいねこの 上600
おいのかおぞ 上525
おいのてや 上637

おうしぜみ
おうさかを
おうさかも
行きもへるも
荷牛の上に
手馴し駒に
そば粉［を］添て
しばし教る
尺をとらせ
尺を取たる
おうぎまで
おうさかや
おうさかや
牛の上より
午の上より
おうぎにて
日見とるや
扇にとるや
おいらくや
おいらくも
生れぱても
星なれぱこそ
日は暮そむる
おいまつや
おいまつと
おいまつと
おいぼれとや
糸瓜は糸瓜の
おいびとや
おいぼれとや
おいのみや
かぐしの前も
一汗入て
おいのぶぞ
おいのみは
暑のへるも
日の永いにも
おいわいに
おいわいに
おいわけの
一里手前の秋の暮
一里手前の雲雀哉
おいわけは
おおぎから

上	上	下	上	下	下	上	上	上	上	上	下	上	上	下	上	下	上	下	下	下	上	下	下	上	上	下	上	下	上	下	上
653	524	79	516	139	140	560	560	562	519	673	678	316	519	710	27	221	27	679	135	168	280	121	573	460	646	494	306	493	155	69	6	525

おうじみち
おうしゅうの
おうそうだ
おうたこが
先へ指す
だ、をこねるや
手でとぐ也
花ではやす［や］
おうたこも
おうてのたたれぬ
おうなのような
おうらいの
けなり祭りも
雁のかへりも
何かはへるや
おうみのや
おうへいに
蚤が隠れ
〵子どもよ
おうえばおう
おおあじの
おおあせに
など、大栗
おおあめや
拭ひ込る、
拭ひこまれし
おおあめの
上り口也
御礼花火や
敷居にちょいと
降て浦たる
おおあめを

下	上	下	上	下	上	上	上	上	下	下	上	上	上	下	下	上	上	下	上	下	下	上	上	下	上	上
263	62	49	239	599	59	22	650	266	531	143	305	370	370	389	313	313	563	563	302	233	540	645	642	468	554	165	116	556	56	618	265	564

おおあれの
おおあれの
大雨だれの
一まき過て
夜なべ盛りや
おおいえや
おおいえや
見て〳〵や
つひ〳〵虫［が］
なりしづまりて
見よそや［れ］から
おおいがわ
おおいども
おおいぬが
尻でこちるや
みやげをねだる
おおうまに
おおうまに
胴づかれけり
糞新道も
尻引こする野梅哉
おおえどの
口のとぐかね
おおえどに
交りて赤き木の実哉
まちりて赤き木の実哉
おおえどや
隅の小すみの
隅からすみ迄
おおえどとも
おおえどとも
おおえどは
芸なし猿も
おめずおくせず
犬もありつく
おおえどや
から順〳〵に
ばほを釣るやら
上下で出す
穴から見るも
子につかはる
穴で出る
辻の番太も
吹なぐられし
はら〳〵蚤を
凧とぼける

下	下	上	上	上	上	上	上	上	上	下	上	上	上	上	下	下	下	下	下	下	上	上	上	上	下	下	上	下
427	516	12	688	663	582	559	377	586	728	318	325	389	688	381	398	442	381	209	420	494	59	182	219	220	649	616	662	392	376	412	48

二番なり也
盃そぐ、
闇らみっちゃに
大雨の
鎖おし分て
雪のけぶり
おおえのき
おおがきの
月をもめでし
おおかたの
おおかたは
あちら向に
禄盗人や
おおかみどの
おおかみの
穴の中より
糞さいそう〳〵
糞を見てから
毛ずれの草の
おおがまの
おおがまに
おおがねに
泥にひっ〳〵
おおかみが
おおかみは
おおかみも
穴から見るや
穴で出る
子につかはる
おおかわに
おおかわに
おおかわへ
ばほを釣るやら
から順〳〵に
おおかわや
凧とばする
凧なぐられし
おおかはりすがる

上	上	上	上	上	上	上	下	下	下	上	下	下	下	下	下	上	下	下	下	下	下	上	上	下	下	上	下	上	上	上	上	上
567	367	477	648	133	252	258	478	239	113	15	26	329	230	328	8	318	14	434	575	363	98	369	680	498	42	299	258	133	580	580	585	710

暮行秋の
盃そぐ、
ぺん〳〵草すがる
おおぎくの
秋もずんと
天窓がぶらり
天窓張たる
サンダラボシや
立やアツサの
てつぺんに寝る
生彩暮
おおぎくや
サンダラボシや
おおぎくは
大ギクだけの
縄目を恥と
花と成る迄
人の拾ひし
負るそぶりは
おおぎくさや
おおきくさよ
今度長崎
責らはのも
杖の陰にて
去年は勝て
しかも在家の
おおきなの
おおきなる
おおきなの
おおきのこ
おおぎちの
おおぐみの
赤崎蛤や
迷やだまって
空見おくるや
おおぐみは
おおぐみや
おおぐりの
おおぐりは

下	下	上	下	上	下	上	下	上	上	下	下	上	下	下	下	下	下	下	下	下	下	下	上	下	上	下	下	下	下	上	上	上
312	316	449	189	241	191	241	210	70	318	226	91	682	244	312	496	238	242	248	246	242	245	242	241	236	248	414	406	391	556	248	249	296	454	35

BAND 1

おおぐりや／刺の中にも
おおけむや／大味などと
おおけなや／旅人衆へ
おおげしを／流れとゝまる
おおげしや／我が仲間ぞ
おおごえや／漸とれば
おおごえは／白髪くらべに
おおごえに／蟻の地獄に
おおざくら／廿日過ての
おおざかの／憎れ烏
おおざけの／人にされたか
おおざけ／さらに風まけ
おおしおに／さらに買人は
おおさむし／諫言するか
おおざるに／謙言するか
おおしかの／人にすれたか
おおしかや／小時雨世上
おおしぐれ／小時雨大名
おおしぶと／小しぐれ寝るも
おおじごく
おおしもと

下 下 上 下 下　上 下 上 上 下 上　上 上　上 下　上 上　上 上 下 上 上　下 上 下 下 下 下 下
411 299 220 361 366 362　185 665 170 271 155 417 594 594　369 375　397 526　48 568　228 111 15 620 620　237 669 313 310 315 311 315 311

BAND 2

おおしもの／大道に散らす
おおしゆずを
おおじゆずを
おおすずみ
おおすみれ／けがなく育つ
おおぜいが／むだ待しより
おおぜいの／子を連歩く
おおせうじゃ／逃るが、ちぞ蛙
おおずりも／逃るがかちぞ〜蛍
おおぞうり／見事に暮る
おおぞらの／はづれは梅の
おおたけ／未練に折て
おおたけの／おくのおく也
おおだこの／恋草臥の
おおだこや
おおちょうじゃ／上げ捨てある
おおつかの／りんとうごかぬ
おおつえの／大事に歩く
おおつるの／身しぐれもせぬ
おおつれや
おおてらや
おおてらの
おおてらは／古家と人の

上 上 上 上 上　下 下 下 上 上　上 下 上　上 上　下 下 上　上 上 下 上 上
718 91 151 67 295　523 415 225 48 45　45 573 513　410 316　11 367 384 607 618 223　294 542 419 414 79 407 411

BAND 3

おおてらや／扇でれしし
おおてんぐ／片く〜戸ざす
おおとしに／主なし火鉢
おおとしの／翌のぶに迄
おおとしや／よい夢見るか
おおとに立つ／日向に立て
おおとこな／我死所の
おおとんぼ／二番寝過の
おおとひや／雀が藪の
おおなりや／我はいつ行
おおないに／小町が果の
おおなわや／前キの小町が
おおなにわ／丁「字」に寝たる
おおにこや／せうふの里の
おおねこが／人留のある
おおねこの／人珍しや
おおねこも／尿かくす也
おおねこや／返らぬ鴨を
おおねこや／からり日破て
おおのみの／一ッ咲ても
おおはしや／尻尾でじやらす
おおはしこや／尻尾なぶる
おおばこの／どさりと寝たる

上 上 上 上 上 上 上 下　上 上　下 下 下　上 上 上　下 下 上 下 下 上 下　下 下　下 下 下 下 上
234 279 178 182 156 525 270 113　358 182　678 216 181　721 256 298 299　402 211 586 346 346 348 346　346 346　346 561 501 290 522

BAND 4

おおへびや／衣中より
おおへびも／二日目につく
おおぼたん／せかずによりり
おおほたるや／町の真中
おおまつや／行く〜人の
おおまつの／ゆらり〜と
おおまぐろ／後れ数人
おおまたの／木がくれてのみ
おおまたや／片やすめても
おおみかん
おおみづや／くわらりと落
おおみそか／百年忌也
おおみずの／梅見て居ても
おおみそか／大らくくらが
おおみのや／とんじやくもなし
おおむしろ／小村く〜も
おおもんや／野梅のはくち
おおやなぎ／灯ろ「う」を張る
おおもんの／なんぼ枯ても
おおやねの／蛇ともならで
おおやねや／村の印と
業腹まぎれの
桜の陰に

上 上 上 下 下　下 下 上 上 下 上　下 下 下　上 上 上　下 上 下 下 下 下 上 上 上 上　上 下 上 上
299 228 400 550 550　432 464 228 321 122 462 33　348 348 346 346　665 581 151　217 304 12 467 172 341 673 612 613 615 612　244 196 719 601

- おおやねを　上 616
- おおやぶの
  - 入りの入りなる　上 391
  - 入もせき候　下 446
  - 下から晴る、　下 86
- おおやまに　上 519
- おおやまも　上 285
- おおやみに　下 295
- おおゆきに
  - いかな我おらぬ　下 397
  - 犬めがよけて　下 392
- おおゆきの
  - しなめ育も　上 382
  - ど〔こ〕がどこ迄　上 15
  - 山をづかく　下 391
  - 我家なればぞ　上 12
- おおゆきや
  - おれが真上の　下 391
  - 印の竿を　下 391
  - せつぱつまりし　下 396
  - 膳の際から　下 391
  - 出入の穴も　上 23
  - 出入の穴を　上 23
- おおゆきを
  - かぶつて咲くや　上 60
  - かぶつて立や　上 60
  - 杓子でとかす　上 137
  - 鳴出しけり　下 398
- おおように　上 675
- おおよそに
  - 三百年のさくら哉　上 370
  - 三百年の菫かな　上 294
  - 廿里先や　上 167
- おおよどや
  - 大曙の　上 327
  - 砂り摺舟の　上 406
  - だまつて行と　上 573
- おかがりも　下 425
- おかぐらや　下 428
- おかごより　下 279
- おかさめす　上 18
- おかしいと　下 492
- おかしらに　下 479
- おかづりを　上 544
- おかのいえ　下 3
- おかのいえや　上 682
- おかのうまの　下 545
- おかのきじ　上 225
- おかのべや　下 169
- おがまるる
  - 草とは成ぬ　下 27
  - 露にならんと　下 90
- おがみあぐ　上 337
- おからすも
  - うそく寒き　下 7
  - ついと並ぶや　下 440
  - 乙鳥も潜る　上 478
- おきうめや　下 515
- おきおきから　上 191
- おきおきに
  - 片ひざ抱ば　下 294
  - 嚔の音や　下 407
  - 何をかまけて　上 220
- おきおきの
  - 扇づかひや　上 556
  - 目に付る也　上 86
  - 慾目引張る　上 465
- おきおきや
  - おがむ手に降　上 89
  - 蚤の行衛も　上 451
- おきてから　下 506
- おきてきけ　下 579
- おきてみよ　上 633
- おきてみれば　上 80
- おきなきや
  - 鴈も平話な　下 422
  - 何やらしやべる　下 422
- おきなさび　下 512
- おきなんとして　下 514
- おぎのはに　下 6
- おきばんの
  - 雁のまじく　上 68
  - 貧乏闖や　下 410
- おきばんは　下 188
- おきばんよ　下 188
- おきふしも　上 380
- おきよおきよ
  - アコが乙鳥　上 214
  - 転ぶも上手　下 404
  - 雀はおどる　上 264
- おくえぞや　上 345
- おくおのの　下 445
- おくおのや
  - 小藪隠れも　下 444
  - 森さへあれば　下 445
- おくさがや　上 23
- おくしもに　下 411
- おくしもの
  - たしに捨たる　下 408
  - 一味付し　下 548
- おくしもや　下 408
- おくつゆに
  - 心明るき　下 86
  - 蝶のきげんの　下 90
  - なつかしがらす　下 84
- おくつゆの
  - いかい御世わざ　下 98
  - 晴天十日　下 96
  - ハリ合もなき　下 88
- おくつゆは
  - 馬の涙か秋の山　下 111
  - 馬の涙か稲の花　下 275
- おくつゆや
  - 丘は必　下 85
  - おのく翌の　下 86
  - がさりと〔も〕せぬ　下 101
  - 草葉の陰の　下 92
  - ことしの盆は　下 85
  - 猫なで声の　下 92
  - 武張た門の　下 85
  - 我は草木に　下 102
- おくてはと　下 199
- おくみなりに　下 400
- おくやまの　下 176
- おくやまも
  - 今はウグイスと　上 199
  - ばくちの世也　上 89
- おくやまや　下 282
- おぐらから　下 501
- おくられし　上 348
- おくりかぜ　下 362
- おくりびの　下 119
- おくりびや
  - 今に我等も　下 119
  - 焚真似しても　下 119
  - はたりと消て　下 119
  - やがて我等も　下 119
- おくればせに　上 710
- おくればな　上 343
- おけあてる　上 622
- おけのしり　上 714
- おけのたが　下 73
- おけぶせの
  - 猫を見舞やとぶ小蝶　上 269
  - 猫を見廻ふや庭の蝶　上 279
- おごそかに　下 139
- おこたちの　上 460
- おこたちや　下 76
- おこたちよ　下 317
- おこりずみ　下 507
- おさがりの　上 22
- おさがりや　上 22
- おさがりを　上 22
- おざしきの　上 274
- おざしきや
  - 瓜むく事も　上 709
  - 菓子を見いく　上 49
  - 烏がおとす　下 493
- おさなごの
  - 手に書せけり　下 133
  - 文庫〔に〕仕廻ふ　下 334
- おさなごや
  - 尿やりながら　上 323
  - たゞ三ツでも　下 464
  - 掴くしたり　上 315
  - 文庫に仕廻ふ　下 332
  - 目を皿にして　上 330
  - 笑ふにつけて　下 29
- おさめごと　下 463
- おじおいの　下 13
- おじおいよ　上 248
- おじがうよ　上 488
- おしぜみの　上 650
- おじぞうと
  - 蓼すりこぎと　下 262
  - 日向ぼこして　下 530
- おじぞうの
  - 御首にかける飾り哉　上 32
  - お首にかけるちまき哉　上 484
  - おさむいなりや　下 568
  - 玉にもち添ふ　上 728
  - 手に居へ給ふ　上 250
  - 膝にすはつて　上 258
  - 膝も眼鼻も　上 700
  - ひざよ袂よ　下 529
- おじぞうも　下 29
- おじぞうや
  - 何かの給ふ　下 88
  - 握てござる　下 233
  - 花なでしこの　上 683
- おじぞうよ
  - 河原なでしこ　上 683
  - 我も是〔か〕ら　下 322
- おじぞうを　下 185
- おしどりや　下 535
- おしなべて　上 358
- おしまるる　上 464
- おじゅうやは　下 420
- おしるおけ　上 441
- おしろいの　下 271

おそおきや　上 513
おそざきの　下 302
おそしとや　上 641
おそまきの　上 213
おそれながら
　申上ます　上 390
　申上マスル　上 379
おそろいや　下 136
おそろしき　下 335
おそろしや
　狼よりも　下 361
　寝あまり夜の　下 33
　夜が寝あまりし　下 33
おだにねし　下 187
おだのかり
　年寄声は　下 184
　長居はおそれ　上 237
　畠の月夜や　下 183
　一となりて　上 232
　人よけさせて　下 190
　我通ても　下 186
おだのつる　上 81
おだのみず　下 112
おたびしょの　上 537
おたびしょを　上 656
おだもりも　下 112
おたわらに　下 353
おだんぎの　下 414
おちかたや
　青田のうへの　上 462
　枯野、小家の　下 413
　凧の上ゆく　上 44
おちぐりや
　足で尋る　下 315
　きのふ〔は〕見へぬ　下 310
　先へ烏に　下 311
　仏も笠を　下 313
　又旅人に　下 316
おちごたち　下 317
おちしいの　下 309

おちすての　下 315
おちつきに
　ちつと寝て見る　下 182
　一寸と寝て見る　下 534
　先は寝て見る　下 534
おちつくと　下 184
おちにきと　下 566
おちばして
　親考行の　下 557
　けそりと立や　下 557
　けろりと立し　下 556
　三月ごろの　下 555
　憎い烏は　下 556
　日なたに酔し　下 557
　仏法流布の　下 556
おちばたく
　妹が黒髪　下 555
　里やいくたり　下 555
おちひばり　上 222
おちるはも　下 312
おついでに
　ひんむしつたる　上 56
　引んむしつても　上 58
おつきさま　下 40
おっとよし　下 526
おっとをば　下 158
おてんばよ　下 214
おとおりや　上 229
おどけても　下 128
おとこかぜ　上 15
おとこきんせいの　上 327
おとこといわれて　下 282
おとこなき　下 489
おとこなればぞ　上 150
おとこやま　下 287
おとされし　上 186
おどされた
　犬のまねして　上 360
　犬の真似する　上 360
おどされて　上 181

おとしづの　上 185
おとしみず
　魚も古郷へ　下 112
　おさらば〱　下 112
　おとした人も　下 112
　さそひ合て　下 112
　鯰も滝を　下 112
おとしやく　下 469
おとといの　上 718
おとといも　上 590
おとなしく
　雁よ寝よ〱　下 189
　負ていろ〱　下 248
　留主をしていろ　下 221
おとなしや
　白朝顔の　下 258
　蝶も浅黄の　上 272
おとのこや　上 554
おとまつも
　朝茶仲間や　下 293
　索を綯るや　下 376
おとまつや
　ことし祭の　上 467
　手を引れつゝ　下 455
おともしゅの　下 75
おとらじと
　一文凧も　上 47
　四十嶋太も　上 498
　峰拵る　上 451
おどらばや　下 126
おどりから
　直に朝草　下 127
　直に草刈る　下 127
おとりこし
　飴で餅くふはなし哉　下 416
　飴でもちくふ夜也けり　下 416
おどりこと　下 127
おどるうお　下 579
おどるこえ　下 128
おどるひも　下 128

おどるよに　下 126
おどるよの　下 126
おどるよは　下 126
おどるよも　下 126
おどるよや
　浅間の砂も　下 125
　大坂陳の　下 125
　さそひ出されし　下 128
　水にのがれし　下 125
おとろえの
　急に見へけり　上 521
　急に目につく　上 525
おとろえや
　炭のしみ込　下 510
　花を折にも　上 350
　梢折かねる　下 514
　ぼん〔の〕凹から　下 325
　見た分にする　上 349
おとわかが　上 711
おなかまに　下 460
おなじくと　上 154
おなじくは　上 132
おなじたも　上 553
おなじとしの　下 120
おなじよや　下 504
おなじよを
　へら〱百疋　上 26
　へろ〱百疋　上 26
おなのはな　上 296
おなばたけ　上 2
おなりかぜ　下 190
おなりばや　下 191
おにいばら　下 550
おにうちの　下 466
おにじまの　上 142
おにとなり　上 428
おにのこと　下 300
おにのすむ　上 383
おにのつの　上 373
おにのでた
　跡はき出して　下 466
　跡へ先さす　下 465
おにのねた　下 27
おにのめん　上 102
おにはすも
　さら〱一つ　上 680
　花の盛は　上 681
　ばら〱同じ　上 680
おにばばと　上 53
おにばらに　下 263
おにばらも
　添て見よ〱　上 545
　なびくやみだの　上 726
　花咲にけり　上 726
おにむしも　下 204
おにもいやや　下 540
おによけの　下 464
おねはんや　上 142
おねんしょの　上 34
おねんしょを　上 34
おのがかど　上 117
おのがさと　上 553
おのがたへ　下 39
おのがはね　上 568
おのがみに　下 502
おのがむら　上 555
おのがやに　下 149
おのずから
　頭が下ル也梅の花　上 329
　頭が下る也神ぢ山　下 580
　頭の下たる　上 673
おののえの　下 338
おののはや　上 620
おのれさえ
　君子で候か　下 573
　花見虱に　上 283
おのれまで　上 635
おのれやれ　上 12
おのれらも　上 283
おばすてし　下 158

おばすて

おばすてた／二度目の月も
おばすての／くらき中より
おばすてぬ／くらきかたより
おばすてに／雪かき分て
おばすてて／あれに候とかゝし
おばすては／あれに候とかゝし哉
おばすての／刀預る仮番屋
おばすてや／子捨る藪も／おばとも云ず
おばたんや／畠に直す
おはたごの
おはなから
おはなしの
おはむきに
おびににて
おはらいの／縛られ給ふ
おはらいも／古きも少
おはらいを
おはらいも
おひがんも
おひさまを
おひがんの
おひやくどや
おふくろが／お福手ちぎる／茶立役也／手元に投る／福手をちぎる
おふくろの
おふくろは／きらはゞ嫌へ／けふの日和は／からみ付けて／あつけらこんと
おふくろも
おぶさつて／けぶりの形に／さしでがましく
おぶさつまや

下 上 下 上 上 上 下 上　上 上 上 上 上 下 下 下　下 上 下 上 下 下 上 下　下 下　上 上 下　下 下 下
484 274 420 478 33 51 484 164 51　337 529 312 146 146 314 328 448 448　403 45 30 585 137 22 60 317 65　154 152　170 457 155　43 152 93

おぶっとく／つと立けり
おぶっくの／なぶるな虫が
おぶっくに／何の因果に
おぼたんや／仁和のこのかた
おぼろひとつ／仁和の御代も／一夜の風に／もつとくねれながら／もつとくねれよ勝角力／もつとくねれば星迎ひ
おむかいの／鐘を聞く
おむかえの／雲を待身も
おむかいの／鐘（が）うれしき
おめざめの／鐘待軒に
おめでたく／鐘の鳴也
おもいいぐさ
おもいいくや
おもいれに
おもいいる
おめでたく
おめでたくにかゝるも
おもいだし
おもいきや
おもうさま／蚊に噪がせる／鳴てはこそ／寝てはこはし
おもうずに／鳩も鳴おれ
おもうまじ／けぶり一ヒラの／おもうひとの／おもうひとの／見まじかすれよ／見まじとすれど

下 下 下 下 下 下　下 上 下 上 上 上　上 下　下 上 上 上 上 上 上　上 上 上 上　上 上 上 上　上 下 下
261 261 261 263 263 263　316 89 139 467 491 491　104 210　211 105 106 106 106 105 106　105 105 106 105　152 104 675 675　325 68 111

角力草も／そよぎ盛は／なぶるな虫が
おもしろや／汗の流し／翌は我等も／汗のしみたる／汗のしとるや／汗のながる、／暮かとしが／人が暮すぞ／氷をかけちる／豆の転る
おもにおう
おもだかに
おもしろく
おもしろや
おもしろや
おもかげや
おもきにを
おもしろい
おもかげや
おもかげや
おもうような／おもかげの／かはらなでしこあの通り／はらはなでしこもそれも恥

下 上　下 下 下　下 上 上 上　上 下 上 下 上 下 下 下 下　上 下 上　下 下 下　下 下 下 下 下 下 上 下 下
580 117　502 577 577　438 236 236 629　695 41 77 541 365 48 43 130 96　501 116 516　368 495 529　132 144 359 263 261 261 543 263 436 261 263

おやざとの
おやざとの
おやこどり
おやかわず
おやかたの
おやかたて
おやいぬや
おやいもや
おやいぬや／瀬踏してけり／尻でうけけり
おやいぬが／雲立ヒラの
おやいのや／笠にさしたる／狼ほどく／大木戸越の
おもにおう
おもだかに
おありりや
おありりと／隣も同じ
おもだかに／今とじが行
おもしろや／翌は我等も
おもしろや
おもかげや／見て居て小供／子雀山を
おもうような

上 下 上 上 上 下 上 下　下 上 上 下 下　下 上 下 下　下 下 下 下 下 上 上 上　上 上 下 上 上　上
35 471 256 516 366 274 494 137 493　217 366 688 145 523　394 686 507 343 346　336 32 15 582 333 341 507 507 507 507　496 584 535 683 683　389

おやざとは
おやざとへ
おやざるが
おやじかの
おやじかや
おやしたう
おやしらず
おやしろへ
おやしろの
おやすずめ／子雀山を／見て居て小供
おやたちは
おやだけの／ぶんくゝに行
おやとこが／尻くらべす也
おやとして／字を知てから秋の暮／字を拝らん／今とじが行
おやとこと
おやなして
おやにした
おやにらむ
おやねにらむ
おやのいえが
おやのおやの／其親の／打し杭也（を）
おやのかおに
おやのこえ／聞知来る
おやのかおに／き、知てとぶ
おやのじよう／聞知て行く

上 上 上　上 上 下　上 上 上 下 下 下 上 上 下 上 上　下 下 上　下 上 上 上 上　上 下 上 上 上 上 上 上
196 195 197　216 500 471　456 644 110 25 27 127 184 240 471 549 353　17 25 498　505 704 193 195 190　257 555 635 578 563 563 49 63 80

624

小壁をおがむ 下19
三度いたゞく 下19
おやのだいの 上304
おやのない 上191
おやのひと 下231
おやのめや 下122
おやのよに 下472
おやばちや 上282
おやぶんと
家向あふて 下519
見へて上座に 上253
おやへびか 下197
おやへびや
穴にも入らで 下197
烏さらばと 下197
おやまだの 上586
おやまだや
稗を植るも今様唄 上556
稗を植るも昔唄 上556
日われながらに 下4
おやもこう 下495
おやゆびの 下481
おやよぶや 上46
おやわんに 下518
おらがよは 下391
おらがよや 上158
おりおりに
小滝をなぶる 下292
子を見廻ては 上222
猫が顔かく 上303
おりおりは
腰たゝきつゝ 上166
竹の影おく 下482
蚤もしく〱 下13
おりおりや
庵の柱の 下317
鹿にかゝる、 下171
少栄ように 上713
灯ろのつぎの 下121
おりかけの 上504
おりずみの 下507
おりてさす
是も門松 上31
それも門松 上31
おりひめに 下136
おりふしは
栄ようがてらに 上716
鹿も立添 上164
おりふしや 上713
おりまつも 下160
おりよおりよ 上219
おりよかり 下189
おりるかり
どこの世並が 下189
山田の縁の 下188
おるすでも 下127
おるはたの 下217
おれあしや 下563
おれいする 上486
おれがざも 下116
おれがすみ 下507
おれがたに 上599
おれがたも 上552
おれがたを 上540
おれがのは 上169
おれがばも 下118
おれがふく 下177
おれがほうへ 下171
おれがように 下210
おれくぎに
掛た所が 上484
かけられながら 上685
おれつらら 下335
おれとして
須磨一見か 上637
戸まどいをする 上615
にらみくらする 上253
おれにつぐ 下497
おれぬきの 下401
おれのみは 下28
おればての 上538
おれみるや 上231
おれよりは 下205
おれよりも 上503
おれをさえ 下469
おろかさを 上110
おわかいぞ 下134
おわるとも 上663
おわるるを 上240
おわれおわれ 上622
おわれても
ても人足を 下194
人住里や 下193
おわれどり
隠れた気だに 下471
事すむ迄は 下471
おわれゆく 下387
おんあさじ 上659
おんうまの
汗さまさする 上493
屁ながれけり 下265
おんかみや 上572
おんくびに 上635
おんさくら 下572
おんじゃくの 上56
おんすすや 下438
おんせきや 上53
おんせんの 上554
おんそうの 上175
おんつつじ 上161
おんでみせ 上72
おんなから 上160
おんなしゅに
追ぬかれけり 上293
出しぬかれけり 上58
出しぬかれたる 上58
出し抜れつゝ、 上56
おんなどもは 上346
おんなねこ 上184
おんなをわすれに 下461
おんにわに 上384
おんにわや 下469
おんねずみ 上692
おんのじの
月と成りけり 下59
月〔に〕成たよ 下58
月夜也けり 下59
おんはなの
代りをつとむ 上401
御名代也 下304
名代つとむ 上401
おんばばしじゅうくで 下476
おんひざに 下490
おんひなを 上153
おんひらひら
金比羅声よ 下350
金比羅道の 上275
蝶も金比羅 上275
おんへびや 下197
おんぼうが 上463
おんぼうの 上680
おんまつり 上467
おんむかい 下418
おんやまは 上339
おんやまや 上358
おんゆびに 上468

か

かいおけを 下557
かいがねも 上302
かいがらで
ばくちもす也 上322
家根ふく茶屋や 上332
かいがらの
不二がちよぼ〔〱〕 上92
山いくつある 上85
山からも出る 下43
かいがらを 上333
かいきのこ 下319
かいこいしゃ 上279
がいこつの 下414
かいさんは 下242
かいしなの 上214
かいだんの 上269
かいちょうに 上193
かいちょうの
迹をかりてや 下191
降つぶされて 下78
目当に立し 上383
かいでみて 上179
かいでみるなり 上183
かいどうの 上391
かいどうや 下563
かいなにも 下96
かいぶしに
いつかかしたぞ 上531
吹付る也 上531
ぷつぷと煮ル 上531
やがて蛍も去りにけり 上529
やがて蛍も行にけり 上604
かいぶしの
上に煮立 上531
相伴にあふ小蝶哉 上532
相伴にあふとんぼ哉 上532
聳へどまりの 上530
聳き安さよ 上528
つひ聳えけり 上531
中から出たる 上531
中ともしらぬ 上613
中に鳴出す 下215
真風下に 上530
かいぶしも
栄ように見ゆる御寺哉 上530
栄ように見る坐敷哉 上531
少栄躍や 上532
只三文の 上530
連て越す也 上531
連て引越 上531
なぐさみになる 上529
かいぶしや

かいぶしを
己が事とや
かしてやる也
はやして行や
またぎて這入る
もって引越
赤く咲けるは
むかふの門へ
がいぶんに
がいぶんに
かくれんぼする
かいまがり
雀の鳴也
里を便りや
しらぬ鳥なく
かいわいの
蝉の浴る
鶏の立添ふ
猫が面かく
寝登るたしの
柱によるや
かいみづを
人にたよるや
すぎになる
葬持の
口すぎになる
なまけ所や
縄ひ所や
かうひとが
かうひとを
かえらねば
かえりざく
かえるかり
浅間のけぶり
翌はいづくの
あれも一人は
駅の行灯
何を咄して
花のお江戸を
人はなく〱

上	上	下	上	上	上	上	上	下	下	上	上	上	下	上	下	下	上	下	上	上	上	下	上	上	上	下	上	上	上	上	上	上	上	下	上	上	上
532	532	253	531	531	529	532	607	266	227	194	552	468	171	175	303	459	431	533	206	175	720	721	368	253	239	565	238	504	504	236	238	232	232	236	233	238

北陸道へ
細い烟を
見知ておれよ
我をかひなき
かえるきに
かえるひも
一番先や
しらぬそぶりや
かえるまで
かえれはえ
かおそめし
かおみせらす
かおみせや
かおめせや
大なの
親（との）かたみの
人の中より
声を合する
かがしから
かがしくれ
かがしだけ
かがしした
かがしどの
かがしにも
かがしても
屁を捨出る
必らず出るな
蚊やりにしても
妹がなべずみ
庵に植れば
低い花にも
花故に葉も
烟か、らねい
よりあの虹は
夜は家鴨も
がきどもも
かがしなみや
かがにせよと
かがにでも
かがになっても
猫の通ひ路
よん所なく
かがのきにでも
かがのきで
かがのきに
小判色なる

下	下	上	下	上	下	上	上	上	上	上	上	下	下	下	下	下	下	下	下	下	下	上	上	上	上	上	上	上	上	上	上	上
480	431	247	520	582	14	415	52	229	628	419	154	150	86	150	152	150	150	151	437	437	437	437	437	698	73	634	592	233	232	368	235	233	239	232

かきありて
かきぎわの
かきごしの
足洗盥
ぱっぱとはしやぐ
かきぞいに
しんぼ強さよ
ゆで湯けぶりや
かきごしの
小言に露の
かきぞいや
只四五本の
猫の寝ざる
かきちんの
かきたてて
屁を捨出る
必らず出るな
かきちんの
猫の寝ざる
かきとへ
庵に植れば
妹がなべずみ
蚊やりにしても
花故に葉も
低い花にも
夜はなべ
よりあの虹は
がきどもも
かきなみや
かきにせよと
かきにでも
かきになっても
猫の通ひ路
よん所なく
かきのきにでも
かきのきで
かきのきに
小判色なる

下	下	上	上	上	上	上	下	上	上	上	上	下	上	上	上	上	下	上	上	上	上	下	下	上	下	下	下
293	298	333	183	386	186	185	249	499	686	686	686	687	686	686	686	687	38	122	15	568	291	697	386	80	133	591	500	85	403	82	496

又罪作る
かきれぎの
番しがてらの
弓矢けおとす
かぎのとに
かきのみや
かきのはな
からつ咄の
かきのもとに
仏の色に
かきひとつ
つくねんとして
かきぶどう
真赤に成て
死ば簾も
かぎりある
尿瓶も添て
子どもけのない
かきをみや
手追ひ蛍も
月さ、ずとも
かくあらば
茶をにるほど
何の来ずとも
かくのごとく
手の四程も
かくべつ
猫つくねんと
猫にもすへる
かくれが
日のほか〱と
猫（に）も一ツ
かくもうす
寝ても聞ゆ
犬も人数や
かくれがに
糧にもなる
手前作りも
眠かげんの
柱で麦を
畠に植る
かくれがは
氷柱の種の
咄の種の

上	上	上	上	下	下	下	上	上	上	下	下	下	下	上	上	下	上	上	下	下	下	下	下	下	下	下	下	下
615	19	635	559	61	263	348	693	695	443	166	246	440	413	336	153	12	675	619	79	297	536	299	155	359	129	299	293	293	722	406	299	299	496

浴過けり
かくれがも
人に酔けり
星待願の
かくれがや
あなた任せの
一人前の
犬の天窓の
遅山桜
大卅日の
からつ咄の
枕元より
星に願ひの
ほたんぐるめに
毎日日々
昼時分さす
蠅も小勢で
新醴の
気のむいた夜が
大卅日の
風より寒し
糧かげんの
柱で麦を
畠に植る
犬も人数や
猫にもすへる
猫つくねんと
猫が三疋
何の来ずとも
手の四程も
一かたまりの
一揃でも
一ツ草は
日〱草は
星ひの
呑手を雇ふ
歯のない口で
歯のない声の
寝ても聞ゆ
猫（に）も一ツ
松の天窓の
枕元より
毎日日々
昼時分さす
蠅の休

下	上	下	上	下	上	下	下	下	下	下	上	上	上	下	上	下	上	上	上	下	上	上	下	上	下	上	上	下	上	上	下	下	下	下	下	上	上	上
443	702	461	672	132	289	140	34	465	465	28	128	36	151	151	455	452	606	451	611	458	319	461	481	658	458	511	155	289	460	372	347	439	272	276	129	138	650

　貰ひ集の　下165
　貰ひものにて　下461
　夜寒〔を〕しくの　下16
かくれがを　上282
かくれにげ　上599
かくれやや　下141
かくれれば　下348
かげいたも　上74
かけがねの
　さても錆しよ　下551
　真赤に錆て寒哉　下326
　真赤〔に〕錆て時雨哉　下368
かけぎわの　下62
かけごいに　下463
かけごいや　下463
かけごえや
　雲おしのけて　上473
　御用挑灯と　上583
かけごえを　上534
かけそめし　下516
かけぢゃわん
　足でなぶるや　下447
　開帳したる　上327
かけとりが　下437
かけなべも　上14
かけぬけて　上228
かけはしや
　凡人わざに　下488
　盲もわたる　下28
かけはしを
　歩んで渡る　上267
　唄でわたるや　上89
　知らずに来たり　上424
かけひもに　上183
かげぼうし　上246
かげぼうしに　上35
かげぼうしの　下421
かげぼうしも　上36
かげぼしに
　恥よ夜寒の　下17
　恥よ夜永の　下34
かげぼしの　下305
かげぼしは　下476
かげぼしも
　祝へたゞ今　下342
　七尺去て　上673
　まめ息才で　上9
かけようの　下62
かけるなら
　期してかけとや　下62
　斯う欠よとや　下63
かげろうに
　一本乗の　上128
　扇を敷て　上125
　門松の穴　上123
　ぐい〳〵猫の　上125
　子を返せとや　上125
　さら〳〵雨の　上123
　敷居を越る　上122
　すい〳〵猫の　上128
　ずつぷりぬ〔れ〕し　上125
　成ても仕廻へ　上124
　何やら猫の　上124
　にくまれ蔓の　上124
　ぱつかり口を　上286
　ぱつくり口を　上286
　引からまりし　上124
　任せておくや　上123
　まぎれ込だる　上126
　めしを埋る　上124
　よしある人の　上123
かげろうの
　うちからもたつ浅生哉　上127
　内からも立在郷哉　上127
　内からも立葎哉　上123
　おびたゞしさや　上669
　草にかぶさる　上123
　づんづと伸る　上123
　立草もなき　上123
　立とて伸す　上128
　立にもたらぬ　上123
　立や垣根の　上127
　便ともなる　上123
　手の皺からも　上124
　とり付て立　上126
　中にうごめく　上127
　別に立けり　上124
　真盛り也ことし竹　上701
　真盛也麦の秋　上694
かげろうも
　片側のみぞ　上128
　細く立けり　上126
かげろうや
　丹すりこ木の　上126
　あさぢがくれの　上124
　浅茅原を　上123
　翌の酒価の　上124
　あの穴たしか　上124
　有明つんと　上128
　有明りんと　上126
　歩行ながらの　上126
　庵の庭の　上127
　いとしき人の杖の跡　上123
　いとしき人の杖の穴　上127
　犬に追るゝ　上128
　臼の中から　上124
　馬のつけたる　上128
　馬ほしておく　上128
　馬をほしたる　上125
　縁からころり　上125
　大からくりの　上126
　貝むく奴が　上124
　笠の手垢も　上123
　笠へそりおとす　上125
　蚊のわく藪も　上123
　狐の穴の　上125
　きのふ鳴たる　上124
　きのふは見へぬ　上124
　けふ一日の　上127
　切欠てうる　上125
　草で足拭く　上128
　草の上行　上123
　鍬で追やる　上124
　下駄屋が桐の　上126
　子に迷ふ鶏の　上125
　小藪は雪の　上123
　子をかくされし　上128
　子をなくされし　上123
　敷居でつぶす　上125
　敷居枕に　上128
　雫ながらの　上125
　新吉原の　上126
　菅田も水の　上123
　芒かるかや　上125
　草履のうらも　上125
　そば屋が前の　上127
　大の字形に　上126
　薪の山の　上128
　土の姉さま　上125
　手に下駄はいて　上127
　寺に行かれし　上127
　道灌どの、　上124
　長刀形りの　上128
　鍋ずみ流す　上128
　猫にもたかる　上125
　寝たい程寝し　上123
　掃捨塵も　上127
　庇の草も　上126
　人に聞れし　上124
　薪としめしと　上126
　馬糞も銭と　上128
　馬糞も銭に　上126
　むつまじげなる　上122
　目につきまとふ　上127
　餅つく門の　上125
　やんさぐらしの　上127
　わらで足ふく　上125
かけわんが　上272
かけわんも　下292
かごかきの　上120
かごかきは　上350
かごかきも　上120
かごさきに　上230
かごさきを　上522
かごのとり　上275
かごのむし
　出で、の上也　下224
　けぶり〳〵に　下200
　妻恋しとも　下201
　人のなしたる　下200
かこのやくそく　上276
かごわきの　下325
かさいざけ　上199
かさうらの　上102
かざおれの　下549
かざかげに　下397
がさがさと　上484
かさからん　上395
かさきるや
　梅のさく日を　上319
　桜さく日を　上376
かささぎの　上716
かささぎや　下134
かささして　上88
かざしもの　上528
かざすじに　上679
かざすじや　上325
かざすじを　上719
かさでかお　上719
かさできし　上341
かさでする　上116
かさでらに　上536
かざどこの　上372
かさとって　上274
かさとれば　上554
かざなりに　下153
かさにさす　上606
かさのおち　下313
かさのした　上428
かさのつゆ　下84

〔は〕

［1］
- かさのはえ（歌をしやぶりて）
- かじのはの
- かじのはに
- かじのおとは
- かしだなを
- かしこさよ
- かじけぼうに
- かじけぼうと（門もはらりと）
- かじかなく（門もそよく）
- かじけなの
- かじきはいて
- かしえどる
- かさをきた
- かさもみちを
- かざみみちに
- かさまつを
- かさもちは（窓持て候）
- かさもりの（花が咲けり）
- かざよけに（花が咲たぞ）
- かざりもち
- かさはどに
- かさぶくろ
- かさひもに
- かざばなの
- かさはきれば（も〔う〕けふから〔は〕／我ヨリ先へ）
- かさほどに（雪〔は〕残りぬ薪をわりぬ）
- かさほどの（雪〔は〕残りぬ家の陰）
- かしましき
- かしましや
- かしぼんを
- かしぼんに
- かしぼんの
- かしぼんの
- かじのはは（露をしやぶりて）

下　下 下 下 上 下 上　上 下 上 上 上 下 下 上 上　上 上 上 上 上 上　上 上　上 下 下 下 上 上
133　133 129 410 600 325 398 398　298 487 486 293 517 517 52 148 403 355 467　603 531 491 94 359 605　130 130　605 388 73 545 159 636 635

［2］
- かすみゆくや
- かすみまでも
- かすみみつつ
- かすみたち
- かすみして
- かすみかげの（夕山かげの）
- 百の御丈の（にくいやど屋も）
- 水を降らする
- かすみから（人さす虫か／人さす虫や）
- かすのひの（あくたれ鹿も／神もゆるしの）
- かすみの（萩の風引／鹿立そふ、）
- 駄菓〔子〕に交る（鹿にかゝる、）
- かしわばも（将軍さまの）
- かしわばの（江戸見たやの）
- かしましや（雁もいに風／寝ぼけ烏）
- かしぼんを（足らぬ所へ）
- かしぼんに（菓子をけこぼす）
- かしぼんの（金のなる木の／松が三本／よけて通し）
- ゑりのなき（人さす虫も／よろこび烏）
- 露をしやぶりて

上 下 上 上 下 上 上 上 上　上 上 上　下 下 下 上　上 上 上　下 下 上　下 上　上 上 上 上　上 下　上
108 411 122 120 338 114 119 122 119 117　120 121 115　463 172 176 185　563 468 501　559 186 236　39 237　274 275 275 276　275 133 133 133

［3］
- かすのひの
- かすむから
- かすむひや
- かすむひの
- かすむひは
- かすむひに
- かすむのに（斯うかすめとや／古くもならぬ）
- かすむひに（窓べに見へぬ）
- かすむよや（うらから見ても／はたして人の）
- かすむひは
- かすむひの
- かすむひも
- かすむなら（よろこび烏／人さす虫も／ゑりのなき）
- かすむとや
- かすむとて（目を縫たる）
- かすむほど（麓の飯の）
- かすむやら（花のお江戸も／日やとてむちやに）
- かすふくや（それから雁の／穴だらけでも／猪の寝顔の）
- かすみより
- かすむぞや（大卅日の／見ましと思ひど／あれ干菜山）

上 上 上 上 上 上 上 上 上 上 上 上　上 上 上　上 上 上 上　上 上 上　上 上 上 上　上 上 上 上　上 下　上
112 111 112 112 110 120 109 114 111 110 122 112　112 53 108　121 111 109 110　116 116 118　122 114 122 108　115 110 111 115　118 347　120

［4］
- かぜはやや
- かぜばかり
- かぜのこや
- かぜのこが
- かぜのこ
- 今始たる（空しき窓）
- かぜのかみ（小萩が辻の／赤でうちんや）
- かぜそよぐ（不二にもそよぐ）
- かぜそよそよ
- かぜさむし
- かぜさえも
- かぜくもや
- かぜあるを
- かすむほど（目を縫たるッ、／夕山かげの）
- かすむやら（目が霞やら／雪の降やら）
- かすむむら（竹林麦の／問屋がうらの／とばかりけふも）
- しんかんとして
- 宗判〔押〕に
- 四五丁松の

上 上 下 上 上 上　下 上 上　下 下　下 下　上 上 下 上 上 上 下 下 上　上 上　上 上 下 上 上 上 上 上 上 上 上 上
650 443 475 135 354 494　556 604 488　144 130　369 369　717 168 264 450 116 114　117 113　57 109 121 112 110 110 112 114 118 118 119 121

［5］
- かたかべは
- かたかべに
- かたかべも（雪の降也也）
- 氷柱をたのむ
- 椿で持し
- 棒のやうなる
- 日向ぼこりや
- 都の空よ
- 真さかさまに
- かたえだは
- かたえだの
- かたうらの
- かたいじや
- かたいじに
- かたいたまで
- かたいたま
- かたあしだち（足に立る）
- かたがおの
- かたかおや
- かたおきや
- かぜよけ（橅半〔を〕引ば）
- かぜもふき
- かぜもふふ
- かぜふくや（草の穂さへ）
- かぜふいて（〔から〕だの）
- ひやゝり秋や
- かぜひやく
- かぜひくな
- かぜばやり（猪の寝顔の／穴だらけでも）

下 下 上 下 上 上　下 上 下　下 下 上 下　上 上 下 上 上 上 下 下 上　上 上 下 上　下 下　下 下　上 上
528 350 91 336 304 323　365 301 245　120 180 308 289　309 304 461 697 698 612 542 189 152 373　640 198 523 512　184 233　20 20　694 354

かたがわは
　鯵売ほどの　上455
　まだ闇いぞよ　上223
かたくでも　上426
かたくれた　下78
かたこおり　上558
かたごしに　下520
かたさきに　下225
かたざとは
　おくれ鰹も　上661
　盆の月夜の　下45
かたざとや
　鐘の霞も　上111
　米つく先の　上448
　宿なし乙鳥　上212
かたしろに
　赤けべゝきせる　上480
　おぶせて流す　上480
　負わせてやらん　上479
　さらば〳〵を　上480
　凧うつして　上480
　凧おぶせて流しけり　上479
　凧おぶせてやりにけり　上479
かたしろの
　後れ先立　上479
　末の五月　上479
　ヒイキ〳〵や　上479
　宿り定ば　上479
かたしろも
　肩身すぼめて　上479
　吹ばとぶ也　上479
かたしろや
　とても流れば　上479
　乗て流て　上479
　水になる身も　上479
かたしろを
　とく吹なくせ　上479
　とく吹ふるせ　上479
かたじんや
　一山越て　上34
　山越して来ていう御慶　上35
　山越して来てから御慶　上36
かたすみに
　庵立て見ん　上515
　烏かたまる　上130
　煤雛も　上154
　乳の不レ足　上563
　つんと立けり　下263
　日向ぼこして　下249
かたすみの　上335
かたずみや　下507
かたすみや　下238
かたそでに　下413
かたそでの　下67
かたそでは
　月夜也けり　上329
　ばら〳〵雨や　上109
　山手の風や　下528
かたたがえ　上569
かたたもと　下283
かたちをを　上39
かたつぶり
　うろ〳〵夜も　上658
　壁をこはして　上658
　気がむいたやら　上659
　気永に不士へ　上475
　気任せにせよ　上657
　鯉切る人に　上657
　こちら向く間に　上659
　そろ〳〵登れ　上475
　蝶はいきせき　上657
　ともぐ〳〵不二へ　上475
　何をかせぐぞ　下69
　[仏]ごろりと　上658
　見よ〳〵おのが　上658
　我なす事は　上657
　我と来て住め　下352
かたてりの　上603
かたどうふ　上724
かたときや　上562
かたとびら　上259
かたなさす　上57
かたぬふりして　下145
かたひざは　上245
かたひなた　下550
かたびらに
　いよ〳〵四角な　上506
　忝の　上505
　摺りへらすらん　上506
　摺りやへらさん　上506
かたびらの
　青空色や　上506
　白きを見れば　上505
　寝ぐせや人も　上505
かたびらは　上505
かたびらや
　いかさま松は　上505
　ふし木のやうな　上506
　我世と成て　上505
かたびらを
　雨が洗て　上506
　くねらしめよ　上505
　四角四面に　上506
　帆にして下る　上506
　帆にして走る　上506
　真四角にぞ　上506
かたまちの　上679
かたみごや　下117
かたみせの　上310
かたみちは　上501
かたみなり　下276
かたみみは　下158
かたむべき　上52
かたもちの　上588
かたやまは　上217
かたりとも　上72
かたわきに
　息をころして　上339
　雪のちよぼ〳〵　上68
　わにておはすや　下136
かたわきへ　上566
かちぎくに
　ほろりと爺が　下238
　餅を備て　下238
かちぎくの　下241
かちぎくは　下241
かちぎくや
　そよりともせず　下238
　力み返て　下238
かちぎくを　下238
かちごえや　下238
かちずもう
　其有明も　下144
　虫も踏ずに　下147
かちずもうや　下145
かちどりが　上160
かちぼたる　上613
かちらり　上633
かついえが　上129
かつおいっぽんに　上663
かつしかの
　菊さけはては　下496
　空と覚へて　上341
　宿の藪蚊は　上623
かつしかや
　拝れ給ふ　下88
　カヤの中から　下237
　川むかふから　上33
　早乙女がちの　上555
　鶯が番する　下545
　三百店も　上322
　煤の捨場も　下438
　雪隠の中も　上261
　大黒爺が　下570
　月さす家は　下40
　遠く降ても　下68
　どこに住でも　上570
　なむ廿日月　下231
　猫[の]逃込む　上515
　蝿を打〳〵　上633
　ふり行迹の　上341
　昔のまゝの　上152
かったきで　下146
かったふりして　下146
かつらぎや　下337
がてんして
　居ても寒いぞ　下326
　蛍寝かよ　上473
　蛍も寝るか　上473
かどいでの　上489
かどえのき　上641
かどがきに　下334
かどがきや　上533
かどかすぞ
　鳴ずぞ遊べ　上193
　ゆるりと遊べ　上229
かどかどに　上280
かどかどの　上16
かどかどは　上679
かどかども　上511
かどかどや
　月を見かけて　上695
　半分で行　下432
かどかどを　上261
かどがらす　上177
かどからす　下523
かどかわに　上446
かどかわの　上259
かどかわや
　栄ように洗ふ　下274
　極上〳〵の　下557
　すみ捨てある　下65
　澄捨果る　下65
　逃出しさうな　上662
　腹にひゞきて　下331
かどぐちに
　湯を蒔ちらす　上549
　わか葉かぶさる　上711
かどぐちの
　行灯かすみて　上232

　いぢくれ松も　上105
　木実に見るや　下308
　灯かすみて　上233
　貧乏雪よ　上133
かどぐちへ　下335
かどぐちや
　赤い小菊も　下237
　自然生なる　上31
　上手に辷る　下445
　折角咲た　下232
　つゝぱり廻る　上333
　灯ろのつぎの　下121
　先愛教に　上334
　先愛教の　上333
かどぐちを　下238
かどころが　上492
かどころと　上622
かどころの
　八重山吹の　上392
　八重山吹は　上393
かどさきに　下554
かどさきの　上60
かどさきや
　けさはかゞしも　下150
　此年さしても　上717
　汁の実畠　上171
　角力草の　下287
　掌程の　上463
　猫の寝る程　上291
　半分打て　上172
　雪の仏も　下492
　雪降とはき　下489
　童の作る　下489
かどざくら
　ちら〳〵散るが　上386
　はら〳〵ちるが　上389
　はらり〳〵と　上379
かどざけを　上623
かどさびし　上501
かどじしや　上50

かどしめて　上592
かどすずみ
　爺が乙鳥の　上540
　人の彜　上546
　余所は朝顔　上539
　夜は煤くさく　上542
かどすずめ
　口弟喧嘩　上195
　米ねだりけり　下439
　四の五のいふな　下355
　巣の披露かよ　上188
　なくやいつ迄　上149
　ふる廻水を　上559
　見て居て玉子　上187
かどそうじ　上445
かどちがい　下418
かどでよし
　田よしとよし原　上597
　麦もよし原　上597
　山もくり〳〵　上137
かどなみに
　替もおかし　上498
　ぼろ〳〵衣　上497
かどなみや
　臼の秋風　下76
　只一臼も餅さはぎ　下450
　只一臼も餅の唄　下450
かどなりに　下266
かどにさして　下464
かどにたつ　下246
かどにねし　下187
かどにまえ　上278
かどのいぬ
　じやらしながらや　下448
　なぐさみ叱や　上391
　なぶりながらや　下447
かどのうめ
　家内安全と　上322
　寒念仏に　下432
　一箕こぼれて　上333

　不性〴〵に　上321
　痩がましふも　上332
かどのかき　上713
かどのかり
　いくら鳴ても　下185
　追れ《た》序に　上241
　片足立で　下189
　しんがらかくも　下191
　袖引雨が　下192
　立日となりぬ　上233
　なぜ戻たと　下188
　何の逃ずと　下189
　我帰っても　下192
かどのきく　下246
かどのきに
　くゝし付たる　上483
　時雨損じて　下365
　階子かゝりし　下12
かどのきの
　安房烏もはつ声ぞ　上59
　あはう烏もはつ音哉　上59
かどのきも
　先つゝがなし　上536
　まめ息才で　上576
　やもめ烏よ　下160
かどのきや
　朝から晩迄　上593
　念被観音の　上84
かどのくさ
　生始から　上289
　芽出たやいなや　上287
かどのたも　上170
かどのちょう
　朝から何か　上262
　子が這へばとび　上279
かどのつき
　暑がつれば友もへる　下6
　暑がへれば人もへる　下6
　かはほりどもゝ　上566
　蚊を喰ふ鳥が　上567

　ことに男松の　下45
かどのつた　下264
かどのつゆ
　雀がなめて　下88
　雀の声も　下85
　玉など〔と〕なる　下100
　玉にはならで　下100
かどののみ　上642
かどのはる　上33
かどのほたる　上603
かどのまつ
　おろしや夷の　上31
　淋しがらすな　下359
　春待ふりも　下463
かどのもり　下290
かどのやぶ
　蚊の出るのみが　上626
　蚊の出るばかり　上626
かどのやま
　猫の通ぢ　上181
　春よ〳〵も　上75
かどのゆき
　四角にされて　上134
　四角にわれて　上138
　ぢく〳〵しはい　上133
　邪魔がられても　上136
　なぶりどかしに　上133
　下手な消やう　上130
　汚れぬ先に　上131
かどのよや
　涼しい空も　上540
　大事の暑　下6
かどはいて　上443
かどばしら　上648
かどばたけ　上289
かどはたの　下4
かどはたや
　足駄で作る　上137
　あつらひ通り　上446
　あつらへむきの小夕立　上446

　あつらへむきの一夕立　上446
　今むしらるゝ　下232
　烏叱れば　上268
　米の字なりの　上136
　猫をじらして　下553
　一鍬ヅゝに　上173
　棒でほじくる　上137
　莚敷かせて　下216
かどへうつ　上533
かどまつの
　陰にはづるゝ　上31
　立初しより　下463
かどまつや
　ひとりし聞は　上30
　本町すじの　上31
かどむしろ　上268
かどもみじ　下291
かどやなぎ
　天窓で分て　上399
　しだるゝ世事は　上402
　仏頂面を　上397
かどれいや
　片側ヅゝは　上34
　猫にとし玉　上34
かどわきや
　粟つくだけの　上720
　麦つくだけの　上720
かなあみの　下71
かないあんぜんと
　咲けり　上333
　咲にけり　上336
かなくぎの
　やうな手足を　下76
　やうな蕨も　上301
かなくそも　上293
かなげこで　上48
かなげこや　下62
かなじょうごと　下55
かなぼうの　下403
かならずや

跡は上手の　下469
雨待宵の　下47
湯屋休みて　下352
かならずよ
迹見〔よ〕そはか花の雲　上361
迹見よそわか花の空　上363
かにとなり　上285
かにとなりて　下81
かねきくも　上539
かねぐらを　下238
かねこおる
山白妙に　下334
山をうしろに　下334
かねたいこ
敲止ば桜哉　上369
敲止ば桜ちる　上369
かねなりて　下414
かねなるや　上623
かねのこえ
葬先へ　下253
水〔鳥〕の声　下535
かねのした　上517
かねのつる
でも見つけたか　上230
とりついてから　上68
かねのでた　下542
かねのなる
木のめばりけり　上302
木を植たして紙子哉　下476
木を植たして炬燵哉　下505
木をたんと持　下478
かねのねと　上486
かねはつき　下182
かねもうけ　上676
かのいでて
蚊をやく草も　上623
空うつくしき　上623
かのくわぬ　上630
かのこえに
子の育ざる　上624
子のふとらざる　上624
馴てすやく〳〵　上628
貧乏樽を　上627
かのこえの　上624
かのこえや
足を伸せば　上623
さら〳〵竹も　上623
ずらり並んで　上627
ほの〴〵明し　上623
かのさとが　上79
かのさわぐ　下232
かのせめを　下18
かのなかへ　上626
かのももが　上111
かのゆうべ　上622
かばかりの　下40
かばしらが　上624
かばしらの
穴から見ゆる　上625
三本目より　上627
そつくりずるや隣迄　上632
そつくりずるや畠迄　上627
それさへ細き　上625
立たま〻にて　上632
足らぬ所や　上626
外にのうなき　上633
外はのうなき　上629
外は能なし　上624
外は用なき　上633
先立にけり　下115
かばしらも
一本半の　上627
立よささうな　上624
所〳〵に　下563
横つ倒シの　上627
かばしらや
翌も来るなら　上625
犬の尻から　上630
凡五尺の　上624
草は何なと　上624
是もな《き》ければ　上625
こんな家でも　上625
月の御邪魔で　上626
とてもの事に　上625
松の小脇の　上625
かばしらを
にくみ崩すや　上630
よけ〳〵這入　上625
かばやきの　上312
かひとつの　上622
かぶのさぎ　下29
かぶひとつ　下548
かぶらなや　下548
かぶるふすま　下482
かぶんだぞ　下355
かべあなで　下61
かべあなに　下53
かべあなの　下61
かべえどる　上109
かべつちに　上293
かべつちも　下82
かべにはえる　上629
かべにみみ　下364
かべのあな　上82
かべのあなや　上20
かべもりや　下101
かまうなよ　上647
かまおとに　上332
かまかけて　下23
かまがゆを　上54
かまきりが
片手かけたり　下226
立往生〔を〕　下226
不二の麓に　下226
わざ〳〵罷　下226
かまきりに　下542
かまきりの　上726
かまきりは　下226
かまきりや
かんにん袋　下226
五分の魂是見よと　下227
五分の魂見よ〳〵と　下226
かまきりよ　下227
かまくらの
念仏でちる　下556
見へる山也　上301
かまくらは　下153
かまくらや
犬にも一つ　下140
今はかゞしの　下149
実朝どの、天つ雁　下185
実朝どの、千代椿　上304
十夜くづれの　下420
袂の下も　下180
どなたが春の　上304
早夕飯の　下181
昔どなたの　上305
かまけるな　下456
かまじしが　上31
かまじしや　上316
かまのくり　下314
かまのはを　下216
かまもふれ　下502
かみおきに　下522
かみがきや
白い花には　上269
濁酒にさはぐ　下167
かみかぜの
はや吹給ふ　下274
吹や一夜に　上559
かみかぜや
虻が教へる　上280
草も角力取る　下288
畠の稲穂　下279
畠の稲〔の〕　下279
魔所も和らぐ　上385
飯を堀〔出〕す　下111
かみがみの
置みやげかよ　下418
御留主になんと　下417
留主せんたくや　下418
留主ふる廻や　下417
かみがみや　上5
かみくずの
いつかつゞきし　上686
たしにちりたる　下559
かみくずも
たしに咲けり　下565
ぼたん顔ぞよ　上674
かみぐにの
ふりや乙鳥も　上216
松をいとなめ　下463
かみぐには
五器を洗ふも　下140
天から薬　上485
かみぐにや
天てる星も　下134
草も元日　上60
かみこきた　下476
かみこきる
身にさへのぞみ　下478
世にさへのぞみ　下478
かみこにあうと　下477
かみしもで
おちばかく也　下557
下たぶりさげて　上34
かみしもの　上358
かみじらみ　上139
かみすきに　上262
かみずきの　上310
かみだなの
つゝじとそよぐ　上484
火で並べけり　下453
かみだなは　上83
かみでした　下133
かみとおもう　上20
かみなみに　下167
かみなりに
鳴あはせたる　上224
焼かれし山よ　下70

かみなりの
焦し給ひぬ

かみなりの
ごろつく中を／側に立けり／光る中より／雪を降らする

かみなりも
焦しはせじな／そつとおちつか／そつとおちにき

かみのしか
しらぬ寝坊の／まね落した

かみのない
天窓並べて／頭を撫る

かみばりの
狗も口を／布子羽折も

かみのはす　かみのひや　かみのかぜ　かみのきに　かみのもち　かみのよは　かみのさる　かみのよや　かみにふる

かみよにも
あらじ一夜に／さたせぬ草の

かみゆいも　かみやまや　かみまつり　かみぶすま　かみひろい　かみびなや　かみひげも　かみばりを

下	上	上	下	上	下	上	上	上	下	上	上	上	下	上	上	下	下	下	下	上	下	上	下	上	下	下	下	上	下	下	上	下	
233	559	503	262	404	482	316	156	353	478	24	473	51	452	455	682	478	131	176	337	573	543	418	476	284	453	262	262	262	395	78	261	595	261

かみよより
がむしゃらの

犬とも遊ぶ／弁慶草も

かめどのに
負さつて鳴

かめどの
上坐ゆづりて

かめに　かめのこう　かめのみだ　かめのわを　かめのにとわん　かめのみず　かもがわに　かもがわや　かもがわの　かもなくや　かもいのみだ　かものみず

かものよと
吉野紙子とほこりけり

吉野紙子とほたへたり　かもめも

かももなよと
たんとな村のみじめさよ

たんとな村のみじめ哉　かもよかも　かやうりの

かやしまう
がやがやと／音すなり

かやつって
馬も休や

かやつりて
松に培ふ

かやつりの
夕〔飯〕買に／喰に出る也

かやの〔飯〕
松に培ふ

かやのあな　かやのつき　かやのない

かやうくし
〔家は〕うまく／家はごうく

かやびさし

上	上	上	上	上	上	上	上	上	下	上	下	下	下	上	下	下	下	下	上	上	上	上	下	下	下	下	上	上	上	上	下	上	下
417	515	515	515	513	516	514	515	515	136	488	516	534	534	534	521	476	479	534	476	708	467	629	6	102	575	575	575	250	250	541	267	316

かやりから　かやりして　かゆくうも　かゆゆえに　かよいじも　かよいじや　かようにも　からうすの　からおけに　からかみを

からかみに
べたりと封し

からかさの
雫もかすむ

からかぜや
下にしばらく

からかみの　からかみった　からかみに

からかみに
引手の穴を／もやうになるや

からかみに
音して／亀を

貝殻庇
下駄をならして

がらがらや　からくさや　からげこの　からくちを　からさきに

からさきの
雨よさて又／松はどうして見た

からさきは
松真黒に／松はどうして

からさきや

上	上	上	下	上	上	上	上	上	上	下	下	上	下	上	上	下	上	上	上	上	下	下	下	上	下	上	上	上	下	上	上
446	247	237	513	581	108	80	188	381	323	375	36	575	638	80	638	561	447	563	119	119	376	376	557	68	562	180	100	183	688	26	324	529	530

門松からも
田も打上て／寝顔より

からさきを　からざけの　からじしの　からしなも　からしなの

からすごほり
おやをやしなふ／年とる森は

からすばんの　からすむぎ　からとりの　からっぽうな　からだわら　からたちの　からすらも　からすめや　からびとも　からびとき　からばらと　からまでも　からめしに　からめては

栗で埋りし
木槵でかたむ

からあるすも　からいもや　からいそげ　かりうどの　かりおきよ　かりおりて

上	上	下	下	下	上	下	下	下	下	上	上	下	上	上	下	下	下	上	上	下	上	上	下	下	上	上	上	下	下	下	上	下	上	上
130	565	190	376	277	693	303	310	549	503	513	553	429	676	220	295	78	10	17	303	169	709	183	694	552	468	23	558	297	297	675	518	518	241	2	169	31

ついと夜に入る／畠も名所の

かりおりて　かりおりおり　かりがきた　かりがねも　かりがねの　かりがもの　かりがもに　かりがみの

かりがもが
鳴立られて／ゆるりとかさん

かりかもも
命待間の

かりかもめ
きげん直や／櫛の歯を引

かりがもの
ツゥく／＼しさよ

かりがもの
住どなりけり

かりとなりけり

かりかもめ
網の目からも／おのが雪とて／暮行としと

なけ／＼としが

かりかもも
ごやく十夜

かりばり顔也　武ばり顔也

かりかもよ
人よけさせて／鳴立られて／御成りもしらで／御用をけんに

かりがもよ
是世中は

なけ／＼としが

かりぎとも　がりがりと　かりきかん　がりがりの

上	下	下	下	上	下	下	下	下	下	下	下	下	下	下	下	下	上	下	上	下	下	上	上	下	下	下	下	下	下	下	下
497	472	220	345	495	191	192	192	190	183	419	346	339	391	188	192	397	359	77	184	183	130	686	524	66	215	269	192	192	192	182	184

かりくるや
かりごやの
かりごやの
かりそめに
さした柳も
出て霞むや
かりそめの
かりそめの
さし申されし
雪み月よや
かりたって
かりどもの
かりどもの
帰る家をば
青くも成らぬ
さば〜したる
かりとぶや
かりとぶよ
来くそこは
はみ残したよ
もつと遊びよ
夜を日に次で
楽に寝よやれ
かりどもや
かりどもや
かりないて
かせなく気になる
霜も名残の
直に夜に入る
田のない庵も
山は蒔苗の
かりなおし
かりなくなる
かりなくや
相かはらずに
浅黄に暮る
あはれ今年も
今日本を

上下下下　下上下下下上下　下下下上上下上上　下下下上上　上上下　上上上　下下下下
235 193 188 189　190 643 188 188 184 79 184　191 185 190 170 300 189 238 243　64 185 188 234 235　234 245 491　396 718 109　96 470 187 193

かりなけと
かりなけと
とり残されし
袖引雨に
かりねよねよ
一夜もほしき
平家時分の
かりのくび
窓の蓋する
村の人数は
かりゆきて
かりもゆきて
かりまとに
かりばしに
かりばしに
かりはぐる
かり家の門に
雪仏と
かりゆくな
今錠明く
小菜もち（ちゃく）
かりもぢくや
迹は本間の
ためつすがめつ
人のやれこれ
武蔵北なし
かりよかり
かりよかり
かりよたて
かりよりも
かりりよりも
かりゆくな
かるいしや

上下下下上上上上上　上上　上下下下上下下上　下下上上　下下下下下下下下下下下
690 277 184 243 238 240 241 240 236　239 235　234 185 292 373 255 376 491 177　185 192 234 239　184 185 184 183 183 193 190 192 184 185 187 184

かれたほど
門のなの花
かるならひ
かるしや
かれあしや
かれかぜや
かれぞくや
かれいしや
かれえだに
かれがれの
かれがれや
一所に越し
見人をなくした
俵の山に
かれぎくに
かれぎくや
かれくさと
かれこれと
かれくさや
かれしのぶ
かれすすき
かさり〜と
人に売れし
むか婆・鬼
かれたから
かれてから
かれてだに
あちな方から
かれはぎに
口淋しがる
裾引かける
雨のひ〜し
隅に暖かと
かれはらや
かれはぐら
かれやぶに
かれらにも
かわいさよ

下上上下下下　下下　下下　下下下下下　下下上上　下下下下下下下下下下　下下下下下上上
565 2 231 541 415 415 413　542 542　414 413　541 549 205 544 543 543　548 541 491 541 541 542 542 561 561 561　216 549 550 543 549 298 298

かわいそうな
狐の嫁に
とりしまりなき
かわいらしく
かわゆらしも
かわおとや
かわかうが
かわかぜや
かわぞくや
かわがりの
大続松
砂つ原にも量がとぶ
砂つ原にも量のわく
うしろ明りの
かわかみに
かわがりの
かわかぜや
地蔵のひざの
鳴つくばかり
物和らかに
手伝ふ影
かわくまで
かわくしかけたり
かわごしや
かわしもは
誰くが住
知職の門よ
かわしもや
かわずあなに
かわずとぶ
かわずなき
かわずなくや

上上　上上上上上　上上　上上下　上下上上　上上上上上　下上上上上　上下上上　下上下上上
246 253　244 245 539 199 159 288 558　578 316 716 165 106　570 486 486 487 486 486　129 487 487 487 486　487 142 645 645　500 312 155 628 694

始て寝たる
かわいらしも
かわずらも
かわかうで
かわかぜや
かわぞくえや
かわずらや
かわたびで
かわべりに
かわなかへ
かわなかに
かわのしの
かわばおり
かわはまが
かわねきや
かわべりに
かわべりや
かわなかや
かわどめに
かわどみえ
かわとみえ
かわいしの
涼み給ふや
床几三ツ四ツ
冷汁すべて
夜茶（屋）は引
蝶を寝さする
巨燵の酔や
はたして美人
夜ほちもぞり
さわぎ出したか
住古したる
袖下通る
代〜土蔵

上上上上上　上上　上上下　上下上上　下下上上下下上上上　下下下下下　上上上上上
567 567 566 566 567　567 566　566 260 502　447 106 561 453　502 143 393 400 462 9 640 135 536　44 84 481 481 107 157　60 254 476 470 245

かんぎょうや の段

（右→左）

ちよい〳〵出たり / 人に交る
かわほりも
かわほりや / 翌はく〳〵と
看板餅の / さらば汝と
四十嶋太も
相馬も京も
鳥なき里の
仁王の腕に
人のかひなの
盲ほちの耳の / 夜たかっぽんの
夜ほちの耳の / 人の天窓に
鏥を投ても
かわらやに
かわらべや
かわらけの
かわみゆる
かをねらう
かをころす / 巣の番したり / 草花過し
かわるがわる
歩かば棒に / 行く京の
かんぎくに / 黒こんにやくの / せき立られし
かんぎくに / 頬かぶりする
かんぎくや
臼の目切が / とうふの殻の
かんぎょうや

上/下	下	下	下	下	下	下	下	上	上	上	下	下	下	下	上	上	上	上	上	上	上	上	上	上	上	上	上	上	上	上	上	上	上	上	上	上
頁	430	566	566	566	566	566	506	528	622	632	622	191	305	98	200	85	80	566	566	567	567	567	567	566	567	567	567	567	566	498	566	567	566	567	567	567

かんきよして の段

（右→左）

かんきよして / 薬看板 / 笋看番
鳴や馬から [に] 相違
泣坊主
鳴や馬から
我のみならぬ
なかぬ家ぎへ
でも来てくれよ
つ、じは人に
さらに旅宿と
上々吉の
どちら向ても
日本ばかりの
目出度尽し
庵の玄関の
闇いうちから
さらに旅宿と
別条のなき
寝鱈る程は
曲眠りする
がんじつの
尻のリッパな
立や仁王の
喰つきさうな
シャチ[コ]張たる
石尊祈る角田川
むだ呼されし
云もなムあみ
名のりかけけり
つかはれ給ふ
念仏をつかふ
ふし付らる、
迄つかはる、
市の隠者を
必我に
さらば供せよ
さんざ鳴たら
しなの、桜
朝顔をも
かんこどり
不二も丸て
乞食小屋の
イ組口組の
顔の売るや

上/下	上	上	上	上	上	上	上	上	上	上	下	下	下	下	下	下	下	下	下	下	下	下	下	下	下	下	上	下
頁	589	593	588	593	591	589	588	594	590	588	589	590	431	431	431	431	431	431	431	431	431	431	351	351	351	351	497	705	237

がんじつ の段

（右→左）

我等ぐるめに
がんじつを
あらんかぎりは
雨が間にあふ
足の下より
鳩にとぐれ
やうに人眠る
番してこざる
人の真似して
蝶誘ふ
かんざらし
かんざしで
かんざしの蝶[に] ひらく
昼丑満の
せなかの竜の
袖すりさへ
首のあたりの
首のぐるりの
庵の前を
がんじきにつ
がんじきを
がんじきにつ
がんじきして
日向ぼこする
がんじつは江戸の
立のま、なる
愛らは江戸の
がんじつも
がんじつや
庵の玄関の

上/下	上	上	上	上	上	上	上	上	上	上	上	下	下	下	下	下	上	上	下	下	下	下	上	上	上	上
頁	2	3	3	3	3	2	3	3	3	3	3	2	3	4	2	3	2	487	487	487	518	275	277	493	430	430

（続き）430 430 / 587 369 591 593 — 下 下 / 上 上 上 上

かんぶつ／き の段

（右→左）

かんろふる
なめて見たがる
シャブリタガリて
かんぶつを
ふくら雀も
生る、まねの
かんぶつや
かんぶつに
かんぶつは
かんばんの
かんばんも
かんばいや
かんねぶつ
かんとうの
かんづくり
がんちょうに
がんちょうや
きいっぽん
ありては蚊やり
畠一枚
きいろぐみ
匂組 [蝶] の地どりけり
きえかけて
しろぐみてふの出立哉
きえよゆき
きおとこが
ぎおんえや
きかきやで
きかぬきの
きがるあいで
きおのおの
きぎなきの
ききそめて
ききたまえ
ききのはや
きぎのめの
きぎのめの
きくくらう
きくさいや
きくえるに
きくくゆる
きくきに
きくえきや
きくのぐの
きくのでに
きくせせる
我に等しき
山は本間の
茂介仏も
山の天窓も
赤袖口も
二夜泊りし
白井を越る
馬糞山も
くさりくに
歩きながらの小盃
女ばかりが
下向は左へおのづから
下向は左へ〳〵と
しかうして後
きくぢやや

上/下	上	上	上	上	上	上	上	上	上	上	上	上	上	下	下	下	下	下	下	下	下	上	上	上	上
頁	131	271	271	538	528	559	470	469	467	471	471	470	468	246	394	569	397	459	232	396	373	316	461	434	351

（続き）434 347 264 519 3 434 2 4

上/下	下	下	下	下	下	下	下	上	下	下	下	下	下	下	下	下	下	下	下	下	下	上	上	下	上	上	下	上	上	上	上	上	上	上	上	上
頁	245	244	246	248	241	249	242	235	525	237	244	239	238	237	246	236	236	236	496	477	238	177	177	495	303	303	542	574	569	302	650	245	398	580	250	480

（続き）505 132

きくづきや／外山は雪の／山里〳〵も
きくづくり／蛍をまぶれの
きくなえに
きくなどらや
きくぬしや／火鉢の隅の／触状廻して
きくのはな／咲せる迄の／茄子予に／責からるも／都の鬼が／呑手を雇ふ
山は山とて／欠を〳〵て／欠をかぞへて／欠を摑んで
きさかたも／きさかたや／朝日ながらの／桜もたべて／桜をべて／桜を浴て／島がくれ行／そでない松も

下	下	上	上	下		上	下	下	下		下	下	上	下	上	下	下		下	下	下	下	下		下	上	下	下	下		上	下	下	下
24	274	258	247	254	23	11	530	530	531		545	556	173	235	472	239	141	141	245	236	236	239	235		235	495	141	236	245	501	541	83	242	2 2

きさらぎや／きささぎに／きじなくや／きじとうす／きじたつて／〈庵を／きじろうろう／きじのなく
元日草も／元日草も／きじのこえ／きじのおに／きじなんど／見置た山の／見かけた山の／藪の小島の／藪の小脇の
きそやまや／きそやまに／きそがらす／きそのちゃも／きじのなく／きたぐにも／きたかりや／きたかべや
蝶かき分て／雪のふ空も／しごき乗も／家に雪なき／いろりの隅の／鳴間もなくて／きたにしぐれ／馬も故郷へ
きたれよや／きたまどや／きたはまと／きたないと／きたとうげ／火をたく顔の／卯月八日も／御顔也けり
きちもきち／きちゆうじへ／ぎちゅうじは

上	上	上	上	上	上	上	上	上	上	上	上	上	上	上	上	上	上	上	上	上	上	上	上	上	上	上	上	下	上	上	下
227	231	229	227	229	224	225	227	229	229	231	230	226	225	225	225	227	227	225	229	224	225	224	225	227	415	227	227	62	62	62	220 693 454 199 24

田中の島も／浪の上ゆく／能因どの、／蛍をまぶれの／きじの御山の／きのふは見へぬ／きのふは焼れし／気のへるやうに／こぎ乗らる、／馬も故郷へ
火をたく顔の／きたとうげ／きたないと／きたはまと／きたまどや／きたれよや／きたにちの／きたにちの／きにちの
御顔也けり／卯月八日も／きちもきち／きちゆうじへ／ぎちゅうじは

下	下	上	上	上		上	下	下	下	上	下		上	上	下	上		下	下	上	上		上	下	上	上	上	下 上 上 下
352	355	580	156	590	136	231	564	305	266	415	357	356	80	597	548	7	538	189	372	575	263	164	217	38	166	111	73	229 231 118 546 230 227 231

きちゆうじや／きっかりと／浅黄の山や／山は浅黄に／きっくりと／きつつきが／けいこに扣く／きつつきや／骨折損の／不仕合やら／日の暮から、／くれ行秋の／きつつきも／きつつきや／一ツ所に／人より跡に
江戸〔を〕詠る／蚊に噴な、や／きつねびの／きつねるの／きてみれば／こちらが鬼也／在家也けり／せんたくしたり／直ぶみ斗也／きにいった／桜の蔭も／花の木陰に／きにいらぬ

上	上		上	上		下	下		下	上	上	上		上	下	下	下	下		下	下	下	下		下	下	下 下	下
347	377	499	446		122	577	554	537	602	258	215	178	177	177	177	177	362	403	288	178	177	177	177	177	177 177 26 30 26	355

蕣過分／家も三とせの／里〔も〕あらんを／のり出て蕣／人もかすむぞ／きにしてば／花さく時も／きにしてば／きにもちの／花さく夜にも／きにもちの／秋に入る／居て見ても／きぬあきと／きにもちえて／きぬぎぬや／きぬくばり／天窓〔数〕には／見せ〳〵門も／きぬたうつ／きぬたうてば／きぬもらい／きぬさきや／きぬいりし／きぬうには／きのうねし／さが山見へて／嵯峨山見ゆる／きのうまで／きのかげや／尻にあてがふ／蝶と休むも／てふとやどるも／きのこがり／女に勝て／子どもに先んを

上	上		上	上		下	下		上	下		上	下	下	下	下	下		上	上	上		下	下	下	下 下 下 下 下 上 上 下 上 下 下
317	320	277	277	509	54	149	84	80	648	275	195	458	158	158	459	457	107	497	498	4	456	456	456	456	38 45 533 396 253 436 41 253

一（ぎょうぎょうし・きみがよ〜きょうまで）

〔第一段〕

きのこさえ／きのこした／きのことり／きのこをば／きのさるや／きのしずく／きのしたに／きのしたや／きのしめの／きのどくや／きのはしの（おれが罪なし）／きのまたの（弁当箱よ）／きのまたの（人は罪なし）／きのまたの（法師に馴る、身でも立添ふ）／きはじめに（よ所の膳にて）／きばむまね／きぶくれて／きみがいえ／きみがおうぎの／きみがため（不性くくにおどりけり）／きみがたも（世やとやそよぐ・よやとやさはぐ）／きみがよの（寒しといふは）

上下　171 496
上上下下上下上下上　563 59 59 536 6 545 563 513 370
上上下　464 348 126
上上下下下上下下　518 187 584 433 290 476 204 145
上下上　476 16 105
上下上下上下下下下下　271 330 655 162 660 645 319 318 235 320

〔第二段〕

乞食の家も／紺のうれんも／山椒も子を／鳥も法け経／二度も全じ／山笹も子を／きみがよも（牛かひが笛）／きみがよも（厩の馬へも・かゝる木陰も）／きみがよも（国のはづれも・乞食もあまる）／茂りの下の／風治りて（から人も来て）／寺へも配（蛇に住替る）／旅にしあれど／主なし塚も／舟にも馴て／尼をおとしに／よ所の膳にて／誠に多太の桜哉／木陰を鹿の／鶏なくて（雀も唄へ）／きみなくて／正月もせぬ（日本の雁ぞ・ひとりながめや・乾さる、番ぞ・見るもおがむも）／ぎょうぎょうし（一本声ぞ・口から先へ・それぎりにして・大河にして・尋ぬ〈る〉牛は）

上下下　584 408 426
上上下上下　483 44 366 389 579
上下下　59 487 327
上上上下下上下下上上下下下下下上下下　702 701 11 469 535 31 429 462 50 678 719 459 536 470 413 718 458 160
下上下上下上上　43 706 53 206 307 381 482

〔第三段〕

きゃくさきに／きゃくずきや／きゃくぜんの／きゃくちょうの／きゃくのくつ／きゃくぶりや／青柿渋く（犬も並んで）／終ひの雪（月に居並ぶ）／きゅうつに／きゅうすんで／きゅうてんの／きゅういりも／きゅうはじめ／きゅうあけし／きょうあすの／秋となりけり（盆に欠る）／きょうあたり／きょういりに／きょういりの／きょういりも／きょううえし／きょうかえた／きょうからの／きょうからは／けふこそ本の／はかやって行〈く／薬利べし／薬降るべし／正月分ぞ寝よ子供／正月分ぞ麦の色／日本の雁ぞ／ひとりながめや

上上上上上　595 596 596 596 596
下上上下下下上下　93 465 709 187 464 464 418 418
上上上下下下下上　689 648 80 540 139 539 433 46 184
上上上上上下上下　257 40 526 100 380 45 78 86 299
上下上下上　339 245 523 249 70

〔第四段〕

どこが葛西の／何に追れて／一村うまく／下手盗人を／きょうきょうと／命もへるや（うき世の事も）／きょうきりの／入日さしけり（江戸のお食も）／地獄の衆も花見哉／けふこそ本の（今日名月の御側哉）／今日名月の御山哉／きょうとても／きょうになりて／きょうのしわす／きょうのしごく／きょうのつき／あなたも程（我もむさに）／きょうのひに／きょうのひは／きょうのひも／きょうひとや／きょうのもの

上下　153 247
下上下下　236 485 49 61
下下下下下下下　298 322 340 237 51 50 578
下下下上上　471 509 106 345 25
下上　432 148
上上上下　75 651 369 144
下下下下　474 482 509 510
上上上上上　595 597 596 595 595

〔第五段〕

喰つぶしけり／棒にふりけり／棒ふり虫と／棒ふり虫と／きょうのひや／庵の小草も／替てもやはり／けぶり立るも／地獄の衆も／信濃育も／流も煤（鳩も珠数かけて）／山の庵（するく粥）／きょうのよや／きょうばかり／隣建ひさよ（別の寒ぞ）／きょうばかり／きょうははは／きょうはなにを／しなの、雪の／病気〈を〉つかふ／明日さしらじ（あきずもあらなん）／きょうびとは／歯に絹ませて（我もむさに）／きょうのひとや／日傘の陰の（わら払いく）／きょうふくが／きょうまでの

上下下上　242 465 163 508
上上上　550 77 514
上下　367 479
上上　361 350
下上上上上　493 329 358 558 55
下上　327 497
上上上下下下下上上上上　489 506 153 422 442 426 238 25 491 496 158
上上上上　621 621 342 115

【きょう〜 の部】

きょうまでは／ちらぬつもりか／一筋道ぞ
人の上ぞよ／まめで鳴たよ
ようし「ん」ほした／よく辛抱した
きょうみえて／臙をもむ也
きょうもある／一汗入る
きょうもきょう／京の五条の
きょうもきょう／京の真中や
あゝ蜩に／秋雨す也
きょうみるや／翌「も」あついか
きょうを見て／同じ山見て
きょう見る／霞ばなしの
竹に見とる／かすみ放しの
竹のそちらや／かすんで暮す
風引かゝる
只木がらしの／だまって暮れつ
茶をたをされつ
鳥の番也
鳴づれのない
のらくら鴬や
一つ霙なり
人の嫉なり
もがずに見るや
きょうもくれ／〈〉けり五月雨

上	下上	下下	下上	下下	下上	下下	下上	上	上	上	下	下		下上		下上上		上上下下	上下
431	710 444	219 535	221 144	678 534	371 44	219 501	501 336	492	116 114	112 83	210 416	69 208		519 215		525 493 108		243 239 221 94	355 565

【きり〜 の部（一）】

きょうもしに／きょうもまた
〈けりひとり蚊屋
〈さくら/\の／見せびらかすや
きよがきの／一息つくか／聞直さうぞ
きよくすいや
きよねんかった
きよねんみし
きよみより
きょろきょろ
きられるべき
きられても
きられし
きられた
きられぬ
きられて
きられた
きりかぶに
きりかぶの
きりかぶは
きりきりしゃん
きりぎりす
翌はふさがん
穴に腰かけて
庵の柱に
いづれの露に
犬もふまずに
今引臼に
売られて行手で
帯「の」あたりに
かくしの腹で
およぎつきけり
夜は武門と
夜昼小言
紙袋に
けふや生れん
けふや生れん
きり〈〉死も

上上	下下 下下 下下 下下 下下 下下	下上下 上上 上下 上上 下上 上下 下下 下下 上上 上下		上上		下上
219 294 224 224 219 224 220 219 219 223 416 218	250 54 358 589 136 629 136 197 401 548 526 495 330 421 153 244 159 670 614 429		449 383			229 513

【きり〜 の部（二）】

きり〈〉仕廻へ
けむたい顔は
声が若いぞ
声をかくすな
三匹これに
叱た裾に
茶碗けとばす
しばし蒲団の
其大根も
せんきの虫も
すハトモいはゞ
尿瓶のおとも
月よ〈〉が
つぶれた門と
隣に居ても
鳴する藪も
なくも一ツ間も
鳴やつって
なげとてもやす
汝も露の
逃た気どりや
野、牛も聞
咄の邪魔を
髭をかつぎて
ひざの米つぶ
人したひよる
一ツの音は
人より先へ
ふと鳴出しぬ
星待人に
ほや「を」萱れて
まんまと籠れ
身を売り
夜は武門と
夜昼小言
豈聟こざも
はせ山おろし

上上	下下 下下 下下 下下 下下 下下 下下 下下 下下 下下 下下 下下 下下 下下 下下 下下 下下 下下 下下 下
516 516	224 219 224 222 137 130 220 219 218 218 220 222 223 218 224 220 224 219 225 218 219 219 222 220 225 546 220 222 223 218 221 224 220 225 225 220 330

【きり〜／きん〜 の部】

きりさめに／あらの、百合の／低くもならぬ
きりさめや／草木もとしの／夜霧昼霧
きりつぎの／美をつくしたる
きりしばの／きりしばの
きりしぐれ
きりのにある／親子むつまじ
きりのにある／美を尽くしたる
「子を」呼ばるよ
きりのきや
きりのきや／散らぬ一葉〈〉
一葉也
てきぱき散て
足の際なる
きりはれて
きりひとは／後はくわら〈〉
胡麻殻からり
月宮殿の／珠数の置所と
きりひとは／終の敷寝に
蠅よけにして
とても此の事に
二は三四は
きるまとて
きるもとも
きるやいな
きれぐもの
きれごさや
きれだこの
きれだこや
きればきる
きわざわし
きんのはな
きんのくそ
てんつるてんの／色を咲ても
きんときの
きんときろうが
きんちゃくの
きんかんや
きんかんやの
きんがさけ
きをもむなよ
きをかえてきて
きをいれて

下下 上上 上上 上上 上上 下下 下下 下下 下下 下		下下		下下下		上上 上		上下 下下		下上
195 331 45 47 317 448 506 188 714 295 297 295 294 296 296 296		107 109		296 295 296		715 194 546		602 478 478		718 106 109 107

（右端）下上 107 689

【く〜 の部】

くごうめの
くごうめの
天神様の／鼬の颯が
くくたちや
くくめしに
くざんしに／くうづきの
くいやくに／くいやくに
くいにげて／くいにげや
汝がとしは／くいにくて
くいにき／くいすぎての
くいつみも
くいなさえ
くいなくて
拍子に急ぐ
くいいげの／蝶はいきせき
いかにも露を
くいくずの

上上上	下下 上下 下下 上下 上下下		上上下上上		上上下上上		上上上上下		上上下下上下
473 300 300	516 264 541 218 218 412 341 261 88		632 631 168 598 598		599 30 67 163 297		593 341 51 501 258		540 503 304 308 44 354 29

637

くさいちと　下124
くさいねも　上465
くさうえて
　春風の吹　上95
　夕暮待ぬ　上512
　夜は短くぞ　上406
くさかげに
　蛙の妻も　上247
　つんとしている　上249
　ぶつくさぬかす　上245
　棒のやうなる　上301
くさかげや　上245
くさからも　下26
くさかりの
　馬に寝て来る　上455
　ざくり〳〵や　上432
くさかりや
　秋ともしらで　下168
　火を打こぼす　下101
くさぎれの　下69
くさぐきの　下178
くさぐきを
　預けばなしで　下178
　たんと加へよ　下178
くさぐさも　上288
くさくれて　下139
くさごしに　上339
くさしずく　上420
くさぞめの　下413
くさそよそよ　上511
くさつみの　上163
くさつみや
　狐の穴に　上163
　羽折の上に　上164
くさつむや
　妹を待せて　上163
　うれしく見ゆる　上163
くさづるも　下122
くさつるや　上289
くさとなる　下98

くさにほん　上440
くさのあめ
　おの〔が〕家とや　上487
　松の月よやかへる雁　上232
　松の月よや十五日　下48
くさのいお　下453
くさのいおは　下245
くさのしも　下408
くさのちょう
　牛にも詠　上261
　大雨だれの　上259
　七ツ下りと　上278
　何をすねるぞ　上275
　昼過比と　上259
　八過比と　上259
くさのつき　上103
くさのつゆ
　風にはらりと　下84
　何の苦もなく　下93
　人を見かけて　下86
　先うれしさよ　下86
くさのとの　上481
くさのとも
　衣打石は　下161
　子を持て聞　下574
　のがしわせぬや　下452
　貧乏めかぬ　下500
くさのとや
　いづち支舞の　上10
　入替立替り　下35
　梅にせかれて　下438
　おどり替りに　下286
　けさの年玉　上37
　どちの穴から来る春か　下345
　どちの穴から春が来る　下345
　どなたが来ても　下501
　どの穴からも　下345
　初そばがきを　下519
　半月ばかり　上708
　一月ばかり　上709

　貧乏樽の　上481
　先蕎麦切を　下580
　みやげをねだる　上192
　夜永の人の　下33
くさのみ
　はら〳〵もどる　上640
　はらり〳〵と　上640
くさのはな
　妹がさゝげは　下231
　菌のゆへに　下232
　地蔵の身にも　下230
　人から先へ　下229
　人の上には　下230
　よんどころなく　下230
くさのはに
　虻の空死　上280
　かくれんぼする　上248
　蚊のそら死〔を〕　上629
　鹿のざれけり　上88
　願ひ通りの　上412
　半分見ゆる　上672
くさのはの
　釘のとがるや　下79
　ひた〳〵汐や　上212
くさのはも
　風癖ついて　上74
　人をさす也　下79
くさのはや
　雨にまぎれぬ　下87
　犬に嗅れて　上606
　今うつ水の　上533
　たつぷりぬれて　上651
　燕来初て　上213
　ばかていねいな　上434
　彼岸団子に　上145
　世の中よしと　上636
くさのはらに　上617
くさのほに　上543
くさのほの　下16
くさのほは　下233

くさのほも　下233
くさのみも　下233
くさのめや　上287
くさのめよ　上287
くさのもち　上157
くさのもちの　上158
くさのやの　上592
くさのやは　下18
くさのやも　下460
くさのやや
　親の寒が　下331
　霧がふは〳〵　下107
　子は人並に　上499
　丁どひがんの　上145
くさはえて　上109
くさばから　上414
くさはぎの　下270
くさばたに　下282
くさはたの　上79
くさばなが　上520
くさばなで　下231
くさばなと　下278
くさばなに
　くゝり添たる　上485
　けぶりも添へて　下229
　汁鍋けぶる　下230
　尋あたりぬ　下525
　蝿も恋する　下231
くさばなの
　咲〳〵畠に　上172
　仕廻は五月　上436
　ちら〳〵見へて　上488
　つんと立たる　下19
　なきにしもあらず　上589
くさばなや
　いふもかたるも　下231
　追付誰も　下229
　けふも芥を　下231
　立臼程の　下231
　露の底なる　下232

　鳥さへ立ば　下230
　蛍〳〵に荒さるゝ　上604
　蛍〳〵に荒る哉　下230
　夕立の夜の　下230
　行よい門の　下229
　漸さけば　下230
くさばなを
　腮でなぶるや　下145
　かこつけにして　下229
　よけて居るや　下144
くさばより　上414
くさはらに
　こすり落や　上643
　そよ〳〵赤い　下121
　でく〳〵一ッ　下279
くさはらの
　その長き　下209
　一ッ大根も　下545
くさはらや
　子にひろはする　下310
　提灯行に　下204
　とうふの殻に　下75
　何を目当に　上641
　蚤の行衛も　上448
　〔わが〕袂より　下107
　わらさへあれば　下107
くさはらを
　顕れてなく　上231
　かせぎ廻や　上642
　覗れてなく　上231
くさびえも　上686
くさぶえの　上436
くさまくや
　肴焼香も　上174
　蝶なら一ッ　上174
くさまくら
　雨のない日が　上21
　星は一夜も　下134
くさみずの
　井〔戸〕の降《り》より　上328

井〔戸〕の中より 上 329
くさみちに 上 78
くさむぎの 上 72
くさむらに 上 511
くさもきも
源氏の風や 上 603
寝入ばな也 下 116
くさもちに 上 158
くさもちの
草より青き 上 159
草より青し 上 158
又めづらしや 上 500
くさもちや
臼にぼた〲 上 158
臼の中から 上 158
片手は犬を 上 159
地蔵の膝に 上 159
芝に居って 上 159
くさもちを
鍋でこねても 上 158
先吹にけり 上 157
くさもねよ 下 36
くさものび 上 549
くさやから 下 7
くさやねや
さゝぬ菖〔蒲〕は 上 688
引張たらぬ 上 87
くさやねを 上 616
くさやぶに 上 520
くさやぶも 下 163
くさやぶを 下 215
くさやまに 上 225
くさやまの
雨だらけ也 上 96
くり〱はれし 上 80
こやしになるや 上 78
くさよりも 上 492
くさるほど 上 591
くさわけの 上 309
くさをつく 上 67

くしみずに 上 457
くしゃくしゃと 上 566
くすくすと 上 528
くずごえに 上 677
くずつるの 下 270
くすのきに 下 149
くすのきの
念の入たる 上 715
立派に枯て 下 549
くすのはな
人から先へ 上 722
人はいくたり 上 722
くずのはな
水に引するあらし哉 下 270
水に引する夜明かな 下 270
くすりぐい 下 516
くすりという 下 516
くすりのむ
馬のしろ〲 下 70
馬もありけり 下 69
くすりふる
空よとてもに 上 485
日とてのらつく 上 485
日や毒虫も 上 485
くすりみと 下 517
くずれやなに 下 157
くずれやの 下 303
ぐぜかんぜおん 下 13
くせざけの 上 76
くせものと 下 393
くそむしや 上 282
くたびれや
涼しい木陰 上 423
涼む真似して 上 545
ぐだよいの 上 35
くだらぬや 下 414
くだりがわ 上 476
くちあけて
親待鳥や 下 67
蝿を追ふ也 上 637

春を待らん 下 345
くちおもの 下 70
くちがるな 上 477
くちがるに 上 216
くちきくや
今に我等も 下 88
小粒なれども 下 147
くちきりの
天窓員也 下 435
日に点かけて 下 435
くちきりや 下 435
くちざくら 下 565
くちすぎの 下 336
くちだして
にらまれんより 下 499
又にらまる、や 下 499
くちだすが 下 499
くちなわと 下 112
くちなわの 上 600
くちなわも 上 600
くちのだし 下 499
くちばたに 上 94
くちぶえも 下 353
くちべたの 上 9
くちもても 下 158
くちゆえに 上 150
くっきょうの 下 55
くっさめに 上 329
くっさめの 上 526
くっさめは 上 13
くったくの 下 538
くっつけた 上 168
くってねて 下 347
くつもちは 上 103
くつろいで
寝たり起たり 下 192
花もさくかよ 上 361
くつろぎて 上 354
くにがらや
そば切る色の 下 356

田にも咲する 下 272
くにぐには 上 367
くにじゅうは
惣びいき也 上 356
残らず諏訪の 下 136
くにするな 上 649
くにちにも 下 235
くにのちに 下 85
くにぶしや 上 559
くにやんだ
元日するや 上 3
元旦すむや 上 4
くのしゃばと 下 24
くのしゃばや
神の御立も 下 418
桜が咲ば 上 382
花が開ケば 上 352
蛇〔が〕なのりて 上 244
虫〔も〕鈴ふる 下 217
くのしゃばを 下 208
くびあげて 上 19
くびたけの 上 695
くびだして
稲付馬の 下 277
身寄虫見るらん 上 284
くぼむらは 下 566
くまさかが
大長刀を秋の風 下 76
大長刀をあられ哉 下 402
長刀にちる 上 605
松のみ残る 下 14
くまざさも 上 704
くまばちも
軒のあるじは 上 283
軒を知て〔は〕 上 282
くみてしる 上 140
くもおりおり 上 716
くもがたに 下 38
くもぎりが
いで半身の 下 109

袂の下を 下 109
くもきりも
そこのけ富士を 上 473
そっちのけとや 上 680
くもぎれや 上 451
くもとみし 下 511
くもにとり 上 243
くもにて 上 171
くもにやま 上 452
くものこの 上 656
くものこは 上 656
くものすに 上 650
くものすの 下 274
くものみね
翌も降らざる 上 447
いさゝか松が 上 447
草一本に 上 448
草にかくれて 上 448
小窓一ツが 上 447
立や野中の 上 447
外山は雨に黒みける 上 453
外山は雨に黒む哉 上 447
見越〱て 上 447
行よ大鼓の 上 449
くものみねの
下から出たる 上 447
中にかみなり 上 453
くもひくき 下 294
くもひとつ 上 429
くもみても 上 456
くももとべ 上 557
くもゆきも 下 111
くもをはく 上 602
くやしくも
熟柿仲間の 下 297
過し山辺や 下 308
くよくよと
さはぐな翌は 下 91
露の中ナル 下 88
くらえども 上 384

くらかげも　下229
くらかべや　下398
くらがりに　上520
くらがりの
　牛を引出す　上70
　畳の上も　下332
くらがりへ　下465
くらがりや
　蚊の目に這入る　上631
　こぞり立ても寒い秋　下7
　こぞり立ても冷い秋　下21
くらきより　上180
くらすには　上599
くらずみや　上513
くらつぼに
　くゝし付たる　上152
　三ツ四〔ツ〕六ツ　下215
くらまやま　下319
くりうめて　下310
くりおちて　下310
くりがきは　下299
くりくりと
　栗をふみ行　下310
　笹湯の笹も　下337
　月のさしけり　上696
　立派に枯し　下549
くりとんで　下315
くりのいが
　いぶるや人も　下365
　おふかや人も　下365
くりのいがに　下237
くりのきの　上412
くりのつか　下290
くりのむし　下311
くりばばが　上470
くりばんや
　只休むさへ　下315
　只休〔の〕を　下315
くりひとつ
　とるに挑灯　下313
　二にタイ松　下315
くりひろい　下314
くりふたつ　下316
くりむしの　下315
くりんそう　上292
くるうのも　上273
くるえちょう　上274
くるからに　上627
くるくると　上611
くるくるも　下288
くるちょうに　上271
くるなくるな　上585
くるはずの　下456
くるはるも　下345
くるひから　上213
くるひとが　下397
くるひとを　上313
くるほたる
　おれが庵と　上609
　坊主天窓と　上615
くるまざに
　居直りて鳴く　上250
　蛙のいとこ　上257
くるもくるも
　同じつら也　下193
　下手鴬よおれが垣　上206
　下手鴬よ窓の梅　上310
くるもよし　上536
くるゆきや　下397
くるるとや　上190
くるるひや　上451
くるるまで　下500
くれいそげ　下209
くれおそき
　音をたてたる　上67
　羅漢鴻や　上66
くれおそし　上67
くれておく
　のにはたりず　上639
　飯〔に〕かまはず　上639
くれないの
　柿が一山　下299
　舌をまいたる　下300
くれぬぞよ　上263
くれぬまに
　蚊屋を張る　上512
　飯も過して　上456
くれぬまの　上167
くれゆくや
　扇のはしの　上519
　雁とけぶりと　下185
くろいのは　上696
くろいほも
　なまめき立り　上695
　世の賑しや　上695
くろぐみよ　下201
くろくもや　下81
くろづかの
　野分横切る　下387
　雪降る山を　下477
くろつちも　上316
くろつちや　上316
くろとらげ　上185
ぐろにゃんと　下458
くろぬりの
　馬の兀けり　下554
　馬もいさむや　上329
　馬もぴか〱　上335
くろぶどう　下304
くろべいに
　かくれた気かよ　下212
　かくれ〔た〕ふりの　下212
くろもんの　上81
くろもんや　下354
くわえぎせる
　かたく無用や　下408
　無用でもなし　上398
くわがきや　下96
くわかじが　上547
くわかじの　上393
くわさげて　下242
くわずひん　上526
くわつむや　上279
くわのえに
　うぐひす啼や梅が窪　上200
　鴬鳴や小梅村　上199
　小僧の名有　下242
くわのきは
　坊主にされてかんこ鳥　上593
　坊主さされてけしの花　上670
くわのきや　上712
くわのばつ　下184
くわまくら　上446
くわやぶを　下131
くわをつえに　下242
ぐんぜいこうおつ　上366

け

けいこぶえ　上463
けいせいが　下448
けいせいや
　在所のみだへ　下458
　秤にかゝる　下340
けいとうが　下541
けいとうに
　卅棒の　下402
　向ひあふたる　下271
けいとうの
　立往生や　下368
　つくねんとして　下359
けおこせば　下311
げがきでも　上472
けかちでも　下65
けかちとは
　月の空うそ　下65
　見へぬ野づらや　下101
げくばりの
　猪をにる夜や　下522
　氷すり込　上557
げげこくの　上727
げげのげの　上542
げげもげげ
　下々の下国の　上419
　〱の下国も　上389
げこあんが
　キズゾ白菊　下239
　疵也こんな　下242
げこあんと　下239
げこしゅうは　上356
げこたちの　下392
げこのたて　下342
けごぼうも　下164
げこむらや　上320
げごもりと　上472
げごもりの
　けしきに植し　上471
　けしきに植る　上471
　簾の外〔の〕　上472
　見廻に来るや　上472
げごもりも　上472
げごもりや
　米をねだりに　上472
　隙にこまりし　上472
　毎晩見廻ふ　上472
げこやくや　下63
けさあきぞ　下5
けさあきと
　云許りでも老にけり　下5
　云ばかりでも小淋しき　下5
　合点でとぶか　下5
　しらぬ狗が　下5
けさあきや　下5
けさっから　下504
けさのあき　下5
けさのあめ　上265
けさのしもの　下408
けさのつゆ　下97
けさのはる
　四十九じやもの　上8
　別な村でも　上9

けさのゆき
　万戸の畑　下 397
　我小便も　下 389
けさはや　下 116
けさはると　上 10
けさほどは　下 89
けさほどや
　こそりとおちて　下 295
　子供がしても　上 468
　芥に一本　上 687
　三文程の　上 122
　ちさい霞も　上 9
　目出度員に　下 88
けしからぬ
　月夜となりし　下 405
　夕晴人や　上 603
けしさげて
　群集の中を　上 671
　ケン嘩の中を　上 670
けしずみの
　庇にかはく　上 714
　見事に干たり　上 686
けしずみを　上 670
けしちって　上 669
けしのはな
　がうぎに雨の　上 669
　々と見る間に　上 668
げたおとや　下 350
げたからり　下 33
げたはいて
　畠歩くや　上 24
　細縄渡る　上 509
げたもちを　上 34
けちむらや　下 433
けっくして　上 669
げっくりと　下 561
けっこうな　上 244
けっこうに　上 528
げっそりと
　雁はへりけり　上 234
　ほしへり立ぬ　下 510
　夜寒くなりし　下 12
げにまこと　下 229
げのあけや　上 405
げばさきや　下 325
げばふだや　上 350
けぶたいと　上 152
けぶたくも　下 532
けぶらせて　下 552
けぶりさえ　上 16
けぶりして
　かはほりの世も　上 566
　寒い蝉なく　下 302
　四角な雪の　上 132
　虱のおちる　上 529
　露ふりて無我な　下 88
　葱畠の　下 548
けぶりたち
　鳴立人も　下 182
　松立そして　下 159
けぶりたつ　下 357
けぶりとも
　ならでことしのたばこ哉　下 280
　ならでことしのたばこ吹　下 281
けぶりみえ　下 9
けむいめに　上 616
けむからん　下 221
けろけろと　下 322
けろりかん
　として烏と　上 401
　として雁と　上 397
けんかかい
　花けちらして　上 361
　花ふんづけて　上 350
　花をちらして　上 363
けんかすな　下 194
けんかせば　上 611
げんきなり　下 247
けんぎょうと　下 395
げんくろう　下 514
けんじんに　上 565
げんせいの　上 659
けんどんな　上 380
けんぶつに　下 128

こ

こあさがお　下 2
こありてや
　橋の乞食も　上 605
　蓬が門の　上 159
こいかぜや　下 175
こいこいと
　鐘も鳴らん　下 339
　腹こなさする　上 191
こいごろも　下 162
こいしらぬ　上 436
こいすちょう　下 176
こいすれば　上 182
こいせずば
　あだちが原の　上 178
　大山猫と　上 178
こいついで　上 179
こいっしゃく　上 31
こいっしょう　下 292
こいっちょう
　家不相応の　下 301
　梵論練返ス　下 301
こいっとき　下 301
こいっぴょう　下 554
こいねこが　上 183
こいねこの
　片顔見ゆる　下 160
　屎ほり埋る　下 557
　源氏めかする　上 178
　鳴かぬ顔して　上 182
　ぬからぬ顔で　上 183
こいねこや
　恐れ入たる　上 181
　聞耳立て　上 183
　口なめづりをして逃る　上 183
　口なめづりをしてもどる　上 183
　答へる声は　上 183
　互に天窓　上 182
　堅横むらを　上 182
　縄目の恥〔を〕　上 183
　猫の天窓を　上 182
こいびとを　下 544
こいゆえに　上 179
こいをせよ　上 652
ごいんきょに　下 295
こいんきょや　下 242
ごいんもんの
　頭に花の　上 363
　首に梅のちりにけり　上 333
　首に梅の先咲ぬ　上 321
こういきて　上 343
こういるも　上 540
こうかがみの
　白玉椿　上 305
　八千とせ椿　上 304
こうかけと　下 576
こうかせげ　上 575
こうきょうを　上 518
こうこいと　上 281
こうこうと
　虻の案風や　上 473
　穢太が家尻の　上 460
　菊の立けり　下 247
こうこよと　下 247
こうしから　上 182
こうしたら　下 149
こうしては　下 188
ごうしゅうに　上 252
こうしんの　上 301
こうずいに
　運の強さよ　下 217
　なくなりもせぬ　下 303
　のがれしいなご　下 217
こうずいの
　川から帰る　上 414
　尺とる門よ　下 71
　泥に一花　下 303
こうずいは　下 158
こうずいや　上 567
こうずいを　下 229
こうせんの　上 384
こうせんを　上 277
こうたいの　上 521
こうとおれ
　〳〵とや　下 247
　とや門に立　下 247
こうならば　下 149
こうねるも　下 503
こうねれば　上 511
ごうのとり　下 364
こうばいに
　髭をほしたる　上 321
　ほしておく也　上 321
こうばいや
　うつとしがれば　上 328
　縁〔に〕ほしたる　上 334
こうばいを　上 335
こうひとも　下 147
こうほくに　上 402
こうるさい
　年をとるのか　下 467
　花が咲とて　上 142
こうるさや
　山のおくにも　上 349
　山の桜も　上 380
　山も中〳〵　上 349
こうれやい　上 584
こえくみが　上 264
こえごえに
　花の木蔭の　上 364
　火責のがれて　上 630
　虫も夜なべの　下 203
こえごえや　下 533
こえてきた　下 371
こえなしの　下 581

こえのでる
薬ありとや 上581
薬なめたか 下532
薬降日や 上581
こえもたぬ 下202
こおとこや 下146
こおりうり 上557
こおりぞと 下333
こおりとも 下333
こおりまで 下334
こおるよは 下334
こおろぎが
うごかして行 下213
顔こそぐつて 下213
髭をかつぎて 下213
こおろぎに
唄諷た〔は〕せて 下161
借して鳴する衾哉 下483
かして鳴かするふとん哉 下485
ふみつぶされし 下213
燃か丶る 下213
こおろぎの
うけ泊て鳴 下214
うち懐に 下213
大声上る卅日哉 下213
大声上る夜寒哉 下16
寒宿とする 下482
くひ荒したる 下482
声も添へけり 下112
ころ〳〵髭を 下213
ころ〳〵一人り 下214
霜夜の声を 下409
巣に打くれん 上516
巣〔に〕はいつなる 下213
とぶや唐箕の 下214
鳴所にせよ 下569
鳴〳〵這入る 下483
なくやころ〳〵 下213
寝所〔に〕したる 下214
髪染ておる 下214
ふいと乗けり 下117
踏み荒したる 下484
炉山《の》にまさる 下213
わや〳〵這入 下482
こおろぎは 下416
こおろぎも
明ぼのいはへ 下569
ついて来にけり 下499
こおろぎや
牛ニモ馬にも 下214
江戸の人にも 下213
小鹿の角の 下213
こおろぎよ 下483
こおろぎを 下213
こおろこおろ 上527
こがくれて 下445
こがくれに 上463
こがくれの
家真昼に 上616
サガもせき候 下445
こがくれや
アミダ如来の 下449
白蕣の 下257
大念仏で 上552
としとりもちも 下453
寝ても聞ゆる 下128
火のない庵へ 上619
こがさきて 下265
こかざりや
焼る丶夜には 上26
焼る丶夜に 上27
こがすらねえ
ふりして帰る 上632
ふりして立り 上333
こがらしに
鼾盛りの 下375
女だてらの 下372
くす〳〵豕の 下371
口淋しいと 下370
口淋しがる 下372
結構な 下374
三尺店も 下370
しく〳〵腹の 下371
大事〳〵の 下371
問屋の犬の 下372
なほ住吉の 下375
野守が鼾 下375
はめをはづして 下374
吹ぬき布子 下374
こがらしの
今行当に 下373
上に寝にけり 下375
袖に吹けり 下370
掃てくれけり 下375
日なたに立や 下370
日なたぼこして 下372
吹ばふけとや 下372
吹かたびれし 下374
吹留りけり 下370
夜に入か丶る 下369
こがらしも 下537
こがらしや
あみ笠もどる 下373
石の切キズ 下372
いつ封を切る 下375
いはしをくるむ 下375
餌蒔の跡を 下372
鋸屑けぶる 下370
折介帰る 下373
桟を這ふ 下374
凪に乗行 下374
門に見えたる 下370
門の榎の 下375
壁のうしろは 下376
壁の際なる 下370
叺着て行く 下371
鎌ゆひつけし 下371
から呼されし 下373
ゴ持院原の 下375
この坂過る 下370
木葉にくるむ 下372
小溝にけぶる 下370
菰にくるんで 下374
菰に包ンで 下372
是は仏の 下371
こんにやく桶の 下370
されど入江は 下369
三国一の 下375
しのげをけずる 下374
地びたに暮る丶 下370
常灯明の 下375
諸勧化入れぬ 下375
雀も口に 下371
数万の鳥の 下375
千代に八千代の 下371
椿は花の 下375
鉋鉄かつぎて 下372
天井張らぬ 下376
隣といふは 下370
隣と云もゑちご山 下373
隣と云も川向ふ 下374
菜葉並べる 下374
何を鳥の 下376
縄引ぱりし 下373
廿四文の 下373
埘に迷ふ 下376
軒の虫篭 下372
ぱかりと口を 下373
一二三四 下374
額にさはる 下371
人なき家の 下373
一山三文 下375
火のけも見へぬ 下374
深戸ざして 下376
埃にのりし《は》 下373
枕にとゞく 下370
枕元なる 下370
三よしよりの 下371
夫婦六部が 下374
物さしさした 下372
行抜路次の 下373
脇目もふらぬ 下374
こがらしを 下374
こがらすに 下183
こがらすの
うろ〳〵と丶を 上598
きよろ〳〵と丶を 上598
こがらすも 下276
こがらすや
巧者に辷る 上92
仏の日とて 上598
こがらめや 下195
こがらやまがら 下195
こがららが 下195
こがれねこ 上181
こかわずも 上254
こぎくなら 下242
ごきまいり 上24
こぎれいに 上187
ごくげつや 下323
こぐささえ 下177
ごくじょうの 上670
こくだんに 上164
ごくつぶし
桜の下に 上369
花の陰にて 上343
こくどあんのんと 下153
こくどめの
関所を越る 下179
つく棒さす又 下337
こくねだん 上416
こぐみを 下193
ごくらくが 下329
ごくらくに
行かぬ果報や 下166
片足かけて 上545
ごくらくの 下330
ごくらくも 上425
こげかみこ 下476
こけごろも 下161

ここさくや／こけしみず／こけのはな／こけはあれ　上 699・上 459・上 698・上 700
ごけびなも／さらにあまらぬ／直にありつく／一ッ梅の　上 156・上 156・上 153・上 575
こけぶりが／こけぶりに　上 68・下 360
小雨かゝりて／時雨じたくの／こけぶりも　上 575・下 578・下 280
雲を作りて／若ひ匂ひの／小判のはしぞ／こけぶりや　上 491・下 181・上 152・上 11
鵜匠代々／さて又鳴の／こけももも／こけもも／ここここと　下 167・上 547・上 455・下 44・上 546
妻ひ鶏よぶや門涼み／妻ひ鶏よぶや下涼／相手のごとし／相手のほしや
相手は壁に／相手もあらば菊の酒／相手をふく／ここにはあらば花莚／ここにはんれい
ここにひとみ／ここにいて／ここのかも／ここよと／ここへこと／ここまでと

下 上 下 下 上 上 下 下 下 下｜下 下 上 上 上｜上 上 下 上｜下 下 上｜下 上｜上 上 上 上｜上 上 上 上
492　306　248　190　268　358　60　141　30　30　30　167　44　455　547　546　11　152　181　491　280　578　575　360　68　575　153　156　156　700　698　459　699

ここもとは／だまって通る／だまって通れ／ここもとも／ここらから／江戸のうちかよ
都か紙子／こころあてに／こころから／大きく見ゆる／鬼とも見ゆる／しなの、雪に
こころして／桜さへ〱／けぶりもかゝれ／ここをさり〱／ここをせに／ございれい
ございしき／ここかしき／ざかやの／ここしきや／ここしきの／ざとうの
ござったぞ／ここしきぞ／こざしきを／端折おろせば／袖でかけたる／ここしきや
ざらしきは／追つめられし／天窓にかぶる／こざとうの／こことも／こころこ
こことい／ここという／こさをふく／こざるども／ござるぞよ／ござりけり／ござのみ
口へ投込め土団子／口へ投げ込め蓬餅／こしおして／こしかけて

上 上 下｜下 下 上 上 上 下 上｜上 下 上 下｜下 上 下 上 下 上 下｜下 上 下｜上 下 上 下｜下 上 上
474　159　581　27　417　440　22　644　364　522　22　338　381　141　337　138　472　559　520　548　284　305　389　448　19　486　477　321　331　153　572　572

片袖暑き／またぐら仰ぐ／こしかけの／こしかけの／こじきごが／こじきごや
歩なからの／こじきにん／こじきまち／こじぞうよ／こじきせば／こじきよ
貫ひながらの／膝のおちげり／富のおちげり／上ノ上沢／こしにもも／こしぼねに
こじほんの／こじまにも／こしまども／こじゃしゃと／こしゅうぎと／こしゅうぎに
こしゅうぎの／雨も降けり／行くもどりけり／蠢とぶ也／打真似したる／月見て閉る
稗もそよぐか／雪も降也／こじゅうぎの／こじゅうぎにして／鮭の味を／鮭の喰味を
冬籠さへ／都の蚊にも／ごじゅうにの／ごじゅうねん／あるも不思議ぞ／聞も聞たよ

上 上｜下 下 上 上 上 下 下｜上 上 下 下 下 下 下 上｜上 上 上 下 上｜上 下 下 上 上 下 上 下 上 下 上 下｜上 上 上 下 下
589　12　463　347　625　495　522　521　628　27　131　55　162　216　462　497　278　564　221　161　547　129　442　413　325　483　453　410　47　410　91　46　152　560　523　719

見れども〱／寝顔見へ〱／ごじゅうりむこ／ごじゅうりうの／ごしゅっせの／ごしゅんれい
こじょうがきの／こじょうろうが／こしらえた／子も（子も）参也／膝の上芯／露も涼しや
やうな紅葉や／ごしんめの／こすいから／こすいから／ごすえから／蛙もやせり
猿どもしへる／立小便や／土用に入し／はやす蛙や／こすぎんや／とり身直さぬ
其身其ま、／こすずめは／こすずめも／こすずめや／こすだれや／こすみから
ごすんくぎ／ごせかんくぎ／ちに泣花（の）／七ツ法華の／こぞのきょう／こぞまでは
こだかみに／こだからが／こだからの／蚯蚓のたるぞ／棒を引ても／こだからの

下 上 下｜上 下 下 下 上｜下 下 下 上 上 下 下｜上 上 上 下 上｜上 下 下 上 上｜上 下 上 下 上 上 上｜上 上 下｜上 上｜下 下 下 下 下 上 上 上 下 下
133　38　514　253　125　247　579　352　573　458　82　82　195　189　479　480　668　427　602　318　452　451　553　332　97　424　470　526　297　46　275　150　520　372　679　94　5　299　724　268　503　504　505　326　504　603　316　523　38　163　163

多きは在所や／寝顔見へ〱／ごじゅうりむこ／ごじゅうりうの／こだからや
こだからの／こたまがわ／こだらいに／こだらいの／白に）うの花／こだいのの花
こだらいの／魚どものいふ／貫質は青し／我さ山の／今むく田螺、、り合／不二の上なる
今むく田螺、、あそぶ／こだらいも／こだらいも／今日ふ（つ）たる／入日の逆の
こちへ〱と／堤に乗たる／飯の小けぶり／こちふけば／こちへくる／こちへくよ
餅の始るや／餅の始るや／こちへ〱／こちゃくと／こちゃごちゃと

上 下 下｜上 上 上 上 上 上｜上 上 下 下 下 上 上｜上 上 下 上｜上 上 下｜上 上｜下 下 下 下 下 下 上 上 上 下 下
103　454　454　152　102　103　103　103　103　103　383　135　416　138　560　285　286　679　94　5　299　724　268　503　504　505　326　504　603　316　523　38　163　163

索引（初句）

第一段

鹿の親子が　瘦蚊やせ〔蚤〕
こちゃはさむ〔蚤〕
こちょういちが
こづくりな
こてこてこと
こつこつと
こつじきが　団十郎ずる
何か侍る　こつじきも
こつじきの
角力にさいも
福大黒の
護摩酢酌むらん
こつじきも　一曲あるか
枕に並ぶ
春駒などぬ
あそぶ也
咲れておじやるぞ
あれは浅黄の
こっそりと
こつじきを
こつじきや
こつじきの
しかやせぐ也
隣を借りて
こつぶでも
東下りの
武〔士〕也けり
見よく♪ エドの
りきんで立つや
ごっつぶでも
ごっつぶでも
こてまえに
こどうじゃや
ことごとく
月はさ、ぬぞ

下　上上上上下下下下下　下下上上上　下上上上　上上下下　上下　上下上下上上
41　522 522 717 55 660 436 282 282 146　577 527 273 320 384　503 39 50 10 342　680 50 449 448 146　541 26　339 247 467 303 631 564

第二段

仏の顔も
柳と成て
ことしから
手左り笠〔に〕
丸儲ぞよ
まふけ遊ぞ花の姿婆
まふけ遊びぞ日和笠
ことしきり
〈とや
〈とや
など、いふ也
ことしざけ
ことしこそ
ことしざけ
先は葎の
無かぶの呑人
ことりや
ことながれを
ことしずきん
ことしだけ
真直に旭
松を手本に
親と云字の
飯に托して
我等が小菜も
ことしまい
よいぞ小蛙
よいとや申
ことのほか
ことのしゅは
こどもたち
こどもらが
翌なき秋を
遊ぶ程づ、
犬に負せる
狐のまねも
鹿と遊ぶや
反則するや
仕わざながらも
円十良する
雪喰ながら

下上上上下下下上下　下下上上上上　下下下　上上　下下下　上上上下　上上上上　上下
395 525 153 716 266 285 279 168 35　332 47 584 340 635 250　165 166 165　703 700　479 167 166　510 356 377 126　5 5 5 5　83 12

第三段

こどもする
こどもらに
開眼されし
腹こなさする
こどもらの
こどものきた
こどものおくは
こどもらや
鳥も交る
菜の葉くわせる
ことわりや
花の中より
ことのねし
こながれを
こなにねし
こなたにも
こなたにも
安置して有きくの花〔て〕有梅の花
こなひきに
こなべごと
こなもちも
ここにかたを
こにかたを
こにしくしや
ねずみが
ねずみの
こねつちの
こねてみが
このあたり
このあしや
このあきは
このあめに
我顔海に
洛陽なるか
涼みての
扇かぶつて
何をいちむじ
始てしまへ
このつきは
このつきに
このあめの
降にどっちへ
晴間もまたで
このあめの
このいりは

上上上　上下　下上　下下上下下上下上上下上上下　下下下上上　下下下　上上上下　下
428 660 619　576 222　47 310　581 57 24 335 473 515 537 454 548 221 329 245　550 496 42 364 347　17 473 315　469 193 191 153　405

第四段

西行庵か
どなたの庵ぞ
このうえに
このうえの
このみを
このおくは
このおくに
このきた
魔所とや立る
西行庵か
このおくへ
このかぜに
このかた
このかぜの
このかたが
このかたに
このかどの
このくにの
このくいは
善光寺とや
庵の道とや
このたより
このしぐれ
このごろや
聞とて草は
開聞宮有夜
このやみに
このつきに
扇かぶつて
涼みての
何をいちむじ
始てしまへ
このつきは
このつぎは
どこの月夜の
我身の上か
このとおり
このとおり
はやくなれとや
ゆめでくらせと
このところ
姥棄なるや
かすみ盛りや

上下　上下　下下下　下下下上上　下下　下上上上下上上上　下上上下　上上下下上
694 171　144 544　534 576 428　127 160 534 545 519　360 541　359 556 241 84 328 110 317 267 280　510 510 247 320 461　593 285 285 461 461

第五段

またげと萩の
このなくを
このなさや
このうえに
このうえの
このみを
このおくは
このおくに
このきた
このはは
このはや
このしら
このひとも
このひとも
このはは
このひとつ
このましき
足らぬ所も
こっそり暮る
このまつの
このまねを
このめもふいて
このみやに
このやみに
このやまに
このやまに
このめもふいて
このよをば
このより
このよるに
いびき
このおやゆ
このよりは
こたたり
はこたり
ばくちは
ばくちは
このような
このような
このように
末世を桜
枯てもさはぐ
このよこそ

下上上上上上下上下上下　上上上　下上下上上上上上　下上上下　下上上下下上下上下
12 45 488 15 568 455 525 62 663 197 389 544　377 582 434　586 302 445 519 293 484 483 483　431 486 90 28　346 547 607 553 553 643 348 491 267

ごはっとの
こはなびや
こはるとて
こびさしに
こびさしの
こびさしや
けむい〳〵と
砂利打ちやうな
ごふうんの
仏の野梅
薮の仏や
ごふくやの
こぶくろに
こぶすまに
ごぶつぜん
こぶとんや
見事に生て
一文束
こまつなの
こまつなぐ
こまごめや
こまごめの
ごまがきや
ごほんまる
はらばふ鹿の
凡壱斗
こぼれはぎ
こぼれだね
こぼとけや
ごぼとけの
こぼたんも
こぼたんの
こぼたんに
ごほうぜんに
こぼうずを
も一つ笑へ
円十郎せよ
こぼうずよ

上上上上　上上　下上　上下上下　上下下下　下下上上下上　上上下下　上上下下上
330 509 653 370　521 485　318 57　38 295 38 522　381 243 487 487　480 414 166 116 362 317　508 189 68 69 179　134 134 305 337 143 589

こめくらや
右も左りも
身を寒月に
こめだわら
こめつきは
こめつきも
こめつきや
こめつきよ
こめとぜに
こめねだん
ぐつぐとさがる
許り見る也
こめのじに
こめばこに
こめびつの
こめぶくろ
こめふみや
こめぼさつ
こめまきさつ
こめまくも
こめすだれ
こめたずや
こめだれの
もちううに
もちううが
もちううの
もちうや
もちばち
こもはげば
こもりうた
こもりけば
こもんしゅの
こもしづか
かま〔は〕ずけぶる
そよ〳〵けむる

上上　上下下上下上　上下　下上上上　上下　上上下上下下　下下上上上下上上
451 451　413 28 333 524 268 500 500　140 140 139　139 438 29 29　528 409　712 530 297 381 267 268　316 448 250 673 676 422 505 325 521

こめくらや
右も左りも
身を寒月に
こめだわら
こめつきは
こめばこに
こめびつの
こめぶくろ
こめふみや
こめぼさつ
こめまきさつ
こめまくも
こめすだれ
こめたずや
こめだれの
もちううに
もちううが
もちううの
もちうや
もちばち
こもはげば
こもりうた
こもりけば
こもんしゅの
こもしづか
かま〔は〕ずけぶる
そよ〳〵けむる

上上上下下下　上上上上上上上下下下上下上上下下上下上上上上
240 226 88 558 83 83　104 131 327 282 489 489 491 490 106 519 447 361 160 528 100 370 368 224 223 136 34 416　354 449 651 316 388 195 337 351 363

こやすみの
こやぶから
こやぶより
こやろうひす
こやろうが
こやろうひすを
月にかまはぬ
や我家に
ほたんと仕かた
けんにかけてや鴫の声
こよひばり
こよほたる
こよろぎや
こよろどうひ
こりりょそけへ
こりごろと
これがまあ
生れ在所か
死所かあ
竹の園生か
つひの栖か
これからが
これからは
これからも
これかれと
履もの停止
大日本と
庵の領迎
これきりの
これきりと
これきりの
これしきの
竹にもかゝる
窓にも雁の
これでこそ
登かひあり
夕立さまよ
これはさて
これほどに

上上上上　上下　下上上下上上上上　下下下下上下　上下下上上下下上上下上上下下
380 578 440 365　233 352　82 79 134 402 149 335 394 295　582 390 573 390 390　38 239 484 55 608 222 402 179 178　557 493 492 433 333 448 154

これほどの
蓬も見ぬ
上ぐひすを
月にかまはぬ
や我家に
ほたんと仕かた
ごろくにち
ごろくじゅう
ごろくどや
ごろくにん
只一ッ也
ごろごろと
ころされに
ことしも来たよ
南へ行か
ごろっけん
押流され
烏追ひけり
稲もそよぎて
草のつい〳〵
ごろっぺん
ごろっつく
ごろつひき
ごろびゃや
ころもがえ
朝から松に
いで物見せん
祝ひにたばこ
替ても旅の
門の榎や
此日も山も
里は汐干る
しばしらみを
抑薮の

上上上上上上上上　下下上下　下下下上下　下下　下上上下　上下　下上上下下上下
495 494 495 496 494 498 495 495　162 64 407 200　528 292 415 190 215　183 183　570 647 516 318　310 229　81 195 673 55 41 206 253

寝て見る山を　上 496
ふりかけらるゝ　上 494
松風聞に　上 500
松の木ほしく　上 495
山より外に　上 496
よしなき草を引ぬきぬ　上 495
よしなき草をむしりけり　上 496
よしなき虫を殺す也　上 495
よしなき虫を敲く也　上 495
世にはあきたと　上 499
ころもがえの　上 496
ころもでに　上 615
ころもよし　上 338
ごろりねの
顔にかぶせる　上 521
紙帳の窓や　上 514
枕にしたる　上 709
ごろりねや
ことしも無事に　下 348
先はことしも　下 347
ころんでも
摑で起る　下 319
目出度いふ也　上 57
こわらわに　上 634
こわらわも　上 471
こをおうて　下 364
こをかくす
藪のとふりや　上 224
藪の廻りや　上 222
こをくらう　上 669
こをすてし　上 220
こをつれて　上 477
こをねかす　上 218
こをみせに　上 563
こをもたぬ　下 175
こをもたば　下 45
ごんげんや　上 572
こんこんと　下 405
こんじょうの　下 239
こんなこぐさも　下 175
こんなひも　上 240
こんなみも　上 12
こんなよが　上 573
こんにちの　上 670
こんにゃくに　下 421
こんにゃくも
拝まれにけり　上 147
お十二日ぞ　下 423
ごんねぎが　上 721
こんのあせ
手へ流けり駕の者　上 494
手へ流けり辻が花　上 494
こんぴらの　下 350
こんぴらや　下 553
ごんべえが　下 473
こんやから
正月分ンぞ子ども衆　下 465
正月分ぞ寝よ子供　下 465
世がややら　下 332
こんりんざい
思切たか　上 179
来ぬふりをして　上 237

さ

さあこいと　下 299
さあござれ　上 194
さあさわげ　上 67
さあはるが　上 59
さあらさら　上 703
さいかちの　下 18
さいぎょうの
形した石へ　下 361
不二してかざす　上 520
やうに居て　上 250
ざいごうや　上 329
さいさいに　下 367
さいせんが　下 332
さいせんに
あおり出さるゝ　上 383
ふるひ出さるゝ　上 386
さいたりな
江戸生ぬきの　上 317
どの葬も　下 254
山々吹の　上 392
我葬の　下 256
さいにちは　上 25
さいにちも
さばの地獄はいたりにけり　上 25
娑婆の地獄は鳴りにけり　上 25
さいにちや　上 25
さいねんが　下 361
さいふから　上 380
さいほうと　下 79
さいほうの　上 21
さいほうは
極楽〔道〕よ　下 414
善光寺道の　上 145
さいほうを　下 79
さいれいの　下 138
さいわいに
珠数のせておく　下 296
捨られにけり　下 204
盗れにけり　下 469
やきもちくるむ　下 297
らく〳〵咲や　下 243
さうへぱっと　下 194
さおしかに
かりて寝にけり　下 267
書物負せて　下 29
せ負する紅葉　下 292
手拭かさん　上 185
さおしかの
朝起す也　下 172
親子中よく　上 565
片ヒザ立て　下 170
きげんの直ル　下 18
喰こぼしけり　下 268
口とゞかぬや　上 687
桜を見てや　上 185
〔しの〕字に寝たり　下 172
しの字に寝たる　下 337
しもくに寝たる　下 337
尻にべつたり　下 291
せなかをかりて　上 230
角傾けて　上 575
角にかけたり手行灯　下 172
角にかけたりゆりの花　上 689
角にかけたり一葉哉　下 295
角に結びし　下 176
角にも吹くや　下 175
角引かけし　下 169
角をも遊ぶ　上 266
鳴ても暮るゝ　下 169
鳴も尤　下 170
何やら詠　下 353
萩にかくれし　下 170
外も茶がゆの　下 176
枕にしたる　下 289
水鼻ぬぐふ　下 289
黙礼したり　下 267
夜通し鳴も　下 171
さおしかは
おれをうさんと　下 175
角顕すぞ　下 175
とつていくつぞ　上 323
萩に糞して　下 171
さおしかも　下 174
さおしかや
後の一声　下 171
ゑひしてなめる　下 409
片ひざ立て秋の暮　下 24
片膝立て月見哉　下 176
片膝立て山の月　下 174
神の留主事　下 418
恋初てより　下 169
ことし生れも　下 172
子に人中を　上 565
社壇に角を　上 186
芒の陰の　下 174
それ程逃ず　下 175
蝶を振て　上 275
角に又候　下 171
さおしかよ　上 563
さおとめに
おぶさつて寝る　上 555
膳居させて　上 555
はこさせてとぶ　上 609
さおとめの
尻につかへる筑波哉　上 555
尻につかへるつゝじ哉　上 555
襷にかゝる　上 555
さおとめや
通りすがひの　上 555
箸にからまる　上 555
さおひめの
御目の上の　上 393
染損ひや　上 128
ばりやこぼして　上 128
さおひめも　上 128
さかいまちや　下 4
さかおけや　上 226
さかがき　下 299
さかぐちや
大肌ぬいで　上 659
丸にの、字が　上 114
さかごもの　下 405
さかさまの　下 97
さかずきに
散れや紅の　上 602
蚤およぐ〔ぞ〕よ　上 640
呑んで仕廻ふや　下 39
さかずきよ　上 159
さかずきを　上 673
さかどきを　下 443
さかなやが　上 685
さかはてる　下 160
さかばみず　下 230
さがむらと
名乗り顔也　下 569
人には告よ　下 569

さかめしの
　掌にかゝる　下 405
　ぽつぽとけぶる　下 354
さかもとは
　あれぞ雲雀と　上 221
　袂の下ぞ　上 221
さかもとや　上 432
さかやきに
　酒くつ付て　上 323
　トソぬり付て　上 53
さかやきの　下 579
さがやまに
　節季候候　下 444
　節季で候　下 445
　誰〲寝ます　上 80
さがやまの　下 235
さがやまや　下 517
さかゆきに　上 11
さがりむし　上 543
さがりゅうの　下 264
さきかかる　下 144
さきがけて　上 140
さきかけて
　桜は皮を　上 378
　やめにするやら　上 330
さぎからす　上 140
さきごろや　上 343
さきじまい　下 302
さきすごし　下 236
さきそうも　上 305
さきだちの　上 509
さきたての　下 255
さぎちょうに　上 27
さぎちょうや
　其上月の　上 27
　夜も天筆　上 26
さきちるや　上 341
さきなおし　下 236
さぎならべ　上 419
さきのひとも　下 113
さきのよの
　いとこ同士や　上 590
　おれがいとこか　上 590
　華見もさぞ　上 338
さきへいって　下 21
さきよいか　下 566
さくうめに
　けなりてさはぐ　上 322
　何かいひ〲　上 151
さくからに
　雨に逢けり　上 339
　桜の風を　上 376
　罪作らする　上 373
　なでへらさるゝ　上 375
　縄を張れし　上 367
さくさくと
　栗でぬかるや　下 315
　氷カミツル　下 333
　飯くふ上を　上 606
ざくざくと
　雪かき交ぜて　上 170
　雪切交る　上 170
さくすみれ　上 295
さくなかに　上 271
さくはちす　上 682
さくはなに
　跡の祭の　上 342
　咥へぎせるの　上 361
　けぶりの嗅い　上 345
　しの字嫌ひの　上 348
　しの字嫌ひも　上 348
　都てエド気の　上 343
　拙きわれを　上 189
　長逗留の　上 343
　ブッキリ棒の　上 343
　武張り給はぬ　上 342
さくはなの
　うちに仕まへよ　上 247
　開帳〔に〕迄　上 146
　雲の上にて　上 357
　蝶ともならで　上 338
　中にうごめく　上 345
　なきにしもあらず　上 589
　日の目を見るは　上 364
　日の目を見るも　上 339
さくはなも
　老木ぞ来るな　上 363
　空うけ合の　上 343
　此世の蓮は　上 681
　ちょいと蚊やりの　上 530
さくはなや
　彼梅若の　上 342
　けふをかぎりの　上 341
　此世住居も　上 343
　こり〲したる　上 353
　袖引雨が　上 354
　はづれながらも　上 343
　捨んとすれど　上 345
　深山鳥の　上 342
　昔〲は　上 342
さくはなを　上 147
さくひから
　足にからまる　下 266
　梅にさはるや　上 310
さくひより　上 669
さくぼたん　上 672
さくやいな　下 267
さくゆりに　上 689
さくらかな　上 390
さくらから　上 379
さくらがり　上 369
さくらぎも　上 592
さくらぎや
　同じ盛も　上 373
　つんのめつても　下 565
　花の威をかる　上 370
　花の小隅に　上 155
さくらさく
　哉と巨燵で　上 386
　大日本ぞ　上 378
　春の山辺や　上 368
さくらさくら　上 373
さくらさくらと　上 382
さくらばな
　賤しき袖に　上 370
　是も卅　上 370
　晋子の落書相違なし　上 389
　晋子の落書まがひなし　上 385
　ちれ〲腹に　上 378
　どつちへ寝ても　上 370
　何が不足で　上 373
　見るも義理也　上 384
さくらばも　下 227
さくらへと　上 381
さくらまで
　風〔引〕けりな　上 384
　悪く云はする　上 628
さくらみて　上 375
さぐるうめ　上 727
さけありと
　壁に書たり　上 93
　壁に書けり　上 84
　壁に張りけり　上 80
さけいっしょう　上 515
さけかたも　下 273
さけがみの　下 283
さけくさい
　芝つ原也　上 276
　膝もきらはぬ　上 631
さけくさき
　紙屑籠や　下 243
　黄昏ごろや　下 249
さけくさし　下 241
さけくむや　下 344
さけこうて　下 245
さけごもん　下 502
さけすぎし　上 627
さけずきの
　蝶ならば来よ　上 262
　藪とてことに　下 281
さけつきて　下 55
さけどびん　下 505
さけなども　上 708
さけのかわ　下 536
さけのまぬ
　家のむきあふ　下 408
　者入〔べか〕らず　下 247
　吾身一ッの　下 10
さけのみが　下 398
さけはすに　上 618
さけはっと　上 88
さけばとて　上 317
さけばゆうがお　上 666
さけひやす　下 302
ささかげを　上 284
ささぐもの　下 226
ささちまき
　手本通りに　上 484
　猫が上手に　上 485
ささつたう　上 461
ささっぱの　上 88
ささっぱは　上 659
ささなきも　下 525
ささなきや　下 525
さざなみや
　さもなき桜　上 373
　田螺がにじる　上 285
　花に交る　上 343
　雲雀に交る　上 224
　雲雀の際の　上 223
ささのこも
　竹の替りに　上 707
　一はゞするや　上 707
ささのはに
　飴を並る　上 719
　稲妻さらり　下 106
　なるや小粒の　上 715
ささのはの　上 92
ささのはや　上 660
ささのやの

　小言の真似を鳴蛙　上 250
　小言のまねを夕蛙　上 258
ささのやは　上 597
ささのやや
　摑み捨ても　上 607
　摑み捨れば　上 607
　猫も仏も　下 70
　雛の顔へ　上 153
ささのやを　下 532
ささはぶね　下 131
ささぶねを　上 477
ささらうる　上 459
さざんかの
　垣〔に〕つゝさす　下 568
　かきねにささむ　下 568
さざんかや
　抱て左　下 568
　花の間に〳〵　下 568
　飯焚どの、　下 568
さしあしや
　ぬき足や猫の　上 184
　ぬき足や猫も　上 182
さしあたり　下 43
ざしきから　下 355
さしきして　上 177
さしぐしの　上 539
さししおも　上 213
さししおや　下 115
さしすてし
　柳の陰の　上 397
　柳の陰を　下 496
　柳の下を　下 496
さしつつじ　上 433
さしにげや　上 632
さしやなぎ
　翌は出て行　上 396
　涼む夕は　上 396
　はや下闇の　上 397
　はや一かどの　上 720
　蛍とぶ夜と　上 605

　見ておれば蚊の　上 624
さすがはな　上 364
さすつきや　下 325
さすとても
　都の蚊也　上 547
　京の蚤を　上 547
させるよも　下 266
さぞこよい　下 47
さそわれて
　きり一ぺんの　上 356
　病気をつかふ　上 358
さたなしに
　大雪とれし　上 131
　咲て居る也　下 303
　春は立けり　上 16
　実をむすびたる　上 727
　雪のとけたる　上 130
さつきあめ
　つゝじをもたぬ　上 432
　又迹からも　上 434
　夜の山田の　上 430
さっそくに
　身程あたりの　下 13
　虫も鈴ふる　上 477
さっぱりと　上 236
さてえがお　上 551
さてはつき　上 702
さてもさても
　六十顔のせ〔つ〕き候　下 445
　六十顔の出代りよ　上 148
さとありや　下 279
さとあれば　下 180
さといぬの
　さつととがめる　下 153
　なぐさみなきや　上 319
　尿をかけけり　下 236
　渡て見せる　上 134
ざとうのぼう　下 361
ざとうぼうが　下 491
ざとうぼうと　上 644

ざとうぼうに　下 491
ざとうぼうの　上 526
ざとうぼうや　上 638
さとうみず　上 559
さとかぐら　下 428
さとかすみぬ　上 107
さとざとや　上 668
さとしんとして　上 44
さとなみに
　年を忘る、　下 459
　藪のかぢ屋も　下 426
さとのこが
　犬に付たる　上 693
　枝川作る　上 129
　小鍋を作る　上 295
　柳摑で　上 396
さとのこの
　おもしろがるか　下 115
　袂からちる　上 388
さとのこや
　鳥も交る　上 468
　草つんで出る　上 164
　杓子〔で〕作る　下 489
　手でつくねたる　下 489
　蚯蚓の唄に　下 227
　雪まちかねし　下 394
さとのひの　下 41
さとのめや　上 694
さとびとの
　ねまる程づゝ　上 168
　花の威をかる　上 370
さとびとは　下 47
さとやまは　上 106
ざどりけり　上 252
さなきだに　下 84
さばさばと　上 667
さばやくに　下 418
さびあゆも　下 227
さびしかれと　下 545
さびしさに

　蛎殻ふみぬ　上 723
　飯をくふ也　下 80
　鵙がそら鳴　下 179
さびしさの
　上ぬりしたり　下 355
　上もりしたる　下 552
さびしさは
　得心しても　下 407
　どちら向ても　上 292
さびしさや
　逢坂過る　上 28
　おち葉が下の　下 556
　同じ瓢〔も〕　下 430
　汐の干る日も　上 160
さびしさを
　鵜に云つけて　上 488
　鶴に及す　下 150
　我にさづけよ　上 590
ざぶざぶと
　五月雨る也　上 433
　白壁洗ふ　上 713
　泥わらんじで　上 35
　泥わらんじの　上 33
　暖き雨ふる　下 81
　ばか念入て　上 434
　萩起直る　下 265
　萩のきこゆる　下 270
ざぶとんに　下 485
ざぶりざぶり　下 413
さぼてんに　下 306
さぼてんの
　鮫はだみれば秋の風　下 75
　サメハダ見れば夜寒哉　下 12
　のつぺり永く咲く日哉　上 72
　のつぺり長くなる木哉　下 579
　のつぺり長くなる日哉　上 69
さぼてんは　下 410
さぼてんや
　のつぺらぼうの秋のくれ　下 30
　のつぺらぼうの秋の夕　下 22

さぼてんを　下 324
さほひめの　上 454
さまざまに　下 240
さまづけに
　育上たる　上 280
　育られたる　上 279
さみだれが　上 146
さみだれに
　おつぴしげたる　上 431
　金魚銀魚の　上 434
　ざく〳〵歩く　上 432
さみだれの
　里やいつ迄　上 431
　初日をふれる　上 433
　竹に隠る、　上 431
　竹にはさまる　上 434
　中休みかよ　上 435
さみだれも
　仕廻のはらり　上 433
　中休みかよ　上 434
　中休みぞよ　上 434
　よ所一倍や　上 431
さみだれや
　明石の浦　上 432
　穴の明く程　上 433
　石に坐を組〔む〕　上 433
　借傘五千　上 430
　肩など打く　上 435
　鳥あなどる　上 431
　子のない家は　上 431
　沈香も焚かず　上 435
　線香立し　上 433
　たばこの度に　上 435
　天水桶の　上 434
　鳥の巣鴨の　上 432
　二階住居の　上 431
　二軒して見る　上 431
　花を始る　上 432
　火入代りの　上 435
　弥陀の日延も　上 431

　胸につかへる　上432
　雪はいづこの　上430
　夜もかくれぬ　上430
さむいぞよ　下281
さむいとて　下202
さむいのは
　まだ夜ふかしぞ　下19
　まだ夜のみぞ　下18
さむいほど　下121
さむきひや
　家にしあらば　下330
　井戸の間の　下326
　鎌ゆひ付し　下327
　にせ徳本の　下329
さむきよや
　風呂の明りで　下331
　我身をわれが　下326
さむくとも
　見ておはそとの　下533
　見てヲイリトノ　下533
さむくなる　下7
さむけしや　下541
さむさにも　下330
さむしこゆし　下331
さむしろに
　ざぶとまぶせる　上381
　のさ〳〵彼岸　上145
さむしろの　下402
さむしろや
　青菜のやうな　下201
　粟の［あ］ひより　下223
　粟の山より　下223
　庵に寝あまる　下33
　一文橋も　下109
　女は二布して　下132
　粉にまぶれし　下223
　米の山より　下224
　三文槙も　下109
　清水が下の　上460
　汁の中迄　下39

　銭と小蝶と　上385
　銭と樒と　上126
　茶釜の中の　上454
　蝶と小銭と　上269
　蝶と達磨と　上264
　土人形と　上191
　土間の御汁に　下403
　鍋にすじかふ　下39
　猫がきて来［た］　下401
　はした夕立是も又　上440
　はした夕立それもよい　上440
　畠の中　上158
　花くたびれが　上353
　餅を定木に　下453
さむそうな　下557
さむぞらの　下369
さむらいが　上673
さむらいに
　てうし持たせて　下247
　蝿を追する　上635
さむらいの　下576
さむらいや
　いりわり云て　上34
　鶯に迄　上201
さゆうりの　上220
さゆうりも　上340
さゆがまが　下366
さゆがまを　下32
さゆるよや　下327
さゆをにる　下356
さよぎぬた
　妹が茶の子の　下161
　うつや隣の　下161
　蕪きて蘇鉄　下159
　とばかり寝も　下160
　見かねて猫の　下161
さよしぐれ　下364
さよちどり
　としより声は　下532
　人は卅日を　下529

さよふけて　下512
さらさらと　上511
さらしいに
　魚ももどるや　上534
　丁どさしけり　上534
　もどさるゝ魚の　上535
さらしいの
　祝ひ出たり　上534
　神酒徳利や　上534
さらしいや
　石の上なる　上535
　草の上にて　上534
さらしなに　下42
さらしなの
　秋は物別　下168
　蕎麦の主や　下158
　月を〆出す　下42
さらしなは
　迹の祭の　下42
　きのふとなりて　下48
さらしなも　下69
さらしなや
　姨の打たる　下43
　闇き方には　下158
　月のおもはく　下42
さらしなを
　うしろになせ［ば］　下48
　うしろに見ゝ［ば］　下48
　放れし其夜　下48
さらしぬの　上117
さらにとし　上276
さらぬだに　下64
さらばさらばの　上122
さりきらい　下557
さりとては
　裏の鶯　上201
　此長い日を　上66
　ばか長日よ　上686
さりながら
　月をば待ぬ　下283

　道の悪るさよ　上2
さるがさるに　上168
さるきぎす　上227
さるとしの　下465
さるどのも　上325
さるのこに　下318
さるのみやくも　下243
さるはなぜ
　耳塞ぐぞよ　上587
　耳をふさぐぞ　上583
さるひきは
　猿に持せて　上44
　猿の形代　上480
さるひとが　下485
さるひとの
　大笑せり　上511
　おもしろがりし　下11
　そぶりに似たり　下540
　そぶりに似たる　下540
　面にも似たり　下540
さるひとは　上364
さるほどに
　五両の松も　下11
　鈴からおつる　下401
さるまるが
　きせる加へて　上322
　薬礼ならん　下298
　よこ坐うけとる　下437
さるもこよ　上157
さるもこを　上616
さればこそ
　大評判の　上380
　本ン夕立ぞ　上442
　ろくな春なれ　上18
ざれはてや　上554
さればとて　下575
さわがしき　上365
さわがしや
　門のわか竹　上703
　役なし竹も　上703

さわぐかり
　そこらもとしが　下344
　年はそこから　下341
さわぐぞよ　上702
さわぐなよ　上610
さわぐなら　上634
さわげさわげ　上641
さわぞいや　上401
さわったら　下551
さわっても
　時雨さう也　下357
　とがむる木也　上538
さをしかに　上499
さんかくの　下453
さんがつや　上236
さんけいの
　たばこにむせな　上193
　つむりかぞえる　上273
さんげんの　上503
ざんざあめ　上116
さんさいの　下466
さんしじゃく　上219
さんしちょう　下301
さんしほん　下474
さんじゃくに
　たらぬ幟も　上483
　足らぬも花の　上378
さんじゃくの　上475
さんじゃくも　上316
さんしょうを　下307
さんすけが
　開眼したり　下491
　蛇の目の傘や　上583
　敲く木魚も　下364
　はつせ詣や　上90
さんすけも　上497
さんすけよ　上150
さんずんの　上26
さんせんを　上322
さんどくう　下368

し

[第1段]

さんどぐり／さんにんが／さんばんと／ざんぶつの／ざんぶりとの／さんぼうの
上　下　上　上　上　上
161　518　160　160　160　160

さんもんが／さんもんの／さんもんの　若水あまる／桜植けり／草も咲かせて／霞見にけり／雪で家内（の）／長雨だれの／草花植て／大雨だれや
下　上　下　下　下　上　下　下　下　下　下
528　304　719　264　331　172　160　289　389　164　313　274　570

しいてくる／しいしばや／しいさんぼん／じいうった／しあわせは／しあわせな
上　上　上　上　上
42　558　88　547　455

じいのはに／じいどのも／じいてくる
上　上　上　上
41　381　543　107

しおらしや／しおひとも／しおびきや　松がなくても／しかも霞むは　女のざいに／雨しと〳〵と／しおひがた／しおはまを／しおけらい／しおかしい／しおいれし／しいのりの
上　上　上　下　上　下
316　653　510　247　464　311

[第2段]

しかのこの　御狩にもなく／しかのこに　おく山鹿も
上　上
565　564

しかのおや　蛇も浮世を／しかねらう　人を見ならふ／しかなくや
下　下　下
169　171　169

しかなかぬ　枕にしたる／しかないて　わるぞぎへをも／しかつべに　雨だれさへも／しゃあ〳〵として蛙哉／しかっても　しづか苔の／しがこころ　しづかなつぎ木／しかことも　しづかにかゝる／しかきこの　しづかに暮る／しかかのこ／しかおうや／しかいなみ　しかなみ
上　上　下　下　下　下　下　下　下　下　下
564　268　170　171　174　170　176　170　176　174　169　169

しかのこは　きやっといふから／しかのこや　矢先もしらで／とっていくつぞ萩花／横にくはへし
下　上　上　上
169　172　477　250　257

しかのこを／しかのせに／しかのつの／しかのみに／しがびとの　しかのみやこは／しかぶえや／しかもこう／しかもつの
下　下　下　上　下　下　下　上　下
360　137　169　563　169　578　155　176　154

しかこや　春の山／しかのこは
上　上　下　下
600　175　470

[第3段]

しかのこの／しかのこに
上　上
565　564

人に摺たる／人を見ならふ／枕にしたる
下　下　下
169　171　169

しかのせに　しかのみに／しがびとの　しかのみやこは／しかぶえや　しかもこう／しかもつの　しかもきや／しからるる　しかこや／しかのや　旦の森の　雨だれさへも／犬なき里の／川をへだて、／日は暮きらぬ／百八灯の／竈しらぬ／虫も寝まりは／焼飯程の　山湯も利かぬ／わか媚等に　耳つとしたる／わるぢゑ付けな
上　上　下　下　下　下　下　下　上　上　上　上　上　上　上　上
165　186　177　172　304　558　69　483　171　170　267　518　565　564　565　564　564

仏は何と／こだま湖水を
上　下
564　268

そこから直に／軒かくなり／貧乏雨も／人うらやまし／ことも馴てや
上　上　上　上　上
564　563　563　563　563

[第4段]

遉う迄うの／又疲うの／欲でかためし／きしいしや
上　下　上　上
293　137　66　257

手から落す露と／こぶしを露の／しきみさす／しきみおけと／しきみもちて／しきみつむ
下　下　下　上　下　下
182　182　425　623　106　86

しの字嫌ひがほんの凹／人のうしろの／夕三絃の
上　下　下
497　106　310

手からも露は／手かづら霧は／しぎながれ／しぎなあり／しぎのゆうべ／しぎのたね／しぎのたつ
上　上　下　下　下　下　下
725　152　180　182　180　180　180

しぎつきの／しぎともも／しぎなく〳〵や／草葉〳〵の／汁のけぶりの／鶴はいつもの／落ぬ日はなし
下　下　下　下　下　上　下　下　下　下
180　182　182　181　181　181　181　181　181　180

しぐれくも／か〳〵にはやき／雀もちし／流人ぬ
下　下　上　上
182　180　503　503

[第5段]

しぐるるは　覚期の前か／覚期の前か　番にあたりし／しぐるるや　家にしあらば／いすかの背の　在鎌倉
下　下　下　下　下　下　下
545　358　362　435　422　361　365

牛に引かれて／生れぬ先の／親椀たく／かゞしも野辺の／叺ふりく
下　下　下　下　下
359　477　362　369　369

菊を折りて／細工過たる／たばこ法度の／逃る足さへ／苦い御顔の／母親もちし／人を身にすら／前見し家は／迎に出たる／闇の図星を／軒にはぜたる／芭蕉翁の／しぐれこよ／しぐれして／しぐれすて／しぐれれて／しぐれせよ／しぐれどり／しぐれねば／しぐれよと
下　下
362　360　360　357　364　360　365　359　368　359　359　365　359　361　360　367　364　357　357　365　354

しきだいや／〳〵たる　〳〵けり
下　下
368　362

Band 1

ししやくは
しじゅうから
　家水仙
　左右へ分る、
　露でくらせ
しじゅうくねん
しずかさは
しずをおう
しずがやも
しすぎるや
しずけしや
しずかしや
しずうさま
じぞうさま
じぞうさまに
じじむさい
ししみさえや
ししまいや
しじならう
じじばばの
じじになる
じじどのよ
じじぢゃや
じしかがや
ししくわと
じじがよや
じじおやや
ししおうや
しじがきに
しじいぬに
しごちょうの
　稲もそよ〱
　青田の主の
しごほんの
しごふくの
　橘赤し
しごすんの
　鶏頭づくり
しごけんの
しごけんでは
しごくえの
しごくつや
しごがつや
しこうして
しげりばや

上	上	上	下	上	下	上	下	下	下	下	上	上	下	上	下	下	上	下	下	上		上	上	上	下	下		上	上		上	下	上	上	上	上	下
399	286	50	531	264	414	30	594	173	172	523	522	496	12	57	270	491	153	523	360	547	276	464	531	638	599	350	271	182	528	503	57	591	220	404	369	720

Band 2

したえだに
したかげは
したかげを
したくさも
したずみ
したたかに
したたかの
したたまちや
したたまちに
したびえよ
したびえも
　蓑をかぶ〔つ〕て
　さして夫けり
　人をけりとぶ
したとおる
したにいる
したにしたにの
したびえの
　子と寝替りて
したびえの
　雪の解るも
　曲らんとして
　寒が上に
したまちや
したまちに

上	下	下		下	下	下	下	下		上	上	上	下	上		上	下	上	上	上	上	下	下	上	上	下	下	下	上		下	下	上	下	下	下		上
137	335	327		335	20	20	20	20	21	230	558	120	216	679		540	487	313	719	591	588	359	552	457	14	434	555	142	447		90	523	367	229	195	567		414

Band 3

したまどの
したみても
したやいちばんの
したやみに
したやみや
したやみや
　ひんよくしたる
　山の上にも田植うた
精進犬の
萩がつの
　虫もぶら〱
　まりのやうなる
したやみを
しだりおの
しちがつや
しちがつの
しちりんの
しちさいの
しちごうの
したったなの
しっかりと
しっとして
じっとして
　馬に飼るや
　白い飯くふ
　見よ〱蝉の
しっぽから
　雪をふらすや
くゝ、寒かな
あらな〔は〕いかに
ししにしなの
ししこじけも
ししにがみに
ししにがねと
ししにあとも
しなののゆきも
山笹の子も
鶯も
しなのじや
しなのなる
しなのじは

下	下	下	上	上		上	下	下	上	下	上	上	上		下	上	下	下	下	下	下	下	上	上	上	上		上	上	上	上		上	下
272	327	327	415	552		581	98	542	380	226	388	654	416	256	602	29	636	388	349	364	578	2	288	100	721	720	720	720	721	490	720	496	334	550	391

Band 4

しなやをやる
しなだまに
しなだまの
しなどのじや
　田植過けり
　山が荷になる暑哉
　山が荷になる暑哉
　雲が荷になる寒哉
しっぱから
しなのじは
しなのなる
しなのじや
山笹の子も
しなののゆきも
ししにあとも
ししにがねと
ししにがみに
ししこじけも
ししにしなの
〱〱、寒かな
〱〱、夜寒かな
あらな〔は〕いかに
しにじたく
しにしなの

上	下	下		上	上		下	上	下		上	上	下	下	上	上		上	下	下		下	上	上	下	下	下	下	上	下	下	上
143	474	572		589	372		358	371	504		142	144	170	432	501	500		373	13	327		25	111	538	557	707	200	137	131	554	554	120	120	272	399	394	42	121

Band 5

しばのくり
しばのいほ
休み所や
腰懸茶屋や
しばでした
しばちょぼちょぼ
しばたくや
しばそりを
しばしまして
しばさきに
しばけぶり
しばぐりや
しばぐりの
　くりに成らぬも
　エムといふ日も
　いく度人に
しばかぜに
しばかぜや
しばがきや
　涼しき陰に
　足にからまる
　初松魚かな
しばいやや
　上げ捨てある
　ひんよくしたる
　それ霞まや
しばうらや
しばいでは
　家内は出たり
　人はいふと
しのべとの
しのほうは
　庇にうへや
　忍ばぬ草も枯野哉
　しのばね草も枯野哉
しのぶぐさ
しのぶさり
しのびじや
しのだけの
しぬるまでも
しぬやまでも
しぬでも

下	上	上	上		下	下	下	下	下	下	下	下	下	下	下		上	上	上		上	上		下	上	上		下	下	下	下	下		上	下	上	上	下	下
313	604	717	718		25	266	488	429	336	526	310	355	363	310	310		117	424	196		662	45		60	91	89		298	533	288	415	541		685	100	694	524	361	187

しばのとの
　空見る秋の　下 21
　田やひとりでに　上 464
　眠かげんや　下 9
　薮の中迄　下 235
しばのとへ　上 663
しばのとも　上 463
しばのとや
　足にからまる　上 192
　当の違ひし　下 456
　かすむたそくの　上 110
　蚊にいぶさる丶　上 528
　草臥声の　下 447
　配りあまりの　下 458
　けまり程でも　上 43
　渋茶色なる　下 223
　し〔ゆ〕もくに寝たる　上 346
　錠のかはりの　上 658
　鮓の重石の　上 562
　世間並とて　上 340
　手足洗ふも　下 101
　天道任せの　上 463
　蝿取に来る　下 225
　嘶込寝が　下 461
　咄して寝るが　下 461
　左は清水　上 462
　一穂二ほも　上 696
　まだ丸で見ぬ　上 663
　もとの畠に起す迄　上 171
　もとの畠に起す迄　上 173
　貰ふたる日が　上 710
しばはらに
　こすり付るや　上 644
　膳立をする　上 554
しばはらや　下 337
しばぶねに　上 248
しばらくは
　湖も一ぱいの　下 142
　枕の上や　上 447
　闇のともしを　下 142

しばられて　上 181
じひすれば　上 195
しぶいかき　下 297
しぶいとこ　下 298
しぶがきと　下 298
しぶがきの
　さしづし給ふ　下 503
　しぶ〳〵花の　上 722
しぶがきも
　あれば苦になる　下 299
　紅葉しにけり　下 293
しぶがきを
　こらへてくうや　下 298
　はむは烏の　下 297
しぶがさを　上 657
しぶがみの
　やうな顔して　上 496
　やうなのばかり　下 556
じぶつぐるめに　上 515
しまじまも　上 213
しまじまや
　思〳〵の　下 24
　一こぶしづ丶　下 24
しまばらへ　上 538
しまばらや　上 147
しまもしま　下 284
しみずみえて　上 461
しみずわく　上 458
じむしでよ　上 244
しめじのの　下 164
しめやかに　下 258
しもあしで　下 410
しもあらし　下 411
しもうさの　上 589
しもうさへ
　半分たる丶　上 402
　一すじか丶る　上 397
しもおくと　下 408
しもおくや
　此夜はたして　下 410

　これでも江戸の　下 407
　ふとんの上の　下 39
しもかぜも　下 408
しもかれし　下 217
しもがれて
　蚊柱の立　下 563
　碓がたり　下 562
　せうじの蝿の　下 563
　新吉原の　下 563
　猫なで声の　下 564
しもがれに
　大繁昌の　下 564
　とろ〳〵セイビ　下 562
しもがれの
　笠にて候と　下 562
　菊とものいふ　下 501
　それも鼻かけ　下 562
　中を元三　下 562
しもがれや
　庵の門へも　下 563
　おれを見かけて　下 563
　壁のうしろは　下 562
　歓化法度の　下 562
　木辻の鹿の　下 562
　烟豊な　下 562
　胡粉の兀し　下 563
　米くれろ迚　下 562
　新吉原も　下 562
　東海道の　下 562
　どなたの顔も　下 563
　戸に張る虱　下 564
　取次虱　下 564
　無なりもせぬ　下 563
　何〔を〕手向に　下 563
　鍋の炭かく　下 564
　番屋に虱　下 564
　庇の上の　下 562
　引くり返る　下 564
　貧乏村の　下 564
　路通乞食に　下 562

しもぎょうの
　朝飯時を　上 508
　窓かぞへけり　上 73
しもぎょうや
　呑打音も　下 560
　闇いうちから　上 12
　素人らしき　下 469
　夜は素人の　下 446
しもしぐれ　下 409
しもじもに
　生れて桜　上 375
　生れて夜も　上 375
しもどけや
　馬の鼻づら　下 412
　とらまる枝は　下 412
　二番板なる　下 412
しものはな
　そふだに春の　上 74
　それさへ春の　上 74
しものむし　下 409
しものよや
　翌は〳〵と　下 411
　くら下通り　下 409
　七貧人の　下 411
　人待顔の　下 407
　前居た人の　下 409
　窓かいて鳴く　下 410
　もどつて寝も　下 411
　横丁曲る　下 410
　我通りても　下 409
しもはいて　下 410
しもばしら
　風とが〳〵敷　下 411
　下手が踏んでも　下 411
しもばなも　下 423
しももふれ　下 410
しもやけの　下 475
しもよけの
　たしに立たる　下 494
　足しに引ぱる　下 494

　たらぬ所へ　下 494
しゃかどのに　上 40
しゃかのひと　上 142
しゃがれごえの　下 532
しゃくしぐり
　迄捨る丶　上 295
　もつも自然ぞ　下 314
しゃくやくの　上 672
じゃじゃあめの　下 418
じゃじゃうまの　上 112
じゃじゃうまも　上 92
じゃのすしも
　くひかねぬ也ヱド女　上 562
　喰かねぬ也薬なら　下 517
しゃば　上 386
しゃばのえん　上 384
しゃばのかぜに　上 705
しゃべるぞよ　下 204
じゃまにされ　上 701
じゃまにすな　上 136
しゃみせんで
　親やしなふや　上 354
　鴫を立たする　下 182
　せきぞろするや　下 447
　雪を降らする　下 392
しゃみせんに
　通うしなふや　上 223
　鳴つく許り　下 532
しゃみせんの
　ばちでうけたり　下 492
　ばちで掃きやる　下 404
　はらり〳〵や　下 93
しゃみせんは　下 448
じゃらつくな　下 262
じゃらつくも　下 262
じゃらつくや　下 261
しゃんしゃんと　下 131
しゃんとした　下 134
じゅうがつの
　御十二日ぞ　下 423

十日生か　下525
中の十日の霰哉　下322
中の十日の寝坊哉　下322
中の十日を　下322
春辺をほこる菜畠哉　下322
春辺をほこる野菜哉　下322
じゅうがつや
うらからおがむ　下322
時雨奉る　下422
ほの〲かすむ　下322
じゅうがつを　下322
じゅうごやと　下59
じゅうごやに
姨捨山の　下60
ふれと祈シ　下49
持込雨の　下49
じゅうごやの
祝義に出たり　下58
月霞家も　下49
月やあなたに　下58
月や我家に　下55
二度目も雨か　下49
二度目も雨の　下49
萩に芒に　下59
よい御しめりょ　下60
じゅうごやも　下60
じゅうごやや
雨見の芒　下59
祈ばなしの　下55
田を三巡の　下49
丁どもち込　下55
月にもまさる　下59
月のかはりに　下59
又有年の　下62
窓一ぱいの　下61
無疵の月は　下48
村もつて来て　下55
闇に成のも　下62
じゅうにがつ
二十九日の茶の湯哉　下323

甘九日の楽寝哉　下323
廿九日も　下323
じゅうにがつも　下323
じゅうにんの
目利ちがふや　上359
目利はづれて　上358
じゅうねんを　上625
じゅうばこの
銭五六文　下368
銭四五文や　下364
じゅうばこを　下274
じゅうやから　下420
じゅうろうも　下507
しゅじょうあり　下539
しゅしょうさや
同じ瓢の　下429
同じ瓢も　下430
しゅしょうさよ　上716
じゅすいした　上400
じゅずかけて
名月拝む　下55
山鳩なろぶ　上142
じゅっけんは　上431
じゅっぴきの　上717
しゅろのきの　下365
じゅんじゅんに
うごき出しけり　上449
大笋の　上705
坐につきてなく　上250
ずり出しけり　上451
じゅんばんに　上69
じゅんれいが　下66
じゅんれいに　下503
じゅんれいの
声のはづれを　上131
蚤やくりから　上644
じゅんれいや　上47
じょうあけて　上675
しょうがいに
二度とはなき　下238

二度見ぬ山や　下62
見ぬ月も月も　下62
しょうがつが
二ツありとや　上7
二日有ても　上7
へる夜〱の　上6
しょうがつに　下347
しょうがつの
くせに成たる　上33
来るもかまはぬ　下513
けしきになるや　上6
子供に成て　上6
二ツありとや　上7
二ツあるとや　上7
二ツはなまけ　上8
二日ふたつと　上8
二ツもなまけ　上7
待遠しさも　下344
町にするとや　上6
しょうがつは
青菜のかゆも　上25
跡の祭や　上6
くやしく過ぬ　上95
似せてもよいぞ　上571
しょうがつも
廿日過けり　上6
二ツは人の　上7
しょうがつや
梅のかはりの　上6
エタの玄関も　上7
貸下駄並ぶ　上7
現金酒の　上8
ごろりと寝たる　上53
外はか程の　上6
辻の仏も　上7
猫の塚にも　上6
店をかざれる　上8
村の小すみの　上6
目につく下司の　上8
奴に髭の　上6

よ所に咲ても　上6
夜は夜迚梅の月　上7
よるは夜とてうめの花　上8
しょうがつを
〱とや　上247
寝てしまひけり　上53
寝て見る梅で　上53
待し窓哉　下345
じょうこわを　上350
しょうじきに
風そよぐ也　上477
入梅雷の　上430
しょうじきの
門に蜜蜂　上282
国や末世も　上436
国や来世も　上437
首に薬　上485
しょうじきは　上361
じょうじょうの　下304
じょうずほど　上208
じょうたいの　下159
じょうだんの
代」の先〔に〕あふ　上19
代の初日哉　上19
しょうづかの　下479
じょうできの　下97
じょうどじの　下467
じょうないと　下158
じょうないの　下420
じょうないを　上223
しょうにんが　上718
しょうにんに　上367
しょうにんの
口真似してや　上251
声を聞しる　上565
西の藤波今やさく　上306
西の藤波そよぐ也　上306
目には御舎利か　下94
しょうにんは
だまりこくつて　上166

菩薩と見たる　上374
飯を喰さい　下580
しょうにんや　上509
しょうねだん　下307
じょうのじょう　下554
じょうはくの　下324
じょうはりの
かゞみそれ見よ　上183
かゞみは見ぬか　上182
鏡見よ〱　上180
じょうはりや　上318
しょうばんに
蚊もさわぐ也　上482
小僧もちよつと　上143
猫も並ぶや　下517
鳩も並ぶや　下426
我らとごろり　上143
しょうふうの　上307
しょうぶかる　上688
しょうぶさす　上481
しょうふだを　上330
しょうぶづけ　下148
しょうぶへも　下131
しょうぶゆも　上482
しょうべんじょ　下17
しょうべんじょの　下395
しょうべんに
川を越けり　上454
手をつく供や　下363
しょうべんの
穴だらけ也　上136
香も通ひけり　下238
滝を見せうぞ来よ蛍　上609
滝を見せうぞ鳴蛙　上247
たら〱下や　上687
露のたし也　下89
供がつくばふ　下363
百度参りや　下532
身ぶるひ笑へ　下219
しょうべんも

うかとはならず 上 10
玉と成りけり 下 274
しょうべんを
致しながらも 上 251
しながらもなく 上 258
するぞ退け〱 下 224
しょうめんに 下 306
しょうめんは
おば丶組也 上 165
親の顔也 下 144
乞食の窓ぞ 上 320
しょうもんが
もの云出や 下 343
物をいふぞよ 下 343
しょうりょうと 下 118
しょうりょうに 下 115
しょうりょうの
御立をはやす 下 115
御覧に入る 下 117
立ふる廻の 下 117
じょうるすの
門ぞ出よ〱 上 216
門にだぶ〱 上 460
堂の小溝に 下 278
じょうるりの 下 521
しょかんげは 下 529
しょかんじん 下 303
しょげるなよ 下 286
しょだいぶに 下 479
しょにちから 上 428
しょぼぬれの 上 240
じよやのとや 下 346
しょんぼりと
雀にさへも 上 194
鳩も五月雨 上 435
しらうおと 上 283
しらうおに
大泥亀も 上 283
松の旭の 上 283
しらうおの
しろきが中に 上 283
どつと生る丶 上 283
しらうおぶね 上 283
しらうおや
きのふも亀の 上 284
蝶が立ても 上 284
しらうめに 上 334
しらうめの
俗を放れし木ぶり哉 上 331
俗を放れしぞぶり哉 上 334
俗を放れし軒ば哉 上 335
つんと咲けり 上 335
つんと立けり 上 331
しらおうぎ
風のおとさへ 上 523
かた〔は〕な松を 上 519
皺手古さよ 上 521
どこで貰ふたと 上 524
しらがあたま 上 36
しらがどし 上 76
しらかべの
里見ぐだして 上 589
誹れながら 上 118
ひいきしてゐる 上 118
もつと遠かれ 上 81
しらかわや 下 188
しらぎくに
拙き手水 下 235
秘蔵の猫の 下 234
しらぎくの 上 428
しらぎくや 下 240
しらくもの
かすみ吹抜く 上 107
桜をくゞる 上 365
しらくもを 上 501
しらじらと
白髪も見へて 上 529
猫呼りつ丶 下 483
しらつゆと
しらで笛吹 下 86
しらぬ子どもが 下 100
仲〔間〕よく見ゆる 下 90
しらつゆに
お花の種を 下 86
片袖寒き 下 84
気の付年と 下 86
ざぶとふみ込む 下 88
そよ〱例の 下 87
何やら祈る 下 87
鉢をさし出す 下 87
福ややどらん 上 675
仏洪かしぐ 下 86
まぎれ込だる 下 87
しらつゆの
上も大玉 下 93
おき所也 下 294
かた袖に入 下 84
玉ふみかきな 下 223
つぶ〱並ぶ 下 87
てれん偽 下 89
どつちへ人を 下 92
丸いながらも 下 91
丸く成るにも 下 91
丸く見へても 下 93
むだぶりしたる 下 93
しらつゆは
価の外の 上 481
康よりどの丶 下 87
しらつゆも
御僧の目には 下 103
ちんぷんかんの 下 98
見やう〔に〕よりて 下 94
しらつゆや
あらゆる罪の 下 103
家を持身の 下 86
いさくさなしに 下 93
後生大事に 下 87
乞食村の 下 91
地獄の種を 下 102
〱とて 下 86
たれ待宵の 下 261
茶腹で越る 下 91
手を拱くは 下 102
どう転んでも 下 94
どふと流る丶 下 98
しらつゆを
いかに是なる 下 87
何とおぼすぞ 下 86
何と見るぞよ 下 89
しらなみに 上 107
しらみきて 下 577
しらみども 下 33
しらみねの 上 416
しらゆきを 上 64
しりくらえ 上 625
しりくらへ 上 240
しりしきの 下 276
しりすえれば 下 77
しりぞけば 下 184
しりつづみ 上 521
しりにさす 上 527
しりにほを 上 584
しりべたで 下 162
しりべたに 上 547
しりぺたの 下 113
しりまくり 上 547
しりもちの 上 57
しりもちも 上 147
しりもちを
ついた手でとる 下 317
ついて尻にも 下 153
しるなべに
ち丶り〱と 上 614
むしり込だり 下 237
ゆさぶり落す 下 274
しるなべの
門にさめ行 上 604
夕暮か丶る 下 82
しるなべも
厠も夏の 上 454
ながめられけり 下 38
しるのみの
足に咲けり 下 245
ほちや〱ほけて 下 19
見事に生て 下 551
見事にほける 下 20
しるのみも 上 174
しるのみを 下 41
しるよしの 上 395
しるわんに 上 667
じれむしが 下 202
じれむしや 下 202
しろあかの 下 257
しろいしの 下 48
しろいすみ 下 510
しろいぬの 上 70
しろうとの
念仏も花は 上 386
念仏にさへ 上 381
ほら貝一ッ 上 593
じろうねよ 上 581
しろかくや 上 141
しろかさや 上 509
しろがさを 上 719
しろかみに 上 467
しろきいろ 上 272
しろきづく 下 357
じろぐちへ 下 554
しろしめせや 上 54
しろたえに
帷暮る 上 506
草花さくや 上 721
しろたえの
帷子揃ふ 上 507
僧白妙の 上 325
土蔵ぽつちり 上 465
花の卯月の 上 470
花の卯月や 上 581
山も候 下 247
雪の上也 上 91

しろねこの　上 399
しろへびの　下 197
しろみずの
　川の出来たり　下 519
　流れた跡や　上 391
　畠へ流て　上 104
しわあしと　下 478
しわかいな　上 641
しわがおに　上 526
しわがおの　上 32
しわがおも　下 437
しわがおや　上 500
しわごえの　上 612
しわずねは　上 631
しわづらに　上 53
しわのばす　上 139
しわむしと　下 274
しわんぼうが　上 674
しんがつの
　しの字嫌ひや　上 496
　二日の旦の　上 501
じんきぎや　上 580
じんじょうに
　枯て仕廻ぬ　下 541
　枯て立たる　下 550
　小町桜も　下 549
　引つかま〔る〕、　上 285
しんしんと
　しんそこ寒し小行灯　下 330
　心底寒し新坊主　下 328
　しんらん松の　上 87
　すまし雑煮や　上 51
　ゆりの咲けり　上 689
しんぜんに
　子供角力や　下 80
　鳴さをしかも　下 173
しんぜんの
　草にこぼして　下 166
　草にも少　下 167
しんたくやあ　下 582

しんだたみ　上 644
しんだなら　上 591
しんちゃのか　上 561
しんとして
　青田も見ゆる　上 463
　わか葉の赤い　上 712
じんどるや　上 273
しんのじに　上 333
しんばしの　上 104
しんふじの　上 530
しんぼくは　下 366
しんぼした　上 504
しんぼして
　ちっとも鳴ぬ　下 227
　童笑はぬ　上 35
しんまいの
　相伴したり　下 165
　膳に居るや　下 166
しんまいや
　あてにして来る　下 166
　こびれにぬかる　下 166
　スッタモヂった　下 166
しんまちや　上 537
しんむぎや　上 696
しんわたや　下 293
しんわらに　下 280

す

すいすいと
　蝶も嫌ひし　上 261
　渡れ〔ば〕渡る　下 333
すいせんの
　笠かりて寝る　下 567
　笠をかりてや　下 567
　咲よく見ゆる　下 567
　花の御湊　下 567
すいせんは　上 91
すいせんも　下 439
すいせんや
　江戸の辰巳の　下 567
　大仕合の　下 567
　男きれなき　下 567
　女きれなき　下 567
　垣にゆひ込角田川　下 567
　垣にゆひ込むつくば山　下 567
　せ中にあてる　下 567
　卅日迄も　下 567
　隙とも見へぬ　下 567
　降て涌たる　下 567
　文覚どの、　下 567
すいどうの　上 662
すいふろの　下 330
すいふろへ　上 461
すいふろや　下 395
ずうずうし　上 247
ずうずうと　上 521
すえになる　上 401
すえのこも　上 280
すえのこや　下 120
すえぶろへ　上 461
すえぶろも　上 459
すえものと
　首引してあじろ守　下 473
　首つ引して田守かな　下 156
すえものの
　笹もそよ〳〵　上 661
　杉の葉そよぐ　下 354
　脉を見い〳〵　下 493
すえるだけ
　雪をとかして奉加鉦　上 137
　雪をとかして奉加箱　上 133
すがむしろ
　それ〳〵蝶が　上 272
　それ〳〵蝶よ　上 272
すぎおけに　上 516
すぎおけや　上 560
すきくわを　上 87
すきずきや　上 189
すぎでふく
　小便桶や秋の暮　下 26
　小便桶やころもがい　上 498
すぎのかに　上 500
すぎのはの　下 167
すぎのはを
　添へて配りし　下 167
　釣して売るや　下 167
すぎばしで　下 427
すきばらに
　風の吹けり　上 448
　雷ひゞく　上 457
すぎわいや　下 512
ずきんきた　上 599
ずきんきて　下 480
ずきんとる　上 11
すぐそこの　下 160
ずくなくや　下 524
すぐなよを　下 573
すぐなるは　下 474
すぐなるも　下 507
すぐみちの　上 121
すくもびや　下 149
すげがさに
　顔あをぎつ、　上 366
　日傘に散し　上 384
すげがさの
　霞まずとても　上 160
　毛ば立もせず　上 73
すけなりが　下 485
すけぶねに　下 129
すこしちる　下 559
すこしでも　上 62
すこしみぬ　上 703
すしうった　上 562
すじかいに
　雁の鳴込庵哉　下 185
　雁のなき込在所哉　下 186
　菜の咲込し　上 298
すしになる
　間に歩く　上 562
　間を配る　上 562

すしのおしの　上 660
すしみせや　上 562
すじりもじり　上 684
すずかぜが　上 626
すずかぜに
　欠序の　上 421
　子ども一箕　上 426
　釈迦同体の　上 423
　正札つきの　上 425
　立ちふさがりし　上 418
　月をも添て五文哉　上 419
　月をも添て二文哉　上 423
　連をや松の　上 425
　手ぶりあみがさ　上 425
　吹かれぢからも　上 417
すずかぜの
　浄土則　上 425
　第一番は　上 420
　出ルも〔いくつ〕　上 423
　吹木へ縛る　上 422
　曲りくねって　上 421
　窓が極楽　上 425
　横すじかひに　上 420
すずかぜは
　あなた任せぞ　上 418
　雲のはづれの　上 421
　どこの余りか　上 474
　どこのナグレか　上 474
すずかぜも
　一升入の　上 424
　今は身になる　上 420
　けふ一日の　上 474
　月も〆出す　上 420
　隣の竹の　上 421
　隣の松の　上 421
　はりあひなきや　上 418
　仏任せの　上 418
　身に付そはず　上 589
すずかぜや
　あひに相生の　上 653

力一ぱい
何喰はせても
鼠のしらぬ
仏のかたより
やれ西方山
すずかぜを
鼻にかけてや
はやせば蛙が
真向に居へる
すずからから
すゞがらり
がらり朝顔くちり咲
くゝ森ひとつゝく
すゞきから
によつと出たる
菩薩の清水
松が蛍
すゞきぎず
すゞきはぎ
すゞきばし
すゞくさき
笠も桜の
畳も月の
弥陀と並んで
いつち上座に
すすけがみ
しかも上座をゆさぶりけり
すゞけても
すゞけても
すすけびな
すゞごみも
銭に成りけり片山家
銭になりけり小松川
すずさわぎ
すむや御堂の
ばたり〔と〕過て
すゞしいと

上下下　下下下　上上上　上上上下上　上下上下上下　下下　下上上上　上上上上上
421 442 443　444 443 442　154 157 155　23 544 46 541 41 371　371 137 565 284 607 458 285　260 260　214 417 661 596　421 426 419 425 418

すゞしからん
すゞしくば
すゞしさに
一番木戸を
一本草も
妹が蚊を追ふ
忝さの
転びも上手と
釈迦同躰の
しやんと髪結
大福帳を
花も笠きへ
我と火に入
はめ〔を〕はづして
ぶらくく地獄
前巾着を
ミダ同躰の
雪も氷も
夜はエタ村で
たらぬ所へ
もやうにおつる
すゞしさは
江戸もけふ翌
うしろから来る
家や神や浄土の
閏三月の
神代のさまよ
蚊を追ふ妹が
キ妙ム量な
雲の大峰
雲の作りし
黒節だけの
四門を一ツ
汁の椀も
沈香もたかず
外村迄も
大大名を
只一夢に
五尺そこらも
五尺程でも
〔小〕錢をすくふ
汁の中へも

上上上上上上上上下上　下下上上上　上上上上上上上上上上上上下上上上　上上
427 425 474 474 423 417 419 449 423 427 139 243　296 295 426 421 419 424　420 422 420 422 418 419 620 599 668 423 423 423 422 87 427 419 426　534 427

直に神代の
手を引あふて
どこに住でも
土橋の上の
糊のかはかぬ
畠掘でも
八兵衛どの、
一またぎでも
馬の首も
松見ておはす
水投つける
弥陀成仏の
見るほどの仏
飯を掘〔出〕す
貫て植し
山から見へる
又西からも
枕程なる
またぎ程でも
仏の顔も
すゞしさも
藍より〔も〕こき
青いつりがね
朝草刈の
雨をまこぎる
一畳敷も
今出て行
今月の隈なる
椽から直に
縁の際なる
扇をまねく
お汁の中も
欠釜一ツ
笠へ月代
笠も夜さりは
きせる加へて
門も夜さりは
すゞしさや
青いつりがね
七夕雲と
七夕竹の
露の大玉
手比あみ笠の
天王様の
鳥も直さず
どれが彦星
弥陀同躰の
三月も過

上上上上上上上上上上上上上上上上上上上上　上上上上下上上下下上
417 421 423 424 427 424 424 425 474 424 427 425 419 424 421 417 421 427 426 426 420 418 425 417 423 427 426　419 417 427 422 135 425 420 426 89 131 130 426

出て行迹の
手を引あふて
どこに住でも
土橋の上の
丸に道入らぬ
皆は這入らぬ
すゞだけや
仏の顔も
高砂めいた
馬の首も
すゞだけを
例のやしろも
薮のやしろも
先鴬の
すゞすのでで
ずずだまの
すゞとりて
すゞだけだ
松見ておはす
弥陀成仏の
闇の隅なる
湯けぶりそよぐ
義経どの〔の〕
夜水かく、る
我永楽の
すゞしさよ
手まり程なる
どれが彦星
弥陀成仏の
すゞしやな
すゞまぐらや
すゞなりの
すゞすので
すゞはいた
垣も洗て
すゞはいに
寝て見たりけり
錠おろす也
錠おろして
松も洗て
長閑に暮る

下下　下下下下　下上上下上　上上上上上上上上上上上上上上上上上上上上上上上上上上
441 444　439 442 442 442　442 422 426 422 135 419　425 426 426 422 418 418 420 423 417 422 423 419 420 475 420 475 417 420 421 424 424 426 425 427

高砂めくや
つ、ぱりまはる
すゞだけも
舞のそぶりの
丸に道入らぬ
皆は這入らぬ
すゞだけや
仏の顔も
高砂めいた
馬の首も
すゞだけを
例の爺の
すゞだけに
すゞすはかな
松を洗て
長閑に暮る
すゞはきに
げん気付なや
とまり合する
すゞはきや
すゞだけの
世話がなき身の
ことはりもせぬ
旭に向ふ
池の汀の
和尚は居間に
けろ〔く〕門の
琴もて居る
さて此次は
すゞだけの
ころ〔く〕猫が

下下下下下下　下下　下下　下下下下　下下下下下下　下下下下下下下下下　下下下　下下
439 437 438 443 439 440　441 440　444 440　442 444 438 440　441 440 496 438 443 443　581 443 442 441 438 442 441 438　438 443 440　444 441

　ねらひすまして　下441
　花の水仙　下439
　払ひ出しけり　下443
　東は赤い　下442
　火のけも見えぬ　下438
　孫かこつけに　下443
　貰餅おく　下442
　我は人形に　下442
すすはくも　下441
すすはくや　下439
すすははき　下443
すすはけば　下438
すすはらい　下438
すずふりが　下324
すすほこり　下439
すすぼこり　下442
すすぽたぽた　下503
すずまんと
　出れば下に　上544
　すればはやよぶ　上545
　ぶら〳〵下る　上620
すずみばや　上547
すずみをば　上542
すずむなら　上544
すずむにも
　はりあひあらじ　上539
　はりあひのなし　上550
すずむよの　上410
すずむよは　上410
すずめごが
　ざく〳〵浴る　上468
　中で鳴く也　上197
　一人かせぎを　上190
すずめごに　上195
すずめごの
　しを〳〵ぬれて　上194
　はや喰逃を　上192
　はやしりにけり　上190
　はや羽虱を　上190
すずめごも
　朝開帳に　上191
　朝開帳の　上191
　梅に口明く　上189
　同じく浴る　上469
すずめごや
　うきふししげき　上190
　牛にも馬にも　上196
　お竹如来の　上193
　親のけん花を　上191
　親をも呼る　上196
　女の中の　上195
　川の中迄　上194
　しばしとまつて　上193
　銭投る手に　上192
　銭投る手も　上192
　人が立ても　上196
　人のこぶしに　上190
　ほうさう神の　上196
　仏の肩〔に〕　上194
　ものやる児も　上195
すずめこよ
　巨達弁慶　下503
　四角にとけし　上131
すずめごを　上191
すずめとは　下527
すずめとる　下497
すずめなく　上161
すずめにも
　少しどふ也　下452
　仲よく暮る　下501
すずめのこ
　庵の挨が　上191
　此世へ逃に　上191
　地蔵の袖に　上191
　そこのけ〳〵　上194
すずめふむ
　程畠あり　下495
　程は菜もあり　下356
すずめほど　上204
すずめまで　上134
すずめよとの　上538
すずめらが
　浴なくしたり　上678
　起しに来たる　下484
　起しにわせる　下483
　かするひよ鳥　下283
　喰こぼしけり　上322
　ざぶ〳〵浴る　上469
　仲間割する　下367
　寝所へもはふ　上529
　はたらきぶりや　下231
すずめらと　下527
すずめらに　上324
すずめらも
　おや子連にて　上194
　せうばんしたり　下118
　何かよむぞよ　上703
　真似してとぶや　下194
　身祝するか　上326
すずめらよ　下483
すすわらの　上672
すすわらも　下407
すだちどり　上406
すだれして　上511
すだれのあおき　上674
すっかりと　上707
すつばめに　上609
すつばめの　上213
すつばめや
　草の青山　上213
　何をつぶやく　上213
　ゆききの人を　上215
ずっぷりと
　ぬれた所が　上139
　濡て卯の花　上724
すっぽんと　下44
すっぽんも
　朝飯得たか　上681
　時や作ラン　上104
　羽ほしげ也　上241
すていえに　上284
すておいても　上455
すておうぎ　上334
すてかがし　下152
すてぎくに　下247
すてぎくまで　下248
すてぎくや　下249
すてぎねの　上81
すてさなえ
　犬の寝所に　上693
　馬も踏ずに　上693
すてたみを
　十程ぐゞる　上478
　十ほどぬりて　上478
すてたよも　下245
すてづえよ　下361
すでにはる　上79
すてびとも　上51
すてびとや
　明安い夜を　上406
　袷をめして　上541
　上野歩行て　下461
　巨燵さましに　下503
　よなべさわぎを　上547
すてぶちや　上272
すてぶちを
　いつ迄見べき　下408
　寝て見る雪の　下388
すてやぶの　上645
すてらるる
　迄とや姨のおち葉かく　下557
　迄とや姨のおち葉やく　下557
すてられし
　姥の日じややら　下362
　夜より雨ふる　下219
すてられた
　おばが日じややら　下92
　形に咲けり　下249
すどおりを　下247
すなかべや　上38
すなはらや　上410
すなもりや　上532
すなやまの　上412
すなよけの　下292
すなをする　上66
ずにのって　上445
ずにのりきって　上445
すねいっぽん　上542
すねきりの　上506
すねたけの　上506
すねとものの　上162
すねなすび
　馬の役なん　下118
　馬役を相　下117
すねののみ　上646
すのとりの　上186
すのとりや　上187
すのはちの　上281
すのはちや　上282
すのへりに　上260
すばなしの
　あいそにちよいと　上530
　あいそ〔に〕一つ　上530
すばなれの　上190
ずぶざしの　上401
ずぶぬれに　下210
ずぶぬれの
　大名を見る　下504
　仏立けり　上592
すべったを　上610
すべりても　下320
すましぐれ　下361
すままでは　下432
すまむらの　上440
すみいけん　下506
すみがまに　下511
すみがまの
　穴の小隅の　下512
　穴の小隅も　下511
　空の小隅も　下511

〔すみ〕

けぶりに陰る
四五寸伸し
ちよほくけぶる
すみがまや
細くけぶる
すみがまも
あれが桜の
今に焼く
すみがより
しばし里ある
師走らしくも
すみかより
師走の隅に
投げ込だる
すみくだく
腕にかゝる
すみずみも
手の淋しさよ
すみずめに
蝶と成けり
すみずめは
蝶の出立や
すみずみも
すみぞめに
蝶もとぶ也
すみのてで
すみのくも
すみのうめ
すみのえの
すみのえや
すみづらい
すみっこに
すみったわら

下下上上上上下上下上上　下下下　上上上下下下　下下下下下下下　下上下下下
507 442 552 31 719 320 284 676 510 570 475 389 73 106　80 29 80　590 721 503 156 511 506 506　250 565 511 511 511 511 511　511 452 511 511 511

川をとび越ス
すみをする
すめばすむ
すめばまた
すみのひの
すみのひや
上より明て
ふくゝゝしさよ
すみのひや
すみのひの
朝の祝義の
夜は目につく
すみぶねや
すみまでも
すみもきよう
すみもはや
齢のへるも
俵の底ぞ
すみやかに
植奉る
神の御前の
すみよしの
すみよしに
萩のはね泥
隅に菫の
隅にとしよる
隅の小すみの
すみの〔小〕隅も
すみよしや
あひに相生の
御留守の庭も
さゞ女迄も
汐干迄も
炭打程の
けしきにならぬ夜氷哉
けしきに並ぶ夜寒哉
秋は来にけり
すりこぎも
やうな歯茎も
舟にひつゝく
すりこぎと
すりこぎの
すりこぎで
はるゞ来ぬる
是は汝が
かざしにしたる
親の日といふ
すもとりや
すもとりの
すもとりに
よけてくれけり
立て呉れり
すもとりが
すもうばや
すもうになると
すもうとりが
すもうとり

上上　上上上上上下上　下上上下上下　上下上　下下　下上上下下上　下下上　下下　下
293 293　294 223 160 552 417 653　71 688 372 467 294 251　218 512 268 312　510 510　510 509 507 509 506 509　506 506 507　509 509　508

するがじは
するがじを
上手にかけて
音もいはれ
榎や夜さへ
門や夜さへ
すみれさくや
すみれさいて
すみれもいはれ
灯籠ほのかに
汐干迄も
さゞ女迄も
炭打程の
けしきにならぬ夜氷哉
けしきに並ぶ夜寒哉
すりばちの
音に始まる
すりばちに
すりばちの
あにしやしや
すみよしや
すみの〔小〕隅も
灯また消
隅の小すみの
すりこぎも
やうな歯茎も
舟にひつゝく
すりこぎの
すりこぎと
すりこぎで
親の日といふ
かざしにしたる
是は汝が
はるゞ来ぬる

上上下上下　下下下下　上上上　上下下下下　上下下下下　上下　下
265 716 506 122 256　131 507 32 11 219　12 260 113　38 635 146 146 146 145　152 255 148 395 79　359 145　148 146 149 145 381 285 472 295

せ

すわかぜに
すわかぜや
すわこより
すわやまの
すわやまや
ずんずんと
ボン〔の〕凹から夜寒哉
ほんの凹から夜寒哉
すもうとり
すもうとりが
すもうになると
すもうばや
すもとりが
本と〔の〕花も
けさはいつもの
すもうばや
すもうになると
すもうとりが
すもうとり
川をとび越ス
すみをする
すめばすむ
すめばまた
すみのひの
すみのひや

すわかぜに
すわかぜや
せきぞろに
けられ給ふな
負ぬや門の
犬けとばしも
せきぞろの
尻の先也
三〔つ〕たま〳〵で
せきぞろも
せきぞろは
むなしく見るや
見せぬやせぬや
とりおとさぬや
散とも見へず
そばで鳴
うぐひすも鳴
せいだして
麦の中より
箕をかぶる子や
せいたけの
せいじゅうろうが
せいてんの
せいてんに
せいてんと
せいてんの
山湯のけむり
又青天の
真昼中の
朝日札を
とつば〔づ〕れ也
とつば〔づ〕れより
浅黄袷の

下下　上下下上上上　下下　下下下下下下　下下下下下　上下　下　上上　上上上下上下
20 328　401 137 136 426 137 137　148 146 146 144 148 446 446 447 445　446 447 444 444 447 444 445 448　675 356　415　692 692　190 509 82 266 701 525

せきしよりの
せきもりに
叱り通すや
声を真似るや
せきもりの
せきもりの
せきとりが
せきのひの
せきという
女もす江戸町
女も夫れも御代
せきぞろを
女せき候
おのが妻〔に〕も
せきぞろを
本気でもどる
よい年をして
小銭六羽が
さゝらでなでる
今寝ばなる
お一日から
聴でかぞへる
長大門の
七尺去て
はかゝ帰る
又昼中の
真昼にひとり
食木陰は
茶を汲か〔へ〕る
せがきだなと
せきごゑの
せきしようや
土の西行の
昼寝連〔から〕

下上下下　下下上下下　下下　下下下下下下下下下下下　下下下下下下下下下　下下　下下
529 181 531 178　9 148 492 445 448　445 445　446 448 446 444 448 446 446 446 447 445　446 447 444 444 447 444 445 448　446 444　447 326

658

灸点はやる　上327
　口真似するや　上230
せきれいが
　たゝいて見たる　下307
　ふんで流る、　下277
せきれいの
　尻ではやすやせ〔つ〕き候　下445
　尻ではやすや鳴蛙　上253
　なぶり出しけり　下196
せきれいは　上687
せきれいや
　いかにも古き　下196
　ゆるがしてみろ　下196
せきれいを　下121
せすじから　下20
せせなぎの　上678
せせなぎや　下332
せっかくに
　居馴んでから　上241
　かすんでくれし　上114
　忘れて居たを　下460
せっかくの
　雨を無にすな　上583
　汐の干潟を　上160
せつかれて　下14
せっしゃぎも　上11
せったいの
　あいそに笑ひ　下123
　茶にさへ笑ひ　下123
せったいや
　けふも八十　下123
　自慢じやないが　下123
　自慢じやないと　下123
　涼みがてらの　下123
　猫がうけとる　下123
　評判たのむ　下123
せっちんと
　うしろ合や　下498
　背〔中〕合せや　下498
せっちんに　上330
せっちんの
　歌も夏書の　上472
　錠も明き〔け〕り　上331
　錠も明く也　上330
せっちんも
　名所也けり　下533
　名所のうちぞ　下531
せどのふじ　上474
せなかから
　児が声かける　下317
　狙が引也　上46
　冷かゝりけり　下20
せなみさい　上324
せなみせえ　上318
ぜにかねを　下29
ぜにからから　上318
ぜにぐるま　下326
ぜにださぬ　上425
ぜにだした　上419
ぜになしが　上381
ぜになしは　上546
ぜにねだる　上318
ぜにのでた　上268
ぜにのでぬ　上381
ぜにばこの　下224
ぜにふれと
　をがむ拳へ　上389
　おがむ掌へ　上387
　をがむ手元へ　上376
ぜにほうる　上578
せまくとも　上642
せまにわの　下316
せみしぐれ　上650
せみないて
　疫病に　上653
　別して長い　上651
せみなくや
　赤い木葉〈〳〵〉の　上651
　今象潟が　上651
　今伐倒ス　上653
　笠のやうなる　上652
　神の〔鉄〕釘　上655
　象潟こんど　上651
　北かげくらき　上655
　鷺のつゝ立　上651
　袖に一粒　上650
　空にひつゝく　上652
　つく〴〵赤へ　上654
　天にひつつく　上652
　鳥井の外に　上650
　梨にかぶせる　上650
　貧乏かづらも　上651
　マユが干る、　上653
　盲法師が　上655
　物喰ふ馬の　上653
　柳ある家の　上650
　山から見ゆる　上655
　六月村の　上654
　我家も石に　上652
せみのこえ　上656
せみのよも　上419
せみばかり　上651
せめてもと　上174
せめてもの　下348
せめらるる　上549
せりつみや
　笠の羽折に　上296
　土手の羽折に　上296
せりながす　下489
せわしさは　上546
せわしさを
　人にうつすな　上575
　我にうつすな　上575
せわしなの
　世や下る露　下103
　夜や上ル露　下98
せわしなや
　門をちび〳〵　下367
　神の御身も　下419
せわずきが　下62
せわずきや　下499
せんぐりに
　おつ崩しけり　上449
　切を切てや　上648
　花咲山や　上353
　人はけぶりて　下232
　隙を明けり　上687
せんげんの　上681
ぜんこうじへ　上193
ぜんこうじも　上236
ぜんこうじや
　かけ念仏で　上10
　月の出るのが　下114
せんこうで　上546
せんこうに　上324
せんこうの
　一本ですむ　上531
　火で〔た〕ばこ吹　上546
せんこうも　上531
せんこうや　上90
せんこうを　上24
せんざいに　上710
ぜんさきに
　雀なく也　上80
　夜の春風　上95
ぜんさきの　下468
ぜんさきは　下83
ぜんさきへ
　月のさしけり　上321
　のさばり出たり　下270
せんじゅうが　下11
せんじゅうの
　煤がぶら〳〵　上328
　つけわたり也　上591
せんじょうに
　月の欠るを　下62
　出て歩也　下499
せんせいなく　上387
せんぞだいだいと　上492
せんたくの　上401
せんだつの　下320
せんちゅうへ　上640
ぜんつくし　上671
せんどうよ　下39
せんにんの　上256
せんねんも
　一日へ〔り〕ぬ　下573
　けふ一日か　下574
ぜんのつな
　悪のさくらの　上383
　しつゝり蝶が　上273
ぜんのもようや　下282
せんべいの
　やうなふとんも気楽哉　下486
　やうなふとんも我家哉　下486
せんべつに　下140
せんりょうの
　かしくも見ゆる紙衾　下484
　かしくも見ゆるふすま哉　下485
　垢をとりもつ　下478

そ

そうあんに
　金をかす也　下248
　来て汚る〔る〕な　上276
　来てはこそ〳〵　上353
　薬うる也　上670
　それ汚れな　上277
　ちと釣りあはぬ　上675
　ふつり合也　上675
　ほゞつり合ぬ　上675
　もどれば蝿も　上638
そうあんの
　かざりに青　上141
　虱でも喰へ　上591
　棚捜しする　上272
　寝言の真似や　下531
　家根の峰迄　下217
そうあんは
　蚤蚊にかりて　上642

　まづいやらして　上610
　夢に見てさへ　下327
そうあんも　上661
そうあんや
　入替り立替り　下35
　菊から先へ　下360
そういれぬ　上723
そうおうな
　つり鐘草や　上470
　山作る［也］　上450
そうかんが　下429
そうかんに　上577
ぞうきんの　上31
ぞうきんを　上176
ぞうさなく　上451
そうしえに　上556
そうじめて
　卅六坊　上314
　只三軒の　下363
そうじょうが
　音頭とる也　上166
　野糞遊ばす　上508
そうじょうの
　天窓で折し　下335
　頭の上や　上639
そうじょうも　下513
そうそうに　上280
そうとんで　下526
ぞうにいわう　上13
そうになる　上670
ぞうにもち　上50
そうまはら　上29
そうもたち　下250
ぞうりとり　上316
ぞうりぬいで　上537
ぞうりはく　下381
そうりょうの　下306
そがどのに　上152
そくさいで　下94
そくさいな　上214

そくさいに
　秋と成たる　下3
　紅葉を見るよ　下173
ぞくじんに　上565
ぞくぞくと
　自然生たる　下271
　所むさいの　上301
　鼠の穴も　下317
　人のかまはぬ　下317
ぞくのつく　下364
そこでなけ　上652
そこにいよ　上205
そこになけ　上212
そこもとと　上591
そこもとも　上573
そこらから　下3
そこらでも　上256
そっくりと
　大津の鬼や　下433
　蛙［の］乗し　下296
ぞっとした　下175
ぞっとして　下175
そっとなけ　上587
そっともうせば　下532
そであたり　上146
そでがきへ　上202
そでがきも　上473
そでかざす　上139
そでがさや　上81
そでからも　下108
そでかるう　下570
そでぐちは　上312
そでさむき　下289
そでしたは　上207
そですれば　上310
そでたけの
　垣根うれしや　上81
　垣の嬉しや　上90
　はつ花桜　上367
　山もうれしき　上93

そとおいて　下315
そとからは　上33
そとすれば
　ぐわつと千鳥の　下531
　ぐわらりと炭の　下508
そとならば　上33
そとはゆき　下387
そとぼりに
　おち栗ぼかん　下315
　リントイノコの　下425
そとぼりの
　真西吹く也　下500
　割る、音あり　下350
そなたしゅも　下107
そのあとは
　新寒念仏と　下433
　子どもの声や　下466
そのいしが　上606
そのいせい　下40
そのうえに　下488
そのかどに
　［天］窓うつなよ　下247
　天窓用心　上498
そのきから　下477
そのくさが　上219
そのくさは　下219
そのくせに　下201
そのこえで　上253
そのこえの　下227
そのたもと　上625
そのつぎに　下457
そのつぎの
　稗田も同じ　上556
　稃もそよ〱　上465
そのつぎも　下143
そのつれに　上343
そのとおり　上582
そのなえの　上537
そのなかに　上712
そのはずぞ

　から鉄包の　上492
　夜永の芒　下33
　我住山の　上607
そのひげに　下223
そのぶんに　下227
そのまつを　上495
そのまどに　下218
そのやぶは　上219
そのややら　下163
そのように
　朝きげんかよ　下529
　喰らひそべるな　上584
そのよから　上188
そのわきに　上142
そばぐにの　下56
そばこねし　下551
そばさいて　下166
そばさくや　下272
そばどきや　下42
そばどこと　下209
そばのはな
　咲くや仏と　下272
　二軒前程　下272
そばはなの　下35
そばはなは　下64
そばやには　上452
そめいいや　上716
そめいろの　上161
そめじるや　下332
そめのぼり
　横から見ても湊なり　上483
　よこから見ても都也　上483
そめふさの　下234
そよかぜの　下142
そよかぜは　上655
そよげそよげ
　さら〱［竹］の　上701
　〱わか竹　上701
そよそよと
　江戸気に染ぬ　上401

　世直し風や　上604
そよふくや　上464
そらいろの
　傘続きけり　上365
　傘つゞく也　上357
　傘のつゞくや　上361
　傘もかすむや　上120
　山は上総か　下410
そらじょうと
　人には告よ磯菜畑　上55
　人には告よ梅の花　上326
　人には告よ田打人　上169
そらまめの　上495
そりおうて　下487
そりすてて　上337
そりたてて　上62
そりたての
　首にかゝる　上442
　つぶりを蝿に　上637
そりひきや
　犬が上荷［に］　下488
　家根［から］おとす　下488
　家根から投る　下488
　家根から呼ばる　下488
そりひくや　上41
そりゃうめが　下445
そりゃそりゃと　下149
そりゃねがね　下518
それあそべ　下440
それあぶに
　世話をやかすな明り窓　上280
　世話をやかすなせうじ窓　上280
それうまが　上194
それおもん　下111
それがきも　下304
それがしが
　おつゝくねても　上485
　供する蝶よ　上269
　ひぜんうつるな　上592
　宿は蚊やりの　上530

　宿は藪蚊の　上626
それがしも
　千両花火の　下143
　其日暮しぞ　下303
　田植の膳に　上553
　連にせよやれ　上237
　宿なしに候　下28
　雪を待夜や　下388
　世に有さまの　上56
それからは　上596
それきりで　上332
それきりに　下289
それそこの
　蕣つむな　上594
　梅も頼むぞ　上24
　梅を〔も〕添よ　上24
それそこは
　蟻の地獄ぞ　上620
　雪の雪隠《迄》ぞ　上384
それそれと　上609
それぞれに
　盛り持けり　上699
　花の咲けり　下277
それぞれや　上269
それでこそ
　こそ紫の　上703
　御時鳥　上573
　古き夕べぞ　上481
　奉公忘れめ　下125
それなりに
　なる仏いたせ　下197
　成仏とげよ　上658
それほどに　下191
それまりの　下46
ぞろぞろと　下209
そろそろと
　蝶も雀も　上161
　よ所は旅立　上552
そろばんに
　腮つゝ張て　上518
　肱をもたせて　上517
そろばんを　上517
そんじょそこ　上465
ぞんのほか
　銭とる茶屋や　下269
　俗な茶屋有　下269
ぞんぶんに　上711

た

だいいちに
　気の薬也　上358
　蛇を仕習ふ　上184
たいかいを　上545
だいかんの
　入るもきびしき　下325
　扇をのせる　下277
　扇の上の　下216
　大い〳〵とした　下325
　寄れば過たる　下18
だいかんや　下325
たいぎぞよ　下355
だいこくの
　頭巾〔を〕からん　上675
　俵作りて　下418
　鼠ならなけ　下341
だいこくも　下427
たいこだけ　下128
だいこひき
　一本づゝに　下545
　大根で道を　下546
だいこひく　下546
だいこむしゃ　下547
だいこんで
　鹿追まくる　下547
　叩きあふたる　下546
　団十郎する　下546
だいこんの
　二葉うれし〔や〕　下72
　二葉にしれや　下72
だいこんや　下545
だいこんを
　引ば来てなく　下545
　丸ごとかぢる　下547
たいしょうが　上523
たいしょうの
　腰かけ芝や　上451
　前やどっさり　上662
たいせつな　上131
たいせつに　下150
たいせつの
　お十二日ぞ　下422
　九月卅日を　下526
　涼相手も　上547
　廿五日や　上235
　ぼたもちふむな　下220
だいそれた
　花火の音も　下142
　祭りにもあふ　下151
　昔咄や　上556
だいだいの　下303
だいだいや　上2
だいたこや　下118
だいちょうを　上413
だいてんぐの　上660
だいどうに
　ころ〳〵犬の　上70
　蚤はき捨る　上647
　雪ほしておく　上64
だいどうは　上104
だいどうへ　上693
だいどうや　上91
だいどこの　上52
だいのじに
　寝て涼しさよ　上420
　寝て見たりけり　上450
　踏んぞり返て　上378
　ふんぞり返る　上544
　ふんばたがつて　上517
　ふんばたがりて　上460
だいのじの　下124
だいはんにゃ　上521
だいひょうの　上710
だいぶつの
　鼻から出たりけさの霧　下108
　鼻から出たり煤払　下440
　鼻から出たる　上216
　鼻で鳴也　上191
だいぶつは　上120
だいぶつや
　鼻の穴から　下108
　鼻より霧は　下108
たいへいの
　日永に逢ふや　上72
　世にそばへてや　下203
たいぼくや　下315
たいまじや　上597
たいまつを　上250
だいまるの　上134
だいみょうと　下248
だいみょうに　下148
だいみょうの
　一番立の　下514
　鶯弟子に　上210
　笠にもかゝる　下84
　かすみが関や　上47
　凧も悪口　上46
　なでゝやりけり　上493
　花が散る也　上358
　花火そしるや　下143
だいみょうは　下503
だいみょうも　下514
だいみょうや　下180
だいみょうを
　馬からおろす　上385
　眺ながらに　下504
　味方にもつや　下240
だいもんじの　下124
だいもんや
　涼がてらの　上543
　雪に並べる　下398
たうえうた　上552
たおやめの　上620
たおやめを　上65
たおれやと　上398
たがあおむ　上464
たがいえや　上680
たがいきて　上704
たかいのや　上354
たかえだや　下298
たかえんを　下173
たがかけよ　上262
たがかけん　上429
たかがりの　下471
たかがりや
　先麦〔を〕かく　下470
　麦の旭を　下470
たがききし　上293
たかくるや　下523
たかさごの
　声はり上る　上521
　松や笑はん　下464
　松を友なる　上170
　やうな二人や　下450
たかさごは
　今の我らぞ　下557
　榎も友ぞ　上495
たかさごや
　鬼追出も　下466
　松を小楯に　下450
たかせぎや　下100
たかそれし　下523
たかだかと　下542
たがためたに　下359
たかどのや　下502
たかはらや　上437
たがめにも　上48
たがやさぬ　下339
たがやどぞ　上680
たかやまや
　花見序の　上337

　水の花火を　下 142
たがよいぞ　上 639
たからたへ　下 420
たきぎうり　下 467
たきぎべや　上 671
たきけぶり
　側で見へさへ　上 346
　袂に這入る　上 501
たきのこる　上 167
たくほどは
　風がくれたる　下 556
　手でかいて来る　下 555
たぐるめに　上 543
たけうえし　下 345
たけうえて　上 556
たけうりの　下 438
たけえんの　上 412
たけがきの
　大夕立や　上 440
　曲られながら　上 713
たけかごに　上 54
たけがりの
　から手でもどる　下 318
　下手や一抱　下 319
たけがりや　下 320
たけぎれで
　すやくつておく　上 171
　手習ひ〔を〕する　下 579
たけぞのや　上 701
たけついつい　下 574
たけにいざ　上 192
たけにこよ　上 192
たけにさえ
　イビツでないは　下 574
　丸にまろきは　下 574
たけにすずめ　下 468
たけのあめ　上 180
たけのこと
　いふ笋の　上 704
　品よく遊べ　上 194

たけのこに
　か、れとてしも　上 704
　喰あひ《合》のなき　上 706
　娑婆の嵐の　上 704
　へだ〔て〕られけり　上 704
たけのこの
　兄よ弟よついく〜と　上 705
　兄よ弟よ老ぬ　上 704
　今がにくまれ　上 705
　うんぷてんぷな　上 705
　うんぷてんぷに　上 705
　ウンプテンプの　上 705
　影の川こす　上 704
　木に交りて　上 707
　三本目より　上 706
　千世もぼつきり　上 706
　ついと揃も　上 706
　罪作らせに　上 706
　連に咲けり　上 705
　伽に咲けん　上 705
　にくまれ盛り　上 706
　番してござる　上 706
　人の子なくば　上 706
　病のなきも　上 705
たけのこも
　思ふ所へは　上 706
　御僧もまめで　上 706
　育つ度ンビに　上 707
　天上天下　上 706
　中く〜庵の　上 705
　名乗か唯我　上 706
たけのこや
　鶯親子　上 704
　女のほじる　上 706
　門の葎も　上 704
　闇い所の　上 704
　竹に成るのは　上 707
　面かり猫の　上 706
　ともく〜育　上 707
　憎れ草も　上 704

　痩山吹も　上 704
たけのこよ　上 706
たけのこを
　にらんでおじやる　上 705
　見つめてござる　上 704
たけのつき　上 519
たけのはに　上 289
たけばやし　下 574
たけぶえは　上 552
たこあげて
　いかにもせまき　上 46
　ゆるりとしたる　上 46
たこうはござり　上 602
たこきれて　上 45
たこだいた　上 46
たこだいて　上 47
たこのいと　上 47
たごのうらに　下 153
たこのおを
　追かけ廻る　上 45
　咥て引や　上 47
たこのかぶり　上 46
たざかいや　上 255
たしなめよ　上 596
たぜりつみ　上 296
ただいよう　下 275
ただおるが　上 112
ただおれば　下 388
たたかいは　上 616
たたかいを　上 617
ただくれる
　茶にさへ小屋の　下 123
　茶にさへ場〔所〕の　下 123
ただたのめ
　桜ぼたく〜　上 372
　く〜とや　上 370
　たのめと桜　上 388
　く〜と露の　下 91
　花はらく〜　上 343
　花もはらく〜　上 389

　山時鳥　上 661
だだっぴろい　下 168
ただのうも　上 491
ただのきは　上 312
ただのきも　上 358
ただのびよ　上 671
ただひとつ
　耳際に蚊の　上 622
　見る俵かよ　下 168
ただひとは　下 295
ただひとり　下 194
たたりなす
　木ともしらでや　上 593
　杉はふとりて　上 371
たちうすに
　片尻かけて　上 228
　子を安置して　下 45
たちうすの　下 16
たちうすよ
　糖篩よ　下 404
　寝臼よさては　下 293
たちうまの
　鼻であしろふ　下 212
　屁の風下や　下 447
　屁の吹れや　下 447
たちかつぐ　上 687
たちがれの
　木にはづかしき　下 479
　とく〜折よ　下 542
たちきずを　下 498
たちぎわに
　なるやさつさと　上 238
　花を降らして　上 237
　春風吹ぬ　上 102
　春風ふくや　上 95
たちぎわの　上 242
たちくずは　上 159
たちしなに　上 520
たちしまに　下 480
たちすずみ　上 543

たちたまえ　下 22
たちながら
　綿引抜て　上 504
　綿ふみぬいて　上 504
たちはいて　上 29
たちぶりや　上 703
たちぼとけ　下 504
たちまちに
　盛り着ける　下 263
　淋しくなりぬ　下 510
　寝じはだらけの　上 503
　無病な月と　下 62
たちもちも　上 310
たつあきは　下 4
たつあきも　下 3
たつあきや　下 3
たつあとを　下 480
たつうまの　上 391
たつうまは　下 29
たつかがし
　抑御代の　下 151
　三四五つ　下 151
　御幸待やら　下 151
たつかゆみ　下 419
たつかりが　上 234
たつかりの　上 233
たつしぎと　下 181
たつしぎに　下 180
たつしぎの
　顕れ渡る　下 181
　今にはじめぬ　下 180
　片足上て　下 181
　しほにちよほく〜　下 182
たつしぎも　下 181
たつしぎや　下 182
たっしゃなは　下 478
たったいま
　旅から来しを　上 554
　つ、さしたれど　上 399
たつたひめ

　坐とり給へや　下 311
　尿かけたまふ　下 290
たつたやま　下 151
たつときも　上 233
たつなかり　下 27
たつはるや　上 17
たっぷりと　上 121
たであれば　上 656
たていしの　上 677
たていたの　上 173
たでくうむしも　下 89
たでくうや　上 656
たてじまの　上 415
たではと　上 685
たではも　上 562
たてのもの　下 499
たてふだの　上 426
たとあぜの　上 64
たどころや　上 608
たなかなる　上 589
たなかりて
　夫婦かせぎの　上 216
　名月も二度　下 49
たなぎょうを
　あてがっておく　下 117
　手前でよんで　下 117
　逃尻でよむ　下 118
たなさがし　上 276
たなちんの
　簀としりつゝ、　上 318
　二百を叱る　下 15
たなつけて　上 305
たなばたに
　明渡す也　下 132
　一本茄子　下 130
　かくれてさくや　下 131
　とゞきもすべき　下 130
　野原も子もち　下 132
　我奉る　下 130
たなばたの
　牛に参らせん　下 130
　相伴に出る　下 129
　閨にとゞけと　下 130
たなばたも
　むさしとや見ん　下 131
　より合竹の　下 132
たなばたや
　親ありげなる　下 129
　乞食村でも　下 132
　こちも目出度　下 132
　些少ながらの　下 132
　涼しい風を　下 132
　涼しき上に　下 132
　天よりつゞく　下 131
　流の方を　下 129
　野〔に〕もねがひの　下 132
　野も女郎花　下 132
　人のなでしこ　下 131
　都もおなじ　下 129
　やけないとても　下 132
　大和は男　下 129
　よい子持てる　下 132
たなへきて　下 308
たにがわの　下 292
たにぐみに
　布子の綿も　上 504
　蝿も納て　上 634
たにぐみや　上 600
たにぞこの　上 707
たにだにに　上 594
たにのうめ
　忽然と咲　上 320
　世尊へさゝぐ　下 430
たにのこおり　上 558
たにはたに　上 266
たねずみの　上 301
たのかりの
　かへるつもりか　上 233
　古郷いかに　下 67
たのかりや
　里の人数は　下 186
　鳴立られて　下 192
たのくさの　上 556
たのくさや　上 555
たのくろや
　馬除柳　上 401
　菰一枚の　上 517
たのしみの　上 493
たのなかに　下 420
たのなかは　上 278
たのひとの
　汗見給ひて　上 493
　内股くゞる　上 278
　笠に糞して　上 233
　日除になるや　上 452
　見る〔も〕はづかし　上 510
たのひとや　下 330
たのひとよ　上 514
たのひとを　上 517
たのみずも　下 112
たのみずや　下 112
たのみずを　上 508
たのみなき
　大木の下や　下 23
　おれがさしても　上 177
たのもしき　上 628
たのもしや
　青田のぬしの　上 464
　暑のとれぬ　下 6
　家〔に〕雪なき　上 7
　しかも小てふの　上 268
　棚の蚕も　上 279
　てんつるてんの　上 502
　西紅の　上 448
　下手のウメタル　下 509
　まだ薄暑き　下 7
たのんでも　下 493
たばこがら　下 333
たばこのこ　上 521
たばこのひ　上 543
たばこぼん　下 16
たびがさや　上 150
たびがさを　上 108
たびがらす
　江戸の御祓にいく度逢ふ　上 476
　江戸の御祓にとしよりぬ　上 475
　師走も廿　下 322
たびじたく
　神の御身もいそがしや　下 416
　神の御身もせはしなや　下 416
たびしばい　上 540
たびすれば
　蚊のわく藪も　上 626
　猫のふとんも　下 486
たびせよと　上 481
たびそうや　上 509
たびぞらに　下 476
たびたびに　下 365
たびたびの　上 528
たびでとし　下 468
たびのしわ　下 424
たびのそら　下 323
たびはうい　下 189
たびびとが
　垣根にはさむ　下 279
　藪にはさみし　下 279
たびびとに
　雨降花の　上 665
　すれし家鴨や　上 686
　榾火をゆづる　下 514
たびびとの
　ならして行や　下 118
　蚕やくりから　上 646
　こぐり入けり　上 451
　藪にはさみし　下 279
　悪口す也　下 355
たびびとや
　歩ながらの　上 536
　野にさして行　上 693
　人に見らるゝ　下 395
　山に腰かけて　上 560
たびまちの　上 91
たびやせを　上 510
たびゆかた
　山くり〳〵〔と〕　上 137
　雪はくり〳〵　上 133
たびらゆき　上 93
たへおつと
　見せて畠より　上 224
　見せて麦より　上 223
たまあられ
　瓦の鬼も　下 401
　椎にもらばや　下 323
　それ〳〵兄が　下 402
　茶の子のたしに　下 403
　降れとは植ぬ　下 401
　峰の小雀も　下 402
　深山紅葉を　下 401
　夜タカは月に　下 401
たまうさぎ　下 44
たまがきや　上 73
たまがわに　上 117
たまがわの　上 477
たまがわや
　臼にしかる、　下 269
　臼の下にも　下 266
　臼の下より　上 234
　杵にからまる　下 266
　涼がてらの　下 161
　萩もちらほら　上 477
　先御さきへと　上 258
たまがわを　下 268
たまごとも　上 110
だましあめ　上 578
たましいから　下 577
たまだなに
　かけ奉る　下 116
　必風の　下 115
　してもくねるや　下 116
　どさりとねたり　下 118

た（続き）

孫の笑ひを
たまだない
上坐して
則吾も
はたく虫も
たまたまや
たまたまに
たまたまの
だまってても
だまってても
つまぬや尼の
行かぬや尼の
古郷は秋の
古郷の月は
たまにきし
たまとれや
欲はある也
欲は露さへ
たまとなる
たまつばき
たまにきた
たまになる
たまひとつ
たまほうを
たまほこの
たまつる
たまむかつ
たまかえつ
たまもたま
たまあられ
だまれせみ
今髪どのが
又髭どのが
其くらいにて
たまわりの
ためつけて
ためなきを
たもとから
たもとへも
たもみえて
たやすくも
菊の咲たる

下	下		上	下	下	上	下	上	上	上		下	上	下	上	上	下	下	下	下	下		下	下	下	下		上	上	上		下	上	下	下	下		下
236	235		408	529	166	583	145	527	652	652		404	36	114	116	337	558	142	93	100	22	41		41	98	101	100		304	59	165		41	456	116	115	116		116

たをうつに
たをうつや
たをうつて
たよはたよ
たよりない
たよりなくば
たらつめの
たらのめの
とげだらけでも喰ひけり
とげだらけでも喰れけり
だるまきや
だんじょせつ
だんごこめせ
だんごなど
だんこくの
だんだんに
風など引せ
朧月夜に
お月さまいくつ

● ち

たんじょぶつ
たんぽぽは
たんぽぽも
たんぽぽの
天窓そりけり
天窓そったるねはん哉
雁そったる節句哉
雁なくなるよ
寒うなるみの
夏の夜明や
天窓はりつ、
飛んやうしたる
傘さしかける
ちんぷんかんと
チンプンかんを
箒で書し
星やら落る
若松さまや
だれがこぞ
だれかある
だれがまた
だれこまた
だれごもの
だれぞこよ
だれそれよ
だれどのや
だれどのや
だれなどと
だれにやる
たれむしろ
だれもいぬ
たれやなぎ
門の曲りは
其くらいにて
なめて口利く
ちえがゆ
ちいびちいび
ちいさないの
ちいさくも
ちいさいも
ちえいころ
しれし出湯や
別れや家や
ちかぎぬた
ちかづきの
さくらも炭に
さくらへゝりけり
俵へとるや
俵の上や
たわらひく
たをうって

上	上	上	上		上	上	下	下	上	上		上	下	下	上	上	下	下	下		上	上	下	下	上	上	下	下	下	下	下		上	上		下	上	上
169	518	53	53		109	522	540	540	396	398		375	400	314	311	559	507	130	75		592	119	284	400	498	301	457	62	416	416	416		303	303		572	234	452

ちかづけば
魚に淋しき
御僧達也
ちかみちの
ちかみちは
ちかよれば
祟る榎と
ちぎりきな
団左衛門が
ちくしょうの
ちぐはぐの
ちぐはぐの
下駄から春は
芒の箸も
菜種も花と
ちごこうちや
ちさいこが
キせる加へて
草背負けり
たばこ吹也
ちさいこの
ちさいこも
ちさいこや
ちさいのが
ちさいのは
おれが在所の
門にほしさよ
真正面ぞ
皆正直なり
数に並ぶや
けふ御祝義や
ちさかわず
ちさくても
ちしゃたちの
ちしゃありて
明ほの見たし
ちちありて
ちちこいし
ちちちちと

下	下	上	上		下	上	上	上		上	上	上	上		上	上	下	下	上	上	下		上	下	上	上		上	下	上	上	上		下	下	上	下
206	206	337	463		24	60	256	450	451		448	448	448	26		27	42	554	327	695	435	277		680	298	137	16		464	581	27	385	538		413	367	165	289

ちちははの
ちっぽけな
田も見くびらず
牡丹も花の
ほ屋から先に
ちとたらぬ
ちとのまで
ちとのまに
ちとばかり
ちどりなく
ちどりから
木を持あくむ
九月丗日と
ちのみごの
ちのみごや
ちのみやの
ちのみをば
ちのわかなの
ちのわかなの
ちのわや
ちのわや
ちばでらや
ちばなれの
ちまきとく
ちまきゆうた
ちまちまと
した海もちぬ
住すましたり
ちゃけぶりの
ちゃけぶりも
ちゃけぶりや
丘穂の露を
暮行としの
鳴恋鳴の
めずらしきヒラの
我わか水も
ちゃだいとる
ちゃどびんや
ちゃなかまの
はやわか水で
かすみ直すや

下	下	下	上	下	下	下		下	上	上	下		上	上	下	下	上	上	上	上	下	下	下		下	下	下	上	上	上		下	下	上	上		下
293	97	244	41	577	182	340	276		552	673	54	568		485	484	78	470	478	478	486	617	152	529	529		533	161	506	477	42	111		489	137	677	578		85

頭痛をなめて　上 273
ちょうがきて
つれて行けり　上 264
連〔て〕行也　上 273

ちゃなかまや　上 464
ちゃなるこの　上 115
ちゃのあわや　上 265
ちゃのけぶり
庵の苗代　上 141
蛙の面へ　上 248
仏の小田も　上 552
柳と共に　上 394
ちゃのにえた　上 91
ちゃのはなに
鶯の子の　下 525
思ついたる　下 569
隠んぼする　下 569
ちゃのはなや
達广ぬる手の　下 569
土の西行の　下 569
ちゃのみずの
川もそこ也　下 352
蓋にしておく　上 527
ちゃのみずも　上 618
ちゃばたけや　下 420
ちゃばたにも　上 188
ちゃもつみぬ　上 166
ちゃやがひの　上 411
ちゃやごやを　上 93
ちゃやのひの　下 6
ちゃやむらの
一夜に出来し　上 352
一夜にわきし　上 382
一夜に湧くや　上 361
出現したる　上 382
ちゃをこくや　上 164
ちゃをつんで　上 164
ちゃをのめと　上 115
ちゅうにちと
知て虱の　上 145
知てのさばる　上 145
ちゅうにちを　上 145
ちょうおりおり
馬のぬれ足　上 262

ちょうかけば　上 273
ちょうがねて　上 657
ちょうくるや
門に柳を　上 397
何のしや〳〵りも　上 265
何のしやうも　上 265
ちょうこちょう
あはれ疲れて　上 266
小蝶の中の　上 265
そこのけ〳〵　上 278
ちょうちょうにたて　上 275
ちょうちょうの
いまだにあかぬ　下 301
おつけい晴た　上 274
ふはりととんだ　上 270
夫婦連して　上 478
ちょうちょうや
なの葉に留る　上 270
猫と四眠の　上 265
ヒラ〳〵紙も　上 276
ちょうちょうを
尻尾でざらす　上 185
尻尾でなぶる　上 185
ちょうちんで
たばこ吹也　上 96
はてし立けり　上 353
ちょうちんに　上 583
ちょうちんの
灯貫ひに出る　下 35
ゆき、〔しに〕けり　上 59
ちょうちんは　上 353
ちょうちんも　上 59
ちょうちんを
親に持たせて　上 86
木につゝかけて　上 460
ちょうとしか　上 264

ちょうとづる　上 146
ちょうとともに　上 259
ちょうとなって　上 454
ちょうとぶや
石の上なる　上 274
イヨの湯桁の　上 264
上野、山門　上 266
狐の穴も　上 262
草葉の陰も　上 267
草引むしる　上 272
小草〔を〕見ても　上 262
此世に望み　上 263
しなの、おくの　上 264
しんらん松も　上 270
それ蕣の　下 255
夫仏法の　上 268
大晴天の　上 270
児這ひつけば　上 275
茶売さ湯うり　上 268
二軒もやひの　上 261
煮染を配る　上 270
春日のさゝぬ　上 260
ひら〳〵紙も　上 277
夕飯過の　上 261
横明りなる　上 268
ちょうとまれ
も一度留れ草もちに　上 158
も一度泊れ盃に　上 268
ちょうどもが　上 279
ちょうどもも　上 264
ちょうとりも　上 680
ちょうとんで
くわら〳〵川の　上 266
かはゆき竹の　上 263
鼠の栖　上 262
箸に折る、　上 262
我身も塵の　上 263
ちょうとんぼ　下 205
ちょうないの　下 500
ちょうにちょう　上 265

ちょうねるや　上 272
ちょうのきて　上 278
ちょうのひらひらや　上 279
ちょうのみも
うろ〳〵欲の　上 264
業の秤に　上 269
ちょうばこの　上 60
ちょうひとつ
仲間ぬけして　上 275
舞台せましと　上 259
ちょうひらひら
庵の隅〴〵　上 270
仏のヒザを　上 262
ちょうべえが　上 104
ちょうべたり　上 266
ちょうまうや
馬《腹》の下腹を　上 273
この世の望　上 263
鹿の最期の　上 264
しやしやんさ馬の　上 273
ちょうまつが　上 314
ちょうまつも　下 85
ちょうみよや　上 273
ちょうめんの　上 60
ちょうもくも　上 598
ちょうゆくや　上 270
ちょきぶねも　上 586
ちょっとした　上 144
ちょっとねて　上 285
ちょっとねる　上 285
ちよのうが　上 220
ちよふべき　下 477
ちょぼちょぼと
小峰並べる　上 449
茶子焼る、　下 291
ちょんぼりと
鷺も五月雨　上 433
不二の小脇の　上 397
雪の明りや　下 392
ちらぬかと　下 551

ちりあくた　上 680
ちりがての　上 343
ちりがみに　上 260
ちりこむや　上 400
ちりぢりに　上 12
ちりづかに　上 270
ちりづかも　下 159
ちりのみと　上 514
ちりのみの
ちりより軽き　上 276
ふはり〳〵と　上 12
ふはり〳〵も　上 12
ちりのみも
ことしの綿を　下 475
拾ふ神ありて　上 13
ちりのみを　上 12
ちりばこに　上 376
ちりひじの　上 275
ちりまつば　上 721
ちりめんの
猿がいさむや　上 316
狙が三疋　上 317
猿がなりけり　上 332
狙を負ふ子や　下 403
狙を抱く子よ　下 402
ちるあられ
立小便の　下 403
鳩が因果を　下 401
張子の犬も　下 402
ちるうめの　上 311
ちるうめを
ざぶりと浴て　上 250
屁とも思はぬ　上 336
ちることの　上 371
ちるこのは
音致さぬが　下 552
ことにゆふべや　下 551
神馬の□るし　下 555
則去ル　下 552
渡世念仏　下 552

社の錠の　下552
ちるこのみ　下308
ちるさくら
犬に佗して　上376
けふもむちやくちや　上371
心の鬼も　上389
鹿はぽつきり　上186
肌着の汗を　上374
よしなき口を　上374
ちるすすき
寒く成つ〔た〕が　下544
寒く成のが　下544
夜の寒の　下544
ちるたびに　下552
ちるはうめ　上312
ちるはなに
腮を並べる　上249
跡のまつりの　上365
蟻の涙の　上343
活過したりと　上340
息を殺して　上346
御目を塞ぐ　上154
がつかりしたる　上266
喧嘩買らが　上348
首を下る　上256
心の鬼も　上361
御免の加へ　上349
順礼帳も　上147
つかまりしやうな　上345
つけても念仏　上356
罪も報も　上348
のさばり廻る　上249
鉢をさし出ス　上348
花殻たびよ　上346
はにかみとけぬ　上342
仏とも法とも　上345
目をむき出す　上363
ちるはなの
足を詠る　上284
桜きげんや　上379

辰巳へそれる　上350
ぱつぱと春は　上76
降りつもりけり　上359
わらじながらに　上347
わらぢながらの　上347
ちるはなは　上356
ちるはなも　上349
ちるはなや
今の小町が　上347
鴬もなく　上342
お市小袖の　上350
川のやう〔す〕も　上344
称名うなる　上350
已におのれも　上344
月入る方が　上361
土の西行も　上340
長〳〵し日も　上350
呑たい水も　上345
左勝手の　上344
人橋かゝる　上356
ほつとして居る　上339
仏ぎらひが　上343
ちるはなを
かまはぬ雉の　上226
口明て待　上246
ざぶ〳〵浴る　上342
奪とりがちに　上252
はつたとにらむ　上255
引かぶ〔り〕たる　上347
屁とも思はぬ　上340
脇になしてや　上342
ちるひとつ　下565
ちるひとは　下294
ちるぼたん　上672
ちるまでに　上689
ちるみぞれ　下405
ちるもみじ
妹が小鍋に　下558
雀の罠に　下559
流ぬ水は　下558

水ない所も　下558
ちるゆきに　上31
ちるゆきの　上10
ちるゆきも　上10
ちるゆきを　上55
ちんばどり　下361
ちんもちや　下450

つ

ついしょうに　下156
ついそこに　上104
ついそこの　上104
ついたちの
祝にさつと　下365
揖出る　下481
御祝儀として　下367
しかも朝也　上570
渋帷子を　上505
人の中より　下294
ついたちは　下306
ついたちも　下261
ついたちや
一文凧も　上44
仕様事なしの　上499
野原の宮の　下98
ついたちを　上217
ついついと
から身でさはぐ　下209
草に立たる　上66
常正月や　上263
棒を引ても　上38
薮の中より　上296
ついてきた　上146
ついにみぬ　下54
ついのみも
見事なりけり枯野原　下415
見事也けり夏のせみ　上654
つえかりし　下388
つえさきで
打て仕廻ふや　上172

画解する也　下243
つゝついておく　上173
つえさきの　上664
つえなしに　下476
つえになる　上703
つえによい　上502
つえのあな　下199
つえぼくぼく　上527
つえぽくぽく　下337
つかつかと
ちり恥かゝぬ　上371
盆も過たる　下120
つかのしも　下408
つかのつち　下356
つかのはなに　上337
つがもなや　上336
つかれうの
いなそぶりも　上489
叱れて又　上491
節句やすみも　上491
見送る空や　上569
つかれうや
子をふり返り　上489
一息迄も　上491
つかれたぞ　上196
つかれねの　上547
つきあいに　上379
つきあいの　上425
つきあいは　上386
つきあいや　下460
つきあうや　下433
つきあかり　下226
つきいでて　下12
つきいりて　下34
つきおぼろ　上104
つきかげに　下120
つきかげの
さゝぬ方より　下294
皆さゝずとも　下41
つきかげや

赤坂かけて　上537
素人角力も　下146
涼むかわりに　上547
須磨の座頭の　下41
山の芒も　下139
よしきり一ッ　上597
夜も水売る　上558
つきがしら　下287
つきかすむ　上117
つぎきさえ　上175
つぎきする　上176
つきこよい
古郷に似ざる　下48
古郷に似たる　下48
山は古郷に　下48
つきさえも　上540
つきさえよ　下116
つきさした　上720
つきさして
遊でのない　上408
一文橋の　上63
一文橋も　上64
菊に物いふ　上528
ちいさき薮も　下41
千鳥に埋る　下532
つきさすや
洗ひ抜たる　上534
紙の蚊やでも　上513
年の市日の　下462
虫も鈴ふる　下215
娵にくはさぬ　下274
つきさまも　上540
つきすずし　上418
つきちらちら　下82
つきちらり　上205
つきてらせ　下118
つきとわれ　下40
つきぬのの　下266
つきのうめの　上319
つきのかお　下65

つきのさす
　穴やスポント　下483
　松も持けり　上471
つきのすみ　上487
つきのでに　下192
つぎのひは　上359
つぎのまに
　行灯と〔ら〕れし　下502
　毛抜借す也　上435
つぎのまの
　行燈で寝る　下19
　灯〔で〕膳につく　下331
　灯で飯を喰ふ　下14
つぎのまへ　下501
つきはしらん　下45
つきはなに
　草葉の陰でも　下572
　我らが楽は　下572
つきはなや
　四十九年の　下572
　抑是は　下572
つきほこに　上480
つぎまぜの　下478
つきみあれ　下50
つきみよと
　立草臥し　下64
　引残されし　上29
つきもつき　下43
つきやこよい　下48
つきやまや　上582
つきやむかし　下40
つきようめよ　上319
つきよやみよ　下560
つきをなごる　下64
つぐかりは　下183
つくづくと
　鵜ににらま〔る〕、　上487
　蛙が目にも　上372
　鴫我を見る　下179
　ぼたんの上の　上677

つくねんと　上602
つくばねと　上122
つくばねの
　落ル際也　上43
　落る際より　上43
　下ル際也　上43
　転びながらに　上43
　転びながらも　上43
　雹のかゝる　下405
つくばねを
　犬が加へて参りけり　上43
　犬が加へてもどりけり　上43
つぐらから　下437
つぐらこの　下154
つぐらごの
　口ばたなめる　上278
　鼻屎せゝる　上277
つぐらごは　下164
つぐらこは　下448
つぐらごを　上277
つくらるる　下542
つくりては　下236
つくりても　下167
つくりながら
　草履売なり　上721
　わらぢ売なり　上721
　わらぢ施す　下123
つげがきの　上714
つごもりか　上374
つごもりに　下40
つごもりや　下347
つごもりを　下490
つじうたい
　凧も上ていたりけり　上44
　凧も上って居りにけり　上44
つじかぜの　上259
つじかぜや　下206
つじがはな　上506
つじぎみと　下498
つじずもう　下146

つじだんぎ　上64
つじでよい　上619
つじどうに　上718
つじどうの
　蜂の威をかる　上282
　一人たゝきの　下420
つじどうや
　掛つ放しの　上143
　苗代一枚　上141
　涅槃過ての　上144
つじどうを　上642
つじばんの　上712
つじぼとけ　上695
つたなしと　下539
つたもみじ
　朝から暮る、　下264
　口今つけし　下264
　も一つ家を　下264
つちいっしょう
　金一升の　下331
　金一升や　上549
つちくれに　上312
つちくれの　下568
つちくれも　上188
つちぞめも　上396
つちだんご　下372
つちでつく　下54
つちなべも　上471
つちになれ　下544
つちにんぎょう　上154
つちにんぎょうも　上154
つちのなべ　上65
つちばしの　上104
つちばしや　上115
つちばとが　上369
つちびなは　上154
つちびなも　上154
つちぶねに　上368
つちべたに　上543
つちやきの

　姉様うれる　上83
　利休の前へ　下165
　利久祭りや　下569
つっかかり　上585
つつがなき　上187
つつがなく
　下山なされて　上311
　氷納て　上558
　湯治してけり　上648
　湯治しにけり　上647
つつがのう　上557
つつじから
　出てつゝじの　上459
　出てつゝじへ　上459
つつしんで　上177
つったつや　上696
つづれさせ
　入らざるせわを　下214
　させとて虫が　下214
　させとて虫も　下214
つてもがな　下10
つねていの　上501
つねにうつ　下80
つねにみる　下71
つねふだん　下41
つのありと　下173
つのおちて
　はづかしげ也　上185
　一隙明くや　上186
つのくにの　下551
つのだいし
　カンでおじやる　下342
　へげきりもせぬ　下331
つばきばな
　思ひし程は　上304
　春十ばかり　上304
つばきまで　上304
つばくらが　上500
つばくらに
　家かさぬ家の　上416

　きそのみそ搗　上214
　宿かさぬ家の　上416
つばくらの
　けぶたい顔は　上213
　ちよいと引つく　上483
　つく〴〵見たる　下121
　泥口ぬぐふ　上677
　我を頼みに　上215
つばくらは　下193
つばくらめ　上477
つばくらも
　親子揃ふて　上478
　おれが門をば　上216
　帰路を祈るや　上477
　ことし嫌ひし　上213
　さうぶゝく日に　上481
　待心なる　上213
つばくらや
　庵のけぶりの　上214
　叟が膝は　上213
　子につかはるゝ　上432
　小屋の〔博〕奕を　上214
　里のばくちを　上214
　野べは先麦　上213
　人の物いふ　上217
　ぺちやくちやしやべる　上217
　ゆき〔き〕の人を　上215
つばくらよ
　是はそなたが　上214
　紅粉がたらずば　上214
　先見てたもれ　上214
つばくらを　上216
つばめくる　上216
つばめごの　上217
つばめとぶや　下193
つばめにも　上687
つぶれがき　下299
つぶれやの　上36
つまごいや
　秘若い　下172

一角とれし 上 178
つまさきに
いく日馴たる 下 308
夕雨か、る 下 543
つまさきの
くらい内より 上 224
冷たしといふ 下 82
ぬかりみ明り 下 543
つまさきは 上 252
つまなしが
草花咲ぬ 上 543
草を咲かせて 上 543
つまなしに 上 508
つまなしや 上 116
つまやこが 上 356
つまやなき 下 221
つまるひを 下 223
つみあらじ 上 551
つみくさを 上 164
つみのこる 上 218
つみのやな 下 157
つみびとを 下 212
つむほどは
手前づかひの 上 166
雪も候 上 220
つむまきの 下 65
つめにひを
とぼさぬ夜也 下 427
とぼし（て）おふせて 下 428
つめびらき 上 254
つやつやと 上 168
つゆいりの 上 430
つゆいりや 上 430
つゆうつや 下 95
つゆおいて 下 98
つゆおきて 下 86
つゆおくや
茶腹で越る 下 102
晩の蚊やりの 上 528
つゆおけと 下 86

つゆおりて 下 89
つゆけさや 下 83
つゆけしや 下 83
つゆざぶざぶ
ことしも楽に 下 91
愛度御代の 下 91
つゆしぐれ
草も心の 下 86
如意りんさまも 下 89
仏頂面へ 下 86
つゆじもや 下 103
つゆじもを 下 103
つゆだぶり
おくやことしも 下 94
世がよい上に 下 94
つゆちりて 上 407
つゆちるな 下 92
つゆちるや
かき集たる 下 97
五十以上の 下 97
後生大事に 下 87
是から夜き 下 95
地獄の種を 下 92
己におのれも 下 90
すは身上の 下 95
むさい此世に 下 90
我せうじんは 下 97
苦竹の子の 上 705
つゆつゆに
流さうなる 下 87
先は蚤の 下 103
つゆにかげろう 下 97
つゆのたま
遊び所や 下 95
いくつ入たる 下 90
ざくりと分ンじ 下 94
袖に受ても 下 97
袖の上にも 下 95
つまんだ時も 下 95
つまんだ所 下 95

つまんで見たる 下 95
でき損ひは 下 100
どう転げても 下 92
十と揃へは 下 98
一ッ／＼に 下 86
丸く成るにも 下 103
つゆののに 下 84
つゆのまや 下 83
つゆのみの
おき所也 下 101
ころり／＼と 下 101
一人通ると 下 95
つゆのみは
同じ並びぞ 下 93
なぐさみぞり〔の〕 下 99
つゆのみを 下 99
つゆのよと
お〔つ〕しやる口より 下 99
世話やき給ふ 下 87
つゆのよの
露の中にて 下 87
露の並ぶや 下 97
露を鳴也 上 651
つゆのよは
踊て暮せ 下 127
露の世ながら 下 95
得心ながら 下 94
つゆのよや
露の小脇のうかひ達 下 89
露の小脇の鵜がひ村 下 89
露〔の〕なでしこ 下 89
つゆのよを
押合へし合 下 267
さつさと青む 上 464
つゆはぎに 下 270
つゆはらり
／＼大事の 下 89
／＼世中 下 89
つゆばれや
佐渡の御金が 上 430

二軒並んで 上 430
つゆひとつ
赤い夕の 下 94
一つ集て 下 94
つゆほろり
気の短さよ 下 92
ほろりと赤い 下 94
／＼と鳩の 下 87
までもしばしも 下 95
つゆまくぞ 上 608
つゆみつぶ 下 89
つゆみても
活て居る、 下 88
酒は呑る、 下 87
つゆもまた 下 96
つゆもりて 上 728
つゆをすう 下 90
つよいきで 下 282
つらうって 下 472
つらですす 下 440
つらにくや 下 146
つらのかわ
いくらむいても 上 180
どうむかれても 上 183
つらはって 上 182
つらやくや
子持女の 下 433
不承／＼に 下 434
つらゆきの 上 322
つりがねと 上 676
つりがねの
青いばかりも 上 427
中から霧の 下 108
中よりわんと 上 630
やうな声して 上 179
つりがねは 下 97
つりがねを 上 179
つりざおを
岩に渡して 上 508
川にひたして 上 508

つりだなに
安置しておく 下 167
茶の子のおどる 下 163
ぱつかり口を 下 308
つりだなの 上 88
つりばりに 上 382
つりばりの 下 70
つりびとの
小だてにとりし 下 284
邪魔を折／＼ 上 381
ボンの凹より 上 237
つりびとは 下 287
つりびとや 上 381
つりぶねは 上 219
つるあそべ
葛西の大根 下 544
葛飾大根 下 547
吉野、大根 下 545
つるおりて
一倍寒き 下 250
エヤミの小屋も 下 574
つるかめの
遊ぶ程づゝ 上 169
上にも秋の 下 22
つるかめや 上 541
つるくさに 下 302
つるくさの 上 415
つるくさや 下 349
つるくさを 上 293
つるされて
一期しまひぬ 上 685
から赤らむや 下 304
つるずきの 下 339
つるなりの 上 56
つるのくび 下 41
つるのこの
千代も一日なくなりぬ 下 575
千代も一日はやへりぬ 下 574
つるのなを 下 574
つるのまも 下 284

つるべざお
　きよんとしてある茂哉　上　720
　きよんとしてあるわか葉哉　上　713
つるべにも　上　245
つるをまつ　下　287
つるをよぶ　下　358
つれあいは　下　191
つれだって　下　211
つれづれに　下　147
つれてきて
　妻に見せるや　下　447
　飯喰せけり　上　184
　飯を喰する　上　181
つれのない
　雁ののらく　上　69
　雁はくつくと　上　242
　雁もさつさと　上　238
　雁やさつさと　上　243
　雁よ来よく　下　188
　生霊あらん　下　116
　旅は気まゝか　下　527
つれもたぬ　上　238
つわのはな　下　568
つわものが　上　669
つんとして
　かざりもせ〔ぬ〕や　上　32
　白梅咲の　上　329
つんぼふだ　下　433

て

てあしまで　下　518
ていしゅしゅが　上　549
ていちごう　下　264
でいちゅうの　上　682
ていねいに　上　523
ていぼうが　上　329
てうちごや　上　400
ておいじし　下　523
てがらそうに　上　192
てがるさや　下　458
でがわりが　上　148
でがわりて　上　149
でがわりに　上　148
でがわりの
　市にさらすや　上　148
　諷ふや野らは　上　149
　己が一番　上　148
　誰まことより　上　151
　ふりさけ見たる　上　148
　まめなばかりを　上　149
　よりからしさへ　上　150
　より屑ちらり　上　150
でがわりも　上　149
でがわりや
　迹の汁の実　上　150
　迹を濁さぬ　上　149
　うらからおがむ　上　148
　江戸見物も　上　149
　江戸を見おろす　上　150
　江戸をも見ずに　上　149
　帯ば〔つ〕かりを　上　149
　蛙も雁も　上　147
　汁の実なども　上　151
　十ばかりでも　上　150
　十役者画の　上　150
　直ぶみをさるゝ　上　150
　閨から乳を　上　150
　ねらひ過して　上　150
　ぶつ〱江戸に　上　149
　まめなばかりを　上　149
　三笠の山に　上　148
　川越て見る　上　148
　両方ともに　上　149
　六十顔を　上　151
でがわるや　上　148
でがわれば　上　151
できあきや　下　157
できたてや　下　152
でぎってを　上　386
できばえを　下　491
でくでくと
　大材木の　上　301
　蚕まけせぬや　上　644
てごろなる　下　159
てさぐりに　下　508
でしあまの　下　281
でじたくの　上　609
でずいらぬ　下　58
てたたいて　下　125
でたひとを　上　91
てだらいに　上　497
てついでに
　きせる磨くや　下　416
でついでに
　ひんむしつたる初若菜　上　56
　ひんむしつたるわかな哉　上　56
　引ンむしつても　上　58
　ひんむしらるゝ　上　56
　松をもいぢる　下　235
　三葉程つむ　上　54
てづくねの　下　44
てつだって　上　193
てっぺんに
　炭をやく也　上　452
　露乗せおくは　上　698
てっぺんの　上　727
てっぺんは　上　461
てっぽうの
　先ともしらぬ　上　264
　先に立たり　下　261
　三尺先の　上　264
てっぽうを　上　620
てておやが　上　499
てておやの　上　499
てゝっぽう　上　471
でてっぽが　上　593
でてみれば　上　13
ででむしの
　捨家いくつ　下　80
　其身其まゝ　上　659
ででむしや
　赤い花には　上　658
　誰に住とて　上　659
　蓮の上の　上　658
でてゆくぞ　下　220
でなおして
　来ても旅也　上　388
　大名月ぞ　下　63
でなおせば　下　25
てなれうの
　さても不便や　上　490
　塚にうづめる　上　490
　又もから身で　上　490
てにあしに　上　414
てにとれば　上　521
てぬぐいの　下　334
てぬぐいを
　つむりに乗せて　下　58
　引ぱっておく　下　474
てのごいで　上　57
てのこんだ　上　409
てのしわが
　歩み悪いか　上　604
　歩行にくいか　上　609
てのしわに　上　609
てのしわの
　おち葉かくには　下　556
　一夜に見ゆる　下　68
てのしわを　上　496
てのとどく　上　260
てのひらに
　藍染込で　下　16
　飾て見るや市の雛　上　157
　飾て見るや雛の市　上　156
　蛙を居る　上　256
　酒飯けぶる今朝の霜　下　407
　酒飯けぶる寒哉　下　326
　居りさうなり　上　248
　つい〱育つ　上　191
　雪を降らする　下　396
てのひらの　上　557
てのひらへ　下　390
てのひらや　上　710
てのまえあしの　上　223
てのまえに　下　316
てのまえや　上　223
てのやっこ　上　344
ではいりの　上　470
てばかしかく　上　73
てばしかく　上　110
てばしこく
　蚯が逃行　上　679
　畳み仕廻ふや　上　451
ではじめの　上　637
てはじめは
　おれが草家か　上　433
　小雷にて　上　107
ではじめを　下　429
てはっちょう
　口八丁が　上　509
　口八丁や門涼　上　548
　口八丁やころもがへ　上　499
てばらいに　下　348
てまえちゃの　下　435
てまくらに
　おのが青田と　上　463
　花火のどうん　下　143
てまくらや
　稲妻かゝる　下　104
　おや子三人　上　490
　小言いふても　上　605
　蝶は毎日　上　265
　年が暮よと　下　344
　ボンの凹より　上　607
　虫も夜なべを　下　201
てまねきは　下　23
てまりうた　上　43
てまわしや
　一度に桐のクハアラ〱　下　297
　一度に桐の百葉程　下　297

てもさても
御わかい顔や
ても福相の
でもそうや
でもはなの
でもぼうず
でよほたる
錠をおろすぞ
又〳〵おれを
てらがらす
てらくさき
てらでらや
てらのちご
てらのちゃの
てらのはな
てらへひとを
てらまいり
てらまちは
てらみちや
てらやまの
てらやまや
かざし立ても
袂の下を
児〔は〕ころげる
春の月夜の
てりふりを
でるえだは
でるたびに
でるつきに
でるつきの
かたは古郷の
図に乗て鳴
でるつきは
でるつきよ
てるつきを
でるやいな
てをかけて
てをかざす
颱よいかに
颱よどこだ

上354 上362　上309 上661 下154 下45 上514 下533 下40　下185 下32 上711 下479 上104 上265 上652 下155　上164 下488 上145 下367 下367 上356 上116 上507 上384 下265 下273 上617 上609　上500 下392 上509 上676 下135

てをすりて
でんがくの
てんかたいへい
てんかたいへいと
居並ぶ
立たる
てんから
てんからでも
てんぐしゅの
てんぐしゅは
てんぐだけ
てんぐは
でんそうずら
てんでんに
てんにひばり
てんにんの
てんのうの
袖に一房
た〔て〕しけぶりや
てんひとつ
てんひろく
てんまがい
てんもんを
考へ顔の
心得顔の

と

どうおわれ
どうおんに
とうかほど
雲も古びぬ
直に古〔び〕ぬ
とうがらし
終に青くて
詠られけり
どうかんに
どうかんの
とうざいなんぼく
とうざいの
どうしんぼうや

下367 下142 下81 下493 下435 上458 下282　上571 上571　上251 下194　上256 上256　上448 下35 上638 上435 下277　上470 上217 上441 上243 上527 下319 上586 上386 上376 上526 下152 上250　上381 上384 上514

とうせいれいしん
どうつきの
とうていわく
どうてつの
とうとうと
どうなりと
五月雨なりよ
葎もさけよ
どうねよと
とうのかげ
どうのはえ
とうばかり
笹にならせる
見へて東寺は
とうふにる
とうふやが
とうふやと
どうもりが
茶菓子売也木下闇
茶菓子売る也夏木立
はっち袋を
人に酔たる
どうもりと
どうよくに
とうりゅして
とうろうに
うざうむざうの
我身を我が
とうろうの
折ふしとぼる
火で飯をくふ
火で夜なべ〔す〕る
やうな花さく
とうろうは
とうろうも
とうろうや
親におとらぬ
親の馳走に
木がかぶさりて
きのふの瓦

下120 下121 下122 下121　下227 下122 上476 下122 下122 上463　下118 下121　下61 下209 下70 上382 下480 上717 上720　下498 上665 下367 上717 上484　上637 上253 下237 上571 上433　下150 上655 下576 上221 下353

消る事のみ
とうろばな
とうろみの
どうんどん
とおうらや
とおかさま
とおがとお
親そつくりの
ながら小家ぞ
とおかほど
雨うけあふか
おいて一日
とおぎぬた
とおくいな
とおくから
おがんでおくや
くゞり支度や
とおくの
とおざとや
とおしたまえ
とおだんご
とおでらや
とおのけば
とおのりや
とおばかり
蛙も並ぶ
鍋うつ《く》伏せる
鍋うつむける
屁を棄に出る
とおやまが
とおやまと
とおやまに
とおやまの
講釈をする
花に明るしうしろ窓
花に明るし東窓
花の明りやうしろ窓
花の明りや夜の窓
やうな榎よ
とおやまや

下160 上362 上358 上353 上357 下505　下355 上338 下210 下33 上131 上137 上476　下401 下158 上677 下582 上622 上296 下533 下87 上330　上598 下159 下337 上596　上89 上185　上376 上711 下143 下122 上470 下121

花と見しより
花と見るより
とおりあめ
とおりぬけ
せよと垣から
せよと柳から
ゆるす寺也
とおるほど
とがえりの
とかくして
桜もさかり
はした夕立ばかり哉
はした夕立ばかりなり
蛍に荒る
又古郷が
松のことい ふ
都へ入らず
とがくしの
とがとがし
枯てもとげの
枯ても針の
どかどかと
とがにんを
とがふだに
とがもない
颪な憎みそ
草つみ切るや
ときにはんれい
ときめくや
ときよりが
とくかすめ
どくがわに
どくかわは
とくきえよ
どくぐさの
そふとも見えぬ
そぶりも見へぬ
花の陰より
どくぐさや
とくくれよ

下341 上664 上460 上288 上290　上133 下269 上649 上111 下156 上552 上376 下148 下5　下361 上275 上346 下541 下541　上462 上570 下115 下470 下230 上446 上440 上379　上402 下275 上260 上399 上399　下99 上338 上339

とぐちから
　青水な月の　上 404
　難波がた也　上 454
とぐちまで
　秋の野らなる　下 113
　づいと枯込　下 414
とくとくと
　枯仕廻ぬか　下 561
　水の涼しや　上 418
とくとけよ　上 133
とくにげよ　上 638
とくほんの
　御杖の穴や　下 197
　念仏ともなれ　下 94
　はこしてい〔る〕や　下 237
　腹をこやせよ　下 272
どくみずを　上 268
どくむしも　下 86
とくもどれ　上 577
とくやめよ　下 384
とけぎわに　上 131
とけのこる
　雪も一寸　上 138
　雪や草履が　上 133
どこがどう　上 541
どこからの　上 340
どこそこと　下 247
どこそこや　上 354
どこでどう　上 238
どこでとし　下 468
どこでやら　下 270
とこなつに　上 683
どこのたが
　死殻ならん　上 502
　死がらなるぞ　上 502
とこのまの　下 28
とこのまへ　下 464
どこへなと
　我をつれ〔て〕よ　上 237
　我〔を〕もおぶへ　下 575
どこもどこも　下 152
どこらから　下 477
ところてん
　牛の上から　上 560
　から流けり男女川　上 560
　から流れけり吉野川　上 560
　五尺にたらぬ　上 559
　芒と共に　上 560
　芒もともに　上 560
　盛りならべたり　上 560
ところどころ　下 249
どこをおせば
　そん〔な〕音が出ル時鳥　上 580
　そんな音が出る山の鹿　下 171
どこをかぜ　下 173
どこをかぜが
　吹かと寝たり　下 347
　吹かとひとり　下 538
どさどさと　下 70
としうえの　下 428
としおしむ　下 345
としおとこ　上 42
としかさを　下 330
としがみが　下 347
としがみに　上 23
としがみや
　ことしも御世話下さる、　上 24
　ことしも御世話たてまつる　上 24
　又も御世話に　上 23
としぎこる　下 474
としくれて　下 340
としくれぬ　下 342
としすでに　下 339
としたつや
　雨おちの石　上 4
　日の出を前の　上 4
　もとの愚が又　上 4
としだなの　上 23
としだなや
　闇い方より　上 23
　こんな家にも　上 24
としだまちゃ　上 38
としだまに　上 36
としだまの
　上にて猫の　上 36
　さいそくに来る小わら哉　上 37
　さいそくに来る孫子哉　上 37
　さいそくに来るわらべ哉　上 37
としだまや
　かたりと猫に　上 37
　猫の頭へ　上 37
　札張り替へて　上 37
　懐の子も　上 37
　留主は窓から　上 36
としだまを
　天窓におくや　上 37
　犬にも投げる　上 37
　おくやいなりの　上 37
　おとして行くや　上 37
　配る世わなき　上 36
　二人前出る　上 36
　窓からおとせる　上 37
　見せに行く也　上 37
　貰ひに出る　上 34
としとえば
　片手出す子や　上 498
　片手広げる　下 117
としどしに
　生れ給へる　上 470
　霜がれにけり　下 564
としどしの
　花の罪ぞよ　上 346
　花嫁星よ　下 135
としとりに　下 466
としとりの　下 468
としとりは　下 468
としとるは　下 468
としとるも　下 468
としとるや
　犬も烏も　下 467
　竹に雀が　下 467
としにふそく　下 480
としのいち
　馬の下はら　下 462
　叺かぶつて　下 462
　何しに出たと　下 462
　人の挑灯で　下 462
としのうちに
　春は来にけりいらぬ世話　下 338
　春は来にけり猫の恋　下 338
としのくれ
　池の心も　下 339
　入山のはも　下 339
　隠れ里にも　下 338
　亀はいつ迄　下 339
　人に物遣る　下 338
としのよや　下 466
としはよっても　上 595
とじぶたも　上 52
としまかり　上 359
としもきょう　下 342
としもはや　下 347
としもゆけ　下 343
としゆくや　下 342
としょうじの　下 45
としよらぬ
　門のそぶりや　下 487
　心になりし　上 712
としよりと
　見て始る　下 161
　見くびつて蚤　上 646
　見てや大声に　上 579
　見るや鳴蚊の　上 628
　見るや鳴蚊も　上 633
としよりの
　今を春辺や　上 63
　おれが袖へも　上 437
　おれにも降るよ　上 437
　門や虫さへ　上 620
　腰や花花の　上 354
　涼がてらの　上 489
　せいにヤレ〳〵　下 446
　袖としらでや　上 436
　高股立や　下 407
　追従わらひや　上 339
　仲間に入らん　下 40
　膝も袂も　上 561
　身には花より　上 361
　目にさへ桜　上 374
　目正月ぞ　上 380
としよりは　下 161
としよりも
　あれ出代るぞ　上 149
　嫌ひ給はぬ　上 379
　来い〔と〕ぞ鳥の　上 189
　蚤を追ふ目は　上 645
　目の正月や　上 387
としよりや
　いろり明りに　下 437
　月を見るにも　下 50
　面もかぶらず　下 447
としよりを　下 148
としよれば
　犬も嗅ぬぞ　上 502
　かぶれもやらぬ　下 291
　氷しやぶるを　上 558
　煤け扇も　上 521
　日の永いにも　上 71
としわすれ
　大の用迄　下 460
　旅をわする、　下 459
としわすれと　下 460
とすじほど　下 278
どぞうから　上 19
とそくむも　上 52
とそちょうし　上 53
とそぶくろ　上 53
どたどたは　下 161
どたばたは　下 161
とちだんご　下 309

とちとちと　上 674
とちのこや　下 309
どちのたも　下 189
とちのみや　下 309
どちむいて　上 38
どちむくも　上 248
とちもちや
　天狗の子供とて並ぶ　下 309
　天狗の子供など並　下 309
とちゅうにて　上 34
どちらから
　寒くなるぞよ　下 151
　鋏をあてん　上 714
どちらからの　下 106
とっくりの
　石塔なでる　上 508
　土間に転げて　下 393
とっくりを
　蔦に釣して　下 473
　蔦に釣すや　下 472
どっさりと　上 256
どっしりと
　居るつぎ穂の　上 715
　藤も咲也　上 554
とっつきに
　金太郎するや　上 483
　一わにわにて　上 155
　先紅葉、や　下 291
とっときの
　江戸画屏風や　下 416
　皮切一ツ　下 330
とっぷりと　下 121
とてなかば　上 202
どてなりに　上 553
どてべりに　上 258
とてもなら
　あらはれてなけ　上 590
　かんじかたまれ　上 135
　みろくの御代を　上 32
　餅につかれよ　上 158

とてもゆく　上 74
とどからも　上 588
ととくうた　上 346
とどこほど　下 460
とどまって　上 618
どなたぞと　下 484
どなたやら　下 496
となりから
　いぶし出されし　上 625
　気毒がるや　上 388
　竹そしらる、　上 67
　敲き出れて　上 631
　連小便や　下 398
　花〔を〕にくむや　下 303
　わろくいはれし　下 388
となりでも　上 549
となりとなり　下 501
となりとは　下 160
となりへも　下 101
とにかくに　上 109
とねがわの
　秋もなごりの　下 35
　下り口作る　下 82
とねがわは　上 717
とねがわや
　稲から出て　下 278
　只一ツの　上 649
とねのほが　上 465
どのあなを　下 199
どのかたが　下 305
どのかども
　家内安全　上 336
　めで田〳〵や　上 455
どのかにも　下 23
どのかりも　下 193
どのきでも　上 160
どのくさも　下 558
どのすみも　下 508
どのひとも　上 447
どのへびも　下 112

どのほしの　下 73
どのまつで　上 160
どのむらの　上 678
どのような　上 400
とのよりも　下 243
とはもうし
　ながらとや又　上 255
　ながらもかぶる　下 484
とびかえて　下 447
とびくらを　上 586
とびぬけて　下 323
とびのいて　下 493
とびのいる　上 306
とびのすも　上 187
とびひよろ　下 416
とびべたの　上 643
とびべたは　上 214
とぶあぶに　上 281
どぶいたや　上 78
とぶいなご　下 216
とぶうずら　上 243
とぶかりよ　下 186
とぶきやら　下 222
とぶくふう　上 24
とぶくろの　上 433
とぶことなかれ　上 457
とぶちょうに
　追〔立〕ら〔れ〕つゝ　上 266
　追抜れけり　上 261
　騒し比の　上 262
とぶちょうの
　邪魔にもならぬ　上 263
　人をうるさく　上 262
とぶちょうは　上 266
とぶちょうも　上 266
とぶちょうや
　青葉桜も　上 716
　此世にのぞみ　上 277
　溜り水さへ　上 260
とぶちょうを　下 152

とぶつばめ
　庵のけぶりの　上 213
　君が代ならぬ　上 213
とぶとりを　下 66
とぶなのみ　上 643
とぶのみの　上 647
とぶほたる
　家のうるさき　上 603
　臼も加賀みの　上 605
　うはの空呼　上 605
　女の髪に　上 610
　其手はくはぬ　上 612
　卵の殻を　上 608
　涙の玉が　上 614
とぶやちょう　上 275
とべほたる
　庵はけむいぞ　上 606
　野ら同前の　上 611
とべよのみ　上 643
とぼとぼと　下 187
どまあらう　上 102
とまどいや　上 622
とむらいの　下 79
とめぶねや　下 28
ともうまも　上 93
ともかくも
　あなた任せか　上 657
　あなた任せの　下 342
　親子ながらや　上 568
　寝て待ばやな　下 417
ともしびの
　際より青む　上 465
　しん〳〵今や　下 325
ともしびや
　かすみながらに　上 119
　柳がくれの　上 400
ともすずめ　上 62
ともつれて　下 455
ともどもに　上 476
ともにみる　下 393

ともべやが　上 35
ともべやの　上 258
とももへり　下 6
どようぼし　上 535
どらいぬが　下 494
どらいぬの
　案内がましき　上 162
　尻で明るや　下 494
どらいぬや　下 494
どらいぬを　下 482
とらがあめ　上 436
どらねこの　下 230
とらのもん　上 270
とらふぐの
　顔まじ〳〵と　下 538
　顔をつん出す　下 538
　何をふくる、　下 340
とらまえて　上 655
とりいから　上 256
とりおりて　下 35
とりおわぬ　下 414
とりこみの　下 253
とりさしの
　あつけとられし　上 223
　肩ともしらで　上 196
　竿の邪魔する　上 276
　邪魔にとびけり　上 655
とりしめる　上 396
とりすまん　下 274
とりでさえ　上 188
とりとともに　上 366
とりとぶや　下 81
とりとめた
　盛もなしや　上 393
　盛りも持たぬ　上 305
とりどもに
　糞かけられし　上 395
　邪魔にさる、な　下 240
とりどもの　下 403
とりどもも　上 475

とりどもよ　上75
とりないて　下230
とりなきて　下111
とりなくや
　としより迄も　上189
　野老畳も　上6
とりのすに
　明渡したる　上187
　明渡すぞよ　上188
　あてがふておく　上187
　せよと捨たる　上188
　作り込れし　上371
　抜尽されし　上186
とりのすの
　ありくみゆる　上187
　乾く間もなし　上187
　鬼門に日枝を　上188
とりのすも　上187
とりのすや
　翌は切らる、　上187
　吉備もきびとて　上187
　突おとされし　上187
　寺建立は　上188
　弓矢間にあふ　上188
とりのすを
　見し辺りぞや　上167
　やめるつもりか　上187
とりのなく　上160
とりのねに　上335
とりのねも　下250
とりのはの　下326
とりべのの　上301
とりべのや　上585
とりもすを　上186
とりもなき　上261
とりをとる
　鳥の栖も　上167
　鳥も枯の、　下413
とるとしも　下490
とるとしや

　〔団〕栗にまで　下309
　火鉢なで〔、〕も　下467
どれどれが
　御目にとまりし桜哉　上389
　御目にとまりし桜かよ　上387
　汝が山ぞ　上575
どれほどに　上619
どれほどの
　旅草臥か　下537
　世をへるとてか　下434
どれもどれも　上216
どろあしを　上266
どろげたに　下555
とろとろと　下532
どろぼうや　上105
どろみちや　上291
どろみちを　上725
とをさして　下40
とをしめて　上660
どんがめの　下36
どんぐりが　下309
どんぐりと
　転げくらする　下310
　はねつくらする　下309
どんぐりの　下309
どんぐりや
　ころり子共の　下309
　三べん巡って　下310
　而後　下309
　流れ任せの　下310
とんだのみ　上645
どんちょうは
　第二番なり　下141
　二番におちぬ　下141
どんどやき　上27
とんぼうが
　鹿のあたまに　下211
　焼どの薬　下209
とんぼうに
　片角かして　下172

　にらまれ給ふ　下209
とんぼうの
　赤いべゝきた　下210
　赤きは人に　下209
　糸も日く　下209
　上よりおたる　下210
　社壇かりきる　下212
　尻でなぶるや秋の草　下209
　尻でなぶる〔や〕大井川　下211
　尻でなぶるや角田川　下209
　寝所したる　下152
　百度参や　下212
　保養に歩行　下43
　目もつかぬ也　下212
　休み所の　下152
　夜かせぎしたり　下209
とんぼうも
　おがむ手つきや　下277
　起てはたらく　上487
　行列したり　下210
　人もきよろく　下211
　紅葉の真ねや　下211
とんぼうや
　犬の天窓を　下211
　犬をてんく　下211
　二尺飛では　下208
　はつたとにらむ　下212
　人と同じく　下212
どんよくも　上374

な

なあるきは　下566
ないそでを　上350
ないたかお　上181
なえうりの　上710
なえまつや　上175
なおあつし　上413
なおきよや
　小銭程でも　上681
　雀は竹に　下461

ながいきの
　蝿よ蚤蚊よ　上636
　真似して汲や　下240
ながいして　上592
ながいぞよ　下33
ながいひや　上67
ながかれと　上429
なかがわや　上230
ながきにも　上501
ながきひに　上69
ながきひの　上69
ながきひは　上71
ながきひや
　遊び仕事に　上71
　牛の涎が　上70
　嬉し涙が　上72
　風の寒も　上71
　身棒強き　上70
　大福帳を　上70
　たばこ法度の　上71
　羽折ながらの　上71
　日やとてのらり　上72
　水に画を書　上66
　余処も無人の　上66
ながきひを
　犬と烏の　上72
　鳴なくすなよ　上589
ながきよに　下33
ながきよの　下33
ながきよや　下33
ながきよを　下34
ながくねた　下163
ながければ　上71
ながざきの　下303
ながさるる　下77
ながしけを　上599
ながしまき　下537
ながしもち　下522
なかだちの　下396
ながたびや　上356

ながつきの
　空色袷　下2
　廿九日の　下2
ながつきも　下2
ながつきや　下2
ながながと　上690
なかなかに
　安ど顔也　上568
　梅もほだしや　下495
　かざらぬ松の　上19
　聞かぬが仏　上575
　籠れば涼し　上472
　せうじん鮓の　上562
　捨られにけり　下204
　それも安気か　下535
　それ〔も〕安堵か　下535
　出れば吹也　上429
　人と生れて　下24
　もたぬがましぞ　上384
ながながの
　雨をばいかに　上218
　旅づかれかよ　下537
　どてらの綿よ　上505
　雪のとけけり　上130
　雪もとけけり　上138
　留主に〔も〕あかぬ　上641
なかのゆ　上330
ながのはる　上75
ながのひに
　かはく間〔も〕なし　上469
　口明くらす　上258
　口明通る　上67
　けぶい顔せぬ　上216
　心の駒の　上69
　脇目もふらぬ　上257
ながのひの　上69
ながのひや
　沈香も焚かず　上71
　ビンズルどのと　上722
ながのひを

索引（五句順・上下巻／頁）

〔第一段〕（右→左）

- なかあかす 上 469
- なかんずく 上 68
- 折角穴に 上 600
- なきたいほど 上 69
- なきぞめに 上 251
- なきそうや 上 293
- なきごとや 下 34
- なきごとや 上 689
- 何を見つけて 上 601
- 何を見かけて 下 224
- なきかけて 上 369
- サガの鶯 下 257
- 上野育の 下 257
- ながおるや 下 312
- あはれいづくの 下 401
- ながれへび 下 535
- ながれきの 下 339
- ながれぎに 下 199
- ながれぎに 下 199
- ながりきて 下 107
- ながるるに 上 656
- 絞辮 上 574
- 黒い朝顔 上 197
- ながらえば 上 651
- ながらえて 上 651
- ながらうや 上 204
- ながむしの 下 481
- ながぶりの 上 610
- なかのよに 上 183
- なかのよい 下 223
- 脇目もふらで 上 255
- むちゃに過しぬ 上 502
- 涼んでくらす 上 245
- 喰やくわずや 上 655
- かはく間もなし 下 203

〔第二段〕（右→左）

- なきははや 下 578
- なきふすか 下 173
- なきまけた 上 532
- なきむしが 下 580
- なきむしと 上 128
- なきむしも 下 501
- なきゆくや 上 130
- なきからす 下 581
- なくかりや 下 221
- 我貫綿 上 425
- 餅がつかれぬ 下 425
- こんな時雨の 下 175
- けふ五月雨の 上 431
- 門のつぎ穂を 下 360
- 亥の子の筒いか、見る 上 450
- いの子の筒いか、見た 下 504
- なくかわず 上 242
- 此夜律も 上 245
- 花の世中 上 247
- 溝のなの花 上 297
- 夜はあっけなく 上 246
- なくきじや 上 226
- なくくらいな 上 598
- なぐさみに 上 598
- か、る家さへ 下 216
- うき舟塚で 上 117
- なぐさみに 下 391
- 蟲のおよぐ 上 638
- 打とりつ、 上 69
- 馬のくはへる 下 638
- 猫がとる也 上 435
- 野糞をたれる 上 546
- 蠅などとるや 上 454
- 風呂に入也 下 67
- 鰐口ならす 上 704

〔第三段〕（右→左）

- まくしか、るや
- 紅葉もほろり 下 558
- なくしかの 上 170
- なくねこに 下 173
- なくひばり 上 162
- 赤い目と云 下 173
- 咽迄行か 上 182
- 片顔かくす 下 531
- なくじゃやら 上 546
- なくしぎに 下 171
- なくしかも
- なくたにし 下 654
- なくちどり 上 207
- 小まんが柳 下 295
- 俵とりの 下 653
- なくとり 上 285
- なくせみに 下 529
- 朝からじいり 上 530
- 三ツ四ツそれも 上 73
- あけべ、きよト 上 506
- はらく時の 下 241
- なくなかり 上 189
- けふから我も 下 43
- いつも別な 上 188
- どこも旅寝の 下 241
- どっこも同じ 下 113
- とても一度は 上 369
- 打、も一度は 下 128
- 鬼がさら、ぞ 下 365
- それ程に入まで 下 240
- 春が来るぞよ 上 237
- なぐなむし 上 531
- あかぬ別れも 下 135
- だまって居ても 下 203

〔第四段〕（右→左）

- 直る時には
- 角力も交る 下 204
- 土俵〔の〕見ゆる 下 135
- なげられし 下 22
- なしかきの
- ないしかきは 下 43
- なしだなや 上 43
- なぜやゝら
- なぜかして 上 218
- なぜやゝら 上 218
- なつかしや 上 218
- なつかしや 上 218
- なつかしや 上 219
- なつったりな 上 200
- なったりな 上 200
- なったりこ 下 204
- なったりた 下 203
- なったりな 下 202
- なったりこ 下 201
- なけのしを 上 75
- なげちどり 下 651
- なげちどりを 上 179
- なげだした 下 449
- なげうずら 上 149
- なげあしの 下 531
- 露を乗るや 下 262
- 歯を秋風の 下 74
- 歯をゆるがしぬ 下 74
- 親〔な〕し雀 上 479
- なけよなけよ 下 166
- なけよむし 上 190
- なけよなむし 上 202
- なけよむし 上 201
- 秋が鳴ずに 下 202
- 腹の足しにも 下 203
-    翌〔は〕礼へ 下 201

〔第五段〕（右→左）

- なげられし 下 40
- 角力も交る 下 144
- 土俵〔の〕見ゆる 下 146
- なしかきの 上 414
- ないしかきは 上 496
- なしだなや 上 721
- なぜかして 下 297
- なぜやゝら 上 712
- なつかしや 上 215
- なつかしや 下 308
- 梅あちこちに 上 220
- 籠カミ破る 上 206
- 下〔手〕鶯の 下 654
- ゆかしやと蝉の 上 664
- なつぎくの 下 525
- 朝から銭に 上 664
- 小草もしんとしたる 下 664
- 花ととしよる 上 718
- なつくさや 下 298
- なつくさに
- なつこだち 下 517
- なつったりな 下 517
- 同じ枕に寝たりけり 下 664
- 同じ枕に寝る夜哉 上 518
- なっとうと 下 518
- 糸引張て 下 518
- 歯ゆるがしぬ 上 518
- 恋する隙もおしむらん 上 455
- しかし我らが
- 明地にさはぐ 上 652
- なくが此世の 下 652
- なつのつき 上 651
- 翌〔は〕礼へ 下 653
-    453 453

　河原の人も　上453
　中洲ありしも　上453
　二階住居は　上453
　柱なで丶も　上454
　無キズの夜も　上454
なつのつきと　上453
なつのねざめ　上405
なつのむし　上618
なつのよに　上405
なつのよは　上405
なつのよや
　明てくやしき　上406
　あなどる門の　上405
　いく原越る　上405
　うらから見ても　上405
　河辺の月も　上405
　背合せの　上406
　二軒して見る　上406
　人も目がけぬ　上405
　枕にしたる　上406
　焼飯程の　上406
なつふれば　上558
なつやせや　上494
なつやまに
　洗ふたよふな　上456
　花なし蔓の　上457
なつやまの
　膏ぎつたる　上456
　丶しかかつたる　上456
なつやまや
　鶯雉　上457
　片足かけては　上456
　京を見る時　上456
　つや〱したる　上456
　どこを目当に　上457
　ばかていねいに　上457
　一足づ丶に　上456
　一人きげんの　上456
　仏のきらひ　上457
　目にもろ〱の　上456

なでしこが　上683
なでしこに
　添ふて伸たる　上683
　二文が水を　上684
　日の目も見せぬ　上683
　ぽちりと虎が　上437
なでしこの
　折ふせらる丶　上458
　行義に咲くや　上684
　気を引立る　下11
　首もたげけりけさの霜　下410
　首持上けり今朝の露　下101
　咲に付ても　下415
　正月いたせ　上571
　花の蛭にぞ　上660
　一花咲ぬ　下160
　一花ほこる　下11
　蒔そこなひも　上683
　もまれてさくや　上683
なでしこは
　咲放し也　下116
　なぜ折たぞよ　上684
なでしこも　上571
なでしこや
　片陰できし　上684
　地蔵菩薩の　上685
　そなたは親の　上684
　畠さまたげと　上683
　人が作れば　上685
　一つ咲ては　上684
　ま丶は丶木々の　上684
　わらじ作が　上683
なでられに
　来りし鹿か　下170
　しかの来る也門涼　上550
　鹿の来る也閑古鳥　上591
などころの
　鐘を聞あく　下483
　田を蹴ちらして　上243
　月見てくらす　下154

などころや
　御休所　上306
　壁の穴より　下44
などころを　上238
ななくさの　上53
ななくさは　上54
ななくさや
　だまつて打も　上54
　とんともいはぬ　上54
　夜着から顔を　上54
ななくさを
　打てそれから　上54
　敲き直すや　上53
　内〱に打　上54
ななころび　下262
ななしぐさ　下232
ななしやくの　下302
ななつみつ　上727
ななはくな　上78
ななよびそ　上616
なにうたう　下504
なにがいやで　上46
なにがきに　下543
なにがしの　下238
なにくさぞ　上173
なにくつて　上585
なにくわぬ
　顔して雁の　下188
　顔して左り　上526
なにごとが　下225
なにごとぞ　上241
なにごとの
　大より合ぞ　下532
　かぶり〱ぞ　下261
　一分別ぞ　上658
　八重九重ぞ　上671
なにごとも
　なくて花見る　上354
　なむあ［み］だ仏　上589
なにざくら

　か桜しやばの　上389
　かざくら銭の　上369
　かざくら花も　上378
なにとかに　下239
なににしろ　上497
なにびとぞ　下480
なにふりや　上145
なにまつりかまつり　下106
なにもせぬ　上416
なにもないが　上420
なにものの　上355
なにように　下194
なによりも　下580
なにわづの　上161
なにわづや　下533
なにをあてに　下280
なにをいう　上669
なにをして　上495
なにをみて　上168
なのかのよ　下134
なのかめに　上184
なのちりや　上298
なのにゆる　上90
なのはたけ　上173
なのはなが　上234
なのはなに
　隠居してなく　上249
　うしろ下りの　上296
　かこち顔なる　上246
　上総念仏の　上297
　曇る善光寺　上300
　だら〱下りの　上296
　ちよんと蛙の　上298
　まぶれて来たり　上179
　むしつぶされし　上299
　やれ〱いなり　上297
　四ツのなる迄　上296
なのはなの
　涼風　上427
　門の口より　上297

　咲連もない　上297
　さし出て咲けり　上297
　とつぱづれ也　上297
　中を浅間の　上299
　横に寝て咲く　上297
なのはなへ　上249
なのはなも
　猫の通ひぢ　上179
　はらり〱と　上164
　一ツ夜明や　上296
なのはなや
　雨夜に見ても　上297
　お婆が庵の　上299
　おば丶が庵も　上299
　垣根にはさむ　上298
　かすみの裾に　上298
　四角な麦も　上299
　袖［を］苦にする　上297
　ちよいと泊て　上299
　どこから這入　上298
　西へむかへば　上300
　西へ向たる　上300
　鼠と遊ぶ　上298
　灯のちら〱に　上297
　ふはと鼠の　上299
　行抜ゆるす　上296
なのはなを
　とらまへて立　上299
　掃てやらふと　上299
なのはにも　上189
なのむしは　上649
なのりけり　上573
なのるかや
　是から田子の　上252
　是より田子の　上252
なばたけに
　妻やこもりて　上249
　幣札立る　上68
なばたけの
　あいそに立や　下282

元気を得たる　下18
花見客なり　上299
花見の客や　上299
ふくら雀も　上109
もやうにひよい〱　下249
なばたけは　下410
なばたけも
　たしに見らる、　上370
　一霜づゝの　下411
　間に合せたる　下420
なばたけや
　気楽に見ゆる　下240
　四五本そよぐ　上682
　たばこ吹く間の　上136
　ひよい〱〱や　下249
なばたけを
　そらにそれたる　下420
　通してくれる　下420
　通してもらふ　下421
なべかまも　上110
なべごてら　下167
なべずみに　上174
なべずみの　上294
なべずみを
　落気もなし　上178
　目口に入て　上245
なべづるの　下392
なべのしり
　ほしておく也　下393
　ほし並たる　上134
なべひとつ　上14
なべぶたも　下414
なまあつい　下83
なまぐりを　下315
なまけびを　上218
なまけるな
　イロハニホヘト　上382
　大麦小麦　上695
　雀はおどる　上265
　蜻蛉赤く　下209
　蜻蛉も赤く　下210
なまけるや　下572
なまじいに
　赤いわか葉の　上713
　植だてしたり　下235
　鳥来ぬ前の　下289
なまなかに　下121
なまぶねの　上442
なまよいの　上156
なまわかい　下558
なみざくら　上365
なむああと　上626
なむあみだ
　あむミダ仏　下33
　おりもこそあれ　下426
　おれがほまちの小菜〔も〕咲　上299
　おれがほまちの菜が咲た　上297
　おれがほまちの菜も咲た　上297
　どてらの綿よ　上505
　〱と〔て〕　上165
　なれがほまちの　上298
　仏の方より　上629
　我がほまちの　上300
なむうわぎ　下422
なむじざい　上331
なむだいし
　しらぬも粥に　下426
　腹から先へ　下426
　昔も花の　上147
なむたいひ　上388
なむだいひ
　〱〔〱〕の　上459
　〱と明る　下436
なむだぶつ　下273
なむなむと
　蛙も石に　上255
　口を明たる　上251
　桜明りに　上380
　田にも並んで　上255
　名月おがむ　下61
なむばしょう　下476
なもあおし　下164
なもまいて
　かすんで暮らす小家哉　上115
　かすんで暮す山家哉　上121
なやろうや　下465
なようめよ　上267
なよたけの
　さゝら三八　下574
　雀をきらふ　下574
　世をうぢ山も　下439
　わかい盛りも　上703
なよたけも　下235
なよたけや
　今のわかさを　上702
　時雨ぬ前も　下358
ならさかや
　しぶとい鹿も　下170
　花の咲く夜も　上337
　ほの〴〵煤の　下439
ならづけを　上340
ならななの　上72
ならのはの　下551
ならべけり　下453
ならやまの　下417
ならわしや　下14
ならんだぞ　上658
なりこむや　下445
なりどしの　上454
なりににた　下203
なりひらも　上524
なりふりも　上185
なりものの　下388
なりわいや　下387
なるこから　下155
なるこなど　下156
なるつゆに　上549
なるとなる　上217
なわおびの
　〆りかげんや　下408
　悴いくつぞけさの霜　下408
　悴いくつぞ霜柱　下411
　美人迯すな　下392
なわしろだ　上141
なわしろに
　かくておきたし　上397
　すくいださる、　上383
　作り出したる　上140
なわしろの
　雨を見て居る　上140
　むら直りけり　上141
なわしろも
　庵のかざりに　上141
　五軒もやひや　上141
なわしろや
　親子して見る　上140
　草臥顔の　上141
　田をみ廻りの　上141
　松も加へて　上140
　松もろともに　上141
　山をも添へて　上140
なわつけて　下333
なわにすれ　上397
なわばりに　上535
なをしらぬ　上359
なんじまで　上575
なんじらが　下519
なんじらも
　としとり直せ　上571
　福は待かや　下537
　福を待かよ　下537
なんぞまえ　上306
なんてんと　下501
なんてんに　下480
なんてんよ　下502
なんとして　下544
なんなくと　上12
なんにしろ　下66
なんのざん　下461
なんのその
　同じ夕を　上513
　蛙の面や　上435
　小家もあつし　上416
　西方よりも　上374
　上初夢も　上39
　しらでもすむを　下5
　だまつて居ても　上200
　花が咲うと　上348
なんのはてか　下433
なんのよさむ　下12
なんみょうほう　下328

に

にあわしや　下477
にいがたや　下132
にえさして　下178
におのすの　上600
にかいから
　見る木末迄　上431
　我をも透す　上522
にがされた　上619
にがたけの
　子や幸〔に〕してそろふ　上706
　子や幸につく〱と　上706
にがたけを　上703
にがつむら　上320
にがももと　上391
にがももの
　花にけかちは　上391
　花のごて〱　上391
　花のほちや〱　上390
　花はだしさの　上391
にぎわしき　下539
にぎわしく　上491
にぎわしや　上482
にくいほど
　桜咲たる　上374
　桜咲かせる　上374
にくがるや　下520
にくきひとの

衣うつ夜もあらん哉 下 158
衣うつ夜も有ぬべし 下 164
にくまるる
鳥は羽も 上 568
稗は穂に出て 上 462
にくまれし
妹が菫は 上 294
草は穂に出し 上 463
にげあしの 下 558
にげあしや 上 248
にげかくれ
などはせぬ也 上 585
などもせぬ也 上 599
にげくらし 上 653
にげこんだ 下 471
にげこんで 上 437
にげしなに
足ばし折な 下 222
竿をくいぬく 上 565
何をぶつくさ 上 251
にげしなも 下 223
にげしなや
瓜喰欠て 下 222
水祝る、 上 33
にげじりや 下 205
にげてきて 上 612
にげどりや
子をふり返り 下 471
どちへ向ても 下 471
にげどりよ 下 471
にげにげて 上 646
にげみずの 下 413
にげみちの 下 368
にげようを 上 564
にげるなり 上 649
にげるやら 上 284
にけんして
作る葱や 下 292
花朝顔を 下 251
にけんまえ
花朝顔〔の〕 下 251
干菜かけたり 下 516
干菜もかけし 下 516
にけんやは 下 70
にこにこと 下 134
にさんじゃく
人をはなる、 上 219
迄はだまつて 上 219
にさんにちは 上 279
にさんぴょう 下 506
にさんべん 上 612
にさんぼん
涼しき足や 下 278
茄子植ても 上 261
母大根〔を〕 下 546
にさんもん 上 470
にさんわの 下 474
にじおれて 下 301
にしからと 上 440
にしききて 上 106
にしなるは 上 611
にしのきと 下 497
にしはまや 下 533
にしへちる 上 385
にしむいて 下 40
にしゃくほど 上 530
にしやまの
口切巡り 下 435
月〔と〕一度や 上 186
にしやまは 下 429
にしやまや
袷序の 上 502
今剃児の 上 46
扇おとしに 下 579
おのれがのるは 上 113
にじゅうごの 上 383
にそくまで 下 115
にだいめに 上 169
にだいめの 上 169
にたこえの 上 338
にちにちに 上 722
にちにちの 上 348
にちにちや 下 393
にっこうの 上 577
にっこうを 上 577
にっこにこ 下 135
にっしょくの 上 415
にっちゅうに 下 158
にっぽんと 下 360
にっぽんに
来て紅つけし 上 216
としをとるのが 下 468
にっぽんの
うどんげ咲ぬ 上 690
蚊をば苦にせぬ 上 631
外ケ浜迄 下 277
冬至も梅の 下 324
年がおしいか 下 345
蘭のなりつゝ 下 273
にっぽんは
這入口から 上 379
ばくちの銭も 上 380
柳の空と 上 396
にどさんど 下 146
にどとみぬ 下 63
にどばえの
瓜の花咲 下 71
瓜も花咲く 下 11
にどめには
月とも云ず 下 64
月ともいはぬ 下 2
病気をつかふ 上 358
丸メもせぬや 下 397
ながにと 上 285
ににんまえ
してやりにけり 上 486
涼で下だる 上 549
呑で仕廻ふや 上 486
にのあいだ 下 18
にばんぐさ 上 556
にばんしょうべんから 下 58
にばんしょうべんに 上 550
にばんちゃに 上 165
にばんねの
堤を枕や 上 597
枕元より 下 443
にばんねや 下 163
にばんびの
酒試る 上 524
酒のさはぎや夏木立 上 717
酒の騒ぎや夏の月 上 455
にばんめの 下 64
にばんめも
淋しからざる垣ね哉 上 302
淋しからざる茶木哉 上 164
ばかにはされぬ 上 166
にひゃくぜん 上 525
にひゃくとおかの 下 5
にぶつの
中間に生れて桜哉 上 385
中間に生れて花見哉 上 359
にぶばんの 上 327
にへいじが 上 96
にほんじゅう 下 503
にほんぼう 下 323
にほんめの 下 306
にもんなに 下 90
にゅうどうが
気に喰ぬやら 上 610
綻ぬふや 上 92
にゅうどうに 下 239
にゅうどうの
頭ではらふ 下 336
大鉢巻で 下 243
真似してかざす 上 520
によいとたつ 上 467
によいりんの 下 296
によいりんは 上 345
によいりんも 上 573
にょうぼうに 下 447
にょうぼうも 下 147
にょうぼうを 上 251
にょにんきんせい 下 241
にりでれば 上 64
にわかがわ 上 565
にわくさも 上 518
にわさきや 上 176
にわすずめ 上 192
にわたけも 上 527
にわとりが
下手につむ也 上 638
先踏んでみる 上 163
踏んづけて 下 450
にわとりに
さらば〳〵と 上 223
修羅もやさせて 下 578
初を振廻ふ 上 58
一葉ふるまふ 上 57
まぶれて育つ 上 565
にわとりの
かき出したる 下 320
小首を曲る 下 12
坐敷を歩く 上 71
抱かれて見よる 上 674
つゝきとかすや 上 136
隣をかりる 上 216
鳴ぬ家なし 上 717
仲間割して 上 69
番をしている 上 176
人の顔見る 上 67
餅フン付て 下 451
にわとりや 上 68
にわのちょう 上 278
にわわれて
土用知らせる 上 429
土用ぞと知る 上 429
にんぎょうが 下 376
にんぎょうに
茶をはこばせて 上 546
餅を売らせて 上 545

【ぬ】　【ね】

── 第一段 ──

にんぎょうの
にんげんが
にんべつの

【ぬ】

ぬかるみに／尻もつくな
ぬぎすてし／筑つ、張て／はや踏れけり
ぬきわたや／尻のあたりの
ぬくぬくと／雀の闇に／一人立たる
ぬくめどり／雪にくるまる
ぬけうらを／元日するや／乗らばはたんの
ぬさとって／赤飯下る
ぬすっとの／かすんでけり、ら／見るともしらで
ぬすむことを／とうふ喰るや
ぬしありや
ぬすっとと
ぬすっとに／京のあたりの
ぬすませとも
ぬすみする
ぬすみづきする
ぬすみみず
ぬすめとの／っぽりと
ぬからもの／立や夜寒の／月見顔なる
ぬのからも／のはすう
ぬまたろう／のはすや
ぬまぐらしの
ぬりがさの／音やかんして
ぬりがさへ
ぬりがさや
ぬりがさの／方へと桜
ぬりたての
ぬりふさぐ
ぬりいろの
ぬりぼんに／ころりと蝿の／猫の寝にけり
ぬりぼんの／りぼんを
ぬれずねに
ぬれたらぬ

上下 上上 下下 上　下上 上上下　上上下下上上　下下上上　下下下上上　上下上
548 290 109 181 185 92 579 709 119　573 183 31 88 83　49 225 523 399 549 677 2　415 81 504 504　433 215 510 19 269　90 240 159

── 第二段 ──

【ね】

ねうたいの／都の蚊にも
ねがいある／から
ねがいから／京の蚊に
ねがえりを
ねがってに
ねがってや
ねがわくは
ねがわくを
ねぎのかの／かのほん

下下 下上 上上 上 上下 上上　上上　上上 上下 上下 上上　上下 上上 上　上上 上上 上上 下下　下
549 548 549 656 167 312 23 448 223 632 632　396 523　657 623 53 275 638 510 636　163 559 103 382 382　166 263 683 682 540 222 149 15　65

── 第三段 ──

ねぎのかや
ねぎのはの
ねぎはっとの
ねくたびれ
ねくたびれて
ねぐらしの
ねぐらしや
清水に米を／ねぶちょ念仏／虫も養着
ねこあらい
ねこかわずば
ねごころに
ねごころや
秋立雨の竹さわぐ／秋立雨の風さわぐ
ねこすがに
ねここぶかに
ねこつれて
ねことともに
ねこどもや
ねこなくや
膝の上なる／ねこそぐ
塀をへだて、／中を流る
ねこのくるいが／玉にとる也／ちょいと押へる／手でおとす也／蚕すりつける
ねこのこが
ねこのこい／打切棒の
ねこのあな／から物を
ねこのすまれて

上下 下上　上上　下下　上上上　上上下上下上上下下　上上上下上上　下下上上上下下
642 396 556 472　179 181　676 330 499　359 183 178　182 530 441 8 240 428 141 4 3　337 189 87 206 722 462　19 13 412 416 549 519 548

── 第四段 ──

ねこのこに／かして遊ばす
ねこのこや／萩とら〔れ〕ては
ねこのこの／かくれんぼする／首にかけたり／くる〜舞や／ざれ損ひや／ざれなく〜しけり／ちょっと押へる／ほど・手つきや／十が十色の／ま、事を〔する〕／命日をとふ
ねこのこや／夜水の菊／ほたんのあっち／萩を追ふ
ねこのすず／秤にか、り
ねこのとり
ねこのねた
ねこのみ
ねこのめし／こすりおとすや／はら〜戻る／打くらひけり／相伴するや／なを冷る／なべ程でも／御本丸御用の／手まり程でも／腹の上も冷／人のきげんの
ねころんで
ねころべば
ねころろの／蝶泊らせる
ねころびて／若草摘み
ねざけいざ

下上上　上下　上上　下下上下　上上　上下下上　下上　上下上上下下下上下　下上
343 287 259　712 21　139 362　308 334 195 221　644 644　700 217 250 672　269 184　268 286 485 185 554 464 101 554 656 267　269 43

── 第五段 ──

ねすがたの／かせぎ中間よ
ねずみとは／隣すからの
ねずみない／ふんぞりか〜って
ねずみらも
ねずみらし
ねせつけて
ねそべって
ねたあとの
ねたうまに／昼飯くひに
ねたかに
ねたしかに
ねたしかを
ねたしたを
ねたとこが
ねたなりは
ねたなりや
頭にすはる／腹の上にて／ねたひとの
ねたひとを／さ、ぬふ〔り〕して
ねたふりねたり
ねたりおきし
ねておきし／二番涼や／我もつら〜く
ねてきくや／大火くして桜哉
ねてきくも／大穴して猫の恋

下下上上上上　上上上下　上上上下下下上上上上　下下下上上下下　上上下上下上　上
455 126 142 305 550 180 382　285 614 630 204　615 86 388 341 375 173 546 230 258　46 616 295 240 129 278　453 455 484 313 435 217 527　633

ね（続き）

第一段（右→左）

ねてくらす／ねてくらせ　此上降らば、くらせや年は
ねてすずむ
ねてまつや
ねてまてば
ねてみるや
ねどこから　ならして出たり
ねどこみる　引出したる
ねどころは　程は卯の花明りかな／の花月夜哉
ねどころも
ねなかまに　我（も）逗入るぞ
ねならびて
ねならうや
ねならんで　小蝶と猫と／遠見ざくらの／夕立雲の
ねにくても　我をも人よ
ねながら
ねはじめる
ねはなしの　あいそにちょいと／切りやりに／足でおり〳〵
ねばんえや　そよとなでしこ／鳥も鳴け経
ねはんぞう
ねぶすまや
ねぶつしゃや

上	下	上	上	上	下	上	下	下	上	上	上	上	上	上	下	上	上	上	上	下	上	上	上	上	上	下	下	上	上	上	上	下
196	482	142	142	142	527	156	532	358	274	230	441	443	388	273	465	389	201	138	273	431	352	725	725	122	126	474	428	356	545	97	467	19

第二段（右→左）

ねぶつせよ
ねぼけしゅが
ねぼけたか
ねまからも　八兵衛村の／八兵衛と馬と／ばか時鳥／入梅の〔雨〕
ねまつりや　寝て待てばほた／我御射山の
ねむしろに　さつと時雨の／夜寒
ねむしろや　桜にさます／虱忘れてうそ寒／風すれてや、寒き／尻をかぞへて／足でかぞへる／雨もぼち〱
ねむしろを　尻を枕に／たばこ吹かける天の川／鼠の番も／野分同前に／野にも逗る／窓から逗る
ねむそうな　拍子付たる／拍子つとめし／御役つとめし
ねむりさめて
ねむりよう
ねやのかの
ねよいのは　ぶんとばかりに／初出の声を
残りくて／念にもあらず／はかをやる也／好になられし／十夜が十夜／外は毒なり／南指所や／ころりと出たる／口からと出る／給金とりや／申貢とる

上	上	下	下	上	下	上	上	上	下	上	下	上	下	上	下	上	上	下	下	下	上	上	上	下	下	上	下	上	上	上	上	上	上
224	629	629	207	497	401	722	593	673	611	664	82	614	644	262	38	455	610	8	8	383	611	450	19	359	723	139	428	550	575	575	430	550	244

上	上	下	下	下	下	下	下	上	上	下	上	上	上	上	上	下	上	下	上	上	下	上	上	上	下	上	上	上	上	上	下	上
467	70	343	402	497	34	408	421	264	317	605	502	295	405	220	300	237	34	714	9	246	422	177	301	368	398	398	243	168	265	718	689	660	366	587

第三段（右→左）

ねんとうに　御役つとめし／尺とる虫や／虫が丸し／竹を見る人
ねんとうが　しぐれ来る
ねんぶつに　尻とる虫や
ねんぶつの　拍子付たる／拍子つとめし
ねんぶつも　給金とりや／口からと出る／ころりと出たる／南指所や
ねんぶつを　十夜が十夜／外は毒なり／好になられし／念にもあらず／はかをやる也／申貢とる／はかをやる也／申貢とる也

ねんぞろ踊つぶして／さづけてやらん／申ながらに／からだち垣に／下駄道あちは
ねらいくらい　憎れものよ
ねりべいや　汐干案内や
ねるたしや　寝所とられし／や□の旭の
ねるちょうや　蝙蝠の逃な
ねるちょうに
ねるつれに
ねるひまに　ふいとさしても
ねるひまの　しぐれ虫や
ねるほかに　竹も藪も
ねるいれて

の

のあらしの　仕様事なしの／巧者に逗る
のういんが　のがらすに
のういんの　のかぶきや／畑なして
のうなくて
のうなしの
のうなしも
のうなしや

上	上	下	下	下	下	下	下	上	上	下	上	上	上	上	上	下	下	上	上	下	上	上	上	下	上	上	上	上	上	下	上
66	365	324	103	695	376	465	171	560	211	273	85	218	22	234	498	125	495	498	70	569	251	246	137	67	35	36	163	501	235	126

第四段（右→左）

のちのよに／正月とても／正月ぞとも
のちのき　花咲にけり／花となりけり
のだんぎや　酒呑との／鳥のかざし
のだいこんも　引すた〔ら〕れも
のせっちんの　雛手の迹の／子どものつかふ／ビハ湖のなりや／寝所とられし／中や一すじ／憎れ蛇や
のしもちの　さばるや／のじぞうの／鉢つきざくら／ぼちり〱と
のきのこけ／花咲にけり／鳥となりにけり
のきふくも
のきのいち／それでも花の仲間かよ
のさのさと　恋をするがの／さし出て花見

それでも花のつもり哉
踊つぶして

上	上	上	下	上	上	上	上	上	上	下	下	下	下	下	下	上	上	下	上	上	下	上	上	上
664	8	8	64	274	229	222	218	300	300	84	300	399	452	451	451	452	451	449	455	451	728	694	227	162	283	249	132	136	281	480	700	699

[の の部（承前）]

のっきりて／さみだる、也／捜理火／江戸かせぎすよ
のでっぽうの
のどかさに
のどかさや
のどかさや／僧のちん〳〵／明り過たる
浅間のけぶり／垣間を覗く
去年の杵は／煤はと、夜の／土蕗ちらす／はや三ヶ月の／梅はなく〔と〕も／大宮人の／去年の／酒打かける／隣にはとき／鼠なめる／ぼた餅の／雨後の畠／雨間の縄ばり
のどけしや
のなでしこ
のとどの
のかどに
のにふせば
のねずみも
のあきやの
のあきや
のうめやす
のうめや
のきぎすや
のきぎすの
のけぶり／寝処にせん白牡丹／寝所にせんほたん哉

下	上	上	上	下	下	上	上	上	下	上	上	上	上	上	上	上	上	下	上	上	上	上	上	上	下	上	上	上
11	226	228	314	97	233	85	692	215	685	401	65	65	64	64	64	64	6	64	64	64	64	65	441	64	65	65	65	64

594　300　432　515　583　　672　678

のさまと
のさまに
のすみれ
のなつめや
のまつやの
のみどもが
のみやべや
のみやの
のみやへ
のはかれて
のばくちが
のばくちの
のばくちや
銭の談義も／薮を焚く火の
のはこせん
のばたけへ
のばたけや
大鵜頭の／芥を焚く火の
のびよあおい
のびやまや
のびやまびて
のびつけては
のはらにも
のはやなぎに
のべとけに
のべくさめ
のべよまや
のぼとけの
御鼻の先の／手に居へ給ふ／袖にかくれて／頭をもかく
ほんのくぼより
のぼりから
のぼりけも
のまつりも
のまつりや
のみかんだ
のみかんで

上	上	下	上	上	上	上	下	下	下	上	上	上	上	上	下	上	上	下	上	下	下	上	上	下	下	上	上	下	上	上	下
644	643	27	483	324	332	256	230	335	554	101	67	308	671	169	169	168	540	145	394	452	272	165	526	115	222	273	220	414	293	627	590

206　115　293　251　44

のみくいや
のみしらみ
のみづらみの
のみどもに
のみどもも
松嶋見せて逃しけり／松嶋見せて逃すぞよ
隠るすべは／つ、がないぞよ／まめぞくぞ
のみにたへ
みのにたへ／みのあとに／かぞへながらに／それもわかきは／吹て貰て／二人吹く
のみこせん
のみまけの／〳〵達者
のみもいざ
のみもやてい
のみやいてや
のみやげや
のやしろくと
のやしろに
のやすみらの
のまやみらの
のみやまじや
のみらくらが

下	上	上	下	下	上	上	下	上	上	上	上	上	下	上	下	上	上	上	上	上	上	上	上	下	上	上	上	下	上	上	下
71	719	227	293	92	282	647	207	459	640	647	647	646	643	644	641	83	643	641	643	640	642	642	643	641	641	34	641	640	643	645	5

24　645　118

遊びかげんの／三人よれば
のらくらも
のらくらに
のらくらや
花の都も／よい程にせよ／御代のけしきぞ／あればあるぞよ／悪たれ鹿も／在家のばせを／つめば芒も／蛇もそっくり
のらくらや
のらこきも
のらしごと
のらねこが
負て行也／夜永仕事か／仏のひざを／妻のこざるは／爪とぐ程や／妻乞声は／うかる、梅や／妻がせぎする／妻乞ふ声は／宿と定る
のらねこよ
のらねこの
のらねこの
のらへびの
のらへびどう
のらへびや
のりかけの
のりこわき／暑見て寝る／ひよっくり出たる
のりしばに
のりつけよ

上	上	上	上	下	下	下	上	下	下	上	上	下	上	上	上	上	上	上	下	上	下	上	上	下	下	上	上	下	上	下
261	516	715	414	489	198	304	695	43	198	660	265	267	178	178	136	181	181	314	319	34	576	646	416	348	71	77	206	498	344	284

176　17

とて鳥が鳴く／と〔て〕鳥の鳴く
のりのやまや
のりのよや／悪たれ鹿も／在家のばせを／つめば芒も
のりこわき
のんたろう／蛇もそっくり／のりびとる／のりものの／のりわきして

は

这に目出度庵かな／这に目出度柱哉
はありでる
はいかいの／天狗頭が／恩法講や／集を負せん／地獄はそこか
はいかいの
はいかいを／さやぎもせよ／嚼やうな／守らせ給へ
はいでたも
はいのつゆ
はいふむも
はいりみち
はいりょうち
はいわたる
はうちわで
はうらうら
はえうちが

上	下	上	上	上	下	上	上	下	上	下	下	上	上	上	下	下	下	下	上	下	下	上
318	82	347	302	600	286	690	186	421	600	13	478	497	428	612	452	580	558	443	84	84	84	399

458　491　591　592　　423　526　173　588　　648　648

はえうちに
　けふもひつぢの　上633
　敲かれ玉ふ　上634
　花さく草も　上635
はえうちの
　四五寸先の　上634
　役務して　上715
　役〔を〕蒙る　上716
はえうって　上633
はえうつや
　アミダ如来の　上634
　友となりぬる　上633
はえうてば　上636
はえおいを　上635
はえおうも　上636
はえおうや　上634
はえちっと　上634
はえちるや　上634
はえとんで　上633
はえのかわりに　上638
はえのみも　上638
はえのもち
　蝶から先〔に〕　上633
　蝶に来よとは　上634
はえはろう　上636
はえひとつ
　打てはなむあみ　上634
　打ては山を　上633
　二ツ寝産の　上516
はえよけに　上518
はえよけの
　草を釣して　上634
　羽折かぶつて　上639
はえわらえ
　ふたつになるぞけふからは　上10
　二ツになるぞけさからは　上9
はえをうつ　上639
はおりきた　上331
はおりきて　上172
ばかいうな　下77
ばかいぬが　下268
ばかがらす　下381
はかからも　上224
ばかかわず　上544
はがくれに
　立や茄子の　上710
　年寄声の　上246
　鳴ぬつもりの　上246
はがくれの
　赤い李を　上728
　瓜と寝ころぶ　上708
　瓜を枕に　上708
　椿見つめて　上246
ばかげんか　上583
ばかされな　下319
ばかされに　下26
ばかぞうも　下428
はがために　上52
はがための　上52
はがためは　上52
はかちょうず　上401
ばかづるに　下99
ばかどりに　下534
ばかどりよ　上568
ばかながい　上70
ばかながき　下32
ばかにして　上523
ばかねこや
　縛れながら　上181
　身体きりの　上180
　年玉入れの　上37
　逃たいが栗　下314
ばかねんの　上670
ばかねんや　上670
はかのきの　下146
ばかばなし　下16
はかはらや
　赤鶏頭の　下271
　一人くねりの　下261
はかまきて　上30
はがみする　下10
はかもたぬ　下120
はかやるや　下432
はからはに　下99
はかりずみ
　一升買の　下509
　同じ隣の　下506
　先子宝が　下507
はぎがきや　下354
はぎききょう　下542
はぎきった　上674
はぎさくや
　赤ふんどしの　下266
　子にかくれたる　下267
　常〔盤〕御前が　下267
はぎざむや　下265
はぎしりの　下224
はぎすすき
　秋の暑も　下6
　出代雨の　下125
はきすてた　上646
はきそめて　上716
はきだめと　上434
はきだめに
　青むねりその　上394
　鶴の下りけり　下575
はきだめの
　赤元結や　上89
　江戸へ〳〵と　上579
はきだめも
　鶴だらけ也　下575
　又一人の　下292
はきだめを　下43
はぎちりぬ　下265
はぎでらや　下268
はきにわや　下325
はぎのかき　下65
はぎのかげ　下136
はぎのすえ
　キ、ヤウの下に　下267
　芒のもとの　下136
はぎのつゆ　下84
はぎのはと　上563
はぎのはな
　大な犬の　下266
　爰をまたげと　下269
　ふんどし染て　下267
はぎのはに
　かくれくらする　上566
　鹿のくれけり　上84
　鹿のざれけり　上92
　吹古されし　下266
はぎのはの
　おもはせぶりや　上454
　うむい盛や　上695
はぎのはも　下171
はぎのはや　下131
はぎのはら　下265
はぎのはを　上563
はぎのめや　上287
はきものの
　ならぬ所より　上322
　用心がてら　下122
はぎもはや　上476
はくきよまる　上317
はくさんの
　雪きラ〳〵と　上413
　雪はどうせく　上571
はくすすの　下442
ばくちごや　上145
はくとすぐに　下481
はくはつの　上34
はくひから　下481
はくひとの　上677
はくほかに　下481
はげあたま　上596
ばけもせず　上543
ばけもせで　下435
はげやまに　下155
はげやまの　上579
はげやまも
　引立らるゝ　上552
　見知ておけよ　上233
　見棄られぬぞ　下159
ばけるなら　上179
はこするも　上331
はこぞりの　下488
はこねじや　上162
ばさばさと
　木曽茶をはかる　下68
　古びし芦を　上82
ばさらえの　下516
はじいって　下576
はじかかぬ　上239
はしぐいや　下222
はししたの
　乞食がいふや　下395
　乞食が投る　下539
はしすずし　上424
はじとみに　上390
はしのごみ　上65
はしのらんかんに　上523
はしぶとの　上650
はじまりは　下517
はじまるや
　明六ツからの　上451
　つくば夕立不二かくれ　上445
　つくば夕立不二に又　上445
はしみえて　下66
はじめから　上514
はしもって　上463
はしもりが　上714
はしもりに　上598
はしもりの
　鍋蓋ふんで　下532
　火を力也　下156
はしもりも　上159
ばしょうおうの
　臑をかぢつて　上542
　像と二人や　下424

ばじょうから　おゝいおいとや初松魚
ばしょうきに　おゝいおいとや時鳥
ばしょうきの　黙礼するや／やあれまてとや時鳥
ばしょうきと　やあれまてとや時鳥
ばしょうきと　申も歩き／申も只
ばしょうきに　執筆の天窓
ばしょうきに　坊主天窓／先っ〳〵がなし
ばしょうきの　主あたまの／入相に入し
ばしょうきも　客に留主させて／きゃとて歩き／ことしもまめで
ばしょうきや　蝦夷にもこんな／女のかけし
ばしょうきや　垣に雀も／客が振舞ふ／鳩も雀も／昼から錠の
ばしょうぶか　丸こんにゃくの／三人三色の／嵐雪いまだ／留主をして居る／我もか様に
ばしょうづか　先拝む也はつ紙子／先おがむ也初布子／尾上の松を／おくれ入相
はしらごと
はしらふく

上下下下　下下下下下下下下下下下下下下　下下下　下下下　下下　上上上上上
627 424 476 478　424 424 424 424 421 425 424 424 425 422 425 424 424 425 423　422 424 423　421 423 423　424 423　579 662 108 579 662

はしらふく　うしろつんむく／切てやりたき
はしらをも　つんとさし出て／つんとさし出ル
はしりぶね　おれが心と／勝きのぬけた
はしりほの　喰て寝て聞／くつとも云ぬ
はしわたる　子どもも作る
はすいけに　蝶は暮行
はすいけや　蝶をひらく
はずかしさ　蝶とられぬ／とられぬ栗の／はき替られし
はずかしの　糸瓜は糸瓜の／糸瓜は糸瓜の／まかり出てとる／又も来てとる
はずかしや　卅日が来ても／見た分にする
はすさきて　搗屋は臼に
はすぞろり　八文茶漬
はすっぱに　真似して歩く
はすのかぜ　髪らして暮／顔から暮
はすのかや　内股くゞる
はすのつゆ　青もも見へて／飯にたかる、／かけて入たる／転がし込だる

下下　上上上上上上　上上上上上下下下上上下上下下下　下上上上上上　上上上上上上
96 96　678 678 681 679 681 681 679　679 387 263 467 307 481 313 263 263 490 270 431 244 66　236 604 680 680 681　681 248 452 451 109 456

はすのはに　大浴人に／乞食のけぶり
はすのはに　汁の実品へ／少曲もる
はすのはに　辰上りしと／燕に人に
はすのはの　燕はとしの／曲せば斯う
はすのはの　此世の露の／乗せたやうなる／盛れば淋しき
はすのは　片口[足]のせて
はたうちが　うてば唸／近道教ゆ
はたうちの　焼石積る
はたうちに　近道教ゆ
はたうちは　青きもも見へて／飯にたかる、
はたうって
はたうとは
ころ〳〵分じ／一ツもあまる／仏の身には／虱を捨る／寝聳て見る／祭りくも

上上上上上　上上上上　上上上下　上上下　下上下下上　上上上上上上上　下下下
171 171 171 173 173 172　171 171 171 398　172 170 170 401　682 432 352　118 680 96 517　682 679 679 679 681 682 678 679 682　97 96 103

はたふむな　かざしにしたる
はたべりや　鍬でをしへる／子が遊び歩く
はたべりや
はたみちや
はたもへる
はだらがき
はばかりが
はたりたり
はたをへる　酒を売也花盛／酒を売也麦の秋／田鶴暗わたる／ざぶりと浴る／手洗をねぢる／竹と我とが／葱にあてる／通してくれる
はちうえに　中より出たり／中も浮世ぞ
はたうちを　太山鳥も
はたうって
はたうとは
はたおるや
はたおとは
はだかぐみ
はだかごが
はだかごが
はだかみや
はだかむし
はだかやま
はだかゆに
はたけから
はたきなや
はたたたき
はたたたき
はたじょうへ
はちじょうへ
はちつや
はちつや
はちのや
はちのこ
はちのこ
はちのこえ
はちにげて
はちどもに
はちどもや
はちたたき
はちたたき
はちのすの
はちのらん
はちのまつ
はちぱちと

下上下上下上下上上　上下　上下　下上下下上下上下下下上上下上　下下下上下上上上上　上
564 532 162 603 551 57 319 410 429 428　388 9 9 219 293 293　386 168 365 434 83 669 19 218 44 172 173 172 171 170 173 173 171 173 171 172 173 171　283 211 226 507 183 429 23 695 351　230

ばちばちは　下314
はちべえが
　猪首に着なす　下479
　は顔ビ笑や　下167
　ぼんのくぼより　上216
はちべえの　上437
はちべえや　下580
はちもんが　上581
はちもんで
　せうぶ湯に迄　上482
　家内が祝ふ　上557
はちもんの　下260
はつあきや　下5
はつあさひ　上19
はつあめや　上7
はつあわせ
　しなのへ娵に　上502
　袖口見せに　上503
　にくまれ盛に　上502
　〔松〕の見る目も　上502
はつうまに　上144
はつうまの　上144
はつうまや
　御鍵のゆりる　上144
　女のざいに　上144
　門へつん出す　上144
　錠の明たる　上144
　火をたく畠の　上144
　火をたく森の　上144
　山の小すみは　上144
はつうまを　上144
はつうりの　上708
はつうりや　上709
はつうりを　上709
はつおばな　下137
はつがつお
　江戸気の葎　上661
　只一切も　上662
　序ながらも　上661
　漬迄あれ　上78
　山の際迄　上661
はつかほど　下577
はつかりが　下186
はつかりに
　から臼引や　下185
　多だの薬師の　下189
　旅の寝やうを　下187
はつかりの
　ありつき顔や　下191
　三羽も竿と　下190
はつかりも　下190
はつかりや
　翌の御成は　下189
　あてにして来る　下186
　幸舟に　下192
　里の人数は　下192
　芒はまねく　下186
　同行五人　下189
　畠の稲も　下188
　貧乏村を　下185
はつかりよ　下187
はつかわず　上245
はっくけん　上508
はつごえは
　あはう鳥で　上60
　江戸〔へ〕〳〵と　上583
はっさくの
　荒も祝ふや　下140
　鱠に逢し　下216
はっさくや
　犬の椀にも赤の飯　下140
　犬の椀にも小豆飯　下140
　徳リの口の　下140
　秤にかける　下140
　盆に乗たる　下140
はつざくら
　花ともいはぬ　上369
　はやちりかゝる　上368
はつしぐれ
　馬も御紋を　下352
　お十二日を　下423
　来れ〳〵と　下155
　酒屋の唄に　下353
　伶ふり〔に〕けり　下423
　ちび〳〵舞の　下353
　提をもやして　下353
　俳諧流布の　下353
　走り入けり　下353
　松笠なんど　下355
　夕飯買に　下356
はつしもの
　右は元三　下406
　草へもちよいと　下406
はつしもや
　笑顔見せたる　下406
　女の声の　下406
　かた衣かけて　下406
　茎の歯ぎれも　下406
　乞食の竈も　下406
　殺生石も　下406
　蕎麦悔る人　下406
　何を願ひの　下406
　並ぶ花売　下406
はつぜみと　上652
はつぜみの
　うきを見ん〳〵　上654
　聞かれに来たか　上653
　ちよと鳴て見し　上654
　ふと鳴て見し　上654
　目見へに鳴か　上653
はつぜみや
　臼に泊て　上652
　馬のつむりに　上653
　人松陰を　上650
はつぞらに
　ならんとすらん　上20
　はやキズ付る　上21
はつぞらの
　色もさめけり　上20
　祝義や雪の　上21
　はづれの村も　上20
　はな〳〵し〔さ〕を　上20
　もやうに立や　上21
　もやうに立る　上20
　行留り也　上21
はつぞらへ
　さし出す獅子のあたま哉　上20
　さし出す獅子の首哉　上20
はつぞらや
　さい銭投ル　上21
　はゞかり乍　上20
　緑の色の　上20
はつぞらを
　今拵へる　上20
　拵えている　上20
　拵へる也　上21
　はやしこそすれ　上21
　もやうに立や　上21
　夜着の袖から　上21
はったいに　上561
はったいの
　上にのせたる　上716
　畳をなめる　上561
はったいや　上561
はつたけの　下319
はつたけや
　根こそげ取た　下319
　一ツは和子が　下319
　二人見付て粉みぢん　下319
　二人見付てまあ〳〵と　下319
　踏つぶしたを　下319
　見付た者を　下319
　持遊び箱に　下319
はつたけを
　手に植て見る　下320
　搦りつぶして　下319
ばったむし　下226
はつちょうに　上262
はつちょうの
　いきおひ猛に　上260
　一夜寝にけり　上262
　来りやしかも　上271
　搦みこまるゝ　上279
　舞こぼしけり　上278
　夫婦連して　上268
はつちょうも
　やがて烏の　上262
　やっぱり白い　上270
はつちょうや
　会釈もなしに　上278
　シカモ三夫婦　上268
　つかみ込れな　上276
はつちょうよ　上272
はっとして　下14
はつどりに　上59
はつなしの　下305
はつなすび
　さて大兵の　上711
　とらずにおいて　上711
はつにじに　上106
はつにじも　上106
はつにじや　上106
はつのぼり　上483
はつばえや　上637
ばっぱっと　上609
はつはつに
　親里見ゆる　下150
　松島見へて　上595
はつはなに　上343
はつはなの　上340
はつはなも　下303
はつはなや　上340
はつはるの　上15
はつはるも
　月夜となるや　上14
　月夜になるや　上15
　月夜もよ所に　上14
はつはるや
　けぶり立るも　上14
　千代のためしに　上15

はつふぐの　下 521
はつぶりや
雪も仏に作らる、　下 492
雪も仏に成にけり　下 492
はつぼたる
あながち呼びも　上 617
女の髪に　上 614
ころぶはづみ〔に〕　上 610
上手の手で〔も〕　上 612
其手はくはぬ　上 612
つひとそれたる　上 611
つひに都を　上 617
なぜ引返ス　上 614
なんなく　上 609
二度目も京に　上 603
人の天窓に　上 617
仏の花に　上 615
仏の膝へ　上 609
都の空は　上 608
行け〳〵人の　上 618
呼ばぬ蛙が　上 610
脇目もふらず　上 611
我を曲〔つ〕て　上 612
はつものが　下 504
はつものぞ　下 381
はつものと　下 353
はつものの　下 383
はつものや
大雷の　上 107
雪も仏に　下 491
はつもみじ　下 289
はつゆきが
降とや腹の　下 378
焼飯程の　下 379
はつゆきと
いふ声ことし　下 382
共に降たる　下 383
呼る小便　下 381
はつゆきに
一の宝の　下 384
打かぶせたる　下 382
聞おじしたる　下 376
昨夜の明松の　下 376
口さし出すな　下 379
白湯すゝりても　下 377
はやわらおとす　下 387
餅腹こなす　下 379
はつゆきの
かゝる梢も　下 377
素湯乞食に　下 378
どこが二の丸　下 382
ひつゝき安い　下 378
降り捨てある　下 382
降損じたる　下 381
降りぱなしなる　下 386
降ともなしや　下 377
ふは〳〵かゝる　下 377
むだぶりしたり　下 381
むだぶりしたる　下 383
はつゆきは
竹にふる也　下 377
御堂参りの　下 382
はつゆきも　下 385
はつゆきや
あかれぬ内に　下 383
朝夷スル　下 378
あ〔さ〕ぢが原の　下 377
朝湯も果し　下 381
翌のけぶりの　下 377
家鴨の椀も　下 378
息〔を〕殺して　下 380
一度こぞりて　下 386
一度そこらで　下 380
一の宝の　下 384
出湯のけぶりも　下 384
犬が先ふむ　下 380
犬なき里の　下 378
いの字も引かぬ　下 378
居仏仕ふ　下 384
今おろしたる　下 383
今重たる　下 382
今がた生し栗塚に　下 383
今がた埋し栗の塚　下 380
今捨るとて　下 489
今に煮らるゝ　下 383
今行里の　下 387
イロハニホヘト　下 382
上野に着ば　下 383
梅もすじかふ　下 380
江戸見へる家に　下 377
エドもわら家の　下 382
縁から落し　下 383
御駕へはこぶ　下 384
坏の鳥居と　下 383
おしかけ客の　下 383
折敷の上に　下 382
おち葉の宮と　下 377
おれが前には　下 384
かゝる梢も　下 377
駕をかく人　下 385
カサイ鳥が　下 378
門の栗塚　下 385
門は雀の　下 387
ぐわら〳〵さはぐ　下 379
其角が窓も　下 377
きじの御山へ　下 379
キセルの脂の　下 382
きのふと成し　下 378
客のせり合　下 381
ぐつと我家に　下 383
けぶり立るも　下 378
荒神さまの　下 378
御きげんのよい　下 385
こきつかはるゝ　下 385
ことに夜明の　下 382
是もうき世の　下 378
是ヨリ北は　下 382
ころ〳〵けぶる　下 386
酒屋幸　下 385
正月ものゝ　下 386
正月物を　下 384
づゝぷりと湯に　下 384
捨る銭から　下 386
脛を吹かれし　下 377
角力の櫓　下 378
雪駄ならして　下 384
雪隠添の　下 387
雪隠のキハも　下 380
雪隠の供の　下 379
それは世にある　下 378
大黒棚の　下 380
竹の夕を　下 377
誰ぞ来よかしの　下 377
田の雁ねぢる　下 378
誰も参らぬ　下 378
俵のうへの　下 379
調市が作の　下 491
ちりふの市の　下 380
机の上に　下 382
つくばつゞきの　下 381
鉄砲打の　下 380
手引を頼む門の橋　下 385
手引をたのむ橋の雪　下 385
とある木陰の　下 380
といふも家に　下 385
といへば直に　下 380
所もところ　下 382
とても作らば　下 489
どなたが這入る　下 381
とは云ながら　下 385
鶏の朝声　下 378
鳥もかまはぬ　下 379
どんす〔の〕上の　下 387
など《ゝ》とて内に　下 385
など〔ゝ〕侍る　下 385
などゝ世にある　下 385
何を願ひの　下 378
ナムキエ僧の　下 381
何〔の〕因果に　下 385
猫がつら出ス　下 383
軒の菖〔蒲〕の　下 385
軒の菖蒲も　下 380
腹拵へは　下 387
一二三四　下 384
人出ぬ前の　下 377
貧乏樽の　下 381
古郷見ゆる　下 377
降るもかくれぬ　下 386
降よりはやく　下 489
平内堂の赤の飯　下 387
平内堂の小豆飯　下 380
細いけぶりも　下 379
作にするも　下 490
仏の方より　下 379
ほの〴〵かすむ　下 379
松にかけたる　下 382
守り本尊に　下 380
右ぬる湯左　下 385
紅葉ぐるみに　下 386
八百屋がゝしの　下 383
藪の鴬　下 379
山田のかゞし　下 377
雪やといふも　下 379
吉原駕の　下 380
淀の水屋も　下 378
我が古町に　下 384
我家で見るは　下 378
我にとりつく　下 385
椀久が世に　下 379
はつゆきやと　下 490
はつゆきを
いま〳〵しいと　下 379
お〔つ〕つくねても　下 491
鬼一日に　下 380
敵のやうに　下 380
着て戻りける　下 383
乞食呼りや　下 386
乞食呼り　下 386
鳴出しけり　下 386
煮〔て〕喰けり隠居達　下 380

（「は」の部 索引）

第一段（右→左）

はつゆめの　目出度やけして
はつゆめの　猫も不二見る
はつゆめも　古郷を見て
はつゆめの　不二の山売
はつゆめを　拵へて売る夜寒哉
はつゆめの　拵へて売る会所かな
はとなくや　見よや奴に
はとあそべ　見よや奴が
はとがやぶ　皆ふんづけし
はとすすめ　見かけて張るや
はとだまれ　降らせておくや
はとどもも　引握んだる
はとどもや　煮〔て〕喰けりおくの院
はとのこい
はとのやぶ
はとふきの
はとべやに
はとよいて
はないで
はないや
はないばら
はなあおい
はなうたに　わら南いくつ（掃溜塚も）
はなうりの　あれが大和の（田舎鷺）
はなおけの　かざりにちるや
はなおのおの　花におくや

上上下下　下上下下下下上上上　上下下下下上上下上　上上上　上上　下下下下下下
341 262 101 97　216 726 480 671 482 13 157 286 91 75 150　165 363 161 455 286 702 107 19 39　39 39 39　39 39　381 381 386 386 382 383

第二段（右→左）

安房仲間の／妹がこんにやく／姥婆則寂光／祖師のゆるしの／茨ツ子迄も／とある木陰の／廿の比の／日がな一日／日にか〻る也／本のうき世と／目を繕れたる／菜も青ませて／飯粒つけて／上野の花も／掃溜塚も
はなさいて
はなざかり
はなざかぬ
はなざかり
はなさくと
はなさくや
はなさくら
はなさけと
はなさけや
はなさむし　仏法むしや（惟然（が）軒／仏法わたる）
はなしがき
はなしがめ　是にさへ人の（一木〻の／欲しさに）

上上上　上上下上　上下上　上上上　上上上上上上上上　上下上　上上上上上上　上上上
343 338 342　388 679 394 341　180 499 523　355 679 342　155 673 349 727 345 360 341 348　363 303 362　251 249 669 338 295 295　674 356 362

第三段（右→左）

今十八の／牛は牛連／榎にはりし／親爺が腰の／川のやうすも／在家のミダも御開帳／京の美人の／敷て居れば／尻に敷つ／はなぐもり／はなげじしの／はなござに／はなござや／はなごてら
はなすみれ
はなすすき　我もけさから（我もけふより）
はなしやもの
はなしちんに
はなしたる
はなしぞり
はなしする

上上上上上　下上上　上上上上上上上上上上上上上上上上上上上上上上上上上上上上上上
640 700 355 346 340　545 368 366　344 342 353 359 348 348 362 344 356 341 364 360 350 351 356 357 352 365 363 345 371 146 146 357 344 362 346 355 356 292

第四段（右→左）

末代無智の／都の美女が／落来る竹の／頓て成れば／吹草や／ほやと成ても／桜が下の／桜所の／椿がむしやら犬に／便ない草も／水しほる〻／籬に曲る／垣根に曲る
はなちりぬ
はなちゆき
はなちやる
はなちって
はなたたに
はなちるや
はなちらぬ
はなすみれ
はなちりて　ゲックリ長く（死ぬも上手な）

上上上上上上上上上上上上上上上　上上上上　下下上上上上上　下下　上上　上上下下
349 340 354 346 352 351 364 344 344 351 352 344 347 340 340　348 355 143 67　399 225 353 676 293 294 295　137 139　10 9　8 203 69 488 16

第五段（右→左）

日（の）入かたが／我狐に／よい雷ぞ／隙ぬす人も／ひだるくなりし／寝るなま来来が／寝まじ未来が／なむ三火打／此世をさみす／誰身くれし／あかの他人は／虎が涙も／ことしも罪を／扇かざ、ぬ
はなにいでて
はなにあめ
はなならば
はなならに
はななみに
はなないに
はななくに
はなちるや
はなつみや
はなつむや
はなつとも
はなとともに
はなつむや
はなちれと

上上上上上上上上上上　上上上　上上　上　上上上上下下下上上　上上　上上上上　上上上上
344 341 341 365 363 360 362 359 341 352　342 341 344　379 388　347 360 340 417 355 258 285 307 378 383 389　295 473 473 304 303　344 362 352 351

はなのかげに　上 363
はなのかや　上 356
はなのきに
　ざつと隠る、　上 345
　鶏寝るや　上 360
はなのきの
　入口の　上 344
　持て生たあいそ哉　上 356
　もつて生れた果報哉　上 364
はなのぎは　上 345
はなのきを　上 357
はなのくも
　翌から江戸に　上 341
　あれが大和の小口哉　上 338
　あれが大和の臣下哉　上 339
はなのくもの　上 359
はなのさく
　うちにしまへよ　上 248
　桜の皮を　上 389
はなのちる
　〳〵迚きじの　上 228
　拍子に急ぐ　上 284
はなのつきのと　下 572
はなのところへ　上 143
はなのともに　上 336
はなのなんの　上 364
はなのねへ　上 248
はなのはら　下 113
はなのひも　上 345
はなのひを　上 349
はなのもと　上 336
はなのやま
　命のせんたく　上 359
　心の鬼も　上 347
　東西南北の　上 355
　仏を倒す　上 341
　飯買家は　上 340
はなのよに
　官ほしげなる　上 352
　西の望は　上 356

はなのよは
　石の仏〔も〕　上 364
　親をやしなふ　上 357
　地蔵ぼさつも　上 364
　仏の身さへ　上 351
　仏の身にも　上 351
　みじかく成ぬ　上 407
はなのよや
　田舎もみだの　上 356
　越後下りの　上 356
　親は滝とび　上 284
　出家士　上 357
　寺もさくらの　上 155
　下手念仏に　上 359
はなのよを
　笠着ておはす　上 365
　笠きて暮す　上 351
　見すまして死ぬ　上 143
　無官の狐　上 144
はなはくも　上 357
はなはさくなり　上 355
はなひとつ　上 357
はなびみの　下 142
はなびみは　下 123
はなびらが
　さはつても出る　上 344
　そとさはつても　上 344
はなびらに　上 247
はなびらの　上 340
はなふぶき　上 355
はなふるや　上 147
はなふんだ　上 357
はなほりし　上 363
はなみがさ　上 364
はなみせん　上 357
はなみどう
　月も上らせ　上 469
　ナニ八の芦を　上 468
はなみまじ　上 351
はなみるも
　あぶなげのない　上 341
　銭をとらる、　上 359
　役目也けり　上 348
はなみんと　上 355
はなむくげ
　家不相応の　下 301
　烏叱りて　下 302
　里留主がち〔に〕　下 301
はなもちは　下 69
はなもちれ　上 154
はなもりや
　夜は汝が八重桜　上 375
　夜は汝が山桜　上 375
はなやかに　下 250
はなよめが　下 554
はならしき　下 232
はなれうが　上 490
はなれうの　上 490
はなれうや　上 491
はなれおし　下 535
はなれやや　下 325
はなをおる　上 351
はなをみた　上 362
はぬけどり
　親の声にも　上 568
　どちらに親よ　上 568
はねはえて
　銭がとぶ也　下 342
　な虫もとぶぞ　上 601
はねもちの　下 452
はねもちや
　猫ふん付て歩く也　下 453
　猫踏んづけてこまり入　下 454
はのきかぬ　下 366
ははうまが　上 461
ははおやに　上 508
ははおやや
　涼がてらの針仕事　上 546
　涼がてらの祭り帯　上 542
　盗して来ても　上 184

ははおやを
　霜よけにして　下 494
　寝てもあをぐや　上 527
ばばがうも　上 488
ばばがつく
　鐘さへみへて　下 355
　鐘もうす〳〵　上 120
　鐘もどこぞ　上 120
ばばがもち
　爺が梅の　上 334
　爺が桜　上 370
　とゝが桜も　上 390
ははきぎの　下 162
ははこいし　上 651
ははざるに　下 14
ははじかと　上 565
ははじかに　上 565
ばばたちや　上 552
ばばどのが　下 42
ばばどのに　下 396
ばばどのの
　舌切雀　上 114
　目がねをかけて　上 166
ばばどのも　上 156
ばばどのや　下 513
ははににた　下 30
ははねこが　上 184
ははねこや　上 184
ばばねこよ　上 315
ははのひや　下 162
ははのぶん
　つめば用なき　上 166
　始に潜る　上 478
　も一ツ潜る　上 478
ははびとや　下 452
ばばみやれ　上 215
ははゆみの　下 217
はふからも　上 65
ばふさげと　下 510
ばふさげに　下 116

はまおぎの
　あこぎに枯て仕廻けり　下 543
　あこぎに枯て立りけり　下 543
はまかぜに　上 470
はまぐりに
　とくなれ　下 196
　成〔て〕もまけな　下 196
　なる苦も見へぬ　下 196
はまぐりの
　芥を吐する　上 286
　汁かけ薄　下 283
　つひのけぶりや　下 361
はまぐりも　上 221
はまぐりや
　在鎌倉の　上 286
　細工過たる　下 249
はまちどり　下 533
はままつや　上 650
はももたぬ　上 176
はやさびし　上 174
はやされよ　上 26
はやだちの
　かぶせてくれし衾哉　下 485
　かぶせてくれしふとん哉　下 485
はやだちは
　親のありてや　上 238
　千住泊りか　上 240
はやだちや　上 586
はやばやと
　来ず共よいを　下 394
　しぐれて仕廻　下 360
　誰冬ごもる　下 495
はやむなし　下 166
はややまが　下 272
はやりうた　上 534
はやるとて　下 284
ばらありと　上 458
ばらがきの　下 328
ばらがきや　上 727
ばらさくや　上 726

ばらつくや
是は御好の　下 422
大明神の　上 492
はらのうえに　下 34
ばらのはな
爰をまたげと　上 726
虫まけさへも　上 726
はらのへる
工夫ついてや　上 500
工夫尽てや　上 497
はらのむし
しかと押へて　下 390
なるぞよ雪は　下 397
ばらのめも　上 302
はらはらと
朝茶崩や　下 264
汁の玉ちる　上 493
ばらばらと
臑に飛つく　下 215
誰出代つ　上 149
畠のこやしや　上 382
麦の四月　上 694
木槿にかゝる　下 551
目をつく程の　上 267
紅葉ちりけり　下 519
夜永の蚕の　下 34
はらばりたや　上 147
ばらやぶに
紙のぶら〳〵　上 68
なることなかれ　上 606
ばらやぶも　上 102
はりかぶせ　上 527
はりかべや　上 38
はりこがさ
時雨におれば　下 368
時雨に出れば　下 360
はりごとや　下 337
はりだしや　上 681
はりばんに　下 409
はりほどの　上 298

はるがすみ
いつちちさいぞ　上 116
江戸めかぬ家　上 108
鍬とらぬ身の　上 109
はるかぜが　上 95
はるかぜに
得しれぬ藪も　上 94
お江戸の門も　上 97
折戸が合点　上 98
肩衣かけて　上 100
御用の雁の　上 99
猿もおや子の　上 100
尻を吹るゝ　上 96
ぞろ〳〵うかれ　上 98
二番たばこの　上 97
箸を搦で　上 95
吹れ入けり　上 95
吹れた形や　上 102
吹かれ序の　上 98
吹出されたる　上 100
本町すじの　上 97
はるかぜの
女見に出る　上 100
国にあやかれ　上 94
そこ意地寒し　上 99
吹かぬ草なし　上 94
闇にも吹や　上 94
夜にして見たる　上 96
夜水かゝりし　上 94
夜も吹也　上 95
ろくには吹かぬ　上 95
はるかぜや
芦の丸屋の　上 102
東下りの京虱　上 101
東下りの角力取　上 96
翌行伊駒　上 94
歩行ながらの　上 101
礎しめる　上 93
犬にとゝる、　上 100
犬の寝ころぶ　上 101

犬の寝聳る　上 98
今つくねたる　上 98
牛に引かれて　上 96
馬をほしたる　上 99
越後下りの　上 100
逢坂越る　上 99
大宮人の　上 97
尾上の松に　上 94
おばゝ四十九で　上 98
御祓うけて帰る犬　上 96
御祓うけてもどり犬　上 101
女も越る　上 99
片衣かけて　上 100
かた衣かけし　上 102
壁に書ても　上 97
からりとかはく　上 99
草よりかはく　上 95
傾城丁の　上 96
黄金花咲　上 94
小藪小祭　上 97
侍二人　上 100
三人乗りの　上 101
しかうしてから　上 98
地蔵の口の　上 97
地蔵〔の〕膝の　上 101
順礼共が　上 94
袂にすれる　上 98
蝶にひかれて　上 97
土人形を　上 94
とある垣根の　上 100
十づゝ十の　上 96
供の女の　上 101
供の娘の　上 99
鳴出しさうな　上 102
鼠のなめる　上 97
残らず晴し　上 96
野原掘ても　上 100
野道につゞく　上 101
袴羽折の　上 100
柱の穴も　上 95

畠掘て〔も〕　上 98
八文芝居　上 98
はや陰作る　上 96
人でつくねし　上 97
ひらたく成て　上 96
武士も吹るゝ　上 100
筆のころげる青つ原　上 102
筆のころげる草の原　上 98
古いばくちも　上 99
曲〳〵の　上 99
夜にして見たき　上 95
夜も市立　上 95
はるくると　下 449
はるこまの　上 50
はるこまは　上 50
はるこまや　上 50
はるこまを　上 50
はるさめで　上 81
はるさめと　上 91
はるさめに
大欠する　上 84
なれて灯とぼる　上 81
花殻ひろふ　上 83
見べりも立ぬ　上 84
はるさめの
いくらもふれよ　上 81
たしなく思　上 83
中に立たる　上 81
晴所也　上 83
ふり所にせん　上 83
めぐみにもれぬ　上 82
はるさめも
はやうるさがる　上 81
横にもて来る　上 82
はるさめや
あひに相生の　上 92
欠をうつる　上 87
あさぢが原の　上 93
翌は何くふ　上 85
家鴨よち〳〵　上 82

犬〔に〕とらるゝ　上 93
妹が袂に　上 90
魚追逃す　上 84
海見のみの　上 88
江戸気はなれし　上 82
かまくら雀　上 83
祇園清水　上 86
草菌けぶる　上 82
喰れ残りの鴨が鳴　上 86
喰れ残りの鴨の声　上 92
けぶりの脇は　上 81
小嶋も金の　上 85
御殿女中の　上 91
是は我家の　上 85
盃見せて　上 84
さゝりと抜し　上 90
したゝか銭の　上 88
シヤア〳〵として山の雪　上 91
しあ〳〵として雪の山　上 91
少古びし　上 84
雀口明く　上 81
膳の際迄　上 82
てうちん持の　上 85
千代の古道　上 82
土のだんごも　上 83
つゝじでふきし　上 85
手のうら返す　上 86
鯲ののぼる　上 90
何に餅つく　上 80
菜の世に有て　上 84
菜をつみに行　上 87
猫におどり〔を〕　上 90
鼠のなめる　上 86
ばくち崩と　上 88
八兵衛どのゝ　上 91
蛤殻の　上 82
はや灯のとぼる　上 81
腹をへらしに　上 91
髭を並べるせうじ紙　上 88
髭を並べる窓せうじ　上 92

　人の花より　上83
　独法談　上80
　火もおもし［ろ］き　上81
　貧乏樽の　上85
　古びぬ前の　上83
　松見るのみの　上89
　窓から直ぎる芝肴　上89
　窓から直ぎる生肴　上93
　窓も一人に　上82
　まやごひけぶる　上83
　むだに行て来る　上93
　むだに渡りし　上90
　目薬貝の　上92
　藪に吹るゝ　上87
　夜さりも上る　上93
　夜さりも参る　上86
　夜はこと〴〵く　上85
　夜も愛る　上92
はるぞとて
　しぶ〴〵咲し　上304
　しぶ〴〵咲の　上304
　しぶ〴〵に咲く　上305
はるたちて　上17
はるたつと
　いふばかりでも　上15
　いふより見ゆる　上16
　狙も袖口　上16
　申もいかゞ　上16
はるたつや
　庵の鬼門の　上17
　午にも馬にも　上16
　かゝる小藪も　上16
　門の雀も　上17
　切口上の　上17
　草さへ持たぬ　上16
　愚の上に又　上17
　愚の上を又　上17
　米の山なる　上17
　菰もかぶらず　上16
　四十三年　上15
　二軒つなぎの　上17
　先人間の　上16
　見古したれど　上15
　みろく十年　上16
　弥太郎改一茶坊　上16
　弥太郎改はいかい寺　上17
　夢に見てさへ　上16
　よしのはおろか　上15
　我家の空も　上16
はるながと
　なまけしもけふ　上75
　延した春も　上75
　伸した山も　上75
はるながの　上74
はるのあめ
　倦もはてなで　上80
　草を喰ても　上86
　二世のばせを葉　上80
　よ所の社も　上80
はるのうみ　上139
はるのかぜ
　足むく方へ　上96
　いつか出てある　上96
　尾上の松に　上94
　おまんが布の　上97
　垣の雑巾　上95
　垣の茶筅を　上97
　草にも酒を　上95
　草深くても　上94
　子ども一箕　上101
はるのちょう
　牛は若やぐ　上263
　大盃を　上267
　平気で上坐　上269
　山田へ水の　上260
はるのつき
　さはらば雫　上103
　軒の雫の　上103
はるのひの
　入所なり　上307
　つる〴〵辷る　上66
はるのひや
　雨見て居ても　上66
　［烏］帽子素袍の　上66
　暮ても見ゆる　上65
　雪隠草履の　上66
　つい〴〵草に　上66
　水さへあれば　上65
はるのひを
　背筋にあてる　上65
　降りくらしたる　上65
はるのゆき
　遊がてらに　上78
　あら菰敷て　上77
　扇かざゝぬ　上77
　扇かざして　上79
　地祭り唄に　上77
　せまき袂に　上77
はるのゆく　上74
はるのよの　下408
はるのよや
　一の宝の　上73
　くらたゝぬ里の　上73
　瓢なでゝも　上73
　物さはがしく　上73
はるはたを　上172
はるばると　下237
はるまちし　下345
はるまつや
　子のない家も　下453
　雀も竹を　下345
　□身の志賀へ　下457
はるめかず　上62
はるめくや
　江戸も雀の　上62
　京も雀の　上62
　こがね花咲　上62
　のらはのらとて　上62
　藪ありて雪　上62
はるもはや
　立ぞ一ヒニフ　上16
　残りすくなや　上74
はるもまた　上107
はるやむかし　上103
はるよこい　下345
はるをまつ
　見識もなき　下345
　つもりで居か　下345
はれぬまに　下170
はればれと　上160
はをひとつ　上305
はをもたぬ　下157
はんかいも　下541
はんこうに　下147
ばんじゃくに　下210
ばんしょうも　下282
ばんそうが　下282
ばんちょうや　上715
　大骨折て　上611
　谷底見れば　上707
　窓から投る　上36
　もやひ番やの　下365
　夕飯過の　上44
はんできの　上187
はんにちも　下235
はんのきと　上153
はんのきの
　うかりと立し　上175
　それでも花の　上394
　はら〴〵雁の　上235
　ひよい〴〵先は春日哉　上65
　ひよゐ〴〵先は春辺哉　上63
ばんびとて　上465
はんぶんは
　汗の玉かよ　下279
　人の油か　下279
はんぶんも　下62
ばんをして　上557

ひ

ひあたりや
　草の秋風　下71
　南天の実の　下308
ひいきうは　上490
ひいきぎく　下247
ひいきぶんの　下247
ひいきめに
　さへも不形な　下579
　見てさへ寒き天窓哉　下328
　見てさへ寒きそぶりかな　下329
　見てさへ寒し　下329
ひいそひそ　上617
ひいなたち
　木がくれてのみ　上157
　そこで見やしやれ　上153
　花うつとしく　上153
ひいやりと
　居り心や　上700
　一葉の上の　下297
ひいらぎに
　ちよつと春立月夜哉　下338
　ちよつ［と］春立ばかり哉　下338
ひいらぎの　下529
ひえおろし　下512
ひえのはの　上416
ひえのほに　上465
ひえびえと
　袖に入る日や　下111
　日の出給ふ　下20
ひえもちに　上18
ひえもちは　下451
ひおおいに　下404
ひがえりの
　小づかひ記す　上524
　湯治道者や　上91
　湯治もす也　上90
ひがしにし　下400
ひがながい

〳〵とのらり　上 70
〳〵とむだな　上 69
なんのとのらり　上 69
ひかぬきの　上 398
ひがんとて　上 145
ひがんまで　上 63
ひきあけて　下 123
ひきあけや　上 230
ひきうける　上 272
ひきおろす　上 24
ひきがえる
親子づれして　上 476
十面作て　上 601
一葉の上に　下 297
我をつく〴〵　上 602
笑ふて損を　上 602
ひきかぜの　下 446
ひきしおの　下 555
ひきすてし　上 655
ひきつれて　上 141
ひきどきも　下 547
ひきどのが　上 322
ひきどのの
妻や待らん　上 602
葬礼はやせ　上 582
這出給ふ　上 477
はつ五月雨よ　上 432
仏頂面や　上 434
ひきどのは　上 434
ひきどのも
這出給ふ　上 478
福と呼る、　上 673
ひきどのや　下 227
ひきなくや　上 601
ひきぬきし　上 504
ひきのかお　下 88
ひきまどの　上 13
ひぎらいも　下 388
ひくあしは　下 550
ひぐらしに
小藪一ツの　下 208
三ツ四ツ二ツ　下 208
ひぐらしの
朝からさはぐ　下 208
けた、ましさよ　下 438
けん〳〵時や　下 208
けん〳〵鳴〔て〕　下 208
爰〔を〕瀬にせん　下 207
涼しくしたる　下 208
ひぐらしや
あかるい方の　下 112
おまんが布の　下 208
急に明き　下 207
つい〳〵星の　下 207
露鳴へらし　下 207
花の中なる　上 351
我影法師の　下 207
ひげさきに
飯そよぐ也　上 184
飯粒つけて　上 181
ひげどのが　下 186
ひげどのに
先こされけり　上 661
叱られにけり　上 57
先ンこされけり　上 362
呼れたりけり　上 606
ひげどのの
かざゝる、也　上 520
鍬かけ桜　上 378
ひげどのや　下 498
ひげどのを　上 228
ひげぶくろ　上 699
ひこぼしの　下 134
ひざがしら
木曽の夜寒に　下 15
山の夜寒に　下 15
ひさかたの　下 134
ひざかりの　上 405
ひざかりや　上 405
ひさぎおう　下 520
ひさごにも　下 305
ひさしから　下 232
ひさしぶりの　上 214
ひさしより　上 196
ひざだいて
団〔扇〕握て　上 525
寝漢顔して　下 28
ひざにおく　上 522
ひざのうえに　上 564
ひざのこの
頬ぺたなめる　上 268
指始　上 311
ひざのこも　上 40
ひざのこや　下 143
ひざぶしで　下 513
ひざぶしに　下 67
ひざぶしの
皺にひつゝく　下 401
古びも行か　下 77
ひざぶしは　下 337
ひざぶしへ　上 246
ひさまつが　上 484
ひしなりに
吹入る雪や　下 400
雪が吹入る　下 400
ひじまくら　上 269
ひしもちや　上 157
びじょにはえ　上 639
びじんそう　上 671
びじんらに　下 306
ひたおとや　下 155
ひたすらに　上 311
ひだねなき　上 309
ひたひたと　上 67
ひだやまの　下 437
ひだるさを　上 371
ひだるしと　上 447
ひちらちら
どの顔つきも　下 10
疱瘡小家の　下 399
ぴっかぴか　上 335
ぴっかぴっか　上 334
ひつじだや　下 280
ひつじほの　下 280
ひっとうで　下 413
ひでりあめ　上 44
ひとあしの
末がれにけり　下 234
ほこりを浴る　上 385
ひとあしも
霜がれ時や　下 563
踏せぬ山の　上 367
ひとあじを　上 630
ひとあせを　上 494
ひとあなを　上 274
ひとあばれ　上 266
ひとあめの
つけあいけうや　上 386
ひよい〳〵道や　上 223
ひとあめを
さあ祝へとや　上 250
招当たる　下 284
ひとあらし　下 545
ひとあられ
かし江戸気の　下 404
一入菫　上 294
ひとありて　上 622
ひとあれば
蚊も有柳　上 625
蝿あり仏　上 638
ひというや　下 185
ひといると　下 156
ひとうまに　上 101
ひとえだの　上 517
ひとえでも　上 670
ひとえらみ　上 360
ひとおけは　上 55
ひとおけを　上 42
ひとおしに　上 632
ひとおしは　上 136
ひとおどり
ほむるカサイニ　下 129
ほむればいなや　下 129
ひとおにが　上 188
ひとおにに
鳴か、りけり　上 190
鵙のは〔や〕贄　下 178
ひとおにの
天窓くだしや　下 99
垣たよる也　上 568
里にもどるや　下 524
里ももらさず　上 437
中へさつさと　上 605
松へもどるや　下 524
見よ〳〵鹿は　上 186
ひとおにや　上 244
ひとおによ
をによと鳴か　上 190
鬼よと呼ぶや　上 196
ひとおにを
いきどほるかよ　下 539
便にしたり　上 568
ひとがおは　上 368
ひとがおも
同じ夕や　下 111
霜がる、也　下 564
ひとかげや　下 560
ひとかずは　下 63
ひとかぜの　上 598
ひとかどや　上 535
ひとかぶに　下 265
ひとかぶの　下 286
ひときたら　上 708
ひときれも　上 662
ひときわに　上 483
ひとくうた　上 682
ひとくちに　下 140
ひとくみは　上 238
ひとくれば　上 360
ひとくわに　上 170

行あたりけり　下　363
ひとけしき　上　529
ひとこえで　上　586
ひとこえに
　此世の鬼が　下　466
　此世の鬼は逃にけり　下　466
　此世の鬼は逃るよな　下　466
ひとごえに
　子を引かくす　上　565
　蚤のとび寄る　上　645
　蛭の降る也　上　718
　ほつとしたやらちる桜　上　387
　ほつとしたやら夕桜　上　378
　もまれて青む　上　399
ひとごえの
　江戸にも馴れて　下　241
　方へやれ〱　上　612
ひとごえや
　大骨折て　上　608
　おくれ月見も　下　53
　西もひがしも　上　357
　夜も両国の　上　428
ひとごころ
　子のゝたまわく　下　99
　なを角あらん　下　175
ひとごとに　上　368
ひとさきに　下　332
ひとさした　上　680
ひとさって
　行灯きえて　下　294
　狐にのこる　上　486
ひとざとに　下　250
ひとざとの　上　369
ひとざとへ　上　461
ひとざとや　下　194
ひとざとを　上　568
ひとさりて　下　169
ひとしおに　上　327
ひとしぐれ
　人追つめて　下　367
　持かね山の　下　291

ひとしずく
　天窓なでけり桜から　上　384
　袖で拭つゝ　上　687
　天窓なでけり引がへる　上　601
ひとしたいけり　下　225
ひとしめり
　ざつくり浴し　下　201
　花火のきげん　下　142
　人は祈るぞ　下　224
　松浦のうらを　上　603
　よい〔と〕や申　下　154
ひとしらぬ
　蕣も朝な　下　253
　藪もつや〱　上　302
ひとすぎて　下　32
ひとすずみ　上　548
ひとそしる
　会が立なり　下　499
　会も有也　下　499
ひとそびえ　上　115
ひとだいみよう　上　265
ひとたえて　下　556
ひとたちて　上　105
ひとだちや　下　460
ひとたつも　下　6
ひとたる　下　488
ひとちらり
　木の葉もちゝりすがれ栗　下　312
　木の葉もちゝりほろり哉　下　553
ひとつうの　下　23
ひとつかの
　かはゆらしもく　上　626
　だまつてしくり　上　629
　声と知て　上　630
　咽へとび込　上　624
　ぶんといふ間に　上　632
ひとつかみ
　草を蒔ぞよ　上　220
　樽にかけたる　下　559
　塗樽拭ふ　下　559
　麦を蒔たり　下　474
　麦を蒔ぞよ梅の連　下　474
　麦を蒔ぞよ門雀　下　474
　雪進らせん　上　221
ひとつかやの　上　512
ひとつかり
　居所ないやら　下　344
　ぐづつく〱と　下　192
　よく〱行で　上　238
　夜〱ばかり　下　190
ひとつかりよ
　帰らでもすむ　上　238
　行でかなはぬ　上　238
ひとつきえ　下　123
ひとつぎに　下　181
ひとつきの　上　290
ひとつきや　上　290
ひとつづつ　下　156
ひとつでも　上　233
ひとつなくは　下　23
ひとつばの
　囲はひでる　上　698
　中より吹や　上　102
ひとつふたつ　上　628
ひとつふねに　上　86
ひとつぼし
　見つけたやうにきじの鳴　上　228
　見つけたやうになく蛙　上　249
ひとつまど　上　548
ひとつやは　下　539
ひとつやや
　馬も旅人も　下　361
　一夕立の　上　442
ひとでして　上　677
ひととおる　上　170
ひととくり　上　583
ひととせを　下　463
ひとともに　下　334
ひととわば　下　102

ひとなかを　上　184
ひとなぐれ　上　615
ひとなつき
　鶴よ御役に　下　575
　鶴よどちらに　下　575
ひとなみに
　青くなくても　上　512
　帰りもせでや　上　340
　蛙もはやす　上　167
　猿もごろりと　上　518
　正月を待つ　下　344
　畳のうえの　下　47
　棚の蚕も　上　279
　出る真似したり　下　462
　歯茎などでも　上　52
　鳩も雀も　上　162
　昼寝したふり　上　517
ひとなみの　上　7
ひとなみや
　庵も夜なべの　下　442
　乞食の村の　上　500
　芒もさはぐ　下　283
ひとならば
　五十位ぞ　下　172
　四十盛ぞ　下　228
　四十白髪ぞ　下　234
　仏性なる　下　540
ひとならび
　雁の欠びや　上　112
　千鳥高麗より　下　528
ひとなりに　上　723
ひとにかぜ　上　355
ひとにぎり
　草も売也　上　618
　雪進らせん　下　392
　雪持て居る　下　391
ひとにくわれし　上　367
ひとにはな　上　351
ひとにひと
　かゞしにかゞし　下　150

　人にもまれて　下　241
ひとにみし　下　356
ひとねして　上　550
ひとねぶつ　下　285
ひとのいう　上　85
ひとのおや　上　45
ひとのおやの　下　393
ひとのかお　上　182
ひとのきも
　霜がるゝ也　下　563
　しらでさはぐや　下　530
　花にしなのゝ　上　359
ひとのくず　上　426
ひとのこえ
　森に夜寒は　下　12
　闇でもさすが　下　63
ひとのこや　上　488
ひとのすむ　下　576
ひとのする
　形に曲るや　上　137
　形に行也　上　136
　ほふほけ経も　上　319
ひとのため　下　360
ひとのために　下　246
ひとのなした　下　168
ひとのなす　上　452
ひとのひく　上　29
ひとのひや
　改がゆし　上　25
　本堂いづる　上　25
　御堂出て来る　上　25
ひとのふく
　霧もかすむや　下　109
　霧も寒いぞ　下　109
　雰も聳くぞ　上　576
ひとのまう　上　676
ひとのみか　下　358
ひとのめを　上　301
ひとのやく　下　469
ひとのよに

　田に作る、　上681
　花はなしとや　上591
ひとのよの　上460
ひとのよは
　此山陰も　上40
　月もなやませ　下63
ひとのよへ　下63
ひとのよも　下215
ひとのよや
　田舎の梅も　上315
　小石原より　上647
　木葉かくさへ　下553
　新薺の　下257
　直には降らぬ　上90
　砂歩行ても　上647
　先操にちる　下232
　不二の上さへ　上474
　不二の尾上に　上474
　厄をおとしに　下470
　山の上でも　上554
　山の小すみも　下129
　山は山迚　上661
　山ハ湯のわく　上460
　山松陰も　上645
ひとのよる　上721
ひとはありと
　打ちらかつて　上220
　ぶつちらかりて　上224
ひとはいさ　下155
ひとはさらに　下283
ひとはずつ　下296
ひとはたけ
　菊喰ひけり　下497
　菊も喰つ、　下497
　喰て仕廻けり　下247
　まんまと蜂に　上281
ひとはたび
　日は朝朝　下85
　見度なうても　下85
　見なれし草や　下85

ひとはつかに
　雀蛤と　下196
　成りけり　下196
ひとはとし　下180
ひとはなに
　悪れ草の　上291
　猫がいねつむ　上39
ひとはひと　上427
ひとはぶし　下282
ひとはみな　下581
ひとばんに　下113
ひとひきは　上57
ひとひきも　上118
ひとひずつ　下216
ひとびとや　上358
ひとひとり
　蝿も一ツや　上636
　二人汐干の　上161
ひとびとを　上583
ひとふきに　上400
ひとふきの
　風が身にしむ　上551
　風も身になる　上420
ひとふくろ
　そばも添けり　下140
　猫もごまめの　下462
ひとふねは　上432
ひとふぶき
　尻つんむけて　下400
　拍子つきけり　下400
ひとふりは　下402
ひとふりや　上582
ひとまつり
　さつと過けり　下231
　過てげつくり　下327
ひとまねに
　庵の門田も　上464
　歯茎がための　上52
　鳩も雀も　上162
ひとまねや　上45

ひとまるめ
　いくらが物ぞ　下99
　一升ヅ、や　下99
　するとて餅の　下454
　餅でぬくめる　下453
ひとまろの
　筆の先より帰雁　上237
　筆の先より時鳥　上577
ひとまわり　下505
ひとむしろ
　霰もほして　下402
　蝶もほされて　上270
　蚤を乗るぞ　上643
ひとむらの　上597
ひとむらは
　かたりともせぬ　上67
　柳の中や　上77
ひとむらや　上489
ひとむれは
　石山方の　上611
　今来た顔や　下183
ひともして
　小笹がくれの　上153
　生おもしろき　下13
　生おもしろや　下91
ひともじと　上331
ひとやすみ　上535
ひとやどり　上217
ひとやぶは　下107
ひとよけの　下198
ひとよさが　下433
ひとよざけ　上559
ひとよさに
　さくらはさ、ら　上387
　棚で口あく　下308
ひとよさは
　出来心也　下433
　我さらしなよ　下51
ひとよせぬ　上369
ひとよべば　下517

ひとよりも　上233
ひとらしく
　替もかえけり麻衣　上497
　替もかえけり苔衣　上497
ひとりいや
　一徳利の　下461
　飯買て来て　下427
ひとりいる　下338
ひとりくつ　上254
ひとりずつ　下72
ひとりたく　下552
ひとりだけ　下436
ひとりちゃや　上279
ひとりでは
　手張畠や　上524
　はりあひのなき　上460
ひとりとおると　下28
ひとりなは　下38
ひとりには　下508
ひとりねた　上646
ひとりねの
　太平楽の　上514
　足しにふりけり　下367
ひとりねや
　上見ぬわしの　上544
　はや門松も　上31
ひとりねる　上395
ひとりのむ　上511
ひとりふえ
　〱けり草の雪　下388
　〱けりはかり炭　下506
ひとりぼう　下363
ひとりまえ
　こぼして走る　上56
　田も青ませて　上464
　つくとて餅の　下454
　柱にもある　下318
　はやかせぐ也　上194
　拾ひ集し　下474
　水のわきけり　下407

ひとりみや
　上野歩行て　下459
　薬喰にも　下517
　だまりこくつて　上242
　両国へ出て　下517
ひとりみる　上454
ひとりむし
　咄の腰を　上619
　人は人とて　上618
ひとりやど　下212
ひとをさす　下541
ひとをとる
　葺はたして　下318
　主の際より　上682
ひとをはく
　所存か口を　上257
　やうに居て　上250
ひとをみて　上518
ひないちや
　かまくらめきし　上152
　見たてしとのも　上153
ひながる　上218
ひながとて　上71
ひながなど　上71
ひなたちに
　寒ひ許を　上155
　咄しかける　上156
ひなたちも　上153
ひなだなに
　糞をして行く　上156
　ちよんと直りし　上155
　裸人形の　上155
ひなだなや
　たばこけぶりも　上153
　隣づからの　上156
　花に顔出す　上153
　雇たやうにとぶ小蝶　上153
　雇ふた様に舞胡蝶　上157
ひなつちに　上157
ひなのかお　上157

ひなのひも　上151
ひなのひや　上152
ひなまつり
　外から見よと　上152
　娘が桐も　上152
ひにおわる　上618
ひにひに　上677
ひのいりの　下273
ひのうえを　上178
ひのかげや　下213
ひのくれに　上47
ひのくれの
　背中淋しき　下288
　山を見かけて　上44
ひのくれや
　芦の花にて　下287
　人の顔より　下72
ひのけなき　下568
ひのこおう　上252
ひのながい　上69
ひのなかへ　上646
ひのふけぬ
　家〔を〕とりまく　下303
　門とは見へぬ　上673
ひのめみぬ
　竹の間の　上304
　冬の椿の　下568
ひのもとの　上368
ひのもとや
　金が子をうむ　上11
　金も子をうむ　上11
　草も元日　上60
　天長地久　上437
　深山の鹿も　下175
ひのもれる　下406
ひのようじん　下403
ひばりなく　上218
ひふみよと　下28
ひまあきや　上165
ひまあれや　上378

ひまけする　上672
ひまじんが　上163
ひまじんや
　蚊が出た〱と　上630
　だらつきあきて　上714
ひまそうな
　門也梅の　上324
　里也梅の　上324
ひまむらや　下243
ひみじかは　下208
ひみじかや　下323
ひめぎみの　上57
ひめこまつ　上29
ひめのりの　上499
ひめまつの　下180
ひめゆりの
　心ありげの　上462
　咲々蛭に　上661
ひもくれぬ　下126
ひもつけて　上523
ひゃくしゃくの　下211
ひゃくぜんも　上549
ひゃくだんな　上35
ひゃくちょうの　下179
ひゃくふくの　上40
ひゃくほどの　上329
ひゃくもいきよ　上668
ひゃくもいきん　上667
ひゃくりきた　下305
ひゃくりきて　下61
ひゃくりょうの
　石につり合ふ　上303
　石にもまけぬ　上303
　石も倦れし　上82
　鴬〔老〕を　上595
　鴬もやれ　上594
　松も一夜の　下573
　松もころりと　上168
　松をけなして　下517
びゃくれんに　上678

ひゃくれんの　下291
ひやけだも　下277
ひやしうり　上707
ひやじるに　上561
ひやじるの　上561
ひやじるや
　木の下又は　上561
　草の庵の　上561
　木陰に並ぶ　上561
　さつと打込　上561
　庭の松陰　上561
ひやつくや　下20
ひゃっけんの　上581
ひやひやと
　一葉の上の　下297
　蕗の葉かぶる　上502
ひやみずに
　すゝり込だる　下39
　蛇は《狂》死もの　下112
ひやみずや
　桶にし汲ば　上559
　口のはたなる　上558
ひょいひょいと
　ぶつ切棒の　上399
　痩菜花咲く　上66
　藪にかけるや　上32
びょううちの　上149
ひょうしぎで　下260
ひょうしぎや　上118
ひょうしぬけ　上385
ひょうたんで　上501
ひょうばんの
　ぼたんはどれと　上677
　八重山桜　上382
ひょうひょうと　下2
ひよこから
　気が強い也　上196
　さはぐ〱しさよ　上196
ひよつきよ　下578
ひよどりの
　先へ上戸と　下283
　ちよこ〱見廻ふ　下516
ひよどりを　下283
ひょろながき　下67
ひょろひょろと
　礒田の鶴も　上68
　草の中より　上686
　痩菜花咲く　上72
ひらぐもや　上656
ひらくろに　下436
ひらひらと
　つぶりにしみる　上329
　つむりにしみる　上328
ひりひりと　上329
ひるがおに
　うしろの見ゆる　上246
　大きな女　上665
　切割川原　上664
　ころ〱虫の　上665
　ふんどし晒す　上666
　虫もギイツチヨ　上665
ひるがおの
　のり出てさくや　上665
　這のぼる也　上666
　花の手つきや　上665
　花の束や　上665
　秣の貝に　上664
　もやうにからむ　下154
ひるがおや
　赤くもならぬ　上665
　けぶりのかゝる　上665
　古曽部の僧が　上665
　ざぶ〱汐に　上665
　しほるゝ草を　上664
　畠堀ても　上665
　ふんどし晒ラス　上665
　ぽつぽと燃る　上666
ひるごろに
　元日になる　上4
　もどりてたゝむ　下485

ひるごろの　上532
ひるごろは　上246
ひるごろや
　蚊屋の中なる　上513
　雉の歩く　上227
　はしと鴨と　下276
　ほろ〱雉の　上225
　枕程でも　上449
ひるすぎの
　浦のけぶりや　上81
　出気心也　上499
ひるすぎや
　地蔵の膝に　上256
　石菖鉢と　上692
ひるすむと　上661
ひるなかの　下158
ひるねるに　上106
ひるのかの
　隠る、程の　上629
　来るや手をかへ　上633
　さすや手をかへ　上630
ひるのかや
　だまりこくつて　上631
　几の下より　上631
ひるのかを　上632
ひるぶろの　上108
ひるめしを
　犬〔が〕とるとや　上597
　犬が引くとて　上597
　たべに下りたる　上219
　ぶらさげて居る　下152
ひるゆきし　下158
ひろいたび　下481
ひろえとて　下277
ひろこうじに
　人打散る　下405
　人ちらかつて　下405
ひろさわで　下539
ひろびろと　上672
ひろわれぬ

栗がざつくり　下311
栗の見事よ　下310
びわさくや
延暦二年の　下570
放後架も　下569
世〔を〕うぢ山へ　下570
ひわなきけらし　上500
びわのはな　下570
ひをけして　下543
びんずるの
御鼻をなでる　上271
御膝に寝たる　上228
びんずるを　上302
ひんすれば　上548
びんづるの　下392
びんづるは　下290
びんぼあめ　上577
びんぼうが　上498
びんぼうにん　上342
びんぼうは　下118
びんぼうらしと　下502
びんぼうを　下116
びんぼがみ
からさづかりし　上525
心御帰り　下418
巡り道せよ　下473
宿参らせん　下302
びんぼぐさ　上14
びんぼだる　上502
びんぼづるに　上676
びんぼゆき　上134
ひんらくぞ　下342

ふ

ふいとたつ　下152
ふいによっても　下146
ふいのあめ　上582
ふうりんの　上411
ふうりんは　上655
ふうりんや　下343
ふえのやや　下70
ふえぴいぴい　下350
ふえふいて
かゞしの御礼　下151
白露いはふ　下89
立人おはせ　下305
はせ山越る　下45
山〔の〕かゞしの　下151
ふえふくや　下15
ふえやくは　上267
ふがいない
家とおぼしそ　下118
身となおぼしそ　上14
ふかがわの
辺を芭蕉忌　下424
家尻も見へて　下9
ふかがわや
一升炭も川むかふ　下509
一升炭も舟さはぎ　下508
一升炭もわたし舟　下508
御庭の中の　上162
蠣がら山の　下44
川向ふにて　上34
五尺の庭も　上161
霜げたやうな　下408
庭にいく群　上162
庭の小隅の　上162
ばせをき巡り　下425
舟も一組　下459
桃の中より　上161
ふかがわを　下350
ふかくさの　下179
ふかそうな　下38
ふかゆきへ　下399
ふかれきて　下468
ふかれふかれ　下357
ふかれゆく　上223
ふきおりて　下195
ふきかける
霧にむせけり　下109
たばこにこりる　下215
ふきけした　上139
ふきだされ　下230
ふきのはに
いはしを配る　上552
片足かけて　上248
酒飯くるむ　下359
とんで引くり　上256
煮〆配りて花の陰　上362
煮〆配りて山桜　上380
引つ、んでも　上614
ぼんと穴明く　上412
ふきのはは　上670
ふきのはや　下92
ふきのはを
かぶって聞や　上577
たばこに吹や　上435
引かぶりつ、　上253
ふきぶりや
親は舟こぐ　下503
されど師走の　下322
花にあびせる　上337
家陰たよりて　下199
ふきべたの　上110
ふきやられ　上260
ふくあらし　下83
ふぐかいを　下521
ふくかぜに
声も枯の、　下415
何ぞ喰たか　下219
ふくかぜの
きのふは青き　上511
さら〳〵団扇　上527
ふくかぜも　上428
ふくからに　下411
ふくきたる　上139
ふくぎつね
出給ふぞよ　上89
啼たまふぞよ　上106
ふぐくいが
うき名は松に　下522
梅にうき名の　下521
ふぐくうて　下522
ふくくると　上676
ふぐくわぬ
顔して日枝を　下520
とてしも露の　下521
奴には見せな　下520
ふぐさげて
京の真中　下538
むさしの行や　下539
ふくじゅそう　上60
ふくじょうで　下14
ふぐじるに
けはしき扇　下522
人吹き込や　下522
人呼込むや　下521
ふぐじるや
大宮人の　下519
侍部屋の大鼾　下521
侍部屋の高寝言　下521
せ中にあてる　下520
鍋の下より　下520
柱と我と　下521
もやひ世帯の　下521
ふぐずきと　下519
ふぐずきに　下519
ふくすけが　上675
ふくすすき　上433
ふぐすする　下521
ふくそうと　上672
ふくたばこ　下80
ふくだわら
程浸しても　上174
よい事にして　上52
ふくちゃがま　上221
ふくちゅうの　上344
ふくちゅうは　下579
ふくでらや
からだにこまつて　上500
毎日ひ日　下461
ふくとじる　下519
ふぐなべや　下520
ふくねずみ　下332
ふぐのかお　下539
ふくのかみ
ゑめため露と　下99
下らせ給へ　上675
逃給ふなよ　下236
見たまい露が　下99
やどらせ給へ　下508
やどらせ給ふ　上674
ふくのくる　上139
ふくはうち　下466
ふくばなと　上676
ふくはらや　下186
ふくびきも
のさばり出たり　上390
這出給へ　上679
ふくぶくと　下507
ふくふくと　上674
ふくべから
餅が出るとて　上520
餅を出すとて　上520
ふくまめも　上32
ふくまめや
福梅ぼしや歯にあはず　上33
福梅ぼしや歯にあはぬ　上32
ふくみみと
母がいふ也　上498
人は申せど　上576
ふくみみに
かけてくれたる　上485
蝿が三疋　上639
ふくもこぬ
門や鶏の　下179
初棚の灯や　下363
ふくもふく　上674
ふくれのみ　上641
ふくろうが

小ばかにしたる　下480
さきがけしたり　上309
高みで笑ふ　下160
としおしむやら　下346
念入て見る　下483
のりつけおほん　下524
拍子とる也　下162
笑ふ目つきや　下146
ふくろうと　下24
ふくろうの
己はかすまぬ　上111
くす〳〵笑ふ　下483
口真似したる　下160
一人きげんや　下24
分別顔や　上314
むく〳〵氷る　下524
ふくろうは　下145
ふくろうも
一句侍れ　下423
面癖直せ　上86
役にして来る　下159
ふくろうや
こんどの世には　下429
蛍〳〵を　上605
我から先へ　下524
ふくろうよ
蚊屋なき家と　上513
つらくせ直せ花の春　上13
つらくせ直せ春の雨　上93
鳴ばいくらの　下231
のほゝん所か大卅日　下347
のほゝん所かとしの暮　下341
ふくわらや
雀が踊る　上33
十ばかりなる　上33
ふくをまつ　上513
ふけばとぶ
家の世並や　上32
家も桜の　上387
住居も春は　上368

身の形代も　上480
ぶけまちの
朝飯過や　上59
飯は過けり　上59
ぶけまちや　上33
ぶごのこが　上526
ふごのこや　上276
ぶざいくの　上395
ふさぎはらん　下272
ぶさたをば　下499
ふしあなや
月もさし入　下326
我初空も　上20
ふじおろし
又吹け〳〵と　上528
真ともにかゝる　下479
ふしぎなり
生た家でけふの月　下53
生れた家でけふの春　上10
生れた家でけさの春　上9
ふじさくや
一文糊と　上306
木辻の君が　上306
順礼の声　上305
已に卅日の　上306
ふじさんも　上26
ふじだなに
翌巡る江戸の　上306
寝て見ても　上306
ふじだなの　上306
ふじだなも　上468
ふじだなや
後ろ明りの　上306
花をもれ来る　上305
引釣るしたる　上306
ふじだなを　上306
ふしづけに　下473
ふしづけの
札や此主悪太郎　下473
札や此主三太郎　下473

ふしづけや
初手はなぐさみ　下473
月〔も〕尋て　下473
ふじつつじ　上591
ふじににた　上449
ふじのきで
鷺は歩くや　上474
跨げば草も　上474
ふじのくさ　上474
ふじのはな
南無あゝ〳〵と　上307
なむあら〳〵と　上307
なむみだあ〔あ〕と　上307
ぶしばりし　下350
ぶしまちや
四角四面に　上533
しんかんとして　上10
ふしみのや
ぞろりと霞む　上122
月さゝずとも　上138
桃なき家も　上390
ふじみゆる　上520
ぶしむらや　上35
ぶしょういぬ　上324
ぶしょうがみ
置みやげかよ　下418
そこのき給へ　上85
ぶしょうじか
鳴放したて　下173
寝て居てひゝと　下173
ぶしょうねこ　上182
ぶしょうもの　上507
ふすまおと　下482
ふすまから　下483
ふすまはって　下482
ふせがねと
し〔ゆ〕もくの間を水鶏かな　上598
珠木の間を鳴水鶏　上598
ふそうおうの　上390
ふぞろいな　下183

ふだいらな　下301
ふたおやに　下186
ふたおやの　下127
ふたごぐり　下311
ふたしぐれ
並んで来る〔や〕門の原　下368
並んで来るや畠道　下368
ふたすじは　上458
ふたつあれば　上8
ふたつでも
つかひではなし　上8
欲には足らず　上8
ふたつなき　上429
ふたつぼし　下135
ふたつみつ
赤い木葉の　下327
藪にかけるや　上32
ふたとこに　上435
ふたのして　下130
ふたばから
蕣淋し　上79
水向草は　上287
ふたばみば
たばこの上に　上57
つみ切て来る　上56
根ばりづよさよ　下550
ふたばんの　下280
ふたもりも　上458
ふたよめは　下523
ふだらくや
赤い袷の　上503
岸うつ波で　下474
岸打波を　下508
蛇も御法の　下198
ふたらねも　上94
ふたりして　下436
ふたりとは
行かれぬ厨子や　上431
行れぬ町に　下126
ふたりとも　上339

ふたわたし
越へて田を打　上170
越して〔の〕先や　上358
ふだんみる　上58
ぶちねこに　上619
ぶちねこも　下267
ふちまいや　上272
ふつかぶり　上678
ふつかほど　下500
ぶっしんの　下277
ふつつかな　下432
ぶっつけて　下452
ぶつどにも　下344
ぶつぶつと
口念仏で　上165
鳩の小言や　下457
衾のうちの　下483
ぶっぽうが　下95
ふでそえて　上159
ふでのさき　上277
ふでもった　下240
ふところに　下404
ふところの
子が喰たがる　上375
猫も見て居る　下295
ふところへ　上260
ふところを
通り抜たる　上609
ふくらかしけり　上681
ふとんきて　下485
ふとんきるや　下485
ふとんともに　下486
ふないたに　上417
ふなひきの　上603
ふなびとの　上119
ふねがついて　下486
ふねのうや　上489
ふねのやね　下367
ふねぶねや　下143
ふびょうしは　下161

ふびんさよ　下534
ふぼしょう　下580
ふまぬちを　下288
ふみこんで　下306
ふみぞめは　上195
ふみのこす　上218
ふみばこの　上531
ふやふやの　上158
ふゆがくる　下37
ふゆがまえ　下435
ふゆがれて
　親孝行の　下561
　碓がたり　下562
　手持ぶさたの　下560
　窓はあかるき　下560
ふゆがれに
　風除作る　下559
　看板餅の　下560
　どれが先立　下230
　めら〳〵消る　下560
ふゆがれの
　五百がなけや　下561
　萩も長閑けく　下542
　ほまちざかりや　下561
　山にひつゝく　下560
ふゆがれも　下560
ふゆがれや
　あらしの中の　下560
　男花のうへの　下560
　親に放れし　下561
　垣にゆひ込　下560
　紙打音も　下561
　在所の雨が　下560
　桜もわらの　下561
　鹿の見て居る　下561
　神馬の漆　下561
　槌がちつかす　下560
　飛〳〵に菜の　下561
　ねござまくれば　下561
　のり出た杭を　下561
　フチスル亀の　下561
　松火とがむる　下560
　柳の瘤の　下561
ふゆこだち　下550
ふゆごもり
　悪〔物〕喰が　下498
　あく物ぐいの　下498
　悪く物喰を　下498
　鴬与二郎と　下497
　雁は夜迄　下495
　けしきに並ぶ　下497
　死ぬとも菊は　下495
　其夜に聞くや　下495
　鳥料利にも　下494
　菜はほちや〳〵と　下496
ふゆごもる
　其夜に聞くや　下498
　其夜の膝に　下495
　蛇の隣や　下498
　奴が喰ふぞよ　下497
　来世もあらば　下496
ふゆごもるも　下499
ふゆのあめ
　朝寝の薬　下369
　火箸をもして　下369
ふゆのうめ
　あたり払て　下569
　目も当られぬ　下569
ふゆのつき
　いよ〳〵伊与の　下350
　さしかゝりけり　下350
　膝元に出る　下350
ふゆののに　下414
ふゆのはえ　下538
ふゆのよや
　きのふ貰ひし　下323
　茶を奉る　下324
　庭の小山も　下323
　柱の穴に　下324
　火ばしとりても　下324
ふゆのよを　下324
ふゆひなた　下376
ふゆみつき　下495
ぶらさがる　上721
ぶらぶらと
　歩でのある　上71
ふらふらと
　瓢のやうに　下12
　不断の形で　上359
　盆も過行　下200
ふらるると　下154
ふらんどに　上163
ふらんどや　上163
ふりあげる　上270
ふりかえる　上394
ふりかけて　上717
ふりくらし　上138
ふりそでに
　すれ〳〵山の　上139
　なれツ、野辺の　上291
ふりそでの　上276
ふりそでを　上512
ふりなおし　下367
ふりむけば
　大どしま也　下493
　はや美女過る　上394
ふるあめに
　一人残りし　上340
　水鳥どもの　下535
ふるあめの
　中に春風　上99
　中にも寒の　下324
ふるあめは　上570
ふるあめも
　けふより土用　上428
　小春也けり　下336
　しすまし顔や　上342
ふるあめや
　ヲソレ入谷の　下569
　汐干も終に　上161
　つい隣でも　下164
ふるいえの　下341
ふるいけや　上257
ふるいぬが　下120
ふるいぬや　下227
ふるいひな　上156
ふるおけに　上609
ふるおけや
　三文樒も　上394
　二文樒も　上394
ふるかがし　下151
ふるがきの
　仕様事なしの　上712
　足に並ぶ〔や〕　下271
ふるがきも
　花の三月　上347
　分ン相応に　上715
　夜は涼風の　上421
ふるがきや
　いぢくれ竹も　上702
　朔日しまの　下74
　理窟もなしに　上607
ふるがさへ　上165
ふるがねや　上112
ふるかべの
　穴や名所の　下44
　草もたのみや　下91
ふるかべや
　釘で書たる　上38
　巨燵むかふの　上38
　どちの穴から　下345
　どの穴からも　下45
ふるぎせる　下139
ふるきかみ　下420
ふるきひを
　佐とやれ〳〵　上587
　忘るゝなとや　上369
ふるきよの
　芦が三本　下185
　けぶりも立て　下150
　紅葉ちりけり　下559
ふるぐいの　上687
ふるくさの
　さら〳〵雨や　上246
　はら〳〵雨や　上258
ふるざくら
　倒るゝ迄と　上372
　花の役とて　上371
ふるさとに　下39
ふるさとににたる　下48
ふるさとの
　袖引雪が　下389
　見へなくなりて　上218
　留主居も一人　下56
ふるさとは
　牛も寝て見る　上304
　かすんで雪の　上117
　蚊〔屋〕の中から　上513
　雲の先也　下30
　雲の下なり　上593
　小意地の悪へ　下366
　寒もいこぢ　下328
　寝ながらもうつ　下161
　蝿迄人を　上636
　雛の顔も　上152
　家根のわか草　上290
　我を占ふか　上385
　我を見る也　上119
ふるさとや
　朝〔茶〕なる子も　上118
　あれ霞あれ　上119
　犬の番する　上317
　イビツナ家も　上114
　卯月咲ても　上315
　馬も元日　上2
　梅干婆ゝが　上320
　霞一すじ　上111
　蚊屋につり込　上692
　蚊やり〳〵の　上529
　厠の尻も　上459

　草の春雨　上 83
　是も夜寒の　下 12
　時雨留りに　下 363
　四五〔年〕ぶりの　下 443
　常正月や　上 83
　せめて二日の　下 497
　近よる人と　下 285
　ちさいがおれが　上 717
　杖の穴から　上 460
　寺の砧も　下 160
　菜に引そへる　下 237
　寝所に迄　上 702
　ばかていねいに　上 77
　母の砧の　下 160
　貧乏馴し　下 262
　下手念仏も　上 111
　細い柱の　上 698
　仏の顔の　上 658
　枕の上も　下 577
　又あふことも　下 577
　餅につき込　上 77
　よるも障も　上 726
ふるさとを
　心でおがむ　下 17
　とく降りかくせ　下 108
ふるずきん　下 480
ふるすへと　下 246
ふるずもう　下 147
ふるとねや
　鴫の鳴夜の　下 534
　羽口も出来て　上 83
ふるとびが　下 458
ふるとびや　上 114
ふるなべの　上 471
ふるねこの　上 600
ふるばおり　上 6
ふるばばが
　肩にかけたり　上 601
　丸める餅の　下 454
ふるばばや
　さらひに出たる　上 600
　引攫だる　上 600
ふるはゆき　下 388
ふるびなや　上 157
ふるひのこ　上 253
ふるびゆく　下 156
ふるぶすま　下 484
ふるふだと　下 463
ふるふだの　下 329
ふるふねも　上 722
ふるへびや　下 198
ふるほごを　下 477
ふるぼんの　下 328
ふるまつや
　又あらためて　上 114
　我身の秋が　下 168
　我身の秋も　下 168
ふるむぐら
　雛の御顔に　上 153
　祭の風の　上 467
ふるめかし　上 161
ふるめきて　下 307
ふるもよう　下 187
ふるやあめ　上 602
ふるやなぎ　下 550
ふるやねの　下 188
ふるやぶも　上 421
ふるやぶや　下 276
ふるゆきに
　草履で旅宿　下 387
　手桶かぶるや　下 462
　もつたいなくも　下 388
ふるゆきの
　中も春風　上 99
　は《か》りあひもなし　下 395
　舟に仕込し　下 504
ふるゆきは　下 532
ふるゆきも　下 437
ふるゆきを　下 398
ふるわらじ　上 604
ふるわんが
　はやかすむぞよ　上 112
　先かゝりけり　下 157
ふるわんを　上 677
ふれつもれ　下 93
ふろしきを　上 327
ふろみずの　上 273
ふわふわと
　していく日立　下 294
　出たは御堂の　上 632
ふんぎって　上 428
ぶんしちが　上 103
ぶんしちと
　同じ日暮や　上 263
　たがひ違ひに　上 261
ふんづけた　下 416
ふんどしで　上 494
ふんどしと　下 89
ふんどしに
　笛つゝさして　下 131
　御酒を上けり　下 148
　《笛》脇ざしさして　下 351
ふんどしの　上 248
ふんどより　下 525
ふんのびて　下 499
ぶんぶんと　下 205
ふんまたぐ　上 475

へ

へいあいに　上 430
へいあいや　上 21
へいあいを　下 420
へいあんは　下 67
へいけがに　上 285
へいのねこ　上 714
へいはちに　上 673
へくらべが
　已に始る　下 483
　又始るぞ　下 497
へくらべや
　芋名月の　下 61
　夕顔棚の　上 543
へしおりし　下 138
へしおりて　下 566
へしこむや　上 321
べそべそと　下 142
へたうえの
　稲もそよ〱　上 466
　稲もそろ〱　上 466
へたしぐれ　下 366
へたたかを　下 470
へたつぎの
　梅の初花　上 317
　梅もさらりと　上 317
へたつづみ　下 13
へたばれの　上 430
へたぶえに　下 173
へたへたと
　蛙が笑ふ　上 177
　酔倒たる　上 628
へたまきの
　麦もよしのゝ　下 474
　麦を何やら　下 529
へたまつり　下 136
へたむしの　下 218
へたもえは　上 27
へちまづる　下 307
べったりと
　蝶の咲たる　上 267
　蝶の善光寺　上 266
　人のなる木や　下 146
へっついの
　門に置する　上 57
　下へはき込む　下 292
へっついや　下 579
へなつちで　上 154
へなつちの　上 155
べにざらに　上 78
べにつけた　上 217
べにつけて　上 216
へのような　上 717
へびいでて　上 337
へびいるな　下 198
へびどもや　下 199
へびになる　上 398
へびねたか　下 198
へびのあな　下 196
へびのきぬ
　ぬぐや乞食の　上 601
　おのれが目〔に〕は　上 601
　蛇も二目と　上 601
へびはやや　下 198
へびはまた　下 198
へびもいる　下 196
へびもいるや　下 198
へびよけの　上 500
へひりむし
　爺がかきねと　下 204
　人になすつた　下 204
へぼはちが　上 469
へまむしょ　下 484
へもひらず　下 343
へやずみや　下 460
へらさぎが　上 176
へらさぎは　上 596
へらさぎも　上 11
へらさぎや　下 20
へらずぐち　下 503
へらへらと　下 341
べらぼうに
　日の長い哉　上 416
　日の永くなる　上 680
　日の永へ哉　上 417
へろへろの
　神が雛に　上 155
　神向方に　上 612
　神や雛に　上 157
へをひって　下 205
べんけいの　下 405
べんけいは　上 523

べんこうな　上196
べんてんの
　御前に並ぶ　上253
　前に並んで　上253
べんべんと　下538

ほ

ほういんも　下545
ほうがかね　下366
ぼうがさゆ　上225
ほうかしが
　小桶にとりし　上712
　鼓打込　上459
ぼうぎりの　上67
ほうきりの　下22
ほうきりを　下158
ぼうきれで
　つゝいておくや　上171
　ほぢつておくや　上171
ぼうぐいに　上257
ぼうさきの
　紙のひら〱　下337
　サカキ桂よ　上83
　茶筅かはくや　上94
ほうしゃごめ　下499
ぼうずあたまを　上35
ほうそうの　上249
ほうだんの
　手つきもかすむ　上119
　手まねも見へて　上718
　二番板木や　上120
ほうちようで　上543
ぼうつきが
　腮で教へる　上387
　腮でをしゆる　上372
　ごもくを流す　上437
　袖よそれ〱　上687
ぼうつきも　上368
ぼうつきや
　石垣たゝく　下325
　石にカン〱　下351
ほうねんの
　雨御覧ぜよ　下141
　大稲妻よ　下105
　声を上けり門の蝿　上639
　声を上けり草の蝿　上639
　図に乗て鳴　上257
　ホの字にやけよ　上168
ほうねんを　下284
ほうびのえ
　〔先〕へ桐ンで　上151
　先へ握て　上151
ぼうふりが　上621
ぼうふりの
　連に巡るや　上621
　天上したり　上621
　念仏おどりや　上621
　一人遊びや　上621
　拍子をのぞく　上621
ぼうふりも
　御経の拍子　上620
　ふれ御祭ぞ　上621
ぼうふりや
　息をもつかず　上621
　小便無用　上621
　日にい〔く〕度の　上620
　夜は拮講な　上621
ぼうふりよ　上621
ほうぼうから　上625
ほうぼうの　上617
ほうらいに
　南無〱といふ子供哉　上30
　南無〱といふ童哉　上30
　なんむ〱と　上30
　夜が明込ぞ　上30
ほうらいの
　天窓をシヤぶる　上30
　下から出たる　上30
ほうらいや
　只三文の　上30
　先昌陸が　上30
ほうらいを　上30
ほうろくの
　音にもまるゝや　下206
　かたづく家や　下7
ほうろくを
　かざして行や　上93
　かぶつて行や　上81
ほえるいぬ　上116
ほえるしか　下174
ほおかぶり　上579
ほおげたを　下178
ほおずきの
　口つきを姉が　下281
　南指をするや　下281
ほおずきや　下281
ほおずきを
　取てつぶすや　下281
　膝の小猫に　下281
ほおづえは　上400
ほおべたに
　あてなどするや　下298
　飯くつ付て　上184
ほおべたの　上192
ほおべには　上217
ほかげなき　上681
ほかほかと　下438
ぼくぼくと
　かすみ給ふは　上114
　かすんで来るは　上121
　花見に来るは　上363
ほけきようと　下423
ほけきようの　上607
ほけきようを　上210
ぼけつつじ　下565
ぼけのかぶ　下566
ぼけやぶや
　刈尽されて　下565
　切尽されて　下565
ほけわたや　下293
ほごうちわ　上524
ほごだこの　上45
ほごだこや　上46
ほこのちご
　群集に酔も　上480
　大鼓に酔も　上480
ほごまども　下44
ほこらから　上226
ぼさつたち　上355
ほしあいの　下134
ほしがった　下122
ほしぐりの
　珠数もいく連　下355
　数珠も四五連　下355
　ほしべり立や　下316
ほしさまの　下130
ほしなきる　下531
ほしなじる　下516
ほしにさえ　下135
ほしにたむけし　下129
ほしのうた
　腕に書ては　下133
　手に書て貰ふ　下133
　よむつらつきの　下133
ほしのおんみに　下135
ほしまつや
　亀も涼しい　下130
　茶殻をホカス　下130
　人は若くも　下131
ほしむかえ
　庵はなでしこ　下131
　大淀かつら　下129
ほすすきに
　あをり出さる、　下127
　諏方の湖から　下139
　下手念仏の　下286
　まねき出さる、　下286
　(赤)昔赤鬼　下285
ほすすきの　下138
ほすすきも　下138
ほすすきや
　おれが小びんも　下284
　おれが白髪も　下287
　おれがつぶりも　下284
　けふ一日の　下138
　小すみの村も　下138
　ひらと附木の　下283
　細き心の　下286
ほそうでに　上279
ほそうでの　上54
ほそかやり　上532
ほそけぶり
　あなどりもせで　下190
　いかさま永き　上67
　立ばや翌は　下92
ほそたけも　上702
ほそながい
　雲のはづれや　下429
　春風吹や　上96
　蛇の社や　上687
　夜のはづれ〔の〕　下34
ほそなごう　上98
ほそぼそと　上528
ほそるなり　下227
ほぞろじの　上219
ほだえるや　下176
ほたたいて　下513
ほたのひに
　安置しておく　下514
　大欠する　下513
　小言八百　下513
　せなか向けり　下514
　別れて高し　下514
ほたのひや
　糸取窓の　下512
　吉次喜三太　下514
　吉次吉六　下513
　小言八百　下513
　白髪のつやを　下513
　仏もずらり　下513

目出度御代の　下512
ほたのひを　下513
ほたぽきり　下513
ぼたもちに　上95
ぼたもちの　下353
ぼたもちは
　棚でおどるぞ　下161
　棚にいざ是へ　下418
　棚に寝てまて　下419
ぼたもちや
　迹の祭りに　上371
　地蔵のひざも　上97
　辻の仏も　上102
　藪の仏も　上99
ぼたもちを
　蝉もつく〳〵〔〴〵〕　下208
　つかんでかすむ　上115
　踏へて鳴や　下220
　見せ〳〵かすむ　上119
ほたるかご　上614
ほたるこよ
　一本竹も　上605
　〳〵来よ〳〵　上605
　我擲し　上612
ほたるとぶ　上400
ほたるびか　上606
ほたるびや
　庵を横竪　上609
　蛙もこうと　上605
　転ぶはづみに　上610
　だまつて居れば　上613
　呼らぬ亀は膳先へ　上618
　呼らぬ亀は手元迄　上611
ほたるみの　上609
ほたるみや
　転びながらも　上610
　転んだ上へ　上610
ほたるやの　上613
ほたるよぶ
　うしろにとまる　上616
ぼたんまで
　口へとび入る　上606
　よこ顔過る　上603
　夜のれうとや　上395
　果報のうすきかきね哉　上677
　果報のうすき我家哉　上674
ほちほちと　上711
ほちゃほちゃと
　菜遣しぬ　下441
　鳩の太りて　上67
　吹侍ひし　上302
　藪蕣の　下254
　雪にくるまる　下390
ぽっくりと　上143
ほっけよむ　下224
ほっすほど　上296
ほっとして　上276
ぽっとでに　上580
ぽっとでや　上580
ほっぺたに
　あてなどしたる　上709
　飯粒つけて　下221
ぽつぽつと
　馬の爪切る　下82
ほつほつと
　二階仕事や　上431
　猫迄帰る　下15
　花のつもりの　下569
　痩ケイタウも　下271
ぼてばらへ　下222
ぽてふりや　下427
ほとけさえ　下67
ほとけとも　下573
ほとけにも
　作る気はなし　下490
　ならでとけ〔けり〕　上136
ほとけのかたより　上631
ほどこしに　下124
ほどこしの
　茶さへ愛教　下124
　茶さへ場請と　下123
　茶にさへ小屋の　下123
　茶〔も〕拍子つく　下124
ほとしぎの　下181
ほととぎす
　あひそもこそも　上586
　翌なき木では　上570
　卯の花さへも　上570
　馬がびつくり　上585
　馬をおどして　上577
　江戸三界を　上586
　江戸のあやめに　上570
　お江戸の雨が　上575
　大内山を　上574
　帰りも仡と　上585
　笠雲もなし　上587
　火宅の人を　上570
　門の草植ぬは　上570
　必待と　上576
　聞ての後の　上569
　聞捨にすぞ　上585
　聞所とて　上623
　京にして見る　上570
　木を植るとて　上571
　けんもほろゝに　上582
　声をかけたか　上570
　声をからせど　上585
　五月八日も　上580
　爰を去事　上571
　ことしも見るは　上570
　小舟もつうい　上586
　さそふはづなる　上570
　退く時を　上575
　善事も千里　上569
　俗な庵と　上576
　竹がいやなら　上574
　田のない国の　上571
　ちよ〳〵我を　上585
　つゝじは笠に　上574
　つゝじ交りの　上587
　つゝじまぶれの野山也　上587
　つゝじま〔ぶ〕れの野よ山よ　上574
　常と成たる　上570
　手のとゞく程に　上569
　通れ弁慶　上582
　鳴けり酒に　上585
　鳴直なら　上570
　鳴空持し在所哉　上571
　鳴く空もちし御寺哉　上587
　なけ〳〵一茶　上579
　なけや頭痛の　上582
　なけよやれこれ　上585
　何を忘て　上579
　汝に旅を　上574
　汝も今が　上574
　汝も京に　上575
　汝も京は　上573
　逃る山のは　上569
　にべしやりもあらばこそ　上586
　にべもしやらりもなかりけり　上586
　人間界を　上579
　子ブ〔ツ〕チヨ仏　上579
　のらくら者を　上575
　蝿虫めらも　上582
　橋の乞食に　上573
　橋の乞食も　上573
　咄の腰を　上581
　花のお江戸を　上574
　貧乏耳と　上581
　ほとんど雨ふり　上582
　待まうけてや　上581
　待ふりするぞ　上574
　まつも安房の　上586
　やけを起して　上585
　雇ひ菩薩の　上576
　湯けぶりそよぐ　上575
　吉原駕の　上582
　夜は葎も　上570
　我湖水では　上572
　我身ばかりに　上569
　我も気相の　上569
ほととぎすはおろか　上569
ほねおって　下471
ほねっぽい
　柴のけぶりをけさの花　上347
　柴のけぶりをけさの春　上9
ぼのくぼに　上522
ほのぼのと
　明石が浦の　下540
　明わたりけり　下441
　蕣がさく　上459
　小食の小菜も　上298
　棚引すゝや江戸見坂　下439
　棚引すゝや寛永寺　下440
ほほべたに　上545
ほまちだの　下112
ほまちだも　上464
ほやつづき　下138
ほりかけし
　井戸の春辺の　上63
　柱の穴を　下401
ほりかけて　上188
ほろつくや
　誰出代の　上148
　八兵衛どのゝ　上492
ほろにがい　上705
ぼろぼろが　下302
ほろほろと　下69
ほんうまの　下334
ぼんおどり　下126
ぼんおどりの　下128
ぼんがきて
　そよ〳〵草もうれしかろ　下114
　そよ〳〵草もうれしやら　下114
ほんちょうの
　木戸りんとして　下328
　火鉢の上の　下501
　真中通る　上612
　行留り也　上46
ほんちょうや

ほ（続き）

ほんちゃうを／夷の飯の／脇目もふらず
ほんちゃうに／ぎっしりつまる
ほんとうの／首つゝ込んで
ほんどうや／薮蚊や爪の／長雨だれや／上に鶏なく
ほんどうの／犬もうきそふ
ほんどうを
ほんどうろう
ほんどおり
ぽんのつき／夕日にむけて／参る墓さへ／猫も御墓とや／今夜切とや
ぽんのくぼ／都出よく／腹をぽちく／木綿裾の
ぽんのはい／から冷しけり／いろはを習ふ／いろはかく子の
ほんのりと／令つかせけり
煤竹染の／麹の花や
ほんぼりの
ほんぼりに
ほんまいり
ほんまえの
ほんまるや
ほんまるを
ぼんやりと

下	上	上	下	下	上	上	上	下		下	下		下	下	下	下		下	下	下		上	上	下		上	上	下	下	上	上	下		上	上		上	上	下
54	583	351	114	120	308	368	335	89		16	17		45	46	45	45		500	39	39		614	523	498		610	616	120	334	628	545	135		228	628		608	612	427

ま

まいおうぎ／猿の涙のか、る哉
猿の涙のか、る也
まいこんだ
まいごふだ
まいざるも
まいざるや
まいちんに
まいてある
まいまいや
まいまいに
まいまいや
まうちょうに／翌なき春を笑ひ顔／翌なき春を顔に染て／しばし旅も直さぬ茨哉／ふりも直さぬ野猫哉
まうちょうは／其子の秋は／こほして〔や〕行や
まうはちょう
まうほたる
あへて呼りも／あながち呼びも
まえすみし
まえのひとも
まえのよに
まえやちょう
まがきなど
まがったも
まかりいでて
まかりいでたるは
花の三月
まかりとや
まがりどに
まがりどや

下	下	下	上		上	上	下	上	上	下	下	上	下	下		上	上	下	上		上	上	上		上	上	下		上	上	上	上	上	上	上
354	368	539	300		602	589	508	593	271	503	345	376	617	617		270	267	206	267		266	266	259		75	75	74		174	267	50	49	50	357	49	49

まき・まく

まがりどや
まがりなり／竹のうしろや
まがりめに／達磨もどきの
まきすての／梁上君の
まきのやま／達磨もどきの／まきちょぼちょ
まぎれぬぞ
まくらする
まくらから
まくらより
まくらにも
まくじとや
まけじとや
まけぎくの／親も定めて／直に千里を／ひとり見直す
まけずもう／其子の親も
まけぎくの
まけぬきを／栗の皮むく／畠もそゝぐ
まけぬきに
まけなかれて
まけなかと
まけたから
まけたとて／むしげたくゝ
まえのひとも
まさゆめや／ますことなき
まことなき
まけゆみが
まけぬきや
まけぬきも
まけぬきや
春早々の
終にはかゝる
ましかくに
まじましと

上	上	下		上	下	上	下	下	下		下	上	下	上	上	下	下	下		下	上	下	下		下	上	上	上	下	下	下	下	上
497	39	25		436	510	87	231	478	277	314		240	147	240	244	147	144	149	149		239	505	234	248		241	186	615	272	494	543	595	25	11	305	570	147

また・まち

稲葉がくれの／竹のうしろや
達磨もどきや
梁上君の
ますあけた／まずしきがり／まずしるきり／まずとりの／まずはうめて
まずよしと／麦もなし
麦もなし
朝の柳や／梅の咲けり／御安全そよ
大廿日の／足でおし出す
別条はなし
まずあけた
またあぶに／またいぬにて／またいぬに／またおうぎ／またおせわに
またたきたらも
またたきたらぞ
我山里の／雨あらしよ
またたろくが／門の外なる／門はわか葉の／わすれても戻る
またぐほどの
またくるも
またことし
またきょうも
姿婆ふさげなり茶の煙り
沙婆寒きなる／松と寝待の
またしても／から口で浮は／橋銭かする／晴そこなふや／してもしくゝり
またつちに／蛇をやく也／人に配らん
またひとつ／川を越せとや／山をやく也
またのよは
またなくや
またなくや
またたまれ
またたれ
姿婆寒きなり草の庵
姿婆寒ぞよ／婆婆ふさげけり
死損じけり／七五三かけ〔る〕也

上	下	上	下	上		下	下	上	上		下	上	上	上	下	上	上		下	下		下	下	下	上	下	下	上	上		上	下	上	下		上	上	下	上	下
322	308	366	118	237		382	12	485	392	678		326	9	43	311	496		193	619	368	237	216	521	359	26	280	348	505		709	474	582	556	339		5	5	13	32	27

まち（続き）

またしても／から口で〔を〕明く
またつちに／蛇をやく也／人に配らん
またひとつ／川を越せとや／山をやく也
またのよは
またなくや
またなくや
またたまれ
またたろくが／我山里の／雨あらしよ
またどひなに
またむだに
またたむだに
またおせわに
またおうぎ
まちうけた／門はわか葉の／雁の下る
まちうらや
まちうやねて
まちかねて
まちぐちは／寄ったぞく
姿婆寒なり草の庵
まちずみは
まちずみや
涼むうちでも

下	上	上	上	下	上	下	下	上	下	下	下		下	下		下	上	上	上	下	上	上		下	下		上	上	上	下		上
64	5	5		174	176	201	11	143	107	342	490	188		198	458		221	187	260	152	368	23	167	617		70	69		249	283	712	397		541

　雪とかすにも　上 134
まちなかに　下 549
まちなかや
　大骨折て　上 608
　列を正して　下 212
まちなかを　下 446
まちなみに
　紙子なんど〔と〕　下 477
　藪のかぢ屋も　下 426
まちなみは　上 497
まちなみや
　こんな庵でも　下 451
　馬鹿正直に　上 497
　雪とかすにも　上 133
まちなりに　下 209
まちのよや　上 184
まちびとに　上 587
まちびとも　下 183
まちまちし
　桜となれど田舎哉　上 376
　桜と成れどひとり哉　上 377
　日永となれど　上 72
　日永となれば　上 69
まちまちや　上 428
まちもせぬ
　鳥がおりし　下 183
　木の流よる　上 63
　月のさしけり　上 708
まちをでて　上 617
まつあいに　上 309
まつあいや　上 21
まつありて　下 449
まついっぽん　下 495
まつうえて　上 588
まつがえの　下 58
まつかげに
　おどらぬ人の　下 125
　寝てくふ六十　下 573
　人入替る　上 537
まつかげも　下 334

まつかげや
　扇でまねく　上 524
　蓙一枚の　上 510
　月待よひの　下 47
　寝蓙一つの　上 510
まつかさを　下 316
まつかぜに　上 458
まつかぜの
　聞時といふ　下 165
　吹古したる　下 500
まつかぜも
　念入て吹く　下 121
　古きためしや　下 449
　昔のさまよ　下 159
まつかぜや
　小野、おくさへ　下 444
　衾こそぐる　下 482
まつがねに　上 312
まつきりに　下 289
まっくろな
　大入道の　上 508
　藪と見へしが　下 434
まつこぶで　上 543
まつしまの
　小隅は暮て　上 222
　松に生れて　下 576
　松にし〔て〕見る　上 519
まつしまは　上 217
まつしまや
　アチの松から　上 221
　生れ〔な〕がらの　下 576
　同じうき世を　下 576
　かすみは暮て　上 221
　一こぶしづつ　下 24
　ほたるが為の　上 603
　三ツ四ツほめて　下 40
まつしまを　下 539
まっすぐな　下 394
まっすぐに
　かすみ給ふや　上 120

　蚊〔の〕くみ立し　上 628
　蓮の中の　上 698
　人のさしたる楯かな　下 120
　雨も降しく　下 394
まっすぐは　下 511
まっすぐや　下 249
まっせでも
　神の国ぞよ　上 437
　珠数のなる木や　下 581
まっせとて　上 436
まっせにも　上 205
まっせまつだい　上 388
まつそびえ　上 76
まつたけに
　かぶれ給ひし　下 317
　むされて立か　下 316
まつたけの　上 19
まつたけは　下 159
まつたけや　下 320
まつちやま　下 480
まつちるや　上 721
まっている　上 599
まってても　下 465
まつときは　下 508
まつとまつ　上 87
まつなえと　上 175
まつなえに　下 250
まつなえの
　うつくしくなる　下 150
　かすむころには　上 116
　けば〱しさよ　下 72
　其陰たのむ　上 175
　花咲くころは　上 175
まつなえも
　風の吹く夜の　下 166
　肩過にけり　上 94
まつなえや
　一つ植ては　上 175
　やがて他人の　上 538
まつなみや　上 21

まつならば　下 144
まつにいざ　上 196
まつにこし　上 523
まつにふじ　上 73
まつのあめ　下 529
まつのおく
　又其おくも　下 323
　又其おくや　下 394
まつのかぜ　下 182
まつのきで　上 451
まつのきと　上 496
まつのきに
　馬を縛って　下 147
　御礼申て　上 461
　蛙も《かへるも》見るや　下 147
　笠をならせる　上 162
　笠をならとる　上 162
　蟹〔も〕上りて　上 544
　寒糞かけて　下 475
　少かくれて　下 263
まつのきの　下 58
まつのきは　下 166
まつのきも
　老の中間ぞ　下 29
　小ばやく暮て　上 82
　在所めきけり　下 67
　先つ、しなし　上 550
まつのきを　上 240
まつのせみ
　経聞ながら　上 653
　どこ迄鳴て　上 654
まつのたか　下 523
まつのつき　下 480
まつのつた　下 264
まつのつゆ　上 528
まつのねに　下 164
まつのはに　上 162
まつのはの
　丁と立けり　上 689
　身柱におちて　上 593

まつのはを　下 516
まつばしら　下 412
まつばらに
　作ったやうに　下 316
　何をかせぐぞ　上 184
まつばらの　下 37
まつばらや　下 391
まっぴるの　下 400
まつまきて　下 359
まつまでは
　月もさしけり　上 458
　日もとゞきけり　上 689
まつむしや　下 214
まつものは　下 343
まつよいの　下 47
まつよいや
　芒刈かや　下 47
　寝て草伏し　下 47
　きたぬ雨ふる　下 47
　またぬ大雨　下 47
まつよりも　上 560
まつりくたびれも　下 26
まつりごや　下 69
まつりざけ　下 352
まつりせよ　上 448
まつりとて　下 271
まつりにも　上 671
まつりみに　上 620
まつをとも　上 170
まてしばし
　扇流ぞ　上 521
　御供申さん　上 238
まどあけて　上 259
まどあれば　上 197
まどいして　下 170
まどぎりに　上 702
まどぎわや　下 19
まどさきや
　元日も来る　上 51
　常来る人の　上 110

ま

［第一段］（右→左）

足で尋ぬ／鳩にも分て
まどしたへ
て、つほふ〜と
まどにきて
まどだけに
まどのあな
まどのたけ
まどのたけ
まどのつき
まどのふた
まどのふた
まどのゆき
まどはみな
まどはなの
まどひきに
まどひきに
まどふたつ
まどぶたを
まなじりを
まびしやくの
まびしやくに
まびしやくの
御紋に暮る
月のてらく
まびしやくを
まびしやくを
ままこだこ
ままこだこ
ままここに
ままこばな
ままこが
手習（を）する
一ッ団［扇］の
涼み仕事に
つぎだらけなる
灰にイロハの
昼寝仕事に
雪の礫や
指を加へて
ままでらで
ままなよや
ままくすむ
まむしなど
まめいりを

印（左→右）：下 上 上 下 下 下 上 下 上 上　上 下　上 下 上 上 上 上　上 上 下 下 上 下 上 下 下 下 下 下 下 上 下　上
番号（左→右）：198 412 656 558 363 493 517 430 47 546　526 553　360 361 47 502 487 264　691 156 570 46 218 23 334 489 184 16 13 400 205 512 553 555　576

［第二段］（右→左）

足で尋る／鳩にも分て
人の頭の
ボンの凹より
まめびとの
まめなつまり
まめやかに
まめほどの
まめまきや
まめやかに
まもりふだ
かけて育や
すき間あらすな
古きはへがれ
まもるかよ
まやこいを
まやたけの
まやのくも
まよいごの
まりうての
まりうたに
まりしての
まりそれの
まるいしを
まるつぼや
いびつな露よ
何の苦もなく
まるいみが
まるいみも
まるがまや
まるくねた
まるにの〜じの
まるにやの
まるみは
まるひとよ

印（左→右）：下 上 上 上 上 上 上 下 下 下　下 上 上 上 上 上 下 上 下 上 下 上 上　上 下 上 上 上　下 下 上 下 上 下 下
番号（左→右）：52 711 122 68 266 434 131 559 99 93 94　579 312 222 271 272 378 618 81 293 315 591 449 711 711　326 466 261 576 639　419 215 264 216 82 435 15

［第三段］

頭の上や
おきみやげ也
草腹におくや
まんろくの
春こそ来れ
春と成りけり

まわりまわりて
まんげつに
まんげつの
夜なべを鳴や
夜かせぎするや
隣もかやを
暑さのさめぬ
まんげつの
まんげつや
まんげつも
通りにしやべる
下戸とはさらに
けふも昔に
まかり出たよ
馬の尻へも
門に居ならぶ
五三の桐の
汝が梅は
麦にも一ッ
面もぶらさず
まんざいよ
まんざいしよ
まんじゆうの
まんどうも
まんなかに
まんべんに
まんまるに
まんまりの
草青まり
草青なり玄関前
草青む也御堂前

印（左→右）：上 上 上　上 上 下 上 上 上 下 上 上 上　上 上 下 上 上　下 上 上 上 上 上　上 下 上 下 上 上　下 下
番号（左→右）：291 291 291　22 227 95 512 48 49 48 48 48 48　48 49 49 48 49　500 120 428 242 597 597 512 415　37 101 129 638 639　128 417

み

四角に柏の
芝青ませて
小便したる
せつてうさる、
一夕立が
若草ほける
みあげじわ
みあしほど
江戸を出れば
旅めきにけり
旅めきぬ
みでらや
みいわいとも
みいわいに
みいわいこや
みえいにも
みえすきにも
おぼえして
みかぎりより
古郷の桜
古郷の山の
みかけより
古郷也門や門の茶屋
古風な門や萩の花
素直に逃る
みかづきと
みかづきに
肩を並て
そりがあふら
一ッ並びや
天窓つなよ
残る暑が
逃げもあらなん
みかづきに
みかづきの

印（左→右）：下 上　上 下 下　上 下 下　上 上　下 下 上 上 下 下 上 下 上　上 下 上 上 下 下 上　上 上 下 下 下　上 上
番号（左→右）：6 448 577　709 574 472　620 269 581　367 373　305 502 147 147 159 557 19 125 55 55 374　200 25 285 279 29 322 92　18 18　290 440 714 17 544 715

［最下段］（右→左）

みかづきや
みかづきは
石［の］（くほ）ミの
梅からついと
江戸の上の
刈穂の上の
田蝶をさぐる
奮引上る
ふはりと梅に
にらみ付たる
白眼つめたる蛙哉
みかはりの
みがわりに
みがやまも
みかのつき
みこしじや
みこえほど
みぎはつき
みきだるの
みがだるの
みこたなり
みごしらえ
九月九日や
秋立てより
みさかなに
みさだめて
急に淋しき
淋しくなりぬ
みざめのめん
みさぶらい
御団［扇］と申せ
御傘忘れな

印（左→右）：下 上　上 下 下　上 下 下 下　上 上 下 下 下 下 上 下 上　上 下 上 上 下 下 上　上 下 上 上 下 下 上 上
番号（左→右）：567 525　255 170 290　153 233 493 2 4　229 401 418 493 366 537 46 211 253 46　200 25 285 279 29 322 92　63 295 459 326 295 46 520 6

みさやまの
馬にも祝ふ　下138
芒序や　下138
晴にくねるか　下138
みさやまは　下139
みさやまや
けふ一日の　下138
こんな在所も　下138
一日に出来し　下136
ほ屋もてなして　下138
見ても涼しき　下138
みじかくて　上407
みじかよに
木銭がはりの　上409
さて手の込んだ　上409
竹の風癖　上406
拍子をつける　上410
みじかよの
門にうれしき　上406
鹿の顔出す　上406
なんのと叱る　上408
畠に亀の　上410
真中にさく　上407
みじかよも　上410
みじかよや
赤へ花咲　上409
妹が蚕の　上407
蚕の口の　上407
髪ゆひどの、　上407
傘程の　上407
河原芝居の　上409
草はつい〳〵　上409
草葉の陰の　上407
草もばか花　上409
鬮にあたりし　上408
くねり盛の　上407
けさは枕も　上406
十七年も　上408
樹下石上の　上408
中へ弘げる　上409
にくまれ口をきく蛙　上409
にくまれ口をなく蛙　上407
寝あまる間土の　上410
まりのやうなる　上407
水入にさす　上409
ゆうぜんとして　上409
よしおくる丶も　上409
吉原駕の　上410
よやといふこそ　上407
みじかよを
あくせくけぶる　上407
嬉しがりけり　上409
公家で埋たる　上408
さつさと露の　上409
継たしてなく　上406
橋で揃ふや　上409
古間の人の　上409
よろこぶとしと　上409
みしられし　上234
みじろぎの　上11
みじろぎも　上395
みずあびて　下419
みずいらぬ　下174
みずうちし　下73
みずうって　下103
みずうみに
落ぬ自慢やなくひばり　上224
おちぬ自慢や夕雲雀　上223
しばし外山の　下142
尻を吹かせて　上652
手をさし入て　上447
鳥鳴初て　下10
みずうみの
駕から見へて　上260
とろりとかすむ　上122
みずうみへ
おりぬは雁の　下187
ずり出しけり　上450
みずうみや
鶩の側ゆく　下136
小一里よ所の　下142
山を見当に　上644
みずうみを
ちよつと游し　下216
蚤およぐぞよ　上640
風呂にわかして　上111
よぎる外山の　下142
みずうりの
今来た顔や　上558
揥へ井戸も　上559
みずうりや　上558
みずおけの　上648
みずおけも　上331
みずおちて　下112
みずおよぐ　上449
みずかくや　下275
みずかけて
草を見て居る　下74
夜にしたりけり　上685
みずぎれの
騒ぎいつ迄　上454
本通り也　上427
町とは見へず　上549
みずげんか　下39
みずさくさく　上477
みずざぶり　上469
みすじほど　上395
みずしらぬ
角力にさへも　下147
辻角力さへ　下147
みずすまし　上649
みずどりの
翌の分迄　下536
あなた任せの　下535
我折た仲間　下536
佐〔度〕起番　下536
こつそり暮す　下537
住こなしたり　下536
どちへも行ず　下536
ふうふかせぎや　下537
紅葉かぶつて　下537
よい風除や　下536
みずどりや
芦の葉の　下536
親子三人　下537
長い月日を　下536
人はそれ〴〵　下536
みずどりよ
今のうき世に　下536
ぷい〳〵何が　下536
みずにゆに　上424
みずのむを　上509
みずばちに　下217
みずひきを　上477
みずまして　上401
みすみすも　上465
みずみせや　上559
みずをうつ　上533
みずをまく　下552
みせさきに
釣し捨たり　上656
番子が作の　上176
みせさきの　下524
みせさきや　下502
みそかぜに　下15
みそかなき
里があるやら　上235
所が有やら　上236
みそかわの　上695
みぞがわの　上688
みぞがわや　下307
みぞがわを　下216
みそぎして　上477
みそさざい
犬の通ぢ　下527
大卅日ぞ　下526
き〔よ〕ろ〳〵何ぞ　下527
九月卅日も　下527
こつそり越や　下527
こつそりとして　下527
この卅〔日〕を　下526
大事の〳〵　下526
だまり返て　下527
ち丶といふても　下528
ちつといふても　下525
チヨツ〳〵と何が　下526
鳥には屑と　下525
西へ鼠は　下527
ますほの芒　下526
身を知る雨が　下527
みそはぎが　下271
みそはぎの　下271
みそはぎや
縁もゆかりも　下271
手にとるからに　下271
水につければ　下270
みそまめの　上669
みぞるるも　上55
みぞれはく　下405
みだたのめ　下198
みだどうに　上136
みだどうの
土になる気か　下225
土になれ〳〵　下225
みたばかも　上465
みだぶつの
見ておはす也　上382
みやげに年を　下468
みだぶつを　上9
みたまえや　上86
みたらしや
梅の葉およぐ　上663
果報やけして　上713
すみ捨てある　下64
冷し捨たる　上709
虫〔が〕とんでも　上649
みだれはぎ
門の葎に　下265
鹿のつもりに　下270
でも歌よみに　下269

みちしおや　下 199
みちづれの
　虻一ッ我も　上 280
　蝶も一人や　上 272
みちといに　下 155
みちとうも　上 551
みちのきや　上 324
みちのくの
　鬼住里も　上 378
　鬼の栖も　下 159
　しのぶかざして　上 562
　葱をきせよ　上 484
　田植見てから　上 243
　つゝじかざして　上 562
みちのくは　上 484
みちのくや
　鬼住原も　上 109
　角銭山の　下 44
　霧をふみ〱　下 110
　判官どのを　上 552
みちばたの　上 7
みちばたへ　下 267
みちばたや
　馬も喰はぬ　上 693
　涼がてらの　下 123
みちみちや
　駕の内にて　下 499
　拾た綿で　下 475
みちよけて　上 723
みついつつ　下 485
みっかして　下 576
みっかほど　下 471
みつぎなき　上 698
みつぐりを　下 312
みつごさえ　下 465
みつばかり　上 583
みつばちや　上 283
みつばほど　上 58
みつぶでも
　そりや夕立と　上 439
　そりや夕立よ　上 439
みつぶほど　上 429
みつゆびで　下 354
みてくれる　下 246
みてさえや　下 434
みてのみも　下 473
みてもよや　上 565
みてらから　上 161
みとこから　下 167
みとせみし　上 233
みとせみず　上 175
みとどけて　下 197
みどりごや　上 9
みないぬぞ　上 586
みなうつも　上 172
みなおせば　上 463
みながみな　上 320
みなかみの　上 478
みなかみは　上 294
みなかみも　下 270
みなござれ
　猪煮宿の　下 522
　鰒煮る宿の　下 520
みなさまの　上 674
みなしごが
　朝時の木槿　下 302
　手本にするや　上 527
みなしごの　上 614
みなしごや
　手を引れつゝ灯ろ持　下 122
　手を引れツヽ墓灯ろ　下 122
みなしほや
　立はだかつて　下 341
　虫よけの札　下 279
みなじまぬ　下 352
みなぞうり　上 538
みなちりて　上 378
みなづきの　上 404
みなみきた　下 366
みにおびし　下 215
みにしむや　下 331
みにそうや　下 326
みにならぬ　上 440
みにひとは　下 296
みぬよから　下 22
みねいりや　上 147
みねこゆる　下 45
みねとなる　上 448
みねのかげ　下 532
みねのくり　下 310
みねのまつ　下 500
みねをなす　上 453
みのあきや　下 168
みのうえと　下 113
みのうえの
　鐘としりつゝ夕がすみ　上 119
　鐘と知りつゝ夕涼　上 540
　鐘ともしらで　上 551
　露とは更に　下 92
　露ともしらでさはぎけり　下 102
　露ともしらでほたへけり　下 93
　やうにいふ也　下 140
みのなかに
　いくたり居る　上 159
　いくたり寝たぞ　上 158
　子もごじや〱と　下 404
みのなかの
　箸御祓や散霰　下 405
　箸御祓やちる木の葉　下 555
　箸よ御礼よ　下 67
みののつじ　上 505
みのほどや　下 128
みのむしが　下 206
みのむしの
　暑くるしさよ　上 411
　運の強さよ　上 432
みのむしは
　それで終か　上 264
　蝶にもならぬ　下 206
みのむしや
　梅に下るは　下 206
　鳴ながら朶に　下 206
　花に下るは　下 206
みのをきて
　うそ〱寒き　下 306
　着てかしこまつたる　下 421
　寝たる人より　上 222
みばふたば　上 287
みひとつに
　あらし木がらしあられ哉　下 372
　嵐こがらし辷り道　下 374
　大な月よ　上 322
　是は朝寒　下 15
みひとつは　下 27
みひとつも　上 12
みひとつや　上 511
みひとつを
　いきせいはつて　上 261
　邪魔にされけり　下 441
　ひたと苦になる　上 414
みほとけと
　天窓くらべや　下 240
　一所にかすむ　上 119
みほとけに
　いぢり付たる　上 629
　先備たる　下 476
　見せたばかりや　上 711
みほとけの
　雨が降ぞよ　上 657
　う月八日や　上 469
　御鼻の先へ　下 335
　終はつ雪　上 78
　河中嶋ぞ　下 187
　代におぶさる　下 210
　坐し給ふ程　上 291
　外の石さへ　下 23
　茶でもつまうか　上 165
　茶も一莚　上 166
　手桶の月も　上 114
　鼻の先にて　下 205
　花も一枝　上 487
　膝の上也　上 601
　分は家根にも　上 696
　真向先が　下 516
　みに引受て　下 366
　山に落すや　上 186
　留主事に　下 127
みほとけは
　さびしき盆と　下 114
　柱の穴や　下 499
みほとけも
　笠きて立や　下 127
　こち向給ふ　上 372
　縛れ給ふ　下 102
　杓子も虫に　下 200
みほとけや
　浴せ申さば　上 468
　生るゝまねに　上 471
　生るゝまねも　上 471
　エゾガ嶋へも　上 468
　乞食町から　上 469
　乞食丁にも　上 469
　銭の中より　上 471
　寝てござつても　上 142
みみぎわに　下 32
みみずうたい　下 45
みみずくが
　株にちよんぼり　下 13
　杭にちよんぼり　下 13
みみずくの
　あ［き］らめ顔や　下 5
　たはいなく寝る　下 358
　面はらしたる　上 344
　寝てくらしても　下 524
みみずくは
　行儀崩ず　下 270
　としの暮る［が］　下 524
　何の小言ぞ　下 341
　笑て損や　下 524
みみずくや

　上手に眠る　下 524
　馳走せらる、　下 524
みみぞこの　下 34
みみたぼに　上 638
みみたぼも　上 503
みみづくの
　つく〴〵春を　上 76
　面魂よ　上 73
みみづくは　上 67
みみづくも　上 76
みみにじゅず　下 233
みみのそこ　下 353
みみひとつ　上 581
みめぐりの　下 376
みもちよき　下 294
みやぎのや　下 267
みやこかな
　寒念仏も　下 433
　東西南北　上 505
　橋の下にも　下 460
みやこじや　上 324
みやこだけに　下 448
みやこでは　下 244
みやこでも　下 314
みやこどり
　それさへ煤を　下 438
　それにも煤を　下 439
　古く仕へよ　上 476
みやこにも
　かくありたきよ　上 338
　子分ありとや　下 519
　まゝありにけり　下 538
みやこびと　下 291
みやこべや
　あたら春風　上 97
　仕合わろき　上 315
　凧の上も　上 45
　はした葵も　上 467
　ヒガン太郎の　上 145
　人が人見て　上 548
　日永に見ゆる　上 66
　冬篭さへ　下 497
みやこをば　上 235
みやさまの　上 201
みやしぎの　下 290
みやずもう
　蛙も木から　下 148
　一夜〳〵に　下 145
みやのはと　下 292
みやびとは
　歯に衣きせて　上 360
　歯に絹きせる　上 359
みやびとや
　栄ように持し　上 507
　蛇の衣にも　上 601
みやま　下 534
みやまぎの
　しなの五月も　上 389
　芽出しもあへず　上 302
みやまぎや　上 350
みやまべや　上 262
みやもりを　下 17
みようがあれや　上 338
みようじょうに　上 671
みようじょうや　上 326
みようじんに　下 403
みようじんの
　御猿とあそぶ　下 477
　鳥も祝へ　上 554
　鳥も並ぶ　上 553
　猿遊ぶや　下 111
みようだいに　上 42
みようだいの
　寒水浴る烏哉　下 434
　寒水浴る雀哉　下 434
　わか水浴る　上 41
みようほうの
　声〔に〕口あく　下 300
　火に点をうつ　下 124
みようみまねに　下 249
みよこども　下 511
みよしのに
　冬来れば冬の　上 338
　変なさくらも　上 388
みよしのの
　春も一夜と　上 74
　古き夜さりを　下 159
みよしのは　上 262
みよしのへ
　遊びに行や　上 281
　かせぎに行や　上 283
みよしのや
　桜の下に　下 448
　寝起も花の　上 357
　寝ころぶ花の　上 359
　冬来れば冬の　下 566
みよじゃとて　下 193
みよとてや
　でかい露から　下 93
　牡丹の富貴　上 676
みよのはす　上 683
みよみよと　下 190
みらるるや　上 727
みるうちに
　一人かせぎや　上 190
　日のさしにけり　上 688
　二夕立や　上 444
みるたびに　下 73
みるたわら　下 339
みるにさえ　下 434
みるひとに
　鐘のせめ来し　上 487
　夜露のかゝる　上 488
みるほどの　下 11
みるもみるも　下 552
みればみる　下 540
みれんなく　上 385
みろとてや　上 676
みをかつぐ　下 289
みをしって　下 320
みをつんで
　しれや焼野、　上 228
　人の夜寒を　下 14

む

むいかのよ　下 136
むえんじの
　鐘も聞へ〔て〕　下 142
　念仏にまけな　上 574
むかいでも　下 11
むかいても　下 514
むかえがね
　落る露にも　下 115
　おろ〳〵露〔を〕　下 117
　ならさぬ前の　下 115
　ならぬ前から　下 115
むかえびと　下 119
むかえびに　下 119
むかえびは　下 119
むかえびや　下 119
むかえびを
　お〔の〕がこと、や虫がよる　下 119
　おのがこと、や虫すだく　下 119
　おもしろがりし　下 119
　記念の子〔に〕も　下 119
むかしから
　こんな凧かよ　上 477
　花嫁星よ　下 136
むかしなり　上 134
むかしびとの　下 506
むかしむかし
　角力にかちし　下 144
　妻ごもりしよ　下 229
　〳〵の釜が　上 459
むぎあきの
　あて事もない　上 696
　小隅に咲くは　上 694
　小隅に咲る　上 697
むぎあきや
　うらの苔屋は　上 694
　子を負ながら　上 696
　しはがれ声の　上 694
　土台の石も　上 696
　畠を歩く　上 696
　ふと居馴〔染〕る　上 693
　本の秋より　上 696
むきあって　上 255
むぎうちの　上 695
むぎがらで　上 673
むぎがらや　上 695
むぎかりの
　不二見所の　上 694
　用捨もなしや　上 700
むきたいほうへ　下 243
むぎつきの　上 697
むぎつくや
　行灯釣す　上 697
　榎三本　上 697
　大道中の　上 696
むぎなども　上 391
むぎになに　上 267
むぎぬかの
　流の末の　上 694
　真ツ風下を　上 697
むぎぬれて　下 336
むぎのあめ　下 419
むぎのけの　上 697
むぎのはに　上 161
むぎのはの
　きつぱりとして　上 341
　どつとかすみて　上 590
　ぱつとかすみて　上 590
　夜はうつくしや　下 528
むぎのはは　下 528
むぎのはも　上 112
むぎのほや
　大骨折て　上 694
　畠を歩く　上 696
　本ンの秋より　上 696
　私方は　上 694

むこいりの
春になりけり
すぐ通りすな
住でこそしれ

むぐらやも
犬のこふ家も

むぐらにも
やどらせ給ふ

むぐらやは
夕立足や
投出す足や

むぐらから
芒も人を
不二と鰹に

むくどりも
もどりがけかよ

むくどりの
釣瓶おとしや
暑に馴れし
仲間に入や

むくどりと
人の先より

むくどりが
いふ人さはぐ

むくげしばし
我をよぶ也

むくげさくや
我をよぶ人は

むくげさく
仲間に入や

むくげさえ

むくげさえ

むくむくと

むくおきや
蚕を飛ばす

むくおきや
蚕を放す

むくおきに
蝉鳴きながら

むくおきに
蝉鳴く方へ

むくおきの
小便ながら
鼻の先より

むくいぬや

むぎわらの
空へ

むぎわらの

むぎもちの

むぎめしに

むぎむきに

むぎまきて

むぎまいて

むぎぶえや

下	上	上	上	上	上	上	上	下	下	下	下	下	下	下	下	下	下	上	上	上	上	上	上	上	上	下	上	上	下	下	上
398	17	293	570	447	443	664	271	225	365	353	364	329	15	337	301	302	302	643	641	108	35	640	652	652	697	414	562	249	474	474	697

むこうから

むこうさんげん
ざぶと切たる
ざぶとなぐりし

むこうずね

むこうとおるは
ざぶりと薙ぐる

むこぼしに

むこぼしも

むこぼしや

むさいいえと
蚕の行衛も

むさいいえに
隣替へても

むさいいえしや
野尿の伽に

むさいいえの
雪につくばと
我等が宿も

むさいいえも
水溜りへ
不二見ぬ里も

むさいいえや
素通りせぬや
軒にぶらりや

むさいのに
何をかねぶる

むさしかごの

むさしきたなし

むさしの
誰か〔　〕たべぬ
たった一つの
只一ぞや
おれが立ても
住居合せて

下	下	上	下	上	下	上	下	上	下	下	上	上	下	上	上	下	下	上	上	下	下	上	上	上	下	下	下	上	下	下	上	上
358	41	411	539	640	27	662	286	225	50	200	519	164	520	220	572	41	105	237	226	194	193	246	153	134	134	134	501	285	286	286	713	443

むさしのを
雪につくばと
我等が宿も

むさしかごの
何をかねぶる
軒にぶらりや

むさしのの
草をつむとて

むさしの
月の出けり
名月も二度
野中の宿の

むさしの
もどりがけかよ

むさしのは
芒も人を
不二と鰹に

むさしのへ
身をしる雨と
泣言いふな

むしけらの
豆からも見ぬか

むしこのや
片足半の
きのふは見ぬ

むしなくや
表町はだまつて

むしならべ
蟻はだまつて

むしのこえ
木の先竹の
嫌し京を

むしほしを
御用に立や
虫やぞろ〳〵

むしぼしや
木の間から

むしほしの
田からも見ゆる

むしぼしを
下駄の並びの

むしほしの
上を通るや

むしひとつ
ばったも鳴て

むしひとつ
猫もほされて

下	上	下	下	下	下	下	下	下	下	下	上	下	下	下	下	下	下	下	下	下	下	下	上	上	上	下	下	上	上	下	下	上	下	上	下
202	201	201	201	200	203	199	201	201	203	202	202	201	202	200	201	202	65	203	310	203	200	551	200	576	109	392	581	604	448	221	622	581	178	13	544

むしにまで
どれが四十雀
わづか点ズミ

むしのあな

むしのこえ
翌なき垣と
しばし障子を

むすめこいしと

むすめみよ

むぞうさに
むだ山作るけふも又
むだ山作る又作る

むしひとつ
上を通るや

むしのほか

むしのへに

むしのなる

むしのくる

むしのや
汝も伸る
あはうに伸る

むだぐちは
むだもや

むだくさや

むだくさに

むだくさは

下	下	下	上	下	下	上	上	上	上	上	上	上	上	上	上	上	上	上	上	上	下	下	下	下	上	上	下	下	下	上	下
294	279	413	639	547	215	215	499	535	535	535	535	535	536	535	535	536	535	536	536	536	535	535	539	204	205	212	447	200	200	296	619

むずかしや
桐の一葉の
札迄かけて
札のひろ〳〵

むしゃなどに
ふる也住吉
男もす也

むしょうすや
叱なさるや

むじなどがね

むしゃくなどに

むしもかみ
ふとんの上の
竹見て暮す

むしもすず
背中でするや

むだにして
呼び出されけり

むだなきけふも
此年の米を

むだなみは
下駄の並びの
田からも見ゆる

むだなみも

むだばなし

むだばなは

むだびとや

むだびとの
からだに倦プレ
花の都に
隙にあぐんで
冬の月夜や

むだやまも
松帆の浦の
霜除に立

むちゃくちゃや
脇よれ〳〵

下	上	下	下	下	上	下	下	下	下	上	上	上	下	上	下	上	上	上	上	上	上	下	上	下	下	上	上	下	下	上	下	下
342	579	494	505	43	351	499	77	475	15	258	707	619	470	554	165	72	503	69	196	449	449	249	349	349	46	99	176	50	613	125	509	195	311

む

BAND 1 （右→左）

むついつつ／今月が入
むつかしと／今時何に
むつかしや／菊も売る、／ちよつと山も／てつきり雪と／初雪見ゆる
むつどのの／家のごちやく〳〵
むつまじき／二親也けり／親子也けり／花火はきずも
むつまじや
むねあげや／生れかはらば／男竹女竹の／くつとも云ぬ／しかの手枕／軒の雀も
むらおばな
むらおばの
むらさきの／上に八重也／雲にいつ乗る／雲もか、れと
むらさめと／花にちりけり／袖にちりけり
むらさめに／すくすく立や／花で蚕とる／半かくれし／涕たる、
むらさめの／か、れとてしも／北と東に／雪ながらや／ふんし所や／逃た迹打

上上上	下上下	下上上上下上	下下下上下下上上	上上下	下上	下下下下下下	下上
655 486 511	151 368 545	102 645 77 175 572 671	544 556 102 187 174 472 704 264	190 568 13	143 46	379 399 369 239 141 324	557 653

BAND 2 （右→左）

むらさめは／歩きながらに／あなたも先〔は〕
むらさめや／おばゝが槙も／雨なく見ゆる
むらさめを／きのふ時分の／墓のふ時分の
むらじゅうに／六月村の／墓の橙も
むらじゅうを／ほろがやの子に
むらしぐれ／庵の柱を／門の柱を
むらすぎや
むらすきぬ
むらすずめ／さらにま、子は／麦わら笛に／犬をちらして／そつと申せばくわつと立
むらちどり
むらたけや
むらたけにも
むらたけに
むらなかや
むらのかの
むらのない
むらのやく
むらのゆき
むらはぎや
むらはしや
むらほたる
むりいんきよ
むらばえの
むればえを
むればえよ
むればえや
むるはいえ

下上	下上上下下下上上下下	下上下上上	下下	上下上下上下上上上下上	上
232 637	570 554 617 320 265 170 398 469 140 626 717 533 531	346 483 158 697 192	287 285	645 403 279 359 226 579 512 718 259 27 247	476

め

BAND 3 （右→左）

めいげつと／おつ、かつ、の／お〔つ〕つか〔つ〕つや
めいげつに／かまはぬ家も／来て名月も／けろりと立し／乗りてかつぐ／尻つんむける／すくすく立し／任せておく／引つくしま、
めいげつの／門から直に／欠けしま、ふたか／おんヒラ〳〵／女だてらの頬かぶり／深草焼の／仏の／人をそへ／膝をそろへば
めいげつは／〔を〕枕／羽織かくす／寝ながらおがむ／杯とは上べ／西に向へば／流れに投る／とばかり立／とはいふもの、／家より出て／石の上なる／生たまへ
めいげつも／御煤の過し／梅もさくらも／去々年迄は／おれが八まん／おれが外にも
めいげつや／御顔あてかな／小ずみ〔に〕立
めいげつを／御名代かや／御覧の通り
め
むればえや／むればえよ／むればえを／むるはいえ

下	下下下下下	下下	下下下下下下下下下下	下下下下下下下下	下下	上上下上
52	50 54 54 63 49	40 46	50 50 58 51 50 56 55 47 51 143	57 54 50 61 57 54 59 50	54 61	638 637 240 639

BAND 4 （右→左）

めおとかり／めおとがも／めいめいに／めいめいに／一ッづけとる／にぎ〳〵したる
めいげつを／翌も成けり／どの柱にて／そなたの空ぞ／出直し給ふ／二度逢ひけり／二度逢御目／二度迄御目〔に〕
脇へ〳〵むく／明て気のつく

誰〳〵ばかり／茶碗に入れる／役にして行／つい指先の／あなたも先〔は〕／雨なく見ゆる／どこに居ても／とはいふもの、／とばかり立／流れに投る／西に向へば／杯とは上べ／寝ながらおがむ／羽織かくす／〔を〕枕／膝をそろへば／人をそへ／仏の／深草焼の／女だてらの頬かぶり／おんヒラ〳〵／欠けしま、ふたか／門から直に／蟹も平と鳴／上坐して／きのふと成りし／都に居ても／目につかれて／八重山吹の／松のやうに／松に預ける／箕ではかり込／薮蚊だらけの／焼酎呑／草の下坐に／暮れの忙き／下戸はしん〳〵／下戸の柱の／高観音の／五十七年／ことに男松の／出家士／せうじん酒は／芒の陰の／芒に投る／隅の小すみの／住でも見たき／膳に遠る／そも〳〵寒き／大道中へ／旅根生の

上下上下下下下下	下 下
238 534 256 61 51 56 50 47	54 59 48 54 57 60 52 52 50 60 57 49 54 56 53 61 51 63 56 59 62 52 53 61 61 52 61 51 60 59 49

めききだて　下546
めぐりびと　上92
めくるめく　上296
めぐろへは　上268
めざすかたきは
　鶏頭か　下360
　鶏頭よはつしぐれ　下356
　鶏頭よ横時雨　下360
めざましに
　蚤をとばする　上645
　わか水見るや　上42
めざましの
　庭ざくらにて　上388
　人形並べる　下486
　ぼたん芍薬で　上672
めざわりに　上400
めしかけも　上635
めしくうも　上510
めしけぶり　上579
めしけむり　下164
めしじるの　下76
めしすぎや
　菊から先へ　下238
　涼みがてらの　下115
めしたきの　下491
めしたきも　上278
めしつかい　上18
めしつぶや　上195
めしつぶを　下486
めしのかげ　下427
めしのゆの　下406
めしびつに　下487
めしびつの
　片脇かりる　下486
　簾は青き　上512
　蛍追ひ出す　上617
めしまえに　上215
めすすきや　上287
めそめそと　下342
めだしから　上287

めたなきや　上585
めでたいと　下477
めでたがら　下477
めでたかり　下191
めでたさの
　浅ぎ袷や　上503
　烟聟へて　上250
　麦よ畑よ　下470
めでたさは
　かゞしもつひの　下419
　上総の蚊にも　上623
　ことしの蚊にも　上626
　さ萩も立　下266
　ぞろりと並ぶ　上452
　つぎだらけなる　上484
　〔どれが〕彦星　下135
めでたさも　上14
めでたさや
　かゞしもつひの　下419
　膝垢光る　上500
めでたしと　上51
めでたしや　上693
めどおりへ　上449
めにはいる　上398
めにみえぬ　下135
めのうえの
　小ぶし林や　上655
　瘤とひろがる　上720
めのかすむ　上645
めのさやを
　ずっとはづして　下212
　はづしてさはぐ　下212
めのすなを
　ゑひし吹入　上454
　こする握に　上260
めのどくと
　しらぬうち〔こ〕そ桜哉　上377
　しらぬうちこそ桜花　上377
めのどくの　上144
めのやくに　下57

めはちぶに　上507
めをさませ　上215
めをぬいて　上539
めんかぶり　上294
めんぺきの　上434
めんめんに　上215

も

もいちにち
　葉陰に見たき　上710
　虫干あれと　上535
もういちど
　せめて目を明け　上51
　どこぞで勝よ　下248
もういちり　上453
もうこれが　上79
もうしかねて　上551
もうふるい　下150
もうみまじ　下580
もくぎょうつ　下37
もくばんめ　上156
もくぼじが　上508
もくぼじに　下362
もくぼじの
　明り先より　上235
　鐘に孝行　上253
　鉦の間を　上599
　鉦の真似して　上598
　雪隠からも　下531
　念仏さづかりて　上239
　花を敷寝の　上249
　古き夕や　下190
　夜を見に行　上82
もくぼじは
　暮ても雉の　上226
　吐反だらけ也　下53
　夜さへ見ゆる　上570
もくぼじや
　犬が呼んでも　上607
　常念仏も　下431

　花見田にしと　上286
もぐらもちよ　上244
もくれいの　上699
もじのある
　木の葉散らん　下555
　木の葉もおちよ　下553
　木〔の〕葉も降らん　下553
もしふらば　上337
もずないて　下179
もずなくや
　あつもり返せ　下179
　おのれが庵は　下178
　是より殺生　下179
　七日の説法　下178
　むら雨かはく　下179
もずのこえ
　かんにん袋きれたりな　下178
　堪忍袋きれにけり　下179
　かんにん袋どふきぬた　下178
　かんにん袋破れたたか　下178
　松を生して　下178
もずよもず　下178
もたいなと　下328
もたいなや
　からだにこまる　下168
　花の日永を　上70
　昼寝して聞　上551
　虫も養きて　下206
もたすれば　上156
もちいでよ　下450
もちうすに
　それうぐひすよ　下450
　鶏諷ひけり　上59
　例の鴬　下450
もちおとの　上528
もちかいに　上85
もちかけの　上85
もちぐさと　上294
もちぐさの
　しやつき張たる　上158

　ほた〳〵ほりて　下69
　おちや〳〵ほけて　下70
　むだにほけ立　上158
もちぐみも
　一坐有〔也〕　上334
　一坐敷あり　上328
　一ざしきなり　上336
もちこたえ　下50
もちつかぬ　上214
もちつきが　下452
もちつきと　下450
もちつきに　下451
もちつきの
　木陰〔に〕てうち　下454
　真似して遊ぶ　上633
　もちがとぶ也　下451
もちつきは　下449
もちつきも
　かすむものぞよ　下449
　世間はづれや　下451
　夜に入るさまの　下449
もちつきや
　今それがしも　下450
　臼にさしたる　下450
　榎にかけし　下453
　煻火広ル　下451
　門は雀の　下449
　せがむ子どもを　下453
　大黒さまも　下454
　棚が大黒《〳〵》　下452
　灯とゞく　下454
　内義の客は　下454
　軒から首を　下450
　一足づゝに　下449
　松の住吉　下451
　都の鶏も　下450
　餅買ふてやる　下454
　羅羅の鴻も　下449
もちつきを　下453
もちつくや　下284

もちっとで
　手がとゞく也　下 38
　乗れさう也　下 43
もちどたばた　下 456
もちとどく　下 456
もちとぶや
　ぱつくり犬の　下 454
　ぴたりと犬の　下 451
もちになる
　草が青むぞ　上 291
　草を子どもの　上 159
もちのざに　上 326
もちのでる
　槌がほしさよ　下 339
　槌のほしさよ　上 84
もちのなる　下 354
もちのはえ
　生て流て　下 70
　楓のあらし　上 634
もちばなの
　木陰にてうち　下 456
　盛も一夜　下 457
　ぽたり〳〵と　下 457
もちばなや　下 457
もちばなを　下 457
もちばなをば　下 457
もちはねて　下 454
もちはねてや　下 454
もちばらを
　こなしがてらの　上 176
　こなして歩く　下 15
もちまえの　下 176
もちようも　下 314
もっともじゃ　上 632
もどかしや　下 191
もとどりに
　筆つゝさして　下 237
　鬼灯さして　下 281
もとのざに
　ついて月見る　上 254
　直して鳴や　上 254
もとのつゆ　下 90
もとのめいげつと　下 63
もともとの　上 51
もどるとき　下 292
ものうりを　上 317
ものかいて　下 334
ものかげに
　こつそり咲や　上 685
　笑ふ鼠や　上 26
ものさしの　上 603
ものしりの　上 472
ものどもや
　足ぬぐふたか　下 238
　氷一欠　上 558
ものまいり　下 341
ものまえに　上 605
ものもうの　上 330
ものをかく　下 207
もひとこえ　上 579
もひとつ　上 35
もひとつの　下 222
もひとつは　下 165
もまれてや
　江戸のきのこは　下 320
　江戸の李は　上 728
もみがらの
　秋のさま也　下 275
　藪下ぎくも　下 236
もみぐらの　下 56
もみじいろいろ　下 495
もみじから　下 157
もみじきて　下 540
もみじして
　朝茶の道を　下 289
　百姓禰宜の　下 289
　千蘭四五連　下 291
もみじたく　下 290
もみじばに
　ま一度かゝれ　下 289
　まだけぶる也　下 290
もみじばの
　かはらぬうちに　下 291
　少し散ばぞ　下 559
　千畳敷や　下 472
　ちるは足らぬ　下 558
もみじばは　下 519
もみじばも
　そしらぬふりや　下 170
　丸込だり　下 488
　よそにはせぬや　下 472
もみじばや
　爺はへし折　下 290
　近付程に　下 290
　ふぐりもめでた　下 290
もみじばを
　ざぶと踏へて　下 520
　つかみ込だる　下 480
もみじびの　下 292
もみじより　下 157
もみぬかや　上 677
ももさくや
　犬にまたがる悪太郎　上 391
　犬にまたがる桃太郎　上 391
　おくれ年始の　上 390
　御寺の猫の　上 178
　ぽつぽとけぶる　上 391
　先祝る、　上 390
ももしきの
　大宮人や　下 520
　月夜に逢ふ〔や〕　下 421
　都は蛸の　下 421
ももしきや
　都は猫も　下 487
　夜の都も　上 625
ももところどころ　上 390
ももなえの　上 669
ももなえは　上 390
もものあけ　上 390
もものかど　上 390
もものひや　上 152
もものゆや　上 482
ももひろの
　雨だれあびる　上 366
　雨だれかぶる　上 373
ももやなぎ
　桜の風を　上 378
　庇〳〵の　上 338
ももんじの　上 318
もらいてが　下 274
もらいての　下 306
もらうなり　下 456
もらうより
　はやくうしなふ　上 522
　はやくおとした　上 521
　早くなくなる　上 522
もりとおが　下 402
もりのかげ　上 59
もるどのが
　おそろしといふ　下 483
　おそろしとかぶる　下 483
もろうたよ　上 662
もろこしの
　風はかよはき　上 523
　日枝迄登れ　下 389
　真似する寺の　上 674
　吉野へい〔ざ〕と　下 477
　よし野迄もと　下 477
　吉野もかくや　下 159
もろこしを
　あぶり焦すや　下 45
　堤であぶるや　下 46
もろぜみの　上 655
もろせみや　上 655
もろともに　上 637
もろみにて　下 167
もろもろの
　愚者も月さす　下 420
　ぐ者も月見の　下 421
　愚者も月見る　下 419
もんがいは
　智者達何と　下 358
　　　上 498
もんぜんの
　草むしるにも　上 509
　爺が作りて　上 468
　凧とり榎　上 46
もんぜんや
　子ど〔も〕の作る　上 134
　杖でつくりし　上 138
　何万石の　上 107
もんどこに　下 154
もんばんが
　明てやりけり　上 181
　小菜もぱつぱと　上 298
　菊も油　下 239
　たんを切也御講日和　下 426
　たんを切也御詠凪　下 426
　花桶からも　上 220
　ほまちなるべし　上 669
　ほまちの芥子の　上 670
もんばんに　上 599
もんばんは　下 406

や

やあしばらく　下 354
やあそこの　上 479
やあれまで　上 584
やうちして　上 279
やうちじゅう　上 19
やえざくら　上 386
やえひとえ　上 670
やえむぐら
　茂れる宿の　上 664
　とう〳〵霜を　下 409
やえやえの　上 63
やかげゆく　上 453
やがてやく　上 499
やかましや
　追かけ〳〵　上 581
　時鳥とも　上 587

ほと、ぎすとも云ぬ 上584
やきぐりに 下314
やきぐりの 下314
やきぐりも 下314
やきぐりや
吉次や三太 下310
へろ〳〵神の 下312
やきぐりを 下314
やきごめの 下165
やきごめや 下165
やきごめを 下165
やきふでで 下497
やきみそを 下291
やきめしに 下558
やきめしは 上227
やきめしを 上357
やきもちに 上80
やくうまの
おもに、雪の 下396
立眠りする 上722
やくざぎく 下555
ひとり帰るや 下241
やくそくや 下306
やくどしと 下339
やくなしの
身や人先に 下166
我を何とて 上189
やくにして 下554
やくはらい 下469
やくびょうがみ
蚤も負せて 上644
蠅もおわせて 上636
やくびょうよけ 上491
やくめとて 下239
やくよけの 上491
やけあとや 上302
やけあなの 下478
やけあなを 下478
やけいしに 下66
やけいしの 下229

やけいしや 下11
やけえだも 下565
やけぐいを
とく吹させ 下74
伸して見たり 下74
見とめて見れば 下74
やけつちの 上648
やけつりの 上465
やけにけり 上623
やけぬしが 上313
やけのきぎす 上568
やけばしら 下74
やけばしらは 下230
やけはらや
はやくも鳴〔や〕 下219
やけを起して 上632
やこらさと 上459
やさしさや
恋路に迷ふ 下176
鹿も恋路に 下177
やしょうま 上143
やしょくだす 下433
やすきよや 下486
やすみばや 上509
やすやくしゃ 上428
やせあしや 下211
やせうまに 下145
やせうめの
なり年さへも 上728
なりどしもなき 上727
実のなり様の 上727
やせうめも
なりどし持て 上728
実〔の〕なり様の 上728
やせうめや 上321
やせがえる 上251
やせがまん
して咲にけり門椿 上305
して咲にけり門の梅 上331
して放也 上429

やせがりや 上242
やせぎくも 下249
やせぐさの 下231
やせじらみ 上283
やせずねに
いさみをつける 上225
ゆるせ秋風 下27
やせずねは 上631
やせずねへ 下402
やせずねや
あらし凩 下372
涼めば虻に 上540
やせずねを 下294
やせだけも 下358
やせたりな
門の蛍に 上613
子につかはる、 上193
やせつちに 下235
やせなにも 下94
やせにわに 上675
やせのみに 上647
やせのみの
かはいや留主に 上648
達者にさはぐ 上642
不便や留守に 上648
矢指が浦の 上640
やせのみを 上477
やせはぎに 下265
やせはぎや
ぶくり〳〵と 下266
松の陰から 下265
やせはたも 下92
やせぼたる
大舟竿に 上604
小野の花殻 上604
是も誰やら 上604
ふはり〳〵〔と〕 上613
やせまつも 上454
やせむぎも 上696
やせやぶの 上197

やせやぶも 上312
いなりおはして 上246
己が夜也 上495
窓も月さす 下272
やせやまに 上301
やせわらび 下128
やたいだけ 上75
やっこたち 上259
やつすぎの 上197
やつれたぞ 上194
やつれたよ 上613
やつれたり 下318
やどおりが 上476
やどかりに 下157
やどかりの 下411
やどせんに 上274
やどひきが
やどひきに
女も出たりはるの雨 上90
女も出たり春の風 上100
やどひきの 上278
やとわれて
大念仏の 上71
念仏申 上496
やなぎあれば 上709
やなぎから
明て鳴きけり 上587
梅から御出 上397
なびきつゞくや 上398
まねく〳〵出たり 上401
もヽんぐあヽあと出る子哉 上400
もヽつぐハとて出る子かな 上402
もヽんぐわとて出る子哉 上397
やなぎぐさ 上292
やなぎさし 上397
やなぎさす
うしろを終の 上396
我をさみする 上396
やなぎにも 上287
やなぎはみどり 上400

やなぎまで 下302
やなぎみえ 上395
やなみとて 下167
やねのあな 下449
やねのこえ 上180
やねのこけ 上700
やねのまど 上13
やねやねの 上10
やねをはく 上375
やのさきや 上50
やのみねや
鳥が仕わざの麦いく穂 上697
鳥が仕わざの麦一穂 上697
やのむねや 上700
やぶありの 上619
やぶいりが
柿の渋さをかくしけり 下125
必立や 上28
供を連たる 上28
藪入の駕 上28
やぶいりの
大輿の 上28
顔にもつけよ梅の花 上27
顔にもつけよもヽの花 上29
かくしかねたる 上28
片はなもつや 上28
先に立けり 上27
供して行や 上28
供を連たる 上29
残りおほがる 上27
わざと暮れしや草の月 上27
わざと暮れしや二日月 上28
やぶいりも 上28
やぶいりや
犬も見送る 上28
うらから拝む 上28
きのふ過たる山神楽 上27
きのふ過たる山祭り 上29
桐の育も 上28
連に別て 上29

涙先立　上 28
墓の松風　上 28
二人して見る　上 28
二人並んで　上 29
先つ、がなき　上 27
三組一所に　上 29
三組一つに　上 28
やぶいりよ　上 27
やぶうめの　上 331
やぶうめや　上 332
やぶえるや　下 195
やぶがきに　上 333
やぶがきも　下 69
やぶかげの　上 496
やぶかげも
月さへさせば　下 40
湯が候と　上 610
やぶかげや
たつた一人の　上 552
蝶と休むも　上 276
としとり餅も　下 451
ひとり鎌とぐ　上 433
やぶかげを　下 17
やぶぎくの　下 243
やぶぎくや
霰ちる日に　下 401
庵の三九日　下 248
押合へし合　下 239
親にならふて　下 248
畠の縁り〔の〕　下 243
やぶきじや　上 229
やぶごしに
膳をつん出す　上 553
福〱しさよ　下 506
やぶごしの　上 205
やぶごしや
御書の声も　下 2
藪とも見ゆる　下 473
やぶさきの　下 179
やぶさきや　下 340

やぶじりの
さいせん箱や梅の花　上 328
賽銭箱や春の雨　上 87
やぶじりは　上 220
やぶじりや
蓑に子鳴　上 231
蓑の子がなく　上 228
やぶぞいに　上 556
やぶそばの　上 234
やぶたけも
つい〱四月　上 468
わかいうち迚さはぐ也　上 701
わかいうちとてそよぐ也　上 701
やぶたけや　上 703
やぶでらの　下 420
やぶでらや
涅槃過ての　上 143
みだの膝より　上 616
夜もおり〱　上 655
やぶという　上 87
やぶとみえ　下 15
やぶなかも
仏おはして蝶がまふ　上 278
仏おはして蝶のまふ　上 267
やぶなみに
おれが首も　下 561
とけて〔も〕しまへ　上 131
流て居也　上 529
話て居し　上 532
餅もつく也　下 452
やぶなみや
同じ夕の　上 513
枯は枯れても　下 550
仕様事なしに　上 247
とし寄鹿の　下 174
貧乏草も　上 12
やぶなりと　下 130
やぶに　上 432
やぶのあめ　下 578
やぶのうめ

主なし状のさらさる、　上 315
主なし状の吹れけり　上 315
やぶのなの　上 299
やぶのはち　上 281
やぶのはな
迹見よソハカ必よ　上 349
迹見よそはか忘る、な　上 349
やぶのめや　上 302
やぶのやや
鍋つき餅の　下 65
むだにして云　下 446
やぶのゆき
いつかなとけぬ　上 135
なつととけるも　上 135
何を見込に　上 137
逃かくれても　上 132
やぶのゆきを　上 78
やぶはらに
何をかセぐぞ　上 185
引捨られし　下 547
やぶはらの
一本大根　下 547
賽銭箱や　上 336
一つ大根も　下 546
やぶはらや
しかしのんきな　上 541
てく〱とした　下 278
何の因果で　下 542
ばくちの銭も　下 53
やぶはらを　下 112
やぶむらに　下 19
やぶむらの　上 154
やぶむらは　上 484
やぶむらも　下 457
やぶむらや
蚊と行灯と　上 632
口のはた迄　上 313
闇きが上の　上 434
下戸とは見へぬ　下 460
権兵衛が作の　下 490

灯ろうの中に　下 225
貧乏馴て　上 542
まぐれあたりも　上 328
馬盥からも　下 181
藪の長者の　上 483
雪の解るも　上 132
やぶわきに　上 313
やまあぶや　上 281
やまいつこうて　下 484
やまいぬの　下 223
やまいぬや　下 109
やまいもの　上 696
やまいりの　上 574
やまうどに　上 584
やまうどの
お飯にも引　上 110
たばこにむせな　上 576
火を焚立る　下 368
枕の際や　上 450
山出て市は　上 508
やまうどは
いらざる世話を　上 169
薬といふや　下 463
鍬を枕や　上 219
やまうどや
注連わら売に　下 462
袂の中の　上 651
畠〔打〕かけて　上 173
畠打〔に〕出る　上 173
雪の御かげに　上 557
やまうらも　下 142
やまうらを　上 410
やまおくの
庵は手作の　下 167
しなの育も　上 388
やまおくは　下 320
やまおくも　下 249
やまおりて　上 365
やまおろし
秋のやうすの　下 2

家〱の幟に　上 482
泊瀬の木間を　上 508
鰒の横面　下 539
やまがきも　下 298
やまかげに　下 311
やまかげの
一軒家さへ　下 126
壁にかすりて　下 534
やまかげも
市川凧の　上 45
江戸きにしたり　上 662
九日給を　下 141
畠となりて　上 225
桃の日あるか　上 151
寄て祭るや　下 39
やまかげや
涼みがてらの　上 548
藪のうしろや　上 44
山伏むらの　下 282
やまかじの
御歌書く日に　下 134
葉さへ歌書　下 133
やまかぜの　上 484
やまかぜや
衣うたれて　下 163
たのむ小藪も　下 415
やまかぜを　下 525
やまがみの　上 661
やまがらす
おれがさし木を　上 177
おれがつぎ木を　上 176
邪魔ひろぐなよ　上 586
手伝ふてやく　上 167
山のうぐひす　上 198
やまがらの　下 194
やまがらは　下 194
やまがらも
笠を着て出よ　下 457
左右へ別る、　下 194
やまがらや　下 328

やまかわの　下 564
やまかわや
　赤い蔦程　下 264
　落葉の上の　下 555
やまきぎす　上 229
やまぎくに　下 240
やまぎくの
　生たまゝや直ニ咲　下 248
　生れ〔た〕まゝや真直に　下 244
　直なりけらし　下 244
やまきじの
　けんもほろゝも　上 228
　妻をよぶのか　上 229
やまきじや
　ころり焼野、　上 231
　坂本見へて　上 231
　何に見とれて　上 229
やまきじを　上 231
やまぎりと　下 106
やまぎりに　下 108
やまぎりの
　足にからまる　下 108
　かゝる家さへ　下 107
　さつさと抜る　下 108
　通り抜たり　下 109
　まくしかけたる　下 109
やまぎりや
　瓦の鬼が　下 108
　声うつくしき　下 107
やまくさに　上 658
やまぐにや
　ある〔が〕上にも　上 451
　なぜにすくない　上 574
やまぐもや　上 677
やまぐりの　下 311
やまけぶり　上 519
やまごけも　上 700
やまごやや　下 172
やまざきや　上 203
やまざくら
　あの一本は　上 366
　今一本は　上 366
　髪なき人に　上 372
　皮を剝れて　上 378
　きのふちりけり　上 367
　咲にけらしな　上 374
　咲や附タリ　上 375
　さくや八十　上 372
　〳〵も廿　上 374
　そなたの空も　上 375
　そ〘が〙れが上にも　上 375
　ちれ〳〵腹に　上 378
　序に願を　上 377
　中〳〵花が　上 374
　花をしみれば　上 374
　花から風を　上 384
　花きちがひの　上 376
　花にけかちは　上 379
　花の主や　上 379
　日毎ふく日に　上 367
　人に見よ迚　上 380
　人をば鬼と　上 374
　松は武張て　上 372
やまざとの　上 109
やまざとは
　油手ふくも　上 313
　馬にかけるも　上 461
　馬に投つける　上 460
　馬の浴るも　上 459
　子ども、御免　下 479
　小鍋の中も　下 57
　米をつかする　上 462
　米をも搗かする　上 462
　四五年ぶりの　下 441
　常正月や　上 82
　小便所さへ　下 248
　小便所も　下 113
　汁の中迄　下 52
　槌ならしても　下 359
　乙鳥の声も　上 213
　猫が木目も　上 302
　人目もかれぬ　下 228
やまざとも　上 91
やまざとや
　あゝのこをのと　下 114
　秋の雨夜の　下 68
　油手ふくも　上 313
　臼に盥に　上 655
　おがんで借りし　上 647
　おどりもしらで　下 126
　借りて居れば　上 646
　かりの後架も　上 348
　かりの雪隠も　上 363
　後架といふも　上 362
　米つく先の　上 448
　杉の葉釣りて　下 168
　煤をかぶつて　下 440
　畳の上に　下 557
　燕の声も　上 213
　風呂にうめたる　下 396
　毎日日日　上 79
　まぐれ当りも　上 320
　水に引かせて　下 156
　昔かたぎの　下 267
　餅を定木に　下 454
　やつ〔と〕かりたる　上 646
　薮の中にも　下 462
　夜寒宵の　下 12
やまざると
　呼ばるゝ里の　上 385
　呼るゝ程の　上 389
　呼るゝ村や　上 386
　呼るゝ宿の　上 385
やましばの
　氷柱四五本　下 336
　秤にかゝる　下 368
やましみず
　木陰にさへも　上 458
　人のゆきゝに　上 462
　守らせ玉ふ　上 458
やましろや
　小野、おく迄　下 457
　手まひつかひも　上 165
やまずみや
　僧都が打も　下 161
　蜂にも馴て　上 281
やまぜみの　上 654
やまぜみや　上 653
やまぞいや　上 26
やまだしの　下 314
やまでらに　下 551
やまでらの
　茶に焚かれけり　下 353
　箒の先を　上 75
　豆煎日也初時雨　下 356
　豆煎り日也むら時雨　下 365
　みな堂下へ　下 292
　留主のさま也　上 718
　忘がたみへ　下 458
やまでらは
　竈も後架も　上 303
　棋の秋里は　上 697
　碁の秋里は　上 697
　鋸引の　下 336
　留主の体也　上 718
やまでらや
　〔赤い〕牡用の　上 676
　翌そる児の　上 45
　椽の上なる　下 174
　扇でしれる　上 522
　糧の内なる　下 243
　霧にまびれし　下 107
　木がらしの上に　下 369
　子に迷ふ親の　下 458
　米壱升の　下 519
　坐敷の中に　上 231
　炭つく臼も　上 593
　雪隠も雉の　上 226
　僧の迹追　下 365
　祖師のゆるしの　上 180
　畳の上の　下 311
　茶ノ子ノあんも　下 241
　蝶が受取　上 470
　月も一間に　下 44
　寝聳べる下の花の雲　上 360
　寝そべる下の花の山　上 365
　寝耳に水の　上 585
　破風口からも　下 109
　火鉢のふちの　下 501
　仏の膝に　下 109
　雪の底なる　下 387
やまとじは　上 164
やまとじや
　翌なき春を　上 74
　衆に交りて　上 518
　づいと御免の　上 518
やまとなり　上 450
やまどりに　下 261
やまどりの
　尾のしだりをの　下 18
　ほろ〳〵雨や　上 263
やまなりに
　汗のきはづく　上 494
　寝ればなく也　上 588
やまにさえ　下 286
やまにすめ　上 189
やまにゆき　下 392
やまぬけや　下 181
やまぬしに　下 264
やまねこの　上 223
やまねこも
　恋は致すや　上 178
　作り声して　上 182
やまねこや　上 178
やまのあめ　下 170
やまのいえ　下 357
やまのいを　下 268
やまのいん　上 727
やまのかね
　蚊帳の色も　上 512

蛙もどしの
も一ツひゞけ
やまのかみ
やまのきく
曲るなんどは
うまれた郷や
やまのきじ
やまのきや
やまのくさ
やまのしか
やまのしげり
やまのつき

理屈の抜し
花盗人を
親（は）綱引
やまのてや
やまのはや
やまのはへ
やまのまた
やまのみか
やまのゆに
やまのこや
やまのよや
やまはたや
やまはたは
やましは
やまはたは

そばの白さも
種蒔よしと
手前遣ひの
鳩が鳴っても
やまばちや
人に打たせて
やまばちも
したるで住や
やまばちや
軒の主や
柳の雨は

上	上		上	上	下	上	下	上		下	下	下	上	上	下	下	下	上	下	下	上	下		上	下	下	上	下	上	上	下		下	上	上
281	282		229	172	69	167	174	272	382		233	261	261	70	549	572	99	176	44	588	459	43	352	41		719	171	284	287	168	517	229	244	250		317	81	247

鳴く通る
鳴く抜る
やまばとが
やまばとや
やまばとや
やまはにじ
やまはにじ
やまはわかば
やまはばんの
やまひめの
やまぶきに

大宮人の
片手でぶらり
差出口きく
手をかけて立
引くるまりて
ぶらりと牛の
やまぶきの
御味方申
きたなく咲て
花のはだへの
水ぐくしさを
やまぶきへ
やまぶきは
やまぶきや
家近き松は果報焼
家近き松は日和負
午つながる、
蛎むく人に古さる、
蛎つながる、
神主どの、
草にかくれて
腰にさしたる
四月の春も
茶椀の欠も
培ほす草も
先御先へと
馬柄杓提し
やがてさしたる
柳の雨は

上	上	上	上	上	上	上	上	上	上	上	上	上	上		上	上	上	上	上		上	上	上	上	上	上		下	上	上	下	上	下	上	上
392	392	392	252	392	393	393	392	392	392	392	393	393	392		257	392	528	393	589	248		393	250	393	393	254	258	392		308	461	711	248	82	166	363	281	281

爺（〴〵）が祈りし
やまもりに
吹おろしけり
入日を空へ
やまもみじ
禰宜日なたの
師走日なたの
小ね（ぎ）二人の
清水の月の
きぬたに交る
狐の穴も
かすみにとゞく
やまもとや
やまもとの
やまみても
ねらひすまして
斯う来い〴〵と
やまみちや
曲り〳〵し
案内顔や
やまみちの
やまみずの
溝があまるや
溝が上をも
やまみずに
やまみずり
やままつり
やままつに
やままつや
やまぶきよ
やまぶきを
実を取まいて
〔実〕をおり分〔て〕
やまぶしが
さし出しさうな
やまぶしが
明りに下る夜舟哉
ひそかに見ゆる
あなたの先が
やまやきや
山湯のけぶりに

上		上	下	下		下	下	上	下	下	上		下	下	下	上	下		下	下	上		上	上	上		上	上	上	下	下		上	上	上		上	上
461		276	520	288		428	323	460	428	157	455	107		82	11	22	367	280		286	579	280		560	694	649		518	379	689	565	565		605	392	392		393	393

御鶯よ
ややかにも
ややよきき
やゝさむき
やゝめどり
やゝさむく
やめよやめよ
やみよつきよ
やみのよも
やみのよに
やみのよに
やみくもに
やっと春めき
木辻の夜も
川の春日を
あたら春〔風〕
年よるさまや
袖に馴たる
やまやまは
やまやまや
やまやまや
やまやぶの
やまやくやまびと
夜はうつくしき
眉にはら〳〵
仏体と見へ
あなたの先が
ひそかに見ゆる
明りに下る夜舟哉
夜に下る
やまやきの
やまもりよ
やまもりや
花の吹雪や
二世安楽か
仏の方より

上		下	下	下	下	上	下	上	上	下	上	上	下	上	上	下	上	上		下	下		上	上	上	上	上	上	上		上	上	上		上	上		下	上	上
200		10	7	363	172	442	283	579	241	382	305	64	62	561	66	101		305	358		138	548	126	167	167	168	167	168		257	167	167		168	168		352	74	342

旅のしらみを
ゆあみして
あがりや
拍子にすゝむ
尻にべったり
肱こそぐる
ゆあがりの
〔ゆ〕
寒が入る也
中や庵の
やわらかな
よい年をして
人見しりせぬ
やれもやれも
やれもやれも
やれもやれも
やれが
やれかくべや
やれよそうな
やれおきつな
やるまいぞ
やりもちよん
やりやらん
やりもやり
やりにやり
細いけぶりを
よよやちょう
よよやみ
ややめやみ
やよきつね
やよからす
やよつばめ
道へ〳〵春の
花の御代にも
そこで遊べぶ
やましらみ
やまやきの
いねとは立ぬ

上		下	下	上	上		下	下		下	上		下	下	下	上	上	上	下	上	下	上	上	下	上	上	上	上	上		上	上	下		下	下	下	上	上
40		396	299	482	617		325	455		446	564		458	492	53	586	637	576	126	75	68	577	2	642	268	215	215		283	75	501		555	27	556	578	267

我〔身〕となりぬ　下 45
ゆあみせぬ　下 72
ゆいりしゅの　上 268
ゆうあらし
あたかも萩の　下 265
我形代を　上 479
ゆうあられ　下 405
ゆういそぐ　上 218
ゆういちや　上 438
ゆうがおに
尻を揃て　上 667
涼せ申　上 667
引立らる、　上 667
ひさしぶりなる　上 666
ほの〴〵見ゆる　上 668
ゆうがおの
明り先なる　下 126
かのこ班の　上 667
それとも見ゆる　上 668
長者になるぞ　上 666
長者になれよ　上 666
次其次が　上 667
十ばかり咲く　下 70
中より馬の　上 667
花からまてと　上 668
花で涕かむおば、哉　上 668
花で涕かむ娘かな　上 667
花に出たる　上 667
花にざれ込　上 668
花にそれたる　上 668
花にて涕を　上 668
花にぬれたる　上 667
花に冷つく　上 667
花の先より　上 667
花めで給へ　上 666
夜もさば〴〵　上 667
ゆうがおも　上 667
ゆうがおや
あんば大杉　上 667
馬の尻へも　上 668
男結の　上 668
草の上にも　上 666
サモナキ国に　上 667
兵共の　上 666
十づゝ十の　上 666
はら〳〵雨も　上 666
ひとつ〳〵に　上 666
祭りの客も　上 667
柳は月に　上 666
世直し雨の　上 666
ゆうかげの
尻にしかる、　上 523
新麦飯や　上 562
はら〳〵雨に　上 524
ゆうかげや
イダ天さまの　下 290
今植たれど　上 699
駕の小脇の　上 473
片がは町の　上 507
清水を馬に　上 462
煎じ茶売の　上 510
連にはぐれて　上 247
鳩の見ている　上 708
手下が植ても　上 700
下手におりても　下 187
ゆうかぜや
馬も蚊屋釣る　上 515
木のない門の　下 121
ふり向度に　下 184
社の氷柱　下 335
病けもなく　上 465
ゆうがねに　下 152
ゆうがねや　上 450
ゆうがやの　上 516
ゆうかわず　上 246
ゆうきじの
寝〔所〕にしたる　上 227
寝にもどるとや　上 230
走り留りや草と空　上 228
走り留や鵆の海　上 228
ゆうきじや
坂本見へて　上 231
何に見とれて　上 231
ゆうきゃくの　上 121
ゆうぎりや　下 109
ゆうぐれに
がつくりしたよ　上 278
蛙は何を　上 254
むしろちれ〳〵　下 237
ゆうぐれの
腮につゝ張る　上 519
笠も小褄も　上 164
九間に及ぶ　下 296
一夕立が　上 441
ふる帷子も　上 506
松見に来しを　上 232
松見に来れば　上 232
虫を鳴する　上 525
ゆうぐれは
風が吹ても　下 144
烏がおりても　下 183
もとの旅也　上 344
ゆうぐれや
池なき方も　上 368
今売槙に　下 107
今うれる草を　上 606
大盃の　上 640
鬼の出さうな　下 66
おばゝが松も　下 108
親なし雀　上 190
かゞしと我と　下 152
蚊が鳴出して　上 624
霞中より　上 111
雁が上にも　上 235
木の実が笠を　下 309
鹿に立添ふ　下 174
せうぢん鮓も　上 562
其上に又　下 70
茶筅仕かへて　下 358
土とかたれば　下 552
鳥とる鳥の　上 339
萩一本を　下 266
箒木投ても　下 200
ひざをいだけば　下 294
一夕立も　上 441
下手念仏も　上 379
蛍にしめる　上 605
馬糞の手をも　下 238
ゆうぐれを
恨がごとし　下 230
鹿も片足　下 170
そら合点の　下 151
下手な時雨の　下 360
待人いくら　上 305
ゆうけぶり
誰夏痩を　上 494
とゞかぬ山の　下 151
鳩吹人に　下 157
ゆうこちに
臼の濡色　上 102
吹れ下るや　上 103
ゆうこちや　上 103
ゆうざくら
蟻も寝所は　上 375
家ある人は　上 367
鬼の涙の　上 374
鉦とし〔ゆ〕もくの　上 377
けふも昔に　上 374
箱でうちんで　上 379
ゆうざけや　下 119
ゆうさめや　上 226
ゆうさめを　下 525
ゆうさりの　上 139
ゆうさりや　下 144
ゆうされば
朧作るぞ　上 105
けちな藪でも　上 105
袖から霧の　下 109
凧も雲雀も　上 217
鳴かはりかよ　下 204
ペン〳〵草も　上 476
蛍の花の　上 606
痩子やせ蚤　上 642
ゆうしおや
草葉の末の　下 209
塵にすがりて　下 220
ゆうしぐれ
馬も古郷へ　下 357
すつくり立や　下 357
ゆうじょめが　上 412
ゆうすぎの　下 327
ゆうすぎや　上 369
ゆうすずに　上 425
ゆうすずみ　上 539
ゆうすずや
凡一里の　上 417
草臥に出る　上 422
汁の実を釣る　上 422
水投つける　上 421
薬師の見ゆる　上 417
ゆうぜみの　下 37
ゆうぜんと　上 249
ゆうぞらに　上 629
ゆうぞらの　上 55
ゆうぞらや　上 624
ゆうぞらを　上 248
ゆうだちが
せんたくしたる　上 441
どつと腹立　上 443
始る海の　上 439
よろこばしいか　上 660
ゆうだちと　上 441
ゆうだちに
足敲かせて　上 443
足を打せて　上 446
打任せ〔た〕り　上 439
大行灯の　上 442
こねかへされし　上 446
すくりと森の　上 438
需をなぜらる　上 445

第一段

次の祭りの
鶴亀松竹の
とんじゃくもなし
なでしこ持たぬ
販しき野火
人の薬
拍子を付る
昼寝の尻を
迄にくまれし
椀をさし出る

ゆうだちの
天窓にさはる
迸にける
祈らぬ里に
いよ/\始る
音して暮し
月代絞る
相伴したる
すんでにぎはふ
とりおとしたる小村哉
それから直に
つく/\ほしと
つけ勿体や
て〔き〕ばきやめも
取て帰すや
とりおとしたる出村哉
とんだ所の
日光さまや
裸湯うめて
ひいきめさる、
二度は人の
拍子に伸て
拍子も走る
枕元より
又来るふりで
真中に立
養着なりで

上	上	上	上	上	上	上	上	上	上	上	上	上	上	下	上	上	上	上	上	上	上	上	上		上	上	上	上	上	上	上	上	上
445	444	446	438	444	446	443	444	444	439	445	444	444	444	208	434	445	446	564	442	442	445	444	492	438	441	439		440	443	443	442	439	167	438	438	439	438

第二段

糞(を)きたま、
よしにして行
昼寝の尻を
迄にくまれし
逃引にける
天窓にさはる
祈らぬ里に
いよ/\始る
おし流したる
音して暮し
月代絞る
相伴したる

ゆうだちの
男盛の
かみつくやうな
髪結所の
かゆき所へ
象潟晶
大いさかいの
追かけ/\
塚にもて立
臼に二粒
今二三盃

ゆうだちも
図に乗〔て〕来る
天王様が御好逆

ゆうだちは
あらうかどうだ
是切とばらり

それがし共が
竹一本の
打て謳ふ

上	上	上	上	上	上	下	上	上	上	上	上	上	上	上	上	上	上	上	上	上	上	上	上		上	上		上	上	上		上	上
438	441	439	442	443	446	439	444	60	441	439	438	438	446	444	439	442	442	442	444	444	441	442	443	443	444		441	445		443	441	443		442	492

第三段

それがし共が
竹一本が
打て謳ふ
辻の名主
友となりぬる

ゆうづきの
大事として
二はな三(は)な
つくと立たる
尻つんむけて
三日待たせて
見せびらかすや
逃さじと行
天王さまや
くねり返すや
鐘の上から
竹をぬらして
鴫十ばかり

ゆうだちを
裸で乗し
はらりと乗し
貧乏徳利の
一人醒たる
両国橋の
舟から見たる
弁慶どの、
枕にしたる
まちかね山の
三日正月
薮きてごろり
袴ぬへし
寝産の上の
名主組頭

上	上	上	下	下		下	下	下		上	上	上	下	上		上	上	上	上	上	上	上	上	上	上	上	上	上	上	上	上	上	上	上	上
532	529	481	72	276		127	250	187		442	444	442	439	263	441		444	446	445	437	587	445	440	438	439	441	443	446	445	444	440	445	439	442	439	445	437	438

第四段

ゆうづきや
いかさま庵は
うにかせがせて
大肌ぬいで
御煤の過し
刈穂の上の
門の涼みも
盃がてらの
大くとして
涼がてらの
流残りの
我にはさめ
萩の上行
花泥坊の
松の天窓の
我のみ翌の
竹をぬらして
鴫十ばかり
鐘の上から
くねり返すや
天王さまや
逃さじと行
見せびらかすや
三日待たせて
尻つんむけて
つくと立たる
二はな三(は)な
大事として

ゆうづきの
けば/\しさを
さら/\雨や
正面におく
友となりぬる
蚊に住れたる

ゆうぶろの
手をかけて鳴
かのこ斑の
木の実も人も
犬めがそりの
茨のおくの

ゆうふじに
片足かけに
尻を並べて
野辺のけぶりに
どの松島が寝所ぞ
どの松島が寝よいぞ

上	上		上	上	上	上		上	上	上	上		下	下	上	上		下	下	下	上	上		下	上	下	上	下	下	下	上	下	下	上	上	下
624	519		110	253	248	257		218	224	222	217	222		208	111	475	476		156	452	84	217	213		438	341	42	286	219	276	120	680	277	539	439	658	489	42

第五段

夕立雲の
いかさま庵は
うにかせがせて

ゆうほたる
うみぞれ
ゆうみぞれ
ゆうめしすぎに
菜に詠る
ゆうめしの
膳配りけり
中からはさむ

ゆうめしも
ゆうもみぢ
芋田楽の
谷残虹の
やけ起してや
やけ起して
人の中より
唐紅の初氷
そば切や寒い
いつまで寒い

ゆうやけが
ゆうやけと
ゆうやけに
唐紅の露ばなり

ゆうやけや
ゆうやけや

ゆうやけや
やけを起して

夕山雉
夕山雉

ゆうやまに
ゆうやまや
いつまで寒い

ゆうやみや
かのこ斑の
木の実も人も

ゆうやみと
犬めがそりの
茨のおくの
大名縞の

ゆうれいと
ゆうれいと
正面におく
友となりぬる

ゆえありて
ゆえありて

上	下	下	上	下		下	上		上	下	下		上	上	上	下	下		下	上	上		下	上	下	下		下	上	下	上	下	上		上	下	上	上
538	286	285	324	488		309	690		227	355	369		396	227	257	3	332	96		528	258	252		278	659	288	290		237	712	291	466	355	463		453	405	606	438

ゆかしさよ　下39
ゆかずとも　上242
ゆからでるを　上630
ゆきあたり
　ばつたとともに　下226
　ばつたり雁の　下185
　ばつたり〳〵　上526
ゆきあたる
　家に泊るや　上617
　家に寝る也　上617
ゆきいちにでて　上574
ゆきうちや　下493
ゆきうりの　下5
ゆきかえる　上74
ゆきがけの
　駄ちんになくや天つ雁　上236
　駄賃になくや小田の雁　上241
　駄ちんに鳴やけさの雁　上236
ゆきがこい　下494
ゆききのひとを　上472
ゆきぐにの
　大蕣の　下254
　雪いはふ日や　上557
　雪もちよぼ〳〵　上134
ゆきぐにや
　いろりの隅の　下548
　土間の小すみの　下548
　雪ちりながら　上139
ゆきげして　上137
ゆきごもや　下396
ゆきしたで　下398
ゆきじるの
　かゝる地びたに　上129
　しの家に曲る　上135
ゆきすぎて　上539
ゆきたいか　上243
ゆきちらちら　下395
ゆきちらり
　〳〵冬至の　下324
　〳〵見事な　下396

ゆきちりて
　犬の大門　下393
　隣の臼の　下390
　とろ〳〵御堂　下393
　人の大門　下394
　人の善光寺　下390
ゆきちるや
　一本草の　下398
　内にも煤〔の〕　下396
　御駕へはこぶ　下395
　おどけもいへぬしなの空　下393
　おどけも云へぬしなの山　下399
　きのふ出来たる　下393
　きのふは見えぬ　下391
　小窓のたしの　下389
　しかもしなのゝ　下393
　七十顔の　下389
　しなのゝ国の　下389
　素戻したる　下393
　雪駄の音の　下397
　銭はかり込　下391
　ちん〳〵鴨の　下397
　友なし松の　下389
　鳥もかまはぬ　下390
　軒のあやめの　下394
　軒の菖蒲が　下394
　守り本尊に　下492
　廿日の闇を　下393
　吉原駕の　下397
　夜の戸をかく　下390
　我宿に寝るは　下389
　脇から見たら　下399
　わき捨てある　下396
　我に取付　下399
ゆきちるを　下397
ゆきつぶて
　馬が喰んと　下492
　投るはづみに　下493
　投る拍子に　下492
　瓢でうけよ　下429

ゆきとけて
　嬉しさう也　上129
　けふは用なき　上135
　クリ〳〵したる　上130
　さのみ用なき　上129
　町一ぱいの子共哉　上132
　町一ぱいの雀哉　上132
　村一ぱいの　上132
ゆきどけに　上129
ゆきどけの　上138
ゆきどけや
　大手ひろげて　上133
　相旅籠〔屋〕の　上135
　門の雀の　上130
　門は雀の　上130
　川は雀の　上135
　鷺〔が〕三疋　上133
　さのみ用なき　上138
　順礼衆も　上130
　巣鴨辺り〔の〕　上130
　竹は雀の　上135
　貧乏町の　上134
　麓の里の　上129
ゆきとける　上130
ゆきどけを　上130
ゆきとどろ　下398
ゆきともに　上170
ゆきなりに　上529
ゆきのあさ　下387
ゆきのあさや　下387
ゆきのかり　下389
ゆきのとや　下397
ゆきのはら　下396
ゆきのひに　下394
ゆきのひも　下388
ゆきのひや
　おり〳〵蝿の　下397
　こきつかはるゝ　下393
　字を書習ふ　下393
　天井張らぬ　下392

　堂にぎつしり　下398
　古郷人も　下389
　仏お竹が　下394
ゆきのふる　上242
ゆきのふろ　下399
ゆきのみち
　片〳〵とけて置にけり　上137
　片〳〵とけてやみにけり　上135
ゆきのやま
　何を烏の　下387
　見ぬ日となれば　下389
ゆきのよに　下399
ゆきのよや
　押ばあく戸と　下398
　苔屋の際の　下391
　半人ぶちに　下389
　横丁曲る　下394
ゆきはくや　下489
ゆきはらう
　事もならぬや　下397
　拍子に無沙汰　下399
　拍子に都　下397
ゆきひさめ　下389
ゆきふりて　下389
ゆきふるや
　のがれ出ても　下395
　夜盗も鼻を　上23
ゆきふれや　下394
ゆきぼとけ
　犬と子どもが　下491
　犬の子どもが　下490
　されば子供が　下490
　我手の迹も　下491
ゆきまると　下489
ゆきみまい　下398
ゆきもどり　下462
ゆきもりが　上309
ゆきゆけゆけ　下391
ゆきよけに　下494
ゆくあきに

　御礼申か　下36
　角力もとらぬ　下145
　ヒヨクと立る　下35
ゆくあきや
　いかい御苦労　下36
　一文不通の　下35
　妹がお花の　下35
　馬の苦労を　下36
　已に御釈迦は　下35
　つく〴〵おしと　下37
　どれもへの字の　下36
　入道どのゝ　下36
　畠の稲も　下97
　糸瓜の皮の　下36
　日り形りなる　下36
　無かぶ酒屋の　下37
ゆくあきを
　送るめで〔た〕い　下37
　尾花もさらば　下36
　輿でおくるや　下167
　大鼓〔で〕送る　下36
　つく〴〵おしと　下37
　ぶらりと大の　下36
ゆくからす　下532
ゆくかりが　上234
ゆくかりに　上233
ゆくかりの　上242
ゆくかりや
　跡は野となれ花となれと　上236
　跡は野となれ山となれと　上236
　おヱドはむさし　上240
　きのふは見へぬ　上234
　子とおぼしきを　上242
　更科見度　上233
　人の心も　上234
　夜も見らるゝ　上237
　我湖を　上235
ゆくくもや
　かへらぬ秋を　下35
　だら〳〵急に　上408

ゆくくれの　下237
ゆくさきも
　明るかるべし　下66
　只秋風ぞ　下76
ゆくさきや
　銭とる縄も　上112
　どれが先だつ　下231
ゆくすえは　下581
ゆくつきや
　花の都も　上541
　都の月も　上541
ゆくとしに　下341
ゆくとしの　下338
ゆくとしは　下344
ゆくとしも
　かまはぬ顔や　下339
　そしらぬ富士の　下340
ゆくとしや
　午に付たる　下342
　馬にもふまれぬ　下340
　覚一つと　下342
　かへらぬ水を　下339
　かせぐに追つく　下344
　かぶ〔つ〕て寝たき　下340
　気違舟の　下340
　空の青さに　下340
　空の名残を　下340
　たのむ小藪も　下340
　何をいぢむぢ　下341
　寝てもござらぬ　下340
　屁の上に　下342
　降ろともま丶の　下344
　本丁すじの　下341
　身はならはしの　下340
　湯水につこふ　下343
ゆくとしを　下340
ゆくなかり
　住ばどつちも　下28
　どつこも茨の　上237
　廿日〔も〕居れば　上234
ゆくなとり　上568
ゆくなほたる
　〔都〕の空は　上607
　都は夜も　上607
ゆくなゆくな
　おらが仲間ぞ　上592
　みなうそよびぞ　上617
ゆくはゆくは　上234
ゆくはるに　上74
ゆくはるの
　空はくらがり　上74
　町やかさ売　上74
ゆくはるや
　馬引入るる　上76
　我を見たをす　上76
ゆくひとが　下357
ゆくひとの　上260
ゆくひとや　上107
ゆくひとを　下517
ゆくふねや　上574
ゆくほたる　上609
ゆくみずの　下346
ゆくみずよ　上479
ゆくよゆくよ　上75
ゆくりねよ　下198
ゆげたから　上93
ゆげたまで　上92
ゆけぶりに
　せつかれて咲　上326
　ふすぼりもせぬ　下42
ゆけぶりの
　つんとか丶〔れ〕る　下578
　ふは〳〵蝶も　上277
ゆけぶりも　上104
ゆけぶりや
　梅に一連　上326
　草のはづれの　上87
　そよとあしらふ　下354
ゆけぶりを　上56
ゆけほたる
　手のなる方へ　上606
　とく〳〵人の　上608
　薬鑵の口が　上606
ゆさゆさと　上75
ゆたかさよ　上597
ゆだんすな　下284
ゆでぐりと　下311
ゆでぐりや
　胡坐功者な　下311
　入り坐敷より　下314
　夜番の小屋の　下314
ゆでじるの
　河にけぶるや　上103
　けぶる垣根や　下405
ゆどうふの　下534
ゆにいりて　下342
ゆにいると　下505
ゆにいるも　上72
ゆのさとと　上212
ゆのたきの　上277
ゆのたきも　上434
ゆのたきを　上277
ゆのなかの　上274
ゆのなかへ　下386
ゆのなかや
　首から首へ　上275
　人から人へ　上276
ゆのような　下42
ゆはじめの　上40
ゆびさして　下403
ゆびさしも　上671
ゆみさげし　上563
ゆみとつる　上457
ゆめのよと　上633
ゆめのよを　上488
ゆもあびて
　月夜の盆を　下46
　土用しらずの　上429
　仏おがんで　上379
ゆもめしも　上717
ゆらゆらと　下285
ゆりさいて　上689
ゆりさくや
　大骨折て　上689
　米つく僧が　上689
ゆりのはな　上689
ゆりもさき　上689

よ

よあけから　上265
よあけても　上104
よあけまで　下486
よあそびに　下453
よあらしの　下169
よあらしや
　菊と云れぬ　下237
　人〔は〕巨燵に　下504
　窓に吹込　下174
よあんまや　下363
よいあきや　下287
よいかぜや
　青田はづれの　上464
　中でもちいさい　上448
よいかぜを　上596
よいきくと　下241
よいくらに　上579
よいこえの　下222
よいごしの
　茶水明りや　上657
　豆麸明りに　上630
　豆腐明りの　上630
　とふふ明りや　上622
よいことに　上52
よいさめや
　茶壷の口を　下435
　二文花火も　下143
よいしめり　下154
よいじょろしゅ　上537
よいすぎの　下464
よいすぎや
　抑〔御〕代の　下476
　柱みり〳〵　下326
よいつきに　下171
よいつきや
　家ニ這入れば　上646
　内へ這入れば　上647
よいつれぞ
　貧乏神もさあ御立　下419
　貧乏神も立給へ　下417
よいとこが　上180
よいとこの　上400
よいねこが　上510
よいねすな　下213
よいひやら
　蚤がおどるぞ　上642
　蚤がはねるぞ　上644
よいほどに
　赤花すかす　上715
　たばこのしめる　上714
　塔の見へけり　上450
　勿体つけよ　上577
　夜が暑いぞ　下6
　我を曲れよ　上613
よいほどの
　遠鶯や　上210
　道のしめりや　上108
よいまつり　上438
よいやみの　上245
よいやみや　下428
よいよいに
　古くもならず　下267
　見べりもするか　下510
よいよいの
　青水無月も　上476
　雪に明るき　下398
よいよいは　上603
よいよいや
　団〔扇〕とるさへ　上525
　屎新道も　上544
　下水の際も　上539

　只八文の　下 220
　眠り薬の　下 521
　軒の雫も　上 104
よいよじゃと　下 92
よいよとや　下 214
よいよなり　下 283
ようしゃなく　上 33
ようじんは　下 191
ようなしは　上 572
ようはいす　上 717
ようやくに　下 155
よかぐらや
　焚火の中へ　下 428
　懐の子も　下 429
よかせぎや　上 578
よがなおる
　なをるとでかい　上 618
　〱〔と〕虫〔も〕　下 203
よがながい　下 34
よがよいぞ　上 215
よがよいと　下 127
よがよくば　上 636
よがよしや　下 218
よがよなら
　世ならとばかり　上 498
　世ならと雛　上 156
よきあわせ　上 501
よきつえや　上 176
よぎのそで　上 58
よくあかの
　ぼん〔の〕くぼへと　上 388
　ぼんの凹へも　上 382
よくかいて　上 550
よくしんの　上 526
よくすてよ　下 74
よくづらの
　朝顔たんと　下 256
　寒くなる迄　上 477
よくづらへ　上 389
よくどしく　上 41

よくのよや　下 176
よくばりが　上 476
よくばるや　下 88
よこがすみ　上 115
よこかべの　下 399
よこざには　下 437
よごされぬ　上 138
よこだちの　上 429
よごたつや　上 150
よこちょうに　上 639
よこちょうへ　下 335
よこちょうや　上 137
よこづちに
　腰つつかけて　下 513
　尻つ、かけて　下 245
よこにして　下 374
よこのりの
　馬のつゞくや夕がすみ　上 118
　馬のつゞくや夕雲雀　上 222
よこぶきや　下 480
よごれねこ　上 181
よごれぼう　上 344
よごれゆき
　世間並には　上 132
　世間並にも　上 137
　それも消るが　上 132
　てきぱきとけも　上 133
よざくらや
　大門出れば　上 374
　親爺〔が〕腰の　上 363
　天の音楽　上 383
　美人天から　上 384
よさむさえ　下 12
よさむとて　下 16
よさめして　上 511
よしあしも
　末一日の　下 463
　一つ〔に〕枯て　下 543
　一ツにくれて　上 697
よしいえの　上 462

よしがきや　下 333
よしきりと　上 596
よしきりに　上 595
よしきりの　上 595
よしきりも　上 597
よしきりや
　一本竹の　上 597
　ことりともせぬ　上 597
　四五寸程な　上 595
　空の小隅の　上 595
　水盗人が　上 597
よしぐれに　下 357
よしぐれや　下 368
よしごとや　上 512
よしずあむ　上 260
よしつねの
　腰かけ松や　下 179
　尻迹はどこ　下 44
よしつねは　下 44
よしのあゆ　下 227
よしのまで　上 283
よしのやま
　変桜も　上 379
　冬来れば冬の　下 564
よしわらの
　うしろ見よとや　下 552
　うしろ見らる、　下 555
　棚やおどけた　下 418
よしわらも
　末枯時の　下 234
　壁一重也　下 532
よしわらや
　さはさりながら　下 25
　さはぎは過て　上 256
よしわらを　上 520
よすがらや　上 183
よすずみが
　笑止仕舞と　上 550
　笑ひ納で　上 544
よすずみの

　かぎりを鳴や　下 200
　やくそくありし　上 539
よすずみや
　足でかぞへるゑちご山　上 543
　足でかぞへるしなの山　上 543
　女をおどす　上 548
　金の下駄はく　上 551
　大僧正の　上 548
　にらみ合たる　上 543
　蟾が出ても　上 539
　人にけからむ家の陰　上 544
　人にけからむ浜屋敷　上 548
　菩薩笑はす　上 551
よずもうの　下 144
よそからは　下 48
よそごとと　下 121
よそなみに
　赤くもならで　下 557
　つら並べけり　下 318
　はやく散れかし　上 669
　実を結たる　上 728
　わか葉もせぬや　上 713
よそなみの　上 7
よそのくら　上 19
よそのこや
　十そこらにて田植唄　上 553
　十そこらにて田を植る　上 555
よそのので　上 38
よそめには　上 472
よそよそは　下 504
よだちんの　上 718
よだんぎの　上 718
よだんぎや　上 92
よつつじや
　落す迹から　下 470
　厄おとす人　下 469
よってから　上 365
よっぴてい　上 182
よどおしに　下 191
よとぎした　上 242

よとぎして
　くれたる雁も　上 239
　鳴たる雁よ　上 242
よとじょうに　下 358
よなおしの
　大十五夜の　下 61
　竹よ小藪よ　上 651
　夕顔さきぬ　上 667
よなきむし　下 203
よなよなに　下 227
よなよなは
　鰒で活たる　下 519
　梢で活たる　下 512
よにあきた　上 497
よにあれば
　葬もまく　上 174
　蝶も朝から　上 269
　露も大玉　下 102
よにあわぬ　下 568
よにいりて
　からが本文の　下 427
　直し度なる　上 176
よにいるや　下 433
よにいれば
　入程秋の　下 111
　江戸の柳も　上 419
　下水の上も　上 546
　下水の側も　上 550
　せい出してわく　上 459
　只下ルさい　上 490
　直したくなる　上 176
　日本橋に　下 530
　衾張ら〔う〕と　下 484
　蛍の花の　上 616
　餅の音する　下 449
　遊女袖引く　上 400
よにすめば
　蚊のわく藪も　上 626
　むりにとかすや　上 132
よにすんで　上 137

よにそまば　上 295
よにそむく　上 140
よにつれて
　庵の草も　上 288
　門の葎も　上 288
　師走ぶりする　下 323
　逃上手なる　上 615
　花火の玉も　下 142
よねぶつの　下 215
よのいおや　上 645
よのくさの　上 293
よのつまる
　峠の家の　上 410
　峠も下り　上 410
よのなかが　上 27
よのなかの
　梅よ柳よ　上 14
　花の盛を　上 350
　人には葛も　下 270
　よし〳〵といふ　下 215
よのなかは
　くねり法度ぞ　下 262
　この九日ぞ　下 525
　是程よいを　上 249
　地獄の上の　上 346
　少よす〔ぎ〕て　下 88
　どんどゝ直る　上 26
　何〔の〕糸瓜と　下 307
　糸瓜の皮ぞ　下 99
　よすぎにけらし草の露　下 91
　よ過にけらしけさの露　下 91
　よ過にけらし鳴藪蚊　上 624
よのなかへ　下 92
よのなかや
　あかぬ別は　下 135
　祈らぬ野分　下 83
　同じ桜も　上 374
　おれ〔が〕こねても　下 451
　皺顔見せに　下 437
　蝶のくらしも　上 264
　鳴虫にさい　下 202
よのなかよ
　云モ語モ　上 699
　でかい露から　下 93
　針だらけでも　上 681
よのなかを
　浅き心や　上 274
　あ〔つ〕さりとあさぎ　上 385
　うとかたりつゝ　上 488
　さうしてばたり　下 226
　ゆり直すらん　上 3
よのひとに　下 549
よのほうへ　上 619
よのよさや　下 457
よはこうと　下 63
よはしまい　下 477
よはながし　下 35
よばなしの
　あいそにちよいと　上 530
　下へゆで栗　下 315
よはやすし　下 452
よはよなり　上 656
よびおうて　上 65
よびかわす　下 177
よぶこえを　上 614
よぶこどり　上 189
よぶねこの　下 269
よぶほたる　上 610
よまいりよ　下 6
よまつりや
　御用でうちん　上 467
　棚の鼠が　下 428
よまわりの　下 334
よまわりや　下 351
よみずさえ　下 3
よめいりの　下 367
よめごとを　下 312
よめとおめ　上 386
よめぼしの
　御顔をかくす　下 134
　行義笑へや　下 134
よめもらう　上 309
よもぎうに　上 410
よもぎうも　上 158
よもぎうや
　菖〔蒲〕過ての　上 663
　袖かたしきて　下 141
　露の中なる　下 92
　よもやと思へど　上 79
よもぎもち　上 158
よりあいに　下 251
よりあきて　上 348
よりおうて　下 491
よりかかる　下 20
よりがらを　上 31
よりぎらい　上 150
よりともの　上 675
よりによりて　上 554
よるあけて　下 486
よるされば　下 131
よるとしや
　桜のさくも　上 375
　涼しい月も　上 419
　野べは鳥鳴　上 370
よるなみを　下 196
よるのかや　上 627
よるのきじ　上 228
よるのしも　下 410
よるのゆき　下 389
よるはとし　上 318
よるはなお　上 404
よるはよしよ　上 621
よるもよる　下 347
よるよなか
　あだやかましき　上 599
　おしかけ鳴や　上 586
　寝みゝに水の　上 587
よるよるに
　かまけら〔れ〕たる　上 640
　ほしべり立ぬ　下 149
よるよるの　下 388
よるよるは
　門も笋　上 705
　炭火福者の　下 506
　千鳥がこねる　下 530
　長月迄も　下 6
　寝所の下も　下 414
　貧乏づるも　上 541
　貧乏かづらも　上 541
　本ンの都ぞ　上 542
　よい風の吹く　下 302
よるよるや
　荒熊蜂も　上 281
　同じつらでも　上 547
　涼しい連に　下 227
　のゝ様いくつ〔と〕　下 43
　蚤まけもせぬ　下 222
　鰒で生たる　下 521
　枕程でも　下 111
　行先〳〵の　下 461
　我身となりて　上 547
よろづよき　上 63
よろぼうし　上 314
よろよろは　下 261
よわあしの　上 269
よわあしや　下 581
よわあしを　上 23
よわごえは　下 163
よわたりの　下 336
よわむしも　下 204
よわりかの　下 18
よわるかや　下 207
よをこめて　下 461
よをすてぬ
　家に咲く也　上 700
　人の庇の　下 138
よんどころ
　ない用事迄　下 461
　なく菊に立　下 34
　なく菊を見る　下 34

ら

らいねんは
　信濃水仙と　下 567
　蝶にでもなれ　下 199
　なきものゝやうに　上 368
らいねんも　下 345
らくがいは　下 369
らくがきの　上 366
らくししゃの　上 302
らくぞりや
　涼がてらの　上 544
　夕顔棚の　上 668
らくなよや　上 34
らくようの　上 483
らくようや
　誰出代の　上 149
　ちとも曲らぬ　下 356
らくらくと
　家鴨の留主の　上 397
　梅の伸たる　上 321
　梅も伸たる　上 321
　御成がはらの　上 381
　喰ふて寝る世や　下 92
　寝かしもせぬ　下 248
　寝聳てさく　下 240
　寝て咲にけり　下 243
らんのかに　下 273
らんのかや　下 273
らんのはや　下 273

り

りようごくが　下 328
りようごくの
　両方一度に　下 14
　両方ともに　下 14
りようごくや
　小さい舟の　上 512
　ちと涼むにも　上 548
　土用の夜の　上 429

　冷水店の　上 559
　舟は舟とて　下 460
　舟も一組　下 461
りょうさんど　上 619
りょうじょうの　下 99
りょうほうに
　けしの咲也　上 671
　小便しながら　上 35
りょうりょうへ　上 532
りんうつや　下 348
りんかんに　下 428
りんじんの　下 19
りんりんと　上 464

る

るすがきや　下 259
るすごとや　下 516
るすちゅうも　上 514
るすでらに　上 379
るすでらや　上 380
るすにするぞ　上 635
るすのうちに　下 253
るすのとや　上 658
るすふだの　下 553
るすふだも　下 500
るすふだを　下 484

れ

れいいって　下 154
れいうけの　上 486
れいのとおり　上 2

ろ

ろうじんの　下 350
ろうそうが
　団扇〔に〕つかふ　下 297
　炭の折たを　下 509
　塵拾ひけり　上 700
ろうそうの
　草引むしる　上 509
　けば〳〵しさよ　上 138
　伊達に持つかよ　上 639
ろうそくで　上 578
ろうそくの　下 572
ろうはつや　下 430
ろうぼくも　上 715
ろうぼくや　下 565
ろうやから　上 195
ろくあみだ　上 71
ろくあみだの　下 246
ろくがつに
　ろくな月夜も　上 404
　ろくな夜もなく　上 404
ろくがつの
　空さへ廿　上 404
　月のさせとて　上 395
　ゆふべをあてや　上 395
ろくがつは
　よりとし達の　上 404
　丸にあつくも　上 404
ろくがつも　上 405
ろくがつや
　天窓輪かけて　上 405
　草も時めく　上 404
　月幸に　上 404
　月夜見かけて　上 404
ろくしゃくの
　紺暖簾を　上 138
　暖簾ひた〳〵　上 134
ろくじゅうに　下 14
ろくじゅうねん　下 128
ろくじゅうの　下 347
ろくすっぽ　上 662
ろくどうの　下 544
ろくなつゆも　上 684
ろくなはる
　立にけらしな　上 17
　とはなりにけり　上 18
ろくぬすっと　上 71
ろくやたの　上 314
ろくろくに
　赤く〔も〕ならで　下 553
　時雨もふらぬ　下 358
　露も呑さぬ　下 243
ろのはたや　下 436
ろのふたに　上 162
ろのふたを　上 162
ろひらいて　下 435
ろびらきや
　あつらへ通り　下 435
　勧学院の　下 436
　ケン使がましや　下 436
　小判のはしの　下 436
　例え通りの　下 436
ろをあけて
　きたなく見ゆる　下 435
　見てもつまらぬ　下 436
　見てもやつぱり　下 436
ろをとじぬ　上 163

わ

わああちと　下 514
わがあじに　下 299
わがあじの　下 300
わがあしを　下 222
わがあたま　下 222
わがあとに
　つき損じてや帰る雁　上 241
　付損じてや帰る蝶　上 272
わがあめと　上 492
わかあゆは　上 284
わかあゆや　上 284
わがいえと　上 520
わがいえに
　恰好鳥の　上 592
　来よ〳〵下手な　下 429
　涼み直すや　上 550
わがいえの　下 333
わがいえは
　一里そこらぞ　下 162
　団〔扇〕で煤を　下 440
　煤竹色の　下 335
　どうかすんでも　上 117
わがいえへ　上 639
わがいえも　下 28
わがいえや
　たつた一人りも　下 460
　初氷柱さへ　下 335
　前もうしろも　下 164
　町の蛍の　上 604
　より損したる　下 469
わがいえを
　置ざりにして　上 239
　風よけにして　下 537
　くねり倒な　下 263
　踏つぶす気か　下 529
わがいおが　下 101
わがいおに
　だまつて泊れ　上 231
　用ありさうな　上 252
わがいおの
　跡とりにせん　上 592
　一里手前の　下 162
　巾着茄子　上 710
　けぶり細さを　上 226
　太刀より切る　下 284
　朔日す也　上 294
　猫が木目も　上 302
　蠅をも連て　上 634
　ヒイキしてやら　上 590
　貧乏梅の　上 311
　冬は来りけり　下 545
わがいおは
　蕣の花の　下 255
　江戸の辰巳ぞけしの花　上 670
　江戸のたつみぞむら尾花　下 284
　蚊柱ばかり　上 625
　草も夏痩　上 494
　尻から先へ　下 15
　蝶の寝所と　上 261
　露の玉さへ　下 94
　露〔の〕でかいを　下 94
　虎が涙も　上 436
　菜種の花の　上 299
　何を申すも　上 713
　苗代守の　上 140
　何にもないぞ　上 189
　人も目かけぬ　上 164
　昼過からが　上 3
　目に這入ぬか　上 576
　夢に見てさへ　下 327
　夜寒所か　下 19
わがいおも
　けさは四角な　上 51
　田植休の　上 553
　田植〔休〕を　上 553
　苗代守の　上 140
　二の足ふむや　下 171
わがいおや
　あくたれ烏　上 672
　小川をかりて　上 708
　蛙初手から　上 247
　元日も来る　上 51
　けさのとし玉　上 36
　す、はき竹も　下 440
　竹には烏　下 268
　たばこを吹て　上 530
　なぜに小さい　上 687
　菜の二葉より　上 12
　花のちいさい　上 687
　左りは清水　上 460
　貧乏がくしの　上 132
　二所ながら　下 160
　曲たなりに　上 23
　先は燕の　上 215
　用ありさうに　上 252
　夜寒昼寒　下 20
わがいおを　上 598
わかいこえと　下 432
わかいしゅに

きらはれ給ふ　上 572
先越れしよ　上 354
頼んで寝たる　下 514
わかいしゅの
つき合に寝る　下 18
むりに受たる　下 98
わかいしゅは
草をつむにも　上 164
見へ半分や　上 554
浴衣ぞいざや　上 498
わかいしゅや　上 58
わかいしゅよ　上 133
わかいぞよ　下 65
わかいぬが　下 113
わかいはを　上 714
わがうえし　下 23
わがうえた
稲も四五本　上 553
稲を見知て　下 276
わがうえに
ふりし時雨や　下 357
やがて咲らん　上 699
わがうえも　上 404
わがうめは　下 324
わがうめも　上 321
わがうめや　上 727
わがえほう　上 23
わがかおに　上 237
わがかおは　下 257
わがかきや　下 270
わがかさぞ　上 110
わがかたへ　下 150
わがかどに
入らぬ御世話ぞかんこ鳥　上 592
入らぬ御世話ぞ行〳〵し　上 596
うつせばにさし　上 682
来て痩鴨と　下 534
来て痩雁と　下 188
しやつきり張りし　上 398
煤びた色の　下 210

としとり給へ　下 490
痩を慢して　上 305
わがかどの
かざりに青　上 141
しるしに鳴や　上 590
しはがれ蛙　上 246
宝もの也　下 88
猫打栗よ　下 311
一つ蕪も　下 548
下手はたおりよ　下 218
餅恋鴨の　下 535
餅恋鳴の　下 182
わがかどは
稲四五本の　下 276
しだれ嫌ひの　上 400
常の雨夜や　下 449
昼過からが　上 3
ふむ程もなき　下 557
無キズナ日も　下 409
虫さへ白髪　上 620
山吹のすこし　上 393
闇もちいさき　上 436
雪で作るも　下 491
わがかどへ　上 252
わがかども　下 490
わがかどや
いつち見じめな　下 491
梅が咲ても　上 316
おぞげふるつて　上 239
雁なれ〔ば〕こそ　下 186
蛙初手から　上 258
水鶏も鳴かず　上 599
芸なし鳩も　上 14
かふてもおかぬ　上 589
葎一枚の　上 510
乞食万歳　上 49
此界隈の　上 133
折角に来て　上 610
只四五本の　下 547
只六本の　下 547

何をとりえに　上 226
ばかていねいに　上 77
蛍をやどす　上 604
やせ我慢して　上 305
わがかどを
山から見たる　上 483
山へ出て見る　上 484
わがかみを
卯の花と見る　上 577
薮と思ふか　上 611
わがきくや
形にもふりにも　下 239
向タイ方へ　下 241
わかくさが　上 289
わかくさで　上 290
わかくさと
云はるゝうちも　上 290
名乗やいなや　上 289
見るもつらしや　上 287
呼れず仕廻ふ　上 289
呼ればそよぐ　上 289
わかくさに
勇に負たる　上 288
御裾引ずり　上 288
笠投やけて　上 289
背〔中〕をこする　上 289
出当し日也　上 287
どた〳〵馬の　上 288
引かけ給ふ　上 288
冷飯すゝむ　上 288
べたりと寝たる　上 289
夜も来てなく　上 288
我もことしの　上 288
わかくさの
のう〳〵とする　上 289
待かね顔に　上 290
待かね顔の　上 289
わかくさも　上 290
わかくさや
今の小町が足の跡　上 291

今の小町が尻の迹　上 290
追ふ事ならぬ　上 289
北野へ曲る　上 290
北野参りの　上 289
誰身の上の　上 288
ついとほけたる　上 290
とも〴〵引立　上 290
町のせどの　上 288
油断を責る　上 288
わが身ならねど　上 288
わざとならざる　上 288
我と雀と　上 288
わかくさよ
やがて野守に　上 289
わか松さまよ　上 31
わかくさを　上 290
わかくても　上 290
わがくには
草さへさきぬ　上 292
草も桜を　上 292
けぶりも千代の　下 582
子供も鬼を　下 466
猿も烏帽子を　上 49
猿も祈祷を　上 49
何にも咲かぬ　上 145
わがくにや
子どもも作る　下 490
つひ戯れも　下 490
薮の仏も　下 293
わがけぶり　上 589
わかければ
野薮の草も　上 289
貧乏蔓で　上 290
わがこいの　上 441
わがこいは
さらしな山ぞ　上 234
夜たく〳〵の　下 505
わがこえが　上 608
わかごえや　下 441
わがこけの
花さへ盛　上 699
花咲時に　上 698
わがこしらえし　下 26
わがこねた　上 140
わがさくら　上 713
わがさとの　下 391
わがさとは
どうかすんでも　上 115
山火の少　上 168
わがさとを　上 613
わかさまが　上 482
わかざりや　上 32
わかざるが　上 49
わかじかや　下 172
わかすずめ
翌なき春を　上 75
椿狩りして　上 305
椿ころがして　上 305
わかずもう　下 149
わがぜんせ　上 592
わがそでに
なげてくれぬや　下 492
一息つくや　上 612
わがそでも　上 109
わがそでを
草と思ふかきり〳〵す　下 222
草と思ふかはふ蛍　上 614
わかたけと
云る〔ゝ〕も一夜　上 702
そよぐも一夜　上 702
呼るゝうちも　上 704
わかたけに　上 702
わかたけの
おきんとすれば　上 701
子さへのがれぬ　上 707
世をはゞからぬ　上 702
わかい盛りも　上 703
わかたけや
是も若は　上 701
さもうれしげに　上 701

としより竹も　上704
わかたけを　上702
盲蜻蛉に　上702
山はかくれて　上701
わがたてた　上105
わかたばこ
入らざるけぶり　下281
くさきけぶりを　下281
わがつえと　上249
わがつかに　下262
わがつかも　下429
わがてには　上527
わがときに　下235
わがとこへ　下452
わがとしの　下19
わがともに　上594
わがともの　上203
わかなつみ
鷺も淋しく　上55
わかなつみ〳〵　上55
わかなつむ
小じりの先の　上58
袂の下や　上55
手つきも見へて　上56
わかなのや　上55
わがなりと　下511
わがなりや　下55
わがなりを　下174
わかねこが　上185
わがねこが　上180
わかねこの　上728
わかばかげ　上713
わがはぎや　下268
わかばさえ　上713
わかばして
男日でりの　上714
御八日講の　上715
中ぶらりんの　上714
猫と烏と　上715
福々しさよ　上715

又もにくまれ　上713
わかばふく　上712
わがはるは　上14
わがはるも
上吉ぞ　上14
上々吉よ梅の花　上14
上々吉よけさの空　上14
わがはるや　上14
わがひざも　下526
わがほしは
今は旅寝や　下39
上総の空を　下129
どこに旅寝や　下38
どこ〔に〕どうして　下38
年寄組や　下38
ひとりかも寝ん　下39
わがほとけ　下115
わがまいた　上174
わがまえが　下193
わがまえに
誰が住しぞ　上293
誰〳〵住し　上293
わがまえの　上398
わかまつに　下457
わがまつも
かたじけなさや　上81
腰がかゞみの　下29
わかまつも　下156
わがまどは　上180
わがまどや
虫もろくなはおらぬ也　下200
虫もろくなはなかぬ也　下200
わかみずに　上41
わかみずの
歯にしみるさへ　上42
歯〔に〕染のも　上42
よしなき人に　上41
わかみずも　上41
わかみずや
そうとつき込　上42

土瓶一ッに　上42
並ぶ雀も　上41
先は仏の　上41
見たばかりでも　上41
わらが浮ても　上42
わがむぎも　上161
わがむらは
いく日に通る　上240
ぼた〳〵雪の　上145
わがむらや　上77
わかもちや　上51
わがもちや　下453
わがものは　下83
わかやくに　上357
わかやくは　下505
わがやどと　上423
わがやどに
一夜たのむぞ　上567
鼻つかへてや　上610
呼び損したり　下469
わがやどの
おくれ鰹も　上662
蠅とり猫と　上634
貧乏神も　下417
貧乏蔦も　下264
餅さへ青き　上157
悪蕣も　下253
わがやどは
朝霧昼霧　下110
口で吹ても　上626
しなの〻月と　上459
つくねた雪のうしろ哉　下489
つくねた雪の麓哉　下488
灯篭釣さぬ　下121
菜種の花の　上299
何にもないぞ　上189
蚤捨藪の　上644
蠅もとしとる　下467
萩一本の　下267
丸めた雪の　下489

三月ながらの　上569
わがやどへ　下455
わがやども　上11
わがやどや
棚捜して　上610
鼠と仲の　上608
初つらさへ　下336
わがやどを　上592
わがやなぎ　上399
わがやぶの　上593
わがやぶは　上604
わがゆうや　上226
わがゆきも
連て流れよ　上137
連に頼むぞ　上133
わがように　下244
わがようや　下187
わかれじや　上722
わかわかし　下135
わきざしの
柄にかけたる　上57
柄にブラ下ル　上58
柄にぶら〳〵　上58
わきへゆくな　下528
わきへゆけ　上593
わきみすな
虫も棒ふる江戸町　上621
虫も棒ふる江戸の水　上622
わきむいて　下148
わぎもこは　上520
わきよって　下448
わくしみず　上458
わくらばの　上716
わけてやる　下508
わざとねた　下147
わざとまけた　下147
わざわざに　上473
わずらわぬ　下463
わせのかや
東上総の　下279

夜さりも見ゆる　下279
わせもちも　下65
わせわらや　下279
わたうりは　下12
わたがらも　下293
わたきせて
十程若し　下245
又引立や　下248
わたくしが　上485
わたくしは　下219
わたくしも　上548
わたくりや　下473
わたしびと　上472
わただまの　下360
わたぬくや　上505
わたのべの　上580
わたのむし
書入に来る　下538
どこをたよりに　下538
裸で道中が　下538
本ン〔の〕間へ　下538
わたぼうし　下479
わたゆみや　下473
わたられぬ　下60
わたりたる　下333
わたりどり
いく組我を　下193
一芸なきは　下194
日本の我を　下193
わたりどりの　下194
わたるかり
腹をいためな　下191
我とそなたは　下189
わなありと
しらでしぐる〻　下362
脇へしらせよ　上191
わにぐちに　下291
わにぐちの　上654
わびぬれば　下486
わぼくせよ　上615

［わ 初句索引（承前）］

第一段（右→左）

- わやくやと／ま〜で御意得る
- わやくやは／若い同士か
- わやくやは／若い同士よ
- わいわいと／若い同士に
- わやわやと／み〔や〕げをねだる
- わやわやと／虫の上にも
- わらじうる／木陰の翁が
- わらがきや／豆麸かついで／窓に朝寒
- わらすぐる／納豆烟る
- わらづとの／みやげもけぶる／焼飯あたゝむる
- わらづとに／もちろん飯と
- わらづとは／とうふのけぶる／とうふも見へて
- わらづとや／田舎納豆と／それとも見ゆる
- わらでゆう
- わらのひの／へら〜雪は／めら〜暮る
- わらのひや
- わらぶとん
- わらわべや
- わらんじの／ぐあひわろさよ／ぐあひ苦になる／わか水汲も／箕をかぶりつゝ

下 下 上 上　上 下　下 下 下 下　下 下 上 上 下 下　下 下 下 下 下　下 下 下 上　上 上 下 上　上 上　下
120 333 347 363　42 404　486 236 340 390　74 539 85 85 539 518　540 512 518 514 415　518 106 10 462　659 243 202 490　239 239　401

第二段（右→左）

- われ／われとまつ
- われとても
- われとして
- あそぶ親の
- 遊べや親の
- われときて／又出たりけり草の家／又出たりけり庵の蝿
- われでけり
- われすきで
- われしても
- われしなけば
- われこけて
- われさきへ
- われきけり
- われがものや
- われがねむの
- われがねても
- われかけて
- われうつり
- わるびれぬ
- わるざけや
- わるくさい
- わるむいの／ない
- るいほど
- るいゆめど
- 花の一藪
- 花の咲けり
- 草花咲ぬ
- わりながす
- わりなかい
- わらんべが
- わらんべに
- わらんべは
- わらんべも

下 上 上 上　下 上　下 下 下 上 上 下 上 下 上 上 下 下 上 下 下 上 下 上 下 上 上 上　上 上 下 上 下
184 590 194 192　578 635　326 219 491 584 155 412 506 114 107 119 307 363 264 171 132 408 711 571 664 576 11 415 459 459 462　129 169 334 57 505

第三段（右→左）

- われともに／あはれ事しも／あはれいつ迄
- われどもに
- われとやまと
- われとして
- われなべて
- われなんじを
- われにた
- われににた
- われにによて
- われのみか
- われはあの
- 山の木性や
- われひとり
- われけば
- われひとり／醒たり顔の／月夜がましや
- われほどは
- 寒さまけせぬ
- 煤けもせぬや
- われもても
- われより
- 久しき蟾や
- 二度立寺や
- われもいつ
- われもけさ
- われもこう
- われらさえ
- われらぎは
- われらにも
- われりが
- 顔も初日や
- 袖も七夕
- 目の正月ぞ

上　下 下 上　下 上 上 下 下 上 下 上　下 下 上　下 上　下 上 上　下 上 下 上 上 上 下　下 上 下 上 下 下 下 下 下 下 下 下 下
352　580 130 19　44 346 574 154 271 307 46 689 366　463 328 326　276 250　351 588 588　68 282 348 112 572 38 419 156 358 268 482 339 572

第四段（右→左）

- われをみて／にがひ顔す／引返そよ
- われをみる
- われをよぶ
- 亡者の分か
- われんかごを
- わろうてを
- わんといえ
- わんといふ
- わんばくが／仕業ながらも／秋より出る
- わんぱくくや／粽つかんで
- わんぱくの／縛れながら夕涼
- わんぱくも／茎菜の重石
- わんぱくを／縛れながらよぶ蛍／先試みに／先掌に

上 上 上 上 上 下　下 上 上 下 下　下 上 下 上 上 上 上　上
603 38 38 611 544 516　547 518 484 336 490　459 615 147 115 120 579 247　594

初句索引は一茶による誤字を修正した読み下しをすべてひらがなで表示し、50音順に並べた。

上五が同じ場合は中七まで、上五・中七が同じ句は下五まで表示した。

あとがき

一茶と私の出会いは、小学校時代に遡る。三年時か四年時か定かではないが、新年の家庭科室の広い畳の間でカルタ会が行われ、そのカルタの一つに「一茶カルタ」があった。

一茶に特に関心を抱いたのは高校時代のことで、小林計一郎氏の『俳人一茶』（昭和36年4月・長野郷土史研究会刊）によってであった。図版を多く載せ、平易に一茶の生涯を解説した同書により、私の一茶研究への道が拓かれたといえる。その後、同氏の主宰する長野郷土史研究会に参加、拙いながら多くの論考・資料紹介を行い、今日に至っている。

それから十五年後、『一茶全集』（信濃毎日新聞社刊）の編纂に参加、以後何冊かの一茶に関する編・著書を纏めた。

私が一茶に強く関心を抱くのは、その人間性や作品にうかがわれる視点の低さや庶民性にある。一茶は二、三十代、遠く秋田から長崎まで苦労をして旅を続け、つぶさに庶民社会を見聞、それをありのままに作品に結実させた。

その「あるがまま」の姿勢は、一茶自身の体験から多くを学んだと思われるが、父から承けた浄土真宗の影響も大きく作用している。

その作品分析は、今後の課題の一つであるが、十九世紀の世界文学を視野に入れても、一茶の作品は決して色あせることはない。一茶は今や、世界に多くの愛好者を持つ偉大な詩人である。


本書はもともと、平成十二（２０００）年頃に東京の某出版社の依頼により、『一茶全句集』の名のもと、およそ十年の歳月を費やして成稿（難語句の注・現代語訳を含む）したものである。同社は本を発行しないまま数年前に会社を閉じた。私は長年の執筆のために体調を崩し、それが因で勤務校を早期退職したのだった。人生にこのようなことがあることは十分覚悟はしていたが、いざ現実化してみると何とも悲しい。

平成三十（２０１８）年、今回の版元である信濃毎日新聞社から「信毎賞」を戴いた折、その受賞の挨拶の中で、私はいまだ世に出ることのない『一茶全句集』の出版について、「いつかは誰かがやらなければならない重要な事業」であることを力説した。この言葉の一部は翌日の信濃毎日新聞一面に掲載され、同社出版部が出版を決意された由であった。

編集担当となられた山崎紀子女史以下編集チームの編集ぶりは、既刊の同社の本の幾つかに見えるようにきわめて厳密かつ精確である。本書にもし瑕瑾がないとすれば、それは今回の編集・制作チームの功に帰せらるべきである。本書のベースになった『一茶全集』第一巻発句篇の編纂には私も末席を汚したが、一茶のものでない作品が十余句、季語の認定の甘さなど、今日からみていささかの欠陥も目につく。私は唯一残った編集委員であるが、ここに訂正・補完できたことを秘かな喜びとする。

加えて、出版を許可された信濃毎日新聞社の小坂壮太郎社長、同出版部の各位、編集に助力下さった中村敦子女史、いつもながら題字を揮毫してくださった畏友川村龍洲兄、推薦文を御執筆下さった加藤定彦先生ほか各先生方、一茶記念館の渡辺洋学芸員の皆様に衷心より深謝の意を表する。

発兌《はつだ》よりいつとせあまり使い来し
　　手摺れの書《ふみ》の汚れ懐し

令和六歳葉月吉日

矢羽　勝幸

一茶 俳句集成 下

2024年11月20日　初版発行

著者
　矢羽勝幸

発行所
　信濃毎日新聞社
　〒380-8546 長野市南県町 657
　TEL 026-236-3377 FAX 026-236-3096
　https://shinmai-books.com/

印刷製本
　大日本法令印刷株式会社

© Katsuyuki YABA 2024 Printed in Japan

ISBN978-4-7840-7435-8　C0592

定価 19,800 円（本体 18,000 円＋消費税）
上下巻の分売不可

乱丁・落丁本は送料弊社負担でお取り替えいたします。

本書のコピー、スキャン、デジタル化等の無断複製は著作権法上での例外を除き禁じられています。本書を代行業者等の第三者に依頼してスキャンやデジタル化することは、たとえ個人や家庭内の利用でも著作権法上認められておりません。

矢羽勝幸（やば・かつゆき）

1945年3月長野県東御市西海野に出生。國學院大學文学部卒。長野県立高等学校（教諭）、国立長野工業高等専門学校（助教授）、上田女子短期大学（教授）を経て、二松学舎大学文学部教授。國學院大學や立教大学の講師も兼任。現在は二松学舎大学客員教授。地方俳諧史に関心があり、新潟県史、本庄市史、上野市史芭蕉篇等を執筆。『一茶全集』（丸山一彦らと共編）により第34回毎日出版文化賞特別賞・第34回芭蕉祭文部大臣賞、『鴛鴦俳人　恒丸と素月』（二村博と共編）により第67回芭蕉祭文部科学大臣賞、2018年に第25回信毎賞をそれぞれ受賞。編著書に『信濃の一茶―化政期の地方文化』（中公新書）『一茶大事典』（大修館書店）『俳人加舎白雄傳』（郷土出版社）『新資料による一茶・白雄とその門流の研究』（花鳥社）『正岡子規』（笠間書院）ほか。

現住所　長野県上田市大屋 622

題字 / 扉
川村龍洲

ブックデザイン
酒井隆志

編集
山崎紀子　小野沢操　信濃毎日新聞社出版部

編集協力
中村敦子　一茶記念館　一茶ゆかりの里一茶館

制作進行
児平賢司　西澤章弘　谷本和仁

DTP オペレーター
江島孝雄　濱直樹　中島順一　後藤重信　風間日向